KB249125

삼대록계 국문장편소설

조씨삼대록

3

역주자 정선희(鄭善姬)는 이화여자대학교 국문학과를 졸업하고 동 대학원에서 문학박사학위를 받았으며, 이화여대 한국문화연구원 연구원, 국문학과 강의전담교수를 거쳐 현재는 국어문화원 연구원으로 재직 중이다. 국문장편고전소설의 인물형상과 서술시각, 작품에서 드러나는 여성들의 생활과 문화 등에 대해 탐구하고 있으며, 고전소설의 현대역과 주해 연구에 지속적인 관심을 갖고 있다. 저서로 『19세기 소설작가 목태림 문학 연구』 등이 있고, 논문으로는 「삼대록계 국문장편소설에 나타난 상례 서술의 변모양상과 그 의미」, 「17세기 후반 국문장편소설의 딸 형상화와 의미」, 「소현성록에서 드러나는 남편들의 폭력성과 서술시각」 등이 있다.

이화한국문화연구총서 11

조씨삼대록 3

초판 인쇄 2010년 2월 20일 **초판 발행** 2010년 2월 25일
역주자 정선희 **펴낸이** 박성모 **펴낸곳** 소명출판 **출판등록** 제13-522호
주소 서울시 서초구 서초동 1621-18 란빌딩 1층
전화 02-585-7840 **팩스** 02-585-7848 **전자우편** somyong@korea.com **홈페이지** www.somyong.co.kr

값 34,000원

ISBN 978-89-5626-459-2 93810
ISBN 978-89-5626-445-5 (세트)

ⓒ 2010, 정선희

잘못된 책은 바꾸어드립니다.
이 책은 저작권법의 보호를 받는 저작물이므로 무단전재와 복제를 금하며, 이 책의 전부 또는 일부를 이용하려면
반드시 사전에 소명출판의 동의를 받아야 합니다.

이 저서는 2005년 정부의 재원으로 한국연구재단의 지원을 받아 수행된 연구임(KRF-2005-078-AS0041)

이화한국문화연구총서 11

삼대록계 국문장편소설

조씨삼대록 3

정선희 역주

소명출판

| 일 러 두 기 |

가. 현대어역 및 주해

1. 현대어 번역은 한글 맞춤법 체계에 의거해 어법에 맞는 자연스러운 현대 한국어 문장이 되도록 하였다.
2. 띄어쓰기와 관련해 한 인물에 대한 관직명이 연달아 나올 때는 붙여 쓰기로 한다.
3. 띄어쓰기와 관련해 '공'이나 '부인'과 같은 호칭이 성과 연달아 나올 경우, 원래는 띄어 써야 하나 독서의 편의를 위해 예외적으로 붙여 썼다.
4. 현대어로 번역한 표현이 작품 원문의 단어와 형태가 많이 달라졌을 경우, 각주에서 원문의 단어를 밝혀 주었다.
5 현대어역 본문에서 어려운 한자어는 한자를 병기해 주었다.
6. 판독(判讀)이 어려운 어휘나 문장은 가능하면 이본을 참조하여 보완하고 주석을 달아 그 사실을 명기(明記)하였다.
7. 이본을 참조해도 판독이 불가할 경우 그 사실을 각주를 통해 밝혔다.
8. 면이 바뀔 경우 바뀐 부분의 첫 글자 위에 방점(˙)을 찍고 원문의 면수를 표시하였다.
9. 주해는 다음과 같은 경우에 하였다.
   1) 관직명, 인명과 같은 고유명사.
   2) 전고(典故)가 있는 한자어 및 지금은 사용하지 않는 한자어.
   3) 어학적 주석이 필요한 근대 국어 어휘나 표기 체계.
   4) 등장인물 및 그들 간의 관계, 앞 줄거리를 환기시킬 필요가 있을 경우.
10. 주석의 표제어는 현대어역 본문을 대상으로 하였다.
11. 문장 부호의 사용은 다음과 같다.
   1) 큰 따옴표(" ") : 직접 인용, 대화, 장명(章名).
   2) 작은 따옴표(' ') : 간접 인용, 인물의 생각이나 내적 독백.
   3) 『 』: 책명(冊名).
   4) 「 」: 편명(篇名)
   5) 〈 〉: 작품명
   6) ( ) : 한자어를 드러낼 경우.
   7) [ ] : 표제어에서 제시하는 단어와 한자어가 음이 같은 경우는 '( )'로 표시하고, 만약 음이 일치하지 않는 경우에는 '[ ]'를 사용함.
   8) { } : 원문에 표시된 어휘를 밝히기 위해 원문 내용을 그대로 옮긴 경우.

나. 원문

1. 현대 맞춤법 체계에 의거해 띄어쓰기를 해 주었다.
2. 한자는 병기하지 않았다.
3. 면이 바뀌는 곳은 면 표시를 해 주었다.
4. 판독이 불가한 경우나 지워진 경우에는 □ 표시를 해 주었다.
5. 원문 순서에 오류가 있는 경우에는 괄호 앞에는 오류를 수정한 면수를 써 주고 괄호 안에는 원래의 면수를 써 주었다.

조씨삼대록 해제

이 책의 현대어역 대상은 현재 유일본으로 전하고 있는 서강대 소장본 40권 40책『조씨삼대록』이다.『조씨삼대록』은『현몽쌍룡기』의 후편으로, 연작형 삼대록계 국문장편소설에 해당하는 작품이다. 대부분의 국문소설이 그러하듯 작자는 미상이다. 또한 필사기가 없어서 필사자에 대한 정보나 필사 시기도 알 수 없다. 다만 이 책의 현대어역 대본인 서강대 소장본 곳곳에서 발견되는 '낙장(落張)' 표기를 근거로 할 때 좀 더 풍부한 내용을 담고 있었던『조씨삼대록』의 존재 가능성에 대해 생각해볼 수 있다.

현재까지 알려진 것 가운데『조씨삼대록』에 대해 언급한 가장 이른 시기의 기록은 홍희복의『제일기언』 서문(필사 시기 1848년 추정)이고, 그 이후의 기록으로는『언문칙목녹』(필사 시기 1872년 추정)과『한국서지』(1894년),『고대소설』(1969년) 등이 있다. 이러한 기록들은『조씨삼대록』의 창작 하한선을 19세기 중엽 이전으로 추정하는 데 근거가 된다. 홍희복은『제일기언』 서문에서 자신이 번역한 『경화연』의 우수성을 알리기 위해 비판적 관점으로 세간에 유행하는 소설의 제명을 나열 하고 있다. 이때 "셰간의 젼파ᄒᆞᄂᆞᆫ 바 언문 쇼셜"로 『유씨삼대록』, 『옥원재합』, 『완월회맹연』, 『숙향전』, 『풍운전』 등과 함께 이 작품이 거론되었으니 『조씨삼대록』의 인기를 짐작할 만하다. 이 외에 『현씨양웅쌍린기』 연작의 셋째 작품에 해당하는 『명주옥연기합록』에 『소현성록』, 『구래공정충직절기』 등과 함께 작품명은 물론 작중 인물이 차용되었는데, 이 역시 『조씨삼대록』의 인지도를 가늠할 수 있는 근거가 된다.

서강대 소장본 『조씨삼대록』의 경우, 겉표지에 한자로 '曺氏三代錄'이 적혀 있고 본문이 시작되는 처음 부분에는 '조시삼대록'이 한글로 적혀 있다. 각 권당 분량은 평균 119면 정도이고, 매 면은 10행, 행당 평균 17자로 되어 있는데, 그 중 15권(총98면), 16권(총102면), 19권(총104면), 38권(총109면), 39권(총105면), 40권(총87면) 등이 상대적으로 분량이 적다. 전반적으로 필체는 단정한 궁체이며 오탈자에 대한 교정이 적어 깔끔하게 필사된 편이지만 15, 16, 17권의 경우 흘려 쓴 필체로 되어 있다. 그러므로 적어도 2명 이상의 필사자가 서강대 소장본 『조씨삼대록』의 필사에 참여했음을 알 수 있다. 그리고 책을 엮는 과정에서 실수를 하여 1권의 79면에서 98면, 12권의 109면에서 112면 등 몇 부분의 순서가 뒤바뀌었다. 각 권의 서두는 앞 권의 끝 부분 내용을 반복 서술하는 경우와 반복 없이 앞 내용에 이어서 서술하는 경우로 나뉜다. 또 각 권의 가장 마지막에 "하회 셕남ᄒᆞ라", "ᄎᆞ청 하회ᄒᆞ라", "하회 분셕ᄒᆞ라" 등의 '독자 유인어구'가 있는 경우와 그렇지 않은 경우로 나뉜다. 그러나 서강대 소장본 『조씨삼대록』의 독자 유인어구나 앞 내용의 반복 등은 일정한 경향성을 띠지 않는 것으로 보아 필사자 혹은 작가가 그때그때 자유롭게 첨가하여 독자의 독서를 도운 기록 정도로 봐야 할 것이다.

『조씨삼대록』은 『현몽쌍룡기』의 후편이므로, 가문 배경이나 인물구도 등을 전편인 『현몽쌍룡기』로부터 이어 받아 이야기를 전개한다. 『현몽쌍룡기』의 중심인물이 평남후 조숙의 쌍둥이 아들 조무와 조성 부부였다면, 후편 『조씨삼대록』에서는 삼대록이라는 이름에 걸맞게 자녀, 손자 세대로 이야기를 확대하여 그들을 작품의 중심인물로 삼고 있다. 단편적인 언급까지 모두 합하면 조씨 가문의 인물만 해도 조무의 10자 3녀와 조성의 7자 2녀 그리고 그들의 자녀까지 수십여 명이 등장한다. 그러나 실제 서사에서는 조무의 아들 기현 부부, 운현 부부, 딸 월염 부부, 그리고 손자 명윤 부부와 조성의 아들 유현 부부, 딸 자염 부부, 그리고 손자 명천 부부 등에 관한 내용이 비중 있게 그려진다.

이들 중심인물이 겪는 갈등은 주로 남편이 아내의 정절을 의심하여 박대하는 과정을 그린 부부갈등, 시부모가 며느리를 박대하는 고부갈등, 그리고 형제의 장자권이나 행복을 시기하여 모해를 가하는 형제갈등 등의 양상을 띤다. 이때 『조씨삼대록』 역시 전편 『현몽쌍룡기』와 유사하게 호방한 성격의 인물, 단엄한 성격의 인물 등 인물의 성격에 차이를 둠으로써 다양한 갈등 해소 양상을 그린다. 그러나 전편 『현몽쌍룡기』에서처럼 하나의 사건에 두 형제가 함께 연루되어 해결 과정에서 극명한 성격적 대비를 보이는 구도를 적극 활용하거나 하지는 않는다.

또 『현몽쌍룡기』에서는 조무와 조성 부부의 갈등 해결이나 악을 행하는 금선공주 일당과의 대결을 위해 가문 구성원 전체가 합심하여 고민하고 문제를 해결하는 양상을 보이는데 반해, 후편 『조씨삼대록』에서는 어려움을 겪는 부부가 중심이 되어 문제를 해결해나는 양상에 초점을 두고 있을 뿐 가문 차원의 위기의식이나 가문 구성원의 공동 대응 등을 그리지 않는다.

그러므로 『조씨삼대록』의 서사는 가문의 권위 확립이나 가부장권의 강화를 통해 가족 구성원을 하나의 통합된 질서 안으로 규합하는 삼대록계 국문장편소설의 기본적 틀은 유지하면서도 부부 각각의 갈등과 그 갈등에 대처하는 인물들의 개성적인 면모를 보여주는 데 목적이 있다고 볼 수 있다. 개별 부부의 관계 혹은 인간의 욕망이나 인성 탐구 등에 대한 작가의 관심은 인물을 선인과 악인으로 양분하지 않고 다양한 유형으로 구분한 것, 선인에 속하면서도 자신의 애정 욕망에 충실한 인물을 그리거나 윤리규범에 위배되는 행위를 하지만 타인으로부터 욕망에 대한 동정이나 공감을 이끌어내는 인물을 등장시키는 것 등을 통해서도 확인할 수 있다. 또 일상생활에서 벌어질 수 있는 부부간의 기질 대립 양상 등을 실감나게 서술하거나 인물들의 내면 심리를 노출하여 한 인물 안에 담겨진 성격의 다양성을 드러내는 서술 등은 『조씨삼대록』의 오락적 성격을 부각시키는 동시에 현실감 있는 대중적 독서물로서의 면모를 보여주는 것이기도 하다.

『조씨삼대록』의 큰 줄기는 선이 승리하고 가부장적 질서에 순응하는 인물이 긍정적인 평가를 받는다는 유가적 교훈을 전달한다. 그러나 남편의 관심과 애정을 요구하며 상사병에 걸리는 중년 여인 형씨의 이야기, 조무·조성 형제가 벗과 농담을 주고받는 이야기, 젊은 요녀(妖女) 무릉선에게 홀려 체통을 잃는 조노공의 이야기, 요도(妖道) 진선대랑과 결탁한 금선공주를 깨우치기 위해 집안사람들이 한바탕 연극을 벌이는 이야기

등 곁가지에 위치한 이야기들은 윤리 교과서 밖에 존재하고 있는 현실적인 삶과 사람들의 모습을 간간이 보여주는 여유가 있다.

『조씨삼대록』이 이처럼 딱딱한 이야기를 가볍게 풀어나가는 여유를 보일 수 있었던 이유로 작가의 역량과 함께 축적된 독서 경험을 생각해볼 수 있는데, 실제 『조씨삼대록』은 전대 소설인 『소문록』, 『사씨남정기』, 『소현성록』 등과 모티프 면에서 유사성을 보인다. 특히 이 중에서도 『조씨삼대록』에는 『소현성록』의 독서 경험이 많이 반영되어 있는데, 복거지인 '운산'에 대한 묘사는 『소현성록』의 '자운산' 묘사와 거의 일치하며, 허구적 인물인 선인황후 소황후는 『소현성록』에서 창작한 인물로서 『조씨삼대록』에도 그대로 등장한다. 직접적이고 단편적인 차용 외에도 『소현성록』의 갈등구조를 변화시켜 『조씨삼대록』 창작에 반영한 부분들은 현대적 의미의 비판적 다시 쓰기와 비교될 만하다.

『조씨삼대록』의 이러한 특징은 '삼대록계 국문장편소설' 내부에서 이루어진 형식적, 주제적 분화의 양상을 보여주는 것으로서 '삼대록계 국문장편소설', 넓게는 국문장편소설 연구의 다양한 지평에 대해 고민할 수 있게 한다는 점에서 의미가 있다. 또한 서로 복잡하게 관계망을 형성하며 영향을 주고 영향을 받았던, 당시 국문장편소설 창작의 관습을 뒷받침할 만한 구체적 증거들을 담고 있기 때문에 17~19세기 국문장편소설 독서와 국문장편소설 창작에 대한 이해의 폭을 넓혀주는 자료적 가치도 있다.

서강대 소장본 40권 40책 『조씨삼대록』의 역주를 달고 현대어로 옮기는 작업에는 7명의 연구진이 참여했는데, 각각 분량을 나누어 번역하고 이것을 교차 윤문한 후 통합하는 과정을 거쳤다. 『조씨삼대록』을 현대어로 옮기는 작업에는 김문희(1권~14권), 조용호(15권), 정선희(16권~23권 58

면), 전진아(23권 59면~30권), 허순우(31권~38권 54면), 장시광(38권 55면~40권)이 참여하였다. 한 올 한 올의 씨실과 날실을 엮어 그럴듯한 옷을 만드는 작업처럼 『조씨삼대록』의 현대어역은 더디지만 재미와 보람이 있는 작업이었다. 물론 더 손질하고 싶은 아쉬움이 있기도 하다. 이제 새로운 모습으로 단장하여 세상으로 나가는 『조씨삼대록』이 독자들에게 유익한 읽을거리가 되었으면 한다.

2010년 1월

허순우

◎ 조씨삼대록 3 차례

현대어역

원문

조 씨 삼 대 록

16권

1 화설. 이때 장씨 가문에서 혼인을 허락함을 듣고 크게 기뻐하여 택일
하니 길일이 십여 일 남았다. 몽현[1]이 다급하여 초조한 마음으로 숙녀를
구하였으니 조물주가 시기가 많아 무염(無鹽)[2]보다 심한 박색을 얻을 줄
어찌 알았겠는가?

길일이 되자 장씨 집에서 큰 잔치를 열고 나서, 조씨 집안에서 신부를
맞는데 몽현의 어머니인 정숙렬[3]이 며느리 단씨를 책망하고 달래어 잔치
에 참여하게 하였다. 진왕이 투기를 나쁘게 여겨 단씨에게 신랑의 길복
(吉服) 입는 것을 거들라고 하니, 단씨의 가슴에 불이 일어나는 듯했다. 하
2 지만 엄한 시아버지의 명령이 이와 같고 분위기가 엄숙하니 마지못하여
옷 입는 것을 거들었다. 눈물이 샘솟듯 하고 손이 떨려 옷고름과 띠를 잘
매지 못하니 좌우의 사람들이 모두 웃고 정숙렬은 통탄하였다.

신부를 맞아 신랑과 마주 앉게 하였더니, 신랑이 눈을 들어 신부를 보
았다. 키는 우러러 볼 만큼 크고 검은 낯은 두루 얽어서 맺혔으며 괴이한
돌같이 생긴 코가 있는 얼굴이 어룽져 흉악하게 얽고 찌그러졌다. 그런
가운데 한 쌍 눈빛은 샛별이 흐르는 듯하고 눈썹은 버들 같으며 시원스러
운 기운이 이마를 두른 듯하니, 몽현이 매우 놀라 안색이 식은 재 같았다.
3 분한 생각이 거침없이 나와 밖으로 나가자 다른 사람들은 묵묵히 할 말이
없었다. 단지 진왕만은 기쁜 기색이 얼굴 가득하여 초공을 돌아보니, 초
공이 치하하여 말하였다.

"우리 가문의 경사가 커서 군자의 복이 흥하고 자손이 창성하여 100명
의 자식과 1,000명의 손자를 둘 복된 사람을 만났습니다."

---

1) 몽현 : 조무 즉 진왕의 넷째 아들임.
2) 무염(無鹽) : 중국 제(齊)나라 무염 땅에 살았다는 추녀(醜女)를 가리킴.
3) 정숙렬 : 몽현의 어머니이자 진왕의 첫째 부인.

조부인[4] 등이 낭랑하게 웃으며 말하였다.

"두 아우들이 매우 기뻐하는군요."

진왕이 기분 좋게 말하였다.

"자리에 앉은 사람들이 신부를 보고 아무 말도 하지 않으니 그 얼굴을
부족하다고 여기는 것인가 봅니다. 내 소견으로는 옥 같은 얼굴에 신
선 같은 풍모보다 나은 점이 있습니다. 두 눈이 별 같으니 재주가 남들
보다 뛰어나고 더 어질 것이고, 두 눈썹이 시원하니 당당한 대장부의
마음일 것이고, 이마가 뚜렷하니 성품이 너그럽고 영화로운 복이 오래 4
도록 전할 것입니다. 가히 우리 가문의 복이라고 할 수 있으니 어찌 연
약한 자질이 수정이나 얼음 같은 변변치 않은 여자에 비하겠습니까?
역량이 강과 바다와 같고 어짊이 성현군자와 같을 것이니, 남자가 이와
같다면 국가의 대들보 역할을 할 신하가 될 수 있을 것입니다. 집에 있
는 부인인 경우에는 가문을 흥기하고 자손을 창성하게 하며 재앙이 없
게 할 것이니 어찌 즐겁지 않겠습니까?"

처음에는 모두 묵묵히 있었는데, 진왕과 초공이 기뻐하므로 여러 사람
들이 치하하여 분위기가 쓸쓸하지 않았다. 신부의 숙소를 이화정으로 정
하였는데, 이 날은 몽현[5]이 놀란 마음 때문에 외당(外堂)으로 나가 밤이 5
깊도록 신방(新房)에 들지 않았다. 그러자 평능후 유현과 태사 기현이 엄
정한 얼굴로 말하였다.

"부인이 아름다우면 좋지 않고 재앙의 근본이 된다. 어찌 정실(正室)을 얼굴 보고 얻겠느냐?"

---

4) 조부인 : 진왕과 초공의 누이들임.

5) 몽현 : 원문에서는 '생', '한림' 등을 섞어서 쓰고 있으나 옮길 때에는 몽현으로 통일함.

두 대인께서는 사람 알아보시는 눈이 이와 같았다. 몽현이 떨치고 일어나 말하였다.

“제가 운명이 기구하여 단씨의 질투하고 못된 성품과 장씨의 흉한 얼굴을 만나 놀라울 뿐입니다. 여자의 거동이 저런 것은 처음 보아 무섭기까지 하니 어디에서 정이 나겠습니까? 두 대인께서는 친해지라고 칭찬하셨지만 얼굴이 그렇게 흉해서야 무엇으로 당하겠습니까?”

평능후 유현이 문득[6] 웃으며 말하였다.

6 “너도 눈이 있으니 들어가 보아라. 신부의 두 눈이 가을에 맑은 물이 흐르는 것 같고 두 눈썹 사이가 시원하여 복을 많이 누리고 자식도 많을 듯하다. 이렇게 덕이 갖추어졌으니 진실로 얻기 어려운 부인이다.”

형제들이 동시에 손바닥을 치며 크게 웃자, 몽현이 도리어 웃으며 말하였다.

“형님들이 어찌 이런 우스운 말씀을 하십니까? 비록 그녀가 특별하다 해도 그런 흉한 외모에 천문(天文)의 이치를 알고 나라를 평안하게 할 재주와 온 천하를 다스릴 기술[7]을 가졌겠습니까? 절대 그렇지 않을 것이니 많은 자손들이 어디에서 나오겠습니까?”

태사 기현이 정색을 하고 말하였다.

“네 생각이 옳고 우리 생각이 그르다고 하지만 지내보면 알 것이다.”

광현[8]이 말하였다.

7 “두 형님의 말씀이 이러하시니, 너는 신방을 비우지 않는 것이 옳다. 이렇게 정숙한 여인, 명철한 아내를 비웃는 말을 어떻게 하느냐?”

---

6) 문득 : {가연}. 문맥을 고려하여 이같이 옮김.
7) 온~기술 : {경텬위디지술[經天緯地之術]}. 온 천하를 계획적으로 잘 조직하여 다스린다는 뜻임.
8) 광현 : 초공의 둘째 아들임.

몽현이 여러 가지로 속이 상해서 움직이지 않고 있는데, 갑자기 숙부께서 불렀다. 바삐 일어나니 다른 형제들도 모두 백화헌으로 갔다. 진왕과 초공 두 사람이 나란히 앉아 있으니, 몽현이 자리 아래에 꿇어 앉아 명을 받들었다. 그 모습을 보니 나는 듯한 몸에 금색 도포가 나부끼고 옥 같은 얼굴이 잘 생겨 호방한 거동과 시원스런 모습이 사람들 중 빼어났다. 초공이 대견스러움을 이기지 못하여 웃음을 머금고 말하였다.

“장씨를 얻으니 어떠하냐?” 8

몽현이 엎드려 말하였다.

“저의 운명이 그러한데, 어찌 제 마음을 물어 아시려고 하십니까?”

초공이 정색을 하며 말하였다.

“군자가 세상을 살아갈 때에 충성되고 효성스러운 행실을 잃을까 근심해야지 어찌 아녀자 때문에 근심하겠느냐? 하물며 두 아내 중에서 단씨는 요망하여 질투와 악행이 가득찼지만 집안의 분위기를 엄하게 하면 자연스럽게 제어될 것이다. 또 한 명의 아내인 장씨는 여자 중의 영웅이니 비녀 꽂은 사람 중 성인이다. 그러니 반드시 가문의 운세가 창성하여 태임(太任)과 태사(太姒)의 덕과 주(周)나라 선왕(宣王)[9]의 중흥을 볼 것이다. 네 역량이 깊고 원대하지 못하고 사람 알아보는 눈이 미치
지 못할 것이나 어진 아내를 얻었으니 만사에 근심이 없을 것이다. 오 9
늘 밤에 너를 부른 것은 축하하기 위해서였는데 오히려 이상한 말을 하느냐? 우리 가문에 들어오는 여자마다 얼굴이 아름다운데, 네가 가만

---

9) 주(周)나라 선왕(宣王) : {쥬션[周宣]}. 주선은 주나라 선왕을 가리키는데, 그의 아내인 강후(姜后)가 현숙하고 덕이 있었다고 함. 『열녀전(列女傳)』「현명전(賢明傳)」「주선강후(周宣姜后)」편에 의하면 강후는 제나라 사람으로, 일이 예가 아니라면 말하지 아니하였고, 행실이 예가 아니라면 움직이지 아니하였다고 함.

히 생각해 보아라. 며느리 중에서 소씨[10]가 곱고 별 문제 없기는 하지
만 그도 혼인 전에 입궐하여 이상한 일을 당할 뻔 했으니[11] 미모가 오
히려 해가 되었고, 정씨와 이씨[12]의 미모도 해가 되어 예사롭지 않은
재앙을 많이 겪었다. 월염[13]과 남씨,[14] 경씨[15]도 모두 빼어난 미모이
기 때문에 지난 날 근심이 컸으니, 딸과 며느리 중 우리 가문에서 뛰어
나게 고운 이를 보면 거의 근심이 있었다. 네가 복이 많아서 장씨같이
10 복 많은 사람을 얻었으니 재상 될 그릇이다. 반드시 장군이나 재상의
벼슬과 공후의 지위를 얻어 편안하게 즐기고 자손도 번성하여 복이 무
궁할 것이니 어찌 대견하지 않겠느냐? 네가 얼굴을 보고 놀랐을 것이
나 자세히 살펴봐라. 어디 한 곳이라도 심상하게 생긴 곳이 없으니 여
자로 태어난 것이 애석하다. 오늘은 내 부탁으로나마 들어가 말하여
보아라. 네 역량으로는 생각지도 못할 즐거움이 있을 것이니 그의 얼
굴로만 판단하지 마라."

진왕은 노여워하는 빛으로 묵묵히 있었다. 몽현이 꿇어 앉아 숙부의 가르침을 듣고는 아버지와 숙부를 두려워하여 감히 말을 못하고 일어나 절하고 아뢰었다.

11 "삼가 밝으신 가르침을 받들어 행할 것이지만 제 마음이 굳세지 못하
오니 무심결에 대하면 얼굴빛이 달라질지도 모르겠습니다. 하지만 엄
한 가르침이 이와 같으시니 죽더라도 감히 거스를 수 있겠습니까?"

---

10) 소씨 : 진왕의 첫째 아들인 기현의 첫째 부인.
11) 혼인 ~ 했으니 : 소월아가 계모의 계교로 왕의 후비로 추천되었던 일을 가리킴.
12) 정씨와 이씨 : 조성(초공)이 장남인 유현의 첫제, 셋째 부인들임.
13) 월염 : 조무(진왕)의 첫째 부인인 정숙렬의 딸로 조무의 수제자인 양인광과 혼인함.
14) 남씨 : 조무의 3남인 운현의 첫째 부인임.
15) 경씨 : 유현의 다섯째 부인임.

형제들이 웃음을 머금었고, 진왕과 초공도 웃는 빛이 있었다. 몽현이
마지못하여 이화정에 이르니 신부가 단장했던 것을 벗고 단의(褖衣)[16]와
홍상(紅裳)으로 맞았다. 촛불 아래에서 보니 놀라움이 더 심하여 마음속의
정령이 달아나는 듯하였다. 겨우 정신을 차리고 자리에 앉았는데, 신부가
아직도 서 있었다. 몽현이 마지못하여 앉으라고 하고는 다시 보았다. 아
버지와 형님들이 말씀하신 것과 같이 눈이 별 같고 눈썹이 특이한지 자세 12
히 보니 과연 두 눈의 밝은 빛이 촛불 아래에 빛나고 두 눈썹의 수려함이
남달리 빼어났다. 하지만 얼굴이 검고 얽었으며 가슴이 커 보여 더욱 끔
찍하니, 몽현이 눈물을 머금고 고개를 숙여 탄식하였다.

'저 부인 두 명이 미인이든 숙녀든 간에 나는 아내 운[17]이 어찌 이처럼 박한가? 진실로 내 일생은 특이할 듯하다.'

이렇게 생각하며 한 식경이 지나도록 물끄러미 말이 없다가 다시 생각하기를, '아버지와 숙부의 사람 알아보시는 눈으로 나를 속이지는 않으셨을 것이니 한번 시험해 봐야겠다.'고 하고는 말하였다.

"부인은 높고 좋은 가문의 천금같은 딸입니다. 나는 벼슬도 없는 보잘 13
것없는 선비로 외람되게 아내를 얻었으니 불안합니다. 더군다나 조강
지처인 단씨가 투기하고 못되어 같은 집 아래에 다른 사람을 용납하지
않으니, 부인이 빛나게 내조하기 바랍니다."

장씨가 옷깃을 여미고 단정히 앉아 아무 말도 하지 않자, 몽현이 대답을 들으려고 다시 재촉하였다. 장씨가 자리에서 일어났다 앉으며 겸손히 사례하며 말하였다.

---

16) 단의(褖衣) : 왕후의 복색 가운데 하나로, 세간에서는 공경대부(公卿大夫) 등 고관의 부인이 입는 옷이었음. 흰 바탕에 무늬가 있는 옷이라고도 하고 일설에는 붉은색 옷이라고도 함.

17) 아내 운 : {처궁}. 십이궁의 하나로 처첩에 관한 운수를 보는 별자리임. 처첩궁이라고도 함.

"제가 보잘것없는 누추한 재주로 귀한 가문에 들어와 그대의 아내로
있는 것이 외람됩니다. 더하여 첫째 부인의 투기와 강포함을 말씀하시
니 실로 의외입니다. 제가 이에 대해 생각해보니 낭군을 위해서라도
그 말씀을 받아들이기 힘듭니다. 옛날에 한(漢)나라 고조(高祖)가 여후
14 (呂后)가 척부인(戚婦人)을 사람 돼지[18]로 만든 재앙을 막지 못하였으니
이것이 어찌 한 고조의 허물이 아니겠습니까? 이제 낭군께서는 묵직하
고 위엄 있게 첫째 부인을 중요하게 대하고 후처들을 편안하게 하며 집
안 다스리기를 공평하게 하십시오. 그리하여 단부인과 제가 매우 못된
사람이라 할지라도 한 가지도 원망할 부분이 없으면 무슨 이유로 화목
하지 않으며 집안을 어지럽히겠습니까? 낭군께서 스스로 덕을 닦아 행
실을 단정히 하시면 제가 비록 박덕하지만 집안을 어지럽히지 않고 낭
군을 저버리지 않을 것입니다. 태사(太姒)가 어질지만 문왕(文王)의 거
룩한 덕이 아니었으면 그 덕을 펴지 못하였을 것입니다."
15 몽현이 탄복하여 깊이 생각하기를, '아버지와 형님의 견해가 밝으시니,
내가 이렇게 덕 있는 여자를 박대하여 무슨 책망을 듣겠는가?'라고 하였
다. 그리하여 억지로 장씨와 함께하였는데, 장씨가 자연스러운 태도로 조
금도 구차함이 없었다. 몽현은 현명한 사람이라 그녀의 어짊을 깨달아 얼
굴 못 생긴 것을 잊고 진중하게 대하였다.

이날 밤 태부인이 조부인, 채빙 등에게 이화정을 엿보고 오게 하였는데 그들이 부부가 문답하는 것을 듣고 가 아뢰었다. 태부인이 칭찬하여 "장씨는 진실로 거룩한 여인이고 명철한 아내로구나."라고 말하였다.

나음 날 아침에 여러 사람들이 모이니 태부인이 진왕과 초공을 보고 웃

---

18) 사람 돼지 : {인체[人彘]}. 여후가 척부인의 코와 귀, 수족을 자른 것을 이같이 이름.

으며 말하였다.

"지금 몽현의 두 아내 중 하나는 얼굴이 예쁘고 또 하나는 덕이 있으니
이도 또한 보기 드문 경사다. 장씨를 두고 '여자 중 성인'이라고 하더니 16
진실로 옳은 말이구나. 내가 손자 부부를 위하여 그들의 대화를 알아 보았더니 이러이러하다고 하니 그녀가 어찌 보통사람이겠느냐?"

진왕이 기뻐 표정이 바뀌며 말하였다.

"여러 며느리들이 모두 아름답지만 신명한 덕과 특별함은 장씨가 제일일 것입니다. 가문의 복입니다."

좌우의 사람들이 축하하였다.

몽현이 이날은 놀란 기색을 진정하고 온화한 빛을 띠고 있으니, 초공이 웃으며 말하였다.

"내가 말하지 않았느냐? 어젯밤에 대화해 보니 장씨를 칭찬하는 소리가 벌써 이와 같으니, 긴 날을 두고 보아라. 우리들이 모르는 일이 있으
면 반드시 장씨에게 물어야겠다. 네 복이 남보다 두터워 저런 어진 아 17
내를 맞았으니 장씨 때문에 네 복도 두터워질 것이다."

모든 젊은이들이 웃었다.

차설. 후염[19]이 철씨 집안에 있는데 시부모가 조씨[20] 부모의 체면을 보고 후대하였고 철생[21]도 관대하게 대하였다. 그러나 조씨가 유씨를 지나치게 투기하여 계교를 부리는 것이 날로 심해졌다.

하루는 철생이 유씨 침소에서 한가로이 이야기하니, 조씨가 매우 화가 나 칼을 품고 유씨의 당 안으로 향하였다. 유씨의 유모가 눈치를 채고 얼

19) 후염 : 진왕 조무와 금선공주 소생의 딸임.
20) 조씨 : 후염을 이름. 시댁에서의 일이므로 여기서는 이같이 호칭함.
21) 철생 : 이름은 철수문임.

른 조부인이 왔다고 아뢰니, 유씨가 일어나 맞았다. 조씨가 성난 기운이 분분하여 이를 갈며 말하였다.

18 “너 이 요괴로운 년이 장부의 은총을 혼자 차지하여 내가 장신궁[22]을
본받아 〈백두음(白頭吟)〉[23]을 읊게 만들었지? 오늘은 당당히 너를 죽이고 나도 죽으려고 왔다.”

유씨가 그 기색을 보니 반드시 포악하게 행동할 듯하였다. 그래서 정당(正堂)으로 들어가려고 하는데, 조씨가 품속에서 단검을 꺼내고 유씨를 잡았다. 상황이 몹시 놀랄 만하게 되니 철생이 크게 놀라 성을 내며 조씨가 든 칼을 빼앗으려 하였다. 그러나 조씨가 힘도 무척 세 아무리 해도 칼을 놓지 않는 것을 보고 생이 떨치고 일어나 빼앗으려 하다가 조씨의 손이 베었다. 그러자 조씨가 매우 화가 나 두 손을 벌여 철생의 뺨을 마구
19 치고 제 가슴을 치면서 큰 소리로 꾸짖어 말하였다.

“나는 왕공(王公)의 귀한 딸이고 금지옥엽이니 여염집 천한 아들과 짝한 것도 분수에 넘치는 일이다. 그런데도 네가 요악하고 간사한 유씨에게 푹 빠져서 나를 이같이 대하고 또 유씨를 편들어 내 손을 상하게 하니 어찌 억울하지 않겠느냐? 유씨를 나에게 맡기면 그만하겠지만 그렇지 않으면 네 얼굴이 남아 있지 못할 것이다.”

철생이 정신없는 사이에 왼쪽 뺨을 여러 번 맞고 긁혀 파이니[24] 얼굴이 벌게져 잿빛이 되었다. 분하고 아픔을 견디지 못하여 일어나 발로 조씨를 차니 조씨가 넘어져 구르며 손뼉치며 통곡하였다. 시부모가 매우 놀

---

22) 장신궁 : 한나라 성제의 후궁이었던 반첩여(班婕妤)가 매우 아름다워 성제의 총애를 받았으나 나중에 조비연에게 총애가 옮겨가자 참소당하여 물러나 살던 궁임.

23) 백두음(白頭吟) : 사마상여가 첩을 들이려 할 때 탁문군이 지어 불렀다는 노래.

24) 긁혀 파이니 : {허위니}. ‘허비다’의 고어임. 날카로운 끝으로 긁어서 파다는 뜻.

라며 와서 보았는데, 철생의 얼굴을 보고 놀람을 이기지 못하며 왜 이렇 20
게 되었냐고 물었다. 생이 분한 기운이 가득하여 일의 앞뒤를 아뢰고 말하였다.

"진왕의 얼굴을 봐서 참으려고 해도 차마 더 이상 집에 두지 못하겠습니다. 그 집으로 보내십시오."

철공도 한심하게 생각하며 말하였다.

"공주라도 이 지경이 되면 잠잠히 있을 일이 아니다. 진왕께 곡절을 말하고 돌려보내야겠다."

철생이 대답하였다.

"어찌 데려가기를 기다리겠습니까? 먼저 보내십시다."

그러고는 즉시 조씨를 보내려 하니, 조씨가 발악하며 말하였다.

"내가 어찌 너에게 쫓겨난 아내가 되겠느냐? 만약 나를 보내려거든 성
대하게 잘 꾸민 금덩에 태워, 이 같은 사실을 알리지 말고 보내라. 그 21
러면 돌아가겠다."

시부모와 철생이 그녀를 보낼 수 있다는 것이 좋아서 하라는 대로 하여 돌려보내니, 조씨가 철생을 욕하면서 하직인사도 하지 않고 돌아갔다.

진왕이 갑자기 딸이 돌아온 것을 보고 짐작하여 수레를 곧바로 금선궁 후당(後堂)으로 보내니, 후염의 어머니인 금선공주가 말하였다.

"딸아이가 출가한 지 몇 년 만에 돌아오니 반가운데 어찌 보지도 않고 후당으로 보냅니까?"

진왕이 말하였다.

"저 아이는 분명히 쫓겨난 것 같습니다. 그러니 어찌 보겠습니까? 철생이 오면 곡절을 물은 후에 처분하려고 합니다."

여러 아들, 며느리들이 말하였다.

“행색이 쫓겨난 사람의 모습이 아닙니다. 화려하게 꾸미고 성대히 장
22 식했으며 따라오는 사람들도 많았습니다.”

진왕이 웃으며 “너희들은 모른다.”라고 하면서 그들의 말에 수긍하지 않았다.

후염[25]이 후원으로 갔는데, 이때 금선공주는 별궁에 있으면서 정실(正室)의 대접을 날로 후하게 받았고 여러 아들들의 효도도 빼어나 몸이 편안한 상태였다. 하지만 진왕의 대접은 좋지 않고 자기 소생의 아들과 며느리가 없는데다가 딸 하나 있는 것이 보기 드문 흉한 사람이니 마음속 화가 불 일어나듯 하였다. 그리하여 애꿎은 아들들에게 이유 없는 화와 고집스런 호령을 계속하였지만 아들들이 증삼(曾參)[26]의 효성과 순종을 다하였다. 그래도 책망 받는 일이 잦으니 기현[27] 등이 유현[28]의 마음이 편안하기 어려움을 남몰래 한탄하곤 하였다.

23 이 날 금선공주가 시비(侍婢)와 함께 난간에서 탄식하며 말하였다.

“내 팔자는 왜 이럴까? 정숙렬을 수하의 시비처럼 알았는데, 어찌 도리어 정실 지위를 드리 밀면서 남편과 한 집에 머물지도 못하게 할 줄 알았겠는가? 이곳이 장신궁이 아닌데도 나는 〈백두음〉을 외워야 하는구나. 다른 사람들은 자녀가 가득하고 경사와 복이 무궁하며 풍류 있는 장부와의 사이에 금슬과 은정이 태산같이 크고 중년에도 저처럼 한결같으니 어찌 한스럽고 슬프지 않겠는가? 딸 하나 있는 것이 남들만 못

---

25) 후염 : 조씨의 이름임. 앞에서는 조씨라 옮겼으나 친정으로 왔으니 이름으로 옮김.
26) 증삼(曾參) : 증자(曾子)라고 불리는 공자의 제자로, 효성으로 이름난 사람.
27) 기현 : 진왕의 맏아들.
28) 유현 : 초공의 맏아들.

하여, 남편의 은총을 받지도 못하고 또 다른 아내가 있어 어미의 박명함을 그대로 이어받았으니, 하늘은 어찌 나에게 이처럼 야박하실까?"

이렇게 한탄하고 있는데 갑자기 많은 시녀들이 쌍쌍이 들어오고 후염 24
이 덩에서 내려 들어왔다. 모녀가 서로 붙들고 울며 들어오면서 철생의
무례함을 일일이 고하여 말하였다.

"제가 쫓겨난 아내가 되어 온 것을 아버지께서 아시면 좋지 않을 것이니 오빠들에게도 이런 말을 하지 마세요."

그러자 공주가 매우 화를 내며 "철가의 보통 사내가 감히 내 딸을 내치고 요사스런 유씨를 총애하다니."라고 하면서 분해 하였다.

태사 기현의 형제가 공주를 뵙고 누이가 돌아온 이유를 물으니 후염이 대답하였다.

"부모님 뵙고 싶은 마음이 간절하고 유씨[29] 꼴 보기 애통하여 왔습니
다. 그런데 아버지께서 저를 보지 않으시고 이리로 보내셨습니다. 그
러니 이는 여러 오빠들이 참소한 것일 테니 어찌 서럽지 않겠습니까?" 25

기현이 정색하며 경계하여 말하였다.

"우리 집안의 아들과 딸들이 부모의 가르침을 받들어 남이라도 참소하지 않는데 더욱이 너를 참소하겠느냐? 오직 너만 아버지와 숙부를 닮지 않아 가문을 욕 먹이고 내쫓기는 화를 만난 것이다. 우리가 무슨 일 때문에 너를 참소했다고 이상한 말을 하느냐? 이후로는 온순해져라. 네가 철씨 가문을 떠나 왔어도 아버지께서 받아들이지 않으실까 두려운데 네가 장차 어떻게 하려고 패악스러운 말을 하느냐?"

후염이 크게 울며 말하였다.

29) 유씨 : 철생의 둘째 부인. 후염의 적국인 셈.

"오라비는 저를 책망하지 마십시오. 제가 별로 나쁜 일을 하지 않았는데도 오빠들이 가지가지로 아버지께 고하여 벌써 부녀의 천륜이 어긋났습니다. 쫓겨나는 화를 입었는데 내 집에서 받아주지 않으시면 죽을 따름입니다. 우리 모녀를 없애면 모든 오빠들의 마음이 상쾌할 것이니 아무렇게나 하여 죽이세요. 다음으로 모친을 죽이시고 시원하게 즐기십시오."

26

유현이 말하였다.

"형님의 말씀은 너를 아끼시어 경계하심인데 너는 어찌 이런 무례한 말로 인륜을 어지럽히느냐?"

후염이 분하여 가슴을 두드리고 통곡하며 말하였다.

"모든 오빠들이 한 마음으로 철씨와 함께 나를 죽이세요. 우리 모녀가 있다고 해도 오빠들에게 무슨 해가 있습니까?"

27

기현이 탄식하며 "너를 사람이라고 생각하여 함께 말하는 우리가 잘못이다."라고 말하였다. 공주의 분노가 갖가지로 솟아나 눈물을 머금었고 얼굴빛도 변하니, 기현 형제가 황공하여 물러났다. 후염 모녀가 분을 풀 곳이 없어 분하고 원통하게 여겼다.

다음날 아침에 철생이 어제 조씨를 실어 보내고 오히려 마음이 편치 않았다. 맞고 뜯긴 얼굴이 헐어 세수도 못하고 차마 사람들 모인 가운데에 참여하여 인사드릴 수가 없어 진왕을 뵙는 것도 부끄러워하였다. 하지만 마지못하여 조씨 집에 진왕과 초공을 뵈러 왔더니, 모든 아들들이 자리에 참석하여 있었다. 진왕이 철생을 보니 온 얼굴에 손톱으로 긁힌 자국이 모두 엉겨 말랐으니 보기에 참혹하였다. 진왕이 짐작하고 물었다.

28

"네 얼굴이 그렇게 상한 것은 무슨 일 때문이냐?"

철생이 얼굴이 더 빨개져 주저하다가 탄식하며 말하였다.

"제가 장인어른께서 알아주심을 입어 진실로 보통 정성과 달리 그녀를 대했습니다. 그래서 따님이 비록 잘못을 해도 저버릴 뜻이 없었는데 그녀의 질투와 악행이 갈수록 더해져 저를 만 가지로 욕하고 다른 아내에게 칼을 들어 죽이려고 했습니다. 뿐만 아니라 제 얼굴을 정신없는
가운데 마구 긁으면서 타협하기를 거리낌 없이 하니 이런 변고를 이웃 29
에 들리게 할 수 없었습니다. 그러나 제가 차마 한 방에 같이 있을 수가 없어 어제 돌려보냈습니다. 오늘 아침 조회에 못 나갔지만 여기에는 온 까닭은 이 일을 장인어른께 고하지 않을 수 없어서입니다. 부끄러움을 참고 말씀드립니다."

모든 사람들이 이 말을 듣고 우스움을 이기지 못하여 한꺼번에 웃으니, 진왕과 초공 두 사람이 침묵하다가도 희미하게 웃었다. 오직 태사 기현, 평릉후 유현, 사인, 시랑 등 아들들이 웃는 빛을 감추고 아우들을 돌아보며 말하였다.

"아버지와 숙부님 앞에서 왜 이리 방자하게 히히거리고 난잡하게 구느
냐? 철수문의 얼굴을 보니 우리들이 부끄럽고 한심함을 참지 못하겠 30
다."

진왕이 길게 탄식하며 말하였다.

"오늘 네 말을 들으니 내가 장인으로서 패악하고 못된 며느리를 보내 너희 집안을 산란하게 하였구나. 무슨 면목으로 사람들을 대하겠느냐? 너는 유부인과 함께 화락하여 편하게 집안을 다스리고 악독하고 못된 내 딸아이와는 다시는 부부의 인륜과 의리로 생각하지 마라. 내가 조금이라도 너를 멀게 여겨 말한다면 장부가 아니다. 하지만 딸아이가

비록 못됐지만 네가 조금 강하다면 그 지경까지 되었겠느냐? 항상 그 애가 너를 능멸하다가 이런 변을 저지른 것이니, 장부가 처세하는 데 아녀자에게 맞았다는 것은 다른 사람들에게는 들리게 해서는 안 되니
31 이런 말을 입 밖으로 내어서는 안 된다. 아내를 후하게 대하여 위엄을 잃지 마라."

초공이 말을 이어 말하였다.

"옛날 위징(魏徵),[30] 왕조(王藻)[31]는 정승이었는데 부인에게 맞았으니, 여자가 미친 듯 날뛰는 것이 괴이하지는 않지만 이렇게 낭패를 당함이 어찌 분하지 않으랴?"

운현이 말하였다.

"너는 이제 머리의 갓을 벗고 다녀라. 사람이 어찌 여자에게 뺨을 맞고 다니느냐?"

영현이 말하였다.

"그렇다고 죽겠느냐, 어쩌겠느냐? 부질없는 말로 돋우지 마라. 그래도 다행이다. 만약 매로 때리기라도 했으면 더욱 어찌했겠느냐?"

몽현이 말하였다.

32 "차라리 볼기를 맞는 것이 나았겠습니다. 여러 사람들이 다 보고 있는 곳에 밝은 대낮에 저 얼굴을 들고 나왔으니 참으로 담이 큰 사람입니다."

---

30) 위징(魏徵) : 당나라 초기의 공신, 학자로서 수(隋)나라 말기 혼란기에 이밀(李密)의 군대에 참가하였으나 곧 당고조(唐高祖)에게 귀순하여 고조의 장자의 유력한 측근이 되었음. 황태자 건성이 아우 세민(世民, 후의 太宗)과의 경쟁에서 패하였으나 위징의 인격에 끌린 태종의 부름을 받아 간의대부 등의 요직을 역임한 후 재상으로 중용되었음. 굽힐 줄 모르는 직간으로 황제 태종을 보필한 것으로 유명함. 그의 아내가 그의 얼굴을 상하게 한 일이 있다고 함.

31) 왕조(王藻) : 위진남북조 시대 송(宋)나라 때에 동양(東陽) 태수(太守)를 지낸 사람으로, 문제(文帝)의 딸 임천장공주(臨川長公主)와 혼인했다가 질투가 심한 공주의 참소로 옥사(獄死)함.

철생이 흥이 나지 않는 말들을 듣다가 여러 조씨 형제들의 희롱이 괴롭기도 하고 후회되기도 하여 가만히 웃으며 말하였다.

"황제의 위엄으로도 태후께 용체를 상하셨는데[32] 하물며 보통 사내야 어떻겠는가? 너희 누이의 패악스런 행동이 한심하지 나야 단지 부끄러울 뿐이다. 무엇이 대단하겠느냐?"

평릉후 유현이 정색하며 말하였다.

"너희 집 사람들이 왜 감히 임금을 들먹여 체면을 손상시키느냐? 누이의 패악이 부끄럽기는 하지만 너도 8척 장부로서 그토록 뜯긴 것은 너
무 약하기 때문이다. 우리 집에서도 누이의 죄를 다스릴 것이니 너도 33
돌아가 장부의 행실을 잃지 마라."

진왕이 탄식하며 말하였다.

"유현의 행실은 일마다 숙연하니 그 숙부인 것이 영광스럽구나. 너희들이 사사로운 우스개로 황제를 들먹인 것은 실언한 것이다."

진왕이 후염을 다스릴 방법을 생각하고 있었는데, 문득 병부상서 양인광[33]이 와서 장인어른과 스승을 뵈었다. 진왕이 반가운 표정으로 "요사이 오랫동안 보지 못했는데 무슨 일이 있었느냐?"라고 물었다.

인광이 대답하였다.

"공무가 많아 날마다 방비하는 연습을 시키느라 와서 뵙지 못해 답답해 하던 중 오늘은 관청[34]에서 바로 왔습니다."

평능후 유현이 웃으며 말하였다. 34

---

32) 황상의 ~ 상하셨는데 : 작품의 시간적 배경이 되는 송나라 인종이 곽황후에게 목을 긁힌 일을 말하는 것임. 곽황후는 이 일로 폐위됨.

33) 병부상서 양인광 : 진왕의 딸 월염의 남편임. 이후에 양생, 양병부, 병부 등으로 호칭되나 대개의 경우 인명인 인광 또는 양인광으로 옮김.

34) 관청 : {마올}. '마을'의 고어임. 마을은 관청, 관아의 뜻도 있음.

"네가 여색을 탐내어 만사를 잊었으면서 거짓으로 공무를 핑계 대느냐? 네가 관청에서 바로 왔다면 부모님은 뵙지도 않았다는 것이냐?"

인광이 웃으며 말하였다.

"조회에 참석한 후에 집에 갔다가 관청에 또 다녀와서 이리로 온 것이다. 어찌 부친을 뵙지 않았겠느냐? 여색에 푹 빠진 것은 너였지 나는 부인 얼굴 본 지도 오래되었다."

그러고는 철생을 보고 놀라서 "어쩌다가 얼굴이 저렇게 상하였나?"라고 물었다.

철생이 괴롭게 여겨 웃으며 대답하였다.

"내가 갑자기 얼굴이 헐어 세수도 못하고 조회에도 불참했습니다."

양인광도 또 웃으며 말하였다.

35 "내가 그대의 얼굴을 보니 손으로 뜯긴 모양인데 어떤 부인에게 죄를 지어 그런 형상이 되었는가?"

여러 조씨 형제들이 참지 못하고 한꺼번에 웃었다. 그랬더니 담박한 철생이라도 얼굴을 붉히며 말하였다.

"부인에게 맞았든지 첩에게 맞았든지 그대가 알 일이 아닙니다."

초공이 정색하며 말하기를, "남의 일이라고 웃지 마라. 너도 이런 변을 당할 수 있다."라고 하였다. 인광이 가만히 웃으며 말하기를, "무슨 이유로 스승님께서 내게 이런 변이 올 것이라고 하십니까?"라고 하였다. 그러자 운현이 웃으며 말하였다.

"요즘 얼굴이 헐게 되는 병이 있는데 행실이 바른 군자와 용감한 장부에게는 감히 못 오고, 자범[35]같이 덕 없는 사람에게 들어가기 쉬우니

---

35) 자범 : 양인광의 자(字)임.

숙부께서 염려하시는 것이다."

양인광이 크게 웃고 나서 철생을 괴롭게 놀렸다. 이것이 후염이 한 일 36
인 줄 모르기 때문이었다.

양인광과 철생이 돌아가니, 진왕이 성난 기운이 엄하고 매서워 짐독을 섞은 술 한 그릇을 가져오라고 하여 별궁으로 향했다. 아들들이 기색을 알아차리고 당황하여 어찌해야 할지 생각하며 아연실색하였다. 초공이 자기가 형의 화를 말리지 못할 줄 알고 태부인께 이 일을 말씀드렸다.

"형의 노여워하는 기색이 자못 무섭습니다. 후염의 죄가 만 번 죽어도 아깝지 않을 정도이니 할머님의 가르침이 아니면 자식을 죽이는 일을 면하지 못할 듯합니다."

태부인과 노공[36] 부부가 매우 놀라며 말하였다.

"후염이 어질지는 않지만 차마 죽일 수 있느냐? 바삐 구하는 게 좋겠다."

노공이 몸소 별궁으로 갔다. 이때에 진왕이 성난 기운이 매서운 상태 37
로 궁에 이르렀는데, 마침 공주 모녀가 철씨를 욕하고 진왕의 사랑이 박하다고 하면서 철생의 재취가 된 일을 원망하고 있었다. 진왕이 오는 것을 보고 공주는 반겼지만 후염은 지은 죄가 있어서 놀라고 당황해 하였다. 진왕이 대청 위에 앉아서 시종들에게 후염을 밀어내 중간 계단에 꿇어앉게 하여 죄를 헤아려 말하였다.

"너의 크나큰 죄, 부도덕함은 용납 받지 못할 것이니 시댁에서는 쫓겨난 며느리요, 어버이에게는 죄인이다. 너를 살려두면 가문의 욕이 될
것이니, 부녀지간의 천륜이 간절하기는 하지만 너 같은 자식은 유익함 38

36) 노공 : {노공}. 조숙을 이르는 말임.

이 없고 부끄러울 뿐이다.”

그러고는 한 그릇 독주를 주면서 “이것을 먹고 죽어라. 내가 너를 좋은 산에 묻고 외로운 혼을 위로할 것이다.”라고 하였다. 목소리가 엄숙하고 찬바람이 부는 듯하니, 후염이 통곡하며 말하였다.

“못된 철가의 말을 듣고 하루아침에 부자지간의 천륜을 끊어 죽으라고 하시니 저는 살고 싶은 뜻이 없습니다. 하지만 철가에게 원수를 갚고 싶습니다.”

옆에 있던 금선공주가 가슴을 두드리며 큰 소리로 통곡하며 말하였다.

“승냥이, 사냥개 같은[37] 조군아, 차마 자식을 죽이려 하느냐? 후염이 살아 있다 해도 정씨[38]와 그 아들들에게 무슨 평화롭지 못한 일이 있을 거라고 이러느냐?”

39 진왕이 들은 체 않고 더욱 노하여 여러 아들들이 용서해 주시라고 해도 듣지 않고 약을 후염에게 억지로 먹이려 하였다. 이때 노공이 초공과 함께 천천히 걸어 뜰 가운데에 이르니 진왕이 급히 당에서 내려가 맞이하였다. 그러자 노공이 말하였다.

“내가 들으니 네가 후염 다스리는 것이 부녀지간의 자애로움을 끊고 목숨을 죽이기에 이르렀다 하니 한심하고 경악스러워 여기에 왔다. 내가 여기에 온 이유 하나는 손녀를 구하기 위해서이고 또 하나는 너의 윤리와 기강을 잇기 위함이다. 늙은 아비의 수고를 헛되게 하지는 않겠지?”

진왕이 감히 명령을 거스르지 못하고 아버지를 모셔 당으로 올라가 자

---

37) 승냥이 ~ 같은 : {싀험[豺獫]ᄒᆞᆫ}. 문맥을 고려하여 이같이 옮김.
38) 정씨 : 진왕의 첫째 부인 정숙렬임.

리에 앉으시게 하였다. 그러자 노공이 독약 그릇을 뺏으라고 하면서 계속 하여 말하였다.

"후염이 아직 어린 마음으로 부모의 가르침을 유념하지 못하여 무식한 40
성품을 부려 죄에 빠졌으니 오늘부터 엄하게 책하여 깊은 당에 두어 잘못을 고치고 마음을 돌리게 하여라."

진왕이 절하고 사례하며 말하였다.

"제가 불초하지만 천륜의 의리를 모르겠습니까? 하지만 사람의 아내가 되어 지아비를 마구 때리고 시부모를 모욕하여 윤리에 큰 변고를 만들었으니 만약 살려두면 우리 가문에 욕이 미치고 철씨 가문도 망하게 될 것입니다. 그래서 근심스럽고 놀라워 이 아이를 죽여 저의 부끄러움을 씻고 이 아이의 죄도 용서받고자 했던 것입니다. 하지만 아버님의 가르치심이 이와 같으시어 죄 많은 딸의 목숨을 아끼시니 제가 감히 거역하겠습니까?"

드디어 후염을 한 간의 깊은 집에 두고 유모 한 명만 맡겨 아침저녁밥 41
을 겨우 요기만 할 수 있게[39] 보내게 하였다. 또 만약 진왕 자신의 명령 없이 그녀에게 음식을 주거나 문을 여는 사람은 죄를 주겠다고 하였다. 그러니 후염 같이 못된 사람이라도 감히 발악하지 못하였고, 금선공주도 흉악함을 드러내지 못하였다. 진왕의 위엄이 이와 같았다.

진왕이 아버지 노공을 모시고 공주의 처소에서 나와 본부[40]로 돌아오는데 초공과 여러 사람들이 일시에 나오는 것을 보고, 태부인이 탄식하였다.

---

39) 겨우 ~ 있게 : {궁그로}. 내용이 부실하고 변변치 않다는 뜻임.
40) 본부 : {상부[相府]}. 문맥을 고려하여 이같이 옮김.

"나의 자손이 여럿이지만 후염 같은 사람은 없었는데, 진실로 불행이로구나. 죽인다는 소리를 듣고 근심스럽고 놀라웠다. 이제 깊은 당에 두었다고 하니 잘못을 뉘우치기를 바란다."

진왕이 대답하였다.

42 "아버님의 엄하신 명령을 거역하지는 못하지만, 철씨 가문을 볼 낯이 없습니다. 흉악하고 막된 여자에게 자식을 낳게 한 것이 한스럽습니다. 그 어미가 지금도 잘못을 고치지 않았는데 그 딸이 고치기를 어떻게 바라겠습니까?"

이때에 철부에서 진왕이 후염을 다스린 일을 듣고, 철생의 어머니가 탄식하였다.

"저 가문의 훌륭한 풍모가 그러한데 그 자식은 이렇게 악독하니, 이는 마치 주(周)나라에 관숙(管叔)과 채숙(蔡叔) 같은 못된 형제[41]가 있었던 것과 같구나. 그러나 이후에 그 아이가 잘못을 뉘우친다면 다시 데려오는 것이 옳다."

철생이 탄식하며 그러겠다고 하였다. 이후로 철생은 유씨와 화목하게 지내면서 조씨 생각을 다시 하지는 않았지만 사사로운 정에 거리끼는 마음이 있어 평안하지는 않았다.

43 이때에 운현의 둘째 부인 장씨가 첫째 부인 남씨를 보고 자꾸 그녀가 원망스러워 밤낮으로 그녀를 해칠 계획을 세웠다. 그런데 운현은 남씨에게 정이 진중하여 오히려 예전보다 더하니 장씨[42]가 유모와 의논하여 운

---

41) 주(周)나라에 ~ 형제 : {쥬문[周門]의 관치[管蔡]}. 서로 다른 임금을 옹립하려고 싸웠던 주나라의 관숙과 채숙 형제를 가리킴.

42) 장씨 : {가장시[假張氏]}. 장씨가 실은 가짜 장씨라는 서술자의 언지이지만 옮길 때에 매번 표시할 필요는 없을 듯하여 이후에도 장씨라고만 옮김. 장씨가 원래 연왕의 딸 천화군주였는데 운현에게 반하자 연왕이 진왕에게 청혼하지만 거절하였다. 그러자 군주가 외삼촌 장당의 양녀가

현43)이 왔을 때에 다시 예전의 약, 즉 개심단(改心丹)을 먹였다. 그러자 갑자기 변심하여 장씨에게 침혹되고 남씨는 완전히 잊었으며 아들의 옥 같은 모습도 아끼지 않았다. 남씨가 이상하게 여겼지만 내색하지는 않았다. 입으로는 꿀 같은 말을 하지만 속으로는 칼을 숨기고 있는 장씨는 일을 만들고 나서야 그칠 사람이다. 그러니 무슨 환란이 있을지 궁금하다.

남씨가 밤낮으로 정당(正堂)에 나아가면 온화한 기운이 가득하여 위아래 동서들과 숙모님, 시누이들과 담담하게 나누는 대화에 온 가족이 칭찬
하고 시부모님이 아꼈다. 장씨가 더욱 분하여 남씨를 해칠 마음을 먹고 44
신법사(神法師)에게 요망한 술수를 행하게 하였다. 그랬더니 며칠이 못 되어 남씨의 아들 명륜이 크게 아팠다. 명륜은 아버지의 옥 같은 얼굴과 풍모를 이어 받은 것이 사람들을 감동시킬 만하였고, 선계(仙界)의 선동(仙童) 같아 속세를 초월한 듯한 거동이 맑고 신이하여 진왕이 매우 사랑하였다. 그런데 갑자기 병이 중하여 날로 위중해지는데도 운현이 마음을 두지 않고 장씨와 바둑을 두며 소일하였다. 남씨가 아들의 병이 위중함을 보고 초조하여 눈물을 머금고 시비 초영에게 말하였다.

"아이의 병이 이러한데도 어르신과 식구들이 모르시니 네가 가서 능백께 알려라."

초영이 분주히 영교당으로 갔다. 마침 운현은 장씨와 바둑을 두느라 45
흥이 올라 있어 곧바로 들어가지 못하고 난간 아래에서 공자의 병이 깊음을 고하였다. 그러자 여러 시녀들이 차갑게 웃으며 말하였다.

"어르신과 부인께서 승부가 아직 나지 않았는데 감히 무슨 말을 아뢰

되어 운현과 혼인하게 되었던 것이므로 이같이 호칭한 것임.

43) 운현 : {능후}. 운현을 가리킴. 운현의 직위는 '능백'이고, 능후는 유현을 가리키는데, 여기서는 서술자가 혼동한 듯함. 유현도 넷째 부인 강씨가 개심단을 먹여 자기를 사랑하게 한 적이 있음.

겠습니까?"

초영이 매우 급하여 말하였다.

"여러분은 일의 경중을 모르는군요. 어린 공자가 병이 위급함을 어르신께서 모르시니 바삐 알려 주십시오."

운현이 장씨의 참언으로 귀가 젖어 있어 듣고도 못 들은 척하다가 어린 아들의 병듦을 듣게 된 것이다. 장씨가 웃으며 말하였다.

"아이의 병을 상서께 아뢰는 것이 가소롭구나. 부자(父子)의 천륜이 막
46 대하지만 남씨에게 이르러서는 그 천륜이 거꾸러지고 상하였으니 재상가와 제후의 가문에서는 놀랄 만한 변고다. 그런데 무슨 낯으로 병듦을 알리는가?"

운현도 못 듣는 체하고 바둑 두기를 그치지 않으니, 초영이 마음이 급하여 갑자기 병의 위급함을 아뢰었다. 운현은 날마다 장씨가 남씨를 참소하는 것을 들었던 참이다. 그래서 자기가 남씨에게 오랫동안 가지 않으니 아이의 병이 중하다고 말하는가 싶어 화가 나 꾸짖기를, "아이에게 병이 있으면 의약으로 그 목숨을 이어라."라고 하였다. 이를 듣고 초영이 놀라고 어이가 없어 탄식하며 말하였다.

"부자유친(父子有親)의 윤리가 매우 큰데도, 주인님의 처사는 위엄이 있지 않으니 어찌 놀랍지 않겠습니까?"

47 장씨가 문득 알아듣고 비웃으며 말하였다.

"그대가 집안 다스림이 엄하지 않아 당 아래의 천한 종이 주인을 책망하는군요. 이런 일은 다른 사람들이 듣게 해서는 안 됩니다. 한심합니다."

운현이 취했기에 조금 있다가 "무엇이라 책망하였느냐?"라고 하였다.

장씨가 말을 만들어 내어 말했더니, 운현이 크게 노하여 초영을 잡아들이라고 하였다. 초영이 문을 나서다가 잡혀가니 운현이 말하였다.

"아까 하던 말을 해 보아라."

초영이 강직한 까닭에 안색을 바꾸지 않고 대답하였다.

"주인님께 공자의 병이 위급함을 아뢰어도 생사(生死)는 알려고 하지 않으시고 태연하시니, 여차여차 탄식하고 갈 따름이었습니다. 무슨 말 48
을 했겠습니까?"

운현이 화가 나 곁의 종에게 그녀를 결박하게 하고 죄를 헤아려 말하였다.

"당 아래의 천한 종이 주인을 면박하고 욕보이니 죄를 용서할 수 없다."

그러고는 매를 때리니, 초영이 탄식하였다.

"임금이 욕을 당하면 신하는 목숨을 걸고 구한다[44]고 했으니, 저는 죽기를 원합니다. 제가 죽는 것은 관계없으나, 주인 어르신의 해와 달 같은 덕에 흠이 될까 염려됩니다. 또한 간사스런 사람의 참소를 믿고 들으시니 이것이 한스럽습니다."

장씨가 매우 화가 나 말하였다.

"초영이 나를 간사한 사람으로 치부하니 제가 무슨 면목으로 군자를 모시겠습니까? 일찍이 저를 돌려보내십시오."

이 말을 듣고 운현도 매우 화가 나 급히 초영을 때리니 피가 줄줄 흘렀다. 49
초영이 눈을 감고 입을 다문 채 맞을 뿐이었다.

마침 설파가 지나다가 이 모습을 보고 매우 놀라 급하게 말하였다.

"초영은 남부인의 시녀로 공자를 보호하는 아이인데, 주인을 위하는 충

---

44) 임금이 ~ 구한다 : {쥬욕신ᄉ[主辱臣死]ㅣ}.

성이 옛 사람을 압도하니 온 가족이 칭찬한다. 그런데 어찌 여기에 와서 형벌을 받는가?"

운현이 차갑게 웃으며 말하였다.

"예전에는 충성스러웠을지 모르지만 오늘은 죄를 지음이 크니, 다스리는 것입니다."

설파가 웃으며 말하였다.

"그대는 윗사람의 위엄으로 죄를 다스릴 줄만 알고 총명은 배우지 못하였구나. 초영이 무슨 죄를 지었는지 모르지만, 내 청을 받아들여 용서하여라."

운현이 아버지와 형들의 풍모를 이어받은 인자하고 선량한 사람이었
50 기에 간절히 말리므로 용서하여 내보냈다. 다시 바둑판을 벌여 좌우 사람들과 겨루느라 흥이 도도하였다.

이때에 남씨가 아들의 병이 위중하니 마음이 슬프고 아득하여 초영에게 고하라고 하고 돌아오기를 기다리고 있었다. 그런데 초영이 반죽음의 상태로 돌아오니 놀라며 물었다. 초영이 울며 일의 시종(始終)을 고하니, 소저가 어이없어 눈물을 흘리며 말하였다.

"내가 현명하지 못해 네가 중벌을 받았으니, 내가 어리석었다. 후회가 막급하다. 너는 왜 주인어른의 말씀에 꺼리고 피할 일을 저질러 화를 일으켰느냐?"

그러고는 유모에게 말하기를, "진궁이 멀어 아이의 병을 부모님께 고하
51 기가 어려우니, 태사[45] 아주버님께나 고하여라."라고 하였다. 유모가 "만약 태사 어르신이 안 계시면 자연히 진왕께 고하겠습니다."라고 하였다.

---

45) 태사 : 진왕의 맏아들 기현을 이름.

유모가 말을 마치고 나오는데, 태사 기현이 능후 유현과 더불어 초공을 모시고 앉아 있었다. 유모가 공자의 병이 중함을 아뢰니, 앉아 있던 사람들이 놀라며 왜 그 아비에게 말하지 않느냐고 하였다. 유모가 눈물을 머금고 초영이 벌 받음을 아뢰니, 초공이 놀라서 말하기를 "운현이 실성했구나."라고 하면서 유현에게 말하였다.

"네가 아이의 병을 알 것이니 기현과 함께 가 보고 구할 방법을 다 하여라."

원래 유현의 의술이 이름 높아 세속 의원들보다 나았다. 아버지의 명
령을 받아 기현과 더불어 가보고 아이를 구하려 하니, 남씨가 맞아 아들 52
의 병이 하룻밤 사이에 위중해짐을 말씀드렸으나 운현의 망령됨에 대해
서는 내색하지 않았다. 기현과 유현이 병든 아이를 보니, 이상한 약이 오
장육부에 들어가 육맥(六脈)[46]이 막혀 통하지 못하고 호흡이 가빠 목숨이
경각에 놓여 있으며 요상한 술수가 침범해 있었다. 기현이 매우 놀라며
유현에게 말하였다.

"이 아이가 찬바람 때문에 아픈 것이 아니구나. 어찌 이리 이상한가?"

유현이 대답하였다.

"사람의 마음으로 헤아리기 어렵습니다. 이 아이의 병은 요사스런 기운이 접하고 독약이 장기에 들어가 생긴 것이니 지체하면 위태하겠습니다."

해독제를 지어 서둘러 쓰니, 이윽고 아이가 기운을 돌려 구토하였다. 53
독한 기운이 코를 거스르고, 명륜[47]의 안색이 매우 위태롭던 것이 약간

46) 육맥(六脈) : 한의학에서 말하는 여섯 가지 맥박. 부(浮), 침(沈), 지(遲), 삭(數), 허(虛), 실(實)의 맥을 이름.

47) 명륜 : 운현과 남씨 사이의 아들로, 지금까지는 아이, 아들로 지칭했음.

나아졌다. 유현이 요사한 술수를 제거할 방법을 가르치고 나서 남씨를 위로하며 말하였다.

"아이의 병이 깊이 근심할 정도는 아니니 제수씨는 마음을 놓고 잘 살펴 요망한 싹을 막으십시오. 드러나게 해치는 사람은 방비하기 쉽지만 은근히 해치는 사람은 알아차리기가 매우 어렵습니다. 매사에 신중하십시오."

남씨가 사례하였다. 이 말을 듣자 몸이 으쓱하고 뼈가 저릿하여 이후로는 아들을 유모도 만지지 못하게 하고 스스로 보호하니 아이의 병이 조금 나았다.

54 이 날 저녁 문안할 때에 남녀가 모두 모였는데, 남씨만 아들을 지키느라 문안에 참여하지 않았다. 태부인이 물으니, 기현이 말하였다.

"명륜이 갑자기 병이 들었기에 아까 제가 가 보았더니, 병이 위중하여 곁을 떠나지 못하고 있었습니다."

진왕이 놀라서 "명륜이 어제는 무사하더니, 무슨 병이 위중하더냐?"라고 물었다. 기현이 공손하게 대답하기를, "어린아이가 우연히 걸릴 수 있는 병입니다."

초공이 정색하며 말하였다.

"운현이 행실에 덕이 없고 믿음이 없어 선비 무리에서 벗어나니 한심합니다."

좌우의 사람들이 숙연해졌다. 진왕이 눈을 들어 운현을 보고 말하였다.

"근래에 너의 행실을 보니 도리에서 벗어나고 공손함을 잃었다. 내 앞
55 에서 자잘한 일들을 말하지는 않았지만 네 숙부가 말하기를 네가 행실

에 덕이 없고 무식하여 부자유친(父子有親)을 모른다고 하니, 이는 사사로운 일이 아니다. 무슨 일인지 한 번 들어봐야겠다."

말을 마치는데 운현을 지켜보는 눈빛이 사방으로 쏘이니, 운현이 벌벌 떨며 황공해 하였다. 초공이 말하였다.

"그 아들의 병듦을 기별 받고도 급함을 알린 시녀를 심하게 때리고 꾸짖어 쫓아 보내고 나서 바둑 두느라 시간 끌기를 이러저러하게 했습니다. 이렇게 패악한 사람은 그냥 두면 안 되니 엄하게 다스려 주십시오."

할아버지 노공이 웃으며 말하였다.

"비록 잘못함이 있지만 구태여 심하게 다스릴 것까지 있느냐?"

이 말에 진왕이 엄하게 다스리지는 못했지만 자못 마음이 편안하지 않았다. 운현이 황공하여 벌벌 떨었고 여러 자식들도 모두 두려워했다. 문 56
안을 마치고 진왕과 초공이 밖으로 나오니 아들들이 모두 나왔다.

진왕이 운현의 행실에 매우 놀라 심하게 치려고 했으나 아버지의 엄한 말씀 때문에 삼가고 있었다. 하지만 노여워하는 기색이 드높아 용서하지 않는 것이 마치 100대를 맞는 것보다 더하였다. 운현이 아버지 앞을 잠시도 떠나지 않고 조심스럽게 마음가짐을 했지만 진왕의 구정(九鼎)[48]같이 무거운 마음을 누가 풀겠는가? 여러 날 곁에서 모시는데 위엄이 더하니 마치 봄날의 살얼음을 밟는 듯하였다.

하루는 아버지가 나가셨을 때에 운현이 영교정이 이르렀다. 장씨가 맑고 예쁘게 웃으며 맞이하여 "그대가 여러 날[49] 오지 않으셨는데, 아이의

---

48) 구정(九鼎) : 우(禹) 임금이 구주(九州)에서 거둬들인 금으로 만들었다는 솥으로, 주(周) 나라 때까지 전해졌다는 국보. 매우 무거워 항우(項羽) 같은 장사만 들어올릴 수 있었다고 함.

49) 여러 날 : {날포}. '하루 이상이 걸친 동안'의 뜻이나 문맥을 고려하여 이같이 옮김.

병에 골몰하셨어요?"라고 말하였다. 운현이 눈썹을 찡그리며 말하였다.
57 "아이의 병 때문에 아버지 앞에서 벌을 받느라 못 왔소. 어찌 아이의
병에 골몰했겠소?"

장씨가 차갑게 웃으며 말하였다.

"초공 어르신께서 부부 사이의 일을 어찌 다 아시겠습니까? 남씨가 그
대의 허물을 퍼뜨렸기에 아버님의 화를 얻은 것입니다. 제가 남씨를
숙녀로 알았는데 지금 보니 음탕하고 비루한 행실이 맑은 뜻이 아닌 것
같습니다. 한밤중에 도주하여 나갔다가 아들을 끼고 돌아오니, 시부모
님과 조부모님께서 지나치게 아끼시고 낭군께서도 미혹하시므로 점점
이상한 행동을 하는 것입니다. 초영을 시켜 음탕한 편지를 두루 주고
받으면서 낭군을 향해서는 거짓말을 퍼뜨려 아버님께서 들으시도록
58 하여 매를 맞게 되니, 제 죄나 다름이 없어 모골이 송연합니다. 남씨가
아이의 병이 요사스런 술수의 빌미라고 하였는데 이는 저를 함정에 넣
으려 하는 흉계이니, 죽어 묻힐 땅이 없을까 걱정입니다."

말을 마치고 오열하니, 운현이 위로하여 말하였다.

"그대는 너무 염려하지 말라. 내가 있는데 남씨가 마음대로 일을 꾸미
겠느냐? 남씨가 혀를 놀려 나를 아버지 앞에서 벌 받게 했으니 내가 어
찌 분을 풀지 않겠느냐?"

장씨가 말리며 말하였다.

"좌우의 사람들이 모두 남씨의 심복입니다. 제 약한 세력으로는 오히
려 제가 다른 부인을 해치는 투기하는 아내로 지목될 것이니 누가 제
59 애매함을 알겠습니까? 낭군께서는 아무 말 마시고 나중을 보십시오."

운현이 탄식하고는 장씨 곁을 잠시도 떠나지 않으면서, 남씨를 향해 성

난 기운을 하늘까지 뿜어냈다. 장씨가 신법사와 비밀스럽게 흉계를 꾸민 것을 누가 알겠는가?

하루는 밝은 달빛이 비치는데, 태사 형제[50]가 조부모님께 문안을 올린 후 서헌(書軒)으로 왔다. 마침 7, 8세 되는 아이 하나가 두루 방황하면서 책교정[51]으로 가는 것이었다. 자세히 보니 부중에 없던 아이였다. 운현이 "너는 누구냐?"라고 하자, 그 아이가 떨며 말하기를 "남씨 부중의 서동(書童)인데 책교정에 편지를 드리려고 합니다."라고 하였다. 운현이 말하기를, "그렇다면 편지가 어디 있느냐?"라고 했더니, 그 아이가 감추고 내
놓지 않았다. 운현이 뒤져서 편지를 하나 찾았는데, 다음과 같이 쓰여 있 60
었다.

화생은 두 번 절하고 남소저께 올립니다. 옥 같은 얼굴, 꽃 같은 자태를 이별한 지 몇 년이 지났으니 서로 그리워하는 마음이 어찌 다르겠습니까? 슬프군요. 하늘이 돕지 않아 부인이 조부에서 벗어날 방법이 없으니, 옥 같은 그대의 마음과 옥이 부서지는 것 같이 맑은 목소리가 쟁쟁하여 눈이 멀고 귀가 먹을 것 같습니다. 이제 다시 옛날의 그 방법[52]으로 부인을 빼앗아올까 생각했지만, 운현은 힘이 세어 전쟁터에서 선봉장이 되었던 사람이라 약한 제가 잡힐까 두렵습니다. 그러니 단지 독약으로 운현을 죽여 소저와 즐길 수밖에 없습니다. 때가 이르면 임기응변을 잘 하고
남부로 오십시오. 제가 고향으로 왔는데 부인이 없으므로 갈 곳이 없어 잠시 회포를 61
고합니다. 한 통 답서를 기다리겠습니다.

---

50) 태사 형제 : 여기서는 태사인 기현과 운현을 이름.

51) 책교정 : 남씨의 처소.

52) 옛날의 방법 : 예전에 장씨가 사람을 시켜 남씨를 납치한 적이 있으므로 밤에 몰래 데려오는 일을 뜻함.

운현이 다 읽고 나서 화가 머리끝까지 올라[53] 그 아이를 때려 더 물으려 하다가 '이 아이는 동서남북도 분간 못하는 어린아이이니 물어서 뭐하겠는가?'라고 생각하였다. 꾀를 내어 편지를 빼앗아 글씨체를 그대로 따라 써서 주며 말하였다.

"이 편지를 아무도 모르게 해라. 네가 남씨의 글을 받아 돌아갈 때에 나에게 보여주면 좋은 과일과 초나라 옥, 비단 등을 주겠다."

아이가 그러겠다고 하고 갔다. 운현이 중간에서 괴로이 기다리는데,
62 한참 있다가 그 아이가 나왔다. 답신을 보려는데, 그 아이가 머리를 조아리며 "날은 저물고 갈 곳이 머니 큰일 났습니다."라고 하였다. 운현이 좋은 물건들을 주고는 편지를 가져다가 보았다. 말이 음탕하고 패악스런 이야기들이 무수하여 마음이 떨렸으나 겨우 진정하고 남씨의 글씨체로 다시 써서 주었다. 분한 마음이 솟구쳐서 곧바로 책교정에 가 남씨의 머리를 베려고 하다가 부모님께 알려드리고 처치해야겠다고 생각하고는 꾹 참고 영교정으로 들어갔다.

장씨가 성나고 놀란 빛이 가득하여 정신이 없으니, 운현이 이유를 물었다. 장씨가 대답하였다.

"낭군의 방에 큰 변이 일어나 조씨 가문의 맑은 덕을 추락시키고 낭군
63 께서 집안 다스리심을 어지럽게 만들었으니 마음이 어떻게 편하겠습니까?"

운현이 캐물으니 장씨가 슬피 말하였다.

"제 운명이 기구하여 동렬의 다른 부인의 못된 행실이 비위를 거스릅니다. 그대는 제 처소에 오지 마소서. 제가 조씨 가문에 의탁하여 규중

53) 머리끝까지 올라 : {튱관[衝冠]}.

의 처자 같이 인륜을 죽음으로써 지키며 살려고 했으니, 다른 부인들과 총애를 다투는 것은 죽어도 견디기 힘듭니다."

운현이 의심이 있던 차에 이 말을 들으니 화가 하늘을 찔러 몇 잔의 술을 마시고 밖으로 나왔다. 그 때 마침 책교정에서 한 명의 미인이 나오는데, 달빛 아래의 아리따운 자태가 분명히 남씨였다. 그녀가 난간에 올라
사방을 살피니, 이를 본 운현은 음탕한 여자의 거동을 봐야겠다고 생각하 64
여 짐짓 흔연스럽게 물었다.

"이곳은 우리 형제들이 모이는 곳인데, 부인이 한밤중에 무슨 일로 나왔나?"

남씨가 탄식하며 곁에 앉으면서 말하였다.

"여자의 일생은 다른 사람에게 매어 있습니다. 제가 낭군을 바라보는 것이 북두성을 바라보는 것과 같은데, 낭군은 제 안부를 한 번 묻지도 않았습니다. 또 부자의 천륜으로도 아이의 병을 유념하지 않으니 어찌 서럽지 않겠습니까? 아이의 병은 질병이 아니라 독한 계집이 만들어낸 병이었습니다. 낭군께서 요사한 계집에게 혹하여 우리 모자의 생명이 위태하니 원컨대 친정으로 돌려보내주시면 부모를 의지하여 박복한
수명을 보전해 보겠습니다. 허락해주시겠습니까? 어르신께 문안드릴 65
때 여러 사람 가운데에서 만나서는 사정을 못하다가 지금 고하는 것이니, 저를 돌려보내고 장씨와 속 시원하게 즐기십시오."

말을 마치고 쌩 들어가니, 운현이 분한 기운이 북받쳐 생각하기를 '부모께 고해도 죄줄 리 없고 내 분을 풀 데가 없으니 오늘 밤 저 음탕한 여자를 죽여야겠다.'고 하고는 책교정으로 따라 들어갔다.

이때에 남씨는 아들과 촛불 밑에서 병을 조리하고 있던 참이었다. 그

런데 운현이 생각지도 못한 사이에 성난 눈빛을 이글거리며 서리 같은 칼을 들어 남씨를 향해 다가오는 것이었다. 남소저가 천균(千鈞)[54]의 큰 도량이지만 어찌 놀라지 않겠는가? 천천히 자리를 옮겨 칼을 피하며 말하였다.

66 "제가 비록 죄가 있다고 하나 어찌 한밤중에 친히 칼을 빼 죽이려 하십니까? 그래도 무슨 죽을죄를 지었는지 알고 죽겠습니다."

곁에 있던 명륜이 어머니의 치마를 잡고 크게 우니, 운현이 화가 치밀어 다시 칼로 찌르려 하였다. 그러자 남씨가 지금 그의 마음이 흉악스럽게 되었다고 생각해 유모에게 눈짓을 하여 명륜을 데려가게 하였다. 시녀 화앵이 운현의 거동을 보고 있다가 혼비백산하여 정당으로 아뢰러 가는 길에 화파를 만나 울며 아뢰었다.

"주인어른이 밤중에 칼을 들고 들어와 부인을 찌르려 합니다."

화파가 몹시 놀라 심장이 뛰어 엎어지고 넘어질 듯 달려 책교정으로 갔
67 다. 남씨가 한 편에 밀쳐 서 있고 운현은 화가 오를 대로 올라 칼을 들고 찌르려 하는 참이었다. 운현이 남씨의 머리를 잡았으니 남씨는 면하지 못할 줄 알고 고요히 머리를 잡히고 서 있었다. 남씨의 생명이 위태로우니 화파가 허둥지둥 뛰어 들어가 칼을 뺏으며 말하였다.

"이것이 무슨 행동이냐? 천지간에 이런 변고도 있느냐?"

남씨를 붙들고 눈물을 흘리며 말하였다.

"조씨 가문의 남녀, 상하가 모두 너의 행실을 아니, 이런 변은 꿈에도 생각하지 못한 것이다. 무슨 일이냐?"

남씨가 슬피 탄식하며 말하였다.

---

54) 천균(千鈞) : 1균이 30근이니 3만 근 정도 되는 무게. 마음이 이처럼 무겁고 크다는 의미로 쓰임.

"제가 오늘 겪는 일이 무슨 이유인지는 모르지만 죽일 만한 죄가 있으니 남편이 죽이려 하는 것일 겁니다. 그러니 제가 칼을 받아 스스로 죽
어 그 마음을 시원하게 하겠습니다." 68

말이 끝나기도 전에[55] 운현이 몇 차례 칼을 빼 남씨의 가슴을 찌르니, 화파가 급히 손을 잡았어도 미처 구하지 못하여 붉은 피가 줄줄 흘렀다. 화파가 매우 놀라 붙들어 싸매고 나서 운현을 보고 꾸짖으며 이유를 물었다. 운현이 말하기를, "만고의 대역죄인이자 음란한 아내는 죽이는 것이 장부의 당당한 일입니다. 할머니가 왜 말립니까?"라고 하였다. 그러자 화파가 혀를 차며 말하였다.

"무슨 일이 음란하고 패역하냐? 너는 아버지와 숙부를 바라보지 못할 것이다. 어찌되었든 아버지와 형이 계시니 여쭈어 바른 도리로 처치해야지 어찌 한밤중에 쳐들어와 정실부인을 죽이려 하느냐? 내가 비록
미천하지만[56] 네 아버지와 숙부에게서 이런 도리를 보지 못하였다. 네 69
처사를 보니 한심하고 애통하다. 진왕께 아뢰어야겠다."

운현이 성을 내며 말하였다.

"할머니는 정말로 참견할 일이 많고 바르지 못한 늙은이군요. 내 행동이 모두 무슨 일인지도 모르면서 음란한 여자를 편들어 나를 책망합니까? 우리들이 할머니를 공경하지만, 너무 명분을 차리지 않고 이렇게 꾸짖기까지 하는 겁니까?"

화파가 젊을 때부터 진왕 형제들이 후대함이 극진하여 공경을 받아 이런 말을 듣지 않았기에 소매를 떨치고 일어나며 말하였다.

---

55) 말이 ~ 전에 : {언미이(言未已)의}.
56) 내가 미천하지만 : 화파는 노공의 첩이기에 이같이 말하는 것임.

"남씨를 죽이든지 살리든지 이 늙은이가 알 바가 아니지만, 어찌 선비
70 가 되어서 하찮은 사내[57]를 자임하느냐? 인정으로는 차마 그냥 있지
못할 상황인데 도리어 나를 책망하는구나. 내가 무슨 명분을 차리지
않았느냐?"

그러고는 화파가 바람처럼 일어나니, 남씨는 의지할 곳이 없는데다가 운현이 자신을 미워하며 보는 눈이 흉악하여 붉은 빰에 눈물만 흘릴 뿐이었다.

이때 유모가 명륜 공자를 안고 옥매정에 가 양정렬[58]을 보고 일의 시종(始終)을 고하니, 양정렬이 크게 놀라 시비에게 촛불을 들게 하여 얼른 책교정으로 갔다. 남씨는 상처가 아프고, 슬프고 분한 마음이 가득하여 눈물을 그치지 못하고 있었다. 운현은 먹이를 물고도 먹지 못한 범처럼 그녀를 노려보면서 두 장 편지를 던지고 침을 뱉으면서 욕하며 말했다.

71 "스스로 계교를 내어 일을 만드는구나. 나에게 나와 눈치를 살피고 욕
하다가 들어와서는 모르는 체하는 것이냐? 이 같은 패악을 행하고도
모르는 듯 시치미를 떼느냐?"

이렇게 캐물으면서 책망하는데, 양정렬이 이르니 운현이 놀라고 당황하여 당에서 내려와 섬돌에서 맞이하였다. 남씨도 계단 아래에서 맞이하니 양정렬이 남씨의 손을 이끌어 당으로 올라가 앉아 탄식하며 말하였다.

"내가 자려고 하다가 너희들의 큰 변고를 듣고 마음이 떨리고 놀라워 왔다. 무슨 일이냐?"

운현이 본래 양정렬을 공경하였기에 노여움을 진정하고 절하면서 말

57) 하찮은 사내 : {부슈[腐豎]}.
58) 양정렬 : 초공의 첫째 부인으로, 운현의 숙모임.

하였다.

"숙모의 가르침을 들으니 황공하기 그지없습니다. 유자(儒者)의 성품은
보통 사람들과 다르지만 천고에 없는 흉한 변고를 당하니 분한 기운을
억제하지 못하여 칼을 빼 아내를 죽이려고 하다가 화파 할머님이 와서 72
그쳤습니다. 숙모님이 여기 오신 것은 의외입니다."

그러고 나서 허다한 일의 과정을 말하니, 양정렬이 놀라 탄식하며 말하였다.

"네가 왕공(王公)의 아들이고 명문대가에서 나서 충효의 마음이 넓은데
도, 오늘 현명하지 못함이 이러하구나. 아무리 사람을 제대로 알기 어
렵다 해도 한 가지 일로 백 가지 일을 알 수 있는 법이다. 남씨는 곧고
정숙하며 정직하고 바르고 효성스러운 숙녀인데 이런 일을 의심하느
냐? 비록 자잘하기는 했지만 부중에는 변란이 종종 있었다. 정씨[59]의
얼음같이 맑은 행실로도 덕에 누가 됨을 당했는데, 어찌 이런 일을 생
각하지 못하느냐? 또 아버지나 형들의 말을 들어보지도 않고 임의로
정실을 스스로 베려하니, 사람들이 들으면 먼저 네 아버지가 아들을 73
가르치지 못했다고 시비할 것이다. 네가 무슨 면목으로 세상에 설 수
있겠느냐?"

운현이 사죄하여 말하였다.

"숙모님의 말씀하심이 지당하시니 이후에는 명심하여 경계하겠습니다."

양정렬이 탄식하며 남씨에게 말하였다.

"밝으신 하늘이 위에 계시니 간악한 적국의 흉계가 발각되는 날 너의

59) 정씨 : 유현의 첫째 부인인데, 남편의 오해와 박대로 3년간 고생한 적이 있음.

옥같이 깨끗하고 얼음같이 맑은 절개가 뚜렷해질 것이다. 오늘 변고로 잠시 놀랐겠지만 깊이 마음을 삼가 옥 같은 몸을 상하지 말라."

이어 운현을 깨우쳐 내보내고 나서 유모와 시비에게 당부하여 남씨를
잘 보호하라고 하고 침소로 돌아왔다. 남씨가 당에서 내려와 양정렬께 인
74 사하고 침소에 들어와 길게 한 번 흐느끼더니 베개를 의지하여 몸을 던졌
다. 그러고는 다시는 얼굴을 들지 않으면서 아이가 와서 장난을 쳐도 보
지 않고 죽기를 결단하니, 유모와 시비 등이 모두 슬퍼하며 허둥지둥하였
다.

다음날 온 가족이 정당에 함께 모였는데 오직 남씨만 참석하지 않았다. 태부인께서 남씨가 없음을 이상하게 여겨 식구들에게 물었으나 미처 답하지 못하고 있는데, 운현이 자리에서 나와 어젯밤 일을 고하고는 두 장 편지를 내어드리면서 엎드려 아뢰었다.

"이는 천고에 들어보지 못했을 정도로 큰 간악함이고 음란함입니다. 그러니 우리 부중에 한 시도 머물게 하지 못하겠습니다."

식구들이 듣고 나서 놀라 얼굴빛이 변하였고, 진왕도 놀라고 화가 남을
75 이기지 못하여 초공을 보고 쓴웃음을 지으니 그 깊이를 측량치 못할 정도
였다. 초공도 또한 웃으면서 말하였다.

"오늘 일은 인면수심(人面獸心)이다. 예전에 유현을 책망했었는데, 오늘 일을 보니 더욱 애석하다."

진왕이 편지를 운현에게 던지며 말하였다.

"이 애비가 비록 못났다고 하나 어찌 감히 이것을 내게 보여주느냐? 네 집안 일로 나를 번거롭게 하지 말고 남씨든 장씨든 네 마음대로 하고 더러운 말을 들리게 하지 말라."

노기가 매서우니 운현이 움츠러들어 말을 못하고 있는데, 화파가 얼굴이 붉어지며 말하였다.

"제가 어젯밤에 그 이상한 거동을 말리다가 무척 곤란했습니다."

진왕이 말하였다.

"남씨는 누가 해치려 한 것입니까? 운현이 설마 서모를 욕했습니까?"

화파가 격분하였지만 진왕의 노한 얼굴을 보고 민망하여 웃으며 말하 76
였다.

"운현의 소견이 미워 헛소리를 했습니다."

진왕이 뭔가 묘한 단서가 있음을 듣고 남씨를 불러오게 하니, 양정렬이 곁에서 어젯밤에 이러저러한 일이 있었다고 말하였다. 진왕이 탄식하고 나서 정숙렬을 보며 말하였다.

"제수는 숙모와 조카 사이인데도 그 걱정거리를 아시는데, 당신은 모자간인데도 오히려 알지 못하니 참으로 무심하군요."

정숙렬이 애처로워하며 말하였다.

"운현의 거동이 이러했다면 며늘애는 오죽했겠습니까? 탕자의 아내라서 겪는 일이니 앞날을 보전할 방법이 없습니다."

태부인이 탄식하며 말하였다.

"이것이 무슨 일이며, 간사한 여인의 편지는 누구의 요망한 술수이냐? 장씨가 간교하니 의심이 간다."

모두들 남씨의 사정을 불쌍히 여기며 운현을 개탄하였다. 진왕과 초공 77
의 총명함으로 어찌 모르겠는가마는 그 간악함의 정황을 확실하게 모르니 매우 애석하다.

진왕이 책교정에 가 남씨의 병을 보려 하는데, 정숙렬이 먼저 가 남씨를 어루만지며 이유를 물었다. 남씨가 매우 황공해 하며 고개를 숙이고 슬픈 눈물을 줄줄 흘리니, 정숙렬이 애석해 하며 유모에게 그간의 정황을 물었다. 유모가 숨기지 못하고 일일이 아뢰고 눈물을 비 오듯 흘리면서 그날 양정렬이 운현을 회유하여 보낸 후로 무사했음을 아뢰었더니, 정숙렬이 근심스럽고 놀라워 말을 못하였다. 진왕이 오다가 난간에서 들으니
78 아들의 무식하고 패악함이 매우 애통하고 놀라울 지경이므로 크게 다스려야겠다고 마음먹었다. 진왕을 보고 남씨가 황공해 하니 진왕이 앉으라고 하고는 손을 잡고 말하였다.

"며느리가 하룻밤 사이에 어찌 저렇게 병이 나 참담하게 되었을까?"

남씨가 감히 응대하지 못하니, 진왕이 또 말하였다.

"무식하고 못난 아들놈은 말해 뭐하겠느냐? 현명한 너는 정숙한 여자인데도 왜 그리 조급하게 굴었느냐? 믿던 것과 다르구나. 그렇게 죽었다면 어찌 덕이 박한 사람이 아니겠느냐? 이후로는 넓게 생각하여 그런 이상한 행동은 하지 마라. 예전에 정씨와 이씨[60] 두 며느리도 이러저러한 누명을 썼다가 최근에 결백함이 밝혀졌으니, 너도 상황이 되어가는 것을 보면서 몸을 보전하여라."

79 남씨가 절하며 은혜에 감복하니, 진왕이 위로하고 나왔다. 정숙렬이 또 여러 말로 달래어 죽지 말라고 경계하니, 남씨가 절하고 말하였다.

"못난 제가 시부모님의 크신 은혜를 저버렸습니다. 제가 비록 지혜롭지 못하지만 죽어도 씻기 어려운 죄를 지었습니다.[61] 지금 제가 겪는 것이 정씨와 이씨 부인들과 다름이 없지만, 낭군의 말이 차마 듣기 어

60) 정씨와 이씨 : 유현의 아내들임.
61) 죽어도 ~ 졌습니다. : {슈ᄉᆞ난쇽[雖死難贖]}.

려운 정도이고 칼을 들어 여러 차례 베려 하기까지 하니 어찌 살 뜻이 있겠습니까? 부모님의 가르치심이 이와 같으시지만 어찌 사람 수를 억지로 채우면서 세상에 머물 뜻이 있겠습니까?"

말을 마치자 슬픈 눈물이 얼굴을 적시니, 정숙렬이 더욱 애련하여 음식을 권하였고 화파 등과 함께 위로하였다.

진왕이 운현의 행실에 이를 갈며 바깥뜰에 자리를 마련하고 불러들였다.

이때 운현은 놀라고 당황스러워 벌벌 떨면서 몇 잔의 술을 마시고 탄 80
식하며 "반드시 심한 체벌을 당할 것이다."라고 하면서 벌을 기다렸다.
옆에서 장씨가 여러 가지 간사한 말을 하니 운현이 탄식하며 "내가 미친
놈이 될지언정 그런 간악한 여자를 죽이고야 말겠다."라고 하였다.

진왕이 성난 기운이 매우 엄하고 사나워 종을 꾸짖어 "패악한 놈을 결박하여 수를 헤아리지 말고 매를 때려 죽여라."라고 책망하였다. 궁궐의 종들이 쩔쩔매며 땀으로 등을 적시면서[62] 운현을 형벌 받는 판으로 올렸다. 그러자 운현이 분한 마음이 불쑥 솟아나 머리를 조아리며 말하였다.

"제가 비록 못났다고 하나 오늘 죽을죄가 무슨 죄인지 알고나 죽겠습니다."

진왕이 더욱 화가 나 "모진 아비가 착한 자식을 치는 것이니 맞을 뿐이
다."라고 하였다. 여러 대의 매에 운현의 살가죽이 문드러지니 그가 소리 81
지르며 "남씨 요악한 여자의 참소 때문에 맞는 것입니다."라고 하였다.
그러자 능후 유현이 왜 그리 불공스런 말을 하냐고 하고는 초공께 애걸하
기를, "저 아이의 죄는 크지만 구해주시길 바랍니다."라고 하였다. 초공이

62) 땀으로 ~ 적시면서 : {한츌텸빈[汗出沾背]}.

가만히 움직이지 않는 가운데 운현이 이미 60대의 매를 맞으니, 기현과
유현이 매우 급해져 다시 애걸하였다. 초공이 천천히 당에 이르니 벌써
70대였으니 좌우의 누가 그를 구하겠는가? 매우 위급하니, 초공이 종들
을 물리치고 당에 올라 꿇어 앉아 간하였다. 진왕이 탄식하며 못난 자식
이 무례하여 죽어도 자신의 죄를 깨닫지 못할 것이라고 하였다. 초공이
82 웃으면서 요망한 술수가 그 아이의 성정을 잃게 한 것이라고 하고 여러
가지 말로 마음을 돌리려 하였다. 진왕이 초공의 말을 들어 주어 운현을
용서하여 내쳤다.

진왕이 정당으로 가 이 일을 노공께 아뢰니 노공이 과도하다고 책하면서 슬피 눈물을 흘리며 말하였다.

"그 아이가 나이 어려 어리석고 진중하지 못하여 잘못이 있기로 그리 모질게 쳤느냐?"

진왕이 대답하기를, "제가 어찌 그 애를 아끼지 않겠습니까마는 이 아이로 다른 아이들을 징계하기 위해서였습니다."라고 하였다.

이때에 운현이 사람들에게 부축 받아 서재로 왔다. 여러 형제들이 모
두 눈물을 흘리니, 기현이 말하기를, 스스로 불러들인 화인데 누구를 원
망하고 누구를 탓하겠느냐[63]고 하였다. 운현이 눈을 감고 혼미한 중에
있으니 모두들 약을 먹이고 발라 구하였다. 문득 운현이 눈을 부릅뜨고
83 분연히 자리에서 일어나 손으로 책상을 쳐 산산이 부수며 크게 소리 질러
"남씨 요망한 여자를 이것처럼 부수고 말리라."라고 하였다.

장씨가 운현이 심하게 매를 맞은 것을 듣고 눈물이 쏟아져 좋은 술과 맛있는 반찬으로 위로하였다. 운현이 종일 술을 과도하게 마시면서 때때

---

63) 누구를 ~ 탓하겠느냐 : {슈원슈구[誰怨誰咎] ㅣ}.

로 책상을 치며 웃다가 화내다가 노래 부르는 등 한낱 발광하는 사람 같았다. 신법사의 요약이 날로 세져 운현은 아버지와 형들을 원망하고 장씨만 위하였다. 매 맞은 곳이 낫지 않아 얼굴이 초췌하니, 남씨가 이 사정을 듣고 애가 타고 슬퍼 그녀도 마음에 병이 들었다.

간사한 사람의 흉한 계획이 아이를 죽이려 하는 데에 이르렀다. 이때에 연왕이 하나밖에 없는 딸 혼사를 구차하게 성과 이름을 바꿔 하여 운
현과 장인 · 사위의 의리를 차리지 못하고 있었다. 남씨의 심복 아이를 84
꾀어 남씨와 유모가 잠든 때를 틈타 신법사가 큰 매가 되어 침교정에 들어갔다. 이때 남씨는 애가 타들어가 눈을 붙이지 못하고 아들을 어루만지며 흐느껴 말하였다.

"이제 윤리를 지키지 못한, 만고에 없던 계집이 되었으니, 마음은 얼음과 옥 같아 부끄럽지 않지만 내가 죽으면 세 살 어린아이가 어떻게 화를 면하겠는가?"

이렇게 비분강개하고 있는데, 홀연 머리카락이 쭈뼛하면서 어떻게 해야 할 줄 모르게 이상한 느낌이 들었다. 이는 신법사가 요술로 남씨의 혼백을 빼앗은 것이다. 신법사가 새가 된 상태에서 명륜을 나비로 만들어 실로 매고 높이 날아 연부로 갔다.

연부에서 본래의 모습을 내어 안으로 들어가니 붉고 화려하게 장식된 85
궁궐이 구름까지 솟았고 수놓인 아름다운 문과 창[64]이 왕의 거처였다. 법사가 남씨를 중계(中階)에 세우니 어떤 왕이 크게 꾸짖어 말하였다.

"네 죄가 여러 가지라서 죽어야 싸지만 하나의 목숨을 용서하고 찬 감옥에 가둔다. 이후에는 명령을 순순히 따라 죄를 짓지 마라."

---

64) 수놓인 ~ 창 : {수달난창[繡闥蘭窓]}.

그러고는 좌우 시종들에게 독약을 명륜의 입에 붓고 거적에 말아 동여
매 깊은 산 속에 묻어 없애라고 하였다. 남씨가 이 모습을 보고 간절히 부
탁하였지만 연왕이 남씨를 옥에 가두라고 하여 궁녀들이 이끌어 후원의
감옥에 넣었다. 둥근 담 속에 있는데 사면에 가시나무가 높게 싸여 밤낮
86 을 분간하지 못할 정도였다. 남씨가 분하고 애통한 가운데 아이가 죽는
것을 목격하고는 곧바로 죽지 못하는 것을 한스러워하며 사방을 보았다.
깎은 듯한 돌 장벽이 있고 누추한 땅에 풀방석 하나뿐이었다.

남씨가 오직 슬피 통곡하며 죽기만 기다리는데 목마름이 심하였으나 어찌할 도리가 없었다. 그런데 홀연 깨진 돌 틈에서 솟아나는 물이 있었는데 맑기가 수정 같아 남씨가 손으로 받아 마시니 맛이 달고 찼다. 세상 소식을 들을 길이 없어 마음이 꽉 막힌 듯했는데, 한 명의 신인(神人)이 운관무의(雲冠霧衣)[65]로 백옥주미(白玉麈尾)[66]를 들고 와 인사하며 말하였다.

"월계 선녀는 속세의 괴로움과 즐거움을 모두 겪으니 그 영광과 욕됨
87 이 어떠하냐? 조군주의 악행은 전세의 업이니 원망할 것이 없다. 그러
나 이곳에 있는 것이 견디기 어려울 것이다. 하지만 1, 2년 후면 바람
과 구름이 일어나는 것 같이 오묘하고[67] 좋은 때를 만나 부부가 합해
지고 모자도 상봉할 것이니 서러워 말라. 감천수(甘泉水)를 주니 이것으
로 목마름을 면하고 목숨을 보전해라."

남씨가 두 번 절하고 자신의 슬픈 사정을 말하려고 했더니 선관이 말하였다.

---

65) 운관무의(雲冠霧衣) : 구름 갓과 안개 옷. 선관(仙官)의 의복을 형용한 말.
66) 백옥주미(白玉麈尾) : 사슴꼬리에 백옥으로 장식한 자루를 단 것으로, 신선들이 들고 다녔다고 하는 물건.
67) 바람과 ~ 오묘하고 : {풍운(風雲)의}. '풍운'을 '풍운조화지묘(風雲造化之妙)'의 뜻으로 보아 이 같이 옮김.

"그대가 전생에 벼슬이 높고 자색이 선녀 중 뛰어나 동기들을 압도하였는데 채화 선녀를 9층탑 아래로 밀쳤었다. 채화 선녀가 그 보복을 원하여 그대는 남씨 집에 태어나고 채화 선녀는 왕실에 태어났으니, 오직 인(仁)을 닦으면 무사할 것이다. 이는 하늘의 명령이다."

말을 마치고 나서 부채로 남씨가 앉은 곳을 부치니 한 줄기 국화가 하 88
늘의 향기를 토하였다. 국화 아래로 그윽하게 맑은 물이 나오니 선관이 이를 가리키며 웃으며 말하였다.

"이 물이 마르고 꽃이 시들 때가 되면 이곳에서 벗어날 것이니 서러워 마라. 부인을 구할 사람이 있을 것이니 지레 죽지 마라."

그러고는 바람같이 간 데가 없었다. 곁에 있는 궁녀의 우짖는 소리와 정원의 잔나비 소리가 슬피 들리는데, 남씨가 꿈 속 일을 생각하니 아들이 살았을 듯하였다. 그러나 눈앞에서 아이에게 독약을 먹여 동여 매 갔으니 살아날 방도가 있겠는가? 감천수와 국화의 덕으로 보아서는 살아 있을 가망이 혹 있을지도 모른다고 생각하면서 눈물을 푸른 바닷물처럼 흘렸다.

이때에 연왕이 남씨를 죽이려고 했으나 그녀의 어여쁜 얼굴을 보고 흉 89
한 생각이 일어나 하늘을 꺼리고 신명을 속여 자신의 영화로움을 영구히 하려고 하였다. 늙은 궁인을 시켜 남씨를 위협하고[68] 달래는데, 한 번 몸을 허락하여 금으로 장식한 계단과 옥으로 장식한 궁전으로 나아간다면 만복이 모두 있고 세상에서 독보적인 존재가 될 것이므로 근본을 누설하지 말고 시키는 대로 하라고 물으면서 뜻을 시험하였다. 남씨가 입을 닫고 귀를 막아 전혀 못 듣는 것처럼 하니 궁인이 어찌할 방도가 없어 이대

68) 위협하고 : {져히고}. '져히다'는 두렵게 하다는 뜻의 고어임.

로 아뢰었다.

그러자 연왕이 매우 화가 나 한왕을 보고 그녀를 누구에게 줄까 의논하
였다. 한왕은 금(金)나라 황실[69]의 종족이어서 성품이 포악하고 사람됨이
90 탐욕스러워 임금의 판단력을 가렸다. 세자 작윤이 세자비를 여의고 천하
의 절색을 구하고 있던 차였으니, 연왕의 말을 듣고 한왕이 매우 기뻐하
며 말하였다.

"이제 남씨를 연 왕실의 궁궐로 들여 영화로운 복을 누리려 한다면 범
을 놓아두어 후환을 볼 수 있을 것이오. 비록 그녀가 입으로 허락한다
고 해도 왕을 위하여 감격함이 없을 것이니 왕후의 자리[70]에 임하여
어찌 근본을 생각지 않겠으며, 부귀를 탐하여 허락한다 해도 어찌 왕을
해칠 마음이 없겠소? 그러므로 이는 화를 스스로 만드는 것이니 그렇
게 하지 마시오. 남씨가 실로 절색의 미녀이니 내 며느리를 삼는 것이
91 어떠하오? 그러면 나중에 왕을 해치는 일이 없을 것이오. 하물며 남의
모자를 하룻밤 사이에 잡아다가 독살하였으니 남씨의 한이 골수에 사
무쳤을 겁니다. 왕이 남씨를 연 왕실로 보내는 것은 복을 바꾸는 것이
니 왕은 잘 생각하시오."

이 말을 들은 연왕이 꿈에서 갓 깬 듯하여 말하였다.

"원래 사람을 죽이는 방도가 여러 가지가 있지만 하늘의 재앙이 두렵고 또 그녀의 고운 빛이 천하를 기울일 정도라서 아리따운 여자를 구하시는 황제께 천거하여 내 딸의 원한도 풀고 황제의 마음도 기쁘게 하려 한 것이오. 그대의 말이 이치에 맞으니 마땅히 귀하의 궁으로 옮기겠

---

69) 금(金)나라 황실 : {금황(金皇)}. '금'은 여진족이 세웠던 나라.
70) 왕후의 자리 : {초방계뎐(椒房桂殿)}. 왕후나 공주의 처소를 이름.

소. 그런데 일이 번거로울 텐데 어떻게 보낼까요?"

한왕이 말하였다.

"내가 오늘 밤 교자 하나와 네다섯 명의 궁녀를 보낼 것이니 돌려보내 92
시오."

연왕이 말하였다.

"그 모자를 같은 날 겁탈하였으니 아마도 조씨와 남씨 두 집안에서 의심스러워하며 남씨에게 원한이 있는 집안[71]을 찾으러 다닐 것입니다. 이런 상황에서 교자를 태워 데려가는 것은 번거로우니 내가 당당히 때를 틈타 보낼 것이니 모름지기 급하게 서두르지 마십시오."

서로 약속을 정하고 오는데, 연왕의 흉한 마음이 불 일어나듯하여 스스로 남씨를 취하고 싶은 생각이 다급하여 한왕에게 이야기한 것을 후회했다. 연왕이 본궁으로 와 남씨를 불러오라고 하였다.

이때 남씨는 결심하여 죽지 못하고 차디찬 옥에 갇힌 지 오래였는데,
아침에는 꽃잎을 먹고 밤에는 감천수를 마시면서 헛되이 고민하고 심장 93
을 사르는 것처럼 걱정하고 있었다. 하지만 꽃 같은 얼굴과 옥 같은 자질이 생생하여 남해의 보배로운 구슬 같고 여러 성(城)과도 바꿀 만한 화씨의 벽옥 같았으며, 늘 신이한 향기가 몸을 두르고 자연스런 광채가 불빛보다 더하였으니 어찌 옥중에서 고초를 겪는 사람 같겠는가? 한 달이 넘도록 먹는 것이 없었지만 앓던 병이 낫고 보석 같은 광채도 날로 더하니 귀신같이 못난 형상의 무리들이 우러러 보며 이상하게 여기고 신기하게 여겼다. 한밤중에 사오 명의 궁인이 연왕의 명령으로 부르러 오니, 남씨가 안색을 엄하게 하고 소리 질러 말하였다.

71) 원한이 ~ 집안 : {원가(怨家)}.

"내가 비록 액이 좋지 않아 이곳에 갇혔지만 천지신명이 막아주실 것
94 이다. 내가 원한을 품고 30여 일을 이 감옥에서 나가지 않고 굶었는데도 완전함을 보아도 내가 이 원한을 씻을 날이 있음을 알 것이다. 이런 한밤중에 나를 부르는 것은 사람의 염치가 아니다. 만 개의 칼날이 내 몸을 찌른다 해도 그냥 죽을 따름이다. 어찌 예가 아닌 일을 당하여 인륜에 어긋나는 말을 듣겠느냐?"

단엄하게 전혀 움직이지 않으니 궁인들이 좌우에 앉아 이해득실을 이야기하며 무수히 달래며 위협하였다. 그러자 남씨가 발끈하여 크게 화를 내며 말하였다.

"내가 비록 일개 젊은 여자지만 선비 가문의 여자로, 백희(伯姬)[72]가 불타 죽던 이름을 흠모하고 존경한다. 그런데 운명이 기박하여 만고에 없는 일을 당하고 있구나. 아이가 독살됨을 눈으로 보았고 내 몸은 감
95 옥에서 한 달이 넘도록 견뎌 살고 있는 것을 보아도 내가 모짊을 알 것이다. 나를 동여매고 가되, 사람의 원한은 하늘을 이긴다고 했으니 내가 한 번 죽어 원수를 갚을 것이다. 그러니 너는 돌아가 전하여라. 밝고 평안한 세상에 이런 흉악한 도적 같은 사람이 있어 임금의 거룩한 덕을 가려 무죄한 사람을 해치고 나를 욕되게 하니 사람의 행실이라고 하겠느냐? 나는 도마 위의 고기다. 무엇을 두려워하겠느냐?"

궁녀가 어이없어 하며 돌아가 전하니, 연왕이 크게 화를 내며 죽이려고 하다가 한왕과 한 약속때문에 겨우 참고 궁녀에게 다시 달래라고 하였다.

---

72) 백희(伯姬) : 노(盧)나라 선공(宣公)의 딸로, 송공공(宋共公)에게 시집갔는데 공공이 먼저 죽었다. 그 후 어느 날 밤에 집에 불이 나자 식구들이 빨리 피하라고 했으나, "부인의 의리는 보모가 같이 있지 않으면 밤에 마루를 내려가지 않는다."고 하면서 "의리를 벗어나 사느니 의리를 지키며 죽겠다."고 하고는 불에 타 죽음.

궁녀 중 '경진월'이라는 사람이 말을 잘하고 지혜가 높으며 어진 마음으로 사람 구하기를 늘 힘썼다. 그녀는 '경상궁'이라고 불렸는데, 그녀가 연왕 96
의 명령을 받아 남씨에게 가 그 모습을 보니 만고에 없는 아름다움이었다. 그래서 남씨를 구해야겠다고 생각하여 연왕의 비에게 고하였다.

"전하께서 남씨를 가까이 하고자 하는데, 남씨의 얼굴이 매우 뛰어나니 그렇게 된다면 공주의 마음속 큰 근심을 옮겨 이제는 왕비 마마의 눈안의 못이 될 것입니다. 그러면 사람들이 대왕을 무엇이라 하겠습니까? 또한 저쪽에서 안다면 대왕이 비록 황제의 친척이지만 죄를 면치 못할 것입니다. 어린 자식을 독살하였으니 원수 됨이 남다를 것입니다. 마마께서는 살피시어 대왕께서 남씨를 생각하는 마음을 끊게 하십 97
시오."

왕비가 크게 놀라 남씨를 치워버릴 계교를 물으니 경씨가 말하기를, "왕께서 가두셨으니 누가 놔줄 수 있겠습니까? 급히 한궁으로 옮기는 것이 제일 좋은 계교입니다."라고 하면서 왕께 할 말을 가르쳐 주었다. 왕비가 옳다고 여겨 왕에게 가 모르는 체하고 말하였다.

"남씨 모자를 잡아온 것이 딸아이의 한을 없애기 위한 일이기는 하지만 죄 없는 명부(命婦)[73]를 감옥에 가둬 죽이는 것은 사람이 할 바가 아닙니다. 선행을 쌓은 집안에는 반드시 남은 경사가 있을 것이라고 했습니다. 그런데 지금의 상황을 생각해보면 등골이 오싹해집니다. 딸아이의 복을 구하려다가 대왕께서 황제께 큰 화를 입을까 두려우니 어찌 98
먹고 자는 것이 편하겠습니까? 대왕께서는 깊이 생각하십시오."

연왕이 왕비의 말을 신뢰하므로 자신의 생각을 흔드는 말을 듣고 놀라

---

73) 명부(命婦) : 2품 이상의 관직을 지닌 남편의 아내에게 내리는 봉호(封號)를 받은 부인.

말하기를 "내가 생각해 놓은 바가 있어 한왕과 의논한 것이 있었으니 내일 한궁으로 옮기겠소."라고 하였다. 그러자 왕비가 말하였다.

"군이 번거롭게 할 필요 있습니까? 경상궁이 믿을 만하니 남씨를 맡겨 본부로 잘 데려가라고 하고 좋으실 대로 하십시오."

연왕이 옳다고 여겨 경상궁에게 분부하였다.

이때 남씨가 간힌 지 40일이 되도록 한 잔의 물도 넣어주지 않았지만 맑은 물과 꽃잎으로 목마름을 면하고 있었다. 경상궁이 들어와 달래어 가
99 자고 하면서 교자에 붙들어 올리니 감옥에 있던 꽃과 물이 곧바로 흔적이
없어졌다. 이를 보고 남씨가 이제 다시 두려운 것이 없지만 나중에 어떻게 되는지 보겠다는 생각으로 경상궁을 의지하여 가는 대로 가만히 있었다. 경상궁이 남씨의 옥 같은 얼굴과 꽃 같은 태도가 특별함을 보니 완연한 덕성과 유복한 기상이 박명한 사람이 아니었다. 그래서 어떻게 해서든지 힘써 구하려고 하였더니 남씨가 어찌할 줄을 몰라 눈물이 고였다. 경상궁이 위로하여 말하였다.

"이미 옥을 벗어났으니 부인이 화를 피할 기회입니다. 너무 슬퍼하지 마십시오. 위태한 곳에서도 구해주는 이가 있을 겁니다."

100 남씨가 궁인의 어짊이 평소에 알던 바와 같음을 보고 인사하며 말하였
다.

"나를 여러 가지로 보채어 또 한궁으로 보내는 이유는 무엇인가? 궁금하네. 지금 나를 상궁에게 맡겨 보내는 것을 보면 그 계교를 알 것이네. 죽고 사는 것을 두려워하여 염려할 것이 없으니 진실로 의심스럽군. 남의 자식을 독살하고 또 나를 무슨 일로 40일 동안 가뒀다가 죽이지는 않고 여기 보내는 건가? 상궁은 아는 내용이 있으면 시원하게 말하

여 내가 결단하도록 하게.”

궁인이 탄식하며 말하였다.

“임금님을 위해서는 시키는 일을 어기지 않는 것이 떳떳하겠지만, 제
마음은 사람을 구하고 어진 사람을 아끼는 것입니다. 오늘 부인의 옥 101
같은 모습이 진흙에 떨어져 나비가 불에 들어간 것 같음을 보니 마음이
슬퍼 상황을 보아 구하려고 합니다.”

경상궁이 먼저 들어가 한왕을 보고 말하였다.

“남씨가 왔습니다. 하지만 아리땁고 고운 자질이 선녀 같고 송백(松柏)의 절개를 지녔으니 가벼이 핍박하지 못할 것입니다. 아직은 고요한 곳에 두었다가 조용히 처리하겠습니다.”

한왕이 옳다고 여겨 깊은 궁궐을 치워 남씨가 머물게 하였다. 경상궁이 자리에서 떠나지 않으니 남씨가 경씨의 의로운 기운을 짐작하고 혹시 나중에 핍박하는 욕을 당하면 죽어야겠다고 결심하였다. 그런데 경상궁
은 그녀를 지킬 뿐만 아니라 장막 앞뒤에서 시녀들이 지키게 하여 자결하 102
는 것을 막았다. 남씨가 밤낮으로 불쑥불쑥 솟아나는 한 때문에 가슴이 막히고 아들을 생각하면 눈물이 비같이 흘러, 여러 날이 되었지만 머리를 들지 않았다. 뒷일이 어떠할까? 다음 회를 보기 바란다.

조 씨 삼 대 록

17권

1 차설. 연왕의 궁에서 남씨와 아이를 잡아다가 남씨는 연왕의 세자가
핍박하려 하고 아이는 독을 먹여 죽여 궁의 종에게 내다 묻으라고 하였
다. 종이 아이를 지고 나오며 생각해보니 마음이 매우 슬프고 남씨도 불
쌍하였다. 또 사람이 악행을 많이 하면 하늘이 재앙을 내린다고 하니 두
려워 일단 아이가 죽었는지 살았는지 봐야겠다고 생각하여 남들이 보지
2 못하는 곳에 가 아이의 시신을 내려놓고 살펴보았다. 그랬더니 아이가
아직 죽지 않고 눈을 감았다 떴다 하며 견디기 힘들어하였다. 그 행동이
사람의 마음을 놀라게 하였다. 이 종의 이름은 '구자'인데 문득 어진 마음
이 일어나기 시작하여 아이를 죽일 수가 없었다. 급히 해독약을 풀어 아
이의 입에 넣으니 이윽고 아이가 독을 토하고 정신을 차린 후 일어나 앉
아 눈을 뜨고 살펴보는 것이었다. 그 옥 같은 기질과 꽃 같은 풍채가 나부
끼는 듯한 것이 신선의 골격이 있을 뿐 아니라 맑은 눈빛과 긴 눈썹, 높은
3 정수리가 해와 달처럼 환한 이마[74]를 둘렀고 크고 귀한 인물의 풍채가
있었다. 구자가 따뜻한 물 한 그릇을 가져와 아이에게 먹이고 품에 품고
가만히 자기 방으로 들어가 그 아내인 호마를 불러 비밀스럽게 말하였다.

"대왕께서 이 아이를 갖다 묻으라고 하셨으나 보통 아이도 차마 죽이
기 힘든데 이 아이의 관상을 보니 진실로 속세의 사람이 아니다. 내가
잠깐 살펴보니 귀한 사람의 자식이다. 우리에게 지금 자식이 없으니
이 아이를 죽이지 말고 그대가 데리고 중화문 안 방환교에 있는 우리
4 부모 댁으로 가라. 당신은 그곳에 있으면서 이 아이를 힘써 보호하라.
나는 궁으로 들어가 아이를 죽인 체하고 형세를 자세히 보았다가 당신
을 따라가겠다."

74) 이마 : {일월각(日月角)}.

호씨가 원래 자식이 없고 어진 마음이 구자와 같아 아이를 사랑하는 것
이 각별하였다. 이 아이의 기이함이 자기가 평소에 보지 못한 바였기에
기쁨을 이기지 못하여 급히 약간의 재물을 수습하여 아이를 데리고 호씨
의 집이 있는 방환교로 가서 숨었다. 구자가 궁으로 돌아가 다음날 해가
돋을 무렵에 왕을 뵙고 아이를 멀리 데리고 가 묻고 왔다고 했더니, 왕이 5
매우 기뻐하면서 그에게 큰 상을 주었다. 구자는 이후로 방환교로 왕래하
면서 아이를 자주 간호하였는데, 아이의 풍채가 특별하여 매우 아꼈다.
아이에게 묻기를, "너는 어떤 아이기에 무슨 이유로 잡혀왔느냐?"라고 하
였다. 그러자 명윤이 말하였다.

"내 할아버지는 왕이고, 아버지는 능백 운현이시며, 내 이름은 명윤입니다. 어머니의 이름은 모르지만 집안사람들이 부인이라고 불렀습니다. 잡혀온 이유는 모릅니다."

아이가 해가 저물도록 즐거워하지 않으면서 때때로 어머니를 부르고 6
우니, 호마가 좋은 과일과 맛 좋은 음식으로 달래어 먹이고 품고 자면서
지성으로 길렀다. 구자가 아이의 말을 듣고 나서 이 아이가 분명히 왕공
(王公) 집안의 귀한 자식인 줄 알았다. 그 근본을 말하지 않는다면 잘 길러
정을 맺고 은혜를 베풀어 자식 없는 몸을 의지하고 장래를 같이 하기를
깊이 바랐다.

명윤은 평소와 같이 편안하게 무사히 지냈지만, 남씨는 한궁에 갇혀 밤
낮으로 초조하여 근심스럽고 두려운 뜻이 침상에 앉은 듯하고 아침저녁 7
으로 죽기를 기다리니, 그 마음이 슬프고 괴로워 귀신을 감동하게 할 정
도였다. 경상궁이 남씨를 위하여 어진 마음이 그치지 않아 한왕을 달래
늘 혼인할 길일 잡는 것을 늦추고 남씨가 벗어날 방법을 알려주려 하였지

만 한 때의 좋은 꾀를 얻지 못하고 있었다. 그러는 중에 세자가 감정을 이기지 못하여 혼인하기[75]를 재촉하니 한왕이 날을 잡았다. 길일까지 겨우
8 며칠밖에 남지 않았기에 경상궁이 남씨의 구구한 사정을 불쌍하게 여겨 그녀의 귀에 대고 이 일을 이야기했더니, 남씨가 혼백이 날아가는 듯하여 탄식하며 말하였다.

"내가 이 일이 아니라도 죽을 수밖에 달리 할 수 있는 일이 없었다. 하물며 다시 눈 위에 서리를 보태니 내가 어찌 한 시라도 세상에서 차마 떠나지 못하랴?"

경상궁이 말하였다.

"옳지 않습니다. 내가 계획이 하나 있습니다. 만약 이를 누설하면 제가 죽으니 일을 비밀스럽게 할 것입니다. 지금의 선인황후가 인자하고 너그러우시어 어질고 두터운 덕이 궁궐을 덮을 정도입니다. 바야흐로 여
9 섯 살짜리 공주를 두셨는데 어진 스승을 구해 공주의 평소의 기질을 저버리지 않으려 하십니다. 이제 내일이 황후 마마의 생신이니 제가 궁궐에 들어가 부인의 사정을 말씀드리겠습니다. 그러면 마마께서 분명히 측은하게 여기시어 구해주려고 하실 것입니다. 또 한 번 보고 싶다고 하시면 몸을 빼 궁궐로 들어가십시오. 전화위복하여 영화롭게 본댁으로 돌아가실 수 있을 것입니다."

남씨가 경상궁의 어짊을 보고 의심하지 않고 사례하며 말하였다.

10 "비록 그렇다 해도 몸이 이곳에서 어떻게 벗어나며 외명부(外命婦)인 내가 어찌 깊은 궁궐을 번거롭고 요란스럽게 할 수 있겠느냐?"

경상궁이 웃으며 말하였다.

75) 혼인하기 : {친ᄉᆞ[親事]}. 문맥을 고려하여 이같이 옮김.

"궁궐이 비록 번거롭고 요란스럽다고 하지만 마마가 감추려 하시면 상자에 옥을 감춤 같을 것입니다. 군신(君臣)은 부자(父子)와 같다고 했으니, 제가 힘을 다하여 부인을 본부로 돌아가시게 하겠습니다. 그러니 이곳에서 다만 몸을 벗어나 궁궐로 들어가시면 반석의 편함과 태산의 기세를 두어 시부모님과 친정을 찾아가시는 일에 반 점 구애 받는 일이
없을 것입니다. 그런데 이곳은 이목이 번다하여 피하여 가실 방법을 11
아직 얻지 못하였습니다."

남씨가 조용히 하나의 계획을 말하니 경상궁이 탄식하며 말하였다.

"부인은 장량(張良)과 진평(陳平)[76]의 꾀를 갖고 계시는군요. 일을 그렇게 하시면 족히 한왕의 궁궐 사람들을 속일 수 있을 것입니다. 그러는 중에 제가 주변 일처리를 잘 하겠습니다."

남씨가 탄식하며 말하였다.

"운명의 기구함이 이 지경에 이르렀는데 상궁의 큰 은혜가 아니었다면 참으로 내 주검이 한궁에 놀라운 피를 뿌렸을 것이다."

경상궁이 한왕을 보고 말하였다.

"이 일은 정당한 혼인이 아니므로 신부를 홀로 앉아 보는 예를 차리지 12
는 못할 것입니다. 그녀의 거동을 보니 아직 뜻이 소나무와 잣나무 같고 마음이 서리 같으므로 길일에 세자가 해가 지고 나서 예복을 입고 남씨가 있는 곳에 오시면 남씨를 달래 서로 잠깐 예를 행하고 맞아 화촉(華燭)을 밝힌 방으로 돌아가게 하겠습니다."

한왕이 그 말을 듣고 옳다 하고는 기구들을 가지런히 하고 세자비가 머

76) 장량(張良)과 진평(陳平) : {냥평[良平]}. 장량과 진평을 가리킴. 둘 다 한고조 유방의 모신(謀臣)으로 한고조가 천하를 평정하는 데에 공을 세움.

물 궁을 수리하라고 하였다.

13 다음날이 소황후의 생신이라 한왕비와 연왕비가 모두 입궐하는데 경
상궁도 함께 들어왔다. 이 경상궁은 원래 궁궐 안의 사람인데 연궁에 갔
을 뿐만 아니라 소부에도 자주 친근하게 왕래하였기에 소황후가 어릴 때
부터 얼굴이 익고 정이 친근하였다. 그래서 황후가 입궐하여 들어오신 후
에도 특별히 후대하셨는데 곽후께 죄를 지어 곽후가 그녀를 내치시어 연
궁에 가 머물게 되었다. 그러다 궁궐 안으로 들어오면 조용히 소후를 모
시고 앉아 여염집에서 듣고 본 것을 서로 말하였는데, 소후께서 그 사람
14 됨을 후대하시고 아끼셨다. 이튿날이 황후의 탄신일이니 황친(皇親)과 국
척(國戚), 내명부(內命婦), 외명부(外命婦), 문관(文官), 무관(武官) 등이 모두
모여 황제와 황후께 축수(祝壽)하기 위해 만세를 부르고[77] 큰 잔치를 열
어 종일 즐겼다. 해가 지고 돌아갈 길도 멀어서 잔치를 끝내자 황친과 국
척, 내외명부들은 물러나고, 한왕비와 연왕비는 궁궐에 머물러 숙소를 정
하였다.

돌아간 뒤에 경상궁이 조용히 황후를 모시고 이야기하다가 안색이 좋
은 때를 타 전 아래에 엎드려 아뢰었습니다.

"제가 연궁에 있을 때에 봤는데, 연왕 부녀가 예의에 어긋난 일을 했습
15 니다. 진왕의 며느리 남씨를 연왕 부녀가 상의하여 신묘랑에게 부탁하
여 요술을 부려 잡아다가 찬 감옥에 가두었고 한나라 세자가 핍박하려
하는 까닭과 남씨의 슬프고 안타까운 사정을 일일이 아뢰었습니다. 남
씨가 지금 한궁에 있는데 목숨이 하루아침에 어찌될지 모를 정도로 위

77) 축수(祝壽)하기 ~ 부르고 : {산호만세[山呼萬歲]를 부르고}. '산호만세'는 임금의 축수를 표하기 위해 신하들이 두 손을 들고 일제히 만세를 외치는 것을 뜻함.

태롭습니다. 그러니 황후님의 크신 덕으로 그녀를 모시고 궐 안으로 들어와 황후께 그녀의 서러운 정황을 모두 아뢰고 덕택을 받아 자기 집으로 돌아가게 해 주십시오."

남씨의 사정이 슬픈 것을 모두 아뢰니 귀신을 울릴 정도였다. 평소에
는 잘 몰랐지만[78] 그녀의 불쌍함과 슬픔을 참지 못하여 힘을 다하여 구 16
해 주실 것을 바랐다. 이어 말하였다.

"아직 공주님의 사부를 정하지 않으셨으면, 이 여자의 미모가 천하에 짝이 없고 재주가 기이하며 풍채가 어질고 기질이 「주남(周南)」[79]의 풍모가 있으니 황후의 크신 덕으로 공주의 사부로 생각해 주시면 덕이 될 듯합니다."

황후가 다 듣고 나서 분하고 놀라워하시며 말씀하셨다.

"성상께서 인자한 덕을 두텁게 베푸시고 지친을 아끼심이 극진하시므로 그 형제 왕들이 뜻이 방자하여 황제의 덕을 상하게 하고 풍화(風化)[80]를 어지럽게 하니 어찌 한심하지 않겠는가? 짐이 다른 사람이 평
안하지 않다는 것을 들으면 몸이 부서지는 듯하여 살리고자 했는데 하 17
물며 내 힘으로 능히 할 방법이 있음을 알고도 어떻게 한 시라도 지체하겠느냐? 짐이 마땅히 한궁에 심복 시녀를 보내어 기다릴 것이다. 네가 잘 조처하여 남씨를 죽지 않게 해라."

경상궁이 황후의 말씀을 듣고 크게 기뻐하여 머리를 조아려 은혜를 사례하고 언약을 굳게 정하였다. 그러고 나서 즉시 궁인 진씨와 경상궁이

---

78) 잘 몰랐지만 : {소미[素昧]로디}. 문맥을 고려하여 이같이 옮김.
79) 「주남(周南)」 : {주람}. 문맥상 '주남(周南)'으로 보고 이같이 옮김. 이는 『시경(詩經)』의 편명으로, 첫머리에 부인의 덕을 노래한 작품이 있음.
80) 풍화(風化) : 풍습을 교화하는 일.

서로 맞추어 한궁에서 남씨를 내어올 문과 어디서 구할 것인가를 정하고
물러나왔다. 며칠 후 한왕비와 연왕비가 황후 소씨께 하직하고 경상궁과
18 함께 나왔다.

날이 가는 것이 매우 빨라 한 세자의 혼인날이 다다랐다. 세자가 기쁨
을 이기지 못하여 이 날 해가 떨어지고 달이 동쪽 언덕으로 떠오르자 길
복을 입고 남씨가 있는 곳에 이르렀다. 이때 남씨는 경상궁과 다른 궁녀
들이 좌우에 가득히 모여 단장하기를 재촉하여도 태연하게 움직이지 않
고 있었다. 한 세자가 방에 들어와 길게 팔짱을 끼고 서서 신부가 예를 올
리기를 재촉하면서 눈을 들어 남씨를 바라보았다. 자약한 아름다움이 마
19 치 부용꽃이 향기를 토하고 흰 달이 하늘의 찬 기운을 토하여 서리를 업
신여기는 듯하였으며, 꽃다운 절개가 맑고도 푸르러 대나무와 잣나무의
푸른빛을 추운 겨울에 홀로 띠고 있는 듯하였다. 한 세자가 정신이 날아
가는 것 같고 마음이 산란하며 정을 나누고 싶은 마음이 급하여 말하였
다.

"부인이 비록 훌륭하고 세력 있는 가문의 사람이고 명문가의 여인이지
만 일의 형편이 이러하니 어쩔 수 없소. 오늘 내 뜻을 따르면 존중해 줄
것이니, 제후의 지위[81]를 편안히 누리는 것이 지혜로운 사람의 처신일
것이오."

20 남씨가 이 말을 들으니 분한 마음이 하늘을 깨칠 듯하여 소리를 가다
듬어 책망하여 말하였다.

"거룩하고 밝은 세상에서 반역자가 위로는 하늘의 뜻을 거스르고 아래

81) 제후의 지위 : {텬승(千乘)의 위(位)}. 주(周)나라 제도에 큰 제후는 사방 백리를 소유하고 전쟁 시에 병거(兵車) 천승을 내놓는다고 하였기에 '천승'은 제후의 지위를 뜻하게 되었음.

로는 풍화를 산란하게 하여 명문가의 아녀자를 잡아다가 결박하고 욕보임이 이와 같으니 연부와 한부는 반드시 멸망하는 환란을 겪을 것이다. 내가 지금 원통하게 죽으니 아버지와 형님, 남편이 찾을 때에 도적 같은 너희는 무사하지 못할 것이다."

말을 마치고 고운 손에 두어 마디 칼을 잡으니, 경상궁이 급히 달려들어 구하는 체하는데 등불이 거꾸러져 꺼졌다. 경상궁이 소리 질렀다.

"제가 걸음이 노둔하여 벌써 일이 났습니다. 애들아, 빨리 불을 밝혀 21
라."

이때 세자가 어찌 진위를 알겠는가? 마음이 급하고 정신이 놀라 바삐 소리 질러 불을 밝히고 보니, 남씨가 엄연히 가슴에 칼을 꽂고 누워 유혈이 낭자하여 옷이 젖었고 피가 자리에 고였다. 한 세자가 두 눈을 멀겋게 뜨고 낯빛이 흙 같아 발을 굴리며 말하였다.

"사람들이 있어서 언짢게 하지 못하는 일이 이와 같으니 어떻게 처리하겠는가?"

경상궁이 눈물을 흘려 말하였다. 22

"한 왕실이 복이 없어 이런 여자를 잃었으니 누구를 원망하겠습니까?
원래 이 여자를 급하게 취하지 말고 길게 달래 마음을 돌린 후 일을 이
루시라고 하였더니, 세자가 일을 급하게 하시어 이런 일이 났습니다.
왕궁이나 사가(私家)나 사람을 죽인 죄는 가볍지 않은데, 하물며 명문가
의 사람이 죽었으니 큰 근심을 만날 근본이 됩니다. 이제 이 사람 죽은
일을 요란하게 굴어 바깥사람들이 알면 큰 일이 날 것입니다. 벌써 저
에게 낀 액이 커서 젖은 옷을 맡은 격이니 이 시신을 수습하겠습니다.
다른 사람에게는 알리지 말고 고요히 염하여 지금부터 동여 매 급히 23

내어갈 것이니, 아무도 모르게 하십시오."

급히 비단을 가져다가 남씨의 낯을 가리고 덮어 놓으니 누가 능히 진위
를 알겠는가? 한왕이 이 말을 듣고 크게 놀라 어찌할 줄을 모르고 급히 시
신을 치우라고 하였다. 경상궁이 이때를 틈타 남씨를 염하여 풀로 엮은
상자에 담아 가만히 후원 문을 나서니, 소 황후가 진씨와 여러 궁인들이
24 작은 가마를 가지고 와 뒷길에서 지키고 있게 하였다. 여기에 남씨를 내
어오는 것을 보고 일시에 와 남씨를 옮겨 가마에 넣고 바로 궁궐 안으로
들어갔다. 경상궁은 빈 상자를 실려 문 밖으로 나아가니 메고 가는 군인
도 진위를 모르니 누가 알겠는가? 경상궁이 메고 나온 군인에게 잠깐 비
키라고 하고 의복을 동여 맨 것을 상자에 실었던 것이다. 그것을 구덩이
에 밀어 넣고 "시신을 감추는 것일 뿐이니 수고로이 무덤을 만들 필요가
25 없다."고 말하였다. 흙을 덮고 얼른 돌아오며 말하기를 "엉뚱한 사람을
죽였으니 한궁과 연궁에서 경계하는 일이다. 너희들은 이런 말을 입 밖으
로 내지 마라."고 하였다.

경상궁이 한궁으로 돌아와 한왕 부자를 보고 남씨의 시신을 남들 모르게 처리하고 왔으니 아무도 모를 것이라고 하였다. 왕 부자가 이 말을 듣고 다행스러워 하였다. 경상궁이 말하기를, "제가 일을 다 마무리하였으니 이제는 연궁으로 돌아가겠습니다."라고 하고는 급히 궐 안으로 남씨를 따라 들어갔다.

이때에 남씨가 탄 가마를 이끌고 진상궁이 궁궐로 들어오니 하늘이 아
26 직 채 밝지 않았고 궁궐 문이 갓 열린 때였다. 진상궁이 자기 방으로 가
가마의 시신을 내려놓고 동여맨 것을 다 푸니 한 명의 아름다운 부인이
손발을 움직이며 숨을 내쉬고 땀에 옷이 젖어 있었다. 용모와 기질을 보

니 찬란하여 바닷가의 밝은 달 같은 진주와 흡사하였고 산머리에 아침 해
가 솟는 듯하였다. 진상궁이 이를 보고 놀라고 사랑스러워 얼른 절하고
탄식하며 말하였다.

"부인의 슬프고 원망스러운 사정을 들으니 서글픕니다. 황후께서 부인
의 사정을 들으시고 저에게 구해오라고 하시기에 한궁 뒷문에 대령하 27
여 부인을 모셔 왔습니다. 무사히 궁궐 문 안으로 들어오시니 천만 다
행입니다."

남씨가 길게 탄식하고 몸을 일으켜 사례하며 말하였다.

"박명한 인생이 세상에 드문 변고를 만나 몸이 두 궁궐에 얽매어 다니
는 죄수가 되어 도마에 오른 고기와 호랑이 입에 든 목숨이 한 순간이
급하였습니다. 황후의 사람 살리시는 덕이 풀같이 하찮은 나를 어여삐
여기시어 구태여 여기에 오게 하시니 진실로 죽은 뼈에 살이 나고 썩은
나무에 잎이 나는 것 같습니다. 제가 죽어 뼈가 흙이 되고 얼굴이 썩어 28
도 이 은덕은 어찌 갚겠습니까?"

진상궁이 극진히 위로하고 머물며 간호하면서 황후께 일의 정황을 아
뢰니, 황후도 매우 기뻐하며 공주의 사부 얻음을 기뻐하면서 조용한 때에
데려오라고 하셨다. 군신(君臣)의 예의를 차리지 않으시고 진씨에게 부축
하게 하여 곁에 앉히시고 눈을 들어 보셨다. 해와 달의 밝은 달이 상서로
운 기운을 머금고 눈동자에 다섯 가지 빛깔이 어리어 옥 같은 풍모가 가
볍게 나부끼는 듯하여 세속의 먼지를 더럽게 여기는 듯하였다. 맑은 광 29
채가 숙녀의 거룩한 덕이 빼어난 듯하고 초승달 같은 눈썹에 꽃다운 재주
를 품었으니 옥이 맑고 진주가 물에 깨끗하게 씻긴 듯한 모습이어서 보는
사람이 얼굴빛을 가다듬고 공경하게 하였다. 봄바람 같이 따뜻하면서도

법도 있는 말솜씨가 매끄럽고도 부드러우며, 예의 있는 일 처리에 법도가 신중하였다. 사람들이 보면 어여쁜 얼굴이 마치 흰 달이 구름을 만나고 연꽃 한 가지가 푸른 잎에 빗방울이 떨쳐 있는 듯하였다. 여덟 팔 자 모양의 봄 산 같은 눈썹에는 근심이 서려 있었고 가을 물결 같은 맑은 두 눈에는 눈물이 어리었으니, 빼어나게 아리따운 모습을 눈으로 보기가 아련하였다.

30 남씨가 여기에 나아와 황후께 만세하여 축수하고 절하고 나서 무릎을 모아 단정히 앉으니, 황후가 매우 어여뻐 하며 존경하고 탄복하시면서 물었다.

"그대는 좋은 가문의 딸로 무슨 액이 남달라서 곤경을 겪었으며, 누구 집으로 시집간 여자인가?"

남씨가 엎드려 가르침을 듣고 나서 대답하였다.

"저는 남공의 딸이며 진왕 조무의 며느리입니다. 운수가 불행하여 한 궁의 요사스런 술수에 잡혀 곤경을 당하여 목숨이 촌각을 다투게 되었습니다. 그러던 차에 거룩하신 황후께서 해와 달 같은 빛을 드리우시
31 어 끓는 솥에 든 목숨을 건지시니 우리 거룩하신 황후의 비와 이슬과 같은 은택이 풀과 나무, 벌레들에게까지 미쳤습니다. 이 은혜를 백골에 새겨 감사드리며 비참하게 죽더라도[82] 다 갚을 수 없을 듯합니다."

황후가 어여삐 여기고 탄복하였다. 남씨가 소후를 우러러 뵈니, 용 같은 풍모와 옥 같은 기골이 세속 사람과는 달라 여와(女媧)[83] 여신이 용상

---

82) 비참하게 죽더라도 : {간뇌도디[肝腦塗地]}. 참살당하여 간과 뇌, 장이 땅에 흩어지고 시체는 방치되는 상태를 말함.

83) 여와(女媧) : 중국의 신화에 등장하는 여신의 이름. 복희씨(伏羲氏)와 남매지간이라고 함. 처음으로 생황(笙簧)을 만들었고 혼인의 예를 제정하여 동족의 결혼을 금하였다고 함.

에 앉아 있는 듯 빛나는 광채가 좌우에 비쳤다. 또한 태사(太姒)의 풍화에
멀리 아황(娥皇)과 여영(女英)[84]의 풍모까지 갖추었으니 탄복함을 그치지
못하였다. 소후가 남씨에게 말하였다.

"짐이 그대를 부른 것은 다름 아니라 그대의 사람됨이 숙녀의 풍모와 32
태임(太任)·태사(太姒)의 덕이 있다고 들었기에 한 번 보고 싶어서였네.
짐에게 딸이 하나 있어 황제께서 만금 같은 아이로 아시지만 배운 것이
아직 적기에 숙녀의 풍모와 『소학(小學)』, 『열녀전(列女傳)』을 배우지
못하였네. 그래서 그대를 스승으로 삼으니 그렇게 아시오."

남씨가 엎드려 황공하여 감당할 수 없음을 아뢰었으나, 황후께서 듣지
않으시고 공주를 부르셨다. 잠시 후에 공주가 시녀를 데리고 정전(正殿)에
이르러 황후께 와 명을 받드니, 소후가 말하였다.

"네가 어려 아직 스승을 못 정하였는데, 저 여자가 숙녀의 덕이 있어 33
스승으로 정한다. 스승의 예를 갖추어 보아라."

공주가 명을 받들었다. 남씨가 공주를 보니 나이가 어리지만 붉은 연
꽃 한 송이가 활짝 핀 듯하였다. 맑은 눈빛이 좌우에 비치고 덕스러운 기
운이 어질며 격조가 높고 맑아 완연히 여와씨(女媧氏)가 세상에 난 듯하고
옥경의 신선이 내려온 듯하여 이 세상에서 화식(火食)하는 사람 같지 않았
다. 남씨가 한 번 보고 매우 놀라 눈이 시리고 마음이 송구하여 어찌할 줄
몰라 홀린 듯 바라보며 지체하고 있었다. 공주도 또한 어리지만 남씨를 34
보고 흠모하여 마음을 기울여 스승으로 섬기는 의리가 있었다. 남씨도 공
주를 아끼고 공경하여 아이를 대하듯이 하지 못하였고 하물며 군신간의

---

84) 아황(娥皇)과 여영(女英) : 요(堯) 임금의 두 딸로, 순(舜) 임금의 두 부인이 된 여인들. 덕행 있는 여인의 대명사.

명분이 엄하니 예의를 공손히 하여 말을 하였다. 공주가 나이는 어리지만
성숙하고 뛰어남이 열녀나 성인의 품이 있었다. 입을 열면 옥 같은 말씀
을 토하고 수놓은 비단 같은 말씀을 뱉으니 옥 같은 목소리와 봉황 같은
목소리가 천지의 조화로운 기운을 담고 있었다. 정숙하고 지혜로운 자질
은 난초의 향기를 겸하니 청정한 기운은 갓 씻은 연꽃이 가을 물을 헤치
35 고 나온 듯하고 겸손한[85] 거동은 요임금이 흙으로 계단을 3층 정도 쌓았
던 것[86]과 비슷하였다. 남씨가 탄복하여 생각하였다.

'조부에서 태어나 총총히 자란 아이들과 시집와 들어오는 사람들이 모
두 보통 사람보다 뛰어난데, 이 공주는 그보다 더 빼어나구나. 실로 황
실에서 태어난 아이로 금지옥엽보다 귀하니, 어찌 용과 봉의 자손과 다
르겠는가? 이런 숙연한 광채는 처음 본다.'

속으로 칭찬함을 마지않고 있는데, 소후가 공주에게 명하여 남씨를 데
36 리고 침소로 가라고 하였다. 공주가 남씨와 함께 침소에 와 이후로 정과
의리가 각별하여 사촌 자매와 다르지 않았다. 그리하여 남씨가 마음을 진
정하고 공주를 데리고 주야로 채선정에서 『소학』을 가르치며 여자의 행
실을 알게 하면서[87] 공주의 거동을 살폈다. 공주가 하는 일마다 뛰어나
고 총명이 남들보다 더하여 남씨가 생각한 것보다 나은 경우가 많으니,
남씨가 탄복하면서 뛰어남을 감탄하였다.

남씨가 경상궁 덕분에 한 목숨이 살아나 입궐하여 마음이 잘 맞고 살아
37 날 수 있게 한 은혜에 뼛속까지 감격해 하였다. 며칠 후 남씨를 편안히 지

85) 겸손한 : {비약(卑約)훈}. 자신을 낮추고 겸손하다는 의미임.
86) 요임금이 ~ 것 : {토계숩동}. 문맥상 '토계숩등[土階三等]'으로 봄. 이는 요임금의 검소한 생활을 가리키는 말.
87) 알게 하면서 : {디결[識乞]}.

내게 한 뒤 경상궁이 나가는데, 둘 다 연연해하며 눈물을 흘리고 이별하기를 미루니 남씨가 그 지극한 어진 마음을 더욱 잊지 못하여 말하였다.

"만약 상궁의 어진 마음이 아니었다면 저는 벌써 지하의 놀란 혼이 되어 운수가 빗나갔을 것이니 어떻게 지금 살아있겠소? 이제 고요한 곳에서 편안히 있으면서 황후와 공주의 은혜에 의지하니, 욕됨이 멀어지고 마음 상할 것을 면하여 가히 목숨을 이을 수 있게 되었소. 이 은혜 38
는 삼생(三生)에도 갚기 어려울 텐데 지금 한 번 이별하는 것이 서운하니 언제 다시 만나겠소?"

경상궁이 눈물을 머금고 목이 메어 말을 이루지 못하였다. 원래 상궁의 성품이 사람을 사랑할 때에 자기 몸을 잊으며 정과 의리에 연연해 하니 인륜을 없애도 마음에 거리낄 것이 없을 정도였고 한 곳에 혹하면 변통을 몰랐다. 그런 사람이 남씨의 천향국색(天香國色)[88]을 만나 정이 각별하여 어려운 때에 구해내어 평안한 곳으로 옮겨 두고 떠나는 것이니, 오히려 진상궁을 부러워하며 길게 탄식하며 말하였다. 39

"제가 본디 부인의 옥 같은 자질을 사모하였습니다. 원래 연궁에 있는 사람이 아니라 지금 부인을 떠나 돌아가지만 서운한 정을 차마 잊지 못할 것이니 어찌 궐 안으로 자취를 끊겠습니까? 조용한 때를 타서 들어와 부인을 뵙고 나가겠습니다. 부인은 이제 마음을 잡아야지 속절없이 아드님을 생각하여 옥 같은 얼굴을 상하게 하지 마십시오. 몸을 보전하시면 나중에 난새와 봉황 같은 자녀들을 쌍쌍이 두실 기약이 있을 것이니, 어찌 한 때의 참혹하고 슬픈 일 때문에 심하게 아파하겠습니까?" 40

남씨가 듣고 나서 눈물을 흘리며 말하였다.

---

88) 천향국색(天香國色) : 세상에서 제일가는 향기와 미모. 또는 이를 지닌 아름다운 여자.

"상궁의 말이 진실로 옳지만 내 마음은 다른 사람과 다르네. 만약 아이가 명이 짧고 병이 있어 죽었으면 생각하지 않을 수 있지만 그 애는 그런 게 아니라 불의에 잡혀 순식간에 독살 당했네. 어린 것이 독약을 거스르며 울부짖던 슬픈 모습과 숨도 끊어지지 않은 것을 매다가 죽인 일을 생각하면 내 간장이 녹는 듯하고 일만 개의 칼이 날아와 오장에 꽂
41 히는 듯하네. 내 마음이 목석이 아니니 어찌 잊겠는가? 이 마음을 비록 억제하려고 하지만 마음 깊숙이 맺혔으니 죽어도 잊지 못할 원혼이 될 듯하네."

말을 마치고 깊이 흐느끼는데 눈물이 5월의 상수(湘水)[89] 같으니, 경상궁과 진상궁도 또한 슬퍼하며 만 가지로 위로하면서 마음 아파 흐느꼈다. 공주가 비록 어린아이지만 이 말을 듣고 감동의 눈물이 별 같은 눈에 흐르니, 남씨의 타고난 성품이 참된 사람의 마음에 위엄과 덕으로 감동을 주었던 것이다. 경상궁이 여러 번 위로하고 연궁으로 나와 왕을 대하여
42 남씨가 수절하느라 참혹하게 죽었음을 아뢰었다. 또 한왕 부자가 놀라면서 남들 모르게 염습하여 밤에 멀리 치웠음도 아뢰니, 연왕이 놀라기도 하고 한편으로 기뻐하면서 "딸아이의 후환을 없게 하였으니 다행이구나." 라고 하였다. 남씨 모자를 영영 없앤 것을 기뻐하면서 신묘랑을 즉시 조부로 돌려보냈다.

화설. 조부에서는 평백 운현이 아버지께 매 맞았던 자리가 덧나고 미친 마음이 크게 일어나 세월을 괴로이 보내고 있었다. 진왕이 운현을 때린 것을 조금도 뉘우치지 않고 있었는데, 하루는 채교정의 시비가 급히
43 와서 남씨와 어린아이가 밤새 거처에서 없어졌음을 고하였다. 조부모님

89) 상수(湘水) : 중국의 강 이름으로, 아황과 여영이 투신했던 곳이기도 함.

과 시부모님이 크게 놀라며 말하였다.

"남씨가 한 번 잡혀갔던 일도 이상한 변고였는데 어찌하여 또 모자가 한꺼번에 없어질 줄 알았겠느냐? 반드시 처음에 잡아갔던 데에서 이번에도 잡아갔을 것이다. 비록 밝혀내지는 못하였지만 연부가 의심스럽구나. 내가 당당히 전후의 사정을 황제께 아뢰고 연왕에게 이 변고를 한 번 캐물어야겠다."

원래 남씨가 그 이전에도 잡혀갔다가 돌아왔던 적이 있었다. 그런데
또 밤에 잡혀갔는데 어떤 젊은 여자가 호령하여 농에 담아 내갔다는 말을 44
듣고 분하여 연왕이 한 일인 줄 분명하게 실토하지는 않았지만 의심이 자연히 연왕 부녀에게 돌아갔다. 말씀이 이러하니 태부인은 눈물을 흘리고 가슴이 아파 심신이 얼어붙은 듯하여 어찌할 줄을 몰랐고, 좌우에 가득한 사람들도 놀라지 않은 이가 없었다. 오직 초공은 태연하여 놀라는 일이 없었기에 이때에도 천천히 말하였다.

"며느리 남씨가 예전에 이상한 변고를 만나 안방에 요사한 사람이 새
가 되어 들어오는 모습과 장선각 후원의 어떤 부인의 얼굴을 보고도 45
알아채지 못하였었습니다. 그 후 여러 가지 자잘한 일을 겪고 변고와 재앙들을 두루 겪어보니 이제는 한 끝을 보면 백 가지 일을 미루어 생각할 수 있습니다. 간사한 사람이 요망한 악행을 써서 남씨를 처음으로 데려갔을 때에 걱정했었는데, 천명이 아니라서 남씨는 공교하게도 살아 자식을 낳고 몸을 보전하였습니다. 그러니 남씨를 위주로 생각하는 사람이라면 그녀를 반드시 3, 4년 동안 남부에 감추어 세상과 멀리하여 액이 소멸하도록 했어야 합니다. 그랬다면 참혹한 난리를 만나지 않았을 것입니다. 길운이 아직 미치지 않았는데 서둘러 다시 만났기

때문에 이런 변이 났습니다.
46 분명히 예전에 변고를 만들었던 사람이 또 저지른 듯한데 이미 그때
잡지 못하였으니, 남씨의 입으로 아무개에게 잡혀 갔었다고 말하기 전
에는 누구라고 대고 지목하겠습니까? 가히 찾지 않을 수 없는 일이기
는 하지만, 황제 앞에 아뢰어도 그 당시에 잡지 못한 일로 황친을 억류
하지는 못할 것입니다. 만약 억지로 잡아다가 말할지라도 제후의 집
내당에서 자던 아녀자를 연왕 부녀가 잡아갔다고 하는 말을 황제께서
곧이들으실 리가 없습니다. 또 연궁 사람이 그림자도 오지 않았는데
47 하물며 사람을 잡아갔다는 말을 곧이 듣겠습니까? 그 가운데 요사한
일을 측량할 길이 없으니 귀신도 헤아리지 못할 것입니다. 이런 말이
밖으로 나가면 듣는 이가 우리를 어떻게 보겠습니까? 그러니 아직은
아무 말 마시고 일이 되어가는 것을 보십시오. 죽은 사람이 다시 살아
나고 고목에 꽃이 필 시절이 있을 것입니다. 그때에는 공명정대함이
엄격히 밝혀져서 간사한 사람이 스스로 제 죄를 자백하고 어진 사람은
복록을 누릴 것입니다. 저들 부부의 액이 좋지 않아 이런 것입니다. 지
금 말을 꺼내기도 어렵고 더욱이 연왕이 꺼리는 일이니 말을 꺼낸다면
48 반드시 일단의 분란을 만들어 욕을 스스로 만드는 격이 될 것입니다."

진왕이 이 말을 듣고 탄복하여 말하였다.

"내 아우[90]는 실로 거룩하고 밝은 세상에서 사시사철의 변화를 순조롭게 하는 명인이다. 네 말이 지극히 이치에 통달한 것이니 아직은 상황을 두고 봐야겠다."

그렇지만 어린 손자의 기린 같은 모습이 눈앞에 삼삼하며 남씨의 위험

90) 아우 : {아이}. 문맥을 고려하여 이같이 옮김. 진왕과 초공은 형제간임.

한 형편을 안타까워하면서 남공에게 이 말을 하였다. 남공이 이 말을 듣고 크게 놀라며 눈물을 연이어 흘리며 말하였다.

"딸의 운명이 기이하고 험함이 이와 같으니 어찌 놀라지 않겠습니까?
한 번 살아온 것도 특별한 일이었는데, 어찌 두 번 살기를 기약하겠습 49
니까? 속절없이 모자의 목숨이 끊어지게 되겠군요."

남공이 슬퍼함을 마지않으면서 한숨을 쉬며 탄식하니, 진왕이 탄식하며 말하였다.

"형님께서는 근래에 보기 드문 철석같은 대장부입니다. 어찌 딸아이 하나를 위하여 장부의 눈물을 허비합니까? 생각하건대 며느리의 기질과 손자의 사람됨이 그 정도이고 쉽게 목숨을 마칠 사람이 아니니 비록 위태한 곳이라도 보신하는 도리가 있어 살아 돌아올 것입니다. 형님은 너무 걱정하지 마십시오."

남공이 한숨쉬며 탄식하면서 말하였다. 50

"어찌 또 살아 있기를 바라겠습니까? 분명히 살아있지 못하였을 것입니다. 딸아이의 생사는 차라리 덜 안타깝지만 어린아이는 특별하여 세상을 안 지 겨우 3년밖에 되지 않았습니다. 무고하게 세상에서 없어지니 어찌 슬프지 않겠습니까? 형님의 말이 비록 일리가 있지만 사사로운 정 때문에 진실로 참기 어렵습니다."

진왕이 대범하고 씩씩한 심지로도 슬픔을 이기지 못하여 길게 탄식하고 위로하며 "하늘의 도가 밝고도 밝으시니 형님은 마음을 넓게 가지고 때를 기다리십시오."라고 하였다.

이때에 장씨가 남씨 모자를 없애고 기쁨을 이기지 못하여 신묘랑과 함 51
께 서로 치하하였다. 운현은 매 맞은 곳이 덧나 고생하던 중에 여러 형제들이 남씨 모자가 어디에 있는지를 알 수 없다고 전해주니 화를 크게 내며 앞에 놓인 것을 두드리며 크게 탄식하면서 말하였다.

"남씨 음란한 여자를 살아서 달아나게 하였으니 그 여자가 분명히 나, '조운현'을 죽이고 말 것이다. 내가 몸이 8척 대장부이면서 천고에 없이 못되고 발칙한 여자를 베지 못하고 놓아 달아나게 하였으니 어찌 통탄
52 스럽지 않겠는가? 자식도 다른 사람의 골육인지 내 골육인지 모르겠지만, 아이를 데리고 도망했으니 어찌 분하지 않겠는가? 만약 그 남녀를 찾아내 머리를 이처럼 베지 못하면 내가 다시 세상에 서지 못할 것이다."

이처럼 분노를 터뜨리며 좌우에 쌓인 것을 어지러이 칼로 산산이 베며 발광을 하였다. 이를 보고 능후 유현이 탄식하며 말하였다.

"사람의 외입이 이처럼 이상할 줄 알았겠느냐? 남씨 모자의 거처를 모르는 것이 사람을 슬프게 만들고 집안사람들도 종들까지 남녀노소가
53 모두 슬퍼하는데, 부부는 오히려 의(義)로 맺어진 사이지만 부자유친은 유념하고 있어야지 어찌 이처럼 무례한 말로 애매한 정실을 모욕하느냐? 만약 남씨 모자가 나중에 무사히 돌아오게 되면 네가 무슨 낯으로 보려고 하느냐?"

운현이 웃으며 말하였다.

"형이 만 리를 보는 식견이 있고 사광(師曠)[91]의 총명함이 특별하지만 남씨의 선악을 아는 것은 나만 못할 것입니다. 음란한 여자가 벌써 달아날 마음이 있었기에 오히려 나를 괴로워하더니 이제 내가 아파 누워

---

91) 사광(師曠) : 춘추시대 진(晉) 나라의 음악가로, 음률을 잘 분별하여 소리를 듣고 길흉을 점쳤다고 함. 총명한 사람의 예로 종종 인용됨.

있는 때를 틈타 달아난 것입니다. 다시 올 것 같습니까? 이제는 아주 54
배반하고 갔으니 제가 차마 그냥 두지 못하겠습니다. 병이 곧 나으면 남공을 캐물어 남씨가 간 곳을 찾아 그녀의 머리를 베고, 남공이 끝내 속이고 말하지 않으면 당당히 법부(法部)에 고하여 그녀가 숨은 거처를 찾아 머리를 용마루에 달아야 이 분을 풀 수 있을 듯합니다."

다른 형제들이 이 말을 듣고 어이없어 하며 그가 병듦을 애달파 하였다.

이러구러 몇 달이 지난 후에야 비로소 운현의 병이 차도를 보여 일어나
세수하고 존당을 뵈었다. 풍모가 변하여 옛 모습이 없어지고 옥 같은 모 55
습은 수척해져 꽃 같던 얼굴의 빛이 줄어들고 가을의 밝은 달 같던 풍신이 변하여 다른 사람 같았다. 태부인이 아끼고 가여워하며 손을 잡고 탄식하며 말하였다.

"무슨 일 때문에 그처럼 이상하게도 서둘러 몸에 중상을 입고 여러 달 고생하여 저렇듯 상하였으니 우리 마음이 참담하구나. 또한 남씨 모자의 일도 놀랍고 슬프니 집안의 변고가 어찌 이와 같은지, 슬프구나. 하
물며 명윤의 거동이 눈에 선명하니 늙은이의 마음이 어찌 아프지 않겠 56
느냐?"

이때에 운현의 마음은 남씨 모자에게 조금도 생각이 없을 뿐 아니라 남씨를 못 죽이고 내보냄을 분해하며 애달픔을 이기지 못하고 있었다. 그러던 차에 할머니의 말씀을 듣고 안색을 가다듬고 아뢰었다.

"저의 죄는 비록 죽어도 용서받기 어려우니 어찌 매를 맞았다는 원망이 있겠습니까? 하지만 그 남녀 때문에 이런 지경에 이르렀음을 부끄럽고 애통하게 생각합니다. 음란한 여자의 도망하는 버릇을 본래 그의

57 소행으로 알고 있었으니 놀랄 일이 있겠습니까?"

진왕과 초공이 자리를 나란히 하고 앉아 있다가 운현의 말을 듣고 초공은 도로 웃음을 머금고 아무 말 하지 않았고 진왕은 발끈하여 안색을 바꾸고 눈을 부릅뜨며 꾸짖어 말하였다.

"요사이 너의 무식한 말과 미치고 패악한 거동을 오랫동안 보지 않아 내 심화가 퍽 나아졌는데, 이 거동을 대하니 통탄하는 심화가 또 일어나는구나. 모름지기 내 눈에 뵈지 말고 매사를 네가 혼자 알아서 하고 너희 부부의 일을 귀에 들리게 하지 마라."

58 운현이 얼굴이 붉어져 관을 숙이고 감히 말을 못하였다. 초공이 그 상쾌하고 활달한 본래의 모습을 잃었음을 길게 안타까워하면서 이는 반드시 장씨가 장부를 그르게 만든 방법이 있었으리라 짐작하였다. 그래서 운현을 장씨와 따로 거처하게 하여 그 요망한 악행을 막으려고 했으나 두 사람 사이의 정을 끊을 방법이 없었다. 뿐만 아니라 모두 하늘의 운수라 생각하여 내버려 두었다.

운현이 병이 나은 후에는 조회에 들어가니 황제께서 반기시고 한 달여나 아팠음을 일컬으시면서 병 나음을 기뻐하셨다. 하지만 그 허다한 곡절
59 을 알지는 못하셨다. 운현이 부형의 눈 밖에 난 자식이 되었으면서도 아직 남씨의 어짊을 알 길이 없었다. 장씨의 작태와 얼굴이 아니면 눈에 취한 빛이 없고 장씨의 낭랑한 소리와 맑은 말소리가 아니면 귀에 취하여 들을 바가 없었다. 기뻐하며 빠져든 환락이 낮에서 밤까지 이어지며 행동거지가 예전과 완전히 달라졌다. 진왕이 매우 이상하게 여겨 초공을 대하여 말하였다.

"운현이 원래 정직한 아이는 아니었지만 총명한 기운이 넘치는 행실이

었으며, 작은 일에는 느슨하게 하였지만 큰일에는 강단이 있었다. 일 60
련의 효도와 의로움은 천성으로 타고 난 바인데, 그 아이의 요즘의 행
실은 무식하고 불통하며 패악하고 무례하여 하나도 취할 만한 것이 없
으니[92] 이는 무슨 이유일까? 내가 아들 가르치는 방법이 아우에게 미
치지 못하기는 하지만 자식을 아우가 기르는 것처럼 못 길러 못났기 때
문이냐?"

초공이 웃으며 말하였다.

"운현이 요즘 변심한 것은 그의 액이 놀라울 정도이기 때문일 것입니
다. 그냥 두면 끝내 마음을 고쳐 행실을 닦기 어려울 것이니, 형님께서
는 마땅히 곁에 두시어 운현을 한 시라도 제 처소로 물러나 가지 못하 61
게 하십시오. 그러면 혹시 나을지 모릅니다. 어찌 형님의 엄한 가르침
이 제 가르침만 못하겠습니까만 운현의 거동은 필시 여색에 상하고 그
를 인도하는 내조가 아름답지 못하기 때문인 듯합니다. 그의 액과 운
수가 다하고 남씨와 다시 만나 화락하는 시절이 되면 제가(齊家)하고 수
신(修身)하는 것이 못나지는 않을 것입니다."

진왕이 가만히 웃으며 말하였다.

"그 아이의 사람됨이 못나지 않음은 믿지만 요즘의 행실은 일마다 눈
밖에 나니 오히려 미워하는 자식이 되어 불쌍한 때도 있구나. 남씨와 62
다시 만나는 경사가 있다면 이는 운현의 복이다."

이후 진왕이 운현을 곁에 두며 말하였다.

"여러 아이가 있지만 기현은 상부에서 떠나지 못하고 다른 아이들은
학문에 골몰하며 영현과 몽현 등은 직무에 분주하고 기품이 약하여 아

92) 하나도 ~ 없으니 : {무일가취(無一可取)니}.

비 침소를 지키기 어렵다. 너는 기운이 강하고 씩씩하니 나라의 일을 하는 것 외의 많은 여가에 내 곁을 떠나지 마라. 내가 요새 병이 대단하
63 지는 않지만 기운이 평안하지 않으니 홀로 조용히 병을 조리하고자 한다. 진궁은 존당에서 머니 백화헌에 있어야겠다."

운현이 비록 마음이 변하여 다른 사람이 된 듯하지만 효성은 변하지 않았기에 절하고는 아버지의 명을 받들겠다고 말하였다. 하지만 마음속으로는 장씨를 떠날 일을 생각하고 슬퍼, 이날 부친이 존당에 가신 때를 타 장씨 숙소에 가서 보고 탄식하며 말하였다.

"내가 부인과 더불어 지극한 정이 한 때의 이별을 삼추(三秋)같이 여겼는데, 아버지의 명령이 이와 같으시어 곁에서 떠나지 말라고 하시네.
64 이제 영교정을 떠나면 자주 만나지 못할 것이니 서운함을 이기지 못하겠네."

말을 마치니 장씨가 매우 놀라며 얼굴빛이 달라지면서 말하였다.

"아버지의 명령이 계시는데 어찌 아녀자 때문에 사사로이 못한다고 하겠습니까? 다만 이것이 저를 의심하여 낭군께서 제 참언을 듣고 모든 일을 잘못할까 하여 우리 부부를 서로 떨어져 있게 하려는 뜻이신 것을 아십니까?"

운현이 탄식하며 말하였다.

"나도 부인이 생각하는 것을 알고 있지만, 아버지께서 원래 엄하시니 명령을 태만하게 들으면 한번이라도 반드시 크게 책망 받음을 면하
65 기[93] 어려울 것이네. 때를 타 오겠네."

마음이 슬퍼 차마 떠나지 못하고 머뭇거리다가 백화헌으로 나왔다. 이

---

93) 면하기 : {면ᄒᆞ다가}. 문맥상 오기로 보임.

후로 아버지 곁에 있기는 했지만 정신이 다 장씨에게 있었다. 이는 예전에 진왕이 금선공주에게 미쳤던 것과 다르니, 그때는 초공이 밤낮으로 붙들어 한 시도 공주에게 보내지 않았었다. 그러나 지금은 진왕이 존당에 왕래하기도 하고 진궁에 시도 때도 없이 출입하니 운현이 이 사이를 타 밤으로 낮을 이어 다녔다. 그러니 비록 진왕이 운현을 데리고 잤지만 운
현은 종종 때를 엿보아 장씨 처소로 몸이 날아 갔다. 장씨가 때에 맞춰 좋 66
은 술과 좋은 고기로 맞아 요사한 약을 섞어 때때로 정을 펴는데, 더군다나 함께 있었을 때보다 더 미혹하게 하여 황홀한 거동이 사람으로 하여금 가소로움을 이기지 못하게 하였다. 그러니 진왕이 천하의 병권(兵權)을 잡았지만 한가한 왕과는 다르니 어찌 운현 지키기에 전념하겠는가? 운현이 사이사이 장씨와 만나지만 마음을 놓고 화락하지 못하여 넓은 눈썹에 근
심이 맺히고, 존당에서 문안드릴 때에 모인 사람들 중에서 장씨를 보면 67
눈길을 보내는 등 점점 행동이 이상해졌다. 그러자 진왕이 통탄하며 생각하였다.

'아이에게 호걸의 기상과 영웅의 걸출함이 모두 있어서 내가 깊이 아껴 내 후계자로 삼을까 했는데, 근래에 외입하는 것이 이와 같은 것은 한 그릇 요사한 약 때문이다. 남씨의 사생을 아직 모르는데, 장씨가 이처럼 못되어 그 아이를 점점 잘못 인도하는 것이다. 마땅히 현숙하기가 몽현의 아내 장씨 같은 숙녀를 얻어 운현을 진정시키고 장씨에게 과도
히 미혹되어 병들지 않도록 해야겠다.' 68

뜻을 정하고 혼사 자리를 알아보니, 다투어 운현의 셋째 부인되기를 스스로 원하는 사람의 수를 헤아리기 힘든 정도였다.

이때에 추밀사 방영이 딸 하나를 두고 청혼하였는데, 이 방영은 당(唐)

나라 때의 방현령의 자손이다. 강직하고 정직하며 효성스럽고 어질어 일
대의 명사라고 할 만하였으며, 세 아들이 모두 어진 군자였다. 딸 하나도
장성하여 15세인데 자질과 용모가 모두 빼어난 숙녀이자 미인이어서 방
공이 매우 사랑하여 사위로 천하의 호걸을 구하고 있던 차였다. 강능백
69 조운현이 셋째 부인을 구한다는 말을 듣고 매우 기뻐하여 청혼하니, 진왕
이 방공의 어짊을 알기 때문에 허락하여 방씨를 얻었다. 옥 같은 얼굴과
꽃 같은 모습이 장씨보다 낫고 재주와 덕성을 겸비하여 남씨에게는 미치
지 못하지만 당시 사람들 가운데에서는 드문 정도였다. 시부모님이 기뻐
하고 운현도 새로 맞이하는 정이 진중하여 두세 번 신방에 왕래하였다.

이때 조군주가 장씨 성명을 빌어 조씨 가문에 들어온 것을 행여 시부모
님이 알지 못하고 또 운현도 전혀 의심하지 않아 사랑이 무거운 산 같으
70 며 남씨 같은 적국(敵國)을 없애니 세상을 통일한 듯하여 마음속으로 크게
기뻐하였다. 다만 얻지 못한 것이 시부모님의 사랑이요, 빌지 못할 것이
좋은 운명이어서 잉태하는 경사가 없으니 이것으로 흠을 삼아 신묘랑과
함께 의논하여 자식을 낳을 수 있는 방법을 도모하려 하였다. 그런데 생
각 밖에 방씨가 들어오고, 시부모님이 그녀를 사랑하는 것이 자기보다 위
고 운현이 새로 사귄 정에 흡족해 하는 것이었다. 그러니 장씨가 운현을
매우 원망하다가도 운현을 보면 맑고 온화하여 질투심을 낯에 드러내지
71 않았다. 또 방씨를 반가운 눈[94]으로 바라보고 후하게 대우하여 남들 보
는 데에서는 사랑하는 동기 같았으니 누가 장씨가 겉으로는 친한 척하지
만 속으로는 멀리 함을 알겠는가? 방씨도 장씨가 복숭아 꽃 한 가지가 이
슬을 머금은 듯 태도가 온순하고 자연스러우니 그 반가운 눈빛 가운데에

94) 반가운 눈 : {청안(青眼)}. 좋은 표정의 눈빛, 반가운 눈빛을 의미함.

날카로운 칼을 감춘 줄을 어찌 알겠는가? 다만 자기를 좋게 대해주는 것
에 감사하며 정성을 다하여 장씨를 대접할 뿐이니, 가히 호랑이 입의 고
기가 되어 신세가 불쌍하게 되어 편할 길이 없게 되었다. 시어머니인 정
숙렬이 걱정하면서 장씨와 방씨를 한결같이 어루만져 원망을 없게 하였
지만, 한편으로 남씨를 생각하면 마음이 편하지 않았고 방씨의 앞날을 불 72
쌍히 여겨 걱정함이 적지 않았다.

이때 경능후 유현은 정씨, 조씨, 이씨, 경씨[95]와 관저(關雎)[96]의 즐거움
을 나누는 것이 비할 데가 없었다. 서로 공경하기를 마치 손님을 대하듯
이 하여 해를 이어 아들, 딸을 쌍쌍이 두었으니 자녀의 번성함이 자신의
형제와 사촌 형제[97] 중에서 으뜸이었다. 동생 광현은 허씨와 화락하여
자녀를 연하여 생산하고, 문현은 소씨를 후대하여 서로 공경하고 화락하
였다. 이 세 사람의 집안 다스리는 것이 서로 누가 위이고 아래인지 말할
수 없을 정도였지만, 문현은 화평하기를 주로 하고 광현은 온중하고 단엄 73
하며, 유현은 위엄이 있어 각각 품격이 달랐다. 집안이 온화하고 마음이
넓으며 처신이 진중한 것은 소씨가 으뜸이고, 세세한 일에 개의치 않으니
작은 일에는 느슨하게 대하고 큰일에는 위엄과 호령을 엄준하게 하여 침
묵하고 고요하면서 바다 같은 도량을 아울러 지니고 있어 잠깐이라도 뭐
라 야단을 치면 처첩들이 혼이 나간 듯 간담이 서늘해 하는 것은 정씨가
으뜸이다. 하루가 다 가도록 단정하고 근심이 없으며 말씀을 가볍게 하지
않고 법도를 남이 모르는 중에도 지켜 몸놀림을 바르지 않게 하지 않고 74
진중하고 위엄이 있기는 광현의 부인이 으뜸이었다. 초공의 세 아들이 위

95) 정씨 ~ 경씨 : {뎡져이경}. 문맥상 유현의 네 아내를 뜻하는 것이므로 이같이 옮김.
96) 관저(關雎) : 『시경(詩經)』의 「주남(周南)」편에 실린 시로, 후비(后妃)의 덕을 칭송하는 내용임.
97) 자신의 ~ 형제 : {계종형뎨[系從兄弟]}.

로 갈수록 더욱 보통 사람보다 뛰어났다.

조태사 기현은 기품이 온화한 것이 인자하고 어질고 우애로웠다. 규중
에 세 부인을 거느리고 있는데 첫째 부인을 존중하고 다른 부인들을 후대
하여 평소에 소리를 크게 하여 호령하는 경우가 없어도 자연히 가을 서리
같아 숙부 초공과 흡사하였으니, 진왕이 태사에게는 다른 염려를 하지 않
았다. 첫째 부인 소씨의 빼어나고 높은 덕과 절개 있는 행실이 밝은 햇빛
75 과 같아 온순한 화기는 봄볕이 따뜻하게 쬐는 것 같았다. 또 낭랑한 논의
는 크고 작은 것 할 것 없이 모두 정직하여 조금도 양반, 사대부의 법도에
어긋남이 없었다. 시부모님을 효도로 봉양하고 남편에게 순종하며 지극
히 선하고 아름다우니 온 집안에 칭찬하는 소리가 진동하였다. 이때 벌써
3자 2녀가 있었는데 모두 꽃을 새기고 옥을 다듬은 듯하였다.

장자의 이름은 명윤이고 나이가 8세였다. 해와 달의 정기를 거둔 것처
럼 자질이 빼어나고 시원스러웠고 봉황 같은 눈과 푸른 눈썹, 붉은 입술
과 흰 이가 완연히 선계(仙界)의 신선 같았다. 신장이 나이와 다르고 체형
76 이 크며 얼굴에 오악(五嶽)[98]이 다 갖추어 있으니 들판에 기린이 놀고 단
산(丹山)에 봉황이 내려온 듯하였다. 날랜 기운이 출중하고 기운이 하늘을
찌를 듯하여 완연히 진왕과 한 몸 같아 온 집안이 칭찬하고 사랑하였으며
조부모님께서 만금 같이 귀하게 여기는 아이였다. 또 진왕의 사랑도 아이
들 중 으뜸이어서 명윤이 더욱 방자하고 무례하여 동서로 다니면서도 거
리낌이 없고 부친밖에는 두려워하는 사람이 없으니, 기현이 군자의 묵직
하고 신중함이 없을까 하고 길게 염려하였다. 그리하여 5세부터 얼굴에

98) 오악(五嶽) : 중국의 이름난 다섯 산으로, 태산(泰山), 화산(華山), 형산(衡山), 항산(恒山), 숭산(嵩山)을 이름. 사람의 얼굴에서 이마, 코, 턱, 좌우 광대뼈를 이르는 말로도 씀.

서 아끼는 기색을 거둬 사랑을 보이지 않고 가르침이 정숙하였다. 많은 77
사람들이 이 아이를 두고 웃으며 말하였다.

"능후 유현의 아들 명천은 5, 6세 어린아이지만 덕성이 완전한 품격이고, 태사 기현의 아들 명윤은 호방한 기운이 출중하여 그 아버지와 완전히 다르니 진실로 세상사가 이와 같구나."

초공과 진왕이 웃고 각각 손자에 있어서는 그 아버지들이 엄하여 가르침이 매섭고 정숙하기 때문에 초공의 손자에게는 염려가 없어 보면 무한한 정을 있는 대로 보여주었다. 해마다 집안에 쌍쌍으로 꽃 같은 아들 옥같은 딸아이들이 이어 태어나니, 조부의 번성한 영화가 고르게 아름답고
부귀영화와 복이 곽분양의 위였다. 하지만 남씨의 일이 집안의 흠이 되 78
었고 명윤의 생사와 거처를 몰라 진왕 부부가 상심함을 마지않았다.

화설. 월염 소저[99]가 양부에 시집가고 나서 벌써 해가 바뀌었다. 몸과 마음을 고요히 하여 양생한 기운으로 하나의 아들을 낳으니, 조군주[100]와 양태사[101]가 기뻐함이 하늘에서 아이가 떨어진 듯이 즐거워하였다. 이웃의 친척들이 다투어 와 칭찬하므로 문 앞이 시끄러웠다.

이때에 곽씨가 매우 불만스러워하고 분통함을 이기지 못하여 취파와 함께 눈물을 머금고 탄식하며 말하였다.

"내가 모든 일에 있어 조씨에 미치지 못하는 중에 저가 먼저 아들을 낳 79
는 경사가 있으니 그 형세가 제(齊)나라 환공(桓公)이나 진(晉)나라 문공(文公)[102]보다 더하여 이처럼 나보다 더 나은 형세를 맞설 길이 없네.

---

99) 월염 소저 : 진왕과 정숙렬 사이의 딸로, 병부상서 양인광에게 시집갔음.
100) 조군주 : 양임의 아내, 즉 인광의 어머니임. 군주는 제후 왕의 딸을 부르는 호칭.
101) 양태사 : 양임. 월염 소저의 시아버지임.
102) 제(齊)나라 ~ 문공(文公) : 제나라 환공과 진나라 문공은 둘 다 춘추오패(春秋五覇) 중의 한 사람임. 이 오패는 제의 환공, 진(晋)의 문공, 초의 장왕, 오왕 합려, 월왕 구천이라는 설과 오왕 합

유모가 예전에 좋은 계교가 있어 능히 기린 같은 아들을 얻고 적국을 없앨 것이라고 했었는데, 이제 장차 계교가 어디에 있는가?"

취파가 탄식하며 말하였다.

"하늘이 조씨의 복록에 유의하시어 이렇듯이 그녀의 소원에 영합한 것
입니다. 그러니 그녀는 이제 기다리지 않아도 옥동자를 또 얻을 것입
니다. 그렇게 되면 어르신이 아들 둘이 있음을 기뻐하고 즐거워하여
80 그 은총이 한층 더할 것입니다. 더욱이 어르신의 쾌활한 뜻과 진중한
정은 말해야 알 수 있는 정도가 아니니 범에 날개 돋친 듯한 상쾌함이
있을 것입니다.

제가 소저를 양육하였으므로 그 정 때문에 죽기를 다할 마음이 있습니
다. 제 의견은 차마 못할 일을 견뎌 행해야 큰일을 이룰 수 있을 것인
데, 하나의 계책은 제 언니에게 세 가지의 단약이 있다는 것입니다. 한
가지는 부부간에 사랑하던 사람을 미워하고 미워하던 사람을 사랑하
는 약이며, 또 하나는 얼굴을 바꾸어 어떤 사람의 얼굴이 되는 것이니,
81 첫 번째[103] 것은 미혼단(迷魂丹)이고 두 번째[104] 것은 환용단(換容丹)입
니다. 다른 사람들은 천금을 가지고 와서 구해도 언니가 주지 않는 것
입니다. 언니가 성산 도사를 사귀어 팔아 주면서 많이 얻어 두고 스스
로 팔아 값을 받고 있는데, 내가 이 약을 얻어 양 병부 어르신을 시험하
여 조씨를 향한 태산 같은 사랑을 버리고 없애는 것이 첫 번째 계교입
니다. 또 한 봉 약을 얻어 조씨의 어린 아들을 죽여 조씨의 애를 태우고

려, 월왕 구천 대신 송의 양공과 진(秦)의 목공이라는 설이 있음. 첫 번째 패자 제의 환공은 관중과 포숙아의 도움으로 패자가 되어 B.C. 651년 규구에서 제후들을 모아 회맹하였음. 진(晋)의 문공은 오랜 망명 끝에 강력한 적인 초나라 성왕을 물리치고 패자로서 인정받았음.

103) 첫 번째 : {제이(第二)}. 문맥상 오류로 보여 이같이 옮김.

104) 두 번째 : {제삼(第三)}. 문맥상 오류로 보여 이같이 옮김.

꽃 같은 얼굴을 사르게 하여 진주가 바다에 잠기게 하는 것입니다. 또
소저 스스로 잉태한 것 같은 모습을 하고 친정으로 돌아가 잉태했다고
말하면서 낭군과 열 달을 따로 거처하십시오. 민간에서 아름다운 남자 82
아이 낳은 곳을 택하여 그 아이를 데리고 와 소저가 낳은 아이라고 하
면 누가 이를 의심하겠습니까? 이렇게 속여 아들을 데리고 양부로 돌
아오면 조씨는 어린 아들이 죽고 나서 붉은 눈물이 눈썹을 잠기게 하고
박명함을 슬퍼하여 심장이 타는 듯할 것입니다. 그러니 꽃이 시들고
잎이 떨어지지 않겠습니까? 그러면 시부모님과 남편이 그 복이 없음을
한하여 자연스럽게 아끼는 마음이 소저에게 돌아올 것입니다. 이때를
맞아 여러 가지 계교를 행하면 조씨를 없앨 수 있을 것입니다."
곽씨가 크게 기뻐하며 말하였다. 83
"유모는 나의 제갈량이네. 내가 어찌 적국을 없애지 못할까 근심하겠
는가? 큰 일을 하고자 하면 작은 일에 구애할 것이 아니니, 이것이 지
혜로운 사람이 할 도리네."
이후로는 조씨 대접을 더욱 극진히 하고 해산한 곳에 가서 아이를 구경
하면서 안고 가까이 여기는 정이 간절한 것처럼 하여 사람들의 마음을 감
동하게 하였다. 조씨의 시비들이 모두 곽씨의 어짊을 기뻐하고, 양인광도
들어와 이 거동을 보고 웃으면서 "어린아이를 사랑하는 것이 이러하니 만
약 친히 나면 실로 병이 될 정도겠네."라고 말하였다. 곽씨가 낭랑하게 웃 84
고 말하였다.
"자식이야 내가 낳으나 남이 낳으나 다름이 없을 것입니다. 제 생각에
는 나중에 제가 아들을 낳을지라도 중요하기는 이 아이가 으뜸일 것입
니다. 제가 조부인과 명분은 비록 적국 사이지만 살아서 어깨를 나란

히 하고 한 사람을 섬겨 백 년 동안 즐거움과 괴로움을 함께 하다가 죽
어 함께 있을 것이니 인륜으로 보아도 중요하고 정과 의리도 어찌 동기
에 비하겠습니까? 그렇기 때문에 조부인이 낳은 아이가 제가 낳은 아
이와 어찌 다르겠습니까? 다른 자식이 여럿 있더라도 우리 제사를 받
85 들 일은 이 아이가 할 것이니 귀중한 마음이 어찌 예사롭겠습니까?"

양인광이 듣고 나서 곽씨가 매우 어질다고 여기면서 얼굴에 기쁜 표정을 띠고 말하였다.

"부인은 진실로 보통 사람들과 다르니 인자한 부인이군요. 세속의 여자들이 자식 때문에 좋고 좋지 않은 사이가 되는 사람이 많은데, 오늘 부인의 말을 들으니 세상의 자식 때문에 좋아하고 싫어하는 것을 징계해야겠소."

조씨를 돌아보고 웃으며 말하였다.

"부인이 늘 내 모습을 보고 괴로워하였는데, 오늘 어린 아들을 보니 이 경사가 괴로운가? 곽부인의 말이 이와 같은데 부인의 마음은 어떤가?"

86 이때 조씨가 비단 이불에 싸여 고요히 누워 그 말을 들으니, 사람의 생
각과는 다르게 곽씨가 어진 것처럼 말하는 것이 더욱 편안하지 않았다.
화려하고 날랜 말이 흐르는 가운데 날카로운 칼을 감추고 있는 듯하고 어
진 말에는 매운 화살을 겨룬 듯하였다. 조씨의 영리함으로 이를 짐작하고
그윽이 깊은 근심이 생겨나 어지러운 걱정들이 마구 생겨났지만 안색을
온화하게 하고 탄식하며 말하였다.

"사람의 길흉화복과 오래 살고 일찍 죽는 것이 각각 다르게 생겨납니
다. 이 아이가 아직 이불에 싸여 아비와 이미를 분별하지도 못하는데
87 이것을 두고 어찌 논의를 하며 또 자랑거리를 논하겠습니까? 부인의

어진 마음은 보통 사람이 바라지 못할 정도이지만 아이를 믿는 것이 너
무 과도하시니 이는 잘못 생각하는 것입니다. 그러나 요행히 아이가
무사히 자란다면 어미로 섬기기야 피차 다르겠습니까?"

이렇듯 온화하게 대답하였지만 속으로 우려하여 마음이 잠시 놓이지
않았다. 양인광은 처음으로 어린 아기를 보니 너무나 사랑스런 마음에 정
신을 못 차리고 조정에서 정사를 본 후에는 바로 영소정에 와 아기와 놀
고 조씨와 더불어 중한 정이 산과 바다와 같았다. 곽씨가 분함을 이기지 88
못하여 빨리 그 모자를 해쳐 남편의 은총을 제 마음대로 하고자 하였다.
취파와 의논하여 천금을 주면서 먼저 약 세 가지를 사오라고 하여 양인광
을 시험해 보았는데, 그가 기운이 굳세고 정기가 남보다 뛰어난 군자이므
로 여러 번 먹였다.

하루는 양인광이 크게 아프고 나서 일어나 홀연 조씨를 생각하면 밉고
분한 마음이 일어나고, 곽씨를 보면 자연히 사랑스런 마음이 깊어지는 것
이다. 스스로 이상하게 여겨 고개를 숙이고 생각하였다.

'내가 조씨를 어릴 적에 보고 미혹되어 천신만고 끝에 얻었기에 예사 89
부부와 달리 살아서는 배를 함께 타고 죽어서는 같은 무덤에 묻히리라
생각하며 백 년 동안 화락함도 부족하게 여길 듯하였다. 그런데 1년을
함께하고 자식을 나았다고 해서 갑자기 미운 마음이 나니 정말로 생각
지 못하던 일이로구나.'

두루 마음이 어지러워 억지로 아이를 찾아가 보며 조씨를 대접하려 했
지만 보면 머리를 때리는 듯 괴로웠다. 점점 참지 못하여 영소정에 발길
을 끊고 곽씨 처소인 해월정에 주야로 잠겨 있으면서 기뻐하고 즐거워하
는 것이 낮으로부터 밤까지 이어지니, 자연스럽게 조부에도 왕래하지 못 90

하였고 단지 아는 사람은 곽씨뿐이었다. 그러니 부모님들도 아들의 거동이 다름을 의심하여 늘 경계하면서 집안을 화평하게 하라고 가르쳤다. 그러면 양인광이 온화한 목소리와 부드러운 말로 대답하였다.

"저는 조씨와 보통의 부부간이 아니니 부모님께서 너무 염려하시어 권하시지 않으셔도 됩니다. 뜻이 가득 차고 마음에 족하니 백 년 동안 즐길 것입니다. 어찌 젊을 때에 혼인한 정을 고치겠습니까? 어머니는 염려 마십시오."

대답은 이렇게 했지만 실제 마음은 조씨에게서 날로 멀어지고 마음이
91 바뀌어 길 가는 사람 보듯 하니, 조씨도 어찌 남편을 보고 그 기색을 모르
겠는가? 속으로 외입함을 염려하였지만 내색하지는 않고 행동하고 처신하는 데에 더욱 수련하여 삼가면서 시부모님과 존당을 효도로 봉양하고 형제들과 화목하고 우애했다. 남편의 정을 생각 밖으로 던져두고 어린아이를 보호하는 것으로 재미를 삼으면서 친정에 두세 날씩 가서 지내기도 했지만 양부가 쓸쓸할 듯하여 쉽게 돌아왔다.

곽씨가 양인광의 마음을 바꾼 후에는 스스로 이상한 병을 얻어 앓으며
92 헛소리를 무수히 하면서 문득 정신을 잃기를 자주 하였다. 양인광이 걱
정이 되어 그녀가 누워 있는 곳으로 스스로 가 지성으로 간호하고 한 때도 떠나지 않았다. 곽씨가 단장한 미인과 무수히 많은 나무로 만든 사람들이 칼을 들고 찌른다고 하면서 소리 지르고 벌벌 떠니, 취파가 가만히 술사(術士)를 부르겠다고 약속하였다. 거짓 눈물을 흘리면서 조군주께 고하였다.

"오늘 소저의 병이 더 심해지셨는데 증상이 이상합니다. 술사를 불러 기미를 보는 것이 좋을 듯합니다."

군주가 눈썹을 찡그리며 말하였다.

“두 며느리가 서로 화목하고 또 다른 사람은 없지 않느냐? 비록 창녀가 93
여럿 있지만 집안에서 상대하지 않으니 무슨 이유로 요괴로운 일이 있겠느냐? 그렇지만 혹시라도 무슨 일이 있을지 모르니 불러와라.”

취파가 즉시 술사를 불러 기미를 살펴보았다. 그가 해월정의 정침(正寢)[105] 벽 사이를 쪼아 나무 인형과 요사한 물건들을 무수히 찾아내었다. 또 붉은 먹, 붉은 글씨로 부적을 써 놓았는데 글씨체가 특이하여 비단 수를 놓은 듯하였다. 그 부적에 이름은 없었는데 오직 어린 아기와 자기가
다복하게 오래 살 것을 비는 말과 또 남편의 백 년간의 사랑을 온전히 하 94
려고 곽씨의 목숨을 끊고자 한 이유와 말들이 끔찍하였다. 듣는 사람들이 놀라며 눈으로 보듯 뚜렷이 조씨가 한 일로 생각하였다. 양인광이 이를 보고 불을 가져오라고 해서 얼른 사르고 말하였다.

“내 아내가 두 명이 있는데 모두 인자하고 어질어 숙녀의 풍모가 있으니, 이는 요괴로운 천한 사람의 간사한 행동이다. 들추어 벌을 주면 무죄한 사람에게 죄가 돌아갈 것이니 보지 않는 것이 좋겠다.”

그러고 나서 술사를 돌려보내고 부모님께도 고하지 않았다. 이는 양인 95
광생의 사람됨이 명쾌하기에 비록 정을 곽씨에게 옮기기는 했지만 조씨의 사람됨을 알기에 글씨가 그녀의 글씨와 같았지만 의심하지 않은 것이다. 다만 곽씨를 간호하고 달리 내색하지는 않으니, 곽씨가 초조하여 패악한 마음으로 끔찍한 곳으로 조씨를 몰아넣으려고 하였다.

양인광의 여러 가신(家臣) 중 주부(主簿) ‘맹한’이라는 사람이 있었다. 그는 진왕의 군관이었는데 데려온 것인데, 맹한에게는 세 가지 장점이 있었

105) 정침(正寢) : 집의 몸채가 되는 방으로, 사람이 거처하기 보다는 주로 일을 보는 곳으로 씀.

다. 하나는 용모가 아름답기가 관옥 같았고, 또 하나는 재주와 견문이 넓
96 고 사리를 통달하고 왕희지(王羲之)[106]의 기이한 필법을 지녔다. 셋째는
말하는 것이 화려하고 총명하며 영리하여 재담이 사람을 기쁘게 하고 마
음에 잘 맞게 하는 것이었다. 진부에 있을 때에 나이가 스물이 안 되었어
도 재주가 그러하니 양인광이 청하여 데려온 것인데, 그를 믿고 아껴 서
기(書記)를 삼고 주부를 겸하게 하면서 손발처럼 여겼다.

곽씨가 그를 얼핏 알고 취파[107]로 하여금 천금을 뇌물로 주게 하여 사
정을 말하고 마음으로 사귀었다. 맹생이 여색에 굶주린 듯하니 곽씨가 자
97 기의 으뜸 시녀인 앵을 맹생에게 주어 적적함을 위로하고 나서 큰일을 해
달라고 청하였다. 만약 일을 이루면 남의 문객으로 어렵게 사느니 아주
앵을 줄 것이니 만금의 재산을 가지고 거처를 남들이 모르게 멀리 가 좋
게 살라고 하였다. 맹생이 앵을 얻으니 정신을 못 차릴 정도로 미혹되었
으며, 본래 허랑한 사람이기에 이 말을 듣고 3천금을 달라고 하니 곽씨가
허락하였다. 안타깝구나. 조씨의 맑은 물과 얼음같이 맑은 옥 같은 몸이
98 더러운 이름을 얻고 애끊는 걱정과 박명함을 겪으니 여자의 운명을 측량
하지 못하겠다.

취파와 앵이 합심하여 맹생과 계교를 도모하니, 하루는 양인광이 외당 설죽헌에서 술을 먹는데 맹생도 말석에 참여하여 먹었다. 손님들이 돌아간 후 맹생이 홀로 양인광을 모시고 말하는데, 양인광이 그의 재미있는 말과 항간에 퍼져 있는 말들[108]을 좋아할 뿐만 아니라 웃으면서 말하였다.

---

106) 왕희지(王羲之) : {우군(右軍)}. 왕희지를 이름. 우군장군의 벼슬을 했기에 사람들이 '왕우군'이라고도 불렀다고 함. 중국 동진(東晋)의 서예가로, 해서 · 행서 · 초서 등의 서체를 완성했다고 평가받음. 자는 일소(逸少).

107) 취파 : {추파}. 문맥을 고려하여 이같이 옮김. 뒤에서도 '추파'라고 잘못 쓴 곳이 있으나 앞에서 '취파'라고 했기에 이같이 통일함.

"풍채는 분 바른 미인이구나. 실로 그대 같이 예쁜 첩을 얻으면 사랑할 텐데. 궁금하구나. 고향에 아내 삼을 사람이 있느냐?"

맹생이 두 손을 맞잡고 절하며 사례하여 말하였다.

"제가 어르신의 덕을 입었으니 뼈가 가루가 되어도 잊기 어려운 은혜 99
입니다. 어찌 마음을 속이겠습니까? 고향에 아내는 없고 진궁에 있을
때부터 사귀어 놀던 미인이 있었는데 지금은 그 미인이 이곳에 와 있으
니 저도 따라 온 것입니다."

양인광이 크게 웃으며 말하기를 "예전의 그 사람이 어떤 미인이냐? 진궁의 시녀들 중에 있겠지."라고 하였다. 그랬더니 맹생이 웃고 대답하였다.

"어르신께서 잘 아시고 계시네요. 저와 정을 나눈 미인은 얼굴이 옥 같
고 피부는 눈 같으며 은은한 향기가 몸에 가득합니다. 성명을 물으니,
잡혀 와서 성은 모르고 이름은 월염이라고 했습니다. 진궁 화원 설원 100
정에 이르니 따로 집이 있었는데 이는 진왕의 따님 계신 곳이니, 월염
은 그 따님의 시비인가 싶습니다. 늘 대숲 아래에서 서로 만나 말하다
가 밤이 깊으면 왕의 따님이 잠들 것이라고 하면서 난간 밖으로 와 밤
을 지내고 새벽에 돌아가기를 여러 번 하였습니다. 따님이 혼인한 후
에는 그 시녀의 그림자를 보지 못했는데 하늘이 두 사람의 마음을 살피
셨나 봅니다. 어르신께서 저를 거둬 주시어 양부에 온 후 그 미인의 편 101
지를 받아 서로 만나기를 약속했지만, 이곳에 온 후에는 보지 못한 채
우울한 마음과 애타게 그리워하는 정 때문에 잠자리에서도 잊지 못하
겠습니다."

---

108) 재미있는 ~ 말들 : {지담이어[才談俚語]}. '이어'는 '이언(俚言)'과 같은 뜻임.

양인광이 듣고 매우 놀라서 자연히 안색이 변함을 깨닫지 못하고 생각하였다.

'선월정 시비의 이름이 월염일 리가 없으니 분명히 조씨가 부끄러움을 감추려고 성을 말하지 않은 것 아닌가? 사람의 얼굴이 곱지만 행실이
102 짐승 같은 이가 있다더니 바로 조씨로구나. 저 맹생은 처음에 그녀를 시녀로 알았고 조씨는 음란한 욕망을 채우려고 이 지경에 이른 것이구나. 옛 일을 생각해 보아도 한(漢)나라 여후(呂后)[109]와 당(唐) 나라의 무측천(武則天)[110]도 얼굴은 고왔지만 음란하여 만고에 흉하게 여기는 바다. 하지만 조씨보다 더하지는 않을 것이다. 아버지와 형들의 어짊과 가문의 빛남이 사람의 선악과는 다르구나. 나의 사람 알아보는 눈이 밝지 못하여 그 여자를 천고의 숙녀로 알고 그 얼굴에 과도하게 혹하여 우여곡절을 겪고 조씨를 얻었구나. 심하게 미혹됨에 이르렀었는데 요
103 즘 정이 저절로 줄어들어 내가 이상하게 여겼는데, 원래 무례하고 음란하고 패악함이 이와 같았기 때문에 장부의 마음이 자연히 바뀐 것이구나. 그 전에 무례했을지라도 내 집에 온 후에까지 감히 간통한 남자와 통하고자 어지럽게 하였으니, 이는 염치가 다 없어진 음란한 여자로다. 어찌 통탄하지 않겠는가? 제 얼굴이 만고에 드물고 재주와 처신이 보통 사람보다 뛰어나며 인자한 거동이 고금의 성현들과 짝할 만함은 마치 왕망(王莽)[111]이 겸손하고 공경스럽게 행동하여 겉으로는 친하나

---

109) 여후(呂后) : 한 고조의 부인으로, 고조가 죽은 뒤 친정 식구들인 여씨들과 정권을 휘어잡았으며 고조의 애첩인 척부인을 측간에 버려 죽인 일로도 유명함.

110) 무측천(武則天) : 당 고종의 부인. 정궁(正宮)을 모해하여 황후가 되었고 고종이 죽은 후에는 스스로 제위에 올라 국호를 주(周)로 개칭함.

111) 왕망(王莽) : 한(漢)나라 원제(元帝)의 왕후인 왕(王)씨 서모의 동생인 왕만(王曼)의 둘째 아들. 갖가지 권모술수를 써서 역사상 최초로 선양혁명(禪讓革命)에 의하여 왕위에 오른 인물. '왕망이 왕이 될 것이다.'라는 붉은 글씨가 쓰인 흰 돌이 나타나게 하고, '왕망이 왕이 되라'는 하늘의

속으로는 멀었던 것과 같다. 그러니 어찌 이런 음란하고 나쁜 여자에
게 정실의 지위를 주겠는가?' 104
이렇게 생각하니 한심하고 놀라웠지만, 웃으며 말하였다.

"정인을 내가 찾아 줄 것이니 모습을 말해 보아라. 또 무슨 표지를 가
지고 있느냐? 이름이 월염이라 했지만 그것만으로는 찾지 못할 것이
니, 자세히 말해 보아라."

맹생이 웃으며 말하였다.

"선월정에서 처음 봤을 때에는 조상서 형제와 후원 구경을 갔다가 무
심코 왔는데, 나이 중년 정도 되는 유모 같은 차환이 나를 불러 후원에
가 할 말이 있다면서 이끌고 내려갔습니다. 그러더니 월염을 데려왔는 105
데 그 얼굴을 모르는 채 늘 밤에 왔습니다. 백 가지 태도가 기이하여 상
서로운 기운이 나타나는 듯하고 눈이 샛별 같으며 두 뺨은 복숭아꽃의
여덟 빛깔을 띠었고 붉은 입술에 옥 같은 이와 풍채가 만고에 독보적일
만큼 미모가 특별했습니다. 아무리 봐도 그런 미색은 없었습니다. 의
복은 밤에 봤으니 모르고, 단지 세상에서 알아주는 초나라 옥으로 다듬
은 듯 왼쪽 팔뚝 위의 달 월(月) 자, 오른쪽 팔뚝 위의 성인 성(聖) 자가
보였습니다. 이들은 어떻게 쓴 것이 아니라 저절로 살에 새겨진 글자
여서 유달리 특이했습니다."

양인광이 이 말을 듣고 나서 가슴에서 잔나비가 뛰노는 것 같고 분하 106
여 머리가 하늘을 가리키는 듯하니, 천균(千鈞) 같이 큰 도량이지만 어찌
참겠는가? 하지만 억지로 참으면서 웃으며 말하였다.

의사 표시로 간주되는 새 우물을 출현시키는 연극을 하기도 하였는데, 여기서는 이런 일을 두
고 예시한 것으로 보임.

"그대의 말을 들으니 그대의 정인을 찾아주기 쉬울 듯하니, 내 시녀 중에서 물어보겠네. 그런데 편지를 주고받은 것은 누가 해 주어 봤는가?"

맹생이 탄식하며 말하였다.

"지성이면 감천이라고 두 마음이 사모하니 쇠와 돌도 녹는 듯했습니다. 편지 한 장 못 받아봤겠습니까? 나이든 유모가 하나 있어 나를 데리고 여기에 온 후에 편지를 가져다주었습니다."

107 양인광이 또 묻기를, "그대가 답장을 전하여 정을 펼쳤는가?"라고 했더니, 맹생이 탄식하면서 며칠 전 답장을 부쳤지만 그 다음은 모른다고 하였다. 맹생이 양인광이 묻는 말을 보니 그가 의심 없이 시녀로 알고 있기에 간통할 때 했던 더러운 말들과 간음하던 정황을 본 듯이 갖추어 아뢰었다. 양인광이 매우 통탄하며 말하기를, "그 미인을 만난다면 그 거취를 어떻게 하려 하는가?"라고 하였다. 맹생이 말하였다.

"그 미인이 아직 어떻게 할지 말하지 않았습니다. 여기서 데리고 있으
108 라고 하면 있고, 그렇지 않으면 거두어 고향으로 돌아갈까 합니다."

양인광이 웃으며 말하기를, "내 문객으로 있다가 시비를 도적질하여 한가로이 데리고 있는 것은 의리가 아니네."라고 하자 맹생이 웃으며 말하였다.

"어찌 도적질하겠습니까? 갈 때는 아뢰고 가겠지만, 아직 그 여자의 말을 듣지 못했으니 저 혼자만의 생각입니다."

양인광이 마음속으로 매우 놀라며 다시 말을 않고 있다가 맹생이 물러난 후에 혼자 앉아 생각하니 가슴 속의 화가 마구 일어나 탄식하며 말하였다.

"내가 조씨 알기를 정숙렬의 정숙하고 인자하며 현명함과 그 아버지의

기품으로 보건대 우연히 그런 것이 아닐 것이라 여겼는데 어찌 이와 109
같을 줄 알았겠는가? 생각해보니 그녀가 나를 보면 엄하고 매섭게 대
했던 것이 실은 맹씨와의 사사로운 정을 못 잊어서 그랬나 보다. 내가
무심하여 첫날 팔뚝의 앵혈을 살피지 않았는데, 혹시 먼저 맹씨와 간통
했었나? 그의 팔 위 글자는 나 외에는 집안사람들이 알 리가 없는데 어
찌 맹씨가 알겠는가? 이는 분명한 일이구나. 어찌 차마 한 시라도 외명
부의 자리에 있게 하여 고귀한 부인의 반열을 욕되게 하겠는가?

다만 진왕의 얼굴과 우리 사부이신 초공의 어진 덕을 돌아보지 않을 수
없고, 재상가의 좋지 않은 집안일은 이웃 나라에 들리게 하지 말라고 110
했다. 내가 어릴 때부터 조씨 집에서 자랐으니 진왕과 사부님이 어루
만져 자식이나 조카 같이 길러주신 은혜가 크다. 내가 조씨를 심하게
원하여 데려와 놓고 그 음란함과 못됨을 들춰 조씨 가문의 맑은 덕을
더럽게 하는 것은 사람이 할 일이 아니니다. 이 일을 비밀로 하고, 조씨에
게 독약을 먹여 죽인 후 양가 친족이 알게 되면 병들어 죽었다고 해야
겠다. 또 선산(先山)에 묻지 않고 새로운 묘 자리를 가려서 묻어야겠다.
아들 하나 낳은 것이 내게도 만전을 기하게 하고 저에게도 덕이 된 것
이다."

이렇게 생각을 정하니 태연하고 편안해졌다. 맹생을 먼저 치울 마음을 111
먹고 변방 절도사 화운의 장교를 삼아 함께 보냈다. 그러자 맹생이 양인
광이 자신을 벼슬을 명분으로 삼아 보내지만 멀리 보내는 뜻을 의심하고
생각해 보았다.

'내가 취파의 천금을 받기 위해 이상스런 일과 의심스러운 행동을 많이
보였기 때문에 나를 멀리 보내는 것이다. 이를 보면 그가 벌써 우리가

꾸민 일임을 아는 것 같다. 나중에 만약 왈가왈부하면서 옥석을 구분
할 때가 되면 내가 함정에 빠질 수 있으니 이제 아무도 거처를 모르게
112 하여 앵앵[112]을 데리고 천금을 갖고 고향으로 돌아가 평생을 편안히
지내는 것이 상책인 듯하다.'

그러고 나서 앵앵과 함께 의논하여 취파에게 아뢰었다. 취파가 본래
맹생의 말이 한결같지 않을까 염려하고 있었는데 멀리 가려 하니 기뻐서
얼른 앵앵을 맡겨 보냈다. 맹생이 앵앵과 함께 많은 재물을 챙겨 양인광
에게 하직도 않고 가면서 한 통의 편지와 의심스러운 것들을 한 데 싸서
빠뜨려[113] 양인광이 보게 하였다. 그러니 양인광이 사광(師曠)[114]의 총명
을 지녔어도 순식간에 알기는 어려울 것이다.

113 원래 조씨의 옥 반지 한 쌍이 천고에 없는 보배여서 예사로운 옥 반지
가 아니라 손으로 잘 깎은 보배였다. 그 빛이 은근하고 깊으며 광채가 영
롱하였는데, 팔대왕이 남해군왕에게 주기에 가져와 매우 아끼다가 조군
주[115]에게 준 것이었다. 조군주가 인광의 혼인 시에 빙물(聘物)에 넣어 보
내니 조씨 위아래 사람들이 아껴 대나무로 된 작은 상자에 넣어 두었었
다. 그런데 곽씨가 조씨의 시녀 춘소를 사귀어 조씨의 상자 안에 있던 옥
반지를 도적질하여 조씨의 필적을 위조하여 쓴 답서와 함께 봉하여, 이
날이 되자 양인광이 보게 하였으니 어찌 옥석을 분별하겠는가?

114 양인광이 맹생을 찾으니 거처를 모른다고 하기에 친히 맹생이 있던 곳
으로 가 찾아보았으나 거처를 알 수 없었다. 여러 문방구들과 의류와 이

112) 앵앵 : 앞에서는 '앵'이라고 했는데 같은 여자임.
113) 빠뜨려 : {섄지오고}. '섄지오다'는 떨어지다, 처지다, 빠지게 하다는 뜻의 고어임.
114) 사광(師曠) : 춘추시대 진(晉) 나라의 음악가로, 음률을 잘 분별하여 소리를 듣고 길흉을 점쳤다 고 함. 총명한 사람의 예로 종종 인용됨.
115) 조군주 : 인광의 어머니임.

부자리들을 낱낱이 거두어 갔으되 오직 편지 한 통은 봉하여 문 앞에 떨어뜨려 놓았기에 보니, 다음과 같이 쓰여 있었다.

월염은 맹낭군께 올립니다. 그저께 앞일을 밝게 가르쳐 주셨던 친히 쓰신 글을 붙들어 보니 옥 같은 얼굴과 꽃 같은 풍모를 눈으로 보는 듯합니다. 제가 어찌 낭군을 받들지 않겠습니까? 제가 한 시라도 몸을 빼낼 방법이 없으니 낭군이 먼저 양부를 떠나면 제가 때를 틈타 모든 일을 변통하여 처리하고 낭군을 따라갈 것입니다. 다만 거리끼는 바는 제가 낳은 아이가 낭군의 핏줄인데 아직 거느리고 먼 길을 가기 어려우니 내년 봄을 기다려 아이를 품고 낭군을 따라가겠습니다. 행여 낭군이 저를 115
믿을 만하다고 여기지 않으실까봐 이 옥 반지 한 쌍을 넣습니다. 이는 저의 기이한 보배이니 이것을 낭군의 곁에 두고 제가 돌아갈 때를 기다리십시오.

양인광이 보기를 마쳤는데, 글씨체를 자세히 보니 의심할 것 없이 조씨의 필체였다. 옥 반지도 자기의 보물이라서 비록 소탈하지만 여러 번 익히 보았기 때문에 분명히 알고 있었다. 스스로 놀라고 통탄스러움을 이기지 못하여 생각하였다.

'이것으로 신표를 삼았으니 반드시 몸에 간직해야 할 것인데 어찌하여 버리고 갔을까? 분명 한밤중에 나가느라 빠뜨리고 간 것 같기도 하 116
고……'

편지를 소매에 넣고 나니 분함이 백 길이나 더 깊었다. 하지만 여러 가지로 생각해 보니 조씨의 아버지와 오빠들을 아끼고 은혜에 감격하였으므로 분함을 차마 나타낼 수가 없어 남몰래 조씨를 죽여야겠다고 결단하였다. 그리하여 영소정에는 차마 들어가지 못하고 외당에서 날마다 시녀를 불러 의복을 골라 입고 음식을 살폈다. 호령이 바람이 일어나듯이 자주 나고 기상이 참담하고 엄하니, 영소정의 시비와 유모가 걱정스러워 심란해 하며 눈물을 뿌렸다. 하지만 이유를 알지 못하여 두려워 떨 뿐이었다. 조씨는 원래 편안하여 동요하거나 화를 내는 일이 없으니 매우 태연
117 자약하였으며, 시부모님 봉양과 손님 응대하는 것을 조금도 법도에서 어긋나지 않게 하였다. 곽씨 대접하기를 거느린 사람들을 잘 살펴 자기보다 더하게 하니, 위아래 사람들이 칭찬하는 소리가 온 이웃에 들렸다. 하지만 양인광의 책망은 날로 더하니, 유모가 울며 조씨에게 말하였다.

"이제 어르신의 뜻이 날로 박해져 죄 없는 시비와 종들이 날마다 꾸중을 듣고 부인께도 이상한 호령이 그칠 때가 없습니다. 그러니 결단하여 우리 노주(奴主)가 견딜 바가 아니니 때를 타 가권(家權)116)을 사양하여 곽부인께 돌려보내세요. 그렇게 하면 한편으로 겸손한 뜻을 나타내는 것이고, 다른 한편으로는 지금 부인이 괴롭고 위태로운 것을 더는 것이니 어떠합니까?"

118 조씨가 근심스럽게 탄식하며 말하였다.

"매사가 하늘에 달려 있네. 내가 아버지의 교훈과 어머니의 가르침을 받들어 옛 사람들을 본받지는 못하지만, 조금이라도 숙녀의 향기를 사모하고 싶어 시부모님과 남편을 도와 마음과 힘을 다하겠네. 그러니 그 일이 마땅한 일이고 수신제가가 잘 이루어지기를 바란다면 어찌 내가 괴롭다고 해서 가벼이 중요한 임무를 남에게 사양하여 송(宋)나라 양공(襄公)117)의 어리석었던 일을 본받겠는가? 또 어찌 조강지처의 자

---

116) 가권(家權) : 집안을 통솔하는 권리.

117) 송(宋)나라 양공(襄公) : 춘추시대 송나라의 왕으로, 초나라와 홍(泓)땅에서 싸울 때에 상대편에게 인정을 베풀다가 오히려 패하여 죽임을 당했음. 그래서 후에 이를 두고 '송 양공의 어짐'이라

리를 끊고 윤리를 폐하여 박행함을 책망하게 하겠는가? 생각하건대 여자가 남편 섬기는 도리는 군신 간의 일과 같으니, 서서(徐庶)[118]가 임금의 거동에 유비(劉備)[119]에게 와룡선생(臥龍先生)[120]을 천거하였고 소하(蕭何)[121]가 혜제(惠帝)[122]에게 조참(曹參)[123]을 천거했네. 내가 이제 죽
지도 않았는데 모양새 좋지 않게 어찌 작위와 권리를 벗어서 남에게 119
맡긴 후에 겸손하고 어질다는 말을 듣겠는가? 설사 어질다고 할지라도 남편이 집안을 가지런히 하는 일에 어지럽고 첫째 부인과 둘째 부인의 선후를 따지는 일이 급하지 않다고 할 것이니, 자네가 말한 것은 내가 행할 바가 아니네. 단지 그의 행동을 살펴보면, 내 허물을 망측한 곳에서 얻어 치부해버리는 것이 심상치 않으니 내가 오래지 않아 예측하기 어려운 환란을 면치 못할 듯하네. 유모는 부질없는 일에 근심하지 말고 오직 내 아기를 힘써 보호하여 내가 비록 위태한 곳에 이르러도 아
이를 잘 보전하게. 그러면 유모의 공이네." 120

유모가 문득 슬픔을 이기지 못하여 흐느끼며 말하였다.

"소저가 아름다우셔서 시댁에 오셨으므로 낭군의 산처럼 중한 정을 홀

는 말이 생겼음.

118) 서서(徐庶) : 유비의 군사로 있으면서 많은 지략을 짜냈던 인물로, 친구였던 와룡선생을 유비에게 천거하기도 했음. 그의 추천을 받아 제갈량에게 삼고초려한 것임.

119) 유비(劉備) : 삼국시대 촉한(蜀漢)의 제1대 황제(재위 221~223). 관우 · 장비와 결의형제하였으며, 세 번 찾아가는 예로 제갈량을 맞아들였다. 220년 조비가 한나라 헌제의 양위를 받아 위의 황제가 되자, 221년 그도 제위에 올라 한의 정통을 계승한다는 명분으로 국호를 한(漢 : 蜀漢)이라 하였음.

120) 와룡선생(臥龍先生) : 중국 삼국시대 촉한의 정치가 겸 전략가. 명성이 높아 와룡선생이라 일컬어졌으나 원래 이름은 제갈량. 오의 손권과 연합해 남하하는 조조의 대군을 적벽의 싸움에서 대파하고, 형주 · 익주를 점령했다. 그 후에도 수많은 공을 세웠고, 221년 한의 멸망을 계기로 유비가 제위에 오르자 재상이 되었음.

121) 소하(蕭何) : 한(漢)나라 고조(高祖) 유방(劉邦)의 관료로 개국공신이었음.

122) 혜제(惠帝) : 한고조 유방의 아들.

123) 조참(曹參) : 한나라의 개국공신. 고조가 죽은 뒤 소하의 추천으로 상국(相國)이 되어 혜제를 보필함.

로 가지실 줄 알았습니다. 누가 도리어 천고에 없는 박명함을 당하여 신세가 이렇게 괴롭고 위태할 줄을 알았겠습니까? 차라리 양부를 떠나 괴롭고 욕된 일을 눈으로 보지는 않으심이 좋을듯합니다."

조씨가 복숭아 같은 뺨과 앵두 같은 입술에 흰 이를 찬란하게 드러내며 웃으며 말하였다.

121 "유모의 말이 가소롭네. 여자의 도리로는 비록 시댁에서 내치는 일 같은 것을 당해도 친정으로 돌아가기를 급하게 하지 않는 것인데, 지금 시부모님의 산 같은 은혜와 아끼시는 은덕이 예전과 똑같네. 또 열녀는 지아비가 내쳐도 그 문에서 돌아가지 않는다고 했고 옛 사람들은 남편에게 나쁜 병이 있어도 버리고 가지 말라고 했네. 내가 어찌 괴로움을 견디지 못해 친정을 생각하고 부모의 밝고 거룩한 교훈을 생각하지 않겠는가? '죽는 것은 돌아가는 것이고 사는 것은 잠시 남의 집에 붙어 사는 것과 같다.'[124]고 하신 것은 하우씨(夏禹氏)[125]가 말씀하신 것이네. 자고로 한 번 살고 한 번 죽는 것은 늘 있는 일이니, 죽으나 사나 되어
122 가는 대로 할 것이네. 미리 어지럽게 굴어 이상한 말을 꺼내고 남편을 원망하여 아내 된 도리를 어지럽히겠는가?"

유모가 무릎을 치며 감동하여 울면서 슬픔을 이기지 못하였다. 다음 회를 보라.

---

124) 죽는 ~ 같다 : {ᄉᆞ[死]은 귀야(歸也)오 ᄉᆡᆼ[生]은 긔야(寄也) ㅣ 라}로 되어 있음.
125) 하우씨(夏禹氏) : 중국 하(夏) 나라의 우(禹) 임금.

조 씨 삼 대 록

18권

1 화설. 이때 유모가 조씨[126]의 일장 연설을 듣고 무릎을 치며 감격하여
눈물 흘리기를 마지않았다.

양인광이 통탄스러움을 참기는 했지만 조씨에게 들어가 보지는 않았
다. 오직 해월정 화려한 누각에서 곽씨에게 몽롱하게 푹 빠져 사람의 도
리를 잊으니, 부모가 그 편벽됨을 책망하고 달랬으나 마음을 돌릴 방법이
없었다. 양인광이 늘 조씨를 죽일 뜻을 두어 때를 엿보다가 하루는 술에
취하여 소매에 독약 세 환을 넣고 영소정에 왔다. 조씨가 천연스럽게 자
2 리에서 일어나 맞는데, 조씨의 얼굴을 못 본 지가 오래되었기에 이 날 눈
을 들어 살펴보니 빼어난 기질과 깨끗한 풍모가 새로웠다. 옥 같은 난초
가 아침 햇살에 밝게 비추이고 가을 달이 만 리의 높은 하늘에 밝게 떠 있
는 듯 영롱하고 수려함이 세상에서 가장 빼어난 듯하였다. 가슴 속의 거
룩한 생각이 완숙하게 배어나오고 여덟 팔 자 모양의 눈썹에는 온화한 기
운이 봄바람에 무르녹는 듯하여 한 번 보니 사랑하는 마음과 공경스러운
마음이 절로 일어났다. 여러 가지 흉한 일들을 잊어버리고 두 눈이 뚫어
3 져라 보다가 자리에 앉고 나서야 가만히 생각해보니 조씨가 한 나쁜 일들
을 생각지 못하고 있었던 것이다. 그 고운 얼굴이 오늘은 도리어 미운 마
음을 발동하니 조용히 죽여야겠다는 생각이 불같이 일어났다. 그리하여
얼굴빛을 온화하게 하여 웃으며 말하였다.

"부인과 나는 어릴 적에 혼인하여 서로 공경함이 손님을 대하듯 하였지만 그 가운데 두터운 정이 관저(關雎)의 즐거움[127]이 되었습니다. 요사이 자주 들어오지 못함은 관직에 골몰하고 벗들과 만나느라 내당 출

126) 조씨 : {화시}. 문맥상 '조씨'임이 분명하므로 이같이 옮김.
127) 관저(關雎)의 즐거움 : 『시경』「국풍」〈관저〉 장의 시구인 "관관이 우는 저구새의 즐거움"에서 유래하는 말로, 군자와 숙녀가 좋은 배필을 만나 즐거워함을 의미함.

입을 못한 것입니다. 그런데 부인은 나를 원망하는 듯 만나서 냉엄하
게 멸시하는군요. 부인의 역량으로는 내 마음을 거의 알 것이니 모름
지기 허물치 마시오. 요새 내 문객 맹훈을 장인어른께서 데려오셨었는 4
데, 공연히 벼슬을 버리고 가버려 거처를 모르고 있소. 혹시 부인은 그
가 좋은 사람인지 나쁜 사람인지 아시오?"

조씨의 한 쌍 눈빛은 그 아버지와 오빠들의 풍모를 닮아 사람의 속을
거울같이 비추었으므로 양생의 얼굴과 말을 듣고 그 재촉함이 은은함을
알아챘으니 어찌 기색을 모르겠는가? 문객에 대해 묻는 데에는 반드시 이
유가 있을 것이라고 여기고 안색을 태연하게 하여 대답하였다.

"낭군이 집 밖에서 즐기는 것과 벗들과 만나는 것은 여자가 알 바가 아
닙니다. 가장은 밖을 다스리고 부인은 안을 다스려야 규방과 가문이
안정되고 가문의 도가 순조롭게 되니, 어찌 낭군의 자취가 드물다고 5
말할 수 있겠습니까? 부부유별이 다섯 가지 강상의 가르침이시니 밤낮
으로 침소에 빠져 있는 군자는 없을 것입니다. 낭군께서 저를 지기(知
己)로 칭하심도 외람되고, 이르신 말씀도 의외라 받아들이기가 어렵습
니다. 더욱이 맹훈이 진궁에서 왔다고 하시지만 저는 궁중 관리들의
성명도 듣지 못하는데 어찌 사람됨을 알겠습니까?"

양인광이 웃으며 말하였다.

"이제 우리가 특별하게 만나 서로 아꼈고 아들도 있어 평생 다른 사람
을 돌아볼 마음이 없었지만, 곽씨 또한 유순하여 둘의 사이가 비록 적
국이지만 서로 해를 끼치지 않는군요." 6

말을 마치는데 안색이 화평하고 행동이 태연하였다. 조씨가 이상하게
여겨 정색을 하고 단정히 앉아 다시 말을 하지 않으니, 양인광이 술을 달

라고 하여 환약 서너 개를 타 마시고 말하였다.

"이 약이 질병을 물리치고 수명을 더욱 늘린다고 하니 시험 삼아 내가 먼저 먹었소. 부인도 맛을 보시오."

그러고 나서 시원스럽게 마시고는 환약 한 종류를 따뜻한 차에 타서 좋
은 낯빛으로 다시 권하였다. 인광이 처음에 방에 들어올 때 두 가지 약을
가져왔는데 자기는 해가 없는 좋은 약을 타 먹고 조씨에게는 즉시 죽지는
7 않으면서 오래되면 오장육부가 녹고 썩어 죽는 약을 타 준 것이다. 조씨
가 그의 거동을 알아채고 뼛속까지 마음이 떨려 약을 받아들고 탄식하며
말하였다.

"저는 약이 아니라도 충분히 병 없이 일생을 편안히 지낼 것인데, 낭군
께서 무슨 이유로 약을 권하십니까? 부부간은 하루라도 같이 살았으면
그 마음을 안다고 하였습니다. 낭군의 처사는 마땅히 해와 달같이 밝
으실 것인데, 어찌 은근히 저를 속이면서 저의 죄를 말씀하지 않고 먼
뒷날까지 박행하다는 말을 스스로 받으시려고 하십니까? 저의 일생의
8 즐거움과 괴로움, 길흉화복이 모두 낭군의 손바닥 안에 있습니다. 제
사람됨이 비루하고 덕이 없지만 어릴 적에 혼인하여 정실 부부로 지낸
사이입니다. 저에게 죄가 있다면 광명정대하게 시부모님께 고하고 제
게 말씀하시어 죄를 밝히십시오. 어찌 차 안에 독을 넣어 사람을 해치
려 하십니까? 온갖 일에는 다 사연이 있으니 만 번 죽어도 이 가슴 속
에 품은 말을 숨기지 못하겠습니다. 그렇다고 하여 모르는 듯이 이 약
을 마시고 죽기는 가소롭습니다. 슬프군요. 제가 비록 열 가지 큰 죄를
지었다고 하여도 낭군이 몰래 죽이려 하는 것은 사람의 덕이 아닙니다.
그러나 칠거지악이 있어 내치는 것은 성인께서도 어찌할 수 없는 일이

니, 제 죄를 말씀하시고 광명정대하게 밝히셔야지 이렇게 구차하게 하 9
시지 말아야 할 듯합니다. 제가 죄를 안 후에 낭군께 아뢰고 아버지와 형제의 얼굴을 본 이후에 화를 받아도 원망하지 않겠습니다."

말이 강개하고 안색이 씩씩하였다. 양인광이 여러 가지로 의심을 품어 좋은 약은 스스로 먹고 독약으로는 남모르게 조씨를 속여 죽이려 했는데 뜻하지 않게 조씨가 그 기색을 알아채고 이처럼 말하는 것을 들으니, 흉악하고 음란한 사람을 차마 살려두지 못하겠다는 생각이 들었다. 그리하여 문득 왈칵 성을 내며 눈썹을 세우고 솟아나는 화가 머리를 뚫을 지경
이 되어 눈을 부릅뜨고 크게 꾸짖어 말하였다. 10

"내가 아직 당신을 아껴 이로운 방법을 생각하여 조씨와 양씨 두 가문의 맑은 덕을 더럽히지 않고 규중의 풍교(風敎)를 산란하게 하지 않은 것이오. 그런데 무슨 이유로 죽기를 이상하게 여겨 내가 주는 약을 순순히 마시지 않고 여러 말을 하여 나를 도리어 책망하는가? 이 편지와 옥 반지를 보시오. 그대가 천지간에 가장 큰 간담을 가졌을지라도 무슨 말을 할 수 있겠소? 저 한낱 아들도 내 골육임을 믿지 않으니, 빨리 죽으시오. 그대의 아버지와 형제들이 듣더라도 방에서 조용히 죽인 나
를 그르다고 하지 않을 것이오. 내가 만약 그대의 아버지와 숙부의 얼 11
굴을 보지 않겠다고 생각했다면 어찌 조용히 분을 풀지 않겠는가만 실로 차마 그렇게 못하는 것은 사부이신 초공과 진왕의 얼굴을 보고 그러는 것이오. 내 입이 더럽혀지고 부끄러워 당신의 죄를 밝히지 못하고 오직 편히 죽으라고 말하는 것이오."

말을 마치고 약 종지를 들어 빨리 마시라고 하는데, 문득 바깥 문 쪽이 매우 시끄러워지면서 초공과 조승상이 오신다고 하는 소리가 들리자 양

인광이 당황하여 바삐 약그릇을 놓고 나왔다. 시비와 유모가 이 모습을
12 보고 급히 약 종지를 보고나자 뼈속까지 떨리고 혼이 날아가는 듯하며 정
신이 없었고 흐르는 눈물이 옷깃을 적셨다.

이때 춘소가 옥 반지와 편지를 구해 곽씨에게 바치면서 이 일을 말하고 함께 슬퍼하면서 양인광을 원망하였다. 누가 저 간사한 사람이 요망한 계집 춘소로 다리를 놓아 꾀한 술수인 줄 알겠는가?

조씨가 양인광의 말을 듣고 옥 반지를 보니 오히려 어이가 없어 놀라지도 못하고 길게 탄식하며 말하였다.

"하늘이 저를 미워하시어 이런 변을 당하게 하시니 한 번 죽기는 두렵
지 않지만 가문을 욕 먹이고 부모의 맑은 교훈을 손상하는 일이구나.
13 저 푸른 하늘이 밝고도 밝으니 간사한 사람이 어찌 늘 뜻을 이루겠는
가? 불운이 다하면 행운이 오고,[128] 괴로움이 다하면 단 것이 온다고
했으니, 나 월염이 어찌 그냥 생을 마치겠는가? 백옥에 흠이 없는데 어
찌 누명을 쓰고 죽겠는가? 군자의 호령이 성화같지만 시부모님의 명령
이 아니면 죽지 않겠다."

곁의 시비들이 눈물을 금치 못하였다.

이때에 초공이 양공을 뵙고 나자 양인광도 초공을 뵈었다. 양인광이
조씨의 일을 속이지 못하여 부모와 초공께는 고하려고 했지만 인사를 겨
우 마치고 나자 좋지 못한 말을 꺼내지 못하여 머뭇거리고 있는데, 초공
14 이 조카딸을 불렀다. 조씨가 비록 약을 마시지는 않았지만 설움과 분함
을 무엇에 비길 수가 있겠는가? 심장이 타들어가는 듯 눈길을 낮추고 입

---

128) 불운이 ~ 오고 : {비극ᄐᆡᄅᆡ[否極泰來]}. 불운이 절정에 달하면 행운이 온다는 뜻임. 주역의 64괘 중 비(否)는 닫힘을, 태(泰)는 열림을 의미함.

술을 다물고는 계속 짚으로 만든 인형처럼 앉아 있던 중이었다. 그러다가 시부모님과 숙부 초공의 명령을 듣자 유모를 대하여 말을 전하게 하였다.

"제가 천고에 없는 큰 변을 만나 죽을 상황을 맞았습니다. 그러니 시부모님과 숙부께서 부르셔도 얼굴을 들어 그 앞에서 뵐 면목이 없습니다. 어른들의 명을 받들지 못하니 죄를 용서해 주시기 바랍니다."

시부모님이 크게 놀라고 초공도 또한 놀라 양생을 보고 곡절을 물었다.
양인광이 능히 원래 마음먹은 대로 하지 못하고 낯빛을 고쳐 길게 탄식하 15
며 전후의 수말과 맹주부가 달아난 일, 옥 반지와 편지 등의 일을 일일이 아뢰고 나서 말하였다.

"처음에는 믿지 않았는데 여러 가지 음란하고 비루한 정황과 흔적을 보니 차마 그냥 두지 못하겠습니다. 이 소문이 밖으로 나가면 양씨와 조씨 두 가문에 수치가 되고 또 가풍을 더럽힐까 하여 아내를 남들 모르게 죽여 두 가문에 부끄러움을 없애려고 오늘 한 그릇 독약을 먹이려
했습니다. 그런데 그녀가 벌써 이를 알고 도리어 저를 책망하는 말이 16
이러이러하니, 제가 부모님께 아뢰고 스승님과 장인어른께 의논하려 합니다."

양공이 크게 놀라 매우 꾸짖으며 말하였다.

"내 며느리는 당대에 제일가는 열녀이자 현명한 여인이다. 그 거동이 추운 겨울에도 푸른 대나무 같고 흰 눈 같은 절개를 지녔으며, 가을 서리 같이 절개 있는 행실과 인자함과 후덕함이 있어 요조숙녀의 풍모[129]가 넘치는 것을 우리가 이미 아는 바다. 어찌 이런 맹랑하고 허무

129) 요조숙녀의 풍모 : {주남(周南)의 풍(風)}. 「주남」은 『시경』의 편명임. 「주남」편에는 주 문왕과 그 아내 태사를 기리는 노래가 들어 있으므로 주남의 풍이 있다는 것은 태사처럼 요조숙녀의 풍모가 있다는 뜻으로 쓰임.

하며 망칙한 문객에게 속아 요망한 말을 곧이들어 정실을 독살하려 하
17 였으며, 부모께 이르지도 않고 핍박했느냐? 네가 이처럼 행동할 줄은
생각지도 못했다. 무슨 면목으로 부자지간이라 하겠느냐?"

초공이 오래도록 차갑게 웃으면서 말을 하지 않다가 한참 후에야 말하였다.

"네가 마음속으로 결정하여 이미 죽이려 했던 바이니 내가 어찌 살리
려고 할 수 있겠느냐? 네 뜻대로 하여라. 하지만 내가 지금 그 아이의
행실은 모르지만 평소의 행실로는 이런 패악하고 음란한 일을 하지 않
았을 듯하다. 내가 이미 여러 차례 세상일을 겪어보니 한 가지 일로 백
18 가지 일을 미루어 알 수 있었다. 조카아이의 일이 남들을 속이고 조용
히 묻어두려 해도 그렇게 하지 못할 일이니, 비록 일이 번거롭지만 처
음에 맹생의 일을 재빨리 알려 주었던 시비를 잡아 자세히 묻고 맹생과
대면하여 옥석을 가려야지 그렇게 하지 않고 모호하게 하려 하느냐?
이것이 너의 처사 중에서 가장 분명하지 못한 바이다. 옥 반지가 그에
게 전해졌다는 것은 서로 보통 사이가 아니라고 규정하면서 보낸 것일
텐데 이를 등한히 하여 빼고 갔겠느냐? 이는 일부러 네가 보게 하려고
한 것이니, 지혜로운 사람이라면 거의 알 것이다. 그런데도 너는 모르
19 니 이런 상황에서 아버지와 숙부라도 조카딸의 생사를 처단하지 못하
겠다. 네가 죽이든 살리든 알아서 하고 내 집에는 보내지 마라."

그러고 나서 조씨에게 전하여 말하였다.

"네 숙부가 평소에 예(禮)가 아니면 듣지 않았고 예가 아니면 보지 않았다. 그런데 오늘 이곳에 와 양인광의 처사를 들으니, 하수(河水)[130]가

130) 하수(河水) : 요임금 때의 은자(隱者)였던 허유(許由)가 임금이 그를 구주(九州)의 우두머리로

먼 것이 한스럽다. 너를 보지 않고 돌아가니, 네가 만약 양병부의 말처
럼 행동했다면 빨리 죽고 애매하다고 생각한다면 비록 그가 죽이려 하
지만 여러 방법을 써서 살기를 도모해라. 그리하여 네 마음의 원한을 20
풀고 네 아버지와 숙부가 볼 수 있게 해라."

양공이 한숨 쉬며 탄식하면서 말하였다.

"내 자식이 현명하지 못해 집안의 변고가 이와 같으니 사람들을 대하
기 부끄럽소. 어진 며느리의 액이 커서 이와 같은 일이 있지만, 나는 추
호도 믿지 않으니 함께 며느리를 보고 가는 것이 좋겠소."

초공 등을 이끌어 영소정으로 들어갔다. 그 때 조씨는 화관과 옥띠를
풀고 청색 저고리와 치마를 입고 죽은 사람같이 있으면서 비취 병풍에 기
대 누명 입음을 생각하였다. 그 간사한 사람의 속을 거울같이 짐작한다고
해도 어떤 실마리에 근거해 자기의 누명을 벗을지 걱정하면서, 그들이 맹 21
생을 멀리 쫓아버렸으니 일의 단서를 찾을 수 없어 억울함을 벗을 길이
더욱 막막하다고 생각하고 있었다. 그 한스러움을 스스로 참담하게 여기
면서 차라리 죽어 이 상황을 모르게 되었으면 하기도 했다. 하지만 돌아
보니 한 살의 어린아이와 양가의 부모님께 불효를 끼칠까 싶어 차마 목숨
을 버리지 못하고 보전하여 일의 끝을 보고 나서 생사를 결단하려 하였
다. 안색이 절로 상하여 눈물을 흘리고 있는데, 시아버지와 숙부를 맞이
하게 되었다. 예를 마치고 양공과 나란히 앉으니 소저가 엎드려 죄를 청
하는데 눈물이 옷깃을 적시고 시름하는 눈썹은 먼 산에 검푸른 구름이 덮
여 있는 듯하였다. 가는 허리에 푸른 비단 치마를 두른 것이 마치 모란이 22
푸른 잎에 둘러싸인 듯하고, 옥 같은 얼굴은 근심에 잠겨 연꽃에 맑은 물

삼으려 하자 듣기 싫다며 귀를 씻었다는 물.

을 뿌린듯하니 윤택한 피부가 마치 빼어난 옥[131]을 다듬은 듯하였다. 천 가지 태도와 만 가지 모습에 근심을 띠어 더욱 어여뻐 사람이 한 번 보면 공경하고 사랑함을 이기지 못하고, 아리따운 태도와 태연자약한 거동은 목석도 움직일 지경이었다.

양공이 얼굴빛을 가다듬고 며느리의 착함을 칭찬하고는 탄식하고 위로하며 말하였다.

"내가 비록 현명하지 못하지만 네 사람됨을 안다. 지금 불행히도 간악
23 한 사람을 만났지만 천지신명이 모든 일을 밝게 아시니 간악한 사람을
벌하고 어진 사람을 도울 것이다. 내가 비록 어진 사람은 아니지만 너
의 억울함을 밝혀내어 씻겨주지 못할 정도는 아니다. 하지만 일의 형
세가 불리하고 맹가가 없어졌으니 의지하여 물을 곳이 없고, 애매한 시
녀를 벌하여 죄상을 털어놓는다 해도 그 말이 도리어 너에게 해가 되고
유익함이 없을 것이다. 그러니 아직은 분을 참고 있어라. 나중에 맹생
을 널리 찾아보고 잡아다가 너의 억울함을 씻어주고 누명을 시원하게
없앨 것이니 마음을 굳게 잡아 어린 아기를 보호하고 나중을 기다려라.
24 좁게 마음을 쓰면 조금도 유익함이 없고 공이 없을 것이다."

초공도 말하기를, "이러한 가르침이 마땅하시다. 네가 만약 죄가 있으면 죽고, 죄가 없으면 비록 죽이려 하여도 죽지 말라."고 하였다. 소저가 두 번 절하고 사례하면서 숙부의 말 때문에 더욱 흐느끼니, 양공이 참담해 하며 위로하였다. 초공이 마음이 좋지 않은 채로 돌아가니, 조씨가 갑자기 더 쓸쓸해졌다. 또 부모님이 들으실 테니 그 불효를 슬퍼하면서 아

131) 빼어난 옥 : {연셩[連城]의 보비}. 여러 개의 성과 바꿀 만한 좋은 옥이라는 뜻임. 진나라가 조나라에게 15개의 성과 화씨지벽(和氏之璧)을 바꾸자고 제안한 데서 유래함.

픈 마음을 이기지 못하였다.

양인광이 조씨를 죽이지 못함을 매우 안타까워했다. 하지만 초공의 말
씀이 단엄하고 말투와 얼굴빛이 정숙하여 오직 자기가 집안을 잘 다스리 25
지 못함을 한심하게 생각하니, 마음속으로 부끄러워하면서 진왕과 초공
의 낯을 보아 스스로 감히 조씨를 내치지는 못했으나 화가 나 밥을 먹지
도 잠을 자지도 못하였다. 양공 부부는 아들의 의심이 예기치 못한 곳에
있음을 이상해 하면서도 맹훈의 종적이 없으니 그 사실을 캐묻지 못하고
탄식하며 조씨를 위로하고 보호하기를 지극히 하였다. 그러나 조씨의 누
명은 동해의 물을 다 기울여도 이루 다 씻지 못할 것이다.

조씨는 마지못하여 정당에 가 저녁 문안인사를 마치고 돌아오면 종일
아무 일도 하지 않고 하늘의 해도 보지 않고 살았다. 그러는 중에도 그가 26
때때로 말을 전하여 죽으라고 보채니, 유모가 눈물로 날을 보냈으며 조씨
의 위태한 형세가 날로 더하였다.

이때에 초공이 돌아와 월염이 봉변을 당함을 전하니, 태부인이 탄식하며, "운현이 했던 일과 양인광의 일이 같으니 어찌 한심하지 않으냐?"고 하였다. 정숙렬도 놀람을 이기지 못하면서 그 무슨 곡절인지 모르겠다고 생각하였다. 양정렬이 무안함을 이기지 못하여 정숙렬에게 겸손히 사과하니, 정숙렬이 슬피 탄식하며 말하였다.

"월염의 액이 비상하여 그런 것이니 부인은 불안해하지 마시오."

진왕이 웃으며 말하였다.

"양인광이 호방하므로 처음 봤을 때부터 오늘과 같은 일이 있을 줄 짐 27
작하였으니, 어찌 놀라겠는가? 그러나 딸아이의 관상이 특별하고 복이
많으니, 필경에는 무사하고 화와 복이 뜻대로 될 것이네. 이런 소소한

걱정거리로 어찌 근심하겠는가?"

정숙렬이 길게 탄식하였다.

이때에 양부에서는 종일토록 조씨를 밖으로 나가지 못하게 하였다. 식
구들이 곽씨를 좋게 여기니 곽씨가 아첨하는 말과 온순한 기운으로 시부
모님의 뜻에 맞추며 양공의 눈에 어진 거동을 뵈고 검약하고 공손함으로
섬겼다. 그러자 양공 부부가 지나치게 사랑하였다. 곽씨가 취파와 함께
28 조씨의 정실 자리를 아주 빼고 어린아이를 처리하여 영영 근심을 없애자
고 의논하면서 몰래 단약을 가져와 양공 부부를 시험해보았다. 늙은 기운
은 변심이 쉽기에 순조로이 양공과 조군주가 조씨를 사랑하는 것이 줄어
들고 곽씨를 더욱 아끼게 되었다. 그리하여 이후로는 조씨의 이상한 일을
보아도 그 이상함을 판단하지 못하게 되었다.

하루는 곽씨가 시녀 경화에게 단약을 삼키게 하여 조씨의 얼굴로 바꿔 정당에 들어가게 하였다. 곽씨와 양인광이 마주하고 앉아 있었으며 양공 부부도 마주 앉아 있었다. 그녀가 그들에게 들이닥쳐 꾸짖고 욕하며 말하였다.

29 "내가 비록 음란한 욕정을 드러낸 적이 있지만 그렇게 못할 일도 아니
다. 그런데도 나를 모르는 체하고 곽씨를 총애하는가? 나를 사랑하지
않고 쫓아낸다고 해도 누가 쫓겨나는 것을 그렇게 두려워했는가? 내
집으로 가는 것이 소원이니, 너희 부자가 마음대로 해라."

이렇게 말하면서 마구 화를 내니, 양공 부부가 어이없어 얼굴만 쳐다보며 어찌할지를 생각하였다. 양인광이 매우 화가 나 봉황 같은 눈을 높이 치켜뜨고 곁의 시녀들에게 그녀를 잡아 당 아래로 끌어내라고 하였다. 그러자 가짜 조씨가 나는 듯이 영소정으로 나가면서 입으로 차마 내지 못할

말[132]들을 어지럽게 하니, 인광이 갓을 벗고 부모님께 죄를 청하여 말하였다.

"제가 못나서 이런 음란하고 패악한 여자를 집안에 두었다가 욕이 부 30
모님께 미쳤으니 모두 제 죄입니다. 저런 여자는 한 시라도 집안에 두
지 못하겠으니 영원히 폐출하려 합니다."

양공이 마음을 조금 풀고 말하였다.

"진왕과 초공의 얼굴을 보지 않는다면 그렇게 하겠지만 그들의 얼굴을 보지 않을 수는 없으니, 조씨를 깊이 가두어 어지러이 행동하는 것을 엄히 금하여라. 곽씨를 정실로 삼았다가 나중에 조씨가 잘못을 뉘우치면 용서하고, 그렇지 않으면 그 숙부께 알려 내치는 것이 좋겠다."

양인광이 원래 너그럽고 인자하여 아버지의 가르침에 순종하기는 하지만 분한 기색이 하늘에 닿아 그칠 줄을 몰랐고, 양공 부부도 역시 매우 통분하였다.

이때에 진짜 조씨는 머리를 들어 아침·저녁의 혼정신성의 예도 하러 31
나가지 못하게 되어, 양인광이 없는 때를 타 시어머니인 조 군주만 뵙고
즉시 돌아와 날이 저물도록 신세를 한탄하고 있는 중이었으니 어찌 대낯
에 나와 꾸짖고 욕했겠는가? 부모님께서 조씨를 부르시니 마지못하여 존
당에 와 보니 곽씨와 양인광이 자리에 있었다. 나아가 시부모님께 절하고
물러서니, 모두 눈을 들어 살폈다. 이때 조씨는 때 묻은 옷을 입고 여덟
팔 자 모양의 봄 산 같은 눈썹에 시름이 잠겨 있었다. 용뇌향과 사향노루
향[133]같은 어여쁜 용모여서 화장하지 않을수록 얼굴이 윤택하니, 푸른

---

132) 입으로 ~ 말 : {구불가도지설[口不可道之說]}.

133) 용뇌향과 사향노루향 : {용수사제(龍髓麝臍)}. 용수는 용뇌수(龍腦樹)의 수액. 또는 용뇌향(龍腦香). 용뇌수는 용뇌향과의 상록교목으로 꽃은 누르고 향기가 있음. 사제는 사향노루의 배꼽.

32 물의 부용꽃이 향기를 토한 듯하고 좋은 기질에서 나오는 밝은 빛이 사방의 벽에 쏘였다. 어찌 말을 함부로 하거나 예의에 벗어나고 패악한 행동을 할 사람이겠는가? 가을 물결처럼 잔잔하고 맑은 두 눈에 수많은 어질고 부드러운 기운이 빼어나니 그 기이함이 진실로 월궁의 항아 같았다. 그런데도 양공 부부가 눈이 흘려 진가(眞假)를 모르고 화를 내며 죄를 헤아리며 말하였다.

"네가 훌륭한 가문의 귀한 혈통이며 금지옥엽이라 우리가 늘 숙녀의 거룩한 덕을 지녔다고 추앙했다. 네가 간악하고 시부모에게 욕할 줄 누가 알았겠느냐? 큰 의리를 무너뜨리고 적국(敵國)을 때리고 욕하면서 노류장화(路柳墻花)[134]나 신분이 낮은 천민도 하지 않는 행실을 하니,
33 작위를 받은 외명부(外命婦)[135]의 지위를 한 시도 욕되게 하지 못할 것이다. 네가 정실의 직첩과 두 마리의 봉황을 새긴 화관을 곽씨에게 주고 나서 후원의 은설정에 들어가 허물을 자책하여 마음을 바꾸면 작은 정이라도 두겠지만, 그렇지 않으면 이 나쁜 일에서 헤어나지 못할 것이다."

조씨가 시부모님이 이유 없이 이렇게 죄를 말씀하는 것을 듣고 어찌 원망스럽고 억울하지 않았겠는가마는 지극한 효성을 지녔기에 예전에 아끼시던 마음이 이렇게 됨을 길게 슬퍼하였다. 또 자기가 친히 와서 욕하며 적국을 때렸다는 말을 들으니 깜짝 놀라 격분하였지만 그 도량이 천지와
34 같고 마음이 바다와 같아 머리를 돌려 좌우를 돌아보았다. 양인광은 얼

사향선(麝香腺)이 있음.

134) 노류장화(路柳墻花) : 길가의 버들과 담 밑의 꽃처럼 누구든지 희롱할 수 있는 여자. 창기를 뜻함.

135) 외명부(外命婦) : 왕족과 종친의 딸·처 및 문무관의 처로서 남편의 직품에 따라 봉작을 받은 여자의 총칭임.

굴이 식은 재와 같았고, 곽씨는 교태를 머금고 화를 싹 감추고 겉으로는 유순한 거동을 하며 사양하였다. 그 이치가 당연하여 사람들이 감동할 만하니, 조씨는 혼미한 시부모와 어리석은 남편이 미혹되어 자신의 운수와 액이 이와 같음을 짐작하고 다 하늘의 뜻이라 여겼다. 안색을 변치 않고 두 번 절하고 말하였다.

"제가 지혜롭지 못하고 못나서 군자의 현숙한 짝이 아닌데도 외람되게
좋은 가문의 덕을 입어 시부모님의 은혜가 한 몸에 젖었습니다. 그러
하니 비록 큰 악행을 했다고 하셔도 무슨 일을 원망하겠으며, 감히 어 35
른들을 거역하며 법도를 어지럽혔겠습니까? 하지만 어르신들께서 친
히 보셨다고 하시니 이는 천지신명이 저를 모함하는 것입니다. 사람을
한탄할 바가 아니니 어르신 앞에서 여러 말씀을 드려 변명할 수 없습니
다. 오직 명령을 받들어 정실 지위를 곽씨에게 전하고 깊은 당으로 물
러가 시부모님의 복을 빌어드릴 따름입니다."

말을 마치는데, 온화한 기운이 봄바람을 이끄는 듯하였지만 온순하면
서도 곧은 것이 가을 서리 같았다. 양공 부부가 얼어붙은 듯이 말을 하지
못하고 있다가 곽씨를 향하여 지체하지 말라고 하였다. 조씨가 유모를 36
돌아보며 양인광의 정실 직첩과 화관을 곽씨에게 전하게 하니, 양인광이
화난 목소리로 꾸짖었다.

"천지간에 두지 못할 큰 악행을 저지른 음란한 여자가 어찌 거룩한 분들 앞에서 흉한 일을 아뢰고 백 가지로 꾀하여 이렇듯 하느냐? 당 아래에서 절하고 정실 앞에서의 절차를 갖추어라."

조씨가 이 말을 들으니 아무리 목석같은 마음을 가진 사람이라도 요동치 않겠는가마는 도리어 흰 이와 붉은 입술에 웃음을 머금고 말하였다.

"예부터 부인께 도장과 도장 끈을 전했을 뿐이지 어찌 돗자리 아래에
37 서 천한 첩이 절하는 법을 행할 수 있겠습니까? 비록 군자의 명령이지
만 받들지 못하겠습니다. 낭군께서는 너무 저를 미워하지 마십시오.
저도 옛 일들을 보아왔지만, 대장부가 허랑한 말을 더욱 심하게 하면서
어진 사람에게 죄를 입힌 일은 없습니다. 저는 시아버님과 낭군의 일
을 근심할 뿐[136], 비록 어리석지만 전후의 마음이 한결 같으니 오직 시
부모님의 명령을 따를 뿐 조금도 변명하지 않겠습니다."

말을 마치는데 기운이 강개하고 위엄이 있으니, 양인광이 더욱 무색하
게 여겨 꾸짖고 다그쳐 핍박하면서 은설정에 가두라고 호령하는데 그 소
리에서 바람소리가 날 정도로 매서웠다. 그러자 조씨가 "죄인의 자식도
38 또한 죄인이니 어찌 두고 가겠습니까?"하고는 아이를 데리고 유모와 서
너 명의 시녀와 함께 은설정으로 갔다.

후원의 나무 가운데에 몇 간의 집이 깊고 그윽하게 자리하여 황량하고
누추함이 비바람을 가리지 못할 정도였다. 이때는 엄동설한이라 찬 기운
이 사람에게 쏘이므로 조씨가 어린아이를 품고 몇 명의 시비와 함께 있었
다. 박정한 남편이 원수같이 미워하여 가시나무로 울타리를 삼고 가시로
길을 막았으며 문을 잠가 시비들이나 유모가 왕래하지 못하게 하고, 돌문
하나를 두어 후원의 물을 길어 그들의 목숨을 잇게 하였다. 조씨가 자신
39 의 처소였던 영소정을 다시 가보지 못하고 이곳에 들어왔으니 어찌 이부
자리 하나라도 있겠는가? 주인과 시비들이 불시에 갇힌 것이니 두어 장
거적으로는 흙을 가리지 못하고 능히 추위도 견디지 못하였다. 깨지기 쉬
운 알 같은 약한 자질이었기에 살아갈 방법이 없어 마음이 아득하여 어떻

136) 근심할 뿐 : 원문 이 부분에 몇 글자 첨기의 흔적이 있으나 판독할 수 없음.

게 해야 할 줄을 모르고 있었다. 조씨가 왕후의 집안에서 나서 옥 같은 누
각과 꽃 같은 당에서 비단 옷에 좋은 장식으로 몸에 갖추어지지 않았던
적이 없었으니, 어찌 외로이 궁벽한 곳에서 슬픈 상황을 맞을 줄 꿈에나
생각하겠는가? 친부모님이 모두 계시지만 알리지 못하고 윤리 강상을 어
그러뜨린 죄수가 되어 어린아이를 품고 있으면서 사방을 돌아보아도 후
원에는 어지러운 새 소리뿐이고 인적은 아득하며 네다섯 명 종뿐이었다. 40
눈물로 소일하면서 한숨으로 밤을 새니 금옥 같은 간장이라도 어찌 슬픔
을 견딜 수 있겠는가? 아이를 어루만지며 유모를 돌아보며 말하였다.

"이 어찌 우연한 일이겠는가? 내가 비록 옛 사람들에 미치지 못하나 부
녀의 네 가지 덕목을 저버리지 않았는데 운수가 불리하여 이 지경까지
왔으니 누구를 탓하겠는가? 단지 내가 참지 못하는 바는 부모의 밝으
신 가르침이 욕되게 되고 가문의 명성이 더러워지는 것이다. 또 한 살
어린아이가 어미의 죄로 이와 같이 힘든 일을 당하니 어찌 슬프지 않 41
겠는가?"

좌우의 시비들이 모두 눈물을 흘리며 울었다.

양인광이 후원으로 왕래하는 길을 막았지만 식량은 후하게 보내어 조씨와 시비들이 굶어죽는 것을 면하게 하였는데, 곽씨가 식량 가져가는 종들에게 몰래 쌀을 쏟아버리고 모래를 넣어 보내게 하였다.

조씨가 갇힌 지 며칠 동안 한 술 음식도 못 먹고 있었다. 종과 주인이 모두 빈손으로 들어온데다가 밖으로 통하지 못하니 비록 왕의 부귀를 누리고 살았으나 이때가 되어서는 수양산이 아니라도 백이와 숙제의 굶주림을 당하니 〈채미가(採薇歌)〉[137]를 불렀다. 조씨가 탄식하며 말하였다.

---

137) 〈채미가〉 : 주 무왕(武王)이 걸주(桀紂)를 치고 왕이 되자 백이와 숙제가 수양산에 들어가 고사

42 “나는 죽어도 내 죄 때문이지만 너희들이 나를 위해 죽는 것은 지극히 한스럽다. 그러니 아이의 유모만 여기 머물고 나머지는 모두 각각 헤어져 살 도리를 찾아라. 혹 살아나면 나중에 내 부모님께 이 원한을 전하여 굶어죽은 것을 아시게 해라.”

모든 시비들이 울면서 같이 죽을지언정 어찌 물러가겠냐며 매우 슬퍼하였다.

그런데 문득 양인광의 분부로 집안사람이 식량을 전하는 것이었다. 시
비들이 기뻐하며 함께 보니 흰 모래였다. 얼굴이 하얘져 눈물을 흘리며
말하기를, “어르신이 어찌 이처럼 박정하여 사람이 한꺼번에 죽게 합니
43 까? 부인이 아무리 밉다 해도 어찌 아이조차 죽이려 하십니까?”라고 하였
다. 그러자 조씨가 도리어 웃으며 말하였다.

“너희가 어찌 한 때의 분한 마음 때문에 주인어른을 원망하느냐? 낭군이 비록 호방하지만 군자이며 대장부니 어찌 처자를 죽이겠느냐? 간사한 사람이 장부의 총명을 가려 나를 이 지경에 이르게 하였다. 그가 비록 우리를 이곳에 가뒀지만 식량을 모래로 줄 리가 없다. 반드시 어떤 이유가 있을 것이다. 주공(周公)[138]은 동관(東關)에서 고난을 당하셨고 서백(西伯)[139]도 7년 동안 유리(羑里)에 감금 당하셨는데 나 같은 한 사람의 여자야 말해 무엇 하겠느냐?”

44 곁의 시녀들이 그 역량에 탄복하였다. 하지만 살 도리가 없어 딱하게

리를 캐며 불렀다는 노래.

138) 주공(周公) : 주나라의 정치가로 이름은 단(旦). 주 왕조를 세운 문왕의 아들이며 무왕의 동생인데, 무왕의 아들 성왕을 도와 주 왕조의 기초를 확립함. 동관에서 고난을 당했다는 말은 주공의 동생인 관숙과 채숙 등이 동북 변방에서 반란을 일으켰던 일을 가리킴.

139) 서백(西伯) : 고공단보의 셋째 아들로 이름은 창(昌). 그를 따르는 사람이 많은 것을 보고 주왕(紂王)이 7년 동안 그를 유리성에 감금했음. 후에 주(周) 문왕(文王)이 됨.

여기는데, 문득 두씨[140]의 시비가 식량과 좋은 반찬을 가져와 몰래 드리고 한 통 편지를 올렸다. 그 편지에는 다음과 같이 쓰여 있었다.

> 성인께서 말씀하시되, '작은 일을 참지 못하면 큰일을 도모하기 힘들다.'[141]라고 했네. 부인의 상황을 보통 사람은 참기 어렵겠지만 자고로 충신과 열사는 곤궁한 후에 이름이 빛났네. 이제 부인은 좁게 생각하여 마음속의 원한을 풀지 못하고 부모의 얼굴도 다시 보지 못한 채 누명을 쓴 채로 은설정에서 죽는다면 원혼이 될 것이네.
> 모름지기 마음을 평화롭게 갖고 몸을 보호하여 서백이 아들 백읍고의 고기를 먹으 45
> 면서까지 참던 일[142]을 생각하고, 하늘이 착한 사람에게 복을 내리고 음란한 사람에게 화를 내리심을 생각하게. 식량이 비록 약소하지만 굶어 죽는 것은 면할 수 있을 것이네. 다 떨어지면 때에 맞춰 정성을 다 하겠으니, 널리 생각하여 옥같이 맑은 자질을 상하지 마시게.

조씨가 다 읽고 나서 감격하여 눈물을 어여쁜 얼굴에 흘리면서 여러 번 치하하며 답서를 써서 보냈다. 모든 시비들이 눈을 번득이며 후원으로 가 물을 간신히 구해 밥을 지어 함께 먹었다. 두씨가 진실로 인자하고 현명한 부인이어서 식량을 연이어 대주었기 때문에 굶어 죽는 것을 면했지만,
한겨울이 되어 후원에 찬바람이 쓸쓸해지자 뒷산과 언덕의 수풀이 메말 46
랐고 황량한 처소에 바람이 일고 눈이 내려 찬 기운이 사람을 엄습하였

140) 두씨 : 양인광의 원래 어머니인 두자경을 이름. 인광의 원래 아버지인 양계가 악인이라고 하여 가계에서 빼버렸기에 현재는 할아버지인 양임이 아버지가 되고 할머니인 조군주가 어머니인 상태임.

141) 작은 ~ 힘들다 : {소불인즉난더모[小不忍則難大謨]}. 『논어(論語)』「위령공(衛靈公)」 편 27장에 나오는 구절임.

142) 서백이 ~ 일 : 걸주가 서백을 구하러 온 아들 백읍고를 죽여 만두를 만들어 서백에게 먹으라고 하자 충성을 증명하기 위해 억지로 먹은 일을 말함.

다. 조씨가 어린아이를 누일 곳이 없어 서로 품어 보호하면서 마음을 넓
게 가져 살기를 도모했지만, 곁에서 감시하는 사람들이 엄하게 왕래를 금
하니 비록 한 집안에 있다 해도 하늘과 땅 사이처럼 가로 막혀 있는
데,[143] 어찌 조부에 소식을 전하겠는가? 세월이 오래 되어도 부모님의 안
47 부를 들을 길이 없고 자신의 생사를 아뢸 길도 없으니, 간장이 끊어져 옥
같은 얼굴이 쇠약하고 수척해졌다. 하지만 아름다운 모습은 조금도 줄지
않았으니 유모와 시녀들이 차마 볼 수가 없었다.

곽씨가 조씨를 은설정에 가두고 정실 자리에 있으면서 영소정과 해월
루를 다 함께 다스리고 가권을 마음대로 휘두르며 풍류 있는 낭군과 금슬
좋게 즐기니 만사가 뜻대로였다. 다만 흠이라고 하면 아들 하나가 없는
것이었다. 취파도 또한 높은 당에서 모든 일을 주관하여 금은과 비단을
출납하고 비단옷을 나부끼며 모든 시녀들을 호령하면서 어엿한 노부인
48 행세를 하였다. 곽씨가 조씨의 식량을 빼돌리고 대신 모래를 주어 굶어
죽게 되도록 힘썼지만, 춘소가 알려 주어 그들이 죽지 않은 것은 알았다.
하지만 춘소도 밖으로 나오지 못하니 더 이상 묻지는 못하였다. 그런데
그 전에 춘소가 조씨 등을 따라 후원으로 들어갈 때에 곽씨가 여러 개의
독약을 주면서 임기응변을 가르쳐 두었기에 때를 엿보다가 실행하기를
기다리고 있던 중이었다.

곽씨가 옥동자를 낳지 못하여 즐거워하지 않자 취파가 흉한 꾀를 말하
였다.

"이제 부인이 만사가 뜻대로이지만 한 명의 옥동자를 얻는 상서로움이
없으니 비록 조씨와 그 아이를 죽인다 해도 무엇으로 시부모님을 기쁘

---

143) 하늘과 ~ 있는데 : {텬의디각[天涯地角]이 가리옴 ᄀᆞᄐᆞ니}. 문맥을 고려하여 이같이 옮김.

게 하겠습니까? 제 소견으로는 한 명의 옥동자를 얻어 소저가 낳았다 49
고 하여 시부모님과 상공의 총애를 영구히 하고 훗날을 의지하는 것이 멀리 내다보는 계획입니다. 이렇게 십여 달만 상공과 따로 지내고 계시면 제가 남자아이를 하나 수소문하여 산모를 정해놨다가 천금을 주고 사서 소저가 낳은 아이라고 하겠습니다. 그렇게 하면 누가 곧이듣지 않겠으며 누가 이런 공교한 일을 의심하겠습니까? 더욱이 상서의 소탈함으로 봐서는 자연스럽게 계교에 빠질 것이니 소저의 신세가 제(齊)나라 환공(桓公)[144]을 부러워하지 않을 정도가 될 것입니다."

곽씨가 탄식하며 말하였다.

"근래에 상서가 나를 대접하는 것이 태산 같지만 내 팔자가 괴이하여
한 번도 아이를 낳지 못하네. 유모가 묘한 계획을 말하고 있지만, 나는 50
상서와 하루라도 보지 못하면 마치 3년과 같이 느껴질 것 같아. 어떻게 일 년이나 떨어져 지내는 것을 견디겠나?"

그러자 취파가 "작은 일을 참지 못하면 어떻게 큰일을 이루겠습니까?" 라고 하였다. 곽씨가 또 탄식하며 말하였다.

"설마 어떻겠나, 괜찮겠지? 그런데 시기만 둘이 맞춰서 남자 아이든 여자 아이든 보게 된다면, 그 아이가 만약 천인의 자식이라면 아마도 기질이 상스러워 옥 같은 기골과 풍모가 나와 전혀 다를 것이라 도리어 의혹을 살 거네. 또 사족(士族)을 구하고 싶어도 사족이 자식을 팔겠는가? 매우 난처하네."

취파가 깊이 생각하다가 손등을 치며 말하였다.

"묘하네요. 묘한 곳이 있습니다. 제가 부인을 위하여 밤낮으로 고민하 51

144) 제(齊)나라 환공(桓公) : 춘추전국시대의 오패(五霸) 중의 한 명.

지 않았겠어요? 상서복야(尙書僕射) 김공의 부인이 잉태한 지 세 달이 되었다고 하는데 그 어머니 성부인과 제가 이러저러한 사이이니, 성부인과 맞추어 두면 무엇이 어렵겠습니까?"

곽씨가 매우 기뻐하면서 "만약 그런 집 자식이라면 반드시 수월하지는 않을 것이니 유모는 잘 생각하여 그릇됨이 없게 하라."고 하였다. 취파가 알았다고 답하고는 돌아가 알아보았다. 아! 슬프다. 세상사가 말세가 되니 요순(堯舜)의 다스림 아래에서도 오히려 네 명의 흉인[145]이 있었던 것처럼 정대한 임금이 위에 계시고 만조백관이 정정하고 예의가 삼엄하며
52 교화가 밝게 미치는데도 오히려 간악한 무리와 무식한 여자와 포악한 정치가 왕왕 있어 부자간의 인륜도 끊어 놓으니 어찌 한심하지 않겠는가?

화설. 상서 우복야 김태원은 당세의 정직한 군자이다. 일찍이 아버지를 여의고 계모 성씨를 만나 민자건(閔子騫)[146]의 효와 증자(曾子)[147]의 효를 본받아 공경하였으나, 성부인이 포악하고 간흉하며 질투하고 죽이려 하면서 김공을 미워하기를 원수같이 하였다. 공이 민자건의 어리숙함이 있지만 효성이 매우 뛰어나, 순 임금이 극진한 효로 점점 잘 다스려 완악한 아버지와 사나운 계모, 거만한 이복동생들을 간악함에 이르지 않게 했던[148] 큰 효성이 있어 겨우 천륜을 끊는 큰 변고를 면했지만 그 마음은
53 남들과 달랐다. 부인 유씨는 맑은 행실과 여인의 네 가지 덕이 얌전하고 정숙하여 당시의 숙녀였지만 자녀를 기르지 못하여 부부가 근심하였다.

---

145) 네 ~ 흉인 : 요임금 때의 네 명의 악인으로 공공(共工), 환두(驩兜), 삼묘(三苗), 곤(鯀)을 이름. 공공은 궁기(窮奇), 삼묘는 도철(饕餮), 곤은 도올(檮杌)이라고도 함.

146) 민자건(閔子騫) : 춘추전국시대 노(魯)나라의 현인으로 효행이 뛰어났던 인물. 계모가 전실 자식인 자신을 구박하고 동생들과 차별해도 불만스러워하지 않고 아버지를 설득하여 계모를 두둔하며 효성을 보였음.

147) 증자(曾子) : 공자의 제자로 효행으로 이름이 높았음.

148) 순 임금이 ~ 했던 : {증증녜블격간[烝烝乂不格姦]ᄒᆞ던}.

그러던 중 홀연 잉태하여 석 달이 되자 김공이 아들 낳기를 밤낮으로 바랐다.

김공의 집과 곽부는 담장을 맞대고 대문을 바라보고 있어 비복들이 서로 알고 지냈으며 취파도 자주 왕래하였었다. 성부인과 취파는 비록 상하가 달랐지만 유유상종으로 사귀어 뜻이 맞아 만나면 다과와 좋은 물건들을 주어 곽부와 통하였다. 취파 또한 곽부에서 난 물건을 갖고 오기도 하여 서로 정이 두터웠다.

하루는 취파가 황금 300냥을 품에 품고 성부인을 뵈러왔다. 부인과 만 54
나자 취파가 좌우를 보더니 고요한 때를 틈 타 품에서 300냥 금을 내어 받들어 부인께 드렸다. 한 자나 되는 금 두 덩인데 광채가 찬란하니 성씨처럼 욕심이 많은 사람이 오늘 금을 보고 기쁨을 이기지 못하여 놀라 물었다.

"비록 자네와 친하게 지내지만 어찌 이처럼 중한 보물을 줄 줄 알았겠는가? 무슨 부탁이 있는가? 내 힘이 닿는 대로 해 보겠네."

취파가 말하기를, "다른 일이 아니라 우리 주인의 절박한 일로 부인의
은혜를 바라는 마음입니다."라고 하면서 사정을 말하고, 유부인이 혹 아 55
들을 낳으면 얻어 달라고 하였다. 성씨가 원래 유씨가 아이 낳는 것을 원수같이 알고 혈육을 없애려고 하던 차였기에 흔연히 웃으며 말하였다.

"이는 내 손 안의 물건이니 금을 안 받고도 줄 것이네만 더욱이 금을 주는데 주지 않겠나? 하지만 아들을 낳기는 쉽지 않으니 만약 아들을 못 낳으면 금을 도로 가져가게."

말은 이렇게 했지만 마음으로는 혹시라도 아들을 못 낳아 금을 잃을까 걱정하였으니 그 욕심을 알 만하였다.

취파가 돌아와 곽씨에게 말하니, 곽씨가 이후로 거짓으로 신음하는 모
56 습을 보이면서 음식을 보면 구토하고 냄새를 맡으면 역겨워 하는 등 임신
한 모습을 확연히 드러내었다. 시부모님과 양인광이 염려하여 약물과 간
호에 주야로 분주하니, 곽씨가 눈썹을 찡그리며 말하였다.

"태기가 있어 이러한 듯하지만, 요사이 꿈자리가 불길하여 부모님께서 저를 위하여 점쟁이에게 물으니 점괘에 올해 액이 있다고 합니다. 그러니 깊이 숨어 액을 없애고 부부가 1년 동안 떨어져 지내라고 합니다. 비록 허망한 말이기는 하지만 그냥 흘려듣지도 못하겠으니 낭군께서는 외당에서 지내시고 내각에는 오시지 마십시오. 그러지 않으시겠다면 저를 친정으로 1년 보내어 해산한 후에 오게 하십시오."

57 양인광이 곽씨가 임신함을 듣고 얼굴빛이 밝아져 말하였다.

"진실로 옥동자를 낳아 나의 장자를 삼는다면 가문의 경사일 것이오. 비록 그 점괘가 허망하지만 알고는 그대로 두지는 못하겠네. 그러나 만약 1년 동안 떨어져 지낸다면 부모님을 모시고 손님을 대접하는 일은 어떻게 하겠소?"

곽씨가 말하였다.

"만약 친정으로 보내기 어려우시면 1년만 복중 태아를 위해서 낮에는
얼굴을 대하지만 잠자리에 같이 눕는 것은 뱃속의 아이를 보아 하지 않
았으면 합니다. 저도 한 시라도 따로 지내는 것이 무척 어렵지만 아이
를 보전하기 위함입니다. 군자께서는 당에 예쁜 계집이 많으니 무엇이
58 어렵겠습니까? 1년이 아니라 10년이라도 견디시겠지만 저는 못 참을
듯합니다."

양인광이 웃으며 말하였다.

"복중 태아를 위함이니, 이후로는 외당에서 미색을 즐기고 부인과 즐기는 것은 참을 것이오. 그러나 부인은 나중에 후회할 것 같소."

이후로는 낮에는 같이 이야기했으나 밤에는 곽씨가 문을 닫고 피하자, 양인광은 소탈한 마음에 곽씨가 점괘를 너무 믿는 것은 아닌가 생각하고 억지로 하려 하지 않았다. 양인광이 외당에서 옥수, 채란 등 여러 창기들과 밤을 지내는데, 그가 그 미인들을 좋아하여 추호도 곽씨를 생각하지 않았다.

이때에 조씨가 은설정에 있은 후로 해가 바뀌어 봄이 되니 갇힌 사람의
회포가 한층 더 심란해졌다. 두씨가 때때로 와 위로하고 식량과 반찬을 59
주니 조씨와 시비들이 은혜에 감격해하였다. 맑은 성품이 온화하여 마음
속의 분함을 풀기를 기다릴 뿐 죽을 생각은 하지 않았다. 하지만 그 신세
를 논한다면 천고에 없는 박명함이라고 할 만하였다. 얼음 같이 맑고 옥
같이 고운 몸에 강상을 어그러뜨렸다는 죄를 입어 한 세상의 원통함을 말
할 수 있는 곳이 없었다. 친정이 반석같이 든든하지만 사정을 전하지 못
하고 부모님의 얼굴을 보지 못하니 여자의 애틋하게 그리는 마음이 부서
지는 것 같았다. 마음이 슬퍼져 속절없이 흐르는 눈물이 예쁜 뺨에 굴러
떨어졌다. 유모와 시비 등이 또한 울면서 비통해 하였다. 60

춘소가 이곳에 올 때에 곽씨에게 뇌물을 받고 여러 가지 독약을 가져와 조씨의 아들에게 시험해 보고자 하였으나 조씨가 아이를 빈틈없이 보호하면서 몸에서 떨어뜨려 놓는 때가 없으니 어느 겨를에 할 수 있겠는가? 속절없이 곽씨의 부탁을 저버릴까 싶어 밤낮으로 때를 엿보고 있었다.

어느 날 밤에 조씨가 정신이 혼미하여 아이를 곁에 눕히고 잠들었으며 유모 등도 곁에서 보호하고 누웠지만 잠이 깊이 들었다. 아이가 깨어 우

61 니 춘소가 이 틈을 타 독약을 급히 갈아 입에 넣었다. 울 때마다 젖인 줄
알고 삼키니, 춘소가 아이의 입을 닦아 눕히고 나서 모르는 것처럼 멀리
누워 자는 체하였다. 이윽고 조씨가 아이 울음소리에 깨어보니 시비와 유
모 등이 다 잠들고 아이가 홀로 깨어 우는 것이었다. 아이의 우는 것이 평
상시와 다름을 보고 놀라 유모 등을 깨워 아이를 같이 보았더니 매우 편
안하지 않아 보였다. 아이를 붙들고 달래도 호흡이 가빠지면서 기색이 다
급하여 아파하는 것이 병이 가볍지 않은 듯하였다. 조씨가 놀라 눈물을
머금고 말하였다.

"아이가 병이 났어도 갑자기 이런 깊고 궁벽한 곳에서 의약을 쓸 수가
62 없으니 어떻게 구할까? 광명정대함이 하늘에 있는데도 누명을 벗지 못
하고 이런 누추한 곳에서 겨울을 다 보내고 봄 날 좋은 시절의 흐르는
물 같은 아이의 정기가 이와 같이 되었으니 어떻게 할까?"

유모와 시비 등도 모두 놀라고 당황스러워했다. 아이가 자주 혼절하니 조씨가 심장이 타는 듯하여 보지 않으려 해도 그러지 못하고 슬픈 눈물을 줄줄 흘리며 어찌할 수 없어서 곁의 사람들에게 말하였다.

"아이의 병이 이처럼 깊구나. 부자는 천륜이라 했으니 낭군께서 간흉
의 참소에 혹하기는 하셨지만 자기 골육은 알 것이다. 지금 부자가 서
로 보게 하여 유명(幽明)을 달리하는 한이 없게 하는 것이 옳지 않겠느
63 냐? 비록 문이 잠겼지만 너희 중에 누가 바삐 가서 문을 지키는 종에게
이 말을 하고 양생이 계신 곳을 물어 아이의 병이 위급하다는 것을 아
뢰어라."

춘소가 스스로 명령을 받들어 몸을 빼 나와 문 앞에 이르자 발을 굴리며 "공자의 병이 시도 때도 없이 다르게 매우 위중하여 상서께 고하러 간

다.”고 하였다. 문지기가 문을 여니 춘소가 인광에게 가지는 않고 곽씨에
게 가서 일의 수말을 고하고 상서[149]를 봐야겠다고 하였다. 곽씨와 취파
가 기뻐하며 춘소에게 이렇게 저렇게 하라고 가르치고는 상서가 있는 곳
에는 알리지 않았다. 그러니 상서가 어떻게 알겠는가? 또 어르신들께도
고하지 않고 그냥 후원으로 돌아와 거짓으로 다른 말을 하여 조씨를 뵈었 64
다.

이때 공자의 병이 살아날 방도가 없어 보이자 조씨가 망극하여 춘소가
더디게 오는 것을 기다리고 있었다. 춘소가 돌아와 발을 굴리며 울면서
말하였다.

“공자의 위급함이 이러한데, 상서께서는 천륜의 자식 사랑을 끊고 애랑
등과 더불어 가무를 즐기고 계십니다. 제가 나아가 공자의 위태로움을
아뢰니 병부께서 크게 화를 내시며 꾸짖어 말씀하시기를, 맹가의 자식
이 병이 났으니 마땅히 맹훈에게 말하여라. 음란한 여자가 무슨 면목
으로 아이가 병이 난 것을 내게 알려 내 기색을 시험하느냐고 하면서 65
칼을 들어 책상을 깨뜨리셨습니다. 화를 내시는 기운이 마치 두우성(斗
牛星)을 깨실 것 같으니 어디에서 사사로이 서러움을 아뢰겠습니까?”

조씨가 곧이듣지 않고 발끈하여 꾸짖으며 말하였다.

“간악한 시녀가 감히 빈말을 꾸며 어르신의 허물을 만드느냐? 상서께
서 비록 나에게는 박하시지만 부자유친(父子有親)이니 결단코 그런 무
례한 말로 너를 가라고 하면서 끊어져가는 부자의 인륜을 아주 끊어 버
리고 자식이 죽는 것을 보러 오지 않을 리 없다. 이는 분명 간사한 사람
들이 때를 틈타 모의를 하여 우리를 우롱하는 것이다.”

---

149) 상서 : 양인광의 관직임.

66 그러고는 다른 시녀에게 나가보라고 하였지만, 곽씨가 벌써 명령하여 문을 막고 내보내지 말라 하였으니 문을 깨뜨리고 나갈 수는 없어 그냥 돌아왔다. 조씨가 이때를 당하여 서러운 마음이 마치 칼을 삼킨 듯하여 분함을 이기지 못하였다. 피눈물을 뿌리며 울면서 아이의 퍼렇게 식어가는 얼굴과 숨이 다하여 가는 모습을 눈으로 차마 보지 못하였다. 하나의 목숨이 잠깐 사이에 이어질락 말락 하는 것이 한 번 보고 지나가는 사람이라도 눈물을 흘릴 지경이었다. 조씨가 손으로 어루만지면서 얼굴을 대고 부르짖으며 울면서 말하였다.

"성홍[150]아, 네가 어찌 천 가지 근심과 만 가지 한을 지닌 어미에게 설
67 움을 더하여 나를 버리고 황천으로 향하려고 하느냐? 네 어미가 지은
악행들이 네게 미쳐 맑은 얼음 같고 옥 같은 네 몸을 마치는구나."

말이 끝나는데 소리가 처절하였다. 차마 견디기 어려워 애통해하며 구슬프게 울부짖으니 유모 등도 참담함을 이기지 못하여 흐느끼는 눈물이 비 오듯하였다. 슬프다. 조씨의 액이 놀라울 만큼 좋지 않고 운이 고르지 못하니, 화타(華陀)[151]와 편작(扁鵲)[152]의 신명함이 아니면 낫지 못할 것이다. 연약한 위장에 독약이 들어가 오장을 상하게 했으니 어찌 회생하기를 바라겠는가? 속절없이 나비가 등잔불에 잠긴 것과 같아 모습은 의연하
68 지만 목숨은 잠깐 사이에 다하였으니, 때는 사경(四更)[153] 말이었다. 조씨
가 시신을 받들고 길게 누워 갑자기 기운이 막혀 정신을 차리지 못하니

---

150) 성홍 : {홍}. 조소저의 아들로 원명이 양성홍이지만 주로 '홍'으로 지칭됨. 이후 동일하게 옮김.

151) 화타(華陀) : 후한(後漢) 말기의 명의(名醫)로, 성명은 부원화(敷元化). 마비산(痲沸散)을 사용해 환자를 전신마취 시킨 뒤 위장 절제수술을 하여 완치시켰다고 함. 외과의 비조로 불림.

152) 편작(扁鵲) : 춘추전국시대의 명의로, 성명은 진월인(秦越人). 곽나라 태자의 급환을 고쳐 죽음에서 되살렸다는 이야기가 있음.

153) 사경(四更) : 새벽 2시 전후로, 1시에서 3시 사이.

시비와 유모가 간호하였다. 한참이 지나자 정신을 차려 또다시 부르짖어 울부짖는데 세상에 머물 뜻이 없어 숨이 막히기를 자주하니 곁의 사람들이 차마 볼 수가 없었다.

양인광이 곽씨가 임신했다고 하여 자기를 거절하므로 만월당에서 여러 기녀들과 함께 거문고 소리와 노래를 듣다가 밤이 늦어서야 잠이 들었다. 그런데 홀연히 아들 성홍이 앞에서 울며 말하는 것이었다.

"부모님께서 만년에 낳으신 아들인데 흉인의 독한 손에 명을 마치니,
명을 다하지 못한 영혼이 하늘에 흩어지지 않았습니다. 아버님을 한
번 뵙지도 못하고 이별했으니 원한이 맺혔습니다. 어머니는 생각지도 69
않으십니까?"

인광이 매우 놀라며 붙들고 말하려 하는데 홀연히 간 데가 없었다. 인
광이 실성하여 오열하다가 깨어 보니 침상에서의 꿈이었다. 심신이 산란
하고 슬퍼져 만 가지 궁금증이 생겨 '조씨가 음란한 여자이기는 하지만
성홍의 얼굴이 나와 판에 박은 듯하고 기질도 나를 이어받은 것이 의심할
여지가 없다. 오랫동안 보지 못하였는데 혹시 무슨 병이 있나?'라고 생각
하였다. 날이 밝기도 전에 마음이 급하여 아침 문안도 하지 못하고 바로
은설정에 이르니, 문지기가 엎드려 공자가 죽었음을 아뢰었다. 소탈한 70
마음에 아들의 죽음을 듣고 탄식하며 눈물을 흘릴 뿐이었으며, 어르신들
께 고하고 노비들에게 안장하라고 명할 뿐이었다. 부모님께서도 이 말을
듣고 탄식하며 슬피 울었다.

이때에 세월이 물 흐르듯하여 곽씨가 잉태한 지 10개월이 다 되니 취파가 김씨 집안을 엿보고 있었다. 유씨의 복통이 급하여 해산하니 취파에게 알려왔는데, 그녀는 이미 김씨 집안 근처에서 기다리고 있던 터였다.

성씨가 산모 옆에서 간호하는 체하다가 유씨가 아이 낳기를 기다려 미처
태를 낳기도 전에 목이 쉬게 큰 소리로 말하였다.
71 "이상하구나. 이것이 무엇인가?"
한편으로 이렇게 말하면서 보니, 한 자의 백옥을 깎은 듯한 남자아이이
므로 매우 기뻐하며 이부자리째 휘말아 급히 취파에게 주어 보냈다.
이때 유씨는 정신이 없는 상태이고 시비 등은 장막 밖에서 간호하고 있
는 중이었다. 성씨가 말하기를, "네가 낳은 것이 사람 같지가 않고 이상한
흉물이므로 멀리 치워 사람들이 보지 못하게 하였다."라고 하였다. 유씨
가 그 속셈을 짐작하고 눈물을 흘릴 뿐이었다.
취파가 아이와 산혈이 묻은 거적을 다른 방에 펼치고 급히 곽씨가 있는
72 곳에 가 데려다 눕혔다. 곽씨가 해산함을 널리 알렸다. 이때 양공 부부와
병부상서 인광이 성홍이 죽고 나서 슬픈데다가 대가 끊김을 슬퍼하던 차
에 곽씨가 아들을 낳았다는 말을 들으니 기대 이상으로 기쁨이 더했다.
하늘에서 떨어진 듯이 급히 모여 문에 이르러 순산함을 기뻐하고 있는데,
인광이 기쁜 마음이 솟아나 바삐 곽씨가 해산한 방에 들어가 보았더니 곽
씨는 비단 이불에 싸여 있었다. 옥 같은 아이는 뛰어난 기운이 빼어나 용
같은 얼굴에 봉황 같은 눈썹이 뚜렷하여 처음 보는 것이었다. 양인광이
아이를 지나치게 아끼는 것이 미칠 듯하였고 사랑함이 정신을 못 차릴 정
73 도니, 곽씨가 이때가 되어서는 천하를 통일하여 사방에 거칠 것이 없는
듯하였다. 마음속으로 흐뭇해하며 만족스러워하는데, 일마다 뜻대로 되
니 거짓으로 눈썹을 찡그리며 앓는 모습을 하였다. 양인광이 곁으로 가
손을 잡고 평안한지를 묻고 손수 죽을 권하사, 곽씨가 탄식하며 말하였
다.

"어린아이를 낳고 보니, 성홍이 참담하게 죽은 일이 더욱 생각납니다. 상서께서는 크신 정으로 이 아이 사랑할 줄만 알고 성홍은 잊으셨습니까?"

인광이 눈썹을 찡그리며 말하였다.

"기쁜 중에 슬픈 일을 말하는군요. 부자의 정은 천륜이니, 내가 어찌 새로 낳은 아이를 지나치게 아끼면서 성홍이를 잊겠습니까? 하지만 일은 74
이미 끝났고 그릇도 이미 깨진[154] 격입니다. 품 안의 한 자식을 위하여 지나치게 마음 상하는 것이 좋지 않으므로 잊은 듯하였습니다. 그런데 부인의 어질고 자애로운 마음이 아이를 낳은 경사를 보았어도 성홍을 잊지 않으니 과연 어진 마음의 숙녀입니다."

곽씨가 기쁘고 매우 뿌듯해 하면서 다만 겸손하게 사례할 뿐이었다.

삼칠일이 지나자 양공 부부가 들어가 보았더니, 아이의 옥 같은 기질과 초승달 같은 광채가 성홍과 비슷하기는 했지만 인광과 같은 곳이 조금도 없었다. 양공이 웃으며 "방만한 아비를 닮지 않고 단정한 풍모를 지녔으 75
니 기특함이 더하구나."라면서 매우 사랑하였다. 슬프다. 천금 같은 아들을 독한 사람들의 손에 맡기고 김씨 집안의 어린아이를 얻어 양씨 가문의 대를 이으려 하니 그 마음이 서글프다.

이때에 김공이 국사를 마치고 집에 돌아오니 성씨가 급히 전하기를, 유씨가 낳은 것을 보니 모양도 갖추지 못한 짐승이기에 즉시 없앴다고 하였다. 공이 정신이 참담하여 분명 아이를 해친 줄 알고 비통함이 오장(五臟)에 미쳤다.

이때에 조씨가 아들을 잃고 슬픔이 날마다 더하여 슬피 울며 흘린 피눈

154) 일은 ~ 깨진 : {ᄉᆞ이 〃 의[事已已矣]오 증이파의(甑已破矣)라}.

76 물이 몸에 젖었다. 어머니가 아이 생각하는 정에 아울러 그 영특함이 특
별했던 것이 눈앞에 아른거려 눈길 닿는 곳마다 슬픔을 느꼈다. 애간장이
마디마디 끊어지는 듯하여 차마 음식을 삼키지 못하고 머리를 종일 베개
에 던져 스스로 한 목숨이 세상에 있음을 한하였다. 피눈물이 더 이상 나
올 수가 없고 꽃 같은 얼굴이 비쩍 말라 뼈가 흰 피부 사이로 드러나 해골
처럼 되었기에 유모가 매우 슬퍼하였다. 두씨가 밤이 되면 남몰래 문을
열고 심복 시녀 두엇을 거느리고 후원에 와서 조씨를 위로하면서 묵묵히
77 슬퍼하니, 조씨가 반갑고 감격스러워 하면서도 슬픔으로 오장이 메어지
는 듯하여 눈물을 뿌렸다. 그 모습이 백년화가 가을비에 처진 듯, 배꽃이
바람을 만난 듯하여 백 가지 태도와 만 가지 빛깔이 칠흑 같은 밤 어두운
방을 밝혔다. 두씨가 어루만지면서 흐느끼며 말하였다.

"하늘이 그대를 내신 것은 뜻이 있어서였을 터이니 어찌 은설정 죄인
으로 그냥 죽게 하겠는가? 비록 천만 의외에 옥 같은 아들을 잃었지만
아이를 잃은 슬픔은 사람마다 다 겪는 일이라, 오는 액을 성인도 면치
못하였네. 그대의 총명한 지혜로 생사는 운명에 달려 있음과 화복(禍福)
은 자주 옮겨감[155]을 모르겠는가? 억지로라도 참고 몸을 보전하여 마
78 음속의 원한을 씻고 부모님의 얼굴을 봐서 자식의 도리를 다하는 것이
옳네. 지금 시부모님의 의중과 지아비의 뜻을 잘못된 방향으로 가도록
만든 사람이 있어 조각들을 잇고 일을 바로잡아 해악을 끊기가 어렵네.
그대가 하는 말을 들으니, 살면서 울음이 그치지 않는 사람은 더욱 애
통할 것 같네. 내가 비록 지혜는 없지만 나이가 많고 세상사를 두루 겪
었기에 굳은 마음으로 견디기를 잘 하네. 그래서 그대를 위해 권하니,

155) 화복(禍福)은 ~ 옮겨감 : {화복(禍福)이 다쳔[多遷]}.

모름지기 마음을 넓게 가지고 몸을 보호하여 장래를 봐야지 조급하게
마음을 상하여 모진 목숨을 던지지 말게."
조씨가 눈에 맑은 눈물이 젖고 옥 같은 목소리가 처절하여 감사하며 79
말하였다.
"저를 낳으신 분은 부모님이시지만 저를 알아주시는 분은 부인이십니
다. 큰 은혜를 마음에 수놓고 뼈에 새겨 말씀을 받들겠습니다. 제가 은
설정에 안치되었고 죄명이 망측한 점을 새롭게 서러워하는 것이 아니
라 오직 참지 못하는 바는 은설정의 차가운 옥에서 어린아이가 참혹하
게 죽은 것입니다. 박명한 신세였지만 아이로 위안 삼아 서로 의지했
는데 그 아이를 잃고 나니 날이 갈수록 위로할 곳이 없습니다. 밤낮으
로 두 눈에 그 아이의 생전의 거동이 맺혀 있으니 어찌 차마 먹고 마실
수 있겠습니까? 하지만 밝으신 가르침이 마음을 풀어주셨고 박명한 인 80
생이 죽을 방법도 없으니 부인은 너무 염려하지 마십시오. 깊고 궁벽
한 곳에서 한낱 식량을 얻지 못하여 굶어 죽는 근심이 눈앞에 급박했는
데 부인께서 돌봐주신 큰 은혜로 저와 시녀 아이들이 죽음을 면했습니
다. 그러니 죽은 사람이 다시 살고 말라 죽던 나무가 꽃을 피우게 하신
은혜를 마음에 새겨 감당하지 못할 정도입니다."
두씨가 탄식하며 말하였다.
"설마 어떻게 되겠는가? 몸을 보전하고 있으면 나중에 다시 자녀를 두
지 못하겠는가? 그대의 어진 마음이 하늘을 감동시킬 것이니 어찌 복
록을 근심하겠는가? 그대는 내 말을 헛되이 듣지 말고 스스로 보중하
게."
소저가 두 번 절하며 사례하고 말하였다. 81

"시부모님의 크신 은혜가 제 몸에 젖어 있으니 한 때 죄를 얻었지만 앞뒤 사정을 깨닫지 못하고 다시 시부모님 슬하에서 뜻을 받들어 봉양코자 했습니다. 다음으로는 제 부모님을 뵙고 싶어 사람으로는 견디지 못할 죄명을 썼지만 살기를 바랐었습니다. 하지만 이제 어린아이를 잃고 나니 하늘이 저의 무지함을 벌하심을 알겠습니다. 누구를 원망하겠습니까?"

두씨가 여러 번 위로하고 쌀죽을 권하며, 옆의 시비들에게 잘 공경하라
82 고 당부하였다. 조씨가 은혜에 감격할 뿐 아니라 사려가 깊어 죽으려던 마음을 고쳐 하늘의 해를 한 번 본 후에야 결정해야겠다고 생각했다.

화설. 조부에서는 월염 소저의 소식이 끊기자 사람들에게 묻기도 하고 엿보기도 했으며 글을 보내기도 하였다. 그러나 소저의 처소인 영소정이 황폐한데다 곽씨의 무리가 손을 썼기에 아무 그림자도 없으며 답신도 오지 않았다. 진왕이 상황을 짐작하고는 소식을 통하지 말고 아는 체하지 말라고 하자, 정숙렬은 딸아이가 분명히 곤란한 지경에 이르렀음을 알고 슬퍼하였다. 진왕이 웃으며 말하기를, "자식을 아무리 사랑한다고 하지만 자기 몸보다 더하겠습니까?"라고 하였다. 그러자 정숙렬이 예전에 겪었던 일[156]들을 생각하며 탄식하면서 말하기를, "하늘의 운수가 아닌 것이
83 없습니다. 사람의 힘으로 할 수 있는 일이 아닙니다."라고 하였다. 그러면서 양정렬[157]께 청하기를 "부인이 친정에 가 월염의 생사를 전해 주시면 저의 맺힌 한을 덜겠습니다."라고 하였다. 양정렬이 슬픈 표정으로 인사하며 말하였다.

---

156) 예전에 ~ 일 : 박수관이 괴롭혀 갖은 수난을 당했던 일을 가리킴.
157) 양정렬 : 초공의 첫째 부인으로, 월염의 시아버지인 양임의 여동생이기도 함.

"형님의 염려하심이 어찌 이러하지 않겠습니까? 제가 친정에 가 사정
을 알아보고 올까 생각했지만 잠시라도 간사한 사람들의 거동을 보고
싶지 않아 망설였습니다. 이제 가 보겠습니다."

정숙렬 또한 탄식하였다.

양정렬이 친정에 가기 전에 월염 소저의 어린 아들이 죽었다는 소식이
들리니 진왕과 정숙렬이 슬퍼하고 마음 아파하기를 마지않았다. 양인광
이 간혹 왔지만 외당에서 진왕과 초공만 보고 돌아가니, 정숙렬은 딸의 84
소식을 물을 곳이 없었다. 결국 심하게 걱정하여 음식을 폐하고 먹지 않
으니, 양정렬이 시부모님께 친정에 가서 알아보고 오겠다고 고하고 양부
로 갔다.

양공 부부가 크게 반기고, 인광도 또한 반기며 들어와서 말씀하였다.
양정렬이 부모님의 안부를 묻고 나서 성홍의 죽음을 안타까워하니, 양공
부부도 슬퍼하며 눈물 흘리면서 말하였다.

"이것도 다 운명이다. 마침 곽씨에게서 갓 태어난 아이가 빼어나고 씩
씩한 것이 남들보다 뛰어난 것이 죽은 성홍에게 지지 않으니 이것으로
위안을 삼는다."

양정렬이 길게 탄식하며 곽씨를 돌아보았다. 단장한 위의가 완연히 조 85
씨의 지위를 빼앗은 듯하였고 어린아이도 비단으로 감싸여 있었다. 양정
렬이 아이를 보니, 영특함이 남들보다 더하고 풍모가 아름다워 단산(丹山)
의 봉황과 벽오동의 난새 같았다. 타고난 성품이 매우 똑똑하고 수려하여
특별한데 부자가 조금도 같지 않고 곽씨와도 전혀 다르니, 총명한 양정렬
이 이상하게 여겨 웃음을 머금고 말하기를, "이 아이가 실로 옥동자로구
나. 그런데 부자의 품격이 어찌 이처럼 다르냐?"라고 하였다. 그러자 양

공이 웃으며 이 아이는 아버지보다 낫다고 하였다. 양정렬이 미소를 띠었다.

86 곽씨가 나가자 양정렬이 부모님께 여쭙기를, "조씨가 무슨 죄를 지었기에 갇혔으며, 무슨 일 때문에 정실부인 자리를 뺏겼습니까?"라고 하였다. 양공이 전후의 수말을 자세히 말하자, 양정렬이 탄식하며 말하였다.

"부모님께서 직접 봤다고 하시니 더 드릴 말씀이 없습니다. 조씨가 정숙하고 현명한 부인이 아닌가 봅니다. 예전에 동생[158]과의 혼사가 이루어지기 전에 제가 마땅치 않음을 고하였는데도 아우가 예의를 지키지도 않고 우여곡절 끝에 이상한 행동을 하면서까지 조씨를 취하였습니다.[159] 그랬으면서 지금은 이런 좋지 않은 일을 하여 남의 천금같은
87 딸의 앞길을 이유 없이 막고 가두어 돌려보내지도 않으니, 제 얼굴을 조금이라도 생각했다면 이처럼 하지는 않을 겁니다. 정말로 조씨가 열 가지 큰 죄를 지었더라도 아우가 이렇게 하지는 못할 것인데, 그녀의 사람됨으로 어찌 그런 큰 악행을 저질렀겠습니까?"

양공이 길게 탄식하며 말하였다.

"일이 이렇게 되어 진실로 진왕과 초공을 볼 낯이 없다. 어찌 내 마음이 한 시라도 편하겠냐만 조씨의 행실은 내가 직접 보았으니 어떻게 허탄하다 하겠느냐?"

양정렬이 부모의 마음이 완전히 변했음을 보고 탄식하였다.

---

158) 동생 : 양인광을 이름. 양정렬과 양인광은 원래 고모와 조카 사이였지만, 인광의 아버지 양계가 출문된 후 인광이 양공의 아들이 되었으므로 고모였던 양정렬과는 남매 사이가 됨.

159) 아우가 ~ 취하였습니다. : 양인광이 월염을 사모하는 것을 안 부친인 양공이 초공에게 혼인 주선을 부탁하였는데 그 사이 인광이 월염에게 서찰을 전하자 진왕이 보고 크게 노하였음. 인광이 이를 듣고 병이 나자 초공이 나서서 혼인을 주선하여 택일하게 되니 병이 나아 혼인에 이르게 되었음. 이런 일들을 두고 하는 말임.

양정렬이 다음날 저녁에 작은 가마를 타고 은설정으로 가 조씨를 보았 88
다. 조씨가 이곳에 갇힌 지 19개월이 되도록 춘하추동을 겪으면서 옷으로
몸을 제대로 가리지도 못하고 밤낮으로 머리를 베개에 던져 아들의 일을
생각하며 애통해 하였다. 겨우 굶어죽지는 않았지만 오장이 찢어지는 듯
하였으니 어찌 편하겠는가? 누추한 자리에서 부모님의 자애로움과 형제
들의 번성했던 일, 아들의 옥 같은 얼굴 등이 눈앞에 아른거려 어찌할 바
를 몰랐다. 유모가 아침저녁으로 위로하니 겨우 견뎠지만 친정 소식이 완
전히 끊겨 저승과 이승으로 떨어져 있는 듯하였다. 그러던 중 천만 의외
에 숙모를 만나니 반가움이 매우 컸지만, 슬픔이 가슴에 가득하여 철석같 89
은 간장을 지녔을지라도 참담하고 아픈 마음을 면하지 못할 지경이었다.
양정렬이 이불을 헤치고 소저의 손을 계속 어루만지면서 슬픈 눈물을 흘
려 조씨의 얼굴에 떨어지니, 조씨가 숙모를 붙들고 슬피 울부짖으며 마음
아파하여 기운이 막힐 듯하였다. 아, 슬프다. 조씨의 액이 이와 같을 줄
어떻게 알았겠는가?

양정렬이 눈물을 흘리면서 탄식하며 말하였다.

"저 푸른 하늘이 네가 못할 노릇을 하게 하시지는 않을 것이다. 너의 기질과 덕량으로 이 정도에 이를 줄을 생각하지 못했다. 설마 하늘이 너의 복을 그치시고 사나운 것들을 돕겠느냐?"

조씨가 숙모의 손을 받들고 머리를 무릎에 엎어 슬피 울며 말하였다. 90

"제가 못나서 부모님의 가르침을 저버리고 이렇게 되었으니 부끄러울 뿐입니다. 부모님과 조부모님이 모두 계신데도 안부를 들을 방법이 없고 설움을 아뢸 곳이 없어, 죽어서라도 이 욕됨과 설움을 잊고자 하였습니다. 하지만 차마 하지 못하는 것은, 제가 부모님께 한없는 욕을 끼

쳤으니 부모님을 다시 뵙는 것입니다. 저는 저승에서도 눈을 감지 못할 것입니다. 분함을 억지로 참아 오늘날 숙모를 뵈오니 반갑고도 부끄럽습니다."

양정렬이 거듭 감탄하고는 말하였다.

"무슨 이유로 죽겠느냐? 너의 얼음 같고 옥 같은 깨끗함은 천지신명이
91 아시고 해와 달이 밝게 비추시고 계시다. 다만 애통한 것은 너의 인자한 성품에도 불구하고 어린아이가 참담하게 죽는 것을 보고 그 슬픔을 참아야 했으니 앉으나 누우나 위로가 될 만한 것이 없었으리라는 점이다. 우리 부모님의 밝으심으로도 너를 의심하는 것은 저 하늘이 간사한 사람의 한때의 좋은 운을 잠시 빌리고 너의 운액을 가리셨기 때문이다. 하지만 끝내는 가슴 속의 원한을 씻고 만사가 뜻대로 될 것이니, 지금의 너의 위험하고 어지러운 형편과 비교할 바가 아닐 것이다. 그러니 마음을 상하지 말고 만사를 느긋하게 놔두면서 몸을 보전하여라. 닫힘이 극에 달하면 열림이 오고,[160] 즐거움이 다하면 슬픔이 오는 것은 늘 그러한 일이니, 어찌 너만 유독 당하여 운수가 박하겠느냐?"

92 조씨가 탄식하며 말하였다.

"제가 평생토록 행하려고 했던 거룩한 효도와 예법을 추앙하는 것이 여자의 절개라고 들었는데, 지금 참람한 누명으로 만고(萬古)의 강상(綱常)에 더러운 여자가 되었습니다. 시부모님을 원망하고 다른 부인을 때리는 것을 시부모님께서 직접 보셨다고 하니 제가 어떤 사람으로 생각되겠으며, 또 구렁이 같은 혀가 아홉 개가 있다고 하더라도 무엇이라고 변명하겠습니까? 이는 분명 귀신이 상난한 것입니다. 어찌 시부모님

160) 닫힘이 ~ 오고 : {비극ᄐᆡᄅᆡ[否極泰來]오}. 주역 64괘 중 비(否)는 닫힘을, 태(泰)는 열림을 의미함.

같이 어진 분들이 그러실 수가 있겠습니까?"

그러고 나서 정신을 차리고 시부모님과 부모님, 형제들의 안부를 물었
다. 또 운현의 아내인 남씨가 예전에 겪었던 변고를 들으니 자신이 은설 93
정에 갇힌 것은 도리어 편한 일이었다. 조씨가 길게 탄식하며 말하였다.

"남씨 형님의 어진 덕과 우리 집의 맑은 덕으로도 그런 변고가 있었군요. 사람의 박대를 당하는 것은 어찌할 도리가 없는가 싶으니, 저의 일도 원망하지 않겠습니다."

양정렬이 길게 탄식하였다. 유모가 그간의 슬픔과 근심, 어려움들을 아뢰는데, 모래 양식을 주었던 일과 두부인의 덕으로 굶어죽음을 면한 일을 아뢰면서 눈물을 비 오듯 흘렸다. 이를 듣고 양정렬이 매우 화를 내며 말하였다.

"아우가 비록 무례하기는 하지만 어찌 그런 처사로 사람을 벌할 수가
있느냐? 모래를 가져온 일을 내가 당당히 조사하여 처리해야겠다." 94

조씨가 탄식하며 말하였다.

"유모는 부질없는 말을 하지 마소. 그리고 숙모께서는 이 일을 들은 체
하지 마십시오. 상서가 저를 비록 미워하지만 천성은 관대하니 어찌
여러 사람을 굶어죽게 하려 했겠습니까? 그 사이에 변고가 있음을 저
도 모르지 않습니다. 만약 모래를 준 일을 조사한다고 하면 또 모해할
것입니다. 나중에 자연히 드러날 것이니, 아직은 입 밖으로 내지 않는
것이 좋겠습니다. 그냥 놔두고 나중을 보는 것이 좋겠습니다. 죽은 아
이는 어떻게 할 방법이 없지만, 저는 살아 있으니 혹 나중을 바라볼 수 95
있을지도 모르겠습니다."

양정렬이 가상하게 여기며 탄식하면서 말하였다.

"진실로 하늘이 만든 어진 마음과 정숙한 덕을 너는 타고 났구나. 어찌 그런 덕성으로 복을 누리지 못할까 염려하겠느냐?"

조씨가 말하였다.

"복록을 바라는 것은 제 소원이 아닙니다. 다만 이 더러운 누명을 벗고 시부모님께서도 진실을 깨달으실 날이 오기를 바랍니다."

양정렬이 슬프고 불쌍함을 이기지 못하여 여러 번 위로하고 나서 저녁
밥을 함께 먹었다. 유모 등이 후원에서 어렵게 익힌 음식과 두씨가 보낸
96 반찬이 있었지만 진실로 젓가락을 댈 마음이 없었다. 양정렬도 자기 밥
을 함께 먹으면서 느껴지는 비련한 회포를 비길 데가 없었다. 촛불을 켠
후에 양정렬이 인광을 오라고 청하니, 인광이 누이를 꺼리던 터라 마지못
하여 은설정에 왔다. 조씨는 이부자리에 말려 벽을 향해 있었으며, 양정
렬이 인광을 보고 길게 탄식하며 말하였다.

"조씨가 너에게 죄를 지은 것이 아주 크더라도 네가 초공[161]의 얼굴을
보고 진왕[162]의 사랑하시는 은혜를 돌아보아 차마 이 지경까지 구박하
97 지는 못할 것이다. 하물며 조씨의 덕성이 옛 사람들을 본받았는데 어
찌 이런 큰 음행과 악행을 지었겠는지 생각해 보아라. 사람의 액이 남
다르면 대낮에도 허망한 일을 당한다더니, 내가 비록 어질지 못해 부녀
자의 도리를 모르지만 이런 변을 당했을 때에 남편인 초공이 그 자리에
서 직접 내 얼굴을 보고 참담했던 그 일을 당했을지라도 나를 대해서는
한 번도 예의에 벗어나는 말을 하지 않았다. 또 차평자[163] 도적놈이 침

---

161) 초공 : {승상[丞相]}. 문맥상 양정렬이 자신의 남편인 초공을 이르는 말이므로 이같이 옮김. 독자의 이해를 돕기 위해 이하 이 대화에서는 모두 이같이 옮김.

162) 진왕 : {수수}. 문맥상 숙숙(叔叔)으로 보고 양정렬의 아주버니인 진왕으로 옮김.

163) 차평자 : 양계 등의 사주로 양정렬을 겁탈하려 했던 인물.

실로 갑자기 들어와 흉한 일을 자꾸 꾸몄지만 초공은 나를 의심하지 않
았기에 가두거나 죽이려 하지 않았다. 그랬더니 자연히 죄를 지은 사
람에게 벌이 돌아가는 일이 올바르게 되어 나는 누명을 벗었고, 간사 98
한 사람은 자세히 조사받고 나서 끝내는 온전한 사람이 되게 하였다.
그러니 초공의 행실은 이른바 군자의 덕이고 장부의 도량이라고 하겠
다. 그런데 너는 지금 애매한 처자를 구박하여 누추한 곳에 가두고 가
시나무 울타리를 둘러 사람들의 왕래를 막았으며 어린 아들의 죽음에
대해서도 한 번 묻는 법이 없으니, 슬프다. 이것이 어찌 차마 사람이 할
일이냐? 내가 어찌 초공과 진왕을 대할 낯이 있겠느냐? 이제 약한 자질
의 조씨가 고초를 당하던 중 아들을 잃는 슬픔을 당하여 밤낮으로 비통
해 하다가 해골처럼 되었다. 사람이 목석이 아니라면 어떻게 이럴 수 99
있느냐? 무죄한 사람이 이곳에서 죽으면 초공과 진왕[164]을 어떻게 보
겠느냐?"

양인광이 낙담하며 좋지 않은 표정으로 말하였다.

"누이가 이렇게 책망하심이 당연합니다. 하지만 제가 처음에 조씨를
만났을 때에는 우연한 부부지간이 아니라 마음과 뜻이 맞아 백 년 동안
함께하는 것도 짧다고 여길 정도였기에 이런 음란하고 못된 패악을 볼
줄 알았겠습니까? 만약 보통 여자였고 그 아버지와 숙부의 얼굴을 보
지 않았다면 은설정에라도 살려 두었겠습니까? 맹훈의 말과 패악한 행
동을 다 고하여 영천수(潁川水)[165]에 귀를 씻어 깨끗하게 하지 못한 것 100

164) 초공과 진왕 : {승상과 초공}. 같은 대화상에서 승상은 초공을 의미했으므로 문맥상 오류로 보여 문맥에 맞춰 이같이 옮김.

165) 영천수(潁川水) : 요(堯)임금이 허유(許由)에게 벼슬을 주겠다고 하자 더러운 소리를 들었다며 귀를 씻었다는 물.

이 한스럽습니다."

양정렬이 탄식하며 말하였다.

"초공께서 너를 다섯 살 때부터 학문과 행실을 가르치면서 친아들보다 못하지 않게 대했으니 너는 그 도덕을 다 본받지는 못할지언정 만의 하나라도 배웠을 것이다. 그런데도 이만한 일을 이렇게 무식하게 처리하는 것은 진실로 초공에게 죄인이 되는 것이다. 어찌 사람을 구박하는 것이 이 지경에 이를 줄 알았겠느냐? 가시나무 울타리를 두르지 않는다고 해도 조씨가 어디로 달아날 것이며, 길을 통하게 하여 부모나 형제들과 소식을 통한다 해도 무슨 일이 있을 것 같으냐? 어찌 이렇듯 박덕하고 무식한 행동을 하느냐? 나를 봐서 가시나무 울타리라도 풀어
101 시비와 여종들의 왕래라도 통하게 해라. 만약 나중에 조씨의 죄명이 씻기지 않으면 내 눈을 빼서 사람 알아보지 못한 어리석음을 용서하겠다."

인광이 누이의 말을 듣고는 잠시 과거의 일들이 생각 나 감사하고 나서 탄식하며 말하였다.

"저도 그 죄를 밝게 밝히게 되면 어찌 이렇게 두겠습니까만 일단 의심이 없지 않으니 앞일을 유의하면서도 맹훈의 거처를 몰라 물을 곳이 없어서 이럽니다. 또 그 여자가 부모를 욕하고 방자하고 무례하게 행한 것은 나 혼자 본 것이 아니라 부모님께서도 같이 자리에 계시면서 보신 바입니다. 이곳에 가둔 것은 죄를 씻어주려 해도 방도가 없어서이니
102 만약 누이의 말씀 같아 무슨 일이 있다 해도 지금은 아직 결단 내리기 전이니 어떻게 하겠습니까?"

양정렬이 말없이 탄식하면서 두 사람의 액이 매우 큼을 깨닫고는 마음

이 좋지 않아 앉아 있었다. 인광이 양정렬이 가기를 바라며 마음을 졸였
으나 부인이 가지 않고 조씨와 함께 밤을 새웠다. 병풍을 둘러 바람을 가
리고 이불을 나란히 하고 누워 조씨를 어루만지니 여러 가지 슬픈 마음과
지극한 정이 모녀와 다름이 없었다. 양인광이 방을 나와 가시나무를 거두
고 문을 막지 않았으니 이는 양정렬의 말이 옳다고 여겨서였다.

다음날 아침에 양정렬이 조씨와 함께 회포를 나누는데, 조씨가 말하였 103
다.

"숙모는 제 모습을 부모님께 아뢰지 마십시오. 또 죽지 않고 살아 있음
은 두부인의 식량으로 사는 것이지만 이것도 부모님께 알리지 마시고
스스로 마련하는 것이 어렵지 않다고 하면서 굶어 죽을 염려는 없다고
아뢰어 주십시오."

양정렬이 알았다고 머리를 끄덕이고는 오직 몸을 보중하라며 불효를
경계하고 앞일을 당부하였다. 조씨가 슬퍼하며 공손히 사례하고 그 교훈
을 깊이 새기며 탄복함을 마지않았다. 마치 어머니를 대한 듯 다시 이별
을 하게 되니 둘 다 계속하여 옥이 사라질 듯 연연하면서 손을 잡고 무릎 104
을 대고 세상 일이 이상함을 안타까워했다.

평능후 형제[166]가 조회를 마치고 모친께 문안하러 왔다가 양정렬이 은
설정에 갔음을 듣고 먼저 조부께 인사드렸다. 시비에게 길을 인도하라고
하여 은설정에 이르러 보니 깊고 멀어 마치 피난 온 것 같았다. 들어가 누
이를 보니 어머니와 이별하느라고 슬픈 눈물을 흘리고 옥 같은 모습이 초
췌해져 팔 자 눈썹에 만 가지 시름이 어려 있었다. 애원하는 듯한 모습과
가냘프고 섬약한 기질이어서 예전의 풍요롭고 완숙했던 모습이 완전히 105

---

166) 평능후 형제 : 초공의 아들인 유현, 광현을 이름.

사라져 알아보지 못할 정도였다. 평능후 유현도 마음 아파하다가 표정을 바꿔 모친께 문안하였다. 또 조씨를 보고 액운의 심함과 어린아이의 참혹한 사정을 일컬으며 위로하고 안타까워하니, 조씨가 자기의 슬픔과 한을 이야기 하고 부모님을 그리워하는 마음을 말하면서 슬픔을 이기지 못하였다. 유현이 탄식하며 말하였다.

"우리 집의 운현의 거동과 매제의 행실이 서로 같으니, 남씨[167] 제수의
사정과 누이의 액이 같구나. 그래도 누이는 잡혀 다니는 어려움은 없
106 으니 남씨 제수에게는 비하지 못할 것이다. 지금 제수 모자는 어디를
떠다니고 있는 줄 알지 못하니 실로 안타까운 변고가 아니겠는가?"

조씨도 놀라고 슬퍼하면서 자기 사정을 더 이상 이어 말하지 못하였다. 유현이 모친을 모시고 함께 나오는데, 양정렬이 조씨에게 몸을 보전할 것을 여러 번 당부하고 연연하면서 손을 놓았다.

양정렬이 나와 부모님을 뵙고 조씨의 슬프고 참담한 모습을 전하며 그녀를 위하며 슬퍼하는 눈물이 흰 연꽃 같은 얼굴에 젖었다. 양공과 조군주가 감동하여 탄식하였다.

"우리가 조씨를 사랑하는 것이 어찌 친딸과 다르겠느냐? 하지만 그 행
107 실이 외모와 너무 달라 이렇게 되니 어쩔 수 없이 그렇게 한 것이다."

양정렬이 말하였다.

"그 의식주의 힘듦은 사람으로서 차마 못 견딜 정도입니다. 조씨가 원래 만금 같이 귀한 딸로 한 몸의 부귀와 호사가 지금의 공주와 다름이 없었는데, 지금 생각지도 못하게 슬픔과 근심이 날로 더하여 목숨을 보전하지 못하게 되었습니다. 차라리 완전히 내쫓아 그 약한 몸이 상하

---

167) 남씨 : 운현의 첫째 부인으로, 월염 소저처럼 고난을 당하고 있는 상황.

지 않게 하십시오."

양공이 탄식하며 말하였다.

"일의 형편을 보아 그 잘못이 밝혀지지 않으면 돌려보내려 한다."

양정렬이 수삼 일을 양부에서 묵고 돌아가는데, 조씨 거처를 가시나무 108
울타리로 막은 것을 풀고 편하게 지낼 수 있게 해달라고 부탁하였다.

조부에 돌아와 할머니와 시부모님을 뵙고 조씨의 어머니인 정숙렬을 대하여 조씨의 일을 일일이 전하였다. 그러자 어르신들과 정숙렬이 매우 놀라며 말하였다.

"만약 그렇다면 그 아이가 다시 하늘을 볼 때가 없을지도 모르겠구나. 이슬같이 약한 목숨이니 차라리 쉽게 죽는 것이 그 아이에게 편하겠다."

진왕이 웃으며 말하였다.

"제수와 부인은 걱정 마십시오. 그 아이는 복록이 매우 좋을 운수를 타고 났습니다. 환란이 남다르지만 나중에는 반드시 하늘을 볼 것입니다. 그러니 무엇 때문에 죽겠습니까? 아직은 인광이 못되게 구는 대로 가만히 두십시오."

조씨 부인[168]이 웃으며 말하였다. 109

"아우가 딸 사랑하는 것이 모든 아들들 사랑하는 것보다 더했는데, 지금 하는 말은 왜 이리 박절하여 염려하지 않는 것 같은가?"

진왕이 웃음을 머금고 말하였다.

"염려하면 유익합니까? 저는 평소에 세상일을 볼 때에 대의(大義)를 헤아립니다. 그 아이도 무사히 누명을 씻고 마침내는 복록이 영화롭고

---

168) 조씨 부인 : 진왕과 초공의 누나 중의 한 명을 가리킴.

길 것이니, 지나치게 걱정하지 않습니다."

모두 그 역량에 탄복하였다.

이때에 운현의 둘째 부인인 장씨가 남씨를 처치하고 나자 능백 운현의
은총이 잠시도 떨어지지 않아 좌우로 거칠 것이 없었다. 하지만 남씨가
아직 살아 있음을 꺼려 마저 없애고 싶어 해 자기가 아들을 하나 낳아 그
110 총애를 길게 받는 방법이 없을까 신묘랑과 의논하였다. 하지만 만사를
다 뜻대로 못하는 것이고 더구나 아이를 낳는 경사는 마음대로 못하는 것
이었다. 그러나 신묘랑과 함께 요사한 뜻과 공교한 꾀를 비밀스럽게 내니
귀신이 아니면 알 방법이 없어 남씨가 하늘과 해를 볼 날이 없을 것이었
다. 하지만 하늘이 착한 사람을 도우며 숙녀의 참화를 불쌍히 여겨 운현
의 어리석음을 헤쳐 예전의 총명을 움직이게 하니, 이는 곧 '비가 길면 진
흙 디딤을 면치 못한다.'는 격이다. 그러니 남씨의 생사를 알 만하다.

하루는 운현이 채교정에 들어왔는데 장씨가 없어 이상히 여겼다. 어른
111 들을 뵈러 갔나 생각하고 죽침을 베고 누워 있다가 무료하여 두루 걸어
다녔다. 그런데 집 뒤에 두어 간 작은 누각이 있고 그곳에서 사람의 말소
리가 들려 문틈으로 엿보았더니 신묘랑이 장씨와 이야기하고 있는 것이
었다. 신묘랑이 웃으며 말하였다.

"부인의 복록이 두터워 남씨 같은 적인을 제어하고 그 아들을 죽였으
니 남씨 모자의 죽음이 연궁과 한궁에서 결판날 것입니다. 이제 능백
어르신의 은총이 부인 한 몸에 있으니 이때에 한 명 옥동자를 낳으시면
만사에 여한이 없을 것입니다. 그러면 저도 이 일을 총괄한 공으로 일
112 생을 편하게 살 것입니다. 다만 걱정스러운 것은 소저께서 생산하는
방법입니다. 지금 능백과의 사이에 아이를 두지 못하였으니 제가 계교

를 생각해 보았습니다. 어디서 잉태한 여자를 사귀어 아들을 사는 것입니다. 해산할 동안에는 어르신과 따로 거처하다가 달이 차면 배에 두꺼운 것을 싸매 만삭한 모습을 사람들에게 보인 후에 그 후에 아들을 낳은 체하면 제갈공명이 다시 살아나도 알기 어려울 것입니다. 이렇게 하면 저 사람들을 제어하기가 파리 잡는 것과 같을 것이니, 부인은 베
개를 높이고 손을 이마에 대고서 태평을 즐기십시오. 그러면 제(齊)나 113
라 환공(桓公)의 패업도 부러워할 바가 아닐 것입니다."

장씨가 눈썹을 찡그리며 말하였다.

"저는 연왕의 사랑하는 군주로, 얼굴이 서시(西施)[169]를 부러워 아니할 정도여서 평소에 옥 같은 사람이 아니면 섬기지 않으려 했습니다. 그런데 능백의 인물을 보니 마음에 차고 뜻에 족하여 아버지께 말씀드려 혼인을 이루려 했지만 끝내 그렇게 하지 못하였습니다. 그러던 중 조씨 집안에서 남씨 요물을 첫째 부인으로 들이니 애통한 한이 마음에 맺혔습니다. 그래서 신이한 기운과 묘한 계교로 남몰래 장사공의 양녀가
되어 성명을 바꿔 짓고 나서 조씨 집안에 들어왔으니, 일이 구차하기 114
는 하지만 백 년 동안 같이할 낭군을 잃지는 않았습니다. 그러나 생각지도 못하게 남씨 요물이 물고기도 숨고 기러기도 떨어질 정도의 미모를 지니고 있으며 숙녀다운 성품과 행실이 나보다 세 배는 될 줄 누가 알았겠습니까? 책상에 앉아 덕을 닦으려 했지만 간장이 미어지는 듯했습니다. 그 여자가 옥 같은 아들을 끼고 세력을 독차지하니 나는 밤낮으로 생각해 보아도 마음을 조절할 방도가 없었습니다. 그러던 중 사부의 큰 은혜로 그녀를 잡아다가 농 속에 넣어 죽였지만 완연히 살아

169) 서시(西施) : 오(吳) 나라 임금 부차(夫差)의 총희(寵姬)였던 월(越) 나라의 미인.

돌아와 더욱 아이의 세력이 한층 더했습니다. 그래서 그 분함을 풀 방
115 법이 없었는데 사부의 신이한 요약으로 낭군의 굳은 마음을 돌려 남씨에게 갔던 총애를 내게만 있게 하였습니다. 그런 후 공교한 계교를 허다하게 꾸미니 능백의 화가 더해져 칼을 빼들고 죽이려 하는 지경에 이르렀습니다. 이 모든 것이 어찌 사부의 공이 아니겠습니까? 한밤중에 남들 모르게 남씨를 잡아다가 아버지의 위엄으로 눈깜짝할 사이에 죽이고 두 남녀를 차가운 옥에 가둔 후 한나라 궁으로 옮겨 칼 아래의 놀란 혼이 되게 하였으니 어찌 기쁘며 묘하지 않겠습니까?
그런데 내 팔자가 좋지 않아 아들이 하나 없으니 지금 구차하게 남의 자식을 얻어다 키운들 무엇이 빛나겠습니까? 하지만 형편이 부득이하
116 니 뛰어나지 못한 아이라도 얻어다 능백의 마음을 구하고 나의 고단함을 위로하겠습니다. 지금 낭군께서 남씨가 남자를 따라 도주한 것으로 알고 있으니 진실로 다행입니다. 다만 다른 사람의 자식을 얻어다 온 가문을 속여 일을 성사시키려 하지만, 초공과 진왕은 당대의 명인이라 매우 총명하고 평능후 유현도 그 부형을 닮아 간사한 일을 알아차리고 사람의 밝고 어두움을 살펴 기미를 알아차릴 것입니다. 이렇게 유현의 총명함과 이루(離婁)170)의 밝음이 있으니 다른 아이를 얻었는데 그 골
117 격의 크기나 모습이 같지 않아 조씨의 문풍을 닮지 않으면 일이 발각나기 쉽고 발각이 되면 복을 엎을 수가 있을 것입니다. 그러니 사부는 일을 주도면밀하게 하십시오."
신묘랑이 웃으며 말했다.
"부인은 근심하지 마십시오. 초공은 한낱 성현군자고, 진왕과 능후 유

170) 이루(離婁) : 중국 고대 황제(黃帝) 때의 사람으로 눈이 매우 밝았다고 함.

현은 일세의 준걸이니 부인은 참으로 복이 많습니다. 제가 계교를 내
서 옥 같은 아이를 얻어 능백의 총애가 오로지 부인께만 있어 평생을
즐겁게 살 수 있도록 하겠습니다."
장씨가 사례하고 나서 서로 기묘하게 웃었다. 그 간악한 모습과 요사
스런 행실들을 벌 주어 묻지 않았는데도 두 사람이 문답하면서 평소의 죄
악을 세세하게 발설하니, 능백 운현이 분하여 기운이 막힐 듯하였다. 또 118
자기가 저들에게 빠져 옥 같은 숙녀를 의심하여 박절한 거동과 미친 듯한
호령으로 내쳤던 것을 생각하니 자신의 어리석음이 비할 데가 없었다. 그
모자의 불쌍한 목숨이 비명에 참사함을 생각하니 자연스레 눈물이 앞을
가렸다. 하지만 가볍게 아는 체하여 요악한 여자에게 실수할까 걱정이 되
어 얼른 나가 백화헌에 이르렀다.
그곳에는 진왕과 초공, 평능후 형제, 태사 형제가 가지런히 모여 있었
다. 능백 운현이 낯빛이 바뀌고 기운이 분분하여 아버지 앞에 꿇어 앉아
책교정에 가서 들은 말들을 일일이 고하고 죄를 청하여 말하였다. 119
"불초한 자식이 어리석고 무식한 죄 중합니다. 장씨가 제게 약을 먹여
변심하게 만들어 자기를 영구히 총애하게 한 것은 사람으로서 못할 일
이라, 한 시도 집에 두거나 살려두지 못할 흉악한 사람입니다. 더군다
나 성명을 바꾸고 남의 집에서 사람을 죽게 하였으니 이러한 대악무도
(大惡無道)한 일이 어디에 있겠습니까? 이러한 일들을 듣고 나니 분하고
놀라움을 참지 못하여 혹여 실수할까 싶어 바로 이리로 와 고합니다."
진왕이 듣고 나서 분하고 놀랍고 애통하여 말하였다.
"이는 고금에 드문 놀라운 변고다. 한(漢)나라 고조(高祖)의 약법삼장(約
法三章)[171]에도 살인자는 죽인다고 했다. 그 여자가 남씨 모자[172]를 한 120

꺼번에 독살하였으니 내 집 원수다. 어찌 한 번의 매로 죽여 분을 풀지 않겠느냐?"

초공이 탄식하며 말하였다.

"이는 모두 운현이 현명하지 못했기 때문이다. 아무리 마음이 바뀌었다 해도 그처럼 의심 없이 사람에게 미혹하여 사람을 상하게 하면서 요사한 악행을 추호도 깨닫지 못했으니 탄식할 만하다. 이 죄인은 사사로이 다스릴 바가 아니니니, 그 요사한 사람을 잡아 자백을 받은 후 일의 수말을 상께 고하고 밝으신 다스림으로 처리해야겠다."

기현과 유현이 탄복하며 말하였다.

"밝으신 가르침이 지극히 마땅하시니, 일을 주도면밀하게 하여 요사한
121 사람을 잡아 임금님의 밝으신 가르침을 기다리는 것이 좋을 것 같습니다."

다음 회를 보시오.

---

171) 약법삼장(約法三章) : 한고조 유방이 한나라를 세운 후 진나라의 많았던 법들을 간략히 재정비하면서 남긴 세 가지 법칙. 살인자는 사형시키고, 남을 해친 자와 도둑질 한 자는 엄벌에 처한다는 것임.

172) 남씨 모자 : {남시 모녀(母女)}. 문맥상 오류이므로 이같이 옮김.

조 씨 삼 대 록

19권

1 차설. 평능후 유현이 요사한 장씨를 잡아놓고 성상의 명령을 기다려야
지 연왕의 모진 성격과 겨루어 도리어 변고를 만드는 화를 취하지 말라고
하였다. 운현이 부형의 명을 받아 즉시 책교정 시녀들을 낱낱이 잡아내며
신묘랑 간사한 여자를 잡아오라고 하였다.

이때에 장씨가 신묘랑과 함께 의논하던 말이 끝나지도 않았는데 범 같
은 하인들이 당 아래에 나열하여 유모와 시녀들을 다 잡아내어 묶고 신묘
2 랑을 찾으니, 장씨와 신묘랑이 혼백이 높은 하늘에 날고 심신이 놀라워
곡절을 알지는 못했지만 일이 나타날 실마리가 있는 줄은 알아차렸다. 그
러나 너무 순식간에 일어난 일이라 피할 길이 없자 신묘랑이 몸을 흔들어
요술을 행하여 큰 거북이 되어 옥궤 속에 뛰어들었다. 이를 보고 장씨가
급히 궤를 잠가 놓아 시녀들만 잡혀가게 하였다.

운현[173]이 매우 화가 나 신묘랑이 간 곳을 찾았지만 장씨가 한결같이
모른다고 하니, 유현이 말하였다.

"이 여자의 요술이 뛰어나 나비나 새 되기를 마음대로 한다고 하니, 분
3 명 무슨 변고가 있을 것이다. 노복들로는 잡지 못할 것이니 네가 직접
가서 수색해라."

운현이 옳다고 여겨 즉시 책교정에 갔더니, 장씨가 화난 표정으로 맞아
말하였다.

"제가 비록 불초하지만 지은 죄가 없는데 어찌 무고하게 제 주변 사람
들을 잡아내십니까? 궁금합니다. 무슨 일이십니까?"

운현이 장씨의 요괴로운 말을 들으니 분한 마음이 막힐 듯하였지만 대
답하지 않고 두루 찾기만 했다. 장씨가 차갑게 웃으며 말하였다.

---

173) 운현 : {능백}. 옮길 때에는 인명으로 통일함.

"낭군께서 뭘 얻으려고 이처럼 찾으십니까? 제가 이 집 것을 도적질한
것은 없습니다. 어찌 남의 작은 상자까지 뒤지십니까?"

운현이 웃으며, "도적질보다 더한 일이 있으니, 만약 찾지 못하면 큰일 4
이 날 것이다."라고 하였다. 계속하여 상자들과 궤 안을 다 뒤지는데, 옥
궤 하나가 잠겨 있고 장씨가 곁에 퍼질러 앉아 있는 거동이 수상하였다.
운현이 그 궤를 드러내려고 하는데 매우 커 힘으로 이기지 못하여 자빠졌
다. 잠긴 것을 열고 보니 몸이 온통 금빛 같은 거북이 있었다. 분명 요사
한 사람이 변화한 것인 줄 알고 노끈으로 꽉 얽어매 마루 아래에 내리치
고 한 소리로 호령하니 사나운 하인들이 차고 가고 운현도 소매를 떨치며 5
나갔다.

신묘랑이 감히 수족을 놀리지 못하고 외청(外廳)으로 나오니 여러 조씨
들이 가득한데 모두 당당한 장부이고 군자의 행실이 세상을 덮을 만하여
요술을 부릴 엄두를 못 내었다. 진왕과 초공, 기현, 운현 등이 모두 천지
의 밝고 바른 기운을 가지고 있어 요망한 기운을 진정시키고 위엄 있는
정신이 귀신을 제어하니, 신묘랑이 비록 요악한 술수가 있지만 어찌 드러
낼 수 있겠는가?

운현이 크게 호령하여 형틀을 마련하고 장씨의 유모를 벌주어 진가(眞
假)를 알아내려 하였다. 유모가 장씨[174]를 보호하며 금과 옥으로 장식한 6
집에서 부귀를 편안히 누려 몸은 따뜻한 비단도 무거워하고 입에는 진귀
한 음식이 그치지 않았기에 자연스럽게 노부인의 위의를 갖고 있었다. 그
런데 갑자기 매서운 형틀에 옭아 매이고 좌우에는 구름 같은 군졸들이 매
를 때릴 것을 외치며 군관이 수를 헤아리면서 흉악한 모습의 종들이 팔을

174) 장씨 : {군듀[君主]}. 장씨를 이르므로 호칭을 통일하여 이같이 옮김.

들어 때리는 매 한 대에 가죽이 미어지고 뼈가 부서지는 듯하니 어찌 견디겠는가? 머리를 끄덕이며 혀를 빼고 살려달라고 빌 따름이었다. 계속하여 수십 대를 더 때리니 차마 견디지 못하여 비로소 예전의 일을 이야기하였다.

7 조군주가 운현을 보고 상사병이 나니 연왕이 딸의 꾀대로 운현을 길에
서 만나 들어오라고 하여 술 안에 약을 넣어 운현을 몽롱하게 하여 재우
던 일과 군주가 장씨[175] 된 일부터 지금까지의 일을 낱낱이 아뢰면서 울
며 말하였다.

"이는 모두 주인이 한 일이고 제 죄가 아니니 한 목숨을 살려 주십시오."

초공이 형틀에서 내리라고 명하고 신묘랑을 벌주라고 하는데, 좌우의
늠름한 형틀과 기구들의 당당한 위풍은 있었지만 아직 본 형벌은 내지 않
8 았다. 초공이 매서운 눈으로 두루 살피고 진왕이 엄한 호령을 하니 거북
이가 변하여 도사가 되었다. 모두 놀라 엄하게 때리며 물으니, 묘랑이 형
편이 좋지 않음을 보고 괴롭게 죽기 전에 낱낱이 사실대로 고하였다.

진왕과 초공이 두 사람의 자백을 받고 나서 비로소 명윤이 참담하게 죽
었으며 남씨도 죽기에 다다름을 들으니 슬퍼 눈물을 참지 못하였다. 운현
의 마음은 또 어떠했겠는가? 봉황 같은 눈에 눈물이 어리고 미간에는 슬
9 픈 기운이 가득하여 신묘랑을 때려죽이려고 하니, 진왕과 초공이 탄식하
며 말하였다.

"어찌 가벼이 개인의 집에서 처리하겠느냐? 마땅히 한 장의 상소를 올

175) 장씨 : {조시}. 조군주 즉 조씨가 가짜로 장씨가 된 상황이므로 문맥상 오기로 보여 이같이 바로잡아 옮김.

리고 두 여자가 실토한 내용을 함께 올려 성상께서 다스려 주실 것을 청하는 것이 옳겠다. 저 요괴를 명명정대한 법정에서 한 번 베는 것을 어찌 하지 않겠느냐? 하지만 죽은 사람이 다시 살아나지는 못할 것이니 진실로 슬프다."

운현이 말씀을 들으니 더욱 슬프고 한스러움이 커졌다. 드디어 신묘랑에게 한 차례 중형을 가하고 즉시 조궁의 옥에 가두고는 한 장의 상소를 임금께 올렸다. 그 상소문에 말하였다.

소신 평능백 조운현은 머리를 조아려 백 번 절하고 황공하여 만 세를 사실 폐하 10
께 올립니다. 군신은 부자와 같다고 했지만 어찌 비루한 사사로운 사정을 성상께 아뢰겠습니까? 하지만 당대 풍교의 큰 변고를 감추거나 신하의 원통함을 아뢰지 않겠습니까? 이 일은 한낱 사사로운 변이 아니라 진실로 궁궐 내 풍교의 대란이고, 미세한 집에서 생긴 일이 아니라 황제의 가까운 친척이며 왕후의 친척에 관계된 일입니다. 따라서 제가 사사로이 처리할 일이 아니니 성상께서 처리해 주시기 바랍니다.

제 집의 변고는 다른 일이 아닙니다. 몇 년 전에 제가 사공 장감의 딸과 혼인하였 11
습니다. 저에게 조강지처 남씨가 이미 있었던 것은 상께서도 아시는 바일 것입니다. 제가 그 여자를 단지 장씨 가문의 딸로 알았는데 실은 그 성을 고치고 꾀를 내어 사람을 속이고 해와 달을 가려 방자하고 무도한 일을 꾀하였던 것입니다. 예전에 제가 남씨와 혼인하기 전에 연왕 모녀[176]가 저에게 함께 살기를 바랐는데, 저희 부자가 감당하지 못할 것이라고 말하면서 옛 약속을 지키려 남씨와 혼인하였습니다. 그런
데 이러저러한 일[177]이 있어 제가 천화군주를 그 시녀인 줄 알고 범한 것이 제 행실 12

176) 연왕 모녀 : {연왕뫼}. 문맥상 오류로 보여 이같이 옮김.

177) 이러저러한 일 : 천화군주가 연왕에게 운현을 유인하게 하여 약이 든 술로 운현을 취하게 하여 동침한 일을 이름. 운현은 그녀가 그 시녀인 줄 앎. 9권의 내용임.

을 더럽혔으므로 이 때문에 아버지께 벌을 받았고 그 후로 맹세하여 조군주와 혼인 하지 못하였습니다. 제 아버지 또한 그렇게 하는 것이 옳다고 여겨 거절했는데, 그 여자가 공교한 꾀로 장씨의 양녀가 되어 구태여 제 집에 들어왔습니다. 그랬으면 어지러운 일을 벌이지 않아야 옳은데 제 집에 들어온 지 몇 년 만에 그 변고를 일으킨 것이 실로 커서 제 아이도 보전하지 못하게 하였습니다.

사람을 무고하게 죽인 일은 만승(萬乘)의 지위[178]에 있어도 그 죄를 묻고 죽입니
13 다. 지금 연왕 모녀가 황제의 가까운 친척으로 세력을 펴서 명문가의 부인을 잡아가고 남의 자식을 죽였으니 이는 사람으로서 할 바가 아닙니다. 조군주와 신묘랑이 몸을 바꾸는 약을 먹여 저희 집의 변고를 만들고 뜻을 이룬 것은 제가 무식하고 밝지 못한 죄고 어질지 못한 탓입니다. 그런데 이제 끝내는 남의 자식을 얻어다 지아비와 시부모를 속이고 해와 달을 가리려고 하였으니 그 못된 마음이 측천무후(則天武后)[179]보다 더합니다. 그 일을 제가 직접 듣고는 애통하고 놀랍고 분하여 신묘랑 요사한 여자와 조씨의 유모를 국문하니 마치 한 입에서 나온 것처럼 복종하여 죄상을
14 털어놓음이 이러저러하였습니다.

자식의 원수를 갚기 위하여 구구한 사정을 상께 아룁니다. 바라옵건대 성상께서는 연왕과 조군주와 신묘랑의 죄를 밝히시고, 또 제가 집안을 밝게 다스리지 못한 죄를 다스리시어 당대의 흉악한 여자를 다스려 주십시오.

임금께서 보신 후 크게 놀라시며 또 두 여자의 자백문을 보셨다. 조씨의 무례한 악행과 한왕의 무도하고 패려한 죄, 남씨 모자의 참변이 사람

---

178) 만승(萬乘)의 지위 : 병거(兵車) 일만 채를 내놓을 수 있는 나라의 천자, 황제의 지위를 가리킴.
179) 측천무후(則天武后) : 당나라 태종의 후궁이었다가 다시 고종의 비로 들어와 다른 비빈들과 정적들을 차례로 죽이고 나중에는 황후의 자리에까지 오른 여인. 40여 년을 실질적으로 통치하였고 개혁적인 정치를 하려 하기는 했지만 사람을 많이 죽였기에 독한 악녀의 대명사로 일컬음.

의 마음을 놀라게 하였다. 임금님의 화가 금세 더욱 커져 금문(金門)[180]에
자리를 놓으시고 연왕과 한왕의 부자와 장사공을 모두 부르고, 요녀 신묘 15
랑과 조씨의 심복 시녀들도 모두 잡아 대궐 문 앞으로 오게 하셨다. 임금의 위엄이 한 번 움직이시니 당대의 벼슬아치들이 가지런히 모이고 일을 맡은 관리가 전교를 전하니 진왕과 초공, 운현 등도 함께 가 죄를 청하였다. 임금께서 먼저 운현의 상소를 연왕에게 주어 보게 하고 나서 두 여자의 자백문을 보게 하셨다. 연왕이 다 보고 나자, 임금이 안색이 엄하고 목소리가 매섭게 말씀하셨다.

"경이 비록 왕가의 가까운 친척이지만 어찌 왕법을 삼가지 않고, 어질
지 않고 간악한 딸을 도와 행실을 이렇게 무례하게 했는가? 만약 바른 16
대로 고하지 않으면 내가 결단코 친척의 의리를 끊겠다."

연왕이 이때 소진(蘇秦)과 장의(張儀)[181]의 말 잘하던 솜씨가 하늘에서 떨어진 듯하여, 운현의 상소와 두 여자의 자백문이 매우 명백하여 변명할 여지가 없었지만 본래 흉한 마음이 남다른 사람이라 목소리를 가다듬어 아뢰었다.

"제가 비록 무도하지만 딸 아이 하나를 어디에 혼인 시키지 못하여 장
담의 양녀라고 칭하여 운현에게 맡겼겠습니까? 또 조씨 집안에 변고를
만들었다고 하는데, 남씨는 집 안 가운데 깊이 있는 부녀자입니다. 제 17
가 어떻게 잡아다가 롱 속에 넣어 물 위에 띄웠겠으며, 또 그녀를 잡아다가 죽였다고 하는데 이는 더욱 근거가 없는 말입니다. 신묘랑이 비록 요술을 부린다 하지만 어떻게 사람을 한번에 잡아다가 남모르게 죽

180) 금문(金門) : 한(漢)나라 때의 궐문 이름에서 유래하였으며, 그 옆에 동으로 만든 말을 세워 두었으므로 금마문(金馬門)이라고도 함. 학사(學士)들이 조명(詔命)을 기다리던 곳임.
181) 소진(蘇秦)과 장의(張儀) : 춘추전국시대의 유명한 유세가(遊說家)들.

이겠습니까? 또 조씨 집은 왕후 가문이라 문을 엄하게 지키는데 어떻
게 한밤중에 바깥사람이 들어갔겠습니까? 이 말은 운현이 가슴속 원한
이 있어 거짓말을 꾸민 것입니다. 제 딸은 운현에게 욕을 본 후 다른 가
문에 가는 것을 원하지 않고 깊은 규방에서 늙으려 하고 있습니다. 어
18 찌 장씨가 되어 조씨 집에 들어가 허다한 변고를 지었겠습니까? 이것
이 더욱 원통합니다."

임금께서 운현을 돌아보시니, 운현이 머리를 조아리고 말하였다.

"제가 예전에 조씨의 얼굴을 보았지만 혼인을 사양한 것은 연왕 모녀
의 일이지 제가 박대한 것이 아닙니다. 조씨 같은 여자는 진실로 원하
지 않았기에 막연히 거절하고 남씨를 취한 것입니다. 이 일 때문에 연
왕이 제가 자기를 무고하는 것이라고 했는데, 장담을 불러 주십시오.
연왕이 자기 딸을 장담에게 주지 않았는지, 또 장담이 저를 속여 혼인
을 한 것이 아닌지 묻도록 한 곳에서 대면하게 해 주십시오. 연왕이 또
19 말하기를, 그 딸이 아직 집에 있다고 했으니, 조군주를 입궐하게 하시
어 직접 보시면 진위를 알게 되실 것입니다."

이때 연왕이 장사공을 부추겨 자신의 많은 과실을 감추려고 하여 사공
의 양녀로 조씨를 보낸 일도 없다고 잡아떼려 했었다. 그리하여 운현이
고한 일이 맹랑함을 아뢰어 자신의 죄를 모두 운현에게 미루려고 했는데,
의외에 사공이 사실대로 말해 버렸고 임금께서 조군주를 찾게 되니 일마
다 어그러지고 말마다 죄를 얻게 되었다. 눈을 흘겨 사공과 운현을 보고
20 분한 화를 내뿜는 것이 흉하고 참혹했지만 사공이 추호도 속이지 않고 자
신이 조군주를 양녀 삼던 일부터 낱낱이 숨김없이 말하였다. 그래서 연왕
의 좋지 않은 행실이 여실하게 드러났고, 또 자기 딸을 집에 두었다고 했

지만 갑자기 대신 데려올 것이 없었다. 임금께서 조군주를 모르는 것도
아니어서 어릴 적부터 궁내에 출입하여 얼굴이 익으시니 갑자기 누구를
데려다 상께 뵈겠는가? 간담이 서늘해지고 뜻이 막히니 얼굴이 흙빛이 되
고 거동이 분주하니, 진실로 일을 저질러 살인한 흉사를 주도했던 행실이 21
분명해 보였다. 그리하여 궁궐 안의 모든 사람들이 놀라고 통탄하지 않는
이가 없었다.

임금의 용안(龍眼)이 살피시는 것은 해와 달의 밝은 광채를 지녔으니 어
찌 연왕의 흉한 마음을 모르시겠는가? 크게 노하시어 신묘랑을 신문하시
며 조군주의 시비들을 신문하시니, 처음의 소행부터 나중의 변고를 짓던
일까지 낱낱이 죄상을 아뢰고 신묘랑도 전후의 악행들을 다 아뢰었다. 그
일 가운데 남씨가 억울하게 죽은 일이 사람의 마음에 가장 원통하니 듣는
사람들이 모두 매우 놀랐다. 임금께서 매우 화가 나시어 한왕을 불러 물
으시니, 한왕이 마지못하여 말하였다.

"연왕이 남씨의 재주와 얼굴을 일컬으며 경상궁과 함께 교자를 태워 22
보냈기에 저희 부자는 어떤 여자인 줄 모르고 며느리 삼으려 했습니다.
그러던 중 남씨가 스스로 칼로 찔러 죽으니 시신을 경상궁에게 치우라
고 했습니다."

임금이 또 경상궁을 잡아와 물으시니, 상궁이 탄식하며 말하였다.

"제가 남씨를 구출해 내었으니, 모시던 임금님을 잡는 궁인이 된 격입
니다. 하지만 하늘이 밝으시어 위에서 보시고 귀신이 곁에서 살피니,
지금 상의 안전에서 엄하게 문초하시니 어찌 숨기겠습니까?"

드디어 상궁이 연왕이 남씨를 차가운 옥에 넣어 조르던 일과, 남씨를 23
한궁으로 보내니 한나라 세자가 길복을 입고 들어와 핍박하여 예식을 행

하려 하니 남씨가 이렇게 저렇게 크게 책망하고 나서 칼을 빼 스스로 찌를 때에 짐승의 피를 준비해 두었다가 덤벙이며 달려들어 불을 끄고 그 몸 위에 피를 얹어 거짓으로 찔려 죽은 형상을 만들었던 일을 말하였다. 또 시신을 맡아 헌 옷 등 흰 것을 시신인 것처럼 꾸며 묻고 남씨는 살려 궁궐로 들어왔더니, 황후께서 거두어 혜선 공주[182]의 사부로 삼아 깊이 감추어 주신 일을 일일이 고하고 나서 말하였다.

24 "궐 안으로 들어오도록 천거한 것은 제 뜻이었고, 거짓으로 죽은 체하고 속인 것은 남씨의 계획이었습니다. 제가 사람의 목숨을 아껴 주인의 명을 받들지 못하고 오직 어진 사람이 억울하게 핍박받음을 씻어주려 했습니다. 저의 불충(不忠)함을 벌하여 죽이시어 뒷사람들을 징계하십시오."

말이 격렬하고 절실하며 뜻이 강개하여 어진 마음이 외모에 드러나니 모두 '여자 중에서 의협심 있는 사람'이라고 입을 모아 탄복하였다. 또한 남씨의 지혜와 절개도 기특하게 여겼다.

임금께서 경상궁의 의기와 어진 마음을 아름답게 여기시고 연왕 부녀
25 의 일을 애통하게 여기시어 연왕을 전 아래에 꿇어앉히시고 죄를 들추어 내며 말하였다.

"내가 원래 가까운 친척의 정을 생각하여 후하게 대접하고 천승(千乘)[183]의 부귀를 편안히 즐기게 하였다. 그런데 분수를 삼가고 마음을 어질게 하여 행세하지 않고 도를 거슬러 교만 방자하여 정의롭지 못한 일을 무수히 하니, 내가 자못 이를 알았지만 친척의 정을 상하지 않으

---

182) 혜선 공주 : {세선 공주}. 이후 '혜선 공주'로 표기되므로 통일하여 옮김.
183) 천승(千乘) : 병거(兵車) 일천 채를 내놓을 수 있는 제후의 지위를 가리킴,

려 가만 두었다. 하지만 갈수록 어질지 못하고 방자하여 간악한 딸을
가르칠 줄 모르고 도리어 그를 도와 간사한 일을 한 형상이 죽어도 족
하다. 내가 친척의 정을 생각하지 않는다면 어찌 형벌의 괴로움과 살 26
인한 죄를 가볍게 용서하겠느냐만 오히려 사사로운 정을 두어 왕법을
고치니 내 허물이다. 오늘로부터 조주로 멀리 보내 개과천선(改過遷善)
하여 다시 고향으로 돌아오게 하라. 그 딸 조씨는 여자의 몸으로 음란
하고 방자하며 공교한 꾀로 사람을 죽게 하고 집을 어지럽혀 허다한 죄
악이 가히 베어 죽일 정도이지만 특별히 사형을 감하여 촉(蜀) 땅으로
유배하여라. 신묘랑은 요망하고 나쁜 술수로 사람의 목숨을 죽였으니
죄가 만 번 죽여도 남음이 있으니 참수하라. 경씨는 천한 여인이지만
식견과 어짊이 아름다우니 비단을 상으로 내리고 궁궐에 두어 다른 궁 27
녀들과 사귀게 하라. 한왕 부자는 본궁에 두어 삼 년 간의 봉록을 거두
고, 장사공과 평능백은 모두 속은 사람들이니 용서하고 평안케 하라."

그러고 나서 남씨가 죄 없이 환란을 두루 겪으면서도 열녀의 서리 같은
절개를 완전히 하여 그 절개가 특별하니 정절숙녀문(貞節淑女門)을 세워
허다한 우여곡절을 겪음을 위로하셨다. 또 운현의 정실부인의 지위를 주
어 조부로 돌아가게 하시니, 진왕 조무가 아뢰었다.

"오늘 판결하시고 다스리신 것이 지극히 공명정대하십니다. 다만 운현
의 죄가 없다고 하시고, 남씨에게 정문(旌門)[184]을 과도하게 주시니 환 28
수하심이 마땅합니다. 단지 남씨의 어린아이를 내어다 묻었다고 하니
그 묻은 사람이 있을 것입니다. 묻은 사람을 찾아 물으시면 제 골육을
건져 선영에 묻을 수 있을 터이니 사람의 마음으로 그렇게 하고 싶습니

184) 정문(旌門) : 충신 · 효자 · 열녀 등을 표창하기 위하여 그 집 앞에 세운 붉은 문.

다."

임금께서 탄식하며 말씀하셨다.

"선생의 지극히 공평하고 사사로움이 없는 마음이 이 같으니 내가 어찌 듣지 않겠는가? 그렇지만 남씨의 절행이 아름다우니 정표(旌表)를 하지 말라고 하는 것은 허락하지 못하겠다."

그러시고는 운현의 일 년 녹봉을 삭감하여 집안을 다스리지 못한 벌을
29 주셨다. 또 아이를 묻은 연궁의 종을 찾으시니, 연왕이 무슨 말을 하겠는가? 얼굴을 붉히고 아뢰었다.

"제 죄는 죽어도 씻을 수 없을 것이니 후회가 장차 어디에 미치겠습니까? 아이를 묻었던 종은 돌아와서 몇 개월 후에 도망해서 그 거처를 모릅니다."

임금께서 더욱 어찌할 도리가 없다고 여기셨다. 일을 마무리하시고 조회를 파하시니, 태학사 남두관[185]이 머리를 조아려 아뢰었다.

"제 딸이 황후의 태산 같은 은혜와 바다와 같은 덕을 입어 목숨을 보전하였으니, 무슨 특별함이 있다고 숙렬정표문(淑烈旌表門)을 감당하겠습니까? 재앙을 많이 겪은 후 남은 여생이 분에 넘침을 입으면 반드시 화를 다시 볼까 염려됩니다."

30 운현도 머리를 조아려 말하였다.

"제가 수신제가(修身齊家)를 해이하게 하였으니 마땅히 무거운 벌을 받아야 하는데, 어찌 녹봉을 거두시는 것으로 죄를 속량해 주십니까? 또 남씨가 성은을 입어 몸을 보전하는 것도 잊기 어려운 은혜인데 어찌 숙렬문을 과도하게 내리시어 사람들의 웃음을 받게 하십니까? 전교를 거

185) 태학사 남두관 : 남씨의 친정 아버지임.

두시고 신의 죄를 밝게 다스려 주십시오."

임금께서 말씀하셨다.

"요(堯)임금[186] 때에도 사흉(四兇)이 있었으니, 조씨의 악행이 어찌 경
의 탓이겠는가? 예로부터 여자의 간악함이 나라를 망하게 하고 집을
어지럽게 한 죄가 하나둘이 아니다. 오히려 경의 명쾌한 사람됨이 깨 31
닫기를 빨리 하여 처리를 엄하고 현명하게 하니 가히 칭찬할 만하다.
일을 공평하게 하느라고 이미 녹봉을 덜었으니 무슨 벌을 더 주겠느
냐? 남씨가 자식을 원통하게 잃었지만 구사일생으로 참담한 난리에 신
묘한 꾀로 몸을 빼 절개를 완전히 지켰으니 어찌 정표(旌表)하는 것이
과도하다고 하겠느냐? 예전에 선제(先帝)께서도 정숙렬과 양정렬을 각
각 정표하셨으니, 내가 선제께서 행하심을 본받는 것이 나라 다스림에
무슨 해가 되겠느냐?"

진왕이 다시 더 사양하지 못하여 물러났다. 연왕이 좋지 않은 표정으로 물러나 행장을 꾸려 유배지로 향하였다.

이때 조군주[187]가 자기 무리가 모두 제거되는 환란을 입어 촉 땅으로 32
유배가게 되었다. 이미 조씨 가문에서 쫓겨나 영영 은혜를 입지 못하게
되어 외로운 한 몸이 잔도(棧道)[188]와 검각(劍閣)[189]을 넘어 만 리를 떠돌
게 된 것이다. 아래로 한 점 골육이 없고 위로는 아버지를 멀리 이별하였
으며 어머니도 떠나게 되니 의지할 데가 없었다. 신묘랑도 죽었으니 유령

---

186) 요(堯)임금 : {당요(唐堯)}. 옛 제왕 요임금을 말함. 처음에 도(陶) 땅에 봉해졌다가 나중에 당(唐) 땅으로 옮겨졌으므로 '도당씨'라고도 일컬음.

187) 조군주 : 장씨의 원래 신분임.

188) 잔도(棧道) : 촉(蜀) 땅으로 들어가는 험한 길의 이름.

189) 검각(劍閣) : 장안(長安)에서 촉(蜀) 땅으로 가는 길의 대검(大劍)과 소검(小劍) 두 산의 요해지(要害地)의 이름.

을 불러오지 못할 것이고 누구와 함께 의논하겠는가? 뉘우침은 없고 앙앙
불락하여 원통해 하면서 머리를 부딪치고 가슴을 헤집고 울부짖으며 통
33 곡하였다. 데리러 온 관리가 재촉하여도 움직이지 않았다.

운현이 아들 죽인 원수를 갚지 못해 원한이 깊으니, 조군주가 살아서
촉(蜀)으로 가는 것을 원통해 하였지만 나라의 처분이라 죽이지 못하였
다. 남씨가 생존해 있음을 들으니 마음이 많이 나아져 아버지와 숙부를
모시고 집안으로 돌아와 조부이신 노공께 일의 수말을 아뢰었다. 어르신
들께서 크게 놀라고 모든 부인네들도 일시에 탄식하면서 남씨의 위험하
던 상황과 요행히도 살아서 공주 궁궐에 피신해 있음이 궁인 경씨의 어진
뜻과 소황후의 사람 살리신 덕으로 인한 일인 것을 알고 다행스럽고 기특
34 하게 여겼다. 그러나 명윤의 죽음을 다시금 참혹하고 원통하게 여겨 눈
물을 금치 못하였다. 오직 어진 사람은 억울함을 벗고 악한 사람은 벌을
받게 됨을 다행이라고 생각하지 않는 이가 없을 것이니, 화파가 웃으며
말하였다.

"미치고 사나운 운현이 칼을 들고 달려들어 머리를 베려 하던 남씨가 무슨 죄가 있었습니까? 푹 빠져서 잠시도 떨어져 있지 못하던 장씨의 행실은 어떠했습니까? 이 늙은이의 손이 잠시라도 늦었다면 남씨의 머리가 어깨 위에 보전되지 못했을 것이니 오늘 뉘우치지 못했을 것입니다. 그러니 오늘은 내게 공덕을 감축할 만하고 욕을 하지 않을 만합니다."

35 주위 사람들이 웃으니, 운현이 슬피 탄식하며 말하였다.

"정말로 저의 한은 어린아이를 참혹하게 죽게 한 것입니다. 그 일을 생각하면 가슴이 막히고 만사가 무심합니다. 그러니 남씨의 머리는 할머

니의 덕으로 보전한 것이니 공을 갚겠습니다. 아이가 억울하게 죽은 것은 구할 사람이 없으니 이 원한은 죽기 전에는 잊기 어렵습니다. 어찌 장난칠 마음이 있겠습니까?"

진왕이 탄식하며 말하였다.

"너의 현명하지 못함이 명윤 같은 기특한 아들을 보전하지 못하게 하였으니 어찌 한이 없겠느냐?"

초공도 말하였다.

"운현의 현명하지 못함뿐 아니라 조씨의 액 때문이기도 합니다. 다만
제 마음에는 명윤이 끝내 요절할 관상이 아니었기에 비록 독을 먹었다 36
고 하지만 아직 죽었다고 믿지 않습니다."

모두 탄식하며 말하였다.

"살아 있을 리가 만무합니다."

능후 유현이 탄식하며 말하였다.

"관상 보는 법이 모두 헛되지는 않으니, 명윤은 결단코 물과 불 같은 재앙 속에 넣어도 살아날 수 있을 것입니다."

진왕도 또한 탄식하며 말하였다.

"내 마음도 그렇지만, 흙에 묻었다 하니 살아 있을 리가 만무하다."

태부인도 명윤을 지극히 아까워했으며, 여러 부인들도 탄식하며 말하였다.

"기현과 유현이 그런 상황에서 살아났다고 해서 늘 그런 경사가 있으리라고 생각하는 것 같은데, 죽여 묻었다고 하니 어찌 다시 무엇을 바라겠는가?"

운현이 고개를 숙이고 눈물을 그치지 못하니, 태사 기현이 성난 얼굴 37

로 말하였다.

"오늘에서야 슬프냐? 남씨 모자가 죽은 것이 다행이라고 했다고 하던데, 이제 도리어 어르신들 앞에서 눈물을 흘리니 공경하고 삼가는 예의를 잃었다고 사람들의 비웃음을 살 만하다. 물이 엎어지고 옥이 깨어져도 장부는 눈물을 가벼이 흘리지 않는 것이다."

유현이 웃으며 말하였다.

"운현 아우가 실성했다고 꾸짖었는데, 오늘은 약한 여자가 되었으니 책망하신들 그 눈물을 막을 수 있겠습니까? 분명히 장씨가 촉(蜀)으로 가
38 는 것이 슬퍼 우는 것일 겁니다."

사람들이 모두 크게 웃고, 진왕과 초공도 웃었다. 운현이 눈물을 거두고 탄식하며 말하였다.

"제가 무도했으니 책망하심은 당연히 감수하겠습니다. 하지만 장씨[190]를 생각하고 운다고 함은 실로 죽고 싶은 말씀입니다. 제가 나쁜 약을 먹고 변심하여 본성을 잃었던 죄는 크지만 이처럼 비웃으시니 도리어 유감입니다."

여러 조씨들이 크게 웃자, 유현이 탄식하며 말하였다.

"그 약이 마음은 바꾼다지만 눈까지 가렸느냐? 남씨 같은 부인을 몰라보고 예측하지 못할 일로 의심하여 칼 들고 달려드는 것을 보고 우리들
39 이 실로 절통하여 형제 항렬에 세우기 민망해 했다. 그렇기에 오늘 네가 우는 것이 정말로 장씨를 위해서인가 했지 어찌 네가 화를 낼 줄 알았겠느냐?"

운현이 웃으며 답하였다.

---

190) 장씨 : {조녀}. 가짜 장씨이므로 독자의 이해를 돕기 위해 통일하여 옮김.

"형님이 그렇게 현명하신데도 강씨[191]의 변고 때문에 형수 정부인을 의심하여 허다한 풍파를 일으켰으면서 군이 남만 책망하십니까?"

유현이 태연하게 웃으며 말하였다.

"내가 젊었을 때에 설강의 말 때문에 정씨를 몰라보고 3년 박대를 했던 것은 오직 작은 일이며, 강씨 때문에 정씨를 박대한 적은 없었다. 또 정씨를 내쫓았던 것은 아버지와 숙부님께 여쭙고 법대로 내친 것이었지 40
너처럼 칼 들고 욕보인 적은 없었다. 액운이 비상하여 허다한 풍파를 겪었지만 그 중에 정말로 내가 잘못한 것은 없었다."

조부인[192] 등이 웃으며 말하였다.

"너희들이 서로 옛 일을 말하면서 허물을 책망하지만, 허물이 없는 사람은 기현밖에 없고 걱정 없기는 광현[193]이며, 성품이 너그럽고 묵직하기는 문현[194] 같은 이가 없다. 그러니 이 세 사람은 모두 성현군자다. 너희가 어찌 이들에게 미치겠느냐?"

운현이 웃으며 대답하였다.

"숙모님의 말씀이 지당하시지만, 제가 겪었던 일을 기현 형이 당했다면
저보다 나았을지 잘 모르겠습니다. 또 광현과 문현 두 형은 성현의 도 41
를 지녔다고 하면서 유독 저는 빼 놓으시니 너무 편벽된 논의십니다. 원래 남자 한 몸의 모든 행실은 부인 대접 잘하는 것으로 최우선을 삼는 것입니까?"

위부인[195]이 웃으며 말하였다.

---

191) 강씨 : {쟝시}. 유현이 정부인을 의심했던 일은 강씨 때문이었으므로 이같이 바꾸어 옮김.
192) 조부인 : 진왕과 초공의 누이들이니 운현 등의 고모 뻘. 하지만 숙모라고 지칭하고 있음.
193) 광현 : 초공의 둘째 아들.
194) 문현 : 초공의 셋째 아들.
195) 위부인 : 조공의 아내로, 운현의 조모임.

"너희는 그렇게 말하지 마라. 광현이 기특하다고 하지만 그 아내인 화씨가 어질고, 문현이 진득하다고 하지만 그 아내인 소씨가 정숙하고 순하여 화란이 일어날 단서가 없는 것이다. 그러니 유현의 일을 당한다면 과연 기현과 문현, 광현이 유현보다 나을지 알 수 없다."

기현이 온화하게 웃으며 아뢰었다.

42 "제가 유현에게 못 미치는 일이 둘이 있고, 유현이 저에게 못 미치는 일이 또 있습니다."

태부인이 웃으며 말하였다.

"무엇인지 말해 보아라."

기현이 증조할머님의 흥을 돋우느라 만면에 화기를 띠고 아뢰었다.

"유현이 나은 것은 임금님을 섬기고 정치를 함에 문무(文武)를 아우르니 무릇 일에 성실하고 정직하며 절개 있는 논의가 엄하고 매서운 점입니다. 그래서 위로는 임금께서 어려워하시고 아래로는 조정의 모든 관리들이 두려워하는 것은 저보다 낫습니다. 또 나가서 장수 됨에 백만 장병을 거느려 싸워 이기고, 일을 다스릴 때에 이리저리 교묘한 꾀를 내어[196] 승리로 이끄는 재주는 제가 실로 유현을 바라보지 못합니다. 하지만 노련하며, 급한 일을 당해서도 얼굴빛 하나 변하지 않고 매사에
43 화평하기는 제가 낫습니다. 달빛 좋은 밤에 예쁜 창기들을 만나거나 서시 같은 사람을 봐도 정대한 기운이 엄하기는 운현이 저를 당하지 못할 것입니다. 제가 유현을 대하여 말하기를, 네 재주가 내 위에 있지만 덕량과 정대하기는 내가 위에 있다고 하면 그는 단지 웃기만 합니다.

---

196) 이리저리 ~ 내어 : {운듀유악(運籌帷幄)}. 한고조(漢高祖)의 모사(謀士)였던 장량(張良)이 장막 안에서 이리저리 꾀를 내었다는 데에서 연유한 말임.

그러니 만사가 다 자기가 낫다고 여기는가 싶습니다."

태부인과 위부인[197]이 크게 웃으며 말하였다.

"가히 금옥(金玉) 같은 논의로구나."

초공이 온 얼굴에 봄바람 같은 기운을 띠며 말하였다.

"네 말이 맞다. 사람이 남의 허물을 아는 데에는 밝고 자기 단점을 아
는 사람은 적은데, 기현은 능히 허물이 없으면 성인이다. 네 덕량이 온 44
화하고 넓으며 기질이 정대하여 군자의 풍모가 있으니 유현이 여색을
좋아하고 호방함에 비기겠느냐? 유현이 근래에 마음을 고쳐 수행하는
것이 거의 선비의 허물을 면할 정도이기는 하다. 하지만 요사이에 운
현이 미쳐서 행하는 거동이 어찌 유현이 했던 일들에 비교되겠느냐?
너희는 발분하여 서로 단점을 말하여 고치고 행실을 닦아라."

모든 아들들, 조카들이 한꺼번에 일어나 절하고 가르침을 받았다. 비
단 도포에 검은 관모를 쓴 젊고 아름다운 모습의 빛나는 풍모가 일시에
비치니 각각 관옥(冠玉) 같은 모습과 적강(謫降)한 신선 같은 풍모가 있었
다. 광채가 나서 까만 밤에 밝은 달이 비치고 맑은 가을 물에 저녁별이 비 45
스듬히 비치는 듯하니, 어르신들과 부모님께서 기쁨으로 안색이 변하였
다.

조군주가 어르신들께 하직을 고하니, 태부인이 크게 웃으며 말하였다.

"내 자손을 죽였으니 이는 내 원수이다. 내가 어찌 다시 보겠느냐?"

운현의 어머니인 정숙렬이 탄식하며 말하였다.

"옛말에 그대와 같지 않다면 사귀지 말라고 했다. 예전에 슬하에 두었

---

197) 태부인과 위부인 : {냥[兩] 티부인[太夫人]}. 조공의 어머니인 순태부인과 조공의 아내인 위태부인 둘을 일컫는 말임. 하지만 옮길 때에는 전자를 태부인, 후자를 위부인으로 해왔기에 통일함.

던 정이 있기는 하지만 이제는 남일 뿐 아니라 서로 얼굴을 마주하는 것이 무익하니, 비록 박절하기는 하지만 그냥 가거라."

운현이 화가 땅을 뚫고 나올 듯이 솟아나고 화난 눈빛이 타는 듯하여
46 벌떡 일어나 나가니, 유현이 소매를 잡아 앉히고 말하였다.

"지금 그 여자에게 가는 일은 무익하다. 이별하려 가는 거냐? 네 거동이 남씨 제수를 향하던 칼로 다시 조씨에게 휘두르려 가는 듯하구나. 성인께서 말씀하시되 '작은 것을 참지 못하면 큰 계획을 어지럽히게 된다.'[198]고 하셨다. 이미 나라의 처분이 정해졌고, 또 그녀가 예전에는 네 아내였지만 이제는 남이다. 안 보는 게 제일 좋다."

진왕과 초공도 운현을 과격하다고 꾸짖으니 마지못하여 도로 앉았지
만 노기가 분분하였다. 문안을 마치자 조부의 하인이 가마를 가져와 군주
47 를 데려가 그길로 촉 땅으로 가는데, 운현이 분을 이기지 못하여 많은 하
인들에게 매를 가지고 가 조군주가 탄 가마를 두드리며 내리치게 하였다.
그러자 한 번 걸을 때마다 한 번씩 엎어져 연궁에 이를 때까지 조군주가
맞는 것만 겨우 면했지 큰 길 가운데에서 부끄러움과 욕을 받은 것이 컸
다. 조군주가 발악하며 말하였다.

"역적 운현아. 내가 무슨 죄가 있다고 이처럼 심하게 구느냐? 내가 마땅히 이 일을 되갚고 말겠다."

이 일을 기현이 듣고는 수레 두드리던 하인을 불러들이고 운현을 부질없다고 꾸짖었다. 또 조부에서는 장씨 가문에서 주었던 혼서지를 불태우고 그녀가 있던 당을 무너뜨려 없앴다.

---

198) 작은 ~ 된다 : {소불인즉난대모[小不忍則亂大謀]라}. 『논어(論語)』「위령공(衛靈公)」편의 구절임.

남씨의 친정아버지인 남공이 궁궐에 와서 허다한 변고가 특별함을 듣 48
고 탄식하면서 명윤의 거처를 모르니 혹 살았는가 바라다가도 아주 죽었을 것이라고 여겨 뼈에 사무치게 애통해 하였다. 또 딸과 만나는 것은 황후의 처분을 기다릴 수밖에 없었다. 연왕과 조씨는 데려가는 관리의 재촉을 받아 각각 유배지로 나아갔고, 한왕 부자는 문을 닫고 집안에 있으라는 명령으로 황친들이 모이는 데에도 감히 나다니지 못했다.

화설. 황제께서 조회를 마치시고 황후의 처소인 태청궁에 들르셨다. 황제께서 조운현의 상소와 연왕 부녀의 일을 말씀하시면서 남씨의 거처를 물으시니, 황후께서 자리에서 일어나면서 말하였다. 49

“제가 정말로 궁녀 경씨의 말을 듣고 남씨를 구해 데려와 혜선의 사부로 삼은 지 장차 몇 년이 되어 갑니다. 그 사정이 슬프고 재주와 용모가 특별하여 세상에 드물기에 제가 아끼고 기특해 합니다. 그녀는 재상의 아내라 궁궐에 머물 사람이 아니고 자기가 나가겠다고 청하였지만 제가 생각하기에 다시 화를 만날까 걱정스러워 만류했습니다. 이제 숙녀의 죄가 벗겨짐이 거울 같고 수놓은 비단 위에 꽃을 더한 듯하니, 제가 어찌 오래 두겠습니까? 마땅히 빨리 내보내려합니다. 하지만 그 죽은
어린아이는 다시 살아나지 못할 것이니 진실로 가련합니다.” 50

황제께서 황후가 사람을 아끼고 후한 덕을 베풂에 못내 탄복하셨다. 또 남씨의 절개에 탄복하시어 정표(旌表)를 내릴 뜻을 말씀하시니, 황후께서 사례하며 말하였다.

“성상께서 상벌을 내리심이 이 같으시니 요(堯)임금의 선정(善政)을 다시 이루어 불쌍한 백성을 돕고 죄 지은 사람을 벌하시는 가르치심[199]

199) 불쌍한 ~ 가르치심 : {됴민벌죄지명[弔民伐罪之命]}.

이 밝으십니다."

황제께서 남씨를 보려 하시니, 황후께서 간하여 말씀하셨다.

"군신의 예의가 삼엄하고 남녀의 성정이 고요하며 정숙하니, 남씨가 폐하께 알현함을 즐겨 하지 않을 것입니다. 원래 폐하께서 재상가 부인의 하례를 받지 않으셨으며 또 남씨도 좋아하지 않는 일을 억지로 하는
51 것은 예의가 아닙니다."

황제께서 웃으시고 말씀을 그치셨다.

황후가 남씨를 불러 말씀하셨다.

"어짊을 행하지 않고 악함을 숭상하였으니 조씨는 촉 땅으로 내쫓았고, 열녀는 절개를 완전하게 하였으니 좋은 운이 일어나 그대의 허물이 옥같이 벗어지고 영화롭게 되는 것이 바로 앞에 있다. 선한 사람은 복을 받고 음란한 사람은 화를 받는 것이 명백하므로 가히 선을 행하지 않을 수 있는가? 공주는 이미 그대의 제자이니 비록 떠나더라도 그대는 잊지 마라."

남씨가 천만 뜻밖에 기쁜 소식에 귀가 놀랍고 황후의 어진 말씀이 이러
52 함을 들으니 은혜에 감동하여 골수에 사무쳤다. 바삐 일어나 머리를 조아리고 두 번 절하며 말하였다.

"제가 황후의 하늘과 땅 같은 성은을 입어 구덩이에 들었던 인생이 구출되어 궁궐에 있으면서 공주와 함께 부귀를 누리면서 여러 해를 지냈습니다. 그런데 또 성은이 마른 나무에 꽃이 피게 하시어 이 같은 은혜를 내리시니 실로 잊기 어려운 큰 은혜입니다. 제가 단지 깊은 규방에 물러나 있더라도 황후와 황상의 천만 세를 축수하여 화봉인(華封人)[200]

200) 화봉인(華封人) : 요임금 때에 화땅의 봉토를 관리하던 사람으로, 수(壽) · 복(福) · 다남자(多男

과 짝하고자 합니다. 나아가 공주님의 아름다우심과 저를 아껴주시던
큰 은혜를 제 몸이 다하도록 잊지 못할 것입니다. 만약 공주님이 하가 53
(下嫁)하실 때에 제게 무슨 일이 있을지라도 궁궐에 와서 혼례를 구경하겠습니다."

황후께서 남씨가 숙연하게 이별하는 마음을 아끼시고, 공주를 불러 공주가 앞에 이르자 탄식하며 말씀하셨다.

"기특한 스승을 얻어 너를 도와주는 일이 많았는데 이제 남씨가 장차 궁을 나가게 되었다. 그 상심한 마음이 칼로 베이는 듯하구나."

혜선 공주[201]가 어머니의 부르심에 응하여 침전에 오니, 황후가 탄식하며 말하였다.

"이제 남씨가 여차여차하여 죄를 씻고 돌아갈 때가 되었다. 내 마음이 54
이처럼 걱정되니 네 마음도 좋지 않을 것이라 생각된다. 그러나 너를 위하여 늘 궁궐에 있을 사람이 아니라 복록이 특별한 귀한 사람이다. 어찌 깊은 궁궐의 궁벽한 곳에서 너를 데리고 있을 사람이겠느냐?"

공주가 가르침을 들으니 별 같은 두 눈에 눈물이 요동하여 향기로운 눈썹에 시름이 서리니 그 특별한 용모가 더욱 예뻤다. 안색을 고치고 일어나 절하며 고하였다.

"어머님의 말씀을 들으니 제 마음에 귀한 보물을 잃은 듯합니다. 제가 55
스승과 함께 든 정이 골육 같고 의리는 사제의 도리를 겸하여 잠깐이라도 떠남을 어려워했는데, 이제 나가면 다시 만날 기약이 없으니 회포를 정하기가 어렵습니다. 제 마음은 이렇지만 사부의 소원을 이뤘으니 또

子) 세 가지를 요임금을 위해 축수했다고 함.
201) 혜선 공주 : {셜공주}. 문맥상 오기로 보여 이같이 옮김. 인명의 자잘한 오기는 자주 있음.

한 기쁩니다."

남씨가 공주의 고운 손을 잡고 쪽진 머리를 어루만지며 말하였다.

"제가 공주님의 큰 은혜를 입었으니 집으로 돌아감에 어찌 슬프지 않겠습니까? 몸은 집으로 돌아가지만 마음은 궁궐에 어리어 황후와 공주님의 천만 세를 축도하겠습니다."

56 공주가 며칠을 만류하면서 작은 잔치를 베풀어 대접하는데, 그 정이 너무나 진하여 먹어도 맛을 알지 못했다. 며칠 사이에 꽃 같은 얼굴이 변하고 두 눈썹에 근심이 엉기니, 황후가 도리어 민망하시어 이따금 궁궐에 들어와 있으라고 언약하여 공주의 마음을 풀어 주었다. 황후가 금으로 채색한 수레와 꽃과 옥으로 장식한 가마를 새로 꾸며 내어보내면서 황후께서 입었던 자주색 적삼과 금빛 치마, 꽂았던 쌍룡 비녀를 주며 말씀하셨다.

"이제 그대를 보내는데 정표할 것이 없는 것이 아니라 이것이 내 신변
57 의 물건이라 준다. 그대는 나를 대하는 것처럼 하라. 내가 원래 어진
사람을 사모하니, 그대의 시어머니[202] 정숙렬과 숙모 양정렬의 선행과 숙렬함이 이미 궁궐에도 들렸었다. 한 번 보고 싶지만 그럴 수가 있겠느냐?"

그러고 나서 좋은 구슬과 보배, 비단들로 정표하시니, 비빈(妃嬪) 여섯 명이 각각 패물로 정을 표하였다. 그러나 공주만은 이별시 한 장을 받들어 드리면서 눈물을 뿌리며 말하였다.

"사부는 돌아가시는 것이 좋겠지만 제자는 슬픈 마음을 가눌 수가 없습니다. 원컨대 사부는 길이 잊지 마십시오."

202) 시어머니 : {고모(姑母)}. 남씨는 운현의 아내이므로 정숙렬은 시어머니이기에 이같이 옮김.

남씨가 여러 사람들의 후한 예물과 황후의 이러하신 큰 은혜를 받는 58
것에 매우 감격하면서 공주의 슬퍼함을 보고 일어나서 사례하여 말하였다.

"제가 어떤 사람이라고 성은이 이처럼 크시고 공주의 정이 이처럼 무거우십니까? 제가 목석이 아니니 감사함을 어찌 다 아뢰겠습니까? 하물며 여러 비빈께서 모두 후한 예물로 이별하시니 은혜에 감사할 따름입니다. 하지만 제가 본래 두 가문이 빈궁하지 않으니 이 보화를 가져다가 무엇에 쓰겠습니까?"

황후가 말하였다.

"이것은 모두 정표의 물건이니 사양하지 말라."

그러고는 공주에게 "너는 왜 하나의 물건도 정표함이 없느냐?"라고 하
자 공주가 대답하였다. 59

"사부는 여자 중의 군자입니다. 그 청렴함을 재물로 욕되게 하지 못할 것이니, 제가 사부를 알고 사부가 저를 압니다. 저는 7세 어린아이인데 벌써 재보의 기이함을 알아 사람에게 주면서 권할까요?"

좌우에서 듣는 사람들이 모두 탄복하였고, 남씨도 감탄하고 놀라면서 비상한 성인이 될 것이라고 생각했다.

남씨가 진상궁과 경상궁을 이별하였는데, 황후께서 궁녀 두 사람을 함께 주어 보내셨다. 그들은 미홍과 애홍 형제였다. 남씨가 백 번 사은하고 큰 위엄을 갖춰 친정인 남부로 돌아오니, 남공 부부가 슬퍼하며 손을 잡
고 앞뒤 수말을 물었다. 부녀와 모녀의 슬픈 눈물이 옷깃을 적시고, 명윤 60
이 죽은 일에 다다라서는 실성하여 슬피 울면서 참통함을 이기지 못하였다. 남씨가 친정으로 돌아와 부모를 모시니, 만 가지 생각이 다 풀어졌지

만 오직 어린 아들이 참혹하게 죽은 원한이 있었다. 또 지아비가 사나워도 바라지 못할 것을 생각하니 마음이 좋지 않아, 시부모님과 조부모님께 편지를 올려 사죄하고는 지금은 물러나 친정에 있음을 고하였다. 능백 운현이 이를 알고 그 어머니께 말하였다.

61 "어머니께서는 마땅히 답신을 보내시어 지아비의 악행이 있지만 버리지 못할 것이며 여자는 거처를 자기 마음대로 못함을 알게 하십시오."

양정렬과 정숙렬이 함께 앉아 있다가 이 말을 듣고 탄식하며 말하였다.

"원래 남자의 낯이 두껍고 입술과 혀가 능함을 알겠다. 네가 남씨를 핍박하던 것을 생각하면 듣는 이가 마음이 서늘할 정도인데 남씨가 한이 없겠느냐? 부부란 남인데 윤리와 의리로 맺은 사이이다. 그러므로 정과 의리가 합하면 지극히 친하지만 정과 의리가 합하지 못하면 도로 남이다. 저 남씨는 요조숙녀라서 비록 너를 원망하지는 않겠지만 정이
62 어디에서 나오겠느냐? 한낱 지아비의 위엄과 장부의 호령으로 매사를 뜻대로 하려하지 말고 이제는 행실을 묵직하게 하고 덕을 닦아 유현이 마음을 고쳐 수행함을 본받아라. 나는 너같이 얼굴이 두껍지 못하니 남씨를 엄히 책망할 말이 생각나지 않는다. 뼈에 새겨진 한은 어린아이가 죽은 것이다. 남씨 며느리의 가슴이 베어지고 창자가 사그라지는 듯할 것이니, 이곳에 빨리 오라고 하지 않는 것이 인정에 당연한 일이다. 우리는 실로 그 아이의 원대로 할 것이다."

운현이 웃음을 머금고 말하였다.

63 "부부가 화락해야 자식도 낳고 복록도 길할 것입니다. 남씨가 아무리 특별하여도 제가 아니면 복록이 어디에서 나겠습니까? 조운현이 남씨에게 사납게 대하기는 했지만 그래도 남씨에게는 가장 중대한 사람입

니다."

양정렬이 웃으며 말하였다.

"너는 남자의 염치가 다 없어지고 자기 몸 세우기 좋아하는 사람이 되었구나. 네가 비록 이처럼 그 아이가 일찍 돌아오지 않는 것을 싫어하지만, 남씨의 어조가 강렬하고 뜻이 굳으니 여러 번 욕을 당하고 네가 칼을 빼들던 정황을 생각하면 화평하게 돌아와 너를 보지는 않을 것이다."

운현이 웃으며 말하였다.

"그러면 남씨가 계속 저를 버리는 것이 옳습니까? 남씨가 금년에 비로소 17세로 허다한 환란을 겪고 다시 좋은 운을 만났으니 마땅히 부도 64
(婦道)를 닦아야 할 것입니다. 그러니 궁궐에서 바로 이곳으로 와 시부모님과 지아비를 뵈었어야 옳습니다. 세상일을 두루 겪지 못하였으므로 자기의 운액을 생각하지 않고 지아비를 원망하니 아직 부도에 미진한 것입니다."

양정렬이 말하였다.

"네 말을 어찌 믿겠느냐?"

그런데 할머님께서 빨리 남씨를 보고 싶어 하시므로 정숙렬이 남씨에게 빨리 돌아올 것을 부탁하였지만, 남씨가 정말로 운현과 대면하기를 원하지 않아 그 어머니의 병을 핑계대며 몇 개월을 지체하였다. 운현이 걱
정하며 좋아하지 않으면서 남씨가 오기를 생각하다가 드디어 병을 핑계 65
대고 누워 어머니 정숙렬에게 고하였다.

"제가 조군주의 독약을 많이 먹어 오장육부가 상했나 봅니다. 아이가 참혹하게 죽은 것을 본 후에 자연히 질병이 생겨 음식이 맛이 없고 사

지가 무거워 아파 참을 수 없는 지경은 아니지만 곁에서 간호할 사람이 없습니다. 남씨가 비록 저에게 원한이 있지만 저를 지아비라고 이를진대 문병도 하지 않겠습니까?"

정숙렬이 탄식하며 말하였다.

"남씨가 맑고 깨끗한 마음으로 너의 미치고 패악한 거동을 보지 않으
려고 깊은 규방에 있으려고 하는 것이니, 이 정도로 약하게 시험하는
66 말은 효험이 없을 것이다. 또 내 자식의 소행이 좋지 않았으니 다시 뭐
라고 하면서 부르겠느냐?"

운현이 화난 표정으로 대답하였다.

"예로부터 지아비를 그르다고 버린 이가 없고, 임금께서 신하의 죄를 책하셨다고 하여 원망하여 관직을 버리고 세상을 이별하는 사람도 없습니다. 어찌 남씨만 특별한 뜻을 가지겠습니까? 다시 부르십시오."

이 날 온 가족이 존당에 모였는데, 할머니께서 운현의 병을 염려하여 남씨를 부르라고 하시니 진왕이 대답하였다.

"가르침대로 하겠습니다. 재앙을 많이 겪으면서 탄식하며 지내다가 부
모를 만난 것이니 몇 개월 더 머무르게 하고 나서 부르려 했습니다. 하
67 지만 저 아이가 병이 나고 할머니께서 보고 싶어 하시니 어찌 그 아이
의 사정만 돌아보겠습니까?"

정숙렬이 말하였다.

"제가 불렀을 때에 남씨 며느리의 사정이 그러했기에 다시 부르지 않았습니다."

진왕이 웃음을 머금고 말하였다.

"시어미의 버릇이 며느리에게 내려갔군요. 운현이 실성했었다고 하지

만 그래도 그 아이에게는 지아비인데 어찌 지아비를 거역하겠습니까?"

능후 유현이 웃으며 대답하였다.

"이는 모두 운현이 체통을 잃었기 때문입니다. 여자는 비록 적은 일이
라도 지아비의 명을 거역하는 것은 예의가 아닙니다. 남씨의 현숙함으
로 이를 모르지 않을 테니 운현 아우를 가볍게 여기는 것입니다. 운현
이 거짓으로 병이 났다고 하면서 남씨 제수를 오게 하려고 하니 오히 68
려 불쌍합니다. 백부께서는 다시 엄명을 내리시어 제수를 부르시고,
운현은 책망하여 일어나게 하십시오."

좌우의 사람들이 크게 웃자, 진왕이 탄식하며 말하였다.

"운현의 말솜씨는 장부의 기상이 있어, 자식들과 조카들 중에서 집안 다스리는 위엄을 논의하자면 으뜸이 될 것이다. 인정과 도리에는 어둡지만 운현의 병이 만약 네 말과 같다면 가히 까무라쳐 넘어지겠다."

여러 숙모들이 웃으며 말하였다.

"여자도 사람인데 어찌 한이 없겠으며, 남씨 집안에선들 어찌 화가 나지 않아 딸을 보내겠습니까?"

진왕이 말하였다. 69

"누이들은 치우친 논의를 하여 옆의 며느리들이 듣게 하지 마십시오. 남씨가 비록 친정에서 계속 산다면 남편과의 사랑이 지속되지 않아 박명한 사람이 될 것입니다. 부녀자는 순종함을 취해야 하는데, 남씨가 이럴 줄은 생각도 못했습니다. 사람의 성품을 알기가 어렵군요."

정숙렬이 진왕이 남씨를 미진하다고 생각함을 민망하게 여겨 말하였다.

"아주 오지 않으려는 것이 아니라 그 어머니가 병이 있으니 몇 개월을

더 달라고 하기에 제가 허락한 것입니다. 군자께서 남씨를 책망하심이 너무 과도하십니다."

진왕이 엷게 웃으며 말하였다.

70 "당신이 며느리에게 자기의 마음을 비추어 편을 드니, 나도 또한 내 마음으로 측량하여 운현이 그르지 않다고 생각합니다. 내가 비록 그 아이를 책망했지만 나이 젊은 남자가 요악한 여자가 주는 약을 먹고 정신이 몽롱하게 되었던 것이니 운현이 기운이 세차므로 그 정도였지 그 아이의 탓이 아닙니다. 내 기운이 그 아이만 못하지 않은데도 금선공주의 약을 먹었을 때에 정신을 차리기 힘들었습니다. 운명이 기구하여 악인을 만난 후에는 어쩔 수 없는 것이니, 내가 이후로는 다시 운현을 책망하지 않을 것입니다."

진왕의 여러 누이들이 대답하였다.

"며느리가 미진하다고 하여 아들을 용서하니 이것도 남씨의 덕이군요."

진왕이 이미 운현에게 말을 전하였다.

71 "네 병을 듣고 할머니께서 걱정하시고 부모님께서도 깊이 근심하셨다. 약을 짓는 것이 때를 맞추지 못할까 근심하였는데, 들으니 진짜 병이 난 것이 아니라고 하더구나. 궁금하다. 네 몸에 중요한 임무가 있고 부모도 염려하는데 이를 돌아보지 않았구나. 그렇게 한 뜻을 자세히 말하여라."

운현이 아버지의 명을 듣고 놀라서 즉시 옷과 허리띠를 갖춰 입고 정당으로 나와 뵈었다. 그 모습이 마치 밝은 달이 중천에 깨끗하게 떠 있는 듯하고 붉은 입술과 연꽃 같은 뺨이 봄 화원의 꽃의 신 같았다. 진왕이 그가 정말로 병을 핑계 댄 것임을 보고 물었다.

"젊은 남자로 책무가 중대하니, 한 번 밥 먹을 때 세 번을 뱉고 나가면 72
서라도 선비를 예의로서 대접[203]하시는 임금님을 생각하여 국사에 전력해야 할 것이다. 그런데 이유 없이 병이 났다고 하는 것이 4~5일이나 되니 그렇게 한 이유가 무엇이냐?"

운현이 아버지의 신명하심을 알기에 감히 꾸며서 아뢰지 못하고 꿇어앉아 목소리를 나직이 하여 아뢰었다.

"질병이 깊은 것은 아닙니다. 다만 제가 무도하여 어린아이를 참혹하게 죽였으니 자연히 마음이 좋지 않아 숙식이 편치 않고 또 간사한 여자가 먹였던 독약이 오장육부를 상하게 해서 그런지 정신이 혼미하고 기운이 없어 잠깐 쉬려고 한 것이었습니다. 아버님의 가르침을 들으니 황공하기 그지없습니다."

초공이 웃으며 말하였다. 73

"네가 남씨를 불러올 계교로 그렇게 했다고 하던데, 그러지 않고서는 그녀를 못 데려오느냐?"

운현이 얼굴을 붉히고 대답하였다.

"어찌 남씨가 오게 하기 위해 병을 핑계 댔겠습니까? 원래 남씨가 저를 원수로 여겨서 자기 친정에 있으면서 오지 않고 있으니, 제가 병이 난 것을 들으면 즐거워할 것입니다. 그런데 제가 병이 나 나가지도 못한다고 해서 여기로 올 리가 있습니까?"

---

203) 한 ~ 대접 : 이는 주(周) 문왕(文王)의 넷째 아들이자 무왕(武王)의 아우였던 주공(周公)이 그 아들 백금(伯禽)이 봉지(封地)로 가게 되니 해준 말임. 자신이 아무리 고귀한 몸이라도 어진 사람이 찾아오면 머리를 감다가도 그것을 쥔 채로 나가서 맞이하고 밥을 먹다가도 그것을 뱉고 나가서 맞이해야 함. 이를 '토포악발(吐哺握髮)'이라고 하는데, 어진 사람에게 예의를 다하기 위한 것이니 어진 선비가 중요함을 알아야 한다는 의미임.

초공이 웃음을 머금고 말하였다.

"네가 집안 다스리는 도리를 아직도 모르는구나. 남씨를 오라고 하지
도 말고 또 그런 이상한 계획을 세우지도 마라. 그 아이가 유순하지만
74 자연히 아내 된 도리를 차린다면 돌아올 것이다. 돌아오면 공명정대하
게 대하여 숙소 왕래를 예전과 같이 하고 서로 공경하기를 손님과 같이
하면서 위엄 있고 묵직하게 하면 그가 비록 속으로는 성을 내지만 너를
어렵게 여길 것이다. 그렇게 온화하면서도 단엄하게 하면 자기 허물을
네게 보일까 두려워하여 자연히 온순해질 것이다. 아내가 비록 여자라
고 해도 피차가 모두 선비 가문이다. 어찌 굳이 호령해야 집안 다스리
는 위엄이 있겠느냐? 내 몸을 닦으면 재앙을 막는 것이 어렵지 않을 것
인데도 옳은 재주와 무도한 행실로 여자에게 체면을 깎였으니, 어진 아
75 내라도 마음에 가볍게 여기고 업신여겨 허물을 쌓아둘 것이다. 또한
패악한 여자는 구타하기에 이르고 표독한 여자는 입에 욕설을 그치지
않을 것이다. 그리하여 집안의 기강이 어지럽게 되고 나중에는 아내가
거짓으로 병들어 죽으려 하는 거동을 하면 용렬한 사내가 겁을 내어 천
만 번 빌고 사죄하여 한 번 그렇게 하고 두 번 그렇게 하면 점점 여자의
버릇이 방자하게 될 것이다. 그래서 손님을 대접하려고 해도 아내를
두려워하여 입을 열지 못하고, 여자를 가까이하고자 해도 아내에게 쥐
76 어 자기 마음을 다스리지 못하고 마음대로 못하게 된다. 나는 너희들
에게 이런 일이 있을까 걱정이 된다."

좌우에 가득히 앉아 있던 자제들이 초공의 말을 듣고 탄복하지 않는 이가 없었다. 운현과 여러 자제들이 일시에 일어나 누 번 절하고 가르침을 받들자, 화파와 조씨 부인들이 크게 웃으며 말하였다.

"어디서 이런 여자와 남자를 보겠는가? 자제들은 각각 아버지와 숙부의 집안 다스림을 배우고, 며느리들은 정숙렬과 양정렬을 본받으면, 집안의 법도가 창성하고 복록이 그 가운데에 있을 것이다."

정숙렬이 물러나 다시 남씨에게 사리로서 가르치는 말을 전하니, 남씨
가 일의 형세가 그만둘 수 없음을 알고 부모님께 하직하고 돌아왔다. 조 77
부모님과 시부모님이 반가워하니, 남씨가 당에 올라 예의를 갖춘 후 앉았
다. 태부인으로부터 노공 이하 식구들이 모두 기뻐하며 위로하였으나, 명
윤을 생각하고는 눈물을 흘리며 슬퍼하였다. 남씨도 눈에 물결이 어리어
자리를 고쳐 앉으며 공경히 아뢰었다.

"제가 운명이 기구하여 천고에 없는 변을 두 번 겪었습니다. 연왕이 호
령을 하며 돌 상자에 가두었고, 이후 한궁으로 옮겨져 더러운 욕을 받
을 뻔하기도 하고 어린아이가 눈 앞에서 참혹하게 죽어 너무나 놀랐습
니다. 하지만 공교로운 마음으로 구차하게 목숨을 부지하여 궐 안에까
지 들어가 요행히도 누명을 벗었습니다. 그러나 다시 군자의 집안일에 78
참여하여 양반 가문의 부인 자리를 욕되게 하지 않으려고 깊은 규방에
있으면서 여생을 보내려고 했습니다. 그런데 어르신들께서 부르시는
명이 잦으시니 거역하지 못하여 황공함을 무릅쓰고 감히 나아와 앞에
서 뵈오니 여한이 없습니다. 하지만 제 허물과 어린아이의 참사함을
생각하면 죽으려고 해도 죽을 만한 땅이 없으니 감히 죽을죄를 청합니
다."

옥 같은 목소리가 낭랑하여 단산(丹山)의 봉황이 우는 듯하였다. 환란
을 겪었으니 분명 꽃이 시들고 달 같은 얼굴의 아름다움이 줄었을 것이지
만, 광채가 예전보다 배나 더하고 옥이 티끌을 벗은 듯하였다. 예쁘고 빼 79

어난 자질이 마치 꽃들이 다투어 향기를 뱉고 붉은 입술과 뺨이 신선의
신령스런 약을 삼키고 맑은 감로수를 마신 듯 더욱 맑고 고왔다. 진왕이
웃음을 머금고 말하였다.

"너희 부부가 서로 한을 머금어 지나간 일을 다시 꺼내는 것은 좋지 않
다. 운현이 미치고 패악하다고는 하지만 네 팔자가 사나워 탕자를 만
난 것이니 지아비를 따르는 것이 으뜸이다. 깊은 규방에 있으면서 부
부의 윤리를 깨고자 한 것은 잘못 생각한 것이다. 네가 내 며느리로 생
80 전 긴 말을 하지 못하더니, 내가 참혹한 변고를 겨우 안정시키고 나서
네가 부부의 윤리를 깨려했던 마음을 움직여 이런 말을 하는 것이다.
모름지기 이상한 마음을 먹지 말고 온화하게 지아비를 순종하여 다시
어지러움이 없게 하여라."

남씨가 감히 말을 못하고 일어나 두 번 절하면서 사죄할 뿐이었다. 조
부모님께서 다시 사랑하시며 진왕도 기쁜 얼굴이 되어 누이들을 돌아보
며 말하였다.

"제가 근래에 운현이 미친 행동을 하고 며느리가 사라지고 해서 마음
의 큰 화가 되었었는데, 오늘 며느리가 돌아오고 운현의 미친 병이 나
았으니 마음의 화를 덜겠습니다."

여러 사람들이 축하했지만, 정숙렬만은 슬퍼하며 즐거워하지 않았다.
81 사위 양인광의 외입함과 딸 월염의 누명을 염려하니, 조씨 부인 등이 위
로하여 말하였다.

"많은 자녀들의 아름다움이 남들보다 뛰어나고 복록이 하나도 흠이 없
지 않은가? 운현도 잘못을 깨달았고 남씨도 돌아왔으니, 월염인들 하
늘의 해를 볼 때가 있지 않겠는가?"

양정렬은 탄식하며 아무 말도 하지 않았다.

남씨가 옛 거처로 돌아오니 모든 것이 예와 같으나 단지 아들의 꽃 같은 풍채와 옥 같은 얼굴이 세상 풍파에 스러져 옛 모습이 없어진 것이었다. 이에 길게 탄식하며 말하였다.

"내가 모질어 그 애를 눈앞에서 잃고도 옛 처소에 돌아와 너희들을 대 82
하니 어찌 슬픔을 참겠느냐?"

유모와 시비 등이 매우 흐느꼈다. 갑자기 운현이 들어와 이 모습을 보니 남자의 심장이지만 무슨 낯으로 좋게 말하겠는가? 더욱이 아들이 참혹하게 죽음을 생각하니 눈물이 비단 도포를 적셨다. 남씨가 안색을 바로 하고 눈에 눈물이 잠겼을 뿐이었다. 한참 후에 운현이 한숨을 쉬며 탄식하였다.

"우리 두 사람의 액이 참혹하기가 이와 같으니 옛 일을 말하면 슬프기만 합니다. 부인을 대하여 무슨 말을 하겠습니까?"

남씨가 옥 같은 얼굴에 슬픈 표정을 짓고 푸른 눈썹을 나직이 하여 말
을 하지 않으니, 운현이 다시 말하였다. 83

"오늘 아버지께서 그대를 염려하시어 말씀하셨습니다. 내가 비록 허물이 크지만 부인의 액이 남달라서 그러함을 모르고 빨리 돌아오라는 어머니의 가르침을 여러 번 거역하니 실로 나 같이 용렬한 사람이 아니라면 어찌 노여움이 없겠습니까?"

남씨가 옷깃을 여미고 사례하여 말하였다.

"제가 지극한 운명과 참혹한 액으로 세상에 있지 않을 일을 당했으니 누구를 탓하겠습니까? 오직 머리 없는 귀신 되는 것을 면하고 또 적이
핍박하는 욕을 피하기가 급하여 세 마디 짧은 검으로 목숨을 끊을 지 84

경에도 있었습니다. 사람이 목석이 아니라 실로 세상 생각은 모두 뜬 구름 같은 것이니 어찌 그대를 원망하며 어른들의 명을 거역할 수 있었겠습니까? 제가 옛날에 있었던 곳으로 돌아오니 슬픈 마음이 더하였던 것이니 어느 겨를에 옛 한을 마음에 두겠습니까?"

운현이 탄식하며 말하였다.

"부인의 마음을 알기 전에는 자탄할 뿐이었습니다. 이후로는 마가 낀 일 없이 아들과 딸을 낳아 평생의 즐거움을 누릴 것이니, 부인은 다시 옛 일을 말하지 마십시오."

남씨가 원망스런 마음으로 길게 말을 하지 않았다. 이후로 운현은 남
85 씨에 대한 애정이 태산이 낮고 바다가 옅을 정도로 새로이 솟아나 예전보
다 더하였다. 그러나 남씨는 조금도 받아들일 마음이 없었다. 비록 말과
표정은 온순했지만 운현이 칼을 빼들던 일을 생각하면 모골이 오싹하도
록 두렵고 아들의 참혹했던 상황을 생각하면 슬픔이 가슴 속 깊이 맺혔
다.

화설. 이때 유현의 아내였던 강씨 옥연이 계양궁에 숨어 공주를 섬기
고 있었다. 예전에 적국 이씨를 해치고 다시 조부에 들어올 길을 열었었
는데 갑자기 일당이 발각되어 어진 사람은 죄를 씻고 악한 사람은 벌을
받게 되어 이씨는 천명에 힘입어 조부로 돌아가고 자기는 다시 깊은 규방
86 의 폐인이 되었던 것이다. 조상서 유현이 운남에서 싸움에서 이기는 공
을 세워 벼슬이 후백에 이르고 임금의 총애가 일세를 기울여 산 같은 명
망이 문무백관이 길을 사양할 정도였다. 또한 경씨를 맞이하고 조강지처
였던 정부인과 다시 만나 함께 돌아오니 네 부인[204]과 열 명의 첩을 거느

204) 네 부인 : 유현의 네 부인은 정씨, 조씨, 이씨, 경씨를 이름. 경씨를 맞기 이전에 강씨가 있었으

리게 된 것이다. 규방이 화목하고 집안 다스림이 공평하고 편안하였으며 아름다운 나무, 기린 같은 아들들이 슬하에 쌍쌍이 있었다. 꽃 피는 아침, 달 뜨는 저녁에 어른들을 모시며 부모님 두 분을 받들어 형제들과 즐겁게 사는 홍이 난초에 무르녹아 큰 영광이 당대에 비할 데가 없었다.

강씨가 슬픈 원망과 애달픈 한이 교차하는 가운데 여러 해를 보내고 87
있었다. 남씨의 변고가 진정되자 조군주의 위세로도 서쪽 촉땅 좋지 않은 곳에 유배되고, 남씨의 어진 덕과 꽃다운 절개는 온 성에 자자하여 정숙렬의 며느리 남숙렬이 또 있는 것이었다. 바야흐로 하늘의 도가 밝고도 밝으시어 복 있고 선한 사람은 그르지 않다고 하는 것이니, 강씨가 이 일을 듣고 탄식하며 말하였다.

"내가 당초에 어진 일을 행하고 악행을 멀리했다면 비록 정씨는 넘보지 못하더라도 경씨만 못하지는 않았을 것이다. 그런데 유모가 나를
잘못 인도하고 내가 젊은 나이의 질투가 있어 많은 잘못을 지었다. 이 88
제는 친정과 시댁을 다 버리고 계양궁 궁인이 되어 늙은 공주의 병만 밤낮으로 근심하는 신세가 되었으니 괴롭고 박복함이 더욱 심하다."

이에 공주를 하직하고 유부로 돌아왔는데, 유상서[205]의 모부인인 단씨는 90세였으며 옥연을 떠나보내고 나서 그녀를 완전히 잊고 생각도 하지 않고 있었다. 옥연이 다시 유부로 돌아와 보니 마음이 슬프고 자신의 박복함이 슬퍼 태부인 단씨 곁에서 눈물을 뿌리며 예전의 잘못을 후회하였
다. 또 조유현의 꽃 같고 달 같은 풍모를 오매불망(寤寐不忘) 생각하면서 89
먹고 자는 것을 모두 폐하니, 단부인이 보고 눈물을 흘리면서 며느리인

나 못된 일을 많이 하여 축출된 상황.

205) 유상서 : 조무와 조성의 매제임. 즉 조숙의 사위. 강씨는 조실부모하였고 단부인의 손자라고만 소개되어 유상서의 조카인 것만 알 수 있음.

조부인에게 손녀의 일생을 구하라고 부탁하였다. 조부인이 민망했지만 다른 방법이 없고, 아우 초공과 조카 유현의 마음이 굳을 뿐 아니라 유현의 부부가 모두 화락하고 부인들이 〈주아(周雅)〉의 풍모[206]를 따르므로 좋지 않은 사람을 권하여 또 무슨 일이 있을지 걱정되어 부탁을 들어드리지 못하였다. 그러던 중 어느날 유현이 조회하러 가는 길에 고모[207]인 조부인을 찾아왔다. 이때 강씨도 조부인을 보러 왔다가 당황하여 곁방으로

90 피하니 유현은 그녀를 제대로 보지 못하고 고모와 말씀을 나누었다. 강씨가 문틈으로 보니 풍요롭고 위엄 있는 풍모가 예전보다 열 배나 더하였다. 붉은 도포에 옥띠를 매고 황금빛 관모를 써서 풍채가 더 돋보이며 호방한 기상이 천하에서 제일이었다. 강씨가 강개하게 얼굴빛을 고치고 눈물을 흘리며 탄식하였다.

"내 마음이 어둡고 행실이 도리에 어긋나 백 년 앞길을 아주 그치게 하였으니 천고에 없던 박명함이 제 일의 자리를 차지할 듯하구나."

이처럼 자신을 뉘우치고 슬픈 한이 무궁하여 눈물이 천 길이나 흘러넘쳤다. 이윽고 유현이 하직하고 나가니, 강씨의 마음이 새롭게 구름 밖으

91 로 흩어지는 듯하였다. 드디어 침상에서 위급해져 모든 약이 무효하고 꽃 같은 얼굴이 쇠하여 목숨이 아침저녁으로 왔다갔다하니, 단부인이 밤낮으로 울고 식음을 폐하고 잠도 자지 못하였다. 유공 등이 걱정이 많았지만 입을 열지 못하였는데, 병세가 점점 위중해짐을 보고는 염치를 잊고 조부에 가서 태부인을 뵙고 장인어른인 노공을 알현하였다. 곁에 진왕과

---

206) 〈주아(周雅)〉의 풍모 : 〈주아(周雅)〉는 『시경(詩經)』의 「소아(小雅)」「대아(大雅)」 두 편을 말함. 여기에는 주(周)나라 문왕(文王)의 후비(后妃)인 태사(太姒)가 나무가 가지를 드리우듯 첩들에게 은덕을 드리워, 첩들이 그녀를 공경하고 그 덕을 기려 집안이 화평했다는 〈규목(樛木)〉편 등 여성의 부덕(婦德)과 관련된 내용들이 있음.

207) 고모 : {숙모(叔母)}. 문맥상 이같이 옮김.

초공이 모시고 있었고 다른 조씨 자제들이 가득하니 유공의 기세로도 무안해 하면서 초공에게 말하였다.

"내가 오늘 절박한 부탁이 있어 왔습니다. 위로 할머님과 장인어른께
서 계시지만 이 일은 실로 그대의 손에 있으니 염치를 버리고 청합니 92
다."

초공이 흔연스럽게 대답하였다.

"무슨 일이기에 형님께서 청하심이 이처럼 더디고 어렵습니까?"

유공이 한참 동안 깊이 생각하다가 탄식하였다.

"내가 그대의 뜻을 알고 있기에 말을 꺼내는 것이 실로 부끄럽지만 나
이 구십의 어머니께서 먹기를 그쳐 병이 나시기에 이르렀으니 만약 이
일을 말하지 않으면 어머니의 환후가 나을 기약이 없어 이처럼 절박한
일이 없습니다. 이것은 다른 일이 아니라 강옥연이 조부에서 쫓겨난
후로 여러 해가 지나 옛 일을 후회하여 형님의 훌륭하신 가르침을 따 93
르려고 해도 미치지 못하니, 밤낮으로 마음에 맺혀 병이 위급해져 목숨
이 경각에 달렸습니다. 이를 어머니께서 너무 걱정하시어 우리들을 아
침저녁으로 조부로 보내 그대 부자께서 용납해 주기를 바라십니다. 내
가 조카딸을 위하여 구차한 일을 행하는 것이 아니라 어머니를 위하여
이러는 것이니, 효성스럽고 의로운 군자인 그대가 내 사정을 용납할 수
있겠지요?"

초공이 듣고 나서 깊이 생각하는데, 유현이 자리에서 일어나 아뢰었다.

"고모부의 가르침이 이와 같으시지만 강씨의 죄가 사소한 죄가 아닙니
다. 그녀가 자객을 들여 아버지 침전에 갑자기 뛰어들어갔고 또 독을 94
넣어 할머니를 범하려고 했으며 적국을 해하려고 지아비에게 요약을

먹여 농락하였으니 허다한 악행이 몹시 한탄할 지경입니다. 만약 아버지께서 강씨를 다시 맞기를 허락하시면 제가 집을 하직하고 피하겠습니다."

초공이 엷게 웃으며 말하였다.

"유형이 말씀하시는 것도 틀리지 않고 유현이 사양하는 것도 틀리지 않습니다. 유현의 아내들에게 〈주아(周雅)〉의 풍모가 있으니, 혹 다른 사람들이 다시 말할까 제가 실로 어렵게 여겼습니다. 하지만 그대의 태부인께서 이 일을 지나치게 걱정하신다면 제 자식 하나가 집을 어지럽힐지라도 강씨를 보내십시오."

유공이 바삐 사례를 하며 말하였다.

95 "그대의 큰 효심으로 남의 효도도 중요하게 여길 줄 알고 이 말을 했습니다. 다만 유현[208]의 거동이 확고하니 진실로 걱정입니다."

유현이 두 번 절하고 말하였다.

"황공하지만 강씨는 저와 대면하지 못할 것임을 미리 아룁니다."

초공이 책망하여 말하였다.

"본래 어진 사람은 없다. 잘못을 고치는 것이 귀하다고 하심은 성현께서도 허락하신 바다. 하물며 형님께서 어머니의 근심 때문에 내게 청하신 일이니 동기의 정과 친구의 정을 겸하여 두 번 논의하고 듣겠느
96 냐? 그 아이가 마음을 바꿨다고 하니 너는 아버지의 뜻을 따라라. 집안의 법도가 공평하면 집안의 법도가 다시 일어나지 않겠느냐? 그 아이의 얼굴을 보지 않겠다고 하면서 형님과 옥신각신 다투려 하느냐?"

유현이 아버지의 가르침이 또 이러하시니 어쩔 수 없이 억지로 사례하

---

208) 유현 : {운희}. 유현의 자(字)임.

며 말하였다.

"아버지의 가르침이 이와 같으시고 고모부의 가르침이 저를 미심쩍어 하시니 황공합니다. 어찌 제 뜻을 세우겠습니까?"

태부인과 노공 부부가 그렇게 할 것을 권하며 말하였다.

"단부인께 말씀드리고, 강씨를 불러 만 번 경계하고 다시 부끄러운 일을 하지 말하고 하여라."

이때 강씨가 눈물을 머금고 다시는 잘못된 행동을 하지 않을 것을 만
번 맹세하였다. 며칠 후 강씨를 데려오는데, 강씨가 조부에 돌아와 두 분 97
조부모님과 시부모님, 숙부와 숙모님을 뵙고 눈물을 흘리며 머리를 조아려 죄를 청하였다. 그 거동이 애달파 다른 사람이 된 것 같으니 숙모가 기뻐하며 후일을 당부하였다. 유현의 세 아내인 정씨, 조씨, 이씨는 옛날에 보았던 얼굴이고 경씨는 초면이었는데, 경씨의 예쁘고 사랑스런 모습이 정씨와 조씨보다 못하지 않았다. 정씨가 자주색으로 칠한 쌍봉관(雙鳳冠)을 쓰고 공후의 품위를 가지고 있었으며 남해의 보물인 빛나는 구슬이 빛을 토하는 듯하니, 강씨가 다시 기운이 빠지고 부끄러워 후회함이 매우
컸다. 초공 부부가 총명하기에 그녀가 마음을 돌림에 기뻐하며 위로하였 98
다.

강씨가 옛 침소로 돌아와 시부모님과 조부모님께서 가상하게 여겨주심에 감동하여 눈물을 뿌렸다. 그런데 갑자기 정씨의 유모인 현파가 금쟁반에 다과를 갖추어 가져와 드리면서 은근히 말을 전하여 정씨가 몸소 와서 위로하지 못함을 사과하였다. 강씨가 머리를 숙이고 탄식하며 말하였다.

"제 잘못은 털을 뽑으면서 헤아려도 다하지 못할 정도이니, 오늘 후한

예의를 물으심을 어찌 감당하겠습니까?"

현파가 탄식하며 말하였다.

"이는 모두 우리 부인의 액이 범상하지 않아서이니, 어찌 부인의 탓이
99 겠습니까? 이제 다시 모이셨으니 서로 화기애애하게 백 년 동안 동렬
에 있으면서 그 장하고 아름다운 일을 빛내려 하십니다. 그러니 부인
은 이상하게 생각하지 마십시오."

강씨가 매우 감격하여 현파를 돌려보내고 나서 정씨의 뜻이 진정인지 거짓인지 궁금해 하였다.

다음날 아침에 부모님께 아침 인사를 하러 채련각으로 나아가니, 정씨가 흔연스럽게 맞아 자리에 앉았다. 강씨가 사례하며 말하였다.

"제가 식견이 어둡고 곁에서 돕는 이가 어질지 못하여 허다한 간사한
일들을 저질러 부인이 금주까지 가게 하였으니 모두 제 죄입니다. 지
금 다시 보게 되니 스스로 부끄럽지 않겠습니까? 그런데 저의 죄를 용
100 서하시고 은혜를 주시니 황송하고 감사함을 이기지 못하겠습니다."

정씨가 봄바람 같은 온화한 기운으로 사례하며 말하였다.

"지나간 일은 다 끝났으니 말하는 것은 무익하며, 우리 둘 다 액이 범상하지 않아서 그런 것입니다. 이제 무사히 돌아와 편안하게 지내니 작은 원한을 반드시 갚을 필요가 있습니까? 아황(娥皇)과 여영(女英)[209] 자매 같은 사이가 되었으면 합니다. 내가 옛 한을 잊었는데 부인이 홀로 마음에 두는 것이 좋겠습니까?"

강씨가 그 덕량에 탄복하며 사례하여 말하였다.

---

209) 아황(娥皇)과 여영(女英) : 요(堯)임금의 두 딸로, 둘 다 순(舜)임금의 아내가 되어 화목하게 지낸 여인들.

"부인의 큰 덕이 이와 같으시니 제가 어찌 다시 방자하겠습니까? 앞으
로는 백 년 동안 길게 화목하여 동기 같기를 원할 따름입니다." 101

정씨가 거듭 위로하고 나서 조씨, 이씨, 경씨 세 부인을 불러 작은 당에
돗자리를 펴고 다섯 사람이 나란히 앉았다. 꽃 같은 얼굴과 달 같은 광채,
어여쁜 자질이 비슷하여 천고에 다시 없을 아름다움이었다. 정씨가 동렬
의 네 부인과 한가롭게 이야기를 나누니, 다른 소저들도 함께 모여 이야
기하는 낭랑한 목소리가 물 흐르는 듯하였다. 화파와 조씨 부인 등도 와
서 담소를 나누는데, 강씨의 매섭고 강퍅하던 성격이 바뀌어 온유한 여자
가 된 것 같았다. 모두 말하고 웃는 소리가 낭랑했지만, 남씨만은 슬픈 빛
이 은은하니 이는 죽은 아이를 생각해서이며 또 어머니가 아프심을 슬퍼 102
하여 얼굴에 온화한 기운이 없어진 것이었다.

이후로 강씨가 정씨를 의지하는 것이 어린아이가 어머니를 바라는 것
같았다. 강씨가 본래 총명하고 사랑스러웠으므로 공교함과 간악함을 버
리니 봄꽃 같은 용모와 계수나무 같은 기질이 자연스럽고 빼어나 조씨보
다 못함이 없었다. 조부모님과 시부모님이 그렇게 바뀜을 이상하게 여길
정도였다. 유현이 강씨가 왔는지 안 왔는지를 알아도 알지 못하는 체하여
여러 사람 사이에서 만나도 분위기는 화평하지만 그 마음의 깊이를 알 길
이 없게 하니 어른들이 그 진득함을 대견하게 여겼다.

하루는 태부인이 여러 손자며느리들에게 바둑을 두게 하였는데 강씨
를 이기는 사람이 없었다. 어른들의 면전에서 청아하고 맑은 목소리로 103
꽃이 웃음을 머금고 옥이 향기를 뿜는 것 같으니, 태부인이 저 같은 기질
로 어찌 예전의 죄과를 지었는지 몰라 하며 박명하고 애련함을 불쌍해 하
였다. 유현이 들어와 태부인을 뵈었는데, 태부인이 자기 부인들과 여러

제수와 누이들이 가득한 중에 강씨를 애련해 하심이 정씨와 같았다. 유현이 모시고 앉아 있는데 태부인이 웃으며 말하였다.

"오늘 네 부인 셋이 내 앞에서 바둑을 두는데 강씨가 제일이다. 예전의 잘못이 있지만 마음을 고쳤으니, 명랑하고 총명한 것이 진실로 내게는
104 효부다. 네가 어찌 계속 박정하게 대하여 부부의 은혜를 생각하지 않느냐? 내가 강씨를 불쌍히 여기니, 너는 내 청으로 강씨를 후하게 대우해라. 그러면 어찌 좋지 않겠느냐?"

유현이 몸을 굽혀 말씀을 듣고, 한편으로 강씨를 잠깐 보았다. 온 얼굴이 홍에 취하여 머리를 숙이고 단정히 앉아 있는데 그 모습과 사랑스런 얼굴이 성제(成帝)의 손 위에서 춤출 듯이 가벼웠던 조비연(趙飛燕)[210]이 아니면 고소대(姑蘇臺) 위에서 부차(夫差)를 희롱하던 서시(西施)[211]와 같았다. 다음 회를 보라.

---

210) 조비연(趙飛燕) : 한나라 성제(成帝)의 황후로 태생이 미천했으나 가무에 뛰어났던 미인. 여동생 합덕(合德)과 함께 후궁이 되어 총애를 받았으나 성제가 죽은 뒤 합덕은 자살하고, 비연은 평제(平帝) 때 서민으로 내침을 받아 자살함.

211) 서시(西施) : 오(吳) 나라 임금 부차(夫差)의 총희(寵姬)였던 월(越) 나라의 미인.

조 씨 삼 대 록

20권

1 재설. 유현이 몸을 굽혀 말씀을 듣고, 한쪽으로 강씨를 잠깐 보았다.
온 얼굴이 홍에 취하여 머리를 숙이고 있는데 그 모습과 사랑스런 얼굴이 성제(成帝)의 손 위에서 춤출 듯이 가벼웠던 조비연(趙飛燕)이 아니면 고소대(姑蘇臺) 위에서 부차(夫差)를 희롱하던 서시(西施)와 같았다. 그녀가 부끄러워하며 잘못을 뉘우치고 착한 사람이 되었다는 말이 맞는 듯하여, 유현이 할머니께 절하고 사례하며 말하였다.

"할머니의 가르침이 이러하시니 삼가 명대로 하겠습니다. 그녀의 행실을 보아가면서 만약 옛날 같은 행동이 보여도 저 또한 부부의 윤리를 폐하지 않겠습니다."

태부인이 흔연히 웃으며 말하였다.

"내 말을 네가 어긴 적이 없고, 평상시에 나도 네 말을 좇았었다."

2 유현이 흔연히 웃고 구태여 노한 기색을 하지는 않았지만 그녀가 옛날
에 저지른 죄과를 가엾고 딱하게 여겨 쉽게 숙소를 왕래하지 않았다. 강씨가 부끄럽고 슬퍼 숙소에 돌아오면 눈물이 옷깃에 젖어 정씨, 조씨, 이씨, 경씨 등의 복록을 부러워하며 그 옥동자와 꽃 같은 딸이 쌍쌍이 있음을 부러워하였다. 이때 정씨에게는 4자 1녀가 있었는데, 그 자녀들의 예쁘고 깨끗함이 난새와 봉황 같고 뛰어남이 아름다운 나무와 초승달 같았다.

시어머니인 양정렬이 지극히 인자하였기에 유현을 불러 그 고집스러움을 책망하니, 유현이 엷게 웃으며 아뢰었다.

"어머니는 어찌 저의 뜻을 모르십니까? 그녀가 잘못을 고쳤다고는 하지만 까마귀와 까치가 난새나 봉황이 되지는 못합니다. 제가 그녀를
3 특별히 유의하여 핏줄을 낳으면 백부께서 후염 같은 딸을 낳은 불행이

있을까 두려워해서입니다. 그 전에 음란하고 악하며 요사스런 일을 했던 것을 생각하면 진실로 얼굴을 마주할 마음이 사라집니다. 제 처신이 그르지 않은지 아버지께서는 뭐라고 말씀하시지 않으십니다. 고모부의 얼굴을 봐서 집안에 머무르게 하였지만 부인의 직위를 주지는 않았으니, 만약 강씨가 잘못을 고치지 않았으면 어떻게 할까요?"

양정렬이 말하였다.

"그 아이가 지금은 겸손하고 공경하여 부덕에 미진함이 없고 할머님께서 불쌍하게 여기시어 너에게 여러 번 당부하셨으니 명을 받들어 빨리 시행하지 않는 것은 자식 된 도리가 아니다. 네 아버지가 이런 자질구레한 일을 말씀하실 리 없으니 너는 아녀자의 죄과를 용서하고 대접을 보통처럼 하여 다른 부인들과 같이 대우하여 여자의 오뉴월 서리 같은 원한을 없게 하여라." 4

유현이 어머니의 인자하고 후덕하심이 이러하심에 감동하여 사례하며 말하였다.

"어머니의 가르침이 이러하시니, 창기 첩도 데리고 살기도 하는데, 그 행실이 미천하지만 설마 어떻겠습니까? 가르침대로 하겠습니다."

양정렬이 웃고 거듭 깨우치고 달랬다.

하루는 밤에 유현이 채련각에서 아이를 데리고 놀며 정부인의 꽃 같은 얼굴과 달 같은 자태를 대하여 만사를 잊고 있었다. 이때에 아들 명천이 7세였는데, 범사에 처신이 노련한 군자의 기품이 있어 조부모님과 부모님 섬기는 것이 마치 가득 찬 것을 받드는 것[212] 같았다. 유현이 아끼는

---

212) 가득 ~ 것 : 『예기(禮記)』 「제의(祭義)」에 "효자는 부모에게 효도함에 옥을 잡는 듯이 하고 물이 가득 찬 동이를 받들듯이 한다[孝子如執玉如奉盈]."는 구절에서 온 말임. 즉 존경하는 마음이 그릇에 무엇인가 가득한 것을 잡고, 옥과 같은 보물을 잡듯이 조심스럽다는 뜻임.

것이 만금에 비길 바가 아니었으며, 이 날 부인과 함께 아이의 아름다움을 즐거워하고 있었다. 그런데 명천이 안색을 온화하게 하고 아버지 앞에
5 꿇어 앉아 아뢰었다.

"황공하지만, 임금께서 덕을 잃으시면 신하가 간하고 아버지께서 그르시면 자식이 간하는 것은 성인께서도 가르치신 것입니다. 아버지께서 미처 생각하시지 못한 것을 아뢰어 용납해 주시기를 바라며 존엄하심을 범하면서도 아룁니다."

유현이 아들의 온화하고 아름다움이 이 같음을 보니 묵묵히 있던 얼굴에 웃는 빛을 띄며 물었다.

"내 아이가 오늘 무슨 할 말이 있어 이렇게 신중하게 말을 시작하려 하느냐? 네 아비에게 허물이 있으면 어서 말하여라."

명천이 일어나 두 번 절하고 문득 눈물을 머금으며 아뢰었다.

"다른 일이 아니라 이제 아버지의 지위가 공후에 있으시고 집안의 어
6 머니들께서는 아황과 여영의 거룩한 행실을 힘쓰시니, 아버지께서 마땅히 주나라 문왕의 덕을 이으시어 아내들을 공경하고 관대하셨으면 합니다. 그런데 유독 강부인께만 박절하시어 집으로 돌아오신 지 사오일이 되었어도 한 번 위로하심이 없으십니다. 예전의 잘못을 고치신 것을 아버지께서도 분명하게 아시니 그 어짊을 아실 텐데도 관대하게 대접하지 않으시니 이는 너무 박절한 처사이십니다. 저는 아직 사리를 잘 몰라 부모님께서 불화하심을 보고도 간하지 못하였으니 잘못은 저에게 있습니다. 하지만 오늘은 참지 못하여 고하니 세 번 살피시어 강부인의 작은 허물을 너그러이 용서하시고 오상(五常)[213]의 윤리를 생각

213) 오상(五常) : 사람이 항상 지켜야 할 5가지 도리인 인(仁)·의(義)·예(禮)·지(智)·신(信)을 말

하시며 저의 안타까운 정성을 살펴 주십시오." 7

말을 마치고 자리에서 일어났다가 엎드려 대답을 기다리는데, 기운이 정숙하고 언어에 법도가 있어서 순(舜)임금[214]과 증자(曾子)[215]의 효성이 있어 노련한 군자라도 이에 미치지 못할 정도였다. 유현이 온 얼굴에 봄바람 같은 미소를 띠며 얼른 그 손을 잡고 감탄하며 말하였다.

"하루 된 망아지가 태산을 뛰어 넘는구나. 너는 새 새끼 같이 어린아이지만 이 아비가 바라보지 못할 정도이니, 우리 가문의 경사이고 우리 아버지께서 쌓은 선행의 복덕이 네게 흐른 것이다. 네 말을 들으니 강씨가 비록 아름답지 않지만 자식의 효성을 세우지 못하게 하겠느냐? 너는 다시 염려하지 마라. 내가 마땅히 공평하게 대하여 근심하지 않게 하겠다."

명천이 두 번 절하고 사례하였다. 유현이 명천이 옳은 도리로 간함을 8
듣고 비로소 구정(九鼎)[216]같이 무겁던 마음을 헐어 강씨를 보고 지난 허물을 제기하지 않았다. 대접을 평상시처럼 하고 부부의 도리를 예사롭게 하였지만 그 위엄이 중하여 가을 하늘, 여름 해와 같았다. 강씨가 마음을 고친 후에는 겸손하고 공손하며 근신하였기에 유현이 있는 곳에서는 과도하게 부끄러워하니, 유현도 그녀가 마음을 고친 것을 기뻐하여 이후로

하며, 오륜(五倫)과 함께 유교윤리의 근본을 이룸. 한대(漢代)의 동중서(董仲舒)가 앞서 맹자(孟子)가 주창했던 인 · 의 · 예 · 지에 신의 항목을 더해 5가지 덕목(德目)을 집약하여 오상의 덕이라고 부른 데서 나오게 되었음.

214) 순(舜)임금 : 부친인 고수(瞽叟)가 계모와 더불어 자신을 죽이려 하여도 효성이 대단하였기에 성효(誠孝)를 지닌 인물로 평가됨.

215) 증자(曾子) : 증삼(曾參), 자는 자여(子輿), 노나라 사람으로 공자의 제자임. 증자가 그 아비를 봉양할 때 항상 주육(酒肉)을 올렸는데, 밥상을 치우면서 반드시 "남에게 주시겠습니까?"라고 여쭈어 "남은 것이 있느냐?"라고 물으시면 반드시 "있습니다."라고 대답하여 그 뜻을 받들었다고 함.

216) 구정(九鼎) : 우(禹) 임금이 만든 솥으로, 주(周) 나라 때까지 전해졌다는 국보임. 매우 무거워 항우(項羽) 같은 장사만 들 수 있었다고 함.

는 다섯 부인을 대접하는 것을 공평하게 하였다. 그 마음에는 정씨, 이씨,
경씨를 더 중시했지만 정씨의 정실부인 지위를 존중하여 대접을 더 중하
게 하여 정씨에게는 5일을 들어갔다. 나머지 부인들에게는 3일씩 들어가
잤으며, 남은 날들은 아버지를 모시고 형제, 친구들과 함께 지내면서 조
9 부모님 처소에 당번으로 들어가는 등 행동이 해와 달 같아 군자의 덕이
날로 빛났다. 다섯 부인이 화목하고 우애 있는 것이 태사(太姒)[217]의 이름
난 풍모를 따르니, 형아나 태천 등 열 명의 창첩들도 정부인의 맑은 덕에
탄복하여 칭송하는 시를 지어 풍류 곡조에 올려 낭군의 천만 세를 축원하
였다. 처첩이 화목하여, 명분이 엄하지만 은혜가 두터웠다. 정부인의 타
고난 덕과 이부인의 정대함, 경부인의 단정하고 지혜로운 행실, 조부인의
온화한 행실, 강씨의 명랑함 등이 모두 자연스런 숙녀의 덕을 갖추었다.
경씨의 어머니인 윤씨가 상경하고 그 아들인 경공자가 과거에 합격하여
벼슬이 금문직사(金門直士)[218]에 올라 아버지의 맑은 이름을 이었다. 정
10 씨, 조시, 경씨 세 부인은 친정어머니의 왕래가 잦았지만, 이부인만은 양
친이 없고 외로운 남동생이 혼인하여 이따금 왕래할 뿐이었다.

능후 유현이 집안 다스리는 도리가 종친 중에서 제일이 되고 번화하고 창성함이 겨룰 사람이 없을 정도였다. 유현이 남문 밖 은선항[219]에 한 채의 큰 저택을 짓고 문에 크게 쓰기를 '조문계[220] 은선문[221]'이라 하였다.

---

217) 태사(太姒) : 신국왕의 딸로 주(周) 문왕(文王)의 후비(后妃)이며 무왕(武王)의 어머니임. 훌륭한 어머니와 현숙한 여성으로 유명함.

218) 금문직사(金門直士) : 금문에 소속된 직사. 금문은 금마문(金馬門)의 준말로 한나라 미앙궁의 문 가운데 하나임. 문 앞에 동제(銅製)의 말이 있었으므로 금마문이라 칭해짐. 후에 금마(金馬)와 옥당(玉堂)이 함께 쓰여 한림원(翰林苑)의 이칭이 됨. 직사는 벼슬 이름인데, 주로 과거에 갓 급제한 이에게 내려진 벼슬로 사관(史官)의 역할을 함.

219) 은선항 : {옥션항}. 10권 60면에서 유현이 은거지로 삼은 곳은 벽운산 취현동 은선항이라고 되어 있으므로 이를 따름. 이후에도 표기의 혼동이 자주 보이지만 은선항으로 통일함.

220) 문계 : 유현의 이름임.

이는 고을이 '은선항'이므로 그 뜻을 취한 것이다.

능백 운현이 남씨와의 정이 병이 될 정도로 진중하였고, 또 다른 부인들이 있었는데 가씨, 민씨, 설시였다. 설씨는 풍요롭고 찬란하며 온순하고 정대했으며, 민씨는 작고 예쁘며 총명하고 민첩했다. 남씨, 설씨, 민씨, 방씨 네 부인이 서로 화목하고 우애가 있었으며 시기함이 없으니 운현도 또한 집안 다스리는 위엄이 날로 새로웠다. 진왕이 온 마음에 기뻐 11
하여 다시 근심하지 않았다.

당시에 집안의 어지러움은 단지 금선공주의 딸 후염[222] 때문이었다. 철생의 아내 후염이 3년 동안 깊은 당에 갇혀 있었는데 아버지 진왕이 때때로 말을 전하게 하여 빨리 죽으라고 하였다. 정숙렬 등도 열 가지 경전을 적어 주고 갇혀 있는 당에 자주 가서 어루만지며 경계의 말을 하였는데 이치로 깨닫게 하는 것이 매우 밝았다. 정숙렬의 말씀이 온화하고 기색이 단엄하여 들으면 모골이 오싹할 정도였다. 후염이 조씨 가문의 풍모를 조금 익히게 되었기에 한 번 깨달아 꿈이 활짝 열리고 갑자기 악한 마음이 변하니, 비로소 자기 허물을 자책하여 크게 부끄러워하고 스스로 죽 12
으려 하였다. 정숙렬이 매우 다행스럽게 생각하여 그녀를 어여삐 여겨 진왕에게 후염이 잘못을 뉘우침이 아름답다고 전하면서 용서하기를 청하였으나 왕이 듣지 않았다. 초공이 권하는 것을 듣고 매우 좋다고 여겨 진왕의 엄한 화를 풀어 후염을 별궁으로 돌아오게 하고 정당에도 올 수 있게 하였다. 후염이 조부모님을 뵙고 나서 심하게 후회하는 것이 마치 무엇에 홀린 듯하였다. 진왕이 비로소 부녀의 천륜을 인정하니, 진왕이 자녀를

221) 은선문 : {응성문}. 은선항의 의미를 취한다고 했으므로 문맥상 이같이 옮김.

222) 후염 : {조시}. 이는 그녀가 철수문에게 시집가서 불리던 호칭임. 독자의 이해를 돕기 위해 이같이 옮김. 후염이 남편을 때린 탓에 친정에서 벌을 받고 있는 상황임.

교육하는 것이 엄숙하기가 이와 같았다. 철씨 집안에서 후염이 마음을 바
꾼 것을 듣고 진왕의 뜻에 감격하여 꽃가마와 옥 수레로 후염을 데려가기
13 를 청하니, 후염이 부끄러워하며 가지 않았다. 진왕이 탄식하며 철학사
에게 말하였다.

"요행히 악행을 고쳤다고 하지만 저 아이의 우둔한 자질이 너희 가문에 무슨 유익함이 있겠느냐? 내 집에 두어 일생을 편하지 못하게 하겠다."

철학사가 그 뜻에 감격하여 거듭 간청하여 데려갔다. 후염이 시부모님과 지아비에게 공손하여 집안일을 맡기를 사양하였지만, 고명한 군자인 철학사가 끝내 그녀에게 조강지처의 지위를 맡겼다. 또 후염이 미진한 곳을 유씨에게 맡길지언정 권위를 훼손하지 않았고 후염과 금슬도 좋았다.

진왕의 아들과 며느리, 딸들이 모두 평안하였지만, 오직 양생의 아내
월염의 재앙은 진정될 기약이 없고 곽씨가 날로 더 흉한 계획을 세워 양
14 인광을 부추겼다. 양인광이 날로 외입이 심해질 뿐 아니라 마음속의 분
노가 날마다 더 커지니 조씨가 원한이 맺힘을 꿈에나 생각하겠는가? 양공 부부도 가짜 손자를 편애하여 곽씨를 효부라고 칭하니, 조씨가 만 가지 슬픔과 천 가지 한을 품고 은설정에 안치된 지 벌써 두 해가 되었다. 조씨가 자신이 누명을 쓴 것을 한탄하면서 아이가 참혹하게 죽은 것과 부모님을 그리워하는 회포가 날로 더하여 하늘을 볼 기약이 없었다. 진왕이 분부하여 시비들도 통하지 못하게 하였으므로 조부의 소식이 아련하였다. 양정렬이 식량을 주고 두씨가 도와주니 먹고 입는 것의 어려움은 면했지만 마음속의 원한을 씻을 방법이 없어 봄바람이 불고 밤비가 내리면 눈물이 꽃 같은 뺨을 적셨다.

곽씨가 조씨가 살아 있음을 애통해 하여 취파와 모의하는데, 춘소에게 조씨의 음식에 독약을 넣게 하는 것이 제일 좋겠고 또 한밤중에 불을 내면 분명 다 불타버릴 것이니 누가 굳이 밖에 있는 우리가 불을 냈다고 하겠냐고 하자 곽씨가 기뻐하였다. 이때는 조씨의 시비들 중에서 왕래하는 사람이 춘소뿐이었기에 곽씨가 독약을 주어 시험하게 하였다. 조씨가 슬픔과 원한이 더욱 심해갔지만 오히려 식사는 끊지 않아 스스로 몸을 보호하였는데, 이는 마음속의 원한을 씻고 부모님의 얼굴을 한번이라도 보기 위해서였다. 하루는 조씨가 아침 밥상을 받았는데 그릇을 열고 국을 맛보려 했더니 갑자기 독 기운이 코를 거슬렀다. 젓가락을 들어 저으니 색이 변하는 것을 보고 유모를 돌아보며 말하였다.

"내 옆의 시비 중에 간악한 사람이 있어 주인에게 독을 먹이려 하였으니 그냥 두지 못하겠다. 국과 반찬을 주관한 사람이 누군가?"

유모가 아연실색하여 말하였다.

"부인께 드리는 것을 익힐 때에 다른 사람은 아무도 없었습니다."

조씨가 오래도록 묵묵히 있다가 의심이 춘소에게 갔지만 증거를 잡지 못한 일이라서 탄식하며 말하였다.

"내가 덕이 없어 이렇게 되었으니 누구를 탓하겠나? 간사한 사람의 흉계가 백 가지로 나오니 오늘 이후의 해로운 일들을 막지 못할 듯하네. 내가 요새 마음이 더욱 어지럽고 걱정이 많으니 또다시 무슨 변고가 있을까 두렵네. 내가 벌을 받고 있어 시비와 종들이 번거로이 왕래하는 것을 알기가 어려우니, 곁의 시비들은 문 밖으로 나가지 말라고 하게."

또 춘소를 매우 의심스러워하며 말하였다.

"지극히 서러운 마음을 부모님께서 알지 못하시니 춘소와 유모는 진왕부에 나아가 내가 누명을 쓰고 거의 죽게 되었음을 아뢰고 식량을 얻어 오너라."

드디어 한 통의 편지를 완전히 봉하여 주고 유랑에게 춘소를 진왕부로 데려가게 하였다. 그 편지의 내용은, 춘소가 자못 의심스러우니 깊이 가둬 영향을 끼치지 못하게 하시라는 뜻이었다. 정숙렬이 딸의 편지를 보고 춘소의 행실이 통탄할 만했지만 아직은 딸의 말대로 가둬 두기만 하였다. 유모는 돌아왔다. 조씨가 춘소를 보내고 이 어려운 상황에서 벗어날 방도를 생각하고 있었는데, 두부인이 오니 좌우의 사람들을 내보내고 마음속

18 깊은 생각을 의논하였다. 두부인이 깊이 생각하다가 말하였다.

"내가 잠시 상황을 짐작하고 그대를 피신시키려고 했지만 그대가 이 문 밖으로 나가지 않으려 할 듯하여 머뭇거렸는데 지금 이 집에서 일어나는 일이 매우 수상한 데가 많네. 여기서 문을 세 개 지나면 취별당이 있는데 집이 누추하지만 그윽하여 사람들의 발자취가 미치지 않고 단지 하인 4, 5인이 있으면서 베를 짜 바치네. 내가 하인들을 모두 불러 비밀스럽게 분부할 것이니, 만약 갑자기 변고가 있으면 요란스럽게 굴지 말고 취별당에 숨게. 불이 나 집이 사그라졌는데도 사람의 자취가 없으면 그 간사한 사람들이 반드시 의심할 것이지만, 곽씨는 오래지 않아 망할 것이니 잠시 화를 피할 방법을 찾는 것이 좋겠네."

19 조씨가 눈물을 흘리며 사례하여 말하였다.

"부인의 은덕은 제가 백골이 되어서도 잊기 어려울 것입니다. 비록 이 일이 바른 방법은 아니지만 생사가 막중하니 제가 죽지 않고 살아야 할 듯합니다. 간인의 녹한 손에 죽을 수는 없습니다."

드디어 취별당으로 식량을 가져다놓고 몸만 은설정에 있었다. 과연 며

칠이 지나지 않아 불이 은설정 뒤에서부터 일어나 불빛이 하늘에 닿았고
동산 사이에서 자객이 넘어왔다. 유모와 시비 등이 당황하여 분주하게 조
씨를 붙들어 여러 개의 문을 지나 취별당으로 숨었다. 불빛이 활활 타오
르는데 자객이 칼을 들고 달려드니 바깥문에 두어 명의 노복이 지키고 있
다가 불을 보고 바로 달려들었다. 자객을 보고는 도적이라고 외치자 자 20
객이 칼로 찔러 뉘고 담을 넘어 뛰어 달아났다. 잠깐 사이에 은설정이 타
고 후원의 초목에 불이 붙으니 불빛이 백 리에 비쳤다.

이때에 양인광이 망월루에서 여러 창기들에게 가곡을 부르라고 시키
고 술을 마시고 있었다. 밤이 깊었는데 후원에서 불빛이 비치니 매우 놀
라 날듯이 후원으로 들어가 보았다. 은설정 가시문이 터만 남았고 재목
쌓아둔 것은 재가 되었으며, 바야흐로 나무에 불이 올라 연기와 불꽃이
하늘에 닿았다. 인광이 비록 조씨에게 정이 없고 원수가 되었지만 그녀가
있던 집이 터만 남은 것을 보고 분명히 화염에 재가 되고 몸과 뼈가 다 타 21
버렸을 것을 생각하니 놀라지 않을 수가 없었다. 생각하기를, '그의 지난
날의 죄가 비록 크지만 이렇듯 불에 참혹하게 죽은 것도 놀랍다. 누가 이
깊은 곳에 불을 질렀을까? 시비와 종들이 잘못하여 불을 내고 당황하여
우왕좌왕하다가 화염에 막혀 죽었구나.'라고 하였다. 이에 급히 바깥채의
노복들을 불러 불을 끄라고 하니, 잠깐 사이에 많은 종들이 한꺼번에 모
여 불을 끄며 말하였다.

"이상하다. 이 후원에 누가 불을 놓았을까? 바깥사람이면 불을 지를 일
이 없으니 어떤 내통이 있었을 것이다."

두루 살펴보니 사람의 시신은 없었다. 양인광이 의심하며 몸소 찾아보
았지만 사람 탄 것은 없었다. 혹시 조씨가 괴로움을 견디지 못하여 은설 22

정에 불을 놓고 시비와 함께 담을 넘어 진왕부로 도망갔는가 싶어 놀라운 마음이 가득하였지만, 부모님께서 주무시는 때라 불을 끄고 나서 해월정으로 내려왔다. 곽씨가 아이를 데리고 놀고 있어 인광이 흔연스럽게 아끼며 아이를 사랑하니, 곽씨가 어찌하여 지금 주무시지 않고 다니느냐고 물었다. 양인광이 후원에 난 불을 끄러 왔다고 하면서, 은설정이 터만 남고 조씨와 시비들의 넋이 화염의 재가 됨을 보니 그 죄는 만 번 죽어도 남음이 있지만 참혹하게 죽은 것을 보니 잠이 오지 않는다고 하였다. 곽씨가
23 잠시 웃음을 띠니 양인광이 웃으며 말하였다.

"부인이 인자하다고 생각했는데 원래 모진 사람이었소? 그녀가 적국이기는 하지만 사람이 갑자기 불탔다는 소식을 듣고 웃으니 인자한 거동이 아니군요."

곽씨가 흔연히 탄식하며 말하였다.

"군자가 조씨를 어떤 여자라고 생각하십니까?"

인광이 음란하고 못된 간사한 사람이라고 말하자, 곽씨가 말하였다.

"그 여자는 음란하고 못됐을 뿐 아니라 모략도 많습니다. 지난번에 들으니 맹생이 왔다고 하던데 아마도 함께 도주했나 봅니다. 진왕부로 갔을 리가 없습니다. 조부의 사람들은 모두 군자이니, 어찌 그 여자의 어질지 않음을 용납하겠습니까? 아마 간통한 사내 때문에 불을 지른 것일 테니, 이후 두 가문에서 일어날 화를 측량하지 못하겠습니다. 그
24 런데 군자께서 그녀가 불에 탔는가 여기시니, 제가 적국의 일이라 입을 다물고 있었습니다. 하지만 일이 이렇게 되었으니 어찌 숨기겠습니까?"

인광이 듣고 나서 꿈이 깬 듯하여 "과연 부인이 총명하여 사리를 꿰뚫

어 보는군요. 내가 마음이 약해서 진왕의 얼굴을 보고 죽이지 않았다가 음란한 여인의 욕심을 채우게 했으니 누구 탓을 하겠습니까?"라고 하였다. 통분하면서 잠을 못 자고 있다가 다음날 아침에 어젯밤 일을 부모님께 고하니, 양공 부부가 크게 놀라며 탄식할 뿐이었다.

양인광이 조씨 집안에 이르러 진왕 형제와 인사를 나눈 뒤에 조씨가 도주했음을 전하고 탄식하며 말하였다.

"제가 대왕의 두터운 은혜에 감격하여 음란한 아내를 죽이지 못하여 그녀가 간통한 사내를 따라 도주하였으니 조씨와 양씨 두 가문의 맑은
덕을 상하게 되었습니다. 그러니 어찌 부끄럽지 않겠습니까? 혹시 이 25
곳에 왔는지 궁금합니다."

진왕이 한바탕 웃고 말하였다.

"내 딸을 내가 낳았지만 마음을 낳지는 못하였네. 내 집에 있을 때에는 열녀의 높은 절개가 얼음 같았는데 그대의 집에 가서는 소행이 그러하니, '촉나라의 귤이 제나라로 옮겨가면 탱자가 된다.'고 한 말과 같네. 그 고장으로 들어가면 그 지방의 풍속을 따르게 된다고 하는 것처럼 그대의 집을 닮아 그러하니 나에게 할 말이 아니네. 그런 자식은 생사에 놀라움이 없다네. 내가 이미 딸 하나를 그대에게 맡겼으니 생사가 그대의 손에 있네. 나에게 말할 바가 아니네."

말을 마치고 나서 꿋꿋한 모습으로 단정히 앉아 있으니, 양인광이 참담한 안색으로 묵묵히 있었다. 초공이 천천히 탄식하며 말하였다.

"네가 월염이 도주한 것을 어떻게 아느냐?" 26

양인광이 대답하였다.

"공연히 밤에 사다리를 세워두고 간 곳이 없으니 어찌 간부를 좇아 간

것이 아니겠습니까?"

초공이 말하였다.

"십 년 동안 가르친 것이 그림의 떡이 되었으니 정말로 부끄럽다. 군자
의 수신제가(修身齊家)는 나라를 다스리고 천하를 평정하는 근본인데,
이제 임금을 섬겨 정치하는 것과 충성과 효도가 없어졌구나. 월염이 6
년 동안 누명을 쓰고 있었지만 어찌 평생 행하던 도리를 허물었겠느
냐? 또 밖으로 통하지 못하는데 어떻게 맹생의 거처를 들었겠으며, 비
록 도주했더라도 종적을 남기지 않고 갔어야지 일부러 사다리를 세워
두어 달아난 것을 남들이 알게 했겠느냐? 이는 삼척동자라도 속지 않
27 을 일이다. 고삐가 기니 분명히 몇 개월 이내에 조카의 생사 유무와 불
이 났을 때에 담을 넘어 들어갔던 자를 찾아낼 것이다. 괴롭게 여러 말
하지 않겠다. 너 또한 사람을 알아보는 눈이 없어 이 지경이 되었으니
안타깝다."

말을 마치는데 기운이 평안하고 눈동자가 단정하고 위엄이 있으니, 양
인광이 괴롭고 화가 나 묵묵히 탄식하다가 하직하고 돌아갔다. 진왕이 초
공에게 말하였다.

"인광의 말과 같다면 딸아이가 화염에 불탔을까, 아니면 도적에게 잡혀
갔을까? 아우의 생각에는 어떠하냐?"

초공이 대답하였다.

"생각하건대 집이 타기는 했지만 조카는 분명 피신한 것 같습니다. 양
씨 가문이 지금까지도 남녀노소 할 것 없이 정신이 혼미하여 보리와 콩
28 도 분별하지 못하는 것 같으니 쓸데없는 말은 무익합니다. 조카아이가
분명히 그 집에 숨어있는데 식구들은 모르는 눈치이니 오래지 않아 발

각될 것입니다."

진왕이 머리를 끄덕이며 말하였다.

"내 생각과 같구나. 월염이 끝까지 박복하여 참혹하게 죽을 관상은 아니라고 하더라."

이때에 조씨가 취별당 깊은 곳에 숨어 재앙을 피하였다. 취별당 시비
를 엄하게 단속하여 다른 사람에게 말하지 말라고 하고 자기의 양식으로
비밀스럽게 이어갔으니, 곽씨가 어떻게 알겠는가? 그녀가 타 죽지는 않았
으니 반드시 조부로 도망했을 거라고 생각하면서, 그녀가 아직 죽지 않았
을 것이니 다시 흉계를 꾸며 조씨의 남은 목숨을 끊는 것을 도모하였다.
모든 것이 반드시 가득 차면 넘치고 길면 밟힌다고 했다. 29

이때 곽후가 딸의 소원대로 딸을 인광의 두 번째 아내로 보낸 후에 양인광의 조강지처가 진왕의 딸임을 듣고 딸에게 가르치기를 삼가 화목하고 우애하라고 당부하였었다. 곽씨가 기뻐하며 명을 받들었으니 누가 그녀가 백만 가지 흉한 계교를 만고에 더 없을 정도로 꾸며냄을 알겠는가? 곽씨가 어머니의 병 때문에 몇 개월 친정으로 가 있었는데, 곽후는 곽씨가 가짜 아들을 얻었음을 아득히 모르기에 아이의 빼어남을 매우 사랑했으나 사위와는 딴판임을 이상하다고 여겼다.

곽씨가 며칠을 머물었는데, 취파에게 천금을 주면서 사람의 해골을 사
오게 하였다. 곽부의 시종인 인충이 불의하고 재물을 탐하는 사람이므로
그에게 백금(百金)을 주고 사람의 머리를 베어달라고 하였다. 인충이 제 30
안을 수락하였지만 해골을 쉽게 구하지 못하고 있었다. 취파가 급하여 날
마다 재촉하니 인충이 멀리 다니기를 싫어하여 자기 동료 중 나이 많고
연약한 사람과 한 방에서 자다가 그 멱을 먼저 찌르고 목을 베어다가 취

파에게 주었다.

죽은 종의 딸 요양은 영리한 아이인데 취파가 인충과 함께 말할 때에
스쳐 듣고는 자기 아버지를 벨 것은 생각지도 못하였다. 다만 중대한 말
이니 못 들은 체했었는데, 다음날 자고 일어나니 자기 아버지가 칼에 찔
려 죽어 있었고 머리가 베어져 있었다. 요양이 매우 놀라고 망극하여 시
신을 붙들고 통곡하다가 아버지가 인충과 한 군데에서 자다가 이런 변이
31 났으니 인충이 의심스러워 그를 이끌고 곽후께 가서 억울한 사정을 고하
였다. 취파의 말을 낱낱이 아뢰니 곽후가 크게 놀라며 급히 인충을 추궁
하여 물었다. 취파가 인충이 형벌을 받는 것을 알고 크게 놀라 곽씨에게
하직하고 도주할 차비를 하는데, 범 같은 나졸들이 한 발짝도 떼지 못하
게 하여 끌어다가 인충과 한 곳에서 추궁하는데 살가죽이 떨어지고 유혈
이 낭자하였다. 곽후가 본래 현명하고 정숙하며 모든 행실이 남들보다 뛰
어났다. 이전 왕이 계셨던 때에 초국공이 곽후와 함께 태자의 목숨을 구
한 적이 있으므로[223] 서로 마음을 아는 벗이 되었었기에 오늘 사고를 애
통해 하며, 매를 한 대 칠 때마다 심하게 추궁하며 매섭게 호령하였다. 인
충이 크게 울면서 바른 대로 실토하니, 또 취파를 엄하게 벌주며 문초하
였다. 취파가 엎드려 자백하였다.

32 "제가 곽부인을 모시고 양부에 갔는데, 양병부의 정실인 조씨가 진왕
의 딸로 얼굴이 만고에 없을 정도일 뿐만 아니라 재주와 용모가 빼어나
고 인자하며 공손함이 당대에 짝이 없을 정도였습니다. 또한 성실한
마음과 정숙한 덕이 태사(太姒) 이후에 찾아볼 수 있는 단 한 명의 사람
이어서 우리 주인과 비교하면 백 배나 나았습니다. 더군다나 민지 아

223) 이전 ~ 있으므로 : 『조씨삼대록』의 전편(前篇)인 『현몽쌍룡기』에서 나왔던 내용임.

들을 낳아 시부모님의 사랑과 양병부의 후대함이 그 한 몸에 오로지 다 있는 상황에서 우리 주인이 뒤에 들어갔으므로 자취가 서먹하고 소외되어 골수에 사무치는 듯했습니다. 그래서 먼저 단약 세 가지로 병부 어르신께 먹여 마음이 바뀌게 하고 나서 문객 중 맹훈이라는 사람에게 천금의 뇌물을 주고 이렇게 저렇게 하여 간부의 편지와 이에 화답하는 글을 만들어 양인광이 보게 하였습니다. 그 후 맹가에게 앵앵을 주어
멀리 보내고 나서는 또 단약을 구하여 양공 부부께 먹여 마음과 정신 33
을 혼미하게 하였습니다. 또한 심복인 시녀에게 단약을 먹여 조씨의 얼굴로 바꾼 후 양공 부부에게 욕하고 우리 주인을 마구 때리게 하여 양병부의 화를 돋우었습니다. 그리하여 정실 자리를 빼앗은 후 조씨를 후원의 은설정에 안치하고 그 시녀인 춘소와 결탁하여 조씨의 어린 아들에게 독을 먹이니 며칠 후에 죽었습니다. 그 후 후원에 불을 질러 놓고 자객을 들여보내 조씨가 만약 아직 타 죽지 않았으면 칼로 베라고 하였습니다. 하지만 저는 자객이 돌아왔는지는 알지 못하고 조씨와 시비들이 어디로 갔는지도 모르겠습니다. 그러나 분명히 죽지 않았을 것
이기에 영영 죽기를 밤낮으로 꾀하여 무고(巫蠱)[224]를 하려고 사람의 34
해골을 구하기 위해 인충에게 천금을 주고 부탁했습니다. 그런데 미처 흉한 일을 행하지 못하고 이처럼 사실을 조사하니 어찌 터럭 하나라도 속이겠습니까? 또 우리 주인이 아이를 낳지 못하여 천금을 주고 김공의 아들을 사다가 우리 주인이 낳은 체하여 양병부와 태사 부부께서 사랑하게 하였습니다."

또 양인광이 은설정에 식량을 보내는 것을 중간에 탈취하여 모래를 보

224) 무고(巫蠱) : 사람을 저주하는 일.

냈던 말까지 낱낱이 실토하니, 곽후가 크게 놀라며 아연실색하여 명백하게 추궁해 죄상을 조사한 뒤에 못된 취파의 초사(招辭)[225]를 가지고 양부에 이르러 양공을 보고 탄식하며 말하였다.

"무슨 면목으로 서로 마주보겠습니까? 오직 죄를 청합니다."

35 양공이 크게 놀라며 이유를 물으니, 곽후가 소매 안에서 취파의 초사를 꺼내어 그에게 전하고는 탄식하였다.

"불초하고 못된 딸이 높으신 가문을 어지럽히고 귀한 손자의 비단 같은 자질을 흉한 손에 마치게 하였으니 이는 모두 제가 어질지 못한 탓입니다. 하물며 조부인은 법도 있는 높은 가문의 요조숙녀인데 허다한 악행을 다 무릅썼으니 이는 모두 간악한 제 딸의 죄입니다. 흉악한 사람과 간악한 시비를 죽여 귀한 손자가 억울하게 죽은 것을 갚으시고, 귀한 재상 가문의 이러한 변고를 해결하십시오. 또 태원 김공이 아들을 절실히 바라 아들 하나를 얻었는데 양씨 가문에 팔려 왔으니 천륜이 어그러지고 사람의 도리가 우습게 되어 거룩한 임금이 계시는 세상의
36 교화에 불행이 큽니다. 제가 어찌 자식의 일이라고 덮어 두겠습니까? 형님께서는 밝게 처리하여 인륜을 안정시키고 조부인 가슴속의 원한을 씻어주시는 일을 지체하지 마십시오."

양공이 이 말을 듣고 자백문을 보니 두 눈이 번쩍 뜨이고 놀랍고 분하고 참담하여 얼어붙은 듯 말을 못하다가 탄식하며 말하였다.

"과연 조씨 며느리가 들어와 여인의 사덕(四德)이 있고 정숙하며 질투함이 없었고 따님이 들어와서도 화목하고 우애하는 덕이 있었으니 이럴 줄은 몰랐습니다. 허다한 참변이 우리도 사리에 어두워 연기와 안

225) 초사(招辭) : 죄인이 범죄 사실을 진술하는 말.

개 가운데에 있는 사람같이 된 상태에서 일어났나 봅니다. 조씨를 가
두고 따님에게 정실 자리를 주었는데, 오래지 않아 조씨의 어린아이가
죽으니 우연한 질병인 줄 알았습니다. 변고가 이러한 것이 어찌 한낱
따님의 허물이겠습니까? 실로 내가 현명하지 못함과 우리 아들이 집안 37
을 다스리지 못했기 때문입니다. 어찌 따님을 친히 죽여 골육상잔을
자임하시려 합니까? 단지 우리 가문이 결단하여 간사한 시비를 베어
손자의 원수를 갚을 것이니 별도로 처리할 필요가 있겠습니까? 내 집
의 일 처리가 밝지 못하여 조씨 며느리가 간 곳을 모르니, 불 가운데에
서 살라져 죽지 않았으면 반드시 자객에게 찔려 죽었을 것입니다. 진
실로 진왕을 대할 낯이 없고, 또 천 대(代)에 박덕하다는 죄명을 스스로
만든 것이기에 무슨 면목으로 사람들을 대할지 모르겠습니다. 태원 김
공은 어린아이를 잃기는 했어도 요행히 다시 상봉하겠지만, 우리 아들
부자는 다시 만날 날이 없으니 속절없이 어린아이의 원혼이 하늘에 비 38
껴 저희 부자의 현명하지 못함을 원망하지 않겠습니까?"

말을 마치고 한숨쉬며 길게 탄식하는데 눈물이 연이어 흘러내렸다. 곽후가 매우 부끄러워하며 참담해 하는데, 갑자기 병부 양인광이 들어와 곽후를 보고 인사를 하였다. 인사를 나눈 뒤 양공이 취파의 초사를 인광에게 주며 길게 탄식하기를, "너와 내가 무슨 낯으로 사람들을 보겠느냐? 조씨의 생사와 거처를 모르니 또 뭐라고 할 수 있겠느냐?"라고 하였다. 양인광이 급히 보고는 뼈가 쭈뼛하고 정신이 놀라웠다.226) 곽후가 취파와 간사한 노비가 사람의 머리를 도적질하여 무고(巫蠱)를 행하려 하는 것을 발각해 내서 엄하게 형벌을 가하고 문초하여 자백문을 낱낱이 받아 명백

226) 뼈가 ~ 놀라웠다 : {골경신히[骨驚神駭]}.

39 하게 조사한 일을 일일이 전하였다. 양인광이 듣고 분노를 이길 수가 없었고 안타깝고도 놀라웠으며 아들이 참사를 당한 것이 새롭게 분하여 탄식하며 말하였다.

"오늘 그 흉한 여자의 초사와 따님의 악행들을 들으니 저의 수신제가(修身齊家)를 남들에게 들리게 하지 않아야겠습니다. 무슨 면목으로 세상에 서겠습니까? 또 김씨의 아들을 얻어다가 시댁을 속인 것은 인륜을 어그러뜨린 변고이니 당당히 상께 고하여 이 분함을 씻을 것입니다."

곽후가 탄식하며 말하였다.

"네가 어찌 그렇게 생각할 수가 있느냐? 내가 이제 너와 장인과 사위 간의 의리는 끊어졌지만 예전에 친했던 의리를 생각하여라. 불초한 딸의 죄는 죽어도 씻을 수 없지만 법사(法司)[227]에 고하는 것도 유익함이
40 없을 것이다. 내 딸과 간사한 종을 죽이고 안 죽이고는 너와 나의 손바닥 안에 있으니, 어찌 임금님을 번거롭게 하겠느냐? 부끄러운 바는 곽씨 가문이 대대로 명문가였는데 이렇게 윤리를 어지럽히는 일이 생겼고, 양씨 가문도 높고 큰 가문인데 집안의 변고가 놀랄 만하니, 과연 어떻게 하는 것이 좋겠느냐? 깊이 생각하여 진왕 형제와 의논해 보도록 해라."

인광이 사례하며 말하였다.

"저의 지극히 원통한 바는 아이의 원한입니다. 그러나 공의 가르침이 이와 같으시니 취파 흉인을 이리로 보내시면 제가 시원스럽게 죽여 아이의 원수를 갚겠습니다. 따님의 생사 처리는 제가 알 바가 아니니 알

227) 법사(法司) : 나라의 재판 등의 업무를 맡아보던 곳.

아서 처리하십시오.”

양공이 슬피 탄식하며 말하였다.

“물이 엎어졌으니 굳이 한 여자를 죽일 필요가 있느냐? 김씨 아이는 이
제 제 집으로 보내라. 다만 내 집의 종손을 죽였으니 통한이 깊고, 조 41
씨 며느리의 생사를 모르니 진왕 형제를 볼 낯이 없다.”

곽후가 매우 탄식하고 부끄러워하며 온 얼굴에 근심을 띤 채 하직하고 돌아왔다. 취파를 양부로 보내고 나서 중청(中廳)에 앉아 한 그릇 독약으로 곽씨를 죽이려고 하는데 노기가 등등하고 위엄이 매우 엄했다. 곽후의 부인이 가슴을 두드리며 통곡하면서 말하였다.

“그 아이의 죄는 비록 죽여 마땅하지만 어찌 차마 자식을 독살하겠습니까? 차라리 깊은 당에 가둬 스스로 죽게 하는 것이 옳습니다. 끝내 죽이시려면 제가 먼저 죽어 나쁜 광경을 보지 않겠습니다.”

모녀가 붙들고 실성통곡하니, 곽후가 분기가 탱천했지만 부녀는 천륜 42
이라 차마 죽이지 못하고 한 간 깊은 당에 가둬 부인도 왕래하지 못하게
하면서 스스로 죽기를 바랐다.

김씨 아이가 바야흐로 걸음을 걸으며 말을 하여 총명한 기운이 사람을 감동시켰다. 곽후가 김학사와 나이가 비슷하지는 않지만 서로 친함이 관포지교(管鮑之交)와 같았기에 두어 줄 글을 써 김학사가 자기 집으로 오기를 청하였다. 김학사가 즉시 오자 인사를 나눈 후에 아이를 내어주며 말하였다.

“이 아이는 내가 얻은 아이입니다. 형이 지금 대를 이을 자손이 없다고 하니 이 아이를 수양아들로 삼아 김씨 성을 줌이 어떠합니까?”

김학사가 눈을 들어 보니 몇 살 남짓한 옥동자의 얼굴이 깨끗하고 시원

43 스러우며 골격이 비상하여 난새와 봉황이 단산(丹山)에 오르고 기린이 이
세상에 내려온 것 같았다. 그런데 자기의 모습이나 유부인의 아리따운 모
습과 비슷하였다. 그 전에 유부인이 해산할 때에 잠시 나갔다가 돌아오니
그 어머니가 못쓸 것을 낳았다면서 없앤다고 했었고 유부인은 입을 열지
않고 눈물을 흘렸었다. 그래서 김학사가 기미를 알아채고 매우 놀라 밥을
먹지 못하고 잠을 자지 못한 지 3년이 지나도 밤낮으로 잊지 못하여 자나
깨나 맺힌 한을 지니며 부부 모두 자기 골육을 어디에 던졌는지 몰라 슬
퍼했었다. 그러던 중 곽후의 말을 듣고 취한 듯 홀린 듯한 중에 옥동자를
44 보니 그 어린아이가 자기와 비슷하게 생긴 것에 놀라 얼른 아이를 앉고
물었다.

"형님이 아이를 어디에서 얻으셨습니까? 그 근본을 자세히 말해주십시
오."

곽후가 길게 탄식하고 나아가 앉아 나직이 말하였다.

"내 팔자가 기구하여 불초한 딸아이에게 이런 변고가 있어 부끄러움을
비할 데가 없습니다. 또 양인광의 아들이 참혹하게 죽음을 생각하면
가슴이 막혀 말을 이루지 못하겠으니 무슨 면목으로 사람을 대하겠습
니까?"

김학사가 참담하고 한탄스러움을 이기지 못하면서도 놀라고 기뻐하며
말하였다.

"어머니께서 병이 깊으시어 이부자리에서 떠나지 못하시고, 내가 나간
사이에 아내가 해산하니 사나운 시비가 이 일을 내통하여 이런 변고가
45 생겨 여기까지 이르렀으니 어찌 슬프지 않겠습니까? 저희 부자가 상봉
하게 된 것은 형님의 크신 은혜이십니다. 세 살까지 길러주시니 그 은

혜가 어찌 크지 않겠습니까?"

곽후가 탄식하며 말하였다.

"형에게는 좋은 일이 되었지만, 양씨 가문에서는 그 골육이 독살되었으니 어찌 놀라고 두렵지 않겠습니까? 내가 오히려 마음이 약하여 간악한 여자를 죽이지 못함을 부끄러워합니다."

김학사가 탄복하고 사례하며 다행스럽고 기쁨을 말로 형용하기가 어려웠다. 즉시 아이와 유모를 데리고 자기 집으로 돌아와 어머니인 성부인께 고하기를 "제가 지금 후사가 없으니 먼 친척의 아이를 얻어와 후사를 이으려 합니다."라고 하였다. 성씨가 곧이듣고 양씨 집에 팔았던 아이임은 생각도 못하였다. 김학사가 아내인 유부인을 대하여 남몰래 곽후가 46
하였던 말과 아이를 다시 찾은 말을 낱낱이 하였다. 유부인이 꿈을 깬 듯 놀라며 슬픔과 기쁨을 이기지 못하였다. 이후로는 밤낮으로 아이 곁을 떠나지 않고 재앙을 미리 막으면서 길러 나중에 조씨의 딸과 혼인하게 하였으니 그 아이의 이름은 김문창이었다. 그 이야기는 『충의록』에 있는데, 김학사가 양병부에게 딸을 주지 않자 문창이 그의 문생으로 있다가 사위가 되었다.

차설. 양인광이 곽후를 돌려보내고 나서 분하기도 하고 아이가 참사함을 생각할수록 놀라워 눈물을 금치 못하였다. 자기가 집안을 잘못 다스린 한이 가슴에 사무쳤으며 무죄한 숙녀를 모함하여 누명을 씌워 천고에 없 47
는 변고를 만들어 조씨의 생사를 모른다고 생각하니 눈물이 새롭게 흘러 비단 도포를 적셨다. 양태사 또한 자기 부자의 박덕하고 무식함에 입이 쓰고 놀라움이 심하였으며, 진왕 형제에게 조씨가 어디로 갔다고 할지 더욱 막막했다. 그 아내인 조군주가 이 소식을 듣고 참담해 하며 놀라워했지만, 며느리인 두씨는 입이 무거운 부인이기에 조씨가 별당에 있음을 말하지 않았다.

이날 두씨가 남몰래 별당에 갔는데, 조씨는 화재를 당한 후에 마음이 평안하지 못하고 자기의 액이 매우 깊음을 생각하고 있었다. 그래서 자신
48 의 누명을 씻으면 결단코 목숨을 마쳐 세상일을 잊으면 좋겠다고 생각하였다. 하지만 지금 죽으면 누명을 씻지 못하고 부모님도 뵙지 못하니 죽더라도 옳은 귀신이 되지 못할 것이라고 여겼다. 하지만 밤낮으로 생각하여도 누명을 씻을 길이 아득하니 음식을 먹지 못하고 잠도 자지 못하면서 슬프고 참담하며 분한 마음을 안정시키지 못하고 있었다. 그런데 문득 두부인이 오니 반가움을 이기지 못하여 그녀를 맞아 자리에 앉으니, 두부인이 탄식하며 말하였다.

"천지신명이 밝게 도우시어 그대의 누명을 씻어주시어 액이 다 사라지고 복록을 누릴 날이 머지않았으니 기쁘지만, 어린아이가 독약을 먹고
49 참혹하게 죽은 일을 생각하면 어찌 참담하고 슬프지 않겠는가?"

말을 마치면서 눈물을 줄줄 흘리니, 조씨가 슬픈 눈물을 머금고 물었다.

"부인의 말씀은 무슨 말씀이십니까?"

두부인이 대답하기를 곽씨의 전후 악행과 취파의 초사를 일일이 말하고 김공이 그 아들을 찾아간 말도 전하니, 조씨가 홀린 듯 취한 듯 말을 못하였다. 한참 후에야 실성하여 슬피 울면서 말하였다.

"저의 액이 남달라서 천고에 없는 변을 당하여 남은 목숨을 보존하고 있지만, 아이는 어미의 액 때문에 독약에 참혹하게 죽었으니 슬프고 비통함을 어찌 견디겠습니까?"

말을 마치는데 오장이 찢어지는 듯하여 붉은 피를 토하며 혼절하니, 유
모와 시비들이 당황하고 놀라 급히 구하였다. 이윽고 정신을 차리자 또 50
슬피 우니, 두부인이 위로하여 말하였다.

"부인은 너무 슬퍼하지 말게. 그것도 또한 운명이네. 또 죽은 사람은 다시 살아날 수 없으니 너무 슬퍼하지 말고 몸을 보중하여 부귀를 받음이 유익하네. 내 말대로 하게. 이제 그 누명을 벗었으니 이 곳에 있지 말고 진왕부로 돌아가 일이 진정되면 다시 만나는 것이 좋겠네."

조씨가 대답하였다.

"부인이 이처럼 가르침을 주시니 감동하였습니다. 내가 결단코 간사한 시비 춘소를 죽여 아들의 원수를 갚으려 합니다."

두부인이 가마 매는 사람과 약간의 시비들과 함께 조씨를 진왕부로 돌
려보내는데, 양공과 양인광이 잠든 때를 틈타 교자를 내어보냈다. 종들 51
에게 거듭 당부하되, 조씨가 자기 집으로 간 것을 발설하지 말라고 하였다. 원래 조씨가 아랫사람을 다스리는 정이 너그럽고 후덕하였기에 종들이 모두 그 덕을 알았다. 그녀가 억울하게 당하고 참담해했던 바를 생각하니 마음이 자연 감동하여 말투와 얼굴빛을 전혀 비치지 않았으니, 누가 알겠는가? 조씨가 두부인이 전하는 말을 듣고 나서 양인광의 미치고 패악한 거동을 대하기 싫고, 또 두부인이 모든 일을 주도면밀하게 하므로 그 명을 좇아 집으로 돌아왔다.

이때 진부에서 월염이 천고에 없던 환란 중에 또 불이 나는 변고를 당
하여 화염에 휩싸여 재가 되었는지 자객의 칼에 죽었는지 생사와 거처를
몰라 불쌍하고 놀라움을 견디지 못하고 있었다. 그러던 중 모든 양부의 52
노복들이 월염 소저[228]를 모시고 오니 놀라고 기뻐 그 이유를 물으니 시

비가 아뢰었다.

"화염 중에 두부인이 구하시어 취별당에 은신하였다가 지금 두부인 분부로 비밀스럽게 보내시기에 모셔왔습니다. 다른 일은 자세히 모릅니다."

진왕과 정숙렬이 조소저를 보니 꽃 같던 얼굴이 초췌하고 두 눈에 근심이 가득하였다. 정숙렬이 소저의 손을 잡고 실성하여 슬피 울면서 말하였다.

"내가 네 얼굴을 산 채로 못 볼 줄 알았는데 의외에 네 얼굴을 보니 죽어도 한이 없다."

53 눈물이 마구 흐르니 소저가 슬픈 눈물을 금치 못하여 다시 절하고 고하였다.

"불초한 여식이 운명이 기박하여 천고에 없는 화와 남들이 침 뱉을 누명을 몸에 쌓았습니다. 죽기를 사양하지는 않았지만, 누명을 씻지 못하고 부모님의 얼굴을 뵙지도 못하면 죽어도 원혼이 될 듯하기에 남은 목숨을 구차하게 도모하였습니다. 아이가 참혹하게 죽은 것을 생각하면 오장이 찢어지고 피눈물이 솟아나지만, 어머니께서는 이 불초한 딸의 박명을 너무 심려하지 마십시오."

정숙렬이 탄식하며 말하였다.

"이리로 온 것은 무슨 이유 때문이냐?"

조소저가 엎드려 대답하기를, 곽씨의 악행들과 취파의 초사 등을 일일이 아뢰고 어린아이가 독약 때문에 참사한 것은 시비 춘소에게 뇌물을 주

228) 월염 소저 : 이전에서는 '조씨'라고 칭하였으나, 앞으로 전개되는 장면에서는 친정 부모와의 대화가 많으므로 관계를 고려하여 이같이 옮김.

어 죽인 일이라고 낱낱이 고하였다. 정숙렬이 듣고 참담하고 애통하며 54
놀라워 한참 있다가 한숨 쉬며 탄식하였다.

"그것도 역시 하늘의 뜻이요, 운명이다. 너의 액이 이 정도일 줄 어떻게 알았겠느냐? 지금의 네 액은 다 사라져 누명을 깨끗이 씻었지만, 어린 아이는 이미 참혹하게 죽었으니 놀라움을 비할 데가 없다."

소저가 눈물을 비처럼 흘리며 흐느낄 따름이었다. 진왕과 초공이 소저를 보고 길게 탄식하며 말하였다.

"너의 액이 남달라서 난리를 겪었는데 이 역시 하늘의 뜻이다. 너는 마음을 돌려 몸을 보중하여라."

소저가 다시 절하며 엎드려 죄를 청하면서 말하였다.

"불초한 딸의 운명이 기구하여 많은 변란을 겪는 가운데에 어린 아들
의 참담했던 광경은 사람이 목석이 아니라면 견딜 수가 없는 것이었습 55
니다. 아버지와 어머니의 가르침을 본받지 못하고 불효가 매우 크오니 만 번 죽어도 아깝지 않습니다."

초공이 말하였다.

"그 일들은 조카의 잘못이 아니다. 너의 액이 잠시 범상하지 못하여 그런 변란을 겪었으니, 어찌 너의 탓이겠느냐? 너는 몸을 보중하여라."

소저가 옷깃을 여미고 절하며 말하였다.

"숙부님의 가르침이 이와 같으시니 그대로 하겠습니다."

정숙렬이 시비에게 명하여 소저를 선월정 침소에 모시라고 하고, 유모와 너댓 명의 시비들과 함께 선월정으로 돌려보냈다. 소저가 하직하고 선월정으로 돌아와 옛 일을 생각하느라 잠을 이루지 못하고 있는데, 문득
새벽닭이 새벽을 알렸다. 슬픈 마음이 이리저리 얽히어 눈물이 마구 흐 56

르는데, 동쪽 창이 이미 밝았다. 유모와 함께 담소하는데 능백 운현이 아침 인사하러 가는 길에 이르렀다. 소저가 자리를 잡아 앉은 후 운현이 미소 지으며 말하였다.

"누이는 액이 사라지고 누명을 씻었으니 복록을 누리면서 영화롭게 될 날이 머지않았습니. 치하합니다."

소저가 눈물을 머금고 대답하였다.

"복록을 본다고 한들 어떻게 오장에 맺힌 한을 풀겠느냐? 어린 아들이 참혹하게 죽은 것을 생각하면 영화로움이 아무리 지극해도 마음의 슬픔이 한이 없을 듯하다."

슬피 울며 눈물을 흘리니 운현이 위로하였다.

이때에 양인광이 조씨의 거처를 몰라 슬픈 마음이 마구 솟아나 사방으
57 로 살폈지만 조씨의 자취를 알 길이 없었다. 조씨가 밤낮으로 탄식하면서 침식을 평안하게 하지 못함을 운현이 알고 선월정에 들어가 누이를 보고 웃으며 말하였다.

"지금 들으니 양인광이 마음이 어지럽고 누이의 생사와 거처를 몰라 초조해 한다고 합니다. 누이가 여기에 온 것을 말하지 말고 우리 함께 그의 마음을 졸이게 해봅시다."

좌중이 모두 뛸 듯이 좋아하면서 그러자고 하였다. 진왕과 초공이 웃으며 말하였다.

"그를 애타게 하여 속일 일은 아니다. 아직 월염의 미간에 푸른 기운이 맺혀 있으니, 보통 사람들은 몰라보지만 실은 서너 달의 액이 남아 있다. 아직 부부가 화합할 때가 아니니니 우리 집에 조용히 있으면서 액을 마저 소멸하고 길운을 기다려라. 두씨가 과연 여자 중의 제갈량이다.

너를 보낸 이유가 심상치 않으니 그 뜻을 따르는 것이 마땅하다." 58

여러 사람들이 모두 진왕과 초공을 아름다운 신명 같다고 여겼기에 이 말을 확실히 믿어 소저를 깊이 가두어 보호하였다. 정숙렬이 탄식하며 말하였다.

"어찌 춘소에게 벌주어 묻지 않고 가둬 두라고 하였느냐?"

소저가 탄식하며 말하였다.

"우리 집에서 벌주어 자백을 받더라도 시비에게 가혹하게 형벌을 가해 무고한 종을 모해하여 누명을 벗으려 한다고 할 것이니 부질없을 듯했습니다. 요망한 시비 춘소가 어린아이에게 독을 먹였으니 저 춘소가 원수입니다. 이 때를 맞아 양부로 보내십시오. 흉인 취파와 한 곳에 모
이면 아마도 명명정대하고 순조롭게 누명을 벗고 어린 아들의 원수도 59
갚을 수 있을 것입니다."

좌우의 사람들이 칭찬하며 말하였다.

"네 말이 지극히 원대하구나. 이런 식견으로도 어린 아들을 참혹하게 잃고 참담한 욕을 당했으니 여자로 난 것이 어찌 두렵지 않겠느냐?"

소저가 길게 탄식하였다. 소저가 다시 선월정을 지키면서 번거롭게 출입하지 않았다. 여러 아우들을 거느리고 마음을 위로하였으나, 마음 한편에 애통해 하는 것은 어린 아들의 죽음이었다. 아들의 죽은 넋을 부르지 못하고 눈물을 흘려 뺨에 무수히 흘릴 뿐이었다. 진왕이 춘소를 양부에 보내면서 말하기를, 이 간악한 시비를 벌주면 내 딸의 거처를 알게 될 것이라고 하였다.

이때에 양인광이 봄꿈을 막 깨니, 조씨의 슬프고도 원망하는 듯했던 60
모든 거동이 새롭게 슬퍼 종일토록 길게 탄식하고 잠깐씩 근심하였다. 곽

부에서 취파 흉인을 잡아 보내니 인광이 급한 심성으로 슬픔이 뼈에 사무
쳐 심하게 형틀을 차리고 그녀를 잡아들여 전후의 간악한 죄상을 문초하
였다. 깨진 다리에 다시 엄한 형벌을 가해 뼈마디가 산산이 부서지고 피
부와 살이 떨어져 나가니 목석이 아닌 사람이 어떻게 견디겠는가? 취파가
전후의 악행들을 낱낱이 사실대로 바로 말하니, 인광이 매우 화를 내면서
춘소를 찾아 물을 길이 없어 침울해 했다. 그러던 중 진부에서 춘소를 매
61 어 보냈으니 취파와 한곳에서 엄한 형벌로 문초하였다. 두 간악한 시비
가 입으로 흐르는 말이 말마다 뼈를 놀라게 하고 정신을 놀라게 하는 것
이었다.

바야흐로 양인광이 조씨의 성품이 옥보다 좋고 얼음보다 맑은데 간사
한 사람의 해를 입어 누명과 여러 가지 상처를 입은 것을 애석해 하였다.
이때를 당하여 조씨의 모습이 아득하니 슬픈 한이 가슴에 막히고 뉘우치
는 한이 가슴 깊이 뛰놀았다. 이에 큰 매를 골라 몇 대를 때리는지 세지
않고 두 여자를 매우 엄하게 마구 친 후 큰 쇠를 달궈 살을 지졌다. 독약
을 풀어 입에 퍼부으며 큰 곤장으로 입을 찌르니 두 흉녀의 입에서 피가
가득히 쏟아지면서 점점 소리를 못 내게 되었다. 인광이 점점 노기가 더
62 하여 칼을 갈아 좌우의 사나운 종에게 명하여 그 살을 저며 내라고 하였
다. 범 같은 군졸이 시퍼런 칼날로 살점을 썰어내니 두 여자가 머리를 흔
들고 소리를 지르는 모습이 놀랍고 두려워할 만하였다. 큰 매로 죽도록
치니 이미 다리가 부러져 가죽만 걸려 있으며 두 여자의 흉한 넋이 매 아
래에서 날아가니, 인광이 내다 머리를 베라고 하였다. 또 곽씨가 머물던
당을 쓸어 없앴다.

그러나 맹훈을 찾을 길이 없고 조씨의 생사도 모르니 마음을 정하지 못

하였으며, 또 진왕과 초공을 볼 낯이 없었다. 하지만 그들을 영 안 볼 사람이 아니므로 조부에 나아가 내당으로 가 뵙기를 청하였더니, 태부인이 말하였다.

"양인광이 3년 동안 발걸음을 끊더니 오늘은 보기를 청하는구나. 무슨 63
일이 있느냐?"

능후 유현이 웃으며 말하였다.

"증조할머니께서 양인광을 보시면 이렇게 저렇게 말씀하십시오. 그 거동을 구경하려 합니다."

그러고 나서 여러 조씨 젊은이들이 말 한 마디씩 준비하여 양인광에게 들어오라고 하여 보았다. 인광이 들어와 모든 예의를 마치고 조생들과 함께 앉아 태부인의 안부를 묻고 오랫동안 알현하지 못함을 사죄하였다. 온화한 눈빛은 연꽃의 훈훈한 기운을 띠었고 씩씩한 기운은 가을 하늘을 깔보는 듯하며 늠름한 풍채는 용과 호랑이의 모습과 장수의 골격이 있었다. 여러 조생들이 그를 보기 전에는 통한하며 이를 갈았는데, 보게 되니 풍
채의 기특함과 말의 온화함이 자리에 있는 모든 사람을 감동시키니 새롭 64
게 탄복하면서 소저의 변고를 그녀의 액운으로 생각하며 그를 원망하지 않았다. 태부인이 말씀하였다.

"불초한 손녀가 외람되게 군자의 건즐(巾櫛)을 받들다가 많은 참변이 일어나 귀한 가문이 놀라고 참담하게 되었고 어린아이를 보전하지 못하여 깊은 후원 궁벽한 곳에 안치되어 있는 죄인이 되었음을 들었다. 그 아이의 죄는 만 번 죽어도 남음이 있지만 노인의 사사로운 마음으로는 다른 일은 생각하지 못하겠고 불안한 염려로 먹고 자지도 못할 정도로 불안하다. 궁금하구나. 약한 그 아이의 자질로 능히 남은 목숨을 잇

고 있느냐? 자네의 엄한 호령 때문에 스스로 소식을 전하지 못하니 구구한 정 때문에 그 아이의 안부를 듣고 싶구나.”

65 위부인이 말씀을 이어 말하였다.

“불초한 손녀가 집안의 명성을 욕되게 하였으니 비록 죄가 무겁기는 하지만, 규율이 너무 무거우니 너그럽게 다스리는 것이 아니구나. 궁금하구나. 이제 그 아이의 자취가 어디를 떠돌고 있느냐? 비록 죽었더라도 그 시신이나 거두어 장사 지내게 하여 우리를 염려하지 않게 하여라. 자네는 큰 은혜를 드리워 손자의 해골을 찾아 생사를 그 집에 의지하게 하면 자네의 선(善)을 쌓는 것이 아니겠느냐?”

정숙렬이 탄식하며 말하였다.

“자식 가르침이 옛사람에게 미치지 못하여 그 아이가 귀한 가문에 욕을 보이고 윤리를 어지럽힌 더러운 계집이 되었구나. 살아서는 가슴의
66 원한을 씻고 어버이를 볼 길이 없으니, 사람이 목석이 아니므로 차라리 죽어서 우리 마음에 거리낄 것이 없으면 오히려 은혜가 되지 않겠느냐?”

양정렬이 정색을 하며 말하였다.

“조카딸이 열 가지 큰 죄[229]를 지었다 해도 자네의 처사가 너무 심했네. 사람을 3년을 가둬두고는 그 규율을 정하지 않다가 끝내는 불을 질렀다고 하는가? 오늘 확실히 결단하여 괴로움이 없게 하게.”

말하는 분위기가 엄하고 말이 매서우면서 정숙하였다. 양인광이 자기 허물이 매우 큰 가운데 태부인과 여러 부인들의 불편한 말을 들으니 마음

229) 열 ~ 죄 : 중국의 『대명률(大明律)』을 기본으로 했던 조선시대 법제에서 큰 죄라고 규정했던 열 가지 죄. 모반(謀反), 모대역(謀大逆), 모반(謀叛), 악역(惡逆), 부도(不道), 대불경(大不敬), 불효(不孝), 불목(不睦), 불의(不義), 내란(內亂).

이 부끄럽고 참담하여 말을 되받기 어려웠을 것이지만, 사람됨이 능수능
란하고 언사가 좋아서 흔연스럽게 웃으며 말하였다.

"제가 어릴 때부터 귀댁에서 자랐고, 식견이 어둡지만 사람 알아보는 67
눈이 있어 염치를 돌아보지도 않고 아내를 구하여 인연을 맺고 금슬이
좋아 백 년이 적다고 여겼습니다. 그런데 저와 조씨의 액이 좋지 않았
기 때문인지, 조물주가 모두 시기하여서인지 천만 뜻밖에 소와 닭 같은
요괴를 만나 많은 참변이 자꾸 생겨났고 독한 약이 장부를 어리석게 하
였으니 공자와 맹자의 도덕인들 상하고 변하지 않았겠습니까? 그런데
도 오히려 다른 처자와 다르게 대접하였기에 차마 죽이지 못하고 깊은
후원에 넣어 두었으며, 일을 세세하게 드러내면 나중에 처리하려 했습
니다. 그러나 그 사이에 간사한 사람들의 악행이 커서 어린아이를 독
살하였고 또 흉악한 화재가 일어나 아내의 생사와 거처를 모르게 되었 68
으니, 처자를 잃은 제 마음이 사람들을 슬프게 할 정도입니다. 할머님
과 장모님께서도 그 액운의 놀라움을 아시고 또 인자하고 너그러운 마
음으로 저를 보시고는 이렇게 평안하지 못하다는 말씀을 하셨습니다.
조씨가 화재를 만나 없어진 것을 아신 지 오래되셨을 것인데 또다시 안
부를 물으시니 이상합니다. 혹시 이곳에 있습니까? 오직 제 허물을 고
치고 행실을 가다듬어 어지러움을 없애려고 하지만, 아내를 잃었으니
어진 덕을 다시 펼 곳이 없고 어린아이를 잃었으니 부자지간에 아끼는
정을 이을 곳도 없습니다. 이는 저의 운명이 기구하기 때문입니다."

말을 마치고 빛나는 눈썹을 찡그리고 슬퍼하니, 여러 부인들이 더 할 69
말이 없었다. 진왕과 초공이 그 유수 같은 말이 구속됨이 없고 하늘을 찌
르는 듯한 기운이 이와 같음을 보고 초공이 감탄하며 말하였다.

“염치가 보통이 넘는다는 것은 너를 두고 말하는 것이다. 얼굴이 두껍
다 하는 것도 네 얼굴을 말하는 것이다. 조카딸이 날개가 있어 이리로
왔겠으며, 우리가 그 애를 받아서 감추고는 너에게 생사를 묻겠느냐?
네가 밝지 못하여 처자를 보전하지 못했으면서 우리에게 물으니 어이
가 없구나. 죽은 아이는 다시 말할 것이 없고 조카딸의 거처나 찾아보
아라. 비록 네게는 그 아이가 미운 사람이겠지만 우리 집에서는 한 핏
줄이다. 그 애를 우리 집에 두고 죽을 때까지 살게 하고 죽은 후에는 다
른 조카들에게 의지하게 할 것인데, 너는 어찌 그 애를 찾으려고 하지
70 도 않느냐? 너는 일마다 의심이 없고 또 다시 책 속의 옥 같은 숙녀[230]
가 있을 것이니 무엇이 어렵겠느냐? 너도 사람의 마음이 있을 것이니
한갓 말을 꾸미지 말고 조카의 생사를 알아내어 시신을 찾아 우리 집에
보내라. 그러면 네 마음도 시원하고 우리 집에서도 너를 원수로 보지
않을 것이다.”

초공의 말씀이 단정하고 엄하며 말의 기세가 가을 하늘 같으니, 조씨가 선월정에 있음을 누가 알겠는가? 양인광이 사부의 말씀을 듣고는 진실로 민망하고 마음이 어지러워 탄식하며 말하였다.

“그 사람과 제가 액운이 좋지 못하여 이런 지경에 이르렀으니 누구를
탓하겠습니까? 구해서 보이라고 하지 않으신다고 해서 제가 어찌 아내
의 거처를 찾으려 하지 않겠습니까? 그러나 만약 찾아서 살아 있다면
71 어찌 이곳으로 돌려보내겠습니까? 조씨의 친정이 있지만 일생을 의탁
한 곳이 제 집이니, 불행하여 살아서 만나지 못하면 저의 집 선영에 장

230) 책 ~ 숙녀 : {셔듕[書中]의 옥(玉) ᄀᆞᆺ튼 슉녀[淑女]}. 중국 북송의 황제인 진종(眞宗)의 〈권학문(勸學文)〉의 한 구절임. 원문의 구절은 ‘아내를 구하매 좋은 매파가 없음을 탄식하지 말라. 책 속에 옥 같은 미녀가 있으니[取妻莫恨無良媒, 書中有女顔如玉]’임.

사지내 그 원혼이 내쫓긴 아내가 되는 것을 면하게 하려는 것이 제 뜻입니다. 사부님과 장인어른께서는 제 죄를 용서하시고, 조씨가 살아 있어서 행여 만난다면 아내 된 도리를 들어 경계하여 주십시오."

평능백 운현이 정색을 하며 말하였다.

"네 집에 살았을 때에도 욕을 많이 받아 불쌍했는데, 그 아이가 만약 죽었다면 산이 많은 너희 집에 묻는 것이 무엇이 크게 특별한 일이라고 구태여 그곳에 묻겠느냐?"

추밀사 영현이 말하였다.

"누구를 원망하고 누구를 한하겠습니까? 처음에 저 어질지 못한 사람으로 사위 삼으셨을 때에 머리를 조아리고 힘써 간하지 못했음을 분하게 생각합니다."

태학사 광현이 또한 말하였다.

"모든 것이 운수이니 외숙부[231]를 구태여 책망하겠습니까? 그렇지만 72
누이가 죽음에 이르도록 한 악행은 두렵습니다. 숙부는 시신이나 어서 찾아내 보내십시오."

동평장사 몽현이 꾸짖으며 말하였다.

"자범[232] 보통 사내가 우리 누이를 조르고 보채어 3년을 사지(死地)에 넣었다가 결국에는 집에 불을 질러 살라 죽여 그 시체도 건져내지 못하게 하니 은(殷)나라 주왕(紂王)보다도 더 사나운 사람이다. 무슨 면목으로 다시 우리 집에 왔느냐? 한 점 혈육도 없이 의절하였으니 그 정직하지 않은 거동을 다시 보고 싶지 않다."

---

231) 외숙부 : 광현의 어머니 양정렬과 월염의 남편 양인광은 오누이 사이가 되었으므로 이렇게 호칭하는 것임.

232) 자범 : 양인광의 자(字).

수현도 봉황 같은 눈을 흘기며 말하였다.

“너는 옛날의 오기(吳起)[233]와 같으니, 지금 세상에서는 양자범이라 할
73 만하다. 장안과 시내에 군자 호걸이 적지 않은데도 아버지와 숙부께서
저런 박덕한 사람을 택하신 것이 매우 불행한 일이다. 아버지와 숙부
께서 아주 현명하신데도 저런 필부를 몰라보셨으니 이는 모두 누이의
놀랄 만한 운명이다. 지금 다시 말해 뭐하겠는가?”

태사 기현이 은근한 미소를 지으며 말하였다.

“일이 이미 끝났다. 물이 이미 엎질러졌으니 너희들이 양인광을 꾸짖는
다고 해서 그를 어떻게 하겠느냐? 앞으로 힘써 누이의 생사를 알아보아
요행히도 살아있으면 다행이고 불행히 죽었으면 시신이라도 찾아 장사
지내고 예에 맞게 상복을 입을 따름이다. 살고 죽는 것이 운명이고 흥
망성쇠도 하늘의 뜻이다. 운현이 미쳐서 행동했던 것과 양인광의 과실
74 은 다 똑같다. 운현은 남씨가 온전하였기에 말을 상쾌하게 하지만 내가
지금 보기에는 까마귀의 암수와 같아서 분별하지 못하겠다.”

진왕이 비로소 입을 열어 말하였다.

“여러 아이들이 분주하게 너를 꾸짖지만 나는 그 일이 딸아이의 액운이라고 여겨 너를 책망하지 않겠다. 지금까지 딸아이의 생사와 거처를 모르고 또 네가 곽씨와 남이 되었으니 아내가 없을 것이다. 그러니 빨리 숙녀를 택하여 혼인하여 집안일을 잘 다스려 다시 분란이 없게 하여라. 없는 딸아이를 말해 뭐하겠느냐?”

양인광이 여러 조생들이 분분하게 꾸짖음을 듣고 진왕이 새로 혼인하

---

233) 오기(吳起) : 중국의 전국시대의 인물로, 노(魯)나라 임금에게 기용될 때에 아내를 죽여 장수 직위를 구했다고 함. 여기서는 아내를 죽였다는 점에서 인용한 것으로 보임.

라는 말을 들으니, 남자의 심정이라도 어찌 슬프지 않겠는가? 한참 있다
가 탄식하며 말하였다.

“소생이 따님과 어릴 때에 혼인하여 윤리와 의리가 매우 크니 죽으면 75
신위(神位)를 차리고 기년상(朞年喪)을 마친 후에야 아내 구하기를 논의
할 것입니다. 3년 동안 정신이 어두워 덕이 없는 행실을 한 것은 본심
이 아니었는데도 지금 형님과 아우들이 무리지어 나무라고 저의 허물
을 책망함을 개와 말같이 하여 기세 높게 큰 소리를 칩니다. 운현[234]이
저보다 나은지 잘 모르겠는데도 장인어른께서 똑같이 박절한 말을 하
시어 장인과 사위사이의 의리를 끊을 뜻을 보이십니까? 이는 진실로
바라던 바가 아닙니다. 사부님과 장인어른께서는 저를 속히 때리시고,
마음 불편한 가르침은 길게 하지 마시기를 바랍니다.”

몸을 돌려 조생들을 보고 미미하게 웃으며 말하였다.

“여러분이 나를 오기(吳起)라고 하면서 박행한 보통 사내라고 꾸짖지 76
만, 나는 박행해도 칼을 들고 아내에게 달려들지는 않았습니다. 다만
화가 나면 앞뒤를 생각하기 어렵고 마음이 바뀌면 온화하고 신중한 처
사가 쉽지 않은 것입니다. 제가 비록 용렬하고 박정하지만 여러분 같
은 군자는 우습게 여기니, 이 중에서 문현 형은 나를 탓할 수 있지만 나
머지는 내 행실에 미칠 날이 멀었습니다. 나와 같은 일을 당하면 반드
시 아내를 죽이지 않는다고 기약할 수는 없을 겁니다. 나는 오히려 좋
은 도를 닦았기에 조씨를 대하여 더러운 말로 구박하지 않았습니다.
불을 지르고 자객을 들여보내 그녀가 없어지게 한 것은 간악한 여자의 77
사나움과 조씨의 운명이 험난하기 때문입니다. 이제 나에게 조씨를 찾

234) 운현 : {석희}. 광현의 자(字)임. 문맥상 오류로 보여 바로잡아 옮김.

아내라고 다그치고 조르지만, 여러분들이 이렇게 호령하기 전에도 내가 아내 찾기를 게을리 하지 않았습니다. 한갓 말로 내세우고 사람이 많음을 믿고 무리를 이루어 나를 욕하고 보채니, 내 입이 여러분의 많은 입을 당할까 싶겠지만 어르신 앞에서 말싸움하는 것은 경박한 행실이기에 그만두겠습니다."

조생들이 모두 미소를 지으며 말하였다.

"부끄럽구나. 그나저나 우리 누이가 죽은 것은 너의 사나움 때문이니 어찌 애통하지 않겠느냐? 내 누이를 찾아주지 않으면 황상께 말씀드려 너의 무도(無道)함을 설분하겠다."

양인광이 미소를 머금고 말하였다.

78 "너희의 기세가 당당하니 황상께 내 허물을 말하려면 해라. 이 양인광의 세 마디 혀가 성하니 할 말이 있지 않겠느냐?"

진왕과 초공이 웃음을 머금고 말하였다.

"너희는 부질없이 다투지 마라. 너희 누이가 잘못되었는데 지금 그를 나무란다고 해서 서로 무엇이 시원하겠느냐? 이제 굳게 마음먹고 온갖 행실을 닦아라. 양인광은 처자가 비록 없지만 장부로서 충효와 행실을 잃지는 않을까 걱정해야지 아내가 없을까 걱정하지는 마라. 네 나이가 청춘이고 작위가 높으니 비록 아내 대접을 좋지 않게 했다고 해서 젊은 여자들 중에서 너에게 오려는 이가 없겠느냐? 내가 장인과 사위 사이
79 의 의리를 끊으려 하는 것이 아니라 지금 딸이 없으니 자연히 그렇게 말한 것이다. 내가 어찌 너를 유감스럽게 생각하여 원망하겠느냐? 돌아가 내 딸의 종적을 두루 찾아보고 또 새로운 아내를 구해라. 너의 형편이 다른 사람들과 달라 외아들이고 부모님이 연로하시니 언제 내 딸

의 생사를 알아 그 애가 돌아오기를 기다려 일을 진전시키겠느냐? 네가 이미 깨달았겠지만 살았으면 만날 것이고 죽었으면 그 혼령이 알아보고 감격할 것이다. 장부가 어찌 부인 한 사람을 위하여 수절하겠느냐? 너의 액운이 박하여 너와 더불어 인연이 짧아 그렇게 된 것이니 이제는 이 상황에 대해 생각하는 것을 그만두고 슬픔도 씻어내어 잊기를 힘써라."

양인광이 조생들에게 분한 마음이 있었지만 진왕과 초공을 공경하므 80
로 소매를 떨치고 일어나지는 못하고 슬픈 표정으로 대답하였다.

"당(唐) 태종(太宗) 같은 영웅도 소릉(昭陵)[235]을 바라보고 울었으며, 초(楚) 패왕(霸王)의 씩씩함으로도 장막 안에서 우미인(虞美人)[236]을 이별하면서 눈물을 흘렸습니다. 제가 비록 남자의 마음이지만 그녀의 생사를 아직 모르는데 급급하게 새로 아내를 얻어 더욱 박행한 행동을 하겠습니까? 이는 저의 사리에 어두웠던 행동과 박덕했던 행동을 애통해하시어 말씀하신 것일 겁니다."

진왕과 초공이 희미하게 웃으며 아무 말도 하지 않았다. 노공이 비로소 기쁜 표정으로 웃음을 머금고 말하였다.

"양인광의 말이 틀리지 않으니 너희들은 사람의 괴로운 마음을 모르고 그렇게 보채지 마라. 손녀의 거처를 모르는 것이 슬프지만, 생각하건

---

235) 소릉(昭陵) : 당 태종의 비(妃)인 장손황후의 능호임. 그녀는 태종이 어려서 가례를 올린 왕비로서 책을 많이 읽고 생활이 검소하였으며 조정의 일에 간여하지 않아 태종의 사랑을 한 몸에 받았다고 함. 그녀가 죽자 태종은 궁궐 정원에 높은 누각을 세워 소릉을 바라보곤 했는데, 어느 날 충신 위징(魏徵)이 태종이 부왕보다 황후에 대한 정이 더 두터운 것을 비꼬자 부끄러워하며 눈물을 흘렸고 이후에 누각을 철거했다고 함.

236) 우미인(虞美人) : 초패왕 항우(項羽)가 사랑했던 미인으로 이름은 희(姬). 항우가 한나라 고조의 군사들에게 포위되어 사면초가(四面楚歌)의 막다른 상황에 이르자 최후의 주연을 베풀었는데, 이때 항우가 슬퍼하며 눈물 흘리자 "대왕의 의기가 다했는데 제가 어찌 살기를 바라겠습니까?"라고 답하고는 자결했다고 함.

81 대 많은 시비들과 함께 죽지는 않았을 것이니 아마도 화를 피하여 여기저기 다니면서 집을 찾지 못하여 떠돌고 있는 듯하다. 극진히 찾으면 다시 만나지 않겠느냐? 너희 부부가 젊은 청춘이니 다시 만날 날이 있을 것이다. 어찌 그만두어 끝내겠느냐?”

양인광이 절하고 사례하고 나서 돌아가겠다고 하니, 진왕이 곁의 사람들에게 주찬을 내오게 하여 권하면서 흔연스럽게 이야기를 나누는데 조금도 남아 있는 앙금이 없었다. 양인광이 노공 이하의 모든 사람들이 조소저가 없어져 생사와 거처를 모른다 해도 슬퍼하는 거동이 없음을 의심스러워하며 생각하였다.

‘조씨가 참혹한 난리를 겪고 없어진 것은, 사람이라면 슬프고 안타까워
82 할 일이다. 우연한 남이라도 슬퍼할 것인데 조부모와 부모의 마음이 저처럼 편하고 한가로워 애석해 하는 빛이 없으니 혹시 간 곳을 아는 게 아닌가? 그렇지 않으면 저렇게 아무렇지도 않을 수 있는가?’

의심이 있기는 하지만 발설하기는 어려워 하직하고 돌아와 부모를 뵈었다. 아들이 아파 부르짖던 일을 말하면서 집안의 옥 같은 아내를 윤리를 어긴 죄인으로 만든 것을 다시 생각할 마음이 없었지만 곽씨가 너무 미워 칼날을 시험해 보고 싶었다. 하지만 곽부에 있으므로 죽이지 못하니 매우 분하여 하며 길게 탄식할 뿐이었다. 또 부모님의 외로움은 좌우에서 모시는 사람이 단지 두씨 한 사람뿐이라는 점에서 인광이 매우 걱정하였
83 다. 뉘우치는 한탄과 어지러운 회포가 장부의 철석같은 심장인들 어찌 억제하고 견디겠는가? 또 곽씨의 허다한 간계와 요망한 악행에 속아 현명한 숙녀를 이유 없이 난리를 겪게 하여 지금은 생사와 거처도 모르니 가슴이 막혔다. 더하여 기린 같은 아들을 독을 먹여 죽인 일을 생각하면 미

칠 듯한 심사를 안정시키지 못하여 길고 짧게 탄식하며 슬퍼함을 면하지
못하였다. 스스로 탄식하며 슬퍼하면서 말하였다.

"미모는 서시(西施)[237]요, 덕은 임사(姙姒)[238]라고 했다. 이들과는 천고
에 한 명 조씨와만 비교할 수 있는데 죄도 없는 조씨를 잃었다. 또 난새
와 봉황 같고 천금같은 아들을 즉사하게 했구나. 지금 그 아이가 살아
있었더라면 세 살일 것이다."

아이를 생각하여 슬피 마음 상해하다가도 할머니와 부모님께 나와 모
시게 되면 온화한 기운을 봄바람같이 하여 이야기를 이끌었다. 하지만 자
기 방에 돌아오면 마음이 울적하여 창기들의 누각도 찾지 않았다. 후원 84
에서부터 친히 두루 살피면서 의심스러운 곳을 찾아보았지만 종적은커녕
버린 신짝 하나도 없으니 누구에게 물을 수도 없었다.

이때에 양인광이 어린 아들은 죽은 것을 보았지만 조씨는 생사를 몰랐
다. 그 친정이 있기는 하지만 가지 않았으니, 약한 여자가 어디를 떠돌고
있을까? 아마도 흉한 자객이 시비들과 조씨를 함께 데려간 것일 것이다.
시녀 중 자색이 예쁜 사람이 있었던 것이니 몹쓸 도적이 데려갔나 보다고
생각하면서, 십중팔구는 조씨가 죽었을 것 같았다. 그 옥 같고 얼음 같은
자질과 난초 같은 자질을 생각하면 영웅의 눈물이 옷깃을 적셨다. 수시 85
로 길고 짧게 근심하고 탄식하느라 누워도 편안하지 않고 먹어도 단 맛을

237) 서시(西施) : 월왕(越王) 구천(勾踐)이 오왕(吳王) 부차(夫差)에게 패하여 범려(范蠡)를 재상으로 임용하여 복수를 준비하였는데, 범려가 내 놓은 계획 중의 하나가 미녀로 오왕을 유혹하는 것. 그래서 미녀를 수소문하던 중에 완사계(浣沙溪)라는 곳에서 이광(夷光)이라는 여자를 발견함. 그녀가 미모도 있으면서 우국충정(憂國衷情)도 있음을 알고 오왕에게 보내어 정사(政事)를 소홀하게 하여 결국은 월나라가 이기게 됨. 이광은 서시가 어렸을 때의 이름임.

238) 임사(姙姒) : 중국 고대의 후비(后妃). 주나라 문왕의 어머니이며 왕계의 아내인 태임(太任)과 신국왕의 딸로 주 문왕의 후비이며 무왕의 어머니인 태사(太姒)를 말함. 모성으로 갖추어야 할 도리와 부녀가 지켜야 할 떳떳하고 옳은 도리를 펼친 것으로 이름났음.

몰랐으며, 화기가 감하고 눈썹에 수척함이 맺혀 넋을 잃은 듯 행동하였다. 아버지 양공이 깊이 걱정할 정도로 조씨를 생각하며 눈물 흘리지 않는 날이 없었다.

화설. 진왕의 제5자 수현[239]은 자(字)가 윤희이고 연비[240] 소생이었다. 사람됨이 맑고 호탕하며 늠름하고 매서워 용모가 초산(楚山)의 백옥 같고 풍채가 계수나무 같았다. 시원스럽고 깨끗한 빛과 가을 물 같은 정신, 해와 달 같은 얼굴이 용과 봉황의 자질이고 이백과 같은 풍채였다. 겸하여 증자(曾子)[241]의 높은 효와 곽분양(郭汾陽)[242]의 어진 덕이 있었으니, 마음
86 이 강과 바다와 같고 지략이 통달하여 이른바 온 세상을 덮을 만한 영민하고 씩씩한 사람이고 한 세대에 한 명 있을 호방한 풍모가 오늘날의 탁문군(卓文君)[243]의 마음을 움직인 사마상여(司馬相如)의 풍채를 압도한다고 할만했다. 문장과 학식이 이름 높고 필법이 신기하고 정밀하니, 금년 15세에 수많은 중매쟁이들이 문을 떠들썩하게 하여 장안 재상가 귀족들과 좋은 가문들의 규수가 있는 집은 청혼하는 이가 많았다.

그리하여 낙양후 부탁이라는 이의 사위가 되었는데, 부씨는 큰 가문이자 이름난 높은 귀족이었다. 그래서 규방의 법도가 백희(伯姬)[244]의 고집

---

239) 수현 : 원문에는 '희현'으로 되어 있는데, 희현은 최비의 소생으로 자가 창희라고 101면에 소개되는 아들이므로 오류라고 보여 문맥을 고려하여 이같이 옮김.

240) 연비 : 진왕의 두 번째 부인임.

241) 증자(曾子) : 공자의 제자인 증삼(曾參)을 가리킴. 공자의 사상을 이어받아 공자의 손자인 자사(子思)에게 전하였고, 자사가 맹자에게 그 도를 전하였음. 그는 효심이 두텁고 내성궁행(內省躬行)에 힘썼으며, 효와 신을 도덕 행위의 근본으로 하였음.

242) 곽분양(郭汾陽) : 당(唐) 현종(玄宗) 때의 명장(名將)으로 부귀와 공명을 구비한 사람. 이름은 자의(子儀)이고, 분양은 그가 왕으로 봉함 받은 곳임.

243) 탁문군(卓文君) : 한(漢)나라 대부호 탁왕손의 딸로 과부로 있다가 사마상여와 사랑에 빠져 야반도주했으나 나중에 그가 무릉인의 딸을 첩으로 삼자 〈백두음〉을 읊었음.

244) 백희(伯姬) : 노(盧)나라 선공(宣公)의 딸로, 송공공(宋共公)에게 시집갔는데 공공이 먼저 죽었다. 그 후 어느 날 밤에 집에 불이 나자 식구들이 빨리 피하라고 했으나, "부인의 의리는 보모가 같이 있지 않으면 밤에 마루를 내려가지 않는다."고 하면서 "의리를 벗어나 사느니 의리를 지키

과 진효부(秦孝婦)[245]의 효행을 겸하여, 시부모님을 효도로 봉양하고 군자를 받들고 순종하는 데에 봉영집옥(奉盈執玉)의 예(禮)[246]를 어긴 일이 없었다. 다만 용모가 평범하여 소씨,[247] 정씨[248] 등을 바라보지는 못할 정
도였지만, 진왕이 조금도 개의치 않고 아꼈다. 연비는 겉으로는 흔연스 87
럽게 아끼는 듯하여 그 마음의 깊이를 알기 어려웠지만 남씨[249]나 소씨 등을 보면 그 외모와 재주, 자질에 못 미침을 안타까워했다. 수현은 조금도 염두에 두지 않고 금슬이 좋아 배필로서의 정이 굳으니 일가가 모두 수현의 현숙하고 큰 역량에 탄복함을 마지않았고 진왕도 기뻐하였다.

진왕의 셋째 딸의 이름은 옥염이며 연비의 소생이다. 수현과 쌍둥이 남매인데, 장성하니 특별히 수려하여 온갖 자태와 빛남이 그 어머니가 아니면 비교할 사람이 없었다. 성품과 행실이 단정하고 조용하며 풍모가 침착하여 태임(太任)과 태사(太姒)의 덕을 깊이 간직하였고 조아(曺娥)[250]의
효를 몸으로 행하였다. 만사가 진실로 선하고 아름다워 옥이 곤강의 맑 88
음을 오로지 지닌 듯하였으니 옥염에게 하늘이 주신 뛰어남은 바로 그 절개 있는 행실이었다. 그리하여 존당 태부인이 지극히 아끼고 사랑함이 마치 손 위에서 구슬을 가지고 노는 것 같았다. 옥염은 진왕과 연비의 천금

며 죽겠다."고 하고는 불에 타 죽음.

245) 진효부(秦孝婦) : 중국 한나라 때의 효부로, 남편이 죽은 후에도 그와의 약속을 지켜 개가하지 않고 시어머니를 극진히 섬겼다고 함.

246) 봉영집옥(奉盈執玉)의 예(禮) : 『예기(禮記)』「제의(祭義)」에 "효자는 부모에게 효도함에 옥을 집는 듯이 하고 물이 가득 찬 동이를 받들듯이 한다[孝子如執玉如奉盈]."는 구절에서 온 말로, '봉영(奉盈)'은 기물(器物)에 가득찬 것을 받드는 것으로 전(轉)하여 경심(敬心) 즉 존경하는 마음을 의미하고, '집옥(執玉)'은 귀중한 옥을 조심스럽게 잡는 것을 말함. 따라서 '봉영집옥'이란 존경하는 마음이 그릇에 무엇인가 가득한 것을 잡고, 옥과 같은 보물을 잡듯이 조심스럽다는 뜻임.

247) 소씨 : 기현의 첫째 부인임.

248) 정씨 : 유현의 첫째 부인임.

249) 남씨 : 운현의 첫째 부인임.

250) 조아(曺娥) : 동한(東漢) 때의 효녀. 익사한 아버지의 시신을 찾지 못해 17일 동안 밤낮으로 울다가 강물에 투신하여 죽었다고 함.

같이 어여쁜 딸이라 장안 번화가의 구름 같은 공자들과 왕손들, 재상가문의 자제들이 저마다 조소저의 아름다운 이름을 듣고 청혼하였다. 그러나 진왕이 여러 자녀들이 번번이 변고를 겪고 허다한 액을 겪었기 때문에 마음속으로 생각하기를 위로 너무 일찍 혼인하여 그런가 싶기도 하였다. 백만 가지 생각들이 많아 사위를 고르는 데에 심사숙고할 뿐 아니라 혼기를 늦춰 가볍게 혼인을 허락하지 않았다.

89 이때 소저의 꽃 같은 나이가 15세에 이르니, 달이 보름을 맞고 꽃이 춘삼월을 만나 금빛 봉우리가 어린 듯하고 초승달 같은 눈썹이 뚜렷하여 나라에서 제일가는 미모가 진실로 아름답고 선하여 세상에 독보적이었다. 더욱이 부모의 가르침의 밝고 훌륭함을 아울러 가졌으며 말이 드물고 타고난 성품이 특별하여 범인이 아니었다. 말이 입에서 나오면 법도가 나직이 깔려 있고 한 걸음을 옮기면 거동과 행함이 예의에 합당하니, 재주와 덕성이 겸비하여 주남(周南)[251]의 풍모가 가득하였다. 왕이 지극히 아껴 사위를 택하는 데에 이쪽저쪽으로 유의하여 아직은 혼사를 이룰 의향이 없었다.

여람후 참지정사(參知政事)[252] 윤공의 이름은 춘모인데, 그는 초공의 첫
90 째 부인인 양정렬의 양부(養父)였고 셋째 부인인 윤부인의 아버지였다.
늘그막에 부인 유씨가 아들 하나를 낳았는데 이름은 선희이고 자는 백천이었다. 부모의 어짊을 이어받고 가문의 복을 아울러 가져 기린(麒麟)이 세상에 나와 태평성대의 상서로움을 돕는 듯하였다. 수려하고 믿음직한 골격과 은은하고 밝은 기운은 천지의 정기를 빼앗은 듯했으며 깨끗하고

251) 주남(周南) : 『시경(詩經)』의 편명으로, 덕 있는 여인을 칭송하는 내용이 많음.
252) 참지정사(參知政事) : 재상 밑에서 정치를 보좌하는 일을 맡은 벼슬임.

시원스러운 얼굴은 해와 달의 광채를 받은 듯하였다. 빛나고 빛남이 선계
(仙界)를 벗어나는 듯하여 반악(潘岳)과 하안(何晏)[253]의 고움을 더럽게 여
길 정도였다. 고금을 두루 통하여 만 권의 책을 가슴 속에 간직하였고 붓
아래에는 이백과 두보의 글 솜씨를 놀라게 할 정도였다. 신출귀몰한 총명
을 지녔고 효도와 우애는 증자를 본받았으며 예의와 염치, 가지런한 법도
는 공자와 맹자, 안자와 증자에게 미칠 듯하였다. 씩씩하고 엄하며 절도 91
있음은 대장부의 기상이었다. 일찍이 초공의 문생으로 글을 배웠는데, 대
군자의 박학함과 행실을 모두 가졌고 넓은 도량은 천 리 밖의 싸움에서도
승리할 정도로 교묘한 지혜[254]를 타고 났다. 지금 나이는 15세인데 체형
이 엄연히 대장부의 위풍을 갖추고 있어 윤공 부부가 기뻐하고 사랑함이
비할 데가 없었다. 그리하여 가문을 이을 중요함과 천륜의 자애를 겸하여
세상에 둘도 없을 숙녀를 구하던 중 진왕의 딸이 세상에서 이름난 숙녀임
을 그 딸인 윤씨에게 들어 자세히 알게 되었다. 그래서 초공을 사이에 두
어 진왕의 딸과 정혼할 뜻을 말하였다. 그러자 초공이 오래도록 깊이 생
각하다가 말하였다.

"조카딸이 비록 숙녀의 덕을 지녔고 재주와 기질이 총명하지만, 저희 92
형님이 혼인에 대해 이미 생각해 놓은 바는 여러 조카들이 일찍 혼인하
여 많은 변란과 액을 겪었기에 결단코 혼사를 늦추고 사위 고르기를 동
서로 넓게 구하는 것입니다. 마땅히 뜻에 맞는 사람이 없지만 아직은
혼사를 치를 마음을 명쾌하게 정하지 못하였으니 형님의 뜻이 어떨지
지금은 선불리 단정 짓지 못하겠습니다."

253) 반악(潘岳)과 하안(何晏) : 둘 다 중국 고대의 미남자임.
254) 천 ~ 지혜 : {결승쳔리[決勝千里]ᄒᆞ고 운쥬유악[運籌帷幄]}.

윤공이 웃으며 대답하였다.

"진왕의 자녀가 여럿 있는데 변고를 겪는 것은 다 그 팔자입니다. 또
그들의 잠깐의 액으로 그런 것이니 자녀마다 다 그럴 리는 없습니다.
또한 사위 고르기를 극진하게 하는 것은 예사로운 일입니다. 지금 형
93 님의 말을 들으니 중매하기 어려워하는 말인 듯한데, 그대의 형님께
잘 주선하여 권해 주시오."

초공이 웃음을 머금고 말하였다.

"내가 형의 말대로 형님께 권하여 만약 혼인을 허락하시면 큰 공로로 생각해주길 바랍니다."

좌우의 사람들이 크게 웃었다. 초공이 진왕에게 윤공이 청혼하던 말로 힘써 권하여 혼인하는 것이 마땅하다고 하니, 진왕이 웃으며 말하였다.

"아우의 제자를 사위 삼으라고 말했을 때에 떨치지 못했었는데, 너의 중매에는 헛된 말이 많으니 기쁘지 않을뿐더러 네가 별로 믿음직하지도 않다."

초공이 크게 웃고 말하였다.

"형님이 제 말을 믿지 않으시고 중매하는 데에 헛된 말이 많다고 하시
94 는데, 본래 중매는 헛된 말이 있어야 가히 중매 노릇을 할 수 있습니다.
하지만 저는 그렇게 헛된 말을 한 적이 없으니 이제는 헛된 말을 많이
해야겠습니다."

진왕이 잠깐 웃고 말하였다.

"아우가 헛된 말을 하여 믿지 못하겠다고 하면서 윤선희를 나무란다면 다시 누구를 구하겠는가?"

그러고 나서 흔쾌히 날짜를 택하여 혼례를 하기로 하였다. 양쪽 가문

에서 혼례를 성대하게 준비하여 길일에 윤선희가 금 안장에 백마를 타고 오는 풍채가 시원스러워 길가의 많은 구경꾼들이 매우 칭찬하며 우러러 보지 않는 이가 없었다.

조부에서는 이미 신랑을 알고 있었지만, 이 날 신랑이 1품(品) 관면(冠冕)[255]을 쓰고 길복을 갖추어 입으니 가을 달 같은 얼굴과 들의 학 같은
풍모여서 우러러 바랄만한 사람이 없었다. 진왕이 기쁜 빛을 미간에 영 95
롱히 띠었고, 여러 손님들이 칭찬하며 말하였다.

"매우 뛰어난[256] 드문 사위를 얻으셨군요. 윤랑의 특별함을 보니 진실로 대왕의 복을 알겠습니다."

초공이 웃으며 말하였다.

"오늘 신랑을 보니 제가 중매한 공이 적지 않네요."

진왕이 흔연히 옥 잔에 향온주(香醞酒)[257]를 부어 초공에게 주면서 말하였다.

"이제 네가 중매한 공을 어찌 갚지 않겠느냐? 한 잔 축하주를 주지 않을 수 없겠다."

초공이 기쁘게 잔을 받아 기울이고 일어나 절하며 말하였다.

"양인광 같은 시원스런 사위를 천거하고도 한 잔 축하주를 못 얻어먹었는데, 오늘에야 제 마음이 풀립니다."

여러 사람들이 모두 크게 웃었다. 초공이 양인광을 놀리며 말하였다. 96

"양인광은 재주가 천하의 제일이고 풍채는 신선의 풍모를 지녔으며 효도와 의리, 충절은 천고에 없습니다. 문장과 학식도 공자와 맹자를 깔

255) 관면(冠冕) : 대부 이상의 관리가 예식 때에 쓰는 관.
256) 매우 뛰어난 : {혈양 ᄌᆞᄐᆞᆫ}. 의미가 불분명하여 문맥상 이같이 옮김.
257) 향온주(香醞酒) : 향기로운 술이라는 뜻으로, 임금님이 내려주시는 술을 일컬음.

볼 정도이고 지략은 앉아서도 천 리의 싸움을 결정하며 이리저리 궁리하고 계획하고 뒷일을 미리 아는 재주와 용기를 겸하였습니다. 이렇게 음양이 사시사철 순조로울 의젓한 좋은 대장부를 천거했는데도 장인어른 된 분이 어찌 기뻐하지 않았겠습니까? 하지만 죄를 짓게 된 실마리는 호방한 기운이 너무 지나쳐 함께 지낼 곳이 없게 된 것이니 그가 자기 장인께 죄를 지은 것이 불행이지 내가 중매한 것이 잘못된 일은 아닙니다."

좌우의 사람들이 크게 웃었고, 양인광도 은근히 웃으며 말하였다.

97 "장인어른께서 사랑하시는 사람은 철수문 형입니다. 지금 윤생을 보시
고 이처럼 아끼시니 이제 저 같은 사람은 미워하는 사위가 된 듯합니
다. 질투심이 나는군요. 하지만 제 잘난 풍채와 재주는 바꾸기 어렵습
니다."

주위의 사람들이 웃으며 말하였다.

"저렇게 사납고 거만하니 미워하는 사위가 되지 않겠는가?"

진왕도 웃으며 생각하기를, 뜻에 차기는 양인광이지만 그 어질지 못한 남편 노릇 때문에 늘 좋지 않게 여겼다. 윤선희는 직접 고른 뜻에 맞고 또 가문의 행실이 숙연한데 신랑도 옥 같은 군자이니 흠 잡을 곳 없이 기뻐하였다.

내당에서도 내외의 친척들이 모였고, 온 식구들이 진궁에 모여 신부의
98 옷차림과 장식 등을 준비하여 군자를 맞는 예를 받들었다. 진왕의 두 부
인인 정숙렬과 연비가 옥염 소저를 단장하여 띠를 두르게 하고 수건을 매
어 주면서 경계하며 말하였다.

"네가 비록 왕궁의 딸이지만 부녀자는 공주라도 오만함이 없어야 부덕

을 갖추게 되어 효도로 시부모님을 모시고 남편을 따르게 된다. 동서들[258]이 없는 곳으로 가니 매사에 책임이 중대하다. 집안의 명성을 욕되게 하지 말고 부모에게 어지러운 소리가 들리게 하지 않도록 덕을 닦아라."

소저가 명을 받은 후 덩[259]으로 들어가니, 수앵 등 여러 서모들이 그 앞에 모여 이별하였다. 윤생이 덩 문을 잠그고 말에 오르니 요객(繞客)[260]이 위세를 더하여 대로를 넓혔다.

윤부에 이르러 신랑과 신부가 쌍으로 나와 하늘과 땅에 기원하는 예를
마쳤다. 비단으로 수놓인 부채를 반쯤 여니, 신부의 달 같은 모습과 해 같 99
은 빛이 사방을 비추었다. 윤생이 눈을 들어 보니 정신이 상쾌하여 기쁨
이 미간을 움직였다. 초공의 셋째 부인이자 신랑의 누나인 윤부인이 신부
와 함께 와서 예에 참여했는데, 신부의 단장을 고치고 폐백을 받들어 시
부모님께 바치고 물러나 자리에 앉았다. 신부의 백설 같은 이마에 칠보로
장식한 관의 그림자가 어릿하니 밝은 달에 색색의 구름이 싸인 듯하였고,
눈빛이 마치 거울을 건 듯하였다. 붉은 입술과 흰 이에 고요한 빛이 무르
녹아 있으며, 몸이 바람에 나부끼는 듯하고 어깨가 화려한 봉황 같으며
허리를 촉나라 비단으로 묶었다. 세 마디 정도의 예쁜 발을 자연스럽게
옮겨 구부렸다 펴는데 그 특별한 거동이 마치 봉황이 들에서 노니는 듯하
였다. 온갖 행동이 시선을 끌고 예의와 용모가 우아하여 선비나 군자 같 100
은 숙연한 풍모가 있었다. 윤공이 부인 유씨와 폐백을 받으면서 신부를
보고 온 얼굴에 기쁜 빛을 띠었다. 딸 윤부인을 돌아보며 말하였다.

---

258) 동서들 : {졔ᄉᆞ금쟝[娣姒錦帳]}. 제사와 금장 모두 동서를 가리킴.
259) 덩 : 공주나 옹주가 타는 가마.
260) 요객(繞客) : 혼례 때에 가족으로서 신랑이나 신부를 데리고 가는 사람.

"오늘 신부를 보니 용모가 시원스럽구나. 우리 가문의 경사고 종사(宗嗣)의 영화다. 이후로 가문이 창성하게 될 것 같구나."

윤부인이 말하였다.

"이는 모두 부모님께서 쌓으신 선행 덕분에 받은 음덕입니다."

윤공이 아들과 신부에게 잔을 채워 오라고 하여 함께 마시며 기쁨을 이기지 못하였다. 선산에 해가 지니 잔치를 파하였다.

이후로 신부는 이곳에 머물면서 시부모님을 효도로 모시고 남편을 순
종하며 받드니 훌륭한 여성의 행실과 태임과 태사의 덕을 지녔다. 또한
101 너그럽고 순후하여 일마다 법도를 지켰고 한 가지 행동과 한 마디 말에도
법규에 어긋남이 없었다. 시부모님이 그런 조씨를 매우 사랑하여 손바닥
안의 보석 같이 여겼으며, 윤선희가 공경하고 소중하게 대우하였다. 윤선
희는 조씨에게 산과 바다 같은 정이 있어 조금도 떨어지지 않으려 했지만
조씨는 예의를 중요하게 여겨 윤생을 만나면 마치 손님을 대하는 것처럼
공경하고 경계하여 젊은이들의 희롱과 가벼운 행동을 용납하지 않았다.
윤생도 또한 단정하고 위엄 있는 군자이기에 서로 공경하여 부부의 화락
함이 당대에 비교할 데가 없었다.

재설. 진왕의 제6자 희현의 자(字)는 창희이고, 최부인 소생이었다. 사
람됨이 단정하고 용모가 곤강의 아름다운 옥 같았으며 풍채가 계수나무
102 같았다. 아울러 문장과 재주가 아름답고 옥을 머금은 듯하여 붓 아래에
용과 뱀이 춤추는 듯하였다. 성품이 인자하고 너그러우며 효도와 우애가
공손하고 검소하니, 이른바 금과 옥 같은 군자였다. 나이가 15세인데, 연
부인 소생의 수현과 같은 달에 낳았지만 수현보다 날로 나아졌다.

초공의 제5자 웅현은 윤부인 소생이었다. 공자의 사람됨이 훌륭하고

귀한 핏줄 같았으며 비단에 수놓은 것 같은 마음을 지녔으니, 호걸의 기상과 영웅의 기틀로 당대의 풍류랑이라고 할만했다. 한 번 나귀를 타고 큰길가를 지나면 여자들이 던지는 귤이 어지럽게 널리고 쳐다보는 눈이 분분하니, 웅현도 또한 풍류가 허랑하고 화려하여 빼어나게 예쁜 여자가
아니면 쳐다보지 않았다. 좋은 때가 되면 일등 기녀를 모으는데 거문고 103
한 곡을 타면 그가 누구냐고 묻는 사람이 수도 없이 많았으며, 그의 봄바람 같은 기상을 보면 죽기를 잊었고 정신을 잃었다. 늘 폐월당의 창기며 진궁의 허다한 군자들이 틈을 타 웅현에게 모이니, 그가 아버지를 속이고 여러 여자들과 침석에서 정을 준 사람이 일곱 명이었다. 형들이 그가 기상이 방약무인하고 호탕하여 위아래의 의복이 가지런하지 않고 뇌물을 많이 받는 것이 정대한 사람의 행실이 아니라고 책망하면서 늘 경계하여 침착하고 정숙하며 단정하라고 하였다. 하지만 본성을 고치지 못하고 그 방일하고 호방함이 날로 심하고 조금도 고치지 않으니, 초공이 그 거동을
짐작하고 우려하여 늘 웅현을 보면 미간에 찬바람이 서늘하고 기운이 세 104
찬 것이 겨울 하늘이 매서운 것 같았다. 초공이 비록 자잘한 일을 아는 체하여 일마다 책망하지는 않았지만 기색을 매우 엄하게 하여, 그 기운을 구속하고 조심하는 마음을 게을리하지 못하도록 하였다. 웅현의 기운이 본래 하늘을 받들듯하여 고집이 남들보다 심하고 뛰어난 기운을 담아두지 못하는 사람이었다. 그리하여 아버지 앞에 이르면 안색이 단정했지만 돌아서면 달라지니, 초공이 매우 근심하여 행여 불미스러운 일이 많지는 않을까 매우 걱정하여 틈틈이 가르침을 주고 일마다 제어하였다. 초공이 웅현에게 말하였다.[261]

261) 초공이 ~ 말하였다 : 원문에는 없지만 문맥을 고려하여 넣은 구절임.

105 "충효와 모든 행실에 정숙한 덕을 닦아 현숙하고 단정해야 하는데 너
의 행실은 호방하고 방탕하여 조금도 거리끼는 것이 없고 점점 심해지
니 너는 무엇을 생각하고 그렇게 하느냐?"
노기가 등등하여 찬바람이 서리와 눈에 부는 듯 엄하고 차갑게 말하니,
웅현이 무서워 떨며 엎드려 사죄할 뿐이었다.
이때에 양인광은 조씨의 거처를 몰라 밤낮으로 탄식하고 걱정하며 세
월을 보내고 있었다. 조부에서는 진왕과 초공과 모든 부인들이 자녀들과
조카들을 모아 잔치를 성대하게 베풀고 조부모님께 잔을 올렸다. 정숙렬
과 연비가 칠보로 장식한 화관을 쓰고 붉은 치마를 입었으니 그 위엄 있
106 고 단정함이 천고에 없는 어질고 현명한 숙녀였다. 진왕이 금관을 쓰고
붉은 도포에 옥대를 두르고 옥홀을 드니 백옥 같은 골격이 마치 선관(仙
官)이 하강한 것 같았다. 초공은 오사모(烏紗帽)를 쓰고 붉은 적삼에 금 허
리띠를 두르고 산호 홀을 쥐었으니 그 숙렬함과 엄한 위풍이 마치 용이
구름을 타고 범이 바람을 무릅쓰고 깊은 산에서 뛰어오르는 것 같아 영웅
의 기상이고 호걸의 풍모였다. 양정렬과 윤부인이 모두 붉은 비단 치마와
여덟 가지 색깔의 옥으로 장식한 화관을 썼는데, 모습이 마치 가을달이
밝고 맑은 것 같았다. 덕으로 교화하는 것은 태임과 태사를 본받았고, 성
품이 온화한 것은 봄볕이 따뜻한 것과 같았으며, 현명한 숙녀였다.
107 진왕의 여러 아들이 모두 각각 오사모에 푸른 적삼을 입고 옥대를 두
르고 자리에서 모시고 서 있는데, 그 옥 같은 골격과 신선 같은 풍모가 모
두 영웅이고 일대의 성인 같았다. 여러 며느리들도 각각 붉은 치마와 채
색한 옷을 입고 칠보로 꾸몄으니 고운 모습이 만고에 희한하였으며 온화
하고 단정함이 고금에 없는 듯하였다. 그 중에서 아름다운 모습이 가장

뛰어난 사람은 운현의 아내인 남부인이었다. 꽃 같은 얼굴과 달같이 아리따운 모습에 잠시 근심을 띠니, 금빛 연꽃이 아침 이슬에 젖은 듯하고 가을 달이 오색 구름에 싸인 듯하며 아름다운 모습에 급한 마음이 희미하게 비치고 사랑스런 모습에 근심이 잠시 비쳤다. 이는 지난날 아들이 참혹하게 죽음을 생각하여 자기도 모르는 사이에 새로이 슬퍼져 저절로 근심스 108
런 빛이 드러난 것이었다. 진왕이 얼굴에 기쁨을 가득 담고 말하였다.

"나의 여러 아이들 중에서 운현이 가장 현숙하고 여러 며느리 중에서는 남씨가 숙녀로구나."

정숙렬이 엷게 웃으며 말하였다.

"자식이 모두 다 착하고 귀하지 어떤 아이는 불초하고 어떤 아이는 현숙합니까? 어찌 자식 사랑하심이 이렇게 편벽되십니까?"

진왕이 한숨쉬며 말하였다.

"그런데 남씨 며느리는 어찌 어른들 앞에서 슬픈 빛이 얼굴에 있느냐? 무엇 때문이냐?"

남씨가 황송하여 엎드려 아뢰었다.

"제가 이렇게 성대한 잔치에서, 더군다나 조부모님과 부모님을 모두 모시고 있는데 어찌 조금이라도 슬픈 일이 있겠습니까? 하지만 어린 아들이 참혹하게 죽은 일을 생각하니 절로 슬픔이 일어나 어른들 앞에서 109
불효가 막심하게 되었습니다. 이 죄는 죽어도 아깝지 않습니다."

말하는 것이 온화하여 봄바람의 온화한 기운이 온갖 꽃을 한창 피어나게 하는 듯하였다. 진왕이 탄식하며 말하였다.

"아이가 죽은 것도 또한 하늘의 뜻이다. 지난 일을 되돌리는 것은 불가하니 다시 개의치 마라."

남씨가 엎드려 죄를 청하였다. 이때 능백 운현이 자리에 서 있다가 눈길을 흘려 남씨를 보니 온갖 아름다움이 볼수록 기이하여 잠잠히 웃으며 말하였다.

"부인은 지난 일을 마음에 두어 어른들을 편안하지 못하게 하였으니 아름답지 못합니다."

남씨가 옥 같은 얼굴을 온화하게 하고 묵묵히 서 있었다. 초공의 여러
110 자녀들도 가지런히 비단옷을 입고 모시고 서 있었는데, 능후 유현의 엄숙
함이 아버지의 풍모와 흡사했다. 며느리들도 각각 붉은 저고리에 여러 빛
깔의 치마를 입고 촉나라 비단으로 허리를 매니 마치 연못의 옥 같은 연
꽃 같고 맑은 하늘의 밝은 달 같았다. 초공이 기뻐하며 말하였다.

"나의 여러 며느리 중에서 가장 현숙한 사람은 정씨이다."

양정렬이 안색이 바뀌며 말하였다.

"며느리 가운데에서 누가 낫고 낫지 않은지를 어떻게 드러내 논의하십니까? 제 마음이 불편합니다."

초공이 웃음을 머금고 아무 말도 하지 않았다. 태부인이 기쁨을 얼굴 가득히 담고 말하였다.

"우리 가문에 들어오는 여자는 모두 어진 숙녀이니, 이는 너희들의 복이고 조상의 음덕이다."

진왕과 초공이 아뢰었다.

111 "할머님의 가르침이 매우 마땅하십니다. 저희의 덕이 아니라 할머님의
크신 복이십니다."

좌우의 식구들이 축하하는 소리가 그치지 않았다.

그런데 갑자기 양인광이 들어와 인사하고 자리에 앉는데, 잠시 보니 붉

은 도포에 옥 허리띠를 맨 늠름한 풍채가 슬퍼 보였다. 진왕이 잠시 근심스러워하며 어머님은 무고하시냐고 물었다. 양인광이 얼굴에 근심을 띠고 말하였다.

"어머님이 너무 적적해 하시는데 모실 사람이 적으니 더욱 울적해 하십니다."

진왕이 탄식하며 말하였다.

"부모님 모시는 자리가 비었으니 새로 사람을 맞이하지 그랬느냐?"

양인광이 길게 탄식하며 말하였다.

"새로 혼인할 마음도 없고, 마음이 자연 어지러워 정신을 수습하지 못하니 걱정스럽습니다."

진왕과 초공, 그리고 여러 조생들이 살짝 보고 희미하게 웃었다. 잔치 112
자리를 살펴보니 요지(瑤池)[262]의 잔치 같았는데, 종일 마음껏 즐겼다. 해가 서쪽 고개로 떨어지고 달이 동쪽 고개에서 돋으니 각각 침소로 돌아갔다. 초공이 웅현의 방탕함을 말하며 걱정스러움을 마지않으니 진왕이 미소 지으며 말하였다.

"남아의 기운이 호방함을 왜 근심하느냐? 나이가 한창일 때 기운을 가둬두는 것이 도리어 좋지 않으니, 사방으로 마땅한 혼처를 구하여 혼인을 빨리 치러라."

초공이 대답하였다.

"사방으로 며느리 고르기를 심사숙고하였지만 마땅한 곳이 없어 걱정하고 있습니다."

진왕이 말하였다.

---

262) 요지(瑤池) : 중국 곤륜산에 있다는 못의 이름으로, 신선의 거처 같이 아름다운 곳의 대명사임.

113 "웅현의 본성이 방약하고 호방하니, 기운이 약한 여자를 구하면 서로 맞지 않을까 매우 염려된다."

초공도 역시 탄식하며 말하였다.

"형님의 생각이 밝으십니다. 어찌 걱정되지 않겠습니까?"

진왕이 말하였다.

"화란을 겪는다면 그것도 역시 너희 자녀나 내 자녀의 액 때문일 것이다. 그러니 어찌 그 아이만 혐의하겠느냐?"

진왕과 초공도 각각 처소로 돌아갔다.

이때 초공이 며느리를 간택하기를 남다르게 하였다. 서문(西門)의 옥석교 근처에 한 명산이 있었으니 도성을 둘러싼 산이었다. 산 아랫마을에 한 처사가 있었는데, 성은 진이고 이름은 청이었다. 대대로 이름난 큰 가문이고 백 년 동안 번성한 귀족이었으며, 승상의 자손이고 태학사 진태의
114 아들이었다. 사람됨이 공자와 맹자의 도덕과 증자의 큰 효를 품어 위로는 천문(天文)의 원리를 통하고 아래로는 고금의 이치를 통달하였다. 만복을 주는 좋은 자연을 택하여 금면산 벽곡 옥석교에 살고 있었으니, 뒤로는 수천 그루의 소나무와 잣나무가 푸르게 서 있고 앞으로는 두 줄기 수양버들이 봄을 만나 가지마다 봄바람에 춤을 추었다. 좌우로 대나무숲과 화초들, 기이한 괴석들이 둘러 있으니 이렇게 터를 잡고 살고 있는 산천이 아름답고 뜰의 화초가 특별하여 별세계(別世界) 같았고, 봉래산이나 방장산[263] 같았다. 처사가 세상을 피하여 숨어 살았지만 선행과 도덕이 당대에 독보적이었으니 이름이 사방에 들렸다.

263) 봉래산이나 방장산 : 중국 전설에 나오는 삼신산(三神山) 중 두 산임. 진시황과 한무제가 불로불사약을 구하기 위하여 수천 명을 보냈다고 함.

조 씨 삼 대 록

21권

1 차설. 진처사의 도덕이 당대에 독보적이어서 이름이 사방에서 들렸다. 처사가 문을 걸어 잠그고 벼슬을 하지도 않았기에 그 얼굴을 본 사람이 세상에 드물었다. 이야기의 처음에서[264] 이부상서(吏部尙書) 소천과 승상 정공이 힘써 천거하여 진종이 예부상서(禮部尙書)와 태자소부(太子少傅)를 시키니, 벼슬하기를 청하는 말과 수레가 이어졌다. 하지만 진처사는 나오지 않고 관리를 대하여 탄식하며 말하였다.

"요(堯)임금처럼 뛰어난 성인이 계신데도 소부(巢父)와 허유(許由)[265] 같은 사람이 있으니, 사람의 의향은 다 각각입니다. 제가 이미 산과 들에서 밭을 갈아서 먹고 사는 백성으로 호미질을 즐겨 하니 어찌 세상을
2 다스리는 경륜과 재주가 있어 성상께서 부르시는 은혜로운 전교를 받들겠습니까? 계속 하라고 핍박하시면 죽어서 제 뜻을 이루겠습니다."

황제께서 듣고 탄식하며 "정말로 도(道)가 높은 선비로구나."라고 하면서 별호를 '운혜선생'이라 하셨고, 어진 선비를 예우하시어 다시 핍박하지는 못하셨다.

진처사가 형제와 부인 한씨와 더불어 자연 속에서 한가로이 지내는데, 본래 재상 가문의 자제이기에 가업에 힘쓰지 않아도 금은과 비단들이 산처럼 쌓여 있었다. 그래서 동서로 떠돌면서 걸식하는 사람들의 급함을 구하느라 남자는 동쪽 누각에 두고 여자는 서쪽 누각에 두어 의복과 음식을 갖추게 하고 각각 바라는 바를 들어 주어 살게 해 준 사람이 무수히 많았
3 다. 부인 한씨는 높고 법도 있는 가문의 요조숙녀인데 부부가 서로 공경하고 화목하였지만, 함께한 지 수십여 년이 지나도 여러 자녀를 낳아 기

264) 이야기의 처음에서 : {셜초[說初]}. 『조씨삼대록』 1권의 내용을 뜻함.
265) 소부(巢父)와 허유(許由) : 요(堯)임금 때의 사람으로, 요임금이 왕위를 선양하려 하자 기산(箕山)으로 들어가 몸을 숨겼다고 함.

르지는 못하였다.

다만 슬하에 한 명의 딸과 한 명의 아들을 두었으니 곤산의 아름다운 옥 같았다. 남자 아이의 이름은 '한'이고 여자 아이의 이름은 '옥성'인데, 공자는 10세이고 소저는 13세였다. 처사가 대나무 숲에서 맑은 바람을 쐬며 한가로이 지내면서 자녀 두 명을 슬하에 두어 학문을 가르치며 교훈을 주니 명석하고 정숙한 처신과 꽃다운 자질이 이미 숙녀의 모습을 본받아 만사가 법도에 맞았다. 그 용모의 수려함이 부용꽃이 향기를 토하고 옥 같은 매화가 은근한 향을 토하는 듯하니 처사가 매우 사랑하여 천하의
옥 같은 군자를 얻어 소녀의 재주와 용모를 저버리지 않으려 하였다. 하 4
지만 한 명도 소저에게 걸맞은 사람이 없어 울적하고 마음이 좋지 않던 차에, 평진왕 조무와 초국공 조성의 자제가 세상에서 뛰어남을 전해 들었다. 그러나 그들이 왕공이고 재상임을 괴롭게 여겨 깊이 생각하였다.

태상경 화연이라는 이는 진처사와 어릴 적부터 친구였는데, 조정의 업무를 다하고 틈이 나면 수레를 몰아 처사를 찾곤 하였다. 화공이 처사를 보러 오니 처사가 고마워하며 말하였다.

"형님이 산중의 누추한 집에 오셔 광채가 있게 하시니 근방에 빛남이 적지 않습니다."

화공이 웃으며 말하였다.

"우리 두 사람의 정은 관중(管仲)과 포숙아(鮑叔牙)[266]를 비웃을 정도이니 내가 이곳을 찾는 것을 고마워할 것 있습니까? 오늘은 중매를 하러
왔으니 형의 뜻은 어떠합니까?" 5

---

266) 관중(管仲)과 포숙아(鮑叔牙) : 춘추전국시대 제나라 사람들로, 깊은 우정을 지닌 친구 사이의 대명사로 일컬어짐.

진처사가 웃으며 이유를 묻자 화공이 말하였다.

"다른 곳이 아니라 초국공 조이현[267]이 형에게 훌륭한 규수가 있음을 듣고 주진(朱陳)의 좋은 인연[268]을 청하기에 말씀드립니다."

이어 조승상의 다섯째 아들 웅현이 기이함을 두루 갖추었음을 말하니, 진처사가 말하였다.

"초공은 당대의 이름난 현인(賢人)이라 내가 진실로 흠모하고 존경하니 결혼을 어찌 사양하겠습니까? 다만 나는 벼슬하지 않는 한미한 선비라서 산속에 사는 사람인데, 그는 조정의 이름난 재상이라서 결혼이 성사되지 않을까 걱정입니다."

화공이 웃으며 말하였다.

"뜬구름 같은 공명은 초공이 취하지 않으니, 만약 형의 높은 절개와 맑은 마음을 존경하지 않았다면 수고롭게 청혼했겠습니까?"

처사가 답하였다.

6 "그 신랑을 칭찬할 만하지만, 글 짓는 재주는 어떠합니까? 시문(詩文) 한 장을 보고 결정하겠습니다."

화공이 웃고는 소매에서 시를 쓴 화선지를 내어주며 말하였다.

"내가 원래 형이 섬세함을 알고 조생의 시를 가져왔으니, 형의 높은 재주로 한갓 문필을 보지 말고, 수명이나 장단점, 부귀, 빈천, 궁달 등을 보십시오."

시를 보니 필법이 기이함은 물론이고 주옥 같은 글귀가 흩어져 있어 글

267) 조이현 : 초국공 조성의 별칭임. '이현 선생'이라고 부름.

268) 주진(朱陳)의 ~ 인연 : 주진지계(朱陳之計)를 뜻하는데, 이는 주씨와 진씨 두 가문이 진(秦)나라의 악정(惡政)을 피해 무릉도원에 들어가 서로 혼인했다는 고사에서 유래한 말로, 혼인함을 가리킴.

자체는 왕희지(王羲之)[269]의 〈난정첩(蘭亭帖)〉[270]을 비웃으며, 이태백(李太白)[271]의 〈청평사(淸平詞)〉[272]를 낮게 여길 정도였다. 천 리나 되는 양자강처럼 거리낄 것이 없으며 한 글자 한 글자마다 좋은 뜻을 지니지 않은 것이 없었다. 진처사의 높은 산 같은 안목으로도 이 시를 보고 나서 눈물을 흘릴 듯이 안색이 변하며 감탄하였다. 7

"대송(大宋)에 인재가 많음을 알겠습니다. 시를 쓴 종이 위에 오복(五福)[273]이 나타나 있으니 장수나 재상을 할 그릇이고, 제후로 봉해져 편안히 지내면서 만복을 누리는 최고의 영화를 누릴 것입니다. 자손이 번창하여 곽분양(郭汾陽)[274]을 부러워하지 않을 팔자이니, 신랑의 재목으로 드문 사람입니다. 형님께서 수고롭게 수레를 몰아 중매하러 왔으니 제가 어찌 딸아이를 위해 쓸데없는 작은 의심을 품어 허락하지 않겠습니까? 벼슬하지 않은 선비로서 공후의 집안과 혼인하는 것이 불가하지만 그쪽에서 이미 내가 한미한 선비임을 혐의하지 않았으니 제가 어찌 유독 사양하겠습니까?"

화공이 웃으며 말하였다.

"초공이 비록 공후이지만 위아래 사람들이 먹고 입는 데에 절약하는

---

269) 왕희지(王羲之) : {왕우군(王右軍)}. 중국 동진(東晋) 때의 명필(名筆) 왕희지를 말함. '우군'이라 한 것은 그의 벼슬이 우군장군(右軍將軍)이었기 때문임.

270) 〈난정첩(蘭亭帖)〉 : {정난시}. 문맥상 이같이 옮김. '난정첩'은 왕희지가 난정회(蘭亭會) 때에 이름난 선비 41명의 시첩에 서문을 쓴 것으로, 28행 324자임. 당나라 태종이 이 서문을 매우 좋아하여 죽을 때 관에 넣게 했다고 할 정도로 명문임.

271) 이태백(李太白) : {청년[靑蓮]}. '성당(盛唐) 때의 시인 이태백의 호. 태백은 자(字)이며 이름은 백(白)임. 『이태백집』 30권이 있음.

272) 〈청평사(淸平詞)〉 : 당나라 현종이 이백을 불러 양귀비의 아름다움을 읊으라고 하여 썼다는 사(詞).

273) 오복(五福) : 사람이 가질 수 있는 모든 복, 즉 수(壽) · 부(富) · 강녕(康寧) · 유호덕(攸好德) · 고종명(考終命)을 이름.

274) 곽분양(郭汾陽) : {곽영공(郭令公)}. 곽자의(郭子儀)를 가리킴. 분양 땅에 봉해졌기에 곽분양이라고 불림. 안록산의 난을 평정하는 등 당나라 최대의 공신으로 영화를 누리다가 85세에 죽음. 부귀와 공명을 구비했던 사람으로 자주 인용되는 인물임.

8 것이 한미한 선비보다 더하며 행실이 숙연하여 공자님께서 다시 나서도 흠 잡을 것이 없을 것이니, 자식을 결혼시키는 데에 이 같은 이를 얻기 어려울 것입니다. 하물며 조생의 풍모가 공자님을 웃을 정도이고 이태백을 나무랄 정도이니, 제가 어찌 형님을 속이겠습니까? 재주와 문필은 형님이 칭찬하는 바이니 제가 돌아가 혼인을 허락하신 것을 전하겠습니다. 속히 택일하여 알려 주십시오."

진처사가 이 혼인을 기뻐하는 것은 초공이 어짊을 예전에 들었기 때문이었다. 화공이 함께 이야기를 나누다가 돌아와, 다음날 초공을 보고 진처사가 혼인을 허락했음을 말하였다. 또 진처사가 길일을 택하여 보냈는데 겨우 몇 십 일이 남았을 뿐이었다. 초공이 기뻐하며 말하였다.

9 "형이 중매[275]를 힘쓰셨는데, 제 아들이 형님의 높은 뜻에 맞게 온유하지 않은 미운 신랑이 될까 걱정입니다. 진처사의 높은 안목에 맞지 않는다면 매우 무안할 듯합니다."

화공도 웃으며 말하였다.

"제가 아드님의 글을 가져다가 처사에게 보였더니 이러저러하다고 말하면서 수복(壽福)이 길어 공후의 그릇이라고 하였습니다. 처사의 밝음이 만고에 비교할 사람이 없으니 어찌 사위로 얻은 후에 중매 탓을 하겠습니까? 형님의 만복을 축하합니다."

손님과 주인이 즐거이 웃으며 함께 술을 마시는데 진왕도 와서 한가로이 이야기하다가 자리를 끝냈다. 웅현의 혼사를 정하니 어르신들과 숙모들이 축하하였는데, 웅현은 마음이 보통사람과 달라 정숙한 여자를 구하지 않는다면서 말하였다.

---

275) 중매 : {월노[月老]}. 남녀의 혼인을 맺어 준다는 신선이므로 이같이 옮김.

"숙녀는 너무 단정하여 지아비에게 괴롭고, 간들간들한 예쁜 여자는 10
남자의 마음을 기쁘게 합니다. 또 아내 된 여자가 늘 순종하며 답해야
하는데, 위엄 있는 여자는 부부의 정을 용납하지 못할까 염려됩니다."

양정렬이 이 말을 듣고 윤부인과 함께 근심하면서 말하였다.

"이 아이의 소견이 이처럼 특이하니 정말 걱정입니다. 바르고 깨끗하
며 절개 있는 여자를 만나면 금슬이 좋지 않아질 것입니다. 이 아이는
풍류가 지나친 사람으로 뜻을 둔 바가 특이하니 시집오는 여자가 불행
할 것 같습니다."

이미 진씨 집에서 길일을 택하여 보냈으니, 조씨 집안에서 만반의 준비
를 하여 신부를 맞느라고 잔치를 베풀어 손님이 구름처럼 모였다. 신랑이
길복(吉服)을 입고 어르신들께 하직하는데, 풍채가 천 그루의 수양버들이 11
봄바람에 휘날리는 듯하고 누운 누에 같은 두 눈썹과 옥 같은 얼굴, 봉황
같은 눈이 신선의 풍모를 갖추었다. 어르신들과 부모님이 대견해 함은 말
로 이루 다 표현할 수 없을 정도였다.

웅현이 위엄 있는 거동으로 따르는 사람들을 거느려 진부로 향하는데,
온 조정의 신하들이 모두 이 두 남녀가 혼인하는 데에 요객(繞客)이 되어
길 위에 휘황찬란하였으며 신랑이 뛰어남을 칭찬하는 소리가 분분하였
다. 홍안지례(鴻雁之禮)[276]를 마치고 신부가 가마에 오르기를 기다리는데,
진처사가 웅현을 보았다. 풍채가 시원스러워 해와 달 같은 얼굴에 이목구
비가 준수하고 피부가 윤기가 있어 오복이 완전할 관상이었다. 제후로 봉
해져 복록을 누릴 것이고 오래 사는 복도 완전할 듯하나, 다만 풍류가 지 12

276) 홍안지례(鴻雁之禮) : 혼인의 예식 중 신랑이 신부 집에 가서 예식을 올리고 신부를 맞아오는 친영(親迎)의 절차 가운데 하나로 전안례(奠雁禮)라고도 불림. 신랑이 신부에게 기러기를 전하는 의식임.

나쳐 방일한 기운이 넘치고 군자의 진중한 태도가 적었다. 처사가 이를 좋지 않게 생각했지만 사람됨이 특별한 것에 기뻐하면서 화공을 대하여 감사하며 말하였다.

"오늘 좋은 사위를 얻은 것은 형님의 큰 덕입니다. 어찌 한 잔의 축하주를 드리지 않겠습니까?"

옥잔에 향온주(香醞酒)를 부어 화공에게 친히 권하니 화공이 기뻐하며 잔을 기울였고, 많은 사람들이 다투어 칭찬하였다. 날이 저물어가니 신부에게 가마에 오를 것을 재촉하여 진소저가 꽃가마에 들어갔다. 웅현이 가마를 잠그고 백 대의 수레로 성대하게 신부를 맞이하여 조부로 돌아왔다.

태부인과 위부인이 붉은 벽 앞에 앉고, 그 다음으로 진왕의 아내들인
13 정숙렬, 연부인, 최부인과 금선공주, 초국공의 아내인 양정렬, 윤부인, 왕부인과, 딸 조부인 등 여섯 명이 있었다. 그 아래로 유현의 아내들인 조씨와 정씨 등 여러 부인네들이 예복을 단정하게 입고 자리에 나오니, 만고에 드문 아름다운 여인들이 당에 가득하였다. 태부인이 새롭게 대견해 하며 기쁘게 웃는 얼굴을 보이니 진왕과 초공이 나란히 앉아 온화한 얼굴로 봄바람에 버드나무가 흔들리는 듯한 분위기를 이끌었다. 또 좌우에는 하늘의 신선 같은 자녀들이 화살 벌여 놓듯 벌여 서 있으니 옆에서 보는 사람들이 태부인과 조노공의 인자하고 후덕함이 만복을 이은 것이라고 칭찬하였다.

이윽고 신부가 이르러 신랑과 함께 술을 바꾸어 마시고 맞절을 하고 밤과 대추를 받들어 시부모님과 조부모님께 바치니, 시부모님이 기쁨을 이기지 못하였다. 신부가 산과 시내의 수려한 기운과 하늘과 땅의 정수를
14 모아 태어났으니, 푸른 하늘의 흰 달도 그 앞에서는 자태가 없었다. 곤산

의 백옥을 다듬은 듯하니 예쁘고 우아한 자질이 꽃이 웃으며 향을 내뿜는 듯하였다. 광채가 까만 밤에 밝은 구슬을 비치고 가을 햇빛이 꽃 계단에 따뜻하게 내리쬐는 듯하였으며, 가는 허리와 봉황 같은 어깨를 지닌 빼어난 체형이 출중하였다. 좌우의 젊은이들이 신부보다 낫지 않으니, 조부모님과 시부모님이 기뻐하고 손님들의 치하도 분분하였다. 태부인이 좌중에 있는 사람들을 향해 말하였다.

"내가 천지신명께서 친히 도와주시는 복을 입어 세상에 지루하게 머물고 있는데, 여러 손자들이 일세에 빛나는 준걸들이고 들어오는 이마다 이처럼 특별하니 가문의 큰 행운이다. 아직 죽지 못하고 남은 삶이 구
천으로 돌아가도 먼저 간 지아비에게 전할 말이 빛이 있을 것이다. 옛 15
날의 슬프고 힘들었던 사정을 돌아보면 어찌 오늘을 기약이라도 했겠느냐?"

많은 친족들이 축하하면서 말하였다.

"모두 태부인의 인자함과 후덕함, 그리고 조상들이 쌓은 복이 남달라서 진왕과 초공 같은 큰 현인이 나온 것입니다. 대를 이어 여러 손자들의 특별함이 있으니 태사 기현과 능후 유현의 훌륭하고 어진 행실은 추앙받는 바입니다. 들어오는 여자들이 점점 특별하니 우리 친족들도 영광입니다."

모두 화목하게 기뻐하는 마음이 헤아릴 길이 없었다. 종일토록 실컷 즐긴 후 신부의 숙소를 난춘정으로 정하니, 진씨가 물러나와 예복을 벗고 붉은 치마와 단의(襢衣)[277]를 입고 앉아 있었다. 웅현이 와서 동서(東西)로

277) 단의(襢衣) : 왕후의 복색 가운데 하나로, 세간에서는 공경대부(公卿大夫) 등 고관의 부인이 입는 옷이었음. 흰 바탕에 무늬가 있는 옷이라고도 하고 일설에는 붉은색 옷이라고도 함.

16 나눠 앉아 있는데, 남녀의 풍모가 방 안을 밝게 할 만큼 빼어났다. 웅현이
예쁜 얼굴을 지나치게 좋아하기는 하지만, 진씨의 사람됨이 차가운 달과
같고 속마음이 눈이나 서리와 같으니 예법을 말하고 동작 하나하나가 묵
직하여 절개가 있는 풍모가 옥이 차고 얼음이 찬 것 같아서, 풍류 있게 이
야기하고픈 마음이었지만 마음대로 쉽게 대하지는 못하였다. 웅현이 신
부를 일단 탄복하였지만 바라던 바와는 맞지 않아 자기의 호기를 펴지 못
할까 은근히 흥미가 사그라졌다. 하지만 천하의 풍류호걸이 일대의 아름
다운 여자와 신방(新房)에서 무심하겠는가? 원앙금침 속에서 금슬(琴瑟)의
즐거움을 즐기니 창녀들의 음탕함과는 달랐다. 어찌 아름다운 나무와 난
17 초의 향기가 합해지면 백 년 동안의 금슬의 즐거움에 비기겠는가? 은정
이 두터워 산과 바다와 같았다.

이후로 진소저가 집에 머물면서 시부모님을 효성스럽게 봉양하고 남
편에게 순종하며 매사를 공경하여 받드는 것이 정씨나 이씨[278] 등에게
조금도 미치지 못하는 바가 없었다. 천성이 정숙하고 덕이 있어 터럭 하
나라도 예에 어긋나는 법이 없고 절약하고 겸손하였다. 하지만 웅현이 지
나치게 호탕하고 방만하여 취한 눈이 풀어지고 옷차림이 바르지 않아 방
탕한 농담이 잡스러울 때에는 두 눈이 가늘어지고 눈썹이 나직해져 보지
않고 괴로이 여기니 자연히 냉담해져 말을 붙이기가 어려웠다. 세월이 오
래될수록 이와 같으니 웅현이 괴롭게 여겨 이후로는 애정을 나누는 것이
18 끊어지고 홀로 외당(外堂)으로 물러나 틈이 나면 풍악으로 소일하였다.

원래 아버지 초공이 엄숙하며 능후인 유현 등 형제들도 가르침이 바르고 곧지만 맡은 일이 분주하여 한 몸에 일이 많았다. 그래서 여러 아들들

278) 정씨나 이씨 : 웅현의 맏형인 유현의 첫째, 셋째 부인임.

을 스승에게 맡겼기에 어려서는 큰일을 살피고 자라서는 공명정대하여
아버지와 형의 가르침을 크게 거스르지 않았다. 그래서 비록 웅현이 호방
하고 방일한 것은 알지만 넘치게 방탕한 일이 이와 같음은 몰랐다. 일곱
명의 계집을 사랑하는 행실이 남다르고 기녀들의 풍악에 물들어 정실을
소원하게 대하는 것을 생각이나 했겠는가? 어머니인 윤부인이 매우 염려
하여 그를 볼 때마다 책망하였는데 웅현은 어머니의 말을 흘려듣고 건성
으로 대답하면서 진씨를 후대하겠다고 말하였다. 그러고는 돌아서면 또
다르게 행동하니 윤부인과 양정렬이 늘 탄식하면서 진씨의 앞날이 평안 19
하지 못할 것을 짐작하여 불쌍해하면서 어루만져 주기를 친딸같이 하였
다.

이때에 양인광이 조씨의 거취를 몰랐고, 아이가 참혹하게 죽었음을 슬
퍼하여 장부의 철석같은 마음이지만 타 들어감을 면하지 못하여 누워도
편히 자지 못하고 먹어도 단맛을 몰랐다. 양친은 처량하게 계시면서 두부
인 한 명만 곁에서 함께할 뿐 내조하는 이가 없어 황량하고 슬하에 다른
자녀가 없어 적막하였다. 양인광은 자식이 없는 고독한 몸이기에 종사를
잇는 데에 무궁한 염려가 있어 근심이 가슴에 가득하여 먹지 못하고 자지
도 못하였다. 그가 조부에 오니 여러 조생들이 비웃는 소리와 조롱하는
거동이 한층 비위를 돋우었다. 앉으면 한숨이 나오고 누우면 긴 탄식만 20
나와 어찌할 도리가 없었다. 조생들이 그에게 아름다운 숙녀를 얻어 집안
일을 도모하지 않고 있으니, 만약 조씨가 생존해 있으면 정실 자리를 비
워두었다가 예전처럼 다시 주려고 하냐고 말했다. 그러자 인광이 슬피 대
답하였다.

"밝으신 가르침이 마땅하십니다. 장부가 수절할 것은 아니지만 '백인

(伯仁)이 나 때문에 죽었다.[279]'라고 한 것처럼 조씨가 없어진 것은 저 때문입니다. 저도 그녀의 생사와 거처를 모르고 지난날의 박행함과 의리 없음 때문에 이렇게 지내니 기복(忌服)[280]을 마친 후 다른 사람을 얻겠습니다. 양친을 모실 사람이 없으니 잠깐 지체하는 것을 걱정하지 마십시오."

이 말을 듣고 양공이 탄식하였다. 양인광이 먹고 자는 것을 폐하고 흐
21 르는 술로 위장을 적시니 꽃과 버들 같았던 풍채가 날로 쇠하고 감하였
다. 진왕과 초공이 이런 기색을 알고 조씨의 거처를 말해주려고 하다가도
딸아이의 액이 소멸되기를 기다려 말하려고 하였다. 그러면서 새로 아내
를 맞으라고 늘 권하니 양인광이 조씨의 생사를 안 후에 결정하겠다고 하
였다. 조씨가 이 소식을 듣고는 오히려 그의 마음을 알 것 같았다. 시부모
님과 지아비를 속이고 있는 것을 미안하게 생각하여 두부인에게 이 사연
을 글로써 아뢰니, 두부인이 답하기를, "이는 급히 맞이할 바가 아니니 아
직은 세월을 참으시오."라고 하였다. 두부인을 믿고 고요히 세월을 보냈
지만 아들이 참혹하게 죽은 일을 애통해 하면서 길고 짧게 탄식하며 눈물
을 뿌렸다.

22 하루는 양인광이 조부에 와서 운현 등과 함께 자는데, 꿈에 나비 한 쌍
이 오색 빛이 찬란하여 앞에 와 넘나들며 노닐었다. 인광이 나비를 따라
가니 이 나비가 어지러이 날아 진왕부의 선월정으로 가는 것이었다. 따라
가 보니 비단 창이 한가롭고 밝은 촛불이 휘황하여 완연히 조씨의 처소

279) 백인(伯仁)이 ~ 죽었다 : {빅인[伯仁]이 유아이ᄉᆞ[由我而死] ㅣ 라}. 진나라 때의 왕도(王道)가 억울하게 옥에 갇혔을 때 친구 백인(伯仁)이 적극적으로 변호해 그를 살렸지만 정작 자신은 옥에 갇힌 백인을 살리지 못한 것을 탓하면서 했던 말임. 무죄한 사람을 죽게 한 것은 모두 자기 탓이라는 뜻.

280) 기복(忌服) : 가까운 사람의 상(喪)을 만나 상제(喪制)로 일을 보는 것을 뜻함.

같았다. 반가움을 이기지 못하여 얼른 문을 열고 들어가니 조씨가 붉은
저고리와 치마를 입고 촛불아래에서 여러 소저들과 웃으며 이야기하고
있었다. 염치를 무릅쓰고 들어서니 여러 젊은이들이 좌우로 피하여 협실
로 들어갔다. 양인광이 나아앉아 조씨의 손을 잡고 여러 가지 심정을 펴
려고 하니 조씨가 손을 떨치고 치마를 걷어잡고 일어났다. 깜짝 놀라 깨 23
니 남가일몽(南柯一夢)이었다. 바야흐로 닭이 시끄럽게 울면서 새벽을 알
리니 인광이 새롭게 슬퍼져 생각하였다.

'조씨가 아마도 죽었나보다. 그렇지 않으면 어찌 꿈자리가 이러하겠는
가? 원한 맺힌 혼이 친정으로 돌아와 옛 처소를 지키는가 보다.'

길게 탄식하니, 능백 운현이 깨어 웃으며 말하였다.

"무슨 일로 탄식하는 소리가 그토록 처량하여 죽을 듯한가?"

인광이 길게 탄식하며 말하였다.

"너희는 호화로워 남의 회포를 모르는구나. 내가 너의 누이와 관관저
구(關關雎鳩)[281]의 금슬의 즐거움을 누렸었는데, 간사한 여자의 악행을
예측하기 어려워 내 박행하고 믿음 없는 행동 때문에 천고에 없는 고 24
초를 당하여 생사를 모르게 되었다. 어린아이는 요절하여 슬프고 그
어미의 생사를 모르니 일생의 깊은 근심이 되어 영웅의 기운이 쇠해졌
다. 이생에 누이를 못 만나면 나는 일생동안 홀아비로 살면서 그녀가
젊은 나이에 억울하게 죽은 것을 갚겠다. 그러나 이렇게 하면 부모님
께 불효하고 남자의 백 년 앞길이 막히는 것이니 어찌 슬프지 않겠느

281) 관관저구(關關雎鳩) : 관관이 우는 저구새의 즐거움'이란 뜻으로 군자와 숙녀가 좋은 배필을 만나 즐거워함을 의미함. '요조숙녀가 군자의 좋은 짝'이라는 표현 역시 『시경』의 「주남」 편의 〈관저(關雎)〉에 있음. 그 처음은 다음과 같다. "관관히 우는 저구새, 하수의 모래섬에 있도다. 요조한 숙녀, 군자의 좋은 짝이로다[[關關雎鳩, 在河之州. 君子好逑, 窈窕淑女]."

냐?"

운현이 그윽하게 웃으며 거짓으로 탄식하며 말하였다.

"너의 말을 들으니 내 마음이 더욱 슬프구나. 매제의 운명이 그처럼 박
할 줄 어찌 알았겠는가? 하지만 여자 하나 때문에 평생을 홀아비로 사
25 는 것은 불가하며, 양친께 불효하고 대를 잇는 것의 중요함을 어떻게
잊으려 하는가? 마음을 고쳐 얼른 숙녀를 맞아 장부의 즐거움을 누리
고 부귀에 힘쓰게."

양인광이 탄식하며 아무 말도 하지 않았다.

다음 날 아침에 진왕과 초공이 나오니, 인광이 맞았다. 진왕이 반기며 말하였다.

"이곳에서 잤느냐? 요사이 네 모습이 완전히 바뀌었구나. 무슨 병이 있느냐?"

양인광이 슬픈 표정으로 대답하였다.

"마음이 평안하지 않아 온화한 기운이 사라져서 그러합니다."

진왕이 위로하며 말하였다.

"장부는 마땅히 충효를 본받고 원대한 마음을 품는 것을 으뜸으로 삼
아야 한다. 내 딸의 일이 참담하기는 하지만 일은 이미 끝났다. 마음을
상하여 유약한 선비의 약함을 본받아서야 되겠느냐? 마땅히 좋은 가문
26 의 숙녀를 택하여 부모님께 불효를 면하고 네 한 몸의 쾌락을 이루어
라."

인광이 슬픔이 가득 차 사례하기는 했지만 일편단심 높은 절개가 조씨를 위하는 것이 금석 같아서 새로 혼인할 뜻이 전혀 없었다.

이 날 조회를 파한 후 본부에 들렀다가 다시 조부로 오니, 여러 조생들

이 존당에 들어가고 명천 등 어린아이들만 있었다. 양인광이 가운데 마루에 비스듬히 앉아 시를 읊더니 마음이 뜬구름에 흩어져 타들어가는 것 같았다. 이를 보고 명윤[282]이 웃으며 말하였다.

"숙부[283]는 무슨 일로 탄식이 끊이지 않으십니까? 제가 들으면 혹시 숙부께 유익할 수도 있지 않을까요?"

인광이 웃으며 말하였다.

"내 마음의 근심은 다른 일이 아니라 네 숙모의 생사와 거처를 모르기 때문이다. 네가 혹시 들었느냐?"

명윤이 대답하였다.

"한 집안의 가장이신 숙부가 모르시는 것을 제가 어찌 알겠습니까?" 27

태사 기현의 둘째 아들 명선은 본래 말을 가볍게 하는 아이였다. 명선이 웃으며 말하였다.

"숙부가 제 청을 들어주어 원하는 것을 주시면 숙모의 거처를 말씀드리겠습니다."

이를 듣고 명윤이 정색을 하며 자세히 살피면서 말하였다.

"요망한 아이가 숙부를 속이려고 헛소리를 하는구나. 숙부는 이 아이의 희롱을 혼내주십시오. 하지만 요사이 우리 집에 이상한 변고가 있어 어른들께서 근심하시는데 숙부의 말씀을 듣고 보니 무슨 일인지 알겠으니 더욱 참담합니다. 분명히 숙모의 원혼이 떠도는 것인가 싶습니다. 요사이 선월정에 가면 숙모의 모습이 완연한 사람이 방안에서 여러 시녀 아이들과 자연스럽게 이야기하다가 인적이 있으면 어디로 가 28

282) 명윤 : 기현의 큰 아들임.

283) 숙부 : 엄밀히 말하면 고모부이지만 이 작품에서는 계속 숙부라고 칭하고 있으므로 이에 따라 옮김.

버리기를 자주 합니다. 이승과 저승이 현격히 다른데 떠도는 혼이 왕래하는가 싶기도 합니다. 숙부께서 한번 들어가 혼이라도 위로하십시오. 백주 대낮에도 나타납니다."

양인광이 들으니 꿈속에서의 일과 딱 맞아떨어졌다. 이상하다고 생각하여 "그렇다면 왜 네 아버지나 숙부께서 말씀하시지 않았겠느냐? 네가 헛소리를 하는 것이지?"라고 말하였다. 명윤이 정색을 하며 말하였다.

"존당과 부모님은 매우 현명하시고 훌륭하시니 허탄한 일을 가볍게 말하실 리가 있겠습니까? 저는 숙부의 슬픈 마음이 애달파 아뢰는 것입니다. 어찌 헛소리로 숙부를 속이겠습니까? 들어가서 보십시오. 분명

29 히 보일 것입니다. 할머니께서 요망하다고 하시면서 가벼이 말하는 것을 금하셨지만, 숙부에게 큰 근심이 되는 것 같아 말씀 드렸습니다."

인광의 성품이 원래 소박하고 아이의 속이는 말이 뜻밖에 이치가 있는데다, 명천은 단정히 앉아 있고 명윤은 형의 눈치를 알아채고 웃음을 머금고 아무 말도 하지 않으니, 인광이 간혹 슬퍼하고 안타까워하여 생각하였다.

'혹시라도 조씨가 죽을 뻔하다가 간신히 살아나기를 바랐었는데, 이 말이 맞다면 죽은 것이 확실하구나. 내가 어젯밤에 꾼 꿈이 이상했는데 오늘 두 아이의 말도 이상하니, 어쨌든 선월정에 가서 봐야겠다.'

30 그러고는 명윤에게 앞에서 인도하라고 재촉하였다. 명윤이 아버지와 숙부의 명령은 어김이 없는 아이지만, 이번에는 그를 속여 웃고자 하여 머리를 흔들며 말하였다.

"저는 어린아이라서 숙모를 한 번 보니 살아 있는 사람과 달라 무서운 마음이 났었습니다. 그래서 다시 들어가기 두렵고 무섭습니다. 숙부께

서 선월정으로 가는 길을 아시니 들어가 보십시오."

이때에 해가 서쪽 언덕으로 돌아가고 자러 가는 새가 숲으로 돌아가니, 양인광의 마음이 급해져 명윤이 인도해주기를 더 이상 청하지 않고 선뜻 몸을 일으켜 선월정으로 갔다. 소저가 있던 침소 난간에 올라서니 여러 사람의 소리가 들려 더욱 마음이 혼란스러웠다. 날듯이 문 앞으로 다다라
문을 열고 방으로 들어가니 좌우의 시비들이 옛날과 같았고 조씨의 어여 31
쁜 얼굴도 눈에 익은 모습이었다. 비췻빛 병풍 앞에서 손에 책을 들고 옛 일들을 살피다가 눈을 들어 양인광을 보고는 놀라는 빛이 가득하여 일어나 맞이하였다. 인광이 정말로 그녀가 산 사람인 줄을 모르고 영혼이 왔는가 여겨 슬픔이 지극하여 자기도 모르게 붙들고 말하였다.

"부인,[284] 오늘 이렇게 만나는 것이 사실입니까, 꿈입니까? 영혼이 어느 곳으로 흩어지고 어찌 이곳에 와서 내 눈에 완연히 보이는 것입니까? 원한에 맺힌 혼백이 떠돌다가 넋이 온 것입니까?"

말을 마치고는 눈물을 줄줄 흘렸다. 조씨가 인광이 생사를 분별하지
못하고 소저의 몸을 넋이라고 생각하는 것을 보고는 이렇게 슬퍼하는 것 32
은 괴이한 일이니 마땅치 않다고 여겼다. 그래서 자리에서 일어나 옷깃을 바로하고 얼굴을 가다듬은 후 탄식하며 말하였다.

"군자께서는 신중하고 정대해야 하는 것이니 이런 거조는 매우 이상한 행동입니다. 제가 분명히 죽었다고 하더라도 이렇게 행동하지 않으셔야 하는데, 더욱이 산 사람을 보고 이러하니 매우 한심합니다."

양인광이 부인의 자연스런 목소리와 모습이 죽은 사람이 다시 살아난 것 같아 기쁨이 하늘을 찌를 듯하여 나아 앉아 그녀의 손을 잡고 한숨 쉬

284) 부인 : {분인}. 문맥상 오류로 보여 이같이 옮김.

며 탄식하였다.
“부인은 어찌하여 몸을 감추고 있어 내가 여러 달 동안 간장을 사르게
했습니까? 간인의 참소하는 말 때문에 다른 사람에게 정을 준 것일 뿐
33 아니라 독약을 먹어 마음이 변하게 만들었던 것입니다. 많은 변고가
자꾸 일어나 천금 같은 어린아이를 잃어 구곡(九曲) 간장에 한이 맺혔습
니다. 해와 달의 빛을 빌려 간사한 일당들을 멸하였지만 부인의 자취
가 아득하였으니, 이는 모두 내 허물입니다. 후회가 막급했지만 어떻
게 하겠으며 먹고 자는 것이 편했겠습니까? 부모님께 불효한 것과 조
상님 모시는 것을 생각하면 내 허물이 더욱 크니 어찌 다른 사람을 생
각할 수 있었겠습니까? 내 마음에 맹세컨대 부인과 다시 만나 원망을
풀까 생각했는데, 오늘 마침 꿈속의 일이 이러저러했고 명윤의 장난도
있어 정말로 죽었나 싶어 원귀나 한 번 반가이 보려고 왔습니다. 어찌
정말로 부인을 만날 줄을 알았겠습니까?”
34 양인광이 정이 흘러넘쳐 조씨를 붙들고 말을 못하니, 조씨가 옷깃을
바로하고 얼굴을 고치며 말하였다.
“저의 죄악이 많아 죽고도 남음이 있을 것입니다. 군자의 너그럽고 인
자한 덕으로 한 목숨을 보전하고 있었는데 갑자기 불이 나 한 가닥 가
느다란 목숨이 불에 사라질 뻔하였습니다. 그러나 두부인의 두터운 덕
으로 붙어 있던 목숨을 거둬 이곳에 오게 하였는데, 남은 목숨을 잇느
라 친정으로 돌아왔습니다. 그러니 어찌 사람이라 할 수 있겠습니까?
그래서 선월정 밖으로 머리를 내밀지 못했고 시부모님께도 아뢰지 못
했으니 제 죄가 깊습니다. 이제 뜻밖에 지아비의 발걸음이 이곳에 이
35 르러 제가 살아 있음을 처음으로 알게 된 듯하니 부끄러워 죽고 싶어

도 죽을 곳이 없습니다. 무슨 말을 더하겠습니까? 그러나 그간에 우여 곡절이 많았던 것이지 제가 스스로 군자를 속이려 했던 것은 아닙니다. 군자가 저 같은 인생을 다시 찾아 규방의 빛을 쇠하게 하고 외명부의 자리를 욕되게 하여 아내의 자리를 채우려고 하지 마십시오. 제 죄가 사실이라고 생각하시면 죽여서 죄를 밝히시고 무죄하다고 여기시면 제 해골이라도 드릴 것이니 부모님 곁에서 여생을 맞게 하십시오."

인광이 이 때를 당하여 조씨를 다시 만났는데, 조씨의 이러한 말을 듣고 뜻밖이라고 여겨 슬피 길게 탄식하며 말하였다.

"이는 모두 두 사람의 액이 매우 컸기 때문입니다. 본심이 아니었습니
다. 부인이 화를 피하여 이 곳에서 몸을 편안하게 한 것이 몸을 보호하 36
는 좋은 방법이었습니다. 두씨 형수가 깊은 뜻이 있어 이곳으로 보낸 것이니 어찌 부인의 허물이 되겠습니까? 부인이 내 본심을 짐작할 것입니다. 그간의 많은 잘못은 곽씨 탓이었습니다. 이제 곽씨를 친정으로 보냈고 흉한 시비들도 목을 베어 아이의 원수를 갚았습니다. 그러니 옛날 일에 대한 한을 품고 시부모와 나를 생각하지 않은 것은 뜻밖입니다. 부인은 깊이 살펴 내 잘못을 용서하고 일찍 돌아와 부모님 음식을 받들고 그 뜻을 받드십시오."

조씨가 탄식하며 말하였다.

"제가 그대를 원망하는 것이 아니라 박명한 인생이 참변을 당하고 아
이도 죽으니 세상에 뜻이 없고 시부모님을 뵐 낯이 없었던 것입니다. 37
그래서 벌을 받으며 깊은 규방에 있으면서 세상에 대한 생각을 끊으려 했습니다."

양인광이 웃으며 말하였다.

"장인어른과 스승님께서 부인을 감추고 나를 속이면서 내게 새로 혼인하라고 권하셨었는데, 내가 현명하지 못해 기색을 알아채지 못하고 있었습니다. 또 오늘 어린아이인 명윤에게 속아 여러 사람의 놀림을 당할 것이니 마땅히 스스로 감수해야 할 듯합니다. 그런데 부인마저 고집하여 나를 손님처럼 내치려고 합니까?"

이때 명윤이 인광의 뒤를 좇아 선월정에 왔다가 인광이 하는 말을 듣고 능백 운현 등에게 이 일을 고하였다. 운현이 크게 웃고 선월정으로 와서 창 밖에서 두 사람의 대화를 듣다가 웃으며 말하였다.

38 "인광이 요새 넋 나간 사람처럼 행동하더니 오늘은 행동이 저러하다가 대낮에 귀신을 만났느냐?"

인광이 소리를 듣고 대답하였다.

"우연히 이 곳 후원에 와 옛 일을 거슬러 생각하고 있는데 네 누이의 몸과 혼이 방 안에 있기에 차마 버리지 못해 앉아 있었다. 너는 무슨 일로 왔느냐?"

운현이 웃으며 말하였다.

"용렬한 사람이 아이의 희롱에 빠져 선월정에 귀신이 있다는 말을 곧이듣고 들어왔구나. 누이가 살아 있었으면 눈에 눈동자가 없지 않았을 것이다. 또 목소리를 분별하지 못하여 귀신이라고 하면서 붙들고 날뛰는 모습이 어찌 배를 잡고 넘어질 만큼 우습지 않겠느냐? 명윤이 너를
39 속여 들여보내고 웃음을 참지 못했다. 내가 알고 들어와 보니 인광이 명윤의 공으로 잃었던 아내를 다시 만난 것이 다행으로 여겨진다."

양인광이 말하였다.

"너희들이 살아 있는 누이를 두고도 나를 속여 조롱하고 욕했으니 오

늘은 도리어 너희가 욕을 먹을 것이다."

말을 마치자 다른 조생들이 연이어 와서 보고는 손뼉을 치며 크게 웃고 말하였다.

"아쉽다. 더 속였으면 좋았을 텐데. 누이가 병부에게 잘못을 저지를까 싫어 곧바로 실상을 말해 버렸으니 어찌 애달프지 않은가?"

양인광이 여러 달 속았음을 아쉬워했지만 부인을 만난 것을 다행으로
여겨 즐거워하니, 조생들이 조씨를 위로하며 옛적의 원한을 마음에 두지 40
말고 그가 석 달 동안 초조해 했던 마음을 위로하라고 하였다. 그러자 조씨는 슬피 탄식할 뿐 말이 없었다. 조생들이 나오면서 말하였다.

"살아 있는 사람과 죽은 사람이 함께 있는 경우는 매우 적지만 둘이 이미 만났으니 옛 정을 다시 펴라. 내가 한 그릇 밥을 얻어다가 허기진 배를 채우게 하겠다."

모두 한꺼번에 방을 나왔으나, 양인광은 나갈 뜻이 없었다. 조씨가 본래 온순하고 연약하여, 명쾌하고 통이 큰 세속의 젊은 여자와 같지 않았으니 어찌 옛 원한을 마음속에 두고 지아비에게 불경한 얼굴로 말하겠는가? 행동거지가 편안하지만 말하는 것은 가을 서리와 같고 계속하여 단정
히 앉아 있으면서 다시 말을 붙이지 않았다. 양인광이 그 손을 잡고 그 무 41
릎을 잡으며 여러 가지 마음을 이야기하면서 옛일을 회상하며 곽씨의 못됨과 취파와 춘소의 간악함을 말하였다. 아이 죽은 이야기에 이르자 조씨가 슬프게 탄식하며 말하였다.

"비록 그들을 썰어 죽이더라도 죽은 사람은 다시 살릴 수 없습니다. 그러니 이 애통함은 풀릴 날이 없을 것입니다. 제가 기구한 운명 때문에 세상에 다시없는 희한한 변고를 겪었으니 마음이 시리고 뼈가 저립니

다. 어찌 이런 상황을 무릅쓰고 그대의 안사람 자리를 다시 얻어 시부
모님 봉양과 음식 드리는 소임을 맡을 수가 있겠습니까? 그대는 좋은
가문의 숙녀를 다시 얻어 집안일을 잘 처리하시고 저는 고요하게 일생
42 을 마치게 해 주시면 큰 은혜라고 생각하겠습니다. 제가 비록 현명하
지 못하지만 지난 일들이 그대의 본심이 아닌 줄을 아니 다시 원망하지
는 않겠습니다. 다만 제 액이 남다르게 큰 것도 또한 하늘의 뜻이니 옛
한을 다시 꺼낼 이유가 무엇이 있겠습니까? 이제 시부모님께 제가 속
였던 죄를 말씀드리러 가셔서 다시 살아난 이 사람의 슬픈 마음을 헤아
려주시어 집안일의 번다함을 모르게 해 주십시오."

양인광이 웃고 조씨가 하는 말마다 탄복하면서 위로하며 말하였다.

"일이 이렇게 되었고 운명을 떨쳐버릴 수도 없으니 또다시 무슨 근심
이 있겠습니까? 새로 아내를 얻는 것은 부인이 지금 무사하시니 이후
43 에 마땅한 곳을 만나면 혹시 하나를 취할지 둘을 취할지 남자의 풍류
를 미리 알 수는 없지요. 하지만 부인을 여기에 두고 간 후에 염려할 바
는 아닙니다. 부인이 범에게 놀란 사람이니 또 새 사람을 권하는 것이
놀랍지는 않습니다. 내가 사람에게 한 번 속은 것도 괴상한 일이었으
니 이후에는 두 번 다시 그러지 않을 겁니다. 부인은 마음을 넓게 하여
백 년 동안의 화락을 평안히 하십시오. 액이 다하고 길운이 돌아왔으
니 아들딸 낳아 옛 한을 씻읍시다."

조씨가 그의 능란한 말이 물 흐르는 듯하니 도리어 어이없는 웃음이 나와 슬피 탄식하며 말하였다.

"그대의 말씀은 저를 어리석은 여자로 아시고 하는 말씀입니다. 제 사람됨이 어리석고 못나고 바르지 못하지만 지아비가 앞뒤로 능멸하는

상황을 당하는군요. 누구를 원망하겠습니까? 다만 아버지와 숙부께서 44
저의 액이 아직 덜 끝났으니 살아 있음을 말하지 말라고 하신 것은 제
뜻과는 관계가 없는 것이었습니다. 하지만 부모님께서 낳아 주시고 길
러주신 신체발부(身體髮膚)는 부모님께 받은 것이니 이런 까닭에 은설
정에서 3년 동안 고초를 당하면서 모래가 된 양식으로도 도리어 하나
의 목숨을 끊지 못했습니다. 제 운명이 이렇게 거센데 어찌 복록이 커
서 기린 같은 옥동자를 낳고 번화함과 부귀함으로 부부 화락을 바라겠
습니까? 아들이 죄 없이 독약을 먹고 즉사했으니 사람이 목석이 아닌
데 어찌 잊겠습니까? 남은 한이 무궁하고 심장이 찢어지는 듯하니 기
구하고 험난한 여생이 무엇을 귀하다 하겠습니까? 일 년 동안 고요히
규방에 있었기에 제 마음이 어두운 몸과 마음에 산산이 흩어져 그대와 45
같이 하기 어렵습니다. 일찍 집으로 돌아가십시오."

말씀이 간절하고 뜻이 슬프고도 완곡하니, 인광이 한숨 쉬며 탄식하고는 말하였다.

"어린아이의 참상은 우리 부부가 모두 슬퍼하는 바입니다. 헛되게 마음을 허비하여 꽃다운 몸을 해롭게 하지 마십시오."

저녁 식사가 나오자 두 사람이 나란히 앉아 먹는데, 조씨가 보통 때와
다름없이 먹으면서 거리낌 없이 대하였다. 그러자 인광이 그 질박하고 순
함을 더욱 사랑하여 삼사 년 막혔던 정을 폈다. 산과 바다 같은 정이 하늘
과 땅 사이가 낮은 듯하고 아교와 옻칠이 오히려 느슨한 듯하니 천만 가
지 사랑과 만 가지 풍류가 샘솟듯 하였다. 조씨가 분하고 애달팠지만 면
할 수 있는 일이 아니어서 탄식하느라 두 사람이 다 잠들지 못하였다. 밤 46
이 깊은 후 꿈을 하나 꾸었는데, 죽은 아들 성홍[285]이 몸에 붉은 옷을 입

고 날아와 품에 안기며 말하는 것이었다.

"억울하게 죽은 혼백이 아득하여 구름과 물 사이를 다니고 있다가 부모님이 다시 만나심을 틈타 다시 자식이 되겠습니다. 이로부터 만 년 동안 효도하고 선조(先祖)[286]의 더러운 것을 씻을 것입니다."

조씨가 놀라서 붙들고 슬피 우니 인광도 깨었다. 둘의 꿈이 똑같으니 매우 특별하다고 생각했다. 하지만 선조의 더러운 것이라고 한 바는 무슨 말인지 알아듣지 못하여 이상하게 여겼다.

조씨가 이후로 수태하여 '양백경'을 낳았는데, 재주가 비상하여 송나라
47 의 문장과 학식이 천고에 희한함을 알게 하였다. 13세에 용방(龍榜)[287]을
대수롭지 않게 여겨 급제하고 16세에 대원수가 되어 요동을 평정하였으니, 덕망이 아버지보다 더하고 충성과 열절이 빛나 족히 선조의 어질지 못한 더러운 행실을 씻을 만했다. 천자께서 손수 '양문 충렬문'을 써주셨으니 그 문을 지나는 자마다 말에서 내리지 않는 이가 없었다. 동네 입구에 '의명 선생 양문 충비'를 세우니, 당시 사람들이 탄복하였고 『양문충효록』도 지어졌다.

양인광이 굳이 조씨의 처소에 머무니, 진왕과 초공이 알고 놀라 그 이유를 물었다. 능백 운현이 그간 사정을 일일이 고하니 온 식구들이 박수치며 웃었다. 진왕과 초공이 말하였다.

48 "순진한 인광이 월염을 갈망하는 것은 가소롭지만, 그를 속인 명윤이 기이한 재주꾼이로구나."

---

285) 성홍 : {션홍}. 앞에서 '성홍'으로 나왔었기에 통일하여 옮김.

286) 선조(先祖) : 여기서는 성홍의 조부인 셈인 인물 양계를 두고 하는 말임. 양계는 양인광의 아버지이지만 못된 일을 많이 하여 파계(派系)되었던 인물임. 하지만 식구들이 비밀로 했기에 양인광은 아직 그러한 사실을 모르고 있음.

287) 용방(龍榜) : 문과(文科)를 이름.

인광이 나오니 진왕이 웃으며 물었다.

"선월정 귀신과 함께 있으니 어떠하더냐?"

인광이 웃음을 머금고 말하였다.

"군자가 계신 곳에는 요괴로운 일이 없는 법이니 조씨의 영혼인들 마음대로 장난을 치겠습니까? 구령(九靈)[288]과 칠백(七魄)[289]을 청하여 합신(合身)하고 나왔으니, 이제는 조씨를 찾아내라고 조르지 않겠습니다."

진왕이 크게 웃었고, 초공도 웃으며 말하였다.

"저 열 살 아이의 농담에 빠졌으니 어찌 이상하지 않겠는가? 우리가 너를 속인 것이 아니라 너희 두 사람의 액이 아직 덜 끝났기에 몇 달을 참으라고 한 것이다. 그런데 어린아이의 농락을 당했으니 설사 조카딸이
죽은 것이 맞더라도 대장부가 늘 한탄하면서 사람들의 비웃음을 받아 49
서야 되겠느냐? 내가 너를 유현만 못하지 않다고 생각했는데, 이 일은 그 아이에게 많이 미치지 못한 데가 있구나. 예전에 유현이 운남에서 돌아왔을 때에 정씨가 죽었는가 싶었지만 예전과 똑같이 태연하여 주위 사람들의 비웃음을 살 행동을 하지 않았었다. 지금 생각해 보니 그 아이는 서리같이 찬 바람이 도는 대장부로구나."

여러 조생들이 모두 웃으면서 양인광을 비웃으니, 인광이 웃으며 대답하였다.

"다른 조생들도 이 일에 있어서는 정말로 유현에게 미치지 못할 것입

---

288) 구령(九靈) : 사람에게 있는 9개의 영혼. 즉 천생(天生), 무영(無英), 현주(玄珠), 정중(正中), 자단(子丹), 회회(回回), 단원(丹元), 태연(太淵), 영동(靈童).

289) 칠백(七魄) : 사람에게 있는 7개의 혼백. 즉 시구(尸狗), 복시(伏屍), 작음(雀陰), 탄적(呑賊), 비적(非賊), 제예(除穢), 취폐(臭肺).

니다. 제가 박행하여 아내를 참혹하게 대접했음을 뉘우쳐 마음을 비우
50 려 하였지만 아이의 농락에 빠져 들어 부끄럽습니다. 하지만 스승님과
장인어른께서 바르고 숙엄하신데도 시체나 찾아 보내라고 하시면서
저를 속여 보채셨으니 체면을 손상시키신 일이십니다."

진왕과 초공이 웃음을 머금고 말하였다.

"산 사람을 죽었다고 한 것은 양태사[290]께서 잘하던 일이니, 우리가 시작한 일이 아니다. 그건 그렇고, 네 사람됨이 어떠하기에 그만한 일의 허물을 감추지 못하느냐? 평소에 헤아리던 바가 아니구나."

인광이 씩 웃고는 말이 없었다. 한참 후에 자기 심정을 담아 말하였다.

"제가 겪은 많은 참변 때문에 자식을 보전하지 못하고 집을 어지럽혀
51 당 위에 부모님이 연로하신데도 아침저녁 문안과 음식을 봉양할 사람
이 없습니다. 그러니 사사로운 정으로 제 잘못을 씻어 주십시오. 장인
어른의 너그러우심으로 저의 죄를 용서하시고 아내를 보내시어 집안
일을 비우게 하지 않으시기를 바랍니다."

진왕이 듣고 나서 흔연히 웃으며 말하였다.

"네가 어찌 이리 약한 말을 하느냐? 네 아내는 네 마음대로 해라. 여자가 지켜야 하는 삼종지의(三從之義)[291]가 밝고도 밝으니, 한 때의 액으로 윤리를 폐하고 삼종지의를 버리겠느냐? 오늘이라도 데려다가 집안 일을 안정시키고 집안 다스리는 도리를 잃지 마라."

인광이 탄복하여 절하고 감사하였다. 집으로 돌아가 부모를 뵙고 조씨가 완연히 살아 친정에 있음을 고하니, 양공 부부가 기쁨을 이기지 못하

290) 양태사 : 양인광의 아버지임.

291) 삼종지의(三從之義) : 여자가 지켜야 할 세 가지의 도리. 집에 있어서는 아버지를, 시집가서는 남편을, 남편이 죽은 뒤에는 아들을 좇음을 이름.

였다. 그가 살아있게 된 놀라운 사연을 물으니, 조씨가 취별당에 숨었다 52
가 두부인이 구해주신 덕으로 지내게 된 일을 자세히 고하였다. 또 곽씨의 일이 발각되었을 때에는 몸에 병이 나 부모와 형제들을 보고 위로받으려고 집안이 안정된 후 돌아오려고 하여 친정으로 간 것이며, 아버지와 숙부께서 액이 아직 덜 끝났다고 하면서 피신하여 액을 막으라고 했던 일도 말하였다. 조씨가 시부모님을 속이는 것을 민망해 하며 편지로라도 고하지 못했음을 황공해 하고 사죄했더니, 두부인이 알아서 하겠다고 하면서 액이 다한 후에 아뢰라고 했다는 것도 말씀드렸다. 양공이 듣고 안색을 바꾸면서 탄식하며 말하였다.

"우리가 현명하지 못하여 며느리를 보전하지 못하였으니 두씨 며느리 53
의 현명함이 이와 같아 조씨를 보전했구나. 두씨는 실로 여자 중 제갈공명이다. 인광의 아내가 편안한 것은 다 두씨 너의 공이다."

이후에 양인광이 조부에 왕래하면서 조씨와 화락하니, 태부인과 위부인이 사랑함이 옛날과 같았다. 하지만 조씨가 선월정에 드나들지 않으면서 좋은 일과 나쁜 일을 모두 폐하고는 양인광이 집으로 돌아가자고 말하니 아름다운 미간에 근심이 맺혀 탄식하면서 말이 없었다. 인광이 마음이 급하여 다시 진왕께 조씨가 심하게 거리끼고 있는 것을 말하면서 정숙렬께 권해 달라고 아뢰었다. 진왕이 즉시 내당에 들어갔더니 정숙렬이 존당
에 가고 없었다. 도로 나와서 양인광을 데리고 정당에 들어가니 정숙렬 54
과 연비 등이 존당을 모시고 있었다. 진왕이 좌우의 사람들에게 월염을 불러오게 하였다. 월염이 색깔 없는 옷을 입고 헝클어진 머리를 쓸어 올리고는 와서 명을 받드는데, 아름답던 얼굴이 수척해지기는 했지만 배꽃이 봄비를 맞은 듯 온갖 아름다움이 찬란하였다. 진왕이 자리에 앉으라고

하고는 말하였다.

“네가 남의 아내가 되어 젊은 나이에 액을 만나 자식이 죽게 되고 누명
을 써 3년의 곤경을 겪었지만 이것도 또한 운명이다. 이제 다시 하늘의
해를 보게 되었으니 지아비에게 순종하여 시댁으로 돌아가 시부모님
의 뜻을 받들어 봉양해야 한다. 여자에게 지아비는 작은 하늘이다. 하
늘이 예측하지 못한 변고와 비바람을 내리시더라도 잘잘못을 겨루지
55 못하는 것이다. 부부의 도리와 음양의 이치가 이러하니 너의 일생의
즐거움과 괴로움이 모두 양인광의 손 안에 있다. 네가 생각이 좁지 않
다고 생각하고 스스로 깨달을까 했는데 고집스러움이 이와 같고 끝내
넓게 생각하지 못하고 시부모님과 지아비를 원망하는구나. 진실로 까
마귀, 까치 같은 아비가 봉황을 낳지는 못했나 보다.”

진왕이 좌우의 사람들을 돌아보며 수레를 몰고 갈 차비를 하라고 하여
계단 앞에 준비해 놓고 빨리 시댁으로 가라고 하였다. 월염이 아버지의
엄숙함에 송구해 하며 두 번 절하고 죄를 바라면서 자신의 사정을 말씀
드려 며칠을 더 머물고자 했으나 진왕이 들어주지 않았다. 진왕이 월염의
유모를 불러 빨리 양부로 가라고 하니, 유모가 명을 받들어 월염을 붙들
56 어 덩으로 들어가게 하였다. 정숙렬이 진왕의 처사를 매우 원망스러워
했으며, 태부인과 위부인이 진왕을 말리며 말하였다.

“시댁으로 가는데 헝클어진 머리와 헤어진 옷으로 가는 것은 시댁을 공경하는 처사가 아니다. 얼굴을 다듬어 의복을 꾸민 후에 가게 해라.”

진왕이 대답하였다.

“친정에 오래 있는 것이 시부모님을 공경하고 순종하는 것이 아닙니다. 의복이 중요하겠습니까?”

노부인들도 말리지 못하여 진왕의 결단을 이기지 못하였다. 조생들과 초공이 옅게 웃으며 양인광을 보니, 온화한 기운이 웃을 듯하였다. 능백 운현이 웃으며 말하였다.

"누이가 가마에 올랐으니 네가 가마를 받들어라."

조생들의 희롱이 계속 이어졌다. 진왕이 양인광을 경계하며 말하였다.

"딸아이를 거느리고 집으로 돌아가면 너는 침묵하고 위엄 있어야지 여자에게 끌려다니지 마라." 57

양인광이 두 번 절하며 사례하고 말하였다.

"장인어른의 밝으신 가르침을 삼가 수행하겠습니다."

여러 조부인들이 조카가 갑자기 돌아가게 됨을 슬퍼하며 말하였다.

"사위의 부탁만 듣고 딸을 구박하는 것은 인정 없는 처사로구나."

진왕이 웃으며 말하였다.

"사위의 청이든 누구의 청이든 도리에 당연하면 어떻게 막겠습니까?"

여러 조부인들[292]이 웃으며 말하였다.

"아우가 자기 마음대로 딸아이를 억눌러 꾸짖는 것이나 일을 처리하는 것도 자기 마음으로 미루어보아 하는 것이기는 하지만, 모두 딸아이를 아껴서일 것이네. 그러니 크게 보면 그르지는 않네."

양인광이 매우 기뻐하며 하직 인사를 하니, 조생들이 희롱하며 말하였다.

"빨리 돌아가 집안일을 다스리고, 아내에게 죄를 청하여 용서나 받아라."

양인광이 웃으며 답하였다.

---

292) 조부인들 : 진왕의 누이들을 일컬음.

58 "나는 집안일을 호령할지언정 사죄는 모른다. 너희는 아느냐?"

그러고는 양부로 갔다. 이 때에 양공이 수레를 보내 조씨를 데려오려 했는데 갑자기 조씨가 가마를 타고 문으로 들어오니 반갑고 기뻐 주렴을 들고 조씨를 보았다. 조씨는 색깔 없는 의상을 입었고 옥 같은 얼굴이 티 없이 맑았으며 꽃 같은 얼굴, 달 같은 풍모에 세 마디의 예쁜 발을 옮겨와 죄를 청하였다. 옥 같은 목소리가 깨끗하고 태도가 빼어나니 시부모님이 새롭게 사랑하고 위로하며 말하였다.

"너를 보니 나 스스로 부끄럽고 또한 놀랍다. 요망한 여자의 악행이 발
각되었지만 너의 생사를 몰라 심장에 한이 맺혔는데, 오늘 서로 만나니
59 큰 경사로다. 네가 살아있다는 말을 듣고 얼른 오라고 하고 싶었지만
우리 집 처사가 부끄럽고 참담했었다. 네가 예의를 차려 이렇게 오니
어찌 아름답지 않겠느냐?"

조씨가 엎드려 사죄하고 나서, 시부모님의 큰 덕을 입어 액이 사나운 것을 면하여 만 번 죽어도 남음이 있을 죄를 면하고 다시 슬하에 이르렀으니 크신 덕을 입었다고 하면서 산과 바다 같은 은혜를 칭송하였다. 또 두부인을 향하여 그 사이의 안부를 묻고 은혜에 감사하니, 두부인이 반가움을 이기지 못하여 각별한 회포가 끝이 없었다.

조씨가 머물면서 새롭게 시부모님을 효도로 봉양하고 지아비에게 순
종하며 부모님의 교훈을 받들었으며 두씨의 은덕에 감사하였다. 부부의
60 화락이 흠이 없었고 다시 온갖 행실을 닦으니, 양인광이 집안 다스리는
일을 특별히 힘썼고 그 전의 부인의 험했던 액을 위로하느라 한 번도 낯
빛을 고치지 않았다. 조씨도 유순하여 모든 일에 미진함이 없으니 만사가
도리에 합당하였다. 시부모님의 자애와 두부인의 애정이 깊어 만금의 좋

은 옥을 대함같이 하였다.

양인광이 문무(文武)의 재주를 지녔기에 상의 총애가 크시어 참지정사(參知政事),[293] 동평장사(同平章事)[294]로서의 명망이 온 조정을 기울였다. 그 전에는 사람들이 양인광의 실제 아버지인 양계의 어질지 못했음을 알고 입을 열지 않고 있다가 양인광이 평진왕의 사위가 되는 것을 보고 세 번째 아내가 되기를 원하는 이가 많았다. 하지만 양공이 막고 허락하지 않았다. 인광이 조씨와 화락하였지만 그 나머지 시간에는 한 몸이 외로워
상황이 고단하니 현명하고 밝은 숙녀를 얻으려 했다. 하지만 곽씨에게 61
속았던 일을 생각하고 주저하고 있었다.

태학사 정현의 딸 옥환이라는 여인이 있었는데 아름다움이 제일이었다. 진왕과 조씨가 양인광에게 힘써 권하여 정씨를 맞았는데, 조씨와는 표종(表從)[295] 간이었기에 서로 형제 같았다. 양인광이 정소저의 아름다움이 자기보다 못하지 않다고 생각했기에 둘의 종고금슬(鐘鼓琴瑟)[296]이 좋았고 모든 일에 순조로웠다. 그러던 중 조씨가 수태하여 점점 만삭이 되어 가니, 시부모님이 매우 기뻐하며 득남하기를 지나치게 바랐다. 이후 특별한 일이 많을 것이다.

초공의 장녀 '자염'은 초공의 첫째 부인인 양정렬의 소생이다. 하늘이
낸 어여쁜 딸로 성품과 행실이 만사에 특별하니, 광채가 산머리의 아침
해 같고 초산(楚山)에서 난 아름다운 옥을 다듬은 듯하며 푸른 바다의 진 62

---

293) 참지정사(參知政事) : 재상 밑에서 정치를 보좌하는 일을 맡은 벼슬임.

294) 동평장사(同平章事) : 중국의 관명(官名). 당(唐)・송(宋) 시대에 재상(宰相)의 실권을 장악하던 벼슬.

295) 표종(表從) : 외종사촌을 이름.

296) 종고금슬(鐘鼓琴瑟) : 종과 북소리, 거문고와 비파소리가 잘 어울리는 것과 같이 부부가 서로 화목하여 즐거워하는 것을 이르는 말.

주가 밝은 듯하였다. 덕스러운 성품과 지혜로운 자질이 여자 중의 군자로
훌륭한 여인의 풍모를 지녔다. 그 사람됨이 하늘과 같고 그 뜻이 신령스
러워 태임(太任)과 태사(太姒)의 덕을 갖추었으니 초공이 아니면 댈 만한
사람이 없었고, 훌륭한 덕성이 나타나니 초공의 덕화(德化)가 아니면 있을
수 없을 정도였다. 단지 얼굴이 곱다고만 할 수준이 아니라 광채가 멀리
서 보면 은근하고 가까이서 보면 향취가 어리어 천지의 정기를 안아 달과
같고 해를 희롱하는 듯하였다. 그 어머니 양정렬과 함께 앉으면 누가 더
나은지를 분간하기 어려웠고 오히려 자염이 더 나았다. 두 눈의 맑은 광
채는 눈을 길게 뜨면 맑은 기운이 사람에게 쏘이는데 그 광채가 초공의
63 눈과 비슷했다. 부녀의 성품이 서로 짝할 만하여 자염의 타고난 정숙하
고 요조한 기질이 초공의 자녀와 진왕의 자손 중 으뜸이었다. 그래서 초
공이 마음이 아파 탄식하며 말하였다.

"남자 아이가 되었다면 공자와 맹자 이후 처음으로 사람다운 사람이
되었을 것이다."

그러면서 아끼고 사랑함을 슬하의 보물처럼 하였다. 초공의 단엄한 성
품으로도 그 아이를 보면 온 얼굴에 봄바람이 일어났고 자염 소저도 아버
지를 뵈면 이를 찬연하게 드러내고 웃으며 옛 일들을 물어 사리를 깨닫고
밝으신 가르침을 배웠다. 초공이 여자를 칭찬하는 것을 좋아하지 않았지
만 배우는 것을 금하지 못하여 늘 소저가 아버지를 모시고 천문(天文)을
보고 깨우쳤다. 초공이 그녀를 특별하게 여기고 중요하게 여기는 것이 집
안사람 중 제일이었다.

64 자염이 꽃다운 나이 13세에 온갖 자태가 빼어나니 밝은 달이 하늘에
오른 듯하였다. 귀한 집의 깊은 규방에 숨어 지냈기에 일가친척들도 얼굴

을 본 사람이 없지만 연꽃의 향기를 감추지 못하여 천만 명의 중매쟁이들이 문을 메우며 청혼하였다. 그러나 초공이 허락하지 않고 제자들 중에서 살펴보았더니 소경수보다 나은 이가 없었다. 조신경이라는 이가 그 다음이었지만 조소저와 비교하면 당하지 못할 정도였으니 마음을 내보이지는 않았지만 그 중 특별히 뛰어난 사람을 골라 정하려고 하였다.

올해 봄 과거에 응시하고자 조생 들이 과장(科場)으로 나갔는데, 조신경과 윤선희[297] 등이 모두 과거에 응시하였다. 소경수의 이름이 1등으로
뽑혔고 2등은 조수현[298]이고 3등은 웅현[299]이며 그 다음은 윤선희였다. 65
차례로 현달하게 되니 진왕의 두 아들과 사위, 초공의 아들이 동시에 기세와 지위를 드날려 영화와 황제의 총애가 일세를 기울였고, 자녀들과 종형제들 중 관직에 나간 사람이 열 명이었다. 조신경도 높은 등수에 올랐지만, 초공의 제자 세 명 중에서 소경수가 나이 14세에 장원급제하였다. 황제의 총애가 조정과 재야를 기울일 정도였고, 황제께서 그를 중서사인(中書舍人)[300]을 삼으시고 한림학사(翰林學士)[301]로 기용하셨다.

조부에서는 부인들과 노공이 손자들의 경사를 처음 본 듯이 기뻐하고 아름답게 여겨 기쁨을 건잡지 못했는데, 초공만은 너무 번성함을 두려워하였다. 초공이 소경수를 마음에 둔 지 오래되었는데, 과거에서 장원을

---

297) 윤선희 : {윤셩회}. 다른 곳에서는 '윤선희'로 표기되어 있으므로 이같이 옮김. 진왕의 둘째 딸인 옥염의 남편임.

298) 조수현 : 진왕의 아들임.

299) 웅현 : 초공의 아들임.

300) 중서사인(中書舍人) : 중서성의 사인. 중서성은 기무(機務)·조명(詔命)·비기(秘記) 등을 맡아보던 관서이며, 사인은 중서성의 한 벼슬로 통사사인(通事舍人)·사인통사(舍人通事)라고도 불렸으나 후에 중서사인으로 통칭하며 중서성에 한 명을 두었음. 중서사인은 높은 관직은 아니지만 청요직으로 이후 고관으로 승진하는 데 중요한 길목이 되는 벼슬이었음.

301) 한림학사(翰林學士) : 당(唐) 현종(玄宗) 때 설치한 한림대조(翰林待詔)를 개원(開元) 26년에 개명한 것으로, 비답(批答)이나 그 밖의 문서 입안(立案)을 맡은 관직임.

66 하니 기뻐하며 생각하기를 '자녀들의 위세가 성하니 이번에 그가 장원급제한 것을 특별히 마음에 둘 필요는 없지만 상황이 부득이 하여 난처하구나.'라고 하였다.

소경수는 평진후 승상 소천의 막내아들이었다. 그는 소공의 여러 아들 중에서 특별하여 세상에 매우 뛰어나니 보기 드문 문장과 공자와 맹자의 도덕으로 긴 강과 큰 바다와 같이 시원스런 문장을 썼다. 성품이 중후하고 위엄 있으며 몸을 수행하고 잘 다스리는 것이 빼어나니 평진후가 만금 같은 아이로 여겼다. 승상의 동생 소학사가 딸 셋을 낳고 후계자가 없었는데 경수를 매우 사랑하여 그 아이가 다섯 살이 되었을 때에 억지로 데려가 양자로 들이겠다고 보채어 가문을 잇기를 바랐다. 아내가 막내아들을 아끼는 것이 다른 아들들보다 더하였지만 평진후의 우애가 특별했으
67 며 더군다나 소학사는 평진후가 아끼는 동생이었기에 청을 막지 못하여 경수를 양자로 삼게 했다. 평진후의 부인이 슬퍼했지만 마지못하여 잠잠히 있었다.

소학사의 부인 구씨는 구승상의 딸로 얼굴이 아름답고 성품이 재간이 있고 능란했다. 하지만 소학사는 그 마음이 불량한지를 알지 못하여 흠없이 화목하게 지내면서 세 딸을 낳았다. 장녀는 연황[302]이고 둘째는 애황,[303] 셋째는 여황[304]이었는데 세 딸이 모두 어머니를 닮아 재주가 뛰어나고 말을 아주 잘하였다. 큰딸은 태학사 정현[305]의 둘째 며느리가 되

---

302) 연황 : {셔황}. 그러나 구부인의 세 딸의 이름은 여러 가지로 표기되어 있으므로 장녀의 이름은 연황으로 통일하여 이와 같이 옮김.

303) 애황 : {의황}. 그러나 구부인의 세 딸의 이름은 여러 가지로 표기되어 있으므로 차녀의 이름은 애황으로 통일하여 이와 같이 옮김.

304) 여황 : {너황}. 그러나 구부인의 세 딸의 이름은 여러 가지로 표기되어 있으므로 셋째 딸의 이름은 여황으로 통일하여 이와 같이 옮김.

305) 정현 : 진왕의 첫째 부인인 정숙렬의 친척으로, 그의 딸 옥환이 양인광의 셋째 부인이 되었던 인

었고, 둘째딸은 승상 여전의 손자며느리가 되었고, 셋째딸은 나이가 9세 였다. 구부인이 경수를 계후(繼後)로 삼은 지 3년이 되었을 때에 아들을 68 하나 낳으니 속으로 매우 기뻐하였지만 소학사는 다른 뜻이 없었다. 평진후 소천이 아우가 아들을 낳은 것을 보고 그 아들로 대를 이으라고 권하니, 소학사가 7일을 먹지도 않고 다투어 경수를 장자로 삼고 자기 아들인 연수를 둘째 아들로 삼았다. 소학사의 좋은 뜻이 나중에는 오히려 큰 사단이 될 것이니 애석하구나.

이때에 소경수가 금마옥당(金馬玉堂)306)의 선비가 되어 황제의 총애가 조정과 재야에 떠들썩하게 되고 재주와 절개가 일세에 빛나니, 소학사가 기뻐하며 아끼는 것을 형용하기 어려울 정도였다. 이때 구씨가 낳은 아들은 7세였는데 구씨가 늘 자기 아들인 연수가 둘째 아들이 되고, 또 학사가 만금같이 귀중하게 여기는 것이 연수가 경수보다 못한 것을 불만스럽 69 게 여겼다. 그래서 겉으로는 경수를 사랑하는 체하여 학사와 남들 보는 데에서는 자기 소생인 연수보다 더한 듯했지만 속으로는 그에 대한 미움이 뼈에 사무쳤다. 뿐만 아니라 연수도 나이가 열 살도 되지 않았는데 어질지 못한 마음이 모든 일에 많이 드러나 거짓으로 효도하고 우애하지만 매사에 맞서 겨룰 태세로 아버지와 숙부에게 요구하였다. 하지만 경수는 큰 효성을 타고 났기에 양쪽 부모 섬기기를 다르게 하지 않았다. 의붓어머니인 윤부인이나 양어머니인 구부인을 지극한 효성으로 받들었고 형제인 연수를 같은 어머니에게서 난 형제와 똑같이 대하였다. 연수의 사람됨

물임.

306) 금마옥당(金馬玉堂) : 한(漢)나라 때의 미앙궁(未央宮) 중의 금마문(金馬門)과 옥당전(玉堂殿)을 말함. 모두 문학지사(文學之士)가 출사(出仕)하는 곳. 이로부터 한림원(翰林院)의 이칭(異稱)이 됨.

은 이적선(李謫仙)[307]의 시와 이백(李白)과 두보(杜甫)[308]의 재주를 가지고
일곱 걸음 만에 시를 짓는 재주[309]를 겸하였지만, 자신보다 나은 사람을
70 따르고 꺼렸다. 부친이 경수의 재주를 자기보다 더 사랑함을 늘 분하고
원통하게 생각하여 어머니를 대할 때마다 부친을 원망하며 말하였다.

"제가 비록 미약하지만 살아 있는데도 사촌형을 양자로 삼은[310] 것은
아버지께서 그를 지나치게 아끼시기 때문입니다. 그러니 형이 우리 모
자 알기를 기러기 털처럼 가볍게 여깁니다. 나중에 어머니와 제가 위
태롭게 되어 편안하지 못할 것입니다. 이를 생각하면 먹고 자는 것이
편하지 않습니다."

구씨가 탄식하며 말하였다.

"우리 아들이 나이 어리지만 식견이 원대하니 내가 무엇을 염려하겠느
냐? 네 부친이 요망한 경수에게 혹하여 친자식이 조카보다 못한 것처
럼 대하는데, 경수가 아직은 효도하고 우애하지만 장차 어떻게 할지 알
71 겠느냐? 노비와 논밭을 모두 경수에게 주고 너는 둘째아들이므로 아무
것도 주지 않을지 모른다."

이렇게 의논하고 때를 엿보았다. 경수는 현명한 사람이기에 아우의 마
음을 짐작하고 속으로 걱정하면서 아버지와 조용히 마주하게 될 때마다

---

307) 이적선(李謫仙) : 이백(李白)을 말함. 성당(盛唐) 때의 대시인. 자(字)는 태백(太白), 호(號)는 청연(靑蓮). 그 유유자적한 풍치로 인해 적강(謫降)한 신선(神仙)이라 일컬어졌음.

308) 두보(杜甫) : 중국 당나라 때의 시인으로 자는 자미(子美)이며 호는 소릉(少陵)·공부(工部)·노두(老杜)임. 율시에 뛰어났으며, 긴밀하고 엄격한 구성, 사실적 묘사 수법 따위로 인간의 슬픔을 노래하였음. '시성(詩聖)'으로 불리며, 이백(李白)과 함께 중국의 최고 시인으로 꼽힘.

309) 일곱 ~ 재주 : '칠보시(七步詩)'를 짓는 재주를 뜻함. 조조(曹操)의 아들 조비(曹丕)가 왕이 되어 그 동생 조식(曹植)에게 일곱 걸음 걷는 사이에 시를 짓지 못하면 죽인다고 했는데, 이에 조식이 지은 시를 '칠보시'라고 함.

310) 양자로 삼은 : {시양(侍養)ᄒᆞ믄}. 대(代)를 잇기 위해서가 아니라 곁에 두고 시중들게 하기 위해 세 살 넘은 아이를 데려다 기르는 일임.

꿇어앉아 아뢰었다.

"아버지께서 저를 키워주신 지 수십 년이 되었지만, 아우의 기질이 현숙하고 뛰어나 저의 어리석고 용렬함보다 더 낫습니다. 예로부터 제왕도 어진 사람으로 대를 이었는데 하물며 친자식을 폐하겠습니까? 아우로 대를 이으시고 저와는 부자 사이의 인륜만 온전했으면 합니다."

눈물을 흘리며 온 마음을 다해 간하니, 소학사가 아끼고 소중하게 여겨
손을 잡고 강보에 싸인 아이같이 사랑하여 못할 일이라고 경계하면서 친 72
생이 아니라고 구분 짓느냐고 책망하였다. 그러자 경수가 엎드려 사죄하며 말하였다.

"어찌 그렇겠습니까? 도리에 떳떳한 일을 아버지께서 그렇게 생각하시니 황공하기 그지없습니다."

소학사가 그를 더욱 소중하게 여겨 마음을 고치지 않으니, 경수가 밤낮으로 걱정하면서 아우를 사랑하고 효성도 조금도 서먹하지 않아 어머니 받드는 일을 정성스럽게 하며 어김이 없었다. 구씨도 겉으로는 친모자의 의리를 다하여 조금도 좋아하지 않는 빛을 보이지 않고 한결같으니, 소학사가 그 마음을 알아채지 못하였다.

소경수가 과거에 급제하여 한림원의 중요 관직을 맡게 되니 빛나는 임 73
금님의 은총이 일세를 기울이고 재주 있다는 명망과 절개가 온 조정에 솟아났다. 그리하여 장안의 구름 같은 공후와 재상가의 젊은 여자들이 우러러 바라보지 않는 이가 없었다.

화설. 사인(舍人)311) 소경수의 풍모와 기질을 흠모하여 청혼하는 매파

311) 사인(舍人) : 소경수가 과거에 급제하여 한림학사가 되었다고 했는데, 장편소설에서는 대개 과거급제자가 한림학사와 중서사인(中書舍人)의 벼슬을 겸하는 것으로 되어 있음. 중서사인은 중서성의 사인인데, 중서성은 기무(機務) · 조명(詔命) · 비기(秘記) 등을 맡아보던 관서임. 사

가 구름처럼 모였는데, 소학사가 아들의 사람됨이 범상치 않으므로 상대
가 될 만한 규수를 동서로 찾으며 좋은 가문을 구하였다. 하지만 좋은 가
문들은 이미 혼인한 친척이어서 규방의 어진 여자를 찾아 정혼하려 하는
데 정혼할 데가 없었다. 소학사의 아내 구부인의 조카는 구참정의 딸이었
는데 천고에 다시 없을 만큼 예쁜 숙녀라고 하면서 청혼하였다. 구부인이
74 중매를 자임하여 며느리 될 재목이 이보다 더한 사람이 없다고 하면서 권
하였다. 그러자 강능후 소학사[312]가 구부인을 좋은 아내라고 생각하여
잘 대해주었던 데다가 원래 구씨 가문은 대가이고 명문이었기에 형인 평
진후 소천과 상의하여 혼인을 허락하였다. 날을 택하여 예식을 행하려 하
는데, 길일까지 몇 달이 남았다.

소경수를 사위로 삼으려고 했던 초공이 이를 듣고 그 순서를 잃었다고
안타까워했지만 한편으로는 인연이 아니었나 보다고 생각하면서 다시 사
위를 골라 동서로 찾았다. 소경수가 조부를 왕래하며 오지 않는 날이 없
었는데, 마침 초공이 병이 나 서헌(書軒)에서 조리하니 많은 제자들과 조
카들이 가득히 모여 병세를 염려하고 약을 대령하였다.

며칠 후 병이 나으니 초공이 그동안 딸 자염을 보지 못하였기에 마침
75 외헌에 손님이 없는 틈을 타 설화각으로 들어가 딸을 불러 예뻐하면서 주
변을 살피지 않고 마음을 놓아 버렸다. 소저의 설화각이 외당에서 멀지
않았기에 소저가 예의를 중요하게 여기면서도 아버지께서 부르심을 믿고
어찌할까 하다가 나와서 아버지를 뵈어 말씀을 나누고 있었다.

인은 중서성의 한 벼슬로 통사사인(通事舍人)·사인통사(舍人通事)라고도 불렸으나 후에 중서사인으로 통칭하며 중서성에 한 명을 두었음. 높은 관직은 아니지만 청요직으로 이후 고관으로 승진하는 데 중요한 길목이 되는 벼슬이었음.

312) 강능후 소학사 : 강능후는 소학사의 직책임. 원문에는 '강릉후'라고만 되어 있는데 이해를 돕기 위해 이같이 옮김.

이때에 사인 소경수가 외헌(外軒)으로 왔더니 초공을 모시던 동자가 초
공께서 설화각에서 조리하고 계시다고 하는 것이었다. 경수가 전에도 초
공이 설화각에 계시면 시도 때도 없이 출입했기에 얼른 몸을 일으켜 설화
각으로 가 한 번 기침하고 문을 열고 들어서 사부를 향해 인사를 하려 하
였다. 그런데 곁에서 노리개 소리가 쟁쟁하고 여인의 향기가 나니 놀라 76
서 살짝 엿보았다. 한 명의 선녀가 단장한 것이 찬란하지 않은데도 광채
가 현란하여 산머리의 밝은 달 같고 가을 하늘의 흰 달 같아 온 방을 밝게
비추니 만 가지 태도와 천 가지 아리따움이 고금에 제일이었다. 나갈 수
도 없고 들어갈 수도 없어 벽을 향해 서 있는 거동이 자연스럽고 아름다
워 직녀가 오작교에 온 것이 아니면 서왕모(西王母)[313]가 요지(瑤池)[314]에
조회하러 온 듯하였다. 가는 허리에 촉나라 비단이 감겨 있고 신장과 팔
다리의 장단이 맞아 천만 년의 역사를 논하여도 장강(莊姜)[315]이나 반비
(班妃)[316]의 색(色)과 덕(德)을 압도하고 임사(姙姒)[317]의 예의를 모두 갖추
어 공자와 맹자가 다시 세상에 난 듯하였다.

소경수가 눈이 시리고 정신이 취하여 한 번 보고 인사한 후 바삐 물러

---

313) 서왕모(西王母) : 『산해경(山海經)』에서는 곤륜산에 사는 인면(人面) ·호치(虎齒) ·표미(豹尾)의 신인(神人)이라고 하나, 일반적으로는 불사(不死)의 약을 가지고 있는 아름다운 선녀로 전해짐.

314) 요지(瑤池) : 중국 곤륜산(崑崙山)에 있는 연못으로 주(周) 목왕(穆王)이 서왕모(西王母)를 만나 즐겼다는 곳.

315) 장강(莊姜) : 춘추시대 제(齊)나라에서 태어나 위(衛)나라 장공(莊公)의 부인이 되었는데, 매우 아름답고 어질었으나 자식이 없었음. 장공이 이에 다시 진(陳)나라의 여자를 맞이하여 환공(桓公)을 낳았는데 진나라 여자가 일찍 죽자 장강이 그를 자기 아들로 삼았음. 그 뒤 첩의 몸에서 주우(州吁)가 태어났는데, 장공의 총애를 받아서 행동이 방자하고 싸우는 일을 좋아하여 장공은 이후 희첩들을 총애하면서 어진 장강을 박대함.

316) 반비(班妃) : 성제(成帝)의 비(妃)였던 반첩여(班婕妤)를 이름. 조비연(趙飛燕)의 모략으로 임금의 사랑을 잃은 후에도 태후를 모시고 장신궁(長信宮)에 머물면서 절개를 지키며 지냈다고 함.

317) 임사(姙姒) : 중국 고대의 후비(后妃). 주나라 문왕의 어머니이며 왕계의 아내인 태임(太任)과 신국왕의 딸로 주 문왕의 후비이며 무왕의 어머니인 태사(太姒)를 말함. 모성으로 갖추어야 할 도리와 부녀가 지켜야 할 떳떳하고 옳은 도리를 펼친 것으로 이름났음.

77 나왔다. 이렇게 된 것은 경수가 문을 열고 방으로 들어갈 때에 눈을 들지 않았기에 소저가 있음을 몰랐기 때문이다. 경수의 단정한 성품으로 무심코 잘못 들어가 여자를 보았으니 응당 담담했을 텐데 백 년 만의 기이한 만남처럼 잠깐 얼굴을 보니 마음이 예사롭지 않아 단정한 모습이 없어지고 마음이 구름 밖으로 흩어져 생각하였다.

'우리 누이[318]의 특별함을 생각하면 그 같은 사람이 다시 없을 듯했는
데 오늘 그 여자의 정숙한 자질을 보니 누이도 미치지 못할 정도로구
나. 하주(河洲)의 숙녀[319]는 성인께서도 늘 사모하셨다[320]. 내가 지금
아내가 없으니 오늘 서로 만난 것은 하늘이 주신 인연이 심상치 않기
78 때문일 것이다. 그 모습이 사부님의 풍모와 능후 유현과 비슷하니, 내
가 맹세코 그를 내 아내로 맞아야겠다.'

뜻을 이렇게 정하고 외헌으로 나와 조생들을 기다렸더니, 그들이 내당에서 나왔다. 소경수가 웃으며 말하였다.

"내가 무심코 설화각에 들어갔다가 놀라운 일을 보고 나서 너희를 기다리고 있었다."

조생들이 웃으며 말하였다.

"경수,[321] 언제 왔는가? 아버님은 설화각에 계신데 뵈었는가?"

경수가 말하였다.

"사부께서 계시지만 그곳에 보면 안 되는 여자가 함께 계시는데 내가

---

318) 누이 : 소경수의 누이인 소월아를 가리킴. 월아는 진왕의 장남 기현의 첫째 부인임.

319) 하주(河州)의 숙녀 : 덕이 아름다운 여인을 일컬음. 『시경(詩經)』「국풍(國風)」〈관저(關雎)〉 장의 "자웅이 응하며 우는 저 비둘기가 하수의 모래섬에 있구나. 요조한 숙녀는 군자의 좋은 짝이로다[關關雎鳩 在河之州. 窈窕淑女 君子好逑]."라는 구절에서 온 말임.

320) 늘 사모하셨다 : {오미ᄉᆞ복[寤寐思服]ᄒᆞ시니}. 이는 자나 깨나 늘 생각한다는 뜻임.

321) 경수 : {천위}. '천유'는 소경수의 자(字)임.

삼가지 못하고 들어갔다가 당황하여 나오는 길이다."

조생들도 놀라며 거기에 누가 나왔냐고 물었다. 자기의 누이가 나왔던 것을 모르기에 궁금해 했던 것이다. 이윽고 초공이 나와 흔연스럽게 경수를 반겼지만 아까 그 일을 내색하지 않으니 경수가 감히 묻지 못하고 모 79
시고 앉아 이야기를 나누다가 하직하고 돌아왔다. 눈에 그 미인의 얼굴이 선하여 누워 있을 때나 앉아 있을 때나 잠시도 잊지 못하였다.

세월이 물 흐르듯 지나 구씨와 혼인할 날이 되었으나 소경수의 마음은 혼사에는 가 있지 않았다. 혼인한 후에는 조소저를 얻을 방법이 더욱 없을 듯하여 마음이 번잡하고 생각이 어지러워 병이 났다고 하고 자리에 누웠다. 양가의 부모님들이 매우 놀라고, 친아버지인 평진후와 형들이 모두 늘 간호하며 곁을 떠나지 않았다. 경수가 탄식하고 또 탄식하면서 숨겨 놓은 회포가 너무 많았다.

경수의 형 한수, 용수 등은 청현화직(淸顯華職)[322]으로 홍문관(弘文館)에 있었는데, 쌍쌍이 미인과 혼인하여 금슬이 좋았다. 한수의 아내는 성이 80
경씨이고, 용수의 부인은 홍씨였다. 그 누이 월아도 출가했는데 또한 기특하였다. 그녀의 집과는 담이 가려져 있어 편하게 다닐 수가 없어 사이에 협문을 내어 아침저녁으로 왕래했다. 하지만 한 집에서 사는 것만은 못했다. 이때에 경수가 병이 나 위태하니 양가 부모님의 근심이 깊었고, 두 형이 좌우에서 간호하였지만 날로 약해졌고 탄식하는 소리가 뭔가 마음속에 품은 근심이 있는 듯하여 이상하게 여겨 이유를 캐물었다. 그러자 경수가 슬픈 표정으로 대답하였다.

---

322) 청현화직(淸顯華職) : 청직(淸職)은 지위가 높지 아니하나 뒷날에 높이 될 좋은 벼슬이며, 현직(顯職)과 화직(華職)은 높은 벼슬을 말함.

"무슨 이유가 있겠습니까? 제가 젊은 나이에 이상한 병을 얻었으니, 양가 부모님께 불효함이 가볍지 않네요. 다른 이유는 없습니다."

81 그러고는 마음속의 근심을 말하지 않았다. 며칠이 지나도 병세에 차도가 없으니, 구씨와의 혼례를 정해진 날에 하지 못하고 뒤로 미뤘다. 소학사가 걱정하는 것이 친아버지인 평진후보다 더하여 밤낮으로 경수의 침소를 왕래하면서 침식을 잊었다. 구부인과 연수 역시 간호하면서 어머니와 아우의 도리를 다하니, 사람의 사나운 심성은 모를 일이었다. 경수의 병세가 가볍지 않아 어의(御醫)가 왕래하면서 문병하니 성은이 커서 일세에 빛났다. 경수가 성은에 감격하고 부모님께 근심을 끼치는 것이 민망하여 아픈 몸을 이끌고 일어나려고 했지만 먹고 자는 것이 편안하지 못했기에 온 몸이 눌리는 것 같아 병세가 날마다 더해졌다.

82 경수의 친어머니인 주부인은 경수가 만년에 얻은 막내아들이기에 다른 아들들보다 더 많이 아꼈는데 그의 병이 위태한 지경임을 듣고 매우 놀랐다. 작은 문으로 강능후 소학사의 집에 이르러 경수가 앓아누워 있는 청죽헌으로 갔다. 경수가 병세가 더 나빠져 눈을 감고 벽을 향해 누워 괴롭게 신음하다가 어머니가 오시니 황공하여 일어나 맞으려 하였지만 그럴 수가 없었다. 부인이 아들을 보니, 붉은 연꽃 같던 안색이 쇠하고 백설 같던 피부가 삭았으며 얼음 같던 거동이 뼈 비치는 듯 말랐다. 부인이 매우 놀라며 곁으로 가 머리를 짚어 보고 손을 잡으면서 탄식하였다.

83 "네가 원래 병이 없어 부모에게 근심을 끼치지 않았는데, 지금 무슨 병이 이리 길어 10여 일 동안 어미를 보지 못하느냐? 왜 이리 약해졌느냐?"

경수가 어머니가 너무 걱정하시는 것을 보고 낯빛을 온화롭게 하여 대답하였다.

"우연히 병세가 아직 남아 있어 양가의 부모님께 걱정을 끼치니 불효가 큽니다. 대단한 아픔은 없는데 먹고 자는 것이 평안하지 못해 기운을 차리지 못하는 것일 뿐입니다. 하지만 마음대로 못하고 고민이 많은 병이 더해갑니다. 백약이 무효하니 부모님께 불효를 저지르고 있습니다."

부인이 더욱 근심하여 손을 잡고 어루만지며 간절하게 물었다.

"너희 형들이 말하기를, 네 병이 분명히 마음의 병인 듯하다고 했다. 84
모자같이 친한 사이가 없으니 마음 속 근심을 숨기지 마라. 네 마음을
위로해 줄 수 있는 일이면 이 어미가 어찌 힘을 다하지 않겠느냐?"

경수가 어머니가 간절히 물으실 때를 놓치면 정말로 회포를 풀 데가 없을 듯했지만 아버지를 두려워하여 묵묵히 있다가 탄식하며 말하였다.

"제가 5세부터 옛 글들을 읽고 아버지의 가르침을 조심하며 지켰을 뿐
아니라 스승이신 초공의 높은 예의를 흠모하여 행동 하나하나를 우러
러 배우려고 했습니다. 몸을 닦고 잘 다스려 예의에서 벗어나는 행동
을 원수같이 여기면서 풍악이나 여색을 경계하여 지금까지 한낱 창기
도 가까이 하지 않음은 형님들도 아는 바입니다. 부모님께서 구하여 85
맡기신 정실부인밖에는 다른 걱정이 없을 듯했는데, 어느 날 사부님을
찾아 조부에 가 어떤 여자를 보았습니다. 사부께서 데리고 계신 것으
로 보아 사부의 딸로 짐작되었는데, 용모와 거동이 천고와 만고에도 없
는 드문 여자였습니다. 진실로 제 마음에 그런 여자를 얻어 일생을 화
목하게 살면서 내조를 받으면 남자로서 제일 좋은 일 같았습니다. 마
음속에 맺혀서 그 여자를 잊지 못하고 있던 중에 생각에 없던 구씨 집

안과의 혼사가 정해졌습니다. 그런데 그 집이 다른 집과 다르게 양어
머니의 친조카이기에 어머니가 그 여자를 제 아내로 삼아 재미를 보시
려고 하시니 혼인을 물리지 못할 듯했습니다. 그렇다고 하여 혼인을
86 하면 그 후에는 조씨 집안과 혼인하기를 청하지 못할 것이니 그때 마
주쳤던 그 여자는 바라지 못할 것입니다. 그러니 자연히 마음속 근심
이 되었고 이런 마음을 다른 사람에게 말하지 못했습니다. 이렇게 마
음을 먹는 것이 예에 어긋남을 알고 고치려고 했지만 억지로 하지 못했
으니, 반평생 수행한 것이 그림의 떡이 되었습니다. 스스로 부끄러움
이 컸고 또 스스로 잘못됨을 모르지 않았지만 시원스럽게 헤치고 일어
나지 못했으니 저의 액이 범상하지 않은 듯합니다."

주부인이 듣고 나서 슬픈 표정으로 못마땅한 듯 눈썹을 찡그리며 말하
였다.

"우리 아들이 어릴 때부터 몸을 닦고 마음을 잘 다스려 거의 군자의 도
와 선비의 행실이 있었다. 그래서 네 아버지도 젊은이의 경박함보다
87 세 배는 나을까 하여 매우 기뻐했었는데, 네 말을 들으니 아니로구나.
옛날에 네가 직접 도학(道學)을 배웠던 초공의 단엄한 수행이 온 나라를
들썩일 정도여서 그의 문하생이 되면 본받음이 있을 거라고 하여 내가
다행스럽게 여겼는데, 어찌하여 너의 경박함이 이와 같으냐? 구씨 집
에서 폐물을 보내 혼인을 약속한 지가 오래 되었고 혼인날도 지났으며
구부인도 친조카의 행실이 특별하다고 칭찬하는데 네가 어떻게 거절
할 수 있느냐? 또 조씨 집안의 여자가 아무리 아름답다고 해도 만약 진
왕이나 초공의 딸이라면 결단코 너의 둘째 부인으로 주지는 않을 것이
다. 그런데도 속절없는 일로 근심을 만들어 병이 나 부모에게 근심을

끼치느냐? 내가 이 일을 네 아버지와 의논해 보겠지만 성사되지 못할 88
일이다. 그러니 생각을 아주 바꾸면 자연히 병이 나을 것이다."

경수가 두 번 절하고 감사하며 말하였다.

"어머니의 가르침이 지극히 마땅하시니, 제가 어찌 잘못을 모르겠습니까? 부질없는 일로 근심하지 마시고, 아버지께도 말씀하시지 말아 주십시오. 제 마음을 넓게 가져서 병을 잘 다스려 부모님의 마음을 번거롭게 하지 않겠습니다."

부인이 매우 근심하며 여러 번 위로하고 집으로 돌아갔다. 남편 평진후를 보고 경수가 병이 난 원인이 이러함을 전하니, 평진후가 매우 놀라며 묵묵히 있다가 한참 후에야 웃으며 말하였다.

"원래 이 아이가 단정하고 묵직하여 온갖 행실에서 군자의 기풍이 있다
고 여겨 한 가지 일도 근심하지 않았습니다. 그런데 이 말을 들으니 가히 89
내 아들이라고 할 만합니다. 그러니 그르다고도 할 수 없고 옳다고도 할
수 없습니다. 젊은 남자가 마음에 못 잊는 일은 아버지가 경계해도 어찌
할 도리가 없으니, 어쨌든 내가 초공을 만나 의논해 보겠습니다."

주부인이 탄식하며 말하였다.

"상공의 마음이 아이와 똑같군요. 난처한 것은 구씨 집안과 정혼하여 폐백도 받았고 길일도 지났는데 그 아이가 병들어 길일을 미뤘으니 지금 혼인을 물리치지는 못할 것입니다. 또 조씨 집안에서는 결단코 천금 같은 딸을 남의 둘째 부인으로 주지 않을 것이니 매우 난처합니다. 경수의 소원을 이룰 수 없을 것 같습니다."

평진후가 묵묵히 깊이 생각하고 있다가 옷을 고쳐 입고 수레를 재촉하 90
여 조부로 나아갔다. 초공의 뜻이 어떠할까?

화설. 이때에 평진후가 조부로 가는 길에 제수인 구부인을 보고 말하였다.

"경수의 병이 깊어 예를 어그러지게 함이 없지 않았는데, 지금 그 속마음을 잠시 캐물어보니 병의 원인이 특이합니다. 만약 그 아이의 뜻을 이루지 못하면 분명히 살지 못할 듯합니다. 구씨 집안과의 혼사가 임박하여 이런 일이 있으니 제수의 생각은 어떠합니까?"

구부인이 얼굴을 가다듬으며 말하였다.

"저는 경수의 병이 우연한 질병인 줄만 알았는데 그런 이유가 있어 젊
은 남자가 병이 났던 것입니까? 정말로 난처합니다. 제 조카는 행실이
91 바른 여자이기에 다른 가문에서는 생각지도 못할 바입니다. 일찍 이
일을 알았다면 그 아이와 혼인을 정하지 않았을 텐데, 매우 난처합니
다. 둘을 다 아내로 맞기도 어려울 뿐더러 먼저 폐물을 받은 여자를 둘
째로 하지는 못할 것입니다. 또 조씨 집안의 여자를 봤다고 한 것이 누
구인지는 정확하지 않지만 조씨 집안에서 둘째 부인이 되는 것이라도
싫어하지 않을까 모르겠습니다."

평진후가 말하였다.

"조씨 집안의 여자라고 한 것은 아마도 진왕과 초공의 딸밖에 없을 것
이니 이 일을 성사시키지 못하면 경수의 병세가 나아지지 못할 것입니
다. 제수는 제 아이와 더불어 일을 잘 해결할 방법을 생각해 보십시오.
제가 아버지 되는 사람으로 불미스러운 일을 책망하고 금하여야 함을
92 모르지 않지만 제가 젊었을 때를 겪어 보았기에 마음으로 젊은 아이의
정이 이상하게 여겨지지 않습니다. 만약 맞아들이는 여자가 아름다우
면 인정에 좋은 것이고 또 그 중에 인연이 있을 것이니, 초공과 의논하

여 둘 다 혼인시킬 수밖에 없을 듯합니다."

구부인이 사례하면서 마땅하다고 하였다. 평진후 소천이 조부에 이르러 진왕과 초공을 보고 인사를 나눈 후에 초공이 말하였다.

"요새 경수가 10여 일을 보이지 않아 이상하다고 여겼는데, 조보(朝報)[323]를 보니 병이 위중하여 직무를 할 수가 없어 교대했다고 하더군요. 무슨 병이 그렇게 대단합니까?"

평진후가 길게 탄식하면서 말하였다.

"형님을 대하여 이런 말을 하는 것이 부끄럽지만 서로 마음을 아는 사 93
이이기에 믿고 고합니다. 제 아들 경수가 평소에 맑은 행실을 닦는 것이 여러 아들 중 나았었는데, 근래에 이상한 병을 얻어 누워 있으니 아름답지 않아 좋을 일이 없다고 늘 책망했지만 마음을 돌리지 못하고 날로 위중해갑니다. 부자의 정이 절실하여 부끄러움을 무릅쓰고 묻습니다. 이곳에서 형님 곁에서 뫼시고 있던 규수를 마주쳐 보고 나서 감히 바로 아뢰지 못하고 병이 나 백약이 무효하니, 그 사모하는 여자와 혼
인하지 못하면 죽는 수밖에 도리가 없습니다. 그런데 이럴 줄 모르고 94
구씨 집안과 정혼하여 빙물을 이미 받았고 길일이 벌써 지났습니다. 병을 이유로 혼인을 이루지는 못했지만, 이 일이 매우 난처합니다. 그러니 형님의 선처를 바랄 뿐입니다."

초공이 듣고 나서 매우 안타까워하면서 묵묵히 깊이 생각하다가 천천히 탄식하며 말하였다.

"내가 경수를 알기를 이럴 사람이 아니라고 생각했는데, 어찌 경박함이

---

323) 조보(朝報) : 국왕의 명령과 지시, 유생이나 관리들의 소장(訴狀), 관리의 임면(任免) 등의 기사를 올린 관보(官報).

이와 같습니까? 내가 이미 잘못하여 딸을 그의 눈에 보이게 했으니, 일
의 형편이 이와 같다면 어찌 딸 하나를 아껴 경수를 구하지 않겠습니
까? 구씨에게 이미 빙물을 주고 정혼했다면 그녀를 첫째 부인으로 삼
95 고 나서 내 딸을 조용히 아내로 삼으세요. 하지만 일이 끝내 아름답지
는 않으니, 다만 형님과 스승인 내가 부끄러울 뿐입니다."

평진후가 초공이 뜻밖에 흔쾌히 허락하여 그 딸을 둘째 부인으로 삼는 것을 보니 정말로 의외여서 놀랍고 감격스러워 감사하며 말하였다.

"제 아들의 무례함이 성인들의 가르침을 어긴 죄인인데도 형님이 오히
려 제 아이의 한 목숨을 아껴 규방의 옥 같은 딸을 쾌히 허락하시니 어
찌 그 아이의 둘째 부인으로 삼겠습니까? 마땅히 선후(先後)의 나뉨을
똑같이 하여 정실(正室)이 되게 하겠습니다. 이후로 경박한 제 아이의
병이 낫게 될 것이니, 부자간의 정으로 아이의 병을 구했을 뿐 아니라
96 형님의 천금 같은 딸을 신부로 삼는 상황이 되었으니 이는 우리 가문
의 천만다행한 일입니다. 제 아이의 행동이 밝지 못하여 이런 일을 당
해서 크게 상할 뻔했습니다."

초공이 정색을 하며 사양하면서 말하였다.

"형님의 대대 명문가와 저희 집이 결혼하게 되면 피차에 무슨 빠지는 데가 있으며, 또 이미 혼인을 한 인척[324]인데 지금 새롭게 겸손할 것이 있습니까?"

진왕이 옅게 웃으며 말하였다.

"경수의 이런 행동은 예전에 네가 했던 흉내를 내는구나. 너는 용렬하고 자식 가르치는 것이 엄하지 못해 네 아버지의 엄숙하심을 본받지 못

---

324) 인척 : 평진후의 딸 소월아가 진왕의 첫째 아들인 기현의 아내이므로 하는 말.

하여 매를 80대 치지 못하고 직접 이렇게 청혼하러 다니느냐? 비록 경수가 아버지의 그런 점을 닮기는 했지만 범사에 행동하는 것이 아버지보다 나으니 아버지에게 비기면 어찌 애닯지 않겠느냐?" 97

평진후가 웃으며 말하였다.

"초공께서 혹 저를 놀리시는 것은 그럴 수 있지만, 형님은 저를 뭐라 하시지 못하시지요. 누가 젊었을 적에 허물이 없겠습니까? 아들의 이 일이 경박하기는 하지만, 젊은 나이에 월궁의 항아(姮娥) 같은 숙녀를 보고 사모하는 것은 성인도 어쩔 수 없는 일입니다. 어찌 과도히 책망하겠습니까? 초공 형이 모든 일에 만전을 기하는 것은 일세에 제일이지만 모두 그와 같지 않다고 책망하는 것은 답답한 일입니다. 진왕 형님이 저희 부자를 비웃는 것은 어찌 우습지 않겠습니까?"

초공은 옅게 웃고 아무 말도 하지 않았으며, 진왕은 크게 웃었다. 평진후가 돗자리 위에 앉아 혼인에 대해 명백하게 정하고 나서 돌아가니, 진 98
왕이 초공에게 물었다.

"경수가 비록 아름답고 소씨 집안이 명문대가이기는 하지만, 조카딸의 품성과 자질이 보통 아이가 아닌데 어찌 소경수의 재실로 삼느냐? 나는 네 의견이 맞지 않은 듯하다."

초공이 길게 탄식하며 말하였다.

"세상에서는 약간의 뜻과 운치, 재주가 있는 여자도 훌륭한 여자라고 칭하는데, 제 딸은 너무 뛰어나고 특별한 용모와 밝고 바른 지혜와 덕이 있어 여자 중에서는 비슷한 사람이 없을 것입니다. 그래서 제가 늘 그 예쁜 것이 너무 지나치고 그 덕이 너무 깊은 것을 염려했습니다. 그런데 이런 마(魔)가 끼었으니 어찌 다른 가문을 생각하겠습니까? 제가

99 이미 경수를 사위로 삼으려고 했는데 이번 과거에서 장원급제한 것을 꺼리고 있던 중에 이런 일이 있는 걸 보면 모든 것이 하늘의 뜻입니다. 어찌 재실 되는 것을 꺼리겠습니까? 먼저 빙물을 받은 여자를 재실로 삼겠습니까? 그것은 더욱 불가한 일이니 제 딸이 재실 되는 것이 조금 낫습니다."

진왕이 탄식하며 말하였다.

"너의 공정한 뜻과 명쾌한 결단이 보통 사람이 우러를 수 있는 바가 아니며 나도 미칠 수 있는 바가 아니로구나."

초공이 사양하며 감당하지 못할 듯하였다.

이때에 평진후가 소부로 돌아와 초공이 쉽게 혼인을 허락했음을 아우인 강능후 소학사에게 말하였다. 소학사가 탄복하며 기뻐하면서 말하였다.

"초공 조이현은 큰 현인입니다. 보통 사람으로 말할 바가 아니군요. 저에게 그 같은 일을 말했어도 딸을 남의 둘째 부인으로 주지 않으려 했
100 을 듯합니다."

두 사람이 마주하여 탄복하고 나서 아들이 앓아누워 있는 곳으로 가 보았다. 경수가 두 아버지께서 오시니 황송하여 몸을 일으켜 맞으려 했지만 일어서고 앉는 일을 마음대로 못하였다. 해와 달 같은 풍모가 사그라져 모란 같던 얼굴이 훼해져 있었다. 겨우 이부자리를 물리치고 머리를 조아려 꿇어앉아, 약한 몸 때문에 오랫동안 혼정신성(昏定晨省)하지 못함을 사죄하였다. 부드러운 목소리와 온화한 얼굴로 효성스럽고 공경스러운 태도가 극진하니, 두 사람이 그가 아파서 풍모가 더욱 수려함을 아껴 한참 있다가 말하였다.

"네 병을 내가 다 안다. 오늘 초공께 이 사연을 말하고 청혼하는 것이

송구했지만, 초공이 개의하지 않고 둘째 부인으로 삼는 것을 허락하였다. 그러니 구씨를 먼저 얻고 나중에 조씨를 취할 것이다. 초공이 선후를 거리끼지 않는 것을 보니 진실로 놀랍고 기쁘다." 101

경수가 엎드려 죄를 청하는데 옥 같은 얼굴이 붉어져 봉황 같은 눈을 낮게 뜨고 머리를 숙여 사죄하며 말하였다.

"불초한 저의 행실이 독실하고 공경스럽지 못하여 남의 규수와 마주쳐 보고 마음의 병을 앓았으니 매우 부끄러운 일이지만 이 병을 마음대로 하지 못하여 아버지 앞에서 지은 죄가 산과 같아 몸 둘 바를 몰랐습니다. 그런데 아버지께서 하늘과 땅 같은 은혜로 사부께 청하시어 혼인이 되게 하셨으니, 제가 무슨 면목으로 사부를 뵙겠습니까? 만약 혼인을 한다면 구태여 조씨를 둘째 부인이라고 할 필요가 있겠습니까? 둘 102
을 함께 취하여 덕행이 더 나은 사람을 첫째 부인으로 삼겠습니다. 어찌 굳이 조씨를 둘째로 아주 정해놓겠습니까?"

두 사람이 환하게 웃으며 그 뜻을 알아채고 묵묵히 있었다. 경수가 이후로 마음을 놓으니 문득 병이 안개가 사라지듯 구름이 걷히듯 나아 사지(四肢)가 경쾌하고 마음이 맑아져 온갖 병이 한꺼번에 나아 즉시 일어날 것 같았다. 하지만 다른 사람들이 마음의 병인 줄 알까봐 변명 삼아 5~6일을 더 치료하고 일어났다. 평진후 부부와 강능후가 모두 기뻐하였고 두 형이 기뻐하였지만, 구부인은 좋아하지 않으며 생각하였다.

'초공 조성의 딸을 얻으면 재상가의 여자로 부귀가 매우 클 것이며, 모습 103
이 아주 예뻐 경수가 한 번 보고 상사병이 날 정도이니 그 인물의 빼어남은 묻지 않아도 알 만하다. 그러니 우리 조카의 신세가 평안하지 못할 듯하구나. 시집온 후에 조씨를 눌러 마음속 큰 근심을 덜어야겠다.'

걱정스러운 마음과 질투하는 마음이 마구 솟아나니, 아! 애석하구나. 조승상의 만금 같은 딸이 갑자기 구씨가 못살게 구는 종이 되어 많은 변란과 죽을 액운을 겪겠구나. 조물주가 시기하는 것이니 안타깝다.

경수가 병이 나아 일어나 조부에 와서 스승을 뵈었다. 초공이 정색을
하고 병이 나은 것만 기뻐할 뿐 온화한 기색이 없으니, 경수가 황공하여
104 꾸짖음과 심한 책망을 듣는 것보다 더 죄송스러웠다. 초공의 성품이 여
자를 좋아하는 것이 평생 없으니 사람들이 두려워했으며, 문하생들과 아
전들에게도 내색을 하지 않다가 여러 가지 일을 모아서 경계하였다. 그
말씀이 삼가고 또 삼가며 세심하여 사람의 마음이 서늘할 정도였으니 진
실로 성인의 풍모가 있었다. 자상하고 인자하며 온화하고 위엄 있는 것은
진왕이 초공에게 일등을 사양할 정도였다.

구부에서 택일하여 혼례를 치르는데, 경수가 매우 괴로웠지만 이미 양
가의 어머니가 안면이 있어 청혼하여 따르기로 한 것이어서 어쩔 수가 없
었다. 길일에 강능후가 큰 잔치를 차리고 많은 예물을 갖춰 신랑을 보내
신부를 맞았다. 구부인도 모든 일을 예에 맞게 치르면서 친척 부인네들을
105 청하여 신부의 대례(大禮)[325]를 기다렸다. 경수의 친어머니인 주부인도
아들과 며느리, 딸을 거느리고 참여하였는데, 이 혼사가 한편으로는 마음
에 들지 않았지만 내색하지 않았다. 신랑과 신부가 신랑 집으로 돌아와
합근(合巹)[326]하고 교배(交拜)한 뒤 밤과 대추를 받들어 시부모님께 바치
니, 여러 사람들이 일시에 신부를 바라보았다. 배꽃이 푸른 잎에 잠기고
매화가 서리를 맞은 듯 두 눈의 맑은 정기가 샛별 같고 자태가 빼어났다.

---

325) 대례(大禮) : 혼인 절차 중 교배(交拜)와 합근(合巹)의 예(禮)를 이름.
326) 합근(合巹) : 전통 혼례에서 신랑과 신부가 잔을 주고받는 일.

하지만 구씨의 사람됨은 성품이 편협하고 교만하고 방자한 태도가 있어 숙녀의 현숙함과는 멀었다. 소학사 형제와 주부인이 매우 실망했지만 구부인은 사랑하였다. 좌우의 사람들이 칭찬하기는 했지만, 소경수의 신선 같은 풍모와 반악(潘岳)과 하안(何晏)[327]의 광채를 압도하는 풍채와 비기
면 타고난 기운이 현격하게 달랐으니 그 짝이 맞지 않음을 아까워했다. 106
경수가 한 번 보고 불행해 하며 매우 애달프게 생각했지만, 조소저를 맞을 기약이 있으므로 마음을 굳게 잡아 구씨 대접을 예사롭게 하였다. 말하는 것과 기색이 태연하니 사람들은 그 마음을 헤아리지 못하였으며, 구씨는 경수를 보고 여자의 일생을 모두 맡기려고 하였다.

원래 경수는 세상을 들썩일 만한 명망 있는 재상이 될 재목이었고, 진왕의 사위인 양인광은 엄숙한 가운데 화평함을 아울렀기에 영웅스러운 기상은 손무(孫武)와 오기(吳起),[328] 전양저(田穰苴)[329]의 모략을 지녔으며 신기하고 묘한 계책은 진유자(陳孺子)[330]를 비웃을 정도여서 문무를 겸비

---

327) 반악(潘岳)과 하안(何晏) : {반하(潘何)}. 중국 고대의 미남자였던 반악과 하안을 가리키는 것임. 반악은 진(晉)나라 사람으로 문재(文才)가 뛰어나고 용모가 출중하여 낙양 거리에 나서면 그를 사모하는 여인들이 길에 나와서 그의 수레에 과일을 던져 넣었다고 함. 하안은 남양 사람으로 성품이 스스로를 보고 기뻐하며, 움직일 때나 가만히 있을 때나 항상 하얀 분을 손에서 놓지 않았다고 함.

328) 손무(孫武)와 오기(吳起) : {손오(孫吳)}. 손무와 오기를 말함. 두 사람은 춘추전국시대의 사람으로 병법가로서 명망을 떨침. 손무는 제(齊)나라 사람으로 오(吳)나라의 왕 합려(闔閭)를 섬겨 절제 · 규율 있는 육군을 조직하게 하였다고 하며, 초(楚) · 제(齊) · 진(晋) 등의 나라를 굴복시켜 합려로 하여금 패자(霸者)가 되게 하였다고 함. 오기(吳起)는 춘추전국시대의 병법가로 오자(吳子)로 통칭되는데, 위(衛)나라 사람으로, 증자(曾子)에게 배우고 노군(魯君)을 섬겼는데. 노(魯), 위(魏), 초(楚)나라에서 각각 병법가로서의 혁혁한 공을 세웠고, 『오자(吳子)』라는 병법서를 남김.

329) 전양저(田穰苴) : {양져[穰苴]ㅣ}. 전양저를 말함. 전양저는 춘추전국시대 제(齊)나라 사람으로 병법가로서 유명했으며, 『사마법(司馬法)』이라는 병법서를 남김.

330) 진유자(陳留子) : 초한(楚漢) 때 한 고조의 신하 진평(陳平)을 이름. 처음에는 항우(項羽)를 따랐으나 후에 유방(劉邦)을 섬겨 한(漢)나라 통일에 공을 세우고 천하를 평정함에 고조를 도와 여섯 번 계책을 냄.

하고 충효를 완전케 할 복록이 천승지군(千乘之君)331)에 오를 관상이 진왕
의 또다른 사위들인 철학사나 윤사인과 같은 기질이었다. 그러나 진영에
107 앉아서도 교묘한 꾀로 천 리 밖의 싸움에 승리하는 재주는 철생, 윤생, 소
생 세 사람보다 더하니 평능후 유현과 대적할 만했다. 철생과 양생, 윤생
세 사위가 차례로 예를 올리고 나란히 앉았다.

소경수도 비단 도포에 옥 띠를 두른 채 오사모(烏紗帽)를 숙여 태부인,
위부인과 여러 부인들께 차례대로 절을 올렸다. 자리를 정하여 앉아 눈을
들어 여러 어르신들을 보니, 태부인과 위부인의 연세가 매우 많은데도 위
엄 있는 자세가 단정하고 진왕의 세 부인인 정비, 연비, 최비의 특별한 광
채가 햇빛을 가렸다. 자신의 장모인 양정렬과 윤부인의 달이 숨을 만한
용모332)와 정숙하고 자애로운 풍모가 고금의 숙녀들의 풍모로 가득하였
다. 처음으로 보니 정신이 놀라 뛰는 듯하여 숨을 길게 쉬고 가풍의 숙연
108 함과 사람들의 아름다움을 새롭게 흠모하고 공경하였다. 소경수의 수려
한 눈썹에 화기를 띤 것이 봄바람 같고 깨끗한 얼굴에 온화한 기운이 영
롱하여 특별한 빼어남이 만고를 기울여도 여럿이 나올 수 없는 정도였다.
누에 같은 눈썹에 현명한 눈빛이 신령스러우며, 온화한 외모의 춘풍을 이
끄는 좋은 기운이 아름답고도 높아 연지분을 바른 미녀의 예쁜 모습과 비
교해도 그들이 미치기 어려웠다. 태부인이 소경수의 특별함을 보고 기뻐
하며 말씀하였다.

---

331) 천승지군(千乘之君) : 천승은 천 대의 마차라는 뜻으로, 제후를 가리킴. 천승지군이란 제후를 말함.

332) 달이 ~ 용모 : {폐월지식[閉月之色]}. 달이 숨을 만한 아름다움이라는 뜻으로, 절세의 미인을 비유해 이르는 말. 진(晉)나라 헌공(獻公)이 애인 여희(麗姬)가 어찌나 아름다운지 그녀를 보면 그 아름다움에 압도되어 '물고기는 물속으로 깊이 숨어버리고 기러기는 넋을 잃고 바라보다가 대열에서 떨어졌다(沈魚落雁)'고 하고, 또 '환한 달은 구름 뒤로 모습을 감추고 꽃은 부끄러워 시들었다(閉月羞花)'고 하여 그녀의 미모를 극찬한 고사에서 온 말.

"낭군이 어릴 적부터 우리 집에 출입했으나 슬하의 사위가 될 줄은 정말로 의외로구나. 이제 불초한 손녀딸이 건즐(巾櫛)을 받들게 되었는데, 위로 정실(正室)이 있으니 그 미약한 자질을 심하게 근심할 것은 없겠다. 하지만 꿩 같은 비루한 자질로 봉황과 짝을 지었으니 이 노인의 구 109
구한 염려가 적지 않다. 낭군의 아름다움이 바라던 것보다 더하여 기쁨을 이기지 못하겠구나."

위부인과 양정렬, 정숙렬, 연비, 윤비 등과 세 명의 조부인들도 일시에 말하였다. 두 분의 노부인의 정숙한 덕과 다른 부인들의 아름다운 덕과 뛰어난 성품이 외모로 나타나니, 현명하고 정숙한 기질과 온화한 풍모가 일세의 훌륭한 여인들이었다. 소경수가 놀라고 감탄함을 마지못하다가 자리를 피해 앉으며 두 손을 맞잡고 절하며 말하였다.

"제가 어려서부터 귀댁에서 배우며 컸기에 장인어른의 사랑하심을 입어 가르침을 받다가 외람되게도 사위가 되어 모시게 되었습니다. 그러니 어찌 보통의 사위와 장인 사이와 같겠습니까? 이제 비록 비루한 기 110
질을 지녔지만 슬하에서 은혜를 입게 되어 하교하심이 이와 같으시니 황공합니다."

여러 부인들이 경수의 기특함을 대하니 경탄함을 이기지 못하여 일시에 초공께 하례하면서 사위를 얻은 것을 칭찬하였다. 축하주를 몇 번 돌린 후 경수가 하직하고 물러나 신부가 가마에 오르니 황금 열쇠로 잠그고 가마를 받들어 말을 타고 소부로 돌아오는데 요객(繞客)들이 도로에 덮일 정도였다. 진실로 공후의 귀한 자재가 아내를 얻는 것이니 재상이 예의를 갖추어 혼인하는 풍요로움을 볼 수 있었다.

소부에 다다라 부부가 대청에서 교배(交拜)를 하고 난 뒤 신부의 진주로

장식한 부채를 뺏고 신랑이 신부를 바라보았다. 오채가 영롱하고 얼굴에
111 서 상서로운 빛이 나는데 이목구비가 좋고 나쁨을 가히 알 수 있었다. 찬
란한 광채가 성을 기울이고 나라를 기울일 만한 아름다움이 있었다. 경수
가 수려한 눈썹에 화기를 영롱하게 띠었으니 남녀의 풍모가 마치 황금과
흰 옥이 빛을 토하는 듯하여 하늘이 낸 한 쌍의 좋은 짝이었다. 주위의 여
러 사람들이 숨을 길게 내쉬면서 감탄하느라 치하함을 잊었다.

이에 폐백을 받들어 당에 드리니 시부모님이 기쁜 눈을 들어 신부를 보
았다. 붉은 분 가운데에 보통의 연지분을 바른 미모가 아니라 앵두 같은
붉은 기운이 연꽃 같은 두 뺨에 비쳐 단사(丹沙)가 피어난 듯하고 하늘에
서 내려온 듯한 향기와 날아올라갈 것 같은 기러기[333]처럼 날렵한 몸매
였다. 완숙하기가 성인이 남기신 풍모를 지닌 듯했고 풍요롭기가 기름이
엉긴 듯했으며 빼어나기가 부드럽고 가지런하였다. 피부는 기름이 엉긴
듯 뽀얗고 아름다운 눈은 눈동자가 선명하며 공교로운 웃음이 예쁘
112 고,[334] 눈은 맑은 별이 해가 진 후 더 뚜렷한 정기를 띠는 듯하였으니, 용
의 수염이나 뱀의 발톱처럼 귀하여[335] 옥 같은 피부가 가을 물결에 비치
는 것 같은 성인의 자질을 지녔다. 장단점을 적당히 지녔고 하는 일이 도
리에 합당하니 이른바 요조숙녀이고 군자의 좋은 짝이었다. 거룩하고 예
의 바르며 완숙함이 남자로 말하자면 지극히 어진 사람이라고 할 만하여
백성을 편안히 하고 나라를 지킬 재주, 만민을 구제할 능력을 지닌 것이
그 아버지와 비슷하여 소경수에게 하늘이 내리신 짝이었다.

---

333) 날아올라갈 ~ 기러기 : {경홍(驚鴻)}. 날아올라갈 것 같은 기러기라는 뜻으로 미인의 모습이나 행동이 가벼운 것을 형상화할 때 사용되는 용어임.

334) 아름다운 ~ 예쁘고 : {미목변혜[美目盼兮]며 교쇼쳔혜[巧笑倩兮]라}. 『논어』 〈팔일(八佾)〉 장의 구절임.

335) 용의 ~ 귀하여 : {용슈ᄉ졔[龍鬚巳蹄]}. 문맥상 이같이 옮김.

시부모님이 한 번 보니 천 번이나 눈을 들어 보게 되어 정신이 취한 듯 미친 듯하여 웃는 입을 다물지 못하였다. 주부인의 타고난 자질과 나라를 기울일 만한 미모도 신부에게는 미치지 못하였고, 태사 조기현의 부인인 신부의 시누이 소씨보다도 밝은 달 같은 미모와 동쪽 하늘의 해 같은 광
채가 높았다. 봄에 온갖 꽃이 웃는 기품에 얼음을 닦은 듯한 품격이 오늘 113
신부와 비하면 많이 미치지 못하니, 말로 칭찬하여 이를 수 있는 바가 아니었다. 그 자리에 있던 분 바르고 치장한 미녀들이 모두 한 조각 기왓장 같으니, 해와 달 같은 정기와 산천의 빼어난 기운을 타고난 특별한 용모가 큰 도를 꿰뚫어 그윽하고 깊으며 맑고 바름이 외모에 드러났다. 시아버지들인 평진후와 강능후도 아끼고 감탄함을 마지않으면서 신부를 나오게 하여 말하였다.

"신부는 재상의 천금 같은 귀한 자녀인데 여러 세상의 연분이 중하여 내 슬하로 들어왔으니 우리 아들의 복이 많다. 어찌 기쁘지 않겠느냐? 신부 구씨가 갓 들어왔는데 도덕(道德)이 있으니, 둘은 서로 화목하여 주아(周雅)[336]의 풍모를 지녀 갈담(葛覃)[337]의 덕을 본받고, 들어온 순
서에 따른 명분을 다투지 마라." 114

신부가 자리를 피해 앉으며 절하는데, 숙연한 태도와 완전하고 순수한 기질이 볼수록 새로워 평진후 부부와 강능후가 기뻐함이 하늘을 깨칠 듯

---

336) 주아(周雅) : 『시경(詩經)』의 「소아(小雅)」 「대아(大雅)」 두 편을 말함. 여기에는 주(周)나라 문왕(文王)의 후비(后妃)인 태사(太姒)가 나무가 가지를 드리우듯 첩들에게 은덕을 드리워, 첩들이 그녀를 공경하고 그 덕을 기려 집안이 화평했다는 〈규목(樛木)〉 등 여성의 부덕(婦德)과 관련된 내용들이 있음.

337) 갈담(葛覃) : 『시경(詩經)』 「주남(周南)」 편에 실린 시로, 집안의 화목과 번성을 노래한 것으로, 주(周)나라의 후비(后妃)가 스스로 지은 것임. 후비는 신분이 이미 귀해졌는데도 부지런하고, 이미 부유한데도 검소하며, 이미 어른이 되었는데도 스승에 대한 공경이 해이해지지 않고, 이미 시집갔어도 친정 부모에 대한 효성이 쇠퇴하지 아니하였다는 내용임.

하였고 빈객들도 입을 열어 축하하는 소리가 분분하였다. 조태사 기현의 부인 소씨가 봉황 문양의 관을 숙이고 월나라 비단으로 만든 자줏빛 치마를 끌며 부모님과 숙부님께 하례하며 말하였다.

"소녀의 누이는 세상의 분 바른 미인들과는 함께 논의할 바가 아닙니다. 귀한 얼굴이 맑기는 여사(女士)[338]와 같고 태임과 태사의 덕과 요순(堯舜)임금의 덕을 지닌 것은 도학군자(道學君子)와 같아 규방의 성인입니다. 아우의 복이 크니 우리 가문의 복을 하례 드립니다."

평진후가 답하지 않고 아무 말도 하지 않고 있으니, 강능후가 웃으며 말하였다.

115 "너의 입술과 혀가 어긋나서 아우의 아내가 온갖 아름다움을 지닌 특별함을 다 본떠 표현할 수 있겠느냐? 외모가 경국지색(傾國之色)일 뿐 아니라 산천의 빼어난 정기를 오로지 물려받아 봉황 같은 눈썹에 별 같은 눈을 지녔고 눈빛이 가을 물에 햇빛이 비치는 것처럼 밝고 아름다워 찬란한 기운이 멀리까지 비친다. 만약 남자라면 나라를 안정시키고 음양(陰陽)을 다스려 네 계절이 순조롭게 하여[339] 앉아서 온갖 계획을 세우고 백성을 다스릴 정치를 다하며 세상을 진정시켜 만민을 구휼하고 어루만질 기상이 있으니, 여자로 태어난 것이 아쉽다. 공자와 맹자님이 아니라면 그 높은 덕을 비할 데가 없고 증자가 아니면 그 높은 효행을 당할 사람이 없을 듯하다."

다음 회를 보시오.

---

338) 여사(女士) : 학덕이 높고 어진 여자를 높여 부르는 말.

339) 음양(陰陽)을 ~ 하여 : {니음양[理陰陽] 슌ᄉ시[順四時]}. 음과 양이 번갈아 교차되고 봄 · 여름 · 가을 · 겨울로 계절에 변화가 있듯, 만물이 극성했다가도 다시 쇠하여지기도 하는 음양의 자연스런 순환의 원리를 말함.

조 씨 삼 대 록

22권

1 화설. 강능후가 웃으며 말하였다.340)

"신부 조자염은 공자와 맹자가 아니라면 그 높은 덕을 비할 데가 없고 증자가 아니면 그 높은 효행을 당할 사람이 없을 듯하다."

평진후가 길게 웃으며 말하였다.

"신부가 훌륭하고 현명한 품성을 타고 났지만 여자일 뿐이니 광대한 덕성과 훌륭한 행실이 공자와 맹자만 못할 것이다. 네 말이 매우 과장되었구나. 다만 임사(妊姒)341)와 황영(皇英)342)의 넓은 덕으로 맑은 행실이 있을 듯하기는 하다. 하지만 효도와 의리가 있을지 없을지 어떻게 미리 알겠느냐?"

이는 평진후가 제수인 구부인이 밖으로는 좋은 낯으로 대하지만 속으로는 칼을 품고 있듯이343) 신부를 보면 안목이 남과 다를 수도 있음을 염두에 둔 것이다. 다른 사람들은 무심했지만 평진후는 해와 달같이 밝은

2 눈이 있으니 어찌 모르겠는가? 진실을 말하니, 좁은 도량의 구씨는 시아버지 강능후가 신부 조씨를 칭찬하는 말을 듣고 나직이 노기를 띠고 평안하지 못했다. 조씨가 절을 하는데 공손히 둘째 부인의 소임을 다하니 구씨가 답으로 절을 했지만 조씨의 빼어나게 예쁜 모습을 보고 감히 쳐다볼 수가 없었다. 둘의 모습은 마치 까마귀 · 까치와 난새 · 봉황과 같고 빛나는 구슬과 기왓장같이 현격하게 달라 구씨의 분분한 마음에는 오장육부

---

340) 강능후가 ~ 말하였다. : 이 구절은 원문에는 없으나 이해를 돕기 위해 삽입함. 『조씨삼대록』은 바로 앞 권인 21권의 마지막을 다시 서술하면서 22권을 시작하는 방식으로 서술되어 있음.

341) 임사(妊姒) : 중국 고대의 후비(后妃). 주나라 문왕의 어머니이며 왕계의 아내인 태임(太任)과 신국왕의 딸로 주 문왕의 후비이며 무왕의 어머니인 태사(太姒)를 말함. 모성으로 갖추어야 할 도리와 부녀가 지켜야 할 떳떳하고 옳은 도리를 펼친 것으로 이름났음.

342) 황영(皇英) : 중국 고대의 순 임금의 두 왕비인 아황(娥皇)과 여영(女英)을 뜻함. 둘 다 순(舜) 임금에게 시집가 순 임금을 사이좋게 모시고 화락하다가 순 임금이 죽자 두 사람도 상강(湘江)에 빠져 죽음.

343) 좋은 ~ 있듯이 : {청안니검[靑眼裏劍]}.

가 다 놀라는 듯했다. 구부인이 조카딸의 미모를 천하의 으뜸으로 생각하
여 신부와 우위를 겨뤄보고자 했었는데, 오늘 보니 해와 달을 등잔불에
비교하는 것과 같아 하늘과 땅 사이처럼 짝하기가 어려우니 매우 애통해
하였다. 하지만 체면을 살리느라 얼굴에 화기를 띠고 사랑스러운 듯 부드
럽게 대하면서 대견해하며 아끼는 것이 주부인보다 더한 듯이 하였다. 3
그러니 누가 그녀가 겉으로는 좋은 낯빛을 하고 속으로는 칼을 지녔음을
알겠는가?

종일 마음껏 즐긴 후 신부의 숙소를 취매당으로 정하니 신부가 물러나 나왔고 사인(舍人) 소경수도 기쁨이 넘쳐 신방으로 왔다. 조태사 기현의 부인인 소씨가 신부를 촛불 아래에서 보면서 석양이 될 때까지 약한 몸으로 예식을 올리느라 피곤했을 것이라고 위로하며, 웃으며 장난삼아 말하였다.

"예전에는 그대가 나의 시누이였는데 오늘은 내가 그대의 시누이로군요. 그러니 공경함을 예전처럼 할 필요는 없습니다."

조소저가 좋은 낯빛으로 우대하면서 조용하게 단정히 앉아 붉은 입술과 꽃 같은 뺨에 아름다운 표정을 지으니 화기가 방 안에 찬란하였다. 소부인이 사랑하고 대견해하며 웃으면서 말하였다.

"곁에 친한 사람이 없고 오직 나뿐인데 어찌 대답을 하지 않는가? 시누 4
이를 존경할 줄 모르는군."

소저가 끝내 대답하지 않고 희미한 웃음만 어리어 화기애애하니, 소부인의 깊은 사랑이 비길 데가 없었다. 큰 소리가 난 후, 소경수가 문을 열고 방으로 들어오니 소부인이 일어나면서 소저에게 웃으며 말하였다.

"공경하는 손님을 모시고 평안하게 밤을 지내게. 주인이 들어오니 나

는 돌아가네."

소저가 일어나 배웅하는데, 경수가 웃으며 말하였다.

"누이는 왜 이리 바쁘게 가십니까?"

소부인이 크게 웃으며 말하였다.

"네가 신부를 대하는데 이 누이를 괴롭게 여길까 싶어 간다."

경수가 또한 웃으며 말하였다.

"누이의 말씀이 취하여 하는 말이군요. 저녁 식사 때에 술을 과음하셨나 봅니다."

5 소부인이 웃으며 답하였다.

"이 누이는 본래 부녀자의 바르고 그윽한 태도가 없다. 네 부인은 바르고 정숙하며 너그러워 숙녀의 풍모가 가득하니 너는 집안 다스림을 정대하게 하여 시비(是非)를 만들지 마라."

경수가 웃음을 머금고 시녀에게 촛불을 들고 모시고 돌아가게 하였다. 그리고 나서 소저를 향하여 흔연스럽게 웃으며 말하였다.

"내가 어릴 때부터 장인어른의 사랑하심을 입어 가르침을 받들어 부자(父子)와 같은 정과 의리가 있었습니다. 이제 소저와 함께 짝이 되었으니 진실로 영광스럽고 다행스럽다고 하겠습니다. 내가 재주가 없고 박덕하여 숙녀의 평생을 저버릴까 걱정입니다."

소저가 얼굴을 가다듬고 옷깃을 바로하며 아무 답도 하지 않았지만 냉
6 담하고 차가운 기색이 없었다. 팔자(八字) 모양의 눈썹이 가지런하고 반달 같은 이마가 뚜렷하여 초승달이 구름을 헤치고 나온 듯하고 연꽃 같은 뺨과 붉은 입술이 색마다 곱고 맑아 만고를 기울여도 댈 만한 사람이 없었다. 깨끗하고 시원스러우며 맑고 고상한 풍채가 봄 햇살이 따뜻하고 가

을 달이 푸른 하늘에 한가로움 같아 백 가지 태도와 천 가지 아름다운 광채가 방 안에 부서지니 밝은 촛불이 빛을 잃었다. 소경수가 비록 단정하고 중후하며 묵직하지만 이 같은 숙녀를 대하여서는 풍정을 참지 못하여 촛불을 끄고 비단 이불로 나아가 침상에서 노니니 한 쌍의 옥이 완전한 듯하였다. 진실로 백 년에 한 번 나올 좋은 짝이고, 한 세대에 한 번 만날 기이한 인연이어서 은혜로운 정이 융성하였다. 그러니 구씨가 아니라 월궁의 항아라도 이보다 더하지는 않을 것이다. 7

조씨[344]가 소부에 머물면서 효도로 시부모님을 봉양하고 군자에게 순종하며 동서들과 화목하고 사람을 대하거나 사물을 다룰 때에 지극한 예를 다하니 하늘의 뜻과 똑같고 신이했으며 바라보면 구름과 같고 나아가면 해와 같이 우러를 만하였다.[345] 검소하고 절약하는 것이 토계삼등(土階三等)[346]하여 아버지와 어머니의 풍모를 이어받았고 예의를 어기는 법이 없어 행동 하나하나마다 역사[347]에 으뜸으로 남을 만하였다. 시아버지인 강능후의 사랑이 만금보옥(萬金寶玉) 같아서 웃음 띤 입을 다물지 못하였다. 그러나 시어머니 구씨와 시누이 셋은 그 사랑을 마땅하지 않게 여겼다.

정생의 아내인 연황[348]은 형제 중 제일 위인데, 정공의 부인 송씨가 인자하고 후덕함이 빙옥(氷玉) 같았지만 조금 각박하여 작은 불의(不義)도 용

---

344) 조씨 : 앞에서는 '조소저'라고 옮겼으나, 혼인을 한 이후부터는 '조씨'라고 통일하여 옮김.

345) 바라보면 ~ 만하였다. : {망지여운(望之如雲)이오 쥐지여일[就之如日]이오}.

346) 토계삼등(土階三等) : 3단의 흙 계단이라는 말로 검소함을 형용할 때 쓰임. 특히 우(虞)나라 순(舜)임금의 경우 3척(尺)밖에 안 되는 흙 계단을 사용하였다고 하여 유래됨.

347) 역사 : {츈츄[春秋]}. 공자가 저술한 노(魯)나라의 역사책으로, 1권으로 되어 있음. 242년간의 은공(隱公)부터 애공(哀公)까지 12명의 공(公)에 관한 역사를 엮은 것인데, 여기서는 역사책이라는 의미로 쓰였다고 봄.

348) 연황 : 구씨의 첫째 딸인데, 처음 소개되었던 21권 67면에서는 '서황'으로 표기되어 있었으나 이곳의 표기를 따름.

8 납하지 않고 엄하게 호령하였다. 정공이 며느리를 경계하여 온화하고 중
후해지라고 하면서 송씨에게는 호령하지 말라고 하였지만 혹시라도 허물
을 보면 온 집안을 흔들 정도로 요란했다. 그러니 연황이 감히 마음대로
하지 못하였다. 정생의 이름은 희숙인데 뇌정(雷霆) 같은 호령을 하는 사
람이어서 연황이 낯빛이라도 바꾸면 책망을 엄하게 하였다. 나이 18세에
뜻을 이루었고 화씨를 얻어 자녀를 두었으며 소씨도 후대하였지만 1년에
두어 번만 친정에 가는 것을 허락하고 조잡한 버릇을 엄금하니 연황이 두
려워하여 인자한 부인이 되었다. 그리하여 조소저를 보아도 시기하는 마
음이 없고 부모님의 사랑이 그녀에게 쏟아지는 것도 거리끼지 않았다.
9 하지만 애황[349]과 여황[350]은 시기하는 마음이 가득했는데, 연생의 아
내[351]인 애황은 어질지 못한 어머니를 본받아 예의에 어긋나는 일을 옳
은 일 하듯 하는 여자였다. 연부로 시집갔는데, 시할아버지 연승상이 마
음이 넓고 도덕이 높아 손자며느리의 허물을 탓하지 않았다. 하지만 시할
머니인 석부인은 사나웠으니 애황이 그 행실을 배웠다. 연생은 성품이 느
슨하여 아내의 얼굴과 말이 공교한 것만 좋아했으니 어찌 집안을 잘 다스
렸겠는가? 그러니 연생의 아내가 거리낄 것이 없어 방자하고 교묘하여 남
의 허물을 들춰내고 경수의 잘못을 찾아내려고 하였다. 평진후 소천이 지
혜가 많았지만 나이가 중년이 되니 정의로웠던 성품이 바뀌어 침묵하게
10 되었다. 강능후는 어리숙한 성품이며, 며느리 구씨의 간사한 농간을 알
아채기는 했지만 강단이 없어 아들 부부를 염려하고 경계만 할 뿐이었다.

349) 애황 : 구씨의 둘째 딸인데, 앞에서는 '의황'이라 표기되어 있었으나 이곳의 표기를 따름.
350) 여황 : 구씨의 셋째 딸인데, 원문에는 '연황'이라 되어 있음. 연황에 대해서는 바로 위에 이미 서술되어 있으므로 문맥상 오류로 보여 이같이 옮김.
351) 연생의 아내 : 앞에서는 애황이 '여생의 아내'라고 되어 있었으나, 이곳의 표기를 따름.

소경수가 아버지에게 애교를 부리면, 강능후가 웃으며 "우리 경수는 가르
칠 것이 없으니 무엇을 더 경계하겠는가?"라고 하였다. 이를 본 평진후가
웃음을 머금었다.

강능후와 평진후가 조씨를 보면 아끼는 정이 무르익어 강보의 아이같
이 대하니 조씨가 감격하여 두 시아버지에 대한 효성이 날로 더하였다.
평진후와 강능후가 서로 마주하여 조씨를 늘 칭찬하면서 어진 며느리이
고 정숙하며 덕이 있다고 하였다. 자신들의 여섯 자녀인 위씨, 경씨, 홍
씨, 계씨, 구씨 등을 사랑했지만, 경수의 의붓어머니인 윤부인과 양어머
니인 구부인은 부족하게 여겼다. 이 둘은 각각 시기하는 마음을 지녀 밖
으로는 친한 척하면서 속마음은 다르게 먹었다. 애황 등이 구씨와 형제 11
의 정과 친척의 정을 아울러 친밀한 정이 있었기에 앉으면 무릎을 대고
손을 잡고 같은 꾀를 내어 서로 따르니 유유상종(類類相從)이었다. 그러니
조씨의 가을 하늘과 같은 기상과 가을 물같이 맑은 정직함으로 뜻이 맞겠
는가? 구씨는 어릴 때부터 사촌형제였던 세 시누이와의 좋은 사이를 믿고
정실(正室) 자리를 자랑하면서 조씨에게 불평하는 말을 종종 하였다. 하지
만 조씨는 바다 같은 도량을 지녔기에 사람의 어질고 어질지 않음을 모르
는 듯 주로 원만하고 순조롭게 지냈으니, 소경수의 하늘과 같은 정이 비
할 데가 없었다.

조씨가 온순한 가운데에서도 경수를 대하면 엄정하고 위엄이 있어 말
을 붙이기가 어려웠지만, 화색을 띠어 봄날의 햇빛과 향기로운 바람이 사 12
방에 서리니 부부의 두터운 정이 산과 바다와 같았다. 경수가 구씨와는
정이 소원하여 그녀에게는 드물게 찾아가니, 조씨가 온화한 말로 그러지
말라고 간간히 애원했다. 하지만 조씨 같은 숙녀를 마주하느라 날마다 구

씨에게는 멀어져 그녀를 차갑게 놔두었고, 관직에 임할 때나 어버이를 모시는 나머지 시간에는 조씨 곁을 떠날 줄을 몰랐다. 조씨가 경수의 치가(治家)함이 관대하지 않음을 좋아하지 않아 여러 가지로 마음을 돌리려 하였다.

하루는 경수가 저녁에 부모님께 인사드린 후 취매당[352]에 이르니, 조씨가 비단 창문을 열고 주렴을 거둔 채 천문(天文)[353]을 보고 있었다. 두 줄기 맑은 기운이 방 안으로 떨어지니, 경수가 그 이상한 서광(瑞光)을 보고 놀라 발걸음을 멈추고 보았다. 그랬더니 조씨가 하늘을 우러러 보면서
13 탄식하다가 자기를 보고 태연하게 앉는 것이었다. 경수가 방에 들어가 자리에 앉으니 광채가 빛나면서 상서로운 빛이 어려 있었다. 경수가 웃으며 말하였다.

"내가 박덕하고 비루한 자질로 장인어른의 사랑을 입어 사람 축에 들 수 있게 되었고 외람되게 슬하에 있게 되었습니다. 또 청현화직(淸顯華職)[354]에 있지만 진실로 군자의 도리를 다하지 못하여 스스로 수행하지 못하였습니다. 부인은 재상가의 여자로 가정에서 받은 가르침이 특별했을 것이니 분명히 배운 재주와 덕이 높을 것입니다. 우리 부부가 혼인한 지 수개월이 되었는데, 늘 나를 대하면 냉랭하고 너무 몸을 사리니 그 이유를 묻고 싶었습니다. 오늘 밤에 부인이 천문을 보는 눈을
14 남들은 무심히 지날지 모르지만 내 눈으로는 알 수 있습니다. 장인어른이 아시는 것을 부인도 다 아는 것이지요? 부부가 내외(內外)하는 것

352) 취매당 : {취당}. 조씨의 처소는 '취매당'이므로 이같이 옮김.
353) 천문(天文) : {건상[乾象]}. 하늘의 상, 즉 천체 운행의 이치이므로 이같이 옮김.
354) 청현화직(淸顯華職) : 청직(淸職)은 지위가 높지 아니하나 뒷날에 높이 될 좋은 벼슬이며, 현직(顯職)과 화직(華職)은 높은 벼슬을 말함.

은 옳지 못합니다. 청컨대 당신의 재주를 듣고 싶습니다."

조씨가 몸가짐을 가다듬고 말하였다.

"저는 규방의 무식한 여자로 예의와 옛 일들도 모르는데 더욱이 천도(天道)를 어떻게 알겠습니까? 달이 밝고 바람이 맑은데 어버이 곁을 떠난 지가 오래되었기에 부모님을 뵙고 싶은 마음이 생겨 달빛을 보고 회포를 위로하고 있던 것을 당신이 보신 것입니다. 아버지의 통달함을 제가 어떻게 알겠습니까? 군자의 말씀이 제게 너무 넘치는 것을 일부러 물으시는 듯합니다."

옥 같고 봉황 같은 목소리가 온화하고 순하여 자연스러운 가운데 단정하고 중후함이 더욱 특별하니, 경수가 황홀하고 사랑스러워 기쁘게 웃으 15
며 말하였다.

"겸손하게 사양하는 것이 당연하지만 그대가 아는 것이 심상치 않다는 것은 눈에 비치니 어찌 모르겠습니까? 부부는 한 몸 같으니 마음을 알고도 숨기겠습니까?"

조씨가 감사히 사양하며 말하였다.

"제가 아는 것이 있으면 어찌 군자와 내외하여 숨기겠습니까? 여러 형제와 우애하는 가운데 성장하였지만 천문(天文)은 장부도 모르는 것이니 규중의 여자가 무엇을 의지하여 알겠습니까? 아는 것을 속인다고 함은 제 뜻이 아닙니다. 미세한 여자가 큰일을 모르고 아는 체하여 헛된 말을 하여 내조를 잘못하겠습니까? 청컨대 군자께서는 이런 말을
물어 사람들이 이상하게 여기게 하지 마십시오." 16

경수가 말마다 사랑스러워 평소의 단엄함을 버리고 가까이 앉아 손을 잡고 웃으며 말하였다.

"부인이 아는 것을 부덕(婦德)이 아니라고 하지만 지아비를 소원하게 대하는 것은 불가합니다. 내가 이미 아는 것을 이렇게 내외함은 오히려 지아비를 정으로 대접하는 것이 아닙니다."

조씨가 편안하고 고요하게 간하여 말하였다.

"부부유별(夫婦有別)은 오상(五常)의 지키는 바입니다. 어진 사람이 규방에 있으면서 자잘한 말을 받아들이는 것은 좋지 않습니다. 하물며 구부인이 정실로 있으니 집안을 다스리는 도리는 선후(先後)의 명분을 지키는 것입니다. 제가 비록 비루하지만 군자의 이 일에는 승복할 수 없습니다."

경수가 안색을 바꾸며 칭찬하며 말하였다.

17 "부인의 현숙함은 내조의 스승이라 감복하였으니 어찌 따르지 않겠습니까? 구씨를 정실이라고 칭함은 우습지만 두 분의 아버지와 장인께서 세 분의 관포지교(管鮑之交)의 의리로 맺은 결정에 따르려고 합니다. 내가 5세에 책을 끼고 장인어른께 학문을 배우다가 이제 제자의 의리와 더불어 장인과 사위의 의리를 겸하여 그대와 혼인하였으니 보통의 부부간이 아닙니다. 부인은 높은 가문의 왕공(王公)의 딸로 정실(正室)이니 어찌 구씨만 못하여 낮게 섬기겠습니까? 내가 입신(立身)한 지 몇 개월 내에 부인이 들어왔는데 구씨만 정실이라고 함은 가소롭습니다. 부인은 다시 선후를 말하지 마십시오."

조씨가 정색하며 말하였다.

18 "제가 비록 왕공의 딸이지만 구부인이 먼저 빙물을 받았고 저는 나중에 받았으니 저는 분명히 둘째 부인입니다. 군자께서 사사로운 정을 위주로 하여 대의를 버리려고 하는 것은 집안을 다스리는 공정함이 아

닙니다. 원컨대 군자의 편벽함을 보느니 차라리 아내 된 도리를 어겨 물러가 깊은 규방에서 늙어야지 투기하는 더러운 욕을 보지는 않고 싶습니다. 이미 이런 마음을 아뢰려고 했으나 번거로워 지체했는데, 군자의 소견이 이와 같으니 참지 못하여 제 어리석은 견해를 고합니다."

경수가 조씨의 말이 단엄하고 정숙하니 공경하며 감탄하면서 말하였다.

"집이 가난하면 현명한 아내를 생각하고, 나라가 어려우면 좋은 재상을
생각한다고 했습니다. 내가 규방에 성인을 두었으니 어찌 신세를 근심 19
하겠습니까?"

조씨가 말을 하면 곧바로 경수가 칭찬하는 소리가 과하니, 무익한 말을 부질없이 했다고 뉘우치면서 붉은 입술을 닫고 침묵하며 봉황 같은 눈썹을 나직이 하였다. 옷깃을 바로잡고 단정히 앉아 있는데 밝은 광채가 암실에 비치는 듯하니, 경수가 눈이 시리고 마음이 취하여 물러나 앉아 눈으로 조씨만 뚫어지게 살펴 보았다. 두 사람의 온갖 광채가 방안에 비쳐 막상막하이니 하늘에서 내려온 한 쌍의 부부였다. 두 사람이 요조숙녀이고 군자의 좋은 짝이라 조물주가 시기함이 많으니 진실로 안타깝다.

이 날 밤에 구씨가 경수의 자취를 살펴 취매당에 가는 것을 보고 시누이 애황에게 가 눈물을 흘리며 슬피 울면서 말하였다.

"제가 비록 어리석고 용렬하지만 혼인한 지 수개월이 되도록 지은 죄 20
가 없는데도 낭군의 대접이 시비(侍婢)와 같습니다. 조씨가 들어오니 심하게 혹하여 정신을 잃은 사람이 되어 주야로 취매당에만 잠겨 있습니다. 함께 취매당에 가 조씨의 교언영색(巧言令色)과 낭군의 홀린 거동을 보는 것이 어떠합니까?"

애황이 나이가 어리지만 어질고 유능한 사람을 질투하여 자기보다 나은 이를 시기하였기에, 아버지와 숙부가 조씨를 귀하게 여기는 것이 경수보다 더하니 자기가 바랄 수 있는 바가 아니라 이를 갈며 속을 썩이고 있던 차였다. 구씨의 말을 듣고 기뻐하며 함께 취매당으로 가 벽 사이에 대고 두 사람의 사적인 대화를 엿들어 흠을 잡으려고 하였다. 경수의 한 없
21 는 사랑과 무궁한 정이 말과 얼굴에 드러나고, 조씨의 숙연하고 정대한 거동이 간악한 그들의 눈에도 기특함을 형언할 수 없을 정도였다. 부부가 대화를 나누는데 조씨는 편안하고 정숙하며 고요하여 선비나 군자의 풍모였고, 경수는 온화하고 기뻐하여 화기가 온 방에 따뜻하게 퍼져 있으니 진실로 일대의 좋은 짝이었다. 밤이 깊어 침상에서 취침하니 고요하여 움직임이 없었다. 두 사람이 다리가 부러지고 뼈가 저리도록 서 있었지만 잡아낼 흠이 없으니, 어찌할 수가 없어 불안해하며 좋아하지 않으면서 돌아왔다. 구씨가 눈물을 흘리며 말하였다.

"낭군이 조씨에게 매혹되어 저는 속절없이 〈백두음(白頭吟)〉[355]을 읊으며 장신궁(長信宮)[356]에서 매우 고단하게 지냅니다. 제가 먼저 들어
22 와 정실(正室)의 명분이 있고 어머님의 조카딸이니 낭군의 대접이 조씨의 위에 있어야 하는데, 조금도 부부간의 정이 없고 저를 기러기 터럭만큼 가볍게 아니 제가 어떻게 긴 날을 저런 거동을 보고 살겠습니까? 차라리 어머니께 고하여 친정에 돌아가 일생을 규방에서 홀로 있으면서 인륜을 끊겠습니다."

연생의 아내인 애황이 위로하며 말하였다.

---

355) 백두음(白頭吟) : 사마상여가 첩을 들이려 할 때 탁문군이 지어 불렀다는 노래.
356) 장신궁 : 한나라 성제의 후궁이었던 반첩여(班婕妤)가 매우 아름다워 성제의 총애를 받았으나 나중에 조비연에게 총애가 옮겨가자 참소당하여 물러나 살던 궁임.

"그대는 슬퍼하지 말게. 하늘이 경수를 내고 조씨를 둔 것은 마음속의 큰 근심이지만 어찌 사람의 힘으로 하겠는가? 저 조씨가 무리 중에서 뛰어날 뿐 아니라 사람마다 보면 사랑하고 칭찬하는, 꽃 같고 달같이 어여쁜 풍모라서 공정하게 논하면 경수도 미치지 못하는 데가 많네. 다른 사람도 그렇게 아끼는데 그 부부 사이는 어떠하겠는가? 올케가
만약 부부의 정을 알고 싶으면 조씨가 있을 때는 결단코 어떻게 할 수 23
가 없을 것이니 작은 분을 참고 큰일을 이루게. 어머니께서 당에 계시고 우리가 있으니 우익이 되어 그대와 함께 조씨를 폐하고 그대가 천하를 통일하게 하겠네."

구씨가 땅에 엎드려 사례하며 말하였다.

"누이가 어질고 깊은 은혜로 내 신세를 걱정하여 구해내시는군요. 저 조씨는 아름다울 뿐 아니라 아버지와 형제들의 기세가 국가를 누를 정도이고 또 시아버지와 낭군의 힘도 끼고 있으니 어떻게 하면 가볍게 제어할 수 있을까요?"

드디어 애황과 여황이 구씨를 이끌고 정당(正堂)으로 가니, 구부인이 바야흐로 자려고 하다가 두 딸과 구씨를 보고 물었다.

"밤이 깊은데 자지 않고 왜 분주히 다니느냐?" 24

애황이 웃고 대답하였다.

"어머니는 마음이 편안하시니 바야흐로 주무시려 하지만, 가련한 구씨 누이는 물 같은 여자의 마음으로 잠을 못 잡니다. 요새 경수의 거동을 보니 구씨에게는 소원하고 조씨만 편애하여 행동이 도리에서 벗어났습니다. 그러니 형제의 마음에도 분한데 구씨는 오죽하겠습니까? 어머니께서 조씨와 경수에게 경계하시어 너무 방종하지 않게 하십시오."

이어 구씨가 길게 탄식하며 말하였다.

"조카의 평생을 해할 것이니 화가 장차 어디까지 미칠는지요?"[357]

구부인이 말하였다.[358]

"저 조씨의 외모가 만고에 특출할 뿐 아니라 재주와 덕과 행실이 기특
하여 네 아버지와 다른 사람들이 모두 요순(堯舜)이나 공맹(孔孟) 같은
25 사람으로 안다. 그런데 너희는 왜 새롭게 탄식하느냐? 또 경수가 박대
하지는 않는데도 이렇게 노심초사하느냐?"

애황[359]이 말하였다.

"아까 엿보았더니 둘이 말하는 것이 끊이지 않고 계속되었는데[360] 어머니를 부모로 알지 않고 원수로 알면서 이러저러하게 어머니를 원망했습니다. 그런데도 어머니는 모르시고 그녀를 며느리로 알아 잠잠히 있다가 큰 화를 입을까 매우 애달픕니다."

구부인의 마음이 어질어도 두 여자가 교묘하게 참소하는 말을 곧이들을 텐데, 구부인이 간흉하여 조씨를 좋아하지 않고 양자인 경수를 미워하여 속으로 칼을 품고 있던 차에 저 부부가 방에서 자기를 원수로 욕하더라는 말을 들으니 분기가 탱천하였다. 얼굴이 흙빛이 되어 화를 크게 내며 말하였다.

26 "내 운명이 기구하여 아들을 하나 두었지만 버린 자식이 되고 조카로
장손을 삼았으니 뜻과 달라 정이 소원하고 원망이 이 지경에 이르렀다.
그래서 조카딸을 며느리로 얻어 의지하려고 했는데 그 아이가 나를 원

357) 화가 ~ 미칠는지요? : {회장하급이리오}. 문맥상 '화장하급(禍將何及)이리오'로 보고 이같이 옮김.

358) 구부인이 말하였다 : 원문에는 이 구절이 없지만 문맥상 삽입함.

359) 애황 : {잉황}. 앞에서 이렇게 표기했으므로 통일함. 이 부분에서 인명의 오기가 잦음.

360) 끊이지 ~ 계속되었는데 : {비비(霏霏)ᄒᆞ여}. 비나 눈이 부슬부슬 계속하여 내리는 모습을 뜻하므로 문맥을 고려하여 이같이 옮김.

망하여 조카딸을 박대하고, 그 부부가 나를 원망하니 앞일을 알 만하다. 명분은 부자간이지만 상공이 연수와 차등을 두는 것이 심하여 내가 경수에게 말도 못하게 하니 경수가 나를 알기를 어미로 알지 않는구나. 어찌 애통하지 않겠느냐?"

구씨가 울면서 눈물을 흘려 옷을 적시니 구부인이 위로하였다.

다음 날 아침에 경수가 아침 인사를 드리니, 구부인의 기색이 매섭고
한 마디도 하지 않는 것이었다. 경수가 황공하여 안색을 부드럽게 하고 27
기운을 나직하게 하여 모시고 서 있으니, 그 온화한 기운이 마치 봄 햇살
이 무르녹은 듯 새삼스레 기특하였다. 또 조씨가 인사를 드리는데 시어머
니의 기색을 따로 살피지 않았어도 총명함이 귀신과 같아 남들보다 배나
더하였기에 어찌 시어머니의 편안하지 않은 거동을 모르겠는가? 황송한
표정으로 모시고 서서 겸손해 하는 모습이 정숙했으며, 타고난 아름다운
붉은 햇빛이 푸른 물결에서 솟아난 듯하고 밝은 달이 만방을 밝히는 듯
조금도 다른 말투와 얼굴빛이 없었다. 구씨와 자리를 같이 하니 아리따운
행동이 더욱 기특하여 밝은 달이 반딧불과 섞이고 백옥이 모래에 섞인 듯
하였다. 각각 서서 보니 구씨가 매우 예쁜 얼굴이었지만 조소저와 비교 28
하면 빠지고 용렬해 보여 박색과 같았다. 그러니 그 높고 맑음을 어떻게
나란히 놓고 말하겠는가? 소경수를 함께 멀리 대하여 보니, 남자의 풍모
가 찬란하고 여자의 태도도 현숙하고 요조하여 한 쌍의 군자와 숙녀였고
천고의 기이한 인연이었다. 하늘이 뜻을 담아 만들어내신 훌륭한 여자와
군자에게 마(魔)가 끼니 가히 탄식할 따름이다. 구부인이 화난 얼굴로 오
래 있다가 말을 꺼내었다.

"내가 오늘 숨겨두었던 속마음을 아들과 며느리를 두고 말하겠으니 너

희는 함께 들어라."

소경수가 자리에서 일어나며 대답하였다.

"오늘 말씀하시는 마음속 생각이 무엇인지 매우 궁금하고 놀랍습니다. 감히 그 내용을 묻겠습니다."

29 조씨도 또한 돗자리에서 벗어나 앉으면서 감히 말씀을 묻지 못하고 있었지만, 조씨의 황공스러워하는 안색과 단정하고 숙연한 모습은 보고 또 볼수록 사랑스러워 탄복함을 이길 수 없었다. 구부인의 미운 마음으로도 눈이 자연히 조씨에게 가는 것은 어쩔 수 없었다. 피와 살이 있는 사람의 몸이 이처럼 곱고 맑게 생겨 고루 아름다우니 한 곳이라도 무심하게 생긴 곳이 없었다. 그러니 어찌 조씨가 저렇게 기이하여 조카딸의 평생을 우습게 만들까 통탄하면서 탄식하였다.

"내 팔자가 좋지 않아 늙도록 아들이 없이 쓸데없는 딸 셋만 있어 끝내 대를 이을 길이 없어 너를 아들로 삼아 그 정이 내가 난 자식보다 더하
30 고 5세부터 은근히 아끼던 자애가 연수보다 위에 있었다. 그러던 중 조카딸이 정숙하고 요조한 것을 보고 너와 백 년 동안 짝할 만한 좋은 배필로 삼아 평생 의탁함을 중하게 하려고 했다. 그런데 너의 경박함이 여색(女色)을 좋아하고 덕을 가볍게 여겨 조씨와 혼인한 것이 하주(河洲)361)의 바른 도리가 아니었다. 다른 집 여자의 얼굴을 보고 색(色)에 푹 빠져 병이 나 부득이하게 혼인을 하였지만 어찌 예의와 풍속에 비추어 보면 불행한 일이 아니겠느냐? 그러나 큰 가문의 이런 일이 누설되면 좋지 않으니 입을 다물고 아무 말 없이 혼인을 한 것이다. 내 조카의

361) 하주(河州) : 『시경(詩經)』「국풍(國風)」〈관저(關雎)〉의 "자웅이 응하며 우는 저 비둘기가 하수의 모래섬에 있구나. 요조한 숙녀는 군자의 좋은 짝이로다[關關雎鳩, 在河之州. 窈窕淑女, 君子好逑]."라는 구절에서 온 말로, 훌륭하고 덕이 있는 만남을 의미함.

얼굴이 비록 조씨만 못하지만 먼저 빙물을 받았으니 명백히 정실이며,
하물며 요조한 덕이 어찌 조씨 아래이겠느냐? 그런데도 네가 대접하는 31
것을 보면 구씨와 조씨를 현격히 다르게 하여 천첩을 먼저 얻고 정실을
나중에 취한 것처럼 하여 그 은정이 뒤바뀌고 부인을 후대하는 것이 편
벽하였다. 그러니 태임(太任) 같은 숙녀라 할지라도 원망이 일어날 것
이니 이것이 치가(治家)에 편한 도리냐? 내가 실로 염려하고 불행스럽
게 여겼지만 구씨가 내 조카이므로 말을 하면 사사로운 정에 가깝고 공
적인 의리에 멀다고 여길까 하여 참으면서 나중에 어떻게 되는지를 보
려고 했다. 그런데 이제 점점 심해져 조씨가 들어온 지 석 달이 못 되어
내 조카를 아주 깊은 규방의 폐인이 되게 하고 너는 취매당에 아주 잠
겨 발을 움직이지 않으니 이는 차마 군자의 도리가 아니다. 조씨는 큰 32
가문의 딸로 가정의 교훈이 지엄했을 텐데 어찌 지아비로 하여금 이 지
경에 이르도록 마음대로 놀려서 천한 창기가 총애를 좋아하는 버릇을
할 줄 알았겠느냐? 내가 매우 딱하여 말하니 이후로는 삼가 내 말을 헛
되게 듣지 마라."

조씨가 일어나 두 번 절하고 사죄할 뿐이었으며, 안색을 바꾸지 않고
오직 그 원망스러움을 내보이지 않았지만 자연스러운 위엄과 처신이 그
마음을 족히 내보였을 것이다. 어찌 녹록하게 '총애를 좋아한다.'는 두 글
자를 들을 조씨이겠는가? 하지만 공교하고 악독한 애황 등이 착하지 않은
어미의 마음을 돋우어 놓았기 때문이었다. 소경수가 어머니의 말씀을 듣
고, 구씨의 참언이 어머니의 뜻을 움직여 놓은 것이 매우 통탄할 만했지
만 안색을 온화하게 하고 두 번 절하고는 좋은 목소리로 말하였다. 33

"불초한 자식이 못나서 제가(齊家)를 엄하게 하지 못해 어지러운 말씀

이 어머니 앞에까지 이르게 하여 많이 근심하시는 가르침이 이와 같으
시니 황공함을 이기지 못하고 죄를 기다릴 뿐입니다. 하지만 그렇게
한 데에는 이런 이유가 있습니다. 저는 배필을 대접할 때에 각각 그 어
질고 그렇지 않음으로써 으뜸 기준을 삼았습니다. 구씨도 좋고 큰 가
문의 딸로 제 배필이 되었으니 어찌 구태여 대접에 차이를 두겠습니까
마는 그녀는 저를 대할 때에 표독한 말과 좋지 않은 안색으로 오직 투
기를 으뜸으로 삼았습니다. 조씨는 비록 얼굴이 덜 예쁠지라도 그 사
34 람됨이 부녀자의 유순한 덕이 조금 있어 구씨에 비하면 화평함이 낫기
에 제 뜻에 맞아 젊은 마음에 자연히 억지로 하지 못했습니다. 그러니
어머님께서 말씀하신 바 색을 좋아하고 덕을 가볍게 여긴다는 것은 잘
못 아신 것입니다. 구씨가 만약 무염(無鹽)[362]의 얼굴이지만 인품이 양
순하여 부녀자의 그윽한 덕이 있었다면 저에게 박대하라고 명하셨어
도 부부의 대의를 온전하게 했을 것입니다. 그러니 어머님께서 하신
말씀은 제 뜻을 모르시고 하시는 말씀입니다.

또 조씨와의 혼인이 정도(正道)는 아니지만 제가 어릴 때부터 조씨 가문
에 자주 왕래하면서 서로 담을 넘고 벽을 살펴 엿본 것이 아니라 우연
35 히 마주쳐서 본 것이어서 음란한 마음을 둔 것이 아니었습니다. 양가
의 아버님께서 상의하시어 육례(六禮)[363]를 모두 행하여 몇 개월 이내
에 구씨와 조씨를 함께 얻은 것이니, 어찌 구태여 선후(先後)의 명분이
있겠으며 하주(河洲)의 바른 도리가 아니라고 하겠습니까? 어머님의 가
르침을 받들어 구씨와 조씨 대접을 공평하게 하여 화목할 방법을 힘쓸

---

362) 무염(無鹽) : 중국 제(齊)나라 무염 땅에 살았다는 추녀(醜女)를 가리킴.

363) 육례(六禮) : 전통적으로 내려오는 혼인의 여섯 가지 예법으로, 납채, 문명, 납길, 납폐, 청기, 친영을 이름.

것이니, 어머님께서는 구씨를 경계하시어 동렬(同列)인 조씨를 시기하고 지아비를 참소하는 행동을 고쳐 자기 신상에 도움이 되게 하셨으면 합니다."

말을 마치는데, 화평한 중에 위엄 있고 매서운 기운이 들어 있었다. 구
부인이 그가 미웠지만 금방 꾸며서 꾸짖을 말이 없었고, 원래 남편 강능
후가 모자지간이 좋지 않은가 늘 염려하였기에 행여 공이 알까 두려워 다 36
시 꾸짖지 못하고 정색을 하며 단엄하게 앉아 있었다. 그러자 구씨가 눈물을 흘리며 말하였다.

"제가 진실로 군자께 죄를 지은 것이 없는데, 싫어하거나 박하게 하지 않은 허물도 만들어내어 지아비를 참소한다고 하시는군요. 제가 누구에게 낭군을 참소하는 것을 보셨습니까? 그렇지 않다면 조씨의 눈 안의 가시를 없애려고 하시는 것이지요? 어서 저를 친정으로 돌려보내십시오. 없는 허물을 부연하고 더하는 것이 군자의 도리입니까?"

조씨는 팔자(八字)의 아름다운 눈썹을 나직하게 하고 옥 같은 얼굴을 화평하게 하여 한 마디도 하지 않았다. 소경수는 매우 화가 났지만 구부인 앞이라서 단지 정색을 하며 차게 웃으면서 말하였다.

"장부가 바르지 않은 아녀자와 잘잘못을 논할 것은 못됩니다. 다만 당 37
신이 어머니를 단단히 믿으면서 나를 압도하고 능멸하는 것이 이에 이르렀으니 유감입니다. 이 젊은 나 또한 8척의 장부로서 눈 아래에 여러 선비들을 압도하는 재주를 품고 세상을 다스리고 백성을 편안히 하는 재주를 가졌으니 조씨든 구씨든 나를 억제할 수 있는 사람은 없습니다. 어떤 여자가 내 앞에서 발악하기를 방자하게 하겠습니까?"

말을 마치고 밖으로 나가니, 구부인이 매우 통탄했지만 소공을 두려워

하여 겉으로 괴이한 행동을 하지 않았다. 조씨의 괴로움이 심하고 경수가
매우 분통해 하나, 어머니의 뜻을 두려워하여 오직 집안 다스리기를 공평
하게 하였다. 조씨가 옥을 잡고 기물에 가득 찬 것을 받들듯이 하는 예
38 의[364]가 조심스럽고도 조심스러워 반 점 투정도 없어 효성스러움과 맑은
행실이 하늘과 땅의 신을 감동하게 할 만하였다. 하지만 하늘의 뜻을 돌
리지는 못하니 이 또한 두 사람의 액이 남달랐기 때문이다.

화설. 조부에서는 한림 웅현이 진씨와의 애정이 적어 금슬(琴瑟)의 즐거움이 소원하였다. 웅현이 일대의 미색을 구하여 자기의 뜻을 펴고자 했으나 그러지 못하여 시큰둥하여 별로 즐거워하지 않았다. 몸이 영주(瀛洲)[365]에 올라 학문이 깊다는 명망[366]이 조정과 재야를 기울이니 재실(再室)을 두고 싶은 마음이 더욱 급해졌다. 그러던 차에 추밀사(樞密使)[367] 변간이 딸을 하나 두었는데 천하의 인재를 널리 찾다가 한림학사 조웅현을 보고 매우 좋아하여 재실로 삼아주기를 간절히 구하였다. 하지만 아버지인 초공이 굳이 막으며 말하였다.

39 "웅현이 원래 미친 아이라서 진씨 같은 숙녀가 사덕(四德)[368]에 흠이
없어 자기 복에 과한데도 만족하지 못하는구나. 내가 사람의 아비 된

---

364) 옥을 ~ 예의 : {집옥봉영지녜(執玉奉盈之禮)}. 『예기(禮記)』「제의(祭義)」에 '효자여집옥여봉영(孝子如執玉如奉盈)'이라는 구절에서 온 말로, 봉영은 기물(器物)에 가득 찬 것을 받들듯 하는 것으로 전(轉)하여 존경하는 마음을 의미함. 따라서 '집옥봉영'이란 존경하는 마음이 옥을 집는 듯이 조심스럽다는 뜻.

365) 영주(瀛洲) : {영쥬[瀛洲]}. '영주'는 옛날 신선이 살았다는 동해(東海) 속의 신산(神山)으로, 영주에 오른다는 것은 명예(名譽)로운 지위(地位)에 오름을 가리키는 말.

366) 학문이 ~ 명망 : {문연쳥망[文硏淸望]}. 문맥을 고려하여 이같이 옮김.

367) 추밀사(樞密使) : 추밀원(樞密院)의 장관. 당(唐)나라 때 처음으로 둔 벼슬로 오로지 기밀문서를 취급하다가 후당(後唐)에 이르러서는 재상(宰相)과 동급이 되었고 송(宋)나라에 이르러서는 오로지 병마(兵馬)의 추기(樞機)를 관장하여 재상과 대립하였음.

368) 사덕(四德) : 여자로서 갖추어야 할 네 가지 덕. 마음씨(婦德), 말씨(婦言), 맵시(婦容), 솜씨(婦功)를 이름.

자로 어찌 젊은 자식의 번거로운 일을 도우며 집안을 어지럽힐 근심을 만들겠느냐? 유현은 호방하지만 귀신과 같은 총명이 있고 하늘의 뜻과 같은 슬기가 있어 끝내 처첩을 어지럽히지 않았기에 엄히 금하지 않아 여러 처첩을 두었다. 하지만 이 아이는 그 형을 바라보지 못하니, 만약 어질지 못한 여자를 얻으면 반드시 큰 화를 빚어 진씨를 죽일 것이니 결단코 허락하지 못하겠다."

하지만 태부인이 이를 듣고 혼인 시키기를 권하여 말하였다.

"진씨는 당대의 성녀(聖女)이고 웅현은 세상의 영웅이다. 어찌 한 명의
아내로 늙겠느냐? 내가 이제 구십이 넘어 세상에서 살 날이 얼마 남지 40
않았으니 그 부부가 쌍쌍이 슬하에서 노닐며 풍요로움을 보고 싶다. 소소한 액은 하늘의 운수이니 피한다고 면할 수 있는 것이 아니다. 너는 어질고 효성스러우니 이 늙은 할미의 청을 들어주지 않겠느냐?"

초공이 조모의 연세가 점점 많아져 자연히 쇠약해지시니 그 가르침을 들을 날이 적음을 슬퍼하고 안타깝게 여겨 공경스럽게 자리에서 일어나 절하고 말하였다.

"할머니의 말씀이 이와 같으시니 웅현 부부가 비록 다소의 액을 겪을지라도 제가 어떻게 거역하겠습니까? 말씀대로 하겠습니다."

드디어 혼인을 쾌히 허락하여 변씨를 취하게 되었다. 변씨의 얼굴이
절세미인이고 재주가 뛰어났지만 그윽한 덕성이 없고 남편의 뜻에 맞추 41
기를 좋아하였다. 매희(妹喜)와 달기(妲己)369)의 얼굴을 좇는 듯이 비록 망

---

369) 매희(妹喜)와 달기(妲己) : {미달[妹妲]}. '매달'은 매희와 달기를 말함. 매희는 하(夏)나라 걸왕(桀王)의 총희이며 달기는 은(殷)나라 주왕(紂王)의 총희임. 본래 걸왕과 주왕은 지용(智勇)을 겸비한 현명한 군주였으나, 두 요녀에게 빠져서 사치와 주색에 탐닉하다가 폭군으로 낙인찍힌 채 나라를 망치게 됨.

령된 일과 예의에 맞지 않는 행동이라도 웅현이 시키는 일이면 모두 응하니, 웅현이 변씨의 요사함에 빠져 진씨에게는 애정이 멀어졌다. 그리하여 시부모님과 숙모들이 진씨를 불쌍하게 여기지 않는 이가 없었지만 진씨는 마음이 여유롭고 사덕(四德)이 청정하여 얼굴에 온화한 기운을 띠었고 말하는 것이 마치 봄바람처럼 따뜻하였다. 마음은 걱정이 없는 듯하고 외모는 가을 하늘의 밝은 해와 같아 여자 중의 군자였다. 세상에 대한 욕심이 없어 단지 온순하고 겸손함을 으뜸으로 삼으니 백옥에 티가 없고 얼음
42 이 맑아 하늘과 땅, 바다와 같은 도량과 비슷하였다. 보기에는 약한 듯하지만 기상이 높음이 한 조각의 구름도 없는 듯하니, 어찌 변씨의 낮은 행실과 간사한 성격에 비기겠는가? 하지만 액운이 놀랄 만큼 좋지 않아 남편의 박대와 간악한 적국(敵國)의 풍파가 자못 드물지 않을 것이니 이 또한 운명이다. 양정렬과 윤부인 두 시어머니가 그녀를 어루만지고 아끼기를 친딸같이 하였다.

이때에 양인광의 부인 조씨가 그와 화합한 후에 부부간의 마음이 달라지지 않고 좋았다. 양인광이 정씨를 또 아내로 맞으니 친척의 정과 동렬(同列)의 의리로 화목하게 지내는 것이 아황과 여영의 아름다움을 따랐으므로 규방의 맑음이 맑은 물에 비길 정도였다. 조씨가 잉태한 지 10개월
43 만에 한 명의 아들을 낳았는데, 해산하는 곳에서 특별한 향이 코에 들어오고 경사로운 구름이 방 안을 둘렀으니 진실로 기린이 들판에서 놀고 봉황이 기산(岐山) 성인의 어짊을 알 만하였다. 태어난 아이가 봉황 같은 눈, 용 같은 눈썹을 지녔고 흰 코, 붉은 입술[370]을 지녀 해와 달 같은 광채가 어두운 방에 밝게 비치니 형체가 큰 골격인 것이 세상의 속인이 아니었

370) 흰 ~ 입술 : {호미쥬슌}. 문맥상 '호비주순(皓鼻朱脣)'으로 보여 이같이 옮김.

다. 양인광이 이를 보고 매우 기대하면서 좋아하여 기쁨이 눈썹 가에 가득하여 부인에게 말하였다.

"우리 부부가 남다르게 힘든 상황을 겪었고 자식이 참담하게 죽는 것을 보았기에 한이 마음에 맺혔는데, 지금 이런 기이한 아들을 얻었으니 이는 다 부인의 정성스런 마음과 정숙한 덕 덕분입니다. 이 아이의 관
상이 장인어른을 많이 닮았으니 어찌 다행스럽지 않겠습니까?" 44

조씨가 온화하게 사례하고는 단지 공손하고 담담하게 있으니, 인광이 탄복하여 산과 바다같이 깊은 정이 날로 더하였다. 시부모님인 양태사 부부와 두부인의 기뻐함이 비길 데가 없었고 조부인과 양정렬도 축하하는 모습이었다.

이때에 천하가 평화롭고 모든 관료가 편안하여 오랫동안 병기(兵器)를 쓰지 않았는데, 사천후 유안길이 반란을 일으켜 경계를 자주 침범하였다. 유안길이 새로 얻은 왕후 여장이 신묘한 비밀스런 계책을 가지고 함께 싸우니 강하고 용맹함이 천하의 으뜸이었다. 사천의 인심이 흉흉하여 좋지
않은 보고가 날리는 눈과 돋는 별같이 변경에 이르니 조정이 분주해졌다. 45
또 운남왕 목진이 반란을 일으켜 걱정스런 상황이 매우 급하였다. 황제의 얼굴이 빛나는 눈썹을 펴지 못하시어 이 일을 의논하시면서 말씀하셨다.

"짐이 재주가 없고 덕이 없어 만기(萬機)[371]를 총괄하는 데에 있어 능히 요(堯)임금과 우(禹)임금[372]의 다스림에 미치지 못하고 공적도 주(周)나라 문왕(文王)[373]과 무왕(武王)에서 멀다. 다행히 여러 신하들의 보필과

---

371) 만기(萬機) : 임금이 보는 여러 가지 정사를 이름.

372) 요(堯)임금과 우(禹)임금 : {당우(唐禹)}. '당요(唐堯)'라고 불리는 요임금과 우임금을 병칭한 것임. 둘 다 태평성대의 임금들.

373) 문왕(文王) : 주(周)나라 무왕(武王)의 아버지. 성(姓)은 희(熙). 이름은 창(昌). 은(殷)나라 주왕(紂王) 때 서백(西伯)이 되어 인자한 정치로써 백성들을 다스렸음. 주왕이 폭정을 하므로 제후

조상님들의 도우심을 입어 겨우 사방의 오랑캐들을 진정시켰는데 이
제 하늘이 나의 어질지 못함을 책망하시어 운남과 사천 두 곳의 백성들
이 물이 끓는 것 같은 재앙을 입게 되어 국가의 안보가 장차 지금에 매
46 이게 되었다. 짐이 이 소식을 들으니 먹고 자는 것이 편하지 못하니 장
차 어떻게 하면 좋겠는가?"

한 명의 대신이 반열에서 나와 엎드렸는데, 성현의 도덕이 가슴에 담겨 있고 천지의 정기가 이목구비에서 나타났다. 임금을 섬기고 정사(政事)를 하는데 음양을 잘 다스리고 자연의 이치가 순조롭게 하여 교화가 빛나고 예의 있는 모습이 현숙하니 이는 바로 황태부 좌승상 초국공 조성이었다. 얼굴을 온화하게 하고 아뢰었다.

"임금의 덕이 오직 마음을 겸손히 하고 만민을 자식같이 여기시는데,
지금 두 나라의 적들이 강성하여 나라에 큰 근심이 되었습니다. 저의
둔한 재주와 덕으로 외람되게 성은을 입어 지위가 상공(相公)에 있고 벼
47 슬이 국공(國公)에 있으면서 주상을 도왔지만 오제(五帝)[374]의 덕을 이
루지 못하고 태평한 상서로움을 보지 못하여 남쪽에 반란이 일어났습
니다. 이는 첫째는 성덕이 널리 행해지지 못하셨기 때문이고 둘째로는
저희들의 죄입니다. 바라건대, 폐하께서는 음식을 줄이시고 음악을 물
리치시어 욕심과 사치를 멀리하시어 만물이 성하기를 구하십시오. 그
리하여 근심과 즐거움을 모든 백성들, 어린아이들까지도 함께 하시면
반드시 환란이 그칠 날이 머지않을 것입니다. 어찌 이 때문에 근심을

들이 모두 서백을 좇아 군주(君主)로 받들었음. 뒤에 그의 아들 무왕이 은나라를 멸망시키고 즉위하자 문왕이라 시호(諡號)를 추증하였음.

374) 오제(五帝) : 고대 중국의 다섯 성군(聖君), 즉 소호(少昊), 전욱(顓頊), 제곡(帝嚳), 요(堯), 순(舜)을 이름.

삼겠습니까? 가히 문무에 능한 사람들을 모집하여 남서쪽의 도적을 막
으실 수 있을 것입니다. 왕의 교화가 멀리까지 흐르지 못하여 반역의
마음이 일어난 것입니다. 맹자께서 말씀하시기를, '온 천하의 백성이 48
임금님의 신하가 아닌 사람이 없다.'[375]고 하셨습니다. 반역하는 사람
은 하나이지만 애매한 생명이 참혹한 어려움을 겪게 되니 이는 제가 정
말로 참지 못하겠습니다. 한갓 용맹함이 빼어날 뿐 아니라 어짊과 덕
을 겸비한 사람을 뽑아 두 곳을 진정시키십시오."

황제께서 안색을 고치시고 사례하며 말하였다.

"상부의 말이 금옥(金玉) 같은 논의이니 짐이 어찌 받아들이지 않겠습니까? 궁금합니다. 누가 능히 짐을 위하여 운남과 사천을 평정할지?"

문득 반열 가운데에서 한 명의 중신이 앞으로 나와 상의 의자 아래에
엎드렸다. 빛나는 해와 같은 얼굴은 찬연하여 일만 개의 꽃이 무르녹은
듯하고 봉황 같은 눈은 맑고도 맑아 빼어난 광채가 온 사방에 찬란하였 49
다. 비단 도포를 입은 봉황 같은 어깨에 빛나는 옥띠는 개미 같은 허리를
둘렀으니, 이백(李白)[376]의 허랑함을 비웃으며 두목지(杜牧之)[377]의 호방
함을 나무라는 듯하였다. 또 세상을 다스리는 지략을 가슴속에 품었고 붉
은 충성과 열절은 추운 겨울의 푸른 소나무와 다툴 정도였다. 그 사람이
황제의 의자 아래로 나아와 목소리를 다듬어 아뢰었다.

"이제 미친 도적이 창궐하여 옥체 용상에서 드시고 주무시는 데에 불안하시니, 신하의 도리로 마땅히 그 환란을 돌아보지 못하여 땀 흘리며

---

375) 온 ~ 없다 : {솔토지민(率土之濱)이 막비왕신(莫非王臣)}.

376) 이백(李白) : 당나라 詩仙(시선)으로 자는 太白(태백). 호는 靑蓮(청련), 醉仙翁(취선옹). 두보와 더불어 시의 양대 산맥을 이룸. 그의 시는 서정성이 뛰어나 감각과 직관에서 독보적임. 달을 소재로 많은 시를 썼으며, 낭만적이고 귀족적인 시풍을 지녔음.

377) 두목지(杜牧之) : 당나라 때 시인으로 호방하고 화려한 시풍과 뛰어난 풍채로 유명함.

달리는 말의 수고를 피하지 못하겠습니다. 제가 재주가 없고 덕이 없지만 상께서 알아봐 주신 큰 은혜를 입어 목숨을 돌보지 않고 있는 힘을 다해도[378] 다 갚지 못할 것입니다. 바라건대 한 무리의 지원병을 빌어 운남을 평정하고 역적의 머리를 베어 성상의 근심을 덜고 제 직분을 다하고 싶습니다."

50

황제가 소리를 좇아 용안을 들어 보니 이는 이부총재 겸 태사영릉후[379] 조유현이었다. 황제께서 마음으로 매우 기뻐하시어 온갖 광채가 나는 눈썹에 기쁨을 띠시니 목소리가 화평하시어 흔연히 칭찬하면서 말씀하셨다.

"방금 상부의 어진 말을 듣고 이어 경의 상쾌한 말을 들으니 진실로 충성스런 말이로다. 짐이 기쁘고 상쾌함이 매우 크다. 그러면 사천의 위급함은 누가 또 구할 것인가?"

51 동쪽 반열에서 두 명의 뛰어난 사람이 비단 도포에 옥 띠를 두르고 반열에서 나와 엎드렸다. 용모는 백옥을 다듬은 듯하고 풍채는 일 천 개의 버들처럼 아름답고 의젓하여 주유(周瑜)[380]를 비웃으며 육손(陸孫)[381]을 나무라는 풍채였다. 일을 잘 처리하는 재주를 지녀 세상을 제대로 다스리는 신하이고 어지러운 시대에 절개를 세울 선비였다. 봉황 같은 눈에 용 같은 눈썹, 흰 코와 붉은 입술이 찬란하고 아름다우며 체형이 강건하였

---

378) 목숨을 ~ 다해도 : {간뇌도지(肝腦塗地)}. 나라에 충성을 다하기 위해 자신의 간과 뇌가 땅바닥에 떨어질 정도의 참혹한 지경에 이르는 것까지 감수하겠다는 굳은 결의를 표현할 때 쓰는 말. 나라를 위하여 목숨을 돌보지 않고 애를 씀을 이름.

379) 태사영릉후 : 이전에는 유현의 관직명이 '평능후'였으나 여기서는 이같이 제시되어 있어 그대로 옮김. 영릉후는 평릉후의 오기인 듯도 함.

380) 주유(周瑜) : {쥬냥}. '주랑(周郞)'으로 보아 이같이 옮김. 주랑은 문맥상 '주유'를 이르는데, 주유는 중국 삼국시대 오나라의 명신(名臣)으로 문무(文武)에 능하였으며, 유비의 청으로 제갈공명과 함께 조조의 위나라 군사를 적벽(赤壁)에서 크게 무찌른 인물. 미남자로도 이름이 났음.

381) 육손(陸孫) : 대대로 강동 지방 동오 땅에서 살아온 호족 출신으로 훗날 이릉 전투에서 유비의 군대를 물리쳐 오나라에 큰 공을 세웠음. 그는 자신을 매우 신임한 손권 휘하에서 오나라의 최고사령관이자 정승을 역임하였음.

다. 한 명은 가을 하늘의 가느다란 버들 같고 또 한 명은 봄바람이 화창한 날의 버드나무 꽃 같아 늠름한 풍채가 온 조정 대신 중에서 돋보였다. 그들이 황제의 의자 아래에 엎드려 아뢰었다.

“저희들이 재주가 보잘것없지만 임금님의 큰 은혜를 입어 벼슬이 재상 반열에 있고 녹봉으로 받는 것이 매우 많으니, 이런 때를 당하여 적은
도적을 물리쳐 성은을 만분의 일이라도 갚으려 합니다. 바라건대 두 52
무리의 지원병을 주시면 하나는 수로로 나아가고 또 하나는 육로로 나아가 정성을 다하여 싸워 파촉(巴蜀)[382]을 진정시키고 도적들을 매어 우리 주상의 침상에서의 근심을 덜어드리겠습니다.”

문무(文武)의 여러 신하들과 황제가 일시에 보시니, 그들은 바로 병부상서 태학사 동평장사 참지정사 양인광과 예부상서 홍문관 태학사 조운현이었다. 황제가 기뻐하며 몸을 돌려 조승상 초공과 우승상 소천에게 물어 사례하며 말하였다.

“두 명의 조상서들과 양인광이 나라를 위하여 이 같은 충성이 있으니
오히려 우리 조정의 남은 날이 적지 않구나. 세 사람의 재주와 덕이 가 53
히 미친 도적을 걱정할 필요가 없게 할 듯한데, 상부와 소승상의 뜻은 어떠한가?”

초공이 엎드려 말하였다.

“신하를 아는 것은 임금만한 사람이 없고 아들을 아는 것은 아비만한 사람이 없다[383]고 했습니다. 성상께서 아시는 것이 밝으시니 제가 아뢸 말씀이 없습니다. 다만 운남은 땅이 멀고 나라도 강하고 군사도 강

382) 파촉(巴蜀) : 사천성 일대를 이름.
383) 신하를 ~ 없다 : {지신(知臣)은 막여쥐[莫如主]오 지ᄌᆞ[知子]ᄂᆞᆫ 막여뷔[莫如父ㅣ]라}.

하니 유현이 당하기 어려울까 염려가 됩니다. 하지만 이미 장성한 나이이고 또 신하된 도리로 마땅히 자신의 어려움을 돌아보아서는 안 되니 그가 바라는 대로 하시면 될 듯합니다. 양인광과 운현은 약간의 무예와 지략이 있으니 둘이 수륙(水陸)으로 나누어 가면 사천에는 돌아볼
54 근심이 없을 듯합니다. 마땅히 병사와 말을 조련하여 출사하게 하십시오."

우승상 소천이 칭하하며 말하였다.

"성상의 크신 복과 종사의 경사로 충신과 인재가 이같이 성하니, 우러러 나라의 복을 칭하 드릴 뿐입니다. 하물며 조유현의 문무(文武) 겸전한 재주와 신기한 모략은 이미 조정과 재야에서 모두 한 가지로 아는 바입니다. 양인광과 조운현도 인재이고 뛰어난 인물이어서 손빈(孫臏)[384]과 오기(吳起)[385]를 압도하는 재주가 있으니 이 세 사람은 하늘이 폐하를 위하여 내신 영웅입니다. 어찌 한고조(漢高祖)에게 뛰어난 세 신하들[386]이 있었던 것을 부러워하겠습니까?"

온 조정이 다투어 하례하였으나, 초공은 매우 불안해 하였다. 의견들
55 이 모두 같으니, 황제께서 평능후 조유현에게 평남(平南) 대원수(大元帥) 제로(制虜) 도총병(都總兵) 인끈을 채우시고, 평릉백 운현에게 평서(平西) 장군(將軍)의 인끈을 채우시고, 양인광에게 사천(泗川) 원수(元帥)의 인끈을 채우셨다. 운현과 인광에게 각각 정예병 2만씩을 거느리고 수륙으로 나아가게 하시고, 평남 원수 유현에게는 5만 정예군을 뽑고 50여 명의 장수

---

384) 손빈(孫臏) : 춘추전국시대 제나라의 무장(武將).

385) 오기(吳起) : 춘추전국시대 위(衛)나라의 무장(武將)으로 나중에 노(魯), 위(魏), 초(楚)에서 혁혁한 공을 세움.

386) 한고조(漢高祖)에게 ~ 신하들 : {한고(漢高)의 삼걸(三傑)}. 장량(張良), 소하(蕭何), 한신(韓信)을 일컬음.

를 자원 받아 다음날 출사하게 하니 군정(軍政)이 긴급하고 일이 바빠졌다. 진왕이 병마(兵馬)를 걷어 아들과 조카에게 맡기고 함께 조정에서 물러나와 부모님께 하직을 고하였다.

태부인이 이때 나이가 구십이 넘었기에 기력이 예전보다 많이 떨어졌
다. 노공이 매우 슬퍼하여 칠십 노인인데도 편모의 곁을 한 시도 떠나지 56
않았다. 진왕과 초공이 슬퍼하며 감동하여 임금님을 섬기고 정치를 한 후에는 부모님과 할머니를 모시고, 부모님을 기쁘게 해드리려고 알록달록한 옷을 입고 춤추던 노래자(老萊子)[387]와 부모님의 잠자리를 편안하게 봐드렸던 황향(黃香)[388]을 본받아 효성을 닦았기에 태부인이 한 번 놀라실 것을 걱정스럽게 생각하였다. 오늘 두 아들의 출사함을 바로 아뢰면 분명히 크게 놀라실 것이기에 진왕과 초공이 의논하고 자식과 조카들에게 이렇게 말하라고 가르쳤다. 유현과 운현이 들어와 태부인을 뵙고 아뢰었다.

"저희들이 지금 구주(九州)[389]의 안찰사(按察使)[390]가 되어 내일 출사합니다. 태평한 때에 무사히 다녀올 수 있는 길이지만 할머님과 부모님을 여러 날 떠나니, 불효가 깊습니다."

태부인이 매우 놀라며 눈물을 흘리면서 말하였다. 57

"너희가 어찌 내 생전에 집을 떠나느냐? 장차 다시 볼 수 있겠느냐?"

---

387) 부모님을 ~ 노래자(老萊子) : {반의(班衣)의 열친(悅親)}. 춘추전국시대 초(楚)나라의 효자인 노래자의 일화를 일컫는 말임.

388) 부모님의 ~ 황향(黃香) : {황향(黃香)의 선침[煽寢]}. 동한(東漢) 시대의 효자였던 황향의 일화를 일컫는 말임. 여름에는 부채질을 하여 시원하게 해 드리고 겨울에는 자신의 체온으로 잠자리를 따뜻하게 해드렸다고 함.

389) 구주(九州) : 중국을 아홉으로 나눈 것으로 우(禹)임금이 처음 정했다고 함. 『사기』에 따르면, 기주(冀州)・연주(州)・청주(青州)・서주(徐州)・양주(楊州)・형주(荊州)・예주(豫州)・양주(梁州)・옹주(雍州)임. 그러나 실제로는 그보다 훨씬 후에 정해진 일이라고 함.

390) 안찰사(按察使) : 지방 군현의 치적 및 불법의 검찰(檢察)을 맡은 관직임.

두 사람이 편안한 목소리와 온화한 얼굴로 아뢰었다.

"몸이 나라에 매인 후에는 감히 사사로운 정을 나타내지 못하오니, 저희들이 재주가 없지만 나라의 일을 잘 다스리고 돌아와 할머니를 뵐 것입니다. 할머님은 너무 염려하지 마십시오."

노공과 위부인은 그들의 거동이 분명히 도적을 정벌하러 가는 길임을 알았지만 태부인을 위로하였다. 또 두 손자의 재주를 깊게 믿어 큰 근심을 하지 않았지만 멀리 헤어짐을 슬퍼하였다. 태부인이 과도하게 염려하니 초공과 진왕이 웃고 아뢰었다.

58 "두 아이들이 나가지만 다른 아이들이 가득하니 할머니는 너무 염려하지 마십시오."

태사 기현이 웃음을 머금고 위로하며 말하였다.

"두 아우가 비록 나가지만 많은 아이들이 있고, 제가 있으며, 또 그 자식들까지 있으니 적막하지 않습니다. 다 장성한 아이들을 무엇 때문에 염려하십니까?"

이때 능후 유현의 여러 아들이 있고 기현에게도 아들 명윤[391]과 여러 형제들이 있으며, 영현,[392] 수현, 희현이 모두 아들이 있었다. 능백 운현은 남씨와 다시 만나 겨우 아들 하나를 낳았지만, 명윤의 생사와 거처를 모르니 분명히 아주 죽었음이 확실한데 묻은 곳을 알지 못해 주야로 지극
59 히 애통해 하였다. 이때 여러 아이들이 뛰노는 것을 보고 운현이 슬퍼하니, 유현이 정색을 하며 말하였다.

"네가 지금 어른들 앞에서 부모님을 기쁘시게 하는 데에 극진히 노력

---

391) 명윤 : 운현의 아들도 이름이 명윤이므로 두 사람의 이름이 같음. 하지만 이름을 바꿔 옮길 수는 없으므로 그대로 옮김.

392) 영현 : {명현}. 오기로 보여 이같이 옮김.

해야 하는데 무슨 이유로 기색이 좋지 않아 이런 모습을 보이느냐?"

기현이 가만히 보다가 말하였다.

"네가 명윤을 생각하나 본데 조군주가 생각이 얕고 너희 두 부부의 액이 매우 커 이 지경에 이른 것이니 후회해도 어쩔 수 없는 일이다. 어찌 어른들 앞에서 온화한 기운을 잃느냐?"

운현이 사죄하며 말하였다.

"형님들 말씀이 옳으십니다. 제가 현명하지 못했음을 깨달았습니다.
오늘 아이들이 가득함을 보니, 부자간의 정은 사람이 끊기 어렵다고,
어찌 그 아이 생각이 없겠습니까?" 60

화파 등이 웃으며 말하였다.

"칼 들고 달려들 때에는 부자의 정도 보지 못하고 부부의 의리도 없더니, 요사이에는 덕이 많아졌나 보다."

운현이 웃으며 말하였다.

"할머니 같은 사람을 만난 것이 불행입니다. 제가 죽인 사람이 없는데 어찌 늘 그렇게 사람의 잘못을 들춰내십니까? 옛 일을 생각하면 자연스럽게 생각이 많아 죽은 자식을 생각하는 것이 잘못된 일입니까?"

자리에 있던 사람들이 모두 웃고, 진왕과 초공이 새삼스레 마음 아파하였다. 날이 저무니 유현과 운현이 아버지와 숙부를 모시고 백화헌에서 밤을 지내는데, 진왕과 초공이 그들을 돌아보며 말하였다.

"너희가 지금 만 리나 떨어진 전쟁터에 나가니 규방의 젊은 아내들[393] 61
의 근심이 깊을 것이다. 각각 이별의 정이 아득하고 어린아이들이 어
여쁨을 위로하여라."

---

393) 규방의 ~ 아내들 : {규리홍안(閨裏紅顔)}.

두 사람이 시키는 대로 물러가지 않았다. 초공이 본래 천륜의 각별한 자애가 있었기에 오른손으로 유현의 손을 잡고 왼손으로 운현의 손을 잡고 웃으며 말하였다.

“너희들이 나이 어린아이가 아닌데 내 사람됨이 가벼워 주접스럽게 이
런 행동을 하는구나. 부자간, 숙질간의 이별의 정이 깊으니 데리고 자
고 싶지만 어쩌겠느냐? 여자가 지아비를 하늘같이 아니, 날이 새면 부
62 부가 이별할 틈이 없을 것이니 너희 방으로 물러가 위로하여라.”

두 사람이 절하고 사양하며 말하였다.

“오늘밤 두 분의 곁을 모시고 있는 것이 저희들이 바라는 바입니다. 저희 방으로 가서 사사로운 정을 펴라고 하시는데, 저희의 나이가 15, 16세가 아닙니다. 부모님을 멀리 이별하게 되니 저희들[394]의 회포가 가득하게 쌓여 있습니다. 자기 방으로 가라고 하시는 말씀을 받들지 못함을 황공하게 생각합니다.”

운현은 남부인을 보고 싶은 마음이 적지 않았지만 유현과 함께 사양하고 아버지와 숙부를 모시고 밤에 잤다. 진왕과 초공이 자식과 조카를 아끼고 연연해하는 정이 은근하고도 깊었는데, 진왕이 운현과 유현이 잠든 후에 어루만지며 아끼는 것이 강보의 어린아이 때와 같이 하자 초공이 웃음을 머금고 말하였다.

63 “저는 원래 자식 사랑하는 것이 주접스럽지만, 형님처럼 엄숙하신 분
도 오늘 밤에는 자식 사랑하심이 과도하시네요. 부자유친(父子有親)이
매우 큽니다.”

진왕이 웃으며 답하였다.

394) 저희들 : {하정[下情]}. 윗사람에게 자신을 낮추어 이르는 말임.

"시랑이도 자식을 사랑하는데, 내가 사람의 마음으로 만 리나 되는 먼 곳으로 가는 자식을 연연해 하는 것이 이상한 일이냐? 이러다가도 뜻에 맞지 않으면 중하게 쳐서 인정을 두지 않을 것이다."

서로 마음을 이야기하였다. 비록 자식들의 재주를 믿지만 전쟁터의 위험함을 생각하여 가련해 하면서 이별을 안타까워해 잠들지 못하였다. 부자간의 천륜이 이와 같았다.

다음 날 아침에 유현과 운현이 일어나 세수하고 어른들께 하직하고 떠 64
나려는데, 태부인이 손을 잡고 경계하며 말하였다.

"너희의 재주와 덕이 용렬하지 않음을 믿지만 내 마음이 매우 후련하지 않으니 각각 몸조심하여라. 백성들을 잘 다스리고 정치를 잘 하고 일찍 돌아와 어버이의 염려를 덜어라."

두 사람이 두 번 절하고 명을 받들고는 그 사이에 옥체가 평안하실 것을 축원하고 물러났다. 부모님과 여러 부인들과 숙모님, 형제들과 각각 하직하고 물러나는데, 위부인이 탄식하며 말하였다.

"무정한 아이들이 어찌 방에 가 부인들과 작별하지 않느냐?"

두 사람이 이 말씀을 듣고 희미하게 웃음을 띠니, 정숙렬과 양정렬이 말하였다.

"어머님 말씀이 마땅하시니, 너희가 어찌 거역하겠느냐?" 65

두 사람이 명을 받드니, 고모들[395]인 조부인들이 웃으며 말하였다.

"저 아이들 마음은 은근히 가보고 싶은데, 어머니와 형님들이 그 마음을 알아맞혀 괴롭게 권하십니까?"

---

395) 고모들 : {슉뫼부인}. 문맥을 고려하여 이같이 옮김. 이 작품에서는 고모와 숙모를 구별하지 않고 호칭하는 경우가 많음.

능후 유현이 웃으며 답하였다.

"제가 정말로 그렇게 하지 못하여 바야흐로 아내를 생각하는 마음이 어지러웠는데, 어머니의 말씀이 제 가슴속을 비추는 것 같으니 이제 가서 이별의 아쉬움을 펴볼까 합니다."

여러 할머님들과 사람들이 모두 크게 웃고, 고모들이 웃으며 "운현이
속마음을 바른 대로 말하니 정직하구나."라고 하였다. 유현 형제가 각각
66 아버지 앞에서 절하고 물러나, 어머니 슬하에 다다르니 눈에 물결이 요동
하여 행여 할머님이 보실까 얼굴을 돌리고 물러났다. 이때 능백 운현에게
는 남씨, 설씨, 방씨 세 부인이 각각 세 아들이 있었고 민씨에게는 딸이
하나 있었는데 다 어렸고, 능후 유현은 자녀가 여럿 있었다. 부모님께 절
하고 밖으로 나가는데, 옷깃을 연하여 서 있는 것이 옥 나무에 구슬 꽃이
꼭지를 맞대고 피어 있는 것 같아 보기에 아름답고 귀하였다. 명천[396]은
나이가 9세인데 장부의 풍채와 군자의 행실이 있어 덕스러운 기운이 어
질고 예의 있는 용모가 정숙하여 완연히 초공의 어릴 적 모습을 지녔다.
할머니, 할아버지와 부모님의 사랑이 과중하여 만금 보물에 비길 바가 아
67 니었다. 이 날 아버지 유현이 전쟁터에 출사하니, 삼가 조심하는[397] 효성
으로 만 가지 염려가 마음에 가득했다. 하지만 어른들 앞에서는 근심스런
낯빛을 감추고 온화한 기운을 자연스럽게 띠었다.

유현와 운현이 각각 침소에 가 이씨, 조씨, 강씨, 경씨 등을 보았다. 능후 유현의 다섯 부인이 모두 나란히 앉아 있었는데 여러 부인들의 아리따운 태도와 아름다운 광채가 침실을 밝게 비추었다. 각각 자녀를 앞에 앉

---

396) 명천 : 유현의 맏아들임. 원문에는 '명현'으로 되어 있는데, 다른 곳에서는 주로 '명천'이라고 표기되어 있으니 '명천'으로 통일하여 옮김.

397) 삼가 조심하는 : {동동촉촉(洞洞燭燭)ᄒᆞᆫ}. 매우 공경하고 삼가 조심스러운 모양을 형용하는 말임.

히고 이별의 정 때문에 근심스러워 하는 기색이 있었는데, 화평한 얼굴을 한 사람은 정씨와 이씨뿐이었다. 말씀이 단정하고 맑은 사람은 이씨였고 온화한 기운을 지닌 사람은 경씨였다. 유현이 부인들의 기색을 보고 위로하며 말하였다.

"내가 이제 나라의 명을 받들어 만 리나 떨어진 운남에 가흉한 적들을 68
대적합니다. 몸이 수고롭고[398] 위태함은 말할 필요도 없고, 흰 머리의 부모님께서 걱정하시는 것과 조부모님의 얼굴을 하직하게 되니 자식된 마음이 슬프고 서운합니다. 다른 일은 염려가 없지만 부인들이 염려되고 어린아이들의 질병과 고초가 걱정되어 전장에 나가는 마음이 놓이지 않습니다. 부인들은 조부모님과 부모님을 모시고 효성을 극진히 하십시오. 또한 조심스럽게 어린아이들을 보호하면서 내가 돌아오기를 기다리고 너무 염려하지 마십시오."

정씨 · 이씨 · 경씨 세 부인이 미처 대답하기도 전에 조씨 · 강씨 두 부인이 눈물이 가득하여 말하였다.

"여자가 바라보는 것은 오직 남편입니다. 이제 군후께서 만 리나 떨어 69
진 곳에서 고초를 겪으며 강적을 대적할 것이니, 몸이 수고롭고 위태함은 말할 것도 없고 흰 머리의 부모님의 상심하시는 것이 슬프고 증조할머니와 조부모님, 부모님 곁을 떠나시게 되니 마음이 슬픕니다. 다른 일은 염려 없지만 저희의 심장이 끊어지는 듯합니다. 마음이 강철이 아니니 어찌 깊은 염려를 하지 않겠습니까? 바라건대 군후께서는 천금 같은 몸을 보중하십시오."

능후 유현이 두 부인의 가벼운 행동을 보고 마음에 좋지 않았지만 좋은

398) 수고롭고 : {닛부며}. 옛말 '잇브다'는 고달프다, 피곤하다는 뜻임.

낯빛으로 웃으며 말하였다.

"내가 비록 재주가 없지만 아내들의 근심을 끼치지는 않을 것이니, 마음을 굳게 먹고 어린아이들을 보호하십시오."

70 정부인이 얼굴을 가다듬고 사례하며 말하였다.

"장부가 임금님의 은혜를 입으면 자신의 몸을 잊고 집도 돌아보지 않아야 합니다. 공께서 할머님의 춘추가 매우 높으시고 부모님께서 염려를 과도하게 하시니 걱정이 되실 것입니다. 하지만 여러 아이들에 대한 양육은 저희들이 비록 민첩하지 못하지만 집안일로 낭군의 걱정을 끼치지는 않을 것이니 너무 염려하지 마시고 귀한 몸을 보중하십시오."

이씨가 옷깃을 바로하고 얼굴을 가다듬고 대답하였다.

"군후의 신이한 재주와 위엄 있는 무예는 하늘이 특별히 주신 것입니
다. 어찌 적은 도적을 근심하겠습니까? 몸에 인수(印綬)[399]를 차시고
부녀를 대하여 이별을 말씀하시는 것은 매우 나약한 행동이며 자잘한
데에 신경을 쓰시는 것입니다. 제가 비록 여자의 소견이지만 속마음으
71 로라도 바라지 않는 바입니다. 바라건대 공께서는 만사에 거리끼지 마
시고 귀한 몸을 보중하셨다가 돌아오셔서 궁궐에 조회하시고 부모님
께 절하십시오. 저희들도 어린아이들을 데리고 웃음을 머금으며 맞이
하겠습니다."

경씨가 용모를 가다듬고 옷깃을 바로하며 말하였다.

"제가 들으니, 장수가 임금의 명령을 받으면 집을 잊고 싸움에 임하여 북소리를 들으면 그 몸을 잊는다고 하였습니다. 하우(夏禹)[400]는 일찍

399) 인수(印綬) : 인(印)과 인끈. 벼슬아치로 임명되어 임금으로부터 받는 표장(標章).

이 아이 울음소리가 높은 것을 듣고도 집에 들렀다가도 그냥 지나쳐 들
어가지 않았다고 하니, 바쁜 임무 때문에 평안하게 집에 있는 처자를
대하여 애틋하게 이별을 말하지 않았을 것입니다. 그러니 마땅히 국가 72
의 큰일을 가장 중요하게 생각하십시오."

능후 유현이 세 부인의 값비싼 좋은 금 · 아름다운 옥과 같은 논의를 들으니 진실로 세 사람은 아름답고 정숙한 사람이고 일대의 현명한 부인들이었다. 감탄하며 칭찬하여 웃음을 머금고 길게 팔을 들어 작별하며 말하였다.

"세 부인의 밝은 가르침을 들으니 내 집에 가히 어진 아내들이 있음을 알겠습니다. 내가 어찌 집안일을 심하게 걱정하겠습니까? 오직 어른들 모시는 일을 게을리 하지 마십시오. 군대의 일이 바쁘니 이제 작별합니다."

다섯 부인들이 일어나 절하고 전송하는데, 명천이 문 밖까지 나오니 유현이 경계하며 말하였다.

"네가 모든 아이들 중에서 제일 크니, 모름지기 아우들을 거느리고 공
부를 착실하게 하고 수행을 한결같이 하여 멀리 가는 아비의 근심이 73
네게 미치지 않게 하여라."

명천이 두 번 절하고 명을 받드는데 두 눈에 눈물이 어리니, 유현에게 여러 아들이 있었지만 명천이 가장 소중하였기에 손을 잡고 위로하며 말

400) 하우(夏禹) : 하(夏)나라를 개국한 임금. 순 임금의 선위로 천자가 됨. 성(姓)은 사씨(姒氏)이고 명(名)은 문명(文命). 『사기』「하본기(夏本記)」에 의하면, 전욱(項)의 손자이며, 곤(鯀)의 아들로, 요(堯)임금의 치세에 대홍수가 발생하여 섭정인 순(舜)이 그에게 치수(治水)를 명하였음. 13년간 고심 노력한 끝에 사업에 성공, 천하를 9주(州)로 나누고 공부(貢賦)를 정하였음. 순이 죽자 인망(人望)을 모은 그가 제위를 계승하여, 나라이름을 하(夏)로 고치고 안읍(安邑)에 도읍하였음. 촌음도 아끼지 않고 열심히 일했다는 고사가 전함.

하였다.

"내 아들의 효행이 다른 사람들보다 못하구나. 오늘 만 리나 되는 먼 곳으로 떠나는 아비를 온화한 얼굴로 이별해도 내 마음이 편하지 못할 텐데 눈물을 머금고 슬퍼하여 아버지 마음을 어지럽히느냐? 할아버지를 모시고 모든 일을 교훈에 따라 조심하여 받들며, 어린 아우들을 거느리고 내가 있을 때와 같이 하여라. 내가 비록 우둔하지만 나 때문에 너희들이 근심하게 하지는 않을 것이다."

74 명천이 표정을 바꿔 온화한 기운을 띠고 명을 받들며 절하고는 나직한 소리로 귀한 몸을 보중하시라고 청하였다. 나머지 아이들은 아버지가 떠나는 것을 섭섭해 하며 눈물을 비 오듯 흘렸다. 유현이 모인 사람들 가운데 아이들을 돌아보며 탄식하였다.

"마음이 비록 굳지만 진실로 아이들을 떠나기 어렵구나."

태사 기현이 웃으며 말하였다.

"어디를 가더라도 자식이 많으면 도리어 주체하기가 어렵구나. 너희가 아이를 지나치게 사랑함이 이와 같으냐?"

유현이 웃음을 머금고 말하였다.

"저는 평소에 자식을 안고 데리고 놀지 않았습니다. 형님께서는 아이들을 무척 사랑하시면서 도리어 제가 그렇다고 하십니까?"

75 형제가 서로 웃었다. 이때에 능백 운현이 남부인과 이별하였는데 그 마음이 서글프고 남씨를 향한 정이 산과 바다와 같아 설씨와 민씨가 있는 것을 깨닫지 못할 정도였다. 남부인이 사람의 일이 돌고 도는 것과 장부의 무심함을 슬퍼하며 탄식하였다.

"군자께서 칼로 새긴 듯한 험한 벼랑길 수천 리를 떠나 흉한 적들을 대적하러 가시니, 할머님과 부모님의 염려가 무궁하시고 저희의 근심이 간절합니다. 그런데 저를 찾아오셔서 구구하게 이별하시니 잔신경을 너무 쓰시는 것입니다. 저 한 명에게만 이별을 고하고 말씀하시는데, 방씨, 설씨, 민씨 세 부인의 마음도 모두 같을 것이니 어찌 저만 홀로 감당하겠습니까?"

운현이 탄식하며 말하였다.

"방씨, 설씨, 민씨 세 부인에게 가보려고 하지 않았겠습니까만 행차가 76
급하니 어떻게 여러 사람을 다 찾아다니면서 하직하겠습니까?"

그러자 남씨가 시녀에게 운현의 말을 세 부인들에게 전하여 오게 하였다. 세 부인이 각각 어린아이들을 앞에 세우고 나아오는데, 수척한 모습이 눈 속의 배꽃이 향기를 토하고 봄 동산의 꽃 봉우리들이 이슬에 젖은 듯하였다. 세 부인이 쌍으로 나아와 자리에 앉으니 운현이 좋은 말로 위로하며 말하였다.

"내가 이제 파촉의 대장이 되어 오늘 출사하니, 부모님 곁을 떠나고 형
제를 이별하게 되어 규방에서의 사사로운 정을 말하지 못하겠습니다.
부인들은 나를 염려하지 말고 효성을 힘쓰며 어린아이를 보호하여 내 77
가 돌아오기를 기다리십시오."

세 부인이 탄식하며 말하였다.

"군자께서 만 리 떨어진 전장에 나아가시니 위로는 할머님과 시부모님의 걱정과 아래로는 저희의 마음을 반드시 들어야만 아실 수 있는 것은 아닐 듯합니다. 원컨대 천금 같은 몸을 조심하시어 여러 군사 가운데에서 위태함을 당하지 마십시오."

남씨는 온화한 목소리로 대답하여 말하였다.

"군자께서 나라의 명령을 받들어 대장의 인수(印綬)[401]와 절월(節鉞)[402]을 받들었으니 책임이 막대하십니다. 군자는 뜻을 시원한 바람과 맑은 달[403]같이 하시어, 오랑캐들에게 나아가셔서 주상전하의 교화를 빛내시고 자신의 절의를 다하십시오. 어찌 부녀를 대하여 이별의 회포를
78 이르시는 것이 마땅하겠습니까? 저희들은 오직 군자의 덕스러운 교화가 번창하여 천하의 칭찬하는 소리가 함께 들리는 것을 듣기 바랍니다."

운현이 칭찬하며 말하였다.

"그대의 내조는 강후(姜后)[404]보다 못하지 않습니다. 내가 비록 용렬하지만 감동하지 않겠습니까? 어린아이를 데리고 부모님을 모시면서 보중하십시오."

말을 마치고 2자 1녀를 나오라고 하여 연연해하며 어루만지다가 작별하고 나와 유현과 함께 궁궐로 갔다. 황제께 절하고 하직하니, 황제께서 평남대원수(平南大元帥) 금 도장과 옥으로 장식한 깃대장식과 금 부절(符節)[405]을 주시어 위엄을 더하시고 상방검(尙房劍)[406]을 주시며 말씀하셨

---

401) 인수(印綬) : 인(印)과 인끈. 벼슬아치로 임명되어 임금으로부터 받는 표장(標章).

402) 절월(節鉞) : 천자가 출정하는 장수에게 주는 부절(符節)과 부월(符鉞) 즉 신표(信標)와 도끼를 말함.

403) 시원한~달 : {광풍제월[光風霽月]}. '아무 거리낌이 없는 맑고 밝은 인품'을 비유하여 이르는 말임.

404) 강후(姜后) : 주(周)나라 선왕(宣王)의 왕후인 강후(姜后). 유향(劉向)의 『열녀전(列女傳)』「주선강후(周宣姜后)」 편에 나오는 이야기로 주나라 선왕의 왕후인 강후는 제(齊)나라 제후의 딸로 어질며 덕이 뛰어났음. 선왕에게는 일찍 자리에 들고 늦게 일어나는 버릇이 있었는데 이런 까닭에 강후도 방을 나올 수가 없었음. 자신이 부덕했기 때문이라고 여긴 강후는 몸에 지닌 모든 패물을 빼놓고 영항(永巷)에서 죄를 받고자 청하며 왕의 잘못을 끌어다 자신을 꾸짖자 선왕이 자신의 게으름을 뉘우치고 이후부터는 정사를 성실히 하고 일찍 조정에 나오고 늦게 퇴근하여 마침내 중흥(中興)의 군수라는 이름을 얻게 됨.

405) 옥으로~부절(符節) : {옥모금절[玉旄金節]}.

406) 상방검(尙房劍) : 상방(尙房)에서 만든 검. 상방은 상의원(尙衣院) 즉 궁궐의 의복, 음식, 기물 등을 관리하는 부서임.

다.

"부원수 이하의 사람 중에서 명령을 범하는 사람이 있으면 먼저 베고
나중에 보고하라. 나의 부탁을 받은 사람은 나라의 중요한 임무를 맡 79
은 사람이다. 원컨대 경들은 일찍 이기고 돌아오라. 그러면 짐이 남쪽
교외에 잔치를 차려놓고 맞이하겠다."

능후 유현이 머리를 조아리며 절하고 나서 사례하고 말하였다.

"성은이 이와 같으시니 뼈가 가루가 되고 몸이 부서져도 그 은혜를 다 갚지 못할 것입니다. 신이 재주가 없지만 주상의 큰 복을 입어 도적의 머리를 베어 천하의 반역하는 마음을 징계하고 주상의 염려를 덜겠습니다."

황제께서 향온(香醞)을 가득 부어 네다섯 잔을 먹인 후 다시 평촉원수 유현과 육로원수 운현에게 각각 대장(大將) 도장과 인끈, 절월을 주시며 말씀하셨다.

"사천은 좁은 벼랑길들이 험하고 검각(劍閣)[407]이 막혀 있어 적을 깨뜨 80
리기가 어렵고 적들의 방어가 견고할 것이다. 하지만 두 사람은 일대
의 영웅호걸이고 장량(張良)[408]과 진평(陳平)[409]의 지혜를 겸하였으니,
서쪽 지역의 백성들을 구해 짐의 근심을 덜게 하라."

두 원수가 머리를 조아리며 사례하면서 "저희들이 비록 재주가 없지만 성은을 가슴 깊이 새기겠습니다."라고 하였다. 황제께서 매우 기뻐하시

407) 검각(劍閣) : 중국 장안에서 촉(蜀)으로 가는 길에 있는 대검산(大劍山)과 소검산(小劍山) 사이의 요충지.

408) 장량(張良) : 전한(前漢)의 공신. 한(韓)나라가 망하자 그 원수를 갚고자 역사(力士)를 시켜 진시황을 치게 했으나 실패함. 훗날 한(漢)고조 유방의 모신(謀臣)이 되어 진나라를 멸망시키고 초나라를 평정하여 한(漢)나라를 세움. 모략이 뛰어남.

409) 진평(陳平) : 전한(前漢)의 공신. 지혜와 모략이 뛰어나 한고조를 도와 천하를 평정하였고, 혜제 때에 좌승상이 되었으며 여공(呂公)이 죽은 후 여씨 일가를 죽이고 한나라 왕실을 편안케 하였음.

어 여러 신하들을 대하여 말하였다.

"나의 세 명의 걸출한 신하들이 향하는 곳에서는 더러운 티끌을 모두 쓸어버릴 것이니 짐은 염려하지 않는다."

여러 신하들이 만세를 불러 국가의 큰 복을 일컬었다. 세 원수들이 황제의 앞에서 절하고 하직한 후 대궐 문을 나섰다. 진왕과 초공도 아들들을 거느리고 조정에서 물러나오려 하자, 운현과 유현 두 원수가 아버지와 숙부께 고하였다.

81 "이곳에서 하직하오니 백부님과 아버지는 일찍 집으로 향하시기를 바랍니다."

진왕과 초공이 말하였다.

"너희가 먼저 나아가 한 곳에 모여 있어라. 내가 가서 보겠다."

세 원수가 각각 막차(幕次)[410]에 들어갔다. 진왕과 초공, 그리고 양공이
와서 부자간, 숙질간의 이별의 정을 연연해하며 몸을 보중하여 이길 것을
당부하였다. 유현과 운현이 절하고 나서 명을 받들고 그 사이에 몸이 편
안하시기를 축원하였다. 그러고 나서 길을 떠났는데, 병기를 움직이는 곳
마다 호통 소리 세 번에 대군이 물밀 듯 밀려가 두 편으로 나뉜 군대가 각
각 호탕하게 남서쪽으로 향했다. 두 군대의 기상이 활달하고 기이하며 위
82 엄 있고 삼군(三軍)이 정제되어 있으며 갑옷이 선명하였으니, 마치 용이
풍운(風雲)을 얻고 범에 날개가 돋친 것 같았다. 깃발이 하얀 햇빛에 연하
여 펄럭이니, 진왕과 초공이 기쁨을 눈썹 가에 띠었으며 양태사도 기분
좋게 흰 수염을 어루만지며 말하였다.

"이 늙은이가 황상께서 알아주시는 은혜를 입어 죽을 몸이 살았으니

410) 막차(幕次) : 의식이나 거동 때에 임시로 장막을 쳐서 왕세자나 고관들이 잠시 머무르는 곳.

밤낮으로 전전긍긍(戰戰兢兢)하며 늘 조심스럽고 부끄러웠습니다. 이제 인광이 나의 부끄러움을 씻어 나라의 은혜를 만분의 일이라도 갚으려고 아드님과 같이 만 리의 전쟁터에 나아갔으니, 늙은 아비가 오늘 죽어도 한이 없습니다."

사람들이 치하하였다. 많은 문무 관료들이 말머리를 이으면서 수레를
돌려 남문과 서문 두 문 밖으로 나와 전송하니, 따르는 이들이 백 리를 이 83
었다. 조부에서도 조생들이 함께 문밖으로 나와 전송하고 나서 진왕과 초공이 조부에 돌아와 노공을 뵙고 두 아이가 행군하던 거동을 고하였다. 노공이 기뻐하며 쉽게 공을 세우고 돌아오기를 바랐다. 태사 기현이 다른 아들들과 함께 두 사람과 작별하고 본부로 돌아와 부모님을 뵈니, 초공이 탄식하며 말하였다.

"우리 가문이 쇠잔하지 않아 자녀들이 청현직(淸顯職)[411]을 계속하여 맡고 유현과 운현 두 아이는 늘 변방을 다스리는 중요한 직책을 맡으며, 우리 형제가 왕공(王公)의 지위에 있어 매사가 분수에 넘친다. 사물의 기운이 성하면 쇠하게 되어 있는 것이 진실로 기틀이 변화하는 이치
고,[412] 달이 차면 다시 작아지는 것이 천지(天地)의 이치다.[413] 그러므 84
로 망하지 않은 나라가 없고 피폐해지지 않은 집이 없다. 어찌 우리만 늘 좋기를 바라겠느냐? 여러 아이들의 영광과 총애를 보면 마음이 두려워 우리들이 벼슬을 버리고 한가한 천민이 되어 화를 미리 막으려고 했지만, 성은을 입어 도읍[414]을 떠나지 못했다. 또 자식들이 지나치게

---

411) 청현직(淸顯職) : 학식과 문벌이 높은 사람들이 맡는 중요한 관직.

412) 사물의 ~ 이치고 : {물셩이쇠[物盛而衰]는 고기변야(固機變也)오}.

413) 달이 ~ 이치다 : {월영즉휴(月盈則虧)는 텬디지리애[天地之理也 ㅣ}.

414) 도읍 : {연곡지하[輦轂之下]}. 연곡은 임금이 타시는 수레를 뜻함. 따라서 '연곡지하'는 임금이 계시는 도읍을 뜻하는 것으로 봄.

이름을 날리는 것을 막으려 했지만 뜻대로 못하여 오늘에 이르렀으니, 진실로 기쁘지 않습니다."

진왕이 웃으며 말하였다.[415]

"어진 아우의 겸손한 뜻과 근심하는 마음은 어리석은 형이 미치지 못
할 정도로구나. 하지만 법도에 맞지 않는 방법을 삼가고 충성과 신실
85 함, 효성과 우애로 자식을 가르쳐 만사가 되어 감을 보는 것이 좋겠다.
너는 공손함과 삼감으로 미리 근심하지 마라."

초공이 엷게 웃을 뿐 아무 답도 하지 않았다.

차설. 양태사의 집에서는 아들을 만 리 떨어진 전쟁터로 이별한 후에
부모와 처자의 근심이 자못 깊었다. 양인광의 두 부인인 조씨와 정씨가
매우 삼가며 조심하는 효도와 아침을 챙겨 드리는 기특함이 속세의 기린
과 같았다. 이것으로 재미를 삼으니 조씨와 정씨 두 부인이 헤아림이 깊
지만 등잔불이 밝고 밤비가 내리는 날이면 젊은 나이에 느끼는 탄식으로
시름이 가득하였다. 하지만 시부모님을 모시고 어린아이들을 보호하여
햇볕이 따스한 것처럼 온화하며 담소하는 것이 낭랑하고 자연스러웠다.
86 두 부인이 쌍으로 어머니 조군주를 모시면서 효성을 지극하게 하니, 시부
모님이 지극히 사랑하였고 친척들이 칭찬하지 않는 이가 없었다.

재설. 곽씨가 양씨 가문에서 쫓겨난 며느리가 되고 곽씨 가문의 죄 지은 딸이 되어 한 간 깊은 당에 갇힌 지 여러 해가 되었다. 그래도 아버지 곽후의 노기가 엄하고 매서워 구멍으로 음식을 주면서 하늘의 해를 보지 못하게 하였다. 하지만 곽씨가 뉘우치지 않고 슬퍼하며 분해 하면서 심복인 시녀 연향과 함께 밤낮으로 울며 꾀를 논의하였다. 마침내 구름 모양

415) 웃으며 말하였다 : {쇼왕}. '쇼왈[笑曰]'의 오기로 보여 이같이 옮김.

으로 쪽진 머리를 쪽진 것을 줄여 내려뜨려 처녀의 모습을 하고 한밤중에 주인과 시녀가 함께 담을 넘어 도주하였다.

곽씨의 5촌 숙모 곽부인은 시랑(侍郎)[416] 이현의 부인이고 아들과 딸
등 자식이 없었다. 이시랑이 세상을 뜨고 나서 홀로 사는 집이 적막하여 87
넓은 청사(廳舍)를 비복들로 메우고 새벽과 저녁에 달이 뜨거나 꽃 피고
새 우는 봄이 되면 슬픈 마음을 이기지 못하였다. 그러던 중 곽씨와 연향
이 이부로 온 것이다. 이부인이 시녀들과 바둑을 두면서 마음을 붙였는
데, 밤이 깊어 삼경(三更)[417]이 되도록 자지 않고 있었다. 문득 연향이 문
밖에 이르러 사람을 부르니, 부인이 이 소리를 듣고 누군지 물으라고 하
였다. 그러자 곽씨와 연향이 옳고 그름을 생각지도 않고 달려들어 눈물을
흘리니, 이부인이 분명히 무슨 사연이 있음을 알고 데리고 방안으로 들어
가 손을 잡고 눈물을 흘리며 말하였다.

"박명한 이 숙모가 남편을 사별하고 지극한 애통함이 뼈에 사무치니 88
여러 곡절을 겪고 목숨을 부지하고는 있지만, 한 명의 자식도 두지 못
했고 형제도 없어 삼종지도(三從之道)가 끊어지고 종사(宗嗣)를 이을 사
람도 없다. 이를 생각하면 가슴과 창자가 꺾이고 끊어지는 듯하여 얼
른 죽고자 했지만 목숨이 질겨 죽을 수 없었다. 박명한 남은 목숨의 그
림자가 고단하고 형용이 슬프고 괴로워 눈 먼 양녀나 얻어 곁에 두고
위로 받으려 했지만, 박명한 사람에게 자식을 줄 사람이 없어 오직 마
음 아파할 뿐이었다. 그런데 오늘 밤 조카가 무슨 이유로 여기에 왔느
냐? 놀라운 것은 부인네가 이런 밤중에 시종과 차림새도 갖추지 않고

416) 시랑(侍郎) : 옛 중국의 벼슬 이름으로, 육부(六部)의 차관(次官)을 이름.
417) 삼경(三更) : 밤 12시 전후의 두 시간으로, 11시부터 1시까지를 이름.

89 온 것과 어른이 아이처럼 머리를 내려뜨리고 온 것이다. 무슨 이유가 있느냐?"

곽씨가 가슴을 두드리고 눈물을 뿌리며 전후의 일들을 다 고하였다.

"조씨가 시부모님께 저를 참소하여 제가 애매하게 내쫓기니, 아버지가 곧이듣고 깊은 당에 가뒀습니다. 억울하고 서러워 지극한 마음을 숙모님께 아뢰고 숙모님을 모시며 의지하려고 왔습니다. 그러니 저에 대한 일을 번거롭게 누설하지 마시고 저의 평생을 이끌어 주십시오."

이부인이 이 말을 듣고 한편으로 기쁘고 가련하여 부질없는 눈물을 흘
렸다. 이로부터 이부인과 곽씨가 모녀가 되기로 정하여 곽씨를 데리고 있
었는데, 이부인이 상황 파악을 제대로 못한 채 곽씨를 귀하게 여기고 일
마다 들으면 모두 용납했다. 집안의 시비와 종들에게 곽씨가 이곳에 와
90 계속 있는 것을 집 밖의 사람들에게 누설하지 말라고 당부했다. 또 곽씨
가 처녀의 복색으로 장식을 구슬과 옥으로 얽고 비단으로 꾸며 붉은 분을
어지럽게 발라 몸을 치장하니 바야흐로 청춘이고 자색이 빼어나 보였다.
이부인이 매우 기뻐하며 모녀가 논의하여 다시 풍류 영걸의 사위를 얻고
자 하였다. 죽은 이시랑의 이복동생이 이 집의 일을 주관하고 있었는데,
이부인이 곽씨를 그에게 보여주며 말하였다.

"내가 아침저녁으로 위로할 사람이 없어 양친이 모두 돌아가신 친척 딸을 양녀로 삼았으니, 아주버니는 이 아이의 배필을 극진히 찾아보시오."

91 그 사람 이통은 지극히 영리하고 간사하여 매사를 부인의 뜻을 좇는 체하면서 밖으로는 이부인의 많은 재산을 자기 편한 대로 쓰는 사람이었다. 이에 부인의 말을 듣고 흔연히 명을 받들며 말하였다.

"오직 요사이에 신랑으로 할 만한 사람 중 보잘 것 없는 사람은 특별한 재주가 없고, 입신하여 현달하여 이름 난 사람은 이미 아내를 얻었으니 재취나 삼취라도 혐의하지 않는다면 제가 전력을 다해 보겠습니다."

이부인이 탄식하며, "과부의 처량한 집안에서 외로운 딸을 두고 어찌
재취를 꺼리겠는가?"라고 말하니, 이통이 명을 받들어 이후로 명사와 재
상가 가문을 두루 왕래하며 혼처를 살폈다. 조부의 여러 아들들의 풍채와
사위인 소경수, 윤선희의 풍모를 보고 특별하다고 생각했지만 청혼하지 92
못하고 있었다.

그러던 어느 날 이부인이 곽씨를 데리고 그 형 유참정의 집에 갔다. 이
유씨 집은 대대로 이름난 가문이고, 참정의 자식과 조카들 중에 명사와
문인들이 많았기에 일부러 양녀를 데리고 가 얼핏 보이고 사위를 택하려
고 하였다. 그러나 유씨 집안의 자제들이 모두 아내를 얻은 상태였을 뿐
아니라 누이의 의리로 대접하고 따로 유의하는 사람이 없었다. 이부인과
곽씨가 마음이 급해졌을 때에 문득 벽제(辟除)[418] 소리가 나면서 한 명의
재상이 왔다. 유참정 부자가 나가 손님을 맞으니, 곽씨가 몰래 외당을 엿
보았다. 한 명사가 오사모(烏紗帽)를 쓰고 자줏빛 도포에 금띠를 두르고
가벼운 걸음으로 걸어오는데, 빛나는 용모가 깨끗하고 시원스러워 남전 93
(藍田)[419]의 흰 옥 같았다. 두 눈의 빛나는 광채가 빼어나 가을 물에 비낀
해가 비치는 듯하여 가히 공자의 문하에서 배워 맹자의 도(道)를 주로 하
는 군자이고 천고의 풍류랑이었다. 신장이 8척이고 모습이 숙연하며 분
위기가 강건하니, 벼슬이 낮지만 유공 부자가 용모를 가다듬고 공경을 표

418) 벽제(辟除) : 고관의 행차에 길을 비키라고 외치는 것.
419) 남전(藍田) : 중국 섬서성에 있는 이름난 옥의 산지.

하였다. 나이가 젊지만 도학이 높은 선생인 줄을 가히 알만했다. 곽씨가 매우 놀라 숨을 길게 쉬고 생각하였다.

'내가 양생을 처음 보고 세상에 둘도 없는 사람이라 생각했는데, 오늘
이 사람을 보니 양생보다 더 곱구나. 단엄하기는 양인광이 바랄 바가
94 아니니, 이 사람은 어떤 사람인가? 내가 영웅호걸을 다시 섬기게 되면
양씨 가문에서 쫓겨났던 화를 원망할 것이 못되겠지.'

이렇게 생각하니 마음이 초조했다. 이윽고 유참정 부자가 손님을 보내고 들어오니 이부인도 역시 그를 엿보고 있다가 유생 등에게 물었다. 유생이 웃고 대답하기를, "이번 과거에서 장원 급제한 중서사인(中書舍人)[420] 소경수입니다."라고 하였다. 이부인이 감탄하면서 "기이한 남자로구나. 아내를 얻었는지 궁금하구나."라고 하였다. 유생이 대답하기를, "첫째 부인은 참정 구공의 딸이고 둘째 부인은 초국공 조승상의 딸이라고 들었습니다. 오복(五福)을 두루 갖춘 사람입니다."라고 하였다. 이부인과 곽씨가 마음을 굳게 먹고 청혼하려는 뜻을 정하고 돌아왔다.

95 곽씨가 눈물을 흘리면서 이부인에게 소회를 고하며 경수가 아니면 정말로 못 살 것 같다고 하였다. 이 말을 듣고 이부인이 밤낮으로 생각해 보니, 황제의 총희인 양귀비가 이부인과 어릴 때부터 막역한 친구 사이였다. 귀비가 궁궐로 들어갔지만 서신을 빈번히 주고 받는 사이이니 이에 소경수의 셋째 부인을 자신의 양녀인 곽씨로 삼을 것을 청해 달라고 편지를 썼는데 말이 비장하고 소회가 간절하였다. 양귀비가 불쌍하게 여겨 황

420) 중서사인(中書舍人) : 중서성의 사인. 중서성은 기무(機務)·조명(詔命)·비기(秘記) 등을 맡아 보던 관서이며, 사인은 중서성의 한 벼슬로 통사사인(通事舍人)·사인통사(舍人通事)라고도 불렸으나 후에 중서사인으로 통칭하며 중서성에 한 명을 두었음. 중서사인은 높은 관직은 아니지만 청요직으로 이후 고관으로 승진하는 데 중요한 길목이 되는 벼슬이었음.

제께 아뢰었다.

"이번 과거에서 장원급제한 중서사인 소경수의 문장과 재주가 어떠했습니까?"

황제께서 웃고 말씀하셨다.

"일대의 현명한 군자이고 천고의 영웅호걸이네. 짐이 매우 아끼는 충신인데 그대가 왜 묻는가?"

귀비가 웃으며 하례하고는 말하였다.

"대송(大宋)의 인재가 이처럼 많으니 진실로 주상의 복이고 경사입니 96
다. 제가 하례하옵니다. 물은 것은 다른 이유가 아니라 제가 시랑 이현
의 아내와 어릴 적에 이웃에서 지냈기에 얼굴을 익히 보았고 관중과 포
숙의 결의를 본받아 궁궐에 들어온 이후에도 서로 서신을 끊지 않았습
니다. 그런데 불행히도 이현이 죽었고 아들딸도 하나도 없어 이부인이
밤낮으로 서러워했습니다. 다행히 요즘 부모 없는 친척 아이를 양녀로
삼았는데 나이가 시집갈 때가 되었습니다.[421] 그 딸아이가 이번 과거
의 장원 소경수만 섬기겠다고 하는데 소경수가 청혼을 들어줄 리가 없
으니, 제게 청하여 왔습니다. 성상께서는 사람의 목숨을 살리는 덕[422]
을 베풀어 사혼(賜婚)의 교지를 내리시어 원망을 품는 여자가 없게 하 97
시기를 바랍니다."

황제께서 웃으며 말씀하셨다.

---

421) 시집갈 ~ 되었습니다. : {도요(桃夭)의 밋쳣더니}. '도요'는 『시경(詩經)』 「국풍(國風)」편 〈도요(桃夭)〉라는 시에서 연유한 말임. 복숭아나무가 한껏 물이 올라 싱싱함을 표현한 시구인 '도지요요(桃之夭夭)'에서 나왔으며 시집갈 때가 된 아름다운 아가씨를 비유한 것임.

422) 사람 ~ 덕 : {호싱지덕[好生之德]}. 인간이 바로 서면 만물도 바로 서게 된다 하여 이 세상의 모든 것을 살리기 좋아하는 덕성을 말함. 죽일 형벌(刑罰)에 처할 죄인(罪人)을 특별(特別)히 살려 주는 제왕의 덕을 의미하기도 하는데, 여기서는 전자의 뜻임.

"그대의 세심함이 이와 같군요. 내가 만민의 부모이니, 자식이 없는 여자를 거두어 혼인하게 하는 것이 옳습니다. 소경수에게 셋째 부인을 사혼하겠습니다."

양귀비가 칭하하였다.

화설. 동해 일본국에서 조공(朝貢)이 들어왔는데 바로 두 쌍의 야광 구슬이었다. 광채가 온 나라에 빛나니, 황제께서 신하들과 명사들 수십 명을 모아놓고 이 밝은 구슬에 대한 시를 짓게 하였다. 소경수, 윤선희와 조생 등의 문장 재주가 남들을 초월하니, 황제께서 문방구(文房具)를 내리셨
98 고 소경수는 으뜸상으로 전임 시랑 이현의 딸로 셋째 부인을 사혼하여 문채(文彩) 있음을 표하셨다. 그러자 사인 소경수가 놀라서 바삐 아뢰었다.

"제가 원래 풍류가 전혀 없고 사람됨이 졸렬하여 한 명의 아내도 잘 거느리지 못하는데 이미 두 아내가 있습니다. 사혼의 교지를 감당하지 못하오니 엎드려 바라건대 성상께서 교지를 거두어 주십시오. 제가 올봄에 과거에 급제하고[423] 두 아내를 취하였으니 지금 사혼하시는 것을 순순히 받는 것은 제가 바라는 바가 아닙니다. 저의 어리석음과 박덕함을 세 번 살피십시오."

황제께서 정색을 하시고 말씀하셨다.

"짐이 경을 생각하여 이공의 딸이 아름다움을 알고 특별히 사혼하는
99 것이니 좋은 뜻이다. 옛 말에 이르기를, 임금이 주는 것은 개나 말이라도 귀하게 여긴다[424]고 했으니, 사양하는 것은 임금의 은혜를 가볍게

---

423) 과거에 급제하고 : {룡방[龍榜]의 어향(御香)을 쏘이고}. 문맥을 고려하여 이같이 옮김.

424) 임금이 … 여긴다 : 『논어(論語)』「향당(鄕黨)」편 십 장 십삼 절에 보면 " 임금이 음식을 주시면 반드시 자리를 바로 하고 먼저 맛보시며, 임금이 날고기를 주시면 반드시 익혀서 조상께 올리시고, 임금이 살아있는 것을 주시면 반드시 기르셨다[君賜食 必正席先嘗之 君賜腥 必熟而薦之 君賜生 必畜之]."라는 구절이 있는데, 이 구절을 변용한 듯함. 고전소설에서는 사혼(賜婚)을 받

여기는 것이다. 경은 녹봉을 먹는 명사이니 오늘과 같은 행동은 매우 체모를 잃는 처사이다. 일찍이 혼인하여 짐의 뜻을 어기지 말라."

즉시 조회를 파하시니, 여러 신들이 물러나 궐문 밖으로 나왔다. 소경수가 눈썹 가에 근심이 맺히니, 도찰원(都察院)[425]의 정후가 웃으며 말하였다.

"오늘 그대의 눈썹에 근심이 맺혔으니 정말로 의아한 일이구나. 숙녀는 성인을 도우니 오매불망 구하였는데, 어찌 그렇듯 근심으로 삼는가?"

한림 조웅현이 웃으며 말하였다.

"우리에게 보이느라고 일부러 우리 앞에서 싫어하는 기색을 보이지만 마음속으로는 기뻐할 것이니, 정형이 잘못 아는 것이네."

사인 소경수가 길게 탄식하며 말하였다. 100

"나이 어리고 성은이 매사에 넘치시니 마음속으로 당황스럽다. 숙녀도 기쁘지 않고 미녀도 바라지 않는다. 너희가 내 마음을 모르는구나."

모인 사람들이 모두 일대의 명사들이라 서로 농담하는 것이 자연스러웠다. 하지만 소경수는 입술을 다물고 두 눈썹을 찌푸리며 집에 돌아와 두 아버지를 뵙고 이 일을 아뢰었다. 친아버지인 평진후가 매우 놀라며 말하였다.

"상의 은혜가 너 같은 어린아이에게 과도하시니, 어찌 여러 번 굳이 사양하겠느냐?"

양부(養父)인 강능후가 말하였다.

아들이라는 의미로 자주 쓰임.

425) 도찰원(都察院) : 관리의 비행(非行)을 탄핵하고, 각 성(省)을 감찰하는 역할을 맡았음.

"조씨 며느리가 어지니 우리 아들의 집안 다스리는 도리가 끝내 어지럽게 되지 않을 것이니 형님은 너무 염려하지 마십시오."

평진후가 탄식하며 말하였다.

101 "비록 그렇다고는 하지만 하늘의 운수는 성인도 돌리지 못하였다. 조씨 며느리의 사람됨이 비록 화를 만날 것이지만 끝내는 집안이 큰 복을 받을 것이다. 그러나 만나는 액은 면하기 어려울 것이니, 서백(西伯)이 유리에 있는 옥에서 괴로움을 당하셨고[426] 공자와 맹자가 반평생을 수레를 타고 돌아다니며 헛되이 노고를 겪으셨다. 내가 비록 관상을 보는 법에 밝지는 못하지만 조씨의 완전한 관상이 나중에는 근심이 없겠지만 너무 뛰어나고 기이하여 분명히 액이 범상하지 않을 듯하다. 새 사람이 들어오는 것도 조씨의 액이니, 아우는 무심하게 듣지 마라."

강능후가 답하였다.

"형님의 소견은 제가 바라볼 수 있는 정도가 아닙니다. 저는 이렇게 멀리 근심하지 않습니다."

평능후가 웃으며 말하였다.

102 "조씨의 맑음이 해와 달의 정기를 빼앗은 듯하니, 이마가 달 같고 미간이 훤칠하며 수려한 눈썹이 눈 밖을 지나고 두 눈의 정기가 맑고도 맑아 보통 사람과 매우 다르다. 그러니 사나운 액이 어찌 없겠느냐?"

---

426) 서백(西伯)이 ~ 당하셨고 : 서백(西伯)은 주나라의 기초를 닦은 문왕의 별칭임. 문왕의 성은 희(姬), 명은 창(昌)인데 서방제후의 수장이란 뜻으로 서백(西伯)이라 불렀음. 숭(崇)나라 제후였던 호(虎)는 시기심이 많은 사람으로, 고죽국(孤竹國)의 이름난 백이(伯夷)와 숙제(叔齊)까지 서백(西伯)의 치정에 감복하여 따르려 하자 은나라의 주(紂)에게 모함하기를 "모든 제후들이 서백의 덕화에 기울어지니 장차 임금께 불리할 것입니다"고 말하자 마침내 주는 서백을 유리옥에 가두었음. 유리는 험준한 지세로 둘러싸인 곳의 지명으로, 서백의 땅으로부터 동쪽으로 약 800여Km 떨어져 있었음. 남북의 거리가 100여 미터, 동서의 거리가 100여 미터가 되는 넓이의 유리성이 있었고 성안에 옥(獄)이 있었음. 서백의 신하들은 많은 미녀와 진귀한 물건을 주에게 바치고 서백을 구명(求命)하였음.

어느 날 밤에 사인 소경수가 조씨를 대하여 구씨가 너무 나서고 기세가 등등하며 너무 활달한 것을 말하면서 개탄하니, 조씨가 옷깃을 가다듬고 대답하였다.

"바라건대 군자께서는 부녀의 소소한 과실을 너그럽게 용서하시어 서로 공경하고 화목하며 부창부수(夫唱婦隨)하는 도리를 극진하게 할 수 있도록 하십시오. 어찌 한 아내에게 다른 아내의 사나움을 말씀하십니까? 그 부인을 보시고 과실이 있으면 그에게 말하여 고치게 하시는 것이 옳습니다. 저는 평소에 남의 허물을 듣기를 원하지 않습니다. 옛말 103
에 이르기를, '가장이 눈이 어둡고 귀가 먹은 듯하게 행동하지 않으면 가히 가장의 소임을 하지 못한다.'고 했습니다. 군자께서는 침묵하시어 수신제가(修身齊家)를 완전하게 하시면 간악한 처첩이라도 감화되어 자복하지 않을 사람이 없을 것입니다."

경수가 감동하여 감탄하며 말하였다.

"산이 높으면 옥이 나고 바다가 깊으면 진주가 난다고 했습니다. 장인어른의 지극히 공평하고 사사롭지 않으신 덕성의 조화와 장모님의 정숙하고 자애로운 풍모가 흘러내려 조생들의 비범함이 있고, 부인의 현명하고 정숙한 덕성과 단정하고 묵직한 풍모가 있는 듯합니다. 그대는 완전히 장인을 닮았으니 나의 높은 스승입니다. 밖으로 나가면 장인어른을 사부로 섬기고 규방으로 들어오면 부인을 스승으로 삼으면 선비 104
의 행실을 잃지 않을 듯합니다. 부인은 총명함이 다른 사람보다 더하니 끝까지 어머니를 근심하여 받들고 동기들과 화목하며 나를 사람으로서의 즐거움을 느끼는 사람이 될 수 있게 하십시오."

조씨의 영리한 기질로 어찌 집안의 형세와 시어머니, 시누이 등의 기색을 모르겠는가? 오늘 소경수가 말씀을 은은하게 하며 효성과 우애를 당부하는 이유를 알아들었다. 다시 부드러운 표정으로 사례하며 명을 들을 따름이었고 자기 신상의 화를 염려하지 않았다. 다만 소경수의 어짊과 효성을 상할까 슬퍼하며 즐거워하지 않을 뿐이었다.

105 이때에 구씨는 조씨가 소부로 들어온 후로부터 그녀를 보면 눈 안의 가시로 여겨 없앨 계교를 생각하며 구부인께 가서 의논하였다. 그런데 의외에 사혼이 내려져 또 새사람이 들어오게 되니 밤낮으로 울며 몸을 침상으로 던졌다. 구부인이 민망하여 곁의 사람들을 나가게 하고 말하였다.

> "여자가 적국(敵國)[427]을 기뻐할 리가 없지만 이 혼인은 상의 명령이니 한탄해도 무익하다. 더욱이 조씨는 편안하고 바르며 외모가 온화하기가 봄바람 같고 마음은 얼음과 옥처럼 맑고 깨끗하다. 마주하면 가슴이 상쾌하고 사랑스러움이 저절로 일어나 성현과 같은 자질이 자연스레 탄복하게 하니, 남자가 느끼는 금슬(琴瑟)의 즐거움이야 더할 것이
> 106 다. 너는 조씨에게 천 가지로 미치지 못하고 사람됨이 가벼워 만 가지로 미치지 못한다고 나도 느끼는데 다른 사람의 마음을 말하여 무엇 하겠느냐? 말과 안색을 태연하게 하여 사람들의 칭찬하는 소리가 조씨 며느리에게만 다하지 않게 할 수 있을 텐데도 종일토록 울면서 두문불출하니, 조씨의 넉넉하고 정정함에 비기면 너는 한낱 돌과 같지 않겠느냐? 내가 비록 너를 지극히 사랑하지만 일마다 숨겨주기는 어려우니 참고 견뎌 주위 사람들이 투기하는 부인이라고 지목하게 하지 마라. 내가 자연스럽게 계교를 세워 너의 앞길을 좋게 할 것이니, 너는 조씨

427) 적국(敵國) : 적대적 관계에 있는 사람으로, 부부관계에서는 남편의 사랑을 받는 다른 처첩을 가리킴.

와 화목하고 새사람이 들어오는 것을 보고도 화평하게 하면 지아비가
감동하고 칭찬하는 소리가 조씨에게만 온전하지 않게 될 것이다. 이것 107
이 바로 좋은 방법이다."

말을 마치자 구씨가 눈물을 흘리며 말하였다.

"어머니의 가르치심이 저를 위로하시는 것이지만 저는 억지로 참을 수가 없습니다. 조씨 하나도 눈 안의 가시로 여기는데 또 새사람이 들어오면 박정한 남편의 마음은 날로 변하여 저의 열네 살 청춘의 애끊는 박명함은 누구보다 심할 것입니다. 비록 그러하지만 어머니의 염려하심이 이러하시니 마음을 참아 곁의 사람들의 시비를 당하지 않겠습니다."

세월이 매우 빨라 길일이 다다르니, 중당(中堂)에 잔치자리를 차려 소공
형제와 여황 등 구부인의 딸들이 자리에 나왔다. 조태사 기현의 아내 소 108
월아는 20세가 넘은 지 오래 되었고 옥 같고 꽃 같은 여자들이 쌍쌍이 있었지만 꽃과 같은 얼굴과 달과 같은 광채가 어머니 주부인 외에는 비교할 만한 사람이 없었다. 평능후가 웃으며 말하였다.

"내 딸도 요즘 사람 중의 태사(太姒)[428]로구나. 출가한 지 10년 동안 사덕(四德)[429]과 맑은 행실이 온 시댁에 드날리고 어여쁜 딸과 옥동자를 층층이 낳았으니 어찌 기특하지 않으냐?"

소부인이 웃으며 아뢰었다.

"제가 어찌 아버님 말씀을 받아들이지 않겠습니까? 하지만 아버님께서

---

428) 태사(太姒) : 신국왕의 딸로 주 문왕의 후비이며 무왕의 어머니. 훌륭한 어머니와 현숙한 여성으로 유명함.

429) 사덕(四德) : 여자로서 갖추어야 할 네 가지 덕. 마음씨(婦德), 말씨(婦言), 맵시(婦容), 솜씨(婦功)를 이름.

저를 이렇게 말씀하시지만 시댁에 가면 훌륭하고 정숙한 여인들이 가
득하여 저 같은 사람이 한둘이 아니어서 엿볼 틈이 없습니다. 그런데
시누이 조씨가 우리 집에 시집온 지 1년이 못 되어 또 새사람이 들어오
109 니, 여자 마음이 편하겠습니까? 어린아이 같은 나이에 적국을 보는 것
이니 구씨와 조씨 같은 경우가 없을 것입니다."

평능후 소승상과 강능후가 웃으며 말하였다.

"조씨의 천명이다. 우리 며느리는 선비나 군자와 같은 인품이니 쓸데
없이 깊은 염려를 하지 않는다. 그래도 기쁘지는 않구나."

곁에 구씨와 조씨가 없으니 두 아버지가 재촉하여 불렀다. 금세 조씨
와 구씨가 단장을 조금 하고 함께 나왔는데, 구씨의 용모가 봄바람에 복
숭아꽃과 오얏 꽃이 휘날리는 듯하고 금 화분의 월계수 푸른 잎이 비스듬
히 나 있는 듯하며 행실이 날아올라갈 것 같은 기러기[430]와 같았다. 구씨
가 일대의 미색이고 아름다우며 재주 있는 여자였지만 조씨와 함께 있으
니, 조씨는 밝은 달처럼 찬란한데 성긴 별이 쇠잔한 듯하고 푸른 연못의
110 연꽃이 향기를 토하는데 두견화가 기울여 있는 듯하였다. 조씨의 두 눈
빛은 어진 덕을 담고 있으며 찬란한 문채는 강산의 수려한 기운을 거두었
으니 단장한 것이 화려하지 않을수록 더 아름다웠다. 가는 허리와 봉황
같은 어깨에 세 치의 예쁜 발을 자연스럽게 옮기니 발 아래에 난초 향기
가 짙어, 당에 다다라 신을 잠시 벗는 사이에 온갖 광채와 아름다움이 사
람들의 눈에 비쳤다. 당에 올라 어른들과 모인 사람들에게 절하고 물러나
서 안부를 물으니 그 옥 같은 목소리가 맑아 기산(岐山)의 봉황 소리 같고

430) 날아올라갈 ~ 기러기 : {경홍(驚鴻)}. 날아올라갈 것 같은 기러기라는 뜻으로 미인의 모습이나 행동이 가벼운 것을 형상화할 때 사용되는 용어임.

처신은 성현의 모습과 같았다. 자리에 모인 친척과 시부모님, 숙모와 시누이들이 얼굴표정을 바꾸고 볼 정도였고, 평진후와 강능후도 어여쁨을 이기지 못하여 두 부인을 자리에 앉게 한 후 말하였다. 111

"여자의 투기는 늘 있는 일이다. 예로부터 적국을 좋아할 부인은 없지만 이번 일은 황상의 명이시니 원망할 것이 없다. 함께 화목하고 우애하여 관저(關雎)의 좋은 풍모를 따르고 우리 아들의 내조를 아름답게 하면 주아(周雅)431)의 풍모를 다시 볼 것이다."

구씨와 조씨 두 사람이 감히 뭐라고 응대하지 못하였다. 안팎으로 조금이라도 슬퍼하거나 눈물 흘리지 않으니 보는 사람들이 흠모하였다. 조태사 부인 소씨가 조씨의 손을 잡고 탄식하며 말하였다.

"몸이 여자로 태어난 후에는 그대 같은 사람도 괴로움과 슬픔을 버릴 수가 없습니다. 좌우에 적국이 가득하며, 친부모 곁을 떠나 부모를 그리는 마음을 겸하였을 것이니 어찌 가련하지 않겠습니까? 작은 어머 112
님432)께서 그대에게 집으로 와 보았으면 한다고 여러 번 당부하셨습니다. 그런데 내가 돌아가 아뢸 말은 경수가 적국 얻었다는 말밖에 없으니 무슨 낯이 있겠습니까?"

조씨가 소씨의 말을 듣고 친부모님을 생각하니 팔 자 두 눈썹에 어버이에 대한 그리움으로 슬픈 빛이 스며 더욱 예뻐 보였다. 시어머니 주부인이 마음을 참지 못하고 그녀의 손을 어루만지며 말하였다.

---

431) 주아(周雅) : 『시경(詩經)』의 「소아(小雅)」「대아(大雅)」 두 편을 말함. 여기에는 주(周)나라 문왕(文王)의 후비(后妃)인 태사(太姒)가 나무가 가지를 드리우듯 첩들에게 은덕을 드리워, 첩들이 그녀를 공경하고 그 덕을 기려 집안이 화평했다는 〈규목(樛木)〉 편 등 여성의 부덕(婦德)과 관련된 내용들이 있음.

432) 작은 어머님 : {숙뫼[叔母]ㅣ}. 문맥상 조자염의 친정어머니인 양정렬을 이르는 말이므로 화자인 소씨와의 관계를 고려하여 이같이 옮김.

“너에게 부모님에 대한 그리움이 있으면 마땅히 찾아뵙고 마음을 위로 하여라.”

조씨가 나직이 사례하며 말하였다.

“여자가 지켜야 할 행실은 부모와 형제를 멀리하는 것입니다. 그러니 어찌 저만 유독 예법을 어기겠습니까?”

또 한 명의 시어머니인 구부인도 웃으며 말하였다.

113 “네가 가고 싶다고 뜻을 보이면 우리도 막지 않을 것이다.”

조씨가 절하며 크신 아량에 사례할 뿐이었다. 이윽고 사인 소경수가 형과 함께 들어와 자리에 앉았다. 9월 가을 하늘에 계수나무가 높이 솟은 듯, 태을선군(太乙仙君)[433]이 옥경(玉京)[434]에 조회하는 듯하여, 정숙하고 바른 행실이 어린 나이에 어진 사부를 본받아 군자의 풍모가 가득하였다. 소승상 형제가 흔연히 웃으며 말하였다.

“비록 기쁘지 않은 혼인이지만 너무 늦추어 해가 서쪽 언덕으로 저물게 하지 마라.”

소경수가 달갑지 않아 얼른 일어나지 않으니, 구부인이 웃으며 말하였다.

“아들은 일마다 영화로구나. 가련한 구씨와 조씨 두 며느리는 몇 살이
114 라고 벌써 적국을 보느냐? 너는 거짓으로 괴로워하지 말고 새사람을
맞아 후대하고, 먼저 얻은 아내들도 옥 같음을 잊지 마라.”

경수가 몸을 굽히고 말하였다.

“어머니의 가르침이 마땅하시지만, 제가 정말로 괴롭지 않다면 누구를

433) 태을선군(太乙仙君) : 주로 병란, 재화, 생사를 맡아 다스린다고 하는 신령스러운 별을 관장하는 신선 세계의 관원.

434) 옥경(玉京) : 하늘 위에 옥황상제가 산다고 하는 가상적인 서울로 백옥경이라고도 함.

위하여 괴로운 척하겠습니까? 제 마음이 번잡하여 먼저 얻은 아내들을 염려할 겨를이 없지만, 그들이 각각 부덕을 삼가 지키면 박절하게 대하지 않겠습니다."

자리에 있던 사람들이 모두 웃었다. 신랑이 길복을 입으려 하니, 구부인이 웃으며 말하였다.

"구씨 며느리는 내가 연이어 시킨 일이 있었지만, 조씨는 한가했으니 길복을 지었느냐?"

구부인이 미리 시키지도 않았으면서 갑자기 길복을 찾으면 조씨의 단
점을 사람들에게 드러내게 되므로 구씨를 빼놓고 조씨에게 책하여 달라 115
고 한 것이었다. 하지만 조씨의 신기한 헤아림이 보통 사람의 뜻보다 한
수 위였다. 시어머니가 찾기 전에 먼저 내어오는 것은 구씨를 누르고 스
스로 투기 하지 않음을 자랑하는 듯하므로 침묵하고 있었다가 구부인의
명이 이에 미치니 편안하게 대답하였다.

"의복과 음식은 정실부인이 다스리는 바여서 제가 마음대로 하는 것이 옳지 않으므로 스스로 해놓은 것은 없지만, 한 벌의 새 관복이 제 함 가운데에 있으니 이것으로 쓸까 합니다."

그러고 나서 유모에게 관복을 가져오라고 하였다. 임의로 이 일을 위
하여 관복을 만든 체하지 않았지만 열 손가락 섬섬옥수의 뛰어난 재주가
다른 사람들에게 비길 바가 아니었다. 여러 사람들이 탄복하였고, 구부 116
인도 억지로 그 바느질 솜씨를 칭찬하였으며, 강능후도 대견해 하며 말하
였다.

"조씨가 옷을 지었으니 구씨는 옷을 입혀라."

이때 구씨가 조씨의 태연한 거동과 관복을 지어 대령함을 보고 온 마음

에 시기심이 가득하여 얼굴이 흙빛이 되었다. 그런데 갑자기 시아버지 소승상이 옷을 입히라고 명하니 완연히 불평한 빛을 감추지 못하고 대답하지 못하였다. 평능후가 소리를 가다듬어 말하였다.

"여자의 투기는 실로 통탄할 만하다. 지아비를 다른 사람에게 보내는데 어찌 옷을 입혀 보내지 않겠느냐? 어서 입히고 지체하지 마라."

117 구씨가 마지못하여 길복을 입히는데, 고름을 매고 띠를 두르면서 손이 떨렸다. 경수가 살짝 눈길을 보내 기색을 알아채고 그녀가 자기의 일생에 장애가 될 것을 깨달았다.

신랑이 위의를 거느리고 이부에 이르러 신부를 맞아 돌아오게 되었다. 이때 이부인의 양녀 곽씨는 자신이 간계를 내어 다시 소경수 같은 군자를 짝하게 되니 매우 기뻐하고 있었다. 행여 자신을 알아볼 사람이 있을까 두려워하여 이부인께 손님을 청하지 말게 부탁하였고, 바깥일은 오직 이통이 주관하게 하였으며 안은 이부인이 다스려 곽씨를 칠보로 화려하게 장식하였다. 곽씨가 금덩에 오르니 소경수가 문을 잠그고 말에 올라 소부로 돌아와 합근주(合巹酒)[435]를 마신 후 맞절하기를 마쳤다. 신부가 들고
118 있던 진주 부채를 내려 놓으니 꽃과 달 같은 용모가 단장한 것이 영롱하지만 오직 군자의 감식안을 벗어나지는 못하였다. 한 번 보니 정신[436]이 날아가는 듯하고 마음이 식은 재 같아졌다. 혼례를 마치고 신랑은 식장 밖으로 나가고, 신부는 밤과 대추를 받들어 시부모님께 드리고 절하였다. 평능후와 강능후가 사람 알아봄과 주부인의 빛나는 총명함, 소부인의 신

---

435) 합근주(合巹酒) : {합증쥬}. 문맥상 '합근주'의 오기(誤記)로 보고 이같이 옮김. 합근주는 혼례 때 신랑과 신부가 서로 잔을 주고받는 술임.

436) 정신 : {삼혼(三魂)}. '삼혼'은 사람의 마음에 있는 세 가지 영혼으로 태광(台光), 상령(爽靈), 유정(幽精)을 말함. 여기서는 문맥을 고려하여 이같이 옮김.

명한 눈으로 오늘 신부를 보니 놀랍고 불행스러웠다. 또 사람의 마음을
측량하기 어려우니 놀랍기는 하지만 신부를 처음 보는 날이고 의외이기
는 했지만 억지로 참으면서 폐백을 받았다. 그 후 조씨, 구씨와 서로 보게
했더니, 곽씨가 눈을 들어 두 부인을 보았다. 구씨는 용모의 아름다움이 119
자기만 못했지만, 조씨는 완연히 여와(女媧)[437]와 아황(娥皇)과 여영(女
英)[438]이 용상에 앉은 모습이고 소소한 아녀자의 모습이 아니어서 맑은
기운이 천기(天氣)의 빼어난 정기를 띠었다. 곽씨가 한 번 바라보니 넋이
날아가고 간담이 금방 떨어지는 듯하며 기운이 빠져 하늘이 나를 어찌 이
처럼 업신여기시는가 하면서 생각하였다.

'한 명의 조씨를 겨우 떨쳐낸 후 화를 입을 것을 무릅쓰고 소경수의 온
화하고 아름다움을 사모하여 구차하게 성명을 고치고 시집왔으니 요
행히 근본을 알 이는 없지만, 또 저런 조씨를 만났구나. 조씨는 사람의
눈을 시리게 하고 그 고운 것이 특별하며, 출중함이 조월염의 배나 더 120
하구나. 내가 어찌 눈썹을 치켜들고 기세를 떨치겠는가? 지금의 승상
조성의 딸이라고 하니 분명히 월염의 사촌이구나. 어찌 원수를 이곳에
와서 만날 줄 알았겠는가? 비록 그러하지만 내 근본을 모르니 내가 다
시 신기한 묘책을 써서 저 조씨를 없애고 소씨 가문에서 백 년의 화락
을 즐겁게 보내면서 양씨 가문에서 쫓겨난 일을 설분해야겠다.'

석양에 혼례 잔치를 마치고 이씨의 숙소를 채연정으로 정하여 보냈다.
평능후와 주부인은 집으로 돌아가고 강능후가 구부인과 함께 경수를 불

437) 여와(女媧) : 중국의 천지창조 신화에 나오는 여신. 사람의 얼굴과 뱀의 몸을 한 여신으로 알려져 있음.

438) 아황(娥皇)과 여영(女英)의 : {황영이}. 문맥상 '황영(皇英)의'로 보고 이같이 옮김. 두 사람 다 요(堯)임금의 딸로 순(舜)임금의 아내가 되었음. 덕 있는 여인의 대명사임.

러 경계하며 말하였다.

"네가 부인을 셋을 두었으니 제가(齊家)를 공평하게 하고 모든 일을 보
121 잘 것 없는 서생들과는 다르게 몸이 옥당(玉堂)[439]과 한원(翰苑)[440]에
있는 사람답게 하여라. 나이가 젊지만 매사를 공평하게 하여 우리에게
근심하게 하지 마라."

경수가 절하고 사례하며 말하였다.

"아버님의 교훈과 어머님의 가르침을 마음 깊이 새기겠습니다. 다만 오늘의 신부는 제가 결단코 한 방에서 대하고 싶은 마음이 없으니 이 또한 저의 운명이 기구하기 때문입니다. 저를 책망하지 말아 주십시오."

강능후가 정색을 하며 말하였다.

"이상한 마음을 먹지 말고 집안 다스림을 법도에 맞게 하여 나의 염려를 더하지 마라."

곁에 있던 조태사 부인 소씨가 탄식하며 말하였다.

"아우가 신부를 낮게 여기는 것이 이상하지 않습니다. 규수의 행실이
바르고 정갈한 사람은 비록 혼인한 지 오래되어도 분명히 저렇지 않을
122 것입니다. 오늘의 신부는 많은 사람이 있는 넓은 자리에서 예를 치르
지만 풀어지고 방자한 것이 보던 바의 처음입니다. 숙부님과 숙모님은
어떻게 생각하시고 아우를 책망하십니까?"

구부인이 웃으며 말하였다.

---

439) 옥당(玉堂) : 한대(漢代)에 문사(文士)가 출사(出仕)하던 곳. 전하여 송대(宋代)부터 한림원(翰林院)의 별칭. 조선에서는 홍문관(弘文館)의 별칭.

440) 한원(翰苑) : 한림원의 별칭임. 이는 당나라에서부터 청나라에 이르기까지 계속된 관직으로, 주로 학문과 문필에 관한 일을 맡았음.

“조카의 견해가 이상하구나. 사람됨이 단정한 사람도 있고 침묵하지 않는 사람도 있는데, 신부를 책망하는 것이 너무 과하다. 조씨 며느리 같은 사람은 역대에 드물고 너 같은 사람도 댈 사람이 없다. 너무 높은 눈으로 사람을 책망하는 것이 과하니 높은 덕성에 흠이 되는구나.”

구부인의 딸 애황이 낭랑하게 웃으며 말하였다.

“어머니는 그렇게 말씀하지 마십시오. 저 조씨는 온 가문이 천상과 인
간 세상에서 제일인 사람으로 일컫습니다. 하지만 부인의 도리는 바르 123
고 온순함을 제일의 복덕으로 칩니다. 그러나 조씨를 보면 가을 하늘
같고 눈 위의 밝은 달같이 차가우니 장부라고 한다면 침묵하고 정숙하
여 아름답다 하겠지만 부인 여자는 끝내 그런 것이 옳지 않습니다. 용
모가 고금에 출중함을 믿고 또 그 아버지의 기세가 세상의 으뜸이기에
자연히 교만한 마음이 없지 않아 상하의 사람들을 대하는 데에 기색이
엄하여 동생으로 하여금 신부를 꺼리게 하였을 것입니다. 이는 부덕에
서 많이 벗어나지만 아버지와 큰아버지께서 말마다 여자 중 성인이라
고 하시는데 저는 이 말에 동의할 수 없습니다. 오늘 신부를 나무라시
지만 제가 보니 배꽃이 봄바람에 젖은 듯하고 붉은 복숭아가 이슬을 124
떨친 듯하여 이른바 절대 가인입니다. 그런데 아우와 언니의 험담이
너무 심하시니, 예로부터 시누이가 어렵다고들 하는데 오늘 언니가 이
씨 나무라심을 보니 알겠습니다.”

소씨가 정색을 하며 말하였다.

“아우의 근심이 부질없다. 여자는 오직 행실을 얼음과 옥같이 깨끗하게 해야 한다.”

애황이 소씨가 온화한 가운데 엄정함을 보고 낯을 붉히며 가만히 묵묵

하게 있었다. 강능후가 딸과 조카딸이 논쟁하는 하는 것이 좋지 않았지만
125 구부인이 두 딸의 말에 답하는 것을 들어보려고 아직 못 들은 척하였다.
원래 구부인은 장부의 뜻에 맞추기를 못 미칠 듯이 열심히 하는 사람이었
던 터라 정색을 하고 두 아이를 경계하며 말하였다.

"조씨는 지금의 성녀이다. 여자의 사덕이 숙연하니 너희가 어찌 흠을 잡겠느냐? 구씨, 조씨, 이씨를 모두 똑같이 사랑하고 이상한 논의는 하지 마라. 다만 아들 경수가 아내들과 화합하여 가문이 창성하고 종사가 잘 이어지기를 바란다. 연수는 쓸데없고, 우리 소씨 문중은 경수 너의 임무가 막중하다. 모름지기 신중하고 공명정대하여라."

경수가 명을 받들고 밖으로 나가니, 강능후가 비로소 두 딸을 책망하며 말하였다.

126 "내 슬하의 너희 자매가 정숙하고 현명함이 남보다 낫지 못하지만 선
량하기는 한 줄 알았다. 그런데 어진 사람을 시기하는 것이 여기에 미
쳤으니 한심하기 이를 데 없다. 가르치지 못한 것이 부끄럽다. 조씨의
여유롭고 맑은 덕은 해와 달의 정기를 빼앗은 듯하니 진실로 경수의 높
은 스승으로 알아 내조의 아름다움으로 인해 집이 흥하고 가문이 복을
받기를 바랐는데, 너희의 불미스런 말이 이에 미치는구나. 공자께서
말씀하시기를 '마을의 어진 사람을 어질게 여기고 사나운 이를 사납게
여기면 가히 어질다고 할 만하다.'441)고 하셨다. 조씨의 어짊을 너희가

441) 마을의 ~ 만하다 : {향당(鄕黨)의 어진 니롤 어질이 너기고 ᄉᆞ오나오니롤 ᄉᆞ오나이 너기면 어지다}. 직역하면 '지역의 어진 사람을 어질게 여기고 나쁜 사람을 나쁘게 여기면 (그 지역 사람들이) 어질다'임. 그러나 이는 전거(典據)인 『논어(論語)』 〈자로(子路)〉 편 24장의 뜻과 다를 뿐 아니라 문맥 상의 의미도 통하지 않으므로 전거와 문맥의 의미를 고려하여 이와 같이 옮김. 『논어(論語)』 〈자로(子路)〉 편 24장 내용은, 자공(子貢)이 공자(孔子)에게 묻기를 "지방 사람들이 모두 좋아하면 어떻습니까?[鄕人皆好之, 何如]"하자, 공자께서 "가하지 않다.[未可也]"라고 대답하시고, "지방 사람들이 모두 미워하면 어떻습니까?[鄕人皆惡之, 何如]" 라고 묻자, 공자께서 "가

사납다고 여기니 애석하다."

이렇게 말하고 나서 외당으로 나가니, 조태사 부인 소씨는 조씨의 침 127
소로 갔다. 다음 회를 보라.

하지 않다.[未可也] 지방 사람 중에 선한 자가 좋아하고, 선하지 못한 자가 미워하는 것만 못하다.[不如鄉人之善者好之, 其不善者惡之.]"라고 대답한 것임. 이에 대해 주자(朱子)는 선한 자가 좋아하고 악한 자가 미워하지 않는다면 반드시 구차하게 영합(迎合)하는 행실이 있어서일 것이요, 악한 자가 미워하고 선한 자가 좋아하지 않는다면 반드시 좋아할 만한 실상이 없어서일 것이라고 풀이함.

조 씨 삼 대 록

23권

1 차설. 강능후가 말하였다.

"너희가 사나운 사람을 어질다고 여기니, 너희들의 못나고 어리석음과 조씨 며느리의 특별함이 판이하게 다름을 알겠다. 너희 다섯 남매가 서로 우애하고 공경하여 화기애애하기를 바랐는데, 집안에 불평한 분위기를 만드니 너희 얼굴을 보고 싶지 않다."

소씨와 애황 두 사람이 매우 황공해 하며 눈물을 머금고 물러났다. 조태사 부인 소씨가 시누이 조씨가 곤란한 상황에 있음을 마음으로 깊이 염려하던 중에, 이 날 밤 조씨의 침소에 가 함께 잤다. 소씨가 물었다.

2 "아우가 친부모님 곁을 떠나 이곳으로 시집온 지 1년이 못되어 적국을 맞이했고, 애황과 여황 두 시누이의 마음이 매우 좋지 않으니 그대의 총명으로 각각의 사람됨을 알 것이네. 두 시누이의 마음이 그대를 좋아하지 않으니 이는 작은 근심이 아니네. 그대의 정숙하고 자상한 인품으로도 사람의 마음을 얻지 못하였으니 그 마음이 평안할지 궁금하네. 내가 비록 친 동기간은 아니지만 종형제 사이도 같은 마음이므로 동기가 될 수 있으니, 마음에 품은 바를 숨기지 않아야 하네. 그대의 회포를 듣고 싶네."

조씨가 겸손하게 사례하며 말하였다.

"제가 나이 어리고 세상일을 알지 못해 적국이 나에게 해롭고 시누이
3 들이 어려운지를 알지 못합니다. 언니가 저를 사랑하셔서 속마음을 물으심에 감격스럽지만 두 시누이들도 제게 자매 사이이고 언니도 시누이 사이이니 피차 같습니다. 언니가 저를 돌보아주심이 이와 같은데 두 시누이들도 저를 향한 마음이 똑같을 듯하니 어찌 차이가 있겠으며 시비를 가리겠습니까? 언니가 제 마음을 물으시는 것에 놀랐습니다."

소씨가 이 말을 듣고 감탄하여 칭찬하며 말하였다.

"어질다. 아우의 현명한 말에 어찌 천지신명이 감동하지 않겠는가? 그대가 아우의 새사람을 보니 사람됨이 구씨에 비길 바가 아니라 근심이 깊을 것이고 또 두 시누이의 말이 그러한데도 지극히 공평하고 사사롭
지 않은 덕으로 시비(是非)와 곡직(曲直)을 입 밖으로 내지 않는군. 도덕 4
을 숭상하고 시부모님과 지아비의 뜻에 순종하여 하늘의 이치와 인간의 의리로 화합하려고 하겠지만 세상일이 뜻과 같지 않고 사람들의 마음이 달라 끝내 어진 사람을 시기하고 시누이, 동서들과 화목함을 얻지 못할 것이네. 밖으로 간사한 사람이 빌미를 만들고 안으로 시누이의 어질지 못함에 더해지면 화와 근심이 위급해질 것이네. 장차 몸을 지킬 계획을 어떻게 세울 것인가? 생각을 듣고 싶네."

조씨가 슬피 탄식하며 말하였다.

"운명이 운수에 달려 있고 생사는 하늘에 달려 있습니다. 오는 액은 성인께서도 면하지 못하셨으니 일개 여자가 무슨 지략이 있어 화를 피하
겠습니까? 시누이가 어질지 않음은 제 허물이니 어찌 원망하겠습니까? 5
맹자께서 말씀하시기를, '나를 기리는 이는 원수이고 나를 꾸짖는 이는 은인이다.'라고 하셨습니다. 제가 시누이들의 눈에 차지 않음에 애가 달아서 말씀하시는 것이니 감격할 뿐입니다. 나를 해하는 사람이 있으면 머리를 숙여 들을 따름입니다. 제가 일찍이 방종함이 없었는데도 아버지의 기세를 자랑하여 교만하다고 하니, 남다른 화가 미칠 것을 제 어리석은 소견에도 알아차림이 있기는 합니다. 하지만 이것도 역시 하늘의 뜻이니 일의 형편이 되어가는 것을 보고 마음을 바로 하여, 일세의 박명한 사람이 되더라도 후세 사람들은 제 무죄함을 알도록 할 것입

6 니다. 무엇이 부끄럽겠습니까? 비록 그렇지만 뼈에 사무치게 슬픈 것은 몸이 여자로 태어나 부모님이 낳아 길러주신 은혜를 갚지 못하고 화를 입어 부모님께 불효를 끼칠까 하는 것입니다. 이것이 서럽습니다. 이제 언니가 앞으로의 일을 걱정해 주시는 것에 감격하여 회포를 고합니다. 낭군의 뜻이 편벽되어 규방이 화평할 징조가 적으니 제가 겪을 화야 놀라운 바가 없지만, 바라건대 언니는 집으로 돌아가셔서 이런 말을 부모님께 고하지 마십시오. 부모님께서 들으시면 염려를 과도하게 하실 것이니 그렇게 하지 마십시오."

말을 마치고 근심스런 목소리로 길게 탄식하였다. 총명한 지혜로 장래를 예측함이 미리 알아차리지 못함이 없었지만 묵묵하게 아무 말도 하지
7 않고 있다가 시누이의 말 때문에 몇 마디를 대답하는데 흰 이와 붉은 입술에서 나오는 말이 말마다 현명한 논의였다. 소씨가 무릎을 치며 감탄하여 말하였다.

"하늘이 내 아우를 내시고 그대를 내신 것은 뜻이 계셨을 것이네. 간사한 사람들은 능히 하늘을 이기지 못하니 끝내 군자와 성녀로 하여금 몰락하게 하지는 않을 것이네. 마음 먹기를 철석같이 하여 옥같이 어여쁜 몸을 보호하게. 내가 볼 낯이 없고 입술과 혀가 빛이 없어 일찍이 작은 어머님께 그대가 위험함을 아뢰지 못했지만, 작은 어머님이 현명하시어 미리 짐작하시고 한 시도 잊지 못하셨네. 내가 마음을 놓으시게 아뢸 방법이 없으니 어찌 애달프지 않겠는가?"

8 이렇게 대답을 하는데 사랑하는 마음이 지극하였다. 애황 등의 어질지 못함과 소연수의 요망한 뜻이 형수와 형을 구렁텅이에 넣고 나서야 그칠 것이었다. 하지만 식구들이 누가 알겠는가? 오직 조씨의 선견지명으로

장래에 시동생[442]의 어질지 못함이 남편 경수의 앞길을 크게 해롭게 할 것을 염려하여 걱정이 되었다. 그래도 안색을 태연하게 하고 있었는데, 오늘 소부인과 정담을 나눈 것이다. 아직 소부인은 연수의 속마음이 좋지 않음을 모르는 채 단지 조씨의 형편이 위태로움만 슬퍼하였다. 밤이 깊으니 둘이 함께 자며 친정 어른들의 안부를 묻고 여러 조카들이 그 사이에
잘 자랐는지를 물었을 뿐 자기 부부의 괴로운 말은 행여라도 꺼내지 않았 9
다. 다음 날 소부인이 돌아갔다.

이후 애황 등이 조씨를 미워하는 마음이 한층 더하여 그녀를 해칠 계기를 밤낮으로 모의하였고, 연수가 뱀과 전갈과 같은 마음을 품어 생각하였다.

'형의 특별함으로 조씨를 만났으니 진실로 용이 구름과 바람을 얻고 범이 날개를 단 시원스러움이 있다. 내가 비록 큰 숙녀를 얻는다고 해도 조씨 같기는 전혀 바랄 수 없을 것이다. 내가 당당히 형의 앞길을 막아 숙녀와 화목하지 못하게 해야겠다. 조씨가 자녀를 생산하면 그 복록이
흠잡을 데 없을 것이니, 아직 한 명의 어린아이도 낳지 않았을 때에 계 10
략을 써서 소씨 집안의 재산이 형의 물건이 되지 않게 해야겠다.'

그러면서 마음이 매우 급하였지만 한 가지 두려워하는 것은 그 아버지였기에 모자(母子)가 조용히 마주하면 이 일을 궁리하였다.

가짜 이씨인 곽씨가 천만 의외로 숙모를 흔들어 완연히 이씨 가문의 규수 모양을 하고 소부에 왔을 때부터 시부모님 섬기는 것을 지극한 효성으로 하고 경수의 얼굴은 보지 못하였다. 분한 마음이 계속하여 들었지만 마음을 굳게 참아 큰일을 도모하려 하였다. 오직 지아비의 뜻에 따르고

442) 시동생 : {숙숙(叔叔)}. 문맥상 시아주버니나 시동생을 의미하므로 이같이 옮김.

시누이 애황 등과 결의하여 시부모님의 자애로움을 얻고 구씨와 조씨 두
11 부인을 공경하고 겸손하여 몇 달이 되지 않아 집안의 대소 비복들이 이씨
의 어짊이 구씨와 조씨보다 더하다고 하였고, 애황과 연수가 갈채를 보냈
다. 구부인도 그 아첨하는 낯빛과 공교로운 말에 자연히 친밀해져 뜻에
맞아 조씨에 비길 바가 아니었다. 이씨가 들어오고 나서부터 시어머니가
조씨를 더욱 서먹하게 굴었고 구씨는 어질지 못함이 날로 더하였다. 소경
수의 하늘과 땅과 같은 무궁한 정이 구씨와 조씨 두 부인을 똑같이 대접
했지만 실은 조씨에게 정이 온전하여 백 년을 함께 하는 것도 적다고 여
기는 마음이 있었다. 그리하여 간악한 사람의 시기하는 마음은 날로 더하
12 였고 시어머니의 박정함과 시누이의 합심 모의함이며 두 적국의 시기함
이 모두 조씨에게 돌아갔다. 그러니 조씨에게 비록 장량(張良)이나 진평
(陳平)[443]과 같은 지혜가 있었지만 그들의 흉계를 어찌 방비하겠는가? 가
히 하늘의 도를 한탄할 만하였다.

화설. 조부에서는 능후 유현과 능백 운현이 두 곳으로 나누어 전쟁터에 나간 후 조부모님과 부모님의 염려가 무궁하였다. 진왕과 초공은 두 아들의 지혜와 용맹을 믿어 지나치게 걱정하지 않았지만 정숙렬과 양정렬의 염려와 규방 부인들의 근심이 간절하여 아침저녁으로 시름이 눈썹에 잠겼다. 유현의 세 부인인 정씨, 이씨, 경씨와 운현의 부인 남씨의 숙연한 행실이 갈수록 출중하여 칭찬하는 소리가 사방에 자자하였다.

---

443) 장량(張良)이나 진평(陳平) : {냥평}. 문맥상 지혜와 모략으로 이름난 전한(前漢)의 공신 장량과 진평을 지칭하는 것으로 보임. 장량의 자(字)는 자방(子房)으로 한고조(漢高祖) 유방(劉邦)이 모신(謀臣)이 되어 진(秦) 나라를 멸망시키고 초(楚) 나라를 평정하여 한나라를 건설하는 데 큰 공을 세움. 진평도 한나라 고조 유방의 책사로서 처음에는 항우를 따랐으나 후에 유방을 섬김. 뛰어난 계책을 짜내어 몇 번이나 유방을 위난에서 구했으며, 항우와의 승패를 건 초한전(楚漢戰)에서도 타고난 지모를 발휘하여 한나라 통일에 공을 세웠음.

평진왕의 일곱째 아들 아현의 자(字)는 진희이고 연비의 소생이다. 사 13
람됨이 묵직하고 온화하며 공손하고 겸손하였으며, 용모가 초산(楚山)의
달과 같고 풍채가 버들 같았다. 누운 누에 같은 용 눈썹과 봉황 같은 눈
에, 강인한 인품이 숙부 초공과 흡사하였고 큰 형 태사 기현과 비슷하였
다. 초공이 여러 아들과 조카 중에서 그를 매우 아껴 형 진왕을 대하여 말
하였다.

"기현 하나 있는 것도 경사인데 아현의 덕행이 이와 같으니 이는 진실로 형님의 큰 복입니다. 기이하고 우아하며 특별한 자질을 지녔으며 몸을 다스리고 행실을 닦는 것을 따라갈 이가 드물 듯합니다."

진왕이 웃음을 삼키며 말하였다.

"너는 광현과 문현의 특별한 풍채와 재주를 두고, 또 유현의 만고에 독 14
보한 풍채와 영웅의 기상을 두었으니, 아이들의 재주를 말하면 네가 나
을 것이다."

그들의 누이인 조씨 등이 웃으며 말하였다.

"자식의 열 달 태교는 부모가 뱃속에 두고 하는 것이니 그 어미의 출중함을 닮은 것이 있을 것이다. 아현의 뛰어남은 그 어머니 연씨의 아름다움을 물려받은 것이다."

초공이 웃으며 말하였다.

"누이의 말이 맞는 면이 있기는 하지만, 자식들도 각각 타고난 바가 다르니 정씨 형수가 특별하신데도 다른 형수의 조카들 중 정씨 형수의 아들들을 넘어서는 아이가 있습니다. 그러니 태교하기에 달렸다는 말은 맞지 않습니다."

진왕도 웃으며 말하였다.

"나의 열 명의 아들과 너의 일곱 명의 아들이 모두 범상하지는 않지만,
제어하기 어려운 이는 바로 네 아들인 웅현과 내 아들 화현이다. 넘치
15 는 일이 무궁할 것이니 근심이 적지 않다."

여러 누이들이 듣고 크게 웃었다.

아현의 나이가 바야흐로 14세여서 봄빛과 같은 나이였다. 건장한 신장
이 날씬하여 군자의 풍모가 가득하니, 장안의 번화가의 딸 있는 집에서
저마다 청혼하려고 매파를 보내 문앞을 메웠다. 하지만 조부에서 가볍게
허락하지 않고 있었다. 그런데 마침 형한이라는 이가 사람됨이 군자였는
데 딸이 하나 있어 청혼하니 쾌히 허락하고 택일하여 형씨를 맞아 집으로
데리고 돌아왔다. 조부모님과 식구들이 형씨를 보니, 인물이 평범한 가운
데 행동거지가 풀어진 듯하여 조금도 새 색시의 태도가 없었다. 그리하여
16 식구들이 가소로움을 이기지 못하였고 신부가 저와 같음을 시비하지 않
는 이가 없었다. 하지만 태부인과 여러 부인들이 침묵하고 인자함으로 너
그럽게 용서하니, 형씨가 더욱 믿고 동서(東西)로 거칠 것이 없이 행동하
였다. 시어머니인 연비가 속으로 개탄하였고 시아버지인 진왕도 한 번 말
하려고 했지만, 아들의 기상으로 형씨의 우람하고 광패함을 보고도 눈빛
이 시원스럽고 눈썹이 봄바람처럼 온화하니 사람들이 그 속을 측량할 수
가 없었다. 연비도 아들의 뜻을 물은 후에 말을 하려고 했다.

하루는 태원전에서 식구들이 모여 태부인을 모시고 말씀을 나누는데,
남녀가 좌우로 나누어 앉아 진왕과 초공이 말씀하는 것에 참여하고 있었
17 다. 하지만 아현은 때에 맞춰 서당에서 오지 못하고 있었는데, 좌우 시종
들에게 아현을 불러오라고 하니 잠시 후에 푸른 도포에 검은 두건을 쓰고
들어왔다. 자리 아래로 나아와 부르시는 명에 응하니 태부인과 노공이 막

말하려고 하던 차였는데, 형씨가 내달아 말하였다.

"여러 아주버님들이 모두 모여 계신데 낭군은 어디 갔다가 지금 오지 않아서 제가 기다리는 눈이 거의 뚫어질 뻔하게 합니까?"

좌우의 사람들이 이 말을 듣고 기괴하다고 여겼고, 여러 젊은 부인네들도 웃음을 겨우 참았다. 조생들이 모두 얼굴에 웃음꽃이 열려 눈으로 아현을 보니, 그의 기색이 태연하여 형씨의 염치 없는 말을 못 들은 듯하였다. 형씨가 또 말하였다. 18

"사람이 다 말을 할 줄 아는데, 우리 낭군은 말을 듣는지 못 듣는지 평소에 대답이 없으니 진실로 답답합니다. 할머님이 부르셨으니 분명 우리 부부를 쌍으로 보려고 하신 것입니다. 낭군은 매사에 어른들의 뜻에 순종하여 함께 화목한 대화를 거드는 것이 좋을 듯합니다."

아현이 듣고도 못 들은 척하면서 손을 공손히 모으고 어른들을 모시고 앉아 있으니, 태부인이 그 부부가 서로 걸맞지 않음을 애석해 하면서 말하였다.

"형씨의 사람됨이 거침이 없어 말하는 것이 시원스러우니 도리어 아름답다. 너는 왜 한 마디 응대하는 것이 없느냐?"

아현이 공손히 대답하였다.

"저의 효성이 얕고 또 사람됨이 시원스럽지 못하고 게을러 할머니 앞에서 모시고 있으면서도 재주 있는 말솜씨와 아름다운 말로 화기애애하게 못함을 부끄럽게 생각합니다. 형씨의 거동과 기괴한 말이 가히 웃을 만합니다. 할머니께서 웃으시는 것을 좋아하여 그녀를 책망하지는 않았지만 제가 귀 먹지 않았으니 어찌 듣지 못했겠습니까? 하지만 성한 사람이 저 미친 사람과 같이 문답을 주고받는 것을 할머니 앞에서 19

무례하게 하겠습니까?"

여러 조생들이 일시에 웃음을 머금었고 태부인도 웃으니, 형씨가 노하여 낯을 붉히고 말하였다.

"여러 아주버님들은 가히 사람의 얼굴에 짐승의 마음을 지녔다고 할 만합니다. 우리 부부가 말하는 것이 무슨 우스운 일이라고 사람을 대
20 하여 비웃기를 낭자하게 합니까? 한 무리의 예의를 모르는 것들이로구나."

조생들이 이 말을 듣자 어이가 없고 더욱 우스워서 말을 않고 얼굴만 서로 물끄러미 돌아볼 따름이었다. 고모인 조부인 등이 낭랑히 웃으며 말하였다.

"아무리 예의를 모른다고 욕해도 이런 행동은 보고 나면 서로 웃을 일이다. 아현은 언사가 어떻기에 네 부인을 보고도 한 마디 말도 하지 않느냐?"

초공이 본래 침묵하고 묵직하지만 오늘 형씨의 거동과 아현이 잘 참는 것을 시험해보려고 말하였다.

"형씨가 들어온 지 몇 개월이 되었지만 부부의 친근함을 할머니께서 아직 보지 못하셨으니 마땅히 쌍으로 앉아 할머니께서 보시게 하여라."

21 형씨가 남편과 함께 있는 것이 소원이었기에 기쁘게 명을 받들어 붉은 치마를 휘저으면서 소매를 나부끼며 아현의 곁에 가 앉았다. 둘의 모습은 마치 기와가 백옥에 섞이고 봉황이 까마귀와 까치 속에 섞여 있는 듯하여 아현의 풍채는 더욱 빛나고 형씨의 누추함은 한층 더하였다. 형씨가 아현의 곁에 앉으니 넓은 소매가 서로 닿았지만, 아현은 굳이 싫은 내색도 하

지 않고 눈을 들어 보지도 않았으며 행동이 평화로우니 그 마음의 깊이를 헤아리기 어려웠다. 부모와 숙모들이 그를 더욱 아름답다고 여기면서 그 짝이 이와 같음을 애석해하였으며 묵직한 연비도 모르는 사이에 안색이 변하였다. 초공이 아현을 시험해보아 아현이 잘 참고 잘 견디는 것을 보
고 대견하게 여겨 얼굴에 웃음을 띠고 바라보았다. 그랬더니 형씨가 조 22
금도 어려워하지 않고 아현의 옷 띠를 어루만지며 가다듬고 그의 얼굴을 홀린 듯이 바라보다가 말하였다.

"여러 아주버님이 모두 어질고 얼굴이 아름답지만 군자는 더욱 특별하니, 이는 하늘이 저의 일생을 좋게 하시기 위함입니다. 여자가 지아비를 중요하게 여기는 것은 인지상정인데 하물며 신선과 같은 풍모와 옥 같은 모습이 이와 같으니, 저는 낭군을 위한 마음이 천지에 가득하여 바다와 같은 깊은 정이 있습니다. 그런데 낭군은 홀로 무심하여 제 마
음을 다 알지 못하니 슬픕니다. 제가 마음먹은 것은 낭군과 함께 백 년 23
동안 함께 즐기며 살아서는 연리지(連理枝)와 비익조(比翼鳥)[444]가 되고 죽어서는 같은 무덤에 묻혀 일생동안 눈앞에 다른 사람의 자취가 이르지 않기를 원합니다. 시부모님과 할머니께서는 저의 소원을 살피시어 낭군을 경계하여 처첩을 얻지 못하게 해 주십시오."

이렇듯 형씨가 크고 작은 말을 부지기수로 하였지만 아현은 시종일관 아무 말도 하지 않고 물러나려 했다. 그러자 형씨가 그의 옷깃을 잡고 말

---

444) 연리지(連理枝)와 비익조(飛翼鳥) : 연리지는 뿌리가 다른 나뭇가지가 서로 엉켜 마치 하나의 나무처럼 자라는 것으로 애초에는 효성이 지극함을 나타냈으나 현재는 남녀 사이 혹은 부부애가 진한 것을 비유함. 비익조는 암수에게 눈과 날개가 하나씩만 달려있어 짝을 지어야 날 수 있는 전설의 새임. 당(唐)나라 시인 백거이(白居易)의 〈장한가(長恨歌)〉라는 시에서 "하늘에서는 비익조가 되기를 원하고 땅에서는 연리지가 되기를 원했네(在天願作飛翼鳥, 在地願爲連理枝)"라는 구절에서 나온 말임. 이 시는 현종과 양귀비의 애달픈 사랑을 노래한 것으로 유명함.

하였다.

"조부모님과 숙부가 아직 자리에 계시고 아주버님들도 일어나지 않으셨는데, 낭군은 나중에 와서 먼저 나가십니까?"

아현이 잠시 눈썹 가를 찡그리더니 옷을 떨치고 밖으로 나갔다. 조생
24 들도 일시에 함께 물러나 밖으로 나오는데 여러 종형제들이 서로 웃으며
말하였다.

"너의 비위가 남달리 좋구나. 여자에게 미혹되었다고 할 만하다."

그러자 아현이 길게 웃으며 말하였다.

"아우는 웃지 마라. 팔자가 이상하여 맞지 않는 비루한 사람을 만났으니 성을 내어 무엇하겠습니까? 미친 말을 다 받아들여 아는 체하면 나의 수명을 십 년이나 줄이고, 수신(修身)하고 행실을 다스린 것이 그림의 떡이 될 것입니다. 여자와 서로 힐책하며 어른들 앞에서 공경하고 삼가는 행실을 잃어 그와 같은 사람이 될 것이니, 차라리 지아비인 내가 귀 먹고 눈 어두움을 다행하여 할 것입니다."

여러 형들이 웃으며 말하였다.

"네가 복이 있어 어진 부인을 두든지 남을 비웃든지 간에 각각 운명이
25 다. 하지만 남자는 수신제가(修身齊家)가 치국평천하(治國平天下)의 근본
이다. 또 요조숙녀는 군자의 좋은 짝이라고 했으니, 성인이셨던 주(周)
나라 문왕(文王)이 하주(河洲)445)의 숙녀를 오매불망(寤寐不忘) 생각하고
구하셨던 내용이 『시경(詩經)』의 제1편이 되었다. 그런데 너만 이러한

445) 하주(河州) : 『시경(詩經)』「국풍(國風)」〈관저(關雎)〉 장의 "자웅이 응하여 우는 저 비둘기가 하수의 모래섬에 있구나. 요조한 숙녀는 군자의 좋은 짝이로다[關關雎鳩, 在河之州. 窈窕淑女, 君子好逑]."라는 구절에서 온 말임. 하주의 숙녀라고 하면 덕이 높은 여인을 일컬음. 주나라 문왕의 아내는 현숙한 여인의 대명사인 태사(太姒)임.

사람의 마음에서 벗어난 사람인 것은 아닐 터이니, 끝내는 저 추한 얼굴의 나쁜 자질의 아내와 일생을 마칠 수 있겠느냐? 가히 일대의 아름답고 정숙한 여인을 취하여 집안을 잘 다스리며 부모를 효도로 봉양하고 부부가 관저(關雎)[446]의 즐거움을 쾌하게 느낄 수 있을 것이다."

웅현도 웃으며 말하였다.

"남들이 비웃으니 시원스럽게 말하기는 하지만 형씨 손에 끌려 다니며
움직이지 못하는데 무슨 기운으로 숙녀를 취하겠느냐? 오늘 우리 여러
종형제들이 제수[447]에게 큰 욕을 당했는데도 네가 꾸짖는 말이 없으 26
니, 네가 그녀에게 혹했음을 알 수 있겠다."

아현이 개탄하며 웃으면서 말하였다.

"두고 보십시오. 뒷날 형이 집안을 다스리는 것과 제가 집안을 다스리는 것이 누가 더 나은지 공론이 있을 겁니다. 그녀가 형님들을 욕했지만 제가 미친 사람을 책망하는 것은 너무 자질구레합니다. 만약 어진 여자를 맞았는데 집안의 도리를 어지럽히는 행동을 했다면 용서하는 것이 잘못이지만, 지금 그 미치고 잡됨을 꾸짖는다면 호령은 제대로 서지 못하고 한바탕 무례한 분란만 어른들 앞에서 한심하게 벌어졌을 것입니다. 형씨를 칠 수도 없고 또 그렇다고 박대하는 것은 사람의 도리가 아니기에 아직은 미치고 잡스럽다는 원망이나 면하려고 했던 것입니다. 그런데 미혹되었다고 하시니 어찌 우습지 않겠습니까?"

여러 형제들이 크게 웃었고 아현도 웃었다. 27

진왕이 오늘 아들의 기상과 형씨의 불미함을 보니 재취를 하여 짝을 삼

446) 관저(關雎) : 『시경(詩經)』 「주남(周南)」편에 실린 노래로, 덕 있는 여인을 칭송하는 내용임.
447) 제수 : {형슈(兄嫂)}. 문맥을 고려하여 이같이 옮김.

아줘야겠는데 그가 과거에 급제함을 기다려 혼인시켜야겠다고 생각하였
다.

진왕의 여덟 번째 아들 봉현의 자(字)는 인희니, 최비의 소생이다. 이때
나이 14세에 풍채가 호탕하여 학의 날개를 타고 다니는 선관(仙官)이고 지
상의 이백(李白)[448]이었다. 만복을 타고 났으며 문장 쓰는 재주가 태사(太
史)[449] 사마천(司馬遷)[450]을 웃을 만하였다. 문무(文武)를 겸비하고 효성을
타고 나 웅장한 거동과 매서운 풍채가 능후 유현이나 능백 운현과 흡사하
였다. 고집이 지나치고 성격이 모질어 비복(婢僕)들을 벌 줄 때에는 살이
28 떨어지는 것을 보아야 그쳤다. 어른에게는 공손했지만 아랫 사람들에게
는 엄하고 매서워 천고의 영웅이고 일대의 무적(無敵)이어서 진왕이 깊이
사랑하여 일대의 정숙한 여인을 구하였다. 특히 아현의 아내 형씨의 못난
모습을 본 뒤로는 며느리 택하는 데에 비상한 관심을 가졌다.

의평후 교문양이 딸을 하나 두고 천하의 인재를 구하다가 조봉현의 재
주와 풍모를 듣고 힘써 청혼하였다. 주진(朱陳)의 좋은 인연[451]을 이뤄 택
일하여 신부를 맞아 돌아왔는데, 교씨의 얼굴이 푸른 연못물의 붉은 연꽃
이 향기를 떨친 듯하고 계수나무 심어진 밝은 달이 광채를 토하는 듯하였
다. 또한 훤칠하고 너그러운 덕성이 선비나 군자, 절개 있는 장부의 풍모
29 가 있어 조부모님과 시부모님이 매우 좋아하고 기뻐하였다. 봉현도 교씨

448) 이백(李白) : 당(唐) 나라 때의 대시인. 자(字)는 태백(太白). 두보(杜甫)와 함께 시종(詩宗)으로 존앙 받음. 『이태백집(李太白集)』 30권이 있음.

449) 태사(太史) : 나라의 법규와 기록을 맡은 벼슬.

450) 사마천(司馬遷) : 한(漢)나라 사람으로, 황제(黃帝)로부터 한나라 무제(武帝)에 이르기까지 삼천 여년의 일을 적은 기전체(紀傳體) 역사서 『사기(史記)』 130권을 저술함.

451) 주진(朱陳)의 ~ 인연 : 보통 '주진지호(朱陳之好)'라고 하는데, 이는 주씨와 진씨의 두터운 교분을 뜻함. 서주(徐州)의 주진촌에 주씨와 진씨만이 살아 대대로 혼인을 하였으므로 전하여 양가에서 대대로 통혼하는 사이라는 뜻으로 쓰임.

를 공경하고 중요하게 대하였지만 호령이 엄하였고 밖으로 창녀와 즐기기도 하였으며 규방의 침묵함을 괴롭게 여겼다. 하지만 교씨는 소소한 아녀자의 질투함이 없어 어른들을 효도로 봉양하고 군자에게 순종함이 예의에 합하였으니, 봉현의 험한 성품으로도 다시 책망하지 못하였다. 나중에 벼슬이 높아져 처첩이 많아졌지만 집안의 도가 숙연하였으니 이렇게 된 것은 봉현의 엄준함뿐만 아니라 교씨의 내조에 힘입은 것이 많았다.

이때 초공의 둘째딸 경염[452]은 방년 14세였고 윤부인 소생이었다. 예쁘고 수려하여 곤강의 아름다운 옥 같았으며, 두 눈이 봉황의 눈과 같고
눈썹이 예뻤으며 흰 이마에 붉은 입술, 구름같이 탐스러운 머리를 지녔 30
다. 단아한 행실이 법도와 예의에 걸맞으니 초공과 윤부인이 손바닥 위의 구슬같이 사랑했고, 할머니 태부인도 손녀 등을 지나치게 사랑하는 것이 손자보다 위였다. 이렇듯 호사스럽고 부귀한 가운데에서 귀여움을 받으며[453] 성장하였지만, 마음가짐을 태임이나 태사와 같이 단정함을 겸하여 지극히 선하고 아름다웠다. 그래서 그 어머니 윤부인이라도 기묘한 기질에 있어서는 1등 자리를 사양할 정도였다. 초공이 웃으며 말하였다.

"내가 진실로 여자의 예쁜 얼굴을 마음속으로 배척하였는데 며느리마다 다른 사람들보다 고우며 세 딸이 모두 하늘에서 내려준 빼어난 아름
다움을 지녔으니 어찌 불행이 아니겠는가? 부모님이 모두 계시고 만사 31
가 다 갖추어진 사람과 혼인시키면 미색으로 인한 화를 면하지 못할 것이니, 이 아이는 고독한 곳으로 혼인시켜 액을 떼이게 해야겠다."

오는 제자들 중에서 특별히 유의하였지만 사위로 삼을 만한 재목이 없

452) 경염 : 기존의 연구서에서 '정염'이라고 하기도 했지만, 원문의 표기는 '경염'이므로 이같이 옮김.
453) 귀여움을 받으며 : {니리로}. '이릐'는 아양, 귀여움의 뜻이므로 이같이 옮김.

었다. 능후 유현의 제자인 조선경이 조씨 집안에 있었는데 올해 16세에
월궁(月宮)의 붉은 계수나무를 받들어[454] 금마옥당(金馬玉堂)[455]의 한림(翰
林)[456]을 자임하여 영화로운 이름이 일세에 진동하였으니 황제의 총애가
조생 등과 같았다. 풍모와 재주, 기상이 두목지(杜牧之)[457]나 이백(李
白)[458]을 웃을 정도였으니, 딸 둔 사람들이 다투어 청혼하였다. 조선경은
집에 부모님이 안 계시고 자신은 떠도는 사람이었기에 부모님의 신주(神
32 主)를 구차하게 조씨 집안의 별당을 얻어 봉안하였다. 네 계절에 한 번씩
하는 제사를 유현의 어진 마음으로 빠뜨리지는 않았지만, 조선경으로서
는 구차함과 슬픔을 이기지 못하였다. 선경이 사방으로 구혼하였지만 한
곳도 뜻에 맞는 이가 없어 모든 일을 유현에게 말하였다. 그랬더니 유현
이 늘 초공께 혼사에 대한 말을 하였기에 초공이 마음이 기울어 사위로
삼으려 한 지 오래되었다. 하루는 초공이 조노공께 아뢰고 진왕과 의논하
여 사위[459]로 삼으려 하니, 노공이 말하였다.

"네 생각이 그르지 않다. 내가 어떻게 막겠느냐?"

진왕이 웃으며 말하였다.

"비록 조선경의 사람됨이 아름답기는 하지만 집에 부모님이 없으니 조
33 카딸의 아름다움을 뵐 곳이 없고, 타향에 떠돌았기에 보통 사람과 같

454) 월궁(月宮)의 ~ 받들어 : 과거 급제한 것을 비유하는 표현임. 장원급제자는 머리에 계화(桂花) 가지를 꽂기 때문에 이같이 이르는 것임.

455) 금마옥당(金馬玉堂) : '금마'와 '옥당'은 모두 한림원의 별칭임.

456) 한림(翰林) : {한원(翰苑)}. 한림원(翰林院) 즉, 학문과 문필(文筆)에 관한 일을 맡던 곳을 이름.

457) 두목지(杜牧之) : 당(唐)나라 때의 시인으로, 워낙 미남이어서 그가 장안의 시장을 지나가면 뭇 여성들이 흠모하여 그에게 귤을 던졌다고 함. 이름은 목(牧), 자(字)가 목지(牧之)임.

458) 이백(李白) : {청련[靑蓮]}. 당나라 때 시인이었던 이백의 호 '청련거사(靑蓮居士)'를 이르는 것임. 두보(杜甫)와 함께 '이두(李杜)'로 병칭되는 중국 최내의 시인이며, 시선(詩仙)이라 불릴 정도로 낭만적인 시들을 썼음.

459) 사위 : {동상(東床)}. 사위를 뜻함. 진(晉)나라의 태위 극감(郤鑒)이 왕희지(王羲之)를 사윗감으로 고르려는데 왕희지가 동쪽 평상에 엎드려 음식을 먹고 있었다는 고사에서 유래함.

지 않을 듯하다."

초공이 대답하였다.

"사위를 고르는 데 있어 그 한 사람의 사람됨만을 가린다면 조선경의 사람됨이 군자의 제일 윗자리를 차지할 것입니다. 조선경을 두고 어디에 가서 그런 인재를 얻겠습니까?"

진왕이 말하였다.

"아우가 사위 구하는 시각은 남들과 달리 특이하구나. 자염의 사람됨으로 경수의 둘째 부인을 삼은 것도 특별한 일이었는데, 이제 또 경염[460]을 타향에서 떠돌던 아이와 혼인시키려고 하느냐? 이는 의로운 기운과 어진 마음으로 사람을 판단하여 혼인을 이루고자 함이지만, 자기 자식의 만 리 앞길을 생각하지 않는 것이라 나는 이상하게 생각한 34
다."

초공이 웃으며 말하였다.

"어찌 자식의 앞길을 살피지 않겠습니까? 딸의 괴로움과 즐거움은 사위가 현명한가 어리석은가에 달려 있으니, 사람됨이 군자이면 자연히 수신제가(修身齊家)에 괴이한 행동은 하지 않을 것입니다. 그러므로 자염이 경수의 둘째부인이 되는 것을 꺼리지 않았고, 조선경의 가문이 적막한 것도 꺼리지 않습니다."

진왕이 이 말을 듣고 나서는 말리지 않으니, 초공이 마음을 정하여 조선경을 불러 말하였다.

"네 형편이 빨리 아내를 얻어 조상 제사를 받들어야 할 것이다. 더욱이 옛 사람들과 달라 제사를 받드는 것과 집안일을 수요에 맞게 하는 것이

---

460) 경염 : {명염}. 29면에서 그녀가 처음 등장할 때에 '경염'으로 표기되어 있었기에 이를 따름.

혼자 살면서 할 수 있는 바가 아니다. 그래서 우리 부자[461]가 너를 위
35 하여 널리 찾아보았지만 마땅한 곳을 얻지 못하였다. 만약 좋은 사람
을 얻지 못하면 너희 가문 조씨의 후사가 끊어진다. 내가 생각하니 너
를 내 사위로 삼으면 네가 따로 가정을 이뤄 조상을 모시고 제사를 받
드는 것이 사람 된 도리이다. 내 작은 딸이 무염(無鹽)[462]과 맹광(孟
光)[463]의 덕을 배워 군자의 쌍으로 빠지지는 않을 만하니, 네 뜻은 어
떠하냐?"

조선경이 듣고 나서 감사하여 슬픔이 남달라 얼굴에 붉은 빛을 띠었고 별 같은 눈빛이 떨리면서 일어나 절하고 사례하며 말하였다.

"제 운명이 기박하여 귀양지[464]로 내쳐졌는데 사부님께서 하늘과 같은
음덕으로 거둬 구휼해주시고 교훈하시어 지금 여러 해가 지났습니다.
36 요행히 황상의 은혜를 입어 한림원의 머리수를 채우고 청현직(淸顯
職)[465]을 맡은 것은 모두 사부님의 큰 은혜입니다. 채찍을 잡아서라
도[466] 은덕을 갚을 수 있기를 기약하고 있는데, 어찌 오늘 사위로 허락
하실지 생각이나 했겠습니까? 놀라고 혼미하여 대답할 바를 모르겠습
니다."

초공이 감탄하며 말하였다.

---

461) 우리 부자 : 초공과 초공의 아들 유현을 이름. 유현은 조선경의 스승임.

462) 무염(無鹽) : 제나라의 무염읍 출신의 여자인 종리춘(鍾離春). 모습이 추하여 혼기가 지나도 결혼할 수 없었으나, 후에 선왕에게 간언하여 정부인이 되었음.

463) 맹광(孟光) : 후한(後漢) 시대 양홍의 아내. 추녀였지만 덕행이 뛰어났음.

464) 귀양지 : {영히[嶺海]}. 문맥을 고려하여 이같이 옮김. 조선경은 유현이 촉땅에 귀양 갔을 때에 만난 사람으로, 데리고 와 제자로 삼은 인물. 조선경의 아버지도 역시 촉땅에 귀양가서 조선경을 낳았던 것임.

465) 청현직(淸顯職) : 청환(淸宦)과 현직(顯職)을 아울러 이르는 말로 지체가 좋음을 의미함.

466) 채찍을 잡아서라도 : {채롤 잡아[執鞭]}. 집편(執鞭)은 귀인(貴人)이 외출할 때 채찍을 가지고 그가 타는 거마를 이끌고 가는 것을 의미함.

"네가 어찌 나를 그렇게 보느냐? 일찍이 나는 사람의 현명하고 어리석음을 살피고 부귀공명은 뜬구름과 같이 여긴다. 너희 가문은 대대로 명문가였지만 불행히도 변방에서 떠돌게 된 것이니 내가 어찌 개의하겠느냐? 네 뜻에 마땅하다면 빨리 날을 정해 혼례를 치를 것이다."

한림 조선경이 매우 기뻐하면서 황급히 절하고 사례하며 말하였다. 37

"대인의 큰 은덕이 이와 같으시니 저를 더럽게 여기지 않으시다면 제가 어찌 사양하겠습니까? 명대로 하겠습니다. 제가 부모님이 계시지 않고 모든 일을 사부님께 물어 처리해 왔으니 사부님이 전쟁터에서 돌아오시기 전에 혼례를 올리는 것은 아쉬운 일입니다."

초공이 말하였다.

"내가 있으니 너의 사부를 대신해 주겠다."

이에 택일하니, 길일까지는 몇 개월이 남았다. 초공이 조부의 담장 밖에 집을 마련해 주되 사이에 협문을 내어 조소저 경염이 왕래할 수 있게 하였고, 조선경을 거기로 옮겨 살게 하여 조상의 신위를 봉안하게 하였다.

길일이 다다르니 잔치자리를 열어 집 안팎의 친척들과 집안의 식구들
이 모두 모여 신랑을 맞았다. 신부 경염의 친모인 윤부인이 마음속으로 38
는 좋지 않은 혼인이었지만 매사를 잘 준비하여 딸의 단장을 하여 친영
(親迎)[467]하여 시집으로 들어가게 하였다. 시집가서 살게 될 집이 비록 친
정과 담장이 붙어 있기는 하지만 경염은 평생 처음으로 부모님의 슬하를
떠나는 것을 상심하여 가을 물같이 맑은 눈에 눈물을 글썽였다.[468] 그러

467) 친영(親迎) : 신랑이 신부를 친히 맞아오는 것으로, 전통 혼례의 육례(六禮)의 하나임.

468) 눈물이 글썽였다. : {신쳔[身泉]이 동(動)ᄒᆞ니}. 문맥을 고려하여 '신쳔'을 눈물로 보고 이같이 옮김.

자 아버지 초공이 손을 잡고 경계하며 말하였다.

"네가 본래 재상 가문의 귀한 자식으로 평생 부귀와 호화스러움으로 자랐으니 괴로움과 슬픔을 알지 못할 것이다. 여자에게 필요한 행실은 부모형제와 멀리 떨어져 지내는 것이지만 너는 요행히도 아침저녁으로 와서 볼 수 있을 것이다. 또 우리가 왕래하면서 너를 볼 것인데도 슬
39 퍼하는 것은 이상하구나. 모름지기 삼가고 조심하여 아내로서의 덕을 잃지 마라."

태부인이 말하였다.

"선경이 부모가 없으니 신부를 빨리 맞아서 데리고 가는 것이 부질없으니, 친영(親迎)은 천천히 하고 이 집에서 독좌(獨坐)[469]한 후 한 집에서 쌍쌍이 있는 모습을 수삼일 보려 한다."

초공이 태부인의 말씀을 듣고 비록 예의를 어기는 일이기는 하지만 신랑에게 들어오게 하였고 신부를 중청(中廳)에서 독좌(獨坐)하게 한 후 합환주(合歡酒)를 마시고 교배(交拜)하게 하였다. 신랑의 해와 달 같은 광채와 신부의 온갖 아름다움이 대청 안을 밝게 비추니, 조선경이 눈을 들어 신부를 한 번 보고는 기쁘고 즐거워하며 마음속으로 생각하였다.

'내가 변방으로 떠돌면서 어찌 이같이 정숙하고 현명하며 아름다운 여
40 인을 보았겠는가?'

숨을 길게 내쉬는데, 마음이 구름 밖으로 흩어진 사람 같았다. 신랑과 신부가 동방(洞房)[470]에 들어가니, 태부인이 시비 채빙을 불러 신방(新房)을 탐지하라고 하였다. 노인의 간절한 바람으로 괴롭게 기다리니, 자손이

---

469) 독좌(獨坐) : 새색시가 초례의 사흘 동안 들어앉아 있는 일.

470) 동방(洞房) : 동방화촉(洞房華燭)의 준말로, 신랑이 첫날밤에 신부 방에서 자는 일을 이름. 여기서는 같이 자는 방을 뜻함.

번성하였어도 그 하나하나가 모두 귀중한 것이 이와 같았다.

이날 밤에 한림 조선경이 촛불 아래에서 신부를 대하여 앉으니, 옥 같은 골격에 빼어난 아름다움이 더욱 밝게 비쳤다. 그리하여 선경이 이 같은 숙녀를 아내로 맞았지만 부모님이 보시지 못하심을 슬퍼하며 봉황 같은 눈에서 나오는 눈물이 넓은 적삼을 적셨다. 경염이 호화롭게 나고 자라 사람들이 웃고 단란하게 지내는 것을 보다가 조선경이 이처럼 슬퍼함을 보고는 내심 슬퍼하였다. 한참 후에 선경이 눈물을 흘리고 탄식하며 41
말하였다.

"내가 운명이 기박하고 죄가 많아 양친을 여의고 혈혈단신이 되어 고향에 돌아갈 기약이 없었는데, 사부님께서 큰 은혜를 베푸시어 조상님의 신주를 모시고 돌아왔으니 잊을 수 없는 큰 은혜입니다. 이제 장인어른께서 인자하신 덕으로 내 비루함을 허물하지 않으시고 사위됨을 허락하셨으니 인간세상에서 난새를 타는 듯한 경사입니다. 슬픈 인생이 일마다 회포를 돋우니 어찌 즐거움을 알았겠습니까? 그런데 지금 소저의 특별함은 내가 바라던 것보다 더합니다. 이제 선친의 제사를 이을 수 있을 것이니 장인어른의 큰 은혜를 마음 깊이 새기겠습니다." 42

경염이 얼굴을 가다듬고 옷깃을 바로하고는 겸손히 사례하며 그 고독함을 그윽이 탄식하였다. 이 날 밤 부부가 함께 지내고 다음 날 아침에 한림 조선경이 내당에 가 인사하고 절하였다. 조선경의 수려하고 시원스러운 풍채가 소경수의 아래가 아니었으니 모든 사람들이 매우 탄복하였고, 태부인도 기뻐하며 대견해 하면서 말씀을 하고 아꼈다. 윤부인이 사위의 군자와 같은 풍모와 특별함에 황홀하여 그를 아끼면서 비로소 초공이 사위를 택하는 눈이 범상치 않음에 탄복하여 기뻐하는 기색이 팔 자 눈썹에

둘러 있었다. 조선경이 장모 윤부인과 초공의 첫째 부인인 양정렬의 천만
43 가지 광채를 보니 숙녀의 어진 행실과 정숙한 부녀의 네 가지 덕이 숙연
한 것과 아울러 거룩하고 자상한 풍모가 의연한 것을 흠모하고 공경하지
않을 수가 없었다. 또 진왕의 아내인 정비와 연비 등 여러 부인의 미모와
덕, 자질을 옆 눈으로 잠깐 바라보고는 문득 망연자실하여 집안사람들의
번성함에 탄복하였다.

며칠 후 초공이 경염에게 폐백을 갖추어 조부로 가게 하여 시어른들께
인사드리고 사당에 절하게 하였다. 이때 한림 조선경의 친척과 친구들이
한림이 한림원의 명사가 되고 초공의 사위가 됨을 듣고 가깝고 먼 곳에서
모인 손님이 자못 많았다. 초공이 모든 일을 준비하여 딸과 사위를 새 집
44 으로 돌려보내는데 매사를 간략하고 검소하게 하여 그들이 편할 만큼만
하고 사치함이 없었으며, 나라에서 내려주신 노복과 시비를 보냈으니 명
사와 재상의 체면을 이룰 수 있었다. 친척들이 나란히 앉아 신부를 구경
하면서 경사를 치하하고 옛 일을 마음 아파 하였다. 조선경이 옛 친구들
과 친척들을 반겨 사람마다 사례하고 나서 경염과 함께 사당에 올라 알현
하는데 슬픈 마음을 진정하지 못하여 목 놓아 울며 슬퍼하면서 눈물을 줄
줄 흘렸다. 경염이 그 큰 효성에 감동하여 낯빛을 고쳤다. 이후에 그곳에
머물러 제사를 받들고 집안을 다스리며 손님을 대접할 때에 절차에 맞는
45 것과 군자에게 순종하는 것 등이 정숙하고 참되며 선하니, 조선경이 공경
하고 중하게 대하여 사랑이 산보다 높고 바다보다 깊었고 서로 공경하고
화목하였다.

이때에 초공의 여섯 번째 아들 달현의 자(字)는 중희였고 양정렬 소생
이었다. 사람됨이 증자(曾子)[471]와 왕상(王祥)[472]의 높은 효성이 있고, 가

슴에는 비단에 수를 놓은 것 같은 만 편의 글을 품고 있었다. 또 마음속에
고금 성현의 도덕을 새겼고, 글씨가 살아 움직이는 듯한 글재주와 필법이
세상에 드물었으며, 외모와 풍채는 아버지와 어머니를 이어받아 하늘과
땅의 정수를 빼앗은 듯하였다. 옥을 다듬어 채색한 것 같았으며 별 같은
눈과 봉황 같은 눈썹, 신선 같은 풍모와 옥 같은 골격이었다. 올해 14세에
과거[473]에 급제하여 한림원(翰林苑)[474]에서 노니니 황제의 총애가 일세에
드날렸고 재주 있다는 명망이 조정과 재야에 진동하였다. 임금을 섬기고
정치하는 것이 날로 빛나니, 가히 초공의 아들이며 양정렬의 소생인 줄 46
알 만하였다. 나이가 차고 벼슬이 청현직(淸顯職)에 오르니 태부인이 빨리
어진 손자며느리를 보고 싶어 하였다. 초공 형제가 할머니께서 연로하심
을 느끼고 깨달아 자녀를 서둘러 혼인시켜 이를 보시게 하여 남은 한이
없게 하려 하였다.

동서(東西)로 구혼하여 호부상서(戶部尙書) 위현의 딸을 맞이하니 이는
승상 위선의 증손녀였다. 위씨는 크고 높은 가문의 숙녀로 사덕(四德)[475]
이 맑고 넉넉하였으니 공자와 백 년 동안 같이 할 만한 아름다운 짝이었
다. 온 가문 사람들이 왔다가 일시에 칭찬하였고, 조부모님과 시부모가
모두 신부의 현숙함을 기뻐하였다.

이때에 진왕의 아홉 번째 아들 화현의 자(字)는 취희였고 정숙렬 소생 47

---

471) 증자(曾子) : 공자의 제자로, 효성으로 이름이 높았음.

472) 왕상(王祥) : 서진(西晉) 때의 사람으로 효성이 지극하여 계모인 주씨(朱氏)를 잘 섬겼다고 함. 계모가 생선을 먹고 싶어 하자 얼음 위에 누워 얼음이 녹기를 기다려 얼음을 깨니 잉어가 튀어 나와 이것을 가져다 드렸다는 고사가 있음.

473) 과거 : {룡방(龍榜)}. 과거를 뜻함.

474) 한림원(翰林苑) : {금마(金馬)}. 한림원의 이칭임.

475) 사덕(四德) : 여자로서 갖추어야 할 네 가지 덕으로 마음씨[婦德], 말씨[婦言], 맵시[婦容], 솜씨[婦功]를 말함.

이었다. 평소의 사람됨이 일대의 영웅호걸이었고, 옥 같은 얼굴은 중추
(中秋)[476]의 흰 달과 같았으며 이마[477]가 뚜렷하여 일월각(日月角)[478]이
일어섰으며 큰 코에 붉은 입술이 찬란하고 수려하였다. 이때의 나이가 13
세인데 진왕같이 엄한 아버지와 태사 기현 같은 엄한 형을 두고도 틈만
나면 화려하게 단장한 미녀를 모아 날마다 즐기면서, 괴롭게 머리를 숙여
시서(詩書) 읽기를 싫어 하니 위선생이 자주 책망하였다. 진왕이 아들의
기상을 매우 아꼈지만 드러내지 않고 공자를 보면 목소리가 더욱 사나워
져 기세가 찬 서리와 같으니, 화현이 아버지를 두려워하여 기운을 줄이고
48 마음을 가다듬어 시서를 학습하여 큰 유학자의 풍모를 갖추게 되었다.
하지만 아버지와 형의 앞을 떠나면 말과 웃음으로 희롱하여 사람들을 침
범하며 취기가 오르면 방탕하여 의관이 바르지 못하였다. 말과 웃음이 많
아 친구들을 대하면 욕하고 화가 나게 하며 싸우면 자기가 이겨야 그쳤
다. 진왕은 아직 화현의 그런 행태를 다 알지 못했지만, 기현은 이를 알고
그 방탕함을 경계하여 온화하고 단정하며 침묵하기를 수행하라고 하였
다. 하지만 여전히 아버지와 형 앞에서는 공손하고 단정하다가 돌아서면
완전히 달라져서 붉은 치마 입은 여인들을 이끌며 술 단지를 기울여 농지
거리가 낭자하였다. 창기들이 화현의 꽃과 버들 같은 풍류와 거문고 소리
49 에 미혹하여 따르는 여자들이 수를 헤아릴 수 없을 만큼 많았다. 13세의
어린아이가 다섯 명의 창기와 친하여 미혹되고 푹 빠져 있었지만 기세가
엄숙하여 뜻에 맞지 않으면 반드시 심하게 치고 호령하는 것이 엄숙하였

476) 중추(中秋) : 가을의 한창때로 음력 8월을 이름.
477) 이마 : {텬뎡[天庭]}. '천정'은 관상에서, 두 눈썹의 사이 또는 이마의 복판을 이르는 말임.
478) 일월각(日月角) : 관상가의 용어로 이마의 왼쪽과 오른쪽에 불쑥 나온 모양을 의미함. 일각(日角)은 이마 왼쪽의 두둑한 뼈 또는 이마 뼈가 불쑥 나온 모양으로 왕자(王者)나 귀인의 상(相)이라고 함. 월각(月角)은 오른쪽 이마의 불쑥 나온 모양을 의미함.

다. 얼마 전에 그에게 궁을 따로 정해 주었는데 진왕이 아버지를 모시고 있어서 궁에 가 볼 때가 적었다. 그러자 화현이 때를 틈타 사촌형 웅현 등과 함께 풍악과 가무로 소일하였으며, 위선생이 자주 찾았지만 백 가지의 묘한 계책으로 위선생을 속여 진궁에 있을 때가 많아 날로 주색에 빠졌다. 행실이 법도를 넘어서고 사나웠지만 부모가 알지 못하였다.

화설. 예부상서 유선이 딸을 여덟 명을 두었는데 위로 일곱 딸을 혼인
시켰다. 여덟째 벽희는 나이가 12세였는데, 타고난 것이 하늘과 땅의 출 50
중한 정기와 여수(麗水)[479]의 맑은 골격을 지녔다. 아름답고 우아한 모습이 만고에 드물고 요조한 덕성과 총명하고 인자하며 효성스러움은 이비(二妃)[480]의 덕과 태사(太姒)[481]의 어짊을 겸하여 세상의 미인들 중에서 뛰어났다. 나이 12세에 만사가 신명(神明)하며 문장과 덕행, 바느질과 베 짜기가 능수능란하니, 부모가 비록 위로 일곱 딸을 두었지만 이 딸을 사랑하는 것이 만금 보물 같았다. 나이가 어림을 생각하지 않고 빨리 좋은 사위를 택하여 봉황이 쌍으로 노니는 자태를 보려고 하여 동서(東西)로 구혼하였다.

그러던 중 평진왕의 아홉째 아들 화현의 풍채와 재주가 일세에 드날리 51
는 글재주와 천고에 독보한 풍채를 지녀 일대 영웅이고 지금 천하의 호걸이라는 것을 알게 되었다. 유상서가 구혼하기를 간절하게 하여 여러 번 청하니, 진왕이 유상서의 현명함을 알기에 허락하고 택일하여 신부를 맞아왔다. 유소저의 안색이 찬란하고 수려함이 소씨[482]나 남씨[483]에게 뒤

---

479) 여수(麗水) : 중국 운남성(雲南省)의 금사강(金沙江)을 일컫는 말인데, 금이 난다고 함.
480) 이비(二妃) : 아황(娥皇)과 여영(女英)을 이르는데 둘 다 후덕한 여인의 대명사.
481) 태사(太姒) : 주(周) 문왕(文王)의 아내로, 태임과 더불어 현숙한 여인의 대명사.
482) 소씨 : 진왕의 첫째 아들인 기현의 첫째 부인.
483) 남씨 : 진왕의 셋째 아들인 운현의 첫째 부인.

지지 않았으며 사람됨과 처신이 옛날의 정숙하고 아름다운 여인들과 같았다. 복록이 완전하고 온화한 기운이 빼어나 매사가 평탄하니 시부모님과 조부모님께서 매우 기뻐하였다. 진왕의 누이들이 칭찬하고 축하하며 말하였다.

"신부가 진실로 화현의 아름다운 아내로구나. 어찌 아우의 큰 복을 하례하지 않을 수 있는가?"

진왕이 흔연히 웃으며 말하였다.

"제 며느리들이 진실로 뒤떨어지는 여인은 없습니다. 하지만 오늘 화
52 현에게 있어서는 이 아이가 호방하고 방탕함이 낭자하여 그를 진압할 숙녀를 더욱 깊이 바랐습니다. 그런데 유씨가 편안하고 바르며 단정하고 정정하여 한갓 외모뿐만 아니라 이전에 거룩했던 이비(二妃)의 풍모가 있으니, 제가 이 며느리에 있어서는 치하하심을 사양하지 않겠습니다. 다만 화현의 성품이 드세고 음험하며 고집이 세서 밑의 사람들이 매우 해로울 것이라 걱정입니다. 유씨가 미모가 찬란하고 어여쁜 광채가 밝게 비치며 천고의 거룩한 여인이어서 윤택하고 좋으며 순하고 중후합니다. 또 오복(五福)[484]이 완전할 관상이라 대단한 재앙은 없지만 화현이 지혜롭지 못한다면 소소한 괴로움은 면하지 못할 것입니다."
53 조부인 등이 크게 웃으며 말하였다.

"아우가 관상 보는 법이 신묘하지만, 화현에게 다른 처첩이 없고 저 같은 숙녀를 얻었는데 그 애가 어찌 드세고 음험한 모습을 보이겠는가?"

진왕과 초공이 모두 웃었다.

---

484) 오복(五福) : 사람이 가질 수 있는 모든 복, 즉 수(壽) · 부(富) · 강녕(康寧) · 유호덕(攸好德) · 고종명(考終命)을 이름.

화현이 유씨와 함께 금슬(琴瑟)의 정이 즐겁고 기뻤지만 그는 본래 창기의 풍악에 잠겨 정을 두었던 사람이 일곱 명이었다. 노랫소리가 아름답고 춤추는 모습이 빼어나 조비연(趙飛燕)[485]이 가벼운 몸으로 춤을 추던 것과 양귀비(楊貴妃)[486]의 완전하고 아름다운 모습이 풍류랑의 마음을 즐겁게 했었다. 하지만 유씨를 마주하면 그녀가 얼굴을 가다듬고 옷깃을 바로 하여 흰 눈이 서리와 얼음에 빗겨 있는 듯하여 사람으로 하여금 두려워 몸을 사리게 하였다. 장부의 풍류와 호탕함으로도 가볍게 가까이 하지 못
하였으니, 그런 날이 오래되자 화현이 유씨를 좋아하지 않게 되어 개탄하 54
며 소매를 떨치고 외당으로 나왔다. 그곳에서 창기들과 즐길 뿐 글 한 자를 펴보지 않았지만 진왕은 아득히 모르고 있었다. 그 이유는 화현의 어머니 정숙렬이 본래 침묵하고 단엄하여 말이 드물었으며, 궁중의 법도가 바깥의 말이 안으로 들리지 않게 하고 안의 말이 밖으로 들리지 않게 하는 것이었기에 내외간에 사이가 먼 것이 하늘과 땅이 떨어진 것과 같았기 때문이다. 그러므로 정숙렬도 화현이 외당에서 즐기는 것을 확연하게 알지는 못했지만 그가 원래 풍류가 있고 방탕하며 여색을 좋아하여 정직하지 않음을 알았기에 늘 그가 앞에 이르면 경계하여 말하였다.

"네가 행여 왕공(王公)의 자식으로 부귀하고 호사로우며 재주가 누추하
지 않으니, 아버지의 교훈을 명심하여 행실을 정대하게 함이 옳다. 그 55
런데 지금 네 모습을 보니 말이 잡스럽고 기운이 방탕하여 중후함이 없

485) 조비연(趙飛燕) : 한나라 성제(成帝)의 황후로 태생이 미천했으나 가무에 뛰어났던 미인. 그의 손바닥 위에서 춤을 출 수 있을 정도로 가벼웠다고 함. 여동생 합덕(合德)과 함께 후궁이 되어 총애를 받았으나 성제가 죽은 뒤 합덕은 자살하고, 비연은 평제(平帝) 때 서민으로 내침을 받아 자살함.

486) 양귀비(楊貴妃) : {옥진(玉眞)}. 백거이는 장한가에서 양귀비가 죽어 '옥진'이라는 선녀가 되었다고 하였음.

고, 겨우 억지로 꾸미는 것은 왕의 면전에서뿐이다. 네가 한 때의 책망을 면하는 것만 다행스럽다고 여기고 아버지를 속임을 능사로 아는데, 네가 만약 그런 행실을 버리지 못하면 선비의 무리에서 죄인이 될 것이니 선비의 두건과 옷을 다 벗고 마음대로 행동하고 마음대로 멈추어서 어버이의 말을 듣지 마라. 하물며 유씨는 네 분수에 넘는 어진 아내인데 박대가 매우 심하여 깊은 규방에 들여놓고 부부의 큰 인륜을 끊었으니
56 니 너는 박행한 필부이다. 내가 알고도 왕을 속이는 것이 옳지 않으니 네 행실을 낱낱이 전하여 죄를 바르게 하겠다."

말씀이 맺고 끊는 것이 분명하고 안색이 서리와 눈 같으니, 화현이 황공해 하며 사죄하고 말하였다.

"제가 일찍이 엄한 가르침을 받들어 그른 일이 없었는데 어머니의 말씀이 이와 같으시니 원망스럽고 걱정스러움을 아뢸 바가 없습니다. 유씨는 정숙한 부인이니 제가 박대하는 일이 진실로 없습니다. 제 천성이 규방의 부녀와 더불어 밤낮으로 마주하는 것을 답답해하기 때문에 박대한다는 말이 어머니 앞에 이르렀나 봅니다. 이후로 제가 명심하고 경계하여 가르침을 받들 것이니 아버지께 이 원망스런 죄상을 아뢰지
57 마십시오."

정숙렬이 슬프게 탄식하며 말하였다.

"네 어미가 반평생 동안 고생스런 신세였는데 다행히 하늘이 도우심을 얻어 너희 여러 형제를 두고 왕비의 지위에 편안히 지내게 되었지만 밤낮으로 전전긍긍함이 가득하여 근심이 생길까 두려워하였다. 그러니 너희 형제가 경박하고 무식하며 방탕하고 호색하여 가문의 명성을 무너뜨린다면 내가 어찌 조씨 가문의 죄인이 아니겠느냐? 너희가 옛 일

을 본받으려 하지 않고 지금 숙부 초공의 도덕과 어진 행실을 백의 하
나라도 배운다면 선비 무리에 참여할 수 있을 것이다. 그러니 숙연함
을 본받지 못하고 굳이 경박한 사람이 된다면 무엇이 기쁘겠느냐? 아
직 내가 차마 네 허물을 왕께 고하지 않았으니 너는 삼가 부왕의 노여 58
움을 받지 않도록 해라."

화현이 절하고 물러나 생각하였다.

'내가 실로 유씨를 박대함이 없었지만 그 위인이 단정하고 엄숙하며 나
이 어리지만 행실이 정숙하여 순종하는 일이 없다. 그러니 나이가 차
고 마음이 방자하면 나를 더욱 업신여길까 하여 젊을 때에 박대하여 나
를 업신여기지 못하게 하려 하였다. 분명히 유씨가 내가 자기를 박대
한다는 말을 부모님과 곁의 사람들에게 누설했기에 어머니도 들으신
것이다. 내가 한 번 유씨에게 물어봐야겠다.'

이렇게 생각한 후, 화현이 유씨 침소에 이르러 유씨를 보고 기분 좋게 59
위로하며 말하였다.

"나는 그대와 마찬가지로 열네 살이 채 안되었고 그대의 품성과 자질
이 얼음이나 옥처럼 맑아서 실로 삼가는 마음이 없을 수 없어서 우리는
서로 한방에 거처하는 즐거움[487]이 드물었습니다. 그런데 여자가 지
아비 섬기는 도리로는 온순함이 으뜸이라고 하였는데, 그대는 나를 보
면 차가운 얼굴로 멸시하기를 미친한 것을 본 듯하니, 모르겠지만 이는
숙녀의 얌전하고 정숙한 덕이 아닙니다. 또 오히려 그대의 행동이 어
떠한지는 깨닫지 못하고 내가 행실이 경박하여 어진 아내를 까닭 없이

487) 한방에 ~ 즐거움 : {동실지락(同室之樂)}. 부부가 함께 사는 것을 뜻하는데, 여기서는 부부 간의 동침을 일컫는 것임.

박대한다고 말을 퍼뜨려서 여러 사람들이 다 나를 경박하다고 이르고
부모님께서도 엄히 꾸짖으시니 나의 처지가 가장 어렵습니다. 그러니
60 그대의 생각을 듣고 싶습니다."

유씨가 두 눈을 가늘게 뜨고 흰 이를 드러내며 정색을 하고 대답하였다.

"저는 올해 열두 살로 동쪽과 서쪽을 구분하지 못할 정도여서 오직 아
버님과 어머님의 자애로운 말씀을 우러러 받들 따름입니다. 지어미의
도를 모르니 어찌 그대를 잘 섬기겠습니까? 이렇게 제가 비록 어리석
고 약한 여자이지만 그대가 경박하다고 알려진 말이 제가 퍼뜨린 말이
라며 저를 책망하시는 것에는 승복할 수 없습니다. 또 부부유별(夫婦有
別)은 오상(五常)에 경계한 바인데 제가 어찌 그대가 저에게 자주 오지
않는다고 원망하겠습니까? 천성(天性)이 소심하니 그대의 위엄을 대하
면 두려워하는 것이 인지상정일 것입니다. 그러니 그대가 물으시는 것
61 이 의심스럽습니다."

화현이 정색을 하고 말하였다.

"그대의 말이 시원스럽기는 하지만 나의 허물을 어머니께 많이 아뢴 것은 결코 다른 사람이 한 일이 아닐 것이오. 내가 젊은 나이에 재미삼아 창기와 노래를 즐기기는 하였으나 타고난 성품이 그것들을 중요하게 여기지는 않았는데 그대의 투기가 너무 심하고 나를 가늠하여 판단함이 방자하여 내 허물을 널리 말하니 내가 진실로 유감이 없겠습니까?"

유씨는 화현이 창기들과 어울린 사실은 본래 알지도 못했는데 화현이 스스로 말하는 것을 보고 한편으로 괴이함을 이기지 못하여 붉은 입술에

하얀 이를 드러내며 살짝 웃음을 띨 뿐 다시 옳고 그름을 따지지 않았다. 그런데 그 온화하고 산뜻한 모습은 금빛 화분에 모란이 반쯤 피어난 듯, 62
연꽃이 푸른 잎에 싸인 듯하여 세상에 없는 기질이라서 남자의 마음을 녹이는 것이었다. 화현이 처음에는 한바탕 준절히 꾸짖으려 들어왔으나 이러한 유씨의 모습을 대하니 뼈마디가 녹는 듯하여 도리어 웃음을 머금고 부드럽게 말하였다.

"부인의 맑은 덕과 어진 행실은 내가 진심으로 인정하는 바입니다. 아내와 백년해로를 기약했는데 마음에도 없는 말이 귀를 어지럽히니 어찌 원망스럽지 않겠습니까?"

유씨가 알았다고 하며 여러 말로 변명하지 않으니 화현은 깊이 사랑하고 존경하는 마음이 들어 이 날 밤에 유씨와 동침하는 즐거움을 이루었는데, 그 애정이 태산 같아서 기쁘고 즐거웠다. 이후에도 화현은 창녀에게 63
홀려서 밤낮으로 빠져 있었으나 오히려 사오 일에 한 번씩은 유씨의 침소에 들어와 부부의 즐거움을 나누었다.

한림 웅현[488]은 진씨와의 은정이 점점 멀어지고 오직 변씨밖에 몰랐다. 비단 장막, 수놓은 병풍 속에서 서로를 대하는 정이 흘러넘치니 붉은 치마를 베고 고운 손을 잡아 황홀하기 끝없는 정이 산 같고 바다 같았다. 그런데 변씨는 사족(士族) 부녀자의 맑고 아담한 행실은 없고 행동거지가 해괴하고 총애를 좋아하여 낭랑한 웃음소리와 기쁘고 즐거운 미담으로 남자의 뜻에 영합하여 웃음을 돋우는 것이 완연히 창첩(娼妾)과 같은 거동 64
이 있었다. 웅현은 어려서부터 여자와 음악에 물들어 성정이 상하고 심사가 비뚤어진 까닭에 묵묵한 여자를 구하지 않고 애교 있고 아름다운 여자

488) 웅현 : 초공의 다섯째 아들로, 초공의 셋째 부인인 윤씨 소생임.

를 사모하였다. 그러므로 진씨의 기특함을 나무라고 변씨의 가벼움에 지나치게 매혹되어 잠시도 변씨와 떨어지지 않았다. 그러나 변씨는 웅현의 사람됨을 가볍게 여겼으며 웅현 역시 변씨를 천첩같이 여겨서 조금도 예의를 갖추어 공경으로 대하는 법이 없었다. 그래도 변씨는 웅현이 자신을 가볍게 함부로 대하는 것은 노엽게 여길 줄은 모르고 잠시라도 떨어져 있는 것을 매우 어렵게 여기는 것만을 다행으로 여겨서 갖은 교태와 표정을 지었는데 이루 말할 수 없었다. 그런데 웅현은 비록 변씨에게 고혹되기는
65 하였으나 변씨가 요사스럽고 괴이하다는 것을 조금 눈치 채게 되어 때를 타 근본 있는 일대의 재주 있는 여자를 얻어 즐기고자 하였다. 그러나 아버지가 두려워 입 밖에 내지 못하고 있었다.

웅현이 하루는 술에 취했는데 밤이 되자 난춘정[489]으로 들어갔다. 웅현이 발길을 끊은 지 오래되었기 때문에 진씨는 마음 놓고 시비들을 모아 놓고 촛불 아래서 옛 책들을 가르치고 있었다. 원래 진씨에게는 일등 시녀 세 명이 있었는데 하나는 난월이요, 둘은 홍도요, 셋은 매옥이었다. 홍도와 매옥은 진부로부터 온 시녀이고 난월은 몇 달 전에 웅현의 유모가 얻어 길러서 진씨에게 주었는데, 세 시녀의 자색이 천하에 독보적이었다.
66 그 중 난월의 영롱하고 오묘한 자태는 더욱 빼어나서 천고의 미인이었다. 진씨가 각각 문자를 가르치니 세 시녀의 총명함이 제후 가문의 규수를 압도하여 서로 다투어 옛 책들의 논리를 토론하니 명분상의 지위는 주인과 종 사이이나 서로 규방의 막역한 사이가 되었다.

웅현이 문을 열고 들어오니 진씨가 일어나 맞이하고 홍도 등은 물러나는데 그 중 난월이 웅현을 보고 혼백이 날아갈 정도로 매우 놀랐다. 난월

489) 난춘정 : 웅현의 첫째 부인 진씨의 처소.

이 협실로 들어가는데 몸가짐이 얌전하고 정숙하였으며 가는 허리는 냇버들 같고 걸음걸이의 날렵함은 놀라서 날아가는 기러기 같았다. 웅현이 본디 허랑한 호색한으로 그냥 지나치는 미인이 없었는데, 문을 열고 들어설 때 세 시녀의 아름다운 모습을 보고 황홀하던 가운데 난월이 더욱 온갖 아름다움을 갖추고 있음을 보고 크게 놀라 웃으며 말했다. 67

"내가 비록 변변치 못하고 졸렬하나 부인의 남편입니다. 그런데 부인을 곁에서 모시는 시녀들이 나를 보고 넘어질 듯이 급하게 피하니 이 어찌 정숙한 여자가 아랫사람을 거느리는 법도이겠습니까? 내가 실로 한심하게 여기니 부인이 나의 허황하고 착실하지 못함을 의심하여 시비 중 자색이 아름다운 사람을 반드시 숨기는 것 같습니다."

진씨는 웅현이 뜻밖의 말로 자신을 격하게 흔들어 세 시녀를 보려고 하는 것을 눈치 채고 마음속으로 실소하며 옷깃을 여미고 대답하였다.

"저는 산과 들의 천민이라서 예의를 알지 못하고 배운 바가 비루하여 당신의 높은 안목에 맞지 않으니 어찌 책망하시는 말씀을 원망하겠습니까? 시녀를 감추어 남편이 허랑하다고 의심하고 아랫사람 거느리기 68
를 잘못했다고 책망하신 것은 제가 마땅히 달게 받을 것이니 발뺌하지 않을 것이지만 만약 당신이 말씀하신 것처럼 여자가 지아비를 의심하는 것이 이 지경이라면 저는 다만 우스울 뿐입니다."

웅현이 엷게 웃으며 말하였다.

"부인이 잘못이 없다고 밝히려면 세 시녀를 불러 침소 곁에서 모시게 하십시오."

진씨는 웅현이 제멋대로 방탕한 것을 가소롭게 여겼으나 마지못하여 세 사람을 불렀다. 그런데 홍도와 매옥은 명을 받들었으나 난월은 끝까지 숨어서 나오지 않으며 말하였다.

"내 비록 부인을 모시고 있으나 본디 조부와 진부의 시녀가 아닙니다. 부인의 어진 행실을 따르며 모시고자 하였는데 만일 제 뜻을 따라주지
69 않는다면 목숨을 버리고 돌아갈지언정 주군을 대면하지는 못하겠습니다."

시비가 이대로 고하니 웅현이 말하였다.

"어떤 시녀이기에 이렇게 무례한가?"

진씨가 차분히 대답하였다.

"난월이 본디 저의 시녀가 아닙니다. 몇 달 전에 유모 황씨가 데려왔는데 난월의 꿋꿋함에는 아랫것들의 변변치 못한 속됨이 없었습니다."

웅현이 웃으며 말하였다.

"그렇다면 부인은 태사(太姒)가 삼천 명의 후비를 거느리던 덕을 본받으실 수 있겠소?"

진씨가 옷깃을 여미고 얼굴색을 가다듬고 대답하였다.

"남자의 풍류호사는 규방 여자가 알 바 아니니 마음대로 하십시오. 그러나 비복을 몰래 건드리면 집안을 다스리는 데 있어 위엄이 서지 못할
70 것입니다. 하물며 천한 시비를 희롱하여 존비(尊卑)의 체면을 무너뜨려 버리고 저로 하여금 몸 둘 곳이 없게 하실 줄 어찌 알았겠습니까? 조씨 가문의 가풍이 맑고 깨끗하여 작은 일도 예가 아니면 행하지 않거늘 오늘 밤의 거조는 실로 뜻밖입니다. 투기하여 이런 말을 하는 것이 아니라 옛 사람의 내조라 하는 것을 생각할 때 진실로 부끄러워서 그러하니 바라건대 자중하십시오. 난월[490]을 첩의 항렬에 두고자 하신다면 처

---

490) 난월 : {미옥}. 앞뒤의 내용을 보면 문맥상 '난월'이므로 이같이 옮김.

소를 정하여 법에 따라 하시고, 여기서 난월을 취하는 행동을 하지는 말아 주십시오."

말을 마치자 단엄한 거동이 흰 매화에 서리가 앉은 것 같았다. 웅현이 부끄럽고 열없어 진씨의 말에 탄복하였는데 깊디깊게 장탄식을 하며 인정하는 말을 하였다.

"술을 마시고 가볍게 한 행동을 부인이 경박하게 여기니 스스로 부끄 71
러움을 이기지 못하겠습니다. 그러나 내 어찌 이곳에서 난월을 가까이 하겠습니까? 만일 부인이 허락하신다면 진궁 송죽헌으로 보내십시오. 내 한때의 즐거움으로 삼겠습니다."

진씨가 정색을 하고 똑바로 앉아 다시 말할 뜻이 없으니 웅현은 투기하는 마음으로 알고 이렇게 생각하였다.

'사람마다 저 사람을 정숙한 여자라고 했는데 오늘 일을 보니 조그만 일에 화를 내어 지아비의 뜻을 받들어 따르지 않는 것이 이와 같구나. 그러니 어찌 정숙한 여자라고 하겠는가? 내 마땅히 마음에 드는 아름다운 여인을 보는 족족 얻어서 저 여자의 투기를 제어하고 내 뜻을 세워야겠다.'

취중에 십분 못마땅하여 두 눈을 흘겨 진씨를 보며 죽침을 내어 쓰러 72
져 눕더니 매옥에게 다리를 두드리라 하고는 실없는 농지거리가 낭자하고 거조가 방약무인하여 조금도 거리끼는 것이 없었다. 매옥과 홍도는 주군(主君)[491]의 이러한 행동을 보고 놀람을 이기지 못하여 안색을 바르게 하고 꿇어앉아 말하였다.

---

491) 주군(主君) : 임금을 뜻하나, 여기서는 섬기는 부인의 남편을 뜻함. 섬기는 부인은 주모(主母)라고 표현함.

"저희는 아랫것들로 천한 사람입니다. 그러나 오늘 주군의 행동은 한
심함을 이길 수 없습니다. 이곳은 정실의 처소인데 주군이 어찌 조금
도 거리낌이 없을 수 있습니까? 여기서 이렇게 방탕한 희롱을 낭자하
게 하시다니요. 차라리 저희들의 쓸데없는 지위를 낮추시어 당하 시비
73 로서 주군과 주모를 모시는 충성스러운 비자(婢子)가 되게 해주십시
오."
목소리가 강개하고 말뜻이 격렬하고 절실하니 웅현이 홀린 듯이 두 시
녀의 낯을 들어 차마 손을 놓지 못하다가 천천히 탄식하며 말하였다.
"네 말이 비록 옳으나 예부터 시비와 복첩(僕妾)의 부류는 혹 친근하면
가사를 맡기고 자녀를 생산하기도 하였다. 그러니 너희는 마음을 어질
게 하여 부인을 섬기고 나를 받들어 주인과 종의 명분과 부부의 인륜을
아울러 따르면 해로움이 없을 것이다."
홍도와 매옥은 웅현의 거조가 마침내 끝을 보고야 말 것이라 여겨 다시
74 말로써 다투지 못하고 한갓 눈물만 쏟으며 어찌 할 바를 몰라 하였다. 그
러자 진씨가 탄식하며 말하였다.
"주인과 종의 명분이란 것이 죽건 살건 간에 그 명을 거역하지 못하는
것이다. 내 처소에서 어지러운 말을 많이 하여 함부로 다투지 말고 마
땅히 외당으로 나가 군자를 모시며 매사에 명을 따라라."
두 시녀가 엉엉 울고 눈물을 흘리며 다만 죽을지언정 차마 주군의 뜻을
따르지 못할 것으로 마음을 정하였다. 그러나 웅현은 그녀들을 버릴 뜻이
없어서 진씨에게 부탁하여 침상으로 가려고 하였다. 진씨는 다시 말을 하
지 않았으나 그 행사를 추하게 여겨서 밤이 새도록 엄숙하게 바로 앉아서
눈도 맞추지 않으니 웅현이 매우 한스러워하며 책망하였다.

"내가 한때의 희롱으로 두 시녀를 보챘는데 부인이 이를 싫어하고 나 75
를 못마땅하게 여겨서 잠을 자지 않으니 누가 그대를 얌전하고 정숙한
여자라고 했는가? 투기에는 대선봉이오 악을 이루기는 제일이라. 오늘
밤에 내가 부인을 대하여 노여운 말을 하지 않았는데 무슨 일로 같이
잠을 자지 않는가? 또 내가 만일 들어오면 온갖 계책으로 나를 모해하
며 부부의 연모하는 정이라곤 조금도 없이 매몰차게 굴면서, 도리어 내
가 박대한다고 드러내 말하니 진실로 괴로운 여자로다."

진씨는 대답하지 않고 옷을 풀지 않은 채 잠깐 베개에 누웠는데 오랫동
안 안타까워하며 탄식하는 것이 후회하는 마음이 가득해 보였다. 웅현은 76
그것을 진씨가 두 시녀를 투기하여 불편한 마음을 둔 것이라고 생각했지
만, 진씨의 뜻은 지아비의 외입을 한심해 하는 것이었다.

다음 날, 웅현이 밖으로 나가 유모 황씨를 불러 꾸짖었다.

"어미가 비록 늙어 정신이 혼미하더라도 나를 어려서부터 길러 정이
있을 듯한데 어찌 매사를 속이며, 천고의 절색을 얻어 나를 주지 않고
쓸데없이 진씨에게 맡겼는가? 어젯밤에 진씨의 처소에 있는 그 여자를
보니 용모와 재주와 성정이 세상에 드문 것이었네. 내 근본을 알고 총
희를 삼지 못하면 평생 한이 될 것이네. 진씨는 자기의 시녀가 아니라
고 하니 그대가 마땅히 난월을 데려와 나에게 맡기게." 77

황씨가 크게 놀라 말하였다.

"이 아이는 진실로 근본을 알지 못하고 다섯 살에 제가 얻어 8, 9년이
되었습니다. 진부인의 맑은 행실과 어진 마음이 사람의 궁박함을 불쌍
하게 여기시니 잘 이끌어 주실 것이라고 생각했습니다. 저의 어리석은
뜻은 난월의 일생을 한가하게 하고자 함이었는데, 상공께서는 어찌 옥

같은 두 부인을 두시고 이런 격에 맞지 않는 부질없는 것들을 모으고자
하십니까? 난월의 근본이 천인인지는 모르겠으나 부모를 찾고 저의 근
본이나마 안 후 괜찮은 남편을 얻어 종신을 편하게 하려고 하였는데 상
78 공께서 어찌 이런 이상한 말씀을 하십니까? 저의 머리는 상공께 드릴
수 있으려니와 난월을 소실 삼게 하는 것은 차마 못하겠습니다."

웅현이 유모가 딱 잘라 거절하는 것을 보고 화가 나서 말하였다.

"유모가 난월이라는 천한 여자를 위하여 동서로 듣고 보아도 나보다 나은 남편을 얻지 못할 것이니 괴이한 고집을 피우지 말고 난월을 부르라."

황씨가 머리를 흔들며 말하였다.

"천한 제가 공자를 길렀기 때문에 공자에 대한 두터운 정성이 살을 베
고 뼈를 간다고 해도 어떤 일도 사양하지 않을 정도입니다. 그러나 이
일은 다만 공자에게만 부질없을 뿐 아니라 승상께서 아시면 저의 머리
79 를 보전하지 못할 것입니다. 그러니 이 죄를 차라리 공자께 받고, 승상
께 죽을죄를 범하지는 않겠습니다."

웅현이 본디 유모의 고집을 알고 있었기 때문에 꾸짖어 마음을 돌이키지 못할 줄 알고 잠깐 웃으며 말하였다.

"나의 일곱 첩이 모두 꽃 같고 옥 같은데 그대가 얻어 기른 걸인이 무엇이라고 간절히 구하겠는가? 뜻이 있어서 청하였는데 유모가 심하게 막으니 내 어찌 구차하게 구하겠는가?"

황씨가 웃으며 말하였다.

"스스로 여색을 모으시고 부인을 박대하시는 것이 뼈에 사무치게 애달픈데 이 늙은이가 차마 어찌 소실을 얻어 드리겠습니까? 이는 제 뜻이

아닙니다. 공자는 다른 여자에게 정신을 빼앗기지 마시고 부인의 옥
같은 아름다움을 후대하시어 집안의 앞날이 창성하고 부귀하게 할 것 80
을 생각하십시오."

웅현이 웃음을 띠고 아무 말도 하지 않았다.

웅현은 매양 때를 타 매옥과 홍도를 불러 말을 주고받으며 위엄으로 겁
주고 오게 하여 타일렀으나 두 시녀의 뜻이 한결같아서 오직 죽기를 결심
하고 사양하였다. 웅현은 이것도 못 잊고 저것도 못 잊어 생각이 어지러
우니 미칠 듯하였다. 행동거지는 조리를 잃고 정신은 구름 위에 흩어졌으
니 진실로 정실부인을 한 번도 찾지 않았다. 그러나 난월의 자취를 찾고
자 하여 난춘정에는 출입이 잦으니 진씨가 그 뜻을 알고 유모 황씨를 청
하여 말하였다.

"그대가 난월을 나에게 맡겼기에 행실을 닦음에 미진한 것을 가르치고 81
시비로 협실에 두어 일생을 이끌어주려 하였네. 내가 시비가 부족해서
가 아니라 난월의 재주 있는 모습을 사랑하고 유모의 지극한 정성스러
움에 감동하여 이곳에 두었다는 말일세. 그런데 며칠 전에 상공이 난
월을 보고는 그 뛰어난 미모를 사랑하게 되었네. 사나이의 풍류로 미
인을 좋아하는 것은 예삿일이지. 난월은 재질이 남달리 맑고 성정이
총명하여 푸른 옷을 입은 아랫것들 사이에 있을 사람이 아니요, 상공이
또한 준수한 풍류남아로서 그 뜻을 둠이 간절하니 끝내 뜻을 누르지는
못할 것이요, 내 남편이 정을 둔 시비를 협실에 감추는 것도 구차하네. 82
그러니 그대는 난월을 도로 데려가 남편의 뜻을 따르고 어지러움이 있
더라도 남편의 구차한 처신이 사람들에게 알려지게 하지는 말게나."

황씨가 진씨의 법도에 맞는 말씀과 분명하고 침착한 거동에 조금도 불

안함이 없음을 보고 탄복함을 이기지 못하여 매우 슬퍼하며 말하였다.

"부인의 성덕이 이러하신대도 홀로 운수가 맞는 때를 만나지 못하여
한림의 은정이 박하시고 도처에 모으는 것이 여색이더니 끝내는 시비
까지 범하고자 하시는군요. 임사(姙姒)의 아량인들 문왕(文王)이 한림과
같이 행동한다면 능히 편안할 수 있겠습니까? 이제 난월 같은 뛰어난
83 미모의 아이를 허락하여 풍류 낭군에게 맡기고자 하시니 성덕은 일컬
을 만하려니와 마침내 평생에 방해가 되어 심장을 태우는 것이 극심할
것입니다. 지금 난월을 한림의 기물로 삼아 부인의 적국이 되게 해서
는 안 될 것입니다. 이런 때를 당하니 제가 난월을 데려다 기른 것이 한
스럽습니다."

진씨가 슬프게 탄식하며 말하였다.

"세상의 일이 이와 같고 사람의 팔자가 이미 이에 미쳤으니 인력으로
어찌 하겠는가? 남편은 난월이 아니라도 반드시 절색의 아름다운 아이
는 얻고야 끝낼 것이니 차라리 근본이나 알고 어질고 착한 사람을 두는
것이 옳네. 그리고 남편의 거동이 요사이 자못 괴이하여 장차 우스운
84 지경에 이를 것 같은데 아버님의 해와 달같이 밝은 식견으로 그러한
지경을 알게 되시면 무엇이 좋겠는가? 일이 미처 어지럽게 되기 전에
난월로 남편의 마음을 진정시키는 것이 옳을까 싶어서라네. 그런데 그
대의 말이 이와 같으니 나를 세속의 질투하는 부류로 아는 것 같아 부
끄럽네. 그대는 재삼 생각하여 난월을 잘 타일러 남편의 총희를 삼도
록 하게."

진씨가 또 난월을 불러 말하였다.

"내가 유모의 정성에 감동하고 너의 재주 있는 모습을 사랑하여 너와

규방의 막역한 사이가 되었다. 그런데 이제 너의 재주와 품격이 군자의 높은 눈에 들어 너를 간절히 바라시니 반드시 끝을 보고야 말 것이다. 너의 근본을 알지는 못하지만 주군은 젊은 명사(名士)로 맑고 어진 85
훌륭한 인망이 일시에 빛나니 첩의 항렬에 참여함이 너의 재용과 기질에 욕되지는 않을 것이다. 너는 사양하지 말고 내 말을 좇아 한림의 소실이 되는 것을 거부하지 마라."

난월은 이 말을 듣고 부끄러운 빛이 얼굴에 가득하여 고개를 숙이고 아무 말도 하지 않았다. 진씨가 웃고 말하였다.

"네가 이미 사람의 눈에 걸린 것이 되었으니 면하지 못할 것이다. 일이 요란하지 않게 순순히 좇는 것이 옳을 것이다."

난월이 길게 탄식하고 얼굴빛을 가다듬어 대답하였다.

"팔자가 기구하여 이에 미치니 누구를 원망하겠습니까? 처음에 소저를 모시게 된 것은 유모 방에 외인이 왕래하고 종의 무리가 드나들어서 비록 천한 처지에 피할 것은 아니지만 소저의 곁에서 모시면 길이 욕됨 86
이 없을까 바랐기 때문이었습니다. 그런데 불과 몇 달 만에 이런 말씀을 듣게 되고 소저 곁을 떠라나고 하시니 어찌 슬프고 한스럽지 않겠습니까? 풀잎 위의 이슬 같은 목숨이 무엇이 중하다고 두루 편치 않은 지경을 당하여 살기를 탐하고 결단을 내리지 않겠습니까? 그렇지만 일신이 이리저리 떠돌며 태어난 바를 알지 못하니 지금 몸을 버린다면 어찌 한스럽지 않겠습니까? 삼가 앞일을 헤아려 소저의 명을 받들어 행하겠습니다."

진씨는 기뻐하며 좋은 말로 위로하고 난월이 물러간 후 길게 한숨을 쉬며 탄식하였었다.

87 하루는 웅현이 난월이 있는 곳을 찾아다니다가 유모의 침방에 있다는
말을 듣고 유모가 없는 틈을 타 그곳으로 갔다. 난월이 혼자 있다가 생각
지 못한 남자가 갑자기 들어오자 놀라서 일어섰다. 웅현은 난월이 날씬하
고 아름다운 것을 보고 마음에 흡족하여 미소를 띠고 말하였다.

"내가 너를 부르는데도 너는 방자한 말로 대답하고 나오지 않으니 내가 그것을 매우 원통하게 여겼었다. 그런데 오늘은 어찌 피하지 않느냐?"

난월이 눈을 잠깐 들어 웅현을 보니 백옥 같은 얼굴과 붉은 연꽃 같은
두 뺨에 샛별 같은 눈빛이 신선풍의 귀골이었다. 게다가 두 눈썹은 누운
누에가 꿈틀거리듯 짙고 붉은 입술에 하얀 이가 눈부시게 빛나며, 빼어나
88 게 우러러보이는 격조와 덕스러운 풍채가 일세에 독보적이었다. 난월이
본래 유모의 방안에만 있으면서 여러 공자의 면목을 자세히 보지 못하였
는데 오늘 웅현의 기이한 모습이 이렇듯 남다른 것을 보니 놀랍고 탄복스
러움을 이길 수 없었다. 잠깐 사이에 생각이 기울고 마음이 돌아서서 이
렇게 생각하였다.

'내가 비록 다른 사람을 좇기를 원하지 않았으나 사람이 세상에 나서
혼자 늙는 남녀가 없는 것이다. 내가 진부인과 몇 달 주인과 종의 명분
이 있었으나 진부인이 허락하여 주군의 소실이 되라고 권한 후이니 거
리낄 것이 없고 내 몸이 유모 황씨를 의지하고 있어서는 부모와 집을
89 찾을 기약이 없으니 차라리 저같이 영민하고 준수한 사람의 짝이 되어
녹록한 속인과 짝하는 더러운 욕을 면해야겠다.'

몸을 허락하는 일은 어떻게 할 도리가 없어서 난월의 팔뚝 위의 한 점 앵혈이 흔적도 없이 사라졌다. 웅현이 쾌활하게 난월의 소매를 걷어 올리

며 의기양양해 하다가 유모가 올까봐 일어나며 말하였다.

"이제부터 너는 다른 사람을 좇지 못할 것이니 괴로우나 즐거우나 나의 것이다."

난월이 얼굴을 돌리고 맑은 눈물을 머금어 말을 하지 않으니 어여쁜 태도와 아리따운 거동이 서시(西施)의 자태와 조비연(趙飛燕)의 날렵한 몸가짐을 모두 갖추고 있었다. 웅현이 난월에게 정신없이 매혹되어 깊이 사랑하니 은애가 산과 같아서 변씨에 비길 바가 아니었다. 그러나 유모가 이 90
일을 알게 되면 괴로운 일이 많을 것 같아서 바삐 나왔다.

원래 난월은 추밀사 성간의 장녀였다. 성추밀이 부인 단씨와의 사이에 다섯 아들을 두고 처음으로 여아를 얻으니 재주와 용모가 세상에 견줄 데가 없을 정도로 뛰어났었다. 성공이 매우 사랑하여 이름을 채교라고 하고 잘 자라기를 기대하였다. 그런데 그때따라 역병이 창궐하여 사방에 무사한 곳이 없었다. 그때 채교는 다섯 살이었는데 아직 천연두를 앓지 않았고, 사람들이 부모가 데리고 있으면 반드시 서하지탄(西河之歎)[492]을 볼 것이라며 멀리 떨어뜨려 보내서 겸하여 역병도 피하라고 하였으므로 단부인이 채교를 유모에게 맡기기로 하였다. 마침 동문에 노비 신분에서 벗어나 나가 사는 노복이 있었는데 집이 부유하고 채교와 같은 나이의 딸이 91
있어서 그곳에 가서 수삼 개월을 보내며 액을 넘기게 하였다.

채교는 부모의 사랑을 받으며 한 때도 부모 곁을 떠나지 않았다가 이렇게 멀리 부모 곁을 떠난 지 한 달이 넘으니 부모가 생각나는 정이 간절하여 유모를 보채어 집으로 가자고 하였다. 유모가 여러 가지 방법으로 막

492) 서하지탄(西河之歎) : 자하(子夏 : BC 508? ~ BC 425?)가 서하(西河 ; 河南省 安陽)에 있을 때 자식을 잃고 너무 슬피 운 나머지 소경이 된 고사에서 온 말로 부모가 자식을 잃은 슬픔을 말함.

고 달래어 데리고 있었는데 채교는 유모가 자는 때를 타 가만히 혼자 문
을 나서 부모를 찾아 간다고 길로 내달렸다. 수목이 많고 길이 심하게 굽
이져 일천 골이나 되니 다섯 살 어린아이가 어디로 갈 줄 알겠는가? 길에
서 오락가락하며 울고 있었다. 그때 유모 황씨가 딸만 하나 있고 다른 자
92 식이 없음을 서러워하여 자식을 입양하여 기르려고 하였는데 채교의 절
묘한 거동을 보자 사랑스러워서 안고 데려와 길렀다. 채교가 제 몸이 분
명히 사족(士族)인 줄은 알지만 부모를 찾을 기약이 없고 남이 곧이듣지
않을까 하여 도리어 근본을 모른다며 말하지 않고 몰래 기도하며 부모가
자신을 찾을 날만을 기다렸다.

그러다 난월이 웅현의 기특한 풍채를 매우 사랑하게 되어 섬길 뜻이 없지는 않았으나 급하고 무례하게 몰아붙이는 것을 십분 분하게 생각하였다. 유모가 나오자 난월이 울면서 그녀에게 말하였다.

93 "내가 본디 운명이 기박한 인생으로 부모를 잃고 은혜로운 어머니께서 후덕으로 거두심을 입어 이제 팔구 년이 되었습니다. 그 은혜는 바다가 얕고 산이 낮을 지경이어서 모녀의 정을 다하고자 하였는데 오늘 조한림의 무식경박함이 나를 뽕나무 숲 속의 천인같이 보아 불의에 와서 협박하여 욕을 보이니 이미 몸을 허락하였습니다. 혹시 부모를 찾는다고 해도 무슨 면목으로 뵙겠습니까?"

그리고는 소리 내어 울며 눈물을 쏟으니 유모가 크게 놀라 급히 난월의 팔뚝 위의 붉은 점을 보니 이미 흔적이 없었다. 유모는 빠른 벼락이 온 몸을 부수는 듯 놀랐는데, 나무로 깎은 사람처럼 앉아서 말을 못하다가 길게 탄식하며 말하였다.

94 "내가 너를 길러낸 것은 좋은 뜻으로 모녀의 의를 맺어 착실한 사람을

얻어 일생을 편안하게 하고 혹 너의 부모를 만날지라도 귀하든 천하든
나와의 모녀지정을 끊지 않으려 한 것이었다. 그런데 뜻밖에 한림의
나비 잡는 그물에 걸렸구나. 한림의 집에는 옥 같은 부인이 있고 꽃같
이 예쁜 첩이 가득하되 풍류로 여색을 밝히는 일을 그치기는 아직도 멀
었단다. 너의 일생이 이제부터 편안하지 못할 것이다. 게다가 또 진부
인을 저버렸다. 일마다 불행한데 혹시나 승상 어르신께서 아시면 나에
게 무거운 책망이 있을 것이니 이를 장차 어찌 하면 좋겠느냐?"

난월이 길게 탄식하고 말을 하지 않았으나 마음속으로 생각하기를 웅 95
현의 영민하고 뛰어난 기상 때문에 사사로운 정으로는 웅현을 버릴 뜻이
없었다.

이후로는 유모 황씨의 방에 웅현이 자주 왕래하여 난월을 총애함이 날
로 더하니 다시 세 번째 부인을 맞이할 생각을 그만 두었다. 또 난월의 온
갖 아리따운 모습을 사랑하여 진씨가 있다는 것은 생각도 못했고 변씨와
의 좋던 정도 바뀌어 전날과 매우 다르니 변씨의 분함과 놀라움이 극에
달했으나 다만 다른 여자에게 고혹된 것은 알지 못하였다. 그랬다가 변씨
가 나중에 이 일을 알고 매우 야속해 하였으나 스스로 덕을 자부하고 어
짊을 나타내어 분을 삼키며 참고 따랐다. 그래서 간혹 웅현을 만나면 착 96
한 말과 낭랑한 웃음으로 뜻을 맞추고 마음을 즐겁게 하니 웅현이 또한
변씨를 만나면 사랑으로 대하고 친압하여 기쁘고 너그럽게 대하였다. 그
러나 한결같이 정숙한 진씨는 꿈에도 생각하지 않았으며 여러 사람 가운
데서 만나도 길에서 만난 사람 보듯 하며 조금도 부부 사이의 익숙하고
친근한 정이 없었다. 윤부인[493]이 진씨가 아름다운 행실과 뛰어난 덕성

---

493) 윤부인 : 초국공 조성의 셋째 부인이자 웅현의 생모.

으로도 애끊는 기박한 운명이 이 같음을 슬퍼하여 사랑하고 소중하게 여
기기를 다른 며느리들보다 더했고 웅현에게 아침저녁으로 훈계하고 꾸짖
었다. 그러나 웅현은 물 흐르듯 대답하기를 진씨를 후대하고 집안 다스리
97 기를 공정하게 한다고 하며 부질없는 염려를 말라고 하니 하늘의 뜻을 헤
아리지 못하겠다.

하루는 진왕과 초공이 마침 정태사, 조승상과 함께 묘당에 긴급한 일이
있어서 며칠을 집에 돌아오지 못하고, 조태사 기현, 광현, 문현 등도 이때
작위가 높아서 재상의 반열에 있었으므로 각각 맡은 일이 중하여 집에 돌
아오지 못하였다. 웅현이 마침 한림원의 당직 근무를 마치고 나와서 하는
일이 한가한 데다 아버지와 숙부가 나가셨으니 좋은 기회를 얻게 되었다.
98 진궁으로 가서 내궁에 이르러 석강의 여러 창기들을 모으니 잠깐 사이에
붉은 치마를 입은 미녀들이 각각 풍물을 받들고 일시에 모여서 연주하였
다.

화원에는 꽃이 흐드러지게 피어 있고 버들이 푸르렀는데 얌전하고 사
랑스러운 모습에 가는 허리를 한 여러 미녀들이 하나하나 아리따웠으니
일등 명창들이 모여 있었다. 웅현이 다른 형제들은 부르지 않고 오직 화
현과 함께 술을 마시며 여러 기녀들과 나란히 앉아 가무를 시키고 풍악을
일제히 연주하게 하였다. 푸른 저고리 붉은 치마가 섞여서 돌고 낭랑한
노랫소리는 구름을 머무르게 하니 두 사람이 흥을 이기지 못하여 웃음을
머금고 여러 여자들과 희롱하는 것이 낭자하였다. 만사를 잊고 기뻐하니
99 흥이 매우 높았는데 여러 여자들의 흠모하는 마음과 찬양하는 눈빛이 뚫
어질 듯하였다. 웅현의 일곱 창녀와 화현의 창첩이 모두 참여하여 붉은
입술과 하얀 이로 맑은 목소리를 늘려 백설가를 부르고, 부드럽고 가느다

란 손가락으로 녹의금[494]을 안고 연주하니 그야말로 노랫소리 아름답고 춤추는 소매가 가볍게 휘날리는 것이라 웅현과 화현의 흥이 높았다.

주방에 술을 더 가져오라 하였는데, 본디 정숙렬의 분부가 있어 여러 자제들이 술을 마실 때 열 잔을 넘기지 못하게 하였으므로 여러 잔에 이르자 주방의 궁인이 정숙렬의 명령이 아니라 하며 만일 술을 더 찾으면
정숙렬께 아뢰고 드리겠다고 하였다. 화현이 다시 주방에 술을 더 달라 100
고 못하고 시동(侍童)을 시켜 초공의 집으로 가서 화파를 보고 몰래 술을 얻어오라고 하였다. 원래 서모 화파가 적통의 자손을 사랑하는 것이 자별하였기 때문에 술과 음식을 사사로이 장만하여 매양 여러 공자들을 먹이며 놀게 하고 사랑스러워하였는데 그 나이가 많아질수록 더하였다. 그러므로 여러 공자들이 비밀스럽게 쓰고 싶은 것이 있으면 화파를 졸랐다. 비록 각각 자신들의 부인이 있으나 처소가 모두 존당과 양정렬 부인의 침전 곁이었으므로 요란스럽게 술과 음식을 달라고 했다가 일이 어그러질까 하여 화파에게 보채는 것이었다.

화파가 옥으로 만든 술병에 술을 붓고 은그릇에 안주를 갖추어 시동에
게 주고는 공자들이 반드시 여러 창기들과 희희낙락하고 있을 것이라 짐 101
작하고 진궁의 협문을 통해 집안의 기생들이 있는 곳에 가 보았다. 그런데 두 사람이 그 곳에 없었다. 이상하게 여기며 다시 나왔는데 채선당[495]에서 노랫소리와 유희가 낭자한 것을 보고 가만히 엿보았다. 두 사람의 옥 같은 얼굴이 술기운에 젖어 있고 여러 창기와 같이 앉아서 술을 마시며 희롱이 한창이었다.

---

494) 녹의금 : 녹기금(綠綺琴)을 녹의금이라고도 함. 녹기금은 사마상여(司馬相如)의 거문고 이름으로 거문고의 통칭이기도 함.

495) 채선당 : {지셩당}. 뒷부분에서 채선당, 채선각으로 호칭하므로 이를 따라 통일함.

화파가 혀를 차고 들어와 정숙렬을 만나 말을 하게 되었는데 두 공자의 거리낌 없이 호방한 거동은 입에 올리지 않았다. 정숙렬이 웃으면서 말하였다.

"서모께서 무슨 일로 기별도 없이 수고로이 오셨습니까?"

화파도 웃으면서 말하였다.

102 "천한 노인이 다니는데 무슨 기별이 있겠습니까? 정숙렬께서는 요사이 문안 후 즉시 돌아가시고 다시 보지 못하니 사모하는 정이 깊은 까닭에 이렇게 왔습니다."

정숙렬이 죄송해 하며 말하였다.

"이전과 다르기는 하지만 제가 거느린 식구들이 번다하고 집안 일이 많으니 어르신들을 모시는 것이 또한 정성과 같지 못하여 서모의 지극한 성의를 받들지 못하니 스스로 매우 부끄럽습니다."

이렇게 한참 대화를 나누고 있는데 궁문이 진동하면서 진왕의 행차가 이르렀다. 정숙렬이 맞이하여 자리를 잡자 진왕이 화파를 보고 웃으며 말하였다.

"아까 정당에서 서모를 보지 못해서 이상하게 여겼더니 이곳에 와 계셨군요."

화파가 대답하였다.

103 "왕과 승상이 오늘 오실 줄은 몰랐습니다. 묘당의 일이 수삼 일 걸린다고 하더니 어떻게 나오셨습니까?"

진왕이 대답하였다.

"마침 일이 쉽게 결정되었고, 또 존당께서 기다리실 일이 매우 민망하여 정태사에게 대신하게 하고 다녀가려고 우리 형제가 나왔습니다."

이윽고 여러 자질들이 일시에 이르러 뵈었는데 오직 웅현과 화현, 봉현[496]이 없었다. 진왕이 이상하게 여겨 물어보려고 하는데 태사 기현이 여러 자제들에게 물었다.

"상부에서 웅현, 봉현, 화현 세 아우를 못 보았는데 이곳에도 없으니 너희들은 그들이 간 곳을 아느냐?"

여러 형제들이 다 모른다고 하니 진왕에게 한 자락 의심이 일어났다.

"세 아이가 볼 일이 뻔하다. 우리 형제가 다 나갔으며 오늘 돌아올 기 104
약이 아니었으니 어느 곳에 들어가 여자와 풍악에 잠겨있을 것이다."

여러 형제들이 머뭇거리며 감히 대답하지 못하고 있는데, 진왕이 기현의 둘째 아들 명선에게 명하였다.

"네가 먼저 제녀당에 가 보고 채선각에 가 보아 세 아이가 어찌 하고 있는지 자세히 보고 오되 눈치 채지 않게 넌지시 보고 오너라."

명선은 영리하고 슬기로움이 보통사람보다 뛰어났다. 조부의 눈치를 알아보고 명을 받들어 제녀당에 갔더니 채선각에서 노랫소리가 맑고 아름답게 들려왔다. 바로 나아가서 문틈으로 보았더니 세 숙부가 거기서 놀
이를 즐기고 있었다. 원래 봉현은 처음에는 참여하지 못했다가 나중에 105
알고 기뻐하며 이곳에 이르렀는데 이제 겨우 두어 곡조 노래를 듣고 네다섯 잔 술을 마신 후 자기가 친압한 네다섯 명의 창녀와 나란히 앉아 한창 흥이 일어나고 있었다. 명선이 이 광경을 보고 돌아오며 생각하였다.

'할아버지는 엄숙하시니 이 일을 바로 고하면 여러 숙부께서 중죄를 얻을 것이니 어렵고, 나를 믿으시어 바로 고하라 하셨는데 속이는 것도 자손의 도리가 아니니 어찌 하여야 모두 좋을까?'

---

496) 봉현 : 평진왕 조무의 셋째 부인인 최씨 소생의 둘째 아들.

이에 상부에 와서 명천과 명윤을 보고 이 일을 의논하니 명윤이 웃으며 말하였다.

106 "네가 잠깐 할아버지를 속이는 허물은 큰일이 아니요 숙부로 하여금
무거운 매를 맞게 하는 것은 가장 큰일이다. 조카의 도리로 부형을 죄
에 나아가시게는 못할 것이니 너는 마땅히 이리이리 하여라."

그러자 명천이 말하였다.

"모든 일을 그렇게 꾸미려 하면 반드시 매끄럽지 못할 것이니 숙부께 가서 할아버지께서 찾으신다는 말씀을 전하여 그 풍류를 치우고 들어와 할아버지를 뵙게 하면 그 다음은 형이 수고하지 않아도 숙부께서 각각 고하시고 조부께서 용서하실 것입니다. 형의 도리로 할아버지를 속이는 것이 가장 잘못되었습니다."

명윤이 다시 웃으며 말하였다.

107 "세 숙부께서 바야흐로 크게 취하여 술 마신 얼굴은 해이하게 풀려있
고 거동은 미친 듯이 잡스러워 할아버지 앞에 나아가면 할아버지의 엄
한 분노를 더할 뿐이다. 우리의 도리로는 아버지 항렬이 무사하시게
하는 것이 좋은 계책이다. 할아버지께서 잠깐 속으신다고 어떻게 되지
않겠지만 숙부는 할아버지의 엄한 분노를 만나시면 몸이 상하는 벌이
있을 것이다. 모든 일에는 정도와 권도가 있으니 한결같이 정도만 지
켜서 숙부를 죄에 나아가시게 하는 것은 좋지 않다. 들어가 아뢰기를
세 숙부께서 마침 친한 벗의 잔치에 가셨다가 할아버지께서 돌아오지
않으실 날이라 마음 놓고 술을 너무 마셔서 외당에서 술이 깨기를 기다
108 리신다고 하여라. 내가 이제 가서 숙부들께 이 사연을 고하고 놀이를
파하고 서실(書室)로 돌아오시게 하겠다."

명선이 제 형의 말이 옳다 하고 넘어질 듯이 달려갔다. 이때 초공이 존당에서 서헌으로 나오다가 난간머리에서 명천 등 세 사람이 머리를 맞대고 비밀스럽게 의논하는 것을 보고 무슨 일인가 알아보려고 잠깐 걸음을 멈추고 들어보았다. 그랬더니 세 아이의 의논이 이러하고 서로 세 숙부의 해괴한 상황을 말하며 웃음을 머금고 명윤은 채선당으로 가고 명선은 진왕을 속이러 가는 것이었다. 초공은 세 아이의 말이 은근이 우스웠으나
웅현 등의 일이 놀라지 않을 수 없어 명선이 진왕을 속이고 명윤이 세 숙 109
부와 공모하러 가는 것을 괘씸하게 여겼다. 그래서 명천에게 명윤이 채선각에 가기 전에 소매를 이끌어 데려오라 하고 시동에게 세 자질(子姪)들이 하고 있는 형상대로 각각 끼고 있는 미녀들과 아울러 매어 오라고 하였는데 분부가 자못 빈틈없었다. 명천이 뒤따라가서 명윤의 소매를 이끌고 나오며 말하였다.

"대부[497]께서 벌써 알고 계시니 어찌 일을 잘 꾸밀 수 있겠습니까? 형을 급히 부르라고 하셨습니다."

명윤이 놀라서 감히 채선각으로 가지 못하고 명천과 함께 와서 초공을
뵈니 초공이 잠깐 웃고 물어 보았다. 110

"너는 어른 속이는 방법을 아주 잘 알더구나. 다시 듣고 싶구나."

명윤 등이 감히 대답하지 못하고 머리를 땅에 부딪치며 죄를 청할 뿐이었다. 초공이 불쌍하게 여겨 진왕에게 돌아가 알리라고 하니 명윤 등이 황망히 일어나 진왕 면전에 가서 세 숙부의 거동과 초공께서 잡아오라고 하던 바를 고하였다. 화파가 곁에서 듣고 크게 놀라 채선각으로 갔는데, 모든 종들이 마당에 늘어서서 초공의 명을 전하니 세 사람이 크게 놀라

---

497) 대부 : 초국공을 이름.

노래와 악기, 술상을 물리치고 각각 구석에 두려워하며 앉아 있는 형상이 아주 우스웠다. 화파가 웃으며 말하였다.

111 "저 하늘의 신선들이 어찌 이같이 두려워하며 앉아 있는가? 결박이라도 당했는가? 그 커다란 홍이 다 어디로 갔는가?"

웅현이 억지로 웃으며 말하였다.

"우리가 아버지의 명을 듣고 놀라는 것은 예삿일인데 어찌 묶여 있는 것 같다고 놀리십니까? 또 그 신선이 비록 호탕하고 시원시원하다고 해도 아버지의 명을 들으면 두려운 듯 공경하여 가무에 뜻이 없어져서 앉아 있는 것인데 어찌 천둥에 놀란 누에에 비겨 욕하십니까?[498] 우리들이 원망하는 것은 염라대왕이 어찌하여 유독 저 머리 허연 할미를 지금 잡아가지 않아서 사람 보채기만 두루 하게 하는가 입니다. 우리는 그것을 한탄합니다."

화파가 크게 웃고 말하였다.

112 "잡으러 온 종을 세워놓고 어느 지경에 저런 농담이 나올까? 쇠나 돌 같은 특별난 마음이로다. 신선도 매를 맞는지 그 모양을 이 할미가 구경해야겠다."

그러고는 안으로 들어갔다. 웅현 등이 마지못하여 옷매무새를 가다듬고 가려고 하니 노복이 엎드려 말하였다.

"승상의 명이 세 상공의 지금 모습 그대로, 하나씩 데리고 계시던 기생

498) 천둥에 ~ 욕하십니까? : 화파가 웅현들을 누에에 비겨 기롱하지 않았는데도 웅현이 이렇게 말하고 있음. 이는 『소현성록』에서 운성 등이 여자들을 끼고 술을 마시며 즐기다 부친에게 들키는 이와 유사한 장면에서 운성이 석파에게 쏘아붙이는 말을 가져다 쓴 것으로 보임. 『소현성록』에서는 석파가 놀라서 꼼짝 못하는 운성 등을 벼락을 맞은 누에에 비겨 조롱하자 운성이 "도 닦는 신선이 자리에 단정히 앉아서 움직이지 않는 것인데 어찌 동여맸다고 욕하십니까? 신선이 비록 호탕하고 시원시원하다고 해도 아버지를 보고 두려워하는 듯 공경하여 가무를 그치는 것인데 어찌 천둥에 놀란 누에게 비길 수 있습니까?"라고 대답함.

과 함께 잡아오라고 하셨습니다."

웅현이 정색을 하고 말하였다.

"우리가 가서 스스로 당할 것이니 너희들은 알 바 아니다."

세 사람이 꿋꿋이 의관을 갖추고 노복을 따라서 가니 노복이 감히 공자
들을 묶지는 못하고 창녀들을 한 명씩 묶어 승상께 보였다. 초공이 보니
세 자질(子姪)이 술 취한 기색이 얼굴에 가득하여 거동이 바르지 못하며 113
그 미친 듯 잡스럽고 거리낌 없던 경상이 눈앞에 벌어진 것 같아서 놀라
움을 이길 수 없었다. 노복으로 하여금 세 사람이 친압한 창녀가 누구인
지 각각 물어서 한 줄로 동여매어 섬돌 아래 꿇어앉게 하고 죄를 물었다.

"우리 가문이 본디 대대로 여색과 풍악을 경계하였으므로 수많은 자질
들이 집안의 명성을 무너뜨릴까 하여 아침부터 늦은 밤까지 내 마음이
놓이지 않았다. 그랬는데 과연 염려하던 것과 같이 되어 너희들의 행
실은 선비의 반열에 설 수 없으며 밝으신 가르침에 용납되지 못할 것이
다. 더욱이 웅현은 유생과 달라서 천자의 은혜를 무릅써서 한림원에
자리를 차지하고 천자를 가까이에서 모시며 몸에 붉은 도포와 금빛 허
리띠를 두르고 조정의 반열에 서있다. 그런데 벌건 대낮에 저런 거동 114
을 하여 어지럽고 음탕한 행실을 아우들에게 가르치니 내가 네 아비 되
어 무슨 낯으로 다른 사람들을 대하겠느냐? 그 마음을 한꺼번에 고칠
길이 없으며 네가 행실을 닦을 사람도 아니다. 너의 소원이 창녀와 나
란히 앉아 잠시도 떨어지지 않는 것이니 각각 제 소원대로 떨어질 사이
없이 한데 묶여 있는 것이 즐거울 것이다."

말을 마치고 나서 다시 세 사람의 대답을 기다리지도 않고 세 사람을 창녀 한 사람씩과 함께 묶어 냉옥에 가두고 문을 잠근 뒤 비로소 진궁으

로 갔다.

115 이때 명선이 먼저 와서 명윤이 가르친 대로 아뢰었는데 진왕이 말없이 한참 있다가 물었었다.

"취해서 지금 어디에 있느냐?"

명선이 꿇어앉아 말하였다.

"서실에서 대부께서 와 계시다는 말을 듣고 황공하고 민망해 하여 지금 술이 깨기를 기다려 뵈려고 하십니다."

진왕이 탄식하며 말하였다.

"못난 자식들을 가르치지 못하여 이에 이르렀구나."

기현이 매우 의심스러워하며 명선[499]을 보고 말하였다.

"비록 술에 취했다고 하나 어른이 이미 찾으시는데 안 들어오는 것은 이상하구나. 비록 벗의 집에 갔다고 해도 한꺼번에 셋이 다 갔으며 취하기도 다같이 취하였겠느냐? 너의 말이 교묘하여 존전에 속이는 것이 많은 것 같구나."

명선이 다급하게 대답하였다.

116 "할아버지께서 당부하시어 바로 아뢰라 하시는데 어떤 일이 있다고 한들 소자가 어찌 감히 없는 말을 꾸미겠습니까?"

진왕이 비록 엄하나 오히려 손자들에게 있어서는 사랑이 과도하고, 또 기현이 아들을 훈계하는 것은 더 물을 것이 없을 정도였으므로 여러 손자들을 엄절히 꾸짖는 일이 없었다. 그래서 잠깐 웃고 말하였다.

"미친 아재비가 취한 것이 확실하다면 이 아이의 말이 이러한 것은 명선의 탓이 아니다."

---

499) 명선 : {명윤}. 지금의 대화 상황은 명선 한 명만 온 것이므로 오류로 보여 바로잡음.

그러고는 자질들을 거느리고 외헌(外軒)에 나가 세 사람을 불렀는데 서동(書童)이 두루 찾아도 찾지 못하였다. 그런데 진궁의 하인 중 본 사람이 있어 대답하였다.

"아까 세 상공을 창두 너덧 명이 승상의 명으로 잡아 가더라."

서동이 크게 놀라 이대로 고하니 진왕이 이상하게 여겨 그 지나치게 117
취했다는 말을 듣고 꾸짖으려 한 것인가 하여 다시 찾지 않았다. 다음 이야기는 어떠할까?

조시삼대록 권지십뉵

1면

화셜 이씨 당가의 허혼을 듯고 대희ᄒᆞ여 튁일ᄒᆞ니 길긔 수삼일이라 싱이 챡급히 죄오는 ᄆᆞ음은 슉녀를 구ᄒᆞ거놀 조물이 다싀ᄒᆞ여 무염의 지난 박식을 어둘 줄 알니오 길일의 당부의 대연을 빅셜ᄒᆞ고 신부를 마줄시 뎡비 단시를 칙ᄒᆞ고 개유ᄒᆞ여 셩연의 참예ᄒᆞ니 왕이 투악을 무이 너겨 길복을 셤기라 ᄒᆞᆫᄃᆡ 단시 가슴의 불이 나나 엄구의 명이 여ᄎᆞᄒᆞ고 긔운이 엄숙ᄒᆞ니 시러

2면

곰 마디 못ᄒᆞ여 오술 셤길시 눈물이 싀음 솟듯ᄒᆞ고 속이 떨녀 고름과 ᄯᅴ를 능히 ᄆᆡ디 못ᄒᆞ니 좌위 기소ᄒᆞ고 뎡비 통흔ᄒᆞ더라 신부를 마자 독좌홀시 신낭이 눈을 드러보니 킈는 우러러 뵈고 거믄 낫치 두로얽어 믹티고 괴셕ᄀᆞᆺ흔 코의 낫치 어롱져 흉악히 얽고 찡긔엿ᄂᆞᆫ디라 그 가온ᄃᆡ 일빵 안광이 싀별이 흐ᄅᆞᄂᆞᆫ 듯하고 눈셥이 버들 ᄀᆞᆺ고 훤출ᄒᆞᆫ 긔운이 텬뎡을 둘너시니 싱이 대경ᄒᆞ여 안싀이 찬지 ᄀᆞᆺ흔디라 분긔 표연ᄒᆞ여 밧

3면

그로 나가고 듕인이 묵묵ᄒᆞ여 ᄒᆞᆯ 말이 업ᄉᆞ나 왕이 희싀이 만안ᄒᆞ여 초공을 도라보니 초공이 치하 왈 오문의 경싀 놉하 군ᄌᆞ의 복죄 흥ᄒᆞ고 ᄌᆞ손이 챵셩ᄒᆞ여 빅ᄌᆞ 쳔손 ᄒᆞᆯ 복인을 만나도소이다 조시 등이 냥쇼 왈 냥데 심히 깃거ᄒᆞᄂᆞᆫ도다 왕이 흔연 왈 좌듕이 신부를 보고 하언이 업ᄉᆞ니 그 얼골을 브족히 너기미어니와 ᄂᆡ 쇼견은 옥모션풍도곤 나으미 잇ᄂᆞ니 냥안이 별 ᄀᆞᆺ흐니 지긔 과인ᄒᆞ고 어질미 놉흘 거시오 냥미 훤출ᄒᆞ니 훤훤 당부의 ᄆᆞ음이오

4면

텬뎡이 두렷ᄒᆞ니 셩덕이 너ᄅᆞ고 영복이 구젼ᄒᆞ리니 가히 오문의 복이라 엇디 연연약질이 슈졍과 어름 ᄀᆞᆺ흔 녹녹ᄒᆞᆫ 녀ᄌᆞ의게 비ᄒᆞ리오 력냥이 하ᄒᆡ ᄀᆞᆺ고 어질미 셩현군ᄌᆞ ᄀᆞᆺ흘 거시니 남ᄋᆡ 여ᄎᆞ 즉 국가의 동냥쥬셕이 될 거시오 집의 이시매 문호ᄅᆞᆯ 흥긔ᄒᆞ고 ᄌᆞ손이 챵셩ᄒᆞ며 화란을 업시ᄒᆞᆯ 거시니 엇지 즐겁지 아니ᄒᆞ리오 쳐음은 일좨묵연ᄒᆞ더니 진초 이공의 깃거ᄒᆞ므로 듕좌듕이 치하ᄒᆞ여 ᄌᆞᄆᆞᆺ 젹막디 아니ᄒᆞ더라 신부 슉쇼ᄅᆞᆯ 니화뎡의 뎡

5면

ᄒᆞ니 이날 한님이 놀나온 긔운으로 외당의 나와 야심토록 신방의 드디 아니니 평능후와 태ᄉᆡ 졍ᄉᆡᆨ 왈 부인의 옥안은 불가ᄒᆞ고 화의 근본이라 엇디 뎡실을 취ᄉᆡᆨᄒᆞ리오 냥대인 지감이 여ᄎᆞᄒᆞ시더라 한님이 분연 왈 쇼뎨 명되 긔구ᄒᆞ여 단시의 투악과 댱시의 흉면이 사ᄅᆞᆷ을 놀ᄂᆡ니 녀ᄌᆞ의 거동이 져 ᄀᆞᆺ흐믄 쳐음 보고 무셔오니 어ᄃᆡ로 졍이 나리잇고 두 대인은 관슉ᄒᆞ노라 칭양ᄒᆞ시나 얼골이 그리 흉ᄒᆞ고야 무어ᄉᆡ 당ᄒᆞ리오 능휘 가연 소왈 너도 눈이 이시나 드러

6면

가 보라 신부의 냥안이 츄쉬 흐ᄅᆞᄂᆞᆫ ᄃᆞᆺᄒᆞ고 미간이 휜출ᄒᆞ여 항복 다ᄌᆞᄒᆞ고 셩덕이 가ᄌᆞ니 엇기 어려온 부인이라 졔ᄉᆡᆼ이 일시의 박당대쇼ᄒᆞ고 한님이 도로혀 쇼왈 형댱이 어이 이런 우은 말ᄉᆞᆷ을 ᄒᆞ시ᄂᆞ니잇고 비록 긔특ᄒᆞᆫ들 그 흉모의 텬문디리와 안방졍국지ᄌᆡ와 경텬위디지술을 가져시리오 쇼뎨 뎡코 아닐 거시니 ᄇᆡᆨᄌᆞ쳔손이 어ᄃᆡ로셔 나리오 태ᄉᆡ 졍ᄉᆡᆨ 왈 네 쇼견은 올코 우리 쇼견은 그ᄅᆞ다 ᄒᆞᄃᆡ 지ᄂᆡ여 보면 알니라 광현 왈 냥형의 말ᄉᆞᆷ이 여ᄎᆞ

7면

ᄒᆞ시니 신방을 ᄇᆡ오디 아니미 올흐니라 여ᄎᆞ 슉녀 쳘부ᄅᆞᆯ 엇디 우음의 말을 ᄒᆞ리오 ᄉᆡᆼ이 두로 심즁이 나 움즉이디 아니터니 믄득 슉부의 명으로 브ᄅᆞᄂᆞᆫ디라 ᄉᆡᆼ이 년망이 니러나니 졔인이 ᄒᆞᆫ가지로 ᄇᆡᆨ화헌의 니ᄅᆞ니 진초 이공이 좌ᄅᆞᆯ 연ᄒᆞᆫ디라 한님이 좌하의 ᄂᆞ려 응명ᄒᆞ니 표연ᄒᆞᆫ 신샹의 금포ᄅᆞᆯ 브최이고 옥면이 동탕ᄒᆞ니 영호ᄒᆞᆫ 거동

과 쇄락ᄒᆞᆫ 풍용이 일좌의 독보ᄒᆞᄂᆞᆫ디라 초공이 두굿거오물 이긔디 못ᄒᆞ여 우음을 먹음고 왈 댱시를 취ᄒᆞ니 엇

8면

더ᄒᆞᄂᆞ뇨 한님이 부복 왈 쇼딜의 명되 그만이오니 엇디 ᄆᆞ음을 무러 아ᄅᆞ시리잇고 초공이 정식 왈 군ᄌᆡ 쳐셰ᄒᆞ매 튱효빅힝을 일흘가 근심홀 거시니 엇디 쳐ᄌᆞ로 근심ᄒᆞ리오 ᄒᆞ물며 냥쳐를 두ᄃᆡ 단시ᄂᆞᆫ 요인이라 투악이 미만ᄒᆞ니 가셰를 엄히 ᄒᆞ면 ᄌᆞ연 졔어홀 거시오 댱시ᄂᆞᆫ 녀듕영웅이니 금챠듕셩현이라 반ᄃᆞ시 가되 챵셩ᄒᆞ여 임ᄉᆞ의 덕과 쥬션의 듕흥을 볼디라 네 녁냥이 심원티 못ᄒᆞ고 지감이 밋디 못ᄒᆞ리니 현쳐를 어드매 만ᄉᆡ 근심이 업ᄉᆞᆫ디라

9면

금야의 너를 브ᄅᆞ믄 치하코져 ᄒᆞ노라 도로혀 고이ᄒᆞᆫ 말을 ᄒᆞᄂᆞ뇨 오문의 드러오ᄂᆞᆫ 녀ᄌᆞ마다 홍안이 가려ᄒᆞ니 네 가마니 ᄉᆡᆼ각ᄒᆞ여 보라 ᄌᆞ부 가온ᄃᆡ 소시 곱고 무ᄉᆞᄒᆞ거니와 그도 미혼젼 닙궐ᄒᆞ여 고이ᄒᆞᆫ 경계를 지ᄂᆡ여시니 오히려 용식의 ᄒᆡ 이시미오 뎡니의 미식으로 유희ᄒᆞ여 비상ᄒᆞᆫ 화익을 만히 겻거시며 월염과 남시 경시ᄂᆞᆫ 다 졀식인 고로 지난 바 근심이 비경ᄒᆞᆫ디라 녀부 가온ᄃᆡ 오문의 ᄲᅱ여나게 고은 이를 본 즉 근심이 잇거니와 네 복이 즁ᄒᆞ여 댱시 ᄀᆞᆺᄒᆞᆫ 유복지

10면

인을 어더시니 ᄌᆡ상의 그ᄅᆞ시라 반ᄃᆞ시 쟝샹의 벼슬과 국공의 위를 인ᄒᆞ여 안낙하고 ᄌᆞ손이 번셩ᄒᆞ여 복이 무궁ᄒᆞ리니 엇지 긔특디 아니리오 네 얼굴을 놀나거니와 ᄌᆞ시 ᄉᆞᆯ피라 ᄒᆞᆫ 곳 심샹이 삼긴 곳이 업ᄉᆞ니 녀ᄌᆞ 되미 가셕ᄒᆞᆫ디라 오ᄂᆞᆯ은 ᄂᆡ 쳥으로 드러가 말ᄒᆞ여 보라 네 역냥으로ᄂᆞᆫ ᄉᆡᆼ각디 못홀 즐거오미 이실 거시니 그 낫ᄎᆞ로 보디 말나 진왕은 노ᄉᆡᆨ이 묵묵ᄒᆞ니 한님이 ᄉᆞ러 명교를 듯ᄌᆞ오매 부ᄉᆔᆨ을 두려 감히 말을 못ᄒᆞ고 니러 졀ᄒᆞ고 고왈 삼가 명교

11면

를 봉힝ᄒᆞ리이나 쇼질이 ᄆᆞ음 굿세디 못ᄒᆞ오니 무심 듕 ᄃᆡᄒᆞ오면 실ᄉᆡᆨ홀가 ᄒᆞᄂᆞ이다

엄명이 여ᄎᆞᄒᆞ시니 ᄉᆞ디라도 불감역명ᄒᆞ리이다 졔ᄉᆡᆼ은 우음을 씌엿고 진초 이공이 ᄯᅩᄒᆞᆫ 웃는 빗치 잇더라 ᄉᆡᆼ이 마디 못ᄒᆞ여 니화뎡의 니ᄅᆞ니 신뷔 단쟝을 벗고 단의홍상으로 마ᄌᆞ니 촉하의 놀나오미 더옥 심ᄒᆞ여 심듕의 녕원이 쒸노니 겨유 경신을 경ᄒᆞ고 좌뎡ᄒᆞ나 신뷔 오히려 셧는디라 ᄉᆡᆼ이 마디 못ᄒᆞ여 안기를 쳥ᄒᆞ고 다시 보니 부형의 니ᄅᆞ신 바 ᄀᆞᆺᄒᆞ여 눈이 별

12면

ᄀᆞᆺ고 눈셥이 긔이타 ᄒᆞ믈 ᄌᆞ시 보니 과연 냥안명광이 촉하의 바ᄋᆡ고 냥미의 슈려ᄒᆞ미 남달니 긔특ᄒᆞᄃᆡ 오직 낫치 검고 얽으며 흉쟝이 커뵈매 더옥 금즉ᄒᆞ니 ᄉᆡᆼ이 눈물을 먹음고 고개를 숙여 탄식ᄒᆞ며 졔이의 미인이나 슉녀나 〃의 쳐궁이 엇디 이대도록 박ᄒᆞᆫ고 실노 평ᄉᆡᆼ이 고이토다 이러틋 ᄉᆡᆼ각ᄒᆞ니 식경이 지나도록 ᄆᆡᆨᄆᆡᆨ히 말이 업더니 다시 혜오ᄃᆡ 부슉의 지인명감으로 나를 속이디 아니시리니 아모커나 말을 시험ᄒᆞ여 보리라 ᄒᆞ고 ᄀᆞᆯ오ᄃᆡ 부인은 고

13면

문잠영의 쳔금쇼졔라 ᄉᆡᆼ이 포의ᄒᆞᆫᄉᆞ로 외람이 부실의 굴ᄒᆞ미 불안토소이다 더옥 ᄉᆡᆼ의 조강 단시 투악ᄒᆞ여 창하의 타인을 용납디 아니ᄒᆞ니 부인이 능히 ᄂᆡ조를 빗ᄂᆡ시랴 댱시 념임 단좌ᄒᆞ여 말이 업ᄉᆞ니 ᄉᆡᆼ이 그 답언을 듯고져 ᄒᆞ매 다시 지촉ᄒᆞ니 댱시 피셕손샤 왈 쳡이 비박누질노 존문의 득승ᄒᆞ니 군ᄌᆞ의 ᄂᆡ샹의 거ᄒᆞ미 외람ᄒᆞ거니와 조강 부인의 투강을 니ᄅᆞ시니 실노 의외라 쳡이 스ᄉᆞ로 샹〃컨ᄃᆡ 군ᄌᆞ를 위ᄒᆞ여 취티 아닛ᄂᆞ이다 녯날 한고죄 인

14면

쳬의 화를 막디 못ᄒᆞ니 엇디 한뎨의 허물이 아니리오 이제 군ᄌᆞ는 침묵엄듕ᄒᆞ샤 몬져를 경듕ᄒᆞ고 후를 편히 ᄒᆞ며 가졔를 공평이 ᄒᆞ여 단부인과 쳡이 대악이라도 ᄯᅩᄒᆞᆫ 한 가지로 원홀 조각이 업ᄉᆞ면 무슴 연고로 불목ᄒᆞ며 가도를 난ᄒᆞ리잇가 스ᄉᆞ로 닷가 힝도를 단졍이 ᄒᆞ시면 쳡슈박덕이나 집을 어ᄌᆞ러이디 아니ᄒᆞ고 군ᄌᆞ를 져바리디 아니ᄒᆞ리니 태ᄉᆞ 어디나 문왕의 셩덕이 아니면 덕을 펴디 못ᄒᆞ시리이다 한님이 탄복 침음ᄒᆞᄃᆡ 부형의

15면

쇼견이 밝으시니 여ᄎᆞ 놉흔 녀ᄌᆞ를 박ᄃᆡᄒᆞ여 박힝ᄒᆞᆫ ᄎᆡᆨ을 드ᄅᆞ리오 강잉ᄒᆞ여 동낙ᄒᆞᆯ 식 댱시 텬연ᄒᆞ여 일분 구챠ᄒᆞ미 업ᄉᆞ니 한님은 명현ᄒᆞᆫ디라 어진 거술 ᄭᆡᄃᆞ라 얼골을 잇고 진듕ᄒᆞ니 ᄎᆞ야의 태부인이 조시 ᄎᆡ빙으로 니와뎡을 규시ᄒᆞ여 문답을 드러 알외니 태부인이 칭찬 왈 댱시는 실노 셩녀쳘뷔로다 명조의 졔인이 모드매 태부인이 진초 이공을 보고 우어 왈 금일 몽ᄋᆞ의 냥쳐 듕 ᄒᆞ나흔 유식ᄒᆞ고 ᄒᆞ나흔 유덕ᄒᆞ니 ᄯᅩᄒᆞᆫ 희한ᄒᆞᆫ 경식라

16면

녀듕셩현이라 ᄒᆞ더니 실노 올토다 ᄂᆡ 손ᄋᆞ 부부를 위ᄒᆞ여 탐지ᄒᆞ니 여ᄎᆞ여ᄎᆞᄒᆞ더라 ᄒᆞ니 그 엇지 범연ᄒᆞ리오 왕이 희동안식 왈 졔뷔 아름다오나 신명ᄒᆞᆫ 셩덕과 긔특ᄒᆞᆷ은 댱시 뎨일이 되올디라 문호의 복이로소이다 좌위 치하ᄒᆞ더라 한님이 ᄎᆞ일은 놀난 긔식을 진뎡ᄒᆞ고 화식을 ᄯᅴ여시니 초공이 소왈 ᄂᆡ 아니 니로더냐 작야의 문답ᄒᆞ매 댱시의 예셩이 발셔 여ᄎᆞᄒᆞ니 긴 날의 두고 보라 아둥이 모로는 일이 잇거든 반ᄃᆞ시 댱시긔 무로리라 네 복이

17면

남도곤 후ᄒᆞ여 져런 현쳐를 비ᄒᆞ니 댱시로 인ᄒᆞ여 너의 복덕이 둣거오리라 졔쇼년이 웃더라 챠셜 후염이 쳘부의 이시매 구괴 부모의 안면을 보와 후ᄃᆡᄒᆞ고 쳘싱이 관ᄃᆡᄒᆞ나 뉴시를 과투ᄒᆞ여 작난이 날노 비상ᄒᆞ더니 일일은 쳘싱이 뉴시 침쇼의셔 한담ᄒᆞᆯ 식 후염이 대로하여 칼을 품고 뉴시 당듕으로 항ᄒᆞ니 뉴시 유뫼 눈치를 알고 밧비 조부인이 니ᄅᆞ물 알외니 뉴시 니러 마즌ᄃᆡ 조시 노긔 분분ᄒᆞ여 졀치 왈 너 요괴로온 년이 댱부의 은춍을 독당ᄒᆞ여

18면

날노 ᄒᆞ여금 장신궁을 효측ᄒᆞ고 빅두음을 읇게 ᄒᆞ니 금일은 당당이 너를 죽이고 ᄂᆡ ᄯᅩ 죽으려 니ᄅᆞ럿노라 뉴시 그 긔식을 보매 반ᄃᆞ시 포악ᄒᆞᆯ지라 졍당으로 드러가고져 ᄒᆞᄃᆡ 후염이 품 속으로 단검을 ᄂᆡ여 뉴시를 취ᄒᆞ니 경식이 챠악ᄒᆞᆫ디라 쳘샤인이 대경대로ᄒᆞ여 조시의 가진 칼을 아ᄉᆞ려 ᄒᆞ니 후염이 힘이 ᄯᅩᄒᆞᆫ 강쟝ᄒᆞᆫ디라 아모리 ᄒᆞ

여도 노티 아니물 보고 싱이 분연이 아ᄉᆞ려 홀 적 조시 손이 상ᄒᆞ니 대로ᄒᆞ여 두 손을 버려 샤인의 뺨을 어ᄌᆞ러이 치

19면

며 졔 가숨을 쳐 고셩대미 왈 나는 왕공의 귀녜오 금지옥엽이니 녀염천쟈로 빵ᄒᆞ미 분의 과ᄒᆞ거늘 뉴녀 요악을 고혹ᄒᆞ여 나를 이ᄀᆞᆺ티 ᄒᆞ고 뉴녀를 편드러 ᄂᆡ 손을 상히오니 엇디 통히티 아니리오 뉴시를 나를 맛지면 그만ᄒᆞ여 두려니와 불연 즉 네 낫치 남디 아니리라 쳘싱이 무망 듕 왼낫출 여러 번 맛고 허위니 벌거ᄒᆞ야 죄 빗치 되는디라 분ᄒᆞ고 알프물 견ᄃᆡ디 못ᄒᆞ여 니러나 발노 조시를 ᄎᆞ니 업더져 구울며 손퍽 쳐 통곡ᄒᆞ니 구괴 대경ᄒᆞ여 와 볼ᄉᆡ 샤

20면

인의 낫출 보고 불승경히ᄒᆞ여 무ᄅᆞ니 싱이 분긔 가득ᄒᆞ여 슈말을 알외고 주왈 비록 진왕의 낫출 보나 촘아 집의 두디 못홀디라 이졔로 보ᄂᆡ쇼셔 쳘공이 역시 한심ᄒᆞ여 왈 공쥐라도 이디경이 되면 잠〃 홀 배 아니니 진왕긔 곡절을 통ᄒᆞ고 보ᄂᆡ리라 싱이 ᄃᆡ왈 엇디 다려가기를 기ᄃᆞ리리잇고 몬져 보ᄂᆡ샤이다 ᄒᆞ고 즉시 조시를 보ᄂᆡ려 ᄒᆞ니 후염이 발악 왈 ᄂᆡ 엇지 네게 츌뷔 되리오 만일 나를 보ᄂᆡ려 ᄒᆞ거든 응쟝셩식으로 금덩의 틱와 ᄂᆡ 일을 통티 말

21면

고 보ᄂᆡ면 도라가리라 구고와 쳘싱이 보ᄂᆡ기 만족ᄒᆞ여 ᄒᆞ라는 ᄃᆡ로 도라보ᄂᆡ니 후염이 쳘싱을 즐욕ᄒᆞ고 하딕도 아니ᄒᆞ고 오니 진왕이 녀ᄋᆞ의 졸연이 오물 보고 짐작ᄒᆞ여 거륜을 바로 금션궁 후당으로 보ᄂᆡ니 부인 왈 녀ᄋᆡ 츌가 수년의 도라오니 반갑거늘 엇지 보디 아니ᄒᆞ고 후뎡의 보ᄂᆡ니잇가 왕왈 욕네 반ᄃᆞ시 츌부의 거동이라 엇디 셔로 보리오 쳘싱이 오면 보와 곡절을 무른 후 쳐티ᄒᆞ려 ᄒᆞᄂᆞ이다 졔쇼년 왈 힝식이 츌부의 거동이 아니오 화교셩장의 츄종이

22면

부셩ᄒᆞ더이다 왕이 쇼왈 여등이 모로리라 ᄒᆞ고 용납디 아니니 후염이 후원의 가니

이쩍 공쥐 별궁의셔 뎡비 딕졉이 날노 후ᄒᆞ고 졔ᄌᆞ의 셩회 츌텬ᄒᆞ여 몸이 편ᄒᆞ나 왕의 딕졉이 업고 긔츌의 ᄌᆞ뷔 업고 일녜 남의 업슨 흉인이니 심홰 불 니돗ᄒᆞ고 익구즌 졔ᄌᆞ의게 쳘업슨 노긔와 견집ᄒᆞ는 호령이 니음ᄎᆞ나 졔직 증삼의 효슌을 다ᄒᆞ딕 슈칙이 자ᄌᆞ니 태ᄉᆞ등이 평능후의 심식 난안ᄒᆞ믈 그윽이 혼탄ᄒᆞ더라 이날 공쥐 궁비로 더브러 난두의셔 탄

23면

왈 닉 팔ᄌᆡ 이딕도록 ᄒᆞ여 뎡시를 슈하궁비만치 아더니 엇지 도로혀 샹원위를 드리밀고 가부로 ᄒᆞᆫ 집의도 머므디 못ᄒᆞ여 이거시 쟝신궁이 아니로딕 빅두음을 외오ᄂᆞᆫ디라 남은 ᄌᆞ녜 젼젼ᄒᆞ고 경복이 무궁ᄒᆞ거ᄂᆞᆫ 풍뉴댱부로 금슬은졍이 듕여태산ᄒᆞ고 듕년의 져긋티 ᄒᆞᆫ갈 ᄀᆞᆺᄒᆞ니 엇디 통ᄒᆞᆫᄒᆞ고 슬프디 아니리오 일녜 남만 못ᄒᆞ여 가부 은춍이 쇼원ᄒᆞ고 젹인이 이셔 어믜 박명과 일반이라 하늘이 엇디 나의게 박ᄒᆞ시뇨 이러틋 ᄒᆞᆫ탄ᄒᆞ더니 믄득 허다

24면

빵〃ᄒᆞᆫ 시녜 드러오며 후염이 덩의 ᄂᆞ려 드러와 모녜 셔로 울며 올식 쳘가의 무샹ᄒᆞ물 일일히 고ᄒᆞ여 ᄀᆞᆯ오딕 쇼녜 츌뷔 되여 오므로 부왕이 아ᄅᆞ시면 조티 아닐 거시니거〃 등 다려도 니런 말을 마ᄅᆞ쇼셔 공쥐 대로 왈 쳘가 필뷔 감히 나의 녀ᄋᆞ를 닉티고 뉴시 요녀를 젼춍ᄒᆞ리오 졍히 분분ᄒᆞ더니 태ᄉᆞ 형데 공쥬를 뵈옵고 누의 도라온 곡졀을 무ᄅᆞ니 후염이 딕왈 ᄉᆞ친지졍이 간졀ᄒᆞ고 뉴녀의 ᄭᅩᆯ 보기 통히ᄒᆞ여 오매 부친이 보디 아니시고 이리로 보닉시니이다 ᄎᆞᄂᆞᆫ

25면

제형이 참소ᄒᆞ미라 엇디 ᄉᆞᆲ디 아니ᄒᆞ리오 태식 졍식경계 왈 오가의 남녜 부모의 명을 밧ᄌᆞ와 남이라도 참소티 아니ᄒᆞ거ᄂᆞᆯ 더옥 누의를 참소ᄒᆞ리오 오직 누의 부슉을 담지 아냐 가문을 욕먹이고 츌화를 만나미라 우리 무ᄉᆞᆷ일 너를 참소ᄒᆞ다 고이ᄒᆞᆫ 말을 ᄒᆞᄂᆞ뇨 ᄎᆞ후 온슌이 ᄒᆞ라 네 쳘가를 써나시나 부친이 용납디 아니실가 두리ᄂᆞ니 네 장ᄎᆞᆺ 엇디ᄒᆞ려 ᄒᆞ고 픽언을 ᄒᆞᄂᆞᆫ다 후염이 대곡 왈 형은 쇼믹를 칙디 마ᄅᆞ쇼셔 쇼믹 별노 악식 업ᄉᆞ딕 거거 등

26면

이 온가지로 야야긔 고ᄒᆞ여 발셔 부녀텬륜이 도상ᄒᆞᆫ디라 츌화를 당ᄒᆞ나 ᄂᆡ집의셔 용납지 아니시면 죽을 ᄯᆞᄅᆞᆷ이라 우리 모녀를 업시ᄒᆞ여든 모든 거〃의 ᄯᅳᆺ이 쾌ᄒᆞ리니 아모리나 ᄒᆞ여 죽이쇼셔 버거 모친을 죽이시고 ᄉᆡ훤이 즐기쇼셔 평능빅 왈 형댱의 말ᄉᆞᆷ이 너를 ᄉᆞ랑ᄒᆞ샤 경계ᄒᆞ시미어늘 엇지 이런 무샹ᄒᆞᆫ 말노 난륜을 ᄒᆞᄂᆞᆫ다 후염이 분긔 가득ᄒᆞᆫ디라 가ᄉᆞᆷ을 두다려 통곡 왈 졔형이 일심ᄒᆞ여 쳘가로 더브러 나를 죽이쇼셔 우리 모녜 이

27면

신들 졔형의게 무ᄉᆞᆷ 유힉ᄒᆞ미 이시리오 태ᄉᆡ 탄왈 너를 사ᄅᆞᆷ이라 ᄒᆞ고 말ᄒᆞ미 아등이 무상토다 공ᄎᆔ 분뇌 가지〃〃 팅듕ᄒᆞ여 함누작ᄉᆡᆨ이라 태ᄉᆡ형뎨 황공ᄒᆞ여 물너나니 염의 모녜 분을 풀 곳이 업서 분〃ᄒᆞ더라 명조의 쳘ᄉᆡᆼ이 조시를 시러보ᄂᆡ고 오히려 ᄆᆞ음이 편티 아닌디라 맛고 ᄯᅳᆺ기인 낫치 허러 관셰도 못ᄒᆞ고 차마 듕인듕 조참을 못ᄒᆞ여 진왕긔도 뵈옵기를 븟그리ᄃᆡ 마디 못ᄒᆞ와 조가의 나아와 왕과 초공긔 뵈오매 졔죄 좌의 버렷더라 진왕이 쳘

28면

ᄉᆡᆼ을 보매 만면이 손톱의 굴히인 ᄌᆞ국이 죄 엉기여 말나시니 보기의 ᄒᆡ참ᄒᆞᆫ지라 왕이 짐작고 문왈 네 낫치 져러틋 샹ᄒᆞ엿시니 무ᄉᆞᆫ 연괴뇨 쳘샤인이 더옥 면홍ᄒᆞ고 ᄌᆞ져ᄒᆞ다가 탄식 왈 쇼ᄉᆡᆼ이 악장의 지우ᄒᆞ시물 닙ᄉᆞ와 실노 범연ᄒᆞᆫ 졍셩과 다ᄅᆞᆫ디라 녕네 비록 무샹ᄒᆞ나 져바릴 ᄯᅳᆺ이 업ᄉᆞᆸ더니 녕녀의 투악이 층츌ᄒᆞ여 쇼셔를 만단구욕ᄒᆞ고 젹인을 발검격살코져 ᄒᆞᆯ ᄲᅮᆫ이 아니라 쇼ᄉᆡᆼ의 낫츨 무심 듕 거러긁으며 타협ᄒᆞ기를 긔탄업시

29면

ᄒᆞ오니 여ᄎᆞ ᄒᆡ변은 불가ᄉᆞ문어닌국이라 쇼졔 차마 일실의 쳐ᄒᆞ디 못ᄒᆞ와 작일의 도라보ᄂᆡ옵고 금일의 조참을 폐ᄒᆞ오ᄃᆡ 이의 나아오믄 ᄎᆞᄉᆞ로ᄡᅧ 악댱긔 아니 고티 못ᄒᆞ올디라 븟그러오물 참고 니ᄅᆞ미니이다 졔인이 이 말을 드ᄅᆞ매 우읍기를 이긔디 못ᄒᆞ여 일시의 우으니 진초 이공의 침묵ᄒᆞ기로도 쇼안이 미미ᄒᆞᄃᆡ 오직 태ᄉᆞ 평능후 샤

인 시랑 등이 웃는 빗출 감쵸고 졔데를 도라보와 왈 존젼의 희긔방쟈 난잡ᄒᆞ미 여ᄎᆞ
ᄒᆞᄂᆞ 쳘슈문의 낫출 보건ᄃᆡ 아

30면

등이 슈참 한심ᄒᆞ물 니긔지 못ᄒᆞ리로다 진왕이 기리 탄왈 금일 너의 말을 듯건ᄃᆡ ᄂᆡ 빙뷔 되여 픽악발부로 너의 가되 산난케 ᄒᆞ니 하면목으로 사ᄅᆞᆷ을 ᄃᆡᄒᆞ리오 너는 뉴부인을 더브러 화락ᄒᆞ여 편히 졔가ᄒᆞ고 악독찰녀로 다시 부부륜의를 싱각디 말나 ᄂᆡ 일호나 너를 외ᄃᆡᄒᆞ여 니ᄅᆞ면 당뷔 아니라 다만 녀ᄋᆡ 슈악이나 네 져기 강밍ᄒᆞᆫ 즉 져경샹의 니ᄅᆞ리오 샹히 능만ᄒᆞ다가 이 변을 ᄂᆡ여시니 쟝뷔 쳐셰ᄒᆞ매 부인 녀ᄌᆞ의게 마ᄌᆞ미 불가ᄉᆞ문어타인이라

31면

이런 말을 불츌구외ᄒᆞ고 쳐실을 후ᄃᆡᄒᆞ며 위의를 일치 말나 초공이 말을 니어 왈 넷날 위징왕조는 졍승이로ᄃᆡ 부인긔 마좃ᄂᆞ니 녀ᄌᆞ의 창궐ᄒᆞ미 고이티 아니ᄒᆞ거니와 이러틋 낭픽ᄒᆞ미 엇지 분치 아니리오 운현 왈 네 이제는 머리의 관을 벗고 ᄃᆞᆫ니라 사ᄅᆞᆷ이 엇디 녀ᄌᆞ의게 ᄲᅣᆷ을 맛고 ᄃᆞᆫ니리오 영현 왈 그러ᄒᆞ나 죽으리오 부졀업슨 말을 도〃디 말나 그려도 다힝이 ᄒᆞ엿도다 만일 결쟝ᄒᆞᄂᆞᆫ 거죄 잇더면 더옥 엇디ᄒᆞ리오 몽현 왈 츌하리 타둔

32면

ᄒᆞᆫ 거시 나흘 거술 듕목 쇼시의 져 얼골을 들고 나니 가히 담 큰 사ᄅᆞᆷ이로다 쳘싱이 홍 업슨 말의 졔조 등의 희롱이 괴롭고 뉘웃쳐 잠쇼 왈 황샹의 위엄으로도 태후긔 농테를 샹히와시니 ᄒᆞ물며 녀염 용부를 니ᄅᆞ리오 너의 누의 픽힝이 한심ᄒᆞ지 ᄂᆡ야 한긋 슈괴ᄒᆞ다 무슴 대단ᄒᆞ리오 능휘 졍ᄉᆡᆨ 왈 너희 옥하 ᄉᆞ람이 감히 군샹을 거드러 톄면을 손샹ᄒᆞ리오 아ᄆᆡ 픽ᄉᆡ 붓그럽거니와 너도 팔쳑 당부로 져ᄃᆡ도록 뜻기믄 잔약ᄒᆞ미라 오가의셔도 누

33면

의 죄는 다ᄉᆞ리려니와 너도 도라가 장부지힝을 일치 말나 진왕이 탄왈 유현의 힝ᄉᆡ

ᄉᆞ〃의 슉연ᄒᆞ니 그 부형 되미 유광토다 여등이 ᄉᆞ〃 희롱의 황샹을 거들믄 실언ᄒᆞ다 ᄒᆞ더라 진왕이 후염을 다ᄉᆞ릴 계교를 ᄉᆡᆼ각ᄒᆞ더니 믄득 양병뷔 니ᄅᆞ러 악부와 ᄉᆞ부를 뵈올ᄉᆡ 왕이 반기물 씌여 문왈 근간 오ᄅᆡ 보디 못ᄒᆞ니 무ᄉᆞᆷ 일이 잇더뇨 병뷔 ᄃᆡ왈 공뮈 번다ᄒᆞ여 날마다 습진ᄒᆞ기로 등비티 못ᄒᆞ오니 울〃ᄒᆞ여 금일은 마ᄋᆞᆯ노셔 니ᄅᆞ과이다 평능ᄇᆡᆨ이

34면

쇼왈 네 녀ᄉᆡᆨ의 탐ᄒᆞ여 만ᄉᆞ를 잇고 거ᄌᆞᆺ 공무를 칭탁ᄒᆞᄂᆞᆫ다 네 마ᄋᆞᆯ노 바로 왓시면 녕존긔ᄂᆞᆫ 뵈디 아니ᄒᆞ냐 양ᄉᆡᆼ이 쇼왈 ᄂᆡ 조참후 집의 갓다가 마ᄋᆞᆯ의 ᄯᅩ 단녀 이리 오미라 엇지 가친긔 아니 뵈왓시리오 녀ᄉᆡᆨ 침혹은 네 ᄒᆞ엿지 나ᄂᆞᆫ 부인 면목도 보완 디 오ᄅᆡ도다 쳘ᄉᆡᆼ을 보고 경문 왈 엇지 면목이 져리 상ᄒᆞ뇨 쳘ᄉᆡᆼ이 괴로이 너겨 답쇼 왈 ᄂᆡ 믄득 낫치 허러 관셰도 못ᄒᆞ고 됴회도 불참ᄒᆞ엿오라 양ᄉᆡᆼ이 우쇼 왈 ᄂᆡ 그ᄃᆡ 낫출 보니 손으로 ᄯᅳᆺ은 모

35면

양이니 어ᄂᆡ 부인긔 득죄ᄒᆞ고 져 형샹을 당ᄒᆞᆫ다 졔죄 참지 못ᄒᆞ여 일시의 우으니 쳘ᄉᆡᆼ의 담박ᄒᆞ므로도 낫출 붉혀 왈 부인의게 마ᄌᆞ나 쳡의게 마ᄌᆞ나 양ᄌᆞ범의 알 배 아니로다 초공이 경ᄉᆡᆨ 왈 남의 일 웃디 말나 너도 이런 변을 당하리로다 병뷔 잠쇼 왈 엇진 연괴완대 ᄉᆞ뷔 내게 이 변이 오리라 ᄒᆞ시ᄂᆞ뇨 운현이 쇼왈 근ᄂᆡ의 낫 허위ᄂᆞᆫ 병이 이시ᄃᆡ 경인군ᄌᆞ와 열장부의게ᄂᆞᆫ 감히 못오고 ᄌᆞ범 ᄀᆞᆺᄒᆞᆫ 부박지인의게 들기 쉬오매 계뷔 념녀ᄒᆞ시미라 양ᄉᆡᆼ이

36면

대쇼ᄒᆞ고 쳘ᄉᆡᆼ을 괴로이 보치ᄃᆡ 후염의 작난인 줄 모ᄅᆞ더라 양쳘 이ᄉᆡᆼ이 도라가매 왕이 노긔 엄녈ᄒᆞ여 일긔 짐쥬를 가져오라 ᄒᆞ고 별궁으로 향ᄒᆞ니 졔지 긔ᄉᆡᆨ을 알고 황황ᄒᆞ여 상고실ᄉᆡᆨᄒᆞ며 ᄌᆞ긔 능히 프디 못ᄒᆞᆯ 줄 알고 태부인긔 ᄎᆞᄉᆞ를 고왈 형의 노긔 ᄌᆞ못 엄ᄒᆞᆫ디라 져의 죄상은 만ᄉᆞ무셕이라 대모의 명괴 아니오면 골육상잔을 면치 못ᄒᆞᆯ가 ᄒᆞᄂᆞ이다 태부인과 노공 부뷔 ᄃᆡ경 왈 염이 불현ᄒᆞ나 ᄎᆞ마 죽이리오 밧비 구ᄒᆞ미 올타 ᄒᆞ고

37면

노공이 놉히 별궁으로 가니라 어시의 진왕이 노긔 엄ᄒᆞ여 궁의 니ᄅᆞ니 공쥬 모녜 바야흐로 쳘가를 욕ᄆᆡᄒᆞ며 왕의 ᄌᆞᄋᆡ 박ᄒᆞ며 쳘싱의 ᄌᆡ취되물 원망ᄒᆞ더니 이의 오물 보고 공주ᄂᆞᆫ 반겨ᄒᆞᄃᆡ 후염은 쟉죄 잇ᄂᆞᆫ 고로 경황ᄒᆞ여 ᄒᆞ더니 왕이 텽샹의 좌ᄒᆞ고 좌우로 후염을 미러ᄂᆡ여 듕계의 쑬니고 슈죄 왈 너의 대악브도의 죄악이 용납디 못ᄒᆞ리니 구가의 츌뷔오 어버이게 죄인이라 너를 술오면 문호의 욕이 되리니 부녀의 텬셩이 간졀ᄒᆞ나 너ᄀᆞᆺ흔

38면

ᄌᆞ식이 유익ᄒᆞ미 업고 븟그러울 ᄲᅮᆫ이라 ᄒᆞ고 일긔 독쥬를 주어 먹고 죽으라 ᄂᆡ 너를 조흔 뫼히 뭇고 고혼을 위로ᄒᆞ리라 소리 엄숙ᄒᆞ고 셜풍이 부ᄂᆞᆫ ᄃᆞᆺ하니 후염이 통곡 왈 젹ᄌᆞ 쳘가의 말을 듯고 일됴의 부ᄌᆞ텬셩을 ᄭᅳ쳐 죽으라 ᄒᆞ니 쇼녜 ᄉᆞᆯ고져 ᄯᅳᆺ이 업ᄉᆞᄃᆡ 쳘가의 보원코져 ᄒᆞᄂᆞ이다 공쥐 가숨을 두다려 방셩통곡 왈 싀험흔 조군아 ᄎᆞ마 ᄌᆞ식을 죽이려 ᄒᆞᄂᆞ뇨 후염이 ᄉᆞ랏신들 뎡시 모ᄌᆞ긔 무슴 불평ᄒᆞ미 이셔 니러ᄒᆞᄂᆞᆫ다 공이 드른 톄 아

39면

녀 익노ᄒᆞ여 졔ᄌᆞ의 구ᄒᆞ물 듯디 아니ᄒᆞ고 약을 핍박ᄒᆞ더니 조 노공이 초공으로 더브러 완힝ᄒᆞ여 뎡듕의 니ᄅᆞ니 왕이 급히 하당영지ᄒᆞᆯ시 노공 왈 ᄂᆡ 드ᄅᆞ니 너의 후염 다ᄉᆞ리미 부녀의 ᄌᆞᄋᆡ를 ᄭᅳ쳐 살명ᄒᆞ기의 잇다 ᄒᆞ니 한심경악ᄒᆞ여 이의 오믄 ᄒᆞ나흔 손ᄋᆞ를 구ᄒᆞ고 둘흔 너의 륜긔를 닛과져 ᄒᆞ미라 네 노부의 수고를 헛되디 아니케 ᄒᆞᆯ쇼냐 왕이 불감역명ᄒᆞ고 뫼셔 승당ᄒᆞ여 좌뎡ᄒᆞ매 독약 그ᄅᆞ술 아ᄉᆞ라 ᄒᆞ고 년〃 왈 쇼년 풍졍의 엄부ᄌᆞ모의 모

40면

훈을 두디 못ᄒᆞ여 무식흔 셩품을 부려 죄의 ᄲᅡ지니 시일노브터 엄히 계칙ᄒᆞ여 심당의 두어 개과회심ᄒᆞ게 ᄒᆞᆯ지어다 왕이 ᄇᆡ샤 왈 히ᄋᆡ 불초ᄒᆞ오나 텬륜지의를 모ᄅᆞ리잇가ᄆᆞᄂᆞᆫ 사ᄅᆞᆷ의 안히 도여 지아비를 난타ᄒᆞ고 구고를 모욕ᄒᆞ여 강상대변을 짓ᄉᆞ오니 만일 ᄉᆞᆯ와둔 즉 문호의 욕이 밋고 쳘가를 망케 ᄒᆞᆯ지라 한심챠악ᄒᆞ여 죽여 쇼ᄌᆞ의 븟

그러오물 삣고 져의 죄를 속고져 ᄒᆞ더니 엄괴 지ᄎᆞᄒᆞ샤 죄녀의 일명을 앗기시니 쇼지 감히 거역ᄒᆞ리

41면

잇고 드듸여 일간 심당의 유모 일인만 맛져 조셕을 궁그로 보닋게 ᄒᆞ고 만일 ᄌᆞ긔 녕업시 음식을 주거나 문 여는 쟈는 일죄를 뎡ᄒᆞ니 염의 대악으로도 감히 발악디 못ᄒᆞ고 공쥬의 흉악으로도 발뵈디 못ᄒᆞ니 그 위엄이 여ᄎᆞ하더라 왕이 부공을 뫼셔 샹부로 도라올ᄉᆡ 초공과 듕인이 일시의 나오니 태부인이 탄왈 나의 ᄌᆞ손이 여러히나 후염 ᄀᆞᆺ흐니 업ᄉᆞ니 실노 불힝이로다 살명을 드ᄅᆞ니 한심경악ᄒᆞ더니 심당의 쳐ᄒᆞ니 혹 ᄀᆡ과ᄒᆞ물 바라노라 왕이 ᄃᆡ왈 엄

42면

명을 역디 못ᄒᆞ오나 쳘가의 낫치 업ᄉᆞ니 바야흐로 발부의게 골육을 삐티미 ᄒᆞᆫ이로쇼이다 기뫼 지금의 개과를 못ᄒᆞ오니 기녀의 개과ᄒᆞ기를 엇지 바라리잇고 ᄒᆞ더라 어시의 쳘부의셔 진왕이 조시 다ᄉᆞ리물 듯고 부인이 탄왈 져곳의 명풍이 져러ᄒᆞ거ᄂᆞᆯ 그 ᄌᆞ식이 이러툿 독악ᄒᆞ니 쥬문의 관ᄎᆡ 이심 ᄀᆞᆺ도다 연이나 이후의 개과ᄒᆞᆫ 즉 다시 ᄎᆞᄌᆞ미 올흐니라 ᄉᆡᆼ이 탄식 유유ᄒᆞ고 이후 뉴시로 화락ᄒᆞ여 조시 ᄉᆡᆼ각을 개회티 아니ᄒᆞᄃᆡ ᄉᆞ졍을 거리뼈 불

43면

평ᄒᆞ더라 어시의 당시 남시를 보매 ᄉᆡ로이 통ᄒᆞᆫ하여 쥬야 히ᄒᆞ물 획계ᄒᆞᆯᄉᆡ 조ᄉᆡᆼ이 남시로 은졍이 진듕ᄒᆞ여 오히려 젼일의 더으니 가장시 유모로 의논ᄒᆞ여 능휘 온 ᄢᅵ 다시 젼일 약을 먹이니 홀연 변심ᄒᆞ여 당시긔 침닉ᄒᆞ고 남시를 젹연이 니져 ᄋᆞᄌᆞ의 옥슈신질을 ᄉᆞ랑티 아냐 남시 고이히 너기ᄃᆡ ᄉᆞ식디 아니니 당시의 구밀복검이 일을 닋고 그칠디라 무슴 환이 이실가 듀야 졍당의 나아가면 화긔 ᄌᆞ약ᄒᆞ여 뎨ᄉᆞ 슉믹로 담담ᄒᆞᆫ 언쇄 합개 칭예ᄒᆞ고

44면

구괴 익경ᄒᆞ니 당시 더옥 분ᄒᆞ여 히ᄒᆞᆯ ᄆᆞᄋᆞᆷ을 두어 신법ᄉᆞ로 요슐을 힝ᄒᆞ니 수일이

못ᄒᆞ여 남시의 ᄋᆞᄌᆞ 명뉸이 대통ᄒᆞ니 샹셔의 옥면여풍이 동인ᄒᆞ여 옥경션동 ᄀᆞᆺ고 탈속ᄒᆞᆫ 거동이 녕형 신이ᄒᆞ니 왕이 과ᄋᆡᄒᆞ더니 홀연 병이 듕ᄒᆞ여 일〃 위듕ᄒᆞᄃᆡ 능ᄇᆡᆨ이 무심ᄒᆞ여 댱시로 긔국으로 소일ᄒᆞᄂᆞᆫ디라 남시 ᄋᆞᄌᆞ의 병이 듕ᄒᆞ물 보고 함누초조ᄒᆞ여 시비 초영다려 니ᄅᆞᄃᆡ 쇼ᄋᆞ의 병이 여ᄎᆞᄒᆞᄃᆡ 존당과 가문이 모로시니 네 맛당히 쥬군긔 고ᄒᆞ라 영

45면

이 창황이 영교당의 니ᄅᆞ니 능ᄇᆡᆨ이 바햐흐로 댱시와 긔국의 흥이 놉하시니 바로 드러가지 못ᄒᆞ여 난간 아릐셔 공ᄌᆞ의 병이 듕ᄒᆞ물 고ᄒᆞᆫᄃᆡ 제녜 ᄂᆡᆼ쇼 왈 노야와 부인이 승뷔 미결ᄒᆞ여시니 감히 무슴 말을 알외리오 영이 챡급 왈 녈위ᄂᆞᆫ 경듕을 모ᄅᆞᄂᆞᆫ도다 쇼공ᄌᆡ 병이 급ᄒᆞ물 노애 모ᄅᆞ시니 밧비 고ᄒᆞ라 능ᄇᆡᆨ이 댱시의 참언이 귀의 져〃 텽이불문ᄒᆞ더니 쇼ᄋᆞ의 병보ᄅᆞᆯ 듯고 댱시 쇼왈 쇼ᄋᆞ의 병을 샹셔긔 고급ᄒᆞ미 가쇠로다 부ᄌᆞ 텬뉸이 막ᄃᆡ

46면

ᄒᆞ거ᄂᆞᆯ 남시의게 다ᄃᆞ라 텬뉸이 도상ᄒᆞ니 샹부후문의 ᄒᆡ연ᄒᆞᆫ 변이라 무슴 낫출로 병들물 고ᄒᆞ리오 능ᄇᆡᆨ이 못 듣ᄂᆞᆫ 톄ᄒᆞ고 바독 두기ᄅᆞᆯ 그치디 아니〃 영이 챡급ᄒᆞ여 불의의 급ᄒᆞ물 알외니 능ᄇᆡᆨ이 년일 참쇼ᄅᆞᆯ 드럿ᄂᆞᆫ디라 ᄌᆞ긔 남시긔 오ᄅᆡ 가지 아니〃 쇼ᄋᆞ의 병이 듕ᄒᆞ물 니ᄅᆞᄂᆞᆫ가 노ᄒᆞ여 즐왈 ᄋᆞ병이 이시면 의약으로 ᄃᆡ명을 니으랴 초영이 악연무류ᄒᆞ여 탄왈 부ᄌᆞ유친이 막대어ᄂᆞᆯ 쥬군의 ᄒᆡᆼᄉᆡ 단엄티 아니시니 엇지 챠악지 아

47면

니리오 댱시 믄득 아라듯고 비쇼 왈 군의 졔가ᄒᆞ미 불엄ᄒᆞ여 당하 쳔비 쥬군을 면ᄎᆡᆨᄒᆞ니 불가ᄉᆞ문어타인이라 한심ᄒᆞ이다 능ᄇᆡᆨ이 취ᄒᆞᆫ디라 이의 문왈 무어시라 면ᄎᆡᆨᄒᆞ뇨 댱시 말을 쥬작ᄒᆞ여 니ᄅᆞ니 능ᄇᆡᆨ이 대로ᄒᆞ여 초영을 잡아드리라 ᄒᆞ니 영이 문을 나다가 잡혀가니 능ᄇᆡᆨ 왈 앗가 ᄒᆞ던 말을 니ᄅᆞ라 영이 강직ᄒᆞᆫ고로 불변 안ᄉᆡᆨᄒᆞ고 ᄃᆡ왈 쥬군긔 공ᄌᆞ의 병이 급ᄒᆞ물 고ᄒᆞ니 ᄉᆡᆼᄉᆞᄂᆞᆫ 아ᄅᆞᆫ 톄 아니시고 안연ᄒᆞ시니 여ᄎᆞ〃〃 탄ᄒᆞ고 가올 ᄲᅮᆫ이온ᄃᆡ 무슴

48면

말을 ᄒᆞ여시리잇가 능빅이 노ᄒᆞ여 시노로 결박고 수죄 왈 당하 쳔비 쥬군을 면욕ᄒᆞ니 죄불용쥐라 ᄒᆞ고 장칙홀식 영이 탄왈 쥬욕신식라 ᄒᆞ오니 죽으미 원이나 쇼비 죽으믄 관계티 아니듸 쥬군의 일월지광이 흠이 될가 원이오 간참을 신쳥ᄒᆞ시니 그를 흔ᄒᆞᄂᆞ이다 당시 대로 왈 초영이 나를 간인으로 밀위니 쳡이 하면목으로 군ᄌᆞ를 뫼시리잇가 일즉 쳡을 도라보ᄂᆡ쇼셔 능빅이 대로ᄒᆞ여 치기를 급히 ᄒᆞ니 뉴혈이 돌돌ᄒᆞ거늘 초영이

49면

폐목함구ᄒᆞ여 마즐 ᄲᅮᆫ이러니 셜픽 지나다가 이 경샹을 보고 대경ᄒᆞ여 날녀 왈 초영은 남부인 시ᄋᆞ로 쇼ᄋᆞ를 보호ᄒᆞ니 위듀튱심이 고인을 압두ᄒᆞ매 합개 일킷는 배러니 엇지 이의 와 슈형ᄒᆞᄂᆞ뇨 능빅이 ᄂᆡ쇼 왈 젼일은 튱셩되나 오늘 득죄ᄒᆞ미 큰 고로 다ᄉᆞ리ᄂᆞ이다 셜픽 쇼왈 군은 부군의 위엄으로 치죄홀 줄만 알고 춍명을 빅호디 못ᄒᆞ엿도다 초영이 무슨 죈 줄 아디 못ᄒᆞ거니와 ᄂᆡ 쳥으로 샤ᄒᆞ라 능빅이 부형 여풍으로 인후냥재라 간졀이 말니므

50면

로 샤ᄒᆞ여 ᄂᆡ치고 다시 긔국을 버려 좌우로 닷토와 호흥이 도〃ᄒᆞ니 ᄎᆞ시 남쇼제 ᄋᆞᄌᆞ의 병이 듕ᄒᆞ매 심식 창망ᄒᆞ여 영으로 고ᄒᆞ라 ᄒᆞ고 도라오기를 기ᄃᆞ리더니 영이 반싱반ᄉᆞᄒᆞ여 오는지라 놀나 무ᄅᆞ니 영이 울며 슈말을 고흔듸 쇼제 어히 업셔 옥뉘현연 왈 나의 불명이 널노 듕형을 더으니 불명ᄒᆞ미라 후회 막급이러니와 네 엇디 말솜을 촉범ᄒᆞ여 노쥬의 분을 일케 ᄒᆞ엿는다 유모다려 왈 진궁이 멀고 유ᄋᆞ의 병을 존당의 고ᄒᆞ미 불감ᄒᆞ니 태ᄉᆞ 숙〃긔

51면

나 고ᄒᆞ라 유뫼 왈 만일 태ᄉᆞ노애 아니 계시면 절노 존당긔 고ᄒᆞ리라 언파의 나오더니 태식 졍히 능후로 더브러 초공긔 시좌ᄒᆞ엿거늘 유랑이 공ᄌᆞ의 병 듕ᄒᆞ물 알외니 일좨 경동ᄒᆞ고 엇디 졔 아비다려 니ᄅᆞ디 아니뇨 유뫼 함누ᄒᆞ고 초영의 슈형을 알외니 초공이 히연 왈 운현 실셩ᄒᆞ도다 능후다려 왈 네 ᄋᆞ병을 알지니 질ᄋᆞ로 더브러 가

보고 구홀 도리를 ᄒᆞ라 원ᄂᆡ 능후의 의술이 고명ᄒᆞ여 셰속 태의 ᄀᆞᆺ디 아니ᄒᆞ니 부명으로조ᄎᆞ 태ᄉᆞ로 더브러 가보고

52면

구홀ᄉᆡ 남시 마ᄌᆞ ᄋᆞᄌᆞ의 병이 일야간 듕ᄒᆞ물 고ᄒᆞᆫᄃᆡ 능히 능빅의 망을 ᄉᆞᄉᆡᆨ디 못ᄒᆞ더라 태ᄉᆞ와 능휘 병ᄋᆞ를 보건ᄃᆡ 고이ᄒᆞᆫ 약이 장부의 드러 뉵믹이 ᄆᆡ이불통ᄒᆞ고 호흡이 천촉ᄒᆞ여 명지 경각ᄒᆞ고 요슐이 범ᄒᆞᆫ지라 태ᄉᆡ 대경ᄒᆞ여 능후ᄃᆞ려 왈 ᄎᆞᄋᆡ 풍한의 촉상ᄒᆞ미 아니라 엇지 고이ᄒᆞ뇨 능휘 ᄃᆡ왈 인심이 난측ᄒᆞᆫ지라 ᄎᆞᄋᆞ의 병이 요ᄉᆡ 졉ᄒᆞ고 독약이 댱부의 드러시니 더ᄃᆡ면 위ᄐᆡᄒᆞ리로소이다 ᄒᆞ고 ᄒᆡ독졔를 지어 급급히 ᄲᆞᆯᄉᆡ 이윽고 ᄋᆞ히

53면

긔운을 두로고 구토홀ᄉᆡ 독긔 코흘 거ᄉᆞ리고 명눈의 형ᄉᆡᆨ이 위위ᄒᆞ미 져기 나으니 능휘 요ᄉᆞ 졔방홀 술을 ᄀᆞᄅᆞ치고 남쇼져를 위로 왈 쇼ᄋᆞ의 병이 깁흔 근심은 업ᄉᆞ니 수〃는 방심ᄒᆞ고 상찰ᄒᆞ여 요얼을 졔방ᄒᆞ쇼셔 드러나게 ᄒᆡᄒᆞᄂᆞ니는 방비키 쉬오ᄃᆡ 가마니 ᄒᆡᄒᆞ는 쟈는 실노 난측ᄒᆞᆫ디라 범ᄉᆞ를 신듕ᄒᆞ쇼셔 쇼졔 ᄉᆞ례ᄒᆞ고 모골이 송연ᄒᆞ여 ᄎᆞ후난 ᄋᆞᄌᆞ를 유모도 만지지 마라 스ᄉᆞ로 보호ᄒᆞ매 병이 잠간 나으니 ᄎᆞ일 져녁 문안의 남네 다 모드ᄃᆡ 남시 ᄋᆞᄌᆞ를

54면

직희여 문안의 불참ᄒᆞ니 태부인이 무로매 태ᄉᆡ 왈 명눈이 졸연 침병ᄒᆞ므로 아쟈의 소손이 가 보오니 가쟝 듕ᄒᆞ여 써나디 못ᄒᆞ미니이다 진왕이 경문 왈 명눈이 작일 무ᄉᆞᄒᆞ더니 무숨 병이 듕ᄒᆞ더뇨 태ᄉᆡ 유〃 ᄃᆡ왈 유ᄌᆞ의 우연ᄒᆞᆫ 병이니이다 초공이 졍ᄉᆡᆨ 왈 운현이 박힝무신ᄒᆞ여 ᄉᆞ류의 버셔ᄂᆞ니 한심ᄒᆞ더이다 좌위 슉연ᄒᆞ고 왕이 눈을 드러 능빅을 보와 왈 근ᄂᆡ 너의 힝ᄉᆡ 외입 실경ᄒᆞ엿거니와 ᄂᆡ 압히셔 쇼〃 곡졀을 니ᄅᆞ디 아니나 현데 니

55면

ᄅᆞᆫ바 박힝무식이 부ᄌᆞ유친을 모ᄅᆞᆫ다 ᄒᆞ니 젹은 일이 아니라 ᄒᆞᆫ번 듯고져 ᄒᆞ노라 언

파의 능빅을 찰시ᄒᆞᄂᆞᆫ 안치 ᄉᆞ벽의 ᄯᅳ이니 능빅이 젼뉼 황공ᄒᆞᄂᆞᆫ디라 초공 왈 기ᄌᆞ의 병보룰 듯고 〃급ᄒᆞᆫ 시녀를 듕형 즐퇴ᄒᆞ고 귀국 승부로 텬연ᄒᆞ고 여ᄎᆞ하오니 픠ᄌᆞ를 그져 못 두올디라 엄히 다ᄉᆞ려지이다 노공이 쇼왈 비록 그ᄅᆞ미 이시나 굿ᄒᆞ여 과히 다ᄉᆞ리리오 왕이 엄교로 다ᄉᆞ리든 못ᄒᆞ나 ᄌᆞ못 미안ᄒᆞ니 능빅이 황공 송뉼ᄒᆞ고 졔 쇼년이 다 경구ᄒᆞ더라

56면

문안을 파ᄒᆞ매 진초 이공이 츌외할ᄉᆡ 모다 나오니 왕이 능빅을 통히ᄒᆞ여 통타코져 ᄒᆞ나 엄명으로 날회고 노긔 등등ᄒᆞ여 용납디 아니니 일빅 당칙을 닙으니도곤 더ᄒᆞ여 부젼을 잠시 ᄯᅥ나디 아니코 심ᄉᆡ 동촉ᄒᆞ나 왕의 구뎡지심을 뉘 풀니오 여러 날 시측의 위엄이 더ᄒᆞ니 츈빙을 님ᄒᆞᆫ 듯ᄒᆞ더니 일〃은 부왕이 나가신 ᄯᅴ 영교뎡의 니ᄅᆞ니 댱시 알연이 웃고 마ᄌᆞ 왈 군휘 날포 아니 오시니 ᄋᆞ병의 골몰ᄒᆞ시니잇고 빅이 미위 슈집 왈 ᄋᆞ병으로

57면

엄젼의 득죄ᄒᆞ여 못 오미오 ᄋᆞ병의 엇디 골몰ᄒᆞ리오 댱시 뉭쇼 왈 초공 대인이 부〃지간을 엇디 다 아ᄅᆞ시리오마ᄂᆞᆫ 남시 군ᄌᆞ의 허물을 흔포ᄒᆞ미라 엄노를 어드미다 쳡의 남시를 슉녀로 아랏더니 이제 음비ᄒᆞᆫ 힝ᄉᆡ 맑은 ᄯᅳᆺ이 아니라 반야의 도주ᄒᆞ여 나갓다가 ᄋᆞᄌᆞ를ᄡᅧ 도라오매 구고 존당이 과ᄋᆡᄒᆞ시고 낭군이 혹ᄒᆞ시매 졈졈 고이ᄒᆞᆫ 거조를 ᄒᆞ여 초영으로 음비ᄒᆞᆫ 셔간을 두로 왕복ᄒᆞ매 군ᄌᆞ를 향ᄒᆞ여 허언을 흔포ᄒᆞ고 존괴 드ᄅᆞ시도록 ᄒᆞ여 장칙이 니ᄅᆞ

58면

게 되니 쳡의 죄나 다ᄅᆞ미 업셔 송연ᄒᆞᄂᆞ이다 남시 쇼ᄋᆞ의 병이 요ᄉᆞ의 빌미라 ᄒᆞ니 ᄎᆞᄂᆞᆫ 쳡을 함뎡의 너흐려 ᄒᆞᆫ 흉계라 죽어 뭇칠 ᄯᅡ히 업슬가 ᄒᆞᄂᆞ이다 셜파의 오열ᄒᆞ니 싱이 위로 왈 그ᄃᆡᄂᆞᆫ 과려치 말나 ᄂᆡ 이시니 남시 간ᄃᆡ로 작난ᄒᆞ리오 남시 혀를 놀녀 날노 존젼의 득죄케 ᄒᆞ니 ᄂᆡ 엇디 분을 프디 아니ᄒᆞ리오 댱시 말녀 왈 좌위 다 남시의 복심이오 쳡의 약ᄒᆞᆫ 셰의 젹인 히ᄒᆞᄂᆞᆫ 투부로 지목ᄒᆞ리니 뉘 쳡의 이미ᄒᆞ믈 알니오 군ᄌᆞᄂᆞᆫ 함구ᄒᆞ고 쟝ᄂᆡ를 보

59면

쇼셔 능빅이 탄식ᄒᆞ고 식로이 댱시를 슈유불니ᄒᆞ고 남시를 향ᄒᆞ여 분긔 튱텬ᄒᆞ더라 댱시 신법ᄉᆞ로 비밀이 흉계ᄒᆞ니 뉘 알니오 일〃은 명월이 조요ᄒᆞᆫᄃᆡ 태ᄉᆞ 형뎨 존당 문안 후 셔헌으로 올식 칠팔세 는 ᄒᆞᆫ 아희 두로 방황ᄒᆞ여 칙교뎡으로 가거ᄂᆞᆯ 보니 부듕의 업슨 ᄋᆞ희라 능빅 왈 네 엇던 ᄋᆞ희뇨 기ᄋᆡ 썰며 왈 남부 셔동으로 칙교뎡의 셔간을 드리려 ᄒᆞᄂᆞ이다 빅 왈 연즉 셔간이 어ᄃᆡ 잇ᄂᆞ뇨 기ᄋᆡ 감초고 ᄂᆡ디 아니ᄒᆞ거ᄂᆞᆯ 빅이 뒤여 ᄒᆞᆫ 셔간을 어드니

60면

ᄒᆞ여시ᄃᆡ 화싱은 지빅ᄒᆞ고 남쇼져긔 올니ᄂᆞ니 옥안 화용을 니별ᄒᆞᆫ 지 수년이라 피ᄎᆞ 샹ᄉᆞ지졍이 다ᄅᆞ리오 슬프다 하ᄂᆞᆯ이 돕디 아녀 부인이 조부의 탈신ᄒᆞᆯ 계괴 업ᄉᆞ니 옥인의 졍니와 쇄옥냥셩이 징〃ᄒᆞ여 눈이 멀고 귀먹을노다 〃시 녯 슈단으로 부인을 아ᄉᆞ오려 ᄒᆞᄃᆡ 운현의 용녁이 졀눈ᄒᆞ여 젼당의 션봉이 되엿던지라 약ᄒᆞᆫ 화싱이 잡힐가 다만 독약으로 운현을 죽여 쇼져로 즐기고져 ᄒᆞᄂᆞ니 님시ᄒᆞ여 응변을 잘 ᄒᆞ고 남부로 오쇼셔 싱이 고향으로

61면

오매 부인이 업는디라 디향무쳐ᄒᆞ여 잠간 회포를 고ᄒᆞᄂᆞ니 일쳑 회셔를 기ᄃᆞ리ᄂᆞ이다 ᄒᆞ엿더라 능빅이 간파의 분긔 튱관ᄒᆞ여 기ᄋᆞ를 쳐 뭇고져 ᄒᆞ다가 싱각ᄒᆞᄃᆡ ᄎᆞᄋᆡ 동셔를 불분ᄒᆞ는 유ᄋᆡ니 무러 무엇ᄒᆞ리오 의ᄉᆞ를 ᄂᆡ여 셔간을 앗고 ᄌᆞ톄를 그ᄃᆡ로 ᄒᆞ여 주어 왈 이 셔간을 아모도 모ᄅᆞ게 ᄒᆞ라 네 글을 마타 갈졔 나를 뵈면 조흔 실과와 초옥 능나를 주리라 쇼ᄋᆡ 응낙ᄒᆞ고 가거ᄂᆞᆯ 빅이 듕간의셔 괴로이 기ᄃᆞ리더니 이윽고 기ᄋᆡ 나오거ᄂᆞᆯ 회셔를 보니

62면

기ᄋᆡ 돈슈 왈 날은 져물고 갈 ᄃᆡ 머니 큰일이 낫ᄂᆞ이다 빅이 조흔 긔물을 주고 셔간을 가져 보니 ᄉᆞ의 음참ᄒᆞ고 비픽지셜이 무수ᄒᆞᆫ지라 ᄆᆞ음이 썰니나 겨유 진뎡ᄒᆞ고 남시의 글을 다시 뼈 주고 분긔 돌츌ᄒᆞ여 바로 칙교뎡의 가 남시의 머리를 버히고져 ᄒᆞ다가 싱각ᄒᆞ고 혜오ᄃᆡ 부모긔 고ᄒᆞ고 쳐치ᄒᆞ리라 십분 참고 영교뎡의 드러가니 댱

시 분히흔 빗치 가득흐여 거지 실조흐거늘 빅이 무로니 디왈 군의 실듕의 대변이 이셔 조문청덕을 츄락흐고 군즈의 졔개 산난흐니

63면

므음이 엇디 편흐리오 빅이 힐문흐니 당시 츄연 왈 쳡의 명되 긔구흐여 동널의 불측흐미 비위 거스리는디라 군즈는 쳡의 곳의 오디 마르쇼셔 쳡이 탁셩조시흐고 규듕쳐즈 곳티 인눈을 샤졀코져 흐느니 젹인이 되여 짐총흐믄 죽어도 불감흐리로쇼이다 능빅이 의심이 잇는 바의 추언을 드르니 노긔 튱텬흐여 슈빅주를 구흐여 마시고 밧그로 나오더니 믄득 칙교덩으로 일위 미인이 나오니 월하의 쳔태만광이 분명흔 남시라 난두의 올나 스면을 슬피거늘 빅이

64면

싱각흐디 음부의 거동을 보리라 흐고 진짓 흔연 문왈 이곳은 우리 형뎨 모히는 곳이라 부인이 야반의 엇디 나왓느뇨 남시 탄식고 겻히 안자며 왈 녀즈 일싱이 직어타인이라 쳡이 군즈 바라미 북두 곳거늘 군지 흔번 무르미 업고 부즈 텬륜으로 쇼으의 병도 고렴티 아니니 엇지 셟지 아니리오 유으의 병이 질괴 아니라 독흔 계집의 슈단이니 군지 요스흔 계집의 혹흐여 모즈의 셩명이 위틱흐니 원컨디 친뎡으로 도라보닉시면 부모를 의지흐여 박명을 보젼코져

65면

흐느이다 능히 허흐리잇가 존당 듕회듕의 만나니 스졍을 못흐고 이졔 고흐느니 쳡을 도라보닉고 쾌히 댱녀로 즐기쇼셔 언파의 표연이 드러가니 싱이 분긔 북바쳐 싱각흐디 부모긔 고흐나 죄줄 니 업고 나의 분을 풀 곳이 업스니 금야의 음부를 죽이리라 흐고 드러가니 추시 남시 으즈로 촉하의셔 됴병흐더니 싱이 브디불각의 노목이 진녈흐여 셔리 곳흔 칼을 드러 남시를 향흐거늘 남쇼졔 쳔균대량이나 경동티 아니리오 셔연이 니셕흐여 칼을 피흐며 왈

66면

쳡슈유죄나 야반의 친히 발검욕살흐시느뇨 연이나 무순 스죄를 알고 죽으리라 명눈

이 모친 나상을 잡고 크게 우는지라 싱이 분긔 틍텬ᄒᆞ여 다시 칼노 지ᄅᆞ려 ᄒᆞ거늘 쇼졔 흉악히 너겨 유모를 눈 주어 명눈을 칙울식 시녀 화잉이 능빅의 거동을 보고 혼비빅산ᄒᆞ여 졍당의 가다가 길의셔 화파를 만나 울며 고왈 쥬군이 야반의 칼을 들고 부인을 지ᄅᆞ려 ᄒᆞᄂᆞ이다 화픽 심혼이 경동ᄒᆞ여 젼지도지ᄒᆞ여 니ᄅᆞ니 남시 ᄒᆞᆫ 편의 칙여 셧고 능빅은 노긔 등〃ᄒᆞ여 칼

67면

을 들고 지ᄅᆞ려 ᄒᆞᄂᆞᆫ 거동이라 남시 머리를 잡아시니 남시ᄂᆞᆫ 면티 못홀 줄 알고 고요히 머리를 잡히고 셧거늘 명직 경각이라 픽 황망이 쒸여 드러가 칼을 아ᄉᆞ 왈 이 무ᄉᆞᆫ 거죄뇨 텬디간의 이런 변도 잇ᄂᆞ냐 남시를 븟들고 눈물을 ᄂᆞ려 왈 조문 남녀 상히 부인의 빅힝을 아ᄂᆞᆫ 바의 ᄎᆞ변은 ᄭᅮᆷ의도 보디 못ᄒᆞᆫ 배라 무ᄉᆞᆷ 곡졀이뇨 남쇼졔 쳑연탄식 왈 쳡이 금일 만난 배 무ᄉᆞᆷ 곡졀을 모ᄅᆞ오ᄃᆡ 죽염 즉ᄒᆞᆫ 죄 잇기로 당뷔 죽이려 ᄒᆞ오니 쳡이 칼을 바다 ᄉᆞᄉᆞ로 죽

68면

어 그 ᄆᆞᄋᆞᆷ을 쾌ᄒᆞ게 ᄒᆞ리이다 언미이의 슈ᄎᆞ 셜인을 ᄲᅢ혀 가ᄉᆞᆷ을 지ᄅᆞ니 화픽 급히 손을 잡으나 미쳐 구티 목ᄒᆞ여 홍혈이 님니ᄒᆞ니 화픽 대경차악ᄒᆞ여 븟드러 ᄡᅳ미고 빅을 보와 ᄮᅮ지져 연고를 무ᄅᆞᄃᆡ 빅왈 만고 대역음부ᄂᆞᆫ 죽이미 쟝부의 쾌ᄉᆡ라 조모ᄂᆞᆫ 엇지 말니ᄂᆞ뇨 화픽 혀 ᄎᆞ 왈 무ᄉᆞ 일이 음난픽역ᄒᆞ뇨 그ᄃᆡ 부슉을 바라디 못ᄒᆞ리로다 곡직간 부형이 계시니 고품ᄒᆞ여 졍도로 쳐치ᄒᆞ리니 반야의 돌입ᄒᆞ여 졍실을 살히ᄒᆞ리오 〃 슈쳔미나 그ᄃᆡ 부슉으로브

69면

터 이런 도리ᄂᆞᆫ 보디 못ᄒᆞ엿ᄂᆞ니 그ᄃᆡ 쳐ᄉᆞ를 보건대 한심통히ᄒᆞᆫ디라 왕긔 고ᄒᆞ리로다 능빅이 노왈 조모ᄂᆞᆫ 가히 다ᄉᆞᄒᆞ고 브졍ᄒᆞᆫ 늙으니로다 나의 거죄 다 무ᄉᆞᆷ 일인지 아디 못ᄒᆞ고 음녀를 편드러 나를 곤칙ᄒᆞᄂᆞ뇨 아등이 조모를 공경ᄒᆞ나 너모 명분을 출히디 아냐 이러틋 칙ᄒᆞᄂᆞ뇨 화픽 ᄌᆞ쇼로 진왕 곤계 듕 후대 극진ᄒᆞ고 공경을 바드며 이런 말을 듯디 아니ᄒᆞᆫ 고로 ᄉᆞᄆᆡ를 ᄯᅥᆯ터 니러나며 왈 남부인을 죽이거나 살오거나 늙으니 알 배 아니로ᄃᆡ 션비 되여도 부

70면

슈를 즈임ᄒᆞ고 인졍이 차마 그져 잇디 못ᄒᆞ미러니 도로혀 나를 면칙ᄒᆞ니 ᄂᆡ 무솜 명분을 상히오뇨 ᄒᆞ고 표연이 니러나니 쇼졔 의지홀 곳이 업고 ᄇᆡᆨ의 뮈워 보ᄂᆞᆫ 눈이 흉악ᄒᆞ니 다만 홍협의 누슈ᄲᅮᆫ이라 이ᄯᅢ 유뫼 명뉸 공ᄌᆞ를 안고 옥ᄆᆡᆼ뎡의 가 양부인을 보고 슈말을 고ᄒᆞ니 양부인이 대경ᄒᆞ여 촉을 들니고 ᄲᆞᆯ니 칰교뎡의 니ᄅᆞ니 남쇼졔 샹쳬 알프고 비분이 팅듕ᄒᆞ여 눈물을 금티 못ᄒᆞ고 능ᄇᆡᆨ은 물고 못먹은 범 ᄀᆞᆺ티 눈을 노흐려 ᄯᅳ고 두 쟝 셔간을 더져 춤바타 즐욕 왈 스ᄉᆞ로 계교로 일을 출히고 나를

71면

나와 ᄆᆡᆨ밧고 욕ᄒᆞ고 드러와 모ᄅᆞᄂᆞᆫ 톄ᄒᆞᄂᆞᆫ다 여ᄎᆞ 픽악을 ᄒᆞ고 모ᄅᆞᄂᆞᆫ ᄃᆞ시 ᄢᅦ치ᄂᆞᆫ다 졍히 힐칙홀 제 양부인이 니ᄅᆞ니 능ᄇᆡᆨ이 경황ᄒᆞ여 하당영지ᄒᆞ니 남시 ᄯᅩᄒᆞᆫ 계하의 마즌ᄃᆡ 부인이 남시의 손을 잇그러 승당ᄒᆞ여 좌ᄒᆞ고 탄식 왈 ᄂᆡ 취침코져 ᄒᆞ더니 여등의 대변을 듯고 심한 골경ᄒᆞ여 왓ᄂᆞ니 무솜 곡졀인다 능ᄇᆡᆨ이 본ᄃᆡ 양부인을 공경ᄒᆞᄂᆞᆫ디라 노긔를 진뎡ᄒᆞ여 빅샤 왈 슉모의 하교를 듯ᄌᆞ오니 불승황공ᄒᆞ이다 유ᄌᆞ의 셩경이 류 다ᄅᆞ옵거ᄂᆞᆯ 쳔고의 업ᄉᆞᆫ 흉변을 당ᄒᆞ오니 분긔를 억제티 못ᄒᆞ여 발검

72면

살쳐코져 ᄒᆞ옵더니 화파 조뫼 니ᄅᆞ와 그쳐 잇습더니 슉뫼 하림ᄒᆞ시믄 의외로쇼이다 인ᄒᆞ여 허다 슈말을 고ᄒᆞ매 부인이 악연 탄왈 네 왕공지ᄌᆞ오 명문대가의 나셔 틍회 너ᄅᆞ거ᄂᆞᆯ 오ᄂᆞᆯ 어둡기 이러틋ᄒᆞ니 사ᄅᆞᆷ 알기 어렵다 ᄒᆞᄃᆡ 일ᄉᆞ로 ᄇᆡᆨᄉᆞ를 가지라 남시의 뎡녈슉뇨ᄒᆞ고 졍직인효ᄒᆞᆫ 슉녀를 이런 곳의 의심ᄒᆞ리오 비록 쇼탈ᄒᆞ나 부듕 변난이 종종 이셔 뎡시의 빙옥지힝으로 누덕을 시러시니 엇지 ᄉᆡᆼ각을 못ᄒᆞ고 부형의 말을 듯디 아니ᄒᆞ고 임의로 졍실을 스ᄉᆞ로 버히려 ᄒᆞ니 사ᄅᆞᆷ이 드ᄅᆞ매

73면

몬져 숙〃의 교ᄌᆞ 못ᄒᆞ물 시비ᄒᆞ리니 네 하면목으로 닙어셰ᄒᆞ리오 능ᄇᆡᆨ이 샤죄 왈 슉뫼 하교ᄒᆞ시미 지당ᄒᆞ오니 ᄎᆞ후 명심계지ᄒᆞ리이다 부인이 탄왈 명텬이 직샹ᄒᆞ시니 간뫼 발각ᄒᆞᄂᆞᆫ 날 옥결빙쳥ᄒᆞᆫ 쳥졀이 두렷ᄒᆞ리니 금일 변긔 일시 놀나오나 깁히 근심ᄒᆞ여 숨가 옥질을 상히오지 말나 인ᄒᆞ여 능ᄇᆡᆨ을 ᄀᆡ유ᄒᆞ여 ᄂᆡ여보ᄂᆡ고 유랑과 시

비를 당부ᄒᆞ여 쇼져를 잘 보호ᄒᆞ라 ᄒᆞ고 침쇼로 도라올ᄉᆡ 남쇼졔 당의 ᄂᆞ려 양부인을 빅별ᄒᆞ고 침소의 드러와 기리 ᄒᆞᆫ 소릭를 늣기고 벼개를 의지ᄒᆞ여 몸

74면

을 더지매 다시 낫출 드디 아니ᄒᆞ고 ᄋᆞ직 니ᄅᆞ러 유희ᄒᆞ나 보지 아니ᄒᆞ고 죽기를 결단ᄒᆞ니 유랑 시비 등이 다 슬허 황〃 ᄒᆞ더라 명일 합개 졍당의 함취ᄒᆞ매 오직 남시 불참ᄒᆞᆫ디라 존당이 남시 업ᄉᆞ물 고이히 너겨 좌우ᄃᆞ려 무ᄅᆞᄃᆡ 좌위 미쳐 답지 못ᄒᆞ여셔 능빅이 좌를 써나 작야 광경을 고ᄒᆞ고 두당 셔간을 ᄂᆡ여 드리고 부복 주왈 이ᄂᆞᆫ 천고의 듯디 못ᄒᆞᆫ 대간대음이라 부듕의 일시도 머므러 두디 못ᄒᆞ리로쇼이다 좌위 텽파의 히연 역식ᄒᆞ고 진왕이 ᄒᆡ분ᄒᆞ물 이긔디 못ᄒᆞ여 초공을 보와 가연이 우으니

75면

그 깁희를 측냥티 못ᄒᆞᆯ지라 초공이 역쇼ᄒᆞ고 왈 금일지ᄉᆞᄂᆞᆫ 인면수심이라 젼쟈의 유현을 칙ᄒᆞ더니 이를 보니 가셕ᄒᆞ도다 왕이 셔간을 싱의게 더져 왈 ᄂᆡ 비록 용렬ᄒᆞ나 네 감히 이를뷜 뜻이 잇ᄂᆞ냐 가ᄉᆞ로 ᄂᆡ게 번득디 말고 남시나 댱시나 네 임의로 ᄒᆞᆯ지니 더러온 말을 들니디 말나 ᄒᆞ고 노긔 삼엄ᄒᆞ니 능빅이 츅쳑ᄒᆞ여 말을 못ᄒᆞ고 화픠 변식 왈 노쳡이 작야의 고이ᄒᆞᆫ 거조를 말니다가 곤칙을 보니이다 왕왈 남시ᄂᆞᆫ 뉘 ᄒᆡ ᄒᆞ려 ᄒᆞ며 운현이 현마 셔모를 욕ᄒᆞ리오 화픠 격분이 발

76면

ᄒᆞ엿다가 왕의 노식을 보고 민망ᄒᆞ여 쇼왈 능빅의 쇼견이 믜오니 허언이로쇼이다 왕이 묘단이 이시물 듯고 좌우로 남시를 명소ᄒᆞ니 양졍널이 왈 작야의 여ᄎᆞ여ᄎᆞᄒᆞ니이다 왕이 탄식고 뎡비를 보와 왈 수수ᄂᆞᆫ 숙질간이시나 환우를 아ᄅᆞ시거ᄂᆞᆯ 부인은 모ᄌᆞ간의 도로혀 아지 못ᄒᆞ니 가장 박ᄒᆞ도다 비 참연 왈 운ᄋᆞ의 거동이 이러ᄒᆞᆯ 제 남쇼뷔 오죽ᄒᆞ리오 탕ᄌᆞ의 안히 된 연괴니 젼뎡을 보젼ᄒᆞᆯ 길이 업ᄂᆞ이다 태부인이 탄왈 이 엇딘 연괴며 간부 셔ᄂᆞᆫ 뉘 요슐이뇨 댱시 간교ᄒᆞᆫ디라 의심이 잇

77면

ᄂᆞᆫ가 ᄒᆞ노라 일쾌 남시의 졍ᄉᆞ를 잔잉이 너기며 능빅을 개탄ᄒᆞ더라 진초 이공의 총

명으로 엇지 모ᄅᆞ리오마는 간졍을 젹실이 몰나 통셕ᄒᆞ더라 왕이 칙교뎡의 가 남시 병을 볼ᄉᆡ 뎡비 몬져 가 어로만져 연고를 므ᄅᆞ니 남시 황공무디ᄒᆞ여 고개를 숙여 이뤄 종횡ᄒᆞ니 뎡비 이셕ᄒᆞ여 유랑ᄃᆞ려 힐문ᄒᆞᄃᆡ 유뫼 은익디 못ᄒᆞ여 일〃히 주ᄒᆞ고 눈물이 비오듯하여 양부인이 능빅을 ᄒᆡ유ᄒᆞ여 보ᄂᆡ니 그 후 무ᄉᆞᄒᆞ물 고ᄒᆞᆫᄃᆡ 뎡비 한심ᄎᆞ악ᄒᆞ여 말을 못ᄒᆞ더니 왕이 오다가 난두의셔 드ᄅᆞ

78면

매 ᄋᆞᄌᆞ의 무식광픽를 만심통히ᄒᆞ여 크게 다ᄉᆞ리물 졍ᄒᆞ니 쇼졔 황공이어ᄂᆞᆯ 왕이 명좌 집슈 왈 ᄋᆞ뷔 일야지간의 병이 엇디 져ᄃᆡ도록 슈참ᄒᆞᆫ뇨 남시 불감응ᄃᆡᄒᆞ니 왕왈 무식불초ᄌᆞᄂᆞᆫ 일너 무익ᄒᆞ거니와 현부는 숙녜어ᄂᆞᆯ 조급히 구ᄂᆞ뇨 너를 밋던 배 아니로다 만일 죽으면 박힝지인이 아니리오 ᄎᆞ후 널니 ᄉᆡᆼ각ᄒᆞ여 고이ᄒᆞᆫ 거조를 말나 당년의 뎡니 이뷔 여ᄎᆞ〃〃ᄒᆞᆫ 누악으로도 신빅ᄒᆞ여시니 현부는 되여가믈 보고 보신ᄒᆞ라 남시 ᄇᆡ샤감은ᄒᆞ니 왕이 위로ᄒᆞ여 나오고

79면

뎡비 만단 개유ᄒᆞ여 죽디 말물 경계ᄒᆞ니 쇼졔 ᄇᆡ샤 왈 불초쇼쳡이 구고 셩은을 져바리오니 쳡슈불혜나 슈ᄉᆞ난쇽이로쇼이다 방금의 쇼쳡의 만난 배 뎡니의 다ᄅᆞ미 업ᄉᆞ오나 군ᄌᆞ지언이 ᄎᆞ마 못드를 배오 칼을 들고 버히려 수ᄎᆞᄒᆞ시니 엇지 ᄉᆞᆯ 뜻이 이시리오잇고 구고의 셩괴 여ᄎᆞᄒᆞ오나 엇지 인뉴의 틈수ᄒᆞ여 인셰의 머물 뜻이 이시리잇가 셜파의 ᄋᆡ뤄 옥안을 젹시니 뎡비 더옥 ᄋᆡ련ᄒᆞ여 음식을 권ᄒᆞ고 화파 등으로 위로ᄒᆞ더라 진왕이 운현의 힝ᄉᆞ를 졀치ᄒᆞ여 외졍의 좌ᄒᆞ고 명쇼ᄒᆞ니

80면

빅이 경황젼뉼ᄒᆞ여 슈빅 주를 마시고 탄식 왈 반ᄃᆞ시 듕당을 당ᄒᆞ리로다 ᄒᆞ고 ᄃᆡ죄ᄒᆞ니 댱시 만단간언을 ᄒᆞ거ᄂᆞᆯ 빅이 탄왈 ᄂᆡ 광인이 될지언뎡 여ᄎᆞ 간녀를 죽이고 말니라 ᄒᆞ더라 왕이 노긔 엄녈ᄒᆞ여 ᄉᆞ예를 ᄉᆞ지져 픽ᄌᆞ를 결박ᄒᆞ고 장수를 혜디 말고 쳐 죽이라 엄칙ᄒᆞ니 궁노 ᄉᆞ예 한츌텸빅ᄒᆞ고 능빅을 형판의 올니니 빅이 분긔 돌〃ᄒᆞᆫ더라 돈슈 왈 쇼ᄌᆡ 불초ᄒᆞ오나 오ᄂᆞᆯ ᄉᆞ죄 무슴죄온디 알고나 죽어디이다 왕이 익노 왈 모진 아비 착ᄒᆞᆫ ᄌᆞ식을 치ᄂᆞ니 마즐 ᄲᅮᆫ이라 ᄒᆞ고

81면

슈쟝의 피육이 후란ᄒᆞ니 능빅이 소릐질너 남시 요녀의 참쇼로 맛ᄂᆞ니이다 ᄒᆞ니 능휘 수지져 왈 네 엇지 말솜이 불공ᄒᆞ뇨 ᄒᆞ고 초공긔 이걸ᄒᆞ여 왈 제 죄ᄂᆞᆫ 듕ᄒᆞ나 구ᄒᆞ시물 청ᄒᆞᄂᆞ이다 초공이 안연부동의 뉵십 장의 니ᄅᆞ니 태ᄉᆞ와 능휘 착급ᄒᆞ여 다시 이걸ᄒᆞᆫᄃᆡ 초공이 날호여 당의 니ᄅᆞ니 발셔 칠십 장이라 좌우의 뉘 구ᄒᆞ리오 경히 위급ᄒᆞ더니 초공이 ᄉᆞ예를 물니고 당의 올나 ᄉᆞ러 간ᄒᆞ니 왕이 탄왈 불초이 무상ᄒᆞ여 죽어도 ᄡᅵ듯디 못ᄒᆞ리로다 초공이 우어 왈 요얼의 작난이 셩

82면

졍을 일케 ᄒᆞ미라 ᄒᆞ고 만단 개유ᄒᆞ니 왕이 초공의 말을 언청ᄒᆞᄂᆞᆫ디라 샤ᄒᆞ여 ᄂᆡ티고 졍당의 와 ᄎᆞᄉᆞ를 고ᄒᆞ매 노공이 과도ᄒᆞ물 칙ᄒᆞ고 쳑연이 타루 왈 년쇼우황ᄒᆞ여 허물이 이시나 그리 모지리 치리오 왕이 ᄃᆡ왈 쇼지 엇지 져를 앗기디 아니리잇고마ᄂᆞᆫ ᄎᆞ으로 제ᄋᆞ를 징계ᄒᆞ미니이다 ᄒᆞ더라 ᄎᆞ시 능빅이 븟들녀 셔지의 오니 제형뎨 모다 눈물을 흘니거ᄂᆞᆯ 태시 왈 ᄌᆞ취기홰니 슈원슈귀리오 눈을 감고 혼〃ᄒᆞ니 모다 약으로 구ᄒᆞ더라 빅이 믄득 눈을 브릅ᄯᅳ고 분연긔좌의 손으로 셔

83면

안을 쳐 산〃이 바ᄋᆞ며 대호 왈 남가 요녀를 이쳐로 바ᄋᆞ고 말니라 가댱시 능빅의 듕쟝 입 으물 듯고 누싊 방〃ᄒᆞ여 호쥬미찬으로 위로ᄒᆞ고 죵일 술을 과음ᄒᆞ여 ᄡᅵᄡᅵ로 셔안을 쳐 혹쇼 혹노ᄒᆞ며 혹 노릐ᄒᆞ니 ᄒᆞᆫ낫 발광지인이라 원ᄂᆡ 신법ᄉᆞ 요약이 날노 셩ᄒᆞ여 부형을 원망ᄒᆞ고 댱시만 위ᄒᆞ더라 댱쳬 낫디 못ᄒᆞ여 옥용이 초최ᄒᆞ니 남시 이 곡졀을 듯고 노심ᄎᆞ샹ᄒᆞ여 ᄯᅩᄒᆞᆫ 병이 고황의 밋ᄎᆞ니 간인의 흉뫼 ᄋᆞᄌᆞ를 죽이려 ᄒᆞᄂᆞᆫ디라 ᄎᆞ시 연왕이 일녀 셩혼을 구챠히 셩명을 밧고와 조

84면

싱으로 의를 출히디 못ᄒᆞ나 남시 심복쇼ᄋᆞ를 ᄉᆞ괴여 남시 유지 잠든 ᄯᅢ를 타 신법ᄉᆡ 큰 미 되여 침교뎡의 드러가니 이ᄯᅢ 남시 심쟝을 ᄉᆞ로니 능히 졉목을 못ᄒᆞ고 ᄋᆞᄌᆞ를 어ᄅᆞ만져 늣겨 왈 이제 만고강상의 계집이 되여시니 ᄆᆞ음은 빙옥 ᄀᆞᆺ흐매 븟그럽디 아니ᄃᆡ 죽으면 삼셰 ᄒᆡ이 화를 면ᄒᆞ리오 비분강개ᄒᆞ더니 홀연 모발이 숫그러ᄒᆞ여 아

모리 홀 줄 모르더니 추는 신법식 요슐노 남시의 혼빅을 아스며 식 되여 명뉸을 나뷔를 민드라 실노 믹야 놉히 나라 연부의 가 본형을 닉

85면

여 안흐로 드러가니 쥬궁픽궐이 운쇼의 쇼숫고 수달난창이 왕즈의 거체라 법식 남시를 듕계의 셰우니 흔 왕재 대즐 왈 네 죄 여러가지라 죽어 빡딕 일명을 샤흐고 닝옥의 가도느니 추후나 명을 슌히 흐여 죄를 짓디 말나 좌우로 독약을 명뉸의 입의 부어 삿히 마라 동혀 깁흔 산듕의 무더 업시흐라 흐거늘 남시 추경을 보매 익〃히 칭원흐니 연왕이 남시를 옥의 가도니 궁네 잇그러 후원 옥의 너흐매 둥근 담 속의 수면의 형극이 길길히 빡혓고 쥬야를 분변티 못흐더라 남

86면

시 분통흔 듕 유으의 죽으물 목견흐니 즉각의 죽지 못흐물 흔하여 수면을 보니 석근 둣흔 셕장이오 누진 싸히 흔 닙 초셕쑨이라 오직 익익통곡흐며 죽기만 기드리더니 긔갈이 심흐나 홀 길이 업는디라 홀연 파셕간으로 솟는 물이 이셔 묽기 슈졍 굿거늘 남시 손으로 바다 마시매 마시 감녈흐고 셰샹 쇼식은 드롤 길히 업는지라 흉금이 편식흔 듕 일위 신인이 운관무의로 빅옥쥬미를 들고 와 읍왈 월계션은 진셰고락을 굿초 겻그니 영욕이 엇더흐뇨 됴군쥬의 힝악

87면

이 젼셰 업원이니 원홀 거시 업스딕 이곳이 견딕기 어려오니 일이 년 후면 풍운의 길시를 만나 부뷔 흡흐고 모지 샹봉흐리니 셜워 말고 감천수를 주느니 일노 긔갈을 면흐고 신명을 보젼흐라 남시 지빅흐고 슬픈 수졍을 고코져 흐더니 션관 왈 샹션이 젼싱의 벼술이 놉고 즈식이 션녀 듕 쒸여나니 동녈을 압두흐고 치화션을 구층탑 아래 밀쳐 그 보복을 원흐여 월계션은 남가의 나고 치화션은 왕가의 나시니 오직 인을 닷그면 무수흐리니 이는 하늘 명이라 셜파의 부치로 남시 안잔 딕

88면

를 브티니 흔 줄기 국홰 하늘 향긔를 토흐는지라 국화 아릭로 그윽이 맑은 물이 나거

늘 가르쳐 쇼왈 이 물이 마르고 꼿치 쇠ᄒᆞᄂᆞᆫ 쩌면 버셔ᄂᆞ리니 셜워 말나 부인을 구홀 재 이시리니 즈레 죽디 말나 ᄒᆞ고 표연이 간 ᄃᆡ 업고 겻히 궁녀의 우디지ᄂᆞᆫ 쇼리와 원듕의 진납의 소ᄅᆡ 슬픈디라 남시 몽ᄉᆞ를 ᄉᆡᆼ각ᄒᆞ매 ᄋᆞ직 ᄉᆞ랏실 ᄃᆞᆺᄒᆞᄃᆡ 목젼의 유ᄋᆞ를 독약을 먹여 동혀 가시니 ᄉᆞ라날 길히 이시리오 감쳔과 국화의 덕으로 보와ᄂᆞᆫ 가망이 혹 이실가 두로 샹냥ᄒᆞ고 누쉬 벽히슈 ᄀᆞᆺ더라 어시의 연왕

89면

이 죽이고져 ᄒᆞᄃᆡ ᄇᆡᆨ틱천광을 보고 흉ᄒᆞᆫ 의ᄉᆡ 나매 하늘을 긔이고 신명을 쇽여 져의 은춍을 영구ᄒᆞ고져 ᄒᆞᄂᆞᆫ디라 노궁인으로 남시를 져히고 달ᄂᆡᄃᆡ ᄒᆞᆫ번 몸을 허ᄒᆞ여 금계옥뎐의 나아간 즉 만복이 구젼ᄒᆞ고 일셰의 독보홀 거시니 근본을 누셜티 말고 시기ᄂᆞᆫ ᄃᆡ로 ᄒᆞ라 무르며 쓧을 시험ᄒᆞ니 남시 입을 봉ᄒᆞ고 귀를 막아 젼혀 못 듯ᄂᆞᆫ 형샹이라 궁인이 홀 일 업셔 이ᄃᆡ로 알외니 연왕이 대로ᄒᆞ여 한왕을 보고 쇼유를 의논ᄒᆞ니 한왕은 금황의 종족이라 셩경이 포한ᄒᆞ고 위인

90면

이 탐남ᄒᆞ여 셩춍을 가리오ᄂᆞᆫ디라 셰ᄌᆞ 작윤이 비를 샹ᄒᆞ고 텬하 졀염을 구ᄒᆞ더니 연왕의 말을 듯고 한왕이 대희ᄒᆞ여 왈 이제 남시로 연궐의 드려 영복을 누리고져 ᄒᆞ나 범을 노하 후환을 보미라 비록 입으로 허락ᄒᆞ나 왕을 위ᄒᆞ여 감격ᄒᆞ미 업ᄂᆞᆫ디라 초방계뎐을 님ᄒᆞ여 엇지 근본을 아니며 부귀를 탐ᄒᆞ나 엇지 왕을 히홀 ᄆᆞ음이 업ᄉᆞ리오 이ᄂᆞᆫ 화를 ᄌᆞ취ᄒᆞ미니 이 일을 그티고 남시 실노 졀ᄉᆡᆨ이어든 나의 미부를 삼으미 엇더ᄒᆞ뇨 타일 왕을 히ᄒᆞᄂᆞᆫ 일이 업슬 거시오 ᄒᆞ

91면

물며 사름의 모ᄌᆞ를 일야의 잡아다가 독살ᄒᆞ여시니 남시 ᄒᆞᆫ이 골슈의 ᄉᆞᄆᆞᆺᄎᆞᆫ디라 왕이 남시를 궁으로 보ᄂᆡ면 복을 밧고미니 왕은 ᄉᆡᆼ각ᄒᆞ라 연왕이 쳐음으로 숨이 ᄭᅵᆫ ᄃᆞᆺᄒᆞ여 왈 원ᄂᆡ 죽이미 여러 가지나 텬앙이 두립고 고은 빗치 텬하를 기우린디라 황샹이 미희를 구ᄒᆞ시니 ᄂᆡ 궁듕의 쳔거ᄒᆞ여 녀ᄋᆞ의 원을 풀고 텬의를 깃브게 ᄒᆞ려 ᄒᆞ더니 슉왕의 말이 통달ᄒᆞᆫ디라 맛당이 귀궁의 옴기려니와 번거ᄒᆞ여 엇디 보ᄂᆡ리오 한왕 왈 ᄂᆡ 금야의 일승 교ᄌᆞ와 ᄉᆞ오 궁녀를 보닐 거

92면

시니 도라보닉라 왕 왈 져의 모즈를 흔 날 겁탈흐여시니 브야흐로 조남 이가의셔 의심이 동흐여 남시 원가를 촛고져 흐는딕 교즈 틱와 다려가미 번거흐니 닉 당당이 쎡를 타 보닐 거시니 모르미 급히 마르쇼셔 셔로 약속을 뎡흐고 오매 연왕의 흉심이 불니듯흐여 스스로 취홀 뜻이 급흐여 한왕과 말흐물 뉘우쳐 흐더라 연왕이 본궁의 와 남시를 불너오라 흐니 남시 결흐여 죽디 못흐고 닝옥의 가쳔 디 오릭더니 아춤의 화엽을 먹고 밤의 감천을 마시니 이 가온딕 심녀를 허비흐

93면

고 심장을 술오나 화용 옥질이 셕〃흐여 남히 보광쥬 궃고 화시 년셩벽 궃흐니 상히 이향이 몸을 두르고 텬연흔 광휘 젼쟈의 더흐니 엇디 옥듕 고초흔 사름 궃흐리오 달이 넘도록 먹는 거시 업스딕 알턴 병이 하리고 보옥 궃흔 영치 날노 더으니 귀형 궃튼 무리 우러러 보고 고히 너기고 신긔히 너기더라 반야의 스오 개 궁인이 연왕의 명으로 브르니 남시 안싁을 싁싁히 흐고 쇼릭 질너 왈 닉 비록 익이 비상흐여 이곳의 가쳐시나 텬디신명이 지방흔디라 닉 원을 품고 삼십여 일을

94면

누옥의 나디 아냐 굴므딕 완연흐물 보와도 닉 신원홀 쎡 이시물 알지라 이제 반야의 나를 부르니 사름의 념치 아니라 닉 만장 칼날이 닉 몸의 당흐나 죽을 ᄯ롬이라 엇지 비례를 당흐여 무륜흔 말을 드르리오 단연이 요동티 아니니 궁비 좌우로 안쟈 니히로 무수히 다릭며 져히거늘 남시 발연대로 왈 닉 비록 일개 쇼녀지나 스족지녀로 빅희의 불타 죽던 일홈을 흠앙흐고 명되 긔박흐여 만고의 업는 경계를 당흐니 ᄋ히 독살흐물 목견흐고 몸이 옥듕의셔 달을 넘어 견딕여

95면

산 줄을 보와도 모질물 알지라 나를 동혀가딕 인원이 승텬이라 흔번 죽어 원슈를 갑흘 거시니 너는 도라가 젼홀지어다 청평세계의 이런 흉적이 이셔 인군의 셩덕을 가리와 무죄흔 인명을 상흐고 나를 구욕흐니 사름의 힝실이리오 나는 궤샹육이라 무어술 두리리오 궁인이 어히업셔 도라가 젼흐니 연왕이 대로흐여 죽이고져 흐나 한왕으

로 언약이 잇는디라 겨유 참아 궁인으로 다시 달니라 ᄒᆞ엿더니 궁인 듕의 경진월이란 재 말이 신긔ᄒᆞ고 지혜 고명ᄒᆞ며 어진 ᄆᆞ옴으로

96면

사름 구ᄒᆞ기를 못 밋촐 둣ᄒᆞ는디라 브르기를 경샹궁이라 ᄒᆞ더라 경샹궁이 왕명으로 나아가 그 용식을 보니 만고의 긔이ᄒᆞᆫ디라 스스로 상냥ᄒᆞ여 구코져 ᄒᆞ매 연왕비긔 고ᄒᆞ되 뎐해 남시를 갓가이 ᄒᆞ고져 ᄒᆞ니 남시의 화용이 쒸여나는디라 군쥬의 심복대환을 옴겨 낭낭의 안듕의 못슬 삼으니 사름이 대왕을 무어시라 ᄒᆞ리잇고 쏘ᄒᆞᆫ 져곳의셔 아ᄅᆞ미 이신 즉 대왕이 비록 뎨실지친이나 죄를 면티 못홀 거시오 어린 ᄌᆞ식을 독살ᄒᆞ여시니 원슈 지으미 비상ᄒᆞᆫ디라 낭

97면

낭은 슬피샤 ᄃᆡ왕의 남시 ᄉᆡᆼ각는 ᄆᆞ옴을 끈케 ᄒᆞ쇼셔 비 대경ᄒᆞ여 남시 쳐울 계교를 무ᄅᆞ니 경시 왈 왕이 가도와시니 뉘 노흐리오 급히 한궁의 옴겨가미 읏듬 계피니이다 ᄒᆞ고 말을 가ᄅᆞ치니 비 올히 너겨 왕을 ᄃᆡᄒᆞ여 모ᄅᆞ는 톄ᄒᆞ고 니ᄅᆞᄃᆡ 남시 모ᄌᆞ를 잡아오믄 녀ᄋᆞ의 ᄒᆞᆫ을 업시ᄒᆞ미라 무죄ᄒᆞᆫ 명부를 ᄉᆞ옥의 가도와 죽이려 ᄒᆞ니 인쟈의 홀 배 아니라 젹션지가의 필유여경이니 쳡이 ᄉᆡᆼ각ᄒᆞ매 심한골경ᄒᆞᆫ디라 쇼녀의 복을 구ᄒᆞ다가 대왕이 황샹긔 대화를 만날가

98면

두리ᄂᆞ니 엇지 숙식이 편ᄒᆞ리오 대왕은 깁히 ᄉᆡᆼ각ᄒᆞ쇼셔 왕이 비의 말을 청신ᄒᆞ는디라 혼동ᄒᆞ는 말을 듯고 경동 왈 ᄂᆡ ᄉᆡᆼ각ᄒᆞ미 이셔 한왕과 의논ᄒᆞ미 잇더니 명일 한궁으로 옴기리라 비왈 구ᄐᆡ여 번거이 ᄒᆞ리오 경샹궁이 신근ᄒᆞ니 남시를 맛져 본부로 잘 구쳐ᄒᆞ라 ᄒᆞ고 조토록 ᄒᆞ쇼셔 왕이 올히 너겨 경샹궁의게 분부ᄒᆞ다 이ᄯᅢ 남시 갓쳔 디 ᄉᆞ십 일의 작슈를 너티 아니ᄒᆞ나 청슈화엽으로 긔갈을 면ᄒᆞ엿더니 경샹궁이 드러와 다릐여 갈 뜻을 니ᄅᆞ고 교ᄌᆞ

99면

의 붓드러 올니니 옥의 긋과 물이 즉시 흔젹이 업셔지는디라 ᄉᆡᆼ각ᄒᆞᄃᆡ 다시 두려온

거시 업ᄉᆞ되 종시를 보리라 ᄒᆞ고 경샹궁을 의지ᄒᆞ여 가는 대로 이시니 경샹궁이 남시의 옥안화틱 긔이ᄒᆞ믈 보매 완연ᄒᆞᆫ 덕도와 유복ᄒᆞᆫ 긔샹이 박명지인이 아니라 경샹궁이 아모커나 힘써 구코져 ᄒᆞ더니 ᄎᆞ시 남시 엇더ᄒᆞᆯ 줄을 몰나 눈물이 잠겻더니 경샹궁이 위로 왈 임의 옥을 버셔나시니 부인이 피화ᄒᆞᆯ 긔회라 과히 상회티 마ᄅᆞ쇼셔 위틱ᄒᆞᆫ 듸 구ᄒᆞ미 이시리이다 남시

100면

궁인의 어질미 평싱 아던 바 굿ᄐᆞ믈 보고 읍왈 나를 빅가지로 보칙여 또 한궁으로 보닉는 뜻은 무슴 연괴뇨 아디 못게라 이제 나를 샹궁을 맛져 보닉니 계교를 알지라 ᄉᆞ싱을 두려 념녀ᄒᆞᆯ 거시 업ᄉᆞ니 실노 의혹ᄒᆞᄂᆞ니 남의 ᄌᆞ식을 독살ᄒᆞ고 나를 무슴 일노 ᄉᆞ십일을 가도왓다가 오히려 죽디 못ᄒᆞ여 여긔 보닉니 샹궁은 알미 잇거든 쾌히 일너 날노 결단케 ᄒᆞ라 궁인이 탄왈 님ᄌᆞ를 위ᄒᆞ여 시기는 일을 어긔디 아니미 덧덧ᄒᆞ듸 쳡의 뜻은 사름을 구ᄒᆞ고 현인을 ᄉᆞ랑

101면

ᄒᆞᄂᆞ니 오늘 부인의 옥용이 니토의 써러져 나뷔 불의 듬 굿토니 인심의 츄연ᄒᆞ여 일을 보와 구코져 ᄒᆞᄂᆞ이다 ᄒᆞ고 경샹궁이 몬져 드러가 한왕을 보고 왈 남시 니ᄅᆞ러시나 션연 미질이 신션의 골격이오 송빅의 청절을 가져시니 경히 핍박디 못ᄒᆞᆯ디라 아직 고요ᄒᆞᆫ 듸 두엇다가 종용히 쳐티ᄒᆞ리이다 한왕이 올히 너겨 심궁을 셔ᄅᆞ져 남시를 머믈고 경샹궁이 좌의 써나디 아니니 남시 경시의 의긔를 짐작ᄒᆞ는디라 일을 보와 핍박ᄒᆞ는 욕이 당ᄒᆞ면 죽으려 결ᄒᆞ듸 경샹궁

102면

이 직흴 ᄲᅮᆫ 아니라 장젼장후의 궁ᄋᆡ 시위ᄒᆞ여 죽으물 제방ᄒᆞ는디라 쥬야 돌돌ᄒᆞᆫ 한이 흉격이 막히고 ᄋᆞᄌᆞ를 싱각ᄒᆞ니 누쉬 여우ᄒᆞ여 날이 오릭나 머리를 드디 아니ᄒᆞ더라 후ᄉᆡ ᄒᆞ여오 챠청 하회분히ᄒᆞ라

조시삼대록 권지십칠

1면

챠셜 연왕궁의셔 남시와 아ᄌᆞ를 잡아다가 남시ᄂᆞᆫ 연셰ᄌᆡ 핍박고ᄌᆞ ᄒᆞ고 ᄋᆞᄒᆡᄂᆞᆫ 독을 먹여 죽여 궁노를 불너 ᄂᆡ여다 무드라 ᄒᆞ니 궁뇌 ᄋᆞᄒᆡ를 지고 나오며 ᄉᆡᆼ각ᄒᆞᄃᆡ ᄂᆡ ᄆᆞᄋᆞᆷ이 심히 추연ᄒᆞ고 남시를 가긍히 너겨 사ᄅᆞᆷ이 젹악ᄒᆞᄆᆡ 텬앙이 두렵다 ᄒᆞᄂᆞ니 아모커나 이 아ᄒᆡ 죽엇ᄂᆞᆫ가 ᄉᆞ랏ᄂᆞᆫ가 보리라 ᄒᆞ고 남 못 보ᄂᆞᆫ ᄃᆡ 가 ᄋᆞᄒᆡ 시신을 나려 노코 ᄉᆞᆯ

2면

펴보니 ᄋᆞᄒᆡ 오히려 죽지 아녀 눈을 감으락 ᄯᅳ락ᄒᆞ여 못 견ᄃᆡ여 ᄒᆞᄂᆞᆫ 거동이 인심의 차악ᄒᆞᆫ지라 이 궁노의 명은 구ᄌᆡ니 문득 어진 ᄆᆞᄋᆞᆷ이 ᄆᆡᆼ동ᄒᆞ여 엇지 죽일 ᄇᆡ 이시리오 급히 ᄒᆡ독약을 푸러 닙의 드리오니 이윽고 독을 토ᄒᆞ고 졍신을 출힌 후 니러 안ᄌᆞ 눈을 ᄯᅥ ᄉᆞᆯ피니 그 옥 ᄀᆞᆺᄒᆞᆫ 긔질과 ᄭᅩᆺ ᄀᆞᆺᄒᆞᆫ 풍치 표연이 신션의 골격이 이실 분 아니라 ᄇᆞᆰ은 안ᄎᆡ와 긴 눈셥이며 놉흔 텬졍이 일월

3면

각을 둘넛고 ᄃᆡ귀인의 풍치 잇ᄂᆞᆫ지라 구ᄌᆡ ᄒᆞᆫ 그릇 더온 물을 가져 ᄋᆞᄒᆡ를 먹이고 품의 품고 가마니 제 방으로 가 기쳐 호마를 불너 비밀이 닐너 ᄀᆞᆯ오ᄃᆡ 대왕이 갓다가 무드라 ᄒᆞᄃᆡ 범샹ᄒᆞᆫ ᄋᆞᄒᆡ도 참아 못 죽일ᄃᆡ 차아의 상을 보니 진실노 속ᄌᆡ 아니라 ᄂᆡ 잠간 ᄉᆞᆯ피니 귀인의 ᄌᆞ식이라 우리 지금 ᄌᆞ식이 업ᄉᆞ니 이 ᄋᆞᄒᆡ를 죽이지 말고 그ᄃᆡ 다리고 우리 부모의 집이 둥화문 안 방환교의

4면

이시니 그ᄃᆡ 그곳의 가 잇셔 차ᄋᆞ를 힘ᄡᅥ 보호ᄒᆞ라 나ᄂᆞᆫ 드러가 죽인 톄ᄒᆞ고 셰셰히 형셰를 보아 그ᄃᆡ를 ᄯᆞ라가리라 호시 본ᄃᆡ ᄌᆞ식이 업고 현심이 구ᄌᆞ로 일반이오 ᄋᆞᄒᆡ ᄉᆞ랑이 ᄌᆞ별ᄒᆞᆫ지라 차ᄋᆞ의 긔이ᄒᆞ미 ᄌᆞ가의 평ᄉᆡᆼ 본 바 쳐엄이라 깃부믈 니긔지 못ᄒᆞ야 급히 경보를 수습ᄒᆞ고 ᄋᆞᄒᆡ를 ᄃᆞ리고 호가의 집 방환교로 와셔 숨고 구ᄌᆞᄂᆞᆫ 도라가 평명의 왕을 뵈옵고 멀니 가 깁히 뭇고 오

5면

니다 ᄒᆞ니 왕이 크게 깃거 구자를 듕샹ᄒᆞ니 구지 후로 방환교의 왕ᄂᆡᄒᆞ고 ᄋᆞ히를 ᄌᆞ로 구호ᄒᆞ고 ᄋᆞ히 풍치 긔특ᄒᆞ믈 심익ᄒᆞ야 무러 ᄀᆞᆯ오ᄃᆡ 네 엇던 ᄋᆞ희로 엇지ᄒᆞ여 잡혀온다 명윤이 ᄀᆞᆯ오ᄃᆡ ᄂᆡ 조부ᄂᆞᆫ 왕이오 부친은 능빅이라 부ᄅᆞ고 ᄂᆡ 일홈은 명윤이오 모친의 일홈은 아지 못ᄒᆞ나 가듕인이 부인이라 부르더이다 잡혀온 곡졀은 모로노라 ᄒᆞ고 져무도록 즐겨 아녀 씩〃 모친

6면

을 부ᄅᆞ고 우니 호미 아모조록 아롬ᄃᆞ온 과실과 맛 조흔 음식으로 달ᄂᆡ여 먹이고 품어 ᄌᆞ며 기ᄅᆞ기를 지셩으로 ᄒᆞ고 구지 말을 드른 즉 ᄋᆞ히 반ᄃᆞ시 왕공지가의 귀ᄒᆞᆫ ᄌᆞ식인 줄을 알고 근본을 니ᄅᆞ지 아니ᄒᆞ면 ᄌᆞᆯ 길너 졍을 ᄆᆡᄌᆞ며 은혜를 끼쳐 ᄌᆞ식 업ᄂᆞᆫ 몸을 의지ᄒᆞ고 쟝ᄂᆡ를 깁히 ᄇᆞ라미러라 명윤은 안여평셕ᄒᆞ야 무ᄉᆞ히 이시ᄃᆡ 남시ᄂᆞᆫ 한궁의 가치여 주야로 초조ᄒᆞ야 우구ᄒᆞᆫ 뜻이 침샹

7면

의 안잔 ᄃᆞᆺ 조셕의 죽기를 ᄃᆡ령ᄒᆞ니 그 졍이 비고ᄒᆞ여 귀신을 감읍게 ᄒᆞᆯ지라 경샹궁이 남시를 위ᄒᆞ여 어딘 ᄆᆞ음이 긋치지 아녀 한왕을 달ᄂᆡ여 ᄆᆡ양 길긔를 늣초고 탈신지계를 가라치고져 ᄒᆞ나 ᄒᆞᆫ 조각 됴흔 ᄆᆞᄃᆡ를 엇지 못ᄒᆞ더니 한셰지 풍졍을 니긔지 못ᄒᆞ야 친ᄉᆞ를 지촉ᄒᆞ니 한왕이 틱일ᄒᆞ니 길긔 겨오 수일을 격ᄒᆞ엿ᄂᆞᆫ지라 경샹궁이 남시의 구구ᄒᆞᆫ 경샹을 ᄋᆡ긍히

8면

너겨 귀에 다혀 차ᄉᆞ를 고ᄒᆞᄆᆡ 남시 혼빅이 비월ᄒᆞ야 탄왈 ᄂᆡ 이 일이 아니라도 죽을 밧게ᄂᆞᆫ ᄒᆞᆯ 일이 업ᄂᆞᆫ지라 ᄒᆞ믈며 다시 눈 우희 셔리를 더으니 ᄂᆡ 엇지 일시를 세샹의 유련ᄒᆞ리오 경샹궁 왈 불가ᄒᆞ이다 ᄂᆡ 한 계괴 이시ᄃᆡ 만일 누셜ᄒᆞ면 노신이 죽을지라 ᄉᆞ긔를 비밀히 ᄒᆞ리니 당금의 션인 황휘 인ᄌᆞ관후ᄒᆞ샤 심인후덕이 궁ᄂᆡ의 덥혓ᄂᆞᆫ지라 ᄇᆞ야흐로 뉵세 공듀를 두시고 어

9면

진 샤부를 어더 공듀의 평싱 긔딜을 져바리지 아니려 ᄒᆞ시ᄂᆞᆫ지라 이제 노쳡이 명일은 낭낭 탄일이라 대ᄂᆡ의 드러가ᄂᆞᆫ지라 부인의 졍ᄉᆞ를 고ᄒᆞ면 낭낭이 반ᄃᆞ시 측은이 너기샤 건져ᄂᆡ고ᄌᆞ ᄒᆞ실 거시오 또 ᄒᆞᆫ번 보고ᄌᆞ ᄒᆞ실지라 몸을 ᄲᆡ혀 궐듕의 드러가시면 뎐화위복ᄒᆞ야 영화로이 본튁으로 도라가시리이다 ᄒᆞ거ᄂᆞᆯ 남시 경샹궁의 어딜믈 보고 의심티 아녀 ᄉᆞ례 왈 비록 그러

10면

나 몸이 이곳의셔 엇지 버셔나며 외됴 명부로 엇디 깁흔 궁듕의 번요ᄒᆞ리오 경샹궁이 쇼왈 금궐이 비록 번요ᄐᆞᄒᆞ나 낭낭이 감초려 ᄒᆞ시면 샹ᄌᆞ의 장옥흠 ᄀᆞᆺ틀 거시오 군신이 부ᄌᆞ ᄀᆞᆺ다 ᄒᆞ오니 노쳡이 힘을 다ᄒᆞ여 부인으로 본부의 도라가시게 ᄒᆞ리니 이곳의셔 다만 몸을 버셔나 궐듕의 드러가시면 반셕의 편흠과 틱산의 셰를 두어 구고와 친졍을 ᄎᆞᄌᆞ시미 반졈 구ᄋᆡᄒᆞ미 업

11면

ᄉᆞ려니와 이곳이 이목이 번다ᄒᆞ니 피ᄒᆞ여 가실 모칙을 엇디 못ᄒᆞ여이다 남시 가마니 일계를 니ᄅᆞ니 경샹궁이 탄왈 부인은 냥평지모를 두어 계시도소이다 일이 이러ᄒᆞ시면 족히 한궁을 속이고 그 가온ᄃᆡ 주변을 노쳡이 즐 ᄒᆞ리이다 남시 탄왈 명도의 긔구ᄒᆞ미 이 지경의 니ᄅᆞ고 샹궁의 ᄃᆡ은 곳 아니면 진짓 죽엄이 한궁의 놀ᄂᆞᆫ 피를 ᄲᅢ릴낫다 ᄒᆞ더라 경샹궁이 한왕을 보고 닐오ᄃᆡ 이 일이

12면

명졍ᄒᆞᆫ 혼인이 아니라 독좌의 녜를 찰히지 못ᄒᆞᆯ 거시오 져의 거동이 아직 보건ᄃᆡ 의ᄉᆡ 송빅 ᄀᆞᆺ고 ᄆᆞ음이 셔리 ᄀᆞᆺᄐᆞ니 길일의 셰지 ᄒᆡ진 ᄯᅢ를 당ᄒᆞ여 녜복을 닙고 남시 잇ᄂᆞᆫ 곳의 니ᄅᆞ시거든 남시를 개유ᄒᆞ여 셔로 즘간 힝녜ᄒᆞ고 ᄆᆞᄌᆞ 화촉동방의 도라가게 ᄒᆞ리이다 왕이 그 말을 듯고 올ᄐᆞ ᄒᆞ고 긔구를 졍제ᄒᆞ고 세ᄌᆞ비 머믈 궁을 수리ᄒᆞ라 ᄒᆞ더라 명일이 소낭낭 탄일이라 한연 냥 왕비 다

13면

닙궐ᄒᆞ니 경샹궁도 ᄒᆞᆫ ᄃᆡ 드러오니 이 경샹궁은 원ᄂᆡ 궐듕으로 연궁의 가실 분 아니라 소부의 ᄌᆞ소로 친근이 왕ᄂᆡᄒᆞ여 낭낭이 소시로브터 면목이 익으며 졍이 친근ᄒᆞ여 입궐ᄒᆞ야 드러오신 후도 ᄌᆞ별이 후ᄃᆡᄒᆞ시더니 곽후긔 득죄ᄒᆞ여 ᄂᆡ치시ᄆᆡ 인ᄒᆞ여 연궁의 가 머무시나 궐듕의 드러오면 조용이 뫼셔 녀염문견을 샹하 수작ᄒᆞ며 그 위인을 후ᄃᆡᄒᆞ시고 ᄉᆞ랑ᄒᆞ시더라 이튼날 탄일이

14면

니 황친국쳑과 ᄂᆡ외명부와 문무쳔관이 모다 냥뎐의 산호만셰를 부르고 대연을 개댱ᄒᆞ고 종일 연낙ᄒᆞ여 일모도원의 파연ᄒᆞ니 황친국쳑과 ᄂᆡ외명부ᄂᆞᆫ 믈너나고 한연비ᄂᆞᆫ 머무러 숙소를 뎡ᄒᆞ야 도라간 후 경샹궁이 조용이 낭낭을 뫼셔 수작ᄒᆞ다가 옥식이 흔연ᄒᆞ신 ᄯᅢ를 타 뎐하의 부복ᄒᆞ여 주왈 신쳡이 연궁의 잇ᄉᆞ와 보오니 연왕의 부녜 비례의 일을 ᄒᆞ와 조진왕의 며나리를 연왕

15면

부녜 샹의ᄒᆞ여 신묘랑을 쳥ᄒᆞ여 요술노 잡아다가 ᄂᆡ옥의 가도고 셰지 핍박고ᄌᆞ ᄒᆞ려ᄒᆞᄂᆞᆫ 소의와 남시의 비원ᄒᆞᆫ 졍ᄉᆞ를 일일히 주ᄒᆞ고 시방 한궁의 잇셔 목숨이 됴셕의 잇ᄉᆞᆸ기로 낭낭 셩덕으로 뫼와 궐듕의 드러와 낭낭긔 셜운 졍원을 진달ᄒᆞ고 덕틱을 모욕ᄒᆞ와 제 집으로 도라가게 ᄒᆞ소셔 그 졍시 비원ᄒᆞ믈 갓초 진달ᄒᆞ니 귀신을 울닐지라 평ᄉᆡᆼ 소ᄆᆡ로ᄃᆡ 잔잉홈과 슬푸믈 참지 못ᄒᆞ와 힘을

16면

다ᄒᆞ여 구ᄒᆞ시믈 쥐ᄒᆞ오니 낭낭셩덕으로 아직 옥듀의 ᄉᆞ부를 뎡ᄒᆞ시면 이 녀지 용식이 텬하의 ᄧᅡㄱ이 업고 지죄 긔이ᄒᆞ고 풍치 어진 긔질이 주람의 풍이 잇ᄂᆞᆫ지라 옥듀긔 유의ᄒᆞ미 덕이 되올가 ᄒᆞ나이다 휘 텽파의 크게 분히ᄒᆞ샤 ᄀᆞᆯᄋᆞ샤ᄃᆡ 셩샹이 인덕을 후이 ᄒᆞ시고 지친을 사랑ᄒᆞ시미 극진ᄒᆞ시므로 ᄯᅳᆺ이 방ᄌᆞᄒᆞ여 제 덕을 샹히오고 풍화를 산난ᄒᆞ니 엇지 한심치 아니리오 ᄃᆡ이 사룸의 불평ᄒᆞ믈 ᄃᆞᄅᆞ면

17면

몸을 바아는 둧호여 살니고쟈 호거든 허믈며 힘으로 능히 홀 길을 이시믈 알고 엇지 일시 지체호리오 딤이 맛당이 한궁의 심복시녀를 보닉여 기달일 거시니 네 잘 구쳐 호여 치술호미 업게 호라 경샹궁이 낭낭의 말슴을 듯줍고 딕희호여 돈수〻은호고 언약을 굿게 졍호고 즉시 궁인 진시와 경샹궁이 셔로 맛초와 한궁의셔 남시를 닉여올 문과 구홀 곳을 졍약호고 믈너왓다가 수일 후 한연비 소시긔 하딕고 경샹궁과

18면

훈가지로 나오니라 셰일이 신속호여 한셰직 길일이 다다르니 셰직 깃부믈 니긔지 못 호여 이늘 일식이 써러지고 월출동녕호믹 셰직 길복을 닙고 남시의 곳의 니르니 이 씌 남시 경샹궁과 다른 궁녀들이 좌우의 가둑이 모다 단댱호기를 직촉호딕 남시 안연부동호는지라 한셰직 방의 드러와 길이 팔댱 숏고 셔셔 신인의 네호기를 직촉호딕 눈을 드러 바라보니 즈약훈 염광이 부용이 향긔를 토호고

19면

소월이 텬궁의 한긔를 토호여 셔리를 업수이 너기는 숏다온 녈졀이 쳥쳥호여 듁빅의 푸른 빗촐 셰한의 홀노 픠엿는 둧훈지라 한셰직 졍혼이 표탕호고 구령이 산난호니 이씌 은졍이 착급호여 골오딕 부인이 비록 교목셰족이오 후문명부나 스셰 여츳호믹 홀일 업는디라 오늘 과인의 뜻을 순호면 존듕호고 텬승의 위를 안향호미 지즈의 일이라 호거늘 남시 이 말을 드르믹 분긔 하늘을 쎄칠

20면

둧호여 소릭를 가다듬어 칙왈 셩명지셰의 역직 우흐로 텬의를 거ᄉ리고 아릭로 풍화를 산난호여 후가명부를 잡아다가 결박호고 구욕이 여츳호니 연한 이뷔 반드시 멸망지환을 면티 못호리니 닉 이제 원통이 죽으니 부형과 가뷔 차즐 시졀의 젹직 무스호믈 즐 어드랴 셜파 옥수의 두어 촌 셜잉을 즙으믹 경샹궁이 황황이 다라드러 구호는 테홀 씌의 등촉이 것구러져 써지니 경샹궁이 소릭 질너

21면

왈 노신이 힝보가 노둔ᄒᆞ여 발셔 일이 낫시니 썔니 불을 붉히라 ᄒᆞ니 ᄎᆞ시 딘셰지 엇디 진가를 알니오 ᄆᆞ음이 차급ᄒᆞ며 심혼이 놀나와 밧비 소ᄅᆡᄒᆞ여 불을 붉히고 보니 남시 엄연이 가슴의 칼을 쏫고 누어 유혈이 낭ᄌᆞᄒᆞ야 오시 져졋고 ᄌᆞ리의 고이엿시니 한셰지 두 눈을 멀것게 쓰고 낫빗치 흙 ᄀᆞᆺᄐᆞ야 발을 굴너 닐오ᄃᆡ 사름들이 잇셔 굿치 못ᄒᆞᄂᆞᆫ 일이 여ᄎᆞᄒᆞ니 엇디 쳐치ᄒᆞ리오 경샹궁이 눈물을

22면

흘녀 왈 한궁이 복이 업셔 여차 일녀를 일흐니 눌을 한ᄒᆞ리오 원ᄂᆡ 이 녀ᄌᆞ를 밧비 춰치 말고 길게 달ᄂᆡ여 회심ᄒᆞᆫ 후 일을 닐우소셔 ᄒᆞ엿더니 셰지 일을 밧비ᄒᆞ샤 이 일이 낫시니 왕궁이나 사가나 ᄉᆞ름을 급술ᄒᆞᆫ 죄 비경ᄒᆞ고 허믈며 명부지인이니 큰 환을 만늘 당본이라 이제 이 샹ᄉᆞ를 요란이 구러 방외인이 알면 큰 일이 늘거시니 발셔 노신이 ᄋᆡ회 비샹ᄒᆞ여 져즌 오술 맛트시니 이 시신을 수습홀지

23면

라 다른 사름을 알니지 말고 고요히 염습ᄒᆞ여 이제로셔 동혀 밧비 ᄂᆡ여갈 거시니 아모도 알 니지 마ᄅᆞ소셔 ᄒᆞ고 급히 깁을 가져다가 남시의 ᄂᆞᆺ출 가리오고 덥허 노흐니 뉘 능히 진위를 알니오 한왕이 이 말을 듯고 ᄃᆡ경ᄒᆞ여 아모리 홀 줄을 모로고 급히 시신을 치우라 ᄒᆞ니 경샹궁이 이쩍를 인ᄒᆞ여 남시를 염습ᄒᆞ여 초녀의 담아 가마니 후원 문을 나ᄆᆡ 소낭낭이 진시와 여러 궁인으로 소교를 가지고 와 후로의

24면

ᄃᆡ히엿던지라 이의 남시를 ᄂᆡ여오믈 보고 일시의 와 남시를 옴겨 교ᄌᆞ의 넛코 바로 궐듕으로 드러가고 경샹궁은 뷘 초여를 실녀 문외로 나아가니 메여가ᄂᆞᆫ 군인이 오히려 진가를 모로거든 뉘 알니오 경샹궁이 메고 나온 군인을 잠간 쉬우고 의복 동힌 거술 초여의 시럿던지라 그 거술 구덩이의 드리치고 닐오ᄃᆡ 불과 시신을 감촐 분이니 수고로이 무덤을 ᄆᆡᆼ글니오 흙을 덥히고 쾌히 도라오며 글

25면

오듸 공연ᄒᆞᆫ 사ᄅᆞᆷ을 죽엿시니 한연 이궁의셔 경구ᄒᆞᄂᆞᆫ디라 여등은 이런 말을 구외불출ᄒᆞ라 ᄒᆞ고 도라와 한왕 부ᄌᆞ를 보고 시신을 남 모ᄅᆞ게 쳐치ᄒᆞ고 와시니 뉘 알니잇고 왕의 부ᄌᆡ ᄎᆞ언을 듯고 다힝ᄒᆞ여 ᄒᆞ거ᄂᆞᆯ 경샹궁 왈 노신이 일을 다 수식ᄒᆞ여시니 이제ᄂᆞᆫ 연궁으로 도라가나이다 ᄒᆞ고 급히 궐듕으로 남시를 ᄯᆞ라 니ᄅᆞ니라 어시의 남시 탄 교ᄌᆞ를 녕거ᄒᆞ여 진샹궁이 금듕의 드러오니 텬식이 오히려 치

26면

ᄇᆞᆰ지 아녓고 금문이 갓 녈녓더라 샹궁이 제 방으로 가 교ᄌᆞ의 시신을 나리와 노코 ᄆᆡᆫ거술 다 풀ᄆᆡ 일위 미부인이 수족을 운동ᄒᆞ여 숨을 ᄂᆡ쉬고 ᄯᆞᆷ이 의검의 져졋ᄂᆞᆫ지라 용모긔질이 보ᄆᆡ 찬난ᄒᆞ여 ᄒᆡ샹의 명월듀오 산두의 조양이 솟ᄂᆞᆫ 듯ᄒᆞᆫ지라 진샹궁이 이를 보고 놀나고 ᄉᆞ랑ᄒᆞ여 밧비 졀ᄒᆞ고 탄식 왈 부인의 슬프고 원앙ᄒᆞ믈 드ᄅᆞ니 사ᄅᆞᆷ으로 늣길지라 낭낭이 부인의 졍ᄉᆞ를 드ᄅᆞ시고 신쳡으로 ᄒᆞ

27면

여곰 구ᄒᆞ여 오라 ᄒᆞ시ᄆᆡ 한궁 후문 ᄃᆡ령ᄒᆞ여 부인을 ᄆᆡ셔 오니 무ᄉᆞ이 금문안의 드러오시니 만힝이로소이다 남시 기리 탄식ᄒᆞ고 몸을 니러 칭샤 왈 박명인싱이 셰샹의 업ᄂᆞᆫ 변고를 만나 몸이 냥궁의 엄착ᄒᆞ여 단니ᄂᆞᆫ 죄수 되며 도마의 오른 고기와 호구의 든 목숨이 수유이 급ᄒᆞ엿거ᄂᆞᆯ 낭낭의 싱셩지덕이 초로잔천을 어엿비 너기샤 굿ᄒᆞ여 이의 니ᄅᆞ게 ᄒᆞ시니 진실노 죽은 쌔의 살이 나고 셕은 남긔 닙

28면

히 나미라 쳡이 죽어 쌔 화ᄒᆞ고 얼골이 셕으나 엇지 이 은덕을 갑흐리오 진시 극진이 위로ᄒᆞ고 머무러 구호ᄒᆞ며 낭낭긔 소유를 알외니 낭낭이 ᄯᅩᄒᆞᆫ ᄃᆡ희ᄒᆞ야 옥주의 ᄉᆞ부어드시믈 깃거ᄒᆞ샤 조용ᄒᆞᆫ ᄯᆡ를 타 다려오라 ᄒᆞ샤 보실식 군신지녜를 덜고 진시로 인ᄒᆞ여 겻히 안치시고 눈을 드러 보시니 일월의 명광이 졍히 샹셔의 긔운을 먹음고 안모의 오치 어ᄅᆡ여 옥골션풍이 표연이 셰속 홍분을 더

29면

러이 너기ᄂᆞᆫ지라 ᄆᆞᆰ은 광ᄎᆡ 슉녀의 셩덕이 현출ᄒᆞ고 아황홍미의 ᄉᆞᆺ다온 ᄌᆡ조를 품어시니 옥이 ᄆᆞᆰ고 진쥬 도ᄉᆞᄒᆞᆫ 거동이라 사ᄅᆞᆷ으로 ᄒᆞ여곰 개용ᄋᆡ경ᄒᆞᄂᆞᆫ지라 일춘규모의 난ᄉᆡ 윤유ᄒᆞ고 네모주션의 법되 신듕ᄒᆞ니 사ᄅᆞᆷ으로 보ᄆᆡ 용쇄 소월이 구름을 만나며 옥년 일지 취우를 ᄯᅥᆯ쳣시니 팔ᄌᆞ춘산은 근심을 더엇고 추파냥목의 눈물이 어ᄅᆡ여시니 승절ᄒᆞᆫ 아ᄐᆡ를 눈으로 보기 암암ᄒᆞᆫ지

30면

라 이의 나아와 낭낭긔 산호비무ᄒᆞ고 념슬궤좌ᄒᆞ온ᄃᆡ 휘 크게 흠ᄋᆡᄒᆞ고 경복ᄒᆞ샤 이에 문왈 경은 후문명가의 녀로 무ᄉᆞᆫ ᄋᆡᆨ경이 비샹ᄒᆞ여 곤ᄋᆡᆨ을 ᄃᆡᄂᆡ고 뉘집의 취가ᄒᆞᆫ 녀ᄌᆡ뇨 남시 부복쳥교의 ᄃᆡ왈 신쳡은 남공의 녀로 진왕 조무의 며나리옵더니 운쉬 불힝ᄒᆞ와 한궁의 요술의 잡혀 곤ᄋᆡᆨ을 당ᄒᆞ여 명ᄌᆡ 시ᄀᆡᆨ이옵더니 셩모낭낭이 일월지광을 드리오샤 탕확의 든 목숨을 건지시니 우리

31면

셩모낭낭의 우로지ᄐᆡᆨ을 초목교듕의 밋ᄎᆞ니 신쳡이 ᄇᆡᆨ골의 삭이여 텬은을 감축ᄒᆞ옵고 간뇌 도디ᄒᆞ오나 갑ᄉᆞ올 바를 아지 못ᄒᆞ나이다 휘 ᄋᆡ경탄복ᄒᆞ시고 남시 소후를 우러러 뵈오ᄆᆡ 룡풍옥골이 속인과 달나 녀와 낭낭이 농샹의 좌ᄒᆞ신 ᄃᆞᆺ 영ᄎᆡ 좌우의 죠요ᄒᆞ고 ᄐᆡᄉᆞ의 풍쇄 먼니 황영의 풍이 가ᄌᆞ시니 탄복무이ᄒᆞ고 소휘 남시다려 왈 딤이 경을 부ᄅᆞᆷ은 다른 연괴 아니라 경의 작인이

32면

슉녀지풍과 임ᄉᆞ지덕이 잇다 ᄒᆞ믈 듯고 ᄒᆞᆫ번 보고 딤의게 일네 잇셔 셩샹이 만금농듀로 아ᄅᆞ시나 ᄇᆡ혼 ᄇᆡ 아직 어린 고로 슉녀지풍과 소학과 녈녀뎐을 ᄇᆡ호지 못ᄒᆞ엿기로 경을 ᄉᆞ싱을 솜으니 지실ᄒᆞ라 남시 부복ᄒᆞ여 황공불감이믈 주ᄒᆞ니 휘 불텽ᄒᆞ시고 이의 공듀를 부ᄅᆞ시니 수유의 공쥐 시녀를 다리고 뎡뎐의 니ᄅᆞ려 후긔 복명ᄒᆞ시니 소휘 왈 네 어리기로 ᄉᆞ부를 못 뎡ᄒᆞ엿더니 져 녀

33면

직 숙녀지덕이 잇기로 ᄉᆞ부를 졍ᄒᆞᄂᆞ니 ᄉᆞ부지녜로 보라 ᄒᆞ시니 공쥐 승명ᄒᆞ거늘 남시 공주를 보니 나히 어리나 홍년일지 셩개ᄒᆞᆫ 듯 ᄆᆞᆰ은 안치ᄂᆞᆫ 좌우의 조요ᄒᆞ고 덕긔 셩인ᄒᆞ여 격죄 놉고 ᄆᆞᆰ아 완연이 녀와시 직셰ᄒᆞ며 옥경션ᄌᆞ 하셰ᄒᆞᆫ 듯ᄒᆞ야 딘셰화식ᄒᆞᄂᆞᆫ 사ᄅᆞᆷ 갓지 아니니 남시 일견의 ᄃᆡ경ᄒᆞ야 눈이 싀고 ᄆᆞ음이 송구ᄒᆞᆫ지라 아모리 ᄒᆞᆯ 줄 모로고 어린 듯 바라보와 지지터니 공쥐

34면

ᄯᅩᄒᆞᆫ 어리나 남시를 보고 흠앙ᄒᆞ여 ᄯᅳᆺ을 기우려 ᄉᆞ부로 셤기ᄂᆞᆫ 의 잇고 남시 ᄯᅩᄒᆞᆫ 이 경ᄒᆞ미 소아쳐로 못ᄒᆞ고 허믈며 군신의 명분이 엄ᄒᆞᆫ고로 녜를 공순이 ᄒᆞ고 말ᄉᆞᆷ을 녈ᄆᆡ 공쥐 치년유ᄋᆡ나 노셩ᄒᆞ고 긔이ᄒᆞ미 녈녀셩인의 품이라 닙을 녈ᄆᆡ 옥을 토ᄒᆞ고 금수를 비아트니 옥셩봉음은 텬디화령ᄒᆞᆫ 긔운이오 숙ᄌᆞ혜딜은 지란의 향긔를 겸ᄒᆞ니 청졍ᄒᆞᆫ 긔운은 셰년이 추수를 헷치ᄂᆞᆫ

35면

듯 비약ᄒᆞᆫ 거동은 토계숌동으로 흡ᄉᆞᄒᆞᆫ지라 남시 불승탄복ᄒᆞ여 ᄉᆡᆼ각ᄒᆞᄃᆡ 조부의 ᄉᆡᆼ아ᄌᆞ로 총총이 ᄌᆞ라ᄂᆞᆫ 아히와 드러오ᄂᆞᆫ 사ᄅᆞᆷ이 도시 츌어범인이로ᄃᆡ 오히려 이 공주ᄂᆞᆫ 그에셔 소ᄉᆞᄂᆞ니 실노 황가의 ᄉᆡᆼ아로 금지옥엽의셔 귀ᄒᆞᆫ지라 엇지 룡자봉손이 다ᄅᆞ리오 숙연ᄒᆞᆫ 광치를 쳐음 보리로다 그윽이 암칭ᄒᆞ믈 마디 아니ᄒᆞ더니 소휘 공주를 명ᄒᆞ여 남시를 다리고 침소로 가라 ᄒᆞ시니 공쥐 남

36면

시와 ᄒᆞᆫ가지로 침소의 와 이후로 졍의 ᄌᆞ별ᄒᆞ여 동표져ᄆᆡ나 다르지 아니ᄒᆞ니 남시 일노조ᄎᆞ 마음을 진졍ᄒᆞ고 공주를 다리고 주야로 치션졍의셔 쇼흑을 가ᄅᆞ치며 녀교를 디결ᄒᆞ여 공주의 거동을 슷치니 일마다 과인ᄒᆞ고 총명이 졀인ᄒᆞ여 남시의 의ᄉᆞ밧게 일이 만ᄒᆞᆫ지라 남시 탄복ᄒᆞ고 긔이ᄒᆞ믈 결을치 못ᄒᆞ더라 남시 경샹궁으로 ᄒᆞ여 일명이 ᄉᆞ라나 입궐 후 졍의상득ᄒᆞ고 구활지

37면

은을 감은각골ᄒᆞ더니 수일 후 남시를 안둔ᄒᆞ고 샹궁이 나갈시 피치 연연ᄒᆞ야 눈물을 흘니고 니별을 앗기니 남시 더옥 그 지극ᄒᆞᆫ 현심을 닛지 못ᄒᆞ여 골오ᄃᆡ 쳡이 만일 샹궁의 어진 ᄆᆞ음 곳 아니면 발셔 디하의 경혼이 운수의 빗겻시리니 엇지 지금 ᄉᆞ랏시리오 이제 고요ᄒᆞᆫ 곳의 안신ᄒᆞ고 낭낭과 옥주의 혜틱을 의지ᄒᆞᄆᆡ 욕이 멀고 비위 일흘 거술 면ᄒᆞᆫ지라 가히 목숨을 니을지라 이 은

38면

혜를 삼싱의 갑기 어렵거ᄂᆞᆯ 일별이 의의ᄒᆞ니 어ᄂᆡ ᄯᅢ의 만나리오 경샹궁이 눈물을 먹음고 오열ᄒᆞ여 말을 닐우지 못ᄒᆞ니 원ᄂᆡ 궁인의 셩졍이 사ᄅᆞᆷ을 ᄉᆞ랑ᄒᆞᄆᆡ 그 몸을 니ᄌᆞ며 졍의 연〃ᄒᆞ여 ᄒᆞ니 인륜을 폐절ᄒᆞ고 ᄆᆞ음이 거리ᄭᅵᆯ 거시 업ᄉᆞᆫ 고로 ᄒᆞᆫ 곳을 혹ᄒᆞᆫ 즉 변통이 업ᄂᆞᆫ고로 남시의 텬향국ᄉᆡᆨ을 만나 졍이 ᄌᆞ별ᄒᆞ여 어려온 ᄯᅢ 구활ᄒᆞ고 평안ᄒᆞᆫ ᄃᆡ로 옴겨 두고 ᄯᅥ나ᄆᆡ 도로혀 진샹궁을 불워ᄒᆞ야 기리

39면

탄왈 노신이 본ᄃᆡ ᄆᆞ음이 옥질을 ᄉᆞ모ᄒᆞ고 연궁의 잇지 아닌지라 이제 부인을 ᄯᅥ나 도라가ᄆᆡ 의의ᄒᆞᆫ 졍이 ᄎᆞ마 닛지 못ᄒᆞᆯ지라 쳡이 엇지 궐듕의 ᄌᆞ최를 긋치리오 조용ᄒᆞᆫ ᄯᅢ를 타 드러와 부인을 뵈옵고 나가리니 부인은 이제나 심ᄉᆞ를 잡아 속졀 업산 소공ᄌᆞ를 ᄉᆡᆼ각ᄒᆞ여 옥용을 샹히오지 마ᄅᆞ쇼셔 몸을 보젼ᄒᆞ시면 타일 난봉 ᄀᆞᄐᆞᆫ 긔ᄌᆞ옥녀를 �〃이 두실 긔약이 잇ᄂᆞᆫ지라 엇지 일시 참쳑

40면

을 과샹ᄒᆞ시리잇고 남시 텽파의 청누를 흘녀 왈 샹궁의 말은 진실노 올흐나 쳡의 심ᄉᆞᄂᆞᆫ 다 타인과 다른지라 만일 명이 단ᄒᆞ고 병이 이셔 죽어시면 가히 ᄉᆡᆼ각지 아념 즉 ᄒᆞᄃᆡ 이ᄂᆞᆫ 그럿치 아녀 불의에 잡아다가 편각의 독술ᄒᆞ니 어린 거시 독약을 거슬고 우지지ᄂᆞᆫ 익원ᄒᆞᆫ 형샹과 숨도 긋쳐지지 아닌 거ᄉᆞᆯ ᄆᆡ여다가 죽인 일 곳 ᄉᆡᆼ각ᄒᆞ면 쳡의 간당이 ᄌᆞᆨᄂᆞᆫ 듯 일만 칼노 날녀 오ᄂᆡ를 ᄭᅡᆺᄂᆞᆫ지라 아심

41면

이 목셕이 아니라 엇지 니자리오 이 ᄆᆞ음을 비록 억제코ᄌᆞ ᄒᆞ나 부의 밋쳣시니 죽어도 닛지 못ᄒᆞᆯ 원혼이 될가 ᄒᆞ노라 언흘에 진진이 늣기고 누쉬 오월샹수 ᄀᆞᆺ타니 경진냥 샹궁이 역비추연ᄒᆞ고 만단위로ᄒᆞ며 참샹ᄒᆞ여 늣기고 공쥐 비록 유ᄋᆡ나 이 말을 듯고 감뉘 셩안의 ᄒᆞᄅᆞ니 ᄉᆡᆼ셩ᄒᆞᆫ 바 진인의 ᄆᆞ음이 감지위덕ᄒᆞ미러라 경샹궁이 ᄌᆡ삼위로ᄒᆞ고 연궁의 나와 왕을 ᄃᆡᄒᆞ여 남시 수졀참ᄉᆞᄒᆞ믈

42면

주ᄒᆞ니 한왕 부ᄌᆡ 놀나 남이 모로게 념습ᄒᆞ여 밤으로 먼니 ᄎᆡ오믈 ᄌᆞ시 주ᄒᆞ니 연왕이 놀나고 일변 깃거 왈 녀ᄋᆞ의 후환을 업시ᄒᆞ니 다ᄒᆡᆼᄒᆞ도다 ᄒᆞ고 남시 모ᄌᆞ를 영영업시ᄒᆞ믈 흔〻 쾌락ᄒᆞ여 신묘랑을 즉시 조부로 도라보ᄂᆡ니라 화셜 조부의셔 평ᄇᆡᆨ의 쟝쳐가 덧나고 광심이 ᄃᆡ발ᄒᆞ여 일월을 신고ᄒᆞᄃᆡ 진왕이 조곰도 뉘웃ᄂᆞᆫ 빗출 아니ᄒᆞ고 잇더니 일일은 ᄎᆡ교뎡 시비 급보 왈 남시와 어린 아ᄒᆡ 밤ᄉᆞ이 거쳐 업

43면

ᄉᆞ믈 고ᄒᆞ니 존당과 구괴 ᄃᆡ경ᄎᆞ악ᄒᆞ여 왈 남시 ᄒᆞᆫ번 잡혀가기도 이샹ᄒᆞᆫ 변고여ᄂᆞᆯ ᄯᅩ 엇지 모ᄌᆡ 일시의 실산ᄒᆞᆯ 줄을 ᄉᆡᆼ각ᄒᆞ리오 반ᄃᆞ시 쳐음의 잡아갓던 ᄃᆡ셔 이 거죄 이실 거시니 일이 비록 잡지 못ᄒᆞ여시나 의심이 연부로 가ᄂᆞᆫ디라 ᄂᆡ 당당이 젼후 곡졀을 샹뎐의 알외고 연왕으로 이 변을 ᄒᆞᆫ번 힐난ᄒᆞ리라 ᄒᆞ니 원ᄂᆡ 남시 쳐음의 잡혀 ᄀᆞᆺ다가 도라오므로 밤을 당ᄒᆞ여 잡아다가 엇던 져믄 녀ᄌᆡ 호령ᄒᆞ여

44면

농의 담아 ᄂᆡ던 말을 듯고 분ᄒᆞ여 연왕이 ᄒᆞᆫ 줄을 분명이 토셜튼 아니ᄒᆞ여시나 의심이 ᄌᆞ연 연왕 부녀의게 도라가 말ᄉᆞᆷ이 여차ᄒᆞ니 ᄐᆡ부인은 눈믈을 흘니고 가삼이 알푸ᄃᆡ 심신이 어린 ᄃᆞᆺᄒᆞ여 아모리 ᄒᆞ 줄을 모로고 좌우의 가ᄃᆞᆨᄒᆞᆫ 사ᄅᆞᆷ이 ᄎᆞ악지 아니리 업ᄉᆞᄃᆡ 오직 초공은 타연ᄒᆞ여 놀나ᄂᆞᆫ ᄇᆡ 업ᄂᆞᆫ지라 이의 날호여 ᄀᆞᆯ오ᄃᆡ 쇼제 셕년의 고이ᄒᆞᆫ 변을 만나 ᄂᆡ실의 요인이 ᄉᆡ 되여 드ᄂᆞᆫ 양을 보고 쟝션각 원듕의 부인

45면

의 얼골을 보고 측냥치 못ᄒᆞ엿더니 그후 여러 셰ᄉᆞ를 경녁ᄒᆞ고 변고화란을 ᄀᆞᆺ초 지ᄂᆡ여 본 즉 이제ᄂᆞᆫ ᄒᆞᆫ 솟출 인ᄒᆞ면 ᄇᆡᆨ일을 추이홀지라 간인이 요악을 부려 남시를 쳐음으로 ᄃᆞ려가믈 의려ᄒᆞᄃᆡ 텬명이 아니라 공교히 ᄉᆞ라 ᄌᆞ식을 ᄂᆞᆺ코 몸을 보젼ᄒᆞ니 쇼제 주당ᄒᆞᄂᆞ 니 ᄀᆞᆺᄐᆞ면 반ᄃᆞ시 삼ᄉᆞ 년을 남부의 감초와 셰샹을 긋쳐 ᄋᆡᆨ을 소멸ᄒᆞ면 참ᄂᆞᆫ을 만나디 아닐 거ᄉᆞᆯ 길운이 못 밋쳐 밧비 모도기로 니런 변이 나니 반ᄃᆞ

46면

시 몬져 지은 재 쟉변ᄒᆞ엿거니와 임의 잡지 못ᄒᆞ고 남시의 입으로 아모의게 잡혀 ᄀᆞᆺ더니라 하기 뎐의 뉘게 다혀 지목ᄒᆞ리오 가히 찻지 아니치 못홀 일이오 셩샹 탑뎐의 알외여도 잡디 못ᄒᆞᆫ 일노 황친을 억뉴치 못홀 거시오 억늑ᄒᆞ여 닐을지라도 후문 ᄂᆡ당 속의 자ᄂᆞᆫ 부녀를 연왕 부녜 잡아가다 ᄒᆞ믄 황상이시라도 고지 드ᄅᆞ실 니 업고 ᄯᅩᄂᆞᆫ 연궁 사ᄅᆞᆷ이 그림ᄌᆞ도 아니 왓거든 ᄒᆞ믈며 사ᄅᆞᆷ을 잡아갓단 말을 남이 고

47면

지 드ᄅᆞ리오 그 가온ᄃᆡ 요시 측냥 업ᄉᆞ니 귀신이 여탁지 못홀지라 이 말이 나면 듯ᄂᆞ니 우리를 엇뎟ᄐᆞᆨᄒᆞ리오 아직 함구ᄒᆞ여 시종을 보쇼셔 ᄉᆞ재 부싱ᄒᆞ고 고목이 싱화홀 시졀이 잇실 거시니 그ᄯᅴ의 명졍이 ᄒᆡᆨ실ᄒᆞ여 간인이 스ᄉᆞ로 제 죄를 ᄌᆞ복ᄒᆞ고 현지 복녹을 눌일 거시니 져의 부부의 ᄋᆡᆨ회 비샹ᄒᆞ여 이러ᄒᆞ니이다 이ᄯᅴ의 말 ᄂᆡ기도 어렵고 더옥 연왕의 긔험ᄒᆞ미니

잇가 반ᄃᆞ시 일단 분란ᄒᆞ

48면

미 이셔 욕을 ᄌᆞ취ᄒᆞ리이다 진왕이 이 말을 듯고 탄복ᄒᆞ여 ᄀᆞᆯ오ᄃᆡ ᄂᆡ 아이ᄂᆞᆫ 실노 셩명지하의 순ᄉᆞ시ᄒᆞᄂᆞᆫ 명인이로다 네 말이 지극명달ᄒᆞ니 아직 두고 보리라 ᄒᆞ나 쇼ᄋᆞ의 긔린 ᄀᆞᆺᄐᆞᆫ 모양이 안뎐의 삼삼ᄒᆞ며 남시의 위란ᄒᆞᆫ 형셰를 ᄎᆞᄐᆞᆫᄒᆞ며 남공을 보고 이 말을 니ᄅᆞ니 남공이 차언을 듯고 ᄃᆡ경ᄒᆞ여 눈믈이 니음ᄎᆞ 갈오ᄃᆡ 소녀의 명되 긔험ᄒᆞ미 이ᄃᆡ도록 ᄒᆞ니 엇지 ᄎᆞ악지 아니리오 ᄒᆞᆫ번 ᄉᆞ라나기

49면

도 고이ᄒᆞ거든 엇지 두 번 슬기를 긔약ᄒᆞ리오 속졀업시 모ᄌᆞ의 목숨을 맛ᄎᆞ미라 ᄒᆞ고 슬허ᄒᆞ믈 마지 아냐 희허탄식ᄒᆞ니 진왕이 차탄 왈 인형은 당시의 텰셕 ᄀᆞᆺ튼 ᄃᆡ댱부라 엇지 일 녀ᄌᆞ를 위ᄒᆞ여 쟝부의 눈믈을 허비ᄒᆞ리오 혜아리건ᄃᆡ 현부의 긔질과 손ᄋᆞ의 작인이 그만ᄒᆞ고 용이히 뭇츨 재 아니라 비록 위틱ᄒᆞᆫ 곳이라도 보신ᄒᆞᄂᆞᆫ 도리 이셔 사라 도라오리니 현형은 과려치 말나 남공이 희허탄

50면

식 왈 엇지 다시 사라시믈 바라리오 반ᄃᆞ시 ᄉᆞ지 못ᄒᆞ여시리니 녀ᄋᆞ의 ᄉᆞᆼ싱은 오직 앗갑기들ᄒᆞ거니와 유ᄌᆞ의 긔이ᄒᆞ미 셰샹 아른 지 겨유 삼 년이라 무고히 셰샹의 스러지니 엇지 슬프지 아니리오 현형의 말이 비록 유리ᄒᆞ나 ᄉᆞ졍이 진실노 참기 어렵도다 진왕이 웅호ᄒᆞᆫ 심지로도 ᄯᅩᄒᆞᆫ 참연ᄒᆞ믈 니긔지 못ᄒᆞ여 기리 탄식ᄒᆞ고 위로 왈 텬되 소소ᄒᆞ니 형은 관심ᄒᆞ여 ᄯᅢ를 기다리라 ᄒᆞ더라

51면

이ᄯᅢ의 쟝시 남시 모ᄌᆞ를 업시ᄒᆞ고 깃부믈 니긔지 못ᄒᆞ여 신묘랑으로 더브러 셔로 치하ᄒᆞ더라 능빅은 쟝체 덧나 신고ᄒᆞᄂᆞᆫ 듕 졔형제 남시 모ᄌᆞ 부지거쳐ᄒᆞ믈 뎐ᄒᆞ니 능빅이 분긔 ᄃᆡ발ᄒᆞ여 왜ᄒᆡ 노ᄒᆞᆫ 거슬 두ᄃᆞ리며 크게 탄왈 남가 음부를 이의 사라 다라나게 ᄒᆞ니 반ᄃᆞ시 조운현을 죽이고 말지라 조운현이 몸이 팔쳑 ᄃᆡ쟝부로 텬고 ᄃᆡ악발부를 버히지 못ᄒᆞ고 노ᄒᆞ 다라나게 ᄒᆞ니 엇지 통히치 아니리오 ᄌᆞ식은 타인

52면

의 골육일넌가 나의 골육일넌가 모로거니와 다리고 도주ᄒᆞ니 엇지 분치 아니리오 만일 남녀를 어더 머리를 이ᄀᆞᆺ치 버히지 못ᄒᆞ면 ᄂᆡ 다시 셰샹의 셔지 못ᄒᆞ리로다 이ᄀᆞᆺ치 분노ᄒᆞ여 어ᄌᆞ러이 좌우의 ᄲᆡᄒᆞᆫ 거슬 칼노 산산이 버히며 발광을 ᄒᆞᄂᆞᆫ지라 능휘 탄왈 사름의 외입이 이ᄃᆡ도록 고이ᄒᆞᆯ 줄 알니오 남시 모ᄌᆞ의 거쳐 업ᄉᆞ미 사람으로 ᄒᆞ여곰 추연ᄒᆞ고 가듕 일가 비복남녀노소가 다 슬허ᄒᆞ거ᄂᆞᆯ 부부ᄂᆞᆫ 오

53면

히려 의로 ᄒᆞ거니와 부ᄌᆞ유친은 유렴ᄒᆞ려든 이ᄀᆞᆺ치 무샹ᄒᆞᆫ 말노 ᄋᆡᄆᆡᄒᆞᆫ 졍실을 모욕ᄒᆞ니 만일 남시 모ᄌᆞ로 ᄒᆞ여곰 타일의 무ᄉᆞᄒᆞ여 도라오미 이시면 네 무슴 ᄂᆞᆺᄎᆞ로 셔로 ᄃᆡᄒᆞ려 ᄒᆞᄂᆞ다 운현이 쇼왈 형이 여견만니ᄒᆞ고 ᄉᆞ광지총으로 긔이ᄒᆞ나 남시 션악 알기ᄂᆞᆫ 날만 못ᄒᆞ리이다 음녜 발셔 다러날 의ᄉᆡ 이시ᄃᆡ 오히려 ᄂᆞᆯ을 괴로와ᄒᆞ더니 이제 나 누은 ᄯᅵ를 당ᄒᆞ여 다라ᄂᆞ시미라 다시

54면

올가 너기나냐 이제ᄂᆞᆫ 아조 반ᄒᆞ여 가시니 소제 ᄎᆞ마 그져 두지 못ᄒᆞᆯ디라 ᄂᆡ 병 곳나으면 남공을 보고 힐문ᄒᆞ여 남시 간 곳을 차ᄌᆞ 머리를 버히고 좋시 긔이고 니ᄅᆞ지 아니ᄒᆞ거든 당당이 법부의 고ᄒᆞ고 거쳐를 ᄎᆞᄌᆞ 머리를 동ᄃᆡ의 달고야 이 분을 풀가 ᄒᆞ나이다 제형데 이 말을 듯고 어히업셔 그 병 들믈 ᄋᆡ달나 ᄒᆞ더라 이러구러 수월이 지ᄂᆞᆫ 후야 비로쇼 능빅의 병이 ᄎᆞ도를 어더 니러나 관셰ᄒᆞ

55면

고 존당의 뵈오미 풍광이 환탈ᄒᆞ고 옥뫼 수약ᄒᆞ야 화안 ᄀᆞᆺ튼 용광이 감ᄒᆞ고 추월 ᄀᆞᆺ튼 풍신이 변ᄒᆞ여 다른 사름 ᄀᆞᆺᄐᆞ니 냥 조뫼 ᄋᆡ지연지ᄒᆞ여 손을 잡고 탄왈 무ᄉᆞ 일노 그ᄃᆡ도록 고이히 셔도라 몸의 듕샹을 닙고 여러 달 신고ᄒᆞ여 져럿틋 픽ᄒᆞ여시니 우리 ᄆᆞ음이 참연ᄒᆞ고 남시 모ᄌᆞ의 일이 ᄯᅩᄒᆞᆫ ᄎᆞ악경참ᄒᆞ니 가변이 엇디 이ᄃᆡ도록ᄒᆞᆫ고 슬허ᄒᆞ노라 ᄒᆞ믈며 명윤의 거동이 이목의 엄엄

56면

ᄒᆞ니 노인의 ᄆᆞ음이 엇지 참샹치 아니리오 이ᄯᅵ의 능빅의 ᄆᆞ음이 남시 모ᄌᆞ긔ᄂᆞᆫ 반호 ᄉᆡᆼ각이 업슬 분 아니라 남시를 못 죽이고 ᄂᆡ여보ᄂᆡ믈 분ᄒᆞ여 ᄋᆡ들오믈 니긔디 못ᄒᆞᄂᆞᆫ디라 냥 조모의 말숨을 듯줍고 안ᄉᆡᆨ을 수뎡ᄒᆞ고 주왈 소손의 죄ᄂᆞᆫ 수ᄉᆞᄂᆞᆫ속이옵거니와 엇지 수쟝 ᄒᆞᆫ이 이시리잇고만은 오직 남녀의 연고로 이곳의 밋ᄎᆞ믈 참괴통완ᄒᆞ여 ᄒᆞᄂᆞ이다 음부의 도망ᄒᆞᄂᆞᆫ 버ᄅᆞᆺ슬 본ᄃᆡ 져의 소힝

57면

으로 아라시니 경참홀 일이 이시리잇고 진왕 초공이 좌를 년ᄒᆞ여 안졋ᄂᆞᆫ지라 능빅의 말을 듯고 초공은 도로 함소무언이오 진왕은 발연졍ᄉᆡᆨ고 당목 즐왈 요ᄉᆞ이 너의 무식ᄒᆞᆫ 말과 광픽ᄒᆞᆫ 거동을 오ᄅᆡ 보지 아니ᄒᆞ니 ᄂᆡ 심쾌 퍽 늣더니 또 이 거동을 ᄃᆡᄒᆞ니 통완ᄒᆞᆫ 심쾌 니러나ᄂᆞᆫ지라 모로미 ᄂᆡ 눈의 뵈지 말고 ᄆᆡᄉᆞ를 네 ᄌᆞ힝ᄌᆞ뎐ᄒᆞ고 가ᄉᆞ로뻐 귀의 들니지 말나 운현이 얼골이 불거 관

58면

을 숙이고 감히 말을 못ᄒᆞᄂᆞᆫ지라 초공이 그 샹활ᄒᆞᆫ 본습을 이러시믈 기리 차셕ᄒᆞ여 반ᄃᆞ시 쟝시 쟝부를 그릇 밋ᄃᆞᄂᆞᆫ 길이 이시믈 짐작ᄒᆞ여 능빅을 쟝시로 각각 두어 그 요악을 제방코ᄌᆞ ᄒᆞ여 냥졍을 버힐 길이 업슬 분 아니라 도시 텬수라 ᄒᆞ여 ᄇᆞ려 두어시니 운현이 병이 나흔 후ᄂᆞᆫ 조회의 드러가니 샹이 반기시고 달포나 유병ᄒᆞ여시믈 닐킷고 나으믈 깃거ᄒᆞ시나 그 허다 곡졀을 아지 못ᄒᆞ

59면

시더라 운현이 부형의 눈 밧긔 ᄂᆞᆫ 자식이 도여시ᄃᆡ 오히려 남시의 어질믈 알 길 업고 쟝시의 작틱옥용이 아니면 눈의 취ᄒᆞᆫ 비치 업고 당시의 낭낭ᄒᆞᆫ 소ᄅᆡ와 알연ᄒᆞᆫ 말솜곳 아니면 귀의 취ᄒᆞ여 드를 ᄇᆡ 업ᄉᆞᆫ디라 ᄒᆞᆫ〃침〃ᄒᆞᆫ 환낙이 나즈로븟허 밤을 이으며 거지힝동이 뎐ᄌᆞ로 ᄂᆡ도ᄒᆞᆫ지라 진왕이 크게 고이히 너겨 초공을 ᄃᆡ하여 왈 운현이 본ᄃᆡ 뎡딕ᄒᆞᆫ 사ᄅᆞᆷ은 아니나 영긔뇌락ᄒᆞᆫ 힝ᄉᆡ 져근 일

60면

의 푸러지고 ᄃᆡᄉᆞ의 강단이 이시며 일단효의ᄂᆞᆫ 텬셩의 타ᄂᆞᆫ 빅러니 근ᄂᆡ 힝ᄉᆡ 무식 불통ᄒᆞ고 광픽 무거ᄒᆞ여 무일가취니 ᄎᆞᄂᆞᆫ 무슨 연괴뇨 우형이 훈ᄌᆞᄒᆞᄂᆞᆫ 도리 현데를 밋지 못ᄒᆞ나 ᄌᆞ식이 현데의 싱흑만 긋지 못ᄒᆞ여 불초ᄒᆞᆫ 연괴냐 초공이 소왈 운현이 근ᄂᆡ 변심ᄒᆞ미 져의 ᄋᆡ회 ᄎᆞ악ᄒᆞ미라 그져 두어셔ᄂᆞᆫ 맛ᄎᆞᆷᄂᆡ 개심수힝ᄒᆞ기 어려오니 형당은 맛당이 좌우의 두샤 운현을 일시라도 믈너가

61면

지 못ᄒᆞ게 ᄒᆞ시면 혹시 나올가 ᄒᆞᄂᆞ이다 엇지 형당 엄훈이 쇼졔의 엄훈과 ᄀᆞᆺᄒᆞ리잇고마는 운현의 거동은 필연 녀ᄉᆡᆨ의 샹ᄒᆞ고 인도ᄒᆞᄂᆞᆫ ᄂᆡ죄 아름답디 못ᄒᆞᆫ 연괴라 져의 익숴 진ᄒᆞ고 남시로 ᄌᆡ합ᄒᆞ여 화락ᄒᆞᄂᆞᆫ 시졀이면 제가수신은 용녈치 아닐가 ᄒᆞᄂᆞ이다 ᄃᆡ왕이 잠소 왈 제 작인의 용녈치 아니믄 밋거니와 근ᄂᆡ 힝ᄉᆞᄂᆞᆫ 일마다 눈 밧긔 나니 도로혀 증념지ᄌᆡ 되여 불샹ᄒᆞᆫ ᄯᅢ도 잇도다 남

62면

시로 ᄌᆡ합ᄒᆞᄂᆞᆫ 경ᄉᆡ 잇시면 ᄎᆞᄂᆞᆫ 운현의 복이라 ᄒᆞ더라 ᄎᆞ후 왕이 운현을 좌우의 두어 왈 여러 아히 잇시나 긔현은 샹부의 ᄯᅥ나지 못ᄒᆞ고 기여 소ᄋᆞᄂᆞᆫ 혹문의 골몰ᄒᆞ고 영현 몽현 등은 ᄃᆡᄉᆞ의 분뉴ᄒᆞ고 긔품이 약ᄒᆞ여 아비 침소를 ᄃᆡ희기 어려온지라 너ᄂᆞᆫ 긔운이 강장ᄒᆞ니 국ᄉᆞ 외의는 여ᄀᆡ ᄯᅩ 만흐니 ᄂᆡ 겻흘 ᄯᅥ나지 말고 ᄂᆡ 요ᄉᆡ이 병이 ᄃᆡ단튼 아니ᄒᆞ나 긔운이 불평ᄒᆞ니 홀노 조용히 조병코ᄌᆞ

63면

ᄒᆞ나 진궁은 존당이 멀고 ᄇᆡᆨ화헌의 잇고ᄌᆞ ᄒᆞ노라 능ᄇᆡᆨ이 비록 변심ᄒᆞ여 다른 사름이 된 듯ᄒᆞ나 일단효의ᄂᆞᆫ 샹치 아니ᄒᆞᆫ지라 ᄇᆡ샤 왈 엄명을 밧들니이다 ᄒᆞ나 ᄂᆡ심의 당시로 셔로 ᄯᅥ날 일을 ᄉᆡᆼ각ᄒᆞ고 ᄋᆡ연ᄒᆞ야 이날 부친이 존당의 가신 ᄯᅢ를 타 당시 숙소의 가 보고 탄왈 ᄂᆡ 부인으로 더브러 지극ᄒᆞᆫ 졍이 일시 니별을 삼추ᄀᆞᆺ티 너기더니 엄명이 여ᄎᆞᄒᆞ샤 좌우의 ᄯᅥ나지 말나 ᄒᆞ시니 이제ᄂᆞᆫ 영교뎡

64면

을 ᄯᅥ나니 ᄌᆞ로 만나지 못홀지라 결연ᄒᆞ믈 이긔지 못홀쇼이다 언파의 당시 ᄃᆡ경실ᄉᆡᆨ 왈 존명이 계시면 엇지 녀ᄌᆞ로 ᄉᆞ〃 못거지를 ᄉᆡᆼ각ᄒᆞ리오 다만 이거시 쳡을 의심ᄒᆞ여 군ᄌᆡ 쳡의 참언을 듯고 범ᄉᆡ 그릇될가 ᄒᆞ여 우리 부〃로 상니케 ᄒᆞᄂᆞᆫ ᄯᅳᆺ이시니 능히 아ᄅᆞ시나니잇가 능ᄇᆡᆨ이 탄왈 나도 알기ᄂᆞᆫ 부인 ᄯᅳᆺ과 ᄀᆞᆺ거니와 부친이 본ᄃᆡ 엄ᄒᆞ시니 명을 ᄐᆡ만ᄒᆞ면 ᄒᆞᆫ번이라도 반ᄃᆞ시 ᄃᆡ칙을 면ᄒᆞ

65면

다가 어려올지라 씌를 타 올이라 ᄒᆞ고 심회 비쳑ᄒᆞ여 츰아 ᄶᅥ나지 못ᄒᆞ고 유〃ᄒᆞ다가 빅화헌의 나와 이후로 부던의 이시나 경혼이 다 당시긔 잇ᄂᆞᆫ디라 원닉 진왕이 금션의게 밋츰과 달나 초공은 주야로 븟드러 ᄒᆞᆫ 씌도 공주긔 보ᄂᆡ지 아니ᄒᆞ여 존당의 왕닉ᄒᆞ고 진궁의 무샹출입을 ᄒᆞ니 이 ᄉᆞ이를 타 밤으로 낫을 니어 ᄃᆞᆫ니니 비록 다리고 ᄌᆞ나 운현이 종〃 씌를 여어 당시 곳으로 몸이 나라

66면

가ᄂᆞᆫ디라 당시 씌를 응ᄒᆞ여 호듀와 조흔 고기로 ᄆᆞᄌᆞ 요약을 셧거 시시로 졍을 펴고 더옥 ᄒᆞᆫ ᄃᆡ 이실 젹도곤 미혹ᄒᆞ여 황홀ᄒᆞᆫ 거동이 사름으로 ᄒᆞ여곰 가소로오믈 니긔디 못홀 거동이 이시니 허믈며 왕이 텬하 병권을 잡아시나 한만ᄒᆞᆫ 왕후와 달나 엇지 운현 딕희기 뎐일ᄒᆞ리오 운현이 ᄉᆞ이〃〃 당시로 모드나 ᄆᆞ음을 노코 화락지 못ᄒᆞ여 광미의 근심이 밋치고 존당 문안 씌 녈좌듕

67면

의 당시 곳 보면 투목투안ᄒᆞ여 졈〃 힝식 고이ᄒᆞ니 왕이 통히ᄒᆞ여 싱각ᄒᆞᄃᆡ 아희 호걸의 긔샹과 영웅의 광걸이 겸ᄒᆞ니 ᄂᆡ 깁히 ᄉᆞ랑ᄒᆞ여 나의 계젹을 홀가 ᄒᆞ더니 근닉의 외입ᄒᆞ미 여ᄎᆞᄒᆞ니 일쟝 요약을 인ᄒᆞ미라 남시 사싱이 미가지로 당시 여차 불통ᄒᆞ니 졈졈 그릇 인도ᄒᆞ미라 맛당이 현숙ᄒᆞ미 몽아의 당시 ᄀᆞᆺ튼 숙녀를 어더 운아를 진졍ᄒᆞ고 당시긔 과혹ᄒᆞ야 병들미

68면

업게 ᄒᆞ리라 ᄒᆞ고 ᄯᅳᆺ을 결ᄒᆞ야 구혼홀시 닷토와 삼취 되기를 ᄌᆞ구ᄒᆞ난 재 불가승쉬라 이씌 추밀ᄉᆞ 방영이 일녀를 두고 쳥혼ᄒᆞ니 이놀 방령은 당젹 방현녕의 ᄌᆞ손이라 강명정직ᄒᆞ고 효우인현ᄒᆞ며 일ᄃᆡ 명인이라 세 아들이 다 어진 군ᄌᆞ오 일녜 쟝셩ᄒᆞ여 십오 셰의 ᄌᆞ용이 겸뎐ᄒᆞ고 숙녀가인이라 방공이 심익ᄒᆞ여 텬하인걸을 구ᄒᆞ더니 강능빅 조운현이 삼취 구ᄒᆞ

69면

믈 듯고 ᄃᆡ희ᄒᆞ여 청혼ᄒᆞ니 왕이 방공의 어질믈 아ᄂᆞᆫ 고로 허혼ᄒᆞ고 방시를 취ᄒᆞ니 옥안화용이 당시의 지나고 ᄌᆡ조와 덕셩이 겸비ᄒᆞ야 남시긔ᄂᆞᆫ 밋지 못ᄒᆞ나 시셰의 희한ᄒᆞ니 구괴 깃거ᄒᆞ고 능빅이 신경이 진듕ᄒᆞ여 수삼일 신방의 왕ᄂᆡᄒᆞ니 이ᄯᆡ 조군쥐 당가의 셩명을 비러 조가의 드러오ᄆᆡ 힝혀 구괴 아지 못ᄒᆞ고 운현이 바히 의심치 아냐 은정이 듕산ᄒᆞ고 남시 ᄀᆞᆺ튼 젹국을 쇼제ᄒᆞᄆᆡ 통

70면

일산하ᄒᆞ고 ᄆᆞ음의 ᄃᆡ희ᄒᆞᄃᆡ 다만 엇지 못ᄒᆞᆯ 거시 구고의 ᄉᆞ랑이오 비지 못ᄒᆞᆯ 거시 길운이라 희ᄐᆡᄒᆞᄂᆞᆫ 경ᄉᆡ 돈연ᄒᆞ니 일노 흠ᄉᆞ를 ᄉᆞᆷ아 신묘랑으로 더브러 의논ᄒᆞ여 ᄉᆡᆼ산의 길을 도모코ᄌᆞ ᄒᆞ더니 ᄉᆡᆼ각 밧게 방시 드러오니 구고의 ᄉᆞ랑ᄒᆞ미 ᄌᆞ가의 우히오 능빅의 신경이 흡연ᄒᆞ니 당시 크게 능빅을 원망ᄒᆞ다가도 능빅을 보면 알연 온화ᄒᆞ여 투심을 낫ᄐᆞ ᄂᆡ지 아니ᄒᆞ고 방시를 쳥안후ᄃᆡᄒᆞ여

71면

남 보ᄂᆞᆫ ᄃᆡᄂᆞᆫ 사ᄅᆞᆼ ᄒᆞᄂᆞᆫ 동긔 ᄀᆞᆺ흐니 뉘 당시의 외친ᄂᆡ소ᄒᆞ믈 알니오 방시 당시를 도화일지 이술을 먹음은 듯 ᄐᆡ되 온순ᄌᆞ약ᄒᆞ니 청안 듕 니검을 감촌 줄을 어이 알니오 다만 후ᄃᆡᄒᆞ믈 감ᄉᆞᄒᆞ고 정셩을 다ᄒᆞ여 ᄃᆡ졉ᄒᆞᆯ 분이니 가히 호구의 고기 되여 신셰 잔잉ᄒᆞ여 편ᄒᆞᆯ 길이 업ᄂᆞᆫ지라 뎡비 우려ᄒᆞ여 당시와 방시를 ᄒᆞᆫ갈ᄀᆞᆺ티 무휼ᄒᆞ여 원망을 업시ᄒᆞ나 일념의 남시를 ᄉᆡᆼ각ᄒᆞ여 심ᄉᆡ

72면

차악ᄒᆞ고 방시의 젼졍을 잔잉히 너겨 념녀ᄒᆞ미 젹지 아닌지라 이ᄯᆡ 경능후ᄂᆞᆫ 뎡져 이경으로 관져지낙이 비ᄒᆞᆯ ᄃᆡ 업ᄉᆞ니 샹경여빈ᄒᆞ여 ᄒᆡ를 니어 금동옥녀를 ᄡᆞᆼ〃이 두어 ᄌᆞ녀의 번셩ᄒᆞ미 계종형데 듕 웃듬이오 광현은 허시로 화락ᄒᆞ여 ᄌᆞ녀를 년ᄒᆞ여 ᄉᆡᆼ산ᄒᆞ고 문현이 소시를 후ᄃᆡᄒᆞ여 샹경샹화ᄒᆞ니 ᄉᆞᆷ인의 치가지졍이 셔로 샹하치 아니되 문현은 화평ᄒᆞ기를 주ᄒᆞ

73면

고 광현은 온듕담엄ᄒᆞ고 능후ᄂᆞᆫ 식〃ᄒᆞ여 각각 품질이 다르니 가듕이 화ᄒᆞ고 너르며 쳐ᄉᆡ 팀듕ᄒᆞ므로 소시 웃듬이오 셰〃ᄒᆞᆫ 일의 ᄋᆡ의티 아니ᄒᆞ니 져근 일은 푸러지고 ᄃᆡᄉᆞ의 위엄과 호령이 엄듄ᄒᆞ여 팀졍 묵〃ᄒᆞ고 ᄉᆞᄒᆡ지랑을 아오라 잠간 소ᄅᆡᄒᆞᄆᆡ 쳐쳡이 낙혼샹담ᄒᆞᄂᆞᆫ 바ᄂᆞᆫ 뎡시 릉이오 늘이 맛도록 단연 무려ᄒᆞ고 말ᄉᆞᆷ을 쾌히 아니ᄒᆞ고 규모를 남이 모로게 수즉을 녕

74면

녕이 아니ᄒᆞ고 단듕엄위ᄒᆞ기ᄂᆞᆫ 광현의 부인이 웃듬이라 초공의 ᄉᆞᆷ직 우흐로 더옥 출인비범ᄒᆞ고 조ᄐᆡᄉᆞᄂᆞᆫ 긔품이 화열ᄒᆞ미 인ᄌᆞ현우ᄒᆞ니 규듕 ᄉᆞᆷ부인을 거나리ᄆᆡ 몬져를 존듕ᄒᆞ고 나종을 후ᄃᆡᄒᆞ나 평ᄉᆡᆼ의 소ᄅᆡ를 크게 ᄒᆞ여 호령ᄒᆞ미 업시ᄃᆡ ᄌᆞ연 추샹 ᄀᆞᆺᄐᆞ야 숙부 초공으로 흡ᄉᆞᄒᆞ니 진왕이 ᄐᆡᄉᆞ의 다다ᄅᆞᄂᆞᆫ 다시 넘녀를 아니ᄒᆞ고 소시수교ᄒᆞᆫ 셩덕과 열졀ᄒᆞᆫ ᄒᆡᆼᄉᆡ ᄇᆡᆨ일 ᄀᆞᆺᄐᆞ

75면

여 온순ᄒᆞᆫ 화긔ᄂᆞᆫ 춘양이 온ᄌᆞᄒᆞ고 낭낭ᄒᆞᆫ 답논이 ᄃᆡ소졍직ᄒᆞ야 일호 반ᄉᆞ의 법의 어긔미 업산지라 효봉구고ᄒᆞ고 승순군ᄌᆞᄒᆞ고 진션진미ᄒᆞ니 일ᄐᆡᆨ의 예셩이 진동ᄒᆞ여 이ᄯᆡ 발셔 삼ᄌᆞ이녜 이셔 ᄭᅩᆺ출 ᄉᆞ기고 옥을 다듬앗시니 쟝ᄌᆞ의 명은 명윤이오 년방팔 셰라 일월졍긔를 거둔 품질이 겸발쇄락ᄒᆞ여 봉안취미와 단순호치 완연이 옥경션ᄌᆞ라 신당이 나조ᄎᆞ ᄂᆡ도ᄒᆞ고 쳬형이 셕ᄃᆡᄒᆞ여

76면

오악이 ᄀᆞ즉ᄒᆞ니 교야의 긔린이 놀고 단산의 봉인 나린 ᄃᆞᆺᄒᆞᆫ지라 효긔 출뉴ᄒᆞ고 긔운이 튱텬ᄒᆞ여 완연이 딘왕으로 더브러 일신이니 일개 칭ᄋᆡᄒᆞ고 존당의 만금교ᄋᆡ라 왕의 ᄉᆞ랑이 듕ᄌᆞ간 웃듬이라 명윤이 더옥 방ᄌᆞ무인ᄒᆞ야 동셔의 긔탄이 업고 부친 밧긔 두리ᄂᆞ 니 업ᄉᆞ니 ᄐᆡᄉᆡ 기리 념녀ᄒᆞ여 군ᄌᆞ의 온듕ᄒᆞ미 업ᄉᆞᆯ가 ᄒᆞ고 오 셰븟허 ᄂᆞᆺ빗출 거두워 사ᄅᆞᆷ 을 뵈지 아냐 교훈이

77면

졍숙ᄒᆞ니 졔인이 우어 왈 능후의 명쳔은 오뉵 셰 소아나 덕긔 완젼ᄒᆞᆫ 품질이오 틱ᄉᆞ의 명윤은 호긔 츌뉴ᄒᆞ야 그 부친과 ᄂᆡ도ᄒᆞ니 진실노 셰상ᄉᆡ 이 긋도다 초진왕이 웃고 각각 손ᄋᆞ의 다ᄃᆞ라ᄂᆞᆫ 그 아비 엄졍ᄒᆞ여 교훈이 녈숙ᄒᆞᆫ 고로 초공 손ᄋᆞ로ᄂᆞᆫ 념녀 업고 보면 무한ᄒᆞᆫ 졍을 나ᄂᆞᆫ ᄃᆡ로 ᄒᆞ니 ᄒᆡ마다 가듕의 � ᄒᆞᆫ 화동옥녜 니어나ᄆᆡ 조부의 셩만ᄒᆞᆫ 영화ᄂᆞᆫ 졔미ᄒᆞ고 부귀영복이 곽분

78면

양의 우히로ᄃᆡ 남시의 일이 일가의 흠ᄉᆡ 되엿고 명윤의 ᄉᆞ싱거쳐를 몰나 진왕부뷔 샹심ᄒᆞ믈 마지 아니ᄒᆞ더라 화셜 월념 쇼제 양부의 간 지 발셔 ᄒᆡ 밧고여 졍양지긔를 겸ᄒᆞ여 ᄒᆞᆫ낫 아ᄃᆞᆯ을 ᄉᆡᆼᄒᆞ니 조군쥐 양틱ᄉᆡ 깃거ᄒᆞ미 하늘로 써러진ᄃᆞ시 즐겨ᄒᆞ고 린니 친쳑이 뒷토와 칭하ᄒᆞ야 문졍이 쇼요ᄒᆞ니 ᄎᆞ시 곽시 앙〃분통ᄒᆞ믈 니긔지 못ᄒᆞ야 취파로 더브러 함누 탄왈 ᄂᆡ 빅ᄉᆡ 됴시를 ᄯᆞ로지 못ᄒᆞᄂᆞᆫ 듕

79면

졔 몬져 ᄉᆡᆼ남ᄒᆞᄂᆞᆫ 경ᄉᆡ 이시니 그 형셰 졔환진문의 더ᄒᆞᆫ지라 나의셔 더ᄒᆞᆫ 형셰를 항형ᄒᆞᆯ 길이 업ᄉᆞ니 엄이 젼일의 조ᄒᆞᆫ 계괴 이셔 능히 긔린을 엇고 젹국을 소졔ᄒᆞ리라 ᄒᆞ더니 이졔 당ᄎᆞᆺ 계괴 어ᄃᆡ 잇ᄂᆞ뇨 취픠 탄왈 하ᄂᆞᆯ이 조시 복녹을 뉴의ᄒᆞ샤 이럿틋 소원을 영합ᄒᆞ니 기다리지 아녀 옥동을 어들지라 양표의 가ᄃᆞᆨᄒᆞ믈 희〃환〃ᄒᆞ여 그 은춍이 일층이 더ᄒᆞᆯ지라 더옥 노야의 쾌활

80면

ᄒᆞᆫ ᄯᅳᆺ과 ᄃᆞᆫ듕ᄒᆞᆫ 졍을 닐너 알 ᄇᆡ 아니니 범이 나ᄅᆡ 돗친 쾌ᄒᆞ미 잇ᄂᆞᆫ지라 노쳡이 소져를 양흑ᄒᆞ여 졍의 죽기로 다ᄒᆞᆯ ᄯᅳᆺ이 잇ᄂᆞᆫ디라 쳡의 ᄯᅳᆺ은 참아 못ᄒᆞᆯ 일을 견ᄃᆡ여 힝ᄒᆞ여야 ᄃᆡᄉᆞ롤 가히 닐울 거시니 졔 일계ᄂᆞᆫ 쳡의 형의게 삼품단약이 이시니 일명은 부부간 ᄉᆞ랑ᄒᆞ던 사ᄅᆞᆷ을 졔ᄒᆞ고 뮈워ᄒᆞ던 이를 ᄉᆞ랑ᄒᆞᄂᆞᆫ 약이며 이ᄂᆞᆫ 얼골을 밧고〃져 사ᄅᆞᆷ의 얼골이 되며 졔 이ᄂᆞᆫ 미혼단이오 졔 숨은 환용

81면

단이니 다른 사름은 쳔금을 가지고 구ᄒᆞ되 형이 아니 주고 셩산 도ᄉᆞ를 ᄉᆞ괴여 파라 주고 만히 어더 두어 스ᄉᆞ로 파라 갑슬 취ᄒᆞᄂᆞ니 ᄂᆡ 이 약을 어더 주군을 시험ᄒᆞ여 ᄐᆡ산 ᄀᆞᆺ흔 은졍을 버히고 ᄒᆡᄒᆞ미 제 일 계교오 ᄯᅩᄂᆞᆫ ᄒᆞᆫ 봉 약을 어더 조시 유ᄌᆞ를 죽여 조시로 ᄋᆡ를 ᄐᆡ오고 화용을 ᄉᆞᆯ나 진쥐 벽ᄒᆡ의 잠기게 ᄒᆞ고 ᄯᅩ 쇼제 스ᄉᆞ로 ᄒᆡᄐᆡᄒᆞᆫ 형샹을 ᄒᆞ고 친졍의 도라가 잉ᄐᆡᄒᆞ믈 일ᄏᆞ라 주군을 십 ᄉᆞᆨ을

82면

각쳐ᄒᆞ고 민간의 아름다온 남아 나흔 곳을 ᄀᆞᆯᄒᆡ여 어더 ᄉᆡᆼᄌᆞ라 ᄒᆞ면 뉘 이런 곳을 의심ᄒᆞ리잇고 이럿틋 소겨 아ᄃᆞᆯ 다리고 양부로 도라오면 조시ᄂᆞᆫ 유ᄌᆞ를 죽이고 홍뉘 뉴미를 잠으고 박명을 ᄉᆞᆯ허 심댱이 초고ᄒᆞ리니 엇지 ᄭᅩᆺ치 마ᄅᆞ며 닙히 이우지 아니ᄒᆞ리오 구고와 가부ᄂᆞᆫ 그 복 업ᄉᆞ믈 한ᄒᆞ고 ᄌᆞ연이 듕권이 소져긔 도라오리니 이ᄶᅴ를 당ᄒᆞ여 여러 가지 모계를 운동ᄒᆞ면 조시를 소제ᄒᆞ리이다 곽시

83면

ᄃᆡ열 왈 어미ᄂᆞᆫ 나의 제갈이로다 ᄂᆡ 엇지 젹국을 업시치 못ᄒᆞᆯ가 근심ᄒᆞ리오 큰 일을 ᄒᆞ고ᄌᆞ ᄒᆞ면 져근 일을 구ᄋᆡᄒᆞᆯ ᄇᆡ 아니니 지자의 닐이라 ᄒᆞ고 ᄎᆞ후 조시 ᄃᆡ졉을 더옥 극진이 ᄒᆞ고 산측의 나아가 유ᄋᆞ를 구경ᄒᆞ며 안고 근〃ᄉᆞ졍이 간간ᄒᆞ여 인심을 동ᄒᆞ니 조시의 시비 다 곽시의 어딜믈 깃거ᄒᆞ고 병뷔 드러와 거동을 보고 소왈 부인의 소ᄋᆞ ᄉᆞ랑이 이럿틋ᄒᆞ니 만일 친히 나흐면 실노 병 되리로다 곽시 낭〃이

84면

웃고 왈 ᄌᆞ식이야 ᄂᆡ가 나흐나 남이 나흐나 다르미 업슬지라 쳡의 소견은 다른 날 쳡이 ᄉᆡᆼᄌᆞᄒᆞᆯ지라도 듕ᄒᆞ기ᄂᆞᆫ ᄎᆞᄋᆡ 웃듬이라 쳡이 조부인으로 명수젹국이나 ᄉᆞ라셔 엇게를 ᄀᆞᆯ와 일인을 셤겨 ᄇᆡᆨ년고락을 홈긔ᄒᆞ다가 죽어 ᄒᆞᆫ가지로 거ᄒᆞ리니 뉸의 듕ᄒᆞ고 졍의 엇지 동ᄉᆡᆼ의 비ᄒᆞ리오 시고로 부인의 ᄉᆡᆼᄋᆡ 쳡의 ᄉᆡᆼᄒᆞᆫ 바로 다르리잇고 다른 ᄌᆞ식이 여러이 잇드라 ᄒᆞ여도 우리 항촉후ᄉᆞᄂᆞᆫ 이 아ᄒᆡ 밧들

85면

니니 귀즁흔 ᄆᆞ음이 엇지 예ᄉᆞ로오리잇고 양싱이 텽파의 크게 어질이 너기ᄆᆡ 옥안의 희긔를 씌여 왈 부인은 실노 다ᄅᆞ니 인ᄌᆞ흔 부인이로다 셰속 녀ᄌᆞ ᄌᆞ식으로 ᄒᆞ여 불호흔 재 만흔지라 오늘 부인의 말을 드ᄅᆞ니 세상의 불호불의ᄒᆞᄂᆞᆫ ᄌᆞ식을 징계ᄒᆞ리라 조부인을 도라보아 소왈 부인이 ᄆᆡ양 싱의 ᄌᆞ치를 괴로와ᄒᆞ더니 금일 유ᄌᆞ를 보니 경ᄉᆡ 괴로오냐 곽부인이 말이 여ᄎᆞᄒᆞ니 부인의 ᄆᆞ음은 엇더

86면

뇨 이ᄯᅴ 조시 금니의 ᄲᅡᄒᆞ여 고요히 누어 그 말을 드ᄅᆞᄆᆡ 인졍 밧긔 어진 ᄯᅳᆺ이 더옥 불평ᄒᆞ고 빗ᄂᆞ고 늘닌 말이 흐르ᄂᆞᆫ 가온ᄃᆡ 니검을 감초고 어진 말의ᄂᆞᆫ ᄆᆡ온 술을 결웟시니 조시 영니의 짐죽흘지라 그윽이 깁푼 근심이 유동ᄒᆞ여 란네 ᄇᆡᆨ출ᄒᆞ나 안ᄉᆡᆨ을 화히 ᄒᆞ고 탄왈 사람의 화복길흉과 수요당단이 각〃 숨겨시니 이 ᄋᆞᄒᆡ 아직 피육의 ᄲᅵ이여 아비와 어미를 분변티 못ᄒᆞᄂᆞᆫ 거슬 두고 엇

87면

디 의논ᄒᆞ며 표당ᄒᆞ기를 의논ᄒᆞ리잇고 부인의 어진 ᄆᆞ음은 사름이 바라지 못흘 ᄆᆞ음이나 ᄋᆞᄒᆡ 밋기를 너모 과도이 ᄒᆞ시니 이ᄂᆞᆫ 그릇 싱각ᄒᆞ미라 연이나 요힝무ᄉᆞ이 ᄌᆞ라면 어미로 셤기기야 피ᄎᆞ 다르리잇고 이럿틋 온화히 ᄃᆡ답ᄒᆞ나 그윽이 우려ᄒᆞ여 ᄆᆞ음이 흔ᄯᅴ 노히지 아니ᄒᆞ고 양병부ᄂᆞᆫ 처음으로 유치를 보ᄆᆡ 쳬〃흔 ᄉᆞ랑이 인ᄉᆞ를 잇고 파됴 셩졍 후ᄂᆞᆫ 바로 영소졍의 와 유ᄋᆞ로 희락ᄒᆞ고 조시로

88면

듕졍이 여산약히ᄒᆞ니 곽시 분긔를 니긔지 못ᄒᆞ여 측급히 히ᄒᆞ고 그 은총을 쳔ᄌᆞ코ᄌᆞ ᄒᆞᄆᆡ 취파로 의논ᄒᆞ여 쳔금을 주어 몬져 약 숨종을 ᄉᆞ오고 병부를 시험ᄒᆞ니 긔운이 굿세고 졍긔 과인흔 군ᄌᆞ므로 여러 순의 양싱이 일〃은 ᄃᆡ통ᄒᆞ고 니러나 홀연 조시 곳 싱각ᄒᆞ면 믜오며 분흔 ᄯᅳᆺ이 이러나고 곽시를 보면 ᄌᆞ연 이졍이 깁흔지라 스ᄉᆞ로 고이ᄒᆞ야 고개를 숙이고 싱각ᄒᆞᄃᆡ ᄂᆡ 조시를 아시의 보고 황

89면

혹ᄒᆞ야 쳔신만고ᄒᆞ고 어드ᄆᆡ 녜ᄉᆞ 부부와 달나 ᄉᆡᆼ득동주ᄒᆞ고 ᄉᆞ즉동혈ᄒᆞ고 ᄇᆡᆨ년화락을 ᄂᆞᆺ 바홀가 ᄒᆞ더니 일년을 동듀ᄒᆞ고 ᄌᆞ식을 나으ᄆᆡ 홀연 ᄆᆡ온 ᄆᆞ음이 ᄂᆞ니 실노 ᄉᆡᆼ각지 못홀 ᄇᆡ로다 ᄒᆞ고 두로 ᄆᆞ음이 어ᄌᆞ러워 강잉ᄒᆞ여 아ᄌᆞ를 ᄎᆞᄌᆞ보며 조시를 ᄃᆡ접ᄒᆞ나 보면 두골을 ᄯᆞ리ᄂᆞᆫ ᄃᆞᆺ 괴로온지라 졈〃 강잉티 못ᄒᆞ여 영소졍을 졀젹ᄒᆞ고 희월뎡의 주야 즘겨 환연희락이 ᄂᆞᆺ

90면

으로 밤을 니으니 ᄌᆞ연 조부의도 왕ᄂᆡ티 못ᄒᆞ고 아ᄂᆞᆫ ᄌᆞᄂᆞᆫ 다만 곽시라 부뫼 아ᄌᆞ의 거동이 다르믈 의심ᄒᆞ야 ᄆᆡ양 경계ᄒᆞ여 가도를 화평이 ᄒᆞ라 교훈ᄒᆞᆫ 즉 병뷔 화셩유어로 ᄃᆡ왈 소ᄌᆞᄂᆞᆫ 조시로 범연ᄒᆞᆫ 부부간이 아니오니 엇지 부뫼 과려ᄒᆞ셔 권ᄒᆞ시리잇가 ᄯᅳᆺ이 ᄎᆞ고 ᄆᆞ음의 족ᄒᆞ오니 ᄇᆡᆨ년지락의 엇지 아시결발지졍을 곳치리잇고 ᄐᆡᄐᆡᄂᆞᆫ 념녀 마ᄅᆞ소셔 이럿틋 ᄃᆡ답ᄒᆞ나 실졍은 놀노 쇼ᄒᆞ고 ᄆᆞ음이 밧고

91면

여 힝노인 보ᄃᆞᆺᄒᆞ니 조시 엇지 가군을 보ᄆᆡ 긔ᄉᆡᆨ을 모로리오 그윽이 외입ᄒᆞ믈 념녀ᄒᆞ나 ᄉᆞᄉᆡᆨ지 아니ᄒᆞ고 힝신쳐ᄉᆞ를 더옥 수련ᄒᆞ여 슴가고 구고존당을 효봉ᄒᆞ고 동녈을 화우ᄒᆞ며 가부의 졍을 믈외의 더져두고 치ᄋᆞ 보호ᄒᆞ기로 ᄌᆞ미를 숨아 친졍의 수숨 일식 귀근ᄒᆞ여 지ᄂᆡ나 양뷔 고젹ᄒᆞ므로 수이 도라오니 곽시 병부의 ᄯᅳᆺ을 밧근 후ᄂᆞᆫ 스ᄉᆞ로 고이ᄒᆞᆫ 병을 어더 알흐며 셤어를 무수이 ᄒᆞ며

92면

엄홀ᄒᆞ기를 ᄌᆞ로 ᄒᆞ니 병뷔 우려ᄒᆞ여 스ᄉᆞ로 병소의 가 지셩으로 구호ᄒᆞ고 일시를 ᄯᅥ나지 아니ᄒᆞ니 곽시 니로ᄃᆡ 단댱ᄒᆞᆫ 미인과 무수ᄒᆞᆫ 목인이 칼을 들고 지른다 ᄒᆞ여 소ᄅᆡ 지르며 공동ᄒᆞ니 취패 가마니 술ᄉᆞ를 가ᄅᆞ쳐 언약ᄒᆞ고 거즛 눈믈을 흘니고 조군듀긔 고ᄒᆞᄃᆡ 금일 소져의 병이 더ᄒᆞ오시니 증휘 고이ᄒᆞ오신지라 술ᄉᆞ를 불너 망긔ᄒᆞ여 보미 죠흘 ᄃᆞᆺᄒᆞ오이다 군쥐 미우를 ᄧᅵᆼ긔고 왈 양

93면

현뷔 화동ᄒᆞ고 다른 사름이 업ᄉᆞ니 비록 창녀가 여히 잇시나 실듕의 당치 아니니 무ᄉᆞᆫ 연고로 요괴로온 일이 잇시리오 연이나 혹ᄌᆞ 무슴 일을 모ᄅᆞ니 불너오라 ᄒᆞᆫᄃᆡ 취픽 즉시 술ᄉᆞ를 불너 망긔ᄒᆞ미 희월뎡 뎡침 벽 ᄉᆞ이를 쇼고 목인과 요녀지물을 무수히 어더ᄂᆡ고 주필주ᄉᆞ로 부즉을 썻시니 수필이 긔특ᄒᆞ여 금수를 드리온 ᄃᆞᆺ 그 축ᄉᆞ의 셩명은 업고 또 오직 유ᄋᆞ와 ᄌᆞ긔 다복수의를 축ᄒᆞ고 빅년

94면

은뎡을 온젼히 ᄒᆞ고져 곽시 목숨을 ᄭᆞᆫ코져 ᄒᆞᆫ 소유와 ᄉᆞ셜이 흉참ᄒᆞ여 듯는 쟈로 놀납고 완연이 조시의 소즉으로 ᄒᆞᆫ지라 병뷔 이를 보고 불을 가져오라 ᄒᆞ여 쾌히 술오고 갈오ᄃᆡ ᄂᆡ 집이 냥쳬 이시ᄃᆡ 다 ᄌᆞ셩인현ᄒᆞ여 숙녀의 풍이 이시니 이는 요괴로온 쳔인의 간졍이라 들추어 져주면 무죄ᄒᆞᆫ 듀인의게 도라갈 거시니 물시ᄒᆞ미 조타 ᄒᆞ고 술ᄉᆞ를 도라보ᄂᆡ고 부모긔도 고치 아니니 ᄃᆡ개

95면

위인이 명쾌ᄒᆞ여 비록 졍니를 옴겨시나 인물을 ᄌᆞ못 아는지라 글시 ᄀᆞᆺ틈을 의심치 아냐 오직 곽시를 구호ᄒᆞ고 달니 ᄉᆞ싴을 아니ᄒᆞ니 곽시 초조ᄒᆞ여 픽악으로 흉참ᄒᆞᆫ 곳의 조시를 모라ᄂᆡᆺ코ᄌᆞ ᄒᆞ미 병부의 여러 가신 듕 주부 밍한이라 ᄒᆞᄂᆞᆫ 쟈는 진왕 군관으로셔 다려와시니 밍한이 셰 가지 취홀 거시 잇시니 일자는 용뫼 미여관옥이오 이쟈는 직문이 광박ᄒᆞ여 통달ᄉᆞ리ᄒᆞ고 우군의 긔이ᄒᆞᆫ 필

96면

법을 가졋고 삼쟈는 말솜이 빗ᄂᆞ고 총오영민ᄒᆞ여 직담이 사름으로 깃부게 ᄒᆞ고 ᄆᆞ음을 녕합ᄒᆞᄂᆞᆫ지라 딘부의 잇시ᄃᆡ 년긔 이십이 못ᄒᆞ여 직긔 여ᄎᆞᄒᆞ니 양싱이 구ᄒᆞ여 달여와 밋고 ᄉᆞ랑ᄒᆞ여 셔긔를 솜고 주부를 겸ᄒᆞ여 수족 ᄀᆞᆺ치 너기는디라 곽시 ᄉᆞᆺ쳐 알고 추파로 ᄒᆞ여곰 텬금을 납뇌ᄒᆞ여 셔로 졍회를 고ᄒᆞ여 ᄆᆞ음으로 사괴믹 밍싱이 녀싀의 주린짓거시라 곽시 져의 웃듬 시녀

97면

잉으로 ᄒᆞ여곰 밍싱을 주어 요적ᄒᆞ믈 위로ᄒᆞ고 인ᄒᆞ여 ᄃᆡᄉᆞ를 쳥ᄒᆞ니 만일 일을 닐우거든 남의 문객으로 고초ᄒᆞ나니 아조 잉을 줄 거시니 만금ᄌᆡ보를 가지고 거쳐 업시 가 조히 살나 ᄒᆞ니 밍싱이 잉을 어드니 인ᄉᆞ를 모ᄅᆞ게 고혹ᄒᆞ고 본시 허랑ᄒᆞ므로 이 말을 듯고 삼 쳔금을 구ᄒᆞ여 허락ᄒᆞ니 ᄎᆞ회라 조시의 쳥수빙옥 ᄀᆞᆺ튼 몸이 더러온 일홈을 엇고 단장 박명을 격그니 녀ᄌᆞ의 명도를 측

98면

냥티 못ᄒᆞ리러라 추파와 잉이 동심ᄒᆞ여 밍싱으로 동계ᄒᆞ니 일〃은 양병뷔 외당 셜듁헌의셔 술을 먹을ᄉᆡ 밍싱이 말셕의 참예ᄒᆞ여 ᄯᅩᄒᆞᆫ 먹더니 손이 도라간 후 밍싱이 홀노 병부를 뫼셔 말ᄒᆞᆯᄉᆡ ᄌᆡ담이어를 ᄉᆞ랑ᄒᆞᆯ 분 아니라 병뷔 웃고 닐오ᄃᆡ 풍치는 분 발은 미인이라 실노 그ᄃᆡ ᄀᆞᆺᄒᆞᆫ 미쳡을 어드면 ᄉᆞ랑ᄒᆞ리로다 아지 못게라 고향의 가실 닐이 잇ᄂᆞ냐 밍싱이 공수ᄉᆞ왈 소싱이 노

99면

야의 덕을 닙으ᄆᆡ 분골ᄂᆞᆫ망지은이라 엇지 심회를 긔이리잇고 고토의 가실 일이 업고 딘궁의 이실 ᄶᅥᆨ붓허 ᄉᆞ괴여 유희ᄒᆞᆫ 미인이 잇더니 이제ᄂᆞᆫ 그 미인이 이곳의 와 이시니 ᄯᅡᆯ와 잇ᄂᆞ이다 병뷔 ᄃᆡ소 왈 원ᄂᆡ 이 엇던 미인인다 혜컨ᄃᆡ 딘궁시녀비로다 밍싱이 웃고 ᄃᆡ왈 노야의 밝히 아ᄅᆞ시미니이다 쳔싱의 유졍미인은 얼골이 옥골셜부로 미향이 만신ᄒᆞ고 셩명을 무른 즉 좁혀왓시니 셩은

100면

모로고 일홈은 월념이로다 ᄒᆞ고 딘궁 화원 셜원뎡 이른ᄃᆡ ᄊᆞᆫ 집이 잇고 딘왕의 소져 겨시 곳이로ᄃᆡ 월념은 그 쇼져 시빈가 ᄒᆞ나이다 ᄆᆡ양 ᄃᆡ숫풀 아ᄅᆡ 셔로 만나 말ᄒᆞ다가 야심ᄒᆞ면 쇼제 잠들니라 ᄒᆞ고 난간 밧긔 와 밤을 지ᄂᆡ고 ᄉᆡ벽의 가기를 여러 순 ᄒᆞ엿더니 쇼제 길네 후 그 시녀의 그림ᄌᆞ를 보지 못ᄒᆞ엿더니 하ᄂᆞᆯ이 두 ᄆᆞ음을 술피샤 노야의 거두시믈 닙ᄉᆞ와 양부의 도라온 후

101면

미인의 셔찰을 엇고 셔로 만나기를 언약ᄒᆞ여시ᄃᆡ 이곳의 온 후는 보지 못ᄒᆞ고 울〃ᄒᆞᆫ 졍과 경경ᄒᆞᆫ ᄆᆞᄋᆞᆷ이 침셕의 잇지 못ᄒᆞᄂᆞ이다 양ᄉᆡᆼ이 쳥파의 십분 ᄎᆞ악ᄒᆞ여 ᄌᆞ연 안ᄉᆡᆨ이 변ᄒᆞ믈 ᄭᆡᄃᆞᆺ지 못ᄒᆞᄂᆞᆫ지라 ᄉᆡᆼ각ᄒᆞᄃᆡ 션월졍 시비의 일홈이 월념이라 ᄒᆞ 리 업고 벅〃이 조신가 붓그러오믈 가리오노라 셩을 니ᄅᆞ지 아니ᄒᆞᆫ가 사ᄅᆞᆷ의 얼골이 고ᄋᆞ나 힝실은 금수 ᄀᆞᆺᄐᆞ니 혹ᄌᆞ 조시로다 져 ᄆᆡᆼᄉᆡᆼ

102면

이 쳐음은 시녀로 알고 조시ᄂᆞᆫ 음욕을 발ᄒᆞ여 이 ᄃᆡ경의 니ᄅᆞ니 고ᄉᆞ를 ᄉᆡᆼ각ᄒᆞ여도 한나라 녀후와 당나라 무측텬의 얼골이 고ᄋᆞ나 음난ᄒᆞ미 만고의 흉히 너기ᄂᆞᆫ ᄇᆡ나 조시의ᄂᆞᆫ 지나지 못ᄒᆞ리로다 부형의 어질기와 가문의 빗나기로 사ᄅᆞᆷ 션악이 ᄂᆡ도ᄒᆞ도다 ᄂᆡ 지인지감이 불명ᄒᆞ여 져를 쳔고숙녀로 알고 그 얼골의 과혹ᄒᆞ여 곡경으로 어더 황혹ᄒᆞ미 밋쳣더니 근간의 졍이 스ᄉᆞ로

103면

감ᄒᆞ미 ᄂᆡ 고이히 너겻더니 원ᄂᆡ 무샹난음ᄑᆡ악이 여ᄎᆞ고로 쟝부의 ᄆᆞᄋᆞᆷ이 ᄌᆞ연 밧고이도다 젼의 무샹ᄒᆞ나 ᄂᆡ 집의 온 후로조ᄎᆞ 감히 간부를 통코ᄌᆞ 낭ᄌᆞ이 ᄒᆞ니 이ᄂᆞᆫ 념치 샹진ᄒᆞᆫ 음뷔라 엇지 통한티 아니리오 제 얼골이 만고의 듬을고 ᄌᆡ질쳐신이 츌어범인이라 인ᄌᆞᄒᆞᆫ 거동이 고금셩현의 ᄇᆡ우 ᄀᆞᆺᄐᆞ믄 이ᄂᆞᆫ 거ᄌᆞᆺ 왕망의 겸공을 두어 외친ᄂᆡ쇼홈 ᄀᆞᆺᄐᆞ미니 엇지 이런 음비ᄒᆞᆫ 녀ᄌᆞ로

104면

원비위를 주리오 이럿ᄐᆞᆺ ᄉᆡᆼ각ᄒᆞ미 한심차악ᄒᆞ여 웃고 갈오ᄃᆡ 졍인을 ᄂᆡ 차ᄌᆞ 줄 거시니 모습을 니라고 무슴 표젹을 가졋ᄂᆞ냐 일홈은 월념이라 ᄒᆞ거니와 그만으로난 ᄎᆞᆺ지 못ᄒᆞᆯ 거시니 ᄌᆞ셔이 니르라 ᄆᆡᆼᄉᆡᆼ이 쇼왈 션월뎡을 쳐음 볼 젹은 조샹셔 형제와 후원 구경 ᄀᆞᆺ다가 무심이 왓더니 나히 듕년의 뉴랑 ᄀᆞᆺᄐᆞᆫ ᄎᆞ환이 ᄂᆞᆯ을 쳥ᄒᆞᄃᆡ 원듕의 가ᄒᆞᆯ 말이 잇노라 ᄒᆞ고 잇그러 나려가더니 월념

105면

을 다려왓시ᄃᆡ 그 얼골을 모로고 ᄆᆡ양 밤의 오니 ᄇᆡᆨᄐᆡ 긔이ᄒᆞ야 셔긔 불현ᄃᆞᆺᄒᆞ고 눈이 ᄉᆡᆨ별 ᄀᆞᆺ고 양협 도화의 팔ᄎᆡ 주순옥치와 풍ᄎᆡ 만고의 독보ᄒᆞᆫ 일ᄉᆡᆨ으로 긔이ᄒᆞ니 아모리 보와도 그런 미ᄉᆡᆨ은 업더이다 복ᄉᆡᆨ은 밤의 보와시니 아지 못ᄒᆞ고 다만 셰속 초옥으로 다듬은 ᄃᆞᆺ 좌비샹의 달 월 ᄌᆞ 보고 우비샹의 셩인 셩 ᄌᆞ를 엇지 쁜 거시 아니라 졀노 술금이 ᄉᆞᆷ긴 글ᄌᆡ오니 유달나 고히터이다 병뷔 ᄎᆞ

106면

언을 듯고 가슴의 ᄌᆡᆫ납이 쒸놀고 분ᄒᆞ미 머리 하늘을 가라치니 쳔균ᄃᆡ량이나 엇지 참으리오만은 강잉 쇼왈 그ᄃᆡ 말을 드ᄅᆞ니 그ᄃᆡ 졍인을 ᄎᆞᄌᆞ주기 쉬오니 ᄂᆡ 시녀 듕 무ᄅᆞ려니와 셔ᄉᆞ 왕복은 뉘ᄒᆞ여 어더본다 ᄆᆡᆼᄉᆡᆼ이 탄왈 지셩이 감텬이라 두 ᄆᆞ음이 ᄉᆞ모ᄒᆞᄆᆡ 금셕이 녹는디라 한 쟝 셔간을 못 어더보리잇고 노 유랑 ᄒᆞ나히 이셔 날을 다리고 여긔 온 후 셔찰을 가져다가 주더이다 우문 왈 그ᄃᆡ

107면

답셔를 젼ᄒᆞ여 졍을 폇는다 탄왈 수일 뎐 회셔를 붓쳣더니 그지간은 모르나이다 ᄆᆡᆼᄉᆡᆼ이 병부의 뭇는 말노 의심 업ᄉᆞᆫ 시녀로 알고 통간ᄒᆞᆯ ᄊᆡ 더러온 말과 간음ᄒᆞᆫ 졍ᄐᆡ를 본다시 ᄀᆞᆺ초 주ᄒᆞ니 병뷔 만분통히ᄒᆞ여 갈오ᄃᆡ 그ᄃᆡ 그 미인을 만나면 그 거취를 엇지 ᄒᆞᆯ여 ᄒᆞ는다 ᄆᆡᆼᄉᆡᆼ이 ᄀᆞᆯ오ᄃᆡ 그 미인이 아직 아모리 ᄒᆞᆯ 줄 이ᄅᆞ지 아니니 예셔 다리고 잇시려 ᄒᆞ면 잇고 그럿치 아니ᄒᆞ면 거두어 본향으로 도라

108면

ᄀᆞᆯ가 ᄒᆞᄂᆞ이다 병뷔 우어 왈 나의 문ᄀᆡᆨ으로 시비를 도젹ᄒᆞ여 한양ᄒᆞ미 의 아니라 ᄆᆡᆼᄉᆡᆼ이 웃고 왈 어이 도젹ᄒᆞ리오 갈 ᄊᆡ는 고ᄒᆞ고 갈연이와 그 녀ᄌᆞ의 말을 듯지 못ᄒᆞ고 소ᄉᆡᆼ의 의ᄉᆞ로소이다 병뷔 심듕의 막불ᄎᆞ악ᄒᆞ여 다시 ᄆᆞᆯ을 아니ᄒᆞ고 ᄆᆡᆼᄉᆡᆼ이 퇴ᄒᆞᆫ 후 독좌샹냥ᄒᆞᄆᆡ 흉히분〃 ᄒᆞᆫ지라 탄ᄒᆞ여 ᄀᆞᆯ오ᄃᆡ ᄂᆡ 조시 알기를 졍비의 숙ᄌᆞ인현과 그 부형의 긔품으로 우연치 아닐

109면

가 ᄒᆞ더니 이ᄃᆡ도록 ᄒᆞᆯ 줄 알니오 ᄉᆡᆼ각건ᄃᆡ 날을 보면 엄준ᄆᆡᆼ녈ᄒᆞ미 기실은 ᄆᆡᆼ가 ᄉᆞ경을 못 이져ᄒᆞ민가 ᄂᆡ 무심ᄒᆞ고 쳣날 비홍을 샹고티 아냐시니 몬져 ᄆᆡᆼ가를 통간ᄒᆞ엿던가 져의 비샹 ᄒᆞᆫ 글ᄌᆞ는 나 밧긔 가듕인이 알니 업거ᄂᆞᆯ ᄆᆡᆼ주뷔 알니오 이는 분명 ᄒᆞᆫ 일이라 엇지 ᄎᆞ마 일시를 명부의 ᄌᆞ리를 웅거ᄒᆞ야 봉관지녈을 욕ᄒᆞ리오 다만 진왕의 ᄂᆞᆺ과 우리 ᄉᆞ부의 어딘 덕을 도라보디 아니티 못ᄒᆞᆯ 거시오 ᄌᆡ

110면

샹가 〃 변이 불가ᄉᆞ문어인국이라 ᄂᆡ ᄌᆞ소로 됴가의셔 ᄌᆞ라 딘왕 ᄉᆞ부의 어로만져 ᄌᆞ딜 ᄀᆞᆺ치 기라신 은혜 큰지라 됴시를 ᄂᆡ 갈구ᄒᆞ여 어더와 제 음힝누덕을 들추어 됴가 쳥덕을 드럽게 ᄒᆞ미 인ᄌᆞ의 일이 아니라 ᄉᆞ긔를 비밀히 ᄒᆞ여 독약을 먹여 조시를 죽인 후 양가친족이 아라도 병드러 죽으므로 ᄒᆞ고 ᄂᆡ 션산의 뭇지 말고 신쳔을 갈희여 무더 하나 ᄋᆞᄌᆞ 나시미 ᄂᆡ게도 만젼ᄒᆞ고 져의게도 덕이 되미라

111면

주의를 졍ᄒᆞ미 타연자약ᄒᆞ고 ᄆᆡᆼ싱을 몬져 최올 의ᄉᆞ를 먹고 변방 졀도ᄉᆞ 화운의 쟝교를 삼아 홈긔 보닐ᄉᆡ ᄆᆡᆼ싱이 벼ᄉᆞᆯ을 일흠ᄒᆞ여 가나 불의에 멀니 보ᄂᆡᄂᆞᆫ 쓧을 의심ᄒᆞ고 ᄉᆡᆼ각ᄒᆞᄃᆡ ᄂᆡ 취파의 쳔금을 위ᄒᆞ여 고이ᄒᆞᆫ 일과 의심된 거동을 만히 뵈혓더니 나를 먼니 보ᄂᆡ니 그 쓧이 발셔 알미라 타일의 만일 ᄌᆡᆼ변ᄒᆞ야 옥셕을 구분ᄒᆞᆯ ᄊᆡ ᄂᆡ 몸이 함졍의 들 거시니 이리로셔 거쳐 모로게 잉 〃 을 다리

112면

고 쳔금을 품어 고향의 도라가 평ᄉᆡᆼ을 안과ᄒᆞ고 지ᄂᆡ미 샹칙이라 ᄒᆞ고 잉 〃 과 ᄒᆞᆫ가지로 의논ᄒᆞ여 취파의게 알외니 취픠 본ᄃᆡ ᄆᆡᆼ주부의 말이 ᄒᆞᆫ갈ᄀᆞᆺ기 쉽지 아닐가 념녀ᄒᆞ고 멀니 가려ᄒᆞ믈 깃거 가연이 잉 〃 을 맛져 보ᄂᆡ니 ᄆᆡᆼ싱이 잉 〃 을 더브로 만흔 ᄌᆡ보를 수습ᄒᆞ여 병부긔 하딕을 아니코 갈ᄉᆡ 일봉 화젼과 의심져온 거ᄉᆞᆯ ᄒᆞᆫ ᄃᆡ ᄡᆞ ᄊᆡ지오고 병부로 보게 하니 ᄉᆞ광의 총명이나 챵졸의 알기 어렵더라 원ᄂᆡ 조시의

113면

옥환 한 빵이 쳔고의 업슨 보빅니 네스 옥환이 아니라 슈즁의 단련흔 보옥이라 긔홰 암〃 ᄒᆞ고 옥치 영농흔디라 팔대왕이 남희군왕의 쥬기로 가져와 크게 ᄉᆞ랑ᄒᆞ기로 조 군쥬를 쥬엇더니 닌광의 슈빙의 녀허 조시 상히 ᄉᆞ랑ᄒᆞ여 협샤의 두엇더니 곽시 조 시 시녀 츈쇼로 ᄉᆞ괴여 조시 협샤 듕 옥환을 도젹ᄒᆞ여 내여 조시 필젹을 위조ᄒᆞ야 답 셔를 뻐 한 대 봉ᄒᆞ여 날 미쳐 병부로 보게 ᄒᆞ니 엇디 옥셕을 분변ᄒᆞ리오 병뷔 믱싱 을 ᄎᆞ즈니 거쳐 업다 ᄒᆞᄂᆞᆫ디라 친히 믱싱 잇

114면

ᄂᆞᆫ 곳을 와 ᄎᆞᄌᆞ니 거쳐 업고 졔 문방지믈과 의금지류를 낫〃치 거두어 갓시대 오직 일봉화젼을 봉ᄒᆞ여 문 욻히 써러졋거ᄂᆞᆯ 보니 ᄒᆞ엿시대 월념은 믱낭군 좌하의 올니나 이다 직즉 붉히 가라친 슈셔를 붓들믹 옥안화풍을 샹견홈 갓튼디라 쳡이 엇디 밧드 지 아니리오 쳡이 일시의 몸을 ᄲᅢ혀날 길히 업ᄉᆞ니 낭군은 몬져 양부를 써나면 쳡이 ᄯᅢ를 어더 모든 일을 구쳐ᄒᆞ고 낭군을 ᄯᆞ라갈여니와 걸잇긴 바ᄂᆞᆫ 골육이 낭군의 골 육이라 아직 거ᄂᆞ려 먼길을 가기 어

115면

려오니 명츈을 기ᄃᆞ려 히ᄋᆞ를 픔고 낭군을 ᄯᆞᆯ오리니 낭군이 힝혀 쳡을 실히 아니 너 길가 ᄒᆞ고 이 옥환 일빵이 나의 긔뵈라 일노 낭군의 좌우의 두고 나의 도라갈 ᄯᅢ를 기ᄃᆞ리라 ᄒᆞ엿더라 양병뷔 보기를 맛ᄎᆞ믹 ᄌᆞ톄를 ᄌᆞ시 보니 의심업ᄂᆞᆫ 조시의 슈젹이 오 옥환이 ᄌᆞ긔 보물이라 비록 쇼탈ᄒᆞ나 여러 슌 익이 보왓시믹 분명히 알디라 스ᄉᆞ 로 ᄎᆞ악통히ᄒᆞ믈 이긔디 못ᄒᆞ여 싱각ᄒᆞ디 이거ᄉᆞᆯ 신을 숨으니 반ᄃᆞ시 몸을 써나디 아닐 거ᄉᆞᆯ 엇디ᄒᆞ야 ᄇᆞ리고 갓ᄂᆞᆫ고 일졍 반야의 나갓

116면

시매 ᄲᅢ디고 갈다 ᄒᆞ여 거두어 ᄉᆞ믹의 녓고 분긔 빅당 나ᄒᆞ디 오히려 좌사우상ᄒᆞ믹 그 부형을 앗기고 은혜를 감격ᄒᆞ니 낫타닉믈 춤아 못ᄒᆞ여 가마니 쥭일 ᄯᅳᆺ을 아조결 단ᄒᆞ믹 영쇼뎡의 춤아 드러가지 못ᄒᆞ고 외당의 날마다 시녀를 블너 의복 션틱ᄒᆞ고 음식을 고츌ᄒᆞ여 호령이 싱풍ᄒᆞ매 긔샹이 츰엄ᄒᆞ니 영쇼뎡 시비유랑이 슈란ᄒᆞ여 셔

로 눈물을 쓰리며 연고를 아디 못ᄒᆞ여 황〃젼률ᄒᆞᄃᆡ 조시는 안연부동ᄒᆞ고 노ᄒᆞ는 일이 업셔 쳔만ᄌᆞ약ᄒᆞ고 구고봉양이며 대객슈응을 조곰

117면

도 규모의 측난치 아니고 곽시 대졉과 거나린 자로 응목ᄒᆞ여 ᄌᆞ가의 넘게 ᄒᆞ니 상하의 칭예ᄒᆞ는 소릐 일닌의 들니ᄃᆡ 병부의 칙은 날노 더ᄒᆞ니 유뫼 울며 조시를 ᄃᆡᄋᆞ야 갈ᄋᆞᄃᆡ 이졔 쥬군의 뜻이 날노 박ᄒᆞ여 죄 업순 시비복쳡이 날마다 슈칙ᄒᆞ고 부인씌 고이ᄒᆞᆫ 호령이 긋칠 젹이 업ᄉᆞ니 결단ᄒᆞ여 우리 노쥬의 견ᄃᆡᆯ ᄇᆡ 아니라 ᄡᅥ를 인ᄒᆞ야 가권을 샤ᄒᆞ여 곽부인긔 도라보내여 하나흔 겸숀ᄒᆞ는 뜻을 낫ᄐᆞ내고 둘흔 즉금 부인의 괴롭고 위태ᄒᆞᆫ 거술 덜미 엇더ᄒᆞ니잇고 조

118면

시 우연 탄왈 ᄆᆡᄉᆡ 하늘이라 내 부훈과 모교를 밧ᄌᆞ와 고인을 효측지 못ᄒᆞ나 즘간 슉녀의 방향을 ᄉᆞ모ᄒᆞ니 구고와 가군을 도와 진심갈녁ᄒᆞ여 그 일이 맛당ᄒᆞᆫ 일위고 슈신졔가의 슉연키를 ᄇᆞ라거든 엇디 내 괴로올 바를 위ᄒᆞ여 가바여이 즁궤를 남의게 ᄉᆞ양ᄒᆞ여 송양공의 어린 노릇을 효측ᄒᆞ며 조강을 졀ᄒᆞ고 륜긔를 즉폐ᄒᆞ여 박힝흠칙케 ᄒᆞ리오 혜건ᄃᆡ 녀ᄌᆞ의 ᄉᆞ룸 셤기는 도리 군신 갓흐니 셔〃 님힝의 와룡을 쳔거ᄒᆞ고 쇼해 조츰을 쳔거ᄒᆞ니 내 이졔 죽

119면

지 아니ᄒᆞ고 ᄐᆡ 업시 탈권즉위ᄒᆞ여 남 뭇진 후야 겸손ᄒᆞ며 어질다 ᄒᆞ리오 셜ᄉᆞ 어지다 ᄒᆞᆯ지라도 가군은 가제 착는ᄒᆞ고 션휘 블엄ᄐᆞ ᄒᆞ리니 이는 나의 힝ᄒᆞᆯ ᄇᆡ 아니라 다만 져의 거지를 술피ᄆᆡ 나의 허믈을 어드ᄆᆡ 망측ᄒᆞᆫ 곳의 이셔 치부ᄒᆞᆫ ᄇᆡ 심상티 아닌지라 ᄂᆡ 오ᄅᆡ지 아녀 블측ᄒᆞᆫ 환을 면티 못ᄒᆞᆯ가 ᄒᆞᄂᆞ니 어미는 부졀 업순 일의 근심 말고 오직 나의 유ᄌᆞ를 힘써 보호ᄒᆞ여 ᄂᆡ 비록 위ᄐᆡᄒᆞᆫ 곳의 님ᄒᆞ나 ᄋᆞ히나 줄 보

120면

젼ᄒᆞ면 어미공이라 유랑이 믄득 슬프믈 니긔지 못ᄒᆞ여 늣겨 왈 쇼제 아람다오시므로 구가의 오시ᄆᆡ 가부의 여산듕경을 홀노 ᄌᆞ젼ᄒᆞ실가 ᄒᆞ엿더니 뉘 도로혀 텬고박명을

당ᄒᆞ고 신셰 여ᄎᆞ 괴롭고 위틱홀 줄을 알니잇고 출하리 양부를 써ᄂᆞ시면 괴롭고 욕져온 일을 목도치나 말미 조흘가 ᄒᆞᄂᆞ이다 조시 도협잉순의 호치찬연ᄒᆞ여 웃고 닐오ᄃᆡ 어미 말이 가소롭다 녀ᄌᆞ의 도리 비록

121면

구가의 닉쳠죽ᄒᆞᆫ 일을 당ᄒᆞ나 도라가기를 쐴니 아니ᄒᆞ거든 구고의 산은혜틱과 ᄉᆞ랑ᄒᆞ시ᄂᆞᆫ 은덕이 뎐후의 ᄒᆞᆫ가지라 녈녀ᄂᆞᆫ 지아비 닉치ᄆᆡ 그 문의셔 도라가지 아니ᄒᆞ고 고인은 가뷔 악질이 이셔도 바리고 가지 말나 ᄒᆞ엿ᄂᆞ니 ᄂᆡ 엇지 괴로오믈 견ᄃᆡ지 못ᄒᆞ야 친졍을 ᄉᆡᆼ각ᄒᆞ고 부모의 명셩교훈을 ᄉᆡᆼ각지 아니리오 ᄉᆞ은 귀야오 ᄉᆡᆼ은 긔애라 ᄒᆞ시믄 하우시의 니ᄅᆞ시미라 일ᄉᆡᆼ일ᄉᆞᄂᆞᆫ ᄌᆞ고 샹ᄉᆡ니 죽으나 ᄉᆞ나 도여 가

122면

ᄂᆞᆫ ᄃᆡ로 홀 거시니 미리 어ᄌᆞ러이 구러 고이ᄒᆞᆫ 말을 블ᄒᆞ고 가부를 원망ᄒᆞ여 부도를 난ᄒᆞ리오 유뫼 격졀감읍ᄒᆞ여 슬푸믈 니긔지 못ᄒᆞ더라 하회를 분셕ᄒᆞ라

조시삼대록 권지십팔

1면

화셜 이ᄯᆡ 유뫼 화시의 일쟝 셜화를 듯고 격졀감읍ᄒᆞ믈 마지 아니ᄒᆞ더라 양병뷔 통히ᄒᆞ믈 참으나 드러가 보지 아니ᄒᆞ고 오직 희월뎡 화각의 황침ᄒᆞ야 인사를 이져시니 부뫼 편벽되믈 칙ᄒᆞ고 개유ᄒᆞ나 회심홀 길히 업고 마양 죽일 의ᄉᆞ를 두어 ᄯᅢ를 여을식 일〃은 술을 취ᄒᆞ고 ᄉᆞᄆᆡ의 삼 환 독약을 넛코 영소뎡의 오니 조시 쳔연이 긔좌ᄒᆞ여 마

2면

ᄌᆞ니 면목불견이 오린지라 이늘 눈을 드러 술피니 긔이ᄒᆞᆫ 긔질과 쇄락ᄒᆞᆫ 풍광이 식로와 옥난이 조일의 조요ᄒᆞ고 추월이 만니 당공의 붉앗ᄂᆞᆫ 듯 녕농수려ᄒᆞ미 셰상의 일식이오 흉복의 셩녀 숙완이 빗쵀고 팔ᄌᆞ 냥미의 화ᄒᆞᆫ 긔운이 춘풍의 무루노가 ᄒᆞᆫ

번 바라보미 스랑ᄒᆞ옴과 공경ᄒᆞ온 ᄆᆞ음이 절노 니러나니 허단 흉ᄉᆞ를 니져바리고 냥
목이 쑤러질 ᄃᆞ시 보다가 좌를 뎡ᄒᆞ고 그윽이 싱각ᄒᆞᄆᆡ 조시 희

3면

ᄒᆞᆫ 이를 싱각지 못ᄒᆞ고 그 고은 얼골이 오늘 도로혀 믜온 마음이 발동ᄒᆞ야 가만이 죽
일 의ᄉᆞ 블곳티 동ᄒᆞ니 ᄂᆞᆺ빗츨 화ᄒᆞ게 ᄒᆞ여 웃고 니로ᄃᆡ 부인과 싱은 ᄋᆞ시결발노 샹
경여빈ᄒᆞ나 가온ᄃᆡ 둣터온 졍이 관져의 낙이 될지라 요ᄉᆞ이 ᄌᆞᄌᆞ 드러오지 못ᄒᆞᆷᄆᆞᆫ
관ᄉᆞ의 골몰ᄒᆞ고 붕우로 샹화ᄒᆞ여 닉간 출입을 못ᄒᆞ엿거니와 부인이 싱을 한홈인가
만나 닝엄멸시ᄒᆞ니 부인의 력량으로 거의 지심홀지라 모로미 허믈치 말나 요ᄉᆞ이 나
의 문객

4면

밍훈을 악쟝긔셔 다려오미러니 공연이 벼슬을 바리고 거쳐 업ᄉᆞ니 부인은 밍싱의 션
악을 아는다 조시 일뱡 안광이 부형의 여풍이라 사름의 속을 거울곳티 빗최ᄆᆡ 병부
의 외모언단을 듯고 촉ᄒᆞᄆᆡ 은〃ᄒᆞ니 엇지 긔식을 모로리오 문객의 믈을 무르미 필
유ᄉᆞ리라 안식을 ᄌᆞ약히 ᄒᆞ고 ᄃᆡ왈 군ᄌᆞ의 방외연락과 붕우샹졉은 녀ᄌᆞ의 알비 아니
라 가댱은 밧글 다스리고 부인은 안흘 다스려야 규문이 뎡ᄒᆞ고 가되 화ᄒᆞᄂᆞ니 엇지
군ᄌᆞ의 ᄌᆞ

5면

최 드믈〃 의논ᄒᆞ리오 부부유별이오 샹의 경계시니 주야의 침방의 팀몰ᄒᆞᆫ 군ᄌᆞ는 업
ᄂᆞᆫ지라 군ᄌᆞ의 지긔로 칭ᄒᆞ심도 외람코 니르신 믈슴이 의외라 쳡이 블복ᄒᆞᄂᆞ이다 더
옥 밍훈ᄂᆞᆫ ᄃᆡ궁으로셔 왓다 니르시나 궁즁의 관지뉴를 셩명도 듯지 못ᄒᆞ거든 쳡이
엇지 위인을 알니잇고 병뷔 쇼왈 이제 우리 긔특이 만나 딘듕ᄒᆞ고 ᄋᆞ들이 잇셔 평싱
타인을 도라볼 ᄆᆞ음이 업시나 곽시 쏘ᄒᆞᆫ 유순ᄒᆞ여 명위 젹국이나 셔로 ᄆᆞ

6면

희흔지라 언파의 안식이 화평ᄒᆞ고 거디 타연ᄒᆞᄃᆡ 조시 수샹이 녀겨 졍ᄉᆡᆨ단좌ᄒᆞ여 다
시 믈을 아니ᄒᆞ더니 싱이 술을 구ᄒᆞ여 셔너 환약을 타 마시고 왈 이 약을 어드니 질

병을 물니치고 년〃 익수ᄒᆞ다 ᄒᆞ니 시험ᄒᆞ여 ᄂᆡ 몬져 먹으니 부인도 몿보라 이제 쾌히 ᄆᆞ시고 ᄯᅩᄒᆞᆫ 환약 일종을 온ᄎᆞ의 화ᄒᆞ여 조흔 빗ᄎᆞ로 지삼 권ᄒᆞ니 원ᄂᆡ 드러올 ᄯᅢ 두 가지 약을 가져와 ᄌᆞ긔는 무방청녈ᄒᆞᆫ 약을 타 먹고 조시 즉시 죽지 아니ᄒᆞ고 오릭

7면

면 쟝뷔 녹고 셕어 죽는 약을 타 주니 죠시 져의 거동을 슷치미 심한골경ᄒᆞ여 약을 바다들고 탄왈 쳡이 약 아니라도 조히 병 업시 일싱을 안과ᄒᆞᆯ 거시어ᄂᆞᆯ 군ᄌᆞ 무슴 연고로 약을 권ᄒᆞ시ᄂᆞ니잇고 부〃간은 일〃지각이라도 그 ᄆᆞ음을 안다 ᄒᆞᄂᆞ니 군ᄌᆞ의 힝신이 몿당이 일월 ᄀᆞᆺ티 밝으실지라 엇지 가마니 사ᄅᆞᆷ을 속여 죄ᄅᆞᆯ 니ᄅᆞ지 아니코 만ᄃᆡ 박힝을 스ᄉᆞ로 감심ᄒᆞ실 줄을 알니잇고 쳡의 일싱고락과 길흉화복이 다 군ᄌᆞ 댱니의 잇ᄂᆞᆫ

8면

지라 사ᄅᆞᆷ이 비박ᄒᆞ나 아시 결발노 젹거부〃라 죄 이술딘ᄃᆡ 광명졍ᄃᆡ히 구고긔 고ᄒᆞ고 쳡다려 일너 죄ᄅᆞᆯ 밝히실디라 엇지 차 가온ᄃᆡ 사ᄅᆞᆷ을 히코ᄌᆞ ᄒᆞ시나니잇고 만니 제ᄉᆞᄒᆞ니 만번 죽어도 이 흉듕의 품은 말을 긔이지 못ᄒᆞ고 모로ᄂᆞᆫ ᄃᆞ시 약을 마시여 죽기ᄂᆞᆫ 가쇼로온지라 슬프다 쳡이 비록 십악ᄃᆡ죄 이시나 부ᄌᆞ 가마니 죽이려 ᄒᆞ믄 인ᄌᆞ의 덕이 아니라 칠거의 죄 이셔 ᄂᆡ치믄 셩인도 ᄆᆞ지 못ᄒᆞ미라 쳡의 죄ᄅᆞᆯ 니ᄅᆞ고 광명

9면

뎡ᄃᆡ히 ᄒᆞ고 이리 구ᄎᆞ히 안염즉 ᄒᆞ니 쳡이 죄ᄅᆞᆯ 안 후 군ᄌᆞ긔 알외고 부형의 얼골을 본 연후의 수화라도 죄치 아니ᄒᆞ리이다 말솜이 강개ᄒᆞ고 안식이 석〃ᄒᆞ니 병뷔 만분 의심을 픔어 조흔 약을 스ᄉᆞ로 먹고 독약을 가져 가마니 속여 죽이려 ᄒᆞ다가 싱각 밧긔 조시 긔식을 알고 ᄆᆞᆯ숨이 여ᄎᆞᄒᆞ믈 드ᄅᆞ미 흉음ᄒᆞᆫ 졍틱를 ᄎᆞᄆᆞ 숨녀두지 못ᄒᆞᆯ지라 믄득 분연이 수미ᄅᆞᆯ 거ᄉᆞ리고 노발이 돌관ᄒᆞ여 눈을 부릅ᄯᅳ고

10면

ᄃᆡ즐 왈 ᄂᆡ 오히려 ᄉᆞ랑ᄒᆞ여 이 법을 더으기ᄂᆞᆫ 조양 이문 쳥덕을 더러이지 아니ᄒᆞ고

규즁 풍교를 손는치 아니ᄒᆞ미어늘 무숨 연고로 죽기를 괴이 녀겨 나의 주는 약을 순히 ᄆᆞ시지 아니ᄒᆞ고 여러 ᄆᆞᆯ을 ᄒᆞ여 도로혀 칙ᄒᆞᄂᆞᆫ다 이 셔간과 이 옥환을 보라 그ᄃᆡ 텬디간 ᄃᆡ담ᄃᆡ간이나 므슴 ᄆᆞᆯ을 ᄒᆞ리오 져 ᄒᆞᆫ갓 ᄋᆞᄌᆞ를 ᄂᆡ 골육이 된 줄을 밋지 아닛ᄂᆞ니 쌜니 죽으라 그ᄃᆡ 부형이 드ᄅᆞᆯ지라도 ᄉᆞ실의 고요히 죽이믈 놀을

11면

그ᄅᆞ다 아니ᄒᆞ리니 ᄂᆡ 만일 그ᄃᆡ 부숙의 ᄂᆞᆺ출 보지 아니ᄒᆞ면 엇디 고요히 분을 푸지 아니리오마는 실노 ᄎᆞ마 못ᄒᆞᄂᆞᆫ 바는 ᄉᆞ부와 딘왕의 낫찰 보미라 ᄂᆡ 입이 더럽고 븟그러워 그ᄃᆡ를 수죄티 못ᄒᆞ고 오딕 편히 죽기로 ᄆᆞᆯᄒᆞ노라 셜파의 약죵을 드러 핍박ᄒᆞ고져 ᄒᆞ더니 믄득 브문이 크게 들네며 초국공 조승샹이 오신다 ᄒᆞ니 병뷔 황망이 약그ᄅᆞ슬 노코 나오니 시비 유랑이 이 경상을 보고 급히 약죵을 보ᄆᆡ 심한골경ᄒᆞ야 삼혼이 난비ᄒᆞ고

12면

구령이 요〃ᄒᆞᆫ 가온ᄃᆡ 안쉬 옷기술 젹시니 이ᄯᅴ 춘쇠 옥환과 글시를 어더 곽시긔 밧쳐 이 일을 일희고 ᄒᆞᆫ가지로 비읍하며 주군을 원망ᄒᆞ니 뉘 간인이 요녀 춘소로 다리노하 쇠ᄒᆞᆫ 줄 알니오 조시 이 ᄆᆞᆯ을 듯고 옥환을 보니 도로혀 어히 업셔 놀ᄂᆞ온 줄도 모고 당탄 왈 하늘이 월념을 무이 너기샤 이런 변을 당ᄒᆞ니 ᄒᆞᆫ번 죽기는 두렵지 아니ᄃᆡ 가문을 욕먹이고 부모의 말근 교훈을 손상ᄒᆞ미라 져 프른 하늘이 소〃ᄒᆞ나 간인

13면

이 엇지 ᄆᆞ양 득디ᄒᆞ리오 비극틔리오 고진감ᄂᆡ라 나 월념이 어이 그져 뭇ᄎᆞ리오 빅옥이 무하ᄒᆞ므로 누셜 듕 둑으리오 호령이 셩화 ᄀᆞᆺᄐᆞ나 구고의 명 아니면 죽디 아니리라 좌우 시비 눈믈을 금치 못ᄒᆞ더라 어시의 초공이 양공긔 뵈고 병뷔 ᄯᅩᄒᆞᆫ 뵈ᄆᆡ 조시의 ᄆᆞᆯ을 시러곰 긔이지 못ᄒᆞ여 부모와 초공긔는 고코ᄌᆞ ᄒᆞᄃᆡ 한훤을 겨오 뭇ᄎᆞᄆᆡ 아름답디 못ᄒᆞᆫ 셜화를 ᄂᆡ지 못ᄒᆞ야 머뭇거리더니 초공이 딜녀를 부ᄅᆞᄆᆡ 조시 비록 약을

14면

ᄆᆞ시지 아녀시나 셜움과 분한ᄒᆞ믈 엇디 비길 곳이 이시리오 심장이 ᄉᆞᆯᄋᆞ지ᄂᆞᆫ 듯 추파를 ᄂᆞᆺ초고 잉순을 담으러 ᄆᆡᄆᆡ히 초인 ᄀᆞᆺ티 안ᄌᆞᆺ더니 구고와 초공 명을 듯고 유랑을 ᄃᆡᄒᆞ여 ᄀᆞᆯ오ᄃᆡ 쳡이 바야흐로 쳔고의 ᄃᆡ변을 만나 쥭을 터을 당ᄒᆞ엿ᄉᆞ오니 구고와 숙뷔 쇼명이 이시나 ᄂᆞᆺ출 드러 당하의 뵈올 면목이 업ᄉᆞ온디라 존명을 봉힝티 못ᄒᆞ오니 ᄉᆞ죄를 ᄇᆞ라ᄂᆞ이다 구괴 ᄃᆡ경ᄒᆞ고 초공이 녁경ᄒᆞ여 병부를 보아 곡졀을 무르

15면

니 ᄉᆡᆼ이 시러곰 쳣의ᄉᆞ를 셰오지 못ᄒᆞ야 ᄂᆞᆺ빗출 곳치고 길히 탄식ᄒᆞ여 뎐후수말과 ᄆᆡᆼ듀뷰의 다라ᄂᆞᆫ 일과 옥환봉셔 일을 일ᄋᆞᆯᄋᆞᆯ히 알외고 왈 쳐음은 밋지 아니ᄒᆞ더니 여러 가지 음비ᄒᆞᆫ 경젹을 보니 ᄎᆞᄆᆞ 그져 두지 못ᄒᆞᆯ지라 이 소문이 ᄂᆞ오면 양조 이문의 븟그러옴과 풍교를 더러일가 ᄒᆞ와 가ᄆᆞ니 ᄉᆞ술ᄒᆞ여 양조 이문의 븟그러오믈 업시ᄒᆞ고ᄌᆞ 오ᄂᆞᆯ 일종 독약을 먹이랴 ᄒᆞ오니 졔 블셔 지긔ᄒᆞ

16면

고 도로혀 소ᄌᆞ를 칙ᄒᆞᄂᆞᆫ ᄆᆞᆯ이 여차〃〃ᄒᆞ온지라 ᄒᆡᄋᆡ 부모긔 알외고 ᄉᆞ부와 악댱긔 의논코ᄌᆞ ᄒᆞ더이다 양공이 차악ᄒᆞ여 크게 ᄭᅮ지져 왈 현부ᄂᆞᆫ 당시 녈녀쳘뷔라 그 거동이 셰한의 청듁 ᄀᆞᆺ고 빙셜의 졀을 두어 추상녈졀ᄒᆞᆫ ᄒᆡᆼ실과 심인후덕이 주람의 풍이 가작ᄒᆞ믈 우리 임의 아ᄂᆞᆫ 바여ᄂᆞᆯ 엇지 이런 ᄆᆡᆼ낭ᄒᆞ고 허무블측ᄒᆞᆫ 문객을 청유ᄒᆞ여 요언을 고지 드러 정실을 독술코ᄌᆞ ᄒᆞ고 부

17면

모긔 니ᄅᆞ도 아니며 핍박ᄒᆞᄂᆞᆫ다 너를 이ᄃᆡ도록 ᄒᆞᆯ 줄은 ᄉᆡᆼ각 밧기라 하면목으로 부ᄌᆞ라 ᄒᆞ리오 초공이 ᄎᆞ게 웃기를 오리ᄒᆞ고 ᄆᆞᆯ을 아니ᄒᆞ더니 양구 후 ᄀᆞᆯ오ᄃᆡ 네 ᄆᆞ음의 졍ᄒᆞ고 임의 죽이려 ᄒᆞ던 ᄇᆡ니 ᄂᆡ 엇디 ᄉᆞᆯ니고ᄌᆞ ᄒᆞ리오 임의로 ᄒᆞ려니와 지금 ᄒᆡᆼᄉᆞᄂᆞᆫ 모로나 평일 뎔ᄋᆞ의 쇼ᄒᆡᆼ으로ᄂᆞᆫ 이런 픽악ᄂᆞᆫ음은 아니 ᄒᆞᆯ 듯ᄒᆞ니 ᄂᆡ 임의 여러 번 셰ᄉᆞ를 지ᄂᆡ여 보니 ᄒᆞᆫ 일노 ᄇᆡᆨ일을 추이ᄒᆞᆯ지라 뎔ᄋᆞ의 일이

18면

념을 긔이고 〃요히 무더두고ᄌᆞ ᄒᆞ나 되지 못ᄒᆞᆯ 일이니 비록 ᄉᆞ긔 요란ᄒᆞ나 쳐음 ᄆᆡᆼ싱의 일을 순식ᄉᆞ이 통신ᄒᆞ다 ᄒᆞᄂᆞᆫ 시비를 잡아 구문ᄒᆞ고 ᄆᆡᆼ싱으로 ᄃᆡ면ᄒᆞ여 옥셕을 구힉지 아니코 모호히 가게 ᄒᆞᄂᆢ 이거시 너의 쳐ᄉᆡ 가쟝 흐린 ᄇᆡ니라 옥환이 져의게 도라가기ᄂᆞᆫ 셔로 심샹ᄒᆞᆫ 사ᄅᆞᆷ이 아니라 일홈ᄒᆞ고 보ᄂᆡ엿시니 등한이 ᄉᆡᆼ지오고 가리오 이ᄂᆞᆫ 짐즛 너를 보게 ᄒᆞ미 ᄂᆡ 지쟈ᄂᆞᆫ 거의 알 거시로ᄃᆡ 너ᄂᆞᆫ 모로니 잇쯰를

19면

당ᄒᆞ여 아비와 아ᄌᆞ비라도 질녀의 ᄉᆞ싱을 쳐단 못ᄒᆞᆯ지라 네 죽이거나 ᄉᆞᆯ니거나 스ᄉᆞ로 ᄒᆞ고 ᄂᆡ 집의 보ᄂᆡ지 말지어다 인ᄒᆞ여 소져긔 던어 왈 네 아ᄌᆞ비 평ᄉᆡᆼ의 녜 아니면 듯지 아니ᄒᆞ고 녜 아니면 보지 아닛ᄂᆞ니 오ᄂᆞᆯ 이 곳의 와 쳐ᄉᆞ를 드ᄅᆞ니 하쉬 멀믈 한ᄒᆞᄂᆞ니 너를 보지 아니ᄒᆞ고 도라가ᄂᆞ니 네 ᄉᆡᆼ각ᄒᆞ여 만일 양낭의 말과 ᄀᆞᆺ거든 죽기를 급히 ᄒᆞ고 이ᄆᆡᄒᆞ거든 비록 죽이려 ᄒᆞ나 텬방ᄇᆡᆨ계로 ᄉᆞᆯ기를 도모ᄒᆞ여 복부의 원

20면

을 풀고 부숙을 보게 ᄒᆞ라 양공이 희허탄왈 ᄂᆡ ᄌᆞ식이 블명ᄒᆞ여 가변이 여ᄎᆞᄒᆞ니 ᄃᆡ인ᄒᆞ기 붓그러ᄒᆞ노라 현부의 ᄋᆡᆨ회 비샹ᄒᆞ여 〃ᄎᆞᄒᆞᄂᆞ ᄂᆡ 추호를 밋지 아니ᄒᆞᄂᆞ니 ᄒᆞᆫ가지로 현부를 보고 가미 올흐니라 ᄒᆞ고 잇그러 영소뎡의 드러가니 조시 화관옥픽를 그라고 쳥의와 쳥삼으로 죽은 ᄉᆞᄅᆞᆷ ᄀᆞᆺ되 취병을 의지ᄒᆞ여 ᄌᆞ긔 신누를 ᄉᆡᆼ각ᄒᆞ니 그 간인의 ᄆᆡᆨ술 거울ᄀᆞᆺ티 짐죽ᄒᆞᆫ들 어ᄂᆡ ᄉᆞᆺ흐로 의방

21면

ᄒᆞ여 ᄌᆞ긔 누덕을 버ᄉᆞ며 ᄆᆡᆼ싱을 먼니 ᄶᅩᆺᄎᆞᄆᆡ 삭을 일헛ᄂᆞᆫ지라 신원ᄒᆞᆯ 길이 ᄆᆡᆨ〃ᄒᆞ여 ᄌᆞ참기한ᄒᆞ고 죽어 모로고ᄌᆞ ᄒᆞ나 도라보건ᄃᆡ 일셰 ᄒᆡᄋᆞ와 양가 부모긔 블효를 기칠가 ᄒᆞ여 차마 일명을 보젼ᄒᆞ여 종시를 보고 ᄉᆞ싱을 결코ᄌᆞ ᄒᆞ니 안ᄉᆡᆨ이 ᄌᆞ샹ᄒᆞ여 누쉬 흐라더니 엄구와 수부를 ᄃᆡᄒᆞ미 미ᄌᆞ 네를 ᄆᆞᆺ고 양공이 병좌ᄒᆞᆯ시 쇼제 부복 쳥죄ᄒᆞᆯᄉᆡ 눈믈은 의검을 적시고 시름ᄒᆞᄂᆞᆫ 아미ᄂᆞᆫ 원산의 쳥운이 덥

22면

혓고 가는 허리 푸른 나상을 둘넛시니 모른이 청엽의 둘넛는 듯 옥안이 수식ᄒᆞ여 연솟히 청쉬 쑤려시니 윤틱ᄒᆞᆫ 긔보는 연셩의 보빅를 다듬은 듯 쳔티만샹이 근심을 씌여시니 더옥 승졀ᄒᆞ여 사름으로 일견의 공경ᄒᆞ고 사랑 ᄒᆞᆷ믈 이긔지 못ᄒᆞ니 어리로온 틱도 ᄌᆞ약ᄒᆞᆫ 거동이 셕목을 동홀지라 양공이 개용칭션의 ᄌᆞ탄ᄒᆞ고 위로 왈 닉 비록 블명ᄒᆞ나 현부를 아나니 이제 블힝이 간인을 만나시

23면

나 텬디 쇼〃ᄒᆞ시니 간인을 벌ᄒᆞ고 현인을 도을지라 닉 비록 어지〃 못ᄒᆞ나 현부의 원억을 신빅지 못ᄒᆞ리오마는 시식 블니ᄒᆞ고 밍가를 일허시믹 의방ᄒᆞ여 므를 곳이 업는지라 ᄋᆡ믹ᄒᆞᆫ 시녀를 져주어도 복초ᄒᆞ는 믈이 도로혀 현부긔 유히ᄒᆞ고 유익ᄒᆞ미 업ᄉᆞ리니 아딕 분을 참고 타일 밍싱을 광구ᄒᆞ여 잡아 현부를 신셜ᄒᆞ고 누덕을 쾌히 업시ᄒᆞ리니 ᄆᆞ음을 굿이 잡아 유ᄋᆞ를 보호ᄒᆞ고 필경을 기다리라 조부

24면

야이 ᄆᆞ음을 쁜 즉 일분 유익ᄒᆞ미 업고 무공ᄒᆞ니라 초공 왈 여ᄎᆞ지괴 맛당ᄒᆞ시니 유죄즉 ᄉᆞᄒᆞ고 므죄즉 비록 죽이랴 ᄒᆞ여도 죽지 말나 ᄒᆞ니 소제 지비ᄉᆞ례ᄒᆞ고 숙부의 믈노조ᄎᆞ 더옥 늣기니 양공이 참연ᄒᆞ여 위로ᄒᆞ고 초공이 심식 불호ᄒᆞ여 도라갈ᄉᆡ 조시 더옥 훌연ᄒᆞ고 부뫼 드ᄅᆞ시믹 그 블효를 슬허 창한ᄒᆞᆷ믈 이긔지 못ᄒᆞ더라 양싱이 조시 죽이지 못ᄒᆞᆷ믈 크게 한ᄒᆞ나 초공의 믈슴이 단엄ᄒᆞ고 ᄉᆞ긔 졍숙ᄒᆞ여 오직 ᄌᆞ

25면

가의 제가 잘 못ᄒᆞᆷ믈 한심이 너기믹 심듕의 ᄌᆞ괴ᄒᆞ고 딘왕과 ᄉᆞ부의 ᄂᆞᆺ출 보와 스ᄉᆞ로 감히 닉치지 못ᄒᆞ고 노긔 능히 밥 먹고 잠 ᄌᆞ디 못ᄒᆞ고 양공 부〃는 아ᄌᆞ의 의심이 블측ᄒᆞᆫ 곳의 이시믈 의안ᄒᆞ고 밍훈의 종젹이 업셔 그 획실을 못ᄒᆞ고 탄ᄒᆞ여 위로ᄒᆞ고 보호ᄒᆞ기를 지극히 ᄒᆞ나 조시 일신 누명이 동히수를 다 거울너도 다 벳지 못홀지라 그러나 마지 못ᄒᆞ여 졍당의 가 혼졍을 뭇고 도라오면 종일 지셰를 아니ᄒᆞ고 텬일을 보지 아니ᄒᆞ

26면

는 듕 양싱이 쎡〃로 젼어ᄒᆞ여 죽으라 보ᄎᆡ니 유랑이 눈믈노 늘을 보ᄂᆡ고 조시의 위틱ᄒᆞᆫ 형셰 늘노 더ᄒᆞ더라 어시의 초공이 도라와 월념의 봉변ᄒᆞ믈 뎐ᄒᆞ니 틱부인이 탄왈 운ᄋᆞ의 거조와 양싱의 일이 ᄀᆞᄐᆞ니 한심티 아니리오 뎡시 놀나믈 이긔지 못ᄒᆞ야 그 므슴 곡졀이믈 ᄭᆡ돗지 못ᄒᆞ고 양부인이 무안ᄒᆞ믈 이긔디 못ᄒᆞ여 뎡비 손샤ᄒᆞ니 비탄 왈 월념의 ᄋᆡᆨ회 비샹ᄒᆞ여 그러ᄒᆞ니 엇디 부인의 불안ᄒᆞ미 이시리오 딘왕이 소왈

27면

양린광이 호방ᄒᆞ므로 쳣놀 오늘 일이 잇슬 줄 짐작ᄒᆞ여시니 엇디 놀나리오 연이나 녀ᄋᆡ 상뫼 비상다복ᄒᆞ니 필경이 무ᄉᆞᄒᆞ고 화복이 여의ᄒᆞ리니 쇼〃념녀로 근심ᄒᆞ리오 뎡비 기리 탄식ᄒᆞ더라 어시의 양부의셔 종일토록 조시를 블출ᄒᆞ고 곽시를 아름다히 너기니 곽시 아당지언과 온순지긔로 구고 ᄯᅳᆺ을 쳠유ᄒᆞ며 양공 눈의 어진 거동을 뵈고 비약겸공ᄒᆞ므로 셤기니 공의 부뷔 과ᄋᆡᄒᆞ여 취파로 더브러 조시 원위를 아조 아ᄉᆞ

28면

며 유ᄌᆞ를 영〃 근심 업게 의논홀ᄉᆡ 가마니 단약을 가져 양공 부〃로 시험ᄒᆞ니 노긔의 변심이 쉬온지라 수순의 양공 조군쥐 조시 ᄉᆞ랑이 감ᄒᆞ고 곽시를 ᄋᆡᆨᄋᆡᄒᆞ니 ᄎᆞ후는 조시의 긔이ᄒᆞᆫ 일을 보면 고이ᄒᆞ믈 측냥티 못ᄒᆞᄂᆞᆫ지라 곽시 일〃은 시녀 경화로 단약을 삼켜 조시 얼골이 되여 뎡당의 드러가니 곽시와 병뷔 ᄃᆡᄒᆞ여 안잣ᄂᆞᆫᄃᆡ 양공 부뷔 ᄯᅩ ᄃᆡ좌ᄒᆞᆫ지라 드리다라 즐욕 왈 ᄂᆡ 비록 음욕이 발ᄒᆞ미 이시나 그ᄃᆡ도록 못

29면

홀 일이 아니어늘 늘을 모로ᄂᆞᆫ 쳬ᄒᆞ고 곽시를 총ᄋᆡᄒᆞᄂᆞᆫ다 날을 ᄉᆞ랑티 아니코 쏫ᄎᆞᄂᆞ 뉘 출화를 그리 두려ᄒᆞ더냐 ᄂᆡ집으로 가미 소망이 여의라 너의 부ᄌᆡ 임의로 ᄒᆞ라 ᄒᆞ고 노긔 분〃ᄒᆞ니 양공 부뷔 어히업셔 면〃 샹고ᄒᆞ고 병뷔 ᄃᆡ로ᄒᆞ여 봉목을 놉히 ᄯᅳ고 좌우 시ᄋᆞ로 잡아 당하의 나리오라 ᄒᆞ니 조시 나는 ᄃᆞ시 영소졍으로 가며 구불가도지셜이 난만ᄒᆞ니 병뷔 면관청죄 왈 소ᄌᆡ 무샹ᄒᆞ와 여ᄎᆞ 는음피악지녀를 가듕의

두

30면

엇다가 욕이 부모긔 밋츠니 소즈의 죄라 일시 가듕의 두지 못ᄒᆞ고 영출ᄒᆞ고즈 ᄒᆞᄂᆞ이다 양공이 프러 왈 딘왕 초공의 ᄂᆞᆺ출 보디 아니면 가ᄒᆞ나 안면을 아니 보든 못홀 거시니 깁히 가도와 작는을 엄금ᄒᆞ고 곽시로 원위를 숨앗다가 조시 개과ᄒᆞ거든 ᄉᆞᄒᆞ고 블연즉 그 숙부긔 통ᄒᆞ고 ᄂᆡ티미 올흐니라 양싱이 본ᄃᆡ 관인ᄒᆞ여 부명을 순ᄒᆞ나 분긔 듕텬ᄒᆞ여 긋칠 줄을 모로고 양공 부뷔 역시 통완ᄒᆞ믈 마

31면

디 아니터라 어시의 조시 머리를 드러 조셕 셩졍의도 나디 못ᄒᆞ고 병뷔 업는 ᄶᅢ를 트 군주긔 뵈고 즉시 도라와 날이 맛도록 신누를 탄ᄒᆞ니 엇지 빅주의 즐욕ᄒᆞ리오 뎡당 쇼명으로 ᄆᆞ지 못ᄒᆞ여 존당의 니ᄅᆞ니 곽시와 병뷔 좌의 잇더라 나아가 구고긔 빅현ᄒᆞ고 믈너셔니 모다 모목을 드러 술피니 이ᄶᅴ 조시 ᄶᅴ 무든 의샹으로 팔즈 춘산의 시름이 좀겨시니 용수ᄉᆞ져는 그리지 아닐ᄉᆞ록 윤틱ᄒᆞ니 녹파부용이 향긔를 토흔 듯

32면

조흔 긔딜은 명광이 ᄉᆞ벽의 ᄲᅩ이는지라 엇디 악〃흔 말과 비례핀도를 홀 재리오 츄파 ᄬᅣᆼ안의 일만 가지 어딤과 눅운 긔운이 현출ᄒᆞ니 긔이ᄒᆞ미 진짓 월궁항ᄋᆡ라 공의 부뷔 눈이 어리여 진가를 모로고 변ᄉᆡᆨ슈죄 왈 그ᄃᆡ 고문ᄃᆡ가의 귀골노 금지옥엽이라 우리 샹시의 숙녀 셩덕을 추앙ᄒᆞ더니 뉘 간악ᄒᆞ고 싀부모를 즐욕홀 줄 알니오 ᄃᆡ의를 문허바리고 젹인을 구욕ᄒᆞ여 노류ᄒᆞ천의도 업는 힝실을 ᄒᆞ니 일시도 봉

33면

관명부지녈을 욕지 못홀이니 원위즉쳡과 명ᄲᅡᆼ 봉화관을 곽시를 주고 원듕 은셜뎡의 드러 허믈을 ᄌᆞ칙ᄒᆞ여 회심흔 즉 ᄋᆡᄌᆞ디졍을 두려니와 블연즉 악ᄉᆞ를 푸디 못ᄒᆞ리라 조시 구고의 연고 업시 이 수죄ᄒᆞ믈 드ᄅᆞ니 원억지 아니리오마는 지극흔 셩효로 젼일 ᄌᆞ의ᄒᆞ던 ᄯᅳᆺ이 이곳의 미ᄎᆞ믈 기리 감쳑ᄒᆞ고 ᄌᆞ긔 친히 와 욕ᄒᆞ며 젹인 구타ᄒᆞ엿단 믈을 드ᄅᆞᄆᆡ 히연 격분ᄒᆞ나 이 텬디지양이며 하희

34면

지심이라 머리를 두로혀 좌우를 고면ᄒᆞ니 양싱은 얼골이 찬지 ᄀᆞᄐᆞ며 곽시ᄂᆞᆫ 교틱를 먹음고 돈연이 노긔를 감초와 것ᄎᆞ로 유순ᄒᆞᆫ 거동을 지여 ᄉᆞ양ᄒᆞ니 ᄉᆞ리 당연ᄒᆞ고 인심이 감동ᄒᆞᄂᆞᆫ지라 혼미ᄒᆞᆫ 구고와 어린 가부를 고혹ᄒᆞ니 조시 이의 운익이 여ᄎᆞᄒᆞᆷ을 보고 텬애라 안ᄉᆡᆨ을 블변ᄒᆞ고 ᄌᆡᄇᆡ 왈 쇼쳡이 블혜용우ᄒᆞ여 군ᄌᆞ의 관〃ᄒᆞᆫ 호귀 아니라 외람이 셩문덕음을 입ᄉᆞ와 구고의 혜틱이 일신의 져〃시니 비

35면

록 ᄃᆡ악의 힝ᄉᆞ나 므슴 일을 원ᄒᆞ오며 감히 존젼을 간범ᄒᆞ며 난법ᄒᆞ리잇고ᄆᆞᄂᆞᆫ 존당이 친견ᄒᆞ신 ᄇᆡ니 이ᄂᆞᆫ 텬디신명이 소쳡을 함ᄒᆞ미라 사ᄅᆞᆷ을 탄ᄒᆞᆯ ᄇᆡ 아니오니 존젼의 여러 말슴 발명이 블가ᄒᆞᆫ디라 오딕 명을 븟ᄌᆞ와 명위를 젼ᄒᆞ고 심당의 믈너가 구고의 원복을 축원ᄒᆞᆯ ᄯᆞᄅᆞᆷ이로소이다 언파의 화긔 춘풍을 잇그러 온순졍〃ᄒᆞ미 추샹 ᄀᆞᄐᆞ니 양공 부뷔 어린 ᄃᆞᆺ 말을 못ᄒᆞ고 곽시를 향ᄒᆞ여 니ᄅᆞᄃᆡ

36면

가히 지완치 못ᄒᆞ리라 ᄒᆞ니 조시 유모를 도라보아 병부의 원위직쳡과 화관을 곽시긔 뎐ᄒᆞ니 병뷔 녀셩 즐왈 텬디간 두디 못ᄒᆞᆯ ᄃᆡ악음뷔 엇지 셩객 ᄉᆞ이의 흉ᄉᆞ를 고ᄒᆞ고 ᄇᆡᆨ가지로 ᄡᅬᄒᆞ여 이럿ᄐᆞᆺ ᄒᆞᄂᆞᆫ다 당하의셔 졀ᄒᆞ여 원비의 졀을 출히라 조시 이 믈을 드ᄅᆞᄆᆡ 셕목간댱이나 요동치 아니리오ᄆᆞᄂᆞᆫ 도로혀 호치단순의 즘연 쇼왈 ᄌᆞ고로 부인긔 인수를 뎐ᄒᆞᆯ ᄯᆞᄅᆞᆷ이니 엇지 돗 아릐셔 비쳡의 녜ᄒᆞᄂᆞᆫ 법이 〃

37면

시리오 비록 군ᄌᆞ의 영이나 밧드지 못ᄒᆞᄂᆞ이다 군은 너모 ᄋᆡ증티 믈나 〃도 고ᄉᆞ를 보왓나니 쟝뷔 부언 증익ᄒᆞ야 현인을 몽죄ᄒᆞᆫ ᄃᆡ 업ᄉᆞ니 쳡이 부ᄌᆞ의 힝ᄉᆞ를 근심ᄒᆞᆯ 지언졍 쳡은 어리나 [첨기－확인 불가] 어지나 젼후의 ᄆᆞ음이 ᄒᆞᆫ갈ᄀᆞᄐᆞ니 오딕 구고 명을 순ᄒᆞᆯ 분이오 일호 변ᄇᆡᆨ지 아닛ᄂᆞ이다 셜파의 긔운이 강개 식〃ᄒᆞ니 병뷔 더옥 무이 너겨 ᄉᆞ지져 구박ᄒᆞ여 은셜뎡의 가ᄃᆞ라 호령이 싱풍ᄒᆞ니 조시 왈 죄인의 ᄉᆞ식이 역시 죄인이라 엇지 두고 가리오 ᄒᆞ고

38면

유모와 삼ᄉᆞ 시녀로 더브러 은셜뎡의 니ᄅᆞ니 원듕 수목 가온ᄃᆡ 수간 집이 깁고 그윽ᄒᆞ여 황낭 누추ᄒᆞ미 풍우를 가리오지 못ᄒᆞ고 ᄎᆞ시 엄동이라 찬 긔운이 사ᄅᆞᆷ의게 뽀이는지라 조시 유ᄋᆞ를 품고 수개 시비로 더브러 이시ᄆᆡ 박졍 가뷔 구수ᄀᆞᆺ티 ᄆᆡ여ᄒᆞ야 형극으로 울을 ᄉᆞᆷ고 가싀로 길흘 막고 문을 잠가 시비 유량이 왕ᄂᆡ티 못ᄒᆞ게 ᄒᆞ고 돌문 ᄒᆞ나흘 두어 원듕 물을 기러 노주의 목숨을 닛게 ᄒᆞ니 조시 영소졍을 다시 보지 못ᄒᆞ고 드러왓

39면

시니 엇디 ᄒᆞᆫᄂᆞᆺ 금침인들 이시리오 노쥐 블시의 ᄀᆞᆺ티ᄆᆡ 두어 닙 거젹이 흙을 가리오지 못ᄒᆞ고 능히 치위를 견ᄃᆡ디 못ᄒᆞ야 일셰의 유란 ᄀᆞᆺ튼 약질이 ᄉᆞᆯ 도리 업고 심식 아득ᄒᆞ여 아모리 ᄒᆞᆯ 줄을 모로니 조시 ᄉᆡᆼ어왕후지가ᄒᆞ야 옥누화당의 금의옥식이 몸의 ᄆᆞᆺᄀᆞᆺ지 아니ᄒᆞ여시니 엇지 외로이 궁벽ᄒᆞᆫ 곳의 슬픈 졍ᄉᆞ를 ᄉᆞᆱ의나 ᄉᆡᆼ각ᄒᆞ리오 친당이 구존ᄒᆞ나 통티 못ᄒᆞ고 강샹죄수로 유ᄌᆞ를 품고 ᄉᆞ모를 도라보아도 원

40면

듕의 어ᄌᆞ러온 조ᄌᆞᆨ의 소ᄅᆡ쁀이오 인젹은 아득ᄒᆞᆫᄃᆡ ᄉᆞ오 개 차환쁀이라 눈믈노 소일ᄒᆞ고 한숨으로 밤을 ᄉᆡ오니 금옥간쟝인들 엇디 슬프믈 견ᄃᆡ리오 아ᄌᆞ를 어로만지며 유모를 도라보와 왈 이 엇지 우연ᄒᆞᆫ 일이리오 ᄂᆡ 비록 고인을 밋지 못ᄒᆞ나 부녀ᄉᆞ덕을 져바리미 업더니 시운이 블니ᄒᆞ여 이곳의 당ᄒᆞ니 누를 틋ᄒᆞ리오 나의 ᄎᆞᆷ디 못ᄒᆞ는 바는 부모의 명훈이 욕되고 가셩이 추탁ᄒᆞ믈 한ᄒᆞᄂᆞ니 일셰 ᄋᆞ직 어미 죄로 여차

41면

경계를 당ᄒᆞ니 엇지 슬프지 아니리오 좌우 시비 개읍유쳬ᄒᆞ더라 병뷔 길을 막고 냥미를 후히 보ᄂᆡ여 노주의 긔ᄉᆞ를 면케 ᄒᆞᆯ시 곽시 양미 가져가는 복부로 가마니 ᄡᆞᆯ을 ᄲᆞᆺ고 모ᄅᆡ를 너허 보ᄂᆡ니 조시 가치연 지 수일의 ᄒᆞᆫ ᄉᆞᆯ 음식을 못 먹고 노쥐 오직 젹수로 드러와 붓글 통치 못ᄒᆞ니 비록 왕의 부귀나 이ᄯᅢ의 당ᄒᆞ여는 수양산이 아니로ᄃᆡ 이제의 주리믈 당ᄒᆞ니 ᄎᆡ미가를 부ᄅᆞ더라 조시 탄왈 나는 죽어도 ᄂᆡ 죄어니와 너

42면

히 등이 나를 위ᄒᆞ여 죽으미 지원ᄒᆞ니 아ᄌᆞ의 유모만 머물고 기여는 다 각〃 허여져 술 도리를 ᄒᆞ여라 타일 혹 술거든 나의 부모긔 원을 젼ᄒᆞ여 긔ᄉᆞ를 아르시게 ᄒᆞ여라 모든 시비 읍왈 ᄀᆞᆺ티 죽으나 엇지 믈너가리오 ᄒᆞ고 졍히 슬허ᄒᆞ더니 믄득 샹셔 분부로 가인이 양미를 젼ᄒᆞ니 시비 등이 깃거 모다 일시의 보니 흰 모ᄅᆡ라 면〃실식ᄒᆞ여 눈믈 흘녀 왈 노애 엇지 이ᄃᆡ도록 박졍ᄒᆞ여 사ᄅᆞᆷ을 일시의 죽게 ᄒᆞ나

43면

뇨 부인이 아모리 증염ᄒᆞ나 ᄋᆞᄌᆞ조ᄎᆞ 죽이려 ᄒᆞᄂᆞᆫ고 소제 도로혀 소왈 너히 엇지 일시 분긔로 주군을 원망ᄒᆞᄂᆞ뇨 낭군이 비록 호방ᄒᆞ나 군ᄌᆞ의 당뷔라 엇디 쳐ᄌᆞ를 죽이리오 간인이 쟝부의 총명을 가리와 눌노 이 디경의 밋ᄎᆞ미니 비록 이곳의 가도나 양미를 모ᄅᆡ로 줄 니 업ᄉᆞ니 필유ᄉᆞ고ᄒᆞ미라 주공이 동관의 곤ᄒᆞ심과 셔빅이 칠년 유리셩을 당ᄒᆞ미니 ᄒᆞ믈며 일개 녀ᄌᆡ리오 좌우 시녜 그 녁량을 탄복ᄒᆞ더라

44면

그러나 술 도리 업셔 민〃ᄒᆞ더니 믄득 두시의 시비 량미 냥찬을 가져 가ᄆᆞ니 드리고 일봉 화젼을 올니니 기셔의 왈 셩인이 니ᄅᆞ시ᄃᆡ 소블인즉 난ᄃᆡ모라 ᄒᆞ시니 부인의 졍세 범인이 참기 어려오나 ᄌᆞ고로 튱신녈ᄉᆡ 곤궁ᄒᆞᆫ 후 일홈이 빗ᄂᆞᄂᆞ니 이제 부인이 조ᄇᆡ야이 ᄉᆡᆼ각ᄒᆞ여 복부의 원을 풀지 못ᄒᆞ고 부모의 얼골을 다시 보지 못ᄒᆞ고 누명 듕 은셜덩의셔 죽은 즉 원혼이 될지라 모로미 ᄆᆞ음을 화히 ᄒᆞ고 몸을 보호ᄒᆞ

45면

야 셔빅이 빅읍고의 고기 낙던 일을 ᄉᆡᆼ각ᄒᆞ라 하늘이 복션화음ᄒᆞ시믈 ᄉᆡᆼ각ᄒᆞ며 량미 비록 약쇼ᄒᆞ나 긔ᄉᆞ를 면ᄒᆞ고 ᄡᅥ러지거든 ᄯᅩ로조ᄎᆞ 졍셩을 다ᄒᆞ리라 널니 ᄉᆡᆼ각ᄒᆞ여 옥질빙ᄌᆞ를 샹히오지 말나 ᄒᆞ엿더라 쇼제 견필의 감격ᄒᆞᆫ 눈믈이 옥면의 ᄂᆞ려 지삼 치하ᄒᆞ고 회셔를 ᄃᆞᆺ가 보ᄂᆡ니 모든 시비 눈이 번ᄒᆞ야 원듕의 가 믈을 간신이 어더 밥을 지여 노눠 먹으니 실노 두시는 인명ᄒᆞᆫ 부인이라 냥미 이ᄋᆞ믈 힘닙어 긔ᄉᆞ를 면ᄒᆞ나

46면

듕동의 밋쳐 원듕 한풍이 소슬ᄒᆞ니 옥산과 구슬 수풀이 청졀ᄒᆞ고 황냥ᄒᆞᆫ 쳐소의 풍셜 이러 찬 긔운이 사ᄅᆞᆷ을 침노ᄒᆞᄂᆞᆫ디라 조시 유ᄋᆞ를 누일 곳이 업셔 〃로 픔어 보호ᄒᆞ며 ᄆᆞᄋᆞᆷ을 널녀 술기를 도모ᄒᆞ나 긔찰ᄒᆞᄂᆞᆫ 신측이 엄ᄒᆞ여 왕ᄂᆡ를 금ᄒᆞ니 비록 일틱지샹이나 텬의디각이 가리옴 ᄀᆞᆺᄐᆞ니 더옥 엇지 조부를 통ᄒᆞ리오 일월이 오ᄅᆡ도록 존당 셩졍을 드롤 길 업고 ᄌᆞ가 ᄉᆡᆼᄉᆞ를 알욀 길 업ᄉᆞ니 간쟝이 바아져

47면

옥용이 소삭ᄒᆞ고 수쳑ᄒᆞ여시나 아릿ᄃᆞ온 ᄐᆡ 감치 아닌디라 유랑 시비 등이 ᄎᆞᆷ아 보지 못ᄒᆞ더라 곽시 조시를 은셜졍의 안치ᄒᆞ고 원위 거ᄒᆞ야 영쇼뎡 ᄒᆡ월누를 널니 빨어 가권을 운뎐ᄒᆞ고 풍뉴낭군을 금슬이 환연ᄒᆞᄆᆡ 만ᄉᆡ 여의ᄒᆞᄃᆡ ᄒᆞᆷᄉᆞᄂᆞᆫ 일개 긔린이 업셔 ᄒᆞᆫᄒᆞ더라 취픽 또ᄒᆞᆫ 놉흔 당의셔 범ᄉᆞ를 주관ᄒᆞ야 금은필빅을 출납ᄒᆞ고 금의를 브쳐 모든 시녀를 호령ᄒᆞ고 일위 노부인 거동을 출히ᄂᆞᆫ지라

48면

곽시 조시의 양미를 쓰러잡고 모ᄅᆡ를 주어 긔ᄉᆞ를 죄오나 춘소로 인ᄒᆞ여 죽지 아니믈 아ᄂᆞᆫ지라 춘쇠 또ᄒᆞᆫ 나오지 못ᄒᆞ야 뭇지 못ᄒᆞᄃᆡ 드러갈 ᄯᅢ 여러 환 독약을 주어 응변을 가라친지라 ᄯᅢ를 녀어 힝계ᄒᆞ기를 기다리되 일개 옥동을 낫티 못ᄒᆞ여 블낙ᄒᆞ니 취픽 흉ᄒᆞᆫ 쐬를 드려 왈 이제 부인이 만ᄉᆡ 여의ᄒᆞᄃᆡ ᄒᆞᆫᄀᆞᆺ 긔린의 샹셔를 엇디 못ᄒᆞ니 비록 조시 ᄋᆞᄌᆞ를 죽이나 무어ᄉᆞ로 구고 등을 깃그게 ᄒᆞ리오 쳔쳡의 소견은 일

49면

개 옥동을 어더 소져 긔출이라 ᄒᆞ고 구고와 샹공의 춍을 영구ᄒᆞ고 신후를 의지ᄒᆞ미 구원지계라 여ᄎᆞ 십여 삭만 샹공으로 각쳐ᄒᆞ고 쳡이 ᄒᆞᆫ 남ᄋᆞ를 듯보아 산모를 ᄆᆞᆺ초앗다가 쳔금을 주고 ᄉᆞ다가 소져의 탄ᄉᆡᆼᄋᆞ라 ᄒᆞᆫ 즉 뉘 고지 듯지 아니며 이런 공교ᄒᆞᆫ 일을 뉘 의심ᄒᆞ리오 더옥 샹셔의 소탈ᄒᆞ미리오 ᄌᆞ연 계교의 ᄲᅡ져 소져의 신세 졔 환공을 부러 아니ᄒᆞ리이다 곽시 탄왈 근내 샹셔의 늘 ᄃᆡ졉이 ᄐᆡ산 ᄀᆞᆺᄐᆞ나 ᄂᆡ 팔ᄌᆡ 고이ᄒᆞᆫ여 ᄒᆞᆫ번도 ᄉᆡᆼ

50면

산 못ᄒᆞ니 유랑이 묘산을 닐우나 닉 샹셔로 일〃 불견이 여삼추라 엇지 일년 상니를 견대리오 취픽 왈 젹은 일을 참지 못ᄒᆞᆫ 즉 딕ᄉᆞ를 일우리오 곽시 탄왈 현마 엇더ᄒᆞ리오 그러나 둘만 뭇초 남녀간 싱ᄋᆞ를 볼 거시니 쳔인의 ᄌᆞ식은 아마도 긔딜이 샹되여 옥골긔풍이 늘과 바히 닉도ᄒᆞ면 도로 의혹을 어드리니 쏘 ᄉᆞ족을 구ᄒᆞᄌᆞ ᄒᆞ나 ᄉᆞ족이 ᄌᆞ식을 팔니오 가쟝 눈쳐ᄒᆞ도다 취픽 침음ᄒᆞ다가 손등을 쳐 왈 묘ᄒᆞ다 묘ᄒᆞᆫ 곳이 잇시

51면

니 쳔쳡이 부인을 위ᄒᆞ야 주ᄉᆞ야탁ᄒᆞ니 샹셔 복야 김공의 부인이 잉틱 숨 삭의 그 모 셩부인이 여차〃〃ᄒᆞᆫ ᄉᆞ이니 셩부인과 맛초와 두면 므어시 어려오리오 곽시 딕희 왈 만일 이런 집 ᄌᆞ식 곳트면 반ᄃᆞ시 용이치 아니리니 어미는 줄 싱각ᄒᆞ여 그루ᄒᆞ미 업게 ᄒᆞ라 픽 응낙고 도라 듯보니 슬프다 셰상시말이 되니 요순의 치화 아릭도 오히려 ᄉᆞ흉이 잇시나 졍군이 지샹ᄒᆞ고 만조문뮈 졍〃ᄒᆞ고 녜의 숨엄ᄒᆞ고 풍홰 맑아시딕 오히려 간당의 무

52면

리 외 무식ᄒᆞᆫ 녀ᄌᆞ와 흉포ᄒᆞᆫ 악졍이 왕〃이 잇셔 부ᄌᆞ륜긔를 박졀ᄒᆞ니 엇지 한심티 아니리오 화셜 샹셔 우복야 김틱원은 당셰의 졍딕ᄒᆞᆫ 군ᄌᆞ라 일즉 엄부를 여히고 계모 셩시를 만나 민ᄌᆞ의 효와 증ᄌᆞ의 효를 효측ᄒᆞ딕 셩부인이 포악간흉 질투잔명ᄒᆞ여 김공 믜워ᄒᆞ기를 구수ᄀᆞᆺ티 ᄒᆞ는지라 공이 민ᄌᆞ의 우롬이 이시나 셩효 출텬ᄒᆞ여 증증 녜블격간ᄒᆞ던 셩효로 계유 텬늪딕변을 면ᄒᆞ나 회픽 타인과 다르더라 부인

53면

유시 쳥힝ᄉᆞ덕이 숙요ᄒᆞ여 당금숙녀로딕 년ᄒᆞ여 ᄌᆞ녀를 길흐지 못ᄒᆞ야 부뷔 근심ᄒᆞ더니 홀연 잉틱ᄒᆞ여 삼 삭이 되니 김공이 남아를 숙야 바라더니 김공 집과 곽부와 년쟝딕문ᄒᆞ고 비비 셔로 ᄉᆞ고여 취픽가 ᄌᆞ로 왕닉ᄒᆞ니 비록 샹히 다르나 뉴〃샹죵으로 ᄉᆞ괴여 샹득ᄒᆞ야 보면 주찬과 아름다온 미믈을 주어 곽부의 통ᄒᆞ고 취픽 쏘 곽부 소산지믈을 왕닉ᄒᆞ여 졍의 진듕ᄒᆞ더니 일일은 취픽 황금 삼빅 냥을 품의 품고 셩

54면

부인을 뵈오니 부인이 보고 픽 좌우를 보와 고요ᄒᆞᆫ ᄯᅢ를 타 픔 가온ᄃᆡ로 삼ᄇᆡᆨ 냥 금을 ᄂᆡ여 밧드러 부인긔 드리니 당연 ᄒᆞᆫ ᄌᆞ 금 두 덩이니 광ᄎᆡ 찰ᄂᆞᆫᄒᆞᆫ디라 셩시 과욕이 뉴다르더니 오ᄂᆞᆯ 금을 보고 깃브믈 이긔지 못ᄒᆞ여 경문 왈 비록 그ᄃᆡ를 ᄉᆞ괴나 엇지 이ᄃᆡ도록 듕보를 줄 〃을 알니오 그ᄃᆡ 무ᄉᆞᆫ 쳥ᄒᆞᆯ ᄇᆡ 잇ᄂᆞ냐 ᄂᆡ 힘이 밋ᄎᆞ면 진심ᄒᆞ리라 픽 왈 다른 일이 아니라 오주의 절박ᄒᆞᆫ 일노 부인 은혜를 ᄇᆞ라고 소회 잇ᄂᆞ이다 ᄒᆞ고 곡졀을 고ᄒᆞ야

55면

유부인이 혹 남ᄋᆞ를 ᄉᆡᆼᄒᆞ거든 어더달나 ᄒᆞ미니이다 셩시 본ᄃᆡ 유시 ᄉᆡᆼ산을 구수로 알고 혈식을 업시코ᄌᆞ ᄒᆞ야 이의 흔연 소왈 이ᄂᆞᆫ 나의 수듕물이니 금을 아니 밧고도 주려 ᄒᆞ거든 더옥 금을 주미리오마ᄂᆞᆫ ᄋᆞ돌을 ᄂᆞᆺ키 쉽지 아니ᄒᆞ니 ᄋᆞ돌을 못 ᄂᆞᆺ커든 금을 도로 가져가라 ᄒᆞ나 심듕의 ᄋᆞ돌을 못 나흐면 금을 일흘가 죄오니 그 욕심을 가히 알니러라 취픽 도라와 곽시다려 니ᄅᆞ니 곽시 ᄎᆞ후로 거즛 신음ᄒᆞᄂᆞᆫ 형샹을 ᄒᆞ고 음식을 구토ᄒᆞ며 ᄂᆡ음식를

56면

마트며 희ᄐᆡᄒᆞᄂᆞᆫ 형샹이 현져ᄒᆞ니 구고와 양ᄉᆡᆼ이 념녀ᄒᆞ야 약믈 구완이 주야 분〃ᄒᆞ니 곽시 미우를 ᄧᅵᆼ긔여 왈 ᄐᆡ샹으로 그러ᄒᆞᆫ ᄃᆞᆺᄒᆞ나 요ᄉᆞ이 몽죄 블길ᄒᆞ고 부뫼 쳡을 위ᄒᆞ야 복ᄌᆞ의게 므ᄅᆞ니 복셜이 금년이 유익ᄒᆞ니 깁히 숨어 도익ᄒᆞ고 부뷔 일 년을 샹니ᄒᆞ라 ᄒᆞ니 비록 허망ᄒᆞ나 지ᄂᆡ 듯든 못ᄒᆞᆯ지라 군ᄌᆞᄂᆞᆫ 외당의 쳐ᄒᆞ고 ᄂᆡ각의 오시지 마ᄅᆞ소셔 블연즉 쳡을 친졍의 일 년을 보ᄂᆡ여 ᄒᆡ만 후 오게 ᄒᆞ소셔 병뷔 유

57면

신ᄒᆞ믈 드ᄅᆞᄆᆡ 희동안식 왈 진실노 옥동 ᄉᆡᆼᄒᆞ여 나의 쟝ᄌᆞ를 ᄉᆞᆷ은 즉 문호의 경ᄉᆡ라 비록 복셜이 허망ᄒᆞ나 그져ᄂᆞᆫ 못 두리니 만일 〃년 샹니ᄒᆞ면 봉친ᄃᆡ객의 엇지ᄒᆞ리오 곽시 왈 만일 친졍의 보ᄂᆡ기 어렵거든 일 년만 나지 면샹 ᄃᆡᄒᆞ나 침셕동와ᄂᆞᆫ 복ᄋᆞ를 보아 마르소셔 쳡이 일시 각쳬 극난ᄒᆞᄃᆡ 아ᄒᆡ 보젼ᄒᆞ기를 위하오미니 군ᄌᆞᄂᆞᆫ 당의 미희 만흔지라 무어시 어려오리오 일년 아녀 십년이라도 견ᄃᆡ려

58면

니와 쳡은 못 츰을가 ᄒᆞᄂᆞ이다 ᄉᆡᆼ이 소왈 복ᄋᆞ를 위ᄒᆞ미니 일후로 소당 미ᄉᆡᆨ을 즐기고 부인 동낙은 참으려니와 부인이 뉘웃츠리라 ᄒᆞ고 이후ᄂᆞᆫ 낫으로 샹화ᄒᆞ나 밤이면 곽시 문을 닷고 피ᄒᆞ니 병뷔 소탈ᄒᆞᆫ ᄆᆞ음의 복셜을 과혹ᄒᆞ민가 ᄒᆞ고 핍박지 아니코 소당의셔 옥수 치란 등 제챵으로 밤을 지ᄂᆡ니 미ᄉᆡᆨ 듕 유잉ᄒᆞ여 일호나 곽시를 념ᄒᆞ리오 ᄎᆞ시 조시 은셜경의 잇션 지 히 밧고여 봄을 당ᄒᆞ니 수인의 회푀 갱

59면

가일층이라 두시 ᄶᅵ〃로 와 위로ᄒᆞ고 양미식찬을 니으니 조시 노쥐 감은각골ᄒᆞ고 청셩이 화순ᄒᆞ기로 복부의 분을 플믈 기다리고 죽을 의ᄉᆞ를 아니ᄒᆞᄃᆡ 그 신셰를 의논ᄒᆞ건ᄃᆡ 천고박명이라 빙옥 ᄀᆞᆺᄐᆞᆫ 신샹의 강샹죄를 닙어 일셰의 원통ᄒᆞ믈 가고ᄒᆞᆯ 곳이 업ᄂᆞᆫ지라 친졍이 박셕 ᄀᆞᆺᄐᆞ나 ᄉᆞ졍을 통치 못ᄒᆞ고 부모의 ᄂᆞᆺ출 보지 못ᄒᆞ니 녀ᄌᆞ의 연〃심ᄉᆡᆨ 바아지ᄂᆞᆫ디라 심회 쳐챵ᄒᆞ야 속졀업시 주뤄 화협의 구으ᄂᆞᆫ지라

60면

유랑 시비 등이 역읍비통ᄒᆞ더라 춘쇠 이곳의 올 ᄶᅵ의 곽시와 회뢰와 여러 가지 독약을 가져와 공ᄌᆞ를 시험코ᄌᆞ ᄒᆞᄃᆡ 조시 보호ᄒᆞ기를 주밀이 ᄒᆞ고 몸의 ᄯᅥ나ᄂᆞᆫ ᄶᅵ 업ᄉᆞ니 어ᄂᆡ 결을의 ᄒᆞ리오 속졀업시 곽시 부탁을 져바릴가 주야 ᄶᅵ를 여으더니 일야ᄂᆞᆫ 조시 정신이 혼미ᄒᆞ야 유ᄌᆞ를 겻히 누이고 잠을 드니 유랑 등이 좌우로 보호ᄒᆞ여 누엇더니 잠이 깁헛ᄂᆞᆫ디라 유ᄋᆡ ᄭᆡ여 울거ᄂᆞᆯ 춘쇠 ᄶᅵ를 타 독약을 급히 가라 너흐니 울젹마다

61면

졋만 너겨 숨키거ᄂᆞᆯ 입을 씻겨 누이고 춘소ᄂᆞᆫ ᄂᆡ도히 먼니 누어 ᄌᆞᄂᆞᆫ 쳬ᄒᆞ니 조시 이윽고 ᄋᆞ히 우룸 소ᄅᆡ의 ᄭᆡ여보니 시비 유랑 등이 다 잠을 들고 유ᄋᆡ 홀노 ᄭᆡ여 우ᄂᆞᆫ디라 조시 우ᄂᆞᆫ 거동이 평샹티 아니믈 보고 경녀ᄒᆞ여 좌우를 ᄭᆡ여 ᄋᆞ히를 보니 블평ᄒᆞ믈 이긔디 못ᄒᆞᄂᆞᆫ지라 븟드러 달ᄂᆡᄃᆡ 호흡이 쳔축ᄒᆞ고 긔ᄉᆡᆨ이 황〃ᄒᆞ여 통셰 비경ᄒᆞᆫ지라 조시 놀나 눈믈을 먹음고 왈 ᄋᆞ히 병이 블시의 심원벽쳐의셔 의약을 ᄒᆞᆯ 수 업ᄉᆞ니 엇디 구ᄒᆞ

62면

리오 디명이 하늘의 잇거니와 누쳐의 슴동을 경과ᄒᆞ고 춘일 풍화ᄒᆞᆫ 시졀의 믈 굿튼 유ᄋᆞ의 졍녁이 여ᄎᆞᄒᆞ니 엇지ᄒᆞ리오 유랑 시비 다 황〃코 ᄋᆞ히 ᄌᆞ로 혼졀ᄒᆞᄂᆞᆫ디라 조시 이 ᄯᅴ를 당ᄒᆞ여ᄂᆞᆫ 심쟝이 경각의 ᄉᆞ라져 보디 믈고ᄌᆞ ᄒᆞ나 밋지 못ᄒᆞᄂᆞᆫ디라 ᄋᆡ뤼 추파의 종횡ᄒᆞ나 무가ᄂᆡ하라 좌우다려 왈 홍ᄋᆞ의 병이 여ᄎᆞᄒᆞ니 부ᄌᆞᄂᆞᆫ 쳔뉸이라 낭군이 간참의 혹ᄒᆞ여시나 ᄌᆞ가 골육은 알 거시니 이 ᄯᅴ의 부지 보아 유명의 한이 업게 ᄒᆞ미 올티 아

63면

니리오 네 비록 문을 잠가시나 밧비 수문 노ᄌᆞ다려 이 ᄆᆞᆯ을 니ᄅᆞ고 가군의 계신 곳을 무러 ᄋᆞ히 병이 급ᄒᆞᆷ믈 고ᄒᆞ라 춘쇠 ᄉᆞᄉᆞ로 수명ᄒᆞ고 몸을 ᄲᅢ쳐 나가니 문을 당ᄒᆞᄆᆡ 춘쇠 발을 굴너 왈 무시의 달나 공ᄌᆞ의 병이 만분 위듕ᄒᆞ여 노야긔 고ᄒᆞ라 가노라 문을 녀니 춘쇠 샹셔긔ᄂᆞᆫ 가지 아니ᄒᆞ고 곽시긔 니ᄅᆞ러 수ᄆᆞᆯ을 고ᄒᆞ고 병부 보기를 청ᄒᆞ니 곽시와 취픠 희열ᄒᆞ여 춘소를 가라쳐 여차〃〃ᄒᆞ라 ᄒᆞ고 병뷔 잇ᄂᆞᆫ 곳의ᄂᆞᆫ 통치 아니ᄒᆞ니 엇지 알니오 존당

64면

의도 고치 아니ᄒᆞ고 그져 도라와 거ᄌᆞᆺ 다롬 주어 조시긔 뵈니 이ᄯᅴ 공ᄌᆞ 병이 싱되 망연ᄒᆞᆫ지라 조시 망극ᄒᆞ여 춘소의 더듸오믈 기ᄃᆞ리더니 쇠 도라와 블 굴너 우러 왈 공ᄌᆞ의 급ᄒᆞᆷ믄 이러ᄒᆞᄃᆡ 주군은 텬뉸ᄌᆞ익를 ᄉᆞ졀ᄒᆞ고 ᄋᆡ랑 등으로 더브러 가뮈 편〃ᄒᆞ거ᄂᆞᆯ 소비 나아가 공ᄌᆞ의 위틱ᄒᆞᆷ믈 알왼 즉 쥬군이 ᄃᆡ로ᄒᆞ샤 즐ᄆᆡ 왈 ᄆᆡᆼ가 소ᄌᆡ 병이 잇거든 뭇당히 ᄆᆡᆼ훈다려 니를 거시라 음뷔 하면목으로 소ᄋᆞ의 유병ᄒᆞᆷ믈 ᄂᆡ게 통ᄒᆞ여 ᄂᆡ

65면

긔식을 시험ᄒᆞᄂᆞ뇨 ᄒᆞ시고 칼을 드러 셔안을 ᄹᅢ치시니 분ᄋᆡᄒᆞ신 긔운이 두우를 ᄹᅦ칠 둣ᄒᆞ시니 어ᄃᆡ로조ᄎᆞ ᄉᆞ졍의 셜음을 알외리잇가 조시 고지 듯지 아니ᄒᆞ고 발연 즐왈 간악ᄒᆞᆫ 시네 감히 허언을 ᄭᅮ며 주군의 허믈을 ᄂᆡ게 ᄒᆞᄂᆞ냐 군ᄌᆡ 비록 나의게 박ᄒᆞ시나 유친부지니 결단코 그런 ᄆᆞ식ᄒᆞᆫ ᄆᆞᆯ노 너를 즐퇴ᄒᆞ고 진ᄒᆞ여 가ᄂᆞᆫ 부ᄌᆞ지윤을 긋

쳐 ᄌᆞ식의 죽는 거술 아니 와 볼 니 업ᄉᆞ니 이 반ᄃᆞ시 ᄲᅧ를 타 간모를 우롱ᄒᆞ미라 다른 시녀

66면

로 나가보라 ᄒᆞᆫ 즉 곽시 발셔 녕ᄒᆞ여 막고 ᄂᆡ여보ᄂᆡ디 ᄆᆞᆯ나 ᄒᆞ니 능히 문을 ᄭᆡ치고 나갈 길 업셔 도라온지라 조시 ᄎᆞ시를 당ᄒᆞ여 셜운 흉당이 칼을 숨킨 듯 분ᄒᆞ믈 이긔지 못 혈누를 ᄲᅳ리고 홍아를 봉프른 얼골과 진ᄒᆞ여 가는 형상을 눈으로 차마 보지 못ᄒᆞᆯ너라 일명이 수유간의 이으락 ᄭᅳᆫ치룩 ᄒᆞ는 ᄇᆡ 일과지인이라도 타루ᄒᆞᆯ ᄇᆡ러라 조시 손으로 어로만지며 낫찰 다혀 브ᄅᆞ지져 우러 왈 홍아 네 엇지 쳔수만한의 어미로 셜우믈 더으니

67면

나를 바리고 황텬을 향코져 ᄒᆞ는다 네 어미 젹악이 네게 밋쳐 청빙옥골이 맛는도다 ᄆᆞᆯ노조ᄎᆞ 소ᄅᆡ 쳐졀ᄒᆞ고 ᄎᆞᄆᆞ 못 견ᄃᆡ여 ᄋᆡ원비곡ᄒᆞ니 유량 등이 블승참담ᄒᆞ여 감뉘비오듯ᄒᆞ는지라 ᄎᆞ회라 조시 ᄋᆡᆨ회 차악ᄒᆞ고 시운이 부제ᄒᆞ니 화ᄐᆡ와 편작의 신명 곳 아니면 낫지 못ᄒᆞ리니 연ᄒᆞᆫ 쟝위의 독약이 오장을 샹히는지라 엇지 회심키를 바라리오 속졀업시 나뷔 화등의 잠기미니 형영이 의연ᄒᆞ나 명이 즘시간 진ᄒᆞ니 ᄉᆞ경말

68면

이라 조시 시신을 밧들고 길이 누어 엄연이 긔운이 막혀 인ᄉᆞ를 아지 못ᄒᆞ니 시비 유량이 구ᄒᆞ여 반향의 정신을 출혀 ᄉᆡ로이 부ᄅᆞ지져 호곡ᄒᆞ니 셰샹의 머믈 ᄯᅳᆺ이 업셔 막히기를 ᄌᆞ조ᄒᆞ니 좌위 참블인견이러라 양병뷔 곽시의 거졀ᄒᆞ므로 만월당의셔 제네로 금가를 듯다가 야심 후 잠을 드니 홀연이 아ᄌᆞ 홍이 왉히셔 울며 왈 부모긔 만년 긔ᄌᆞ어ᄂᆞᆯ 흉인 독수의 명을 뭇차니 비명비혼이 운소의 흣터지〃 아냐시나 부친을 ᄒᆞᆫ번 영별티 못ᄒᆞ니

69면

원한이 ᄆᆡ쳣는디라 부인은 ᄉᆡᆼ각지 아니시나니잇가 ᄒᆞ거ᄂᆞᆯ 병뷔 ᄃᆡ경ᄒᆞ여 븟들고 ᄆᆞᆯᄒᆞ려 ᄒᆞ더니 홀연 간 ᄃᆡ 업는디라 병뷔 실셩오열ᄒᆞ다가 ᄭᆡ오니 침변일몽이라 심신이

산난비쳑ᄒᆞ고 호의만단이라 ᄉᆡᆼ각ᄒᆞᄃᆡ 조시는 음뷔나 흥의 얼골이 늘과 판의 박은 듯ᄒᆞ고 긔질이 나의 여ᄆᆡᆨ이 의심 업는지라 오릐 보지 못ᄒᆞ엿더니 무슨 병이 잇는가 놀이 붉지 아녀시나 ᄆᆞ음이 착급ᄒᆞ야 신셩도 못ᄒᆞ고 바로 은셜뎡의 니ᄅᆞ니 수문재 복디ᄒᆞ여 공ᄌᆞ의

70면

죽어시믈 고ᄒᆞ는디라 소탈ᄒᆞᆫ ᄆᆞ음의 죽으믈 듯고 탄식유쳬홀 분이오 존당의 고ᄒᆞ고 시노를 명ᄒᆞ여 안쟝ᄒᆞ라 ᄒᆞ니 구괴 ᄎᆞ언을 듯고 탄식비읍ᄒᆞ믈 마지 아니ᄒᆞ더라 어시의 셰월이 여류ᄒᆞ야 곽시 잉틱ᄒᆞᆫ 지 십 삭이 차니 취픽 김부의 듯볼ᄉᆡ 유시 복통이 급ᄒᆞ여 히만ᄒᆞ니 취파의게 통ᄒᆞ는디라 임의 김부 근쳐의 ᄃᆡ후ᄒᆞ더니 이ᄯᆡ 셩시 산측의 구ᄒᆞ는 쳬ᄒᆞ고 ᄋᆞ히 낫키를 기다려 밋쳐 틔도 늣치 아냐 셩시 고셩 왈 고이ᄒᆞ

71면

다 이거시 무어시고 닐변 니라며 보니 일쳑 빅옥을 ᄽᅡᆨ근 듯ᄒᆞᆫ 빅옥 남ᄌᆡ라 ᄃᆡ희ᄒᆞ여 ᄌᆞ리직 휘마라 급히 취파를 주어 보ᄂᆡ니 이ᄯᆡ 유시는 인ᄉᆞ를 모로고 시비 등은 쟝 밧긔셔 구호ᄒᆞ고 셩시 왈 그ᄃᆡ 나흔 빅 사름 ᄀᆞᆺ디 아녀 고이ᄒᆞᆫ 흉믈인 고로 먼니 치워 사름이 보지 아니케 ᄒᆞ도다 ᄒᆞ니 유시 묘ᄆᆡᆨ을 짐죽ᄒᆞ고 눈물을 흘닐 ᄯᆞ롬이러라 취픽 ᄋᆞ히와 산혈 무든 거젹을 다른 방의 펼치고 급히 곽시 곳의 가 다려다 누히고 곽시

72면

시산ᄒᆞ믈 발쟝ᄒᆞ니 이ᄯᆡ 구고와 병뷔 흥을 죽이고 슬푼 심ᄉᆞ와 ᄉᆞ속이 졀ᄒᆞ믈 슬허ᄒᆞ다가 곽시의 ᄋᆞ들 나흐믈 드ᄅᆞ니 깃부미 망외라 하늘노 ᄶᅥ러진 ᄃᆞ시 급히 모혀 문의 니ᄅᆞ며 순산ᄒᆞ믈 깃거ᄒᆞ는 듕 샹셰 호흥이 빅출ᄒᆞᆫ지라 년망이 산실의 드러가 보니 곽시는 금〃의 ᄡᅡ히엿고 옥 ᄀᆞᆺ튼 유ᄋᆞ는 영긔 발인ᄒᆞ여 룡안봉미 두렷ᄒᆞ고 보든 비 쳐음이라 양샹셔의 탐혹과ᄋᆡᄒᆞ미 밋칠 듯ᄒᆞ고 ᄉᆞ랑이 인ᄉᆞ를 모로

73면

니 곽시 이 ᄯᆡ를 당하야는 통일텬하ᄒᆞ여 ᄉᆞ히에 것칠 거시 업는 듯ᄒᆞᆫ지라 심니의 ᄌᆞ

득ᄒᆞ며 일마다 영합ᄒᆞ니 거짓 미우를 찡긔여 알는 형샹을 ᄒᆞᄂᆞᆫ디라 양싱이 겻히 가 손을 잡고 평부를 무ᄅᆞ며 손소 권듁ᄒᆞᄂᆞᆫ지라 곽시 탄왈 ᄒᆡᄋᆡ 나ᄆᆡ 홍ᄋᆞ의 참ᄉᆞᄒᆞ미 더옥 ᄉᆡᆼ각 ᄂᆞᄂᆞ이다 군ᄌᆞᄂᆞᆫ 의〃ᄒᆞᆫ 졍으로 유ᄋᆞ 사랑ᄒᆞᆯ 줄을 알고 홍ᄋᆞ를 니ᄌᆞ시니 잇가 샹셰 눈셥을 찡긔여 왈 깃분 가온ᄃᆡ 슬픈 ᄆᆞᆯ을 니ᄅᆞ니 부ᄌᆞ지졍은 텬눈이라 ᄂᆡ 엇지 신ᄋᆞ를 과ᄋᆡ

74면

ᄒᆞ고 홍ᄋᆞ를 니ᄌᆞ리오ᄆᆞᄂᆞᆫ ᄉᆞ이〃의오 증이파의라 시하의 한 ᄌᆞ식을 위하여 과샹ᄒᆞ미 가티 아닌지라 이즌 듯ᄒᆞ더니 부인의 숙ᄌᆞ현심이 신ᄋᆞ의 경ᄉᆞ를 보ᄃᆡ 홍ᄋᆞ를 닛지 아니ᄒᆞ니 현심숙녀로다 곽시 깃브며 ᄌᆞ득ᄒᆞ미 무궁ᄒᆞ여 다만 손샤ᄒᆞ더라 삼칠일이 지나ᄆᆡ 양공 부뷔 드러가 볼ᄉᆡ 신ᄋᆡ 옥 ᄀᆞᆺ튼 긔질과 신월 ᄀᆞᆺ튼 광치 홍ᄋᆞ로 방블ᄒᆞ나 샹셔와 ᄀᆞᆺ튼 곳이 호말도 업ᄉᆞ니 양공이 소왈 방일ᄒᆞᆫ 아비를 담지 아녀 단졍ᄒᆞᆫ 풍

75면

이 가즌지라 긔특ᄒᆞ미 더으도다 ᄒᆞ고 혹히 ᄉᆞ랑ᄒᆞ니 슬프다 쳔금ᄋᆞᄌᆞ를 독수의 ᄆᆡᆺ고 김부 유치를 어더 양가 ᄉᆞ속을 니을가 ᄒᆞ니 기경이 쳑의라 어시의 김공이 국ᄉᆞ를 ᄆᆡᆺ고 집의 도라오니 셩시 급뎐 왈 유시 ᄉᆡᆼ산ᄒᆞᆷ을 보니 블셩모양ᄒᆞᆫ 즘ᄉᆡᆼ을 ᄂᆞ흣기로 즉시 업시ᄒᆞ다 ᄒᆞ니 공이 경혼이 참비ᄒᆞ여 반ᄃᆞ시 골육을 샹진ᄒᆞᆯ 줄 짐작ᄒᆞ고 비통이 오ᄂᆡ의 밋치더라 ᄎᆞ시 조시 ᄋᆞᄌᆞ를 샹ᄒᆞ므로 비회 일〃층가ᄒᆞ야 ᄋᆡ읍유혈이

76면

몸의 져〃 ᄌᆞ모의 유ᄌᆞ ᄉᆡᆼ각ᄂᆞᆫ 졍을 아올나 그 영긔 〃특ᄒᆞ미 안젼의 버러 촉쳐의 감창이라 구곡이 촌단ᄒᆞ니 ᄎᆞᄆᆡ 음식을 나리오지 못ᄒᆞ고 머리를 종일 벼개의 더져 스ᄉᆞ로 일명이 셰샹의 이시믈 한ᄒᆞ니 혈뉘 진ᄒᆞ고 화용이 초고ᄒᆞ야 옥골 셜뷔 드러나고 촉뇌 되엿ᄂᆞᆫ지라 유랑이 슬허ᄒᆞᆷ을 마지 아니ᄒᆞ더라 두시 밤을 타 가마니 문을 열고 심복 시녀 두어슬 거ᄂᆞ리고 원듕의 니ᄅᆞ러 조시를 위로ᄒᆞ고 묵〃히 쳑연ᄒᆞ니 조시 반갑고 감격ᄒᆞᆫ

77면

듕 슬프미 오닉 믜여지는 듯 다만 익뤼 산〃 ᄒᆞ니 빅년홰 추우의 쳐졋는 듯 니홰 바룸을 만난는 듯 빅틱만광이 칠야암실을 붉히는지라 두시 어로만져 늣겨 왈 하늘이 그딕를 닉시믜 뜻이 이실지라 엇디 은셜졍 죄인으로 뭇ᄎᆞ리오 비록 쳔만 뜻 밧긔 옥ᄋᆞ를 일허시나 그러나 셔하디탄은 인〃의 지닉미니 오는 익을 셩인도 면티 못ᄒᆞᄂᆞ니 그딕 총명지혜로 ᄉᆞᆼ이 유명ᄒᆞ고 화복이 다쳔ᄒᆞ믈 모로리오 강잉 보젼ᄒᆞ여 복분을 신셜

78면

ᄒᆞ고 부모의 놋출 보와 ᄌᆞ식의 도를 다ᄒᆞ미 올코 시금의 구고 셩의와 가부의 뜻을 그룻 밍근 샤룸이 잇셔 조각을 여으고 ᄉᆞ긔를 규구ᄒᆞ여 희를 쓴키 어렵고 그딕 샹쳥ᄒᆞ믈 드ᄅᆞ니 살긔 우음이 숫지 아닛는 재 더옥 통완ᄒᆞᆫ지라 쳡이 비록 지혜 업시나 나히 만코 셰ᄉᆞ를 경녁ᄒᆞ믜 구든 가슴이 견ᄃᆡ기를 즐ᄒᆞ는지라 소져를 위ᄒᆞ여 권ᄒᆞᄂᆞ니 모로미 ᄆᆞ음을 널니고 몸을 보호ᄒᆞ여 쟝닉를 보고 급히 샹히ᄒᆞ여 완명을 더지지 몰나 소제 추파의

79면

쳥뉘 져〃 옥음이 쳐졀빅ᄉᆞ 왈 쳡을 나으신 니는 부모오 알으신 이는 부인이시니 ᄃᆡ은을 수심명골ᄒᆞ여 명을 봇들니이다 쳡이 은셜졍 안치와 죄명의 망측ᄒᆞ믄 식로이 셜워ᄒᆞ미 아니라 오직 참디 못ᄒᆞᆫ 바는 은셜뎡 닝옥 듕 유ᄋᆞ의 참ᄉᆞᄒᆞ미라 박명신셰를 오히려 ᄋᆞᄌᆞ로 위회ᄒᆞ고 셔로 의지ᄒᆞ더니 져를 일흐므로븟허 놀이 굴ᄉᆞ록 위로홀 ᄆᆞᄃᆡ 업ᄉᆞ니 주야 이목의 져의 거동이 밋쳣는디라 엇디 차마 식음을 나리오리잇고 그러나 명죄 이완ᄒᆞ

80면

고 박명인싱이 죽을 길이 업는지라 부인은 과려치 마ᄅᆞ쇼셔 심원벽쳐의 ᄒᆞᆫ 놋 냥미를 판득디 못ᄒᆞ니 아ᄉᆞ지환이 목젼의 급ᄒᆞ더니 부인의 고렴ᄒᆞ시는 홍은으로 노쥐 면사ᄒᆞ오니 샤재 부싱ᄒᆞ고 고목싱화지은을 명심블감ᄒᆞ리로쇼이다 두시 탄샹 왈 현마 엇디ᄒᆞ리오 몸을 보젼ᄒᆞ면 타일 ᄌᆞ녀를 못 둘가 근심ᄒᆞ리오 어딘 ᄆᆞ음이 신긔를 감동

ᄒᆞᄂᆞ니 엇디 복녹을 근심ᄒᆞ리오 부인은 ᄂᆡ 말을 허수이 듯지 몰고 스ᄉᆞ로 보듕ᄒᆞ

81면

라 소제 ᄌᆡᄇᆡᄉᆞ왈 구고의 홍은이 일신의 져〃시니 일시 죄를 어더시나 두미곡졀을 셰둣지 못ᄒᆞ고 바라기를 다시 구고 슬하의 감지를 밧들고져 ᄒᆞ오미오 버거는 부모 뵈옵기를 위ᄒᆞ야 사ᄅᆞᆷ의 견ᄃᆡ지 못홀 죄명을 시러시ᄃᆡ 살기를 요구ᄒᆞ더니 이제 ᄒᆡᄋᆞ를 일ᄉᆞ오니 하늘이 누쳡의 부지ᄒᆞ오믈 벌ᄒᆞ시미라 누를 원ᄒᆞ리잇고 두시 ᄌᆡ삼 위로ᄒᆞ고 미죽을 권ᄒᆞ며 좌우 시비를 당부ᄒᆞ고 즐 공경ᄒᆞ믈 니ᄅᆞ니 조시 감은ᄒᆞ고 녁량이 통달

82면

ᄒᆞ므로 죽을 ᄯᅳᆺ을 고쳐 ᄒᆞᆫ번 쳔일을 보고 결ᄒᆞ려 ᄒᆞ더라 화셜 조부의셔 월념 소져의 소식이 돈졀ᄒᆞ여 사ᄅᆞᆷ으로 듯보고 글월을 ᄒᆞ엿더니 영소졍이 황연ᄒᆞ고 곽시 당도 용ᄉᆞᄒᆞ고 그림ᄌᆞ도 업고 공간으로 오니 딘왕이 알고 셔로 소식을 통치 몰고 아른 쳬ᄒᆞ지 몰나 ᄒᆞ니 졍비 녀ᄋᆡ 반ᄃᆞ시 곡경의 니ᄅᆞ믈 알고 슬허ᄒᆞ니 왕이 쇼왈 ᄌᆞ식이 ᄉᆞ랑ᄒᆞ오나 몸의 더ᄒᆞ리오 비 셕년의 만상을 혜아려 탄ᄒᆞ여 왈 막비텬수라 인녁

83면

의 밋출 ᄇᆡ 아니로소이다 이의 양부인긔 쳥왈 부인이 귀근ᄒᆞ여 월아의 ᄉᆡᆼᄉᆞ를 뎐ᄒᆞ시면 쳡의 뫼친 한이 덜니로소이다 양비 추연ᄉᆞ왈 져〃의 념녀ᄒᆞ시미 엇지 이럿치 아니시리잇고 소제 귀근ᄒᆞ여 탐문코ᄌᆞ ᄒᆞᄃᆡ 잠시라도 간인의 거동 보지 몰고져 ᄒᆞ더니 이제 나아가ᄉᆞ이다 졍비 역탄ᄒᆞ더라 양시 귀근 젼의 소져의 유ᄌᆞ 죽은 소식이 들니는디라 왕과 비 참샹ᄒᆞ기를 ᄆᆞ지 아니ᄒᆞ고 양ᄉᆡᆼ이 혹 오나 외당의셔 딘쇼

84면

냥공만 보고 도라가니 녀ᄋᆞ의 소식을 향ᄒᆞ여 므를 곳이 업ᄉᆞ니 비 우려ᄒᆞ여 음식을 폐ᄒᆞ여 먹지 아니ᄒᆞ니 양부인이 구고긔 귀령ᄒᆞ여 탐지ᄒᆞ여 오믈 고ᄒᆞ고 양부의 니ᄅᆞ니 ᄐᆡ사 부뷔 크게 반기고 샹셰 ᄯᅩᄒᆞᆫ 반겨 드러와 뫼숩홀ᄉᆡ 부인이 부모 존후를 뭇줍고 흥ᄋᆞ의 죽으믈 ᄎᆞ셕ᄒᆞ니 양공 부뷔 ᄯᅩᄒᆞᆫ 추연ᄒᆞ여 뉴쳬 왈 이 다 명이라 신ᄉᆡᆼ이

영호수발ᄒᆞ여 망ᄋᆞ의 지〃 아니ᄒᆞᆫ지라 일노 위회ᄒᆞ노라 양비 장탄ᄒᆞ고 곽시

를 도라보니 단쟝위의 완연이 조시의 위를 아셧고 유ᄌᆞ를 금수로 ᄊᆞ려시니 부인이
아히를 보니 영긔 과인ᄒᆞ고 풍치 긔려ᄒᆞ여 단산의 봉황이오 벽오의 난곡이라 싱셩ᄒᆞ
ᄆᆡ 크게 영형수려ᄒᆞ야 긔특ᄒᆞ딕 부ᄌᆞ 조곰도 ᄀᆞᆺᄐᆞᆫ 거시 업고 곽시와 닉도ᄒᆞᆫ지라 부
인의 총명으로 고히 너겨 잠소 왈 이 ᄋᆞ히 실노 옥동이어니와 부ᄌᆞ 품격이 엇지 이딕
도록 닉도ᄒᆞ뇨 양공이 소왈 이 ᄋᆞ히 승어뷔니라 양부인이 미소ᄒᆞ고 곽시 퇴

ᄒᆞᄆᆡ 부인이 부모긔 주왈 조시 무슴 죄를 지엇관딕 ᄀᆞ쳐시며 어인일노 탈권작위ᄒᆞ니
잇고 틱시 젼후 수말을 ᄌᆞ셔히 니르니 부인이 탄왈 부뫼 친히 보왓노라 ᄒᆞ시니 다시
홀 말ᄉᆞᆷ이 업거니와 조시 숙녀쳘뷔 아닐진딕 히이 혼ᄉᆞ를 일우지 아니ᄒᆞ야셔 그 뭇
당치 아니믈 고ᄒᆞ여실진딕 ᄉᆞ제 비례곡경으로 고이ᄒᆞᆫ 거조를 ᄒᆞ여 조시를 취ᄒᆞ고 이
런 젹블션의 일을 ᄒᆞ여 남의 쳔금교ᄋᆞ로 젼졍을 무고히 막고 가도와 도라보

닉도 아니ᄒᆞ니 엇지 나의 ᄂᆞᆺᄎᆞᆯ 보지 아니ᄒᆞᄆᆡ 이딕도록 ᄒᆞ리오 실노 조시 십악딕죄
를 범ᄒᆞ여실지라도 ᄉᆞ제 이럿치 못ᄒᆞ려든 그 위인으로 딕간딕악의 힝식 이시리오 양
공이 기리 탄왈 일이 이의 밋츳므로 진실노 진초 낭공을 볼 ᄂᆞᆺ치 업시니 닉 ᄆᆞᄋᆞᆷ이
어이 일시나 편ᄒᆞ리오마는 조시 힝ᄉᆞ는 닉 친히 보아시니 어이 허탄타 ᄒᆞ리오 부인
이 부모의 ᄆᆞᄋᆞᆷ이 다 변ᄒᆞ여시믈 보고 ᄎᆞ탄ᄒᆞ고 ᄎᆞ일 셕의 쇼교를 타고 은셜졍의 가
조시

를 볼식 소제 이곳의 ᄀᆞᆺ친 지 십구 삭의 춘하추동의 오살 가리오지 아냣고 듀야 머리
를 벼개의 더져 아ᄌᆞ의 일만 주야의 통셕ᄒᆞ니 겨오 긔ᄉᆞ치 아니ᄒᆞ나 오닉 붕녈ᄒᆞ니
엇디 편ᄒᆞ며 누추ᄒᆞᆫ ᄌᆞ리의셔 부모의 ᄌᆞ이와 동긔의 번셩ᄒᆞᆫ 일과 ᄋᆞᄌᆞ의 옥용이 안
견의 버러 지향을 못ᄒᆞ니 유랑이 조셕 히위ᄒᆞ여 견딕나 본부 소식이 졀원ᄒᆞ야 유명

이 격훈 듯 천만 의외에 숙모를 만나니 반가오미 망외나 슬푸미 흉격의 가

89면

득ᄒ여 철셕 간장이나 딕ᄒ미 참샹ᄒ믈 면티 못ᄒᆯ디라 부인이 금니를 혜티고 옥수를 년ᄒ여 만져 비뤼 소져의 낫처 써러지니 소제 숙모를 붓들고 인호참샹의 긔운이 막힐 듯ᄒ니 슬프다 조시의 익이 이딕도록 ᄒᆯ 줄 ᄯᆺᄒ여시리오 부인이 수루 탄왈 챵텬이 너의 못ᄒᆯ 노ᄅᆺᆯ 아니ᄒ실지라 너의 긔질 덕양으로 이곳의 밋츠니 실노 싱각 밧기라 셜마 너의 복을 그만ᄒ고 ᄉ오나온 거슬 도으리오 소제 숙모 손을 밧들고 머리를 무릅히 언

90면

져 비읍 왈 소딜이 블초ᄒ여 부모 명훈을 져ᄇᆡ리고 이의 니ᄅᆞ믈 붓그릴 ᄯᆞ름이라 부모 존당이 구존ᄒ시디 평부를 드릴 길이 업고 셜우믈 고ᄒᆯ 곳이 업셔 죽어 이 욕과 셜우믈 모로고ᄌᆞ ᄒ오나 오히려 ᄎᆞ마 못ᄒ 바는 부모긔 한업손 욕을 기치니 존젼을 다시 뵈오미 쳔딕하의 명목지 못ᄒ올지라 잉분ᄒ와 오늘늘을 밋쳐 숙모를 뵈오니 반갑고 붓그럽도소이다 부인이 일영삼탄의 니ᄅᆞ디 무ᄉᆞᆷ 연고로 죽으리오 너의 빙샹옥결은 쳔디 신긔

91면

ᄒ고 일월이 조림이라 참통ᄒ 바는 너의 인ᄌᆞᄒ므로 ᄒᆞᆺ 유치를 잔잉참ᄉᄒ니 좌와의 위회 무격이라 우리 부모의 붉으시므로 의심ᄒ오믄 져 텬의 간인의 일시 길운을 빌니고 너의 운익을 가리시미라 맛ᄎᆞᄂᆡ 복분의 원을 셜ᄒ고 만시 여의ᄒ리니 지금의 너의 위란ᄒ 형셰 견딜 비 아니라 심회를 샹티 믈고 만ᄉ를 좌젹ᄒ여 몸을 보젼ᄒ기를 일숨으라 비극틱릭오 낙극비ᄅᆡᄂᆞᆫ 덧〃ᄒ 일이니 엇디 너 홀노 당ᄒ여 박ᄒ리오 소제

92면

탄왈 평싱 힝코ᄌᆞ ᄒᄂᆞᆫ 바는 셩효 녜법의 추앙ᄒ미 녀ᄌᆞ의 녈졀을 일넛ᄂᆞ니 이제 참측ᄒ 누셜이 만고강샹의 더러온 녀지 되여 구고를 원망ᄒ고 젹인을 구타ᄒ오므로 구

괴 친히 보시다 ᄒᆞ오니 소뎔이 엇던 사ᄅᆞᆷ이 되여시며 구리 혀 아홉이 잇신들 무어시라 발명ᄒᆞ리잇고 반ᄃᆞ시 귀신이 작희ᄒᆞ미라 엇지 구고 셩덕으로 그리홀 줄이 이시리잇고 인ᄒᆞ여 졍신을 거두어 구고 존당과 부모 동긔 존후를 뭇ᄌᆞᆸ고 남시의 변고

93면

를 드ᄅᆞᄆᆡ ᄌᆞ가의 은셜뎡이 도로혀 편ᄒᆞᆫ디라 기리 탄왈 남형의 어진 덕과 우리 집 쳥덕으로도 이런 변이 이시니 사ᄅᆞᆷ의 명박을 당ᄒᆞᆫ 후ᄂᆞᆫ 홀 일 업ᄂᆞᆫ지라 쳡의 일도 ᄒᆞᆫ치 아니ᄒᆞᄂᆞᆫ지라 부인이 기리 탄식하고 유랑이 비환간난을 알외며 모ᄅᆡ 량식 주던 일과 두부인 덕으로 면ᄉᆞ하ᄂᆞᆫ 일을 고ᄒᆞ며 눈믈이 비 오ᄃᆞᆺᄒᆞᄂᆞᆫ디라 부인이 ᄃᆡ로 왈 ᄉᆞ제 비록 무샹ᄒᆞ나 엇지 이런 거조로 사ᄅᆞᆷ을 벌ᄒᆞ리오 ᄂᆡ 당〃이 모

94면

ᄅᆡ 가져온 일을 ᄉᆞ획ᄒᆞ여 쳐치ᄒᆞ리라 소제 탄왈 어미ᄂᆞᆫ 부졀 업ᄉᆞᆫ 말을 마소 숙모ᄂᆞᆫ 이 일을 드른 쳬 마소셔 양군이 비록 소뎔을 믜워ᄒᆞ나 쳔셩이 관ᄃᆡᄒᆞ거ᄂᆞᆯ 엇지 여러 사ᄅᆞᆷ을 긔ᄉᆞ케 ᄒᆞ리오 ᄉᆞ이의 변이 이시믈 소뎔도 모로미 아니오니 모ᄅᆡ 일을 ᄉᆞ실ᄒᆞ노라 ᄒᆞ오면 ᄯᅩ 유희ᄒᆞ리니 타일 ᄌᆞ연이 드러나올지라 아직은 블출구외ᄒᆞ미 조홀 거시오니 바려두어 ᄂᆡ두를 보미 가ᄒᆞ니이다 죽은 소ᄋᆞᄂᆞᆫ 홀 일 업ᄉᆞ오나 소뎔

95면

은 ᄉᆞ라시니 혹 쟝ᄂᆡ를 ᄇᆞ롤 일이 잇실가 ᄒᆞᄂᆞ이다 부인이 가탄 왈 실노 텬디 ᄉᆡᆼ셩ᄒᆞᆫ 현심숙덕이 네게 타 나시니 엇지 너의 셩덕으로 복을 누리지 못홀가 념녀ᄒᆞ리오 소제 왈 복녹을 바라믄 소뎔의 원이 아니오 이 더러온 누명을 씻고 구괴 ᄭᆡᄃᆞ르시ᄂᆞᆫ ᄂᆞᆯ을 원ᄒᆞᄂᆞ이다 부인이 슬프고 잔잉ᄒᆞ믈 니긔지 못ᄒᆞ야 지ᄉᆞᆷ 위로ᄒᆞ고 셕반을 ᄒᆞᆫ가지로 먹을ᄉᆡ 유랑 등이 원듕의셔 간고이 닉힌 음식과 두시의 보ᄂᆡᆫ 찬믈이 진실

96면

노 하져홀 ᄯᅳᆺ이 업ᄂᆞᆫ지라 부인이 ᄌᆞ긔 셕식을 ᄒᆞᆫ가지로 먹으며 비련ᄒᆞᆫ 회푀 비길 곳 업더라 촉을 현 후 부인이 병부를 쳥ᄒᆞ니 ᄉᆡᆼ이 ᄆᆡ져를 긔탄ᄒᆞᄂᆞᆫ지라 ᄆᆞ지 못ᄒᆞ여 은셜졍의 니ᄅᆞ니 소져ᄂᆞᆫ 금니의 말니여 향벽ᄒᆞ고 부인이 샹셔를 ᄃᆡᄒᆞ여 장탄 왈 조시

너의게 득죄ᄒᆞ미 ᄐᆡ듕ᄒᆞᆯ지라도 네 승샹의 ᄂᆞᆺ출 보며 수수의 ᄉᆞ랑ᄒᆞ시ᄂᆞᆫ 은혜를 도라 보건ᄃᆡ ᄎᆞ마 사ᄅᆞᆷ의 구박이 이 디경의 니ᄅᆞ지 못ᄒᆞᆯ 거시어ᄂᆞᆯ ᄒᆞ믈

97면

며 조시 심덕이 고인을 효측ᄒᆞᄂᆞᆫ지라 네 ᄉᆡᆼ각ᄒᆞ여 보라 엇지 이런 ᄃᆡ음ᄃᆡ악을 지을 재리오 사ᄅᆞᆷ의 ᄋᆡ회 비샹ᄒᆞ면 ᄇᆡᆨ지의 허망지ᄉᆡ 잇ᄂᆞ니 ᄂᆡ 비록 어지〃 못ᄒᆞ여 부녀의 도를 모로ᄃᆡ ᄎᆞ변을 당ᄒᆞᄆᆡ 승샹이 친히 ᄂᆡ 얼골을 보고 참ᄉᆞ를 목견ᄒᆞᄃᆡ 나를 ᄃᆡᄒᆞ여 ᄒᆞᆫ번 비례지언을 ᄂᆡ지 아니ᄒᆞ고 ᄎᆞ평ᄌᆞ 도젹이 침실의 돌입ᄒᆞ여 흉괴 층출ᄒᆞᄃᆡ 승샹이 일즉 의혹지 아니ᄆᆡ 가도며 죽이려 아니ᄒᆞᆫ지라 ᄌᆞ연 유죄쟈의

98면

게 도라가ᄂᆞᆫ 일 명경ᄒᆞᄃᆡ 나의 신누를 버스며 간비를 구획ᄒᆞ여 ᄆᆞᄎᆞᆷᄂᆡ 온젼ᄒᆞᆫ 사ᄅᆞᆷ이 되게 ᄒᆞ니 일은바 군ᄌᆞ의 덕이오 장부의 도량이라 이제 너ᄂᆞᆫ ᄋᆡᄆᆡᄒᆞᆫ 쳐ᄌᆞ를 구박ᄒᆞ여 누쳐의 가도고 형극을 둘너 사ᄅᆞᆷ 왕ᄂᆡ 막으며 유ᄌᆞ의 죽으믈 ᄒᆞᆫ번도 무ᄅᆞ미 업ᄉᆞ니 슬프다 ᄎᆞ마 사ᄅᆞᆷ의 ᄒᆞᆯ ᄇᆡ리오 ᄂᆡ 엇지 승샹과 딘왕을 ᄃᆡᄒᆞᆯ ᄂᆞᆺ치 이시리오 이제 약질이 고초 듕 셔하지탄을 당ᄒᆞ여 듀야 비통ᄒᆞ니 ᄒᆞᆫ 촉뇌 되엿ᄂᆞᆫ지라 사

99면

ᄅᆞᆷ이 셕목이 아니라 이러ᄒᆞ리오 ᄆᆞ죄ᄒᆞᆫ 사ᄅᆞᆷ이 이곳의셔 죽으면 승샹과 초공을 보리오 병뷔 추연블낙 왈 져〃의 이럿틋 칙ᄒᆞ시미 당연ᄒᆞ나 쇼제 쳐음의 조시를 만나ᄆᆡ 우연ᄒᆞᆫ 부〃간이 아니라 ᄆᆞ음과 ᄯᅳᆺ의 마ᄌᆞ ᄇᆡᆨ년동주를 젹게 너기더니 여ᄎᆞ〃〃ᄒᆞᆫ 음비ᄒᆞᆫ ᄑᆡ악을 보올 줄 알니오 만일 범연ᄒᆞᆫ 녀ᄌᆞ로 부형의 ᄂᆞᆺ출 보지 아니ᄒᆞ면 은셜덩의나 ᄉᆞᆯ녀 두리잇고 인ᄒᆞ여 ᄆᆡᆼ훈의 ᄆᆞᆯ과 ᄑᆡ도의 일을 고ᄒᆞ여 영쳔수의 귀를 씻지 못

100면

ᄒᆞ믈 ᄒᆞᆫᄒᆞ나이다 부인이 탄왈 승샹이 너를 오 셰로 학ᄒᆡᆼ을 가라치고 친ᄌᆞ의 감ᄒᆞ미 업ᄉᆞ니 네 그 도덕을 본밧지 못ᄒᆞ나 만의 ᄒᆞᄂᆞ흘 ᄇᆡ화시려든 이만 일을 ᄋᆡ리 ᄆᆞ식ᄒᆞ니 실노 초공의 죄인이라 엇디 사ᄅᆞᆷ을 구박ᄒᆞ미 이 디경의 ᄆᆡᆺ출 줄 알니오 형극을 더으지 아닌들 조시 어ᄃᆡ로 다라나며 길흘 통ᄒᆞ여 부모 동긔로 통신ᄒᆞᆫ들 므ᄉᆞᆫ 변이라

ᄒᆞ고 이럿틋 박힝무식의 거조를 ᄒᆞ리오 날을 보아 형극 안치나 프러 시비 복쳡

101면

의 왕ᄂᆡ나 통ᄒᆞ라 타일 만일 조시 죄명을 신빅지 못ᄒᆞ면 ᄂᆡ 눈을 ᄲᅢ혀 지인블명을 ᄉᆞᄒᆞ리라 병뷔 ᄆᆡ져의 ᄆᆞᆯ을 드ᄅᆞᄆᆡ 잠간 과거를 ᄶᅢᄃᆞ라 ᄉᆞ례ᄒᆞ고 탄식 왈 쇼제도 명뎡기죄ᄒᆞ면 엇지 이만 두리오ᄆᆞᄂᆞᆫ 일단 의심이 업디 아닌고로 뎐두를 유의ᄒᆞ고 ᄆᆡᆼ훈의 부지거쳐를 몰나 무를 곳 업고 부모를 욕ᄒᆞ고 방ᄌᆞ무샹ᄒᆞ믄 홀노 본 일이 아니라 부뫼 동좌ᄒᆞ여 보신 ᄇᆡ오 이곳의 가도믄 졀노 신원ᄒᆞ라 ᄒᆞ여도 홀

102면

길이 업ᄉᆞ오니 만일 져〃의 ᄆᆞᆯ슴 ᄀᆞᆺᄐᆞ여 일이 잇다 ᄒᆞ여도 아직 결단 젼의 엇디ᄒᆞ오리잇가 부인이 탄식무언의 냥익이 비샹ᄒᆞ믈 ᄭᆡᄃᆞᆺ고 심ᄉᆡ 블호ᄒᆞ여 안ᄌᆞ시니 샹셰 심듕의 부인 가기를 조이ᄃᆡ 부인이 가지 아니ᄒᆞ고 이늘 조시로 밤을 ᄉᆡ올ᄉᆡ 병쟝을 둘너 바람을 가리오고 이블을 년ᄒᆞ여 어로만져 만단 비회와 지극ᄒᆞᆫ 졍이 모녀의 다ᄅᆞ미 업더라 병뷔 나와 형극을 거두고 문을 막지 아니니 이ᄂᆞᆫ 부인의 ᄆᆞᆯ을 올히 너기미러

103면

라 명조의 부인이 소져로 더브러 회포를 난홀ᄉᆡ 쇼제 왈 숙모ᄂᆞᆫ 소딜의 거동을 부모긔 알외지 마르소셔 다만 죽지 아니코 ᄉᆞ라시문 두부인의 양미로 ᄉᆞᆯ미니 이도 부모긔 고치 ᄆᆞᄅᆞ시고 스ᄉᆞ로 주변이 어렵지 아니믈 주ᄒᆞ고 아ᄉᆞ의 념녀ᄂᆞᆫ 업ᄉᆞᆫ 줄노 고ᄒᆞ소셔 부인이 졈두ᄒᆞ고 오직 일신을 보듕ᄒᆞ믈 일너 불효를 경계ᄒᆞ며 ᄂᆡ두를 부탁ᄒᆞ니 조시 추연비샤ᄒᆞ고 그 교훈을 명〃이 탄복ᄒᆞ믈 마지 아니ᄒᆞ고 모친을 ᄃᆡᄒᆞᆫ 둧 다시 니별을

104면

당ᄒᆞ니 피치 년〃ᄒᆞ야 옥이 ᄉᆞ라질 ᄃᆞᆺᄒᆞ니 손을 잡고 무릅흘 년ᄒᆞ여 셰ᄉᆡ 고이ᄒᆞ믈 ᄎᆞ셕ᄒᆞ더라 평능후 형졔 됴회를 ᄆᆞᆺ고 모친긔 문안ᄎᆞ로 니ᄅᆞ러 부인이 은셜뎡의 가시믈 듯고 몬져 조부긔 뵈옵고 시비로 길흘 인도ᄒᆞ라 ᄒᆞ여 은셜뎡의 니ᄅᆞ니 깁고 머러

가히 피란ᄒᆞ염 죽ᄒᆞᆫ지라 드러가 ᄆᆡᄌᆞ를 보니 니별ᄒᆞ노라 ᄋᆡ루와 옥뫼 초고ᄒᆞ니 팔ᄌᆞ 춘산의 일만 시름이 어ᄅᆡ여 ᄋᆡ원ᄒᆞᆫ ᄐᆡ도와 요〃 셤약ᄒᆞᆫ 긔질이

105면

젼일 풍완호질노 소삭ᄒᆞ여 아라보지 못ᄒᆞᆯ너라 능휘 ᄯᅩᄒᆞᆫ 감창ᄒᆞ여 얼골을 고치고 모친긔 문안ᄒᆞ오ᄆᆡ 소져를 ᄃᆡᄒᆞ야 ᄋᆡ운의 비샹홈과 유ᄌᆞ의 참경을 일ᄏᆞ라 위로ᄎᆞ셕ᄒᆞ니 소제 ᄌᆞ긔 비한을 베풀고 ᄉᆞ친ᄒᆞᄂᆞᆫ 회포를 닐너 슬프믈 이긔지 못ᄒᆞ니 능휘 탄왈 우리 집의 운현의 거동과 숙의 거죄 셔로 ᄀᆞᆺᄒᆞ니 남수의 졍ᄉᆞ와 ᄆᆡᄌᆞ의 ᄋᆡ이 ᄀᆞᆺᄐᆞᆫ지라 오히려 현ᄆᆡᄂᆞᆫ 좁혀단니ᄂᆞᆫ 폐단이 업시니 남수긔ᄂᆞᆫ 비치 못ᄒᆞᆯ지라

106면

지금 남수의 모ᄌᆡ 아모 곳의셔 표평ᄒᆞ믈 아지 못ᄒᆞ니 ᄒᆞᆫ심ᄒᆞᆫ 변이 아니리오 소제 ᄯᅩᄒᆞᆫ 놀나고 슬허 ᄌᆞ긔 졍ᄉᆞ로 추이ᄒᆞ야 잇지 못ᄒᆞ더라 능휘 모친을 뫼셔 ᄒᆞᆫ가지로 나올ᄉᆡ 부인이 보젼ᄒᆞ믈 ᄌᆡ삼 당부ᄒᆞ고 연〃이 분수ᄒᆞ니라 부인이 나와 부모를 뵈옵고 조시의 비원참샹ᄒᆞᆫ 거동을 젼ᄒᆞ며 위ᄒᆞ여 슬허ᄒᆞᄂᆞᆫ 누싊 ᄇᆡᆨ년 용화의 져즈니 ᄐᆡᄉᆞ와 부인이 감동ᄒᆞ여 탄왈 우리 조시 ᄉᆞ랑이 엇지 친녀와 다르리오마ᄂᆞᆫ 그 소

107면

힝이 외모와 현수ᄒᆞ야 이의 미ᄎᆞ니 ᄉᆞ셰 마디 못ᄒᆞ미라 부인 왈 그 의식거쳐와 간고ᄒᆞ믈 사ᄅᆞᆷ이 ᄎᆞ마 못 견딜 경계라 조시 본ᄃᆡ 만금 교아로 일신의 부귀호치 금달공주로 다ᄅᆞ미 업ᄉᆞᆫ지라 이제 블의에 비환이 층싱ᄒᆞ니 그 목숨을 보젼티 못ᄒᆞ게 되엿ᄂᆞᆫ 디라 찰하리 영출ᄒᆞ여 져의 약질이 진티 아니케 ᄒᆞ소셔 ᄐᆡᄉᆡ 탄왈 ᄉᆞ셰를 보와 신ᄇᆡᆨ지 못ᄒᆞ게 되면 도라보ᄂᆡ고ᄌᆞ ᄒᆞ노라 ᄒᆞ더라 부인이 수삼 일을 묵어 도라올ᄉᆡ 조시

108면

형극 안티와 거쳐 도리와 편ᄒᆞ믈 청ᄒᆞ고 도라와 존당 구고긔 뵈옵고 뎡비를 ᄃᆡᄒᆞ야 월념의 일을 일〃히 젼ᄒᆞ니 존당과 뎡비 ᄃᆡ경 왈 만일 여ᄎᆞ즉 녀ᄋᆡ 텬일을 볼 시졀이 업ᄉᆞ리로다 출하리 초로잔쳔이 수이 죽으미 제게 편ᄒᆞ리로다 딘왕이 소왈 수〃와 부인은 근심 마ᄅᆞ소셔 ᄋᆞ녀ᄂᆞᆫ 복녹이 완젼지상이라 환난이 비샹ᄒᆞᄂᆞ 필경이 텬일을 볼

지라 하고로 죽으리오 아직 닌광의 보치는 뒤로 브려두라 죠시 쇼

109면

왈 현데 녀으 스랑ᄒᆞ미 모든 아들의 지나더니 이제 ᄒᆞᄂᆞᆫ 물이 〃ᄀᆞ티 박절ᄒᆞ여 넘녀
티 아니리오 왕이 함소 왈 넘녀ᄒᆞ여든 유익ᄒᆞ리잇가 소제ᄂᆞᆫ 평싱 셰스를 뒤의만 혜
아려 무스이 신빅ᄒᆞ고 필경 복녹이 화원ᄒᆞ리니 과려티 아니ᄒᆞᄂᆡ이다 모다 녁량을 탄
복ᄒᆞ더라 ᄎᆞ시 쟝시 남시를 쳐치ᄒᆞ고 능빅의 은총이 수유 블니ᄒᆞ니 동셔의 거칠 거
시 업ᄉᆞ되 오직 그 스라시믈 써려 마ᄌᆞ 업시ᄒᆞ고 ᄌᆞ긔 ᄒᆞᆫᆺ 옥동을 어더 그 총

110면

이 쟝구ᄒᆞ믈 의논ᄒᆞ되 만스를 임의로 못ᄒᆞ나 싱산의 경스ᄂᆞᆫ 임의티 못ᄒᆞᄂᆞᆫ디라 신묘
랑으로 더브러 요악ᄒᆞᆫ 의스와 공교ᄒᆞᆫ 쇠 비밀ᄒᆞ니 귀신이 아니면 알 길이 업고 남시
의 텬일 볼 놀이 업시되 하늘이 길인을 도으며 숙녀의 참화를 잔잉히 녀겨 능빅의 어
두온 거슬 헤쳐 젼일 총명이 밍동ᄒᆞ니 곳 비 길면 드듸믈 면티 못ᄒᆞ여 남시 스싱을
알니너라 일〃은 능빅이 치교졍의 드러오니 쟝시 업거늘 고히 녀겨 존당의 간가 이
의

111면

듁침을 베고 누엇다가 무류ᄒᆞ믈 인ᄒᆞ야 두로 거러가미 뒤히 두어 간 협뉘 이시니 이
곳의 사ᄅᆞᆷ의 어셩이 잇셔 들니거늘 문틈으로조차 녀어보니 신묘랑이 소왈 부인의 복
녹이 둣거워 남시 ᄀᆞᆺᄒᆞᆫ 젹인을 제어ᄒᆞ고 유ᄌᆞ를 겹슐ᄒᆞ여 남시 모ᄌᆞ 죽엄이 연한 이
궁의 미쳣ᄂᆞᆫ지라 이제 노야의 은총이 부인 한 몸의 이시니 이쩌를 당ᄒᆞ여 일개 옥동
을 나으시면 만사의 한이 업슬더라 쳡은 총일ᄒᆞᆫ 공으로 일싱을 편히

112면

슬니로다 ᄒᆞᄒᆞᄂᆞᆫ 바ᄂᆞᆫ 소져의 싱산 길이라 지금 남녀간 유치를 두지 못ᄒᆞ니 빈되 계
교컨디 어디 잉부를 스고여 옥동을 스고 분산ᄒᆞᆯ 동안의 노야를 각거ᄒᆞ엿다가 삭쉬
ᄎᆞ거든 복상의 둣거온 거슬 쳐미여 만삭ᄒᆞᆫ 형상을 듕인을 뵌 연후의 싱ᄌᆞᄒᆞᆫ 쳬ᄒᆞ면
공명 션싱이 갱싱이라도 알기 어려올 거시니 이러ᄒᆞᆫ 즉 져 방인 제어ᄒᆞ기ᄂᆞᆫ 파리 ᄀᆞᆺ

틀 거시니 부인은 벼개를 놉히고 이수 가익ᄒᆞ여 틱평을 안낙ᄒᆞ고

113면

제 환공의 픽업을 부러 아니시리이다 쟝시 눈셥을 찡긔고 왈 쳡은 연왕의 ᄉᆞ랑ᄒᆞᄂᆞᆫ 군주로 안싀이 셔시를 불워 아니ᄒᆞ고 평싱의 옥인이 아니면 셤기지 아니려 ᄒᆞ엿더니 능빅의 인물을 보니 ᄆᆞ음의 ᄎᆞ고 뜻이 족ᄒᆞ야 부왕을 달닉여 혼인을 일우려 ᄒᆞ다가 종시 못ᄒᆞ고 조시의 집의셔 남가 요믈을 드리니 통완ᄒᆞᆫ 한이 심두의 믹쳣ᄂᆞᆫ디라 신긔묘계로 가마니 당ᄉᆞ공의 낭녜 되여 셩명을 가탁ᄒᆞ고 조가의 드러오

114면

니 일이 구ᄎᆞᄒᆞ나 빅년 낭군을 일치 아닌디라 뉘 긔약 아닌 남가 요믈의 침어낙안지 용이며 숙녀 셩힝이 나의게 세 번 지늘 줄 알니오 샹두의 거ᄒᆞ여 덕을 닷그려 ᄒᆞᄂᆞᆫ고로 간장이 무여지ᄂᆞᆫ 듯ᄒᆞ여 옥 ᄀᆞᆺᄐᆞᆫ 긔린을 써 긔셰를 독당ᄒᆞ니 주사야탁ᄒᆞ나 졀제ᄒᆞᆯ 길이 업더니 ᄉᆞ부의 홍은으로 잡아다가 농 속의 너허 죽인 거시 완연이 ᄉᆞ라 도라오니 더옥 ᄋᆞᄌᆞ의 셰 ᄒᆞᆫ층이 더ᄒᆞᆫ지라 이 분을 플 길이 업더니 ᄉᆞ부의 신긔요

115면

약으로 군ᄌᆞ의 구든 ᄆᆞ음을 두로혀 남시의게 간 총이 닉게 오로지ᄒᆞ니 허다 공교ᄒᆞᆫ 계교를 베플믹 능빅의 노긔 발검살출ᄒᆞᄂᆞᆫ 디경의 니ᄅᆞ니 엇디 ᄉᆞ부의 공이 아니리오 반야의 남이 모로게 잡아다가 부왕 위엄으로 입각의 검슬ᄒᆞ고 남녀를 빙옥의 가두고 한궁의 이수ᄒᆞ야 검하의 경혼이 되게 ᄒᆞ니 엇지 쾌ᄒᆞ며 묘치 아니리오 닉 팔ᄌᆡ 무샹ᄒᆞ여 ᄒᆞᆫᄂᆞᆺ 긔린이 업시니 이제 구ᄎᆞ히 남의 ᄌᆞ식을 어든들 무어시 빗나리오 ᄉᆞ셰 부득

116면

이니 미려ᄒᆞᆫ ᄋᆞ히나 어더 능빅의 ᄆᆞ음을 요구ᄒᆞ고 나의 고단ᄒᆞᆷ믈 위로ᄒᆞ리라 이제 군ᄌᆡ 남시 음분도주ᄒᆞᆫ 줄 아ᄂᆞ니 실노 다힝ᄒᆞᆫ지라 오직 다ᄅᆞᆫ 사ᄅᆞᆷ의 ᄌᆞ시을 어더 합문을 속여 공을 엇고ᄌᆞ ᄒᆞ나 초공 진왕은 당셰 명인이니 총명이 여션ᄒᆞ고 능휘 부형의 여믹으로 간ᄉᆞ를 알고 사ᄅᆞᆷ의 현우를 슬펴 지긔ᄒᆞ니 더옥 능후의 총과 니루의 명

이 잇는지라 다른 아히를 어드니 골격의 디샹 부동ᄒᆞ여 조시 문풍을 담지 아니

117면

ᄒᆞ면 일이 발각이 쉽고 발각ᄒᆞᆫ 즉 복을 업칠지라 ᄉᆞ부ᄂᆞᆫ 일을 주밀히 ᄒᆞ라 신묘랑이 소왈 부인은 근심티 마ᄅᆞ소셔 초공은 ᄒᆞᆫᄂᆞᆺ 셩현이오 딘왕 능후ᄂᆞᆫ 일디 영준이라 부인이 다복ᄒᆞ시니 빈되 계교를 일워 옥 ᄀᆞᆺ튼 긔ᄌᆞ를 어더 총셰 젼일케 ᄒᆞ며 평싱을 쾌락게 ᄒᆞ리이다 쟝시 ᄉᆞ례ᄒᆞ고 셔로 긔긔히 우으니 간악ᄒᆞᆫ 졍틱와 요ᄉᆞᄒᆞᆫ 힝ᄉᆞ를 져주어 뭇지 아녀셔 냥인의 문답이 평싱 죄악을 셰〃히 누셜ᄒᆞ니 능빅이 분긔 막힐 ᄃᆞᆺ ᄒᆞ

118면

고 ᄌᆞ긔 져곳의 ᄉᆡ져 옥 ᄀᆞᆺ튼 숙녀를 의심ᄒᆞ여 박졀ᄒᆞᆫ 거조와 광픽ᄒᆞᆫ 호령을 ᄉᆡᆼ각ᄒᆞ니 어두오미 비ᄒᆞᆯ ᄃᆡ 업ᄉᆞᆫ지라 그 모ᄌᆞ의 잔잉ᄒᆞᆫ 목숨이 비명참ᄉᆞᄒᆞ믈 ᄉᆡᆼ각ᄒᆞ니 ᄌᆞ연ᄒᆞᆫ 누쉬 앏흘 가리오ᄂᆞᆫ디라 연이나 경히 아른 쳬ᄒᆞ여 요녀를 실수ᄒᆞᆯ가 두려 밧비 나가 빅화헌의 니ᄅᆞ니 딘초 이공 능후 형제 틱ᄉᆞ 형제 제〃히 모ᄃᆞᆺ더라 능빅이 얼골을 변ᄒᆞ고 긔운이 분〃ᄒᆞ여 부젼의 ᄭᅮ러 칙교뎡의 가 드른 ᄉᆞ어를 일〃히 고ᄒᆞ고 청죄

119면

왈 블초이 블명무식ᄒᆞᆫ 죄 듕ᄒᆞ거니와 약을 먹여 변심ᄒᆞ고 은춍을 영구ᄒᆞ니 사ᄅᆞᆷ의 못ᄒᆞᆯ 빅라 일시도 집의 두지 못ᄒᆞ고 ᄉᆞᆯ오지 못ᄒᆞᆯ 흉인이라 셩명을 변ᄒᆞ고 사ᄅᆞᆷ의 집으로 인명을 쳐ᄉᆞᆯᄒᆞ니 여ᄎᆞ 딕악음픽ᄒᆞᆫ 일이 어딕 잇ᄉᆞ리잇가 아히 드ᄅᆞ민 분히ᄒᆞ믈 ᄎᆞᆷ지 못ᄒᆞ여 혹ᄌᆞ 실수ᄒᆞᆯ가 바로 이리로 와 고ᄒᆞ나이다 딘왕이 텽파의 분연통히ᄒᆞ여 왈 ᄎᆞᄂᆞᆫ 고금의 드믄 히변이라 한고조의 약법삼쟝의도 ᄉᆞᆯ인쟈ᄂᆞᆫ ᄉᆞᄒᆞᄂᆞ니 ᄎᆞ녜 남

120면

시 모녀를 일시의 독ᄉᆞᆯᄒᆞ엿신 즉 ᄂᆡ 집 원쉬라 ᄒᆞᆫ ᄆᆡ의 맛쳐 분을 푸지 아니리오 초공이 탄왈 도시 운ᄋᆞ의 블명ᄒᆞ미라 ᄆᆞᄋᆞᆷ이 ᄇᆞᆺ고인들 그ᄃᆡ도록 의심이 업시 사ᄅᆞᆷ을 혹ᄒᆞ고 사ᄅᆞᆷ을 샹ᄒᆞ여 요악을 추호 ᄶᆡᄃᆞᆺ지 못ᄒᆞ니 가탄이라 이 죄인을 ᄉᆞ〃로이 다

ᄉᆞ릴 빅 아니니 요인을 잡아 초ᄉᆞ를 붓은 후 수말을 셩샹긔 고ᄒᆞ고 셩명디치를 쳐치ᄒᆞ리라 틱ᄉᆞ와 능휘 빅복 왈 명괴 지극 못당ᄒᆞ시니 ᄉᆞ긔를 주밀히 ᄒᆞ여 요인을 즙아 셩

121면

명지티를 기다리미 조흘가 ᄒᆞᄂᆞ이다 ᄒᆞ더라 하회 분셕ᄒᆞ라

조시삼대록 권지십구

1면

ᄎᆞ셜 능휘 요인을 즙아 셩명을 기다리고 연왕의 모진 셩을 ᄉᆞᄉᆞ로 결워 도로혀 변고의 화를 취티 말나 능빅이 부형의 명을 바다 즉시 칰교졍 시녀 냥낭을 ᄂᆞᆺ낫치 잡아ᄂᆡ며 신묘랑 간녀를 잡아오라 어시의 쟝시 신묘랑으로 더브러 의논ᄒᆞᄂᆞᆫ 믈이 맛지 못ᄒᆞ여셔 범 ᄀᆞᄐᆞᆫ 챵뒤 나렬당하ᄒᆞ야 유랑과 시녀빅를 다 잡아ᄆᆡ며 신묘랑을 찻ᄂᆞᆫ디라 묘랑과 쟝시 혼빅이 구소의 놀

2면

고 심신이 황홀ᄒᆞ여 곡졀을 ᄭᆡᄃᆞᆺ지 못ᄒᆞ나 묘믹이 이시믈 알고 창졸간의 피흘 길이 업셔 몸을 흔드러 요술을 힝ᄒᆞ여 큰 거북이 되여 옥궤 속의 ᄲᅱ여들믈 보고 쟝시 급히 괴를 즘가 노코 시녀빅만 잡혀 보ᄂᆡ니 능빅이 ᄃᆡ로ᄒᆞ여 신묘랑의 간 곳을 ᄎᆞᄌᆞ나 쟝시 ᄒᆞᆫ갈ᄀᆞᆺ티 아지 못ᄒᆞ노라 ᄒᆞᄂᆞᆫ디라 능휘 왈 ᄎᆞ네 요술이 비경ᄒᆞ여 몸이 나븨와 ᄉᆡ되기를 임의로 ᄒᆞᆫ다 ᄒᆞ니 반ᄃᆞ시 무ᄉᆞᆫ 변괴 이실지라 노복의 무리로셔ᄂᆞᆫ

3면

잡디 못ᄒᆞ리니 네 친히 가 수ᄉᆡᆨᄒᆞ라 능빅이 올히 너겨 즉시 칰교졍의 니ᄅᆞ니 쟝시 노를 ᄯᅴ여 마ᄌᆞ 왈 쳡이 블초ᄒᆞ나 지은 죄 업거ᄂᆞᆯ 군지 무고히 쳡의 좌수를 즙아ᄂᆡ니 아지 못게라 하유ᄉᆡ니잇고 능빅이 쟝시의 요괴로온 말을 드ᄅᆞ니 분긔 막힐 ᄃᆞᆺᄒᆞ나 답디 아니코 두로 어들ᄉᆡ 쟝시 ᄂᆡᆼ소 왈 군지 무어ᄉᆞᆯ 어더 ᄂᆡ려 져ᄀᆞᆺ티 수샹ᄒᆞᄂᆈ 쳡이

이 집 거술 도젹ᄒᄆᆡ 업ᄂᆞᆫ지라 엇지 남의 협ᄉᆞᄅᆞᆯ 뒤나뇨 능빅이 소왈 도젹

4면

의셔 더ᄒᆞᆫ 일이 잇ᄂᆞ니 만일 엇지 못ᄒᆞ면 큰일이 나리라 일변 샹협과 궤ᄃᆡᆼ을 다 뒤니 ᄒᆞᆫ 옥궤ᄅᆞᆯ 즘가 쟝시 지질너 안즈 거동이 수샹ᄒᆞᆫ지라 싱이 그 궤ᄅᆞᆯ 드러ᄂᆞ니 심히 큰지라 힘이 니긔지 못ᄒᆞ여 잣바지거ᄂᆞᆯ 능빅이 즘은 거술 열고 보니 왼몸이 금빗 ᄀᆞᆺᄒᆞᆫ 거북이 잇ᄂᆞᆫ디라 반ᄃᆞ시 요인이 변화ᄒᆞᆫ 줄 알고 이의 노흐로 긴 〃 이 얼거 텽하의 나리치고 ᄒᆞᆫ 소ᄅᆡ 호령의 녕한ᄒᆞᆫ 창뒤 차 가거ᄂᆞᆯ 능빅이 ᄉᆞ미ᄅᆞᆯ

5면

셜쳐 나갈ᄉᆡ 묘랑이 감히 수족을 놀니디 못ᄒᆞ고 외텽의 나오ᄆᆡ 제죄 가득ᄒᆞ여 다 당 〃 ᄒᆞᆫ 쟝부요 군즈의 힘이 개셰ᄒᆞ여 요괴ᄅᆞᆯ 불뵈지 못ᄒᆞᆯ지라 딘초 이공과 틱ᄉᆞ 능빅 등이 텬디 졍명지긔 어릐여 요ᄉᆞᄅᆞᆯ 진졍ᄒᆞ고 엄ᄒᆞᆫ 졍신이 〃ᄆᆡᄅᆞᆯ 졔어ᄒᆞ니 신묘랑이 비록 요악지술이 이시나 엇디 발뵈리오 능빅이 크게 호령ᄒᆞ여 형위ᄅᆞᆯ 베플고 쟝시의 유모ᄅᆞᆯ 져주어 진가ᄅᆞᆯ 구획ᄒᆞᄆᆡ 유랑이 군듀ᄅᆞᆯ

6면

보호ᄒᆞ여 금누옥당의 부귀ᄅᆞᆯ 안과ᄒᆞ여 몸이 날능을 무거워ᄒᆞ고 입의 딘찬이 맛지 아냐 언연이 노부인 위의 ᄀᆞᆺ더니 홀연이 긴 〃 ᄒᆞᆫ 형틀의 올녀미고 좌우의 구름 ᄀᆞᆺᄐᆞᆫ 군죨이 ᄆᆡᆯ 치믈 외며 군관이 수ᄅᆞᆯ 혜며 홍영ᄒᆞᆫ ᄉᆞ예 팔을 메와 ᄒᆞᆫ ᄆᆡ의 가죽이 무여지고 ᄲᆡ 바아지는 ᄃᆞᆺᄒᆞᆫ지라 엇지 견ᄃᆡ리오 머리ᄅᆞᆯ 스ᄯᆞ덕이며 혀ᄅᆞᆯ ᄲᅢ지워 술믈 빌 ᄯᆞ롬이러라 연ᄒᆞ여 수십 댱을 더으ᄆᆡ 차마 견ᄃᆡ지 못ᄒᆞ여 비로소 쳐음의

7면

조시 능빅을 보고 샹ᄉᆞᄒᆞ여 유질홈에 밋ᄎᆞ니 연왕이 녀ᄋᆞ의 ᄭᅬ로 능빅을 길희셔 쳥ᄒᆞ여 드려 술 가온ᄃᆡ 약을 너허 능빅을 혼 〃 ᄒᆞ게 ᄒᆞ여 지우고 조시 되던 일붓허 금일ᄭᅡ지 낫 〃 치 직고ᄒᆞ며 인ᄒᆞ여 우러 왈 이 다 주인의 ᄒᆞᄆᆡ오 쳔비의 죄 아니라 일명을 술오소셔 초공이 명ᄒᆞ여 나리오고 묘랑을 져주라 ᄒᆞᄆᆡ 좌우의 늠늠ᄒᆞᆫ 형위와 졔조의 당 〃 ᄒᆞᆫ 위풍의 구속ᄒᆞ되 오히려 본형을 닉지 아니ᄒᆞ거ᄂᆞᆯ 쵸

8면

공이 진목찰시ᄒᆞ고 딘왕이 엄호일셩의 거북이 변ᄒᆞ여 ᄒᆞᆫ 도식 되ᄂᆞᆫ지라 모다 히연ᄒᆞ여 엄형수문ᄒᆞ니 묘랑이 셰 좃치 아니믈 보고 괴로이 뭇지 아녀 ᄂᆞᆺᄂᆞᆺ치 딕고ᄒᆞᆷ미 딘초 이공이 냥인의 초ᄉᆞ를 밧고 비로소 명윤의 참ᄉᆞᄒᆞ며 남시의 졀ᄉᆞ홈의 다〃ᄅᆞᄂᆞᆫ 듯ᄂᆞ 니 참연ᄒᆞ여 비루를 금치 못ᄒᆞ거든 능빅의 ᄆᆞ음을 니ᄅᆞ리오 봉안의 주뤼 어리고 미우의 슬픈 긔운이 가득ᄒᆞ여 묘랑을 장하의 뭇고ᄌᆞ ᄒᆞ거ᄂᆞᆯ

9면

딘초 이공이 탄왈 엇지 가바야이 ᄉᆞ실의셔 쳐치ᄒᆞ리오 맛당이 일쟝 소봉을 올니고 냥녀의 초ᄉᆞ를 ᄒᆞᆫ 딕 올녀 다ᄉᆞ리시믈 청ᄒᆞ미 맛당홀지라 져 요괴를 명〃ᄒᆞᆫ 법졍의셔 ᄒᆞᆫ번 참ᄒᆞ미 엇지 업ᄉᆞ리오 그러나 죽으 니 다시 ᄉᆞ지 못홀지라 가히 참연ᄒᆞ도다 능빅이 말ᄉᆞᆷ을 드ᄅᆞ믜 더옥 비한이 무궁ᄒᆞ여 드듸여 묘랑을 일ᄎᆞ 듕형ᄒᆞ고 즉시 궁옥의 가도고 능빅이 ᄒᆞᆫ 쟝 소를 텬뎡의 올니니 기 소의 왈 쇼

10면

신 평능빅 조운현은 돈수빅비ᄒᆞ고 셩황셩공ᄒᆞ야 만셰폐하긔 올니나이다 군신은 부ᄌᆞ일테라 엇지 ᄉᆞ졍의 누〃ᄒᆞ믈 가져 텬문의 알외며 셩셰풍교의 딕변을 감초며 신의 원통을 주치 아니리잇가 이 ᄒᆞᆫᄂᆞᆺ ᄉᆞ〃 변이 아니라 실노 궁ᄂᆡ 풍화의 딕란이오 미셰ᄒᆞᆫ 집으로좃ᄎᆞ ᄂᆞᆫ 일이 아니라 제실지친이며 왕후권쳑이라 신이 ᄉᆞ〃로이 쳐치홀 일이 아니라 셩샹 쳐치를 ᄇᆞ라옵ᄂᆞ니 신의 집 변이 다

11면

ᄅᆞᆫ 일 아니라 수년 뎐의 ᄉᆞ공 쟝감의 녀를 취ᄒᆞ오믜 신의 조강지쳐 남시 이시믈 셩명이 쏘ᄒᆞᆫ 아ᄅᆞ시ᄂᆞᆫ 빅라 신이 다만 쟝가지녀로 아오니 그 셩을 고치며 공교한 쇠를 볼ᄒᆞ며 사름을 속이며 일월을 가리여 방ᄌᆞ무샹ᄒᆞ믈 쓧ᄒᆞ여시리오 초의 신이 남녀를 취치 아니ᄒᆞ여셔 연왕뫼 신으로 동싱을 구ᄒᆞ딕 신의 부지 감당티 못ᄒᆞ믈 일캇고 구약을 셩뎐ᄒᆞ여 남녀를 어덧ᄉᆞᆸ더니 여ᄎᆞ〃〃ᄒᆞᆫ 일이 잇셔 싀이 그 시녀로 알

12면

고 범죄ᄒᆞ미 신의 힝신의 누연ᄒᆞᆫ 고로 신이 일노써 아비게 죄를 엇고 그후 밍세ᄒᆞ야 조녀와 결친〃ᄉᆞ를 닐우지 못ᄒᆞ엿습더니 신의 아비 또ᄒᆞᆫ 올히 너겨 거절ᄒᆞ오ᄆᆡ 공교ᄒᆞᆫ 쇠로 쟝가의 냥네 되여 구ᄐᆞ여 신의 집의 드러오니 다시 작난 아니ᄒᆞ미 올커늘 신의 집의 온 지 수년의 그 작변이 호ᄃᆡᄒᆞ여 신의 골육을 보젼치 못ᄒᆞ게 ᄒᆞ니 사름을 무고 쳐술ᄒᆞ믄 만승지위로도 오히려 그 죄를 ᄉᆞ획ᄒᆞ고 죽이옵ᄂᆞ니 이제 연왕뫼

13면

제실지친으로 ᄌᆞ세ᄒᆞ여 명부를 좁아가고 사름의 ᄌᆞ식을 죽이니 ᄎᆞᄂᆞᆫ 사름의 ᄒᆞᆯ 빅 아니라 조녀 신묘랑이 몸을 변신ᄒᆞᄂᆞᆫ 약을 먹여 신의 가변을 닐회혀니 신의 무식블명지죄오 어딜이 못ᄒᆞ미언이와 나종은 남의 ᄌᆞ식을 어더 지아비와 구고를 속여 일월을 가리오고ᄌᆞ ᄒᆞ니 그 음심이 무칙텬의 지ᄂᆞᆫ지라 신의 친쳥ᄒᆞ오ᄆᆡ 통히노분ᄒᆞ와 신묘랑 요녀와 조녀의 유모를 국문ᄒᆞ온 즉 여출일구ᄒᆞ여 그 복죄 여ᄎᆞ〃〃

14면

ᄒᆞ오니 신이 ᄌᆞ식의 원수를 위ᄒᆞ여 구〃ᄒᆞᆫ ᄉᆞ졍을 쳔졍의 알외옵ᄂᆞ니 복원 셩샹은 연왕과 조녀와 신묘랑의 죄를 뎡히 ᄒᆞ시고 신의 가제 블명ᄒᆞᆫ 죄를 또ᄒᆞᆫ 다ᄉᆞ리ᄉᆞ 일셰의 발부를 다ᄉᆞ리소셔 ᄒᆞ엿더라 샹이 간필의 ᄃᆡ경ᄒᆞ샤 냥녀의 초ᄉᆞ를 어람ᄒᆞ시며 조녀의 므샹간악과 한왕의 므도픽려지죄와 남시 모ᄌᆞ의 참변이 인심의 놀나온지라 텬뇌 입객의 진쳡ᄒᆞ샤 이의 금문의 옥좌를 녀으시고 연왕과

15면

한왕의 부ᄌᆞ와 쟝ᄉᆞ공을 다 명초ᄒᆞ시고 요녀 신묘랑과 조시의 심복시녀를 다 잡아 텬문의 올니게 ᄒᆞ시니 텬위 ᄒᆞᆫ번 동ᄒᆞ시ᄆᆡ 금쳔의 반녈이 제〃ᄒᆞ고 위싀 뎐디를 젼ᄒᆞᄆᆡ 딘초 이공과 운현 등이 일시의 텽죄ᄒᆞ니 샹이 몬져 운현의 샹소를 나리와 연왕을 보게 ᄒᆞ시고 또 냥녀의 초ᄉᆞ를 나리와 보기를 ᄆᆞᆺᄎᆞᄆᆡ 옥싀이 엄녈ᄒᆞ시고 용음이 준녈ᄒᆞ샤 왈 경이 비록 제실지친이나 엇지 왕법을 숨가미 업고 블

16면

인간악ᄒᆞᆫ 녀ᄌᆞ를 도와 힝ᄉᆞ 여ᄎᆞ 무샹ᄒᆞ뇨 만일 ᄃᆡᆨ토치 아니면 딤이 결ᄒᆞ여 친쳑의 의를 졀ᄒᆞ리라 연왕이 이ᄯᅢ 소장지변이 하늘노좃ᄎᆞ ᄯᅥ러져 운현의 ᄉᆞᄉᆞ와 냥녀의 초ᄉᆡᆨ 십분 명ᄇᆡᆨᄒᆞ여 블명홀 길이 업시ᄃᆡ 본ᄃᆡ 흉심이 남다른지라 소릭를 가다듬어 쥬왈 신이 비록 ᄆᆞ샹ᄒᆞ오나 일녀의 혼인을 어ᄃᆡ 못ᄒᆞ여 쟝담의 냥녀라 칭ᄒᆞ여 운현을 ᄆᆞᆺ지고 조가 작변을 힝타 ᄒᆞ니 남시는 도쟝 가온ᄃᆡ 깁히

17면

잇는 부녀라 신이 엇지 잡아다가 농 속의 너허 수듕의 ᄯᅴ이고 ᄯᅩ 잡아다가 죽이다 ᄒᆞ니 이 더옥 무근지셜이라 신묘랑이 비록 요술이 잇다 니ᄅᆞ나 엇지 ᄉᆞ름을 일시의 잡아다가 남 모ᄅᆞ게 죽이오며 조개 왕부후문이라 문회 엄격ᄒᆞ니 엇지 듕야의 외인이 통ᄒᆞ리오 이는 운현이 은원이 이셔 거짓믈을 ᄉᆞ미미니 신네 운현의 욕을 본 후 타문을 원티 아냐 심규의 늙으려 ᄒᆞ니 엇지 쟝시 되여 조가의 가 허다 변고랄 지

18면

을잇가 이 더옥 원통ᄒᆞ여이다 샹이 운현을 도라보시니 능ᄇᆡᆨ이 고두 왈 신이 초의 조녀로 더브러 얼골 보고 작ᄉᆞᄒᆞ믄 연왕 모녀의 일이오 신의 박힝이 아니라 조녀 ᄀᆞᆺ흔 녀ᄌᆞ는 실노 원티 아니므로 막연이 거졀ᄒᆞ고 남녀를 취ᄒᆞᆫ ᄉᆞ단이 이시니 연왕이 신으로ᄡᅥ 져를 므고ᄒᆞ다 홀진ᄃᆡ 쟝담이 이시니 제 ᄯᆞᆯ로ᄡᅥ 쟝담을 주지 아니며 쟝담이 신을 속여 혼인을 안인가 일쳐의 ᄃᆡ면ᄒᆞ소셔 연왕이 ᄯᅩ 니로ᄃᆡ 기네 오히려 집

19면

의 잇다 니ᄅᆞ니 조군주를 입궐ᄒᆞ이샤 친견ᄒᆞ시면 진가를 ᄒᆡᆨ실ᄒᆞ시리이다 이ᄯᅢ 연왕이 쟝ᄉᆞ공을 미러 져의 허다 과익을 감초고져 ᄒᆞ여 ᄉᆞ공의 냥녀ᄒᆞ여 조가의 보닌 일도 업셔라 ᄢᅦ쳐 운현으로 고문지ᄉᆡ ᄆᆡᆼ낭ᄒᆞ믈 알외여 져의 죄를 다 운현의게 밀위고져 ᄒᆞ더니 ᄉᆡᆼ각 밧 ᄉᆞ공의 말이 여ᄎᆞᄒᆞ고 샹이 조군주 ᄎᆞᄌᆞ시믈 당ᄒᆞ니 ᄉᆞᄉᆞ의 외착나고 말ᄆᆞ다 죄 어드미 잇는지라 눈을 흘긔여 ᄉᆞ공 운현을 보고 부ᄒᆞᆫ 노긔 흉참ᄒᆞ나ᄉᆞ

20면

공이 추호를 긔망ᄒᆞ미 업셔 져의 낭녀ᄒᆞ던 근본으로붓허 낫낫치 은닉ᄒᆞ미 업ᄂᆞᆫ지라 져의 블인이 표〃이 드러나고 제 ᄯᆞᆯ을 집의 두엇노라 ᄒᆞ엿다가 챵졸의 다려올 거시 업시니 셩샹이 조군주를 모로ᄂᆞᆫ 거시 아니라 ᄋᆞ시로붓허 궁ᄂᆡ의 츌입ᄒᆞ여 면목이 닉으시니 블의에 무어살 가져 텬안의 뵈오리오 흉담이 ᄢᅥ러지고 의식 샹막ᄒᆞ니 면식이 여토ᄒᆞ고 거동이 분〃ᄒᆞ니 진실노 일을 져즈러 ᄉᆞᆯ인 흉ᄉᆞ를 주단ᄒᆞᆫ 거동

21면

이 현져ᄒᆞᆫ디라 뎐샹뎐하의 인심 가진 쟈ᄂᆞᆫ 통히치 아니 리 업ᄂᆞᆫ디라 룡안이 찰식ᄒᆞ신 바의 일월이 밝은 광휘를 가져계시니 엇지 연왕의 흉심을 모ᄅᆞ시리오 ᄃᆡ로하샤 신묘랑을 져주시며 군주의 시비를 져주시니 쳐엄 소힝으로 나종 작변을 낫낫치 직초ᄒᆞ고 신묘랑이 젼후 악ᄉᆞ를 다 알외니 그 가온ᄃᆡ 남시의 원ᄉᆞᄒᆞ미 인심의 원통ᄒᆞᆫ지라 듯나 니 차악ᄒᆞ고 샹이 ᄃᆡ로ᄒᆞ샤 한왕을 블너 무ᄅᆞ시니 시러곰 마지 못ᄒᆞ여 연왕이 남

22면

시의 ᄌᆡ용을 일ᄏᆞᆺ고 경샹궁을 교ᄌᆞ ᄐᆡ여 보ᄂᆡ시니 져의 부ᄌᆞᄂᆞᆫ 아모 녀ᄌᆡ믈 아지 못ᄒᆞ고 며나리 삼으려다가 남시 칼노 질너 죽어시니 시신을 경샹궁이 ᄎᆡ외다 ᄒᆞᄂᆞᆫ지라 샹이 ᄯᅩ 경샹궁을 즙혀 므ᄅᆞ시니 샹궁이 탄왈 남시를 벗기미 님군을 즙ᄂᆞᆫ 궁인이 되ᄂᆞᆫ지라 그러나 하늘이 명〃ᄒᆞ여 우희셔 보시고 귀신이 겻ᄐᆡ셔 ᄉᆞᆯ피ᄂᆞᆫ디라 이제 텬안의 지쳑엄문ᄒᆞ시믈 당ᄒᆞ여 어이 은익ᄒᆞ리잇고 드ᄃᆡ여 남시를 ᄂᆡ옥의 너

23면

허 조롤든 일과 한궁의 보ᄂᆡ니 한셰ᄌᆡ 길복을 입고 드러와 핍박ᄒᆞ여 힝녜ᄒᆞ려 ᄒᆞ니 남시 여ᄎᆞ〃〃 ᄃᆡ칙ᄒᆞ고 칼을 ᄲᆡ혀 지를 제 즘싱의 피를 ᄃᆡ후ᄒᆞ엿다가 덤벙여 다라드러 블을 ᄭᅳ고 그 몸 우희 피를 언져 거즛 텩ᄉᆞᆯᄒᆞᆫ 형샹을 ᄒᆞ고 시신을 맛ᄐᆞ 헌옷 등힌 거ᄉᆞᆯ 뭇고 남시를 ᄉᆞᆯ와 궁금의 드러와 황후 낭〃이 거두어 셰션옥듀의 ᄉᆞ부를 삼아 깁히 감초신 바를 일〃히 고ᄒᆞ고 왈 궐듕의 쳔거ᄒᆞᆫ 바ᄂᆞᆫ 쳡의 ᄯᅳᆺ이오 거즛 죽은

24면

체ᄒᆞ고 속이기ᄂᆞᆫ 남시의 모칙이라 신쳡이 인명을 ᄉᆞ랑ᄒᆞᄆᆡ 주인의 명을 봉힝치 못ᄒᆞ엿ᄂᆞᆫ디라 오직 현인의 원굴ᄒᆞᄆᆞᆯ 신ᄇᆡᆨᄒᆞ고 쳔신의 블튱을 죽여 후인을 징계ᄒᆞ소셔 ᄆᆞᆯᄉᆞᆷ이 격졀ᄒᆞ고 의ᄉᆡᆨ 강개ᄒᆞ여 현심이 외모의 나타나니 모다 녀ᄃᆞᆼ의 협이라 칙〃탄복ᄒᆞ고 남시의 지모녈졀을 긔특이 너기더라 샹이 경녀의 의긔현심을 아ᄅᆞᆷ다이 너기시고 연왕부녀의 일을 통완ᄒᆞ샤 연왕을 뎐하의 ᄉᆞᆲ

25면

니시고 수죄 왈 짐이 본ᄃᆡ 지친의 졍ᄅᆞᆯ 고렴ᄒᆞ여 ᄃᆡ졉이 후ᄒᆞ고 쳔승의 부귀ᄅᆞᆯ 안낙ᄒᆞ니 분을 ᄉᆞᆷ가고 ᄆᆞ ᄋᆞᆷ을 어질히 ᄒᆞ여 힝셰 아니코 도ᄅᆞᆯ 거ᄉᆞᆯ너 교만방ᄌᆞᄒᆞ여 블의 힝ᄉᆞᄅᆞᆯ ᄆᆞ수이 ᄒᆞ니 짐이 ᄌᆞ못 지긔ᄒᆞ나 지친의 졍을 샹히오지 아니려 무ᄉᆞ이 두엇더니 가지록 블인방ᄌᆞᄒᆞ여 간악ᄒᆞᆫ ᄯᆞᆯ을 가라칠 줄 아지 못ᄒᆞ고 도로혀 도와 젼후 간샹이 죽어도 족ᄒᆞᆫ지라 짐이 지친의 졍을 고렴치 아니면 엇지 형벌의 괴로옴과

26면

ᄉᆞᆯ인지죄랄 경이히 허ᄒᆞ리오만ᄂᆞᆫ 오히려 ᄉᆞ졍을 두어 왕법을 곳치니 짐의 허믈이라 금일노븟허 조주의 원찬ᄒᆞ여 개과칭션ᄒᆞ여 고토의 도라오게 ᄒᆞ고 조녀ᄂᆞᆫ 녀ᄌᆞ의 몸으로 음난방ᄌᆞᄒᆞ고 공교ᄒᆞᆫ ᄭᅬ로 사ᄅᆞᆷ을 ᄆᆞᆺᄎᆞ며 집을 난ᄒᆞ여 허다 죄악이 가히 버혐즉ᄒᆞᄃᆡ 특별이 감ᄉᆞᄒᆞ여 촉디의 졍비ᄒᆞ고 신묘랑은 요악ᄒᆞᆫ 술노 인명을 ᄉᆞᆯᄒᆡᆨᄒᆞ니 죄만ᄉᆞ유경이라 쳐참ᄒᆞ고 경시ᄂᆞᆫ 하쳔녀인의 식견과 어질미 아름답

27면

다 ᄒᆞ샤 금ᄇᆡᆨ을 샹ᄉᆞᄒᆞ시고 ᄃᆡᄂᆡ의 두어 다른 궁녀ᄅᆞᆯ 교제케 ᄒᆞ고 한왕 부자ᄂᆞᆫ 본궁의 안치ᄒᆞ여 삼년 월봉을 거두시고 댱ᄉᆞ공 평능ᄇᆡᆨ은 다 속으미니 다 ᄉᆞᄒᆞ고 평신ᄒᆞ라 ᄒᆞ시고 남시ᄂᆞᆫ ᄆᆞ죄히 환난을 경녁ᄒᆞ고 녈녀샹졀을 완젼ᄒᆞ여 명졀이 긔특ᄒᆞ니 졍졀숙녀문을 셰워 이의 허다 곡경 겻그믈 위로ᄒᆞ시고 운현의 원비위ᄅᆞᆯ 주어 도라가게 ᄒᆞ시니 평진왕 조뮈 주왈 금일 결옥치졍이 지극명쳘ᄒᆞ시나 ᄋᆞ직 운현의

28면

죄를 졍히 ᄒᆞ시고 남시의 졍문이 과도ᄒᆞ오니 환수ᄒᆞ시미 맛당ᄒᆞ오이다 다만 남시 유ᄋᆞ를 ᄂᆡ여뭇다 ᄒᆞ오니 그 무든 재 이실지라 ᄎᆞᄌᆞ 무ᄅᆞ시면 신의 골육을 건져 션영의 므드미 인졍의 마지 못ᄒᆞᆯ소이다 샹이 탄왈 션싱의 지공무ᄉᆞᄒᆞ미 이 ᄀᆞᆺᄐᆞ니 딤이 엇지 듯지 아니리오 수연이나 남녀의 졀힝이 아ᄅᆞᆷ다오니 졍표 ᄆᆞᆯ나 ᄒᆞ믄 블윤ᄒᆞ시고 능빅의 일년 월봉을 ᄉᆞᆨᄒᆞ여 가제 못ᄒᆞᆫ 벌을 힝ᄒᆞ시고 ᄋᆞ히 므든 궁노ᄌᆞ를 ᄎᆞᄌᆞ시니 이ᄯᅢ

29면

연왕이 므슴 ᄆᆞᆯ을 ᄒᆞ리오 낫출 븕히고 주왈 신의 죄 수ᄉᆞ난속이라 회장하급이리잇고 ᄋᆞ히 므든 궁노ᄂᆞᆫ 도라와 수월 후 도망ᄒᆞ니 거쳐를 아지 못ᄒᆞ나이다 샹이 더옥 무샹이 너기시더라 일을 결ᄒᆞ시고 파조ᄒᆞ시니 태학ᄉᆞ 남두관이 고두 왈 신의 약녜 낭〃의 산은히덕을 입ᄉᆞ와 목숨을 보뎐ᄒᆞ여시니 므슴 긔특ᄒᆞ미 잇ᄉᆞ와 슉녈졍표문을 감당ᄒᆞ리잇고 화란여싱이 분의 넘지믈 당ᄒᆞ면 반ᄃᆞ시 화를 다시 볼가 ᄒᆞᄂᆞ이다 능빅

30면

이 돈수 왈 신이 수신제가의 ᄒᆡ연ᄒᆞ미 맛당이 즁죄를 밧ᄌᆞ올지라 엇지 월봉 거두므로 속ᄒᆞ리잇고 남네 셩은으로 보뎐ᄒᆞᆷ도 난망지은이어ᄂᆞᆯ 엇지 숙녈문의 과도ᄒᆞᆫ 은젼이 사ᄅᆞᆷ의 우으믈 취ᄒᆞ리잇고 뎐교를 환수ᄒᆞ시고 신의 죄를 졍히 ᄒᆞ소셔 샹왈 당요지시의도 ᄉᆞ흉이 이시니 조녀의 악힝이 엇지 경의 타시리오 ᄌᆞ고로 녀ᄌᆞ의 간악ᄒᆞ미 나라ᄒᆞᆯ 망ᄒᆞ고 집을 난ᄒᆞᆫ 죄 하나 둘이 아니라 오히려 경의 샹명ᄒᆞᆫ

31면

위인이 ᄭᅢᄃᆞᆺ기를 수히 ᄒᆞ고 쳐치 엄명ᄒᆞ니 가히 일커롬 즉ᄒᆞᄃᆡ 일을 공평이 ᄒᆞ노라 임의 발을 힝ᄒᆞ여시니 유하죄오 남시 ᄌᆞ식을 원통이 죽여시며 십싱구ᄉᆞ하여도 참난의 신묘ᄒᆞᆫ ᄡᅬ로 몸을 ᄲᅢ쳐 열졀을 완젼ᄒᆞ니 엇지 표장이 과도ᄒᆞ리오 셕년의 션데 뎡양을 각각 졍표ᄒᆞ시ᄆᆡ 딤이 션조의 힝ᄒᆞ시믈 효측ᄒᆞ미 무슴 국치의 유ᄒᆡᄒᆞ리오 진왕이 다시 고ᄉᆞ치 못ᄒᆞ여 퇴ᄒᆞ니 연왕이 앙앙ᄒᆞ여 ᄆᆞᆯ너나 힝니를 출혀 젹소로 향

32면

홀ᄉᆡ 이ᄯᅢ 조군쥐 소당의 환이 이러 몸이 촉디의 안치ᄒᆞ니 임의 조가로 니러ᄒᆞ여 영영 은ᄉᆞ를 닙디 못ᄒᆞ여 영경 일신이 잔도 검각을 넘어 만니의 표령ᄒᆞ니 아ᄅᆡ로 일졈 골육이 업고 우흐로 부왕을 원별ᄒᆞ며 모비를 ᄯᅥ나니 의지ᄒᆞᆯ ᄃᆡ 업ᄂᆞᆫ지라 묘량을 참ᄒᆞ니 유령을 블너오지 못ᄒᆞ고 눌로 더브로 의논ᄒᆞ리오 뉘웃츠믄 업고 앙〃통졀ᄒᆞ여 머리를 브듸지고 가슴을 허위여 오〃히 통곡ᄒᆞᄆᆡ 칙관이 니ᄅᆞ러 직촉ᄒᆞᄃᆡ 움즉이미

33면

업ᄉᆞᆫ지라 능빅이 오히려 아ᄌᆞ 죽인 원수를 갑지 못ᄒᆞ여 한이 깁흐니 죠녜 ᄉᆞ라 촉으로 가믈 통히ᄒᆞᄃᆡ 나라 쳐분이라 죽이지 못ᄒᆞ고 남시의 ᄉᆡᆼ존ᄒᆞ믈 드ᄅᆞᄆᆡ ᄆᆞ음이 퍽 나흔지라 이의 부숙을 뫼셔 부듕의 도라와 조공긔 수말을 알외니 존당이 ᄃᆡ경ᄒᆞ고 모든 부인ᄂᆡ 일시의 ᄎᆞ탄ᄒᆞ여 남시의 위란턴 경셰와 요ᄒᆡᆼ ᄉᆞ라 옥궐의 쟝신ᄒᆞ미 경궁인의 어진 쯧과 소낭〃의 ᄉᆡᆼ셩지덕을 인ᄒᆞ미라 다ᄒᆡᆼ코 긔특ᄒᆞ며 명윤

34면

의 죽으믈 ᄉᆡ로이 참통ᄒᆞ여 눈믈을 금티 못ᄒᆞᄂᆞᆫ디라 오직 현재 신원ᄒᆞ고 악재 죄의 나아가믈 힝심티 아니 리 업시니 화픠 쇼왈 밋치고 ᄉᆞ나온 능빅이 칼 들고 다라드러 머리 버히려든 남시 무ᄉᆞᆷ 죄 이시며 황혹히 수유블니ᄒᆞ던 쟝시 힝ᄉᆡ 엇더ᄒᆞ니잇고 잠간 노인의 손이 더ᄃᆡ던들 남부인 머리 엇게 우희 보젼ᄒᆞ며 금일 뉘웃지 아니리잇가 오늘은 ᄂᆡ게 공덕을 감축ᄒᆞᆯ 만ᄒᆞ고 욕을 아니ᄒᆞᆷ 즉ᄒᆞ니라 좌위 웃고 능빅이 추

35면

연 탄왈 졍히 나의 한이 유ᄌᆞ를 참혹히 맛티믈 ᄉᆡᆼ각ᄒᆞᄆᆡ 흉격이 막히고 만ᄉᆡ ᄆᆞ심ᄒᆞᆫ디라 남시의 머리ᄂᆞᆫ 조모의 덕으로 보젼ᄒᆞ여시니 공을 갑흐리이다 ᄋᆞᄌᆞ의 원ᄉᆞᄒᆞ믄 구ᄒᆞᆯ 재 업시니 ᄎᆞ 한은 미ᄉᆞ지젼의 잇기 어려온지라 엇지 희롱의 ᄆᆞ음이 이시리오 딘왕이 탄왈 너의 블명이 명윤 ᄀᆞᆺ튼 긔ᄌᆞ를 보젼치 못ᄒᆞ니 엇지 한이 업ᄉᆞ리오 초공왈 운현의 블명ᄲᅮᆫ 아니라 조시의 ᄋᆡᆨ이라 다만 소제지심은 명윤

36면

이 맛춤닉 요ᄉᆞ홀 샹뫼 아니라 비록 독을 먹다 ᄒᆞ나 오히려 밋지 아닛나이다 모다 탄왈 이는 술 니 만무ᄒᆞ니라 능휘 탄왈 샹법이 종시 헛되지 아니ᄒᆞ니 명윤이 결단코 수화의 너호도 ᄉᆞ라나미 이시리이다 왕이 역탄 왈 오심도 여ᄎᆞᄒᆞ거니와 흙의 뭇다 ᄒᆞ니 술 니 만무ᄒᆞᆫ지라 틱부인은 지극히 앗겨ᄒᆞ고 제 부인이 탄왈 긔ᄋᆞ와 유ᄋᆞ의 술기로 ᄆᆡ양 그런 경식 이실가 녀기나 보는ᄃᆡ 죽여 무더시니 다시 무어술 바라리

37면

오 능빅이 고개를 숙여 누수를 금티 못ᄒᆞ니 틱식 증식 왈 오늘이야 슬프냐 남시 모ᄌᆞ의 죽으미 힝이라 ᄒᆞ더라 ᄒᆞ더니 이제 도로혀 존젼의셔 타루ᄒᆞ니 경근지네를 일코 남의 치소를 면치 못ᄒᆞ니 믈이 업치고 옥이 ᄢᆡ여져시나 쟝부의 눈믈이 경히 늘 빅 아니라 ᄒᆞ니 능휘 소왈 운제 실셩ᄒᆞᆷ을 ᄭᅮ짓더니 금일은 약ᄒᆞᆫ 녀ᄌᆡ 되여시니 칙ᄒᆞ신들 그 눈믈을 금ᄒᆞ시리잇가 필경 쟝시 촉으로 가믈 결연

38면

ᄒᆞ여 우는도다 좌위 ᄃᆡ소ᄒᆞ고 딘초 이공이 역소ᄒᆞ니 능빅이 안수를 거두고 탄왈 소제 므샹ᄒᆞ니 칙ᄒᆞᆷ은 ᄌᆞ당감수어니와 조녀를 ᄉᆡᆼ각고 운다 ᄒᆞᆷ은 실노 듁고시븐지라 소제 독약의 변심실셩ᄒᆞᆷ은 죄 크거니와 이ᄃᆡ도록 치우시믄 도로혀 유감ᄒᆞ여이다 제죄 ᄃᆡ소ᄒᆞ고 능휘 탄왈 이 ᄆᆞᄋᆞᆷ을 곳치나 눈조ᄎᆞ 가리오랴 남시 ᄀᆞᆺ튼 부인을 몰나보고 블측ᄒᆞᆫ 일노 의심ᄒᆞ여 칼 들고 다ᄅᆞ들믄 우리 실노 졀통ᄒᆞ여

39면

형뎨항의 셰오기 측ᄒᆞ던 고로 오늘 네 우룸이 실노 조시를 위ᄒᆞᆷ인가 ᄒᆞ엿더니 노ᄒᆞᆷ을 쓧ᄒᆞ여시리오 능빅이 답소 왈 형쟝의 ᄇᆰ으시므로 쟝시 ᄌᆞ변의 졍슈를 의심ᄒᆞ여 허다 풍픠 니러나시니 구트여 남만 칙망ᄒᆞ리잇가 능휘 이연 소왈 닉 소년 시졀의 셜강의 믈노 인ᄒᆞ여 뎡시를 몰나보고 삼년 박ᄃᆡ는 오직 소쾌라 강녀로 인ᄒᆞ여 뎡시 박ᄃᆡᄒᆞᆷ은 업고 뎡시 츌화ᄒᆞᆷ은 부형긔 취품ᄒᆞ고 법으로

40면

닉치미니 너곳티 칼 들고 구욕흔 일 업시니 익회 비샹ᄒ여 허다 풍파롤 지니나 그 가온디 실노 나의 그릇ᄒᆷ믄 업순지라 조부인 등이 소왈 녀등이 셔로 녯일을 니르고 허믈을 칙ᄒ나 허믈 업기는 긔현이오 므스무려ᄒ기는 광현이오 셩되 누그럽고 침묵기는 문현 곳티 니 업스니 차 숨즈는 개시 셩현이라 너히 엇지 밋츠리오 능빅이 소이 디왈 숙모 하피 지극맛당ᄒ시나 소딜의 맛눈 바롤 틱亽형이 당ᄒ면 소딜의셔

41면

나흘년동 아지 못ᄒ고 광현 형 두ᄋᆞ는 셩현지되니라 ᄒ시고 홀노 소딜을 허치 아니시니 너모 편벽된 의논이시니 원닉 남아의 일신빅힝이 부인 디졉 줄ᄒ므로 제일이 되ᄂᆞ닛가 위부인이 소왈 너의 이리 니르지 믈나 광현이 긔특ᄒ나 화시 어질고 문현이 팀듕ᄐ ᄒ나 소시 경슌ᄒ니 화란이 묘단이 업거니와 유ᄋᆞ의 일을 당ᄒ면 긔ᄋᆞ와 문광이 유아의셔 나ᄋᆞ미 이시리오 틱시 화히 웃고 주왈 소질이 유현을 못 미츌 일이 두리 잇고 유현

42면

이 소질 못 미츌 빅 또 잇ᄂᆞ이다 틱부인이 소왈 아모커나 니르라 틱시 북(北)당의 호흥을 우러러 만면화긔로 주왈 유현이 ᄂᆞᆺ기는 슌군치졍의 문무롤 아오라 므릇 일이 들츠고 직졀언논이 준녈ᄒ여 우흐로 군샹이 어려히 너기시고 아리로 만죄 두려ᄒ기는 소딜의 ᄂᆞᆺ고 나가미 쟝쉬 되여 빅만 쟝병을 거나려 쁜화 이긔고 치아스 운듀유악의 결승지지는 소딜이 실노 유현을 브라지 못ᄒ고 노호ᄒ며 급흔 일을 당ᄒ여 셩식을 부동ᄒ고 믹시

43면

화평키는 소딜이 낫습고 월야탄 미창을 만나며 셔시 곳튼 즈롤 보와도 졍디 쩍〃기는 운현이 쇼딜을 당치 못ᄒ나이다 소딜이 져롤 디ᄒ여 니르디 네 직죄 닉 우히 이시디 덕도와 졍디키는 닉 우희 닛노라 ᄒ면 제 다만 우스니 져는 만亽롤 나으라 ᄒ믹가 ᄒᄂᆞ이다 냥 틱부인이 디소 왈 가히 금옥지논이로다 초공이 만면춘풍이 유동ᄒ여 왈 네 말이 유리ᄒ니 사름이 남의 허믈을 알으미 붉고 닉 단쳐롤 알 니 젹으디 긔현이

능히

44면

허믈이 업시면 셩인이라 네 덕냥이 화홍ᄒᆞ고 긔딜이 졍ᄃᆡᄒᆞ여 군ᄌᆞ지풍이 이시니 유현이 탐식호방ᄒᆞᄆᆡ 비길 ᄇᆡ오 유현이 근ᄂᆡ 개심수힝ᄒᆞᄆᆡ 거의 ᄉᆞ류의 허믈을 면홀지라 요ᄉᆞ이 운현의 밋쳣던 거동으로야 유현을 엇지 밋ᄎᆞ리오 너의 발분ᄒᆞ여 셔로 단쳐를 닐너 고치고 힝실을 닷그라 제ᄌᆞ제딜이 일시의 니러 ᄇᆡᄉᆞ수명ᄒᆞ니 금포흑관의 옥모영풍이 일시의 조요ᄒᆞ여 개〃히 관옥지모와 젹

45면

션지풍이라 광치 흑야의 명월이 비최고 추수의 ᄉᆞ양이 빗겨시니 존당 부뫼 희동안식ᄒᆞ며 죠군뒤 존당의 하직을 고ᄒᆞᄂᆞᆫ지라 틱부인이 ᄃᆡ소 왈 ᄂᆡ ᄌᆞ손을 죽여시니 ᄎᆞᄂᆞᆫ ᄂᆡ 수인이라 ᄂᆡ 엇지 다시 보리오 뎡비 탄왈 그ᄃᆡ 곳디 아니커든 ᄉᆞ괴디 말나 ᄒᆞ니 젼일 슬하지졍이 이시나 이제ᄂᆞᆫ 남일분 아냐 ᄃᆡ면ᄒᆞ미 무익ᄒᆞ니 비록 박졀ᄒᆞ나 스ᄉᆞ로 갈지어다 능빅이 분발이 지관ᄒᆞ고 노목이 진녈ᄒᆞ여 닓써나거ᄂᆞᆯ 능휘 ᄉᆞᄆᆡ

46면

를 잡아 안쳐 왈 가셔 므익ᄒᆞ니 이별ᄒᆞ랴 ᄒᆞᄂᆞ냐 네 거동이 남수를 향ᄒᆞ던 칼노 다시 조시를 시험ᄒᆞ려 ᄒᆞᄂᆞᆫ가 시부니 셩인이 니ᄅᆞ시ᄃᆡ 소블인즉난ᄃᆡ뫼라 ᄒᆞ니 임의 나라 쳐분이 졍하엿고 젼의 너의 가실이나 이제ᄂᆞᆫ 남이라 아니 보미 웃듬이라 딘초 이공이 과격다 ᄉᆞ지〃니 마지 못ᄒᆞ여 도로 안ᄌᆞ나 노긔 분〃ᄒᆞ더라 문안을 파ᄒᆞ고 조부가인이 옥교를 가져와 군쥬를 다려가 그리로셔 촉으로 굴식 능빅이 분을 니긔지 못ᄒᆞ여

47면

허다 하리로 ᄆᆡ를 가져 됴시 탄 교ᄌᆞ를 두다려 ᄂᆡ칠식 ᄒᆞᆫ 거름의 ᄒᆞᆫ번식 업더져 연궁의 니ᄅᆞ니 됴시 맛기를 겨오 면ᄒᆞ나 ᄃᆡ로 듕 붓그러옴과 욕되미 극ᄒᆞ니 됴시 발악 왈 역젹 운현아 ᄂᆡ 무ᄉᆞᆷ 죄 잇다 ᄒᆞ고 이ᄃᆡ도록 심히 구ᄂᆞᆫ다 ᄂᆡ 맛당이 원을 갑고 말니라 ᄒᆞ니 틱식 듯고 술위 두다리ᄂᆞᆫ 창두를 블너드리고 능빅을 부졀업다 ᄉᆞ짓더라 쟝

가의 닙졀흔 혼셔를 소화ᄒᆞ고 그 당을 셔르져 업시ᄒᆞᄆᆡ 남공이 니ᄅᆞ러 허다

48면

화변의 이샹ᄒᆞᄆᆞᆯ 탄ᄒᆞ고 명윤의 거쳐를 몰나 혹 ᄉᆞᆯ앗ᄂᆞᆫ가 바라다가 아조 죽으믈 각골통셕ᄒᆞ여 녀아의 모도기ᄂᆞᆫ 아직 낭낭 쳐분을 기다릴 ᄲᅮᆫ이라 연왕과 됴녜 칙관의 직촉을 인ᄒᆞ여 각〃 빅소로 나아가고 한왕 부ᄌᆞᄂᆞᆫ 폐문안치ᄒᆞ여 황친 동반의도 감히 나ᄃᆞᆫ니지 못ᄒᆞ더라 화셜 만셰황애 조회를 파ᄒᆞ시고 틱쳥궁의 드ᄅᆞ시니 샹이 조운현의 샹쇼와 연왕 부녀의 일을 니ᄅᆞ시고 남시 거쳐를 무ᄅᆞ시니 휘 이의 피

49면

셕 왈 신이 과연 경녀의 ᄆᆞᆯ을 듯고 남시를 구ᄒᆞ여 다려와 혜션의 ᄉᆞ부를 빅ᄒᆞ연 지쟝춧 수년이라 그 졍시 비원ᄒᆞ고 ᄌᆞ용이 긔특ᄒᆞ여 셰샹의 드믄지라 신이 ᄉᆞ랑흠과 긔특ᄒᆞ온지라 제 ᄌᆞ샹의 쳐실이니 궁금의 머믈 사ᄅᆞᆷ이 아니오나 제 나가지라 쳥ᄒᆞ오ᄃᆡ 신이 다시 화랄 만날가 져허ᄒᆞ여 말뉴ᄒᆞ엿삽더니 이제 숙녀의 신원이 거울 ᄀᆞᆺ고 금수 우회 ᄭᅩᆺ출 더흔 ᄃᆞᆺᄒᆞ니 신이 엇지 오릐 두리잇가 맛당이 수이 ᄂᆡ여보ᄂᆡ려니와 그 죽은 유

50면

ᄌᆞᄂᆞᆫ 다시 ᄉᆞ라나지 못ᄒᆞᆯ지라 가히 가련타 ᄒᆞ리로소이다 샹이 ᄋᆡ인후덕을 못ᄂᆡ 탄복ᄒᆞ시고 남시의 열졀을 탄복ᄒᆞ샤 졍표ᄒᆞᆯ ᄠᅳᆺ을 니ᄅᆞ시니 휘 칭샤 왈 셩샹이 샹벌 쓰시미 이 ᄀᆞᆺᄐᆞ시니 당우지치를 다시 일위여 됴민벌죄지명이 ᄇᆞᆰ으미로소이다 샹이 남시를 보려 ᄒᆞ신ᄃᆡ 휘 간왈 군신의 녜의 삼엄ᄒᆞ고 남녜 셩졍이 고요졍숙ᄒᆞ니 폐하긔 됴현ᄒᆞᄆᆞᆯ 즐겨 아니리니 가히 명부의 진하를 밧지 아니며 져의 즐기지 아니ᄆᆞᆯ 강박

51면

ᄒᆞ미 녜 아니니이다 샹이 우으시고 그치시다 휘 남시를 쳥ᄒᆞ샤 왈 인을 힝티 아니코 악을 숭샹ᄒᆞᄆᆡ 됴녜 촉디의 ᄎᆞ츌ᄒᆞ고 녈네 졀을 완젼ᄒᆞᄆᆡ 회운이 니리나 경의 허믈이 옥 ᄀᆞᆺ티 버셔지고 영화로이 도라가미 시각의 이시니 복션화음이 명빅흔지라 가히 션을 ᄒᆞ지 아닐 것가 공주ᄂᆞᆫ 임의 경의 제ᄌᆞ라 비록 ᄡᅧ나〃 경이 잇지 몰나 남시 쳔

만 념 밧긔 깃분 소식이 귀를 놀닉고 후의 어진 말솜이 여ᄎᆞᄒᆞ믈 드ᄅᆞ니 감은

52면

ᄒᆞ미 골수의 ᄉᆞᄆᆞᆺ칠지라 연망이 니러 돈수ᄌᆡ빅 왈 신쳡이 낭〃의 텬디 ᄀᆞᆺᄉᆞ온 셩은을 닙ᄉᆞ와 구확의 든 인싱을 구ᄒᆞ여 옥궐의 당ᄒᆞ여 옥주로 ᄒᆞᆫ가지로 부귀를 씌여 수직 춘추를 지닉옵고 다시 셩은이 고목을 싱화ᄒᆞ샤 이 ᄀᆞᆺᄐᆞᆫ 은지를 밧ᄌᆞ오니 실노 난망ᄃᆡ은이라 신이 오직 심규의 믈너이셔 낭〃과 황샹의 쳔만셰를 축수ᄒᆞ여 화봉인을 빅ᄒᆞ고ᄌᆞ ᄒᆞᄂᆞ이다 지어 옥주의 아름다오심과 ᄉᆞ랑ᄒᆞ시던 후은

53면

을 신이 몸이 맛도록 잇줍지 못ᄒᆞ올지라 만일 옥쥐 하가ᄒᆞ실 ᄯᅴ 신이 아모 연괴 이실지라도 몸이 옥궐의 니르와 길녜를 구경ᄒᆞ오리이다 휘 숙연이 니별을 앗기시고 공주를 블너 앏히 니ᄅᆞᄆᆡ 휘 탄왈 너를 긔특ᄒᆞᆫ ᄉᆞ부를 어더 보익ᄒᆞ미 만터니 이제 남시 쟝ᄎᆞᆺ 출궁케 되니 긔흑ᄒᆞᆫ 심회 여할ᄒᆞ도다 셜공쥐 모낭〃 소명을 응ᄒᆞ여 침뎐의 니ᄅᆞ니 휘 탄왈 이제 남시 여ᄎᆞ〃〃ᄒᆞ여 신원ᄒᆞ고 도라갈

54면

시졀이 이시니 닉 ᄆᆞ음이 이ᄀᆞᆺ티 념녀ᄒᆞ니 네 심ᄉᆞ를 조치 아냐 알외도다 그러나 너를 위ᄒᆞ야 ᄆᆡ양 궁금의 니실 사ᄅᆞᆷ이 아니니 복녹이 비샹ᄒᆞᆫ 귀인이니 엇지 심궁벽쳐의 너를 다리고 이실 사ᄅᆞᆷ이리오 공쥐 셩교를 듯ᄌᆞ오ᄆᆡ 별 ᄀᆞᆺᄐᆞᆫ 쌍안의 누쉬 요동ᄒᆞ여 향긔로온 봉미의 시름을 씌여시니 긔특용뫼 더옥 승졀ᄒᆞᆫ지라 이의 안식을 곳치고 니러 빅고 왈 낭〃 말솜을 조ᄎᆞ 듯ᄌᆞ오니 신의 ᄆᆞ음의 듕보를 닐흔 ᄃᆞᆺᄒᆞ

55면

오이다 신네 ᄉᆞ부로 더브러 졍은 골육 ᄀᆞᆺ고 의는 ᄉᆞ제지도를 겸ᄒᆞ여 잠간 써나믈 어려워ᄒᆞ더니 이제 나가면 다시 모들 긔약이 업ᄉᆞ온지라 회포를 졍키 어렵도소이다 신녀의 졍ᄉᆞ는 이러ᄒᆞ오나 ᄉᆞ부의 원을 일우시니 ᄯᅩᄒᆞᆫ 깃부도소이다 남시 공주의 옥수를 잡고 빵환을 어로만져 왈 쳡이 옥주의 ᄃᆡ은을 닙ᄉᆞ와 도라가기를 당ᄒᆞ여 엇지 슬프지 아니리오 몸은 본부의 도라가나 ᄆᆞ음은 옥궐의 어리여 낭〃과 옥주의 쳔만셰를

도축

56면

ᄒᆞ리이다 공쥐 수일을 말뉴ᄒᆞ고 소연을 베퍼 ᄃᆡ졉ᄒᆞᆯ시 이 졍이 의〃ᄒᆞ여 숙식의 마술 아지 못ᄒᆞ니 일〃ᄉᆞ이 화용이 변ᄒᆞ고 ᄲᆡᆼ미의 근심을 ᄆᆡᄌᆞ시니 휘 도로혀 민망ᄒᆞ샤 잇다감 드러와 잇시믈 언약ᄒᆞ여 공주의 심ᄉᆞ를 프더라 휘 금윤치거와 화교옥윤을 식로 ᄊᆞ며 ᄂᆡ여보ᄂᆡᆯ식 휘 입어 계시옵던 ᄌᆞ적금샹과 ᄉᆞᆸᄌᆞ 계시던 ᄲᆡᆼ룡잠을 주어 왈 이제 경을 보ᄂᆡᄆᆡ 졍표ᄒᆞᆯ 거시 업순 ᄇᆡ 아니라 이거시 딤의 신변지믈이라 경이 딤을

57면

ᄃᆡᄒᆞᆷ 곳티 ᄒᆞ라 ᄂᆡ 원ᄂᆡ 어진 사ᄅᆞᆷ을 ᄉᆞ모ᄒᆞ니 경의 고모 뎡숙녈과 숙모 양뎡녈의 션힝숙녈이 임의 구듕의 들니ᄂᆞᆫ디라 ᄒᆞᆫ번 보고ᄌᆞ ᄒᆞᆫ들 어드랴 이의 명듀보벽과 치단을 졍표ᄒᆞ시니 비빙 육원이 각각 ᄑᆡ산으로 졍을 븟치ᄆᆡ 공주ᄂᆞᆫ 오직 별시 일쟝을 밧드러 드리고 옥누를 ᄲᅮ려 왈 ᄉᆞ부ᄂᆞᆫ 즐겨 도라가시나 제ᄌᆞᄂᆞᆫ 비회를 졍치 못ᄒᆞᄂᆞ이다 원컨ᄃᆡ ᄉᆞ부ᄂᆞᆫ 기리 잇지 마ᄅᆞ소셔 남시 제인의 후례와 낭〃의 여ᄎᆞ

58면

ᄒᆞ신 홍은을 밧ᄌᆞ오ᄆᆡ 감격ᄒᆞ미 극ᄒᆞ고 공주의 슬허ᄒᆞ믈 보니 니러 ᄉᆞ왈 신이 므슴 사ᄅᆞᆷ이완ᄃᆡ 셩은이 〃ᄃᆡ도록 ᄒᆞ시고 옥주의 졍이 이ᄃᆡ지 듕ᄒᆞ니 신이 목셕이 아니라 감ᄉᆞᄒᆞ믈 어이 다 알외리잇가 ᄒᆞ믈며 제 비빙 낭〃이 다 후ᄒᆞᆫ 녜믈노 이별ᄒᆞ시니 감은ᄒᆞ오나 쳡이 본ᄃᆡ 냥개 빈궁티 아니코 이 보화를 가져다가 므어시 ᄡᅳ리잇고 휘 왈 이 다 졍표지믈이니 ᄉᆞ양치 말나 공주다려 왈 너ᄂᆞᆫ 일믈도 졍표ᄒᆞ미 업ᄂᆞ뇨 공쥐

59면

ᄃᆡ왈 ᄉᆞ부ᄂᆞᆫ 녀듕 군ᄌᆞ라 그 쳥념ᄒᆞ믈 ᄌᆡ믈노ᄡᅧ 욕지 못ᄒᆞ오리니 신이 ᄉᆞ부를 알고 ᄉᆞ뷔 신을 아ᄂᆞᆫ지라 신이 칠셰 소아로 ᄌᆡ보의 귀ᄒᆞ믈 아라 사ᄅᆞᆷ을 주며 권ᄒᆞ리잇고 좌우의 듯ᄂᆞ니 다 탄복ᄒᆞ고 남시 감탄경복ᄒᆞ여 비샹ᄒᆞᆫ 셩네 될 줄 알디라 남시 진상궁 경샹궁을 니별ᄒᆞ고 궁녀 일ᄲᅡᆼ을 주어 보ᄂᆡ시니 곧온 미홍 ᄋᆡ홍 형뎨러라 남시 ᄇᆡᄇᆡ ᄉᆞ은ᄒᆞ고 허다 위의로 남부의 도라오니 남공 부뷔 슬허 손을 잡고 종두수

60면

믈을 무룰싀 부녀 모녀의 슬푼 누쉬 옷기술 젹시고 명윤 죽은 곳의 다〃라는 실셩비읍ᄒᆞ여 참통ᄒᆞ믈 졍치 못ᄒᆞ더라 남시 친졍의 도라와 부모를 뫼시ᄆᆡ 만념이 프러지고 다만 유ᄋᆞ의 참ᄉᆞᄒᆞᆫ 원이 잇고 지아비 ᄉᆞ오나오나 바라지 못ᄒᆞᆯ지라 이를 ᄉᆡᆼ각ᄒᆞᄆᆡ 심ᄉᆡ 조치 아냐 이의 구고존당의 수셔를 올녀 ᄉᆞ죄ᄒᆞ고 믈너 본부의 이시믈 고ᄒᆞ여시니 능빅이 알고 모친긔 왈 ᄌᆞ위는 맛당이 회셔ᄒᆞ샤 지아비 악ᄒᆡᆼ이 〃시

61면

나 바리지 못ᄒᆞ고 녀ᄌᆡ 원방을 간 ᄃᆡ로 못ᄒᆞ믈 알게 ᄒᆞ소셔 양부인과 뎡비 ᄒᆞᆫ가지로 안쟛다가 ᄎᆞ언을 듯고 탄왈 원ᄂᆡ 남ᄌᆞ의 나시 둣겁고 순셜이 능ᄒᆞ믈 알니로다 너의 남시 핍박ᄒᆞ던 거동을 혜아리면 듯ᄂᆞ 니 ᄆᆞ음이 셔늘ᄒᆞ니 남시 한이 업시리오 부뷔 남으로셔 윤의를 ᄆᆡᄌᆞ니 졍의 합ᄒᆞᆫ 즉 지극히 친ᄒᆞ고 졍의 블합ᄒᆞᆫ 즉 도로 남이라 져 남시는 요조숙녜라 비록 너를 원치 아니나 졍이 어ᄃᆡ로셔 나리오 ᄒᆞᆫ둣 가

62면

부의 위엄과 쟝부의 호령으로 ᄆᆡᄉᆞ를 쁫ᄃᆡ로 ᄒᆞ랴 믈고 이제는 ᄒᆡᆼ실을 침묵이 ᄒᆞ고 덕을 닷가 유현의 개심수ᄒᆡᆼᄒᆞ믈 법측ᄒᆞ라 ᄂᆞ는 너와 ᄀᆞᆺ티 ᄂᆞᆺ 둣겁지 못ᄒᆞ니 남시를 엄칙ᄒᆞᆯ ᄆᆞᆯ이 나지 아닛ᄂᆞᆫ지라 각골지한을 유ᄌᆞ의 맛ᄎᆞ미라 남부의 흉쟝이 여ᄒᆞᆯ여ᄉᆞᆨ ᄒᆞ리니 이곳의 밧비 오고져 아니키는 인졍샹ᄉᆡ니 우리는 실노 제 원을 좃고ᄌᆞ ᄒᆞ노라 능빅이 잠소 왈 부뷔 화락ᄒᆞ여야 ᄌᆞ식도 낫코 복녹도 길ᄒᆞ려니와

63면

남시 아모리 긔특ᄒᆞ여도 소ᄌᆞ 곳 아니면 복녹이 어ᄃᆡ로셔 나리잇고 조운현이 남시긔 ᄉᆞ오나오나 가쟝 듕ᄃᆡᄒᆞᆫ 사람이니이다 양부인이 소왈 남ᄌᆞ의 념치 샹진ᄒᆞ고 긔신 조흔 재로다 네 비록 이 ᄀᆞᆺ티 져히나 남시의 ᄉᆞ긔 강녈ᄒᆞ고 쁫 졉으미 구드니 여러 번 수욕과 발검ᄒᆞ던 경ᄉᆡᆨ을 ᄉᆡᆼ각ᄒᆞ면 화평이 도라와 너를 보지 아니리라 능빅이 소왈 그러면 남시 종시 소질을 바리미 올흘리잇가 남시 금년이 비로쇼 십칠의 허다 환난

64면

을 지니고 다시 튁운을 만나니 맛당이 부도를 츌힐진디 궐듕을 브라 와 구고와 가군을 뵈와야 올흔지라 셰스를 경녁지 못ᄒᆞᄆᆞ로 ᄌᆞ긔 운익을 싱각지 아니ᄒᆞ고 가부를 원망ᄒᆞ니 미진ᄒᆞᆫ도소이다 양부인 왈 네 말을 엇지 취신ᄒᆞ리오 ᄒᆞ더라 존당이 츅급히 남시를 보고ᄌᆞ ᄒᆞ시ᄂᆞᆫ디라 뎡비 수이 도라오믈 희유ᄒᆞᆯ디 남시 실노 능빅으로 되면키를 원치 아냐 모병을 일카라 수월을 쳔연ᄒᆞ니 능빅이 민〃 블낙ᄒᆞ여

65면

남시 니뤼기를 싱각ᄒᆞᄆᆡ 드듸여 병을 칭ᄒᆞ고 누어 모친긔 고ᄒᆞᆫ디 히이 묘녀의 독약을 만히 먹고 쟝뷔 샹ᄒᆞ엿ᄂᆞᆫ가 ᄋᆞᄌᆞ의 참ᄉᆞᄒᆞ믈 본 후 ᄌᆞ연 딜병이 니러 음식이 무미ᄒᆞ고 ᄉᆞ지 무거워 통셰ᄒᆞᆯ 디경은 아니ᄒᆞ오디 좌우의 구원ᄒᆞᆯ 셔재 업ᄉᆞ오니 남시 비록 원한이 이시나 가부라 니를진디 문병도 아니리잇가 비 탄왈 결쳥ᄒᆞᆫ 쓸의 너의 광픠ᄒᆞᆫ 거동을 보지 말고 심규의 쳐코ᄌᆞ ᄒᆞᄂᆞᆫ디라 이 약ᄒᆞᆫ 시험의 믈이

66면

효험 업고 늬 ᄌᆞ식의 소힝이 아름답지 아니〃 다시 무어시라 브라리오 능빅이 증식 디왈 ᄌᆞᄀᆞ로 지아비를 그릇다 바리 니 업고 신히 님군을 칙죄ᄒᆞ시믈 원ᄒᆞ여 기관ᄉᆞ 셰ᄒᆞ 니 업ᄉᆞ니 엇지 남시 별의견이 이시리오 다시 부ᄅᆞ소셔 ᄒᆞ더라 이늘 일개 존당의 모둇더니 운현의 병을 넘녀ᄒᆞ여 남시를 브르라 ᄒᆞᆫ디 왕이 디왈 셩교디로 ᄒᆞ리이다 다 경화탄식ᄒᆞ고 부모를 만나니 수월을 더 머므러 브르려 ᄒᆞ엿ᄉᆞᆸ더니 졔 병

67면

이 잇고 디뫼 보고ᄌᆞ ᄒᆞ시니 엇지 져의 ᄉᆞ졍을 도라보리잇고 뎡비 왈 쳡이 브르미 남시 ᄉᆞ졍이 여ᄎᆞᄒᆞ니 다시 브르지 아녓ᄂᆞ이다 왕이 줌소 왈 시엄이 버르시 며ᄂᆞ게 나럿도다 운현이 실셩ᄒᆞ여시나 졔게ᄂᆞᆫ 소쳔이라 가부를 넉ᄒᆞ리잇고 능휘 소이 디왈 이 다 운현의 실톄ᄒᆞᆫ 년괴니이다 녀지 비록 져근 일이 이시나 가부의 명의 넉ᄒᆞ미 네 아니라 남시의 현숙ᄒᆞ믈 모로지 아닐 거시로디 운제를 가바야이 너기미라 운현

68면
이 거즛 칭병ᄒᆞ고 남수를 닐위고ᄌᆞ ᄒᆞ니 도로혀 존잉ᄒᆞᆫ지라 빅뷔 다시 엄명을 나리오샤 남수를 브르시고 운현을 칙ᄒᆞ여 니러나게 ᄒᆞ소셔 좌위 ᄃᆡ소ᄒᆞ고 ᄃᆡ왕이 탄샹 왈 운현의 언ᄉᆡ 쟝부의 긔샹이라 ᄌᆞ딜의 제가ᄒᆞᄂᆞᆫ 위풍을 의논컨ᄃᆡ 웃듬이 될 거시오 졍니ᄂᆞᆫ 현미ᄒᆞ거니와 운현의 병이 네 말 ᄀᆞᆺᄒᆞ면 가히 졀도ᄒᆞ도다 제 숙뫼 우어 왈 녀ᄌᆞ도 ᄉᆞ름이라 엇지 한이 업고 남가의션들 노흡지 아냐 ᄯᆞᆯ을 보ᄂᆡ

69면
랴 ᄃᆡ왕 왈 져〃 등은 편싀ᄒᆞᆫ 의논을 ᄒᆞ여 좌우의 ᄌᆞ브를 듯게 마ᄅᆞ소셔 남시 비록 친졍의 종신ᄒᆞ면 우ᄋᆡ 속지 아녀 져ᄂᆞᆫ 박명기인이 될지라 부녀ᄂᆞᆫ 순〃ᄒᆞ믈 취ᄒᆞ니 남시 여ᄎᆞᄒᆞ기ᄂᆞᆫ 나의 ᄉᆡᆼ각 밧기라 사름 알기 어렵도다 뎡비 왕의 미ᄃᆡᆫ이 너기믈 민망ᄒᆞ여 왈 아조 아니 오려ᄒᆞ미 아니라 제 모친 병이 이시니 수월을 쳥ᄒᆞ여 쳡이 허ᄒᆞ엿ᄂᆞ니 군직 칙망이 너모 과도ᄒᆞ시이다 왕이 미쇼 왈 머ᄂᆞ리ᄂᆞᆫ ᄌᆞ긔지심이 비쵸여 편드니 나도

70면
쏘ᄒᆞᆫ 오지심으로 탁냥ᄒᆞ여 운현이 그르지 아니토다 ᄂᆡ 비록 져를 칙ᄒᆞ나 년소남ᄋᆡ 요녀의 약을 먹어 농준ᄒᆞᆫ대 빅ᄃᆡ니 운ᄋᆡ 긔운이 세차므로 그만ᄒᆞ여시나 ᄂᆡ ᄋᆞ히 타시 아니라 ᄂᆡ 긔운이 져만 못ᄒᆞ지 아니ᄒᆞᄃᆡ 금션의 약의 밋쳣시니 명되 긔구ᄒᆞ여 악인을 만ᄂᆞᆫ 후ᄂᆞᆫ 홀일업ᄉᆞ니 ᄂᆡ ᄎᆞ후 다시 운현을 칙디 아니리라 제미 ᄃᆡ왈 머ᄂᆞ리 미안ᄒᆞ여 ᄋᆞ들을 샤ᄒᆞ니 이도 남시의 덕이로다 왕이 이믜 쏘 능빅의게 젼어ᄒᆞ여 네 병을 드르

71면
ᄆᆡ 존당이 우려ᄒᆞ시고 어버이 근심이 깁흔지라 약션이 ᄡᆡ를 어귈가 근심ᄒᆞ더니 드ᄅᆞ니 실병이 아니라 ᄒᆞ니 아지 못게라 몸의 듕임이 잇고 부모의 념녀를 도라보지 아니니 기의를 ᄌᆞ셔히 니ᄅᆞ라 능빅이 부명을 드르ᄆᆡ 경동ᄒᆞ여 즉시 의ᄃᆡ를 수렴ᄒᆞ고 경당의 나아와 빅알ᄒᆞ니 명월이 듕텬의 쇄락ᄒᆞ고 단순연협이 춘원의 화신 ᄀᆞᆺ흔지라 왕이 그 탁병이믈 보고 무러 왈 년쇼부직로 칙임이 듕ᄃᆡᄒᆞ니 ᄒᆞᆫ 번 밥 먹으

72면

ᄆᆡ 셰 번 먹으믈 비왓타 션비ᄅᆞᆯ ᄃᆡ졉ᄒᆞ시며 국ᄉᆞᄅᆞᆯ 진심ᄒᆞᆯ지라 므고이 칭병이 ᄉᆞ오 일이니 그 의ᄉᆡ 어ᄃᆡ 듀ᄒᆞ엿ᄂᆞ뇨 능ᄇᆡᆨ이 브친의 신명ᄒᆞ시믈 알ᄆᆡ 감히 ᄉᆞᆷ며 주티 못 ᄒᆞ고 ᄉᆞ러 이셩듀왈 질병이 듕ᄒᆞᆫ 거시 아니오라 소ᄌᆡ 무샹ᄒᆞ와 치ᄋᆞᄅᆞᆯ 참혹히 죽이 오니 ᄌᆞ연 심ᄉᆡ 블호ᄒᆞ와 숙식이 편치 아니코 간녀의 독약의 쟝뷔 샹ᄒᆞ여 그러ᄒᆞ온 지 신긔 혼곤ᄒᆞ오니 잠간 쉬고ᄌᆞ ᄒᆞ미러니 엄교ᄅᆞᆯ 듯ᄌᆞ오ᄆᆡ 블승황공

73면

이로소이다 초공이 소왈 네 남시 쳥ᄒᆞᆯ 계교ᄅᆞᆯ 두엇다 ᄒᆞ니 그럿치 아니코ᄂᆞᆫ 못ᄒᆞᄂᆞ 냐 능ᄇᆡᆨ이 ᄂᆞᆺ출 븕히고 ᄃᆡ왈 엇지 남시 오기ᄅᆞᆯ ᄭᅬᄒᆞ여 탁병ᄒᆞ리잇고 원ᄂᆡ 남시 소딜 을 구수로 치부ᄒᆞ여 제 집의 잇고 오지 아니〃 소딜의 유병을 드른 즉 즐겨ᄒᆞᆯ지라 칭 병블출ᄒᆞ므로 나아올 ᄇᆡ리잇고 초공이 잠소 왈 오히려 제가ᄒᆞᆯ 도리ᄅᆞᆯ 몰나ᄒᆞ니 ᄂᆡ 니ᄅᆞ니 남시ᄅᆞᆯ 쳥티 말고 ᄯᅩ 고히ᄒᆞᆫ 거조ᄅᆞᆯ ᄆᆞᆯ나 제 유순ᄒᆞ나 ᄌᆞ연 부도ᄅᆞᆯ 출힐진ᄃᆡ 도라올

74면

거시오 도라온 즉 졍ᄃᆡ히 ᄒᆞ여 숙소 왕ᄂᆡᄅᆞᆯ 여젼히 ᄒᆞ고 샹경여빈ᄒᆞ여 ᄉᆡᆨ〃 침묵ᄒᆞᆫ 즉 제 비록 속으로 노ᄒᆞ나 너ᄅᆞᆯ 어려이 너길 거시오 화ᄒᆞ고 단듕ᄒᆞ면 제 허믈을 네게 뵐가 두려 ᄌᆞ연 온순ᄒᆞ리라 안ᄒᆡ 비록 녀ᄌᆡ나 피차 ᄉᆞ문일ᄆᆡᆨ이라 엇지 굿ᄐᆞ여 호령 ᄒᆞ여야 제가ᄒᆞᄂᆞᆫ 위엄이리오 ᄂᆡ 몸을 ᄃᆞᆺ그면 수화ᄅᆞᆯ 어거ᄒᆞ미 어렵지 아니〃 박ᄒᆞᆫ ᄌᆡ조와 힝신을 므상이 ᄒᆞ여 녀ᄌᆞ의게 실톄ᄒᆞᄆᆡ 어딘 브인이라도 ᄆᆞ음의 수히 너

75면

기고 업수히 너겨 허믈을 ᄲᅡ하 광ᄑᆡᆨᄒᆞᆫ 쟈ᄂᆞᆫ 구타ᄒᆞᄂᆞᆫ 디경의 니ᄅᆞ고 표독ᄒᆞᆫ 부인은 닙의 욕셜이 긋치지 아니ᄒᆞ나 가되 난ᄒᆞ고 나죵의 안ᄒᆡ 거즛 병드러 죽으려 ᄒᆞᄂᆞᆫ 거 동을 ᄒᆞ면 용녈ᄒᆞᆫ 재 겁ᄒᆞ여 쳔만 번 빌고 ᄉᆞ죄ᄒᆞ여 ᄒᆞᆫ 번 그리ᄒᆞ고 두 번 그리ᄒᆞ여 녀ᄌᆞ의 버르시 방ᄌᆞᄒᆞ고 손을 ᄃᆡ졉ᄒᆞ고ᄌᆞ ᄒᆞ나 쳐ᄅᆞᆯ 두려 닙을 녀지 못ᄒᆞ고 친압고 ᄌᆞ ᄒᆞ나 제 쳐의게 주여 제 ᄆᆞ음을 제어치 못ᄒᆞ고 님의로 못ᄒᆞᄂᆞ니 ᄂᆡ

76면

여러 즈딜의 이런 일이 이실가 근심ᄒᆞ노라 좌우의 가득ᄒᆞᆫ 즈딜이 초공의 믈을 듯고 탄복디 아니 리 업시니 능빅과 제 즈딜이 일시의 니러 직비수명ᄒᆞ고 화파 조시 등이 딕소 왈 어딕 일언 녀즈와 남즈를 본다 제딜은 각〃 부숙의 가제를 빅호며 제부는 뎡양 이 부인을 효측ᄒᆞ면 가되 챵셩ᄒᆞ고 복녹이 그 가온딕 이시리라 ᄒᆞ더라 뎡비 믈너와 다시 남시긔 ᄉᆞ리로 경계ᄒᆞ니 남시 ᄉᆞ셰 브득ᄒᆞ여 부모긔 하딕ᄒᆞ고 도

77면

라오니 존당 구괴 반겨 볼ᄉᆡ 남시 승당ᄒᆞ여 네필좌뎡ᄒᆞ니 틱부인으로븟터 노공이히 흔연 위로ᄒᆞ고 명윤을 싱각ᄒᆞ고 수루쳑연ᄒᆞ니 남시 추파의 믈결이 어릭여 피셕 주왈 소쳡이 명되 긔험ᄒᆞ여 텬고의 업슨 변을 두 번 겻그니 연왕의 호령을 듯고 셕갑의 가도오며 한궁의 니수ᄒᆞ여 드러온 욕이 급ᄒᆞ고 유ᄋᆞ의 참ᄉᆞᄒᆞ미 목뎐의 ᄎᆞ악ᄒᆞᆫ지라 공교ᄒᆞᆫ 의ᄉᆞ로 구ᄎᆞ히 투싱ᄒᆞ여 궐듕가지 드러가 요힝 신누

78면

를 버셔나 다시 군즈의 가ᄉᆞ를 참네ᄒᆞ여 봉관지녈을 욕지 못ᄒᆞᆯ지라 심규의 쳐ᄒᆞ여 여싱을 보닉고ᄌᆞ ᄒᆞ옵더니 브르시는 명이 ᄌᆞᄌᆞ시니 거역디 못ᄒᆞ여 황공ᄒᆞ믈 므릅셔 감히 나아와 존젼의 뵈오니 녀한이 업ᄉᆞ오나 소쳡의 허믈과 유치의 참ᄉᆞᄒᆞ믈 싱각ᄒᆞ오니 욕ᄉᆞ무디라 감청ᄉᆞ죄로소이다 옥셩이 낭〃ᄒᆞ여 단산의 봉이 우는 듯 겻근 바환난이 반ᄃᆞ시 ᄉᆞᆺ치 니울고 월용이 감ᄒᆞᆯ 거시로딕 광ᄎᆡ 젼쟈

79면

로 빅승ᄒᆞ여 옥이 진익를 버셧시니 션원아딜이 화봉이 둧토와 향긔를 비왓고 단순홍협이 신션의 영약을 ᄉᆞᆷ커고 감천의 딩수를 거두어 더옥 ᄇᆞᆰ고 고은지라 왕이 우음을 먹음고 왈 너의 부뷔 셔로 한을 먹음어 젼일을 제긔ᄒᆞ미 가치 아니ᄒᆞ니 운현이 광픽타 니르나 네 팔ᄌᆞ ᄉᆞ오나와 탕즈를 만나시니 지아비를 순ᄒᆞ미 읏듬이라 심규의 폐륜코ᄌᆞ ᄒᆞ미 그릇 싱각ᄒᆞ미니 네 닉 즈부로 싱닉의 긴말을 못ᄒᆞ더

80면

니 나의 참난을 겨유 뎡ᄒᆞ고 폐륜지의를 동ᄒᆞ여 이 말을 펴나니 모로미 고이ᄒᆞᆫ 의ᄉᆞ를 곳치고 부화쳐슌ᄒᆞ여 다시 어ᄌᆞ러오미 업게 ᄒᆞ라 남시 감히 ᄆᆞᆯ을 못ᄒᆞ고 니러 지빅ᄉᆞ죄븐이라 존당이 시로이 긔이ᄒᆞ고 왕이 희동안식ᄒᆞ여 제미를 도라보와 왈 소제 근ᄂᆡ 운아의 밋치기와 식부의 실산ᄒᆞ므로 심홰 되엿더니 금일 식뷔 도라오고 운아의 광병이 ᄒᆞ려시니 ᄯᅩᄒᆞᆫ 나의 심홰 덜니도소이다 제인이 치하ᄒᆞᄃᆡ 뎡비 추

81면

연블낙ᄒᆞ여 양낭의 외입흠과 녀ᄋᆞ의 신누를 념녀ᄒᆞ니 조시 등이 위로 왈 수다 ᄌᆞ녀의 아름다오미 출인ᄒᆞ고 복녹이 ᄒᆞᆫ 일도 흠이 업시나 운현이 ᄶᅢ둣고 남시 도라오니 월념인들 텬일 볼 ᄶᅥᆨ 아니 잇시리잇고 양뎡널이 탄식므언이라 남시 녯 숙소의 도라오미 믈식이 의구ᄒᆞ나 오직 ᄋᆞ지 화류풍치와 옥 ᄀᆞᆺᄒᆞᆫ 얼골이 딘토의 ᄉᆞ러져 형용이 묘망ᄒᆞ니 남시 기리 탄왈 나의 모질기 져를 목젼의 셔룻고 녯 곳의 도라와 녀등을

82면

ᄃᆡᄒᆞ니 엇지 슬프믈 참으리오 유랑 시비 등이 진〃이 늣기더니 믄득 능빅이 드러오니 남ᄋᆞ의 심쟝이나 무슴 ᄂᆞᆺ치 이셔 ᄆᆞᆯ히 조흐리오 더옥 ᄋᆞᄌᆞ의 참ᄉᆞᄒᆞ믈 ᄉᆡᆼ각ᄒᆞ니 누쉬 금포를 젹시ᄂᆞᆫ지라 남시 안식을 졍히 ᄒᆞ고 추파의 쳥뉘 잠겨실 분이오 최후의 능빅이 희허 탄왈 냥익의 참혹ᄒᆞ미 이ᄃᆡ도록 ᄒᆞ여 셕ᄉᆞ를 니ᄅᆞ려 ᄒᆞ면 ᄒᆞᆫ심ᄒᆞ니 부인을 ᄃᆡᄒᆞᄆᆡ 므슴 ᄆᆞᆯ을 ᄒᆞ리오 남시 옥안이 쳑〃ᄒᆞ고 쉬미 ᄂᆞ족ᄒᆞ여 말

83면

을 아니니 능빅이 다시 니ᄅᆞᄃᆡ 금일 ᄃᆡ인이 그ᄃᆡ를 념녀하샤 니ᄅᆞ시미라 ᄂᆡ 비록 허믈이 크나 부인 익회 비상ᄒᆞ여 그러ᄒᆞ믈 모로고 여러 번 ᄌᆞ교를 거역ᄒᆞ니 실노 나 ᄀᆞᆺᄒᆞᆫ 용녈ᄒᆞᆫ 재 아니면 엇지 노ᄒᆞ미 업ᄉᆞ리오 남시 념용사례 왈 쳡이 지극ᄒᆞᆫ 명도와 참혹ᄒᆞᆫ 익회 셰샹의 닛지 아닐 경계를 당ᄒᆞ오니 누를 틋ᄒᆞ리오 오직 머리 업슨 귀신 되기를 면ᄒᆞ고 ᄯᅩ한 젹의 핍박ᄒᆞᄂᆞᆫ 욕이 급ᄒᆞ오믜 삼촌 단검의 목숨

84면

을 결훌 디경의 인비목셕이라 실노 셰렴이 부운 곳흐니 엇지 군즈를 원ᄒᆞ며 존당을 녁명ᄒᆞ리잇고 넷곳의 도라오미 비회를 돕는지라 어ᄂᆡ 여가의 셕한을 유심ᄒᆞ리오 싱이 탄왈 부인의 심스를 듯지 아녀 즈괴ᄒᆞ니 ᄎᆞ후나 마식 업시 뉴즈싱녀ᄒᆞ여 평싱지 락을 쾌히 ᄒᆞ리니 부인은 다시 넷일을 니ᄅᆞ지 말나 남시 기리 함한ᄒᆞ여 말이 업고 능 빅이 틱산이 놋고 하히 여튼 은졍이 식로이 유출

85면

ᄒᆞ여 젼일의셔 더ᄒᆞ미 잇는지라 조곰도 가랍ᄒᆞ미 업셔 스긔 온순ᄒᆞ나 발검ᄒᆞ던 거동을 싱각ᄒᆞ면 모골이 송연ᄒᆞ여 늣기고 ᄋᆞᄌᆞ의 참경을 슬허 심곡의 밋첫더라 화셜 이 ᄯᅢ 강시 옥연이 계양궁의 잠겨 옥주를 셤겨 니시를 ᄒᆡᄒᆞ고 다시 조부의 길흘 녀럿더니 믄득 간당을 갈히여 현재 신원ᄒᆞ고 악재 죄의 ᄂᆞ아가니 니시는 텬명을 씌여 조부로 도라가고 져는 다시 심규폐인이 되니 조샹셰 운남의

86면

셔 승텹ᄒᆞ는 공업을 셰워 즉치 후빅의 니ᄅᆞ고 샹춍이 일셰를 기우려 산두듕망이 문뮈 길흘 ᄉᆞ양ᄒᆞ고 경시를 취ᄒᆞ고 뎡부인을 지합ᄒᆞ여 일시의 도라오니 ᄉᆞ 부인과 십희를 거ᄂᆞ려 규문이 화ᄒᆞ고 제개 공령ᄒᆞ여 옥수긔린이 슬하의 ᄡᅡᆼ〃ᄒᆞ고 화됴월셕의 북당훤초를 뫼시며 빵친을 밧드러 곤계 안항의 즐거온 흥이 난초의 무르녹아 호〃ᄒᆞᆫ 영광이 일셰의 무비ᄒᆞᆫ지라 강시 슬픈 원

87면

과 이들온 한이 교극ᄒᆞᆫ 가온ᄃᆡ 여러 춘추 되엿고 남시의 변이 진졍ᄒᆞ미 조군주의 위셰로도 셔촉 흠디의 젹거ᄒᆞ고 남시의 어딘 덕과 곳다온 명졀을 만셩의 ᄌᆞ〃ᄒᆞ고 뎡숙녈의 며ᄂᆞ리 남숙녈이 다시 잇는지라 바야흐로 텬되 명〃ᄒᆞ여 복션디인이 그라지 아니타 ᄒᆞ니 강시 듯고 탄왈 ᄂᆡ 당초의 어딘 일을 힝ᄒᆞ고 악힝을 먼니 ᄒᆞ더면 비록 뎡시는 바라지 못ᄒᆞ나 경시만 못홀 니 업는 거술 ᄂᆡ 유모의 그룻 인도홈

88면

과 소년 투졍의 허다 과익을 지으믹 다시 친졍 구가를 다 바리고 계양궁 〃인이 되여 노공주의 병만 주야 근심ᄒᆞ니 괴롭고 명 박ᄒᆞ미 더옥 심ᄒᆞᆫ지라 이의 공주를 하딕ᄒᆞ고 뉴부의 도라오니 뉴샹셔 모부인 단시 년이 구십 셰라 옥년을 써나믹 돈연이 〃져 싱각도 아녓다가 뉴부의 도라오믹 슬픈 졍ᄉᆞ와 박명ᄒᆞᆫ 회포를 가져 틱브인 좌하의 눈믈을 ᄲᅮ려 젼과를 추회ᄒᆞ고 조샹셔의 화월뉴풍을 오

89면

믹 ᄉᆞ상ᄒᆞ여 숙식을 구폐ᄒᆞ니 단부인이 보면 눈믈을 흘니고 조부인을 딕ᄒᆞ여 손녀의 일싱을 제도ᄒᆞ라 비ᄂᆞᆫ지라 조시 민망ᄒᆞ나 다시 계픠 업고 초공과 능휘 졍심이 구들 분 아녀 부뷔 화락ᄒᆞ고 동녈이 주아의 풍을 ᄯᅡ로ᄂᆞᆫ지라 아름답지 아닌 ᄌᆞ를 권하여 ᄯᅩ 므슨 일이 잇실가 어려워 블텽ᄒᆞ니 일〃은 능휘 됴회 길의 숙모를 ᄎᆞᄌᆞ 니ᄅᆞ니 강시 부인긔 왓다가 창황이 협실노 피ᄒᆞ니 능후ᄂᆞᆫ 출혀

90면

보지 못ᄒᆞ고 숙모와 믈숨홀ᄉᆡ 강시 문틈으로 보니 풍융 엄위ᄒᆞ믄 젼일노 십빅 승ᄒᆞᆫ 지라 홍포옥딕의 금관이 풍치를 도으니 동탕ᄒᆞᆫ 긔샹이 텬하일인이라 가연이 ᄂᆞᆺ빗출 고치고 눈믈을 흘니며 탄왈 나의 심졍이 암믹ᄒᆞ여 힝ᄉᆡ 젼도ᄒᆞ여 빅년 젼졍을 아조 믓ᄎᆞ니 쳔고 박명이 제 일좌를 당홀지라 뉘웃고 비한이 무궁ᄒᆞ여 누쉬 쳔항이라 이윽고 능휘 하딕고 나가니 의ᄉᆡ ᄉᆡ로이 운외의 흣터져 드딕

91면

여 샹셕의 위돈ᄒᆞ니 빅약이 무효ᄒᆞ고 화용이 쇄잔ᄒᆞ여 명지 조셕ᄒᆞ니 단부인 주야 울고 폐식잠와ᄒᆞᄂᆞᆫ지라 뉴공 등이 민박ᄒᆞ딕 닙을 여지 못ᄒᆞ더니 병휘 졈〃 위듕ᄒᆞ믈 보믹 시러곰 염치를 닛고 뉴공이 조부의 니ᄅᆞ러 틱부인긔 뵈고 악부긔 빈현ᄒᆞ니 진초 이공이 뫼셧고 제죄 가득ᄒᆞ엿시니 뉴공의 긔운으로도 무안ᄒᆞ여 초공을 보아 왈 닉 오늘 졀박ᄒᆞᆫ 쳥이 잇셔 우희 존당과 악부뫼 이시나 ᄎᆞᄉᆞᄂᆞᆫ 심노

92면

ᄉᆞ원의 손의 이시니 념치를 바리고 쳥ᄒᆞ노라 초공이 흔연 ᄃᆡ왈 무슴 일이완ᄃᆡ 현형이 쳥ᄒᆞ시미 이다지 〃른ᄒᆞ뇨 뉴공이 침음양구의 탄왈 ᄂᆡ ᄉᆞ원의 뜻을 알고 말 발ᄒᆞ미 실노 참괴ᄒᆞ나 구십 노친이 폐식위딜ᄒᆞ시기의 니ᄅᆞ시니 만일 일을 닐위지 못ᄒᆞ면 편친의 환휘 평복ᄒᆞ시미 긔약 업ᄉᆞ니 이만 졀민ᄒᆞ미 업ᄂᆞᆫ디라 이 다른 일이 아니라 강ᄋᆡ 출화 만나므로브터 여러 춘취 지나니 셕ᄉᆞ를 추회

93면

ᄒᆞ여 황형의 셩ᄉᆞ를 ᄯᆞ로고ᄌᆞ ᄒᆞ나 밋지 못ᄒᆞ니 주야로 ᄆᆞ음의 밋치여 병이 위〃ᄒᆞ여 일명이 조셕의 이시니 편친이 과려ᄒᆞ샤 아등을 됴셕의 보ᄂᆡ여 ᄉᆞ원 부ᄌᆞ의 용납기를 바라시니 딜녀를 위ᄒᆞ여 구츳ᄒᆞ믈 힝ᄒᆞ미 아니라 편친을 위ᄒᆞ미니 ᄉᆞ원은 효의 군ᄌᆡ라 나의 ᄉᆞ졍을 능히 용납ᄒᆞ랴 초공이 텽필의 팀음의 능휘 피셕 주왈 숙부의 하괴 여츳하시나 제 등한흔 죄 아니라 ᄌᆞ객을 드려 부형 팀

94면

뎐의 돌입ᄒᆞ고 치독이 존젼을 범ᄒᆞ며 젹인을 ᄒᆡᄒᆞ려 가부를 요약으로 농낙ᄒᆞ니 허다 요악지ᄉᆡ 통한흔지라 만일 강시를 허ᄒᆞ시면 집을 하딕고 피ᄒᆞ리로소이다 초공이 미소 왈 뉴형의 ᄆᆞᆯ숨ᄒᆞ심도 고히치 아니코 유ᄋᆞ의 ᄉᆞ양ᄒᆞ기도 고히치 아니〃 이제 네 가실이 주아의 여풍이 이시니 혹쟈 다시 닐가 소제 실노 어려이 너기ᄃᆡ 녕존 ᄐᆡ부인이 일노 과려ᄒᆞ실진ᄃᆡ 흔 쟈식이 집을 어ᄌᆞ러이나 강시를 보ᄂᆡ소셔 공이 연망이 치샤 왈 ᄉᆞ

95면

원의 ᄃᆡ효로 사ᄅᆞᆷ의 효의를 듕히 너기ᄂᆞᆫ 줄 알ᄆᆡ 이 말을 발ᄒᆞ엿더니 다만 운회 거동이 견확ᄒᆞ니 실노 근심ᄒᆞ노라 능휘 ᄌᆡᄇᆡ 왈 소딜이 황공ᄒᆞ오나 져를 ᄃᆡ면티 못ᄒᆞᆯ 줄 미리 알외나이다 초공이 칙왈 사ᄅᆞᆷ이 본ᄂᆡ 어진 재 업시나 고치미 귀타 ᄒᆞ믄 셩현이 허ᄒᆞ신 ᄇᆡ라 ᄒᆞ믈며 뉴형이 북당의 우려로 인ᄒᆞ여 ᄂᆡ게 쳥ᄒᆞ시ᄆᆡ 동긔지졍과 붕우지의를 겸ᄒᆞ여 두 번 의논ᄒᆞ고 드르리오 제 개심ᄒᆞ미 잇다 ᄒᆞ니 너는 부

96면

형의 뜻을 순히 ᄒᆞ고 가되 공평ᄒᆞ면 가되 다시 닐위지 아니리오 면목블견으로뻐 뉴형을 징집ᄒᆞ리오 능휘 부괴 다시 여ᄎᆞᄒᆞ시니 홀일업서 강잉 샤왈 엄훈이 여ᄎᆞᄒᆞ시고 숙부 하괴 소딜을 미심ᄒᆞ시니 황공ᄒᆞ온지라 엇지 뜻을 셰우리잇가 틱부인과 노공 부뷔 권ᄒᆡ 왈 단부인긔 고ᄒᆞ고 강시를 블너 만번 경계ᄒᆞ고 다시 븟그러오믈 씨치지 말나 ᄒᆞ니 이쯰 강시 함누ᄒᆞ고 다시 그ᄅᆞ미 업ᄉᆞᆷ을 만번 밍셰ᄒᆞ

97면

더라 수일 후 강시를 다려올ᄉᆡ 강시 됴부의 도라와 냥존당과 구고 숙당의 뵈옵고 눈믈을 흘니며 고두청죄ᄒᆞᄆᆡ 그 거동이 ᄋᆡ원ᄒᆞ여 다른 사ᄅᆞᆷ이 되여시니 숙뫼 깃거 후일을 당부ᄒᆞ고 뎡조니ᄂᆞᆫ 녯날 면목이오 경시ᄂᆞᆫ 초면이라 ᄉᆡ염과 ᄋᆡ틱 뎡조의 나리미 업ᄉᆞ니 뎡시 칠쟈ᄡᆞᆼ 봉관의 공후 즉품을 가져 남ᄒᆡ 보광쥐 빗출 토ᄒᆞ니 강시 ᄉᆡ로이 져상ᄒᆞ고 븟그려 회한ᄒᆞ미 교극ᄒᆞ니 초공 부부의 총명ᄒᆞ므로

98면

그 회심ᄒᆞᆷ믈 깃거 흔연 위로ᄒᆞ더라 강시 녯 침소의 도라와 구고 존당의 가ᄎᆞᄒᆞ시믈 감은ᄒᆞ여 눈믈을 ᄲᅳ리더니 홀연 뎡부인 유모 현픽 금반의 다과를 ᄀᆞᆺ초와 드리고 은근이 뎐어ᄒᆞ여 몸소 나아와 위로치 못ᄒᆞᆷ믈 사례ᄒᆞ니 강시 져두 탄식 왈 쳡의 허믈이 터럭을 ᄲᅢ혀 혜도 궁진치 아닐지라 금일 후례 ᄆᆞᄅᆞ시믈 감당ᄒᆞ리오 현픽 탄왈 이 다 우리 부인 익회 비샹ᄒᆞ시미라 엇지 부인의 타시리잇고 이제 다시

99면

모도시ᄆᆡ 셔로 화긔를 닐위여 빅년 안항의 셩ᄉᆞ를 빗ᄂᆡ려 ᄒᆞ시니 부인은 고이히 너기지 마ᄅᆞ소셔 강시 크게 감격ᄒᆞ여 도라보ᄂᆡ고 ᄉᆡᆼ각ᄒᆞᄃᆡ 져의 뜻이 진졍인가 거짓 ᄆᆡᆨ바드민가 명일 신셩의 취련각의 나아가니 뎡시 흔연이 마ᄌᆞ 좌뎡ᄒᆞ고 강시 칭샤 왈 쳡이 식견이 암ᄆᆡᄒᆞ고 돕는 재 어지지 못ᄒᆞ여 허다 간샹을 지으니 부인이 금쥐ᄭᅡ지 니ᄅᆞ게 ᄒᆞ미 다 쳡의 죄라 이제 보ᄆᆡ ᄌᆞ괴치 아니리오 죄를 샤ᄒᆞ시고 은혜를 드

100면

리오시니 블승황감ᄒᆞ여이다 뎡부인이 춘풍화긔로 샤례 왈 왕ᄉᆞ는 이의라 닐너 무익ᄒᆞ고 피ᄎᆞ 익회 비샹ᄒᆞ미니 이제 므ᄉᆞ이 도라와 쳡신이 안낙ᄒᆞ니 ᄋᆡᄌᆞ지원을 필보ᄒᆞ리잇고 원컨ᄃᆡ 황영의 ᄌᆞᄆᆡ ᄀᆺ고ᄌᆞ ᄒᆞ노라 쳡이 구한을 이즈ᄆᆡ 부인이 홀노 유심ᄒᆞ미 가ᄒᆞ랴 강시 그 덕냥을 탄복칭샤 왈 부인 셩덕이 여ᄎᆞᄒᆞ시니 소쳡이 엇지 다시 방ᄌᆞᄒᆞ리잇고 일노조ᄎᆞ ᄇᆡᆨ년을 기리 화우ᄒᆞ여 동긔 ᄀᆺ기를 원

101면

ᄒᆞᆯ ᄯᆞ름이로소이다 뎡시 지삼 위로ᄒᆞ고 조니경 ᄉᆞᆷ 부인을 청ᄒᆞ여 소당의 돗글 열고 오인이 열좌ᄒᆞ니 화안월광과 션영아질이 참치ᄒᆞ여 쳔고명염이라 뎡브인이 ᄉᆞ위 동녈노 ᄒᆞᆫ가히 수작ᄒᆞᆯᄉᆡ 제 쇼제 일시의 모다 낭〃ᄒᆞᆫ 옥셩이 여류ᄒᆞ니 화파 조시 등이 ᄯᅩᄒᆞᆫ 니르러 담소ᄒᆞᆯᄉᆡ 강시 초독강한ᄒᆞ미 밧고여 온유ᄒᆞᆫ 녀ᄌᆡ 되엿ᄂᆞᆫ지라 모다 언쇠낭〃ᄒᆞᄃᆡ 남시 이의 잇셔 비ᄉᆡᆨ이 은〃ᄒᆞ니 이는 ᄋᆞᄌᆞ를 ᄉᆡᆼ각ᄒᆞ

102면

며 친당이 영톄ᄒᆞ믈 슬허 화긔 돈감ᄒᆞ더라 이후 강시 뎡부인을 의지ᄒᆞ여 유지 ᄌᆞ모 바람 ᄀᆺᄒᆞ니 본ᄃᆡ 총ᄋᆡᄒᆞ므로 공교간악을 버리고 춘화 ᄀᆺᄒᆞᆫ 용ᄌᆞ와 계수 ᄀᆺᄒᆞᆫ 긔딜이 ᄌᆞ약긔려ᄒᆞ여 조시긔 나리미 업고 존당 구괴 그 곳쳐 되믈 고이히 너기더라 능휘 강시 오며 아니오믈 지이브지ᄒᆞ여 듕〃의 만나나 긔위 화평ᄒᆞ여 그 깁희를 알 길히 업ᄉᆞ니 존당 부뫼 침듕ᄒᆞ믈 두굿기더니 일〃은 틱부인이 제 소부로 박혁 긔국을 시험ᄒᆞᄆᆡ 강시를 밋ᄎᆞ 리

103면

업ᄂᆞᆫ디라 노인 면젼의셔 청아낭셩으로 ᄭᅩᆺ치 우음을 먹음고 옥이 향을 ᄲᅮᆷᄂᆞᆫ지라 틱부인이 져 ᄀᆺᄒᆞᆫ 긔질이 셕일 죄과로 박명ᄋᆡ련ᄒᆞ믈 잔잉ᄒᆞ더니 능휘 드러와 뵈옵고 ᄌᆞ긔 제인과 제 수ᄆᆡ 가득ᄒᆞ여시며 강시를 ᄋᆡ련ᄒᆞᄆᆡ 졍시로 일반이라 능휘 시좌ᄒᆞᄆᆡ 틱부인이 웃고 왈 금일 네 셋 부인이 ᄂᆡ 앏히셔 박혁ᄒᆞᄆᆡ 강소뷔 제일이라 젼괘 이시나 개심ᄒᆞᄆᆡ 낭졍 총혜ᄒᆞ미 진실노 ᄂᆡ게 효뷔 되엿거ᄂᆞᆯ 네 엇지 일졀 박졍ᄒᆞ여 부

104면

부 은의를 싱각지 아닌는다 닉 잔잉히 너기나니 너는 닉 쳥으로 강시를 후딕ᄒᆞ면 엇지 아름답지 아니리오 능휘 몸을 굽혀 듯줍고 일변 강시를 잠간 보믹 만면이 취홍ᄒᆞ여 머리를 숙이고 단좌ᄒᆞ여시니 쟉틱익용이 셩데 손 우희셔 츔추던 비연이 아니면 고소딕 샹의 부ᄎᆞ를 농ᄒᆞ던 셔시더라 하회를 분셕ᄒᆞ라

조시삼대록 권지이십

1면

직셜 능휘 몸을 굽혀 듯줍고 일변 강시를 잠간 보믹 만면이 취홍ᄒᆞ여 머리를 슉여시니 쟉틱 익용이 셩데 손 우희 츔츄던 비연이 아니면 고쇼딕 샹의 부ᄎᆞ를 농ᄒᆞ던 셔시라 그 슈졸ᄒᆞ며 개과ᄒᆞ미 올흔지라 능휘 빅샤 왈 대모 하교 여ᄎᆞᄒᆞ시니 삼가 명딕로 져의 힝ᄉᆞ를 보아가며 만일 녯날 거죄 이시면 쇼숀이 ᄯᅩᄒᆞᆫ 부부 뉸의를 폐치 아니리이다 태부인이 흔연 쇼왈 내 말을 네 어긔미 업고 샹히 내 네 말을 좃ᄎᆞᄂᆞ이라 능휘 흔연이 웃고 굿트여

2면

노식을 두지 아니나 그 셕년 죄과를 한심ᄒᆞ여 슈이 슉쇼 왕릭를 아니니 강시는 븟그리고 슬허 슉쇼의 도라오면 눈믈이 옷깃시 져져 졍조니경 등의 복녹을 블워 그 옥동화녜 빵빵ᄒᆞ믈 흠앙ᄒᆞ니 이쎄 졍시 ᄉᆞᄌᆞ 일녜라 교교히 난봉 ᄀᆞᆺ고 표표히 옥슈 신월 ᄀᆞᆺᄐᆞᆫ지라 양졍녈이 지극 인ᄌᆞᄒᆞᆫ 고로 능후를 블너 고집ᄒᆞ믈 칙ᄒᆞᆫ딕 휘 미미히 웃고 쥬왈 태태 엇지 히ᄋᆞ의 ᄯᅳᆺ을 모ᄅᆞ시ᄂᆞ이잇고 졔 개과ᄒᆞ미 잇다 ᄒᆞ오나 오ᄌᆞᆨ이 난봉되믈 엇지 못ᄒᆞ옵ᄂᆞ니 쇼직 져를 가의ᄒᆞ여 골육을 ᄭᅵ치면 빅부의 후염 ᄀᆞᆺᄐᆞᆫ

3면

블힝이 이실가 ᄒᆞ고 원닉 음악 요ᄉᆞᄒᆞᆫ 일을 싱각ᄒᆞ면 실노 딕면홀 의식 식연ᄒᆞᆫ지라 쇼ᄌᆞ의 일이 그ᄅᆞ지 아닌가 대인이 니ᄅᆞ시지 아니시니 뉴슉의 낫출 보아 가즁의 머무ᄅᆞ고 부인 위호를 두미 업셔시니 강시 만일 ᄀᆡ과ᄒᆞ미 업시면 엇지ᄒᆞ리잇고 부인

왈 당금ᄒᆞ여ᄂᆞᆫ 겸공ᄒᆞ여 부덕의 미진ᄒᆞ미 업고 존당이 ᄋᆡ긍이 넉기샤 여러 번 당부ᄒᆞ신ᄃᆡ 명을 밧ᄌᆞ와 돈연이 시힝치 아니미 인ᄌᆞ의 도리 아니라 네 부친이 이런 쇼쇼지사를 니ᄅᆞ실 ᄇᆡ 업ᄉᆞ니 너ᄂᆞᆫ 아녀ᄌᆞ의 죄과를 샤ᄒᆞ고 ᄃᆡ졉을 평상이 ᄒᆞ여 녀ᄌᆞ의 하샹지원을 업

4면

게 ᄒᆞ라 휘 모친의 인ᄌᆞ 후덕이 이의 미ᄎᆞ시믈 감동ᄒᆞ여 사례 왈 ᄌᆞ괴 이러ᄒᆞ시오니 창쳡도 다리고 ᄉᆞᄂᆞ니 그 힝실이 미쳔ᄒᆞ나 현마 엇지ᄒᆞ리잇가 명ᄃᆡ로 ᄒᆞ리이다 부인이 웃고 ᄌᆡ삼 개유ᄒᆞ더라 일야ᄂᆞᆫ 휘 ᄎᆡ련각의셔 ᄌᆞ녀를 유희ᄒᆞ며 부인의 화용 월틔를 ᄃᆡᄒᆞ여 만ᄉᆞ를 니져더니 ᄎᆞ시 명텬이 칠셰라 범ᄉᆞ 쳐신이 노셩 군ᄌᆞ의 긔품이 이셔 존당 부모 셤기미 가득ᄒᆞᆫ 거술 밧음 ᄀᆞᆺᄐᆞ니 능후의 ᄉᆞ랑ᄒᆞ미 만금의 비길 ᄇᆡ 아니라 이날 부인으로 더브러 ᄌᆞ녀의 아름다오믈 두굿기더니 명텬이 안ᄉᆡᆨ을 화히 ᄒᆞ고 부젼의

5면

ᄭᅮ러 쥬왈 쇼ᄌᆡ 황공ᄒᆞ오나 인군이 실덕ᄒᆞ시ᄆᆡ 신ᄒᆡ 간ᄒᆞ고 부형이 그ᄅᆞ시ᄆᆡ ᄌᆞ식이 간키ᄂᆞᆫ 셩교의 경계라 대인의 못 미쳐 ᄉᆡᆼ각ᄒᆞ시ᄂᆞᆫ 바를 알외여 용납ᄒᆞ실가 존엄을 간범ᄒᆞ여 알외ᄂᆞ이다 능휘 아ᄌᆞ의 온화ᄒᆞ고 이 ᄀᆞᆺ치 아름다오믈 보ᄆᆡ ᄆᆞᄆᆞᄒᆞᆫ 얼골의 웃ᄂᆞᆫ 빗출 동ᄒᆞ여 무러 왈 내 아ᄒᆡ 오날 무ᄉᆞᆷ 말이 이셔 이러ᄐᆞᆺ 유심ᄒᆞ며 말을 시쟉ᄒᆞ려 하ᄂᆞ냐 네 아비 만일 허믈이 잇거든 쾌히 니ᄅᆞ라 공ᄌᆡ 니러 ᄌᆡ빅ᄒᆞ고 ᄆᆞᆫ득 함누고왈 다른 일이 아니오나 이제 대인이 위치 공후의 거ᄒᆞ시고 가즁 ᄌᆞ위 황영의 셩

6면

ᄉᆞ를 힘ᄡᅳ시니 대인이 맛당이 문왕의 덕을 이으샤 공경관ᄃᆡᄒᆞ실 거시여ᄂᆞᆯ 홀노 강부인긔 박졀ᄒᆞ샤 도라오션 지 ᄉᆞ오 일이로ᄃᆡ ᄒᆞᆫ번 위로ᄒᆞ시미 업ᄉᆞ오니 젼과를 곳치시미 대인이 ᄇᆞᆰ히 아ᄅᆞ신 ᄇᆡ라 그 어질믈 아ᄅᆞ시ᄃᆡ 관졉지 아니시니 이ᄂᆞᆫ 너모 박졀ᄒᆞ신지라 쇼ᄌᆡ 오히려 인ᄉᆡ 미거ᄒᆞ여 부뫼 블화ᄒᆞ시믈 당ᄒᆞ여 간ᄒᆞ믈 일위지 못ᄒᆞ오니 그ᄅᆞ미 쇼ᄌᆞ의게 잇ᄉᆞᆸᄂᆞᆫ지라 금일은 참지 못ᄒᆞ와 고ᄒᆞ옵ᄂᆞ니 셰번 슬피샤 부인의 쇼쇼 허믈을 관샤ᄒᆞ시고 오샹의 뉸의를 ᄉᆡᆼ각ᄒᆞ시며 쇼ᄌᆞ의 민울ᄒᆞᆫ 졍셩

7면

을 슬피쇼서 말을 맛고 피셕 부복ᄒᆞ여 ᄃᆡ답을 기ᄃᆞ리니 긔위 졍슉ᄒᆞ고 언에 유법ᄒᆞ여 뎨슌 증ᄌᆞ의 효셩이 잇고 노셩 군ᄌᆡ라도 이의 밋지 못홀지라 능휘 만면 츈풍이 유동ᄒᆞ여 밧비 그 손을 줍고 탄왈 하로 ᄆᆡ야지 태산을 넘쒸고 황구 쇼ᄋᆡ나 아비 바랄 ᄇᆡ 아니라 가히 오문의 유경이오 우리 대인의 젹션 여음이 네게 흐ᄅᆞ미라 네 말을 드ᄅᆞ니 강시 비록 아름답지 아니나 ᄌᆞ식의 효의를 셰우지 못ᄒᆞ게 ᄒᆞ리오 ᄋᆞ히는 다시 념녀 말나 내 맛당이 공평이 ᄒᆞ여 근심이 되지 아니케 ᄒᆞ리라 공ᄌᆡ ᄌᆡᄇᆡ 샤례ᄒᆞ더라 능휘 명

8면

텬의 규간을 드ᄅᆞᄆᆡ 비로쇼 구졍 단심을 허러 강시를 보고 젼과를 졔긔치 아냐 ᄃᆡ졉이 평샹ᄒᆞ고 부부지도를 예ᄉᆞ로이 ᄒᆞᄃᆡ 긔 위엄 즁ᄒᆞ여 츄텬하일 ᄀᆞᄐᆞ니 강시 ᄆᆞ음을 곳친 후는 겸공 근신ᄒᆞ며 능후 곳 ᄃᆡᄒᆞ면 과도히 슈괴ᄒᆞ니 능휘 쏘ᄒᆞᆫ 개심ᄒᆞ믈 깃거 ᄎᆞ후는 오 부인 ᄃᆡ졉이 공평ᄒᆞ여 그 ᄆᆞ음의는 졍니경을 더 경즁ᄒᆞ나 졍부인은 위의 존즁ᄒᆞ므로 ᄃᆡ졉이 더 즁ᄒᆞ고 오 일을 드러오며 기 여는 삼 일식 드러와 ᄌᆞ며 나믄 날은 부친을 뫼셔 형뎨 붕우로 샹회ᄒᆞ며 존당 입번도 ᄒᆞ고

9면

힝신이 일월 ᄀᆞᄐᆞ여 군ᄌᆞ의 덕이 날노 빗나는지라 오 부인 화우ᄒᆞ미 태ᄉᆞ의 명풍을 ᄯᆞᄅᆞ니 형아태텬 등 십회 졍부인 슉덕을 탄복ᄒᆞ여 송시를 지어 풍뉴 곡조의 올녀 군의 쳔만 셰를 츅ᄒᆞ니 쳐쳡이 화우ᄒᆞ여 명분이 엄ᄒᆞ나 은혜 둣겁고 졍부인 텬연지덕과 니부인 졍대ᄒᆞ미며 경부인 단묵혜힝과 조부인 온화ᄒᆞᆫ 힝ᄉᆞ며 강시 냥연이 ᄒᆞ미 쳔연ᄒᆞᆫ 슉덕이 가ᄌᆞᆺ는지라 경시 모친 윤시 쏘ᄒᆞᆫ 샹경ᄒᆞ고 경공ᄌᆞ 과갑을 맛쳐 벼슬이 금문직ᄉᆞ의 이시니 부친의 쳥명을 니를지라 졍조경 삼 부인은 친

10면

당 왕ᄅᆡ 빈빈ᄒᆞᄃᆡ 홀노 니부인이 냥친이 업고 외로온 오라비 취쳐ᄒᆞ여 잇다감 왕ᄅᆡᄒᆞ는지라 능휘 졔가지되 군종 즁 제일이 되고 변화 창셩ᄒᆞ미 결우 리 업슨지라 능휘 남문 밧 옥션항의 일좌 뎨틱을 니ᄅᆞ혀고 문의 크게 뻐 왈 조문계 응셩문이라 ᄒᆞ니 골

이 옥션항이라 뜻이 이시미러라 능빅이 남시로 은졍이 병 되게 진즁ᄒᆞ고 또 타인이 이시ᄃᆡ 가시 민시 셜시를 춰ᄒᆞ니 셜시ᄂᆞᆫ 풍영 찬난 온슌 졍뎡ᄒᆞ며 민시ᄂᆞᆫ ᄉᆞ약 교연 ᄒᆞ고 총오 민쳡ᄒᆞ니 남셜민방 ᄉᆞ인이 셔로 화우ᄒᆞ여 ᄉᆡᄋᆡᄒᆞ미 업ᄉᆞ니 능빅이 또

11면

ᄒᆞᆫ 졔가ᄒᆞᄂᆞᆫ 위의 날노 ᄉᆡ로온지라 진왕이 만심 환열ᄒᆞ여 다시 근심을 아니니 당시의 어ᄌᆞ러오믄 조시를 맛ᄂᆞᆫ 연괴러라 쳘ᄉᆡᆼ 쳐 후염이 삼 년 심당의 ᄀᆞᆺ치여 진왕이 ᄶᅦᆨᄶᅦᆨ 견어ᄒᆞ여 슈이 쥭으라 ᄒᆞ고 졍비 등도 십젼을 지어 쥬고 심당의 ᄌᆞ로 니ᄅᆞ러 어ᄅᆞ만져 경계ᄒᆞᄆᆡ 니히 극진이 쇼연ᄒᆞ여 말숨이 화평ᄒᆞ고 ᄉᆞ긔 단엄ᄒᆞ여 드ᄅᆞᄆᆡ 모골이 숑연ᄒᆞᆫ지라 후염이 오히려 조시 문풍을 잠간 습ᄒᆞ엿ᄂᆞᆫ지라 ᄒᆞᆫ번 ᄭᆡ치ᄆᆡ 환연이 ᄉᆞᆷ이 열니고 돈연이 악심이 화ᄒᆞ니 비로쇼 졔 허믈을 ᄌᆞ칙ᄒᆞ여 크게 븟그

12면

리고 스ᄉᆞ로 쥭으려 ᄒᆞ니 졍비 크게 힝심ᄒᆞ고 또ᄒᆞᆫ 어엿비 넉겨 왕의게 후염이 개과 회심ᄒᆞ미 아름다오믈 젼ᄒᆞ여 샤ᄒᆞ믈 쳥ᄒᆞᆫᄃᆡ 왕이 듯지 아니ᄒᆞ더니 초공이 칙션ᄒᆞ믈 듯고 가쟝 아름다와 진왕의 엄노를 프러 후염을 별궁의 도라오게 ᄒᆞ고 졍당의 용납게 ᄒᆞ더니 후염이 조부모를 빅알ᄒᆞ고 과히 후회ᄒᆞ미 도로혀 어린 ᄃᆞᆺᄒᆞᆫ지라 왕이 비로쇼 부녀 텬륜이 완젼ᄒᆞ니 진왕이 교ᄌᆞ녀의 엄슉기 이러ᄐᆞᆺᄒᆞᆫ지라 쳘가의셔 조시의 회심ᄒᆞ믈 듯고 진왕의 ᄯᅳᆺ을 감격ᄒᆞ여 화교 옥윤으로 조시를 쳥ᄒᆞ니

13면

후염이 븟그려 가지 아니코 진왕이 탄왈 요힝 악을 곳치다 ᄒᆞ나 우용 둔질이 너의 가ᄉᆞ의 무숨 유익ᄒᆞ미 잇시리오 내 집의 두어 일ᄉᆡᆼ을 편치 못ᄒᆞ게 ᄒᆞ리라 텰혹ᄉᆡ 그 ᄯᅳᆺ을 감격ᄒᆞ여 지삼 간쳥ᄒᆞ여 다려가ᄆᆡ 후염이 구고와 가부의게 공슌ᄒᆞ여 가ᄉᆞ를 사양ᄒᆞᄃᆡ 텰ᄉᆡᆼ은 고명ᄒᆞᆫ 군ᄌᆡ라 맛ᄎᆞᆷ내 조강 원위를 맛져 조시 미진ᄒᆞᆫ 곳을 뉴시 드릴지언졍 탈권삼위ᄒᆞ미 업고 금슬이 화창ᄒᆞ니 진왕의 ᄌᆞ부녀의 평안ᄒᆞᄃᆡ 오직 양ᄉᆡᆼ 쳐 월염의 화란이 진졍ᄒᆞᆯ 긔약이 업고 곽시 날노 흉모를 베퍼 니광을 도도니

14면

양싱이 날노 외입홀 쑨이 아니라 심홰 시일노 층가ᄒᆞ니 조시 원앙ᄒᆞ믈 숢의나 고렴ᄒᆞ리오 가손ᄋᆞ를 편이ᄒᆞ여 태ᄉᆞ 부뷔 곽시를 효뷔라 칭ᄒᆞ니 조시 만슈 쳔한을 품고 은셜뎡 안치ᄒᆞᆫ 지 발셔 두 ᄒᆡ라 누명을 ᄎᆞ탄ᄒᆞ고 아ᄌᆞ의 참ᄉᆞ홈과 부모 그리오ᄂᆞᆫ 회포 날노 더ᄒᆞ고 텬일 볼 긔약이 업ᄉᆞ니 왕이 분부ᄒᆞ여 시비도 샹통치 못ᄒᆞ게 ᄒᆞ엿ᄂᆞᆫ지라 조부 쇼식이 아오라ᄒᆞ나 양졍녈이 양미를 이우고 두시 보용ᄒᆞᄆᆡ 의식 간고를 면ᄒᆞ나 복분의 원을 신셜홀 조각이 업ᄉᆞ니 츈풍 야우의 눈믈이 화싀를 젹시ᄂᆞᆫ지라 곽

15면

시 조시 ᄉᆞ라시믈 통한ᄒᆞ여 쉬파로 샹의홀식 츈쇼로 시식의 용ᄉᆞᄒᆞ미 웃듬이오 또 야반의 블을 노흐면 반ᄃᆞ시 분골쇄신ᄒᆞ리니 뉘 굿ᄐᆞ여 밧긔 잇ᄂᆞᆫ 우리 노홧다 ᄒᆞ리오 곽시 깃거 잇 ᄯᅵᄂᆞᆫ 조시 시비 왕릭ᄒᆞ므로 츈쇠 나단니ᄂᆞᆫ지라 곽시 독약을 쥬어 시험케 ᄒᆞ니 조시 이ᄯᅵ 비한이 닉심ᄒᆞ나 오히려 식반을 폐치 아냐 ᄉᆞᄉᆞ로 몸을 보호ᄒᆞ기ᄂᆞᆫ 복분의 원을 신셜ᄒᆞ고 ᄒᆞᆫ번 부모의 낫출 보려 ᄒᆞᄂᆞᆫ지라 일일은 조시 아ᄎᆞᆷ 식샹을 바드ᄆᆡ 반긔를 열고 징을 맛보려 ᄒᆞ더니 믄득 독긔 코흘 거ᄉᆞ리거ᄂᆞᆯ 져를 드러 져으니 빗치

16면

변ᄒᆞᄂᆞᆫ지라 조시 유랑을 도라보와 왈 나의 비ᄌᆞ 즁 간악ᄒᆞᆫ 재 쥬인을 치독ᄒᆞ니 더져두지 못홀지라 징반 쥬간ᄒᆞᆫ 재 뉘요 유랑이 실식 왈 부인긔 드리ᄂᆞᆫ 거ᄉᆞᆫ 익힐 ᄯᅵ 다ᄅᆞ 니 아모도 업더이다 부인이 침음냥구의 의심이 츈쇼의게 가ᄃᆡ 잡지 못ᄒᆞᆫ 일이라 탄왈 내 덕이 업셔 이의 미ᄎᆞ니 누를 탓ᄒᆞ리오 간인이 흉계 빅츌ᄒᆞ니 일후지휘를 졔방치 못홀지라 내 요ᄉᆞ이 심ᄉᆡ 더옥 환난ᄒᆞ니 또다시 무슴 변이 잇실가 우려ᄒᆞ노라 내 죄쳐ᄒᆞ여 시비 복쳡이 번거이 왕릭ᄒᆞ니 블가ᄒᆞᆫ지라 좌우ᄂᆞᆫ 문 밧글 ᄂᆞ지 말나 ᄒᆞ고 츈

17면

쇼를 깁히 의심ᄒᆞ여 왈 궁진 이 셜운 회포를 부뫼 아지 못ᄒᆞ시니 춘쇼와 어미ᄂᆞᆫ 왕부

의 나아가 나의 누셜 즁 맛게 되믈 알외고 냥미를 어더오라 드듸여 일봉셔를 긴긴이 봉ᄒᆞ고 유랑으로 츈쇼를 영겨ᄒᆞ여 진부로 보ᄂᆡ니 대개 셔즁 ᄉᆞ의 츈쇄 ᄌᆞ못 의심져 오니 깁히 가도와 작용을 못ᄒᆞ게 ᄒᆞ쇼셔 ᄒᆞᆫ 뜻이라 졍비 비로쇼 녀ᄋᆞ의 셔찰을 보고 츈쇼 졍틱를 통히ᄒᆞ나 아직 쇼져의 말듸로 가도고 유모는 도라오니 조시 츈쇼를 츼우고 탈신지계를 ᄉᆡᆼ각ᄒᆞ더니 두시 니ᄅᆞ러 볼ᄉᆡ 이의 좌우를 치오고 심곡 쇼회로ᄡᅧ 의논

18면

ᄒᆞᆫ듸 두부인이 침음 왈 쳡이 잠간 ᄉᆞ긔를 짐ᄌᆞᆨ고 그듸를 치오고져 ᄒᆞ듸 이 문 밧글 나지 아니랴 ᄒᆞᆯ 거시ᄆᆡ 유유ᄒᆞ더니 이졔 이 집 가ᄉᆡ 심슈ᄒᆞᆫ 곳이 여러히라 이리로셔 셰 문을 지ᄂᆞ면 취별당이 잇ᄂᆞ니 집이 누츄ᄒᆞ나 그윽ᄒᆞ여 사ᄅᆞᆷ의 ᄌᆞ최 밋지 아니ᄒᆞ고 ᄎᆞ환 ᄉᆞ오 인이 이셔 져의 스ᄉᆞ로 뵈 ᄧᅡ 밧치ᄂᆞ니 내 ᄎᆞ환을 다 블너 비밀이 분부ᄒᆞᆯ 거시니 만일 블의지변이 잇거든 요란이 구지 말고 취별당의 슘으라 집이 ᄉᆞ라져 사ᄅᆞᆷ의 ᄌᆞ최 업ᄉᆞ면 간인이 반ᄃᆞ시 의심ᄒᆞᆯ 거시나 원내 곽시 미구의 픽ᄒᆞ리니 일시 피화ᄒᆞᆯ 도리를 ᄒᆞ라

19면

조시 눈믈을 흘여 샤왈 부인의 은덕은 쇼쳡이 빅골난망이로쇼이다 비록 일이 졍되 아니나 ᄉᆞᄉᆡᆼ이 막즁ᄒᆞ니 쳡이 쥭지 아니코 ᄉᆞ라신 즉 간인의 독슈의 맛출 바는 아니라 ᄒᆞ고 드듸여 취별당으로 냥미를 츼우고 몸만 잇더니 과연 슈일이 못ᄒᆞ여 블이 은셜뎡 뒤흐로 조ᄎᆞ 이러나 화광이 챵텬ᄒᆞ고 동산 ᄉᆞ이로 조ᄎᆞ ᄌᆞᄀᆡᆨ이 넘는지라 유랑 시비 등이 황망이 부인을 븟드러 여러 문을 조ᄎᆞ 취별당의 슘으니 화광이 셩ᄒᆞᆫ 바의 ᄌᆞᄀᆡᆨ이 칼흘 들고 다라드니 밧문의 두어 노복이 슈호ᄒᆞ는지라 블을 보고 바

20면

로 다라드ᄃᆞ가 ᄌᆞᄀᆡᆨ을 맛나 도젹을 외니 칼로 그 놈을 쳐뉘고 담을 너머 ᄲᅧ여 다라ᄂᆞ니라 경ᄀᆡᆨ간 은셜뎡이 타고 원즁 초목의 블이 당긔니 화광이 빅니의 뵈이는지라 이ᄶᅴ 양병뷔 망월누의셔 졔 챵기로 가곡을 시기고 슐 먹더니 밤이 깁흐ᄆᆡ 원즁의 화광이 뵈이는지라 대경ᄒᆞ여 몸이 ᄂᆞ라 원즁의 드러와 보니 은셜뎡 가ᄉᆡ문이 터만 나맛

고 지목 싸흔 거시 직 되엿는지라 바야흐로 슈목의 블이 올나 연염이 챵텬ᄒᆞ엿는지라 병뷔 비록 조시로 은졍이 밧고여 원슈 되여시나 그 잇던 집이 터만 ᄂᆞ마시니 필연

21면

화염의 직 되여시며 톄골이 분쇼ᄒᆞ믈 혜아리니 블승ᄎᆞ악ᄒᆞ여 싱각ᄒᆞᄃᆡ 져의 젼일 죄는 비록 호대ᄒᆞ나 이러틋 블의 춤ᄉᆞᄒᆞ미 또흔 ᄎᆞ악ᄒᆞ니 뉘 이 깁흔 곳의 블을 노화시리오 시비 복쳡의 뉘 그릇ᄒᆞ여 블을 내고 져의 가지 황황ᄒᆞ다가 화염의 막혀 죽도다 이의 급히 외뎡 노복을 블너 블을 구ᄒᆞ라 ᄒᆞ니 슈유의 허다 졔복이 일시의 모다 블을 ᄭᅳ며 왈 고이ᄒᆞ다 이 원즁의 블을 뉘 노핫는고 밧 사름이면 지를 일이 업ᄉᆞ니 일졍 내응ᄒᆞ미 잇다 ᄒᆞ고 두로 술펴보니 사름의 시신은 업는지라 양싱이 의심ᄒᆞ여 친히 어드

22면

ᄃᆡ 사름 탄 거시 업ᄉᆞ니 혹쟈 조시 괴로오믈 견ᄃᆡ지 못ᄒᆞ여 은셜뎡의 블을 노코 시비로 더브러 월쟝ᄒᆞ여 왕부로 도쥬ᄒᆞ민가 ᄎᆞ악흔 심시 가득ᄒᆞ나 부뫼 슉침흔 ᄯᅢ라 이의 블을 줍고 희월뎡의 ᄂᆞ려오니 곽시 ᄋᆞᄌᆞ를 희롱ᄒᆞ거늘 병뷔 흔연 ᄋᆡ즁ᄒᆞ여 ᄋᆞᄌᆞ를 흔가지로 ᄉᆞ랑훌ᄉᆡ 곽시 문왈 엇지 지금 침슈를 폐ᄒᆞ고 단니시ᄂᆞ니잇가 병뷔 원즁의 블 구ᄒᆞ라 왓든 쥴을 니ᄅᆞ고 은셜뎡이 터만 남고 조시 노쥬의 넉시 화염의 지 되믈 보니 졔 죄는 만ᄉᆞ유경이나 경참ᄒᆞ미 좀이 오지 아닌는도다 곽시 잠간 우음을 ᄯᅴ여

23면

시니 싱이 쇼왈 부인을 인ᄌᆞ흔가 녀겨더니 원내 모진 사름이룻다 졔 젹인이나 사름이 블의 ᄉᆞ흰 쇼식을 듯고 웃는 거동이 이시니 인ᄌᆞ흔 일이 아니로다 곽시 흔연 탄왈 군지 조시를 엇던 녀지라 ᄒᆞ시ᄂᆞ니잇고 싱 왈 음악 간인이니라 곽시 왈 음악훌만 아니라 그 가온ᄃᆡ 지뫼 유여ᄒᆞ니 져젹의 드ᄅᆞᄆᆡ 밍싱이 왓ᄃᆞ ᄒᆞ더니 일졍 흔가지로 도쥬ᄒᆞ미오 왕부로 갈 니 업ᄉᆞ니 조부는 인인 군지라 엇지 일 녀ᄌᆞ의 블인을 용납ᄒᆞ리오 일졍 간부로 조ᄎᆞ 블을 노흐미니 ᄎᆞ후 양문의 홰 측냥치 못ᄒᆞ리니 군지 블의 ᄉᆞ흰가 너기시미

24면

쳡이 젹인간 일이라 함구 블언ᄒᆞ엿더니 일이 이곳의 밋ᄎᆞ니 은휘ᄒᆞ리잇고 병뷔 쳥파의 쏾이 쳐음으로 ᄭᆡᆫ 듯 과연 부인이 춍명 투털ᄒᆞ도다 내 인약ᄒᆞ여 진왕의 ᄂᆞᆺ출 보ᄃᆞ가 음부의 욕심을 맛쳐시니 뉘 타슬 ᄒᆞ리오 통완ᄒᆞ여 잠을 못 ᄌᆞ고 명됴의 쟉야ᄉᆞ를 부모의게 고ᄒᆞ니 태ᄉᆞ 부뷔 대경 ᄎᆞ탄ᄒᆞᆯ ᄲᆞᆫ이러라 양ᄉᆡᆼ이 이의 조부의 니ᄅᆞ러 진왕 형데로 한훤 파의 조시의 도쥬ᄒᆞ믈 젼ᄒᆞ고 탄왈 쇼ᄉᆡᆼ이 대왕의 후은을 감격ᄒᆞ여 음부를 죽이지 못ᄒᆞ고 간부를 조ᄎᆞ 도쥬ᄒᆞ니 조양이문청덕을 상히오미

25면

엇지 븟그럽지 아니리오 혹쟈 이곳의 왓ᄂᆞᆫ가 ᄒᆞ미로쇼이다 왕이 일쟝을 우어 왈 내 ᄯᆞᆯ을 내 ᄂᆞᄒᆞ시나 ᄆᆞ음을 낫치 못ᄒᆞ엿거니와 내 집의 잇슬 젹 렬녀의 고졀이 빙샹 ᄀᆞᆺ더니 군의 집의 가ᄆᆡ 쇼힝이 그러ᄒᆞ니 촉국 큔이 졔국의 올므ᄆᆡ 감ᄌᆡ 된다 ᄒᆞ니 입향슌쇽이라 네 집을 달무미 이셔 그러ᄒᆞ니 날ᄃᆞ려 니를 말이 아니오 그런 ᄌᆞ식은 ᄉᆞᄉᆡᆼ의 놀ᄂᆞ오미 업ᄉᆞ니 내 임의 ᄒᆞᆫ ᄯᆞᆯ노 너의게 쇽현ᄒᆞᄆᆡ ᄉᆞᄉᆡᆼ이 너의 장니의 이시니 날ᄃᆞ려 니를 ᄇᆡ 아니로다 셜파의 늠연 졍좌ᄒᆞ니 양ᄉᆡᆼ이 츰식 믁믁이러니 쇼공이 늘호여 탄왈 네

26면

질ᄋᆞ의 도쥬ᄒᆞ믈 어이 아ᄂᆞᆫ다 양ᄉᆡᆼ이 ᄃᆡ왈 공연이 밤의 운졔를 셰우고 거쳐 업ᄉᆞ니 엇지 간부를 조ᄎᆞ가지 아녀시리잇고 쇼공 왈 십 년 교훈이 그런 ᄲᅧᆨ이 되여시니 실노 븟그럽도다 군ᄌᆡ 슈신졔가ᄂᆞᆫ 치국평텬하지본이라 ᄉᆞ군치경과 츙효빅힝이 휴이ᄒᆞ도다 오질이 늑지 누셜 듕이나 엇지 평ᄉᆡᆼ지도를 헐워 밧글 통치 못ᄒᆞ니 어ᄃᆡ로 조ᄎᆞ ᄆᆡᆼ싱의 거쳐를 듯보며 비록 도쥬ᄒᆞ나 죵젹이 업시ᄒᆞᆯ 거시어ᄂᆞᆯ 진짓 ᄃᆞ리를 셰워 두어 ᄃᆞ라ᄂᆞ시믈 타인이 알게 ᄒᆞ리오 이ᄂᆞᆫ 삼쳑동이라도 쇽지 아닐 거시오 곳비 길

27면

ᄆᆡ 반ᄃᆞ시 슈월지내의 질ᄋᆞ의 ᄉᆞᄉᆡᆼ 유무와 블을 노흐ᄆᆡ 담 넘던 쟈를 ᄎᆞᄌᆞ내리니 내 괴로이 여러 말 아니커니와 네 ᄯᅩᄒᆞᆫ 지인ᄒᆞᄂᆞᆫ 식감이 업셔 이디경의 밋쳣ᄂᆞᆫ 쥴이 가셕ᄒᆞ도다 셜파의 ᄉᆞ긔 평안ᄒᆞ고 안뫼 단엄ᄒᆞ니 양ᄉᆡᆼ이 도로혀 괴롭고 노ᄒᆞ여 믁연

탄식이라가 하직고 도라가니 왕이 쵸공다려 왈 닌광의 말 굿틀진디 녀이 아니 화염의 탓는가 격도의 줍혀간가 현데 쇼견의는 엇더ᄒᆞ뇨 쵸공이 대왈 혜컨디 집이 투시나 질녀는 반ᄃᆞ시 탈신ᄒᆞ미 이시리니 양개 지금도 노쇼 업시 혼미ᄒᆞ여 슉믹

28면

블변인가 시브니 한셜이 무억혼지라 질이 반ᄃᆞ시 제 집 가쥼의 슘어시디 모ᄅᆞ는 거동이니 오ᄅᆞ지 아냐 발각ᄒᆞ미 이시리이다 진왕이 졈두 왈 졍합오의라 월염이 맛춤내 박복 춤ᄉᆞ홀 샹은 아니라 ᄒᆞ더라 어시의 조시 쥐별당 심쳐의 슘어 화계ᄅᆞᆯ 피ᄒᆞ여 쥐별당 ᄎᆞ환을 엄금ᄒᆞ여 누셜치 말나 ᄒᆞ고 ᄌᆞ긔 낭찬을 비밀이 니우니 곽시 엇지 알니오 의심 업시 타 죽든 아냐시리니 반ᄃᆞ시 조부로 도망ᄒᆞ다 하고 그 죽지 아냐시믈 의심ᄒᆞ여 ᄃᆞ시 흉계지믈노 조시의 명 ᄭᅳᆺ기ᄅᆞᆯ 도모홀ᄉᆡ 반ᄃᆞ시 극진이

29면

ᄎᆞ미 넘ᄢᅵ고 길미 드ᄃᆞ이ᄂᆞᆫ지라 이쩌 곽휘 녀ᄋᆞ의 원으로 닌광의 지실을 삼은 후 조강 원비 진왕의 녀이믈 듯고 ᄯᆞᆯ을 경계ᄒᆞ여 삼가 화우ᄒᆞ믈 당부ᄒᆞ니 곽시 흔연 슈명ᄒᆞ는지라 뉘 빅만 흉얼이 만고 무빵ᄒᆞ믈 아ᄅᆞ시리오 곽시 모병을 인ᄒᆞ여 슈월 귀근ᄒᆞ니 곽시 가ᄋᆞ ᄌᆞᄅᆞᆯ 어더시믈 아득히 모ᄅᆞ므로 아ᄌᆞ의 슈려ᄒᆞ믈 과이ᄒᆞ나 녀셔로 내도ᄒᆞ믈 고이타 일ᄏᆞᆺ고 슈일을 머무더니 쥐파ᄅᆞᆯ 쳔금을 쥬고 사ᄅᆞᆷ의 미골을 구ᄒᆞᄂᆞᆫ지라 본부 시노 인츙이 블의 탐지ᄒᆞ므로 빅금을 쥬고 사ᄅᆞᆷ의 머리ᄅᆞᆯ 버혀 달나 ᄒᆞ니

30면

츙이 응낙고 슈이 엇지 못ᄒᆞ니 쥐픽 착급ᄒᆞ여 날마다 직쵹ᄒᆞ니 츙이 먼니 단니기ᄅᆞᆯ 슬희여 제 동뉴 즁 나 만코 임약혼 쟈로 일방의셔 ᄌᆞ다가 그 먹을 몬져 질고 목을 버혀ᄃᆞ가 쥐파ᄅᆞᆯ 쥬니 죽은 챵두의 ᄯᆞᆯ 뇨양이 령ᄒᆞᆫ ᄋᆞ히라 쥐픽 인츙으로 말홀 제 스쳐 드ᄅᆞ미 이시니 제 아비 버히기는 싱각 밧기라 줌대혼 말이라 못 드른 쳬ᄒᆞ엿더니 믄득 ᄌᆞ고 닐미 제 아븨 질녀 죽엇ᄂᆞᆫ지라 머리ᄅᆞᆯ 버혀 가시니 뇨양이 대경 망극ᄒᆞ여 붓들고 통곡ᄒᆞ여 인츙이 혼 되셔 ᄌᆞᄃᆞ가 이 변이 ᄂᆞ믜 의심이 니러나 츙

31면

을 닛글고 곽공긔 원상을 고홀시 춰파의 ᄉᆞ어를 낫낫치 고ᄒᆞ니 곽휘 대경ᄒᆞ여 급히 츄문ᄒᆞᄆᆡ 춰픠 인츙의 슈형ᄒᆞ믈 대경ᄒᆞ여 곽시긔 하직ᄒᆞ고 도쥬홀 힝리를 출히더니 범 굿튼 나졸이 족블니디ᄒᆞ여 ᄡᅥ어ᄃᆞ가 인츙과 일쳐의셔 츄문ᄒᆞᄆᆡ 가족이 ᄡᅥ러지고 뉴혈이 돌지ᄒᆞ니 곽휘 본ᄃᆡ 명슉ᄒᆞ고 빅힝이 과인ᄒᆞ니 션조의 효국공으로 태ᄌᆞ를 구ᄒᆞᄆᆡ 거의 ᄆᆞ음을 셔로 아는 벗지 되니 금일 ᄉᆞ고를 통히ᄒᆞ여 ᄆᆡᄆᆡ 고찰ᄒᆞ여 쥰ᄎᆞᄒᆞ니 크게 울고 바른 ᄃᆡ로 직쵸ᄒᆞ니 ᄯᅩ 춰파를 엄형 츄문ᄒᆞᄆᆡ 시러곰 복쵸 왈

32면

쇼비 부인을 뫼시고 양부의 가오니 원비 조시 평진왕지녀로 얼골이 만고를 기우릴 쌘더러 ᄌᆡ용과 인후 공겸ᄒᆞ미 금셰의 짝이 업ᄉᆞ오며 겸ᄒᆞ여 셩심 슉덕이 태ᄉᆞ 후 일인이라 아쥬의 비컨 ᄃᆡ 빅빅승이오 ᄯᅩ 몬져 아돌을 나하 구고의 ᄉᆞ랑과 양낭의 후ᄒᆞ미 일신의 온젼ᄒᆞ니 아쥐 후의 간 ᄌᆞ최 셔허ᄒᆞ여 통입 골슈ᄒᆞ니 몬져 단약 삼종으로 병부 노야를 먹여 ᄆᆞ음을 밧고이게 하고 문긱 ᄆᆡᆼ훈이란 쟈를 쳔금으로 납뇌ᄒᆞ고 여ᄎᆞ여ᄎᆞᄒᆞ여 간부셔와 화답ᄒᆞ는 글을 양샹셔를 보게 ᄒᆞ고 잉잉을 쥬어 ᄆᆡᆼ가를 먼니 보내

33면

고 ᄯᅩ 단약을 구ᄒᆞ여 태ᄉᆞ 부부를 먹여 ᄆᆞ음과 졍신을 혼미ᄒᆞ게 ᄒᆞ고 ᄯᅩ 단약을 심복 비ᄌᆞ를 먹여 조시 얼골이 된 후 태ᄉᆞ 부부를 즐욕ᄒᆞ고 아쥬를 난타ᄒᆞ여 양싱의 노를 도도고 ᄯᅩ 원위를 아슨 후 조시를 원즁 은셜뎡의 안치ᄒᆞ고 그 시비 츈소를 쳐결ᄒᆞ여 조시 유ᄌᆞ를 치독ᄒᆞ니 슈일 후 죽은지라 ᄯᅩ 원즁의 블을 노코 ᄌᆞ긱을 드려보내여 만일 아니 타 죽거든 칼노 버히라 ᄒᆞ엿더니 ᄌᆞ긱은 도로왓던지 아지 못ᄒᆞ고 조시와 비ᄌᆞ 등이 간 곳이 업ᄉᆞ오니 반ᄃᆞ시 죽지 아냐실지라 영영 죽기를 쥬야 싀ᄒᆞᄆᆡ 무고지 ᄉᆞ를 ᄒᆞ려 ᄒᆞ

34면

여 인ᄆᆡ골을 인츙의게 쳔금을 쥬고 구ᄒᆞ엿더니 ᄆᆡᆺ쳐 흉ᄒᆞᆫ 힝ᄉᆞ를 힝치 못ᄒᆞ와 이쳐로 획실ᄒᆞ오니 엇지 일호를 긔이리오 ᄯᅩ 아쥐 싱산치 못ᄒᆞ온 즉 쳔금을 납뇌ᄒᆞ고 김

공 ᄋᆞᄌᆞ를 ᄉᆞᄃᆞ가 아쥬의 싱산ᄒᆞᆫ 톄ᄒᆞ여 양랑과 태ᄉᆞ 부뷔 ᄉᆞ랑ᄒᆞ시게 ᄒᆞ고 또 양랑이 은셜뎡의 냥미 보ᄂᆡᄂᆞᆫ 거술 ᄉᆞ이의 탈취ᄒᆞ고 모ᄅᆡ를 보ᄂᆡ든 말을 낫낫치 직쵸ᄒᆞ니 곽휘 대경실ᄉᆡᆨᄒᆞ여 명명히 츄힐ᄒᆞᆫ 후 흉녀의 초ᄉᆞ를 가지고 양부의 니ᄅᆞ러 태ᄉᆞ를 보고 탄왈 하면목으로 셔로 ᄃᆡᄒᆞ리오 오즉 죄를 청ᄒᆞᄂᆞ이다 태ᄉᆡ 대경 문고ᄒᆞ

35면

니 곽휘 ᄉᆞ미 안ᄒᆞ로셔 쵸ᄉᆞ를 내여 양공긔 젼ᄒᆞ고 탄왈 블초 악녀로 존문을 어ᄌᆞ러이고 령손의 금슈 ᄌᆞ질을 흉ᄒᆞᆫ 독슈의 맛ᄎᆞ니 ᄎᆞᄂᆞᆫ 다 복의 블인 무샹이라 ᄒᆞ믈며 조부인은 법가 고문의 요죠슉녀여ᄂᆞᆯ 허다 간악을 무릅쓰미 다 간녀의 죄라 흉인 간비를 죽여 령손의 원ᄉᆞᄒᆞᄆᆞᆯ 갑흐려니와 후문 샹가의 여ᄎᆞ지변이 ᄒᆡ이ᄒᆞ고 김태원이 농쟝을 졀박히 바라거ᄂᆞᆯ 일ᄌᆞ를 어드ᄆᆡ 또 양가의 팔니미 되여 텬늰이 조샹ᄒᆞ고 인니치과ᄒᆞ여 셩셰 풍화의 블힝이 큰지라 혹ᄉᆡᆼ이 엇지 ᄌᆞ식의 일이라 ᄒᆞ고 덥허

36면

두리오 형은 ᄇᆞᆰ히 쳐치ᄒᆞ여 인륜을 뎡ᄒᆞ고 조부인 복분의 원을 신셜ᄒᆞ여 더ᄃᆡ게 마ᄅᆞ쇼셔 태ᄉᆡ ᄎᆞ언을 듯고 쵸ᄉᆞ를 보ᄆᆡ 두 눈이 두렷ᄒᆞ고 경히 촘분ᄒᆞ니 어린 ᄃᆞᆺ 말을 못ᄒᆞᄃᆞ가 탄왈 과연 조식뷔 드러오ᄆᆡ ᄉᆞ덕이 졍슉ᄒᆞ고 질투ᄒᆞ미 업더니 령녜 니ᄅᆞᄆᆡ 길이 화우ᄒᆞᄂᆞᆫ 덕이 잇ᄂᆞᆫ지라 이러ᄒᆞᆯ 쥴 뜻ᄒᆞ여시리오 허다 참변이 우리 역시 혼암ᄒᆞ미 연무즁 사ᄅᆞᆷ이 되여 조시를 가도고 녕녀로 원위를 쥬엇더니 오ᄅᆡ지 아냐 유지 쥭으니 우연ᄒᆞᆫ 독질인가 아랏더니 이졔 변이 여ᄎᆞᄒᆞ니 엇지 ᄒᆞᆫ

37면

ᄂᆞᆺ 녕녀의 허믈이리오 실노 나의 블명ᄒᆞᆷ과 돈아의 졔가치 못ᄒᆞᆫ 연괴라 엇지 녕녀를 친히 죽여 골육샹잔을 ᄌᆞ임ᄒᆞ리오 다만 오가로 결의ᄒᆞ고 간비를 버혀 손ᄋᆞ의 원슈를 갑흐리니 별단 쳐치ᄒᆞ시리오 내 집 쳐ᄉᆡ 블명ᄒᆞ여 조식부의 간 곳을 모ᄅᆞ니 블 가온ᄃᆡ 술와 쥭지 아냐시면 필경 ᄌᆞ긱의게 질녀 쥭어시리니 진왕을 ᄃᆡᄒᆞᆯ 낫치 업고 텬ᄃᆡ의 박힝 죄명을 ᄌᆞ취ᄒᆞᆯ지라 하면목으로 대인ᄒᆞ며 김태원은 ᄒᆡᄌᆞ를 일허시나 요힝 샹봉ᄒᆞ미 잇거니와 오아 부ᄌᆞᄂᆞᆫ 모든 거시 업셔 속졀 업시

38면

유즈의 원혼이 운쇼의 빗겨 부즈의 블명호믈 원치 아니라 셜파의 회허 쟝탄호여 눈믈이 련낙호니 곽휘 크게 춤괴호더니 믄득 양병뷔 드러와 곽후를 보고 레필 한훤파의 양공이 취파의 초스를 쥬며 기리 탄왈 너와 내 무슴 눗추로 대인호며 조시의 스싱거쳐를 모르니 쏘훈 무어시라 호리오 양싱이 급히 보미 골경신히훈지라 곽휘 취파와 간노의 머리를 도젹호여 무고를 힝호려 호드가 발각훈 즉 엄형 츄문호여 초스를 눗낫치 바다 명명이 확실훈 말을 일일이 젼호니 양싱이 듯고

39면

블승분노호고 한심 추악호여 으즈의 춤스호미 식로이 분완호니 탄왈 금일 흉녀의 쇼스와 령녀의 젼후 악스를 드르니 쇼싱이 슈신졔개 블가스문어타인이라 하면목으로 닙어셰호리오 김가지즈를 어더 구가를 쇽이미 뉸샹의 변이라 당당이 텬뎡의 고호여이 분을 셜호리로쇼이다 곽공이 탄왈 쟈범아 네 엇지 싱각기를 이러툿 호는가 닉 이제 널노 옹셔지의 쓴쳐건니와 젼일 친훈 덕의를 싱각호여 블초녀의 죄는 슈스난쇽이나 이제 법스의 고호믹 유닉호미 업느니 녀으와 간비 쥭이기는 너와 나의

40면

즁즁의 이시니 엇지 텬위를 번거롭게 호리오 븟그러온 바는 곽시 셰딕 명문의 이런 난뉸지식 잇고 양가의 고문 거족의 가변이 히연호니 무어시 쾌호리오 깁히 싱각호여 진왕 형뎨와 의논호여 볼지어다 병뷔 샤왈 쇼싱의 지극 원통훈 바는 으즈의 원호미라 그러나 명공지괴 여추호시니 취녀 흉인을 이리로 보내시면 쇼싱이 쾌히 쥭여 으즈의 원슈를 갑고 령녀의 스싱 쳐치는 내 알 빅 아니라 스스로 쳐티호쇼셔 양공이 츄연 탄왈 믈이 업쳐시니 굿트여 일녀를 맛추리오 김으는 그리로셔 제 집의 보닐

41면

지라 오직 내 집 죵손을 맛추시니 통원이 깁고 조시의 스싱을 아지 못호니 진왕 형뎨를 볼 눗티 업도다 곽휘 크게 탄식호고 즈춤호기를 마지 아니호고 만면 슈식을 쒸여 하직고 도라와 취파를 양부로 보닉고 즁청의 좌호고 일긔 독약으로 곽시를 쥭이려 노긔 등등호고 위의 참엄호니 부인이 가슴을 두드려 통곡 왈 제 죄는 비록 쥭여 족호

나 ᄎᆞ마 ᄌᆞ식을 독살ᄒᆞ리오 ᄎᆞᄅᆞ히 심당의 가도와 ᄌᆞ진케 ᄒᆞ미 올흐니 맛참내 쥭이려 ᄒᆞ시거든 쳡이 몬져 쥭어 악경을 보지 아니리라 ᄒᆞ고 모녜 븟들고 실셩 통곡ᄒᆞ니 곽휘

42면

분긔 텽즁ᄒᆞ나 부녀 텬륜으로 ᄎᆞ마 쥭이지 못ᄒᆞ고 한 간 심당의 가두고 부인도 왕릭치 못ᄒᆞ게 ᄒᆞ여 ᄌᆞ진키를 바라더라 김의 ᄇᆡ야흐로 거름을 거ᄅᆞ며 말을 ᄒᆞ여 령긔 동인ᄒᆞᆫ지라 곽휘 김혹ᄉᆞ로 년긔 부젹ᄒᆞ나 셔로 친ᄒᆞ미 관포의 지심ᄒᆞ미 잇ᄂᆞᆫ지라 두어 줄 글노뻐 김공을 청ᄒᆞ니 김혹ᄉᆡ 즉시 니ᄅᆞ러 한훤필의 곽공이 김ᄋᆞ를 내여 왈 ᄎᆞ이 나의 어든 아ᄒᆡ라 형이 지금 샤속이 업다 ᄒᆞ니 이 ᄋᆞᄒᆡ를 슈양ᄒᆞ여 샤셩 김시ᄒᆞ미 엇더ᄒᆞ뇨 김혹ᄉᆡ 눈을 드러 보니 슈셰 옥동이 얼골이 쇄낙ᄒᆞ고 골격

43면

이 비샹ᄒᆞ여 난봉이 단산의 오ᄅᆞ고 긔린이 진셰의 ᄂᆞ렷ᄂᆞᆫ지라 다만 ᄌᆞ긔의 의형과 뉴부인 념틱와 방블ᄒᆞᆫ지라 원내 부인 분산ᄒᆞᆯ ᄯᅢ의 나갓ᄃᆞ가 도라오믹 그 모부인이 못쁠 거술 ᄂᆞ하시믹 업시ᄒᆞᆫᄃᆞ ᄒᆞ고 뉴부인은 입을 여지 아냐 눈물을 흘니ᄂᆞᆫ지라 혹ᄉᆡ 기리 지긔ᄒᆞ고 막블ᄎᆞ악ᄒᆞ여 밥을 먹지 못ᄒᆞ고 잠을 자지 못ᄒᆞ미 삼지 츈츄를 지내되 쥬야의 잇지 못ᄒᆞ여 오믹의 ᄆᆡ친 한이 남녀간 ᄌᆞ긔 골육을 어ᄂᆡ 곳의 더진지 몰나 슬허ᄒᆞ더니 곽후의 말을 드ᄅᆞ니 취ᄒᆞᆫ 둣 어린 둣ᄒᆞᆫ 가온ᄃᆡ 옥동을 보니

44면

그 쇼의 ᄌᆞ긔로 방블ᄒᆞ믈 경혹ᄒᆞ여 밧비 아ᄒᆡ를 안코 문왈 노형이 ᄋᆞᄒᆡ를 어ᄃᆡ 가 어드시뇨 그 근본을 ᄌᆞ셔히 니ᄅᆞ쇼셔 곽휘 기리 탄식ᄒᆞ고 이의 ᄂᆞ아가 안ᄌᆞ ᄂᆞ즉이 말ᄒᆞᄃᆡ 내 팔ᄌᆡ 긔구ᄒᆞ여 블초ᄒᆞᆫ 녀ᄋᆞ로뻐 이런 변괴 이셔 븟그러오믈 비ᄒᆞᆯ ᄃᆡ 업고 양가의 ᄋᆞᄌᆞ 참ᄉᆞᄒᆞ믈 싱각ᄒᆞ면 흉격이 격졀ᄒᆞ여 능히 셩셜치 못ᄒᆞ고 하면목으로 대인ᄒᆞ리오 김공이 블승참탄ᄒᆞ며 경희 왈 편친이 질환이 침칙ᄒᆞ샤 샹요의 ᄯᅥᄂᆞ지 못ᄒᆞ시고 내 ᄂᆞ간 ᄉᆞ이 ᄒᆡ만ᄒᆞ믹 ᄉᆞ오ᄂᆞ온 시비 이 일을 교통ᄒᆞ여 이 변이 지ᄎᆞᄒᆞ니 엇지

45면

한심치 아니리오 제 부직 샹봉ᄒᆞ믄 존형의 대덕이라 삼셰를 휵양ᄒᆞ여 쥬시니 은혜 크지 아니리잇고 곽휘 탄왈 형의게ᄂᆞᆫ 조흔 일이 되고 양가의셔ᄂᆞᆫ 그 골육을 독살ᄒᆞ니 엇지 ᄎᆞ악지 아니리오 내 오히려 인약ᄒᆞ여 간녀를 쥭이지 못ᄒᆞ믈 븟그리노라 김공이 탄복 칭션ᄒᆞ고 다힝코 깃부믈 형샹키 어렵더라 즉시 ᄋᆞ희와 유랑을 다려 본부로 도라와 셩부인긔 쥬ᄒᆞᄃᆡ 쇼ᄌᆡ 지금 사쇽이 업ᄉᆞᄆᆡ 원족의 ᄋᆞ희를 어더 후샤를 이으려 ᄒᆞᄂᆞ이다 셩시 고지 듯고 양가의 집의 판 유ᄌᆞ믈 ᄉᆡᆼ각이나 ᄒᆞ리오

46면

김공이 유부인을 ᄃᆡᄒᆞ여 가마이 니ᄅᆞᄃᆡ 곽공의 허던 말과 ᄋᆞᄌᆞ 차즌 말을 낫낫티 니ᄅᆞ니 뉴부인이 쑴을 ᄭᆡᆫ 듯 놀ᄂᆞ며 슬프고 깃브믈 이긔지 못ᄒᆞ여 ᄎᆞ후ᄂᆞᆫ 쥬야 ᄯᅥᄂᆞ지 아니ᄒᆞ고 화를 졔방ᄒᆞ여 길너 후릐의 조시 녀ᄋᆞ와 김문챵으로 혼인ᄒᆞ니 셜홰 츙의록의 잇고 김ᄉᆡᆼ이 양ᄉᆡᆼ을 쥬지 아냐 양인광의 문ᄉᆡᆼ으로 녀셰 되니라 ᄎᆞ셜 양ᄉᆡᆼ이 곽공을 도라보내고 분ᄒᆞ고 ᄋᆞᄌᆞ의 참ᄉᆞᄒᆞ믈 ᄉᆡᆼ각ᄉᆞ록 차악ᄒᆞ여 눈믈을 금치 못ᄒᆞ고 ᄌᆞ긔 졔가 잘못ᄒᆞᆫ 한이 흉격이 격졀ᄒᆞ고 무죄ᄒᆞᆫ 슉녀를 함히

47면

ᄒᆞ여 신누를 몸의 시려 텬고의 업순 작변을 지어 조시 ᄉᆡᆼᄉᆞ 존망을 모ᄅᆞ니 ᄉᆡ로이 눈믈이 금포를 젓ᄂᆞᆫ지라 태식 ᄯᅩᄒᆞᆫ ᄌᆞ긔 부ᄌᆞ의 박힝 무식ᄒᆞᄆᆡ 입이 ᄡᅳ고 경혹ᄒᆞᄆᆡ 간졀ᄒᆞ니 진왕 형데다려 조시 어ᄃᆡ로 갓다 ᄒᆞ리오 더옥 난연ᄒᆞ고 조군쥬 이 쇼식을 드ᄅᆞᄆᆡ 참연 히악ᄒᆞᄃᆡ 두시ᄂᆞᆫ 침믁ᄒᆞᆫ 부인이라 조시 별당의 잇시믈 니ᄅᆞ지 아니코 이늘 가마이 별당의 ᄂᆞ아가니 이졔 조시 화변을 당ᄒᆞᆫ 후 신긔 블평ᄒᆞ고 ᄌᆞ긔 양익이 거의 닉심ᄒᆞ믈 ᄉᆡᆼ각ᄒᆞ니 몸의 누명을 셜원 곳 ᄒᆞ여시면 결단코 일명을 맛ᄎᆞ 셰

48면

ᄉᆞ를 이ᄌᆞ시면 쾌ᄒᆞᆯ 듯ᄒᆞᄃᆡ 내 지금 쥭으면 신누를 신셜티 못ᄒᆞ고 부모를 못 뵈오니 쥭을들 엇지 올흔 귀신이 되리오 쥬ᄉᆞ야탁ᄒᆞ여도 신누 신셜ᄒᆞᆯ 조각이 묘망ᄒᆞ니 음식을 먹지 못ᄒᆞ고 잠을 ᄌᆞ지 못ᄒᆞ니 다만 슬프고 참분ᄒᆞᆫ ᄆᆞᄋᆞᆷ을 뎡치 못ᄒᆞ더니 홀연 두부인이 니ᄅᆞ거ᄂᆞᆯ 반가오믈 이긔지 못ᄒᆞ여 마ᄌᆞ 좌를 뎡ᄒᆞ니 두부인이 ᄎᆞ탄 왈 신명

이 붉히 도으샤 그듸 신누를 신셜ᄒᆞ고 양익이 다 진ᄒᆞ고 복녹 누릴 날이 머지 아니ᄒᆞ니 깃브나 유ᄋᆞ의 독약으로 참ᄉᆞᄒᆞ믈 ᄉᆡᆼ각ᄒᆞ니 엇지 참통ᄒᆞ고

49면

슬프지 아니ᄒᆞ리오 말을 맛ᄎᆞ며 누쉬 종횡ᄒᆞ거늘 조시 ᄋᆡ누를 먹음고 문왈 부인 말슴이 엇진 연괴뇨 부인이 ᄃᆡ왈 곽녀의 젼후 악ᄉᆞ와 취파의 쵸ᄉᆞ를 일일이 니ᄅᆞ고 김공의 유ᄋᆞ ᄎᆞᄌᆞ간 말을 젼ᄒᆞ니 조시 듯고 어린 ᄃᆞᆺ 취ᄒᆞᆫ ᄃᆞᆺ 말을 못ᄒᆞᄃᆞ가 냥구 후 실셩 통읍 왈 나의 ᄋᆡᆨ회 비샹ᄒᆞ여 쳔고의 업ᄉᆞᆫ 변을 당ᄒᆞ여 잔명을 보젼ᄒᆞ여시나 ᄋᆞᄌᆞᄂᆞᆫ 엄의 ᄋᆡᆨ회로 독약의 참ᄉᆞᄒᆞ니 슬프고 참통ᄒᆞ믈 엇지 견ᄃᆡ리오 말이 맛ᄎᆞ며 오ᄂᆡ 분붕ᄒᆞ여 적혈을 토ᄒᆞ며 혼절ᄒᆞ거늘 유랑 시비 황겁ᄒᆞ여 급

50면

히 구ᄒᆞ더니 이윽고 졍신을 ᄎᆞ려 ᄉᆡ로이 ᄋᆡ읍ᄒᆞ니 두부인이 위로 왈 부인은 너모 과ᄋᆡ치 말나 기역명도오 겸ᄒᆞ여 ᄉᆞ쟈ᄂᆞᆫ 블가부ᄉᆡᆼ이니 과ᄋᆡ치 말고 몸을 보즁ᄒᆞ여 부귀를 바드미 유익ᄒᆞᆫ지라 ᄂᆡ 말을 드러 ᄒᆡᆼᄒᆞ라 이졔 그 신누를 버셔시니 이곳의 잇지 말고 가히 진부를 도라가 일이 진졍커든 모드미 올토다 조시 ᄃᆡ왈 부인이 훈교를 이쳐로 ᄒᆞ시니 감은ᄒᆞ온지라 내 결단코 츈쇼 간비를 쥭여 유ᄋᆞ의 원슈를 셜ᄒᆞ려 ᄒᆞ더라 두부인이 교부와 약간 시비로ᄡᅥ 조시를 도라보ᄂᆡᆯᄉᆡ 이날 졍당과 샹셔의 잠든 ᄯᆡ를 타 교ᄌᆞ를 ᄂᆡ

51면

여보ᄂᆡ고 즁복ᄃᆞ려 지삼 당부ᄒᆞᄃᆡ 부인의 본부로 가시믈 누셜티 말나 ᄒᆞ니 원ᄂᆡ 조시 어하티졍이 관유후덕ᄒᆞ므로 즁노복이 다 셩덕을 아ᄂᆞᆫ 빅라 그 원억히 참굴ᄒᆞ던 바를 ᄉᆡᆼ각ᄒᆞ미 인심이 ᄌᆞ연 감복ᄒᆞ여 ᄉᆞ식도 비최미 업ᄉᆞ니 뉘 알미 이시리오 조시 두시의 젼ᄒᆞᄂᆞᆫ 말을 그 ᄃᆡ개를 드ᄅᆞ니 양ᄉᆡᆼ의 광픽ᄒᆞᆫ 거동을 ᄃᆡᄒᆞ기 슬코 두시 범ᄉᆞ를 쥬밀이 ᄒᆞᄂᆞᆫ 고로 그 명을 조ᄎᆞ 본부로 도라오니 이ᄣᅴ 진부의셔 월념이 쳔고의 업ᄉᆞᆫ 환난 즁 ᄯᅩ 화변을 당ᄒᆞ여 화염의 ᄌᆡ 된지 ᄌᆞ긱의 칼의 쥭엇ᄂᆞᆫ지 ᄉᆞᄉᆡᆼ 거쳐를 몰나 그 잔

52면
잉ᄒᆞ고 ᄎᆞ악ᄒᆞ믈 견ᄃᆡ지 못ᄒᆞ더니 모든 양부 노복이 쇼제를 뫼셔오거ᄂᆞᆯ 경희ᄒᆞ여 그 연고를 무른 즉 시비 쥬왈 화염 즁 두부인 구ᄒᆞ시믈 입ᄉᆞ와 취별당의 은신ᄒᆞ엿다가 즉금 두부인 분부로 비밀이 보ᄂᆡ시믈 인ᄒᆞ여 뫼셔 왓ᄉᆞ오니 다른 일은 ᄌᆞ셔히 아지 못ᄒᆞᄂᆞ이다 진왕과 경비 쇼제를 보니 화용이 초쵀ᄒᆞ고 낭안의 슈식이 가득ᄒᆞ거ᄂᆞᆯ 경비 쇼제의 숀을 잡고 실셩비읍 왈 내 네 얼골을 산 얼골로 못 볼 줄 아ᄅᆞ더니 의외의 네 얼골을 보니 슈ᄉᆡᆨ나 무한이로다 ᄒᆞ고 누쉬 종횡ᄒᆞ니 쇼졔 비루를 금치

53면
못ᄒᆞ고 ᄌᆡ비 고왈 블초녀 명되 긔박ᄒᆞ와 쳔고의 업ᄉᆞᆫ 화변과 남의 춤 바틀 신루를 몸의 싸아 죽기를 ᄉᆞ양치 아니ᄒᆞ오ᄃᆡ 신루를 신셜치 못ᄒᆞ고 부모의 셩안을 뵈옵지 못ᄒᆞ오면 쥭어도 원혼이 될 ᄃᆞᆺᄒᆞ기로 잔명을 구ᄎᆞ히 도모ᄒᆞ오니 ᄋᆞᄌᆞ의 ᄎᆞᆷᄉᆞᄒᆞ믈 ᄉᆡᆼ각ᄒᆞ오면 오내 분붕ᄒᆞ고 혈뉘 종횡ᄒᆞᄂᆞ니 모친은 블초녀의 박명을 과려치 마ᄅᆞ쇼셔 경비 탄왈 이리 오믄 엇진 연괴냐 쇼제 부복 ᄃᆡ왈 이졔 곽네 젼후 악ᄉᆞ와 취파의 ᄒᆞᆫ 초ᄉᆞ 말을 일일이 고ᄒᆞ고 유ᄋᆞ의 독약 참ᄉᆞᄒᆞ믄 시비 츈쇼를 납뇌ᄒᆞ여 쥭인 ᄉᆞ

54면
긔를 낫낫치 고ᄒᆞ니 경비 듯고 참통 차악ᄒᆞ여 냥구 후 희허 탄왈 기역텬야요 명야여 니와 네 양익이 이ᄃᆡ도록 ᄒᆞᆯ 줄 엇지 ᄯᅳᆺᄒᆞ여시리오 지금의 네 양익은 다 진ᄒᆞ여 신루를 신셜ᄒᆞ게 되거니와 유ᄋᆞᄂᆞᆫ 임의 참ᄉᆞᄒᆞ여시니 ᄎᆞ악ᄒᆞ미 비ᄒᆞᆯ ᄃᆡ 업도다 쇼제 누쉬 여우ᄒᆞ여 늣길 다름이라 진초 이공이 쇼져를 보고 쟝탄 왈 너의 ᄋᆡᆨ회 비샹ᄒᆞ여 화란을 지ᄂᆡ니 그 역시 텬되라 너ᄂᆞᆫ ᄆᆞ음을 도로혀 몸을 보즁ᄒᆞᆯ지어다 쇼제 ᄌᆡ비 부복 청죄 왈 블쵸네 명되 긔구ᄒᆞ와 허다 변란 즁 유ᄋᆞ의 참경은 인비목셕

55면
인들 엇지 견ᄃᆡ오며 부조모훈을 본밧지 못ᄒᆞ옵고 블회 대심ᄒᆞ오니 만ᄉᆞ무셕이로쇼이다 쵸공 왈 질아의 허믈이 아니라 너의 ᄋᆡᆨ회 잠간 비샹ᄒᆞ여 그런 변란을 지ᄂᆡ시니 질녀의 허믈이리오 너는 몸을 보즁ᄒᆞᆯ지어다 쇼제 염용 비샤 왈 숙뷔 하교 여ᄎᆞᄒᆞ시니 명ᄃᆡ로 ᄒᆞ리로쇼이다 경비 시비를 명ᄒᆞ여 쇼져를 션월뎡의 침쇼를 뎡ᄒᆞ라 ᄒᆞ고

유랑과 ᄉᆞ오 비ᄌᆞ로 션월뎡으로 도라보닐ᄉᆡ 쇼졔 하직고 션월뎡의 도라오니 셕ᄉᆞ를 ᄉᆡᆼ각ᄒᆞ고 잠을 못 이루더니 믄득 효계 ᄉᆡ빅를 보ᄒᆞ거늘 ᄉᆡ로이 비

56면

회 교집ᄒᆞ여 누쉬 종횡ᄒᆞ더니 동창이 긔명ᄒᆞ거늘 유랑으로 더브러 담쇼ᄒᆞ더니 능빅이 신셩 길의 니ᄅᆞ거늘 쇼졔 좌정 후 능빅이 미쇼 왈 져져는 양익이 진ᄒᆞ고 신루를 셜원ᄒᆞ고 복녹을 누려 영화로올 날이 머지 아니ᄒᆞ오니 티하ᄒᆞᄂᆞ이다 쇼졔 함누 ᄃᆡ왈 엇지 복녹을 본들 오ᄂᆡ의 ᄆᆡ친 한을 플리오 유ᄋᆞ의 참ᄉᆞᄒᆞ믈 ᄉᆡᆼ각ᄒᆞ면 영홰 극ᄒᆞ여도 심회 슬프미 그지 업도다 ᄒᆞ고 비읍 유톄ᄒᆞ니 능빅이 위로ᄒᆞ더라 ᄎᆞ시 양병뷔 조시 거쳐를 몰나 비심이 병츌ᄒᆞ여 ᄉᆞ면으로 술피니 종젹을 알 길 업

57면

시니 쥬야 탄식ᄒᆞ고 침식이 블평ᄒᆞᆫ 일을 능빅이 알고 션월뎡의 드러가 ᄆᆡ져를 보고 쇼왈 이졔 드ᄅᆞ니 양ᄌᆞ범이 ᄆᆞᄋᆞᆷ이 어ᄌᆞ러워 누의 ᄉᆞᄉᆡᆼ 거쳐를 몰나 쵸갈ᄒᆞᆫ다 ᄒᆞ오니 누의 이리 오믈 니ᄅᆞ지 말고 우리 ᄒᆞᆫ가지로 졸ᄂᆞ 보ᄉᆞ이다 모든 좌즁이 용약 왈 연타 ᄒᆞ니 진쵸 냥공이 쇼왈 져를 갈와 속길 일이 아니로ᄃᆡ 오히려 녀ᄋᆞ의 미간의 프른 긔운이 밋쳐 범인은 몰ᄂᆞ보나 삼ᄉᆞ 삭 익회 나마시니 부뷔 화합홀 ᄶᅵ 아니라 오가의 고요히 이셔 익을 마ᄌᆞ 쇼멸ᄒᆞ고 길운을 기다리라 두시 가히 녀즁졔

58면

갈이라 너를 보닌 뜻이 심샹치 아닌지라 그 뜻을 이으미 맛당ᄒᆞᆫ지라 졔인이 다 진초 이공을 아름다온 신명 곳튼지라 ᄎᆞ어를 쥰봉하여 쇼져를 깁히 간슈ᄒᆞ더라 졍비 탄왈 츈쇼를 엇지 져쥬어 뭇지 아니코 가두어 두라 ᄒᆞ더뇨 쇼졔 탄왈 우리 집의셔 져쥬어 복초를 바다도 블과 시비를 혹형ᄒᆞ여 무복을 뫼히ᄒᆞ고 신루를 벗고져 ᄒᆞᆫ다 홀 거시니 부결 업슨지라 츈쇼 요비 치ᄌᆞ를 치독ᄒᆞ여시니 져 츈쇠 원싊라 당ᄎᆞ시ᄒᆞ여 츈쇼를 양부로 보ᄂᆡ쇼셔 춰파 흉인을 일쳐의 모ᄃᆞ면

59면

가히 명졍 언슌ᄒᆞ여 신루를 버ᄉᆞ며 유ᄌᆞ의 원슈를 갑흐리이다 좌위 칭션 왈 여언이

지극 원대ᄒᆞ니 여ᄎᆞ 식견으로 유ᄌᆞ를 참ᄉᆞᄒᆞ고 참욕을 보니 녀ᄌᆞ 되미 엇지 두립지 아니리오 쇼졔 기리 탄식ᄒᆞ더라 조시 다시 션월뎡을 직희ᄆᆡ 번거히 츌입지 아니ᄒᆞ고 졔데를 거ᄂᆞ려 심회를 위로ᄒᆞ나 일렴의 통박ᄒᆞᄂᆞᆫ 쟈ᄂᆞᆫ 유ᄌᆞ의 쥭은 넉술 부ᄅᆞ지 못ᄒᆞ고 눈믈을 흘녀 화협의 죵횡ᄒᆞ더라 왕이 츈쇼를 양부의 보ᄂᆡ여 왈 이 간비를 져쥬면 거의 녀ᄋᆞ의 거쳐를 알니라 ᄒᆞ니 어시의 양병뷔 츈

60면

몽을 쳐음으로 ᄶᅵᄆᆡ 조시의 만단 비원ᄒᆞᆫ 거동이 ᄉᆡ로이 참졀ᄒᆞ여 종일토록 쟝탄단우ᄒᆞ더니 곽부의셔 취파 흉인을 ᄌᆞ바 보ᄂᆡ니 병부의 급ᄒᆞᆫ 심셩이 쳘골ᄒᆞᄆᆡ 크게 형위를 베플고 취파를 ᄌᆞ바드려 젼후 간상을 츄문ᄒᆞᄆᆡ ᄶᅵ여진 다리의 다시 엄형을 두어 각골이 산산ᄒᆞ고 피육이 후란ᄒᆞ니 인비목셕이라 엇지 견ᄃᆡ리오 취픿 젼후 악ᄉᆞ를 낫ᄂᆞᆺ치 직초ᄒᆞ니 병뷔 대로ᄒᆞ여 츈쇼를 어더 무롤 길히 업셔 침음ᄒᆞ더니 진부의셔 츈쇼를 ᄆᆡ여왓시니 취파로 일쳐의셔 엄형 츄문ᄒᆞ

61면

니 두 간비 입으로 흐ᄅᆞᄂᆞᆫ 말이 언언이 골경 신히ᄒᆞᆫ지라 병뷔 바야흐로 조시의 옥이 조쿄 어름이 ᄆᆰ으므로 간인의 히를 맛ᄂᆞ 누셜 만상을 격그믈 ᄎᆞ셕ᄒᆞ여 당시ᄒᆞ여 형영이 묘망ᄒᆞ니 비한이 가슴의 막히고 뉘웃ᄂᆞᆫ 한이 심곡의 ᄯᅱ눕ᄂᆞᆫ지라 이의 큰 ᄆᆡ를 갈히여 이녀를 쟝슈를 혜지 아냐 티기를 엄히 ᄒᆞ고 큰 쇠를 달와 그 살을 지즈며 독약을 플어 입의 퍼부으며 큰 곤쟝으로 입을 지ᄅᆞ니 두 흉녀의 입으로조ᄎᆞ 피 가ᄃᆞᆨ히 ᄲᅩ다지며 졈졈 쇼ᄅᆡ 못ᄒᆞ나 병뷔 졈졈 로긔 더ᄒᆞ여 칼흘 가라 좌우로 모진 하

62면

리를 명ᄒᆞ여 그 살을 졈혀 ᄂᆡ라 ᄒᆞ니 범 ᄀᆞᆺᄐᆞᆫ 군졸이 샹인으로 살졈을 ᄲᅧ흐러 ᄂᆡᄆᆡ 이녜 머리를 흔들고 쇼ᄅᆡ 질너 셩샹이 ᄎᆞ악ᄒᆞ더라 큰 ᄆᆡ로 쥭기를 한ᄒᆞ도록 티ᄆᆡ 임의 다리 부려져 가족만 걸녀시며 이녀의 흉ᄒᆞᆫ 넉시 쟝하의 ᄂᆞ라ᄂᆞᄆᆡ 병뷔 ᄂᆡ여 참두ᄒᆞ라 ᄒᆞ고 곽시 머무던 당을 ᄡᅳ러 업시 ᄒᆞ고 다시 ᄆᆡᆼ훈을 ᄎᆞ줄 길 업고 조시 ᄉᆞ싱을 모ᄅᆞ니 심회를 뎡치 못ᄒᆞ여 다시 진왕과 초공을 볼 ᄂᆞᆺ티 업ᄉᆞᄃᆡ 아니 볼 사름이 아니라 조부의 ᄂᆞᄋᆞ가 내당 청알ᄒᆞ니 ᄐᆡ부인이 골ᄋᆞᄃᆡ 양싱이 삼 년을 졀젹

63면

ᄒᆞ더니 금일 보기를 구ᄒᆞ니 무슴 연괴 잇ᄂᆞ냐 능휘 쇼이ᄃᆡ왈 조뫼 양싱을 보셔든 여ᄎᆞ여ᄎᆞᄒᆞ쇼셔 그 거동을 구경ᄒᆞ샤이다 졔죄 ᄒᆞᆫ 말식 쟉만ᄒᆞ여 양싱을 청ᄒᆞ여 샹견홀ᄉᆡ 병뷔 드러와 모든 ᄃᆡ례를 맛고 졔조로 한가지로 안ᄌᆞᄆᆡ 존후를 뭇ᄌᆞᆸ고 오ᄅᆡ ᄇᆡ현치 못ᄒᆞᆷ믈 샤죄ᄒᆞ니 풍화ᄒᆞᆫ 안모ᄂᆞᆫ 년화의 훈긔를 쒸엿고 싀싀ᄒᆞᆫ 긔운은 츄텬을 묘시ᄒᆞ 늠늠ᄒᆞᆫ 풍치ᄂᆞᆫ 그 용호의 긔습과 쟝샹의 골격이 니럿ᄂᆞᆫ지라 졔죄 아니 보와셔ᄂᆞᆫ 통한 졀티ᄒᆞ더니 밋보ᄆᆡ 풍치 긔특ᄒᆞᆷ과 말ᄉᆞᆷ이 화열ᄒᆞ

64면

미 일좌를 동ᄒᆞ니 ᄉᆡ로이 탄복ᄒᆞ여 그 화변이 쇼져의 ᄋᆡᆨ운으로 아라 양싱을 한치 아니터라 태부인이 말ᄉᆞᆷ을 펴 왈 블초 손녀로 외람이 군ᄌᆞ 건즐을 쇼임ᄒᆞᄆᆡ 허다 참변이 존문의 경참ᄒᆞ믈 이ᄅᆞ고 유치를 보젼치 못ᄒᆞ여 심원 벽쳐의 안치 죄인이 되여시믈 드ᄅᆞ니 죄ᄂᆞᆫ 만ᄉᆞ유경ᄒᆞ나 노인의 ᄉᆞ졍은 다른 일은 ᄉᆡᆼ각지 못ᄒᆞ고 블안ᄒᆞᆫ 념네 슉식이 블안ᄒᆞᆫ지라 아지 못게라 약질이 능히 잔쳔을 니어ᄂᆞ냐 군ᄌᆞ의 엄ᄒᆞᆫ 호령이 ᄉᆞᄉᆞ로 쇼식을 통치 못ᄒᆞ니 구구ᄒᆞᆫ ᄉᆞ졍이 져 평부를 듯고져

65면

ᄒᆞ노라 위부인이 말ᄉᆞᆷ을 이어 왈 블초ᄒᆞᆫ 손네 가셩을 참욕ᄒᆞ니 비록 죄ᄂᆞᆫ 즁ᄒᆞ나 늘이 너모 즁ᄒᆞ여 관인지치 아니라 아지 못게라 이졔 그 ᄌᆞ최 어ᄂᆞ 곳의 뉴낙ᄒᆞᄂᆞ뇨 비록 죽어시나 그 시신이나 거두어 염쟝ᄒᆞ게 념녀ᄒᆞ 리 업ᄉᆞᆫ지라 낭군은 홍은을 드리워 손ᄋᆞ의 ᄒᆡ골을 빌녀 ᄉᆞᆼ을 졔 집의 의지케 ᄒᆞ면 군ᄌᆞ의 젹션이 아니랴 졍비 탄식 왈 ᄌᆞ식 교훈이 고인을 밋지 못ᄒᆞ여 존문의 참욕ᄒᆞ고 강샹의 더러온 계집이 되여시니 ᄉᆞ라셔ᄂᆞᆫ 복분의 원을 신원ᄒᆞ고 어버이 면목을 볼 길이 업ᄉᆞ니 인비목셕이

66면

라 ᄎᆞᄅᆞ리 죽어 우리 ᄆᆞ음의 걸니길 거시 업ᄉᆞ면 도로혀 은혜 되지 아니랴 양부인이 졍ᄉᆡᆨ 왈 질ᄋᆡ 십악 대죄를 범ᄒᆞ야셔도 너의 쳐ᄉᆡ 너모 니심ᄒᆞᆫ지라 사름을 삼 년을 가도와 그 죄률을 뎡치 아니ᄒᆞ고 필경 블을 노왓다 ᄒᆞᄂᆞ냐 오늘 쾌ᄒᆞᆫ 결단을 ᄒᆞ여 괴로오미 업게 ᄒᆞ라 ᄉᆞ긔 단엄ᄒᆞ고 말ᄉᆞᆷ이 렬숙ᄒᆞᆫ지라 병뷔 ᄌᆞ긔 허믈이 호대ᄒᆞᆫ 즁 태부

인으로붓허 졔 부인의 블평지언을 드르미 심시 참괴ᄒᆞ며 말이 도라 ᄂᆞ리오마는 위인이 신릉ᄒᆞ고 언담이 유여ᄒᆞᆫ지라 흔연이 웃고 왈 쇼싱이 ᄌᆞ쇼로

67면

귀부의셔 ᄌᆞ라ᄂᆞ고 식견이 암미ᄒᆞ오나 사ᄅᆞᆷ 아ᄂᆞᆫ 식견이 이시므로 블고념치ᄒᆞ고 구ᄒᆞ여 인연을 ᄆᆡᄌᆞ 금슬이 환연ᄒᆞ며 ᄇᆡᆨ년이 ᄂᆞᆺ분 ᄯᅳᆺ이 잇더니 싱과 조시 냥익이 비샹ᄒᆞᆫ 연괸지 조믈이 다 싀기ᄒᆞ와 쳔만 의외의 쇼달긔 ᄀᆞᄐᆞᆫ 요괴를 맛나 허다 춤변이 샹싱ᄒᆞ고 독ᄒᆞᆫ 약이 장부를 어리오미 공밍의 도덕인들 상ᄒᆞ며 변치 아니리잇고 오히려 다른 쳐ᄌᆞ로 달나 ᄃᆡ졉ᄒᆞ므로 츰아 쥭기지 못ᄒᆞ고 심원의 너허 두고 일을 셰셰히 ᄂᆞᆺᄐᆞᄂᆡ면 필경의 쳐치ᄒᆞ려 ᄒᆞ옵더니 그 ᄉᆞ이 간인의 쟉얼이 호대ᄒᆞ여 유ᄌᆞ를 독살ᄒᆞ고

68면

흉악ᄒᆞᆫ 화변의 형인의 싱ᄉᆞ간 거쳐 업ᄉᆞ오니 쇼싱의 쳐ᄌᆞ 일흔 심시 사ᄅᆞᆷ으로 ᄒᆞ여금 츄연ᄒᆞᆯ지라 그 ᄋᆡᆨ운의 ᄎᆞ악ᄒᆞ믈 존당과 악모의 인ᄌᆞ 관홍ᄒᆞ시므로 쇼싱을 보시ᄆᆡ 여ᄎᆞ 미안지교를 ᄒᆞ시니 조시 화변을 맛나 실산ᄒᆞᆫ지 아ᄅᆞ션 지 오ᄅᆡ실 거시로ᄃᆡ 다시 평부를 무ᄅᆞ시니 아지 못ᄒᆞ거니와 아니 이 곳의 잇ᄂᆞ니잇가 오직 허믈을 곳치고 힝실을 가ᄃᆞ듬아 어ᄌᆞ러오미 업고져 ᄒᆞ나 안히를 일허시니 인덕을 다시 펴올 곳이 업고 유ᄌᆞ를 빵망ᄒᆞᄆᆡ 부ᄌᆞ의 인ᄋᆡ지졍을 이을 곳이 업ᄂᆞ니이다 쇼싱의 명되 긔구ᄒᆞ오

69면

미라 셜파의 광미를 찡긔고 슬허ᄒᆞ니 졔 부인이 다시 ᄒᆞᆯ 말이 업고 진초 이공이 그 뉴슈지언이 구속ᄒᆞ미 업고 츙텬지긔 여ᄎᆞᄒᆞ믈 보니 초공이 탄왈 렴치 도상ᄒᆞ믈 너를 니ᄅᆞ미오 낫치 둣겁다 ᄒᆞ미 네 ᄂᆞᆺ출 니ᄅᆞ미라 질녜 날개 이셔 이리 오며 우리 바다 감쵸고 ᄉᆞ싱을 너다려 니ᄅᆞ랴 네 블명ᄒᆞ여 쳐ᄌᆞ를 보젼치 못ᄒᆞ고 무ᄅᆞ니 쥭은 아ᄌᆞᄂᆞᆫ 다시 니ᄅᆞ지 못ᄒᆞ려이와 질ᄋᆞ의 거쳐나 ᄎᆞᄌᆞ 비록 네게 뮈오나 ᄂᆡ 집의ᄂᆞᆫ 골육이라 ᄋᆞ가의 두어 종신ᄒᆞ고 ᄉᆞ후 졔질을 의지ᄒᆞ리니 엇지 찻고져 아니리오 너는 일

70면

마다 호의 업고 다시 셔즁의 옥 굿튼 슉녀 잇시리니 무어시 어려오리오 너도 인심이 이실진딕 한굿 말을 숨이지 말고 질녀의 ᄉᆞ싱을 알아 시신이나 어더 오가의 보닉면 여심도 시원ᄒᆞ고 닉 집도 너를 원슈로 보지 아니리라 말숨이 단엄ᄒᆞ고 ᄉᆞ긔 츄텬 굿ᄐᆞ니 뉘 조시 션월뎡의 이시믈 알니오 병뷔 ᄉᆞ부의 말숨의 다다라 실노 민망ᄒᆞ고 ᄆᆞ음이 어ᄌᆞ러워 탄왈 피ᄎᆞ 익운이 비샹ᄒᆞ여 ᄎᆞ경의 밋ᄎᆞ니 누를 탓ᄒᆞ리잇고 어더 보라 아니신들 쇼싱이 엇지 쳐ᄌᆞ의 거쳐를 찻고져 아니리잇고 만일 어더 ᄉᆞ라신 즉 엇지 도라보닉릿

71면

가 조시 친졍이 이시나 일싱 의탁이 쇼싱의 집이니 블힝ᄒᆞ여 ᄉᆞ라 만ᄂᆞ지 못ᄒᆞ면 닉 집 션영의 장ᄒᆞ여 그 원혼이 츌부를 면케 ᄒᆞ미 쇼싱의 뜻이라 ᄉᆞ부와 악장은 쇼싱의 죄를 샤하시고 조시 사라 힝혀 맛ᄂᆞ미 잇셔도 부도로 경계ᄒᆞ쇼셔 평능빅 운현이 정식 왈 네 집의 사라셔도 욕이 만ᄒᆞ 잔잉ᄒᆞ거든 쥭어시면 너는 뫼히 만흐니 네 집 션산이 무어시 긔특ᄒᆞ여 ᄎᆞᄌᆞ 굿ᄐᆞ여 무드리오 츄밀ᄉᆞ 영현 왈 슈원슈한이리오 쳐음의 져 블인으로 동샹 삼으실 써의 고두 녁간치 못ᄒᆞ믈 찰분이로쇼이다 태혹ᄉᆞ 광현이 또ᄒᆞᆫ

72면

운쉬니 굿ᄐᆞ여 슉시를 칰망ᄒᆞ리오 연이나 ᄆᆡᄌᆞ로 쥭기의 니ᄅᆞ도록 ᄒᆞᆫ 젹악이 두리오니 슉부는 시신이나 슈히 어더 보닉쇼셔 동평쟝ᄉᆞ 몽현이 즐왈 ᄌᆞ범 필부 오ᄆᆡ를 조ᄅᆞ고 보치여 삼 년을 ᄉᆞ디의 너허 집의 블을 노하 살나쥭여 그 테빅도 건져 닉지 못ᄒᆞ게 ᄒᆞ니 너는 은쥬의셔 더 ᄉᆞ오ᄂᆞ오미라 하면목으로 다시 내 집의 오리오 일졈 혈육도 업시 의졀ᄒᆞ여시니 부직ᄒᆞᆫ 거동을 다시 보기를 구치 아니ᄒᆞ노라 슈현이 봉안을 흘녀 왈 너는 례의는 오긔러니 금셰의는 양ᄌᆞ범이라 장안 ᄌᆞᆼ믹 군ᄌᆞ 호걸이 젹지

73면

아니커늘 대인과 슉뷔 져런 박힝지인을 튁ᄒᆞ시미 만만 블힝이라 대인과 슉뷔 명샹ᄒᆞ시므로 져 필부를 몰나보시미 다 ᄆᆡ져의 차악ᄒᆞᆫ 명되라 이졔 일너 무엇ᄒᆞ리잇고 조

태식 완이히 쇼왈 ᄉᆞ이 이의라 믈을 업쳐시니 여등이 무슴 양ᄌᆞ범을 ᄉᆞ지즌들 져를 엇지ᄒᆞ리오 댱닉 힘써 쇼ᄆᆡ ᄉᆞ싱을 듯보와 요힝 ᄉᆞ라신 즉 힝이오 블힝이 쥭어시면 시신이나 어더 장ᄒᆞ고 복졔를 일울 ᄯᆞ람이라 ᄉᆞ싱이 명이오 흥쇠 유텬이라 운현의 밋치기와 ᄌᆞ범의 과실이 다 ᄒᆞᆫ가지라 운현은 남시 보젼ᄒᆞ시므로 말을 쾌

74면

히 ᄒᆞ나 내 이졔 보기의ᄂᆞᆫ 오됴의 ᄌᆞ웅 ᄀᆞᆺᄐᆞ여 분변치 못ᄒᆞ리로다 진왕이 비로쇼 입을 열어 ᄀᆞᆯᄋᆞᄃᆡ 졔ᄋᆡ 분란이 너를 ᄉᆞᄌᆞᄌᆞ나 나ᄂᆞᆫ 뼈 녀ᄋᆞ의 익운이라 ᄒᆞ여 너를 칙망치 아니커니와 당ᄎᆞ지시ᄒᆞ여 녀ᄋᆞ의 ᄉᆞ싱 거쳐를 모ᄅᆞ니 네 곽시로 남이 되여 가실이 업ᄉᆞ니 ᄲᆞᆯ니 슉녀를 ᄐᆡᆨ취ᄒᆞ여 가ᄉᆞ를 션치ᄒᆞ여 다시 분란ᄒᆞ미 업게 ᄒᆞ라 업ᄉᆞᆫ 녀ᄋᆞ를 일너 무엇ᄒᆞ리오 양싱이 졔조의 분분이 ᄉᆞᄌᆞᄌᆞ믈 듯고 진왕이 신취ᄒᆞ란 말을 드ᄅᆞ니 남ᄌᆞ의 심졍이나 엇지 츄회치 아니리오 냥구 후 탄왈 쇼싱이 령녀

75면

로 아시결발이라 륜의 막즁ᄒᆞ고 쥭어실진ᄃᆡ 신위를 ᄇᆡ셜ᄒᆞ고 긔년을 마친 후 취쳐를 의논ᄒᆞᆯ지라 삼 년 암약 박힝이 본심이 아니라 이졔 졔죄 셩당ᄒᆞ믈 유셰ᄒᆞ여 쇼싱의 허믈을 면칙ᄒᆞ믈 견마 ᄀᆞᆺ치 ᄒᆞ여 고담대언ᄒᆞ고 셕희ᄂᆞᆫ 쇼싱의 ᄂᆞ으믈 아지 못ᄒᆞᄂᆞ니 악쟝이 엇지 일시의 박졀ᄒᆞᆫ 말을 ᄒᆞ샤 구싱지의를 졀ᄒᆞᆯ ᄯᅳᆺ을 뵈시니 진실노 바라던 ᄇᆡ 아니로쇼이다 ᄉᆞ부와 악쟝이 쇼싱을 쾌히 쟝칙ᄒᆞ시고 미안지교를 길게 말ᄋᆞ시믈 바ᄅᆞᄂᆞ이다 도라 졔조를 보고 미미히 우어 왈 군등이 날

76면

을 오긔라 ᄒᆞ며 박힝 필부라 즐지ᄒᆞ나 나ᄂᆞᆫ 박힝ᄒᆞ나 칼흘 들고 안히게 다ᄅᆞ드지 아냐ᄂᆞ니 노를 발ᄒᆞᄆᆡ 션후를 싱각ᄒᆞ기 어렵고 ᄆᆞ음이 밧고이ᄆᆡ 온즁ᄒᆞᆫ 쳐ᄉᆡ 쉽지 아니ᄒᆞ니 인광이 비록 용녈 박힝ᄒᆞ나 너의 ᄀᆞᆺᄐᆞᆫ 군ᄌᆞᄂᆞᆫ 우이 너기ᄂᆞ니 이 가온ᄃᆡ 문희형은 ᄂᆡ 탓ᄒᆞ거니와 기여ᄂᆞᆫ ᄂᆡ 힝ᄉᆞ도곤 오히려 밋출 날이 머러ᄂᆞ니 나의 일과 ᄀᆞᆺᄐᆞᆫ 일을 당ᄒᆞ면 살쳐 아닐 줄을 긔필지 못ᄒᆞ니 나ᄂᆞᆫ 오히려 션도를 닷가 조시를 ᄃᆡᄒᆞ여 더러온 말노 구박ᄒᆞ미 업ᄉᆞ니 블을 노코 ᄌᆞ긱을 드려보ᄂᆡ여 몸이 실산ᄒᆞ기ᄂᆞᆫ 간녀

77면

의 ᄉᆞ오ᄂᆞ옴과 조시 명되 험난ᄒᆞ미라 이졔 날다려 어더 내라 닷고 조로나 너의 호령젼의 내 안히 ᄎᆞᆺ기를 게얼이 아니홀지라 ᄒᆞᆫᄀᆞᆺ 언ᄉᆞ를 치례ᄒᆞ고 형셰 만흐믈 ᄌᆞ셰ᄒᆞ고 결당ᄒᆞ여 나를 욕ᄒᆞ고 보치니 ᄂᆡ 입이 너의 여러 입을 당할가 시브ᄃᆡ 존젼의셔 너희로 언젼ᄒᆞ미 힝실의 경박ᄒᆞ미라 졔죄 일시의 미쇼 왈 붓그럽도다 그러나 져러나 아ᄆᆡ의 몸이 맛기는 너의 ᄉᆞ오ᄂᆞ오미라 엇지 통히치 아니리오 나의 누의를 ᄎᆞᄌᆞ 쥬지 아닐진ᄃᆡ 텬뎡의 계달ᄒᆞ여 너의 무샹ᄒᆞ믈 셜분ᄒᆞ리라 병뷔 잠쇼 왈 너의 긔셰당〃

78면

ᄒᆞ니 텬뎡의 내 허믈을 계달홀 ᄃᆡ로 ᄒᆞ라 이 양닌광의 삼 촌 셜이 셩ᄒᆞ여시니 헐 말이 아니 이시랴 진왕과 초공이 잠쇼 왈 너의 부졀 업시 닷토지 말나 졔ᄆᆡ를 굿기고 이졔 져를 나모라 셔로 무어시 쾌ᄒᆞ리오 이졔 ᄆᆞ음 잡기를 견고히 ᄒᆞ여 빅힝을 슈련ᄒᆞ라 쳐지 비록 업ᄉᆞ나 쟝뷔 튱효와 힝실을 일흘가 홀지언뎡 가실이 업슬가 두려 말나 여년이 쳥츈이오 쟉위 슝고ᄒᆞ니 비록 안히 ᄃᆡ졉이 아름답지 아니나 유녀재 오라 ᄒᆞ 리 만흘 듯ᄒᆞ니 엇지 못ᄒᆞ리오 ᄂᆡ 구싱지의를 졀ᄒᆞ려 ᄒᆞ미 아니라 ᄯᆞᆯ

79면

이 업ᄉᆞ니 ᄌᆞ연 그러ᄒᆞ미라 ᄂᆡ 엇지 너를 유감치부ᄒᆞ여셔 한ᄒᆞ리오 도라가 두로 녀ᄋᆞ의 종젹을 듯보며 다시 신취를 구ᄒᆞ라 너의 형셰 타인과 달나 단독 고신의 영당이 년노ᄒᆞ시니 언졔 녀ᄋᆞ의 ᄉᆡᆼᄉᆞ를 아ᄅᆞ 긔복을 기다려 진키를 등ᄃᆡᄒᆞ리오 네 임의 ᄡᅵ ᄃᆞ라신 즉 사라시면 만날 거시오 쥭어신 즉 졍령이 아름이 이셔 감격홀지라 쟝뷔 엇지 일ᄀᆡ 부인을 위ᄒᆞ여 슈결ᄒᆞ리오 너의 ᄋᆡᆨ운이 박ᄒᆞ여 널로 더브러 인연이 졀너 그러ᄒᆞ니 다시 졀념쇼쳐ᄒᆞ여 잇기를 공부ᄒᆞ라 양이 졔죄를 분ᄒᆞ여 ᄒᆞ나 진초 이공

80면

을 공경ᄒᆞᄂᆞᆫ지라 ᄉᆞᄆᆡ를 ᄯᅥᆯ쳐 니러ᄂᆞ지 못ᄒᆞ여 츄연 ᄃᆡ왈 당태종의 영웅으로도 쇼릉을 바라고 울어시며 초픽왕의 쟝긔로도 쟝즁의 우미인을 니별ᄒᆞᄆᆡ 눈믈을 나리오니 쇼ᄉᆡᆼ이 비록 남아지심이나 그 ᄉᆞᄉᆡᆼ을 모로옵고 급급히 신취ᄒᆞ여 더옥 박힝ᄒᆞ리잇고

이는 쇼싱의 암힝 박힝으로 통히ᄒᆞ샤 니ᄅᆞ미로쇼이다 이공이 미쇼 무언이오 조공이 비로쇼 희연 함쇼 왈 양낭의 말이 그ᄅᆞ지 아니ᄒᆞ니 졔아는 사ᄅᆞᆷ의 괴로온 심ᄉᆞ를 모ᄅᆞ고 사ᄅᆞᆷ을 보치지 말나 손녀의 거쳐 업ᄉᆞ미 참연ᄒᆞ나 혜컨ᄃᆡ 허

81면

다 시비로 더브러 쥭던 아니실 거시니 일졍 피화ᄒᆞ여 집을 찻지 못ᄒᆞ여 류낙ᄒᆞ며 궁극히 심방ᄒᆞ면 아니 만ᄂᆞᆯ랴 너의 부뷔 쇼년 쳥츈이니 지합ᄒᆞᆯ 날이 이시리니 엇지 그만ᄒᆞ여 맛ᄎᆞ리오 양공이 비샤ᄒᆞ고 이윽고 도라가믈 고ᄒᆞ니 진왕이 좌우로 쥬찬을 ᄂᆞ와 권ᄒᆞ여 흔연 담화ᄒᆞᄆᆡ 일분도 나믄 뜻이 업ᄉᆞ니 양싱이 조노공 이히 쇼졔 실산ᄒᆞ여 ᄉᆞ싱 거쳐를 모른다 ᄒᆞ여도 비쳑ᄒᆞᆫ 거동이 업ᄉᆞᆷ을 의혹ᄒᆞ여 싱각ᄒᆞ되 조시 참난과 실산ᄒᆞᄆᆡ 사ᄅᆞᆷ의 ᄎᆞ셕ᄒᆞᆯ ᄇᆡ라 우연ᄒᆞᆫ 남이라도 슬허ᄒᆞ려든 조부모와

82면

부모지심이 져 ᄀᆞᆺ치 안한ᄒᆞ여 년셕ᄒᆞ는 뜻이 업ᄉᆞ니 아니 간 곳을 아는가 그러치 아니면 져 ᄀᆞᆺ치 심상ᄒᆞ리오 의심이 이시ᄃᆡ 발셜ᄒᆞᄆᆡ 괴로워 하직고 도라와 부모를 뵈올ᄉᆡ ᄋᆞᄌᆞ의 교연ᄒᆞ믈 일ᄏᆞᄅᆞ 실즁의 옥 ᄀᆞᆺ튼 부인이 변ᄒᆞ여 강샹 죄악이 되여시니 다시 싱각ᄒᆞᆯ ᄆᆞ음이 업ᄉᆞ나 칼날을 시험코져 ᄒᆞ나 곽부의 이시므로 쥭이지 못ᄒᆞ니 십분 분연ᄒᆞ여 기리 탄식고 부모의 외로오미 좌우의 시봉ᄒᆞ 리 다만 두시 ᄒᆞᆫ 사ᄅᆞᆷ이라 병뷔 크게 우려ᄒᆞ여 뉘웃분 한탄과 어ᄌᆞ러온 회픠 장부의 쳘셕 심장인들

83면

엇지 억졔ᄒᆞ여 견ᄃᆡ며 ᄯᅩ 곽녀의 허다 간모와 요악의 속아 현인 슉녀를 ᄋᆡᄆᆡ이 별난을 격고 지금 ᄉᆞ싱 거쳐를 모ᄅᆞ니 흉격이 막히고 그린 ᄀᆞᆺ튼 ᄋᆞᄌᆞ를 쥬살ᄒᆞᆫ 싱각을 ᄒᆞ면 미칠 ᄃᆞᆺ 심ᄉᆞ를 졍치 못ᄒᆞ여 장탄 단우ᄒᆞ믈 면치 못ᄒᆞ여 스ᄉᆞ로 탄샹 왈 싀인 즉 셔시오 덕이 즉 임ᄉᆞ로 쳔고의 일인 조시로 비길 거시오 ᄯᅩᄒᆞᆫ 죄도 업시 일코 난봉 옥슈 ᄀᆞᆺ튼 쳔금 ᄋᆞᄌᆞ를 직술ᄒᆞ여 쥭이니 이졔 이시면 삼 셰라 ᄋᆞᄌᆞ를 싱각ᄒᆞ여 쳑연 ᄌᆞ상ᄒᆞ다가도 존당 부모긔 ᄂᆞ아와 뫼신 즉 화긔 츈풍의 뉴화를 잇그나 ᄉᆞ실의

84면

도라온 즉 심식 쳑연ᄒᆞ여 챵누도 ᄎᆞᆺ지 아니ᄒᆞ고 원즁으로븟허 친히 두로 살펴 의심된 곳을 어드ᄃᆡ 종적은 컨니와 바린 신쪽 ᄒᆞᄂᆞ토 업ᄉᆞ니 항ᄒᆞ여 무를 재 업ᄂᆞᆫ지라 당시하여 유ᄋᆞᄂᆞᆫ 오히려 쥭으믈 보와거니와 조시은 ᄉᆞᄉᆡᆼ을 모ᄅᆞ니 그 친졍이 이시ᄃᆡ 가지 아냣고 약ᄒᆞᆫ 녀ᄌᆡ 어ᄃᆡ로 뉴락ᄒᆞᄂᆞᆫ고 반ᄃᆞ시 흉ᄒᆞᆫ ᄌᆞᄀᆡᆨ이 노쥬를 날녀 시녀 즁 ᄌᆞ싁이 가려ᄒᆞᆫ ᄌᆡ 잇던 거시니 몹슬 도적이 다려가도다 이리 혜아리ᄆᆡ 조시 쥭으미 십분의 팔구분이나 ᄒᆞᆫ지라 그 옥질 빙ᄌᆞ와 난심 혜질을 ᄉᆡᆼ각ᄒᆞ면 영웅의

85면

눈믈이 옷기술 젹시ᄂᆞᆫ지라 쟝탄 단우ᄒᆞᄆᆡ 침블안셕ᄒᆞ고 식블감미ᄒᆞ여 화긔 손감ᄒᆞ고 광미의 슈쳑ᄒᆞ미 밋쳐 거지 실조ᄒᆞ니 태식 깁히 우려ᄒᆞ고 조시를 ᄉᆡᆼ각ᄒᆞ여 타루아닌 날이 업더라 화셜 평진왕의 뎨 오ᄌᆞ 희현의ᄂᆞᆫ ᄌᆞᄂᆞᆫ 윤희니 연비 쇼ᄉᆡᆼ이라 위인이 쳥명 호샹ᄒᆞ고 늠연 쥰ᄆᆡᄒᆞ여 용뫼 쵸산 ᄇᆡᆨ옥 ᄀᆞᆺ고 풍치 계슈 ᄀᆞᆺᄐᆞ니 쇄락ᄒᆞᆫ 영광과 츄슈 졍신이며 일월지안이 룡봉의 ᄌᆞ질이오 니ᄇᆡᆨ의 풍신이라 겸ᄒᆞ여 증셕의 놉흔 효와 곽분양의 어진 덕이 이시니 심지 하ᄒᆡ ᄀᆞᆺ고 지냑이 통달ᄒᆞ여

86면

일온바 개셰 영쥰이오 일ᄃᆡ 호풍이 금셰의 탁시를 도도ᄂᆞᆫ ᄉᆞ마샹녀의 풍치를 압두홀지라 문쟝 ᄒᆞᆨ힝이 고명ᄒᆞ고 필법이 신긔 졍공ᄒᆞ니 금년 십오의 쳔파만ᄆᆡ 문을 들네여 장안 샹문 거족과 고문 명가의 규녀 잇ᄂᆞᆫ 집은 쳥혼ᄒᆞᄂᆞ 니 만흔지라 잇ᄃᆡ 낙양후 부탁의 녀셰 되니 부시ᄂᆞᆫ 대가 고문 명족이라 규문의 법네 ᄇᆡᆨ희의 고집과 진효부의 효힝이 겸ᄒᆞ여 효봉구고와 승슌군ᄌᆞ의 봉영집옥의 례의 어귄 일이 업셔 다만 용뫼 평샹ᄒᆞ여 쇼시 졍시 등의 바라지 못ᄒᆞ니 진왕이 조곰도 ᄀᆡ회

87면

치 아냐 ᄉᆞ랑ᄒᆞ고 연비 것ᄎᆞ로 흔연 ᄋᆡᄃᆡᄒᆞ여 그 깁희를 아지 못ᄒᆞ나 남쇼 등 곳 보면 그 외모 ᄌᆡ질을 앙망블급이믈 한ᄒᆞ여 슈현이 조금도 념도ᄒᆞ미 업고 금슬이 화ᄒᆞ여 항려지졍이 확연ᄒᆞ니 일기 슈현의 현슉ᄒᆞ고 그 역냥을 탄복ᄒᆞ믈 마지 아니ᄒᆞ고 진왕이 깃거ᄒᆞ더라 이졔 평진왕 뎨 삼녀의 명은 옥념이니 연비 쇼ᄉᆡᆼ이오 슈현의 동

틱 남미라 싱셩ᄒᆞ므로 각별 슈려ᄒᆞ여 쳔틱 만광이 그 모비 곳 아니면 딕두ᄒᆞ 리 업ᄉᆞᆫ 지라 셩힝이 단믁ᄒᆞ고 풍되 침졍ᄒᆞ여 임ᄉᆞ지덕을 심쟝ᄒᆞ고 조아의 효를 일신의 힝

88면

ᄒᆞ니 만ᄉᆡ 진션진미ᄒᆞ고 옥이 곤강의 ᄆᆞᆰ은 거ᄉᆞᆯ 오로지 가져시니 쳔틱의 비상이 그 열힝이라 존당 틱부인이 지극 ᄋᆡ즁흠과 ᄉᆞ랑ᄒᆞ미 비컨딕 슈샹농쥐라 진왕과 연비 쳔금교ᄋᆡ라 쟝안 ᄌᆞᄆᆡᆨ의 구름 ᄀᆞᆺ튼 공ᄌᆞ 왕손이며 샹문 ᄌᆞ뎨 져마다 조쇼졔 향명을 듯고 구혼ᄒᆞ딕 왕이 여러 ᄌᆞ녀를 번번이 환변을 지ᄂᆡ고 허다 ᄋᆡᆨ란을 격근 고로 ᄆᆞ음의 니ᄅᆞ기를 우흐로 너모 일즉 혼취ᄒᆞ여 그러ᄒᆞᆫ가 ᄇᆡᆨ만 가지로 ᄉᆞ렴이 되여 틱셔ᄒᆞ미 신고ᄒᆞᆯ ᄊᆡᆫ더러 혼긔를 늣추와 경히 허혼치 아니ᄒᆞ더라 이ᄯᆡ 쇼제 방년이 삼오의

89면

니ᄅᆞᄆᆡ 달이 보롬을 당ᄒᆞ고 ᄭᅩᆺ치 삼츈을 만나 금봉이 어ᄅᆡ고 신월이 두렷ᄒᆞ니 텬향국ᄉᆡᆨ이 진션진미ᄒᆞ니 진실노 셰샹의 독보ᄒᆞᆫ지라 ᄒᆞ믈며 부훈 모교의 명셩ᄒᆞ믈 아오라 말솜이 드믈고 텬싱 쟉인이 긔특ᄒᆞ미 범인이 아니라 말솜이 입의 ᄂᆞᄆᆡ 법되 ᄂᆞ죽ᄒᆞ고 ᄒᆞᆫ 거롬을 옴기ᄆᆡ 동지 쥬션례모의 합ᄒᆞ니 ᄌᆡ조와 덕셩이 겸비ᄒᆞ여 쥬람의 풍쇄 가득ᄒᆞ니 왕이 심ᄋᆡᄒᆞ여 틱셔ᄒᆞ미 동셔 유의ᄒᆞ여 아직은 친ᄉᆞ 향의ᄒᆞ미 업더니 여람후 참지정ᄉᆞ 윤공의 명은 츈뫼니 이 곳 양뎡렬 양부요 윤

90면

부인 부친이라 말년의 부인 뉴시 일ᄌᆞ를 ᄂᆞ흐미 명은 션희오 ᄌᆞ는 ᄇᆡᆨ쳔이니 부모의 어즐믈 습ᄒᆞ고 문호의 복경을 아로라 ᄒᆞᆫ 긔린이 셰샹의 ᄂᆞ 틱평의 샹셔를 도으니 슈앙ᄒᆞᆫ 골격과 은은ᄒᆞᆫ 명긔는 텬디의 졍긔를 아ᄉᆞᆺ고 쇄락ᄒᆞᆫ 용안은 일월의 광치를 습ᄒᆞ니 호호탈션ᄒᆞ여 반하의 고으믈 더러이 너기는지라 박고통금ᄒᆞ여 만 권 셔를 복즁의 쟝ᄒᆞ고 필하의 니두의 농ᄉᆞ를 놀ᄂᆡ니 신츌ᄒᆞᆫ 춍명 효제는 증ᄌᆞ를 효측ᄒᆞ고 례의 념치와 졔졔ᄒᆞᆫ 법도는 공밍 안증을 밋출 ᄃᆞᆺᄒᆞ고 ᄉᆡᆨᄉᆡᆨ

91면

ᄒᆞᆫ 엄졀ᄒᆞ믄 일ᄃᆡ 쟝부의 긔샹이라 일즉 쵸공의 문싱으로 글을 습양ᄒᆞ니 대군ᄌᆞ 박

힝을 다 오로지 가졋고 녈흔 국량은 결승쳔리ᄒᆞ고 운쥬유악을 픔슈ᄒᆞ엿ᄂᆞᆫ지라 이졔 년이 십오의 톄형이 언연이 대쟝부의 위풍이 겸젼ᄒᆞ니 윤공 부뷔 깃브고 ᄉᆞ랑ᄒᆞ미 비훌 ᄃᆡ 업ᄉᆞ며 ᄯᅩ 종샤의 즁홈과 텬륜 ᄌᆞ익를 겸ᄒᆞ여 무빵 슉녀를 구훌ᄉᆡ 평진왕 규쉬 인셰 슉네믈 그 녀ᄋᆞ로 ᄌᆞ셔히 알고 쵸공을 ᄉᆞ이 두어 뎡혼훌 뜻을 말ᄒᆞ니 쵸공이 침음냥구의 골오ᄃᆡ 질녜 비록 슉녀의 덕과 ᄌᆡ질

92면

춍혜ᄒᆞ나 형쟝이 임의 뎡혼흔 쥬의ᄂᆞᆫ 여러 질ᄋᆡ 일즉 취혼ᄒᆞ여 허다 변란과 양ᄋᆡᆨ을 지ᄂᆡ기로 결단코 친ᄉᆞ를 늣쵸고 퇴셔ᄒᆞ기를 동셔의 광구ᄒᆞ나 맛당이 뜻을 맛초지 못ᄒᆞ오나 아직은 친ᄉᆞ의 마음이 쾌뎡ᄒᆞ미 업ᄉᆞ오니 현형의 뜻이 엇더훌지 당금ᄒᆞ여 좌단치 못ᄒᆞ리로다 윤공이 쇼이 ᄃᆡ왈 진왕의 ᄌᆞ녜 여러시로ᄃᆡ 화변 지ᄂᆡ기ᄂᆞᆫ 기역팔ᄌᆞ오 ᄯᅩ흔 져의 잠간 익난으로 그러흔 일이지 ᄌᆞ녀마다 다 그러훌 일 업고 ᄯᅩ 퇴셔ᄒᆞ기를 극진이 ᄒᆞ기ᄂᆞᆫ 상ᄉᆡ라 지금의 형의 말을 드ᄅᆞ니 즁ᄆᆡ 되기 어

93면

려워 ᄒᆞᄂᆞᆫ 말이로ᄃᆡ 군의 형쟝긔 잘 쥬션ᄒᆞ여 잘 권ᄒᆞ라 초공이 함쇼 왈 ᄂᆡ 형의 말노 형쟝긔 권ᄒᆞ여 만일 허혼ᄒᆞ면 큰 공을 바라노라 좌위 대쇼ᄒᆞ더라 이졔 초공이 진왕을 보고 윤공의 쳥혼ᄒᆞ던 말노 힘뻐 권ᄒᆞ여 혼인ᄒᆞ미 맛당ᄒᆞ믈 권ᄒᆞ니 왕이 쇼왈 현뎨 뎨ᄌᆞ를 ᄉᆞ회 삼아 이를 ᄡᅵ 쎄지 못ᄒᆞ엿고 너의 즁ᄆᆡ 허언이 만흐니 깃브지 아니커니와 너를 밋브지 아니타 ᄒᆞ리오 초공이 대쇼 왈 형쟝이 쇼졔의 말을 밋지 아니시고 즁ᄆᆡ 허언이 만타 ᄒᆞ오시니 본ᄃᆡ 즁ᄆᆡᄂᆞᆫ 허언 잇셔야 가의 즁ᄆᆡ

94면

노ᄅᆞᄉᆞᆯ ᄒᆞ거니와 쇼뎨ᄂᆞᆫ 그리 허언흔 일 업ᄉᆞ오니 이졔ᄂᆞᆫ 허언을 마니 일로게 ᄒᆞ리로쇼이다 진왕이 잠쇼 왈 현뎨ᄂᆞᆫ 허언을 ᄒᆞ여 밋브지 아니타 ᄒᆞ고 윤션희를 나모라 ᄒᆞ고 다시 누를 구ᄒᆞ리오 ᄒᆞ고 쾌히 퇴일ᄒᆞ여 셩례훌ᄉᆡ 냥가의셔 혼녜를 셩비히 하여 길일의 윤싱이 금안 ᄇᆡᆨ마의 풍신이 쇄락ᄒᆞ여 허다 노샹의 관광ᄒᆞᄂᆞᆫ 재 칙칙 칭션ᄒᆞ고 츄앙 아니 리 업더라 조부의셔 임의 신랑을 아ᄂᆞᆫ지라 ᄎᆞ일의 일품 관면의 길의를 굿초고 ᄂᆞᄆᆡ 츄월지용과 야학지풍을 앙망훌 재 업ᄉᆞ니 진왕

95면

이 회긔 미우의 영농ᄒᆞ고 즁긱이 칭션왈 혈양 ᄀᆞᆺ튼 희한ᄒᆞᆫ 셔랑을 어더시니 또 윤랑의 긔특ᄒᆞᆷ믈 보니 진질노 대왕의 복을 알니오쇼이다 초공이 쇼왈 금일 신랑을 보니 쇼뎨 즁미ᄒᆞᆫ 공이 젹지 아니토쇼이다 진왕이 흔연이 옥빅의 향온을 부어 초공을 쥬어 왈 이졔 즁미ᄒᆞᆫ 공을 엇지 아니 갑지 못ᄒᆞ여 일빅 하쥬를 폐치 못ᄒᆞ노라 쵸공이 흔연이 잔을 바다 거우ᄅᆞ고 니러 빅샤 왈 양닌광 ᄀᆞᆺ튼 쾌셔를 쳔거ᄒᆞ고 ᄒᆞᆫ 잔 하빅를 못 어더 먹엇더니 오날이야 쇼뎨의 마음이 플니도쇼이다 즁쇄 대

96면

쇼ᄒᆞ고 양샹셔를 긔롱ᄒᆞ여 골오ᄃᆡ 양병부는 ᄌᆡ조가 텬하 뎨일이오 풍ᄎᆡ는 션풍도골이오 효의와 츙절은 쳔고의 업고 문장과 혹힝은 공ᄆᆡᆼ을 묘시ᄒᆞ고 지냑은 결승쳔리ᄒᆞ고 운쥬유악ᄒᆞᄂᆞᆫ ᄌᆡ용을 겸젼ᄒᆞ니 음양 슌ᄉᆞ시ᄒᆞᆯ 훤훤ᄒᆞᆫ 쾌ᄒᆞᆫ 대쟝부를 쳔거ᄒᆞ엿더니 빙악이 엇지 깃거 아니시리오마는 득죄ᄒᆞᆫ 묘단이 호긔 츌뉴ᄒᆞ여 지ᄂᆡ여 볼 곳이 업게 되여시니 져의 악부긔 득죄ᄒᆞ미 블힝이지 ᄂᆞ의 즁ᄆᆡᄂᆞᆫ 잘못ᄒᆞᆫ 일 업도다 좌위 대쇼ᄒᆞ고 양병뷔 완이함쇼 왈 악쟝의 ᄉᆞ랑

97면

ᄒᆞ시ᄂᆞᆫ 바ᄂᆞᆫ 쳘형이러니 이졔 윤싱을 보시고 이ᄀᆞᆺ티 ᄉᆞ랑ᄒᆞ시니 이졔 양닌광 등은 증세 되여ᄉᆞ오니 닌광 등은 아쳐지심이 ᄂᆞᄂᆞᆫ도다 그러나 나의 풍신과 ᄌᆡ조ᄂᆞᆫ 고치기 어렵도다 좌위 쇼왈 져러틋 완만커든 증세 아니되랴 진왕이 역쇼ᄒᆞ고 ᄯᅳᆺ의 ᄎᆞ기ᄂᆞᆫ 양닌광이로ᄃᆡ 그 블인지부로 미양 츄히 너기고 윤션희ᄂᆞᆫ 친용의 ᄯᅳᆺ의 맛고 가힝이 슉연ᄒᆞᆫᄃᆡ 신랑이 옥 ᄀᆞᆺ튼 군ᄌᆞ라 ᄯᅩᄒᆞᆫ 험 업시 깃거ᄒᆞ더라 내당의셔 ᄯᅩᄒᆞᆫ 내외 족친을 모흐고 일긔 진궁의 취회ᄒᆞ여 신부 장속을 치례ᄒᆞ여 군ᄌᆞ를 맛ᄂᆞᆫ 례를 승슌

98면

ᄒᆞ니 졍연 이비 옥념 쇼져를 단장ᄒᆞ여 ᄡᅥ 씌우고 슈건 미여 경계 왈 네 비록 왕궁 녀ᄋᆞ나 부녀ᄂᆞᆫ 공쥐라도 교오ᄒᆞ미 업셔야 부덕이 효봉구고ᄒᆞ고 승슌군ᄌᆞᄒᆞ니 졔ᄉᆞ금장은 업ᄉᆞᆫ 곳의 가니 미ᄉᆞ의 칙임이 중ᄃᆡᄒᆞᆫ지라 가셩을 욕지 말고 부모의게 어즈러온 쇼ᄅᆡ를 들니지 말고 덕을 닥그라 쇼졔 슈명ᄒᆞ고 뎡의 들ᄉᆡ 슈잉 등 졔 셔뫼 뎡 앏

히 모다 니별ᄒᆞ며 윤싱이 뎡문을 잠가 상마ᄒᆞ니 요긱이 위의를 도아 대로를 넙펴더라 힝ᄒᆞ여 윤부의 니ᄅᆞ러 빵으로 뎐디긔 녜를 맛츠ᄆᆡ 금슈션을 반기ᄒᆞ니 신

99면

부의 월태 일광이 조요ᄒᆞ고 윤싱이 눈을 들ᄆᆡ 정신이 샹쾌ᄒᆞ여 희긔 미우의 동ᄒᆞ더라 윤부인이 신부와 함긔 니ᄅᆞ러 참예ᄒᆞ엿더니 신부의 단장을 곳쳐 폐빅을 밧드러 고구긔 헌ᄒᆞ고 믈너 좌의 드니 신뷔 빅셜 ᄀᆞᄐᆞᆫ 니마의 칠보 그림ᄌᆡ 어ᄅᆞ씌니 명월이 ᄎᆡ운의 ᄡᅧ여시며 안ᄎᆡ의 면경을 거럿ᄂᆞᆫ ᄃᆞᆺ 쥬슌 호치의 고요ᄒᆞᆫ 빗치 무ᄅᆞ녹ᄂᆞᆫ지라 신장이 표연ᄒᆞ고 엇기 ᄎᆡ봉 ᄀᆞᄐᆞ여 허리 촉나로 묫거시며 삼 촌 금년을 ᄌᆞ약히 옴겨 구부며 펴ᄆᆡ 긔이ᄒᆞᆫ 거동이 봉황이 교야의 놀며 쥬션이 응목ᄒᆞ

100면

고 녜뫼 한아ᄒᆞ여 ᄉᆞ군ᄌᆞ의 슉연ᄒᆞᆫ 풍이 잇ᄂᆞᆫ지라 윤공이 부인 뉴시와 폐빅을 바드며 신부를 보와 만면 희식이 좌우를 동ᄒᆞ니 녀ᄋᆞ를 도라보와 왈 금일 신부를 보니 용뫼 호대ᄒᆞᆫ지라 오문의 유경이오 조종의 영쾌라 일노 조ᄎᆞ 문호의 창셩ᄒᆞ믈 알니로다 윤부인 왈 이 다 부모의 여음이로쇼이다 윤공이 ᄋᆞᄌᆞ와 신부로 잔을 부어 오라 ᄒᆞ여 통음ᄒᆞ며 두굿기믈 이긔지 못ᄒᆞ더라 셕산의 일모ᄒᆞᄆᆡ 파연ᄒᆞ고 신뷔 인ᄒᆞ여 머므러 효봉구고와 승슌군ᄌᆞᄒᆞ여 셩녀의 힝실과 임ᄉᆞ의 덕이며 너그럽

101면

고 슌후ᄒᆞ여 ᄉᆞᄉᆞ의 법을 의장ᄒᆞ며 일동일언이 법규의 어긔오미 업ᄉᆞᆫ지라 구괴 과ᄋᆡᄒᆞ미 장즁 보옥 ᄀᆞᆺ치 너기고 윤싱이 공경 즁대ᄒᆞ여 산히지졍 슈유블니코져 ᄒᆞᄃᆡ 조시 녜뫼 심즁ᄒᆞ여 싱을 만ᄂᆞ면 샹경여빈ᄒᆞ여 필경필계ᄒᆞ니 연쇼 후박ᄒᆞᆫ 희총과 셜만ᄒᆞᆫ 거조를 용납지 아니ᄂᆞᆫ지라 윤싱이 ᄯᅩᄒᆞᆫ 단엄ᄒᆞᆫ 군ᄌᆡ라 샹경샹하ᄒᆞ여 관져지락이 일셰의 무비ᄒᆞ더라 ᄌᆡ셜 평진왕 뎨 늑ᄌᆞ 희현의 ᄌᆞᄂᆞᆫ 창희니 최시 쇼싱이라 위인이 단정ᄒᆞ여 용뫼 곤강 미옥 ᄀᆞᆺ고 풍ᄎᆡ 계슈 ᄀᆞᄐᆞ

102면

니 겸ᄒᆞ여 문장 ᄌᆡ홰 유미 함옥ᄒᆞ고 필하의 룡ᄉᆡ 츔츄ᄂᆞᆫ지라 셩되 인ᄌᆞ 관후ᄒᆞ고 효

우 공검ᄒᆞ니 니ᄅᆞᆫ바 금옥 군ᄌᆞ라 년이 십오 셰라 슈현과 동월의 ᄂᆞ하시ᄃᆡ 날노 슈현과 맛러라 쇼공의 뎨 오ᄌᆞ 웅현은 윤부인 쇼ᄉᆡᆼ이라 공ᄌᆞ의 위인이 셩ᄌᆞ옥골이오 슈고금심이니 호걸의 긔상과 영웅의 긔틀노 일셰의 풍뉴랑이라 ᄒᆞᆫ번 쳥려를 모ᄅᆞ 대로샹을 샹ᄒᆞᆫ 즉 더지ᄂᆞᆫ 귤이 어ᄌᆞ럽고 규시ᄒᆞᄂᆞᆫ 눈이 분분ᄒᆞ니 공ᄌᆡ ᄯᅩᄒᆞᆫ 풍뉘 허랑 화려ᄒᆞ여 졀ᄉᆡᆨ 미아 곳 보면 지ᄂᆡ볼 재 업ᄂᆞᆫ지라 ᄡᅥᆨ를 타면 일

103면

등기를 모흐니 탄금 일 곡의 뭇ᄂᆞᆫ 재 쉬 업셔 조ᄉᆡᆼ의 츈풍 긔상을 보면 죽기를 이ᄌᆞ며 졍혼을 일허 ᄆᆡ양 폐월당 챵기며 진궁 허다 군ᄌᆡ 승간ᄒᆞ여 웅현의게 모드니 조ᄉᆡᆼ이 부형을 긔 이고 졔녀로 침셕의 유졍 재 칠인이라 졔 형이 그 긔샹이 방약 호일ᄒᆞ여 샹히 의관이 부졔ᄒᆞ고 회뢰 낭쟈ᄒᆞ여 졍인의 거동이 아니믈 칙ᄒᆞ여 ᄆᆡ양 경계ᄒᆞ여 침졍 슉믁 단졍ᄒᆞ라 ᄒᆞ나 본셩을 곳치지 못ᄒᆞ고 그 방일ᄒᆞ고 호방ᄒᆞ미 날노 심ᄒᆞ고 조금도 곳티미 업ᄉᆞ니 쇼공이 그 거동을 짐죽ᄒᆞ고 우려ᄒᆞ여

104면

ᄆᆡ양 웅현을 보면 미우의 샹풍이 늠늠ᄒᆞ여 긔운의 렬슉ᄒᆞ미 동텬이 ᄉᆡᆨᄉᆡᆨᄒᆞ니 비록 미셰지ᄉᆞ를 아ᄅᆞᆫ 쳬ᄒᆞ여 일마다 가칙ᄒᆞ미 업ᄉᆞ나 긔ᄉᆡᆨ을 하 엄히 하여 긔운을 구쇽ᄒᆞ고 조심ᄒᆞᄂᆞᆫ 마음을 희틔치 아니코져 ᄒᆞ니 ᄉᆡᆼ의 긔운이 본ᄃᆡ 하늘을 바들 ᄃᆞᆺᄒᆞ여 고집이 과인ᄒᆞ고 발월ᄒᆞᆫ 긔운을 쟝촉지 못ᄒᆞᄂᆞᆫ지라 부젼을 림ᄒᆞ면 안ᄉᆡᆨ이 단졍ᄒᆞ고 도라셔면 내도ᄒᆞ니 쇼공이 심히 근심ᄒᆞ여 힝혀 블미ᄒᆞ미 진복지 못ᄒᆞᆯ가 십분 우려ᄒᆞ여 간간이 교훈ᄒᆞ고 일마다 긔걸ᄒᆞ여 츙효

105면

와 ᄇᆡᆨᄒᆡᆼ 슉덕을 닥가 현슉ᄒᆞ고 단졍ᄒᆞ미 업고 너의 ᄒᆡᆼᄉᆡ 호일 방탕ᄒᆞ미 조금도 긔탄이 업고 졈졈 심ᄒᆞ니 너ᄂᆞᆫ 엇지 쥬의를 ᄒᆞᄂᆞᆫ다 노긔 등등ᄒᆞ여 녈풍이 샹셜의 붓치ᄂᆞᆫ ᄃᆞᆺ 단엄 ᄉᆡᆨᄉᆡᆨᄒᆞ니 웅현이 숑률ᄒᆞ여 부복 사죄ᄒᆞᆯ ᄲᅮᆫ이라 어시의 양병뷔 조시의 거쳐를 몰나 쥬야 쟝탄 단우ᄒᆞ며 셰월을 보내더라 이ᄯᅢ 진왕과 쇼공과 모든 부인과 ᄌᆞ질을 모흐고 연셕을 셩비히 플고 존당의 헌슈ᄒᆞᆯᄉᆡ 졍비와 연비 칠보 화관의 홍나샹을 어ᄒᆞ여시니 그 ᄉᆡᆨᄉᆡᆨᄒᆞ고 단엄ᄒᆞ미

106면

천고의 현인 숙녀라 진왕이 금관 홍포의 옥대를 두ᄅᆞ고 옥홀을 어ᄒᆞ니 ᄇᆡᆨ옥 ᄀᆞᆺᄐᆞᆫ 골격이 비컨ᄃᆡ 션관이 하강ᄒᆞᆷ ᄀᆞᆺ고 쇼공이 오ᄉᆞ 홍삼의 금대를 씌고 산호 홀을 쥐여시니 그 녈숙ᄒᆞᆷ과 엄풍 ᄉᆡᆨᄉᆡᆨᄒᆞᆷ이 룡이 구름을 멍에ᄒᆞ고 범이 바ᄅᆞᆷ을 무릅쓰고 심산의셔 용약ᄒᆞᆷ ᄀᆞᆺᄐᆞ여 영웅의 ᄀᆡ상이오 호걸지풍이러라 양부인과 윤부인이 다 각각 ᄌᆞ금샹의 팔치 ᄇᆡᆨ옥 화관을 뻐시니 용뫼 츄월이 정명ᄒᆞ고 덕화ᄂᆞᆫ 임ᄉᆞ를 묘시ᄒᆞ고 셩되 온화ᄒᆞ미 양츈이 다ᄉᆞᄒᆞ고 현인 숙녀오 진왕

107면

의 여러 아들이 다 각각 오ᄉᆞ 청삼의 옥ᄃᆡ를 씌고 좌의 시립ᄒᆞ니 그 옥골 션풍이 ᄀᆡ개 영웅이오 일ᄃᆡ 셩인이러라 여러 ᄌᆞ부들이 다 각각 홍샹 ᄎᆡ의로 칠보를 쉼며시니 고흔 염ᄐᆡᄂᆞᆫ 만고의 희한ᄒᆞ고 온화 단즁ᄒᆞ미 고금의 업ᄉᆞᆫ ᄃᆞᆺᄒᆞ더라 그 가온대 염ᄐᆡ 제일은 남부인이로ᄃᆡ 화용 월ᄐᆡ의 즘간 슈식을 씌여시니 금년이 초로의 져져시며 츄월이 ᄎᆡ운의 ᄡᆞ혀시며 ᄌᆞ염의 빈ᄀᆡ 희미ᄒᆞ고 혜모의 슈식이 잠오ᄒᆞ니 이러ᄒᆞᆫ 뜻은 왕ᄉᆞ의 ᄋᆞᄌᆞ의 참ᄉᆞᄒᆞ믈 ᄉᆡᆼ각ᄒᆞ니 ᄉᆡᆨ로이 비쳑ᄒᆞ믈 ᄭᆡᄃᆞᆺ지 못ᄒᆞ

108면

고 슈식이 ᄌᆞ연 현츌ᄒᆞ니 진왕이 희ᄀᆡ 만면ᄒᆞ여 ᄀᆞᆯ오ᄃᆡ 나의 여러 ᄋᆞ로 그 즁의 운현이 현숙ᄒᆞ고 여러 ᄌᆞ부 즁 남시 숙녜라 정비 미쇼 왈 ᄌᆞ식이 여러시 다 착ᄒᆞ고 귀ᄒᆞ지 어ᄂᆡ ᄋᆞᄂᆞᆫ 블쵸ᄒᆞ고 엇던 ᄋᆞᄂᆞᆫ 현숙ᄒᆞ니 엇지 ᄌᆞ식 ᄉᆞ랑ᄒᆞ시미 편벽되믈 한ᄒᆞᄂᆞ이다 진왕이 희허 왈 그러나 남뷔 엇지 존젼의셔 비ᄉᆡᆨ이 안모의 씌여시니 엇진 연괸요 남시 숑황ᄒᆞ여 부복 쥬왈 쇼뷔 이러 허다ᄒᆞ온 셩연이오 겸ᄒᆞ와 존당과 구괴 다 뫼와 계시오니 엇지 미쳑ᄒᆞᆯ 일이 잇ᄉᆞ오리잇가마ᄂᆞᆫ 유ᄋᆞ의 참ᄉᆞᄒᆞ믈

109면

ᄉᆡᆼ각ᄒᆞ오니 ᄌᆞ연 비회 견집ᄒᆞ와 존젼의 블회 막대ᄒᆞ오니 죄ᄉᆞ무셕이로쇼이다 ᄉᆞᄀᆡ 온화ᄒᆞ여 츈풍 화ᄀᆡ 만화 방챵이라 진왕이 탄우 왈 ᄋᆞᄌᆞ의 참ᄉᆞᄒᆞᆷ도 기역텬애라 왕ᄉᆞ를 개회ᄒᆞ미 블가ᄒᆞ니 다시 개회치 말ᄂᆞ ᄒᆞ시니 남시 부복 청죄ᄒᆞ더라 이ᄯᆡ의 능ᄇᆡᆨ이 좌의 셧다가 츄파를 흘녀 남시를 보니 쳔태 만광이 볼ᄉᆞ록 ᄀᆡ이하여 잠연 쇼이

왈 부인은 왕ᄉᆞ를 고이히 개회ᄒᆞ여 존젼의 블안ᄒᆞ시게 ᄒᆞ니 블미ᄒᆞ미로쇼이다 남시 옥용을 온화히 ᄒᆞ고 믁믁 져립이러라 초공의 여러 ᄌᆞ질이 졔졔

110면

히 금슈를 착ᄒᆞ고 시립ᄒᆞ니 릉후의 엄슉ᄒᆞ미 부풍이 흡ᄉᆞᄒᆞ더라 ᄌᆞ뷔 각각 홍금 치상으로 쵹라로 허리를 ᄆᆡ니 비컨ᄃᆡ 금당 옥년이오 쳥텬 ᄇᆡᆨ월이라 초공이 흔희 왈 나의 여러 ᄌᆞ부 즁 현슉ᄒᆞ믄 졍시로다 ᄒᆞ니 양부인이 개용 ᄃᆡ왈 ᄌᆞ부간 션블션을 엇지 현츌ᄒᆞ여 의논ᄒᆞ오니 쳡의 마음이 블쾌ᄒᆞ미로쇼이다 초공이 함쇼 무언이라 태부인이 흔희 만면ᄒᆞ여 왈 오가의 드러오ᄂᆞᆫ 녀ᄌᆡ 졔졔히 현인 슉녀니 이ᄂᆞᆫ 너의 복이오 조종의 여음이로다 진초 이공이 쥬왈 ᄌᆞ괴 심히 맛당ᄒᆞ시

111면

오니 쇼자의 덕이 아니오라 존당의 홍복이로쇼이다 좌위 칭하ᄒᆞᄂᆞᆫ 쇼릐 그치지 아니ᄒᆞ더니 믄득 양병뷔 드러와 현알ᄒᆞ고 좌의 들거ᄂᆞᆯ 잠간 보니 홍포 옥ᄃᆡ의 늠늠ᄒᆞᆫ 풍치 초초ᄒᆞ믈 ᄭᆡ닷지 못ᄒᆞ니 진왕이 단우 왈 너의 훤당이 일양ᄒᆞ시뇨 양ᄉᆡᆼ이 만면 슈ᄉᆡᆨ 왈 친당이 너모 고젹ᄒᆞ와 시봉ᄒᆞ 리 젹ᄉᆞ오니 울민ᄒᆞ미로쇼이다 진왕이 탄왈 친젼 시봉이 븨여시니 신취ᄒᆞ미 업ᄂᆞᆫ다 양ᄉᆡᆼ이 쟝탄 왈 신취ᄒᆞᆯ ᄆᆞ음도 업고 심회 ᄌᆞ연 어득ᄒᆞ와 졍신을 슈습지 못ᄒᆞ오니 ᄌᆞ연 우려ᄒᆞ미로쇼이다 진초

112면

이공과 졔 조ᄉᆡᆼ이 ᄉᆞᆺ쳐 보고 미미히 웃더라 연셕을 살펴보니 요디연 ᄀᆞᆺ더라 종일 진환ᄒᆞ니 일락 셔령ᄒᆞ고 월ᄉᆡᆼ 동령ᄒᆞᄆᆡ 다 각각 침쇼로 도라갈ᄉᆡ 초공이 웅현의 방일ᄒᆞ믈 말ᄒᆞ며 우려ᄒᆞ믈 마지 아니ᄒᆞ니 진왕이 미쇼 왈 남ᄋᆞ의 긔운의 호방ᄒᆞ믈 현뎨 엇지 근심ᄒᆞᄂᆞ뇨 년긔 방쟝ᄒᆞᆯ ᄯᅢ의 긔운을 울긔ᄒᆞ미 도로혀 블가ᄒᆞ니 동셔의 맛당ᄒᆞᆫ 혼쳐를 구ᄒᆞ여 친ᄉᆞ를 슈히 지ᄂᆡ게 ᄒᆞ라 초공이 ᄃᆡ왈 동셔의 틱부를 고심이 ᄒᆞᄃᆡ 맛당ᄒᆞᆫ 곳이 업셔 우려ᄒᆞᄂᆞ이다 진왕이 왈 웅현의 본셩이 방

113면

약 호일ᄒᆞᆯ진ᄃᆡ 미셰ᄒᆞᆫ 녀ᄌᆞ를 구ᄒᆞ면 블합ᄒᆞᆯ가 념녀 무궁ᄒᆞ도다 초공이 역탄 왈 형

장의 역냥ᄒᆞ시미 붉으시니 엇지 우려치 아니리오 진왕 왈 기역 너희 ᄌᆞ녀와 나의 ᄌᆞ녀의 화변이 져의 냥익이니 그를 엇지 혐의ᄒᆞ리오 ᄒᆞ더라 진초 이공이 각각 도라오다 이ᄯᅢ 쵸공이 ᄐᆡᆨ부ᄒᆞ기를 비샹이 ᄒᆞ더니 셔문 옥셕교의 ᄒᆞᆫ 명산이 이시니 도셩쥬산이라 산하 국즁의 ᄒᆞᆫ 쳐ᄉᆡ 이시니 셩은 진이오 명은 쳥이니 대대 교목 셰가요 빅연 잠영지족이라 승샹의 손이오 ᄐᆡ혹ᄉᆞ 진ᄐᆡ의 ᄌᆞ라 사ᄅᆞᆷ 되오미 공

114면

ᄆᆡᆼ의 도덕과 증삼의 대효를 품어 우흐로 텬문의 흑쇼를 통ᄒᆞ고 아ᄅᆡ로 통고금달 ᄉᆞ리ᄒᆞ여 만복 금슈를 갈희여 금면산벽 곡옥셕교의 복거ᄒᆞ니 뒤흐로ᄂᆞᆫ 슈쳔 쥬 송ᄇᆡᆨ이 프ᄅᆞ럿고 앏흐로ᄂᆞᆫ 두 줄 슈양이 봄을 만ᄂᆞ시ᄆᆡ 가지마다 츈풍을 츔츄며 좌우로 죽림과 화쵸와 긔이ᄒᆞᆫ 괴셕이 좌우의 둘너 이시니 복거ᄒᆞᆫ 산쳔의 명녀ᄒᆞ고 원림의 화쵀 긔특ᄒᆞ여 별셰 셰계오 봉쟝 방ᄅᆡ라 쳐ᄉᆡ 피셰 ᄃᆡ은ᄒᆞᄆᆡ 션ᄒᆡᆼ 도덕이 일셰의 독보ᄒᆞ니 일홈이 ᄉᆞ히의 들니더라

조시삼대록 권지이십일

1면

ᄎᆞ셜 진쳐ᄉᆞ의 도덕이 일셰의 독보ᄒᆞ니 일홈이 ᄉᆞ린의 들니더라 쳐ᄉᆡ 두문 샤직ᄒᆞ여 그 얼골을 보 니 셰샹의 드므더라 셜초의 리부샹셔 쇼쳔과 승샹 졍공이 힘ᄡᅥ 쳔거ᄒᆞ여 진종이 례부샹셔 태ᄌᆞ쇼부를 ᄒᆞ니 샤쳥ᄒᆞᄂᆞᆫ 거ᄆᆡ 니어시ᄃᆡ 진쳐ᄉᆡ ᄂᆞ지 아니ᄒᆞ고 ᄉᆞ관을 ᄃᆡᄒᆞ여 탄왈 쟝요지셩 이ᄉᆞ대 쇼혜이시니 사ᄅᆞᆷ의 지취 다 각각이라 신이 임의 산야 젼민으로 홈외질ᄒᆞ기를 즐겨ᄒᆞ니 엇지 치셰 경륜지ᄌᆡ 이셔 셩샹 쵸탁ᄒᆞ신은

2면

뎐을 밧들니잇고 핍박ᄒᆞ시면 쥭어 ᄯᅳᆺ을 셰우리이다 샹이 드ᄅᆞ시고 탄왈 진짓 고ᄉᆡ로다 ᄒᆞ시고 별호를 운혜 션ᄉᆡᆼ이라 ᄒᆞ시고 례현ᄒᆞ시믈 뵈시고 다시 핍박지 못ᄒᆞ시니 쳐ᄉᆡ 형뎨와 부인 한시로 더브러 림하의 한유ᄒᆞᄆᆡ 본ᄃᆡ 샹문 ᄌᆞ뎨로 가업을 힘ᄡᅳ지

아니나 금은 필빅이 뫼 굿치 빠혀시니 쳐ᄉᆡ 동셔로 뉴리 힝걸ᄒᆞᄂᆞᆫ 사ᄅᆞᆷ의 급ᄒᆞᆫ 거솔 구ᄒᆞ니 남ᄌᆞᄂᆞᆫ 동루의 두고 녀ᄌᆞᄂᆞᆫ 셔루의 두어 의식을 치고 각각 쇼원을 일우니 젼후 활인이 무슈ᄒᆞ더라 부인 한시 고문 법가의 요조 슉녜

3면

라 샹경샹화ᄒᆞ여 동쥬 슈십 여 년의 여러 ᄌᆞ녀를 ᄉᆡᆼ산ᄒᆞ여 기ᄅᆞ지 못ᄒᆞ고 슬하의 ᄒᆞᆫ낫 녀아와 일개 남ᄋᆞ를 두어시니 곤산의 미옥이라 남ᄋᆞ의 명은 한이오 녀ᄋᆞ의 명은 옥셩이니 공ᄌᆞᄂᆞᆫ 십 세오 쇼져ᄂᆞᆫ 십삼이라 쳐ᄉᆡ 쥭림 청풍의 한유ᄒᆞ여 ᄌᆞ녀 냥인을 슬하의 두어 ᄒᆞᆨ문을 가ᄅᆞ치며 교훈ᄒᆞ니 명슉ᄒᆞᆫ 쳐신과 슷다온 혜질이 임의 슉녀의 방향을 습ᄒᆞ여 만ᄉᆡ 법규의 마즈니 그 용모의 슈려ᄒᆞ미 부용이 향긔를 토ᄒᆞ고 옥미암향을 토ᄒᆞ니 쳐ᄉᆡ 크게 ᄉᆞ랑하여 텬하의 옥인 군ᄌᆞ

4면

를 어더 쇼녀의 ᄌᆡ용을 져바리지 아니려 ᄒᆞᄃᆡ 일인도 샹당ᄒᆞᆫ 곳이 업셔 울울 블낙ᄒᆞ더니 평진왕 조무와 초국공 조셩지지 셰샹의 뛰여ᄂᆞ믈 젼ᄒᆞᄃᆡ 쳐ᄉᆡ 왕공 직샹이믈 괴로와 침음ᄒᆞ더니 태샹경 화년이 진쳐ᄉᆞ로 아시고우라 봉직 찰임이 틈 곳 ᄂᆞ면 슈레를 모라 쳐ᄉᆞ를 ᄎᆞᆺᄂᆞᆫ지라 화공이 진쳐ᄉᆞ를 볼ᄉᆡ 쳐ᄉᆡ 샤례 왈 현형이 산즁 폐ᄉᆞ의 광치를 도으니 린니의 유광ᄒᆞ미 젹지 아니토다 화공이 쇼왈 우리 냥졍은 관포을 웃ᄂᆞ니 ᄎᆞᄌᆞ믈 치샤ᄒᆞ리오 금일은 즁ᄆᆡ 쇼임으로 이ᄅᆞᄂᆞ니

5면

현형은 고의 하여오 쳐ᄉᆡ 쇼이문고흔ᄃᆡ 화공 왈 타쳬 아니라 쵸국공 조이현이 형의 규즁 옥슈 이시믈 듯고 쥬진의 호연을 청ᄒᆞ니 니ᄅᆞ괘라 인ᄒᆞ여 조승샹 뎨 오ᄌᆞ 웅현의 굿초 긔이ᄒᆞ믈 니ᄅᆞ니 쳐ᄉᆡ 왈 초공은 당시 명현이라 내 실노 흠앙ᄒᆞᄂᆞ니 결혼을 ᄉᆞ양ᄒᆞ리오 다만 나는 포의 한ᄉᆡ라 산즁 야인이니 져난 됴뎡 현샹이라 결혼이 가치 아닐가 ᄒᆞ노라 화공이 쇼왈 부운 굿튼 공명은 조공이 취치 아닌ᄂᆞ니 만일 형의 고절 청심을 흠앙치 아니면 슈고로이 구혼ᄒᆞ리오 쳐ᄉᆡ 답왈 그 신랑

6면

을 기리거니와 저문이 엇더ᄒᆞ뇨 ᄒᆞᆫ 쟝 시문을 보고 결ᄒᆞ리라 화공이 웃고 사ᄆᆡ로셔 시젼을 ᄂᆡ여 갈오ᄃᆡ 내 원ᄂᆡ 형의 ᄌᆞ상ᄒᆞ믈 알고 조ᄉᆡᆼ의 시젼을 가져왓시니 형의 놉흔 ᄌᆡ조로 ᄒᆞᆫ갓 문필을 볼 것 아니라 슈요장단의 부귀 빈쳔 궁달을 알니라 ᄒᆞ고 뵈니 필법이 긔이하믄 니라도 말고 쥬옥을 흣트니 ᄌᆞ톄 왕우군의 졍난시를 우으며 청년의 청평ᄉᆞ를 낫게 너기니 쟝강 쳔리의 거출 거시 업ᄉᆞ며 쳑ᄌᆞ쳑언이 아니 가진 거시 업순지라 진공의 고산 ᄀᆞᄐᆞᆫ 시담으로 ᄎᆞ시를 보ᄆᆡ 산연이 ᄂᆞᆺ

7면

빗출 곳치고 탄왈 대숑의 인ᄌᆡ 셩ᄒᆞ믈 일니로다 시젼 우히 오복이 ᄂᆞᆺ타나 쟝샹의 그릇시오 봉후를 안과ᄒᆞ여 만복 영종지샹이오 ᄌᆞ숀이 챵셩ᄒᆞ여 곽영공을 블워 아닐 팔ᄌᆡ니 신랑의 ᄌᆡ믈이 이의 드믈지라 현형이 슈고로이 슈례를 모라 즁ᄆᆡ하ᄆᆡ 쇼뎨 엇지 일녀를 위ᄒᆞ여 ᄌᆞ근 호의로 허치 아니리오 포의지가로 공후지가의 결혼이 블가ᄒᆞ나 졔 임의 나의 한ᄉᆞ믈 험의치 아니니 쇼뎨 홀노 샤양ᄒᆞ리오 화공이 쇼왈 쵸공이 비록 공후나 샹히 의식의 졀감ᄒᆞᆷ미 한ᄉᆞ도곤 더으며 힝실

8면

이 슉연ᄒᆞ여 공부ᄌᆡ 다시 ᄂᆞ셔도 하ᄌᆞ홀 거시 업ᄉᆞ며 ᄌᆞ식을 결혼ᄒᆞᄆᆡ 니 ᄀᆞᄐᆞᆫ 니를 엇기 어렵고 ᄒᆞ믈며 조ᄉᆡᆼ의 풍신이 공부ᄌᆞ를 우으며 청년을 나모랄 거시니 엇지 형을 쇽기리오 ᄌᆡ조 문필은 형이 기리ᄂᆞᆫ ᄇᆡ니 쇼뎨 도라가 허혼ᄒᆞ믈 젼홀 거시니 슈히 ᄐᆡᆨ일ᄒᆞ여 보ᄒᆞ라 쳐ᄉᆡ ᄎᆞ혼을 깃거ᄒᆞ믄 이젼의 어질믈 니ᄅᆞ괘라 화공이 담화ᄒᆞ다가 도라와 명일 초공을 보고 진쳐ᄉᆞ 허혼을 니ᄅᆞ고 길긔 택일이 오니 겨유 슈슌이 갈혀시니 쵸공이 깃거 왈 형이 월노를 힘쓰나 오즉 존의

9면

온유치 아닌 ᄆᆡ온 신랑이 될가 ᄒᆞᄂᆞ니 쳐ᄉᆡ 고안의 암합지 아닐진ᄃᆡ 만히 무안홀가 ᄒᆞ노라 화공이 역쇼 왈 쇼뎨 령랑의 글을 가져 쳐ᄉᆞ를 뵈니 여ᄎᆞ여ᄎᆞᄒᆞ고 슈복을 길혀 공후의 그릇시라 ᄒᆞ니 쳐ᄉᆞ의 ᄇᆞᆰ으미 만고 무쌍ᄒᆞ니 엇지 어든 후 즁ᄆᆡ 타슬 삼으리오 인형의 만복을 치하ᄒᆞ노라 빈쥐 환쇼ᄒᆞ여 통음홀ᄉᆡ 진왕이 니라러 또ᄒᆞᆫ 한화ᄒᆞ

다가 파ᄒᆞ니라 웅현의 혼ᄉᆞ를 뎡ᄒᆞᄆᆡ 존당이 깃거ᄒᆞ고 조부인 등이 치하ᄒᆞᆫᄃᆡ 공지 뜻이 고이ᄒᆞ여 숙녀를 구치 아냐 ᄀᆞᆯ오ᄃᆡ 숙녀ᄂᆞᆫ 단일ᄒᆞ여

10면

가부의게 괴롭고 요요 쟉쟉ᄒᆞ여 가인은 남아의 뜻을 쾌히 ᄒᆞᄂᆞ니 취실ᄒᆞ여 녀ᄌᆡ 만구 응슌ᄒᆞᆫ 부인이라 식식ᄒᆞᆫ 녀ᄌᆞᄂᆞᆫ 부부의 정을 가랍지 못ᄒᆞᆯ가 ᄒᆞᄂᆞᆫ지라 ᄒᆞ니 양부인이 ᄎᆞ언을 듯고 윤부인으로 더브러 근심ᄒᆞ여 닐오ᄃᆡ ᄎᆞ익 쇼견이 여ᄎᆞ 고이ᄒᆞ니 진실노 근심이라 졍뎡ᄒᆞᆫ 녈녀를 만ᄂᆞ면 금슬이 쇼원ᄒᆞ리니 풍륭ᄒᆞᆫ 위인으로 뜻 ᄌᆞ부미 고이ᄒᆞ니 녀ᄌᆞ의 블힝이라 ᄒᆞ더라 임의 진가의셔 길일이 다ᄃᆞᄅᆞᄆᆡ 허다 위의로 신부를 마줄ᄉᆡ 연셕을 베플고 빈긱이 운집ᄒᆞᆫᄃᆡ 신랑이

11면

길복을 입고 존당의 하직ᄒᆞᆯᄉᆡ 풍신이 일쳔 양뉘 츈풍의 휘듯ᄂᆞᆫ 돗 와잠냥미와 옥면봉안이 션풍도골이라 존당 부뫼 두굿기믈 블가형언이라 위의랄 거ᄂᆞ려 진부로 항ᄒᆞ니 만됴긔경이 다 남취녀가의 요긱이 되여 도로 위의 휘황ᄒᆞ고 신랑 긔특ᄒᆞ믈 칭예ᄒᆞᄂᆞᆫ 쇼ᄅᆡ 분분ᄒᆞ더라 홍안지례를 맛고 신부 샹교를 기ᄃᆞ릴ᄉᆡ 쳐ᄉᆡ 조싱을 보ᄆᆡ 풍치 쇄연ᄒᆞᆫ지라 일월지안의 오악이 쥰긔ᄒᆞ고 긔홰 풍만ᄒᆞ여 오복이 완젼지상이오 만이 봉후를 누리고 슈복이 구젼ᄒᆞᆯ 거시로ᄃᆡ 다만 풍

12면

뉴 방일ᄒᆞᆫ 긔운이 넘져 군ᄌᆞ의 온즁한 톄되 져그니 쳐ᄉᆡ 니를 낫바ᄒᆞ되 위인이 특이하믈 환연ᄒᆞ여 화공을 ᄃᆡᄒᆞ여 칭샤 왈 금일 쾌셔 어드믄 연향의 대덕이라 일비 하쥬를 폐ᄒᆞ리오 옥빅의 향온을 부어 화공을 친히 권ᄒᆞ니 화공이 흔연이 거후ᄅᆞᄆᆡ 즁인이 닷토와 치하ᄒᆞ더라 일식이 느ᄌᆞᄆᆡ 신부 샹교를 직촉ᄒᆞ여 진쇼졔 화교 치뎡의 들ᄆᆡ 조싱이 뎡을 잠으고 빅냥 우귀ᄒᆞ여 본부의 도라오니 태부인 위부인이 쥬벽의 좌ᄒᆞ고 기 ᄎᆞ로 졍연쳬 삼 부인과 금션 공쥬며 양윤

13면

왕 삼 부인과 조부인 등 뉵 인이며 그 아ᄅᆡ로 조졍 등 여러 부인ᄂᆡ 례복을 졍히 ᄒᆞ고

좌의 ᄂᆞ니 만고 명염이 당의 가득ᄒᆞ니 태부인이 ᄉᆡ로이 두굿겨 희연이 웃는 ᄂᆞᆾ출 여러시니 진초 이공이 병닙 녈좌ᄒᆞ여 승안 화긔 츈풍의 뉴화를 잇그니 좌우의 텬션 ᄀᆞᆺ툰 ᄌᆞ질이 살 벗ᄃᆞᆺ 버러시니 좌우 관광 재 태부인 조노공 관인 후덕이 만복을 이으미라 칭양ᄒᆞ더라 이윽고 신뷔 니ᄅᆞ러 합환 교ᄇᆡ를 ᄒᆞ고 조률을 밧드러 구고 존당의 헌ᄒᆞ니 구괴 깃부믈 이긔지 못ᄒᆞ고 신뷔 산쳔 슈긔와 텬디 졍ᄆᆡᆨ을

14면

모도와 ᄉᆡᆼ셩ᄒᆞᄆᆡ 벽텬 쇼월이 ᄌᆞ태 업고 곤산 ᄇᆡᆨ옥을 다ᄃᆞ마시니 션연 아질이 ᄭᅩᆺ치우으며 향을 ᄲᅮᆷ는지라 광치 흑야의 명쥬를 빗치고 츄양이 화계의 다ᄉᆞᄒᆞ여 셰요 봉익의 ᄉᆡᆨ혀는 톄지 츌뉴ᄒᆞ니 좌우 쇼년들니 신부의게 넘지 못ᄒᆞ니 존당 구괴 경희ᄒᆞ고 졔ᄀᆡᆨ의 치하 분분ᄒᆞ니 태부인이 좌즁의 결워 ᄀᆞᆯ오ᄃᆡ 노신이 친히 신명의 복우ᄒᆞ시믈 입어 셰샹의 지리히 머믈ᄆᆡ 졔숀이 일셰 영쥰이오 드려오ᄂᆞ 니마다 여ᄎᆞ 특이ᄒᆞ니 문호의 대ᄒᆡᆼ이라 미망 여ᄉᆡᆼ이 구원의 도

15면

라가도 젼ᄒᆞᆯ 말이 빗치 잇실노라 셕년 비고ᄒᆞᆫ 경ᄉᆞ로 츄이ᄒᆞᄆᆡ 엇지 오늘을 긔약ᄒᆞ리오 졔족이 치하 왈 이 다 태부인 심인후덕과 조문의 복경이 비상ᄒᆞ여 진왕 초공 ᄀᆞᆺ툰 대현이 잇고 대를 이어 졔숀의 긔특ᄒᆞ미 이시니 태ᄉᆞ 릉후의 셩현지ᄒᆡᆼ이 츄양ᄒᆞ는 ᄇᆡ라 드러오는 녀지 졈졈 특이ᄒᆞ니 우리 등 친족도 유광ᄒᆞ니이다 모다 화열ᄒᆞ미 측냥 업더라 종일 진환 후 신부 슉소를 난츈뎡의 ᄒᆞ니 진시 믈너와 쟝복을 벗고 홍샹 단의로 좌ᄒᆞ엿더니 ᄉᆡᆼ이 니ᄅᆞ러 동셔로 분좌

16면

ᄒᆞᄆᆡ 남풍녀뫼 실 즁의 ᄡᅢ혀는지라 ᄉᆡᆼ이 용안을 과ᄋᆡᆨᄒᆞ나 사ᄅᆞᆷ 되오미 한월 ᄀᆞᆺ고 내심이 샹셜 ᄀᆞᆺᄐᆞ니 례법을 쥬ᄒᆞ고 일동일졍이 믁믁ᄒᆞ여 렬졀지풍이 옥이 ᄎᆞ고 어름이 ᄂᆡᆼᄒᆞ여 풍뉴 화ᄉᆞ의 마음이나 셜만치 못ᄒᆞᆯ지라 ᄉᆡᆼ이 일단 탄복ᄒᆞ나 쇼망의는 블합ᄒᆞ여 ᄌᆞ긔 호신을 펴지 못ᄒᆞᆯ가 ᄆᆡᆨᄆᆡᆨ히 흥미 쇼삭ᄒᆞᆫᄃᆡ 텬하 풍뉴호걸이 일ᄃᆡ 명염으로 동방의 무심ᄒᆞ리오 원망쟝리의 금슬지락으로 져 창녀의 음탕ᄒᆞ믈 지ᄂᆡ나 엇지 옥슈지란의 향긔를 겻지여 ᄇᆡᆨ년 금슬의 환

17면

연ᄒᆞᆫ ᄇᆡ 비기리오 은의 취즁ᄒᆞ여 여산여히ᄒᆞ더라 진쇼졔 인ᄒᆞ여 머므러 효봉구고ᄒᆞ고 승슌군ᄌᆞᄒᆞ며 봉영집옥이 졍니 등의게 일호 블급ᄒᆞ미 업ᄉᆞᆫ지라 텬품이 슉덕ᄒᆞ여 일호 비례ᄅᆞᆯ 블급ᄒᆞ고 비약 겸공ᄒᆞ나 다만 ᄉᆡᆼ의 호랑 방일ᄒᆞ여 취안이 ᄑᆞ러지고 의ᄃᆡ 부졍ᄒᆞ여 방탕ᄒᆞᆫ 희언이 광잡ᄒᆞᆫ ᄯᅢᄂᆞᆫ 빵셩이 가ᄂᆞᆯ고 취미 나즉ᄒᆞ여 보지 아니며 괴로이 너기니 텬연 ᄂᆡᆼ담ᄒᆞ여 말 브치기 어려온지라 일월이 오릴ᄉᆞ록 여ᄎᆞᄒᆞ니 혹ᄉᆡᆼ이 괴로이 너겨 ᄎᆞ후ᄂᆞᆫ 츈졍의 졀젹ᄒᆞ고 외당

18면

의 쳐ᄒᆞ여 풍악으로 승간ᄒᆞ여 쇼일ᄒᆞ니 원ᄂᆡ 조공이 엄슉ᄒᆞ며 능후 등이 졔 교훈이 졍직ᄒᆞ나 직ᄉᆞ의 분쥬ᄒᆞ여 일신이 다사ᄒᆞᆫ지라 여러 아ᄋᆞᆯ 스승을 맛져 어려셔ᄂᆞᆫ 대단ᄒᆞᆫ 일을 ᄉᆞᆯ피고 ᄌᆞ라면 졍ᄃᆡᄒᆞ여 부형의 엄훈을 대단이 거ᄉᆞ리미 업ᄂᆞᆫ지라 비록 ᄋᆞᆼ현의 호일ᄒᆞ믈 아나 남ᄉᆡ 여ᄎᆞᄒᆞᆷ은 몰나 칠희 총힝이 비샹ᄒᆞ고 녀악의 믈드러 졍실 쇼ᄃᆡᄒᆞ믈 ᄯᅳᆺᄒᆞ리오 윤부인이 깁히 렴녀ᄒᆞ여 보면 ᄎᆡᆨᄒᆞᄃᆡ ᄉᆡᆼ이 ᄒᆞᄅᆞ다시 ᄃᆡ답ᄒᆞ여 진시 후ᄃᆡᄒᆞ믈 쥬ᄒᆞ고 도라셔면 ᄂᆡ도ᄒᆞ니 윤양

19면

이 부인이 ᄆᆡ양 탄식고 진시 젼졍이 블평ᄒᆞᆯ 줄을 아ᄅᆞ 잔잉ᄒᆞ고 무ᄋᆡᄒᆞ믈 친녀 ᄀᆞᆺ치ᄒᆞ더라 어시의 양ᄉᆡᆼ이 조시 거취ᄅᆞᆯ 몰나 가아의 참ᄉᆞᄒᆞ믈 비한이 쟝부의 텰쟝이나 초조ᄒᆞ믈 면치 못ᄒᆞ여 침블안셕ᄒᆞ고 식블감미라 훤당 쌍친은 쳐량ᄒᆞ여 두시 일인만 시호ᄒᆞ고 ᄂᆡ죄 황냥ᄒᆞ고 슬해 젹막ᄒᆞ니 고독 일신이 종샤의 념녀 무궁ᄒᆞ여 심위 흉격의 가득ᄒᆞ니 먹지 못ᄒᆞ고 ᄌᆞ지 못ᄒᆞᄂᆞᆫ지라 조부의 오ᄆᆡ 졔조의 비쇼ᄒᆞᄂᆞᆫ 쇼ᄅᆡ와 조롱ᄒᆞᆫ난 거동이 일층 비위ᄅᆞᆯ 돕ᄂᆞᆫ지라 안ᄌᆞᄆᆡ

20면

희허ᄒᆞ고 누으ᄆᆡ 쟝탄식이라 시러곰 ᄒᆞᆯ 일이 업고 아름다온 슉녀ᄅᆞᆯ 취ᄒᆞ여 가ᄉᆞᄅᆞᆯ 도모치 못ᄒᆞ고 조시 ᄉᆡᆼ존ᄒᆞ여시면 원위ᄅᆞᆯ 부엿다가 젼ᄃᆡ로 주려ᄒᆞ믈 닐오ᄃᆡ 병뷔 츄연 ᄃᆡ왈 명교 맛당ᄒᆞ시니 쟝뷔 슈졀할 거ᄉᆞᆫ 아니로ᄃᆡ 빅인이 유아이ᄉᆡ라 졀노 ᄒᆞ여곰 지금의 ᄉᆞᄉᆡᆼ 거쳐ᄅᆞᆯ 모ᄅᆞ고 박힝 무의로 이러ᄒᆞ니 ᄀᆡ복을 맛츤 후 타인을 취ᄒᆞᆯ 거

시라 훤위의 시봉ᄒᆞᆯ 리 업ᄉᆞ니 잠간 지쳬를 믈우ᄒᆞ쇼셔 ᄒᆞ니 양공이 탄식ᄒᆞ더라 ᄉᆡᆼ이 슉식을 폐ᄒᆞ고 흐ᄅᆞ는 슐노 쟝위를 젹시더라 화뉴

21면

풍신이 날노 쇠ᄒᆞ고 감ᄒᆞ니 진초 이공이 긔식을 알고 닐오고져 ᄒᆞᄃᆡ 녀ᄋᆞ의 익회 쇼멸키를 기다려 닐오ᄆᆡ 신춰를 ᄆᆡ양 권ᄒᆞ니 양ᄉᆡᆼ이 조시 ᄉᆡᆼᄉᆞ를 안 후의야 결ᄒᆞ려 ᄒᆞ더라 쇼졔 이 쇼식을 드ᄅᆞᄆᆡ 오히려 그 ᄆᆞ음을 알지라 구고와 가부를 속이믈 미심ᄒᆞ여 글월노 이 쇼유를 두시긔 알왼ᄃᆡ 두시 답왈 이는 급히 당ᄒᆞᆯ 거시 아니니 아직 일월을 참으라 ᄒᆞ니 두부인을 미더 고요히 셰월을 보ᄂᆡ나 아ᄌᆞ의 참ᄉᆞ를 참통ᄒᆞ여 쟝탄 단우ᄒᆞ여 누싊 산산ᄒᆞ더라 일일은 병뷔 조부의 와

22면

운현 등으로 겻지어 ᄌᆞ더니 ᄭᅮᆷ의 호졉 일빵이 오ᄉᆡᆨ 비치 찬난ᄒᆞ여 ᄂᆞᆲ히 와 넙놀거ᄂᆞᆯ ᄉᆡᆼ이 호졉을 ᄯᆞᄅᆞ니 이 호졉이 분비ᄒᆞ여 진왕부 션월뎡으로 가는지라 ᄯᆞᆯ와ᄂᆞ오니 ᄉᆞ챵이 한아ᄒᆞ고 명촉이 휘황ᄒᆞᆫᄃᆡ 완연이 조시의 당쇠라 반가오믈 이긔지 못ᄒᆞ여 젼도히 문을 녈고 드러가니 조시 단의홍군으로 촉하의셔 졔져로 언쇼ᄒᆞ는지라 블고념치ᄒᆞ고 드러셔니 졔 쇼년이 좌우로 피ᄒᆞ여 협실노 드러가니 양ᄉᆡᆼ이 ᄂᆞ아안ᄌᆞ 옥슈를 이어 만단 졍회를 펴고져 ᄒᆞ더니 조시 옥슈를 ᄯᅥᆯ치

23면

고 나샹을 거두쳐 니러ᄂᆞ는지라 경동이각ᄒᆞ니 남가일몽이라 바야흐로 효계 악악ᄒᆞ여 ᄉᆡ벽를 보커ᄂᆞᆯ ᄉᆡᆼ이 ᄉᆡ로이 비챵ᄒᆞ여 ᄉᆡᆼ각ᄒᆞᄃᆡ 조시 일졍 죽엇도다 그러치 아니면 엇지 몽ᄉᆡ 이러ᄒᆞ리오 원혼이 친졍의 도라와 녯 쳐쇼를 직희도다 기리 쟝탄ᄒᆞ니 능빅이 ᄭᆡ엿다가 쇼왈 무ᄉᆞᆷ 일노 탄셩이 쳐쳐ᄒᆞ여 죽을 거동을 ᄒᆞᄂᆞ뇨 병뷔 장탄 왈 너희는 호화ᄒᆞ여 남의 회포를 모ᄅᆞᄂᆞ도다 ᄂᆡ 여ᄆᆡ로 관관 져구의 금슬지락이러니 간인의 작얼이 블측ᄒᆞ여 내 박힝 무신ᄒᆞᆫ 거조로 쳔

24면

고의 업ᄉᆞᆫ 간고를 당ᄒᆞ여 ᄉᆞᄉᆡᆼ을 모ᄅᆞ니 치아는 요ᄉᆞᄒᆞ고 슬프나 기모의 ᄉᆞᄉᆡᆼ을 모

ᄅᆞ미 일ᄉᆡᆼ 심위 되여 영웅의 긔운이 쇠찰ᄒᆞ니 ᄎᆞᄉᆡᆼ의 령ᄆᆡ를 못 만날진ᄃᆡ 양ᄌᆞ범이 일ᄉᆡᆼ 환거ᄒᆞ여 쳥년 원ᄉᆞ를 갑프려니와 여ᄎᆞ 즉 부모ᄭᅴ 블효와 남ᄋᆞ의 ᄇᆡᆨ년 텬졍이 막혓시니 엇지 슬프지 아니리오 운현이 그윽이 우으며 거즛 ᄎᆞ탄 왈 여언을 드ᄅᆞ니 아심이 더옥 쳑감ᄒᆞᆫ지라 ᄆᆡ져의 명되 그ᄃᆡ도록 박ᄒᆞᆯ 줄 알니오 연이나 남의 일 녀ᄌᆞ로 평ᄉᆡᆼ 환거ᄒᆞ미 블가ᄒᆞ고 령당의 블효와 종샤의 즁

25면

ᄒᆞ믈 이ᄌᆞ리오 마음을 곳쳐 밧비 슉녀를 마ᄌᆞ 쟝부 ᄒᆡᆼ낙을 ᄒᆞ고 부귀를 공부ᄒᆞ라 병뷔 탄식 무언이라 명됴의 진초 냥공이 나오ᄆᆡ 병뷔 마ᄌᆞ니 왕이 반겨 왈 네 이곳의셔 밤을 잔다 요ᄉᆞ이 네 풍골이 환탈ᄒᆞ여시니 무슴 병이 잇ᄂᆞ냐 병뷔 츄연 ᄃᆡ왈 심ᄉᆡ 블평ᄒᆞ오ᄆᆡ 화긔 ᄉᆞ라져 그러ᄒᆞ이다 왕이 위로 왈 쟝뷔 맛당이 츙효를 본ᄒᆞ고 원ᄃᆡᄒᆞ기로 웃듬ᄒᆞ리니 녀ᄋᆞ의 일이 참연ᄒᆞ나 ᄉᆞ이이의라 샹회ᄒᆞ여 부유의 약ᄒᆞ믈 본바드리오 맛당이 현문지가의 슉녀를 ᄐᆡᆨᄒᆞ여 령당의 블효

26면

를 면ᄒᆞ고 일신의 쾌락을 일우라 ᄉᆡᆼ이 함쳑 샤례ᄒᆞ나 단심 위졀이 조시 위ᄒᆞ미 금셕 ᄀᆞᆺ트여 신쉬ᄒᆞᆯ 의ᄉᆡ 샤연ᄒᆞ더라 ᄎᆞ일 파됴 후 본부의 단녀 ᄯᅩ 조가의 오니 졔조 등이 존당의 드러가고 명현 등 쇼ᄋᆞ들만 잇거ᄂᆞᆯ 병뷔 즁쳥의 빗거러 시ᄉᆞ를 읇더니 의ᄉᆡ 부운의 홋터져 초조ᄒᆞ더니 명윤이 쇼왈 슉뷔 무ᄉᆞ 일노 탄식이 긋지 아니ᄒᆞ시ᄂᆞ니잇고 쇼질이 드러 혹 슉부긔 유익ᄒᆞᆯ 동 아ᄂᆞ니잇고 병뷔 쇼왈 내 심우ᄂᆞᆫ 타ᄉᆡ 아니라 네 슉모의 ᄉᆞᄉᆡᆼ 거쳐를 모ᄅᆞ오미라 네ᄂᆞ 드럿ᄂᆞ냐 명윤이 ᄃᆡ왈 일

27면

ᄐᆡᆨ지샹의 슉뷔 모ᄅᆞ시ᄂᆞᆫ 거ᄉᆞᆯ 쇼질이 엇지 알니잇고 태ᄉᆞ의 ᄎᆞᄌᆞ 명션이 본ᄃᆡ 언경ᄒᆞᆫ지라 웃고 골오ᄃᆡ 슉뷔 쇼질의 쳥을 드러 구ᄒᆞᄂᆞᆫ 거ᄉᆞᆯ 주시면 슉모의 거쳐를 알외리이다 명윤이 정ᄉᆡᆨ 찰시 왈 요망ᄒᆞᆫ 아ᄒᆡ 슉부를 속이려 허언을 ᄒᆞᄂᆞ뇨 슉부ᄂᆞᆫ 아ᄒᆡ 희롱을 치죄ᄒᆞ쇼셔 연이나 요ᄉᆞ이 우리 집 고이ᄒᆞᆫ 변이 이셔 존당이 근심ᄒᆞ시ᄂᆞ니 슉부 말숨으로 ᄭᆡ치오니 더옥 참연ᄒᆞᆫ지라 반ᄃᆞ시 슉모 원혼이 그러ᄒᆞ신가 요ᄉᆞ니 션월뎡의 가면 슉모 형용이 완연ᄒᆞ여 실즁의셔 졔

28면

시ᄋᆞ로 언담이 ᄌᆞ약ᄒᆞ다가 인젹 곳 이시면 어ᄃᆡ를 치여가기를 무샹이 ᄒᆞᄂᆞᆫ지라 유명이 샹격ᄒᆞ나 유혼이 왕ᄅᆡᄒᆞᄂᆞᆫ가 ᄒᆞᄂᆞ니 슉뷔 ᄒᆞᆫ쎄ᄂᆞᆫ 드러가 유혼이나 위로ᄒᆞ쇼셔 빅쥬의도 현셩ᄒᆞᄂᆞ니이다 양싱이 드ᄅᆞᄆᆡ 몽ᄉᆞ로 샹합ᄒᆞᄂᆞᆫ지라 의괴ᄒᆞ여 ᄀᆞᆯ오ᄃᆡ 연즉 네 부슉이 아니 니ᄅᆞ시더냐 네 허언을 ᄒᆞᄂᆞᆫ다 명윤이 정식 왈 존당 부모의 명셩ᄒᆞ시미 허탄ᄒᆞᆫ 일을 경셜ᄒᆞ시리잇고 쇼ᄋᆡ 슉부 회포를 비감ᄒᆞ여 알외미로쇼이다 엇지 허언으로 속이리오 슉뷔 드러가 보쇼셔 력녁

29면

히 뵈오니 대존당이 요망타 ᄒᆞ시고 경셜ᄒᆞ믈 금ᄒᆞ시나 큰 심우가 되시니이다 병부ᄂᆞᆫ 셩졍이 쇼탈ᄒᆞᆫ지라 아희 쇼기ᄂᆞᆫ 말이 의ᄉᆞ 밧긔 이언ᄒᆞ고 명쳔은 단좌ᄒᆞ고 명윤은 형의 눈치를 알고 우음을 먹음고 말을 아니ᄒᆞ니 싱이 혹 비도ᄒᆞ여 ᄉᆡᆼ각ᄒᆞᄃᆡ 혹쟈 조시 ᄉᆞ즁 구싱으로 만일을 바랏더니 이 말이 진젹홀진ᄃᆡ 쥭으미 젹실ᄒᆞᆫ지라 내 작야 몽ᄉᆡ 이샹ᄒᆞ고 금일 두 아희 말이 고이ᄒᆞ니 아모커나 션월뎡의 가 보리라 ᄒᆞ고 명윤다려 닐오ᄃᆡ 네 ᄂᆡ 앏흘 인도ᄒᆞ라 ᄒᆞ고 ᄌᆡ촉ᄒᆞ니

30면

명윤이 부슉의 명은 어그미 업ᄉᆞᄃᆡ 속여 웃고져 ᄒᆞ여 머리를 흔드러 ᄀᆞᆯ오ᄃᆡ 쇼질은 어린 ᄋᆞ희 ᄒᆞᆫ번 슉모를 본 후 ᄉᆡᆼ인과 달나 무셔온 마음이 나ᄂᆞᆫ지라 다시 드러가기ᄂᆞᆫ 두렵고 무셔오니 슉뷔 션월뎡 길흘 아ᄅᆞ시ᄂᆞ니 드러가 보쇼셔 ᄎᆞ시 일식이 셔령의 도라지고 슉뫼 투림ᄒᆞᄂᆞᆫ지라 양싱의 마음이 착급ᄒᆞ니 명윤의 인도를 쳥치 아니ᄒᆞ고 가연이 몸을 니러 션월뎡의 올나 쇼져 잇던 침방 난간의 올ᄂᆞ셔니 모든 인셩이 들니거ᄂᆞᆯ 더옥 의ᄉᆡ 젼도ᄒᆞ여 몸이 나라 문안의 다ᄃᆞ라

31면

개호 입실ᄒᆞ니 좌우 시비 낭낭이 의구ᄒᆞ고 조시 옥용 화태 익은 면목이라 취병의 지어 옥슈의 ᄎᆡᆨ을 들고 고ᄉᆞ를 ᄉᆞᆯ피다가 눈을 드러 양싱을 보고 경희ᄒᆞᄂᆞᆫ 빗치 가득ᄒᆞ여 니러 맛거ᄂᆞᆯ 싱이 실노 그 ᄉᆡᆼ인인 줄을 모ᄅᆞ고 졍혼이 왓ᄂᆞᆫ가 슬프미 극ᄒᆞ여 부지블각의 븟들고 닐오ᄃᆡ 분인아 금일 샹견이 진여아 몽여아 위령이 어ᄂᆡ 곳의 흣터지

고 엇지 이곳의 와 싱의 눈의 완연이 뵈ᄂᆞ뇨 원빅이 유유ᄒᆞ여 넉시 온가 언흘의 누쉬 쳔항이라 싱이 ᄉᆞ싱을 블분변ᄒᆞ여 쇼져의 몸을 넉신가

32면

의심ᄒᆞ믈 보고 슬허ᄒᆞ미 고이ᄒᆞᆫ 일노 맛당치 아니ᄒᆞᆫ지라 좌를 써나 졍금 염용ᄒᆞ고 탄왈 군ᄌᆞᄂᆞᆫ 신즁 졍대ᄒᆞ미 올흐니 ᄎᆞ 거죄 만만 고이ᄒᆞ니 쳡이 당당이 죽어셔도 거죄 이러치 아니실지라 더옥 산 사름을 보고 여ᄎᆞᄒᆞ미 블승한심ᄒᆞ도쇼이다 양싱이 부인의 텬연ᄒᆞᆫ 옥셩의 의용이 ᄉᆞ재 부싱이라 깃브미 환텬 희긔ᄒᆞ여 나아 안ᄌᆞ 옥슈을 잡고 희허 탄왈 부인이 엇지 몸을 감쵸와 날노 슈삭 간장을 살오게 ᄒᆞᄂᆞ뇨 간인의 참언으로 아심의 외입분 아냐 독약이 변심ᄒᆞ니 허다 변란

33면

이 샹싱ᄒᆞ여 쳔금 치아를 일코 구곡의 한이 밋쳣거ᄂᆞᆯ 일월의 비ᄎᆞᆯ 빌녀 간당을 멸ᄒᆞ나 부인의 형영이 묘망ᄒᆞ니 ᄎᆞᄂᆞᆫ 나의 허믈이나 후회 막급이라 어이ᄒᆞ며 슉식이 편ᄒᆞ리오 훤당의 블효와 조션 봉사를 싱각ᄒᆞ니 나의 허믈이 호대ᄒᆞᆫ지라 엇지 타인을 싱각ᄒᆞ리오 아심의 밍셰ᄒᆞ여 부인을 지봉ᄒᆞ고 원을 플가 ᄒᆞ더니 오ᄂᆞᆯ 맛춤 몽ᄉᆡ 여ᄎᆞ여ᄎᆞᄒᆞᆫ 후 명윤의 희롱으로 실노 죽은가 ᄒᆞ여 원귀나 ᄒᆞᆫ번 반겨 보ᄌᆞ ᄒᆞ고 왓더니 진즛 부인을 만ᄂᆞᆯ 줄을 알니오 ᄒᆞ고

34면

졍이 유츌ᄒᆞ여 부인을 븟들고 말을 못ᄒᆞ니 조시 졍금 염용 왈 쳡의 허다 죄악이 죽고 나믈지라 군ᄌᆞ의 관인 후덕으로 일명을 보젼하엿다가 화변의 급ᄒᆞ믈 만ᄂᆞ니 일루 잔쳔이 블의 사라질너니 두부인 후덕으로 잔쳔을 거두워 이곳의 보ᄂᆡ시니 잔명을 도망ᄒᆞ여 친가의 도라오나 어이 인뉴의 츙슈ᄒᆞ리오 션월뎡의 머리를 ᄂᆡ앗지 못ᄒᆞ고 구고긔 알외지 못ᄒᆞ니 쳡의 죄 깁흔지라 이졔 몽미 밧 부ᄌᆞ의 ᄌᆞ최 이곳의 니ᄅᆞ러 쳡의 사라시믈 쳐음으로 아ᄂᆞ가 시부오니 참괴

35면

ᄒᆞ여 욕ᄉᆞ무디라 무슴 말을 ᄒᆞ리오 연이나 기간 곡졀이 허다ᄒᆞ니 쳡이 스ᄉᆞ로 군ᄌᆞ

룰 쇼기미 아니오 군지 쳡 굿탄 인싱을 다시 추주 규문의 빗출 감하고 명부의 주리룰 욕ᄒ여 봉관지녈을 치올 빅 아니라 죄룰 진쟉다 ᄒ실진ᄃᆡ 죽여 죄룰 붉히고 무죄타 ᄒ시거든 힁골을 빌녀 부모 친측의 여싱을 맛게 ᄒ쇼셔 싱이 당금추시ᄒ여 부인을 샹봉ᄒ니 부인의 말을 의외로 아ᄂᆞᆫ지라 츄연 쟝탄ᄒ여 왈 이 다 냥익이 태심ᄒ미오 본심이 아니라 부인이 피화ᄒ여 이곳의 안신ᄒ

36면

미 보신지칙이라 두슈의 깁흔 쥬의로 이곳의 보내시니 엇지 부인의 허믈이 되리오 부인이 복의 본심을 짐쟉할 거시니 허다 과익이 곽녀의 타시라 이졔 곽녜 친가의 안치ᄒ고 흉비룰 참ᄒ여 ᄋᆞᄌᆞ의 원슈룰 갑훗ᄂᆞᆫ지라 시로이 셕한을 품어 구고와 싱을 구이치 아니하믄 싱각 밧기라 부인은 슉찰지ᄒ여 복의 쳔과룰 샤ᄒ고 일직이 도라와 훤당 감지랄 밧드러 와 친의룰 밧ᄌᆞ오라 조시 탄왈 쳡이 군ᄌᆞ룰 원망ᄒ미 아니라 박명 인싱이 참변을 지닉고 ᄋᆞᄌᆞ랄 죽이니 인셰

37면

의 ᄠᅳᆺ이 업셔 구고긔 등비홀 안면이 업ᄉ니 죄룰 지고 심규의 이셔 셰렴을 ᄭᅳᆫ코져 ᄒᄂᆞ이다 싱이 쇼왈 악부와 쇼뷔 부인을 감초고 쇼기며 쇼싱다려 신취ᄒ라 권ᄒ시ᄃᆡ 블명이 남의 긔싁을 모라고 오날 명윤 쇼ᄋᆞ의 쇼기믈 입어 쥼인의 긔쇼룰 취ᄒ니 ᄌᆞ당 감슈룰 부인조차 견집ᄒ여 날을 닉치는 긱을 삼고져 ᄒᄂᆞ냐 추시 명윤이 뒤흘 조ᄎᆞ 션월뎡의 니ᄅᆞ러 샹셔의 ᄒᄂᆞᆫ 말을 듯고 릉빅 등긔 ᄎᆞᄉᆞ룰 고훈ᄃᆡ 빅이 대쇼ᄒ고 션월뎡의 니ᄅᆞ러 챵외의셔 냥인의 문답을 드ᄅᆞ미 우어 글

38면

오ᄃᆡ ᄌᆞ범이 요ᄉᆞ이 거지 실조ᄒ더니 오늘 즁졍이 져러ᄒ니 빅쥬의 귀신으로 샹졉ᄒᄂᆞ냐 병뷔 응셩 왈 우연이 원즁의 와 셕ᄉᆞ룰 츄감할 졔 여미 톄빅이 방즁의 이시니 ᄎᆞ마 바리지 못ᄒ여 안ᄌᆞ거니와 너희 엇지 니ᄅᆞ럿ᄂᆞ뇨 빅이 웃고 닐오ᄃᆡ 용널ᄒ ᄂᆞᆫ 인시 아히 희롱 즁 ᄲᅢ져 션월뎡의 귀신 잇든 말을 고지 듯고 드러와 쇼미 싱존ᄒ여시면 안치의 구슬이 업지 아니려든 옥음을 분변치 못ᄒ여 귀신이라 ᄒ고 붓들고 날치는 거동이 졀도치 아니하리오 명윤이 너룰 쇼겨 드

39면

려보닉고 살긔 우음을 춤지 못ᄒᆞ거늘 닉 알고 드려오니 양싱이 명윤의 공으로 일허 던 안히를 만ᄂᆞ미 다힝ᄒᆞ도다 싱 왈 여등이 산 누의를 두고 날을 쇽여 죠롱ᄒᆞ고 욕ᄒᆞ더니 오늘은 도로혀 욕을 먹으리라 언파의 졔죄 이음ᄎᆞ 니ᄅᆞ러 보고 박쟝 대쇼ᄒᆞ고 ᄀᆞᆯ오ᄃᆡ 통ᄒᆞᆫ 바ᄂᆞᆫ 더 쇽기더면 쾌홀ᄉᆞ ᄆᆡ지 ᄌᆞ범의게 득죄홀가 ᄒᆞ고 즉시 실샹을 ᄒᆞ니 엇지 ᄋᆡ답지 아니ᄒᆞ리오 양샹셰 슈삭 쇽이믈 ᄋᆡ돌나ᄒᆞ나 만ᄂᆞᆫ 거ᄉᆞᆯ 다힝ᄒᆞ여 흔희 쾌락ᄒᆞ니 졔싱이 쇼져를 ᄒᆡ위ᄒᆞ여 셕한을 두

40면

지 말고 양싱의 셕 달 초죠ᄒᆞ던 간쟝을 위로ᄒᆞ라 ᄒᆞ니 쇼져ᄂᆞᆫ 츄연 탄식ᄒᆞ고 말이 업ᄉᆞᆫ지라 졔죄 ᄂᆞ오며 ᄀᆞᆯ오ᄃᆡ 싱인 망인이 동노ᄒᆞ미 젹으ᄂᆞ 임의 만ᄂᆞ시니 구졍을 펴라 닉 ᄒᆞᆫ 그릇 밥을 어더다가 허긔진 복쟝을 치오게 ᄒᆞ리라 ᄒᆞ고 일시의 나오니 양싱이 나ᄀᆞᆯ 뜻이 업ᄂᆞᆫ지라 쇼져ᄂᆞᆫ 본ᄃᆡ 온슌 비약ᄒᆞ여 샹명 통쾌로 셰쇽 쇼녀지 아니라 엇지 셕한을 치위ᄒᆞ여 가부의게 블경지싁으로 말ᄒᆞ리오 거지 안졍ᄒᆞ고 ᄉᆞ긔 츄샹 ᄀᆞᆺ트여 ᄆᆡᆨᄆᆡᆨ히 단좌ᄒᆞ고 다시 졉화ᄒᆞ미 업ᄉᆞ니 집기슈ᄒᆞ

41면

고 집기슬ᄒᆞ여 만단 졍회를 펴 젼일을 츅회ᄒᆞ여 곽시의 무샹과 춰라 츈쇼의 간인을 닐ᄋᆞᄆᆡ 아ᄌᆞ 쥭은 셜화를 니ᄅᆞ니 쇼졔 쳑연 탄왈 비록 뼈흐러 쥭이나 ᄉᆞ쟈ᄂᆞᆫ 블가부싱이라 이 지통은 플닐 날이 업ᄉᆞ리로다 쳡이 긔구ᄒᆞᆫ 명도로 셰샹의 희한ᄒᆞᆫ 변화를 지닉니 마음이 ᄎᆞ고 쌔가 져린지라 엇지 군ᄌᆞ의 닉샹의 모쳠ᄒᆞ여 구고 봉양과 감지의 봉샤ᄒᆞᄂᆞᆫ 쇼임을 ᄒᆞ리잇고 군ᄌᆡ 다시 현문지가의 슉녀를 춰ᄒᆞ여 가ᄉᆞ를 션치ᄒᆞ고 쳡으로 고요히 일싱을 맛지게 ᄒᆞ시면 군ᄌᆞ의 은

42면

덕인가 ᄒᆞᄂᆞ이다 쳡이 슈지블명이나 왕ᄉᆞᄂᆞᆫ 군ᄌᆞ의 본심 아닌 줄을 아나 다시 슈원이 블가ᄒᆞ고 쳡의 ᄋᆡᆨ회 비상ᄒᆞ여 역시 텬애니 구한을 졔긔홀 조각이 무어시리오 이제 구고긔 쳡이 긔망ᄒᆞᆫ 죄를 쳥ᄒᆞ라 나아가 ᄌᆡ싱지인이 샹ᄒᆞᆫ 심ᄉᆞ를 궁측ᄒᆞ샤 가ᄉᆞ의 번극ᄒᆞ믈 모ᄅᆞ게 ᄒᆞ쇼셔 병뷔 웃고 언언이 탄복ᄒᆞᄆᆡ 위로 왈 일이 이의 밋쳐시니

운이 블니ᄒᆞ믈 씌여시니 또 무숨 근심이 이시리오 신취는 부인이 무ᄉᆞᄒᆞ시니 이후 맛당ᄒᆞᆫ 곳을 만ᄂᆞ면 혹 ᄒᆞᄂᆞ흘 취ᄒᆞᆯ동 둘을 어들동 남아

43면

의 풍경을 미리 알니오 연이나 부인을 두고 가셔 렴녀는 ᄒᆞᆯ ᄇᆡ 아니라 부인이 범의게 놀는 사ᄅᆞᆷ이니 또 ᄉᆡ 사ᄅᆞᆷ을 권ᄒᆞ미 놀납지 아니나 양닌광이 ᄒᆞᆫ번 사ᄅᆞᆷ의게 속음도 고이ᄒᆞ니 ᄎᆞ후 두 번 그리ᄒᆞ리오 부인은 심ᄉᆞ롤 널녀 ᄇᆡᆨ년 화락을 평안이 ᄒᆞ라 냥익이 진ᄒᆞ고 길운이 도라와시니 유ᄌᆞ ᄉᆡᆼ녀ᄒᆞ여 셕한을 씨스라 쇼제 져의 뉴슈지언이 믈 흐ᄅᆞ듯ᄒᆞ니 도로혀 실쇼ᄒᆞᄆᆡ 츄연 탄식 왈 군ᄌᆞ지언이 쳡을 한 어린 녀ᄌᆡ로 아ᄅᆞ시니 위인이 용우부졍ᄒᆞ나 부ᄌᆞ의 젼후 능경을 취

44면

ᄒᆞ미라 누를 한ᄒᆞ리오 대인과 숙뷔 쳡의 익이 미진ᄒᆞ여시니 ᄉᆡᆼ존ᄒᆞ믈 나타ᄂᆡ지 말나 ᄒᆞ시미 쳡신이 블관ᄒᆞ나 부ᄉᆡᆼ 모휵ᄒᆞ신 신톄 발부는 슈지부모라 ᄎᆞ고로 은셜뎡 삼년 고초와 모ᄅᆡ 냥식으로도 도로혀 일명을 ᄉᆞ라시니 명되 완ᄒᆞ미라 엇지 복녹이 호셩ᄒᆞ여 긔린 옥동의 번화 부귀로 부부 화락을 바라리오 ᄋᆞ지 무숨 죄로 독약의 즉살ᄒᆞ니 인비목셕이나 이ᄌᆞ리잇고 유한이 무궁ᄒᆞ고 심쟝이 붕녈ᄒᆞ니 긔구 험난의 여ᄉᆡᆼ이 무어술 귀타ᄒᆞ리잇고 일셰의 고요이 훤당

45면

의 두어 쳡심이 어득ᄒᆞᆫ 심신의 산비ᄒᆞ여 군ᄌᆞ를 샹졉지 못ᄒᆞᄂᆞ니 일즉 환가ᄒᆞ쇼셔 말숨이 간졀ᄒᆞ고 ᄯᅳᆺ이 쳐완ᄒᆞ니 샹셰 희허 탄왈 유ᄌᆞ의 참샹은 부뷔 일톄라 헛도이 심ᄉᆞ를 허비ᄒᆞ여 방신을 허로이 말나 인ᄒᆞ여 셕반이 니ᄅᆞᄆᆡ 부인으로 병좌ᄒᆞ여 시식ᄒᆞᄆᆡ 조시 예ᄉᆞ로이 먹어 괴거를 브리지 아니니 ᄉᆡᆼ이 질슌ᄒᆞ믈 더옥 과이ᄒᆞ여 삼ᄉᆞ년 막혓던 졍을 펴ᄆᆡ 산히지졍이 건곤이 ᄂᆞᆺ고 교칠이 셔의ᄒᆞ니 쳔만 은익와 만종 풍뉘 ᄉᆡ암솟듯ᄒᆞ니 조시 분ᄒᆞ고 ᄋᆡ다ᄅᆞ나 면ᄒᆞᆯ

46면

ᄇᆡ 아니라 탄식ᄒᆞ여 냥인이 다 ᄌᆞ지 못ᄒᆞ더니 야심 후 일몽을 어드니 션흥이 몸의 홍

의를 닙고 나라드러 품의 품기며 골오디 원슈흔 혼빅이 유유흐여 운슈의 빗겨더니 부모의 회합흐시믈 타 다시 즈식이 되느니 일노 조추 만 년 죵효흐고 션됴의 더러온 거술 씨스리이다 조시 놀느 븟들고 비읍흐거늘 샹셰 씨오니 몽식가 둘이 다 일반이라 크게 비상흐며 션조의 더럽다 흐믈 씨돗지 못흐여 고이 너기더라 일노 슈티흐여 양빅경을 느흐니 비샹흐여 숑조의 문쟝 혹식이 쳔고의 희

47면

한흐고 십삼의 룡방을 묘시흐여 십뉵의 대원슈로 요동을 평졍흐니 덕망이 부형의 지느고 튱렬이 빗나 족히 션됴의 블인 누힝을 씨술지라 텬지 어필노 양문 튱렬문을 지으니 그 문을 지느는 재 하마 아니 리 업더라 동구의 의명션싱 양문츙비를 셰우니 시인이 탄복흐고 양문 츙효록을 지으니라 양싱이 구지 머므니 진초 이공이 알고 놀나 연고를 무르미 능빅이 곡졀을 일일히 고흔디 일개 박쇼흐고 진초 이공이 닐오디 쇼탈흔 닌광이 갈망흐믄 가쇼

48면

로나 명윤이 긔지라 흐리로다 인흐여 병뷔 나오미 왕이 쇼이 문왈 션월뎡 귀신으로 동쳐흐미 엇더흐뇨 싱이 함쇼 왈 군즈의 곳의 요괴로오미 업스오니 조시 령혼인들 간디로 작난흐리잇고 구령칠빅을 청흐여 합신흐고 나와시니 이졔 부인을 어더 닉라 흐고 졸니지 아니흐리이다 진왕이 대쇼흐고 쵸공이 쇼왈 져 십 셰 아의 농술의 색지니 엇지 긔괴치 아니리오 우리 너를 긔이미 아니라 너의 냥익이 미진흐미 슈삭을 추마드니 쇼으의 농낙을 당흐니 셜스 질녀의 죽으미 젹

49면

실홀지라도 대쟝뷔 미양 탄우흐여 사름의 치쇼를 바드리오 내 널노 유현만 못흐지 아닌가 너겨더니 츳스는 만히 밋지 못흔 곳이 이시니 셕년의 유현이 운남으로 도라오미 졍시 죽은가 흐엿더니 여젼흐여 기시의 방인의 치쇼의 거조를 아냐시니 이졔 보니 상풍 장뷔로다 졔죄 다 우음을 두어 양싱을 우이니 싱이 쇼이 디왈 졔죄 츳스의는 실노 유현을 블급흐오려니와 쇼싱이 박힝이 실인을 참혹히 디졉흐믈 잔잉흐여 마음을 쾌히 흐오려 흐나 아희 농낙의 드오니 참괴흐여

50면

이다 연이나 ᄉᆞ부와 악장의 경슉ᄒᆞ시므로도 신톄나 ᄎᆞᄌᆞ 보ᄂᆡ라 ᄒᆞ고 속여 보치시니 톄위 손샹ᄒᆞ시미니이다 진초 이공이 잠쇼 왈 산 사름을 쥭엇다 ᄒᆞ믄 양태ᄉᆞ긔셔 ᄂᆞᆫ 일이니 우리 챵개ᄒᆞ미 아니라 아모커나 네 인믈이 엇던고 그만 일의 허믈을 감초지 못ᄒᆞ니 평일의 측냥턴 ᄇᆡ 아니로다 병뷔 희연이 웃고 말이 업더라 냥구 후 병뷔 실경을 펴 ᄀᆞᆯ오ᄃᆡ 쇼ᄉᆡᆼ의 허다 참변이 ᄌᆞ식을 보젼치 못ᄒᆞ고 집을 어ᄌᆞ러여 당 우히 이친이 이로ᄒᆞ시니 신혼 셩졍의 됴셕 감지 봉

51면

양ᄒᆞᆯ 리 업ᄉᆞ니 ᄉᆞ졍의 신ᄇᆡᆨ홀지라 악장의 관인ᄒᆞ시므로 쇼ᄉᆡᆼ의 죄를 샤ᄒᆞ시고 실인을 보ᄂᆡ샤 ᄂᆡᄉᆞ를 븨오지 마ᄅᆞ시믈 바라ᄂᆞ이다 진왕이 쳥파의 흔연 쇼왈 네 엇지 약ᄒᆞᆫ 말을 ᄒᆞᄂᆞ뇨 네 안히를 네 임의로 홀지니 삼종대의 명명ᄒᆞ거ᄂᆞᆯ 일시 운익으로 뉸긔를 폐ᄒᆞ고 삼종을 바리리오 금일이라도 다려다가 가ᄉᆞ를 뎡ᄒᆞ고 치가지도를 일치 말나 ᄉᆡᆼ이 탄복ᄒᆞ여 ᄇᆡ샤ᄒᆞ더라 집의 도라와 부모를 뵈ᄋᆞᆸ고 조시 완연이 사라 본부의 이시믈 고ᄒᆞ니 태ᄉᆞ 부뷔 환열ᄒᆞ믈 이긔지 못ᄒᆞ여 ᄒᆞ더라 그 사라 경

52면

혹ᄒᆞᆫ 곡졀을 무ᄅᆞ니 조시 니ᄅᆞ러 취별당의 숨어다가 두부인이 구졔ᄒᆞ신 덕으로 지ᄂᆞᆫ 일을 ᄌᆞ시 고ᄒᆞ고 곽시 일이 발각ᄒᆞ미 몸의 병이 ᄂᆞ와 부모 동ᄉᆡᆼ이나 보와 위로ᄒᆞ고져 가즁을 졍이ᄒᆞ온 후 도라오ᄌᆞ ᄒᆞ여 도라가미오 부슉이 ᄋᆡᆨ이 미진ᄒᆞ다 ᄒᆞ와 피신ᄒᆞ고 도ᄋᆡᆨᄒᆞ라 ᄒᆞᆫ 일을 고ᄒᆞ고 조시 긔망ᄒᆞ믈 민망ᄒᆞ여 셔찰노 구고긔 고치 아녀시믈 황공 샤죄ᄒᆞᄆᆡ 두부인이 당ᄒᆞ마 ᄒᆞ고 ᄋᆡᆨ회 진ᄒᆞᆫ 후 알외고져 ᄒᆞ더니이다 양공이 ᄂᆞᆺ비출 고치고 탄식 왈 우리 블명ᄒᆞ여 ᄌᆞ부를 보젼치 못ᄒᆞ엿

53면

더니 현부의 명감이 여ᄎᆞᄒᆞ여 조시를 보젼ᄒᆞ니 실노 녀즁 졔갈이라 다시 닌광의 ᄂᆡ조의 안연ᄒᆞ믈 그ᄃᆡ의 공이로다 ᄒᆞ더라 ᄎᆞ후 양샹셰 조부의 왕ᄅᆡᄒᆞ여 조시로 화낙ᄒᆞ니 태부인 위부인이 ᄉᆞ랑ᄒᆞ미 여구ᄒᆞ나 쇼졔 월뎡의 들고 나지 아니코 종시 화복을 폐ᄒᆞ고 양ᄉᆡᆼ이 도라가기를 니ᄅᆞ니 팔ᄎᆡ미우의 슈운이 ᄆᆡᆺ쳐 탄식고 말이 업ᄉᆞ니 ᄉᆡᆼ이

착급ᄒᆞ여 다시 진왕긔 쇼졔의 괴거흠과 경비긔 권히ᄒᆞ믈 고ᄒᆞ니 진왕이 즉시 ᄂᆡ루의 드러가니 경비 존당의 드러가ᄂᆞᆫ지라 도ᄅᆞ ᄂᆞ와 양싱을 다리고 졍

54면

당의 드러가니 경연비 등이 뫼셧더라 왕이 좌우로 쇼져를 부ᄅᆞ니 쇼졔 무식ᄒᆞᆫ 의샹으로 쇼두를 혜쁠고 니ᄅᆞ러 명을 ᄃᆡᄒᆞ니 슈용이 쳑쳑ᄒᆞ여 니홰 츈우를 씌엿ᄂᆞᆫ 듯 빅틔 염광이 휘동ᄒᆞ니 왕이 좌를 명ᄒᆞ고 ᄀᆞᆯ오ᄃᆡ 네 부녀의 몸이 되여 홍안의 유익ᄒᆞ여 ᄌᆞ식을 죽이고 신루를 시러 삼 년 곤익을 격그나 이 ᄯᅩ 명이라 다시 텬일을 보니 승슌ᄒᆞ여 구가의 도라가 감지를 밧드러 봉양홀 거시니 녀ᄌᆡ 가부ᄂᆞᆫ 쇼텬이라 하늘이 블측ᄒᆞᆫ 변란 풍운을 ᄂᆞ리시ᄆᆡ 결우지 못ᄒᆞᄂᆞ니 부부

55면

지도와 음양지니 이러ᄒᆞᆫ지라 녀ᄋᆡ 일싱 고락이 양싱 슈즁의 잇ᄂᆞ니 너희 조협ᄒᆞ믈 싱각지 못ᄒᆞ여시ᄆᆡ ᄀᆡ유홀가 ᄒᆞ더니 집미ᄒᆞ미 여ᄎᆞᄒᆞ니 마ᄎᆞᆷᄂᆡ 널니 싱각지 못ᄒᆞ여 구고와 가부를 원망ᄒᆞ니 진실노 오작이 봉황을 ᄂᆞᆺ치 못ᄒᆞᄂᆞᆫ지라 도라 좌우로 거장을 ᄎᆞ리라 ᄒᆞ여 계젼의 노코 ᄶᆡ니 구가의 가라 ᄒᆞ니 쇼졔 부왕의 엄슉ᄒᆞ믈 송구ᄒᆞ여 지비 청죄의 졍ᄉᆞ를 고ᄒᆞ여 슈일 머믈고져 ᄒᆞ나 왕이 블청ᄒᆞ고 쇼져의 유모를 블너 밧비 양부로 가라 ᄒᆞ니 유랑이 슈명ᄒᆞ고 쇼져를 븟드러

56면

뎡의 드니 경비 한ᄒᆞ믈 마지 아니ᄒᆞ고 태부인 위부인이 말녀 왈 구가의 가ᄆᆡ 허틋 머리와 허여진 오시 구가를 경ᄃᆡᄒᆞ미 아니라 얼골을 다듬아 장속을 ᄒᆞ고 가라 왕이 ᄃᆡ왈 오ᄅᆡ 이시미 구고를 경슌ᄒᆞ미 아니지 의복으로 가리오 노부인이 말니지 못ᄒᆞ여 결연ᄒᆞ믈 이긔지 못ᄒᆞ고 졔조와 초공이 미쇼ᄒᆞ고 양싱을 보니 양싱의 화긔 우희엄즉ᄒᆞ여 릉빅이 쇼왈 누의 샹교ᄒᆞ니 네 봉교ᄒᆞ라 졔죄 희롱이 년속ᄒᆞ엿더라 왕이 양싱을 경계 왈 녀ᄋᆞ를 솔귀ᄒᆞᄆᆡ 네 침믁 엄즁ᄒᆞ고 녀ᄌᆞ의게

57면

구속지 말나 양싱이 ᄌᆡ빈 샤왈 악쟝의 명교를 삼가 슈힝하리이다 ᄒᆞ고 졔 조부인 등

이 질녀의 블시의 도라가믈 결연ᄒᆞ여 왈 ᄉᆞ회 쳥만 듯고 ᄯᆞᆯ을 구박ᄒᆞ미 비인졍이로다 왕이 쇼왈 ᄉᆞ회 쳥이나 아모 쳥이나 도리의 당연ᄒᆞ니 엇지 막으리오 졔 조부인이 쇼왈 현데 ᄌᆞ긔지심으로 녀ᄋᆞ를 억졔ᄒᆞ여 ᄉᆞᄌᆞᆺ고 졍졔도 ᄌᆞ긔 마음을 츄이하여 녀ᄋᆞ를 앗기미니 대톄 그ᄅᆞ지 아니토다 양싱이 환희 쾌락ᄒᆞ여 하직ᄒᆞ니 졔죄 희롱 왈 섈니 도ᄅᆞ가 가싀를 지고 쳥죄ᄒᆞ여 샤나 입으라 양싱이 답

58면

쇼 왈 나는 가싀를 호령홀지언뎡 샤죄는 모ᄅᆞᄂᆞ니 너희는 아는다 ᄒᆞ고 양부의 니ᄅᆞ니 어시의 양태식 거장으로 쳥딕ᄒᆞ려 ᄒᆞ더니 싱각 밧 쇼져의 거교 입문이라 반갑고 깃거 쥬렴을 들고 조시를 보니 조시 무식ᄒᆞᆫ 의샹의 옥면의 ᄯᅴ 업시 ᄂᆞᆰ을지언뎡 화안월풍의 삼 촌 금년을 옴겨 쳥죄ᄒᆞ니 옥셩이 쇄락ᄒᆞ고 태되 승졀ᄒᆞ니 구괴 식로이 ᄉᆞ랑ᄒᆞ고 위로 왈 현부를 보ᄆᆡ ᄌᆞ참 괴휘라 요인의 악식 발각ᄒᆞ나 현부의 존망을 모ᄅᆞ니 심쟝의 한이 믯쳣더니 오늘 샹봉이 경싀라 현부의 싱

59면

존을 듯고 밧비 쳥코져 ᄒᆞ나 오가 쳐식 참괴러니 현부의 례도를 ᄎᆞ려 나아오니 아름답지 아니랴 조시 부복 샤죄ᄒᆞ고 셩덕을 입ᄉᆞ와 운익이 ᄉᆞ오나온 거슬 면ᄒᆞ여 만ᄉᆞ유경지죄를 면ᄒᆞ옵고 다시 슬하의 니ᄅᆞ오니 셩덕을 모욕ᄒᆞ므로 산은히덕을 칭송ᄒᆞ며 두시를 향ᄒᆞ여 그 ᄉᆞ이 긔운을 뭇좁고 은혜를 샤례ᄒᆞ니 두시 반가오믈 이긔지 못ᄒᆞ여 별회 무궁하더라 쇼졔 머므러 식로이 효봉구고ᄒᆞ고 승슌군ᄌᆞᄒᆞ며 부교 모훈을 밧드러 두부인 은덕을 감골ᄒᆞ고 부뷔 화락이 무험ᄒᆞ

60면

여 다시 빅힝을 슈련ᄒᆞ니 양싱이 치가의 긔특ᄒᆞ믈 힘뻐 당초 부인의 험익을 치위ᄒᆞ여 ᄒᆞᆫ번 ᄂᆞᆺ비출 곳치지 아니ᄒᆞ고 조시 유슌ᄒᆞ여 빅식 미진ᄒᆞ미 업ᄉᆞ니 만식 즁도의 합ᄒᆞᆫ지라 구고 ᄌᆞ익와 두부인 유졍이 만금 교옥 ᄀᆞᆺ치 ᄒᆞ더라 병뷔 문무지ᄌᆡ로 샹춍이 융흥ᄒᆞ샤 참지졍ᄉᆞ 동평쟝ᄉᆞ의 즁망이 만됴를 기우ᄅᆞ니 당초 부형의 블인을 알고 입을 여지 못ᄒᆞ고 평진왕 동싱이 되므로 삼취 되기 원ᄒᆞᄂᆞ 니 만흐나 태식 막아 허치 아니ᄒᆞ더라 병뷔 조시로 화락 여가의 일신이 외로와 셰 고

61면

단ᄒᆞ니 현철 슉녀를 쉬코져 ᄒᆞ니 곽시긔 속이시므로 유유ᄒᆞ더니 태흑ᄉᆞ 경현의 일녀 옥환이 미ᄉᆡᆨ이 데일이라 진왕과 죠시 힘뻐 권ᄒᆞ여 정시를 취ᄒᆞ니 조부인 표종간이라 셔로 형데 ᄀᆞᆺ고 정쇼져 교염이 ᄌᆞ긔씌 ᄂᆞ리지 아니ᄒᆞ니 병뷔 종고금슬이 만신 여의ᄒᆞᆫ 즁 조시 슈틱ᄒᆞ여 졈졈 완실ᄒᆞ니 구괴 대희 과망ᄒᆞ여 득남을 바라더니 긔이ᄒᆞᆫ 일이 만터라 초공의 장녀 ᄌᆞ염은 원비 양경렬의 탄ᄉᆡᆼ이오 하늘이 타닌 농쥬로 셩힝이 만ᄉᆞ의 긔이ᄒᆞ니 광치 산두됴일이라 초산의 미옥을 다

62면

듬고 창히의 명쥐 붉은 듯ᄒᆞ고 셩덕 혜질이 녀즁군ᄌᆞ로 셩녀의 풍이라 기인이 여쳔기지 여신ᄒᆞ여 임ᄉᆞ의 덕이 가ᄌᆞ니 초공이 아니면 ᄃᆡ두치 못ᄒᆞ고 셩덕이 발ᄒᆞᄆᆡ 초공의 덕홰 아니면 블가할지라 ᄒᆞᆫᄀᆞᆺ 얼골이 고으믈 일은 ᄇᆡ 아니라 광휘 먼리 보면 암암ᄒᆞ고 갓가이 보면 향쉬 어ᄅᆡ여 텬디 졍긔를 아나 ᄃᆞᆯ ᄀᆞᆺ고 일월을 희롱ᄒᆞ니 그 모부인 뎡녈이 ᄒᆞᆫᄃᆡ 안ᄌᆞ면 상하키 어려온지라 오히려 ᄌᆞ염 ᄂᆞ흐니 냥안의 ᄇᆞᆰ은 광치 길게 쓰면 ᄇᆞᆰ은 긔운이 사ᄅᆞᆷ의게 뽀이니 광휘 초공지안으

63면

로 일반이라 부녀의 셩품이 상반ᄒᆞ여 텬연 슉요ᄒᆞᆫ 긔질이 초공의 ᄌᆞ녀와 진왕의 ᄌᆞ숀으로 읏듬이라 초공이 상히 탄식 왈 남이 되엿던들 공ᄆᆡᆼ 후 쳐음 ᄉᆞᄅᆞᆷ이 되리로다 ᄒᆞ고 ᄋᆡ즁하믈 슬하 보옥으로 ᄒᆞ더라 공의 단엄ᄒᆞ므로도 보면 만면 츈풍이 니러ᄂᆞ니 쇼져도 야애를 뵈오면 옥치 찬연ᄒᆞ야 고금을 무러 ᄉᆞ리를 알고 명교를 승슌ᄒᆞ니 초공이 녀ᄌᆞ의 일ᄏᆞᄅᆞ믈 깃거 아니나 아ᄂᆞᆫ 거ᄉᆞᆯ 금치 못ᄒᆞ고 ᄆᆡ양 쇼졔 부젼의 뫼셔 텬문을 보와 ᄊᆡ치ᄂᆞᆫ지라 초공이 긔이히 너기고 쉬즁ᄒᆞ미 틱즁데

64면

일이라 방년 십삼의 빅티쳔광이 ᄲᅢ혀ᄂᆞ니 명월이 텬궁의 오ᄅᆞᄂᆞᆫ 듯 금옥 심당의 슘어 일가 친쳑도 얼골을 보 니 업셔도 년화 향쉬를 감초지 못ᄒᆞ여 쳔파 만ᄆᆡ 문을 메여 구혼ᄒᆞᄃᆡ 초공이 허치 아냐 제ᄌᆞ 즁 술피되 쇼경슈의 더으 니 업고 조신경이 지치로ᄃᆡ 녀ᄋᆞ로 비ᄒᆞ면 당치 못ᄒᆞ니 마ᄋᆞᆷ의 발셜은 아니ᄒᆞ나 기 즁 긔ᄌᆞ를 굴히여 뎡코

져 금츈 갑과로 응ᄒᆞ고 조싱 등이 과쟝의 ᄂᆞ아갈ᄉᆡ 조신경 윤셩회 등이 다 갑을 응하ᄆᆡ 쇼경슈의 일홈이 데일의 ᄊᆡ히니 둘ᄌᆡ난 조슈현이오 셋

65면

ᄌᆡ는 웅현이오 기 ᄎᆞ는 윤션희 ᄎᆞᄎᆞ 현달ᄒᆞ니 진왕의 이ᄌᆞ와 초공의 ᄌᆡ 일시의 등양ᄒᆞ여 영춍이 일셰를 기우려 ᄌᆞ질 종형데 입신ᄒᆞᆫ 재 십 인이라 조신경도 고등ᄒᆞ니 초공 졔ᄌᆞ 삼 인 즁 경슈의 년이 십ᄉᆞ의 쟝원ᄒᆞᄆᆡ 샹춍이 됴야를 기우리니 샹이 즁셔ᄉᆞ인을 ᄒᆞ이시고 한림의 탁용ᄒᆞ시니 조부의셔 부인 등과 조노공이 손ᄋᆞ의 경ᄉᆞ를 쳐음 본 ᄃᆞ시 두굿기고 아름다와 희긔를 것즙지 못ᄒᆞ니 초공은 셩만ᄒᆞᆷ을 두려워ᄒᆞ더라 초공이 경슈를 유의ᄒᆞᆫ 지 오ᄅᆡ더니 놉히 쟝원을 하니 깃

66면

거 ᄉᆡᆼ각ᄒᆞᄃᆡ ᄌᆞ질의 위셰 셩만ᄒᆞᆫᄃᆡ ᄎᆞ시 쟝원을 유의ᄒᆞ미 블가ᄒᆞ나 셰 부득이 난쳐ᄒᆞ여 ᄒᆞ더라 쇼경슈는 평진후 승샹 소쳔의 필ᄌᆡ니 쇼공 졔ᄌᆞ 즁 특이ᄒᆞ여 셰샹의 독보ᄒᆞ니 희한ᄒᆞᆫ 문쟝과 공밍의 도덕으로 쟝강 대하의 훤출ᄒᆞᆫ 문쟝이라 셩되 침즁 단엄ᄒᆞ며 슈신 셥힝이 ᄊᆡ혀ᄂᆞ니 평진휘 만금아로 알며 ᄎᆞ졔 삼 녀를 낫코 무후ᄒᆞ여 경슈를 혹ᄋᆡᄒᆞ야 오 셰의 위력으로 아ᄉᆞ 시양을 보치여 계후를 쳥ᄒᆞᆫᄃᆡ 부인이 필ᄌᆞ로 부모의 쇼즁이 졔ᄌᆞ의 넘으나 평후의 우ᄋᆡ ᄌᆞ별ᄒᆞᆫ지라

67면

ᄒᆞᆷ믈며 쇼혹ᄉᆞ는 평진후 쇼ᄋᆡᄌᆡ라 쳥을 막지 못ᄒᆞ여 경슈로 양ᄌᆞ를 삼으니 부인이 슬허ᄒᆞ나 시러금 마지못ᄒᆞ여 대ᄉᆞ를 잠잠ᄒᆞ더라 쇼혹ᄉᆞ 부인 구시는 구승샹지녀로 용안이 미려ᄒᆞ고 셩되 간능ᄒᆞᆫ지라 혹ᄉᆞ는 그 심지 블냥ᄒᆞᆷ을 오히려 ᄭᆡ돗지 못ᄒᆞ여 무흠 화락ᄒᆞ여 삼녀를 ᄉᆡᆼᄒᆞ니 쟝왈 셔황이오 ᄎᆞ왈 의황이오 삼왈 ᄂᆡ황이니 삼황이 모습이라 ᄌᆡ긔 츌인ᄒᆞ고 언족이 식비ᄒᆞ더라 쟝녀는 경현의 ᄎᆞ뷔 되고 ᄎᆞ녀는 승샹 여젼의 손뷔 되고 삼녀는 년 방 구 셰러라 구부인이 경슈를

68면

계후ᄒᆞᆫ 지 삼 년의 다시 일ᄌᆞ를 ᄉᆡᆼᄒᆞ니 그윽이 만심 환열ᄒᆞᄃᆡ 쇼공은 다른 ᄯᅳᆺ이 업더

라 평진휘 기 뎨의 싱즈ᄒᆞ믈 보고 긔츌 계후ᄒᆞ믈 권ᄒᆞ니 혹시 칠 일 블식ᄒᆞ고 닷토와 경슈를 쟝즈를 삼고 연슈로 ᄎᆞ즈를 삼으니 쇼공의 조흔 ᄯᅳᆺ이 도로혀 큰 ᄉᆞ단이 니러 ᄂᆞ니 가히 ᄎᆞ셕ᄒᆞ도다 ᄎᆞ시 쇼경쉬 금마 옥당의 손이 되여 샹춍이 됴야의 들네고 지 망 긔졀이 일셰의 빗ᄂᆞ니 혹ᄉᆞ의 환열 ᄋᆡ즁ᄒᆞ믄 형샹키 어려오ᄃᆡ ᄎᆞ시 구시의 ᄉᆡᆼ이 칠 셰라 구시 ᄆᆡ양 연쉬 ᄎᆞ즈 되고 혹ᄉᆞ의 만금 귀즁이 경

69면

슈의 버금이 되믈 블승통앙ᄒᆞ여 거ᄎᆞ로 사랑ᄒᆞ난 쳬ᄒᆞ여 혹ᄉᆞ와 남 보는 ᄃᆡ는 긔츌 연슈의게 더ᄒᆞᆫ 둣ᄒᆞ나 안흐로 믜오미 각골ᄒᆞᆯ ᄲᅮᆫ 아니라 연쉬 나히 십 셰의 ᄎᆞ지 못ᄒᆞ 여시ᄃᆡ 블인지심은 만ᄉᆞ 즁 숙셩ᄒᆞ여 거즛 효뎨우공ᄒᆞ나 ᄆᆡᄉᆞ의 항휘ᄒᆞ여 부슉긔 요 구ᄒᆞᄃᆡ 경쉬 대효 츌텬ᄒᆞ여 양가 부모 셤기믈 간격지 아냐 윤부인 ᄀᆞᆺ튼 의모와 구부 인 ᄀᆞᆺ튼 양모를 지효로 ᄒᆞ고 동긔를 동복의 지지 안터라 연슈의 작인이 젹션지시와 니두의 ᄌᆡ긔로 칠보셩쟝을 겸ᄒᆞ니 승긔쟈를 ᄉᆞ로고 ᄡᅥ리더

70면

라 경슈의 ᄌᆡ죄 부친 ᄉᆞ랑이 졔 우희믈 ᄆᆡ양 분원ᄒᆞ여 모친 곳 ᄃᆡᄒᆞ면 혹ᄉᆞ를 원망ᄒᆞ 여 닐오ᄃᆡ 쇼ᄌᆡ 비록 약ᄒᆞ나 오히려 ᄉᆡᆼ존ᄒᆞᆫᄃᆡ 종형으로 시양ᄒᆞ믄 야얘 과히 ᄉᆞ랑ᄒᆞ 미니 형이 우리 즈모 알기를 홍모 ᄀᆞᆺ치 ᄒᆞ는지라 타일 모친과 쇼ᄌᆡ 위틱ᄒᆞ여 용납지 못ᄒᆞᆯ지라 이를 ᄉᆡᆼ각ᄒᆞ니 쇼ᄌᆡ 슉식이 편치 못ᄒᆞ더이다 구시 탄왈 ᄂᆡ 아희 년소ᄒᆞ나 식견이 원ᄃᆡᄒᆞ니 ᄂᆡ 엇지 념녀ᄒᆞ리오 네 부친이 경슈 요인긔 혹ᄒᆞ여 부즈 ᄉᆡᆼ친이 슉 질만 못ᄒᆞ니 경쉬 아직은 효우ᄒᆞ나 쟝ᄂᆡ 엇덜동 알니

71면

오만은 노비 뎐장을 경슈긔 속ᄒᆞ고 너는 ᄎᆞ즈로 무용ᄒᆞᆯ지라 이러틋 의논ᄒᆞ고 ᄯᅢ를 여을시 경슈는 명인으로 아의 심지를 짐죽ᄒᆞ고 마음의 돌한ᄒᆞ더라 ᄆᆡ양 부친긔 조용 히 ᄃᆡᄒᆞᆫ 즉 ᄉᆞ러 고왈 쇼ᄌᆡ 양휵ᄒᆞᆫ 슈십 년의 아의 긔질이 현슉ᄒᆞ고 츌어범뉴ᄒᆞ와 쇼 즈의 우용으로 더ᄒᆞᆫ지라 즈고 뎨왕도 어진 쟈로 ᄃᆡ를 셰오니 ᄒᆞ믈며 골육을 폐ᄒᆞ리 잇가 오아로 ᄃᆡ립ᄒᆞ고 쇼즈는 부즈 륜긔만 온젼하미 진졍이니다 ᄒᆞ고 눈믈을 ᄂᆡ여 혈심으로 간ᄒᆞ니 쇼공이 ᄋᆡ즁하여 집슈 우ᄋᆡ로 강보ᄋᆞ ᄀᆞᆺ

72면

치 사랑하여 못할 도리를 경계ᄒᆞ며 친싱이 아니ᄆᆡ ᄂᆡ외ᄒᆞᆫ다 칙ᄒᆞ니 싱이 부복 샤죄왈 엇지 이러ᄒᆞ리잇고 덧덧ᄒᆞᆫ 일을 대인이 여ᄎᆞ ᄒᆞ시니 블승황공ᄒᆞ여이다 쇼공이 더옥 취즁ᄒᆞ여 곳치지 아니니 경쉬 슉야 우려ᄒᆞ여 졔데를 ᄉᆞ랑ᄒᆞ고 효셩이 조금도 셔의ᄒᆞ미 업셔 모 밧들미 동촉ᄒᆞ여 위월치 아니니 구시 ᄯᅩᄒᆞᆫ 것ᄎᆞ로 친모ᄌᆞ의 졍의를 다ᄒᆞ여 조곰도 블호ᄒᆞᆫ 빗치 업셔 ᄒᆞᆫ갈ᄀᆞᆺᄐᆞ니 쇼공이 그 심지를 ᄭᆡ둣지 못ᄒᆞ더니 밋 쇼경쉬 룡방의 올나 금마 옥당의 쳥현을 ᄌᆞ임ᄒᆞ니 혁혁

73면

ᄒᆞᆫ 샹춍은 일셰를 기우리고 ᄌᆡ망과 직졀이 만됴의 쇼ᄉᆞᄂᆞ니 장안의 구름 ᄀᆞᆺᄐᆞᆫ 공후ᄌᆡ샹가의 유녀쟈ᄂᆞᆫ 앙망치 아니ᄒᆞ 리 업더라 화셜 쇼샤인 풍신 긔질을 흠모ᄒᆞ여 구혼ᄒᆞᄂᆞᆫ ᄆᆡᄑᆡ 구름 못둣ᄒᆞᄃᆡ 쇼공이 아ᄌᆞ의 위인이 탈범ᄒᆞ므로 샹당ᄒᆞᆫ 규녀를 동셔로 구ᄒᆞ여 대가 교목의 구ᄒᆞ나 현문 셰가 즉 련친 혼가로 규즁 현부를 알고 뎡혼ᄒᆞ려 ᄒᆞᄆᆡ 뎡혼ᄒᆞᆫ ᄃᆡ 업더니 구부인 질아ᄂᆞᆫ 구참졍의 녀ᄋᆞ니 쳔고 졀염 슉녜라 ᄒᆞ여 뎡혼ᄒᆞ니 구부인이 힘ᄡᅧ 월노 ᄌᆞ임ᄒᆞ여 며ᄂᆞ리 ᄌᆡ목이 이의

74면

더ᄒᆞ 니 업다 ᄒᆞ고 권ᄒᆞ니 강릉휘 구부인을 긔특ᄒᆞᆫ 부인으로 아라 즁대ᄒᆞ고 원ᄂᆡ 구개 대가 명문이라 평진후로 샹의ᄒᆞ여 허혼 틱일 힝례하니 길긔 슈월을 격ᄒᆞ여시니 초공이 듯고 긔셔 일호믈 앗기나 ᄯᅩ 인연이 아니던가 ᄒᆞ여 다시 틱셔ᄒᆞ미 동셔로 유심ᄒᆞ더라 소싱이 조부의셔 왕릭ᄒᆞ여 아니 오ᄂᆞᆫ 날이 업ᄉᆞ니 마춤 초공이 유병ᄒᆞ여 셔헌의셔 조병ᄒᆞ니 허다 졔ᄌᆞ 졔질이 가득이 모다 병후를 념녀ᄒᆞ고 약뉴를 대후ᄒᆞ더니 슈일 후 병이 ᄂᆞ흐ᄆᆡ 초공이 녀ᄋᆞ를 보지 못ᄒᆞᄆᆡ 맛초와

75면

외헌의 손이 업거ᄂᆞᆯ 셜화각의 드러안고 녀ᄋᆞ를 블너 ᄋᆡ즁ᄒᆞ며 ᄉᆞ회를 방심홀ᄉᆡ 쇼져의 셜화각이 ᄯᅩᄒᆞᆫ 외당으로 머지 아닌지라 쇼져의 례 즁ᄒᆞ므로도 브ᄅᆞ시믈 미더 방황ᄒᆞ니 나와 뵈셔 말숨ᄒᆞ더니 ᄎᆞ시 쇼샤인이 외헌의 오니 시동이 고왈 승샹이 셜화각의셔 조병ᄒᆞ시ᄂᆞ이다 ᄒᆞ니 샤인이 젼의도 셜화각의 계시면 무샹 츌입ᄒᆞ던지라 가

연이 몸을 니러 셜화각의 니ᄅ러 ᄒᆞᆫ번 기춤ᄒᆞ고 문을 열고 드러셔셔 ᄉᆞ부를 향ᄒᆞ여 례를 ᄒᆞᆯ시 픽옥 쇼릭 징징ᄒᆞ고 향풍이 셔릭

76면

ᄒᆞ니 놀나 투목으로 보니 일위 션ᄋᆡ 단장이 찬란치 아니ᄒᆞᄃᆡ 광치 현란ᄒᆞ여 산두 명월이오 츄텬 빅월이라 일방이 조요ᄒᆞ니 만티 쳔염이 고왕금릭의 일인이니 진퇴 부득ᄒᆞ여 향벽ᄒᆞ고 셧ᄂᆞᆫ 거동이 텬연 긔려ᄒᆞ여 직네 쟉교의 림ᄒᆞᆷ 곳 아니면 왕뫼 요지의 됴회ᄒᆞ미라 가ᄂᆞᆫ 허리의 촉나가 맛ᄀᆞᆺ고 신장 쳬지 장단이 마ᄌᆞ 쳔만고의 논ᄒᆞ여도 쟝강 반비의 싀덕을 압두ᄒᆞ고 임ᄉᆞ이 네의를 ᄀᆞᆺ초 쟝ᄒᆞ여 공밍이 지셰한 ᄃᆞᆺ 눈이 싀고 졍신이 취ᄒᆞ니 쇼싱이 일안의 례빅의 년망이 퇴ᄒᆞ믹 이 본

77면

ᄃᆡ 쇼샤인이 개호 입실의 눈 들미 업ᄉᆞᆫ 고로 소져 잇ᄉᆞ믈 모ᄅᆞ미라 쇼샤인의 단졍ᄒᆞᆫ 풍되 무심 즁 그릇 드러가 녀ᄌᆞ를 보니 응당 담연ᄒᆞᆯ 거시로ᄃᆡ 빅년긔봉이 잠간 얼골을 보믹 마음이 예ᄉᆞ롭지 아녀 단졍ᄒᆞᆫ 모습이 업셔지고 의식 운외의 흣터져 싱각ᄒᆞᄃᆡ 우리 믹데의 긔특ᄒᆞ믈 혜아려 다시 ᄃᆡ두 업술가 ᄒᆞ더니 오ᄂᆞᆯ 그 녀ᄌᆞ의 슉질이 만하 믹져도 블급ᄒᆞᆯ지라 하쥐 슉녀ᄂᆞᆫ 셩인도 오믹ᄉᆞ복ᄒᆞ시니 닉 지금 가실이 업ᄉᆞ니 금일 샹봉이 텬연이 심샹치 아니미라 그 의용이 ᄉᆞ부의 풍모와 릉후

78면

로 방블ᄒᆞ니 닉 밍셰코 쳐실을 ᄒᆞ리라 의식 이의 밋쳐 외헌의 ᄂᆞ와 졔조를 기ᄃᆞ리더니 믄득 졔싱이 닉당으로셔 ᄂᆞ오거ᄂᆞᆯ 쇼샤인이 웃고 왈 닉 무심코 셜화각의 드러갓다가 놀ᄂᆞ온 일을 보고 기ᄃᆞ리더니라 조싱들니 우어 왈 쳔위 언졔 왓던가 대인이 화각의 계시니 뵈온다 쇼싱 왈 ᄉᆞ뷔ᄂᆞᆫ 계시되 화각의 못 볼 녀지 계시니 삼가지 못ᄒᆞ고 드러가셔 창황이 ᄂᆞ온지라 졔죄 역경ᄒᆞ여 왈 게 뉘 ᄂᆞ왓던고 ᄒᆞ나 뉘의 ᄂᆞ왓던 줄을 모로ᄂᆞᆫ지라 의심ᄒᆞ더니 이윽고 초공이 ᄂᆞ와 흔연이 반기나 ᄉᆞ식이 업ᄉᆞ니 쇼

79면

샤인이 감히 뭇지 못ᄒᆞ고 뫼셔 샹ᄃᆡᄒᆞ여 한화ᄒᆞ다가 하직ᄒᆞ고 도라오믹 눈의 미인의

얼골이 버럿ᄂᆞᆫ지라 침좌간 일시도 잇지 못ᄒᆞ더니 일월이 뉴ᄆᆡᄒᆞ여 구가 길긔 림ᄒᆞ니 쇼샤인이 마음이 구가 혼ᄉᆞᄂᆞᆫ 무념ᄒᆞᄃᆡ 입쟝 후ᄂᆞᆫ 더옥 조시를 취홀 길이 업ᄉᆞ니 심번녀란ᄒᆞ여 셩질칭병ᄒᆞ고 위돈상석ᄒᆞ니 냥가 부뫼 십분 놀ᄂᆞ고 평진후 제형이 ᄆᆡ양 구병ᄒᆞ여 ᄯᅥᄂᆞ지 아니ᄒᆞ나 샤인이 탄식 회희ᄒᆞ여 슯은 회포 만단이나 ᄒᆞᆫ지라 쇼한슈 용슈 등이 청현화직으로 옥당의 잇ᄂᆞᆫ지라 빵빵

80면

ᄒᆞᆫ 미녜 이셔 죵고 금슬이 화락ᄒᆞ니 한슈의 위시 경이오 용슈의 부인은 홍시러라 그 ᄆᆡ시로 츌가ᄒᆞᄆᆡ ᄯᅩᄒᆞᆫ 긔이ᄒᆞ고 그 녀ᄌᆞ로ᄂᆞᆫ 장원이 가려 편치 아니니 ᄉᆞ이의 협문을 ᄂᆡ여 됴셕으로 왕ᄅᆡᄒᆞ나 오히려 일틱 샹죵만 못ᄒᆞᆫ지라 ᄎᆞ시의 침병 위질ᄒᆞᄆᆡ 냥가 부뫼 근심이 깁고 냥형이 좌우의 구ᄒᆞ나 날노 위약ᄒᆞ고 탄셩이 과연 회픠 이ᄉᆞ믈 고이히 너겨 연고를 힐문ᄒᆞᆫᄃᆡ ᄉᆡᆼ이 츄연 ᄃᆡ왈 무숨 연괴 이시리잇고 쇼뎨 져믄 나히 고이ᄒᆞᆫ 병을 어더시니 냥가의 블회 비경하나 다른 연괴 업

81면

ᄂᆞ이다 ᄒᆞ고 쇼회를 닐오지 아니ᄒᆞ더니 날포 병셰 ᄎᆞ경이 업ᄉᆞ니 구가 혼례를 뎡일의 지ᄂᆡ지 못ᄒᆞ여 믈니치고 쇼공의 우려ᄒᆞ미 평진후긔 더ᄒᆞ여 쥬야 병쇼의 왕ᄅᆡᄒᆞ여 침식을 폐ᄒᆞ니 구부인과 연쉬 역시 구병ᄒᆞ여 모제의 도리를 다ᄒᆞ니 사름의 ᄉᆞ오나온 거술 모ᄅᆞ더라 샤인의 병셰 비경ᄒᆞ니 어의 낙역ᄒᆞ여 문후ᄒᆞ니 셩은이 호호ᄒᆞ샤 일셰의 빗ᄂᆞᆫ지라 ᄉᆡᆼ이 셩은을 감격ᄒᆞ고 부모긔 이위 민망ᄒᆞ여 강질ᄒᆞ나 니러ᄂᆞ고져 ᄒᆞᆫ즉 슉식이 블평ᄒᆞ여 일신이 눌이니 질셰 일일 층가ᄒᆞ더라 쥬

82면

부인이 만리의 어든 필지라 그 ᄉᆞ랑이 졔ᄌᆞ의 너믄 ᄌᆞ의 잇던ᄃᆡ 그 병이 위경이믈 크게 놀나 협루로 조ᄎᆞ 강릉후 부즁의 니ᄅᆞ러 ᄉᆡᆼ의 병와ᄒᆞᆫ 청쥭헌의 니ᄅᆞ니 ᄉᆡᆼ의 병이 ᄎᆞ시 더ᄒᆞ여 눈을 감고 향벽ᄒᆞ여 괴로이 신음ᄒᆞ더니 모친이 친림ᄒᆞ시믈 황공ᄒᆞ여 니러 맛고져 ᄒᆞ나 능히 밋지 못ᄒᆞᄂᆞᆫ지라 부인이 ᄋᆞᄌᆞ를 보건ᄃᆡ 홍년 ᄀᆞᆺᄐᆞᆫ 월식이 감ᄒᆞ고 빙셜 긔뷔 쇼삭ᄒᆞ여 빙옥 ᄀᆞᆺᄐᆞᆫ 거동이 ᄡᅢ 비최ᄂᆞᆫ ᄃᆞᆺᄒᆞ니 부인이 크게 놀나 나아가 머리 집고 손을 잡아 탄왈 ᄋᆞ히 본대 무병ᄒᆞ여 어버이로 ᄒᆞ

83면

여금 근심을 끼치지 아니ᄒᆞ던지라 이제 무슴 병이 그리 지리ᄒᆞ여 십여 일의 어미를 보지 아니ᄒᆞ며 긔약ᄒᆞ미 이ᄃᆡ도록 ᄒᆞ엿ᄂᆞ뇨 모친 과려ᄒᆞ시믈 보고 이의 ᄂᆞᆺ비ᄎᆞᆯ 화히 ᄒᆞ여 ᄃᆡ왈 우연이 질셰 미류ᄒᆞ여 양가 엄위와 ᄌᆞ당긔 이우를 끼치오니 블효 비경토 쇼이다 다만 대단ᄒᆞᆫ 통셰 업ᄉᆞᄃᆡ 침식이 다 블평ᄒᆞ여 긔운을 거두지 못ᄒᆞ오니 능히 임의로 못ᄒᆞ오며 민민ᄒᆞᆫ 병이 더ᄒᆞᆫ지라 ᄇᆡᆨ약이 무효ᄒᆞ오니 부모긔 블효를 두리ᄂᆞ이다 부인이 더옥 근심ᄒᆞ여 집슈 무ᄋᆡᄒᆞ며 간졀이 무러 왈 여형 냥인이

84면

닐오ᄃᆡ 네 병이 반ᄃᆞ시 심즁의 난 병이라 모ᄌᆞ ᄀᆞᆺ치 친ᄒᆞ니 업ᄉᆞ니 심위를 은휘치 말나 너의 심ᄉᆞ를 위로ᄒᆞᆯ 일이면 여뫼 힘을 다ᄒᆞ지 아니리오 ᄉᆡᆼ이 모친이 간졀이 무ᄅᆞ실 ᄯᅴ를 일흐면 실노 회포를 ᄒᆞᆯ 곳이 업ᄉᆞ나 부친을 두려 믁믁ᄒᆞ다가 탄식 왈 쇼ᄌᆡ 오 셰브터 고셔를 닑고 부교를 조심ᄒᆞᆯ ᄲᅮᆫ 아니라 ᄉᆞ부 조션ᄉᆡᆼ 놉흔 례모를 흠모ᄒᆞ여 일동일졍을 우러러 ᄇᆡ호고져 ᄒᆞ옵ᄂᆞᆫ지라 슈신 셥ᄒᆡᆼᄒᆞ여 비례를 원슈 ᄀᆞᆺ치 너기고 셩식을 경계ᄒᆞ여 ᄎᆞ시의 니ᄅᆞ러 ᄒᆞᆫᄂᆞᆺ 챵기도 갓가이 아니ᄒᆞ믄

85면

제형의 아ᄂᆞᆫ ᄇᆡ라 부뫼 어더 맛기신 졍실 밧긔 타인 념네 업ᄉᆞᆫ가 ᄒᆞ엿더니 모일의 ᄉᆞ부를 차ᄌᆞ 조부의 가 여차여ᄎᆞᄒᆞᆫ 녀ᄌᆞ를 보오니 ᄉᆞ뷔 다리고 계신지라 짐작건ᄃᆡ ᄉᆞ부의 녀ᄋᆡ라 용모 거동이 쳔만고의 희한한 ᄃᆞᆺᄒᆞ오니 실노 마음의 그런 녀ᄌᆞ를 어더 일ᄉᆡᆼ을 화락ᄒᆞ고 ᄂᆡ조의 보익을 도으면 남아의 쾌ᄉᆡ라 심즁의 밋쳐 잇지 못ᄒᆞ옵ᄂᆞᆫᄃᆡ 렴녀의 업ᄉᆞᆫ 구가의 길ᄉᆡ 졍당ᄒᆞ오니 이 다른 집과 달나 ᄌᆞ당 친질노 쇼ᄌᆞ의 가실을 삼아 자미를 보시고져 ᄒᆞ시ᄂᆞᆫᄃᆡ 퇴탁지 못ᄒᆞᆯ 거시오 취혼 후ᄂᆞᆫ

86면

조가 혼ᄉᆞ를 쳥치 못ᄒᆞᆯ 거시니 그 마조쳐 본 녀ᄌᆞᄂᆞᆫ 바라지 못ᄒᆞᆯ지라 ᄌᆞ연 심회 되오니 이 회포를 가지고 다른 ᄃᆡ 통치 못ᄒᆞ고 마음 ᄌᆞ부미 비례믈 알고 고쳐 가다듬고져 ᄒᆞᄃᆡ 강잉치 못ᄒᆞ니 반ᄉᆡᆼ 슈ᄒᆡᆼ이 그린 ᄯᅧᆨ이 되고 ᄌᆞ괴 육니ᄒᆞ여 스ᄉᆞ로 그ᄅᆞᆷ믈 모로지 아니ᄒᆞᄃᆡ 휜츌이 헤치지 못ᄒᆞ오니 ᄒᆡᄋᆞ의 ᄋᆡᆨ회 비샹ᄒᆞ민가 ᄒᆞᄂᆞ이다 부인이 쳥파

의 츄연 블낙ᄒᆞ고 빈미 왈 오ᄋᆡ ᄌᆞ쇼로 슈신 셥힝ᄒᆞ여 거의 군ᄌᆞ의 도와 ᄉᆞ류의 힝이 잇ᄂᆞᆫ지라 그 부형이 쇼년 경박ᄒᆞ믈 보다가 셰번 나으미 잇술가 만분 힝열일

87면

너니 여언을 드ᄅᆞ니 셕일 네 친히 도혹 ᄇᆡ화 초공의 단즁ᄒᆞᆫ 슈힝이 일국을 들이ᄂᆞᆫ지라 문싱이 되여 사ᄅᆞᆷ마다 효측ᄒᆞ미 잇다 ᄒᆞ거ᄂᆞᆯ 나의 다힝이 너기ᄂᆞᆫ ᄇᆡ여ᄂᆞᆯ 엇지 경박ᄒᆞ미 여ᄎᆞᄒᆞᄂᆞ뇨 구가 힝빙ᄒᆞ미 오ᄅᆡ여 길긔 과한ᄒᆞ고 구뎨 친질노 힝ᄉᆡ 특이ᄒᆞ다 ᄒᆞ니 네 엇지 거절ᄒᆞ며 조가 녀ᄌᆡ 비록 아모리 아ᄅᆞᆷ다오나 만일 진초 이공의 녀ᄋᆡ면 결단ᄒᆞ여 너의 ᄌᆡ실을 쥬지 아니ᄒᆞ리니 연즉 속졀 업ᄉᆞᆫ 일노 넘녀의 거리쪄 병을 일우여 부모의게 근심을 ᄭᅵ치ᄂᆞ뇨 내 이 일노 네 부친긔 의논ᄒᆞ여 보려니

88면

와 되지 못ᄒᆞᆯ 일이라 념녀ᄅᆞᆯ 아조 곳쳐 바리면 ᄌᆞ연이 병이 나을 도리 이시리라 싱이 ᄌᆡᄇᆡ 샤왈 ᄌᆞ교 지극 맛당ᄒᆞ시니 쇼ᄌᆡ 엇지 허믈을 아지 못ᄒᆞ리잇고 부졀 업ᄉᆞᆫ 일노 우려치 마ᄅᆞ시고 대인긔도 고치 마ᄅᆞ시미 원이로쇼이다 히ᄋᆡ 마음을 널이ᄒᆞ여 병을 조셥ᄒᆞ여 셩녀ᄅᆞᆯ 번거롭게 아니ᄒᆞ리이다 부인이 깁히 근심ᄒᆞ여 ᄌᆡ삼 위로ᄒᆞ고 도라와 평진후ᄅᆞᆯ ᄃᆡᄒᆞ여 샤인의 병근이 여ᄎᆞᄒᆞ믈 젼ᄒᆞ니 평진휘 대경 믁연이러니 냥구 후 우어 왈 원ᄂᆡ 이 아히 단즁ᄒᆞ고 침믁ᄒᆞ고 ᄇᆡᆨ힝 군ᄌᆞ로 아라 ᄒᆞᆫ 일도

89면

근심치 아니ᄒᆞ더니 ᄎᆞ언을 드ᄅᆞ니 가히 나의 ᄋᆞ들이라 그ᄅᆞ다 못ᄒᆞ고 올타도 못ᄒᆞ리로다 쇼년 남ᄌᆡ 마음의 못 이즌 후ᄂᆞᆫ 엄뷔 경계ᄒᆞ여도 ᄒᆞᆯ 일 업ᄂᆞ니 ᄂᆡ 아모커나 초공을 보고 의논ᄒᆞ여 보리라 쥬부인이 탄왈 샹공 마음이 아ᄌᆞ로 샹합ᄒᆞ거니와 난쳐ᄒᆞ미 구가의 뎡혼 납빙ᄒᆞ여 길긔 지ᄂᆞ시되 졔 병드러 믈녀시니 이제 구가ᄂᆞᆫ 퇴혼치 못ᄒᆞᆯ 거시오 조가의셔ᄂᆞᆫ 결단ᄒᆞ여 쳔금 옥녀ᄅᆞᆯ 남의 ᄌᆡ실을 쥬지 아닐 거시니 연즉 크게 난쳐ᄒᆞᆫ지라 경ᄋᆞ의 쇼원이 되지 못ᄒᆞ리이다 평진휘 믁믁 침음의 오술 곳치고

90면

슐위ᄅᆞᆯ ᄌᆡ촉ᄒᆞ여 조부로 나아가니 초공의 ᄯᅳᆺ이 엇더ᄒᆞᆫ고 화셜 이ᄯᆡ의 평진휘 조부로

가는 길의 구부인을 보고 글오딕 경ᄋ의 병이 깁흐니 졀례 업지 아니ᄒ더니 이제 그 쇼회를 잠간 평문ᄒ미 병근이 고이타 ᄒ니 만일 그 뜻을 일우지 못홀진딕 반드시 사지 못홀지라 구가 혼시 림박ᄒ여 이런 일이 이시니 슈슈 셩의는 엇더타 ᄒᄂ뇨 구부인이 염용 왈 쳡은 경아의 병이 우연ᄒ 질환만 너겨더니 원간 수괴 이셔 쇼년 남이 유병ᄒ미릿다 ᄎ시 실노 난쳐ᄒ오니 질녀 힝졍흔 녀즈로 타문의

91면

싱각지 못홀 바요 일즉 ᄎᄉ를 아던들 아이의 졍친을 말거슬 이 크게 난쳐ᄒ니 둘을 다 취키 어렵고 몬져 빙혼 녀즈를 둘지로는 못홀 거시오 조가 녀즈 본 거슨 엇던 녀즈를 본지 모르거니와 가히 직실이라도 허믈치 아닐넌가 모롤쇼이다 평진후 왈 조가 녀지 짐즉건딕 진초 이공 녀즈 밧긔 나지 아니ᄒ리니 이롤 일우지 못ᄒ면 경ᄋ의 질셰 ᄎ도치 못홀지라 슈슈는 오아로 더브러 만젼지도롤 싱각ᄒ쇼셔 싱이 위인부ᄒ여 블미지ᄉ를 칙ᄒ고 금ᄒ여 볼 줄을 모르지 아니ᄒ딕 쇼싱이 쇼시 지

92면

닉여 보니 마음의 쇼년 풍졍의 고이치 아니ᄒ온지라 만일 맛는 녀지 아름다오면 인졍의 샹이오 ᄯ 그 가온딕 인연이 이시니 초공과 의논ᄒ여 둘을 취홀 밧긔 홀 일 업ᄂ이다 부인이 칭샤ᄒ고 맛당ᄒ믈 일쿳더라 평진휘 조부의 니르러 진초 이공을 보고 한훤필의 초공이 글오딕 요ᄉ이 경쉬 십여 일을 졀젹ᄒ니 고이히 너겨더니 됴보롤 보니 병이 즁ᄒ여 직ᄉ를 ᄎ리지 못ᄒ므로 교딕롤 뎡ᄒ여시니 그 무슴 병이 그리 대단ᄒ뇨 평진휘 기리 탄ᄒ여 글오딕 형을 딕ᄒ여 이 말 닉

93면

오미 참괴ᄒ나 셔로 지심ᄒ믈 미더 고ᄒᄂ니 돈ᄋ 경쉬 평일의 청힝을 슈힝ᄒ니 오히려 졔ᄋ 즁 나흐미 잇더니 근릭 고히흔 병을 어더 누으니 아름답지 아냐 무샹ᄒ믈 됴셕의 칙ᄒ나 도로혀지 못ᄂᄂ지라 날노 위즁ᄒ미 부즈의 졍이 졀민흔지라 시러금 붓그러오믈 무릅쓰고 뭇ᄂ니 이곳의 형의 좌하의 뫼셧는 규녀롤 마조ᄎ 보고 감히 바로 알외지 못ᄒ여 인ᄒ여 병이 되여 빅약이 무효ᄒ니 이의 다드라 그 사모ᄒᄂ 녀즈롤 일위지 못ᄒ면 죽을 밧긔 홀 일이 업ᄂ지라 이러홀

94면

줄 아지 못ᄒᆞ고 구가의 경친ᄒᆞ여 납빙ᄒᆞ고 길긔 발셔 지ᄂᆞ시ᄃᆡ 병을 인ᄒᆞ여 친ᄉᆞ를 일오지 못ᄒᆞ엿ᄂᆞᆫ지라 이 일이 십분 난쳐ᄒᆞᄆᆡ 다만 현형의 션쳐를 바라노라 초공이 청파의 블승희연ᄒᆞ여 믁연 침음이러니 날호여 탄왈 ᄂᆡ 경슈 알기를 이러치 아닐가 ᄒᆞ엿더니 엇지 경박ᄒᆞ미 여ᄎᆞᄒᆞ뇨 ᄂᆡ 임의 그릇ᄒᆞ여 ᄯᆞᆯ을 졔 눈의 뵈여시니 ᄉᆞ세 여ᄎᆞ 즉 엇지 ᄒᆞᆫ ᄯᆞᆯ을 앗겨 경슈를 구치 아니ᄒᆞ리오 구시를 임의 납빙 뎡약이면 취ᄒᆞ여 원비를 삼고 아녀를 조용이 취하려니와 일이

95면

좋ᄂᆡ 아름답지 아닌지라 다못 형과 ᄉᆞᆼ 되엿던 재 참괴ᄒᆞ도다 평진휘 초공의 ᄉᆡᆼ각 밧긔 쾌허ᄒᆞ여 기녀로 직실 삼으믈 보ᄆᆡ 실노 ᄉᆡᆼ각 밧긔라 놀납고 감격ᄒᆞ여 칭샤 왈 돈아의 무샹ᄒᆞ미 셩교의 죄인이어ᄂᆞᆯ 형이 오히려 돈아의 일명을 앗겨 규즁 옥녀를 쾌허ᄒᆞ니 엇지 가히 져의 직실이라 ᄒᆞ리오 맛당이 션후의 분을 ᄒᆞᆫ가지로 졍실 되게 ᄒᆞ리니 일노 조차 경박ᄒᆞᆫ 아ᄒᆡ 병이 ᄒᆞ리게 ᄒᆞ리니 부ᄌᆞ지졍의 돈아의 병을 구할 ᄲᅮᆫ 아니라 현형의 쳔금 아녀로 신부 삼는 경ᄉᆡᆨ이 이시니

96면

차ᄂᆞᆫ 오문의 만ᄒᆡᆼ이라 돈아의 거죄 블명 통히ᄒᆞ되 이의 당ᄒᆞ여ᄂᆞᆫ 도로혀 샹ᄒᆞ염 즉 ᄒᆞ도다 초공이 졍ᄉᆡᆨ 샤ᄉᆞ 왈 현형의 셰ᄃᆡ 명문과 쇼뎨 집을 결혼ᄒᆞ미 무슨 피ᄎᆞ 겸손ᄒᆞ미 잇ᄉᆞ며 ᄒᆞ믈며 년인친개니 이졔 ᄉᆡ로이 겸손ᄒᆞ리오 진왕이 미쇼 왈 경슈의 이 거죄 셕년 현형의 입ᄂᆡ를 ᄂᆡ엿ᄂᆞᆫ지라 너ᄂᆞᆫ 용렬ᄒᆞ고 훈지 블엄ᄒᆞ여 령ᄃᆡ인 엄슉ᄒᆞ시믈 본밧지 못ᄒᆞ여 쟝 팔십을 치지 못ᄒᆞ고 친히 쳥혼ᄒᆞ라 단니ᄂᆞ냐 비록 그러ᄒᆞ나 경쉬 부품을 달마시나 범ᄉᆞ ᄒᆡᆼ신이 승

97면

어부ᄒᆞ니 엇지 아비게 비기면 ᄋᆡ답지 아니ᄒᆞ리오 평진휘 쇼왈 ᄉᆞ원 형은 혹 날을 긔쇼ᄒᆞ나 오히려 가ᄒᆞ거니와 형은 날을 보치지 못ᄒᆞ리라 뉘 쇼시 허믈이 업ᄉᆞ리오 아직 ᄎᆞᄉᆡᆨ 경박ᄒᆞ나 쇼년지심의 월아 ᄀᆞᆺ튼 슉녀를 보ᄆᆡ ᄉᆞ복ᄒᆞ미 셩인도 면치 못ᄒᆞᆫ 비라 엇지 과칙ᄒᆞ리오 ᄉᆞ원 형의 빅ᄉᆞ 만ᄒᆡᆼ이 구젼키ᄂᆞᆫ 일셰의 일인이니 다 ᄀᆞᆺ트라 칙

망ᄒᆞ기는 답답ᄒᆞᆫ 일이라 형이 나의 부ᄌᆞ의 긔쇼ᄒᆞ미 우읍지 아니리오 초공이 미쇼부답ᄒᆞ고 진왕이 대쇼ᄒᆞ고 평진휘 돗 우히셔 친ᄉᆞ를 명

98면

뎡ᄒᆞ고 도라가니 진왕이 초공긔 문왈 경슈 비록 아름답고 쇼개 명문ᄃᆡ개나 질녀의 품질이 속ᄋᆡ 아니라 엇지 쇼경슈의 ᄌᆡ실을 삼으리오 우형이 현데를 쥐치 아니노라 초공이 기리 탄왈 시셰 약간 ᄌᆞ미 운치와 ᄌᆡ롱ᄒᆞᆫ 녀ᄌᆞ도 셩네라 칭ᄒᆞ옵거늘 쇼녀의 너모 슈츌 특이한 용화와 졍명지긔로 지현ᄒᆞᆫ 혜덕이 녀ᄌᆞ로 비기미 ᄀᆞᆺᄐᆞ 니 업순지라 쇼데 ᄆᆡ양 그 ᄉᆡᆨ광이 과흠과 그 ᄉᆡᆨ덕이 너무믈 념녀ᄒᆞ더니 이 ᄀᆞᆺᄐᆞᆫ 마쟝이 이러ᄂᆞ니 엇지 타문을 ᄉᆡᆼ각ᄒᆞ리오 ᄂᆡ 임의 경슈로 동상을 뎡코

99면

져 ᄒᆞᄃᆡ 금방 쟝원이믈 혐의ᄒᆞ미러니 이 연괴 이시니 막비텬연이라 엇지 ᄌᆡ실을 혐의ᄒᆞ리오 몬져 슈빙ᄒᆞᆫ 녀ᄌᆞ롤 ᄌᆡ실을 ᄒᆞ리오 더옥 블가ᄒᆞ니 쇼녜 ᄌᆡ실 되미 미편ᄒᆞ니이다 진왕이 탄왈 현데 공번된 ᄯᅳᆺ과 쾌ᄒᆞᆫ 결단이 쇽인의 우럴 ᄇᆡ 아니라 우형의 밋출 ᄇᆡ 아니로다 초공이 샤ᄉᆞ 블감당이라 어시의 평진휘 본부의 도라와 초공의 허혼이 쾌ᄒᆞ믈 강릉후다려 니란ᄃᆡ 쇼휘 탄복 희열ᄒᆞ여 왈 조이현은 대현이라 쇽인으로 니를 ᄇᆡ 아니니 쇼데로 일너도 남의 ᄌᆡ실을 아니 줄

100면

가 시브이다 냥휘 샹ᄃᆡᄒᆞ여 탄복ᄒᆞ고 아ᄌᆞ의 병쇼의 드러가 아ᄌᆞ를 볼시 샤인이 냥대인 림ᄒᆞ시믈 황감ᄒᆞ여 몸을 니러 맛고져 ᄒᆞ나 능히 긔거랄 임의로 못ᄒᆞ니 일월 ᄀᆞᆺᄐᆞᆫ 풍광이 쇼삭ᄒᆞ고 화왕 ᄀᆞᆺᄐᆞᆫ 얼골이 환탈ᄒᆞ여 겨유 침셕을 믈니고 븍슈궤복ᄒᆞ여 미질노 오ᄅᆡ 셩졍을 폐ᄒᆞ믈 샤죄ᄒᆞᄆᆡ 부드러온 쇼ᄅᆡ와 환안 낙ᄉᆡᆨ으로 효공ᄒᆞᆫ 되 극진ᄒᆞ니 냥휘 그 긔약하므로 풍신이 더옥 슈이ᄒᆞ믈 ᄉᆞ랑ᄒᆞ여 냥구 후 골오ᄃᆡ 네 병을 ᄂᆡ 다 아ᄂᆞ니 오늘 초공긔 이 ᄉᆞ연으로 쳥혼ᄒᆞ미 구연ᄒᆞ나 초

101면

공이 개회치 아녀 ᄌᆡ실노 쾌허ᄒᆞ되 구시를 몬져 취ᄒᆞ고 조시를 취ᄒᆞ리니 션후를 써

리지 아니ᄒᆞᆷ을 보니 실노 놀납고 깃븐지라 샤인이 부복 쳥죄의 옥면이 담홍ᄒᆞ여 봉안을 ᄂᆞᆽ초고 져두 샤죄 왈 블초의 힝실이 독경치 못ᄒᆞ여 남의 규슈를 마조쳐 보고 심병을 일위미 ᄉᆞ인 ᄃᆡ참이어ᄂᆞᆯ 일질이 능히 임의치 못ᄒᆞ오니 엄하의 여산지죄 치신무디ᄒᆞ옵거ᄂᆞᆯ 대인의 텬디 광은이 ᄉᆞ부긔 면쳥ᄒᆞ와 혼인이 되게 ᄒᆞ오니 쇼ᄌᆡ 하면목으로 ᄉᆞ부긔 뵈오리오 만일 셩혼ᄒᆞ오면 구ᄐᆞ여 조시ᄅᆞᆯ 둘지라 ᄒᆞ리

102면
잇고 둘을 함긔 취ᄒᆞ여 덕힝이 ᄂᆞ은 쟈로 원비를 삼을지라 엇지 구ᄐᆞ여 조시를 둘지를 완뎡ᄒᆞ리잇고 냥 쇼공이 환쇼ᄒᆞ여 그 뜻을 스치고 함두ᄒᆞ더라 쇼ᄉᆡᆼ이 ᄎᆞ후는 마음을 노흐니 믄득 병이 안개 스러지듯 구름 것듯 사지 경쾌ᄒᆞ고 마음이 쳥활ᄒᆞ여 ᄇᆡᆨ병이 일시의 스러지니 즉시 니러ᄂᆞᆯ 듯ᄒᆞᄃᆡ 그 심병이라 ᄒᆞᆷ을 발명코져 ᄒᆞ여 오뉵 일을 더 치료ᄒᆞ여 니러ᄂᆞ니 평진후 부부와 강릉휘 깃거ᄒᆞ고 냥 형이 흔연ᄒᆞ여 ᄒᆞ되 구부인이 블열ᄒᆞ여 ᄉᆡᆼ각ᄒᆞᄃᆡ 조셩지녀를 취ᄒᆞᄆᆡ 샹문지녀로 부귀 일즁ᄒᆞ며

103면
ᄉᆡᆨ틱 교미ᄒᆞ여 경슈 ᄒᆞᆫ 번 보와 ᄉᆞ병을 일위여시니 그 인믈의 초셰ᄒᆞᆷ은 블문가지니 질녜 신셰 블평ᄒᆞᆯ지라 드러온 후 조녀를 절졔ᄒᆞ여 심복 ᄃᆡ한을 덜니라 ᄒᆞ고 통앙ᄒᆞᆫ 마음과 질투ᄒᆞᄂᆞᆫ 환심이 ᄇᆡᆨ츌ᄒᆞ니 셕ᄌᆡ라 조승샹 만금 농쥬는 믄득 구시의 보치ᄂᆞᆫ 종이 되여 허다 변란과 ᄉᆞ익을 격그니 조믈이 다싀ᄒᆞ미 가탄이러라 쇼샤인이 병이 ᄒᆞ려 니러나 조부의 와 ᄉᆞ부를 뵈오니 초공이 졍ᄉᆡᆨᄒᆞ고 병이 ᄒᆞ리믈 다만 깃거ᄒᆞ고 화ᄒᆞᆫ ᄉᆞᄉᆡᆨ이 업ᄉᆞ니 ᄉᆡᆼ이 황공ᄒᆞ여 하문 졀칙을 듯ᄂᆞ니도곤 더ᄒᆞ니 초

104면
공의 셩되 희롱의 ᄉᆡᆨ을 평ᄉᆡᆼ 사ᄅᆞᆷ의게 업ᄉᆞᄃᆡ 사ᄅᆞᆷ이 두려ᄒᆞ고 문ᄉᆡᆼ 고리의 ᄉᆞᄉᆡᆨ을 아니ᄒᆞ나 여러 일을 모화 경계ᄒᆞᄆᆡ 근근 ᄌᆞᄌᆞᄒᆞ여 사ᄅᆞᆷ의 심시 셔ᄂᆞᆯᄒᆞ니 진실노 셩인지풍이라 ᄌᆞ샹 관인ᄒᆞ며 온즁 단엄ᄒᆞᄆᆡᄂᆞᆫ 진왕이 일두를 ᄉᆞ양ᄒᆞᆯ네라 구부의셔 ᄐᆡᆨ일ᄒᆞ여 셩례ᄒᆞᆯᄉᆡ 쇼샤인이 실노 괴로오나 임의 양모 안면으로 구익ᄒᆞ여 승순ᄒᆞ니 길일의 강릉휘 대연을 진셜ᄒᆞ고 허다 위의로 신랑을 보ᄂᆡ며 신부를 마즐ᄉᆡ 구부인이 범ᄉᆞ를 치례ᄒᆞ여 친쳑 부인ᄂᆡ를 쳥ᄒᆞ여 신부 대례를

105면

기다리니 쥬부인이 ᄯᅩᄒᆞᆫ ᄌᆞ부 녀ᄋᆞ를 거ᄂᆞ려 츰예ᄒᆞ여시니 일념의 블평ᄒᆞ나 ᄉᆞᄉᆡᆨ지 아니ᄒᆞ더라 신랑 신뷔 도라와 합근 교ᄇᆡ를 ᄆᆞ초ᄆᆡ 조률을 밧드러 구고긔 헌ᄒᆞᄆᆡ 즁목이 일시의 바라보니 니홰 청엽의 잠기고 옥ᄆᆡ 셔리를 ᄶᅴ엿ᄂᆞᆫ ᄃᆞᆺ 냥안의 ᄇᆞᆰ은 졍ᄐᆡ 식별 ᄀᆞᆺ고 ᄌᆞ태 녕발ᄒᆞ나 위인이 셩되 편협ᄒᆞ고 교아 방ᄌᆞᄒᆞᆫ ᄐᆡ되 슉녀의 현슉ᄒᆞ미 멀지라 쇼후 형데와 쥬부인이 크게 실망ᄒᆞ나 구부인이 ᄋᆡ즁ᄒᆞ니 좌위 칭하ᄒᆞ나 쇼샤인 젹션지풍과 반하지광을 압두ᄒᆞᄂᆞᆫ 풍신으로 비기ᄆᆡ 텬

106면

긔 현격ᄒᆞ니 그 ᄇᆡ위 부젹ᄒᆞ믈 앗기고 쇼샤인이 일안참시의 블힝ᄒᆞ여 극히 ᄋᆡ다ᄅᆞ오ᄃᆡ 조쇼져을 모ᄂᆞᆯ 긔약이 잇ᄂᆞᆫ지라 마옴을 구지잡아 구시 ᄃᆡ졉이 예ᄉᆞ로와 ᄉᆞ긔 타연ᄒᆞ니 사ᄅᆞᆷ이 기심을 탁냥치 못ᄒᆞ니 구시ᄂᆞᆫ 싱을 ᄃᆡᄒᆞ면 녀ᄌᆞ 일싱을 져바리고져 ᄒᆞ더라 원ᄂᆡ 싱이 거셰 명공의 직목이오 양샹셔ᄂᆞᆫ 엄슉ᄒᆞᆫ 가온ᄃᆡ 화평ᄒᆞ믈 아오라 영웅 긔상은 손오 양졔의 모냑을 두고 신긔 묘산은 진유ᄌᆞ를 우으미 문무 겸비와 튱효 빵젼ᄒᆞᆯ 복녹이 쳔승지군을 ᄒᆞᆯ 샹뫼 쳘혹ᄉᆞ 윤샤인 긔질이나 운쥬유

107면

악의 결승쳔리지지 쳘윤쇼 삼 인의 지나 평릉후로 ᄃᆡ젹ᄒᆞᆯ지라 쳘양윤 삼 인이 ᄎᆞ례로 ᄇᆡ례ᄒᆞ고 렬좌ᄒᆞ니 쇼샤인이 ᄯᅩᄒᆞᆫ 금포 옥ᄃᆡ로 오ᄉᆞ를 슉여 태부인 위부인과 졔부인긔 ᄎᆞ례로 ᄇᆡ례ᄒᆞ고 좌졍ᄒᆞᄆᆡ 눈을 드러 졔좌를 보니 태부인 위부인 츈취 고심ᄒᆞᄃᆡ 위의 엄졍ᄒᆞ고 졍연쵀 삼비의 긔이ᄒᆞᆫ 광치 일광을 가리오거ᄂᆞᆯ 그 악모 양윤의 폐월지식과 슉ᄌᆞ인풍이 고금 슉녀지풍이 가ᄃᆞᆨᄒᆞᆫ지라 쳐음으로 보ᄆᆡ 삼혼이 경동ᄒᆞ여 숨을 길게 쉬고 가풍의 그 슉연ᄒᆞᆷ과 사ᄅᆞᆷ의 아ᄅᆞᆷ다오므로 ᄉᆡ로

108면

이 흠앙ᄒᆞ니 슈려ᄒᆞᆫ 미우의 화긔 츈풍 ᄀᆞᆺ고 쇄낙ᄒᆞᆫ 옥안의 화긔 녕롱ᄒᆞ니 발쵀 특이ᄒᆞ미 만고를 기우려도 여러이 아니라 와잠미의 문명이 녕령ᄒᆞ고 화ᄒᆞᆫ 외모의 츈풍을 잇그ᄂᆞᆫ 희긔 미려츰연ᄒᆞ여 연분을 더은 미인의 념뫼 블급ᄒᆞᆫ지라 태부인이 쇼샤인의 긔특ᄒᆞ믈 희열ᄒᆞ여 이의 말숨을 펴 ᄀᆞᆯ오ᄃᆡ 낭군이 쇼시로 오가의 츌입ᄒᆞ나 슬ᄒᆞ 동

샹 되믄 실시려외라 이제 블초흔 쇼녀로 건긔롤 쇼임ᄒ니 우흐로 원비 잇ᄉ니 쇼녀의 미질이 즁궤의 근심은 업ᄉ나 산계비질이 봉황을 ᄱᆞᆼ

지으민 노인의 구구흔 넘녜 젹지 아니ᄒ고 낭군의 아름다오미 바란 밧기라 힝열ᄒᆞᆯ믈 이긔지 못ᄒ리로다 위부인과 양뎡렬 졍슉렬 연윤 등과 삼 조부인이 일시의 말ᄉᆞᆷᄒᆞᄆᆡ 냥 노부인의 졍슉흔 덕화와 졔 부인의 아름다온 덕화와 츌인흔 셩덕이 외모의 낫트ᄂᆞ니 명슉흔 긔질과 화열흔 풍되 일셰 셩녜라 쇼샤인이 놀ᄂᆞ고 탄ᄒᆞ믈 결을치 못ᄒᆞ여 피셕 공슈 왈 쇼싱이 ᄌᆞ쇼로 귀부의 ᄌᆞ라 와 악쟝 ᄉᆞ랑ᄒᆞ시믈 입ᄉᆞ와 교훈ᄒᆞ시믈 바다 모쳠ᄒᆞ여 동샹의 셥시ᄒᆞ믈 입ᄉᆞ오니 엇지 범연흔

구싱지의 갓트리오 이졔 비록 비루흔 긔질이 슬하의 은양을 입ᄉᆞ와 하교 여ᄎᆞᄒᆞ시니 황공ᄒᆞ여이다 졔 부인이 쇼싱의 긔특ᄒᆞ믈 디ᄒᆞ니 블승흠외ᄒᆞ여 일시의 초공긔 하례ᄒᆞ여 긔셔 어드믈 일ᄏᆞᆺ더라 쥬비 슈슌의 쇼샤인이 하직고 믈너나 신뷔 샹교ᄒᆞᄆᆡ 황금 쇄약으로 봉교 샹마ᄒᆞ여 본부의 도라올ᄉᆡ 요긱이 도로의 덥혀시니 진실노 공후 귀지 ᄎᆔ실ᄒᆞᄆᆡ 샹국 녜ᄎᆔ 부ᄒᆞ믈 보리러라 쇼부의 다ᄃᆞ라 부뷔 텽즁의셔 교비롤 맛고 진쥬션을 아ᄉᆞ미 신랑이 바라보니 오ᄎᆡ 녕롱ᄒᆞ고 면모 샹광

의 이목구비 호블호롤 가히 알니러라 찬란흔 광휘 경셩 경국지ᄉᆡᆨ이러라 샤인이 슈려흔 미우의 화긔 녕롱ᄒᆞ니 남풍녀뫼 황금빅벽이 비츨 토ᄒᆞᄂᆞᆫ 듯 텬싱 일좌로 일딕 호구라 즁이 슘을 길게 쉬고 치하롤 이졋더라 이의 폐빅을 밧드러 당의 비샤ᄒᆞ고 구긔 깃븐 눈을 들미 홍분 가온ᄃᆡ 범연흔 연지분을 바른 ᄉᆞᆨ티 아니라 잉여만협이 년화 협을 ᄲᆞ혀 단시 픠여 쳔향경홍이오 완약유풍이오 부여웅지오 슈여유졔며 부여웅지며 미목변혜며 교쇼쳔혜라 목여낭셩이 일후의 졍홰 오른

듯ᄒᆞ니 용슈ᄉᆞ졔의 옥부츄영이 셩인의 품질이라 쟝단이 득즁ᄒᆞ고 슈단이 합도ᄒᆞ니

일온바 요됴슉녀오 군ᄌᆞ호구라 셩례슉완이 남ᄌᆞ로 의논ᄒᆞ면 지현ᄒᆞ믈 니를진ᄃᆡ 안민보국지직 만민을 건즐 품질이 그 부친으로 흡ᄉᆞᄒᆞ니 쇼샤인의 현ᄃᆡ 일ᄃᆡ라 구괴 ᄒᆞᆫ번 보ᄆᆡ 쳔번이나 눈이 들녀 졍혼이 여취 여광ᄒᆞ니 웃ᄂᆞᆫ 입을 쥬리지 못ᄒᆞ고 쥬부인이 텬싱품질과 경셩경국지식이 신부의게 블급ᄒᆞ고 조태ᄉᆞ 부인 쇼고 쇼시의게 명월지식과 동텬여일지광이 놉흐며 삼츈의 만홰 웃ᄂᆞᆫ

113면

긔품의 어름을 닥근 품격이 오늘 신부로 비ᄒᆞᄆᆡ 만히 블급ᄒᆞ니 말노 기려 니를 빅 아니라 좌즁의 지분 졀식 홍분 미식이 다 와셕 ᄀᆞᄐᆞ니 일월 졍긔와 산쳔 수긔로 텬싱특용이 관홍 대도ᄒᆞ여 요죠 쳥졍ᄒᆞ미 츌어외뫼라 평진후와 강릉후도 블승흠익ᄒᆞ여 신부를 나호여 ᄀᆞᆯ오ᄃᆡ 신인은 샹국 쳔금 귀질이라 슉세 연분이 즁ᄒᆞ여 슬하의 림ᄒᆞ니 아ᄌᆞ의 복이 너믄지라 엇지 깃브지 아니ᄒᆞ리오 신부 구시 ᄀᆞᆺ 드러와 덕되 이시니 셔로 화동ᄒᆞ여 쥬아의 여풍으로 갈담의 덕을 효측ᄒᆞ고 젼

114면

후 명분을 닷토지 말나 신뷔 피셕 비샤ᄒᆞ고 슉연ᄒᆞᆫ 례모와 완슌ᄒᆞᆫ 긔질이 볼ᄉᆞ록 시로오니 평진후 부부와 강릉휘 깃브미 하늘을 쎄칠 ᄃᆞᆺ 빈긱이 입을 여러 하셩이 분분ᄒᆞ니 조태ᄉᆞ 부인 쇼시 봉관을 슉이고 월나샹의 ᄌᆞ금샹을 ᄯᅳ으러 부모 슉당의 하례왈 쇼녀의 쇼고ᄂᆞᆫ 셰샹 홍분미식으로 의논치 못ᄒᆞ리니 그 용안의 묽기ᄂᆞᆫ 여ᄉᆞ오 임ᄉᆞ지덕과 요슌지덕이 도흐군ᄌᆞ ᄀᆞᄐᆞ여 규간의 셩인이오니 아의 복이 즁ᄒᆞ고 오문의 복을 하례ᄒᆞᄂᆞ이다 평진휘 미답 블언의 강릉휘 쇼왈

115면

네 슌셜이 셔의ᄒᆞ여 아부의 쳔태 만광을 긔특다 ᄒᆞ고 의방ᄒᆞ리오 외뫼 경국지식뿐 아냐 산쳔 슈긔를 오로지 품슈ᄒᆞ여 봉미 셩안을 지ᄂᆞ고 안ᄎᆡ 츄슈 ᄉᆞ일이 ᄇᆰ고 현앙ᄒᆞ여 찬난ᄒᆞᆫ 긔운이 먼니 ᄲᅩ이니 만일 남ᄌᆡ러면 안방졍국ᄒᆞ고 니음양 슌ᄉᆞ시ᄒᆞ여 결승쳔리와 치민지졍을 다ᄒᆞ고 ᄉᆞ히를 진뎡ᄒᆞ여 만민을 무휼ᄒᆞᆯ 긔샹이니 녀ᄌᆞ 되미 가셕ᄒᆞᆫ지라 다만 공ᄆᆡᆼ 아니나 그 놉흔 덕을 비길 ᄃᆡ 업고 증ᄌᆞ 곳 아니면 놉흔 효힝을 당ᄒᆞ 리 업슬가 ᄒᆞ노라 하회를 보라

조시삼대록 권지이십이

1면

화셜 다만 공밍이 아니나 그 놉흔 덕을 비길 딕 업고 증주 곳 아니면 놉흔 효힝을 당훈 리 업술가 ᄒ노라 평진휘 기리 우어 왈 신뷔 셩현 픔질이나 오히려 녀지니 광대훈 덕조와 셩힝이 공밍만 못ᄒ리니 여언이 심히 과쟝ᄒᄂ도다 다만 임ᄉ 황영의 너른 덕으로 붉은 힝실이 잇실가 ᄒᄂ니 효의 이시며 업ᄉ믈 미리 엇지 알니오 이는 평진휘 구부인의 쳥안니검으로 신부를 보미 독안이 이샹ᄒ니 타인은 무심ᄒ딕 평진후는 일월

2면

지광이라 엇지 모ᄅ리오 진짓 말을 ᄒ니 협냥의 구시는 존고의 말을 듯고 노긔 나죽ᄒ나 블평ᄒ더니 조시의 빅례를 당ᄒ여 공슌이 계비의 쇼임을 ᄒ니 구시 답빅ᄒ나 졔 조시의 빅틱 만광이 블감앙시러라 오작과 난봉 굿고 명쥬와 지와 굿ᄐ니 분분훈 심닉 오쟝늑뷔 다 놀ᄂ온지라 구부인은 질녀의 식틱를 텬하의 웃듬으로 신부와 칭현코져 ᄒ더니 금일을 당ᄒ여 일월이 등화 굿ᄐ여 쇼양블모ᄒ니 십분 통완ᄒ나 쳬면을 구익ᄒ여 만면 화긔 익연 유화ᄒ고 두굿기고 샤랑ᄒ

3면

미 쥬부인긔 더훈 듯ᄒ니 뉘 그 쳥안니검훈 줄을 알니오 종일 진환ᄒ고 신부 슉쇼를 취미당의 뎡ᄒ니 신뷔 믈너오미 쇼샤인이 희긔 넘쳐 신방의 니ᄅ니 조부인 쇼시 신부로 촉하의셔 셕양의 약질이 곤븨ᄒ믈 위로ᄒ며 쇼이 롱왈 젼일은 그딕로 쇼괴러니 오늘 닉 그딕 쇼괴라 공경ᄒ믈 젼 굿치 말나 쇼졔 쳥안우딕의 침믁졍좌ᄒ고 단슌화협의 미식을 동ᄒ니 화긔 실즁의 찬란훈지라 쇼부인이 ᄉ랑ᄒ고 두굿겨 웃고 왈 좌우의 친ᄒ 니 업고 오족 나쁜이니 엇지 말을 답지 아

4면

니ᄂ뇨 ᄒ고 쇼고 존경훌 줄을 모ᄅ미로다 쇼졔 종시 딕답지 아니ᄒ고 미미훈 우음이 어릐여 화긔 우희염족ᄒ니 쇼시 쳔만 샤랑이 비길 딕 업더라 신쇼릭 ᄂ며 샤인이

개호 입실ᄒᆞ니 쇼시 니러ᄂᆞ며 쇼제다려 쇼왈 대빈을 뫼셔 평안이 밤을 지ᄂᆡ라 쥬인이 드러오니 나는 도라가노라 쇼제 니러 ᄇᆡ송홀ᄉᆡ 샤인이 쇼왈 져제 엇지 그리 밧비 가시ᄂᆞ니잇고 쇼시 대쇼 왈 네 신부를 ᄃᆡᄒᆞᄆᆡ 우져를 괴로이 너기ᄆᆡ 가오라 샤인이 역쇼 왈 져져의 말솜이 취언이시라 셕샹의 쥬ᄇᆡ 과음ᄒᆞ신가 ᄒᆞᄂᆞ이다 쇼

5면

시 답쇼 왈 우져는 본ᄃᆡ 부녀의 졍뎡유한ᄒᆞ미 업거니와 네 부인은 졍뎡관일ᄒᆞ여 슉녀지풍이 가득ᄒᆞ니 너는 졔가를 졍대히 ᄒᆞ여 시비를 일우지 말나 샤인이 함쇼ᄒᆞ고 시녀를 명ᄒᆞ여 촉을 잡혀 뫼셔 도라간 후 쇼져를 향ᄒᆞ여 흔연 쇼왈 ᄉᆡᆼ이 ᄌᆞ유로 악쟝의 ᄉᆞ랑ᄒᆞ시믈 입습고 그 교훈을 밧ᄌᆞ오니 부ᄌᆞ ᄀᆞᆺ튼 졍의 잇더니 이졔 쇼져로 더브러 ᄇᆡ위 되니 실노 영힝타 ᄒᆞ려니와 ᄉᆡᆼ이 무지박덕이라 슉녀의 평ᄉᆡᆼ을 져바릴가 ᄒᆞ노라 쇼제 슈용졍금ᄒᆞ여 답언이 업ᄉᆞ나 ᄂᆡᆼ담 초쥰ᄒᆞᆫ 긔ᄉᆡᆨ이 업

6면

셔 팔ᄌᆞ 츈산이 졔졔ᄒᆞ고 반월 ᄀᆞᆺ튼 니마는 두렷ᄒᆞ여 신월이 구름을 헤친 ᄃᆞᆺ 년협 단슌이 ᄉᆡᆨᄉᆡᆨ이 곱고 ᄆᆞᆰ아 만고를 기우려도 ᄃᆡ두홀 재 업ᄉᆞᆯ지라 쇄락 쳥고ᄒᆞᆫ 풍치 츈일이 다ᄉᆞᄒᆞ고 가을달이 벽공의 한가홈 ᄀᆞᆺᄐᆞ여 ᄇᆡᆨ 가지 ᄐᆡ와 쳔 가지 광염이 방즁의 바ᄋᆡ여 명촉이 탈광ᄒᆞᄂᆞᆫ지라 샤인이 비록 단즁 침믁ᄒᆞ나 이 ᄀᆞᆺ튼 슉녀를 ᄃᆡᄒᆞ여 풍졍을 참지 못ᄒᆞ여 촉을 멸ᄒᆞ고 나위의 나아가 샹샹 슈죄의 빵옥이 완젼ᄒᆞ니 진실노 ᄇᆡᆨ셰 가위오 일ᄃᆡ 긔봉이라 은졍이 늉흡ᄒᆞ니 구시 아녀 월젼 쇼

7면

아라도 이의 더치 아닐너라 조시 머므러 효봉구고ᄒᆞ고 승슌군ᄌᆞ로 화우금쟝 ᄃᆡ인졉물의 봉영집옥ᄒᆞ니 여텬여신이라 망지여운이오 취지여일이오 검쇼비약이 토계삼등의 부ᄌᆞ모젼지풍이라 례의 어긔미 업셔 일동일졍의 츈츄의 읏듬이오 강릉후 ᄉᆞ랑이 만금 보옥이오 보면 웃는 입을 쥬리지 못ᄒᆞ니 구시와 삼황 등이 그 ᄉᆞ랑을 당티 못ᄒᆞ니 졍ᄉᆡᆼ 쳐 연황은 형뎨 즁 나히 우히오 졍공 부인 송시 인ᄌᆞ 광후지덕이 빙옥 ᄀᆞᆺᄐᆞ나 잠간 각박ᄒᆞ여 조고만 블의를 용납지 아니코

8면

호령이 엄ᄒᆞᆫ지라 정혹시 ᄌᆞ부를 경계ᄒᆞ여 온즁ᄒᆞ믈 이ᄅᆞ고 호령을 브리지 못ᄒᆞ게 ᄒᆞ여 혹 허믈을 본 즉 왼 집을 흔드러 요란ᄒᆞᆫ지라 연황이 감히 발뵈지 못ᄒᆞ고 정싱의 명은 희슉이니 뢰뎡의 호령이 이셔 연황의 ᄂᆞᆺ빗 밧고이믈 보면 형을 엄칙ᄒᆞ고 나이 십팔의 득의ᄒᆞ고 화시를 취ᄒᆞ여 ᄌᆞ녀를 두고 쇼시를 후ᄃᆡᄒᆞ나 일년의 근친을 두어 번 허ᄒᆞ고 조아ᄒᆞᆫ 버ᄅᆞ슬 엄금ᄒᆞ니 연황이 송구ᄒᆞ여 인ᄌᆞᄒᆞᆫ 부인이 되여 조시를 보니 싀긔지심이 업고 부모의 ᄉᆞ랑을 거리끼

9면

지 아니되 ᄋᆡ황 연황은 만복 싀긔ᄒᆞ고 연싱 쳐ᄂᆞᆫ 블인ᄒᆞᆫ 어미를 본ᄒᆞ여 비례를 올흔 일ᄒᆞ듯 연부의 드러가니 연승샹은 광홍 대도ᄒᆞ여 손부의 허믈을 개회치 아니나 존고 셕부인이 포한ᄒᆞᆫ 고로 힝실을 빅호고 연싱은 셩음이 프러져 안히 얼골과 말숨 공교홈만 ᄉᆞ랑ᄒᆞ니 엇지 졔가를 잘ᄒᆞ리오 이러므로 연싱의 쳬 거출 거시 업셔 방ᄌᆞ 교우ᄒᆞ미 사ᄅᆞᆷ의 허믈을 들츄고 경슈의 허믈을 어드 ᄂᆡ고져 ᄒᆞ더라 평진휘 지뫼 굉원ᄒᆞ나 나히 즁년의 경의 셩품이 밧괴여 침믁ᄒᆞ고 강능

10면

후ᄂᆞᆫ 암약ᄒᆞ고 ᄌᆞ부인 구시 간롱을 ᄡᅵ치나 강단이 업셔 아ᄌᆞ 부부로 념녀ᄒᆞ여 경계ᄒᆞ니 쇼싱이 이ᄅᆡᄒᆞ고 능휘 쇼왈 경슈ᄂᆞᆫ 가ᄅᆞ칠 거시 업ᄉᆞ니 무어ᄉᆞᆯ 경계ᄒᆞ리잇고 평진휘 잠쇼ᄒᆞ나 조시 곳 보면 ᄉᆞ랑이 쳬쳬ᄒᆞ나 강보아 ᄀᆞᆺᄐᆞ니 쇼졔 감은ᄒᆞ여 냥 존구긔 효셩이 날노 더ᄒᆞ더라 평능후 강능후 셔로 ᄃᆡᄒᆞ여 조시를 ᄆᆡ양 일ᄏᆞᆺ고 ᄆᆡ양 현뷔 슉덕이라 ᄒᆞ고 ᄌᆞ긔 여셧 ᄌᆞ녀 위시 경시 홍시 계시 구시 오로지 ᄉᆞ랑ᄒᆞ나 부족히 너기ᄂᆞᆫ 쟈ᄂᆞᆫ 의모 윤부인 양모 구부인이라 각각 싀오지심으로 외친ᄂᆡ

11면

쇼ᄒᆞ고 ᄋᆡ황 등이 구시로 동긔지졍의 친쳑지의를 아오라 밀밀ᄒᆞᆫ 졍이 안ᄌᆞ면 무룹흘 녀ᄒᆞ여 옥슈를 이어 동모샹슈ᄒᆞ니 뉴뉴샹종이라 조시 츄천 ᄀᆞᆺ튼 긔상과 츄슈 정직ᄒᆞ므로 의합ᄒᆞ리오 구시ᄂᆞᆫ 아시브터 종형ᄆᆡ로 삼 쇼고 후ᄃᆡ를 ᄡᅧ 원의를 ᄌᆞ랑ᄒᆞ고 조시긔 블평지식 종종 이시나 조시 강하 ᄀᆞᆺ튼 심냥의 사ᄅᆞᆷ의 현블초를 모ᄅᆞᄂᆞᆫ ᄃᆞ시 원

슌 비약ᄒᆞ믈 위쥬ᄒᆞ니 쇼샤인 여텬지졍은 비무ᄒᆞ더라 조시 온슌ᄒᆞᆫ 즁 샤인을 ᄃᆡᄒᆞ면 엄졍 싁싁ᄒᆞ여 말 부치기 어려오나 화식을 씌여 츈일

12면

혜풍이 만방을 ᄉᆞ로니 부부 즁졍은 여산약히라 샤인이 구시로 은졍이 쇼ᄒᆞ여 드믈게 ᄎᆞ즈니 조시 화언으로 간간 원ᄋᆡᄒᆞ나 조시 긋튼 슉완을 ᄃᆡᄒᆞᄆᆡ 일일 쇼ᄒᆞ여 구시로 ᄂᆡ낙ᄒᆞ니 관ᄉᆞ와 봉친 여가 즉 조시로 ᄃᆡᄒᆞ여 쎠늘 줄을 모ᄅᆞ더라 조시 치가의 관ᄃᆡ치 아니믈 블복ᄒᆞ여 만단 개유ᄒᆞ더니 일일은 샤인이 혼졍 후 취당의 니ᄅᆞ니 조시 ᄉᆞ창을 열고 쥬렴을 거더 건샹을 보ᄆᆡ 두 줄 ᄇᆞᆰ은 긔운이 실 즁의 써러지니 믄득 샤인이 고이ᄒᆞᆫ 셔광을 보고 놀나 족용이 종지ᄒᆞ고 보니 조시 앙쳠건

13면

샹ᄒᆞ여 ᄎᆞ탄ᄒᆞ다가 ᄌᆞ가를 보고 텬연이 단좌ᄒᆞ거늘 샤인이 동실 좌뎡ᄒᆞᄆᆡ 광치 조요ᄒᆞ여 셔광이 어릐ᄂᆞᆫ지라 샤인이 웃고 왈 ᄉᆡᆼ이 박덕누질노 악쟝의 ᄉᆞ랑을 입어 인류의 츙슈ᄒᆞ고 슬하의 모쳠ᄒᆞ여 쳥현화직의 이시니 실노 군ᄌᆞ의 도리 엇지 못ᄒᆞᄂᆞᆫ지라 ᄉᆞᄉᆞ로 슈힝ᄒᆞ믈 엇지 못ᄒᆞ더니 부인은 샹문 녀ᄌᆞ로 가뎡의 훈괴 긔특ᄒᆞ니 반ᄃᆞ시 빈혼 ᄌᆡ덕이 놉흘지라 우리 부뷔 결발 슈월의 ᄆᆡ양 ᄉᆡᆼ을 ᄃᆡᄒᆞᆫ 즉 ᄂᆡ낙ᄒᆞ고 슈습ᄒᆞᄆᆡ 그 쇼회를 뭇고져 ᄒᆞ더니 금야 부인이 건샹을 보ᄂᆞᆫ 눈이 타

14면

인은 무심ᄒᆞᄃᆡ 쇼천유의 눈을 아라ᄂᆞ니 악쟝 아ᄅᆞ시ᄂᆞᆫ 거시 부인이 다 알지라 부뷔 ᄂᆡ외ᄒᆞ믄 그ᄅᆞᆫ지라 쳥컨ᄃᆡ ᄌᆡ조를 듯고져 ᄒᆞᄂᆞ이다 조시 염용 왈 쳡은 규즁 무식지 녀로 례의와 고ᄉᆞ를 모ᄅᆞ거늘 더옥 텬도를 알니잇고 월빅 즁쳥의 친측을 써ᄂᆞ미 오릔고로 ᄉᆞ친지졍이 발ᄒᆞ니 ᄌᆞ연 월광을 보와 회포를 위로ᄒᆞ더니 부ᄌᆞ의 ᄉᆞᆯ핀 ᄇᆡ 된지라 가친의 통달을 쳡이 엇지 다 알니오 군ᄌᆞ의 말ᄉᆞᆷ이 쳡의 늠남을 짐즛 무ᄅᆞ시미니이다 옥셩봉음이 화슌ᄒᆞ여 텬연ᄒᆞᆫ 가온ᄃᆡ 단중

15면

ᄒᆞ미 더옥 긔특ᄒᆞ니 황홀 긔ᄋᆡᄒᆞ여 흔연 쇼왈 겸ᄉᆞᄒᆞ미 당연ᄒᆞ오나 아ᄂᆞᆫ 거시 심샹

치 아닌 줄 안치의 비최여 ᄂᆞ니 엇지 모ᄅᆞ리오 부부ᄂᆞᆫ 일신 ᄀᆞᆺᄐᆞ니 마ᄋᆞᆷ을 알고 은회ᄒᆞ리오 쇼제 샤ᄉᆞ 왈 쳡이 아ᄂᆞᆫ 거시 잇시면 군ᄌᆞ를 ᄂᆡ외ᄒᆞ리잇고 여러 형데로 우ᄋᆡ즁 ᄉᆡᆼ장ᄒᆞ여시니 텬문은 쟝부도 모ᄅᆞ거든 규즁 녀ᄌᆡ 무어슬 의방ᄒᆞ여 알니잇고 아ᄂᆞᆫ 거슬 긔이다 ᄒᆞ믄 쳡의 ᄯᅳᆺ이 아니라 미셰ᄒᆞᆫ 녀ᄌᆡ 큰 일을 모ᄅᆞ고 아ᄂᆞᆫ 쳬ᄒᆞ여 허언을 ᄒᆞ고 부조를 그ᄅᆞᆺᄒᆞ리잇고 군ᄌᆞᄂᆞᆫ 쳥컨ᄃᆡ 이런 말을 므러 사름

16면

의 고이 너기믈 취치 마ᄅᆞ쇼셔 ᄉᆡᆼ이 말마다 ᄋᆡ즁ᄒᆞ여 평일 단즁을 바리고 근좌 집슈ᄒᆞ고 우어 왈 부인이 아ᄂᆞᆫ 거슬 부덕이 아니라 ᄒᆞ나 가부를 외ᄃᆡᄒᆞ미 블가ᄒᆞᆫ지라 ᄉᆡᆼ이 임의 아ᄂᆞᆫ 거슬 이리 내외ᄒᆞ미 도로혀 지아비를 졍으로 대졉ᄒᆞ미 아니이이다 조시 안졍 규간 왈 부부 유별이오 샹의 경계라 인지 규방의 쳐ᄒᆞ여 셰쇄지언으로 용납ᄒᆞ미 블가ᄒᆞ고 ᄒᆞ믈며 구부인 원위 이시니 졔가ᄒᆞᄂᆞᆫ 도리 션후 명분을 직힐지라 쳡슈비박이나 군ᄌᆞ의 이 일은 블복ᄒᆞᄂᆞ이다 ᄉᆡᆼ이 ᄀᆡ용 칭ᄉᆞ 왈

17면

부인의 현슉은 ᄂᆡ조의 ᄉᆞ승이라 감복ᄒᆞᄂᆞ니 엇지 슈힝치 아니ᄒᆞ리오 구시를 원비로 칭ᄒᆞ믄 가쇼로오나 냥 대인 악장이 관포 삼결의 의를 ᄯᆞ로고져 ᄒᆞ거늘 ᄉᆡᆼ이 오 셰의 칙을 �고 악쟝긔 슈혹ᄒᆞ니 ᄌᆞ데지의로 구ᄉᆡᆼ지의를 겸ᄒᆞ여 그ᄃᆡ로 결발지의 이시니 범연ᄒᆞᆫ 부부간이 아니라 공경지문의 왕공지녀로 졍실이니 엇지 구시만 못ᄒᆞ여 나지 셤기리오 ᄂᆡ 입신 지 슈월 ᄂᆡ의 부인이 드러오니 졀노 ᄲᅧ 원비라 ᄒᆞ믄 가쇼로오니 부인은 다시 션후를 니ᄅᆞ지 마ᄅᆞ쇼셔 조시 졍ᄉᆡᆨ 왈 쳡이 슈지 왕공지

18면

녜나 구부인이 몬져 납빙ᄒᆞ고 쳡은 지ᄎᆡ니 당당ᄒᆞᆫ ᄌᆡ실이라 군ᄌᆡ ᄉᆞ졍을 쥬ᄒᆞ고 대의를 바리고져 ᄒᆞ니 졔가의 공경이 아니니이다 쳡은 원컨ᄃᆡ 군ᄌᆞ의 편ᄉᆡᆨ을 보지 말고 출ᄒᆞ리 부도를 어긔여 믈너가 심규의 늙어 징투ᄒᆞᄂᆞᆫ 더러온 욕을 보지 말고져 ᄒᆞᄂᆞ니이다 발셔 이 쇼회를 고코져 ᄒᆞ나 번거ᄒᆞ와 지지ᄒᆞ더니 군ᄌᆞ의 쇼견이 여ᄎᆞᄒᆞ시니 참지 못ᄒᆞ여 우견을 고ᄒᆞᄂᆞ이다 ᄉᆡᆼ이 조시의 말솜이 단엄 졍슉ᄒᆞ여 공경 탄왈 가빈의 ᄉᆞ현쳐오 국난의 ᄉᆞ냥샹이니이다 쇼현유 규ᄂᆡ의 셩인을 두어시니

19면

엇지 신세를 근심ᄒᆞ리오 ᄒᆞ니 조시 말 곳 ᄂᆡ면 샤인의 칭찬ᄒᆞᄂᆞᆫ 쇼ᄅᆡ 과ᄒᆞ니 무익지 셜을 부절 업시 ᄒᆞᆫ 줄 뉘웃쳐 단슌을 함믁ᄒᆞ고 봉황미 ᄂᆞ죽ᄒᆞ여 졍금 위좌의 명광이 암실의 조요ᄒᆞ니 쇼샤인이 눈이 ᄉᆡ고 마음이 취ᄒᆞ여 믈너 안ᄌᆞ 안목이 쇼져긔만 뽀다져 찰시ᄒᆞ니 두 사름의 쳔태 만광이 ᄉᆞ실의 빗최여 막상막하ᄒᆞ고 텬상 일ᄃᆡ 부부나 요조슉녀 군ᄌᆞ호구로 조믈이 다ᄉᆡᄒᆞ미 실노 ᄎᆞ셕ᄒᆞ더라 차야의 구시 샤인의 ᄌᆞ최를 살펴 취ᄆᆡ당의 가믈 보고 쇼고 ᄋᆡ황을 ᄃᆡᄒᆞ여 타루 비읍 왈 쳡이 비록 우용이

20면

나 결발 슈월의 지은 죄 업거늘 쇼군의 대졉이 힝노 ᄀᆞᆺᄐᆞ니 조시 입승ᄒᆞ므로 혹취ᄒᆞ여 실셩지인이 되엿ᄂᆞᆫ지라 쥬야 취ᄆᆡ당의 잠겨시니 ᄒᆞᆫ가지로 취ᄆᆡ당의 가 조녀의 교언령ᄉᆡᆨ과 쇼군의 어린 거동을 보미 엇더ᄒᆞ뇨 ᄋᆡ황이 년유ᄒᆞ나 투현질능ᄒᆞ여 승긔쟈를 ᄉᆡ오ᄒᆞᄂᆞᆫ지라 부슉의 조시 귀즁ᄒᆞ미 샤인의 우히 이시니 ᄌᆞ가 즁 바를 ᄇᆡ 아니라 졀치 브심ᄒᆞ더니 구시의 말을 듯고 깃거 ᄒᆞᆫ가지로 취당의 가 벽간의 브ᄃᆡ쳐 냥인의 ᄉᆞ어를 드러 흔단을 엇고져 홀ᄉᆡ 샤인의 한 업슨 은ᄋᆡ와 무궁ᄒᆞᆫ 졍이 ᄉᆞ

21면

ᄉᆡᆨ의 현츌ᄒᆞ고 조시의 슉연 졍대ᄒᆞᆫ 거동이 간인의 눈의도 긔이ᄒᆞ미 블가형언이라 부뷔 졉화ᄒᆞᄆᆡ 조시ᄂᆞᆫ 안졍고요ᄒᆞ여 ᄉᆞ군ᄌᆞ지풍이오 샤인은 화열흔희ᄒᆞ여 화긔 일실의 온ᄌᆞᄒᆞ니 진실노 일대 가위러라 야심ᄒᆞ니 상샹의 취침ᄒᆞᄆᆡ 고요 ᄂᆞ죽ᄒᆞ여 동졍이 업ᄉᆞ니 냥인이 다리 부러지고 쎠져리도록 셔시나 ᄌᆞ바닐 흔단이 업ᄉᆞ니 무류ᄒᆞ여 앙〃이 도라와 구시 타루 왈 낭군이 조시로 고혹ᄒᆞ여 쳡은 쇽졀 업시 ᄇᆡᆨ두음과 장신궁 고단ᄒᆞ미 심ᄒᆞ니 쳡이 몬져 드러와 원비 명이 잇고 존고의 질녀로 낭

22면

군의 ᄃᆡ졉이 조시의 우히 잇실 거시로ᄃᆡ 조금도 부부지졍이 업고 쳡을 홍모 ᄀᆞᆺ치 아오니 쳡이 엇지 긴 날의 져 거동을 보고 ᄉᆞᆯ니잇고 출ᄒᆞ리 존고긔 고ᄒᆞ고 친졍의 도라가 일ᄉᆡᆼ을 규각의셔 인륜을 ᄉᆞ졀ᄒᆞ리라 연ᄉᆡᆼ 체 위로 왈 그ᄃᆡᄂᆞᆫ 슬허 말나 하늘이 ᄉᆞ데를 ᄂᆡ고 조시를 두믄 심복 대환이니 엇지 인력으로 ᄒᆞ리오 져 조시 즁즁의 쒸여늘

쁜 아냐 사름마다 본 즉 스랑ᄒᆞ고 일캇는 화월슈태지풍이라 실노 공논을 일너도 스데도 블급ᄒᆞ미 만흐니 타인도 그러홀 젹 그 부부 스이리오 현데 만일 부

23면

부의 졍을 알녀 ᄒᆞ거든 조시 잇슨 후는 결단코 홀 일 업스니 져근 분을 참고 대스를 일우라 모친이 지당ᄒᆞ고 우리 잇스니 우익이 되여 그디로 조시를 폐ᄒᆞ고 그디로 통일 텬하ᄒᆞ게 ᄒᆞ리라 구시 복디 샤례 왈 현데의 현심지은으로 나의 신셰를 고렴ᄒᆞ여 졔도ᄒᆞ시고 져 조시는 아름다올 쁜 아니라 부형의 긔셰 가국을 업누르고 존고와 가부의 셰를 쪄시니 엇지ᄒᆞ면 경히 졔어ᄒᆞ리오 드디여 양황이 구시를 잇그러 졍당의 니르니 구부인이 바야흐로 즈고져 ᄒᆞ다가 냥녀와 구시를 보고 문왈 야심흔디 즈지 아니

24면

코 엇지 분쥬ᄒᆞ는다 익황이 웃고 디왈 태태는 마음이 잉편ᄒᆞ시니 즈시기를 바야히나 가련흔 구져는 물 깃튼 녀즈의 마음으로 잠을 못 즈는지라 요스이 스데 거동을 보니 구시로 쇼ᄒᆞ고 조시를 편혹ᄒᆞ여 거지 외닙흔지라 동싱의 마음도 분익ᄒᆞ거든 구시 오즉ᄒᆞ리잇가 모친은 조시와 스데를 경계ᄒᆞ샤 너모 방종케 마르쇼셔 구시 이어 쟝탄 왈 질녀의 평싱을 히ᄒᆞ미 회쟝 하급이리오 져 조시 외뫼 만고의 특츌홀 쁜 아냐 지덕 셩힝이 긔특ᄒᆞ여 존고 여 사름이 다 요슌지인과 공밍으로 알거늘 너의

25면

엇지 식로이 탄식ᄒᆞ며 졔 쏘흔 박디는 아니려든 이러틋 노심ᄒᆞ는다 잉황이 앗가 규시ᄒᆞ니 언단이 비비ᄒᆞ여 다만 모친을 부모로 알지 아냐 구슈로 알고 여츳여츳 즈당을 원망ᄒᆞ거늘 즈당은 모르고 즈부로 아라 잠잠ᄒᆞ고 잇다가 큰 화를 무릅쁠가 크게 익달나 ᄒᆞᄂᆞ이다 구부인 마음이 어즈러도 냥녀의 교참을 고지 드르려든 더옥 간흉ᄒᆞ여 조시를 깃거 아니ᄒᆞ고 양즈를 믜워 니검을 품엇던 츳의 져 부뷔 스실의셔 즈가를 워슈로 욕ᄒᆞ더라 ᄒᆞ니 분긔 쳘텬ᄒᆞ니 면여토식ᄒᆞ고 큰 노를 발ᄒᆞ여 일오

26면

딕 닉 명되 긔구ᄒᆞ여 일ᄌᆞ를 두어시딕 바린 ᄌᆞ식을 삼고 질ᄌᆞ로 쟝손을 삼으니 ᄠᅳᆺ이 닉도ᄒᆞ여 졍의 쇼원ᄒᆞ고 원망이 이 지경의 니ᄅᆞ니 질녀를 어더 의지코져 ᄒᆞ더니 날을 한ᄒᆞ여 질녀를 박딕ᄒᆞ고 져의 부뷔 날을 원망ᄒᆞ니 쟝릭는 가지라 명위 부ᄌᆡ나 샹공이 연슈로 칭등이 닉도ᄒᆞ여 날노 경슈다이 말을 못ᄒᆞ게 ᄒᆞ니 이러므로 경쉬 날 알기를 어미로 아니 아는지라 엇지 통히치 아니리오 구시 읍톄ᄒᆞ여 누쉬 져ᄌᆞ니 구부인이 위로ᄒᆞ더라 명됴의 샤인이 신셩ᄒᆞ니 구부인 긔식이 녈렬ᄒᆞ여

27면

일언을 아닛는지라 샤인이 황공ᄒᆞ여 안식을 화히 ᄒᆞ고 긔운을 나ᄌᆞᆨ이 ᄒᆞ여 시립ᄒᆞ니 화ᄒᆞᆫ 긔운은 츈일이 무ᄅᆞ녹아 식로이 긔특ᄒᆞ고 ᄯᅩ 조시 참예ᄒᆞ여 존고의 긔식을 슬피지 아니ᄒᆞ나 총명 여신이 타인의 배승이라 엇지 미안ᄒᆞᆫ 거동을 모ᄅᆞ리오 송연 시립의 겸손ᄒᆞ는 례뫼 졍슉ᄒᆞᆯ ᄲᅳᆫ이오 텬연ᄒᆞᆫ 염광이 녹파의 소ᄉᆞ며 명월이 만방을 붉히는 ᄃᆞᆺ 일분 다ᄅᆞᆫ ᄉᆞ식이 업ᄉᆞ니 구시를 좌를 년ᄒᆞ믹 어리로온 거동이 더옥 긔특ᄒᆞ여 명월의 반뒤 셧기고 빅옥의 모릭 셧김 ᄀᆞᆺᄐᆞ니 각〃

28면

셔셔 보믹 구시 졀염 미식이로딕 조쇼져긔 들믹 믹몰ᄒᆞ고 용속ᄒᆞ여 ᄒᆞᆫ 박식이 되는지라 놉고 ᄇᆞᆰ으믈 어이 병ᄌᆞᄒᆞ리오 쇼샤인을 먼니 딕ᄒᆞ믹 남풍이 찬란ᄒᆞ고 녀틱 현요ᄒᆞ여 일빵 군ᄌᆞ 슉녀오 쳔고 긔연이러라 하늘이 유의ᄒᆞ여 닉신 셩녀 군ᄌᆞ를 마희ᄒᆞ니 가히 탄식ᄒᆞᆯ 곳이라 구부인이 노식 냥구의 말을 닉여 왈 닉 오늘 슒은 쇼회를 ᄌᆞ와 부를 딕ᄒᆞ여 닐오ᄂᆞ니 ᄌᆞ부와 아ᄌᆡ ᄒᆞᆫ가지로 드ᄅᆞ라 샤인이 피셕 딕왈 금일 일오시는 바 회포를 블승경혹ᄒᆞ옵ᄂᆞ니 감히 문기고ᄒᆞᄂᆞ이다 조시 ᄯᅩᄒᆞᆫ ᄃᆞᆺ

29면

글 써나 감히 말슴을 뭇즙지 못ᄒᆞ나 그 황공ᄒᆞᆫ ᄉᆞ식과 단슉ᄒᆞᆫ 례뫼 보고 곳쳐 볼ᄉᆞ록 ᄉᆞ랑ᄒᆞ며 경복ᄒᆞ믈 결을치 못ᄒᆞ는지라 구부인의 믜온 마옴이나 눈을 ᄌᆞ연 조시긔로 가믈 면치 못ᄒᆞ고 그 혈육지신이 이딕도록 곱고 ᄇᆞᆰ게 숨겨 가초 아름다오미 ᄒᆞᆫ 곳 무심이 숨긴 빅 업ᄉᆞ니 엇지 져딕도록 긔이ᄒᆞ여 질녀의 평싱을 쟉희ᄒᆞ믈 통한ᄒᆞ여 이

의 탄왈 닉 팔직 무상ᄒᆞ여 늙도록 ᄌᆞ식이 업고 쁠 ᄃᆡ 업순 삼녜 마춤닉 샤쇽을 니를 길이 업ᄂᆞᆫ지라 널노써 ᄌᆞ식을 삼으ᄆᆡ 그 졍이 긔츌의 지ᄂᆞ고 오 셰로브터

30면

근근ᄒᆞᆫ ᄌᆞ익 연슈의 우희 잇ᄂᆞᆫ지라 질녀의 슉요ᄒᆞᆷ믈 보고 너의 빅년을 호구를 삼아 평싱 의탁을 즁히 ᄒᆞ고져 ᄒᆞ엿더니 너의 경박ᄒᆞ미 식을 호ᄒᆞ고 덕을 경히 너기나 조시로 혼인이 쏘ᄒᆞᆫ 하쥐의 졍되 아니오 타문 남네 얼골을 보고 식을 고혹ᄒᆞ여 병을 일위여 부득이 셩친ᄒᆞ나 엇지 례의 풍화의 블힝이 아니리오마ᄂᆞᆫ 대가 거족의 이런 일이 누셜ᄒᆞ미 블힝ᄒᆞ여 함구 블언ᄒᆞ고 친ᄉᆞ를 일우니 질네 얼골이 비록 조시만 못ᄒᆞ나 몬져 힝빙ᄒᆞ여 명명ᄒᆞᆫ 원비오 ᄒᆞᆷ믈며 요조ᄒᆞᆫ 심덕이

31면

엇지 조시 아릭리오마ᄂᆞᆫ 너의 ᄃᆡ졉을 보니 구조를 현격히 ᄒᆞ미 쳔쳡을 몬져 엇고 졍실을 후의 취흠 ᄀᆞᄐᆞ여 그 은졍의 닉도흠과 후박의 편벽ᄒᆞ미 비록 태임 ᄀᆞᄐᆞᆫ 슉녀라도 원망이 니러ᄂᆞ게 되니 이 치가의 편ᄒᆞᆫ 도리랴 닉 실노 념녀ᄒᆞ고 블힝이 너기되 구시 나의 친질이므로 말이 ᄉᆞ졍의 ᄀᆞᆺ갑고 공의의 먼가 ᄒᆞ여 참고 나종을 보고져 ᄒᆞ더니 이졔 졈졈ᄒᆞ여 조시 드러온 지 셕 달이 못ᄒᆞ여 질녀를 아조 심규의 폐인이 되게 ᄒᆞ고 취당의 아조 잠기여 발을 움즉이지 못ᄒᆞ니 이 ᄎᆞ마 군ᄌᆞ의 도리 아니오

32면

조시ᄂᆞᆫ 대가 령녀로 가졍지훈이 지엄ᄒᆞ리니 엇지 지아비로 ᄒᆞ여금 이 디경의 니ᄅᆞ도록 롱낙ᄒᆞ여 쳔챵의 호총ᄒᆞᄂᆞᆫ 버ᄅᆞ슬 ᄒᆞᆯ 줄 알이오 닉 깁히 한심ᄒᆞ여 닐오ᄂᆞ니 ᄎᆞ후 삼가 닉 말을 헛도이 듯지 말나 조시 니러 ᄌᆡ비 샤죄ᄒᆞᆯ ᄲᅮᆫ이오 블변안식ᄒᆞ여 오즉 그 원앙ᄒᆞᆷ믈 폭빅지 아니나 ᄌᆞ연ᄒᆞᆫ 위의 쳐신이 그 말을 족히 발명ᄒᆞᆯ지라 엇지 녹녹히 호총 두 ᄌᆞ를 드를 조시리오마ᄂᆞᆫ 교악ᄒᆞᆫ 익황 등이 블냥ᄒᆞᆫ 어미를 도돈 연괴라 샤인이 모교를 드ᄅᆞᄆᆡ 구시의 참언이 ᄌᆞ의를 요동ᄒᆞ미 블승통히

33면

ᄒᆞ나 안식을 화히 ᄒᆞ고 ᄌᆡ빅 이셩 왈 블초ᄌᆞ 무상ᄒᆞ와 졔가의 블엄ᄒᆞ미 어ᄌᆞ로온 말

숨이 ᄌᆞ젼의 니ᄅᆞ게 ᄒᆞ와 허다 념녀ᄒᆞ시ᄂᆞᆫ 하교 여ᄎᆞᄒᆞ시니 블승황공ᄒᆞ와 죄를 기다릴 ᄲᅮᆫ이로쇼이다 그러나 그 가온ᄃᆡ ᄯᅩᄒᆞᆫ 곡졀이 잇ᄉᆞᆸᄂᆞ니 ᄒᆡ아ᄂᆞᆫ 그 ᄇᆡ필의 ᄃᆡ졉이 각각 그 현우로ᄡᅥ 웃듬을 삼ᄂᆞ니 구시 ᄯᅩᄒᆞᆫ 대가 고문의 녀ᄌᆞ로 아희 ᄇᆡ항이 되니 엇지 굿ᄐᆞ여 ᄃᆡ졉이 간격ᄒᆞ리잇가마ᄂᆞᆫ 장부를 ᄃᆡᄒᆞ미 초독ᄒᆞᆫ 말ᄉᆞᆷ과 블호ᄒᆞᆫ 긔ᄉᆡᆨ이 오즉 투긔로 웃듬ᄒᆞᄂᆞᆫ지라 조시 비록 얼골이 박ᄒᆞᆯ지라도 그 위인이 잠간 부녀

34면

의 유슌ᄒᆞᆫ 덕이 이셔 구시로 비기ᄆᆡ 화평ᄒᆞ미 조시 승ᄒᆞ기로 ᄯᅳᆺ이 합ᄒᆞ여 져믄 마음이 ᄌᆞ연 강잉치 못ᄒᆞ옵더니 ᄌᆞ교의 니ᄅᆞ시ᄂᆞᆫ 바 호ᄉᆡᆨ경덕ᄒᆞᆫ다 ᄒᆞ시믄 그ᄅᆞᆺ 아라시미라 구시 무염의 얼골이나 위인이 냥슌ᄒᆞ여 부녀의 유한ᄒᆞᆫ 덕이 이시면 쇼ᄌᆞ를 명ᄒᆞ여 박ᄃᆡᄒᆞ라 ᄒᆞ셔도 부부 대의를 완젼ᄒᆞ오리니 이ᄂᆞᆫ ᄋᆞᄒᆡ ᄯᅳᆺ을 모ᄅᆞ시미로쇼이다 조시 혼인은 졍되 아니나 쇼ᄌᆡ 조가의 ᄋᆞ시로븟터 왕ᄂᆡ 빈빈ᄒᆞ나 셔로 월쟝 규벽ᄒᆞ여 엿보미 아니오 우연이 마조ᄎᆞ 보와시나 음일ᄒᆞᆫ ᄉᆞ졍을 두미 아니

35면

로ᄃᆡ 냥 대인이 샹의ᄒᆞ샤 뉵례를 구ᄒᆡᆼᄒᆞ여 슈월지ᄂᆡ의 구조를 함긔 어드니 엇지 굿ᄐᆞ여 션후 명분이 이시며 하쥐 졍되 아니라 ᄒᆞ리잇가 원컨ᄃᆡ ᄌᆞ교를 밧드러 구조 ᄃᆡ졉을 공평이 ᄒᆞ여 화평ᄒᆞᆯ 도리를 힘ᄡᅥ오리니 태태ᄂᆞᆫ 구시를 경계ᄒᆞ샤 동렬을 ᄉᆡᆨ긔고 지아비를 참쇼ᄒᆞᄂᆞᆫ 바를 곳치게 ᄒᆞ시면 이ᄂᆞᆫ ᄌᆞ긔 신샹의 보익ᄒᆞ미 이시리이다 말ᄉᆞᆷ을 마ᄎᆞᄆᆡ 화평ᄒᆞᆫ 가온ᄃᆡ ᄉᆡᆨᄉᆡᆨ 쥰엄ᄒᆞ니 구부인이 ᄆᆡ오나 일시의 ᄉᆞᆷ며 ᄭᅮ즈ᄌᆞᆯ 말이 업고 원ᄂᆡ 릉휘 모ᄌᆞ지간이 블호ᄒᆞᆫ가 념녀ᄒᆞ미 이시니 ᄒᆡᆼ혀 쇼

36면

공이 알가 다시 ᄭᅮ즛지 아니코 졍ᄉᆡᆨ 단좌ᄒᆞ니 구시 눈믈을 흘녀 왈 쳡이 실노 군ᄌᆞ긔 쟉죄ᄒᆞ미 업거ᄂᆞᆯ 염박ᄒᆞ미 업ᄉᆞᆫ 허믈도 쥬쟉ᄒᆞ여 가부를 참쇼ᄒᆞᆫ다 ᄒᆞ니 뉘게 가부를 참쇼ᄒᆞᆯ 졔 보와 게시뇨 이리 아니타 조시의 안즁 가ᄉᆡ를 업시 ᄒᆞ랴 ᄒᆞᆯ지라 슈히 친졍의 도라보닐지라 사ᄅᆞᆷ의 업ᄉᆞᆫ 허믈을 부연 증익ᄒᆞ미 군ᄌᆞ의 도리냐 조시 팔ᄌᆞ 아황이 나즉ᄒᆞ고 옥면이 화평ᄒᆞ여 일언을 아니ᄒᆞ고 샤인이 대로ᄒᆞ나 구부인 면젼이라 졍ᄉᆡᆨ ᄇᆡᆼ쇼ᄒᆞ고 니러ᄂᆞ며 왈 장뷔 블인ᄒᆞᆫ ᄋᆞ녀ᄌᆞ로 징

37면

단홀 빅 아니라 그디 ᄌ의를 깁히 미더 날을 압두 능경ᄒ미 이곳의 밋ᄎ나 이 쇼년뉘 또ᄒᆞᆫ 팔쳑 장부로 목하의 군유를 압두ᄒᆞᄂᆞᆫ 직조를 품고 졔셰안민지직를 가졋ᄂᆞ니 조시나 구시나 날을 졀졔홀 빅 아니라 어닉 녀직 닉 압히셔 발악ᄒ기를 방ᄌ히 ᄒ리오 셜파의 밧그로 나가니 구부인이 깁히 통앙ᄒ나 쇼공을 두려 거ᄎ로 괴거를 아니나 조시의 괴로오미 심ᄒ고 샤인이 증분ᄒ나 ᄌ의를 두려 오즉 졔가를 십분 공평이 ᄒ고 조쇼졔 집옥봉영지네 동동축축ᄒ여 반졈 투졍이 업고 셩

38면

효 쳥힝이 신기를 감동홀 거시로딕 텬의를 두로혀지 못ᄒ니 이 또ᄒᆞᆫ 냥익이 비샹ᄒᆞᆫ 연괴러라 화셜 조부의셔 한림 웅현이 진시로 은졍이 믹믹ᄒ여 금슬지락이 쇼원ᄒ니 일딕 미식을 구ᄒ여 ᄌ긔 뜻을 펴지 못ᄒ여 유유 블낙ᄒ고 몸이 영귀의 올나 문연 쳥망이 됴야를 기우리니 더옥 직취의 뜻이 급ᄒ더니 츄밀ᄉ 변간이 일녀를 두고 텬하 인직를 광구ᄒ다가 한림혹ᄉ 조웅현을 보고 과익ᄒ여 직취를 간졀이 구ᄒ니 초공이 구지 막아 왈 웅현이 본딕 미친 ᄋ히라 진시 곳튼

39면

슉녀로 ᄉ덕이 무흠ᄒ니 졔 복의 과ᄒ거ᄂᆞᆯ 닉 엇지 사룸의 아비 되여 져믄 ᄌ식을 번ᄉ를 도오며 란가홀 근심을 일우리오 유현은 호방ᄒ나 여신ᄒᆞᆫ 총명이 잇고 여텬홀 슬긔 잇셔 마춤닉 쳐쳡을 어ᄌ러지 아닌ᄂᆞᆫ 고로 엄금치 아냐 여러 쳐쳡을 모흐나 이 아히ᄂᆞᆫ 졔 형을 바라지 못홀지라 만일 블현ᄒᆞᆫ 녀ᄌ를 어들진딕 반ᄃ시 큰 화란을 비져 진시를 마ᄎ리니 결단ᄒ여 허치 못ᄒ리라 태부인이 듯고 권ᄒ여 왈 진시 당금의 셩녀오 웅ᄋᆞᄂᆞᆫ 셰샹의 영웅이라 엇지 일쳐로 늙을 재리오 노뫼 이졔

40면

구십이 너므믹 셰샹의 남은 날이 젹으니 져의 부뷔 빵빵이 슬하의 넙노라 종요로오믈 보고져 ᄒᄂᆞ니 쇼쇼 익경은 텬쉬니 피ᄒ므로 면홀 빅 아니라 너ᄂᆞᆫ 인효ᄒᆞᆫ지라 노모의 이 쳥을 아니 드르랴 초공이 조모의 년셰 졈졈 고심ᄒ여 ᄌ연이 쇠모ᄒ시니 그 명교를 드를 날이 져그믈 츄연 감오ᄒ여 피셕 빅샤 왈 대모의 하교 여ᄎᄒ시니 웅현

의 부뷔 비록 다쇼 익경이 이시나 쇼손이 엇지 거역ᄒᆞ리잇고 명ᄃᆡ로 ᄒᆞ리이다 드ᄃᆡ여 혼인을 쾌허ᄒᆞ여 변시를 취ᄒᆞ니 변시 용안이 졀세ᄒᆞ고 ᄌᆡ긔 과인ᄒᆞ나 유

41면

한ᄒᆞᆫ 덕셩이 업고 장부 뜻 맛초기를 요구ᄒᆞ여 ᄆᆡ달의 얼골 좃ᄂᆞᆫ 듯 비록 망측ᄒᆞᆫ 일이며 비례의 거죄라도 조ᄉᆡᆼ의 시긔ᄂᆞᆫ ᄇᆡ면 만구 응슌ᄒᆞ니 ᄉᆡᆼ이 변시의 요괴로오ᄆᆡ 혹ᄒᆞ여 진쇼져로 은졍이 ᄂᆡ도ᄒᆞ니 구고 슉ᄆᆡ 진시를 아니 잔잉이 너기 리 업ᄉᆞᄃᆡ 진시 뜻ᄌᆞ부미 ᄒᆞᆫ가ᄒᆞ고 ᄉᆞ덕이 쳥졍ᄒᆞ여 옥안의 화ᄒᆞᆫ 긔운을 ᄯᅴ엿고 ᄉᆞ긔 여화츈풍ᄒᆞ니 ᄂᆡ심은 무ᄉᆞ무려ᄒᆞᆫ 듯 외모ᄂᆞᆫ 츄텬ᄇᆡᆨ일이라 ᄒᆞᆫ갓 녀즁군ᄌᆞ오 진셰 물욕이 업셔 다만 온슌 비약기를 웃듬ᄒᆞ니 ᄇᆡᆨ옥이 ᄐᆡ 업고 어름이 ᄆᆞᆰ아 텬디하ᄒᆡ지냥

42면

으로 흡ᄉᆞᄒᆞ고 보기의 인약ᄒᆞᆫ 듯ᄒᆞ나 놉흐미 ᄒᆞᆫ 조각 구름이 업ᄉᆞᆫ 듯ᄒᆞ니 엇지 변시의 나즌 ᄒᆡᆼ실과 간특ᄒᆞᆫ 위인의야 감히 비기리오마ᄂᆞᆫ 익운이 ᄎᆞ악ᄒᆞ여 가군의 박ᄃᆡ와 간모 풍상이 ᄌᆞ못 희한ᄒᆞ니 이 ᄯᅩ 명애라 양윤 두 존괴 무익ᄒᆞ기를 친녀 ᄀᆞᆺ치 ᄒᆞ더라 ᄎᆞ시 양평쟝 부인 조시 양병부로 화합ᄒᆞᆫ 후 부뷔 회포를 요동ᄒᆞ미 업고 졍시를 ᄌᆡ취ᄒᆞ여 친쳑의 졍과 동녈의 의로ᄡᅥ 화동ᄒᆞ미 황영의 ᄌᆞ미를 ᄯᅡ오니 규문의 ᄆᆞᆰ으미 중슈의 비길지라 잉ᄐᆡ 십 삭의 일기 령ᄌᆞ를 ᄉᆡᆼᄒᆞ니

43면

산측의 이항이 코흘 거ᄉᆞ리고 경운이 실즁의 둘너시니 진실노 긔린이 교야의 놀고 봉황이 기산의 셩인의 어즐믈 알지라 ᄉᆡᆼ익 봉안뇽미오 호미쥬슌이라 일월 ᄀᆞᆺᄐᆞᆫ 광치 암실의 조요ᄒᆞ니 영형이 셕ᄃᆡᄒᆞᆫ 긔골이 셰샹 쇽인이 아니라 양혹ᄉᆡ 이를 보고 과망대락ᄒᆞ여 희긔 미우의 늠져 부인다려 왈 우리 부뷔 비샹ᄒᆞᆫ 악경을 지ᄂᆡ고 슬하의 참쳑을 보와 한이 심두의 ᄆᆡ쳣더니 이졔 이런 긔ᄌᆞ를 어드니 ᄎᆞᄂᆞᆫ 다 부인의 셩심 슉덕을 힘입으미라 ᄎᆞ익 안모복샹이 만히 악

44면

부를 품슈ᄒᆞ여시니 엇지 다힝치 아니리오 조시 유화히 샤례ᄒᆞ여 다만 온공비약ᄒᆞ니

병뷔 탄복ᄒᆞ여 산히 즁졍이 날노 더으고 양틱ᄉᆞ 부부와 두시의 힝열ᄒᆞ미 비길 ᄃᆡ 업ᄉᆞ니 조양 이 부인의 치하ᄒᆞᄂᆞᆫ 빗츨너라 시시의 텬해 승평ᄒᆞ고 빅료 안낙ᄒᆞ여 오리 병혁을 쓰지 아니ᄒᆞ더니 ᄉᆞ쳔후 유안길이 반ᄒᆞ여 디방을 ᄌᆞ로 침노ᄒᆞ고 유안길이 ᄉᆡ로 어든 왕후 녀장이 신묘 비계를 가져 ᄒᆞᆫ가지로 용병ᄒᆞ니 강용이 텬하의 읏듬이라 ᄉᆞ쳔 인심이 황황ᄒᆞ여 비뵈 날이ᄂᆞᆫ 눈과 돗ᄂᆞᆫ

45면

별 ᄀᆞᆺᄐᆞ여 변경의 니ᄅᆞ니 됴뎡이 황황ᄒᆞ더니 또 운남왕 목진의 반ᄒᆞ여 우셰 급ᄒᆞᆫ지라 텬안이 팔칙룡미를 펴지 못ᄒᆞ샤 이 일을 의논ᄒᆞ실ᄉᆡ 샹이 ᄀᆞᆯᄋᆞ샤ᄃᆡ 짐이 무직무덕으로 만긔를 춍찰ᄒᆞ미 능히 당우치를 밋지 못ᄒᆞ고 공이 문무의 먼지라 힘혀 졔경의 보됴홈과 조종의 도으시믈 입어 겨유 ᄉᆞ이를 진졍ᄒᆞ더니 이졔 하늘이 블인을 계칙ᄒᆞ샤 운남 ᄉᆞ쳔 냥도의 ᄉᆡᆼ민이 탕화의 이셔 국가 안민이 쟝ᄎᆞᆺ 이 ᄯᅢ의 ᄆᆡ엿ᄂᆞᆫ지라 짐이 이 쇼식을 드ᄅᆞᄆᆡ 능히 슉식이

46면

편치 못ᄒᆞ니 이를 쟝ᄎᆞᆺ 엇지ᄒᆞ리오 일위 대신이 츌반부복ᄒᆞ니 셩현의 도덕은 가ᄉᆞᆷ의 쟝ᄒᆞ고 텬디의 경긔ᄂᆞᆫ 이목의 나ᄐᆞᄂᆞ니 ᄉᆞ군 치졍의 리음양 슌ᄉᆞ시ᄒᆞ여 덕홰 빈빈ᄒᆞ고 례뫼 슉〃ᄒᆞ니 이ᄂᆞᆫ 황태부 좌승샹 초국공 조셩이라 얼골을 화히 ᄒᆞ고 주 인군의 덕이 오직 마ᄋᆞᆷ을 겸손이 ᄒᆞ고 만민을 ᄌᆞ식 ᄀᆞᆺ치 ᄒᆞ시ᄆᆡ 이시니 이졔 냥국 젹당이 강셩ᄒᆞ미 나라히 져근 근심이 아니라 신이 노하ᄒᆞᆫ 지덕으로 외람이 셩은을 입ᄉᆞ와 위거샹공ᄒᆞ고 쟉지국공ᄒᆞ여 쥬샹을 돕

47면

ᄉᆞ오ᄆᆡ 오뎨의 덕을 일우지 못ᄒᆞ고 태평의 샹셔를 보옵지 못ᄒᆞ여 남녁의 병혁이 니러ᄂᆞ니 일ᄌᆞᄂᆞᆫ 셩덕이 류힝치 못ᄒᆞ시미요 이ᄌᆞᄂᆞᆫ 신등의 죄라 원 폐하ᄂᆞᆫ 감션쳘악ᄒᆞ시고 욕심과 ᄉᆞ치를 먼리ᄒᆞ샤 만물의 치셩키를 구ᄒᆞ샤 우락을 만민 젹ᄌᆞ로 ᄒᆞᆫ가지로 ᄒᆞ시면 반ᄃᆞ시 화졍의 ᄉᆞᆺ츌 날이 머지 아닌지라 엇지 일노ᄡᅧ 셩우를 슴으시리잇가 가히 문무 가ᄒᆞᆫ 쟈를 ᄌᆞ모바다 남셔의 도젹을 막으실 거시니 왕홰 먼니 흐ᄅᆞ지 못ᄒᆞ와 반심이 니러ᄂᆞ시니 ᄆᆡᆼ지 왈

48면

솔토지빈이 막비왕신이라 반ᄒᆞ는 쟈는 ᄒᆞ나히오 ᄋᆡᄆᆡᄒᆞᆫ ᄉᆡᆼ령이 참난을 입으니 신이 실노 이로 ᄎᆞᆷ지 못ᄒᆞ옵ᄂᆞ니 ᄒᆞᆫ갓 무용이 졀인ᄒᆞᆯ ᄲᅮᆫ 아니라 인덕이 겸비ᄒᆞᆫ 쟈로 냥쳐를 진뎡케 ᄒᆞ쇼셔 샹이 개용 샤왈 샹부의 말이 금옥지론이라 짐이 신쳥치 아니리오 아지 못게라 뉘 능히 짐을 위ᄒᆞ여 운남과 ᄉᆞ쳔을 평뎡ᄒᆞᆯ고 믄득 반부 즁 일위 즁신이 츄진탑하ᄒᆞ여 부복ᄒᆞ니 ᄇᆡᆨ일 면모는 찬연이 일만 화신이 무ᄅᆞ녹고 봉안을 징징이 발월ᄒᆞ여 광치 젼샹 젼

49면

하의 찬란ᄒᆞ니 금포 봉익의 빗는 옥ᄃᆡ는 일희 허리를 둘어시니 ᄂᆡᄇᆡᆨ의 허랑ᄒᆞᆷ믈 우ᄉᆞ며 두목지의 호일ᄒᆞᆷ믈 나모ᄅᆞ니 경졔 대냑은 복즁의 너헛고 젹심튱렬은 셰한의 청숑을 다톨지라 탑하의 ᄂᆞ아와 쇼ᄅᆡ를 다ᄃᆞᆷ아 쥬왈 이졔 미친 도젹이 챵궐ᄒᆞᄆᆡ 옥톄 룡샹의 슉식이 블안ᄒᆞ시니 인신 분의의 맛당이 슈화를 도라보지 못ᄒᆞ와 몸이 한마의 슈고를 피치 못ᄒᆞᆯ지라 신이 무지 박덕이나 셩쥬의 지우ᄒᆞ신 대은을 입ᄉᆞ와 간뇌도지ᄒᆞ나 다 갑습지

50면

못ᄒᆞ올지라 원컨ᄃᆡ 일지병을 비러 운남을 평뎡ᄒᆞ고 역젹의 머리를 버혀 셩샹의 근심을 덜고 신의 직분을 다ᄒᆞ여지이다 샹이 쇼ᄅᆡ로 조ᄎᆞ 룡안을 드러 보시니 ᄎᆞ는 니부총지 겸 태ᄉᆞ령 릉후 조유현이라 셩심이 대열ᄒᆞ샤 팔치농미의 희긔 요동ᄒᆞ시니 옥음이 화평ᄒᆞ샤 흔연 칭샤 왈 갓 샹부의 어즌 말을 듯고 이어 경의 쾌ᄒᆞᆫ 말을 드ᄅᆞ니 진실노 튱언이라 짐이 깃브고 쾌ᄒᆞ미 극ᄒᆞᆫ지라 ᄉᆞ쳔의 급ᄒᆞ믄 뉘 ᄯᅩ 구ᄒᆞᆯ고 동녁 반항으로 조ᄎᆞ 냥위 영쥰이 금포옥

51면

ᄃᆡ로 츌반 부복ᄒᆞ니 용화는 ᄇᆡᆨ옥을 다ᄃᆞᆷ고 풍치는 일쳔 양뉴 의의ᄒᆞ니 쥬냥을 우ᄉᆞ며 뉵숀을 나모라는 풍치라 경윤지ᄌᆡ를 가져 치셰지신이오 난셰의 닙졀지ᄉᆡ라 봉안룡미오 호비쥬슌이 찬란 미려ᄒᆞ고 톄위 언건ᄒᆞ고 일인은 츄텬의 셰류 ᄀᆞᆺ고 ᄒᆞᄂᆞ흔 츈풍 화챵의 뉴화 ᄀᆞᆺ트여 늠늠ᄒᆞᆫ 풍치 만됴의 소ᄉᆞᄂᆞ니 이의 탑하의 부복 쥬왈 신등

이 죄죄 쇼활ᄒᆞ오나 군부의 대은을 입ᄉᆞ와 벼슬이 ᄌᆡ렬의 잇고 식녹이 쳔종이 너무니 이 ᄣᅢ을 당ᄒᆞ여 젹은 도젹을 쳐 셩은을

52면

만분지일이나 갑ᄉᆞ올지라 원컨ᄃᆡ 냥 지병을 비러 ᄒᆞᄂᆞ흔 슈로로 ᄂᆞ아가고 ᄒᆞᄂᆞ흔 뉵로로 ᄂᆞ아가 치셩ᄒᆞᆫ ᄡᅡ홈의 파축을 진뎡ᄒᆞ고 도젹을 ᄆᆡ여 우리 쥬샹의 침좌 근심을 덜니이다 문무 졔신과 샹이 일시의 보시ᄆᆡ 병부샹셔 태혹ᄉᆞ 동평쟝ᄉᆞ 참지경ᄉᆞ 양닌광과 례부샹셔 홍문관 태혹ᄉᆞ 조운현이라 룡안이 희열ᄒᆞ샤 도라 조승샹과 우승샹 쇼텬다려 무러 샤왈 이조와 양닌광이 나라흘 위ᄒᆞ여 이 ᄀᆞᆺ튼 츙셩이 이시니 오히려 국됴의 남은 날이 젹지 아니ᄒᆞ도다 삼 인의 ᄌᆡ덕

53면

이 가히 밋친 도젹을 근심치 아니ᄒᆞ리니 샹부와 쇼승샹의 ᄯᅳᆺ이 엇더ᄒᆞ뇨 초공이 부복 왈 지신은 막여쥬오 지ᄌᆞᄂᆞᆫ 막여뷔라 셩샹의 알오시미 붉으실진ᄃᆡ 가히 알욀 말솜이 업거니와 운남은 ᄶᅡ히 멀고 국강병강ᄒᆞ니 유현이 당키 어려올가 념녀로오나 오히려 셩쟝지년이오 인신 분의의 맛당이 어려오믈 도라볼 ᄇᆡ 아니라 졔 쇼원을 조ᄎᆞ실 거시오 양닌광 운현은 약간 무예와 지용이 이시니 둘이 슈뉵으로 난화 가면 ᄉᆞ쳔을 도라볼 근심이 업ᄉᆞ리니 맛당이 병마를 조련ᄒᆞ여

54면

츌ᄉᆞ케 ᄒᆞ쇼셔 우승샹 쇼공이 칭하 왈 셩샹 홍복과 종샤의 유경으로 츙신 인ᄌᆡ 이ᄀᆞᆺ치 셩ᄒᆞ니 ᄒᆞᆫᄀᆞᆺ 우러러 국복을 칭하ᄒᆞᆯ ᄲᅮᆫ이로쇼이다 ᄒᆞ믈며 조유현의 문무젼ᄌᆡ와 신긔모략은 임의 됴야ᄉᆞ셔의 다 ᄒᆞᆫ 가지로 아ᄂᆞᆫ 배오 양닌광 조운현이 ᄯᅩᄒᆞᆫ 인ᄌᆡ 영걸노 숀오를 압두ᄒᆞᄂᆞᆫ ᄌᆡ죄 이시니 ᄎᆞ 삼쟈ᄂᆞᆫ 하늘이 폐하를 위ᄒᆞ여 ᄂᆡ신 영웅이라 엇지 한고의 삼걸을 블워ᄒᆞ리잇가 만되 닷토와 하례ᄒᆞ오니 초공이 심히 블안ᄒᆞ여 ᄒᆞ더라 이의 의논이 구일ᄒᆞᄆᆡ 평릉후 조유현으로 평남

55면

ᄃᆡ원슈 졔로 도총병 금인을 ᄎᆡ오시고 평릉ᄇᆡᆨ 운현으로 평셔 쟝군인을 ᄎᆡ오시고 양닌

광을 ᄉᆞ천 원슈인을 쥬샤 각각 이 만 졍병을 거ᄂᆞ려 슈로로 나아가게 ᄒᆞ시며 평남 원슈는 오만 졍예군을 ᄲᅡ 오십여 원명쟝을 ᄌᆞ원 바다 명일노 츌ᄉᆞᄒᆞ니 군졍이 긴급ᄒᆞ고 ᄉᆞ긔 총총ᄒᆞᆫ지라 진왕이 병마를 거두워 ᄌᆞ질을 맛기고 ᄒᆞᆫ가지로 퇴됴ᄒᆞ여 훤당의 하직을 고홀ᄉᆡ 태부인이 이ᄯᅢ 나히 구십이 너멋는지라 긔력이 젼쳐로 만히 감ᄒᆞ고 조공이 깁히 슬허 칠십 노인이 편모

56면

의 좌측을 일시도 ᄯᅥᄂᆞ지 아니니 진왕 초공이 쳑연 감오ᄒᆞ여 ᄉᆞ군 치졍 후는 부모와 조모를 뫼셔 반의의 열친과 황향의 션침을 효측ᄒᆞ여 셩효를 닥그며 그 ᄒᆞᆫ번 놀ᄂᆞ시믈 우한으로 아는지라 금일 냥ᄌᆞ의 츌ᄉᆞᄒᆞ믈 바로 알외면 반ᄃᆞ시 크게 놀ᄂᆞ실지라 진초 이공이 셔로 의논ᄒᆞ고 ᄌᆞ질을 가ᄅᆞ쳐 여ᄎᆞ여ᄎᆞ ᄒᆞ라 ᄒᆞ니 능후 능빅이 드러와 뵈옵고 이의 태부인긔 고왈 쇼ᄌᆞ 등이 시방 구쥐 안찰노 명일 츌ᄉᆞᄒᆞ오니 태평지시의 무ᄉᆞᄒᆞ온 길이오나 훤당을 여러 날 니측ᄒᆞ오미 블회 깁

57면

도쇼이다 태부인이 대경 뉴톄 왈 너의 엇지 나의 ᄉᆡᆼ젼의 집을 ᄯᅥᄂᆞᄂᆞᆫ다 쟝ᄎᆞᆺ 다시 보기를 바라리오 냥인이 이셩화긔로 쥬왈 몸이 나라히 ᄆᆡ인 후는 감히 ᄉᆞ졍을 발뵈지 못ᄒᆞ옵ᄂᆞ니 쇼ᄌᆞ 등이 직죄 업ᄉᆞ오나 국ᄉᆞ를 션치ᄒᆞ고 도라와 훤당의 배현ᄒᆞ오리니 대모는 과녀치 마ᄅᆞ쇼셔 노공과 위부인은 그 거동이 반ᄃᆞ시 졍벌ᄒᆞᄂᆞᆫ 길인 줄 아되 태부인을 위로ᄒᆞ며 냥손의 직조를 깁히 미더 큰 근심이 업ᄉᆞ나 원별을 슬허ᄒᆞ더라 태부인이 과도히 넘녀ᄒᆞ니 초공 진왕이 웃고 쥬왈

58면

두 아ᄒᆡ 나가오나 허다 졔ᄋᆡ 가득ᄒᆞ오니 대모는 과려치 마ᄅᆞ쇼셔 태ᄉᆞ 긔현이 함쇼ᄒᆞ고 희위 왈 냥뎨 비록 나가오나 허다 졔ᄋᆡ 가득ᄒᆞ옵고 쇼손이 잇고 각각 져의 ᄌᆞ식이 이셔 젹막지 아니ᄒᆞ온지라 셩쟝지시의 무슴 념네 이시리잇고 이ᄯᅢ 릉후의 여러 아ᄃᆞᆯ이 층층ᄒᆞ고 명윤이 여러 형뎨와 명현 슈현 희현이 다 아ᄃᆞᆯ이 이시ᄃᆡ 능빅이 남시와 지합ᄒᆞ여 겨유 일ᄌᆞ를 나ᄒᆞ시나 명윤의 ᄉᆞᄉᆡᆼ 거쳐를 아지 못ᄒᆞ니 반ᄃᆞ시 아조 쥭으미 젹실ᄒᆞ고 그 무든 곳도 아지 못ᄒᆞ믈 주야 지통이 미쳣

59면

는지라 이ᄯᅢ 여러 쇼ᄋᆞ의 념놀믈 보고 능빅이 츄연 블락ᄒᆞ니 능휘 졍식 왈 네 이 ᄯᅢ를 당ᄒᆞ여 존젼의 열친을 극진이 ᄉᆞᆷ갈 ᄇᆡ라 무ᄉᆞᆷ 연고로 긔ᄉᆡᆨ이 블호ᄒᆞ여 이 거동을 ᄒᆞᄂᆞ뇨 태식 슉시 왈 알괘라 네 명윤을 ᄉᆡᆼ각ᄒᆞ민가 시브거니와 조시 지식이 쳔단ᄒᆞ고 냥익이 태심ᄒᆞ여 이 디경의 니ᄅᆞ러시니 뉘웃치나 밋지 못ᄒᆞᆯ지라 엇지 존젼의 화긔를 일ᄂᆞ뇨 능빅이 샤죄 왈 형쟝 말ᄉᆞᆷ이 맛당ᄒᆞ시니 쇼뎨 블통ᄒᆞ믈 ᄭᆡ돗과이다 금일 졔아의 가득ᄒᆞ믈 보니 부ᄌᆞ지졍은 인쇼난

60면

할이라 엇지 ᄉᆡᆼ각이 업ᄉᆞ리잇가 화파 등이 쇼왈 칼 들고 다ᄅᆞ들 젹은 부ᄌᆞ의 졍도 보지 못ᄒᆞ고 부부의 의도 업더니 요ᄉᆞ이ᄂᆞᆫ 덕용ᄒᆞ엿도다 능빅이 쇼왈 조모 ᄀᆞᆺᄐᆞᆫ 니을 만ᄂᆞ미 블힝이라 쥭인 재 업거든 엇지 ᄆᆡ양 ᄉᆞ름의 흔단을 ᄒᆞ시ᄂᆞ뇨 셕ᄉᆞ를 ᄉᆡᆼ각ᄒᆞᄆᆡ ᄌᆞ연 어즈러 쥭은 ᄌᆞ식을 ᄉᆡᆼ각ᄒᆞ미 고이ᄒᆞ리잇가 일쇄 웃고 진초 이공이 ᄉᆡ로이 참샹ᄒᆞ더라 날이 져믈ᄆᆡ 능후 능빅이 부슉을 뫼셔 빅화헌의셔 밤을 지닐ᄉᆡ 진왕 초공이 능후 능빅을 도라보와 왈 너희 이졔 만

61면

리 젼진의 ᄂᆞ가ᄆᆡ 규리홍안의 근심이 깁흘지라 각각 니별이 의의ᄒᆞ고 유치의 교연ᄒᆞ믈 위로ᄒᆞ라 냥인이 유유히 믈너가지 아니ᄒᆞᆫᄃᆡ 초공이 본ᄃᆡ 텬륜의 ᄌᆞ별ᄒᆞᆫ ᄌᆞ익 잇는지라 우슈로 능후의 손을 ᄌᆞᆸ고 좌슈로 능빅의 손을 잡아 우어 왈 너희 나희 쳑동쇼ᄋᆡ 아니오 ᄂᆡ 위인 부슉ᄒᆞ여 이 거동이 쥬졉드니 부ᄌᆞ 슉질의 별한이 의의ᄒᆞ니 다리고 ᄌᆞ고 시브나 엇지ᄒᆞ리오마는 녀ᄌᆡ 가부를 하ᄂᆞᆯ ᄀᆞᆺ치 알지라 날이 ᄉᆡ면 부뷔 니별ᄒᆞᆯ 틈이 업ᄉᆞ리니 ᄉᆞ실의 믈너가 위

62면

로ᄒᆞ라 냥휘 배샤 왈 금야의 냥 대인과 좌측을 뫼시미 원이오 ᄉᆞ침의 가 ᄉᆞ졍을 펴라 ᄒᆞ시무 ᄒᆡ아 등의 나히 삼오 이팔이 아니오 훤당을 원니ᄒᆞ오믈 당ᄒᆞ오니 하졍의 회푀 유유ᄒᆞ오니 ᄉᆞ실의 가라 ᄒᆞ시는 하교를 봉승치 못ᄒᆞ믈 황공ᄒᆞ여 ᄒᆞᄂᆞ이다 능빅은 남부인을 ᄉᆞ렴ᄒᆞ미 젹지 아니ᄃᆡ 능후와 ᄒᆞᆫ가지로 샤양ᄒᆞ고 부슉을 뫼셔 밤을 잘ᄉᆡ

냥공이 ᄌᆞ질의게 연ᄋᆡᄒᆞᄂᆞᆫ 졍이 근근쳬쳬ᄒᆞ여 잠든 후 공이 후ᄇᆡᆨ을 어ᄅᆞ만져 ᄋᆡ즁ᄒᆞ미 강보 유ᄋᆞ 젹과 ᄀᆞᆺ치 ᄒᆞ며 초공이 함쇼 왈 쇼

63면

뎨ᄂᆞᆫ 본ᄃᆡ ᄌᆞ식 ᄉᆞ랑이 쥬졉들거니와 형쟝의 엄슉ᄒᆞ시므로도 금야ᄂᆞᆫ ᄌᆞᄋᆡ 과도ᄒᆞ시믈 면치 못ᄒᆞ시니 부ᄌᆞ유친이 막대ᄒᆞ도쇼이다 왕이 답쇼 왈 ᄉᆡ호도 ᄌᆞ식을 ᄉᆞ랑ᄒᆞ니 우형의 인졍이 만니의 가ᄂᆞᆫ ᄌᆞ식을 년년ᄒᆞ미 고이ᄒᆞ리오 이럿ᄐᆞᆺ ᄒᆞ다가도 ᄠᅳᆺ의 블합ᄒᆞ면 즁히 쳐 인졍을 두지 못ᄒᆞ노라 ᄒᆞ고 셔로 졍회를 니ᄅᆞ며 비록 냥ᄌᆞ의 ᄌᆡ조를 미드나 젼진의 닛브믈 ᄉᆡᆼ각ᄒᆞ여 ᄋᆡ련ᄒᆞ고 니별을 결연ᄒᆞ여 능히 ᄌᆞ지 못ᄒᆞ니 부ᄌᆞ 텬륜이 이러ᄐᆞᆺ ᄒᆞ더라 명됴의 능후 형뎨

64면

니러나 관셰ᄒᆞ고 존당의 하직ᄒᆞ고 ᄡᅥ날ᄉᆡ 태부인이 집슈 경계 왈 너의 ᄌᆡ덕이 용녈치 아니믄 밋거니와 ᄂᆡ 마음이 훌연ᄒᆞ믈 이긔지 못ᄒᆞᄂᆞ니 각각 몸을 조심ᄒᆞ여 치민치졍ᄒᆞ여 일즉이 도라와 북당의 념녀를 덜게 ᄒᆞ라 냥휘 ᄌᆡ배 슈명ᄒᆞ고 그 ᄉᆞ이 셩톄 안강ᄒᆞ시믈 츅ᄒᆞ고 믈너나 존당과 여러 부인과 졔 슉ᄆᆡ로 각각 ᄒᆞ직ᄒᆞ여 믈너날ᄉᆡ 위부인이 탄왈 무졍ᄒᆞᆫ 냥ᄋᆞᄂᆞᆫ 엇지 실즁의 가 부인으로 작별치 아니ᄂᆞ뇨 냥휘 존명을 듯고 미〃히 우음을 ᄯᅴ엿거ᄂᆞᆯ 졍양 이부인이 니ᄅᆞᄃᆡ 존

65면

명이 맛당ᄒᆞ시니 너희 엇지 거역ᄒᆞ리오 냥휘 슈명ᄒᆞ니 슉뫼 부인이 쇼왈 졔 마음은 그ᄋᆞᆨ이 가 보고져 ᄒᆞᄂᆞᆫᄃᆡ 모친과 졔형이 져의 ᄠᅳᆺ을 맛쳐 괴로이 권ᄒᆞ시ᄂᆞ니잇가 능휘 쇼이 대왈 쇼질은 실노 그러치 못ᄒᆞ여 바야흐로 실인을 ᄉᆡᆼ각ᄂᆞᆫ 마음이 어ᄌᆞ럽더니 ᄌᆞ괴 폐부를 비최시니 이졔 가 니별의 결연ᄒᆞ믈 펴려 ᄒᆞᄂᆞ이다 즁파 졔인이 모ᄃᆞ 대쇼ᄒᆞ고 졔 슉뫼 쇼왈 운현이야 실졍으로 말을 ᄒᆞ니 가히 직ᄒᆞ도다 능후 형뎨 다 각각 부젼의 ᄇᆡ샤ᄒᆞᄆᆡ 모친 슬하의 다다ᄅᆞᄂᆞᆫ 셩

66면

안의 믈결이 요동ᄒᆞ여 ᄒᆡᆼ혀 존당이 보실가 옥면을 도로혀 믈너ᄂᆞ니 이ᄠᅢ 능ᄇᆡᆨ의게ᄂᆞᆫ

남셜방 삼 부인이 각각 삼 ᄌᆞ와 민시는 일 녀 이시니 다 어리고 능후는 ᄌᆞ녀가 여러 히라 이의 훤당의 졀ᄒᆞ고 밧그로 ᄂᆞ가미 옷기슬 년ᄒᆞ여 옥남긔 구슬 ᄭᅩᆺ치 ᄉᆡᆨ지를 년흠 ᄀᆞᆺᄐᆞ니 보기의 아름답고 귀ᄒᆞᆫ지라 명현은 나히 구 셰니 쟝부의 픔치와 군ᄌᆞ의 힝실이 이셔 덕긔 셩인ᄒᆞ고 례뫼 졍슉ᄒᆞ니 완연이 쥬국공 아시 젹 모양이라 존당 부뫼 ᄉᆞ랑이 과즁ᄒᆞ여 만금 보옥의 비길 배 아니라 이날 야애 젼진의

67면

츌ᄉᆞᄒᆞ미 동동쵹쵹ᄒᆞᆫ 셩효의 만단념녜 즁심의 가ᄃᆞᆨᄒᆞ나 존젼의셔 우ᄉᆡᆨ을 감초고 화긔 텬연ᄒᆞ니 후빅이 각각 침쇼의 니ᄅᆞ러 쳥ᄒᆞ여 니조강경 등을 보니 오부인이 모다 렬좌ᄒᆞ니 졔 부인의 션연ᄒᆞᆫ 태도와 염광이 침실의 바이ᄂᆞᆫ지라 각각 ᄌᆞ녀를 압히 안쳐 별한니경의 시름ᄒᆞᄂᆞᆫ 긔ᄉᆡᆨ이 이시나 오직 화평ᄒᆞᆫ 쟈ᄂᆞᆫ 졍니 부인이오 말ᄉᆞᆷ이 단일ᄒᆞ고 쳥졍ᄒᆞᆫ 쟈ᄂᆞᆫ 니시며 화긔 온화ᄒᆞ믄 경시라 능휘 졔 부인의 긔ᄉᆡᆨ을 보고 위로 왈 ᄉᆡᆼ이 이졔 국명을 밧ᄌᆞ와 운남 만

68면

리의 흉젹을 ᄃᆡ젹ᄒᆞ니 몸이 닛부며 위틱ᄒᆞ믈 닐오도 말고 학발훤당의 샹회ᄒᆞ심과 존당 친안을 하직ᄒᆞ오미 인ᄌᆞ지심이 챵결ᄒᆞ여 타ᄉᆞ의 념녀 업ᄉᆞ나 ᄯᅩᄒᆞᆫ 부인 등의 념녀와 유치의 질긔 이시나 나가ᄂᆞᆫ 마음이 방심치 못ᄒᆞᆯ지라 부인 등은 존당과 ᄌᆞ위를 뫼셔 셩효를 극진 조심ᄒᆞ고 유치를 보호ᄒᆞ여 ᄉᆡᆼ의 도라오믈 기ᄃᆞ리고 과려치 마ᄅᆞ쇼셔 졍니경 삼 부인이 말을 밋쳐 답지 못ᄒᆞ여셔 조강 이 부인이 눈믈이 가ᄃᆞᆨᄒᆞ여 왈 녀ᄌᆞ의 바라ᄂᆞᆫ ᄇᆡᄂᆞᆫ 오즉 쇼텬이라 이졔 군

69면

휘 만리 풍샹의 강젹을 ᄃᆡ젹ᄒᆞ니 몸이 닛브며 위태ᄒᆞ믄 닐오도 말고 학발훤초의 샹회ᄒᆞ심과 존당 조부모 친젼을 ᄯᅥ나시미 심ᄉᆡ 비창ᄒᆞ여 타ᄉᆞ의 념녀 업ᄉᆞ나 ᄯᅩᄒᆞᆫ 쳡 등의 심즁이 ᄉᆞᆺ쳐지ᄂᆞᆫ지라 마음이 강혈이 아니니 심녀를 쓰지 아니리잇가 바라건ᄃᆡ 균후ᄂᆞᆫ 쳔금 귀톄를 보즁ᄒᆞ시믈 바라ᄂᆞ이다 능휘 냥 부인의 경조ᄒᆞ믈 보고 심즁의 쾌치 아니나 희연이 우셔 왈 오슈무ᄌᆡ나 규리의 근심을 ᄭᅵ치지 아니리니 마음을 굿게 ᄒᆞ고 유ᄋᆞ를 보호ᄒᆞ라 졍부인이 염용

70면

샤왈 장뷔 군은을 입ᄉᆞ오믹 몸을 닛고 집을 도라보지 아니ᄂᆞ니 명공이 존당의 츈취 고심ᄒᆞ시고 빵친이 념녀를 과히 ᄒᆞ실지라 ᄒᆞ믈며 여러 아히 질양은 쳡 등이 블민ᄒᆞ오나 가ᄉᆞ로써 군후긔 이우치 아니리니 부ᄌᆞᄂᆞᆫ 믈녀ᄒᆞ샤 귀톄를 신즁ᄒᆞ쇼셔 니시 정금슈용 대왈 군후의 신긔위무ᄂᆞᆫ 하늘이 유의ᄒᆞ신 빅라 젹은 도적을 근심ᄒᆞ실 빅 아니오 몸 우히 인슈를 ᄎᆞ시고 부녀를 딕ᄒᆞ여 니별을 니ᄅᆞ시미 가쟝 인약ᄒᆞ고 다ᄉᆞᄒᆞ시니 쳡이 비록 녀ᄌᆞ의 쇼견이나 그윽이 춰치 아닛ᄂᆞ이

71면

다 원 명공은 만ᄉᆞ의 거리끼지 마ᄅᆞ시고 귀톄를 보즁ᄒᆞ샤 단궐의 됴회ᄒᆞ시고 훤당의 졀ᄒᆞ시면 쳡 등이 쏘ᄒᆞᆫ 유치를 다리고 우음을 먹음어 마ᄌᆞ리이다 경부인이 염용 정금 왈 쳡은 드ᄅᆞ니 쟝쉬 군명을 밧ᄌᆞ오믹 집을 잇고 림진ᄒᆞ여 북쇼릭를 드ᄅᆞ면 그 몸을 잇ᄂᆞᆫ다 ᄒᆞ고 하우ᄂᆞᆫ 일즉 아히 우름 쇼릭 고고ᄒᆞ믈 드ᄅᆞ시딕 과문 블입ᄒᆞ시니 졔공총ᄒᆞᆫ 군무의 평안이 집의 잇ᄂᆞᆫ 쳐ᄌᆞ를 대ᄒᆞ여 셜셜이 리별을 니ᄅᆞ실 배 아니라 맛당

72면

이 국가 대ᄉᆞ로써 즁ᄒᆞ믈 숨으실지니이다 휘 삼부인의 겸금미옥 ᄀᆞᆺᄐᆞᆫ 의논을 드ᄅᆞ믹 질실노 삼위 슉완이오 일대 텰뷔라 능휘 탄지 칭복ᄒᆞ여 우음을 먹음고 기리 팔을 드러 쟉별 왈 삼부인의 명교를 드ᄅᆞ니 싱의 집의 가히 어진 안히 잇ᄂᆞᆫ지라 닉 엇지 가ᄉᆞ를 과려ᄒᆞ리오 오직 존당 시봉을 게을니 마ᄅᆞ쇼셔 군뮈 공총ᄒᆞ니 일노 조ᄎᆞ 쟉별ᄒᆞᄂᆞ이다 오 부인이 긔이배송홀ᄉᆡ 명쳔이 문 밧가지 ᄂᆞ오믹 능휘 경계 왈 네 모든 아희 즁 큰지라 모ᄅᆞ미 아오를 거ᄂᆞ려 공부를 챡실이

73면

ᄒᆞ고 슈힝을 젼일히 ᄒᆞ여 먼니 가ᄂᆞᆫ 아비로 ᄒᆞ여금 근심이 네게 밋게 말나 명쳔이 직비 슈명ᄒᆞ믹 빵안의 쥬뉘 어릭니 능휘 여러 아들이 이시나 면텬이 쇼즁ᄒᆞᆫ지라 집슈위로 왈 닉 아히 효힝이 타류의 지ᄂᆞᆫ지라 금일 만리의 써ᄂᆞᄂᆞᆫ 아비를 화ᄒᆞᆫ 얼골노 니별ᄒᆞ여도 닉 심회 평안치 못ᄒᆞ려든 함누 쳑비ᄒᆞ여 여부지심을 어ᄌᆞ러이ᄂᆞᆫ다 존부를

뫼셔 범ᄉᆞ 교훈으로 조심ᄒᆞ여 밧드오며 어린 아ᄋᆞ를 거ᄂᆞ려 나의 잇실 적과 ᄀᆞᆺ치 ᄒᆞ라 ᄂᆡ 비록 용우ᄒᆞ나 여등의 근심을 ᄭᅵ치지 아니ᄒᆞ리라

74면

명천이 개용화긔ᄒᆞ여 슈명ᄒᆞ고 빅샤ᄒᆞ여 나죵이 귀톄 보즁ᄒᆞ시믈 청ᄒᆞ며 기여 졔아는 부친 ᄯᅥᄂᆞ믈 셥셥ᄒᆞ여 눈믈이 비오ᄃᆞᆺᄒᆞᄂᆞᆫ지라 휘 군죵 졔아를 도라보와 탄왈 마옴이 비록 구드나 진실노 아히를 ᄯᅥᄂᆞ기 어렵도다 태ᄉᆡ 우어 왈 ᄋᆞ모 ᄃᆡ를 움ᄌᆞᆨ여도 다 남ᄌᆡ 도로혀 쥬쳐 어ᄌᆞ럽도다 너희 아히를 쥬졉드리 ᄉᆞ랑ᄒᆞ미 져러ᄒᆞ니라 능휘 함쇼 왈 쇼데 평ᄉᆡᆼ의 ᄌᆞ식을 안고 유희ᄒᆞ기를 아냣ᄂᆞ니 형장의 졔아 ᄉᆞ랑ᄒᆞ시므로 도로혀 쇼데를 니ᄅᆞ시ᄂᆞ니잇가 ᄒᆞ고 형뎨 셔로 웃더

75면

라 어시의 능빅이 남부인으로 니별이 의의ᄒᆞ고 남시긔 향ᄒᆞᆫ 졍이 여산약히ᄒᆞ니 셜민냥 부인 이시믈 ᄭᆡᄃᆞᆺ지 못ᄒᆞᄂᆞᆫ지라 남시 인ᄉᆞ의 윤회홈과 쟝부의 무심ᄒᆞ믈 츄연ᄒᆞ여 탄왈 군ᄌᆡ 잔도검각의 여러 쳔리를 발셥ᄒᆞ샤 흉젹을 ᄃᆡ젹ᄒᆞ시니 존당 구괴 념녜 무궁ᄒᆞ시고 쳡 등의 근심이 간졀ᄒᆞᆫ지라 쳡을 ᄎᆞᄌᆞ 셜셜이 리별ᄒᆞ시미 다ᄉᆞᄒᆞ오이다 임의 ᄒᆞᆫ 곳을 무ᄅᆞ시니 방셜민 삼부인이 졍ᄉᆡ ᄒᆞᆫ가지라 홀노 무ᄅᆞ시믈 감당ᄒᆞ리오 능빅이 탄식 왈 방셜민 삼부인을 가

76면

보고져 아니리오마는 힝ᄉᆡ이 긴급ᄒᆞ니 여러 사룸을 엇지 다 ᄎᆞᄌᆞ단이며 하직ᄒᆞ리오 남시 이의 시녀로 능빅의 젼어로 삼 부인을 쳥ᄒᆞ니 삼 부인이 각각 유아를 압히 셰오고 나아오미 슈쳑ᄒᆞᆫ ᄋᆡ용이 셜이홰 향긔를 토ᄒᆞ고 츈원의 ᄭᅩᆺ봉아리 이슬을 져져시니 빵으로 나아와 좌의 들미 능빅이 조흔 말노 위로 왈 ᄉᆡᆼ이 이졔 파촉 대쟝이 되여 금일노 츌ᄉᆞᄒᆞ니 훤당을 ᄯᅥᄂᆞ오며 형뎨를 니별ᄒᆞ미 규각의 ᄉᆞ졍을 니ᄅᆞ지 못ᄒᆞ니 부인ᄂᆡᄂᆞᆫ 날을 념녀 말고 셩효를 힘ᄡᅳ며 유ᄋᆞ

77면

를 보호ᄒᆞ여 나의 도라오믈 기ᄃᆞ릴지어다 삼 부인이 탄왈 군ᄌᆡ 만리 젼진의 나아가

시미 우흐로 존당 구괴 셩녀와 아릭로 쳡 등의 심스를 드러 아르실 빅 아니라 원컨딕 쳔금지구를 조심흐샤 만군 상이 가온딕 위태흐믈 범치 마르쇼셔 남시는 화언으로 대왈 군직 국명을 밧즈와 대쟝의 인슈졀월을 밧즈오미 칙임이 막딕흐신지라 군즈는 뜻을 광풍뎨월 곳치 흐샤 번국의 나아가시미 쥬샹의 치화를 빗닉시고 몸의 신졀을 다홀지라 엇지 부녀를 딕흐여 니회를 니르시미 맛당흐

78면

리오 쳡 등이 오즉 군즈의 덕홰 챵흐여 텬하의 예셩이 동힝흐리니 그런 말숨 듯기를 바르느이다 능빅이 칭샤 왈 형우의 닉조는 강후의 지지 아닌지라 싱이 비록 용녈흐나 감동치 아니리오 유으를 거느리고 훤당을 뫼셔 보즁흐쇼셔 셜파의 이즈 일녀를 나호여 년연무익흐다가 쟉별흐고 나와 공후와 흔가지로 금궐의 나아가 텬안의 배샤 하직흐온딕 샹이 평남 대원슈 금인과 옥모금졀을 쥬샤 위의를 더흐시고 샹방검을 쥬샤 왈 부원슈 이하를 령을 범흐거든 션참

79면

후계흐라 짐의 쇼탁쟈는 국지즁임이라 원 경은 일즉 셩쳡흐여 도라오면 짐이 남교의 잔치를 배셜흐여 마즈리라 휘 계슈 빅샤 왈 셩은이 여츠흐시니 분골쇄신흐여도 다 갑습지 못홀지라 신이 직죄 업스오나 쥬샹 홍복을 입스와 도젹의 머리를 버혀 텬하 역심을 징계흐고 쥬샹 렴녀를 덜니이다 샹이 향온을 가득이 부어 스오 빅를 먹인 후 다시 평촉 원슈 유현 대쟝인과 뉵노 원슈 운현을 각각 대쟝인슈와 졀월을 쥬스 왈 스쳔이 잔도의 험흠과 검각의 막히

80면

미라 파젹키 어렵고 젹쟝이 견벽흐리니 냥경은 일딕 영걸이라 냥평의 지혜를 겸흐여 셔텬 창싱을 건져 짐의 근심을 덜게 흐라 원쉬 돈슈샤은 왈 신슈무직나 셩은을 간폐의 삭이리이다 샹이 대열흐샤 졔신을 딕흐여 왈 짐의 삼걸이 향흔 바의 비린 틔글을 쁠어 바리이니 짐이 념녀치 아닛노라 졔신이 만셰를 블너 국가 홍복을 일캇더라 삼원쉬 탑젼의 배샤 하직흐고 궐문을 나미 진초 이공이 또 즈질을 거느려 퇴됴흐미 냥휘 부숙긔 고왈 이곳의셔 하직

81면

를 고ᄒᆞ옵ᄂᆞ니 빅부와 대인은 일즉이 부즁으로 향ᄒᆞ시믈 바라ᄂᆞ이다 냥공 왈 너의 몬져 나아가 ᄒᆞᆫ곳의 가 모ᄃᆞ 잇시라 내 가 보리라 삼인이 각각 막ᄎᆞ의 들ᄆᆡ 진초 이공와 양태식 니ᄅᆞ러 부ᄌᆞ슉질의 니별의 졍니 의의ᄒᆞ나 보즁ᄒᆞ여 셩쳡ᄒᆞ믈 당부ᄒᆞ니 냥휘 배샤 슈명ᄒᆞ고 그 ᄉᆞ이 귀톄 안강ᄒᆞ시믈 츅ᄒᆞ고 이의 길흘 써놀식 병긔를 움즉이ᄂᆞᆫ 곳의 호통삼ᄎᆞ의 대군이 물미듯 냥군이 각각 호호 탕탕이 남셔로 향ᄒᆞ니 냥군의 긔샹이 동탕 긔려ᄒᆞ고 위의 엄슉ᄒᆞ고 삼군이 졍졔ᄒᆞ

82면

고 개갑이 션명ᄒᆞ니 룡이 풍운을 엇고 범이 날개를 도침 ᄀᆞᆺ더라 뎡긔ᄂᆞᆫ 빅일의 년ᄒᆞ니 진쵸 이공이 희긔 미우의 유동ᄒᆞ니 양태식 희희이 빅슈를 어ᄅᆞ만져 왈 노뷔 황샹지우를 입ᄉᆞ와 죽을 몸이 ᄉᆞ라시니 슉야의 마음이 긍긍업업ᄒᆞ여 경괴ᄒᆞ더니 이졔 닌ᄋᆡ 힝혀 나의 붓그러오믈 씨셔 나라 은혜를 만분지일이나 갑습고져 ᄒᆞ여 령ᄋᆞ와 ᄀᆞᆺ치 만리 젼진의 나아가니 노뷔 금일 쥭으나 한이 업ᄉᆞ리로다 졔인이 치하ᄒᆞ고 허다 문무 쳔관이 말머리를 니으며 슈레를 도라 남셔 두 문 밧긔 나

83면

와 젼별ᄒᆞ니 벽졔 츄종이 빅 리의 니엇고 조부의셔 졔싱이 ᄒᆞᆫ가지로 문외의 나와 보닐식 진초 이공이 본부의 도라와 노공긔 뵈옵고 냥아의 힝군 거동을 고ᄒᆞ니 노공이 깃거 슈히 립공 반샤ᄒᆞ믈 바ᄅᆞ더라 태식 잇ᄯᅥ 졔아로 작별ᄒᆞ고 본부로 도ᄅᆞ와 훤당의 뵈오니 초공이 탄왈 오문이 쇠잔치 아냐 ᄌᆞ질의 쳥현이 년면ᄒᆞ고 유운 냥ᄋᆡ ᄆᆡ양 변진의 즁망을 쳔쟈ᄒᆞ며 우리 형뎨 위거왕공ᄒᆞ여 ᄆᆡ식 분의의 너믄지라 물셩이쇠ᄂᆞᆫ 고기변야오 월영즉휴ᄂᆞᆫ 텬디지리애

84면

라 그런고로 망치 아닌 나라히 업고 픽치 아닌 집이 업ᄉᆞ니 우리 ᄆᆡ양 조흐믈 바라리오 졔아의 영츙을 보면 마음이 송연ᄒᆞᆫ지라 아등이 벼슬을 바리고 한가ᄒᆞᆫ 쳔민이 되여 화를 졔방코져 ᄒᆞᄃᆡ 셩은을 입ᄉᆞ와 연곡지하를 써ᄂᆞ지 못ᄒᆞ고 ᄌᆞ질의 과쟝을 폐코져 ᄒᆞᄃᆡ 뜻ᄃᆡ로 못ᄒᆞ여 금일의 니ᄅᆞ니 진실노 깃브믈 아지 못ᄒᆞ리오쇼이다 왕이

쇼왕 현뎨의 겸퇴ᄒᆞᄂᆞᆫ 뜻과 근심ᄒᆞ미 우형의 밋지 못ᄒᆞᆯ ᄇᆡ라 다만 비법을 숨가고 츙신효뎨로 ᄌᆞ식을 가ᄅᆞ쳐 만ᄉᆡ 되여 가

85면

믈 볼지라 너ᄂᆞᆫ 공근ᄒᆞ기로 미리 근심ᄒᆞ믈 블쾌ᄒᆞ노라 초공이 미쇼 부답이러라 ᄎᆞ셜 양태ᄉᆡ 부즁의셔 ᄋᆞᄌᆞ를 만리 젼진의 리별ᄒᆞ고 부모 쳐ᄌᆞ의 근심이 ᄌᆞ못 깁흐니 조졍 이 부인이 동동촉촉ᄒᆞᆫ 셩효와 신손의 긔특ᄒᆞ미 진셰 긔린이라 일노 ᄌᆞ미를 삼으시니 조졍 이 부인이 심려 깁흐나 쳥등야우의 홍안ᄌᆞ한의 시름이 가득ᄒᆞᆯ지언뎡 구고를 뫼시며 유아를 보호ᄒᆞ여 양일이 다ᄉᆞᄒᆞ여 담쇠 낭낭 ᄌᆞ약ᄒᆞ니 빵으로 조군쥬를 뫼셔 효셩을 지효로 ᄒᆞ니

86면

구괴 지극 ᄉᆞ랑ᄒᆞ고 친쳑이 칭예치 아니 리 업더라 ᄌᆡ셜 곽시 양가의 츌뷔 되고 곽부의 죄녀 되여 일 간 심당의 가치연 지 슈 년이로ᄃᆡ 곽후의 노긔 엄녈ᄒᆞ여 궁그로 음식을 쥬고 텬일을 보지 못ᄒᆞ니 곽시 뉘으ᄎᆞ믄 업고 슬우며 분ᄒᆞ여 심복지녀 년향으로 더브러 쥬야 울고 ᄭᅬ를 의논ᄒᆞ여 운환을 써온 거술 쥬려 ᄂᆞ리와 규녀의 모양을 ᄒᆞ고 야반의 노쥐 월쟝 도쥬ᄒᆞ여 졔 오촌 슉모 곽부인이 시랑 니현의 부인이오 일즉 남녀 간 골육이 업ᄂᆞᆫ지라 니시랑이 기

87면

셰ᄒᆞ고 과모집이 젹요ᄒᆞ여 너른 쳥ᄉᆞ의 비복으로 메우고 신혼월야와 화됴츈풍의 슬픈 심ᄉᆞ를 이긔지 못ᄒᆞ더니 곽시와 년향이 니부로 오니 니부인이 시녀배로 박혁ᄒᆞ여 마음을 붓치ᄂᆞᆫ지라 야심 삼경이 되도록 오히려 ᄌᆞ지 아냐더니 년향이 문 밧긔 니ᄅᆞ러 사ᄅᆞᆷ을 부ᄅᆞ니 부인이 문외의셔 사ᄅᆞᆷ이 부ᄅᆞᄂᆞᆫ 쇼ᄅᆡ를 듯고 무ᄅᆞ라 ᄒᆞᄆᆡ 곽시 노쥐 블분시비ᄒᆞ고 다ᄅᆞ드러 눈믈을 흘니니 부인이 반ᄃᆞ시 묘ᄆᆡᆨ이 이시믈 알고 다리고 방즁의 드러가 손을 잡고 타루 왈 박명우슉이 쇼텬을 영결ᄒᆞ고 지통

88면

이 각골ᄒᆞ니 여러 졀이 뒤이져 일명을 부지ᄒᆞ나 ᄒᆞᆫ낫 골육을 두지 못ᄒᆞ며 가온ᄃᆡ로

형뎨 업ᄉᆞ니 삼종이 쓧쳐지고 종샤를 니을 재 업ᄂᆞᆫ지라 이를 ᄉᆡᆼ각ᄒᆞᄆᆡ 흉장이 최절ᄒᆞ니 밧비 쥭어 잇고져 ᄒᆞᄃᆡ 명완블ᄉᆞᄒᆞ니 박명잔쳔이 그림ᄌᆡ 고단ᄒᆞ고 형용이 비고ᄒᆞ여 눈먼 양녀나 어더 침좌의 위로코져 ᄒᆞ더니 박명지인을 ᄌᆞ식 쥬 리 업ᄉᆞ므로 오직 심ᄉᆞ를 샹히올 ᄲᅮᆫ이러니 금야ᄂᆞᆫ 무ᄉᆞᆷ 연고로 현질이 니ᄅᆞ럿ᄂᆞ뇨 경혹ᄒᆞᆫ 바ᄂᆞᆫ 부인ᄂᆡ가 야반의 위의 업시 니ᄅᆞ러시며 어른이 아ᄒᆡ 되여시

89면

니 무ᄉᆞᆷ 경계뇨 곽시 가ᄉᆞᆷ을 두다리고 눈믈을 ᄲᅳ리며 젼후 슈말을 다 고ᄒᆞᆯᄉᆡ 됴시 구고긔 참쇼ᄒᆞ여 ᄋᆡᄆᆡ히 영츌ᄒᆞ니 곽휘 고지드러 심당의 가도와시니 원억고 셜워 궁진ᄒᆞᆫ 졍회를 고ᄒᆞ고 슉모를 뫼셔 의지코져 니ᄅᆞ러시니 번거히 누셜치 마ᄅᆞ시고 평ᄉᆡᆼ을 졔도ᄒᆞ쇼셔 니부인이 ᄎᆞ언을 듯고 일변 깃브며 가련ᄒᆞ여 부졀 업ᄉᆞᆫ 눈믈을 허비ᄒᆞ고 일노 조ᄎᆞ 결의모녀ᄒᆞ여 다리고 니부인이 형샹 업ᄉᆞᆫ 모양으로 귀히 너기고 일일마다 언쳥계용ᄒᆞᄂᆞᆫ지라 가즁 비복다려 곽시 이곳의 와

90면

아직 이시믈 방외인다려 누셜치 말나 당부ᄒᆞ고 쳐녀의 복식으로 쟝속을 쥬옥으로 얽으며 금슈로 ᄡᅡᆷ여 홍분을 난만이 발나 몸을 치례ᄒᆞ니 곽시 바야흐로 쳥츈이오 ᄌᆞᄉᆡᆨ이 졀셰ᄒᆞᆫ지라 니부인이 크게 깃거 모녀가 셔로 의논ᄒᆞ여 다시 풍뉴영걸 가셔를 엇고져 ᄒᆞᄆᆡ 니시랑 셔뎨이 집 일을 쥬단ᄒᆞᄂᆞᆫ지라 부인이 곽시를 뵈여 왈 쳡이 신셕의 위로ᄒᆞᆯ 사ᄅᆞᆷ이 업ᄉᆞ므로 냥친이 구몰ᄒᆞᆫ 친쳑의 녀ᄋᆞ를 양녀ᄒᆞ엿더니 슉슉은 이 아ᄒᆡ 빅필을 극진이 갈희라 니통은 지극 녕

91면

니ᄒᆞ고 간릉ᄒᆞᆫ지라 ᄆᆡᄉᆞ를 부인 ᄠᅳᆺ을 조ᄎᆞᄂᆞᆫ 톄ᄒᆞ여 밧그로 니시 허다 ᄌᆡ산을 졔 용ᄉᆞ만 ᄒᆞᄂᆞᆫ지라 이의 부인 말을 듯고 흔연 슈명ᄒᆞ며 오직 요ᄉᆞ이 신랑이 미셰ᄒᆞᆫ 이ᄂᆞᆫ 긔특ᄒᆞᆫ ᄌᆡ죄 업고 닙신현달ᄒᆞ여 일홈 난 니ᄂᆞᆫ 츄쳐를 ᄒᆞ여시니 ᄌᆡ삼츄라도 혐의치 아니시면 쇼ᄉᆡᆼ이 진심ᄒᆞ리이다 부인이 탄왈 과모의 쳐량ᄒᆞᆫ 문졍의 외로온 ᄯᆞᆯ을 두고 ᄌᆡ츄를 혐의ᄒᆞ리오 통이 슈명ᄒᆞ고 ᄎᆞ후ᄂᆞᆫ 두로 명ᄉᆞᄌᆡ샹가의 왕ᄅᆡᄒᆞ여 혼쳐를 술필ᄉᆡ 조부 졔ᄉᆡᆼ들의 풍신과 쇼경슈 윤션희

92면

풍모를 보고 긔특히 너기나 청혼치 못ᄒᆞ더니 부인이 곽시를 다리고 그 형 뉴참졍 집의 니ᄅᆞ니 이 뉴가는 고문명족이오 참졍 ᄌᆞ질이 명ᄉᆞ 문인이 만흔지라 짐즛 양녀를 다리고 와 빗뵈여 틱셔코져 ᄒᆞᄃᆡ 뉴싱들니 다 취쳐ᄒᆞ여실 ᄲᅮᆫ 아니라 형매지의로 ᄃᆡ졉ᄒᆞ고 유의ᄒᆞᄂᆞᆫ 재 업ᄉᆞ니 부인과 곽시 착급ᄒᆞ더니 믄득 벽제 쇼ᄅᆡ 나며 일위 ᄌᆡ샹이 오니 참졍 부ᄌᆡ 나가 ᄃᆡ긱ᄒᆞᄂᆞᆫ지라 곽시 가마이 외당을 여어보니 일위 명시 오ᄉᆞ ᄌᆞ포의 금ᄃᆡ를 두ᄅᆞ고 편편이 거러오니 용광이 쇄락ᄒᆞ여

93면

남뎐의 ᄇᆡᆨ옥이오 냥안 명광은 발월ᄒᆞ여 츄슈의 ᄉᆞ양이 빗겨시니 가히 공문의 혹ᄒᆞ여 ᄆᆡᆼᄌᆞ의 도를 쥬ᄒᆞᄂᆞᆫ 개셰 군ᄌᆞ요 쳔고 풍뉴랑이라 신쟝이 팔 쳑이오 쳬뫼 슉연ᄒᆞ며 긔되 언건ᄒᆞ니 벼슬이 ᄂᆞᄌᆞ나 뉴공 부ᄌᆡ 개용치경ᄒᆞ여 나히 쇼년이나 도혹 션싱인 쥴 가히 알지라 곽시 대경ᄒᆞ여 숨을 길게 쉬고 ᄉᆡᆼ각ᄒᆞᄃᆡ ᄂᆡ 양싱을 쳐음 보고 셰샹의 업ᄂᆞᆫ가 ᄒᆞ엿더니 금일 ᄎᆞ인을 보니 양싱의 더 고은 쥴 단엄ᄒᆞᆫ 양닌광이 ᄇᆞ랄 배 아니라 ᄎᆞ인은 엇던 사ᄅᆞᆷ인고 인ᄌᆡ 영걸을 다시 셤

94면

기면 양가 츌화를 한홀 배 아니로다 니러툿 ᄉᆡᆼ각ᄒᆞᄆᆡ 심ᄉᆡ 초젼ᄒᆞ더라 이윽고 뉴참졍 부ᄌᆡ 손을 보ᄂᆡ고 드러오니 니부인이 역시 여어보고 뉴싱 등 다려 무ᄅᆞ니 뉴싱이 웃고 ᄃᆡ왈 이ᄂᆞᆫ 금방 장원 즁셔샤인 쇼경쉬니이다 부인 탄왈 긔남ᄌᆡ로다 아지 못게라 취쳐ᄒᆞ엿다 ᄒᆞ더뇨 뉴싱이 ᄃᆡ왈 드ᄅᆞ니 원비ᄂᆞᆫ 참졍 구공의 녀오 ᄎᆞ비ᄂᆞᆫ 초국공 조승샹의 녜니 오복이 가ᄌᆞᆫ 재라 니부인과 곽시 깁히 ᄯᅳᆺ을 품어 구혼ᄒᆞ려 유의ᄒᆞ고 도라와 곽시 눈믈을 흘니고 쇼회를 고ᄒᆞ여 경슈 곳

95면

아니면 진경코 사지 못ᄒᆞ게노라 ᄒᆞᄂᆞᆫ지라 니부인이 쥬ᄉᆞ야탁ᄒᆞᄆᆡ 황샹 총희 양구비ᄂᆞᆫ 니부인으로 아시브터 문경지교라 궐 즁의 드러가나 셔신이 빈빈ᄒᆞ니 이의 쇼경슈의 삼실을 양녀로 청혼ᄒᆞ믈 청ᄒᆞ니 언ᄉᆡ 비졀ᄒᆞ고 쇼회 간졀ᄒᆞᆫ지라 양구비 블샹이 너겨 황샹긔 쥬왈 금방 장원 즁셔샤인 쇼경쉬 문장 ᄌᆡ홰 엇더ᄒᆞ니잇고 샹이 쇼왈 일

딕 현명 군죠오 쳔고 영걸이라 짐이 심히 ᄉᆞ랑ᄒᆞ난 츙신이어니와 경이 엇지 못ᄂᆞᄂᆈ 귀비 웃고 하례 왈 대송의 인직 이ᄀᆞᆺ치 셩

ᄒᆞ니 실노 쥬샹의 복경이로쇼이다 신이 하례ᄒᆞ옵고 뭇ᄌᆞᆸ기ᄂᆞᆫ 다른 연괴 아니라 신이 시랑 니현의 쳐와 아시의 격닌ᄒᆞ여 면목을 익이 보옵고 관포의 삼결을 의방ᄒᆞ와 궁금의 든 후도 셔로 년신을 ᄭᅳᆫ치 아냐ᄉᆞᆸ더니 블ᄒᆡᆼᄒᆞ여 니현이 죽고 남녀 간 골육이 업셔 쥬야 셜워ᄒᆞ더니 요ᄉᆞ이 부모 업ᄉᆞᆫ 친쳑의 아ᄒᆡ를 양녀ᄒᆞ여 년긔 도요의 밋쳣더니 기녀가 금방 장원 쇼경슈를 셤기고져 ᄒᆞᆯ ᄲᅮᆫ이오 져의 구혼ᄒᆞ여 드를 니 업ᄉᆞ오니 신의게 쳥ᄒᆞ여 호싱지덕으로 ᄉᆞ혼 은지를 나

리와 함원ᄒᆞᆫ 녀지 업게 ᄒᆞ시믈 바라ᄂᆞ이다 샹이 쇼왈 경의 다ᄉᆞᄒᆞ미 여ᄎᆞᄒᆞ도다 짐이 만민의 부모 되여 무후ᄒᆞᆫ 녀ᄌᆞ를 거두어 혼취ᄒᆞ미 올흐니 경슈로 삼취를 샤혼ᄒᆞ리라 귀비 칭하ᄒᆞ더라 화셜 동히 일본국의셔 조공이 드니 두 ᄲᅡᆼ 야명쥬라 광치 졔국의 비최ᄂᆞᆫ지라 샹이 진신 명ᄉᆞ 슈십 인을 모화 명쥬시를 지이시니 쇼경슈 윤션희와 조싱 등의 문장 지혜 초월ᄒᆞᆫ지라 샹이 문방지물노 샤송ᄒᆞ시고 쇼경슈ᄂᆞᆫ 웃듬샹으로 젼 시랑 니현의 녀로 삼취를 샤혼ᄒᆞ미

문치를 표ᄒᆞ노라 ᄒᆞ시니 쇼샤인이 놀나 밧비 쥬왈 신이 본딕 풍뉴 미몰ᄒᆞ고 위인이 쇼졸ᄒᆞ여 일쳐도 잘 거ᄂᆞ리지 못ᄒᆞ옵거ᄂᆞᆯ 두 안히 임의 잇ᄂᆞᆫ지라 샤혼 은지를 감당치 못ᄒᆞ옵ᄂᆞ니 복망 셩샹은 은지를 환슈ᄒᆞ쇼셔 신이 금츈의 룡방의 어향을 ᄲᅩ이고 냥쳐를 취ᄒᆞ여시니 이졔 ᄉᆞ혼를 슌슈ᄒᆞ오면 이ᄂᆞᆫ 신의 뜻이 아니라 신의 민박ᄒᆞᄆᆞᆯ 셰 번 슬피쇼셔 샹이 졍식 왈 짐이 경을 싱각ᄒᆞ여 니녀의 아름다오믈 알고 특별이 ᄉᆞ혼ᄒᆞ미 조흔 뜻이라 고어의 왈 인군이 쥬ᄂᆞᆫ 거슨 견

매라도 귀히 너긴다 ᄒᆞ니 ᄉᆞ양ᄒᆞ미 국은을 경시ᄒᆞ미라 경은 식녹 명ᄉᆞ로 금일 거죄

가장 실톄ᄒᆞ미로다 일즉이 셩친ᄒᆞ여 짐의를 위월치 말나 ᄒᆞ시고 즉시 파됴ᄒᆞ시니 졔신이 퇴ᄒᆞ여 궐문 밧긔 ᄂᆞ오ᄆᆡ 쇼샤인이 미우의 근심이 ᄆᆡ쳣더니 도찰원 졍휘 쇼왈 금일 현위 눈셥의 근심이 매쳐시니 가히 의아홀 일이로다 슉녀ᄂᆞᆫ 셩인을 도으니 오ᄆᆡ 구지ᄒᆞ시니 엇지 져러틋 우환을 삼ᄂᆞ뇨 한림 조웅현이 쇼왈 우리를 뵈노라 짐줏 고식을 ᄒᆞ나 즁심은 환희ᄒᆞᄂᆞ니 졍형이 그릇 아ᄂᆞᆫ

100면

도다 쇼샤인이 기리 탄왈 나히 어리고 셩은이 ᄆᆡᄉᆞ의 너무시니 심즁의 황황ᄒᆞᆫ지라 슉녀도 긧부지 아니코 미식도 비쇼원이라 너희 ᄂᆡ 뜻을 모ᄅᆞ리라 졔인이 일대 명뉴라 셔로 희학이 ᄌᆞ약ᄒᆞᄃᆡ 쇼샤인은 단순이 함믁ᄒᆞ고 냥미 슈집ᄒᆞ여 집의 도라와 냥대인긔 뵈옵고 이 쇼유를 고ᄒᆞ니 평진휘 대경 왈 텬은이 너 ᄀᆞᆺ튼 쇼아의게 과도ᄒᆞ시니 엇지 여러 번 고ᄉᆞᄒᆞ리오 능후 왈 조식부의 어즐미 이시면 오아의 가되 맛츰ᄂᆡ 어ᄌᆞ럽지 아니리니 냥형은 과려치 마ᄅᆞ쇼셔 진휘 탄왈 슈연이나

101면

셩인도 텬슈ᄂᆞᆫ 도로혀지 못ᄒᆞᄂᆞ니 조시 위인이 화를 맛ᄂᆞ나 맛츰ᄂᆡ 가도를 흥복ᄒᆞ려니와 만ᄂᆞᆫ 바 ᄋᆡᆨ화ᄂᆞᆫ 면키 어려오니 셔ᄇᆡᆨ이 유리의 곤ᄒᆞ시고 공밍이 반싱을 쳘환ᄒᆞ샤 허노ᄒᆞ시니 ᄂᆡ 비록 샹법이 ᄇᆞᆰ지 못ᄒᆞ나 조시의 완젼ᄒᆞᆫ 샹뫼 필경은 근심이 업ᄉᆞ나 너모 슈발ᄒᆞ고 긔이ᄒᆞ여 반ᄃᆞ시 ᄋᆡᆨ경이 비샹홀가 ᄒᆞᄂᆞ니 신인의 모ᄃᆞ미 조시의 ᄋᆡᆨ회라 ᄋᆞ아ᄂᆞᆫ 등한이 듯지 말나 능휘 답왈 형쟝 쇼견은 쇼뎨 바랄 ᄇᆡ 아니라 여ᄎᆞ 원녀ᄂᆞᆫ 업더니이다 승샹이 쇼왈 조시 ᄇᆞᆰ으미 일월의 졍긔

102면

를 아샤시니 텬뎡이 달 ᄀᆞᆺ고 미간이 훤츨ᄒᆞ며 슈려ᄒᆞᆫ 봉미 눈 밧글 지ᄂᆞ고 냥안의 졍치 증청ᄒᆞ여 뉴다ᄅᆞ미 만흐니 ᄉᆞ오나온 ᄋᆡᆨ이 엇지 업ᄉᆞ리오 ᄒᆞ더라 일야ᄂᆞᆫ 샤인이 조부인을 ᄃᆡᄒᆞ여 구시의 챵궐남활ᄒᆞ믈 닐너 개탄ᄒᆞ믈 마지 아니니 조쇼졔 졍금 ᄃᆡ왈 원 군ᄌᆞᄂᆞᆫ 부녀의 쇼쇼 과실을 관셔ᄒᆞ샤 샹경샹화ᄒᆞ고 부챵부슈ᄒᆞᄂᆞᆫ 도리를 극진이 ᄒᆞ실지니 엇지 ᄒᆞᄂᆞᆯ흘 대ᄒᆞ여 ᄒᆞᄂᆞ히 ᄉᆞ오ᄂᆞ오믈 니ᄅᆞ시니잇고 그 부인을 보시고 그 과실이 잇거든 닐너 곳치게 ᄒᆞ시미 올흐니 쳡은 평싱 사름

103면

의 허믈 듯기를 원치 아니ᄒᆞᄂᆞ이다 고어의 왈 가옹이 눈이 어둡고 귀 먹은 듯 아니면 가히 가옹의 쇼임을 못ᄒᆞᆫ다 ᄒᆞ니 군ᄌᆞᄂᆞᆫ 청컨ᄃᆡ 침묵ᄒᆞ샤 슈신졔가를 맛갓케 ᄒᆞ시면 악쳐 간쳡이라도 감화 ᄌᆞ복지 아니 리 업ᄉᆞ리이다 ᄉᆡᆼ이 감동 탄왈 산이 놉흐매 옥이 ᄂᆞ고 바다히 깁흐ᄆᆡ 진쥐 난다 ᄒᆞ니 악쟝의 지공무ᄉᆞ히 일우신 덕셩 조화와 악모의 슉ᄌᆞ 인풍이 흘너 조ᄉᆡᆼ 들의 츌범ᄒᆞ미 잇고 부인의 명슉ᄒᆞᆫ 덕셩과 단믁지되 젼혀 악부를 품슈ᄒᆞ여시니 나의 놉흔 스승이라 밧긔 ᄂᆞᄆᆡ 악부로 ᄉᆞ부로 셤기고

104면

규ᄂᆡ의 들ᄆᆡ 부인으로 스승을 ᄒᆞᆫ 즉 ᄉᆞ뉴의 ᄒᆡᆼ실을 일치 아닐가 ᄒᆞᄂᆞ이다 부인은 총명이 타류의 지ᄂᆞᆫ지라 맛춤ᄂᆡ ᄌᆞ위를 근심ᄒᆞ여 밧드오며 동긔를 화목ᄒᆞ여 ᄉᆡᆼ으로 인뉴의 즐거온 사ᄅᆞᆷ이 되게 ᄒᆞ라 조쇼졔의 녕명ᄒᆞᆫ 긔질이 엇지 가즁 형셰와 존고 쇼고 등의 긔식을 모ᄅᆞ리오 금일 샤인의 말ᄉᆞᆷ이 은은ᄒᆞ여 셩효우공을 당부ᄒᆞ미 아ᄅᆞ드롤 곳이라 다시 유유히 샤례ᄒᆞ여 명을 드롤 ᄯᆞᄅᆞᆷ이오 ᄌᆞ긔 신샹 긔화를 념녀치 아니코 쇼ᄉᆡᆼ의 인효를 샹히올가 츄연 블낙ᄒᆞ더라 ᄎᆞ시 구시

105면

가 조시 쇼부의 드러온 후로븟터 보면 안즁 가시로 업시흘 계교를 ᄒᆞ고 구부인긔 와 의논ᄒᆞ더니 ᄉᆡᆼ각 밧 ᄉᆞ혼이 ᄂᆞ려 ᄯᅩ 신인이 드러오게 되니 쥬야 울고 몸이 침셕의 더졋ᄂᆞᆫ지라 구부인이 민망ᄒᆞ여 좌우로 치우고 왈 녀ᄌᆡ 젹인을 깃거ᄒᆞ 리 업ᄉᆞ려니와 이 혼인은 텬명이니 탄ᄒᆞ여 무익ᄒᆞ고 ᄒᆞ믈며 조시 안일졍졍ᄒᆞ여 외모ᄂᆞᆫ 여화츈풍이오 ᄂᆡᄌᆞᄂᆞᆫ 빙쳥 옥결이라 대ᄒᆞ면 흉금이 샹활ᄒᆞ고 ᄉᆞ랑ᄒᆞ오미 졀노 니러나 셩현 품질이 ᄌᆞ연 탄복ᄒᆞ이니 ᄒᆞ믈며 남ᄌᆞ 금슬지락이야 더ᄒᆞ

106면

리니 네 조시의게 쳔블급ᄒᆞ고 위인의 경쳔ᄒᆞ미 만블급ᄒᆞ니 나의 ᄯᅳᆺ이 여ᄎᆞᄒᆞ니 타인 지심이야 일너 알니오 ᄉᆞ식이 타연ᄒᆞ여 예셩이 조현부의게 온젼치 아니케 ᄒᆞ미 가ᄒᆞ거ᄂᆞᆯ 종일 톄읍 두문블츌ᄒᆞ니 조시의 유한졍졍ᄒᆞᆫ 바의 비긴 즉 유셕 ᄀᆞᆺ지 아니리오 ᄂᆡ 비록 너를 지극 ᄉᆞ랑ᄒᆞ나 일마다 은익ᄒᆞ기 어려오니 참고 견ᄃᆡ여 방인의 투뷔라

지목ᄒᆞ믈 춰치 말나 ᄂᆡ ᄌᆞ연 계교로 너의 젼졍을 길ᄒᆞ게 ᄒᆞ리니 너는 조시로 화동ᄒᆞ고 신인의 드러오믈 보와도 화평이 ᄒᆞ면 가뷔 감동ᄒᆞ고 예

107면

셩이 조시 신샹의 온젼치 못ᄒᆞ게 ᄒᆞ미 득계니라 구시 언파의 타루 왈 존고의 교훈ᄒᆞ시미 쳡을 위로ᄒᆞ시미로ᄃᆡ 쳡은 능히 강잉치 못ᄒᆞᄂᆞᆫ지라 조녀 ᄒᆞᄂᆞ토 안즁 가시로 아는ᄃᆡ 쏘 신인이 드러오니 박졍 가부의 ᄯᅳᆺ은 날노 변ᄒᆞ고 쳡의 십ᄉᆞ 쳥츈의 단쟝 박명은 뎨 일좌의 나아갈지라 슈연이나 존고의 렴녀ᄒᆞ시미 이러틋ᄒᆞ시니 마음을 강잉ᄒᆞ여 방인의 시비를 춰티 아니리이다 ᄒᆞ더라 광음이 신쇽ᄒᆞ여 길일이 다ᄃᆞᄅᆞ니 즁당의 연셕을 개쟝ᄒᆞ고 쇼공 형뎨와 녀황 등이 좌의 ᄂᆞ니 조태ᄉᆞ 부

108면

인 쇼시 이십지년을 너믄 지 오ᄅᆡ고 옥동 화녜 빵빵ᄒᆞᄃᆡ 화안월광이 모비 쥬시 밧긔 ᄃᆡ두ᄒᆞ 리 업슨지라 평휘 쇼왈 나의 녀ᄋᆞ도 당금 태ᄉᆡ라 츌가 십 년의 ᄉᆞ덕 쳥힝이 구가의 들네고 화녀 옥동이 층층ᄒᆞ니 엇지 긔특지 아니리오 쇼부인이 웃고 쥬왈 쇼녜 엇지 야애 말슴을 승당ᄒᆞ리잇고 쇼녀를 이리 니ᄅᆞ시ᄂᆞ 구가의 간 즉 셩녀 슉완이 가득ᄒᆞ여시니 쇼녀 ᄀᆞᆺᄐᆞ 니는 하나둘이 아니오니 여어보지 못ᄒᆞ리러이다 다만 쇼고 조시 이곳의 완 지 일 년이 못ᄒᆞ여셔 쏘 신인을 어드니 녀ᄌᆞ 졍니 편ᄒᆞ리잇

109면

가 어린 아희 젹인을 보미 구시 조시 ᄀᆞᆺᄐᆞ 니 업ᄉᆞ리로쇼이다 승샹과 능휘 쇼왈 조시 텬명이라 아부는 사군ᄌᆡ니 일노뼈 심녀를 허비치 아니려니와 깃분 바는 업도다 좌우의 구조 냥인이 업는지라 냥공이 ᄌᆡ촉ᄒᆞ여 부ᄅᆞ니 슈유의 조시와 구시 단쟝을 즘간 일우고 ᄒᆞᆫ가지로 나아오니 구시 ᄋᆡ용이 츈풍의 도리홰 휘든는 듯 금분의 월계 쳥엽의 빗겨는 듯 힝되 경홍 ᄀᆞᆺᄐᆞ니 일대 미ᄉᆡᆨ이오 가인 ᄌᆡ녀로ᄃᆡ 조시와 갈와 힝ᄒᆞ미 조시는 명월이 찬란ᄒᆞᆫᄃᆡ 셩긘 별이 쇠잔ᄒᆞ고 녹파 부용이 향긔를

110면

토ᄒᆞ는ᄃᆡ 두견이 니우러심 ᄀᆞᆺ튼지라 츄파 쌍안은 어진 덕을 쟝ᄒᆞ고 찬난ᄒᆞᆫ 문명은

강산 슈긔를 거두어시니 단장이 빗ᄂᆞ지 아닐ᄉᆞ록 아름다오니 셰요봉익의 삼 촌 금년을 ᄌᆞ약히 옴기ᄆᆡ 발 아ᄅᆡ 난향이 복욱ᄒᆞ니 당의 다ᄃᆞ라 신을 잠간 버술 ᄉᆞ이 빅태 쳔광이 만목의 바ᄋᆡᄂᆞᆫ지라 당의 올나 존당과 모든 ᄃᆡ례ᄒᆞ고 믈너나 존후를 뭇ᄌᆞ오니 옥셩이 낭낭ᄒᆞ여 기산의 봉음이오 쳐신이 셩현의 모양이라 좌즁의 모힌 친쳑과 구고 슉매 ᄂᆞᆺ비출 고치고 진강휘 아름다오믈 이긔지 못

111면

ᄒᆞ여 냥 쇼져를 명좌ᄒᆞ여 왈 녀ᄌᆞ의 투졍은 상ᄉᆡ라 ᄌᆞ고로 젹인을 깃거ᄒᆞᆯ 부인이 업거니와 금ᄉᆞᄂᆞᆫ 황명이니 한ᄒᆞᆯ 거시 업ᄂᆞᆫ지라 ᄒᆞᆫ가지로 화우ᄒᆞ여 관져의 명풍을 ᄯᆞ오고 돈아의 ᄂᆡ조를 아름다이 ᄒᆞ면 쥬아의 풍치를 다시 보리로다 구조 이인이 블감응 ᄃᆡᄒᆞ니 내외의 ᄒᆞᆫ 조각 ᄋᆡ쳬ᄒᆞ미 업ᄂᆞᆫ지라 보ᄂᆞ니 흠앙ᄒᆞ고 조태ᄉᆞ 부인이 집슈 탄왈 몸이 녀ᄌᆡ 된 후ᄂᆞᆫ 부인 ᄀᆞᆺ튼 사ᄅᆞᆷ도 괴로오며 슬프믈 바리지 못ᄒᆞᄂᆞᆫ지라 좌우의 젹인이 가득ᄒᆞ고 친측을 ᄡᅥ나 ᄉᆞ친지회를 겸ᄒᆞ

112면

엿ᄂᆞᆫ지라 엇지 가련치 아니리오 슉뫼 니ᄅᆞ시ᄃᆡ 그대를 보고 와 닐으라 ᄌᆡ삼 당부ᄒᆞ시더니 도라가 알외미 젹인 엇ᄂᆞᆫ 셜화ᄲᅮᆫ이라 쳡이 무슴 ᄂᆞᆺ치 이시리오 조시 태ᄉᆞ 부인의 말노 조ᄎᆞ 친측을 ᄉᆡᇰ각ᄒᆞᄆᆡ 팔ᄌᆞ쌍미의 ᄉᆞ친지회 슬픈 비출 동ᄒᆞ니 더옥 졀승ᄒᆞ더라 쥬부인이 참지 못ᄒᆞ여 옥슈를 어ᄅᆞ만져 왈 현뷔 ᄉᆞ친지회 잇거든 맛당이 귀령ᄒᆞ여 마음을 위로ᄒᆞ라 쇼졔 나즉이 ᄉᆞ례 왈 녀ᄌᆞ 유힝이 원부모형뎨라 쇼쳡이 홀노 명명ᄒᆞᆫ 례법을 어긔오리잇가 구부인이 쇼왈 현

113면

뷔 가고져 ᄯᅳᆺ을 뵈여시면 우리 막지 아니리라 소졔 졀ᄒᆞ여 셩덕을 ᄉᆞ례ᄒᆞᆯ ᄲᅮᆫ이라 이윽고 쇼샤인이 형으로 더브러 드러와 좌의 드니 구츄샹텬의 계슈 놉ᄒᆞ시니 태을션군이 옥경의 됴회ᄒᆞᄂᆞᆫ 둧 슉연ᄒᆞᆫ 션힝이 어린 나히 현ᄉᆞ부를 습ᄒᆞ여 군ᄌᆞ지풍이 가즉ᄒᆞ니 쇼후 형뎨 흔연이 웃고 왈 비록 깃브지 아닌 혼인이나 일ᄉᆡ이 셔령의 져믈게 말나 샤인이 즐겨 아냐 슈이 니지 아니니 구부인이 쇼왈 남ᄋᆞᄂᆞᆫ 일마다 영쾌라 가련ᄒᆞᆫ 구조 냥 현부ᄂᆞᆫ 어ᄂᆞ 나히라 젹인을 보ᄂᆞ뇨 너ᄂᆞᆫ 거

114면

ᄌᆞᆺ 괴로와 말고 신인 마ᄌᆞ 후ᄃᆡᄒᆞ고 고인의 옥 ᄀᆞᆺᄐᆞᆷ을 잇지 말나 샤인이 몸을 굽펴 ᄌᆞ괴 맛당ᄒᆞ시나 희ᄋᆡ 괴롭지 아니면 누를 위ᄒᆞ여 괴로온 거동을 ᄒᆞ리잇고 심ᄉᆡ 번거ᄒᆞ와 고인을 넘녀ᄒᆞᆯ 결을이 업ᄉᆞ오나 졔 각각 부덕을 숨가오면 박졀치 아니리이다 졔 좌인이 웃고 신랑이 길복을 입으려 ᄒᆞᄆᆡ 부인이 쇼왈 구시ᄂᆞᆫ ᄂᆡ 년일 시긴 일이 이시나 조시ᄂᆞᆫ 한가ᄒᆞ니 길복을 지엇ᄂᆞ냐 ᄒᆞ니 구부인이 시기지도 아니코 창졸의 ᄎᆞᄌᆞ면 조시의 단쳐를 즁즁의 드러내고져 ᄒᆞ여 구시를 쌰히고

115면

조시긔 칙츌ᄒᆞᄆᆡ 조시의 신긔ᄒᆞᆫ 혜아리미 사름의 의ᄉᆞ 밧기라 찻지 아닌 젼은 몬져 내여와 구시를 업누ᄅᆞ고 ᄉᆞᄉᆞ로 투긔 아니믈 ᄌᆞ랑ᄒᆞᄂᆞᆫ ᄃᆞᆺᄒᆞ므로 단믁ᄒᆞ더니 구부인 명이 이곳의 밋ᄎᆞ니 안셔히 ᄃᆡ왈 의복 음식이 원비의 다ᄉᆞ리ᄂᆞᆫ ᄇᆡ라 쳡이 ᄌᆞ젼키 가치 아닌 고로 ᄉᆞᄉᆞ로 일운 거시 업ᄉᆞ오나 한 벌 ᄉᆡ 관복이 쳡의 함즁의 이시니 일노뼈 쁠가 ᄒᆞᄂᆞ이다 ᄒᆞ고 유모로 관복을 가져오라 ᄒᆞ니 임의 위ᄒᆞ여 지은 톄를 아니ᄒᆞ나 십지셤슈의 션릉ᄒᆞᆫ 직질이 타인의 비길 배 아니라 즁인이 탄복

116면

ᄒᆞ고 구부인이 강잉ᄒᆞ여 그 침션을 칭찬ᄒᆞ고 강휘 두굿겨 왈 조시 오슬 지어시니 구시ᄂᆞᆫ 가히 오슬 입히라 잇ᄯᆡ 구시 조시의 ᄌᆞ약ᄒᆞᆫ 거동과 관복을 지어 대령ᄒᆞ여시믈 보고 만복 싀심이 면ᄉᆡᆨ여퇴러니 믄득 쇼후의 명이 오슬 셤기라 ᄒᆞ니 완연이 블평지ᄉᆡᆨ을 감초지 못ᄒᆞ여 응명치 못ᄒᆞ니 평휘 쇼ᄅᆡ를 졍히 ᄒᆞ여 왈 녀ᄌᆞ의 투졍을 실노 통완ᄒᆞᄂᆞ니 가부를 타인의게 보내ᄆᆡ 엇지 옷슬 아니 입혀 보내리오 쾌히 입히고 더ᄃᆡ지 말나 구시 마지 못ᄒᆞ여 길의를 입힐ᄉᆡ 고름을 ᄆᆡ고 ᄯᅴ

117면

를 두ᄅᆞᄆᆡ 손이 ᄯᅥᆯ니ᄂᆞᆫ지라 샤인이 명목을 흘녀 긔ᄉᆡᆨ을 스치고 ᄌᆞ가의 일싱 마쟝이 되믈 ᄭᅵᄃᆞᆺ더라 위의를 거ᄂᆞ려 니부의 니ᄅᆞ러 신부를 마ᄌᆞ 도라올ᄉᆡ ᄎᆞ시 곽시 간계를 요동ᄒᆞ여 다시 쇼경슈 ᄀᆞᆺᄐᆞᆫ 군ᄌᆞ를 비ᄒᆞᄆᆡ 만심 쾌활ᄒᆞᄃᆡ 힝혀 알 니 이슬가 두려 니부인긔 고ᄒᆞ여 손을 쳥치 아니코 오직 밧근 니통이 쥬관ᄒᆞ고 안은 니부인이 ᄃᆞᄉᆞ

려 곽시를 칠보 슈식을 어릭게 ᄒᆞ여 금뎡의 오ᄅᆞ믹 쇼싱이 문을 즘으고 샹마ᄒᆞ여 쇼부의 도라와 합근 교빅를 파ᄒᆞ고 진쥬션을 아ᄉᆞ믹 화월

118면

ᄀᆞᆺ튼 용뫼 단장이 녕농ᄒᆞ나 오직 군ᄌᆞ의 명감의 버셔나지 못ᄒᆞ여 ᄒᆞᆫ 번 보믹 삼혼이 비월ᄒᆞ고 의ᄉᆡ 찬ᄌᆡ ᄀᆞᆺᄐᆞ니 례파의 의 밧그로 나가고 신뷔 조률을 밧드러 배헌구고ᄒᆞ니 평후 능후의 지인ᄒᆞᆷ과 쥬부인의 ᄉᆞ광지총이며 쇼부인의 여신ᄒᆞᆫ 명감으로 금일 신인을 보믹 놀납고 블힝이 너길 ᄲᅮᆫ 아니라 인심을 측냥키 어려오니 경혹ᄒᆞ나 쳐음 보ᄂᆞᆫ 날이오 의ᄉᆞ 밧기라 오직 강잉ᄒᆞ여 폐빅을 바든 후 조시 구시로 셔로 보게 ᄒᆞ니 곽시 눈을 드러 구조 이 부인을 보건ᄃᆡ 구시ᄂᆞᆫ 용

119면

ᄉᆡᆨ이 져만 못ᄒᆞ나 조시ᄂᆞᆫ 완연이 녀와시와 아황 여영이 룡샹의 안즌 모양이오 쇼쇼 아녀ᄌᆞ의 톄뫼 아니라 ᄆᆞᆰ은 긔운은 텬긔의 슈츌ᄒᆞᆫ 졍긔를 ᄡᅵ여시니 곽시 ᄒᆞᆫ 번 바라 보믹 넉시 날고 담이 경각의 ᄲᅥ러지니 긔운이 져상ᄒᆞ여 하늘이 날을 엇지 이ᄃᆡ도록 무이 너기시ᄂᆞᆫ고 ᄒᆞᆫ 조시를 겨유 여희고 내 화를 무릅ᄡᅥ 쇼싱의 온즁 미려ᄒᆞ믈 ᄉᆞ모ᄒᆞ여 구ᄎᆞ히 셩명을 고치고 도라오믹 요힝 근본을 알 니 업ᄉᆞ나 ᄯᅩ 져 조시를 ᄆᆞᆺᄂᆞ니 눈이 싀고 고으미 긔특ᄒᆞ고 츌뉴ᄒᆞ미 월염의게 빅

120면

승ᄒᆞᆫ지라 내 엇지 양미토긔ᄒᆞ리오 시임 승샹 조셩의 례라 ᄒᆞ니 이는 분명 월염의 ᄉᆞ촌이라 엇지 원슈를 이곳의 와 만날 쥴 뜻ᄒᆞ여시리오 비록 그러나 나의 근본을 모ᄅᆞ니 내 다시 신긔 묘계로 조녀를 업시ᄒᆞ고 쇼가의셔 빅년 화락을 쾌히 ᄒᆞ여 양가 일문을 셜한ᄒᆞ리라 ᄒᆞ더라 셕양의 파연ᄒᆞ고 니시 ᄉᆔ쇼를 ᄎᆡ년뎡의 ᄒᆞ여 보내고 평후와 쥬뷰인은 도라가고 능휘 싱을 블너 구시로 와 ᄒᆞᆫ가지로 경계 왈 네 셰 부인을 두믹 가졔를 평균이 ᄒᆞ고 범ᄉᆞ 미세ᄒᆞᆫ 셔싱과 달나

121면

몸이 옥당 한원의 잇고 나히 져무나 믹ᄉᆞ를 공평히 ᄒᆞ여 우리 근심을 ᄭᅵ치지 말나 샤

인이 빅ᄉᆞ 왈 엄훈과 ᄌᆞ교를 간폐의 ᄉᆞ기리이다 다만 금일 신부ᄂᆞᆫ 쇼직 결단ᄒᆞ여 일방의 ᄃᆡ코져 뜻이 업ᄉᆞ오니 이 ᄯᅩ 져의 명박ᄒᆞ미라 쇼ᄌᆞ를 칙지 마ᄅᆞ쇼셔 쇼공이 정식 왈 고이ᄒᆞᆫ 의ᄉᆞ를 말고 치가를 법되이 ᄒᆞ여 나의 념녀를 더ᄒᆞ지 말나 ᄒᆞ니 조틱ᄉᆞ 부인이 탄식 왈 현데 신부를 낫게 너기미 고이치 아니타 규녀의 거동이 졍뎡ᄒᆞᆫ 쟈ᄂᆞᆫ 비록 셩혼ᄒᆞ연 지 오릭나 반ᄃᆞ시 져러치 아니리니

122면

이졔 신부ᄂᆞᆫ 즁인광좌 즁 례를 일우나 안연 방ᄌᆞᄒᆞ여 우리ᄂᆞᆫ 보든 바 쳐음이라 슉부모ᄂᆞᆫ 엇지 너기샤 ᄉᆞ데를 계칙ᄒᆞ시ᄂᆞ니잇가 구부인이 소왈 질녀의 알오미 슈샹ᄒᆞ도다 사름의 위인이 단졍ᄒᆞ 니도 잇고 침믁지 아니ᄒᆞ 니도 잇시니 칙망이 너모 과ᄒᆞ도다 조시 ᄀᆞᆺ튼 쟉인은 넉대의 희한ᄒᆞ고 너 ᄀᆞᆺ튼 니ᄂᆞᆫ 무젹ᄒᆞᆯ지라 놉흔 눈으로써 사름 칙망이 틱과ᄒᆞ니 셩덕의 흠시로다 ᄋᆡ황이 낭쇼 왈 태태ᄂᆞᆫ 이리 니ᄅᆞ지 마ᄅᆞ쇼셔 져 조시ᄂᆞᆫ 합문이 텬샹 인간의 뎨 일인으로 일ᄏᆞᄅᆞ니 부

123면

인의 도리ᄂᆞᆫ 냥졍유슌ᄒᆞ미 뎨 일 복덕이라 조시를 보건ᄃᆡ 가올 하ᄂᆞᆯ ᄀᆞᆺ고 셜샹 우희 명월 ᄀᆞᆺᄐᆞ니 쟝부로 니ᄅᆞ면 침믁 졍슉ᄒᆞ여 아름답다 닐오려니와 부인 녀ᄌᆞᄂᆞᆫ 못ᄎᆞᆷᄂᆡ 그런 거시 가치 아니코 용식이 고금의 뉴 다ᄅᆞ믈 갸셰ᄒᆞ고 부형의 긔셰 셰샹의 웃듬이라 ᄌᆞ연 교우ᄒᆞᆫ 뜻이 업지 아냐 샹히 긔식이 엄녀ᄒᆞ여 ᄉᆞ데로 ᄒᆞ여금 긔탄ᄒᆞ게 죱죄여시니 이ᄂᆞᆫ 만히 부덕이 아니라 야애와 빅뷔 언언이 녀즁셩인이라 ᄒᆞ시나 쇼녀ᄂᆞᆫ 블복ᄒᆞᄂᆞ니 금일 신인을 나모라시

124면

나 쇼녀ᄂᆞᆫ 보건ᄃᆡ 니홰 츈풍의 져져시니 홍되 니슬을 ᄲᅥᆯ치듯ᄒᆞ니 일은바 졀대미가인이어ᄂᆞᆯ ᄉᆞ데와 형의 훼언이 니심ᄒᆞᆫ지라 ᄌᆞ고로 쇼고의 어려오믈 니ᄅᆞᄂᆞ니 금일 져졔니시 나무ᄅᆞ시므로조ᄎᆞ 알니로쇼이다 조태ᄉᆞ 부인이 졍식 왈 쇼ᄆᆡ의 근심이 부졀업슨지라 오직 힝ᄉᆞ를 빙옥 ᄀᆞᆺ치 ᄒᆞᆯ ᄯᆞᄅᆞᆷ이라 ᄋᆡ황이 쇼시의 화ᄒᆞᆫ 가온대 엄졍ᄒᆞ믈 보고 ᄂᆞᆺ출 븕혀 유유 믁연이러니 쇼공이 녀ᄋᆞ와 질녀의 징단ᄒᆞ미 쾌치 아니대 구시 냥녀의 말 ᄃᆡ답을 드러 보랴 아직 못 듯

125면

는 듯ᄒᆞ다가 구시 본ᄃᆡ 쟝부의 뜻 ᄆᆞᆺ초믈 못 밋출 ᄃᆞ시 ᄒᆞᄂᆞᆫ지라 졍식ᄒᆞ고 냥녀를 경계 왈 조시ᄂᆞᆫ 당금 셩네라 ᄉᆞ덕이 슉연ᄒᆞ니 너의 엇지 하ᄌᆞᄒᆞ리오 구시나 조시나 니시나 일톄로 ᄉᆞ랑ᄒᆞ고 고이ᄒᆞᆫ 의논을 긋치라 다만 ᄋᆞ지 규합이 화ᄒᆞ여 가되 챵ᄒᆞ고 종식 션션ᄒᆞ믈 ᄇᆞ라ᄂᆞᆫ 배라 연슈ᄂᆞᆫ 쁠 대 업고 우리 쇼즁이 너의게 막대ᄒᆞᆫ지라 모ᄅᆞ미 신즁 졍대ᄒᆞ라 샤인이 슈명ᄒᆞ고 밧그로 나가니 쇼휘 비로쇼 이녀를 칙왈 내 샹히 너의 형뎨를 슉덕현미ᄒᆞ미 남의셔 낫지 못ᄒᆞ

126면

나 오히려 냥션ᄒᆞᆫ 줄노 아ᄅᆞ더니 현인을 ᄉᆡ긔ᄒᆞ미 이곳의 밋ᄎᆞ니 블승한심ᄒᆞ여 가ᄅᆞ치지 못ᄒᆞ미 븟그럽도다 조시 유한ᄒᆞᆫ 쳥덕은 일월의 졍화를 아ᄉᆞ시니 실노 경슈의 놉흔 스승으로 아라 내조의 아름다오믈 힘입어 집이 흥ᄒᆞ고 문호의 복경을 바라거ᄂᆞᆯ 너히 블미지셜이 이의 밋ᄎᆞ니 공ᄌᆡ 왈 향당의 어진 ᄂᆡ를 어질이 너기고 ᄉᆞ오나오 ᄂᆡ를 ᄉᆞ오나이 너기면 어지다 ᄒᆞ시니 조시의 어질믈 너의 ᄉᆞ오ᄂᆞ이 너기니 가셕ᄒᆞ도다 ᄒᆞ고 외당의 나아간 후 조태ᄉᆞ 부인은 조시

127면

침쇼로 가더라 ᄎᆞ쳥 하회ᄒᆞ라

조시삼대록 권지이십삼

1면

ᄎᆞ셜 쇼휘 왈 너히 ᄉᆞ오나오 ᄂᆡ를 어질게 너기니 가히 여등의 블초흠과 조현부의 특이ᄒᆞ미 내도ᄒᆞ도다 남ᄆᆡ 오인이 셔로 우공ᄒᆞ여 화긔를 바라거ᄂᆞᆯ 가내의 블평ᄒᆞᆫ 긔틀을 지으니 너히 얼골을 보기를 구치 아니ᄒᆞ노라 냥인이 크게 황공ᄒᆞ여 눈믈 먹음고 믈너ᄂᆞ더라 조태ᄉᆞ 부인이 쇼고의 위란ᄒᆞ믈 심두의 념녀 깁더니 ᄎᆞ야의 조시 침쇼의와 슉침홀ᄉᆡ 부인이 문왈 ᄆᆡ뎨 친측을 ᄯᅥ나 이곳의 완 지 일 년이 못ᄒᆞ

2면

여 젹인을 만ᄂᆞ고 ᄋᆡ녀 냥 쇼고의 ᄯᅳᆺ이 심히 됴치 아니니 쇼져의 총명으로 각각 인믈을 알지라 냥 쇼고의 마음이 그ᄃᆡ를 깃거 아니니 ᄌᆞ근 근심이 아니라 쇼져의 슉ᄌᆞ 인품으로 홀노 인심을 엇지 못ᄒᆞ니 아지 못게라 그 마음이 능히 평안ᄒᆞ뇨 쳡이 비록 친동긔는 아니오 종형뎨 ᄉᆞ이ᄂᆞᆫ 동긔 ᄀᆞᆺᄐᆞᆫ ᄯᅳᆺ으로 다시 동ᄉᆡᆼ이 되ᄆᆡ 마음의 품은 바를 긔이지 아니리니 쇼져의 회포를 듯고져 ᄒᆞ노라 쇼제 숀샤 왈 나히 어리고 셰ᄉᆞ를 아지 못ᄒᆞ니 젹인이 ᄒᆡ로오며 쇼고 어려오믈 아지 못ᄒᆞᄂᆞ니 져져의 ᄉᆞ랑

3면

ᄒᆞ샤 심곡을 므ᄅᆞ시믈 감격ᄒᆞ나 냥 쇼고도 쳡의게 ᄆᆡ져 ᄉᆞ이오 져져ᄂᆞᆫ 쇼고 ᄉᆞ이니 피ᄎᆞ ᄒᆞᆫ가지라 져져의 쇼뎨 고렴ᄒᆞ시미 여ᄎᆞᄒᆞ실 젹의 냥 쇼고의 쳡을 향ᄒᆞᆫ 마음이 일양 ᄒᆞᆫ가질 ᄃᆞᆺᄒᆞ니 엇지 간격이 이시며 시비를 ᄒᆞ리잇가 져져의 무ᄅᆞ시믈 경혹ᄒᆞᄂᆞ이다 쇼부인이 ᄎᆞ언의 탄샹 왈 어지다 현뎨의 명논이 엇지 신명이 감읍지 아니리오 그ᄃᆡ 아쟈의 신인을 보니 위인이 구시의 비길 배 아니라 근심이 깁고 다시 냥 쇼고의 언단이 여ᄎᆞᄒᆞ니 그대 지공무ᄉᆞᄒᆞᆫ 셩덕이 시비곡직을

4면

입의 ᄂᆡ지 아냐 도덕 슝심ᄒᆞ며 구고 쇼텬의 ᄯᅳᆺ을 슌ᄒᆞ여 텬리인의로 합ᄒᆞ고져 ᄒᆞ나 시ᄉᆡ ᄯᅳᆺ ᄀᆞᆺ지 아니코 인심이 내도ᄒᆞ니 ᄆᆞᆺᄎᆞᆷ내 현인을 싀긔ᄒᆞ고 슉매 금쟝의 화우ᄒᆞ믈 엇지 못ᄒᆞᄆᆡ 밧그로 간인이 쟉얼ᄒᆞ고 안흐로 쇼고의 블현을 합ᄒᆞ면 화환이 급ᄒᆞᆯ지라 쟝ᄎᆞᆺ 보신지칙을 엇지ᄒᆞᆯ고 쥬의를 듯고져 ᄒᆞ노라 쇼제 쳑연 탄왈 명운이 관슈ᄒᆞ고 ᄉᆞᄉᆡᆼ이 유텬이라 오ᄂᆞᆫ ᄋᆡ화ᄂᆞᆫ 셩인도 면치 못ᄒᆞ시니 일개 녀ᄌᆞ 무ᄉᆞᆫ 지략이 이셔 피화ᄒᆞ며 쇼고의 블현이 너기믄 쳡의 허믈

5면

이라 엇지 한ᄒᆞ리오 ᄆᆡᆼᄌᆞ 왈 날을 기리 니ᄂᆞᆫ 원슈오 날을 ᄭᅮ짓ᄂᆞᆫ 니ᄂᆞᆫ 은인이라 ᄒᆞ니 쇼뎨 쇼고의 눈의 블합ᄒᆞ여 ᄋᆡ달나 니ᄅᆞ시미니 감격ᄒᆞᆯ ᄲᅮᆫ이오 나를 ᄒᆡᄒᆞᄂᆞ 니 잇거든 머리를 슉여 드를 ᄯᆞᄅᆞᆷ이라 일즉 방종ᄒᆞ미 업ᄉᆞ대 부형의 긔셰를 ᄌᆞ랑ᄒᆞ여 교아ᄒᆞ다 ᄒᆞ니 비샹ᄒᆞᆫ 화란을 쇼뎨 우견의 예탁ᄒᆞ미 이시나 ᄎᆞ역 하늘이니 ᄉᆞᄉᆡ 되여가

믈 보고 마음을 경히 ᄒᆞ여 일셰의 명박ᄒᆞᆫ 사ᄅᆞᆷ이 되나 후셰의 그 무죄ᄒᆞ믈 알지라 무어시 븟그러오리잇가 슈연이나 각골이 슬

6면

픈 바는 몸이 녀ᄌᆞ 되여 부모의 싱휵지은을 갑습지 못ᄒᆞ고 화란으로 부모의게 블효를 ᄭᅵ칠가 셜워 ᄒᆞ옵ᄂᆞ니 이졔 져뎌의 원녀ᄒᆞ시믈 감오ᄒᆞ여 회포를 고ᄒᆞᄂᆞ니 쇼군의 ᄯᅳᆺ이 편싀ᄒᆞ여 규내 화평ᄒᆞᆯ 증샹이 져그니 쇼뎨의 화란이야 놀ᄂᆞ온 배 업ᄉᆞᆫ지라 원져져ᄂᆞᆫ 본부의 도라가셔 여ᄎᆞ지셜노 부모긔 고치 마ᄅᆞ시고 드ᄅᆞ시면 념녀를 과도이 ᄒᆞ시리니 이리 마ᄅᆞ쇼셔 언파의 슈셩 쟝탄ᄒᆞ니 춍명지긔로 쟝릭를 예탁ᄒᆞ미 ᄉᆞ뭇지 못ᄒᆞᆯ 배 업ᄉᆞ대 함믁블언이러니 쇼고의 말을

7면

인ᄒᆞ여 슈어조를 화답ᄒᆞ미 호치단슌의 뉴뉴 명논이라 쇼부인이 격졀 감탄 왈 하늘이 내 아오를 내시고 현뎨를 내시미 ᄯᅳᆺ이 계시니 간인이 능히 하늘을 이긔지 못ᄒᆞᄂᆞᆫ지라 뭇ᄎᆞᆷᄂᆡ 군ᄌᆞ 셩녀로 ᄒᆞ여금 몰몰티 아니리니 ᄯᅳᆺ즙기를 쳘셕 ᄀᆞᆺ치 ᄒᆞ여 옥보방신을 보호ᄒᆞ라 우형이 ᄂᆞᆺ치 업고 슌셜이 비치 업셔 일즉 슉모긔 그대 위란ᄒᆞ믈 알외지 못ᄒᆞ고 슉모의 명셩ᄒᆞ시미 짐즉ᄒᆞ샤 ᄒᆞᆫ ᄭᅧ도 잇지 못ᄒᆞ시ᄃᆡ 쳡이 프러 고ᄒᆞᆯ 도리 업ᄂᆞᆫ지라 엇지 애답지 아니리오 이러ᄐᆞᆺ 답

8면

론ᄒᆞ며 ᄉᆞ랑ᄒᆞᄂᆞᆫ ᄯᅳᆺ이 지극ᄒᆞ더라 익황 등의 어지〃 못ᄒᆞᆷ과 연슈의 요악ᄒᆞᆫ ᄯᅳᆺ이 형슈와 가형을 깅참의 너코 ᄉᆞᆺ칠 ᄯᅳᆺ이라 가즁이 뉘 알니오 오즉 조시의 션견지명 쟝ᄂᆡ 슉슉의 블인이 ᄉᆞ인의 젼졍을 크게 유히ᄒᆞᆯ 바를 념녀ᄒᆞ여 온위 믯쳐시나 ᄉᆞ싀이 타연ᄒᆞ더니 금일 쇼부인과 졍담을 ᄒᆞ미 쇼부인이 오히려 연슈의 니심ᄒᆞ믈 아지 못ᄒᆞ여 한ᄀᆞᆺ 그 형셰 위태ᄒᆞ믈 츄연ᄒᆞ더라 인ᄒᆞ여 야심ᄒᆞ미 ᄒᆞᆫ가지로 자며 본부 존당 문안을 뭇고 여러 질아들이 그 ᄉᆞ이 잘 ᄌᆞ라시믈 무ᄅᆞ

9면

ᄃᆡ 힝혀 ᄌᆞ긔 부부의 괴로온 말은 거두지 아니ᄒᆞ더라 명일 조태ᄉᆞ 부인이 도라가니

ᄎᆞ후 ᄋᆡ황 등이 조시 ᄆᆡ온 마음이 일층이 더ᄒᆞ여 ᄒᆡᄒᆞᆯ 긔틀을 쥬ᄉᆞ야탁ᄒᆞ고 연쉬 ᄉᆞ갈의 마음을 품어 ᄉᆡᆼ각ᄒᆞᄃᆡ ᄉᆞ곤의 긔특ᄒᆞ므로 조시를 만ᄂᆞ니 진실노 룡이 풍운을 엇고 범이 날개 돗치는 쾌ᄒᆞ미 잇는지라 내 비록 태일 슉녀를 어드나 조시 곳키는 만만 ᄇᆞ라지 못ᄒᆞᆯ지라 내 당당이 ᄉᆞ곤의 젼졍을 막아 슉녀로 화락지 못ᄒᆞ게 ᄒᆞ리니 조시 ᄌᆞ녀를 ᄉᆡᆼ산ᄒᆞ면 그 복녹이 무험ᄒᆞᆯ지라 아직 일개 유

10면

치도 엇지 못ᄒᆞ여셔 힝계ᄒᆞ여 쇼가 지산이 형의 긔믈이 되지 아니케 ᄒᆞ리라 ᄒᆞ여 착급연망ᄒᆞᄃᆡ 오히려 두리는 바는 그 부친이라 모지 조용히 대ᄒᆞ면 이 일을 상량ᄒᆞ더라 가니시 쳔만ᄉᆡᆼ각 밧 슉모를 요동ᄒᆞ여 언연이 니가 규슈 모양을 ᄒᆞ여 쇼부의 오므로븟터 구고 셤기믈 지효로 ᄒᆞ고 샤인의 얼골은 보지 못ᄒᆞ니 분앙ᄒᆞ미 즁쳡ᄒᆞ나 마옴을 구지 ᄎᆞᆷ아 대ᄉᆞ를 도모ᄒᆞ랴 ᄒᆞᄆᆡ 오즉 가부의 뜻을 승슌ᄒᆞ고 ᄋᆡ황 등을 쳐결ᄒᆞ여 존고의 ᄌᆞᄋᆡ를 엇고 구조 냥 쇼져를 공경

11면

겸손ᄒᆞ여 블급슈월의 가즁 대쇼 비복이 니시의 어질미 구조 냥시긔 지ᄂᆞ다 ᄒᆞ고 ᄋᆡ황과 연쉬 갈치ᄒᆞ니 구부인이 그 아당ᄒᆞ는 ᄂᆞᆺ빗과 공교ᄒᆞᆫ 말이 ᄌᆞ연 친밀ᄒᆞ미 쉬은지라 뜻의 합ᄒᆞ여 조시의 비길 ᄇᆡ 아니라 조쇼졔 니시 드러오므로븟터 더옥 존괴 셔어ᄒᆞ게 굴고 블인은 구부인이 날노 더ᄒᆞ나 쇼ᄉᆡᆼ의 여텬디 무궁ᄒᆞᆫ 졍이 구조 이 부인은 ᄒᆞᆫ가지로 대졉ᄒᆞ나 기실은 조시긔 온젼ᄒᆞ여 ᄇᆡᆨ년을 ᄂᆞᆺ브게 너기는 뜻이 이시니 간인의 싀호지심은 날노 더ᄋᆞ고 존고의 박졍ᄒᆞᆷ과 쇼고의 동심모

12면

의며 냥 젹인의 싀오ᄒᆞ미 다 조시의게 도라가니 쇼졔 비록 냥평의 지혜 이시나 흉계를 엇지 방비ᄒᆞ리오 이 가히 텬도를 탄ᄒᆞ염즉ᄒᆞ더라 화셜 조부의셔 능후 능ᄇᆡᆨ이 두 곳의 분슈ᄒᆞ고 존당 부모의 념녀 무궁ᄒᆞᄃᆡ 진초 이공이 냥ᄌᆞ의 지용을 미더 과려ᄒᆞ미 업ᄉᆞ나 졍양 이비의 렴녀와 규리 부인의 근심이 간졀ᄒᆞ여 됴운셕월의 시름이 아미의 잠겨시ᄃᆡ 졍니경과 남시의 슉연ᄒᆞᆫ 힝실이 가지록 츌진ᄒᆞ니 예셩이 ᄉᆞ린의 훤ᄌᆞᄒᆞ더라 평진왕 뎨 칠ᄌᆞ 아현의 ᄌᆞ는 진희

13면

니 연비 쇼싱이라 사름 되오미 침믁온즁ᄒ고 공검겸숀ᄒ여 용뫼 초산의 달 ᄀᆺ고 풍치 양뉴 ᄀᆺᄐ여 와잠룡미와 츄파봉안의 개셰ᄒᆫ 인품이 슉부 초국공으로 흡ᄉᄒ고 빅형 조태ᄉ로 샹층ᄒ니 초공이 ᄌ질 즁 ᄉ랑이 과히 ᄒ여 형왕을 대ᄒ여 왈 긔현 ᄒ나 이심도 경ᄉ여늘 아현이 덕힝이 여ᄎᄒ니 이는 실노 형쟝의 홍복이로쇼이다 긔 아이 질의 슈신셥힝을 ᄡ로 리 드믈가 ᄒᄂ이다 왕이 잠쇼 왈 광현 문현의 긔특ᄒᆫ 풍신지 ᄌ랄 두고 ᄯ 유현의 만고

14면

의 독보ᄒᆫ 풍신과 영웅의 긔샹이 이시니 ᄌ궁을 니ᄅ면 네가 ᄂ으리라 조시 등이 쇼왈 ᄌ식이 십삭 태교를 부모 속의셔 ᄒᄂ니 그 어미 츌인ᄒᆞ믹 달무미 잇ᄂ니 연시의 아름다오믈 습ᄒ미니라 초공이 쇼왈 져져의 의논도 가커니와 각각 품슈ᄒ미 다ᄅ니 졍슈의 특이ᄒ시므로도 졔질이 그 즁 넘는 재 이시니 태교ᄒ기의 가지 아니ᄒᄂ이다 왕이 역쇼 왈 나의 열 ᄋ들과 너희 닐곱 아들이 용상튼 아니커니와 졔어키 어려오미 너희 웅현과 나의 화현이라 남식 무궁ᄒ

15면

리니 근심이 젹지 아니ᄒ도다 졔믹 듯고 대쇼ᄒ더라 아현의 년이 바야흐로 십ᄉ 츈광의 언건ᄒᆫ 신장이 편편ᄒ여 군ᄌ지풍이 가즉ᄒ니 장안 ᄌ믹의 유녀지 집의셔 져마다 청혼코져 매픽 문뎡의 메여시니 조부의셔 가빅야이 허혼치 아니터니 ᄆᆺ춤 형흔의 위인이 군ᄌ요 일녀 이셔 청혼ᄒ믹 쾌허ᄒ고 튁일ᄒ여 형시 마ᄌ 도라오믹 존당과 졔인이 보믹 인믈이 평샹ᄒᆫ 중 거지 히연ᄒ여 조곰도 신인의 태되 업ᄉ니 가즁이 ᄎ인을 가쇼로오믈 이긔지 못ᄒ고 신은으로 져

16면

ᄀᆺᄐ믈 시비치 아니 리 업ᄉ니 태부인과 졔 부인의 침믁인ᄌᄒ므로 관셔ᄒ니 형시 더옥 밋고 동셔의 거츨 거시 업ᄉ니 연비 그으이 개탄ᄒ고 진왕이 ᄒᆫ번 니ᄅ고져 ᄒ딕 ᄋᄌ의 긔상이 형시의 우람 광픽ᄒ믈 보나 냥안이 시슬ᄒ고 미위 여화츈풍이니 즁인이 그 속을 탁량치 못ᄒ고 연비는 아ᄌ의 ᄠᅳᆺ을 뭇고 발셜코져 ᄒ더니 일일은 태

원뎐의셔 제인이 모다 태부인을 뫼셔 말숨홀시 남좌녀우로 분ᄒᆞ여 안고 진초 이공이 말숨ᄒᆞ니 모다 츔예ᄒᆞᄃᆡ 아현이 뭇초와 셔당의

17면

셔 못밋쳐 드러왓ᄂᆞᆫ지라 좌우로 싱을 부ᄅᆞ니 슈유의 쳥포흑건으로 드러와 좌하의 츄진ᄒᆞ여 부ᄅᆞ시ᄂᆞᆫ 명을 응ᄒᆞ니 태부인과 조노옹이 졍히 말ᄒᆞ고져 ᄒᆞ더니 형시 ᄂᆡ다라 왈 제슉이 다 모다 계시ᄃᆡ 조군이 어대를 가셔 지금 오지 아녀 쳡의 기ᄃᆞ리ᄂᆞᆫ 눈이 거의 ᄯᅮ러질 번ᄒᆞ게 ᄒᆞ시뇨 좌우 제인이 ᄎᆞ언을 듯고 긔괴ᄒᆞ여 제 쇼년 부인ᄂᆡ 웃기를 겨유 참고 제싱이 다 옥안의 웃ᄂᆞᆫ 용홰 열녀 눈으로써 아현을 보니 현의 긔ᄉᆡᆨ이 타연ᄒᆞ여 형시 념치 업ᄉᆞ믈 못 듣ᄂᆞᆫ ᄃᆞᆺᄒᆞᆫ지라 형

18면

시 ᄯᅩ 니ᄅᆞ대 사ᄅᆞᆷ이 다 말이 이시ᄃᆡ 우리 조군은 말을 듯ᄂᆞᆫ가 못 듯ᄂᆞᆫ가 평싱 ᄃᆡ답이 업시니 진실노 답답ᄒᆞ도다 조뫼 블너 겨시니 반ᄃᆞ시 우리 부부를 ᄡᅡᆼ으로 보고져 ᄒᆞ시미라 낭군은 ᄆᆡᄉᆞ의 노친 ᄯᅳᆺ을 승슌ᄒᆞ여 ᄒᆞᆫ가지로 화담미어를 찬조ᄒᆞ미 조흘가 ᄒᆞ노라 싱이 쳥이블문ᄒᆞ고 공슈 시좌ᄒᆞ여시니 태부인이 아현 부부의 샹젹지 못ᄒᆞ믈 ᄎᆞ셕ᄒᆞ여 ᄒᆞᄃᆡ 형시 위인이 쇼졸ᄒᆞ미 업셔 말숨이 쾌ᄒᆞ니 도로혀 아ᄅᆞᆷ다온지라 너ᄂᆞᆫ 엇지 ᄒᆞᆫ 쇼릐 응ᄒᆞ미 업ᄂᆞ뇨 싱이 흠신 대왈 쇼

19면

숀의 셩회 박ᄒᆞ고 ᄯᅩ 위인이 훤츌치 못ᄒᆞ고 게얼너 존젼의 뫼셔도 ᄌᆡ담미어로 승안화긔ᄒᆞ기를 못ᄒᆞ믈 붓그리옵더니 형시의 거동과 긔괴지셜의 가히 우으심즉ᄒᆞ오니 대모의 우으시믈 츅슈ᄒᆞ와 칙지ᄂᆞᆫ 못ᄒᆞ오나 쇼숀이 귀 먹지 아나시니 듯지 아니ᄒᆞ며 셩ᄒᆞᆫ 거시 져 광인과 ᄀᆞᆺ치 슈문슈답을 존젼의셔 셜만이 ᄒᆞ리잇가 제싱이 일시의 우음을 먹음고 태부인이 역쇼ᄒᆞ니 형시 노ᄒᆞ여 ᄂᆞᆺ출 븕히고 왈 제슉은 가히 인면슈심이로다 우리 부뷔 말ᄒᆞ미 무ᄉᆞᆫ 우은 일이라 사ᄅᆞᆷ을 대

20면

ᄒᆞ여 비쇼ᄒᆞ기를 낭ᄌᆞ히 ᄒᆞ리오 한무리 례를 모ᄅᆞᄂᆞᆫ 거시로다 제싱이 ᄎᆞ언을 듯고

어히업셔 더옥 우은지라 말을 아니코 면면 샹고홀 ᄯᆞ롬이오 조부인 등이 낭쇼 왈 아모리 례의 모른다 욕ᄒᆞ여도 이 거동은 보고 셔로 우ᄉᆞ리로다 아현은 네 부인을 보니 언식 엇더ᄒᆞ관대 ᄒᆞᆫ 말도 아니ᄒᆞᄂᆞᆫ다 초공이 본대 침즁ᄒᆞ나 금일 형시의 거동과 싱의 잘 ᄎᆞ므믈 치보고져 ᄒᆞ여 ᄀᆞᆯ오대 형시 드러온 지 슈월이로ᄃᆡ 부부의 친근ᄒᆞ믈 존당이 못보와 ᄒᆞ시니 맛당이 빵으로 좌ᄒᆞ여 존당이 보시게 ᄒᆞ라

21면

형시 영합쇼원이라 흔연 슈명ᄒᆞ고 홍군을 혜졋고 취슈를 붓치고 싱의 겻희 가 안ᄌᆞ니 지와 빅옥의 셧기고 봉황이 오쟉의 셧긴 듯 싱의 풍광은 더옥 빗ᄂᆞ고 형시의 누츄ᄒᆞ믄 일층이 더으니 형시 겻희 안즈니 광쉬 셔로 다하시대 굿ᄐᆞ여 고식도 아니코 눈드러 봄도 업셔 거지 화평ᄒᆞ니 그 깁히를 탁냥키 어려온지라 부모 슉당이 더옥 아름다이 너기고 그 배항이 이ᄀᆺᄐᆞ믈 ᄎᆞ셕ᄒᆞ여 연비의 침즁키로도 안식이 다ᄅᆞ믈 ᄡᅵ돗지 못ᄒᆞ니 초공이 히다보고 져의 잘 춤고 잘 견대믈 두굿겨

22면

만면 쇼용으로 바라보니 형시 조곰도 어려워ᄒᆞ미 업고 그 의대를 어ᄅᆞ만져 바로ᄒᆞ며 그 용화를 어린 ᄃᆞ시 ᄇᆞ라보다가 왈 졔 슉슉이 다 어질고 얼골이 아름다오나 군ᄌᆞᄂᆞᆫ 더옥 특이ᄒᆞ니 이ᄂᆞᆫ 하늘이 형시 쇼ᄋᆞ의 일싱을 쾌히 ᄒᆞ미라 녀ᄌᆞ의 지아비ᄂᆞᆫ 즁히 너기믄 인지샹졍이이어늘 ᄒᆞ믈며 텬션지풍과 옥인 ᄀᆺᄐᆞ미 이러므로 쳡은 조군을 위ᄒᆞᆫ ᄯᅳᆺ이 텬디의 가득ᄒᆞ여 하히의 깁흔 졍이 이시대 조군은 홀노 무심ᄒᆞ여 쳡의 마옴을 다 아지 못ᄒᆞ니 슬허ᄒᆞ노이다 쳡이 뎡ᄒᆞᆫ ᄯᅳᆺ이 조군으로

23면

더브러 빅슈 동락ᄒᆞ여 ᄉᆞ리 련니 비익됴 되고 ᄉᆞ즉 동혈ᄒᆞ여 일싱 안젼의 타인의 ᄌᆞ최 니ᄅᆞ지 아니믈 원ᄒᆞᄂᆞ니 구고 존당은 쳡의 원을 솔피샤 낭군을 경계ᄒᆞ여 쳐쳡을 엇게 마ᄅᆞ쇼셔 대쇼지언을 부지기쉬로대 조싱이 종시 일언을 아니코 이윽고 믈너날 시 형시 옷기술 잡고 왈 존구와 슉뷔 아즉 지좌ᄒᆞ시고 졔 슉슉이 니러나지 아냐 겨시거ᄂᆞᆯ 낭군이 츄후의 와 몬져 나가시ᄂᆞ뇨 싱이 즘간 미우를 ᄶᅵᆼ기고 오ᄉᆞᆯ ᄯᅥᆯ쳐 밧그로 ᄂᆞ가니 졔싱이 일시의 ᄒᆞᆫ가지로 퇴ᄒᆞ여 밧그로 나오

24면

미 졔 종형뎨 셔로 우어 왈 너희 비위는 남달니 조흐며 부녀의게 혹ᄒᆞ다 ᄒᆞ리로다 아현이 기리 쇼왈 현뎨는 웃지 말나 팔지 고이ᄒᆞ여 블응 누질을 만ᄂᆞ니 셩을 내여 엇지 ᄒᆞ리오 밋친 말을 다 족가ᄒᆞ여 아른 톄ᄒᆞ면 나의 십년 슈를 감ᄒᆞ고 슈신셥힝이 그린 썩이 되여 녀ᄌᆞ로 상힐ᄒᆞ며 존젼의 경근ᄒᆞᆷ블 일코 져와 ᄀᆞ튼 위인이 되리니 ᄎᆞᄅᆞ리 가옹의 귀 먹고 눈 어두오믈 다힝ᄒᆞ여 ᄒᆞᄂᆞ이다 졔형 등이 쇼왈 유복ᄒᆞ여 어진 부인을 두고 남을 비쇼ᄒᆞ거니와 각각 명이라 그러나 남이

25면

슈신졔가의 치국평텬하지본이오 뇨조슉녀는 군ᄌᆞ호귀라 문왕이 셩인으로 하쥐 숙녀를 오미 ᄉᆞ복ᄒᆞ시미 모시 뎨 일 편이 되여시니 쇼뎨 홀노 인졍의 버셔는 사름이 아니라 맛춤내 져 츄면악질노 일싱을 맛ᄎᆞ리오 가히 일대 슉완을 취ᄒᆞ여 가ᄉᆞ를 잘 다ᄉᆞ리며 부모를 효봉ᄒᆞ고 부뷔 관져지락을 쾌히 ᄒᆞ리라 웅현이 쇼왈 남이 우ᄉᆞ니 쾌ᄒᆞᆫ 말ᄒᆞ거니와 형시 손의 ᄊᆞ들녀 요동을 못ᄒᆞ거든 어내 긔운으로 슉녀를 취ᄒᆞ리오 오늘 우리 졔종형뎨 형슈의게 대욕을 보되 네 ᄉᆞ

26면

지람ᄒᆞ는 말이 업ᄉᆞ니 혹ᄒᆞᆷ블 가지라 싱이 가연 쇼왈 두고 보라 타일 형의 가졔와 쇼뎨의 치가지졍이 뉘 나은고 공논이 이시리라 형쟝들을 욕ᄒᆞ나 광인을 칙망ᄒᆞ미 셰쇄ᄒᆞ니 만일 어진 녀ᄌᆞ를 마ᄌᆞ 가도를 란ᄒᆞ미 이실진대 용셔ᄒᆞ미 용널커니와 이졔 그 광잡ᄒᆞᆷ블 ᄊᆞ즈져 호령은 셔지 못ᄒᆞ고 일쟝 무례ᄒᆞᆫ 분란이 존젼의 한심ᄒᆞ리니 치기도 블가ᄒᆞ고 ᄯᅩ 박ᄃᆡᄒᆞ기는 인심의 도리 아니라 아직 광잡ᄒᆞᆫ 원망이나 면코져 ᄒᆞ미어늘 고혹ᄒᆞ다 ᄒᆞ시니 엇지 우읍지 아니리

27면

잇가 제 형뎨 대쇼ᄒᆞ고 싱이 역쇼ᄒᆞ더라 진왕이 금일 ᄋᆞᄌᆞ의 긔샹과 형시의 블미ᄒᆞᆷ블 보미 지취를 ᄒᆞ여 배위를 숨고져 ᄒᆞᄃᆡ 그 등과ᄒᆞᆷ블 기다려 ᄒᆞ려 ᄒᆞ더라 평진왕 뎨팔ᄌᆞ 봉현의 ᄌᆞ는 인희니 쵀비의 쇼싱이라 시년이 십 ᄉᆞ의 풍치 호샹ᄒᆞ여 학우션관이오 디샹의 니빅이라 만복의 문쟝지홰 태ᄉᆞ공을 우ᄉᆞ며 문뮈 겸비ᄒᆞ고 셩회 츌텬ᄒᆞ

니 앙장훈 거동과 뇌락훈 풍골이 능후 능빅으로 흡亽후듸 고집이 과후고 모질어 비복이라도 치죄후믹 살이 써러지믈 보고 긋

28면

치며 어른의게는 공슌후나 슈후인의게 엄쥰후여 쳔고영쥰이오 일대무젹이라 왕이 깁히 亽랑후여 일대 슉완을 구후고 후믈며 형시의 누용을 보므로붓허 틱부후미 비샹후더니 의평후 교문양이 일녀를 두고 텬하 인지를 구후다가 조봉현의 지모풍신을 듯고 힘써 구혼후여 쥬진의 호연을 일워 틱일후여 마즈 도라오믹 교시 얼골이 녹파홍년이 향슈를 썰쳐시며 계궁의 명월이 광치를 토후니 휜출관인훈 덕셩이 亽군즈 녈장부의 풍이 이시니 존당 구괴 대

29면

열후여 흔힝후고 싱이 공경즁듸후니 호령이 엄후고 방외 챵녀로 열락후여 규방의 침믁후믈 괴로이 너기니 교시 쏘훈 쇼쇼 오녀즈의 질투후미 업셔 효봉존당과 승슌군즈후미 례의 합후니 조싱의 험후미나 다시 가칙지 못후고 후릐의 벼슬이 놉고 쳐쳡이 만흐나 가되 슉연후니 조싱의 엄쥰흠만 아냐 교시의 닉조를 힘입으미 만터라 ᄎ시 초공의 뎨 이녀 경염이 방년이 십亽니 이는 윤부인 쇼싱이라 연연긔려후여 곤강의 미옥 굿고 츄파쌍안의 봉황아

30면

미와 셜익단슌이며 무빈운환이오 단아훈 힝실이 규합의 응믁후니 초공과 윤부인이 장샹지쥬로 亽랑후고 조모 태부인이 손녀 등 과익후믄 손즈의 우희라 이러틋 호치부귀 즁 니릐로 싱장후듸 쓧가지믈 임亽의 단일후믈 겸후여 진션진미훈지라 그 모친 윤부인이라도 긔묘훈 긔질은 일두를 亽양훌네라 초공이 쇼왈 내 실노 녀즈의 홍안을 이심이 배쳑후듸 며ᄂ리마다 타인의 지ᄂ게 고으며 셰 쏠이 다 쳔향국식의 츔예훌지라 엇지 블힝이 아니리오 부뫼 구존

31면

후고 만시 가즉후 니 혼취후여 싀당의 화를 면치 못후리니 ᄎ으는 고독훈 곳의 셩취

ᄒᆞ여 일노뼈 ᄋᆡᆨ경을 씌이게 ᄒᆞ리라 오ᄂᆞᆫ 뎨ᄌᆞ 즁의 유의ᄒᆞ나 가셔의 ᄌᆡ목이 업고 능후의 뎨ᄌᆞ 조션경이 오히려 조부의 잇고 금년 십뉵의 월궁의 단계를 밧드려 옥당금마의 한원을 ᄌᆞ임ᄒᆞ여 영명이 일셰의 진동ᄒᆞ니 샹춍이 조ᄉᆡᆼ 등으로 일반이라 풍ᄌᆡ긔샹이 두목지 쳥년을 우ᄉᆞ니 ᄯᆞᆯ 두 니 다토와 쳥혼ᄒᆞ나 됴ᄉᆡᆼ이 당의 이친이 업고 몸이 뉴락ᄒᆞ여 부모의 목쥬를 구ᄎᆞ히 죠부

32면

별당을 어더 봉안ᄒᆞ고 ᄉᆞ시 향화를 능후의 현심으로 궐치ᄂᆞᆫ 아니ᄒᆞ나 구ᄎᆞ코 쳑비ᄒᆞ믈 이긔지 못ᄒᆞ더라 조ᄉᆡᆼ이 동셔로 구친ᄒᆞᄃᆡ ᄒᆞᆫ 곳도 ᄠᅳᆺ의 마ᄌᆞ 니 업고 범ᄉᆞ를 능후긔 품ᄒᆞ더니 능휘 나가 ᄆᆡ양 초공긔 혼ᄉᆞ 말을 고ᄒᆞ니 초공이 ᄠᅳᆺ이 기우러 가셔를 삼고져 ᄒᆞ연 지 오ᄅᆡᆫ지라 일일은 노공긔 품ᄒᆞ고 진왕으로 의논ᄒᆞ여 동샹을 ᄉᆞᆷ고져 ᄒᆞ니 노공 왈 너의 ᄉᆡᆼ각이 그ᄅᆞ지 아닐지라 노뷔 엇지 막으리오 왕이 쇼왈 비록 조ᄉᆡᆼ의 위인이 아름다오나 당의 이친이 업ᄉᆞ니 질ᄋᆞ의 아름

33면

다오믈 뵐 곳이 업고 ᄂᆡ향의 류락ᄒᆞ여 평샹ᄒᆞᆫ 사ᄅᆞᆷ ᄀᆞᆺ지 아닐가 ᄒᆞ노라 초공이 대왈 ᄐᆡᆨ셔ᄒᆞᄆᆡ 져 ᄒᆞᆫ 사ᄅᆞᆷ의 위인을 ᄀᆞᆯ히ᄂᆞ니 됴ᄉᆡᆼ의 위인이 마ᄎᆞᆷ내 군ᄌᆞ의 뎨 일좌를 당ᄒᆞᆯ지라 됴ᄉᆡᆼ을 노코 어ᄃᆡ 가 인ᄌᆡ를 어드리잇가 왕 왈 아이 셔랑 구ᄒᆞ미 의ᄉᆡᆨ 고이ᄒᆞ여 ᄌᆞ염의 위인으로 경슈의 ᄌᆡ실 ᄉᆞᆷ으미 슈샹ᄒᆞᆫ 일이오 이졔 ᄯᅩ 명염으로 ᄒᆡ외의 유락ᄒᆞᆫ 아ᄒᆡ와 셩혼코져 ᄒᆞ니 이ᄂᆞᆫ 의긔현심이 사ᄅᆞᆷ을 셩인코져 ᄒᆞ미나 내 ᄌᆞ식의 젼경만리를 ᄉᆞ리지 아니미라 우형이 고

34면

이히 너기노라 승샹이 쇼왈 엇지 ᄌᆞ식의 젼졍을 ᄉᆞᆯ피지 아니리잇가 녀ᄌᆞ의 고락은 셔랑의 현우의 이시니 사ᄅᆞᆷ이 군ᄌᆡ면 ᄌᆞ연 슈신졔가의 괴거를 면ᄒᆞ리니 그러므로 경슈의 ᄌᆡ실을 혐의치 아니코 션경의 문회 젹막ᄒᆞ믈 혐의치 아니ᄒᆞᄂᆞ이다 왕이 듯고 말니지 아니니 초공이 ᄠᅳᆺ을 뎡ᄒᆞ여 됴ᄉᆡᆼ다려 왈 네 형셰 밧비 취실ᄒᆞ여 ᄉᆞ묘 졔ᄉᆞ를 밧들지라 ᄒᆞ믈며 션배와 달나 봉졔ᄉᆞ와 가ᄉᆞ슈응이 환거ᄒᆞ여 견댈 배 아니라 우리 부ᄌᆡ 너를 위ᄒᆞ여 널니 듯보대 맛당ᄒᆞᆫ 곳을

35면

엇지 못ᄒᆞ고 블미ᄒᆞᆫ 즉 됴시 후ᄉᆞ를 폐절ᄒᆞ미라 내 ᄉᆡᆼ각ᄒᆞᄆᆡ 널노뼈 나의 동상을 삼고 ᄯᅳ로 가ᄉᆞ를 일워 ᄉᆞ묘를 뫼시고 졔ᄉᆞ를 밧들미 인ᄌᆞ의 도리라 나의 쇼녀 무염 ᄆᆡᆼ광의 덕을 ᄇᆡ화 군ᄌᆞ의 빵은 일치 아닐 만ᄒᆞ니 너의 ᄯᅳᆺ이 엇더ᄒᆞ뇨 됴ᄉᆡᆼ이 쳥파의 감ᄉᆞᄒᆞ여 쳑연비샹ᄒᆞ니 옥안의 븕은 빗출 ᄯᅴ엿고 별 ᄀᆞᆺᄐᆞᆫ 안광의 츄쉬 요동ᄒᆞ여 ᄀᆡ이 배ᄉᆞ 왈 쇼ᄉᆡᆼ의 명되 ᄀᆡ박ᄒᆞ여 영히의 ᄂᆡ치엿거ᄂᆞᆯ ᄉᆞ부의 여텬ᄒᆞᆫ 덕음으로 거두워 무휼ᄒᆞ시고 교훈ᄒᆞ여 이졔 여러 셰월이라

36면

요ᄒᆡᆼ 텬은을 입ᄉᆞ와 한원의 ᄎᆔ슈ᄒᆞ여 쳥현을 ᄌᆞ임ᄒᆞ미 다 ᄉᆞ부의 홍은이라 ᄎᆡ를 ᄌᆞ바 은덕 갑기를 ᄀᆡ약ᄒᆞ오니 엇지 오ᄂᆞᆯ날 동샹 허ᄒᆞ시믈 ᄯᅳᆺᄒᆞ여시리잇고 오즉 경혹ᄒᆞ여 대답ᄒᆞᆯ 바를 아지 못ᄒᆞ리로쇼이다 초공이 탄왈 네 엇지 날을 보기를 이ᄀᆞᆺ치 ᄒᆞᄂᆞ뇨 일즉 사ᄅᆞᆷ의 현우를 ᄉᆞᆯ피고 부귀공명은 부운ᄀᆞᆺ치 아나니 너의 셰대 명문으로 블ᄒᆡᆼ이 ᄒᆡ외의 유우ᄒᆞ나 내 엇지 개의ᄒᆞ리오 네 ᄯᅳᆺ의 맛당ᄒᆞᆯ진대 슈이 택일셩례ᄒᆞ리라 됴한림이 크게 깃거 년망이

37면

배ᄉᆞ 왈 대인 셩덕이 여ᄎᆞᄒᆞ샤 더러이 아니 너기시면 쇼ᄉᆡᆼ이 엇지 ᄉᆞ양ᄒᆞ리잇고 명대로 ᄒᆞ려니와 쇼ᄉᆡᆼ이 당의 이친 아니 계시고 범ᄉᆞ를 ᄉᆞ부긔 품쳐ᄒᆞᄂᆞᆫ지라 도라오시기 젼 셩례ᄒᆞ미 결연ᄒᆞ이다 초공 왈 내 이시ᄆᆡ 너의 ᄉᆞ부를 대신ᄒᆞ리라 ᄒᆞ고 이의 튁일ᄒᆞ니 길긔 슈월이 격ᄒᆞᆫ지라 승샹이 조부 쟝원 밧긔 가ᄉᆞ를 일우ᄃᆡ ᄉᆞ이의 협문을 ᄂᆡ여 쇼져의 왕ᄅᆡ를 ᄒᆞ게 ᄒᆞ고 됴ᄉᆡᆼ을 그리로 옴겨 조션 신위를 봉안ᄒᆞ고 길일이 다ᄃᆞᄅᆞ니 연셕을 개쟝ᄒᆞ여 내외 친쳑과 집안 졔인

38면

이 모다 신랑을 마즐ᄉᆡ 윤부인이 심즁의 쾌치 아니ᄒᆞᆫ 혼인이나 매ᄉᆞ를 다ᄉᆞ려 녀ᄋᆞ의 단쟝을 일우ᄆᆡ 우귀친영ᄒᆞᆯᄉᆡ 쇼졔 일ᄉᆡᆼ 처음으로 비록 쟝원이 년ᄒᆞ여시나 부모 슬하 ᄯᅥᄂᆞ믈 샹심ᄒᆞ여 츄파 셩안의 신쳔이 동ᄒᆞ니 초공이 집슈 경계 왈 네 본ᄃᆡ 샹문 귀ᄒᆞᆫ ᄌᆞ식으로 일ᄉᆡᆼ이 부귀호치로 ᄌᆞ라매 괴로오며 슬프믈 아지 못ᄒᆞᆫ지라 녀ᄌᆞ 유ᄒᆡᆼ

이 원부모형뎨여늘 너는 요힝 됴셕으로 와 볼 거시오 우리 왕릭ᄒᆞ여 너를 보리니 슬허ᄒᆞ미 고이ᄒᆞ도다 모ᄅᆞ미 숨가고 조심ᄒᆞ여 부

39면

덕을 일치 말나 태부인 왈 됴싱이 부모 업고 신인을 밧비 마ᄌᆞ 가미 부졀 업ᄉᆞ니 친영은 날회고 이 집의셔 독좌ᄒᆞ고 일틱지샹의 빵〃ᄒᆞᆫ ᄌᆞ미를 슈삼일 보고져 ᄒᆞ노라 초공이 태부인의 말솜을 듯고 례의는 비록 어긔나 신랑을 청ᄒᆞ여 드러와 즁청의셔 독좌의 합환교배를 ᄒᆞ미 신랑의 일월 광치와 신부의 빅태 쳔광이 청즁의 조요ᄒᆞ니 됴싱이 눈을 들미 일견의 흔희쾌락ᄒᆞ여 즁심의 싱각ᄒᆞᄃᆡ 내 니향의 뉴락ᄒᆞ여 엇지 이 ᄀᆞᆺ튼 슉녀 명염을 보

40면

와시리오 숨을 길게 쉬고 의식 구름 밧긔 흣터지 니 ᄀᆞᆺ더라 신랑 신뷔 동방의 들미 태부인이 치빙을 블너 신방을 탐청ᄒᆞ라 ᄒᆞ고 노망으로 괴로이 기다리니 ᄌᆞ손이 번셩ᄒᆞᄃᆡ 낫낫치 다 귀즁ᄒᆞ미 이러틋 ᄒᆞ더라 ᄎᆞ야의 됴한림이 촉하의 신인을 대좌ᄒᆞ니 옥골 염광이 더옥 죠요ᄒᆞᆫ지라 이 ᄀᆞᆺ튼 슉녀를 취실ᄒᆞ나 부뫼 보시지 못ᄒᆞ시믈 슬허 봉안의 누쉬 광삼을 젹시니 쇼졔 호화히 싱쟝ᄒᆞ여 졔인의 희쇼단난ᄒᆞ믈 보다가 됴싱이 이ᄀᆞᆺ치 비샹ᄒᆞ믈 보고 니심

41면

의 츄연ᄒᆞ더라 냥구 후 싱이 안슈를 ᄒᆞ고 탄왈 싱이 명되 긔박ᄒᆞ고 죄악이 심즁ᄒᆞ여 냥친을 여희고 혈혈쳑신이 고토의 도라올 긔약이 업거늘 ᄉᆞ부의 대은으로 목됴를 뫼셔 도라오니 난망대은이어늘 악장의 관인지덕이 나의 용누ᄒᆞ믈 허믈치 아니시고 동상을 허ᄒᆞ시니 싱이 인셰의 승난ᄒᆞᄂᆞᆫ 경식 이시미라 슬픈 인싱을 일마다 회포를 도으니 엇지 즐거오믈 알리오 이졔 쇼져의 특이ᄒᆞ미 싱이 바란 밧기라 일노조ᄎᆞ 션친의 향화를 이을지라 악

42면

쟝의 대은을 슈심명골ᄒᆞ리로쇼이다 조시 염용졍금ᄒᆞ여 손샤ᄒᆞ여 그 고독ᄒᆞ믈 그윽

이 탄식ᄒᆞ더라 ᄎᆞ야를 부뷔 ᄒᆞᆫ가지로 지ᄂᆡ고 명됴의 한림이 내당의 현배ᄒᆞ니 슈려쇄락ᄒᆞᆫ 풍치 쇼경슈의 아ᄅᆡ 아니라 졔인이 블승탄복ᄒᆞ고 태부인이 흔연이 두굿겨 말솜을 ᄒᆞ고 애즁ᄒᆞ며 윤부인이 셔랑의 군ᄌᆞ지풍과 특이ᄒᆞ믈 황홀이즁ᄒᆞ여 비로쇼 초공이 택셔ᄒᆞ미 범연치 아니믈 탄복ᄒᆞ여 희식이 팔ᄌᆞ 뉴미를 둘너시니 됴싱이 악모 윤부인과 양뎡렬의 쳔

43면

태만광을 보니 슉녀 현힝과 뎡졍ᄒᆞᆫ ᄉᆞ덕이 슉연ᄒᆞ믈 아오라 셩ᄌᆞ지풍이 의연ᄒᆞ믈 블승흠경ᄒᆞ며 졍연 등 여러 부인의 ᄉᆡᆨ광덕질을 투목으로 잠간 ᄇᆞ라보고 홀홀 ᄌᆞ실ᄒᆞ여 가즁의 셩번ᄒᆞ믈 탄복ᄒᆞ더라 슈일 후 초공이 쇼졔로 폐빅을 갓초와 됴부의 니ᄅᆞ러 현구고 배ᄉᆞ당홀ᄉᆡ 잇ᄯᅢ 됴한림의 친쳑붕배 ᄉᆡᆼ의 옥당 명ᄉᆡ 되고 초공의 가셔 되믈 듯고 원근의 모히ᄂᆞᆫ 손이 ᄌᆞ못 호번ᄒᆞᆫ지라 초공이 범ᄉᆞ를 쥰비ᄒᆞ여 녀ᄋᆞ와 셔랑을 ᄉᆡ 집으로 도라보

44면

내ᄆᆡ ᄆᆡᄉᆞ를 간약공검ᄒᆞ여 그 몸이 편홀 만치 ᄒᆞ고 ᄉᆞ치ᄒᆞ미 업ᄉᆞᄃᆡ 나라히셔 ᄉᆞ급ᄒᆞ신 노복과 시비 ᄉᆞ후ᄒᆞ니 명ᄉᆞ 직샹의 톄위 일웟고 친쳑이 렬좌ᄒᆞ여 신부를 구경ᄒᆞ며 경ᄉᆞ를 치하ᄒᆞ여 녯 일을 샹심ᄒᆞ니 됴싱이 고구친쳑을 반기고 면면이 칭샤ᄒᆞ고 이의 쇼져로 더브러 ᄉᆞ묘의 올나 현알홀ᄉᆡ 슬픈 마음을 진졍치 못ᄒᆞ여 실셩비읍ᄒᆞ여 누쉬 쳔항이라 쇼졔 그 셩효를 감동ᄒᆞ여 ᄂᆞᆺ빗출 곳치더라 인ᄒᆞ여 머므러 봉ᄉᆞ치가의 대긔지졀이며 군ᄌᆞ를 승슌ᄒᆞ여 슉뇨 진

45면

션ᄒᆞ니 됴싱이 공경즁ᄃᆡᄒᆞ여 은익 산비히박ᄒᆞ여 샹경샹화ᄒᆞ더라 어시의 초공의 뎨뉵ᄌᆞ 달현의 ᄌᆞᄂᆞᆫ 즁희니 양뎡렬 탄싱이라 ᄉᆞ람 되오미 증ᄌᆞ 왕샹의 놉흔 효위 잇고 가슴의 만편 금슈를 품고 복즁의 고금셩현의 도덕을 너허 농ᄉᆡ 비무ᄒᆞᄂᆞᆫ 문한필법이 셰대의 드물고 외모 풍신은 부풍모ᄌᆞᄒᆞ여 텬디 건곤의 졍화를 아ᄉᆞ 옥을 다둠아 치식을 메오며 셩안봉미와 션풍옥골이 오년이 십ᄉᆞ의 룡방금마의 오유ᄒᆞ니 샹총이 일셰의 들네고 직망이 됴야의 진동ᄒᆞ여 ᄉᆞ군치졍

46면

이 날노 빗ᄂᆞ니 가히 초공의 아들이며 양부인 소싱인 쥴 알니러라 나히 ᄎᆞ고 벼슬이 청현ᄒᆞᄆᆡ 태부인이 밧비 현부를 보고져 ᄒᆞ시고 초공 형뎨 조모의 년노ᄒᆞ시믈 감오ᄒᆞ여 ᄌᆞ녀를 밧비 셩혼ᄒᆞ여 보시게 ᄒᆞ여 유한이 업게 ᄒᆞ려 ᄒᆞ여 동셔로 구혼ᄒᆞ여 호부샹셔 위현의 녀를 취ᄒᆞ니 승샹 위션의 증손이라 위시 대가고문의 슉녀로 ᄉᆞ덕이 청한ᄒᆞᄆᆡ 공ᄌᆞ로 ᄇᆡᆨ년가위라 일가 졔인이 왓다가 일시의 칭찬ᄒᆞ고 존당 구괴 신인의 현슉하믈 흔열ᄒᆞ더라 ᄎᆞ시 진왕의 뎨 구ᄌᆞ 화현의 ᄌᆞᄂᆞᆫ 취희

47면

니 정비 탄싱이라 평싱 쟉인이 일대 영쥰이오 옥안은 즁츄ᄇᆡᆨ월이오 텬뎡이 두렷ᄒᆞ여 일월각이 니러셔고 호비쥬슌이 찬연슈려ᄒᆞ니 시년이 십삼의 진왕 ᄀᆞᆺ튼 엄부와 태ᄉᆞ ᄀᆞᆺ튼 엄ᄒᆞᆫ 형을 두고도 ᄯᆡ를 타면 홍장미녀를 모화 날노 연락ᄒᆞ고 괴로이 머리를 굽혀 시셔 닑기를 괴로이 너기니 위션싱이 ᄌᆞ로 칙ᄒᆞ고 진왕이 ᄋᆞᄌᆞ의 긔샹을 심이ᄒᆞ나 졔긔치 아니ᄒᆞ고 공ᄌᆞ 곳 보면 셩음이 더옥 ᄆᆡᆼ녈ᄒᆞ여 긔위 한샹 ᄀᆞᆺᄐᆞ니 싱이 엄부를 두려 긔운을 쥬리고 마음을 가다듬어 시

48면

셔를 혹습ᄒᆞ여 대유의 풍이 가즉ᄒᆞ나 부형 면젼을 ᄯᅥᄂᆞ면 언쇼희롱으로 사름을 침노ᄒᆞ며 취안이 방탕ᄒᆞ여 의관이 부정ᄒᆞ고 언쇠 풍늉ᄒᆞ며 친우를 대ᄒᆞ면 욕ᄒᆞ여 촉노ᄒᆞ며 ᄡᅡ호면 스ᄉᆞ로 이긔고 긋치ᄂᆞᆫ지라 진왕은 오히려 다 아지 못ᄒᆞ나 태식 그 방일ᄒᆞ믈 경계ᄒᆞ여 온즁단믁ᄒᆞ기를 슈힝ᄒᆞ라 ᄒᆞᄃᆡ 부형의 앏흔 공슌단졍ᄒᆞ다가 도라셔면 ᄂᆡ도ᄒᆞ여 홍샹을 잇글며 쥬쥰을 거훌너 희확이 낭ᄌᆞᄒᆞ니 졔창이 조싱의 화류풍신과 탄금일곡의 혹ᄒᆞ여 ᄡᅡ로ᄂᆞᆫ 시녀 부지기쉬라

49면

십삼 쇼ᄋᆡ 다셧 창기를 친근ᄒᆞ여 황혹침익ᄒᆞ되 긔위 엄슉ᄒᆞ여 ᄯᅳᆺ의 맛ᄀᆞᆺ지 아니면 반ᄃᆞ시 즁타ᄒᆞ여 호령이 엄슉ᄒᆞ더라 진왕이 궁을 갓 뎡ᄒᆞ여시나 노공을 뫼셔 잇고 궁의 갈 젹이 젹으니 싱이 승시ᄒᆞ여 종형 웅현 등으로 더부러 풍악가무로 쇼일ᄒᆞ니 화현은 위션싱이 ᄌᆞ로 ᄎᆞᄌᆞ나 ᄇᆡᆨ계묘칙으로 속겨 진궁의 이실 ᄯᅥ 만하 날노 쥬식의

침닉ᄒᆞᆫ 배 되여시ᄃᆡ 힝ᄉᆡ 능녀ᄒᆞ여 부뫼 오히려 아지 못ᄒᆞ더라 화셜 례부샹셔 뉴션이 팔녀를 두어 우흐로 칠녀를 셩혼ᄒᆞ고

50면

팔녀 벽희 년이 십이세라 ᄉᆡᆼ셩ᄒᆞ매 텬디의 뉴츌ᄒᆞᆫ 졍긔와 려슈의 ᄆᆞᆰ은 골격이라 션연아태 만고의 희한ᄒᆞ고 요조ᄒᆞᆫ 셩덕과 총명인효ᄒᆞ미 이비의 덕과 태ᄉᆞ의 어질믈 겸ᄒᆞ여 셰샹 홍분의 ᄲᅱ여ᄂᆞ니 나히 이뉵의 만ᄉᆡ 신명ᄒᆞ며 문쟝덕ᄒᆡᆼ과 슈션방젹의 능대능쇼ᄒᆞ니 부뫼 비록 칠녀를 두어시나 이 ᄯᆞᆯ ᄉᆞ랑ᄒᆞ미 만금보옥이라 년유ᄒᆞ믈 ᄉᆡᆼ각지 아니코 밧비 가셔를 튁ᄒᆞ여 봉황의 ᄡᅡᆼ유ᄒᆞ믈 ᄌᆞ미를 보고져 ᄒᆞ여 동셔로 구혼ᄒᆞ더니 평진왕의 뎨 구ᄌᆞ 화현의 풍신ᄌᆞ홰

51면

일셰의 들네ᄂᆞᆫ 문한과 쳔고의 독보ᄒᆞᆫ 풍신이 일대 영쥰이오 금텬하호걸이라 구혼ᄒᆞ기를 간졀이 ᄒᆞ여 ᄌᆡ삼 쳥ᄒᆞ니 진왕이 뉴공의 명현ᄒᆞ믈 아는 고로 허혼튁일ᄒᆞ여 신부를 마ᄌᆞ오니 뉴시 안ᄉᆡᆨ이 찬란슈려ᄒᆞ미 쇼시 남시긔 지ᄂᆞ지 아니코 위인 쳐ᄉᆡ 향셕의 슉완이라 복녹이 구젼ᄒᆞ고 화긔 영발ᄒᆞ여 매ᄉᆡ 평슌ᄒᆞ니 구고 존당이 대열ᄒᆞ고 졔매 칭하 왈 진ᄌᆞᆺ 화아의 일ᄡᆡᆼ 가뷔라 현뎨의 큰 복을 하례치 아니랴 왕이 흔연 쇼왈 나의 졔뷔 실노 등한ᄒᆞᆫ 녀ᄌᆡ 아니라 금일 화ᄋᆞ의

52면

다ᄃᆞ라ᄂᆞᆫ 호일방탕ᄒᆞ미 낭ᄌᆞᄒᆞ니 진압홀 슉녀를 더옥 깁히 바랏더니 뉴시 안졍ᄒᆞ고 단일졍뎡ᄒᆞ여 ᄒᆞᆫᆺ 외모ᄲᅮᆫ 아니라 먼니 셩비의 풍이 이시니 쇼뎨 ᄌᆞ부의 다다라 치하를 ᄉᆞ양치 아니ᄒᆞᄂᆞ이다 다만 화ᄋᆡ 셩되 ᄉᆡ험ᄒᆞ고 고집이 과인ᄒᆞ여 슈하인이 가쟝 힘로올지라 뉴시 ᄉᆡᆨ틱 찬연ᄒᆞ고 연광이 휘동ᄒᆞ여 쳔고셩네나 윤틱ᄒᆞ고 조흐나 완즁ᄒᆞ여 오복이 완젼지샹이니 대단ᄒᆞᆫ ᄌᆡ앙이 업ᄉᆞ나 다만 화ᄋᆡ 혜〃이 ᄎᆞ지 못ᄒᆞᆫ 젼 쇼쇼 괴로오믄 면치 못ᄒᆞ리이다 조부인 등이 대

53면

쇼 왈 현뎨 샹법이 신묘ᄒᆞ거니와 화현은 다른 쳐쳡이 업고 져 ᄀᆞᄐᆞᆫ 슉녀를 어드미 엇

지 싀험을 부리리오 진초 이공이 다 웃더라 화현이 뉴시로 더브러 금슬의 정이 환연ᄒᆞ나 본ᄃᆡ 챵악의 잠겨 유졍ᄒᆞᆫ 재 칠인이라 가셩이 아아ᄒᆞ고 뮤쉬 현현ᄒᆞ여 비연의 경신무와 옥진의 완혜용이 풍뉴랑의 마음을 즐겁게 ᄒᆞᄂᆞᆫ지라 뉴시를 대ᄒᆞ면 염용경금ᄒᆞ여 빙셜이 상빙의 빗겨시니 사름으로 ᄒᆞ여금 송연케 ᄒᆞᄂᆞᆫ지라 쟝부의 풍뉴호신이나 경박히 셜압지 아니ᄒᆞ니 날

54면

이 오리ᄆᆡ 조싱이 뉴시로 블관이 너겨 가연이 ᄉᆞᄆᆡ를 썰쳐 외당의 나와 졔챵으로 쾌락ᄒᆞ고 ᄒᆞᆫ ᄌᆞ 글을 펴보미 업ᄉᆞ나 진왕이 아득히 모ᄅᆞ고 경비ᄂᆞᆫ 본ᄃᆡ 침즁단믁ᄒᆞ여 말이 드믈고 궁즁 법령이 밧 말이 안의 듯지 못ᄒᆞ고 안 말이 밧긔 ᄂᆞ지 못ᄒᆞ니 내외 격졀ᄒᆞ미 텬양이 격ᄒᆞ엿ᄂᆞᆫ지라 비 이러므로 공ᄌᆞ의 방외 연락을 돈연이 아지 못ᄒᆞ나 원ᄂᆡ 풍뉴방탕ᄒᆞ고 호식ᄒᆞ여 졍직지 아니믈 아ᄂᆞᆫ지라 ᄆᆡ양 압희 니ᄅᆞ면 경계 왈 네 힝혀 왕공의 ᄌᆞ질노 부귀호치ᄒᆞ고 지릉이 누츄치 아니니

55면

부형의 교훈을 명심ᄒᆞ여 힝신을 졍대히 ᄒᆞ미 올커ᄂᆞᆯ 이졔 너의 모양을 보니 말숨이 광잡ᄒᆞ고 긔운이 방일ᄒᆞ여 온즁ᄒᆞ미 업고 겨유 강쟉ᄒᆞᄂᆞᆫ 배 왕의 면젼ᄲᅮᆫ이라 네 일시 슈칙을 면ᄒᆞ기만 다힝이 너기고 부형 속이믈 능ᄉᆞ로 아ᄂᆞᆫ지라 네 만일 져 힝실을 바리지 못ᄒᆞ면 ᄉᆞ류의 죄인이 되리니 츨ᄒᆞ리 유건유의를 다 벗고 ᄌᆞ힝ᄌᆞ지ᄒᆞ여 어버이 말을 듯지 말나 ᄒᆞ믈며 뉴시ᄂᆞᆫ 네 분의 너믄 현쳐여ᄂᆞᆯ 박대 태심ᄒᆞ여 심규의 드리치고 부부의 대륜을 폐졀ᄒᆞ니 박힝

56면

필뷔라 내 알고 왕을 긔이미 가치 아니니 너의 힝ᄉᆞ를 낫낫치 젼ᄒᆞ여 죄를 졍히 ᄒᆞ리라 말숨이 ᄆᆡᆺ고 슨흐며 안ᄉᆡᆨ이 샹셜 ᄀᆞᆺᄐᆞ니 싱이 황공사죄 왈 쇼ᄌᆡ 일즉 엄교를 밧ᄌᆞ와 그른 일이 업ᄉᆞᆸ거ᄂᆞᆯ ᄌᆞ괴 여ᄎᆞᄒᆞ시니 원민ᄒᆞ오믈 알욀 ᄇᆡ 업도쇼이다 뉴시ᄂᆞᆫ 졍뎡ᄒᆞᆫ 부인이라 쇼ᄌᆡ 박대ᄒᆞᄂᆞᆫ 일이 실노 업셔 텬셩이 규방의 부녀로 더브러 쥬야 샹대ᄒᆞ믈 답답ᄒᆞᆫ고로 믄득 박대ᄒᆞ다 말이 ᄌᆞ젼의 니ᄅᆞ도쇼이다 ᄎᆞ후 쇼ᄌᆡ 명심계지ᄒᆞ여 ᄌᆞ교를 밧드오리니 야야긔 원앙ᄒᆞᆫ 죄상을 알

57면

외지 마르쇼셔 경비 츄연 탄왈 네 어미 반싱 간고ᄒᆞᆫ 신셰로 힝혀 하늘이 도오시믈 입어 너의 여러 형데를 두고 왕비의 위를 안연이 거ᄒᆞ니 슉야 젼긍ᄒᆞ미 가득ᄒᆞ여 삐이ᄂᆞᆫ 환이 이실가 두리ᄂᆞ니 너의 형데 경박무식ᄒᆞ고 방탕호식ᄒᆞ여 가셩을 문허바릴진대 내 엇지 조시의 죄인이 아니리오 너희 녯 일을 효측ᄒᆞ랴 말고 지금 초공 슉슉의 도덕 현힝을 빅의 하나만 비화도 ᄉᆞ류의 츔예ᄒᆞ리니 슉연ᄒᆞᆷ을 효측지 못ᄒᆞ고 굿ᄐᆞ여 경박재 되여든 무어시 쾌ᄒᆞ리오 아

58면

즉 내 ᄎᆞ마 네 허믈을 왕ᄀᆡ 고치 아니커니와 너ᄂᆞᆫ 숨가 부왕의 노를 만ᄂᆞ지 말나 화현이 배ᄉᆞᄒᆞ고 믈너나 ᄉᆡᆼ각ᄒᆞᄃᆡ 내 실노 뉴시를 박ᄃᆡᄒᆞ미 업ᄉᆞ나 그 위인이 단엄ᄒᆞ고 나히 어리나 힝시 졍슉ᄒᆞ여 승슌ᄒᆞᄂᆞᆫ 일이 업셔 나히 ᄎᆞ고 마음이 방ᄌᆞᄒᆞ면 날을 더옥 업슈이 너길가 ᄒᆞ여 아이의 박대ᄒᆞ여 날을 업슈이 넉이지 못ᄒᆞ게 ᄒᆞ미러니 반ᄃᆞ시 뉴시 나의 박ᄒᆞᆷ을 휜당과 방인의게 누셜ᄒᆞ여 모친이 드ᄅᆞ시미라 내 ᄒᆞᆫ 번 져ᄃᆞ려 무러 보리라 ᄒᆞ고 상부 뉴시 침쇼의 니ᄅᆞ러 뉴시를

59면

보고 흔연 위로 왈 ᄉᆡᆼ이 ᄌᆞ로 더브러 이칠이 ᄎᆞ지 못ᄒᆞ고 ᄌᆞ의 품질이 빙옥의 ᄆᆞᆰ으미 이시니 실노 삼가ᄂᆞᆫ ᄯᅳᆺ이 업지 못ᄒᆞ여 셔로 동실지락이 드믈거니와 녀ᄌᆞ 가부 셤기ᄂᆞᆫ 도리 온슌ᄒᆞ미 웃듬이라 그대 날을 보면 ᄂᆡᆼ안 멸시ᄒᆞ여 미쳔 거술 본 ᄃᆞᆺᄒᆞ니 아지 못게라 이 슉녀의 유한ᄒᆞᆫ 덕이 아니라 오히려 ᄌᆞ의 힝ᄉᆞᄂᆞᆫ ᄭᆡᄃᆞᆺ지 못ᄒᆞ고 말을 펴지 오ᄆᆡ ᄉᆡᆼ이 박힝ᄒᆞ여 현쳐를 무고히 박대ᄒᆞᆫ다 ᄒᆞ니 즁논이 다 박힝이라 니ᄅᆞ고 부뫼 엄칙ᄒᆞ시니 혹ᄉᆡᆼ의 쳐시 가쟝 어려온지라 ᄌᆞ의 쇼견을

60면

듯고져 ᄒᆞ노라 뉴시 빵안이 가늘고 옥치 현영ᄒᆞ여 졍ᄉᆡᆨ ᄃᆡ왈 쳡은 금년 이뉵의 동셔를 블분ᄒᆞ니 ᄋᆞ즉 구고 존당이 무이ᄒᆞ시ᄂᆞᆫ 은혜ᄅᆞᆯ 우러러 시봉ᄒᆞᆯ ᄯᆞᄅᆞᆷ이라 부도를 모ᄅᆞ니 엇지 군ᄌᆞ를 잘 셤기리잇고 비록 미약ᄒᆞᆫ 녀ᄌᆞ나 ᄉᆞᄉᆞ로 군ᄌᆞ의 박힝ᄒᆞᆫ다 챵셜ᄒᆞ미 쳡의 말이라 ᄒᆞ여 칙ᄒᆞ시믄 블복ᄒᆞᄂᆞ니 부부유별이 오샹의 경계니 쳡의 엇지

군즈의 츌입이 드므믈 한ᄒᆞ리잇고 텬셩이 쇼졸ᄒᆞᄃᆡ 군즈의 위엄ᄒᆞ믈 대ᄒᆞᆫ 즉 송연ᄒᆞ미 인졍의 예ᄉᆡ라 군즈의 무ᄅᆞ시

61면

믈 의혹ᄒᆞ노이다 ᄉᆡᆼ이 졍ᄉᆡᆨ 왈 그대 말이 쾌ᄒᆞ나 나의 허믈을 ᄌᆞ젼의 만히 알외여시믄 결단코 다른 사ᄅᆞᆷ의 일이 아니라 내 쇼년 유희로 챵악을 유련ᄒᆞ여시나 본셩이 즁히 너기미 아니어ᄂᆞᆯ ᄌᆞ의 투긔 너모 급ᄒᆞ고 날을 총단ᄒᆞ미 방ᄌᆞᄒᆞ여 내 허믈을 창셜ᄒᆞ니 ᄉᆡᆼ이 진실노 유감치 아니랴 쇼졔 져의 챵악으로 단란ᄒᆞᄆᆞᆫ 본대 아도 못ᄒᆞᄂᆞᆫ대 스ᄉᆞ로 발언ᄒᆞ믈 보니 일단 긔괴ᄒᆞ믈 이긔지 못ᄒᆞ여 단슌옥치 현영ᄒᆞ여 미미히 우음을 ᄯᅴ여 다시 곡직을 뭇지 아니니 온화ᄒᆞ고

62면

쇄락ᄒᆞᆫ 광염이 모란이 금분의 반개ᄒᆞ며 부용이 쳥엽의 ᄲᅡ혀ᄂᆞᆫ 둧 졀셰ᄒᆞᆫ 긔질이 쟝부의 심쟝을 농츈ᄒᆞᄂᆞᆫ지라 ᄉᆡᆼ이 쳐음의 일쟝을 츈칙ᄒᆞ려 드러왓드니 쇼져의 용ᄉᆡᆨ을 ᄃᆡᄒᆞ여 골졀이 녹ᄂᆞᆫ 둧ᄒᆞᆫ지라 도로혀 함쇼칭ᄉᆞ 왈 부인의 슉덕현ᄒᆡᆼ은 나의 심복ᄒᆞᄂᆞᆫ 비라 실즁의 ᄇᆡᆨ년 ᄒᆡ로ᄅᆞᆯ 긔약ᄒᆞ거ᄂᆞᆯ 졍외의 말이 귀ᄅᆞᆯ 어즈러이니 엇지 한홉지 아니리오 뉴시 칭사ᄒᆞ고 여러 말노 변ᄇᆡᆨᄒᆞ미 업ᄉᆞ니 ᄉᆡᆼ이 깁히 ᄋᆡ경ᄒᆞ여 ᄎᆞ야ᄅᆞᆯ 쇼져로 동침지락을 일워 은ᄋᆡ 태산의 즁

63면

ᄒᆞ미 이셔 흔열ᄒᆞ고 ᄎᆞ후 창녀ᄅᆞᆯ 비록 고혹ᄒᆞ여 쥬야 침익ᄒᆞ나 오히려 ᄉᆞ오 일의 ᄒᆞᆫ 번식 쇼져 침쇼의 드러와 부부의 락이 환연ᄒᆞᄃᆡ 한림 웅현이ᄂᆞᆫ 진시로 더브러 은졍이 졈졈 쇼ᄒᆞ고 아ᄂᆞᆫ 거시 맛치 변시라 깁쟝 슈병 속의 셔로 대ᄒᆞ여 졍이 관관ᄒᆞ니 홍샹을 베고 옥슈ᄅᆞᆯ ᄌᆞ바 황혹무궁ᄒᆞᆫ 졍이 여산약히ᄒᆞᄃᆡ 변시 ᄉᆞ족 부녀의 쳥한ᄒᆞᆫ ᄒᆡᆼ실이 업고 거죄 ᄒᆡ연ᄒᆞ고 호총ᄒᆞ미 이시니 낭낭ᄒᆞᆫ 담쇼와 간간ᄒᆞᆫ 미담이 쟝부의 ᄠᅳᆺ을 영합ᄒᆞ여 우음을 도아 완연이 챵쳡

64면

의 거동이 이시니 ᄉᆡᆼ이 어려셔븟허 녀악의 물드러 셩졍이 샹ᄒᆞ고 심ᄉᆡ 외입ᄒᆞᆫ 고로

믁믁ᄒᆞᆫ 녀ᄌᆞ를 구치 아니ᄒᆞ고 냥졍 가인을 ᄉᆞ모ᄒᆞ므로 진시의 긔특ᄒᆞ믈 나모라고 변시의 경찰ᄒᆞ믈 과혹ᄒᆞ여 슈유블니ᄒᆞ나 그 위인을 가ᄇᆡ야이 너기며 조ᄉᆡᆼ의 ᄃᆡ졉이 역시 쳔쳡 ᄀᆞᆺᄐᆞ여 일호 례경ᄒᆞ미 업ᄉᆞ니 변시 그 경만ᄒᆞ믄 노홀 쥴 아지 못ᄒᆞ고 일시 ᄧᅥᄂᆞ믈 즁난ᄒᆞ여 ᄒᆞ믈 영힝ᄒᆞ여 ᄇᆡᆨ 가지 교태와 쳔 가지 ᄉᆞᄉᆡᆨ이 블가형언이라 ᄉᆡᆼ이 비록 고혹ᄒᆞ여시나 그 요괴로오믈 잠간 지긔ᄒᆞᄆᆡ

65면

긔시 쇼인ᄒᆞᆫ 일대 ᄌᆡ녀를 어더 쾌락고져 ᄒᆞᄃᆡ 부친을 두려 발셜치 못ᄒᆞ고 일일은 슐을 취ᄒᆞ고 밤을 당ᄒᆞ여 난츈뎡의 드러오니 졀젹ᄒᆞ연 지 오린 고로 진시 방심ᄒᆞ여 모든 시비로 더브러 촉하의셔 고셔를 가ᄅᆞ치고 원ᄂᆡ 진시의게 일등 비ᄌᆞ 셰히 이시니 일은 난월이오 이ᄂᆞᆫ 홍도요 삼은 ᄆᆡ옥이니 홍도 ᄆᆡ옥이ᄂᆞᆫ 진부로브터 온 비ᄌᆞ오 난월은 슈월 젼의 웅현의 유뫼 어더 길너 진시긔 드리니 삼녀의 ᄌᆞᄉᆡᆨ이 텬하의 독보ᄒᆞ고 기즁 난월이 녕농 묘묘ᄒᆞᆫ ᄌᆞᄐᆡ 더옥 슈발ᄒᆞ여

66면

쳔고가인이라 진시 각각 문ᄌᆞ를 가ᄅᆞ치ᄆᆡ 삼녀의 총명이 후문 규슈를 압두ᄒᆞᄂᆞᆫ지라 셔로 닷토와 고셔를 논문ᄒᆞ여 명위 노쥐나 향규 막역이 되엿더니 조ᄉᆡᆼ이 문을 열고 드러오ᄆᆡ 진시 니러 맛고 홍도 등이 믈너ᄂᆞᄃᆡ 기즁 난월이 조ᄉᆡᆼ을 보ᄆᆡ 혼ᄇᆡᆨ이 비월ᄒᆞ여 협실노 드러갈ᄉᆡ ᄇᆡᆨ태 조요ᄒᆞ고 가ᄂᆞᆫ 허리 포연ᄒᆞ여 힝뵈 편여경홍이라 조ᄉᆡᆼ이 문을 열고 드러셔ᄆᆡ 본대 허랑호신이니 지내볼 미ᄉᆡᆨ이 업ᄂᆞᆫ지라 금일 삼개 시ᄋᆞ의 묘ᄉᆡᆨ을 보고 황홀ᄒᆞᆫ 가온대 더옥 난월의 ᄇᆡᆨ

67면

태 쳔염을 보고 크게 놀나 쇼왈 ᄉᆡᆼ이 비록 용녈ᄒᆞ나 부인의 쇼텬이라 부인의 좌위 날을 보고 젼도히 피ᄒᆞ니 이 엇지 슉녀의 총비ᄒᆞᄂᆞᆫ 법되리오 ᄉᆡᆼ이 실노 한심이 너기ᄂᆞ니 부인이 나의 허랑ᄒᆞ믈 의심ᄒᆞ여 시비의 ᄌᆞᄉᆡᆨ이 가려ᄒᆞᆫ 쟈를 반ᄃᆞ시 슘기미로다 진시 ᄉᆡᆼ의 의외지언으로 ᄌᆞ긔를 격동ᄒᆞ고 삼녀를 보고져 ᄒᆞ믈 ᄉᆡᆺ치미 심하이 실쇼ᄒᆞ여 염임 대왈 쳡은 산야 쳔민이라 례의를 아지 못ᄒᆞ고 ᄇᆡ혼 ᄇᆡ 비루ᄒᆞ여 군ᄌᆞ 고안의 블합ᄒᆞ니 엇지 칙언을 한ᄒᆞ리오 시녀를

68면

감쵸와 군ᄌᆞ의 허랑ᄒᆞᆷ을 의심ᄒᆞ고 총비 잘못ᄒᆞᆷ을 칙ᄒᆞ시믄 ᄌᆞ당 감슈라 발명치 아니ᄒᆞ거니와 녀ᄌᆞ의 가군 의심ᄒᆞ미 이 디경이시믈 흔ᄀᆞᆺ 우을 ᄲᅮᆫ이로쇼이다 ᄉᆡᆼ이 미쇼 왈 부인이 발명코져 ᄒᆞ거든 가히 삼녀ᄅᆞᆯ 블너 침변의 ᄉᆞ후케 ᄒᆞ라 쇼졔 져의 방일ᄒᆞ믈 가쇼로이 너기나 마지 못ᄒᆞ여 삼인을 부ᄅᆞ니 홍도 ᄆᆡ옥은 복명ᄒᆞ나 란월이 맛ᄎᆞᆷ내 슘고 나지 아냐 왈 내 비록 부인을 시위ᄒᆞ나 본대 조진 냥부 시녀 아니오 쇼져의 현힝을 좋ᄉᆞ코져 ᄒᆞ더니 만일 ᄯᅳᆺ을 좃지 아니실진ᄃᆡ

69면

바리고 도라갈지라 쥬군을 당면치 못ᄒᆞ리로쇼이다 시비 이대로 고ᄒᆞ니 ᄉᆡᆼ 왈 엇던 비ᄌᆞ완ᄃᆡ 여ᄎᆞ 무례ᄒᆞ뇨 진시 안셔히 대왈 난월이 본ᄃᆡ 쳡의 시ᄋᆡ 아니라 슈월 젼의 황유랑이 다려와시니 ᄎᆞ녀의 교연ᄒᆞ미 하류의 용쇽ᄒᆞ미 업더니다 ᄉᆡᆼ이 쇼왈 여ᄎᆞ즉 부인이 능히 태ᄉᆞ의 삼쳔 후비 거ᄂᆞ리든 덕을 효측ᄒᆞ시랴 진시 염임 슈용 대왈 남ᄌᆞ의 풍뉴호사ᄂᆞᆫ 규녜 알 ᄇᆡ 아니니 임의로 ᄒᆞ시려니와 지어 비복을 잠간ᄒᆞ믄 치가의 위엄이 셔지 못ᄒᆞ고 ᄒᆞ믈며 쳔비ᄅᆞᆯ 희롱ᄒᆞ여 존

70면

비의 테면을 문허바리고 쳡으로 하여곰 몸 둘 곳이 업게 ᄒᆞ실 줄 엇지 알니오 존문 가풍이 청쇽ᄒᆞ여 젹은 일도 례 아니면 힝치 아니시거ᄂᆞᆯ 금야 거조ᄂᆞᆫ 실노 념외라 투악으로 ᄎᆞ언을 ᄒᆞ미 아니라 고인의 내조라 ᄒᆞᆷ을 실노 븟그리노니 원 군ᄌᆞᄂᆞᆫ 존즁ᄒᆞ쇼셔 ᄆᆡ옥을 쇼셩지렬의 두고져 ᄒᆞ실진대 쳐쇼ᄅᆞᆯ 뎡ᄒᆞ여 법다이 ᄒᆞ실지니 졍실의셔 쵹하 거조ᄅᆞᆯ 마ᄅᆞ쇼셔 언파의 단엄ᄒᆞᆫ 거동이 옥매 셔리ᄅᆞᆯ ᄯᅴ여시니 조ᄉᆡᆼ이 무류코 경복ᄒᆞ여 심심 쟝탄ᄒᆞ여 이의 ᄉᆞ례 왈 쥬후 경망이 부인의

71면

경박히 너기믈 바드니 블승ᄌᆞ괴ᄒᆞ거니와 내 엇지 이곳의셔 매옥을 친근ᄒᆞ리오 만일 허ᄒᆞ시면 진궁 송쥭헌으로 보ᄂᆡ실진대 일시 희희를 숨으리라 진시 졍식단좌ᄒᆞ여 다시 말숨의 ᄯᅳᆺ이 업ᄉᆞ니 ᄉᆡᆼ이 투긔지심으로 아라 ᄉᆡᆼ각ᄒᆞ대 인인이 졀노써 쇽네라 ᄒᆞ더니 금일ᄉᆞᄅᆞᆯ 보건ᄃᆡ 조그만 일의 노ᄉᆡᆨ이 이셔 가부를 승슌치 못ᄒᆞ미 여ᄎᆞᄒᆞ니 엇

지 슉녜라 ᄒᆞ리오 ᄂᆡ 맛당이 마음의 드ᄂᆞᆫ 가인을 보ᄂᆞᆫ 족족 어더 녀ᄌᆞ의 투악을 졔어ᄒᆞ고 내 ᄠᅳᆺ을 셰오리라 취즁의 십분 미온ᄒᆞ여 냥안

72면

을 흘기여 진시를 보며 쥭침을 나와 ᄲᅳᆯ러져 누으며 미옥을 명ᄒᆞ여 다리를 두다리라 ᄒᆞ고 희학이 낭ᄌᆞᄒᆞ며 거죄 방약ᄒᆞ여 조금도 긔탄ᄒᆞ믈 뵈지 아니니 미옥 홍되 쥬군의 이런 거조를 보고 블승ᄎᆞ악ᄒᆞ여 안ᄉᆡᆨ을 졍히 ᄒᆞ고 ᄉᆞᆯ어 고왈 비ᄌᆞᄂᆞᆫ 하류쳔인이라 금일 쥬군의 거조ᄂᆞᆫ 블승한심ᄒᆞ니이다 이곳이 쥬모의 졍침이어ᄂᆞᆯ 쥬군이 엇지 일분 긔탄이 업ᄉᆞ랴 방일ᄒᆞᆫ 희롱을 이의셔 낭ᄌᆞ이 ᄒᆞ시며 쳔비 등의 무용ᄎᆞ열을 샤ᄒᆞ샤 당하 시비로 쥬군과 쥬모를 뫼

73면

셔 츙셩의 비ᄌᆡ 되게 ᄒᆞ쇼셔 말ᄉᆞᆷ 강개ᄒᆞ고 언론이 격졀ᄒᆞ니 조ᄉᆡᆼ이 어린 ᄃᆞ시 이녀의 ᄂᆞᆺ촐 드러 ᄎᆞ마 ᄉᆞᆫ을 노치 못ᄒᆞ다가 ᄂᆞᆯ호여 탄왈 네 말이 비록 올흐나 ᄌᆞ고로 시비 복쳡의 뉴의 혹 친근ᄒᆞᄆᆡ 가ᄉᆞ를 맛지며 ᄌᆞ녀를 ᄉᆡᆼ산ᄒᆞᄂᆞ니 잇시니 너의 마음을 어지리 ᄒᆞ여 부인을 셤기고 날을 밧드러 노쥬지분이 부부의 륜을 아오라 공슌ᄒᆞ면 ᄒᆡ로오미 업ᄉᆞ리라 홍도 미옥이 조ᄉᆡᆼ의 거죄 ᄆᆞᆺ츰내 슷촐 일우고 말지라 다시 말노써 닷토지 못ᄒᆞ고 ᄒᆞᆫᄀᆞᆺ 눈믈이 방방ᄒᆞ여 아모리 ᄒᆞᆯ 바를

74면

몰나 ᄒᆞ거ᄂᆞᆯ 진시 탄식고 왈 노쥬의 명분이 ᄉᆞᄉᆡᆼ지간의 그 명을 거역지 못ᄒᆞᆯ지라 내 곳의셔 어ᄌᆞ러온 말을 만히 ᄒᆞ여 셜만이 닷토지 말고 맛당이 외당으로 나가 뫼셔 미ᄉᆞ의 명을 슌ᄒᆞ라 이녀 읍톄 여유ᄒᆞ여 ᄒᆞᆫᄀᆞᆺ 쥭기로 긔약ᄒᆞ여 ᄎᆞ마 쥬군의 ᄠᅳᆺ을 슌치 못ᄒᆞ량으로 뎡ᄒᆞᄃᆡ 조ᄉᆡᆼ이 바릴 ᄠᅳᆺ이 업셔 진시를 쳥ᄒᆞ여 샹요의 나아가랴 ᄒᆞᄆᆡ 진시 다시 말ᄉᆞᆷ을 아니ᄒᆞ나 그 ᄒᆡᆼᄉᆞ를 츄이 너겨 밤이 맛도록 엄연단좌ᄒᆞ여 졉목지 아니니 ᄉᆡᆼ이 심한ᄒᆞ여 칙왈 ᄂᆡ 일시 희롱

75면

으로 냥녀를 보치니 부인이 이를 혐의ᄒᆞ여 날을 미안이 너기고 침슈를 폐ᄒᆞ니 뉘 그

딕를 유흔흔 슉녜라 흐더뇨 투긔의는 대션봉이오 셩악의는 뎨일이라 금야의 닉 부인으로 딕흐여 노호온 말을 아녓거늘 무슴 일노 흐여 잠을 즈지 아니코 내 만일 드러오면 쳔방빅계로 날을 모히흐고 부부의 권권흔 졍이 믹몰흐며 도로혀 날을 박대흔다 챵셜흐니 진실노 괴로온 녀직로라 진시 쏘흔 대답지 아니흐고 의상을 그르지 아냐 잠간 벼개의 누으믹 기리 즈츠흐고 탄식흐여 은회

76면

만복이라 조싱이 알기를 이녀로 인흐여 투긔의 블평심회를 두민가 알고 진시 그 쯧이 가부의 외입흐믈 한심흐더라 명일의 싱이 밧긔 나가 황유랑을 블너 칙왈 어미 비록 노혼흐나 날을 즈쇼로 양휵흐여 졍이 잇슬 둧흐거늘 엇지 믹스를 긔이고 쳔고 졀식을 어더 날을 쥬지 아니흐고 쌀대업슨 진시를 뭇지뇨 작야의 기녀를 보니 용모직졍이 셰샹의 드믄지라 내 근본을 알고 총희를 삼지 못흐면 평싱 한이 될지라 진시는 즈긔 비직 아니라 흐니 그대 맛당이 난월을

77면

다려와 날을 맛지라 황픽 대경 왈 이 아히는 진실노 근본을 아지 못흐고 오셰븟허 쳡이 어더 팔구 년이 되여시니 진부인 슉힝현심이 사름의 궁박흐믈 츄연이 너기시고 잘 졔도흐실지라 쳡의 어린 쯧이 져의 일싱을 한가코져 흐미니 옥 굿튼 낭 부인을 두시고 이런 방외 부졀 업슨 거술 모호고져 흐시느니잇가 근본이 쳔인이믈 아지 못흐니 부모나 촛고 져의 근본이나 칙 안 후 종요로온 부셔를 어더 종신을 편이 흐고져 쯧이어놀 샹공이 엇지 이런 고이흔 말을 흐시느뇨 쳡

78면

의 머리는 낭군긔 드리려니와 난월을 쇼실 숨으믄 츠마 못흐리로쇼이다 싱이 유모의 믹믹히 거절흐믈 보고 노왈 유퍽 난월 쳔녀를 위흐여 동셔로 듯보와도 나의게 지느는 부셔는 엇지 못흐리니 고이흔 고집을 내지 말고 난월을 부르라 황시 머리를 흔드러 왈 쳔쳡이 공즈를 양휵흐여 두터온 졍셩이 살을 버히고 뼈를 가나 다른 일은 스양치 아니려니와 이 일은 흔갓 공즈의게 부졀업슬 쁜 아니라 승샹 노애 아르시면 쳔인의 머리를 보젼치 못흐리니 이 죄를 출흐리

79면

공즈긔 밧고 승샹 노야긔 〈죄를 범치 아니리이다 싱이 본대 유모의 고집을 아는지 라 수지져 도로혀지 못홀 쥴 알고 잠간 우어 왈 내 칠 쳡이 쏫 곳트며 옥 곳트니 그디 의 어더 기른 걸인을 무어시라 간졀이 구ᄒᆞ리오 뜻이 이셔 청ᄒᆞ더니 유뫼 심히 막으 니 닉 엇지 구ᄎᆞ히 구ᄒᆞ리오 황시 쇼왈 스ᄉᆞ로 여식을 모흐시고 부인을 박대ᄒᆞ시는 쥴 각골의 이답거든 노신이 츰아 엇지 젹인을 어더드리리오 이는 뜻이 아니라 공즈 는 다른 녀관의 고혹지 마ᄅᆞ시고 부인의 옥 곳튼 미질을 후

80면

대ᄒᆞ샤 가도의 창셩ᄒᆞ고 부귀ᄒᆞ믈 싱각ᄒᆞ쇼셔 싱이 미쇼 믁연이러라 조싱이 미양 씌 롤 타 미옥 홍도롤 블너 말을 바드며 위엄으로 져히고 오게 ᄒᆞ여 개유ᄒᆞ디 이 녜 뜻 이 여일ᄒᆞ미 오즉 쥭기로 ᄉᆞ양ᄒᆞ는지라 싱이 이도 못 잇고 져도 못 잇고 싱각ᄒᆞ여 어 즈러오니 밋출 둣ᄒᆞᆫ지라 거지 실조ᄒᆞ고 의식 운외의 흣터시니 진실노 졍실을 ᄒᆞᆫ번 춧지 아니ᄒᆞ더니 난월의 ᄌᆞ최롤 춧고져 ᄒᆞ여 난츈뎡의 츌입이 빈〃ᄒᆞ니 진시 그 뜻 을 알고 황유랑을 청ᄒᆞ여 왈 그디는 난월을 날

81면

을 맛져 슈션의 미진ᄒᆞᆫ 거술 가ᄅᆞ치고 시비로 협실의 두어 일싱을 졔도코져 ᄒᆞ미 닉 시비 부족ᄒᆞ미 업ᄉᆞ디 져의 지모롤 ᄉᆞ랑ᄒᆞ고 유랑의 지극ᄒᆞᆫ 졍ᄉᆞ롤 감동ᄒᆞ여 이곳의 두엇더니 슈일 젼의 샹공의 보신 빅 되여 그 츌셰ᄒᆞᆫ 미모롤 ᄉᆞ랑ᄒᆞ여 쟝부의 풍뉴호 신은 예식라 난월이 지질이 쳥이ᄒᆞ고 셩졍이 총혜ᄒᆞ여 쳥의 하류의 써러질 빅 아니 오 조군이 쏘ᄒᆞᆫ 옥골풍용으로 그 유의ᄒᆞ미 간졀ᄒᆞ니 ᄉᆞᆺ치 누ᄅᆞ지 못홀 거시오 내 가 군의 유졍ᄒᆞᆫ 시비롤 협실의 감초미 구ᄎᆞᄒᆞᆫ지

82면

라 그대는 도로 닉여가 군즈의 뜻을 슌ᄒᆞ고 어즈러오미 이셔도 군즈의 힝신이 구ᄎᆞ ᄒᆞ미 다 나타ᄂᆞ게 말지어다 황유랑이 진시의 법다온 말솜과 현연ᄌᆞ약ᄒᆞᆫ 거동이 만분 블안ᄒᆞ미 업ᄉᆞ믈 보고 블승탄복ᄒᆞ여 기리 슬허 왈 부인의 셩덕이 이러틋ᄒᆞ시디 홀노 시운의 씌롤 만ᄂᆞ지 못ᄒᆞ샤 한림의 은졍이 박ᄒᆞ시고 도쳐의 모흐ᄂᆞ니 녀식이라 나종

은 시비를 마즈 쟉간코져 ᄒᆞ시니 임ᄉᆞ지량인들 문왕이 한림의 거동 ᄀᆞᄐᆞ시면 능히 안한ᄒᆞ리잇가 이졔 난월 ᄀᆞᄐᆞᆫ 졀염미ᄋᆞ를 허

83면

ᄒᆞ여 풍뉴랑군을 맛지고져 ᄒᆞ시니 셩덕의 일ᄏᆞᄅᆞ믄 되려니와 맛ᄎᆞᆷ닉 평싱을 마희ᄒᆞ여 심쟝을 ᄉᆞ로미 극ᄒᆞᆯ지라 이졔 난월노ᄡᅥ 한림의 긔믈을 숨고 부인의 젹인이 되지 못ᄒᆞ리니 잇ᄯᅴ를 당ᄒᆞ여 난월을 어더 기른 쥴을 한ᄒᆞᄂᆞ이다 진시 츄연 탄왈 인식 여ᄎᆞᄒᆞ고 사ᄅᆞᆷ의 팔ᄌᆞ 임의 이의 밋쳐시니 인력으로 ᄒᆞ리오 난월이 아니라도 반ᄃᆞ시 졀ᄉᆡᆨ 미아는 엇고 ᄉᆞᆺᄎᆞ리니 ᄎᆞᄅᆞ리 근본이나 알고 냥션ᄒᆞᆫ 이를 두미 올코 군ᄌᆞ의 거동이 요ᄉᆞ이 ᄌᆞ못 고이ᄒᆞ여 쟝ᄎᆞᆺ 우은 지경의 니ᄅᆞ니 대인

84면

의 일월지명으로 아ᄅᆞ실진대 무어시 조흐리오 일이 ᄎᆡ 어ᄌᆞ럽지 아냐셔 난월노ᄡᅥ 군ᄌᆞ의 마음을 진뎡ᄒᆞ미 올흘가 ᄒᆞ미러니 그대 말이 여ᄎᆞᄒᆞ여 날노ᄡᅥ 셰속 질투ᄒᆞᄂᆞᆫ 뉴로 알믈 븟그리ᄂᆞ니 그ᄃᆡ는 ᄌᆡ삼 ᄉᆡᆼ각ᄒᆞ여 난월을 개유ᄒᆞ여 군ᄌᆞ의 총희를 삼으라 이의 난월을 블너 왈 내 유랑의 졍을 감동ᄒᆞ고 너의 ᄌᆡ모를 ᄉᆞ랑ᄒᆞ여 향규의 막역이 되여더니 이졔 너의 ᄌᆡ풍이 군ᄌᆞ 고안의 들미 되여 갈구ᄒᆞ미 ᄉᆞᆺ치 이실지라 너의 근본을 아지 못ᄒᆞ거니와 츄군이 쇼년명ᄉᆞ로 쳥

85면

현아망이 일시의 빗ᄂᆞ니 금ᄎᆞ지렬의 ᄎᆞᆷ예ᄒᆞ미 너의 ᄌᆡ용긔질을 욕지 아닐지라 너는 ᄉᆞ양치 말고 ᄂᆡ 말을 조ᄎᆞ 한림의 쇼실을 ᄉᆞ양치 말나 난월이 이 말을 드ᄅᆞᄆᆡ 븟그리온 빗치 ᄂᆞᆺ치 가득ᄒᆞ여 져두믁연이어늘 진시 웃고 왈 네 임의 사ᄅᆞᆷ의 눈의 걸닌 거시 되여 면치 못ᄒᆞᆯ지라 일이 요란치 아니ᄒᆞ고 슌이 좃ᄎᆞ미 올흔이라 난월이 기리 탄식고 염용 ᄃᆡ왈 명되 긔구ᄒᆞ여 이의 밋ᄎᆞ니 누를 원ᄒᆞ리잇가 쳐음의 쇼져 뫼시기는 어미 방의 외인이 왕릭코 노ᄌᆞ의 무리 ᄂᆞ드니 비록 쳔ᄒᆞᆫ ᄌᆞ쇠 피ᄒᆞᆯ

86면

거ᄉᆞᆫ 아니나 쇼져 쟝하의 뫼셔 기리 욕 되미 업슬가 바라미러니 블급슈월의 이런 말

숨을 듯고 장대하를 써느라 ᄒᆞ시니 엇지 슬프고 한홉지 아니리잇고 초로 ᄀᆞᄐᆞᆫ 목숨이 무어시 관즁ᄒᆞ여 두로 난편ᄒᆞᆫ 경계를 당ᄒᆞ여 살기를 탐ᄒᆞ고 결단을 아니ᄒᆞ리잇고 마는 일신이 표랑ᄒᆞ야 쇼싱지지를 아지 못ᄒᆞ고 이졔 몸을 바릴진ᄃᆡ 엇지 한홉지 아니리잇고 숨가 젼두를 혜아려 존명을 봉힝ᄒᆞ리이다 진쇼졔 깃거 호언으로 위로ᄒᆞ고 믈너는 후 기리 탄식 ᄌᆞ추ᄒᆞ더라 일일은

87면

한림이 난월의 종젹을 심방ᄒᆞ니 유랑 침방의 잇다 ᄒᆞ는지라 그 빈 ᄯᅢ를 타 니ᄅᆞ니 난월이 혼ᄌᆞ 잇다가 블의의 남ᄌᆞ의 돌입ᄒᆞ믈 보고 놀나 니러셔니 싱이 월의 션연미질을 보ᄆᆡ 마음이 흔흡ᄒᆞ여 미쇼 왈 ᄂᆡ 너를 브ᄅᆞᄆᆡ 방ᄌᆞᄒᆞᆫ 말노ᄲᅧ 대답ᄒᆞ고 나지 아니니 내 졀통이 너기ᄂᆞ니 금일은 엇지 피치 아니ᄒᆞᄂᆞ뇨 난월이 눈을 잠간 드러 조한림을 보니 빅옥 ᄀᆞᄐᆞᆫ 얼골과 홍년 ᄀᆞᄐᆞᆫ 냥협의 식별 안치며 션풍옥골이라 와잠냥미오 쥬순호치 찬연ᄒᆞ여 슈앙ᄒᆞᆫ 격조와 동탕

88면

ᄒᆞᆫ 풍신이 일셰의 독보ᄒᆞ니 난월이 본ᄃᆡ 유랑의 방즁의 잠겨 졔 공ᄌᆞ의 면목을 ᄌᆞ시 보지 못ᄒᆞ엿던지라 금일 조한림의 긔이ᄒᆞᆫ 풍광이 이러ᄐᆞᆺ 츌인ᄒᆞ믈 보ᄆᆡ 놀ᄂᆞ오며 탄복ᄒᆞ믈 이긔지 못ᄒᆞ니 잠간 의식 기울고 졍이 도라져 싱각ᄒᆞᄃᆡ ᄂᆡ 비록 사름 좃지를 원치 아니나 사름이 셰샹의 ᄂᆞᄆᆡ 혼ᄌᆞ 늙는 남네 업ᄉᆞᆫ지라 내 진부인으로 슈월 노쥬 명회 잇ᄉᆞ나 진부인이 허ᄒᆞ여 조군의 쇼실이 되라 권ᄒᆞᆫ 후난 혐의 업고 내 몸이 황유랑을 의지ᄒᆞ여 부모와 집을 ᄎᆞᄌᆞᆯ 긔약이 업

89면

ᄉᆞ니 ᄎᆞᄅᆞ리 져 ᄀᆞᄐᆞᆫ 영쥰을 빅ᄒᆞ여 녹녹ᄒᆞᆫ 속ᄌᆞ를 빅ᄒᆞᆫ 더러온 욕을 면ᄒᆞ리라 몸을 허ᄒᆞᄆᆡ 훌일업ᄉᆞᆫ지라 비샹의 일졈 잉혈이 흔젹도 업ᄉᆞ니 한림은 쾌활양비ᄒᆞ여 유뫼 나올가 니러ᄂᆞ며 왈 일노조ᄎᆞ 네 타인을 좃지 못ᄒᆞ리니 괴로오니 질거오니 조한림의 긔블이라 난월이 낫ᄎᆞᆯ 노로혀 청누를 ᄆᆡ음고 말을 아니 ᄒᆞ니 어엿븐 태도와 쟈요ᄒᆞᆫ 거동이 셔시의 ᄌᆞ틔와 비연의 경신ᄒᆞ믈 겸ᄒᆞ는지라 조싱이 황혹침이ᄒᆞ여 은이 여산ᄒᆞ니 변시의 비길 ᄇᆡ 아니라 유랑이

90면

이 일을 알면 괴로오미 만흘가 ᄒᆞ여 밧비 ᄂᆞ오니라 원ᄂᆡ 난월은 츄밀ᄉᆞ 셩간의 일녜라 셩츄밀이 부인 단시긔 오ᄌᆞ를 두고 쳐음으로 녀ᄋᆞ를 어드니 ᄌᆡ용이 졀셰ᄒᆞᆫ지라 셩공이 혹ᄋᆡᄒᆞ여 명을 ᄎᆡ교라 ᄒᆞ고 장셩ᄒᆞ믈 바라더니 맛초와 녀역이 치셩ᄒᆞ므로 ᄉᆞ린의 편ᄒᆞᆫ 곳이 업슨지라 ᄎᆡ괴 오 셰로ᄃᆡ 두역을 아냣고 속셜의 부뫼 ᄃᆞ리고 이시면 반ᄃᆞ시 셔하지탄를 볼 거시니 먼니 ᄯᅦ쳐 보ᄂᆡ여 그리고 겸ᄒᆞ여 여역도 피ᄒᆞ라 ᄒᆞᄂᆞᆫ 고로 단부인이 ᄎᆡ교를 유모를 맛져 동문의 노혀 ᄉᆞᄂᆞᆫ 노

91면

복의 집이 부요ᄒᆞ고 ᄎᆡ교와 동년의 ᄯᆞᆯ이 이시니 게 가 슈삼월을 도읙ᄒᆞ게 보ᄂᆡ엿더라 ᄎᆡ괴 부모의 교ᄋᆡ를 ᄡᅵ여 한 ᄶᅵ도 ᄲᅥᄂᆞ지 아니ᄒᆞ엿다가 이리 먼리 ᄲᅥ나 달이 너무 ᄆᆡ 싱각ᄒᆞᄂᆞᆫ 졍이 간졀ᄒᆞ여 유모를 보ᄎᆡ여 집으로 가ᄌᆞ ᄒᆞᄃᆡ 유뫼 온가지로 막고 달ᄂᆡ여 다리고 잇더니 ᄎᆡ괴 유모 자ᄂᆞᆫ ᄯᅢ를 타 가마니 혼ᄌᆞ 문을 나 부모를 ᄎᆞᄌᆞ 오노라 길노 ᄂᆡ다라니 슈목이 별 ᄀᆞᆺ고 길이 급도라 일쳔 골이나 ᄒᆞ니 져 오 셰 히ᄋᆡ 어ᄃᆡ로 갈 쥴 알리오 길노 바장이며 울 젹의 황유랑이 ᄒᆞᆫ낫 ᄯᆞᆯ이 잇고 ᄌᆞ식이 업ᄉᆞ

92면

믈 셜허ᄆᆡ 양ᄌᆞ식을 어더 기ᄅᆞ고져 ᄒᆞ다가 ᄎᆡ교의 졀묘ᄒᆞᆫ 거동을 보고 ᄉᆞ랑ᄒᆞ여 안아 드러와 기ᄅᆞ니 ᄎᆡ괴 졔 몸이 분명이 ᄉᆞ족인 줄 아ᄃᆡ 부모를 ᄎᆞ즐 긔약이 업고 남이 고지 듯지 아닐가 ᄒᆞ여 도로혀 근본을 모로노라 ᄒᆞ여 니ᄅᆞ지 아니ᄒᆞ고 가마니 츅원ᄒᆞ여 부모 ᄎᆞ줄 날만 기다리더니 조한림 긔특ᄒᆞᆫ 풍신을 과ᄋᆡᄒᆞ여 셤길 ᄯᅳᆺ이 업지 아니ᄒᆞᄃᆡ 급히 무례히 구박ᄒᆞ믈 십분 분앙ᄒᆞ여 ᄒᆞ더라 황유랑이 나오ᄆᆡ 난월이 울고 유랑을 ᄃᆡᄒᆞ여 왈 내 본ᄃᆡ 명박ᄒᆞᆫ 인싱으로 부모를 일

93면

코 은모의 후덕으로 거두치시믈 입어 이졔 팔구 년이라 은혜 바다히 여ᄐᆞ며 뫼히 ᄂᆞᄌᆞ니 모녀의 졍을 다ᄒᆞ고져 ᄒᆞ더니 오ᄂᆞᆯ 조한림의 무식경박ᄒᆞ미 날 보기를 샹님 쳔인ᄀᆞᆺ치 ᄒᆞ여 블의의 와 협박곤욕ᄒᆞ미 몸을 임의 맛츤ᄂᆞᆫ지라 혹ᄌᆞ 부모를 ᄎᆞᄌᆞᆫ들 무ᄉᆞᆷ 면목으로 보리오 인ᄒᆞ여 톄읍 횡뉴ᄒᆞ니 유랑이 대경ᄒᆞ여 급히 난월의 비샹 홍겸

을 보니 임의 흔젹이 업는지라 유랑이 놀나오미 급훈 벽녁이 만신의 분쇄ᄒᆞᄂᆞᆫ ᄃᆞᆺ 목인ᄀᆞᆺ치 안ᄌᆞ 말을 못ᄒᆞ더니 기리 탄왈 내 너를 길너 내

94면

믄 조흔 ᄯᅳᆺ으로 모녀의 의를 ᄆᆡᄌᆞ 종요로온 사름을 어더 일ᄉᆡᆼ을 안한케 ᄒᆞ고 혹ᄌᆞ 너의 부모를 맛늘지라도 귀쳔 간의 날노 모녀지졍을 ᄭᅳᆫ치 아니려 ᄒᆞ엿더니 ᄉᆡᆼ각 밧 한림의 나븨 잡는 그믈의 걸녓고 한림의 ᄉᆞ즁의 옥 ᄀᆞᆺ튼 부인이 잇고 ᄭᅩᆺ ᄀᆞᆺ튼 미쳡이 가득ᄒᆞ여 풍뉴호신이 이졔 머럿는지라 너의 일ᄉᆡᆼ이 일노조ᄎᆞ 편치 못ᄒᆞ고 진부인을 ᄯᅩ 져바렷는지라 일마다 블힝ᄒᆞ고 혹ᄌᆞ 승샹 노애 아ᄅᆞ시면 나의게 즁칙이 이실지라 이를 쟝ᄎᆞᆺ 엇지ᄒᆞ리오 난월이 기리 탄식

95면

고 말을 아니나 심내의 조한림의 일셰 영쥰 긔샹의 과ᄒᆞ여 ᄯᅩ흔 ᄉᆞ졍의 ᄇᆞ릴 ᄯᅳᆺ이 업ᄉᆞ니 이후는 유모의 방의 한림이 빈빈 왕ᄅᆡᄒᆞ여 난월 즁ᄋᆡᄒᆞ기를 날노 더으니 다시 삼취홀 의ᄉᆞ를 ᄭᅳᆫ치고 난월의 빅태쳔염의 쟉요ᄒᆞ믈 사랑ᄒᆞᄆᆡ 진시 이ᄉᆞ믈 ᄭᆡ닷지 못ᄒᆞ고 변시 조흔 졍이 밧고여 젼일노 내도ᄒᆞ니 변시 분분통히ᄒᆞ미 극ᄒᆞ나 다만 창녀의 고혹ᄒᆞ믄 아지 못ᄒᆞ엿더니 후ᄅᆡ의 이 일을 십분 앙통ᄒᆞ나 스ᄉᆞ로 덕을 ᄌᆞ랑ᄒᆞ고 인을 ᄂᆞ타내여 함분 인총ᄒᆞ여

96면

혹 ᄉᆡᆼ을 만ᄂᆞ면 낭졍훈 말ᄉᆞᆷ과 알현훈 우음이 ᄯᅳᆺ을 맛ᄎᆞ며 마ᄋᆞᆷ을 깃기니 한림이 ᄯᅩ훈 만ᄂᆞ면 ᄋᆡ대ᄒᆞ고 친압ᄒᆞ여 흔연관졉ᄒᆞᄃᆡ 진시의 슉졍단일ᄒᆞ믄 ᄭᅮᆷ쇽의도 ᄉᆡᆼ각이 업ᄉᆞᆫ지라 즁회 즁 만ᄂᆞ나 힝노 보ᄃᆞᆺᄒᆞ고 일분 부부의 관슉훈 졍이 업ᄉᆞ니 윤부인이 진시의 아름다온 힝ᄉᆞ와 긔이훈 덕셩으로 단장박명이 이 ᄀᆞᆺᄐᆞ믈 슬허 ᄋᆡ즁ᄒᆞ기를 졔부의 지ᄂᆞ게 ᄒᆞ고 한림을 됴셕의 계칙ᄒᆞᄃᆡ 흐ᄅᆞᄂᆞᆫ ᄃᆞ시 대답ᄒᆞ여 진시를 후대ᄒᆞ고 졔가를 공경이 ᄒᆞ노라 ᄒᆞ여

97면

부졀업ᄉᆞᆫ 념녀를 말고 오직 쳔의를 탁량치 못ᄒᆞ더라 일일은 한림 웅현과 화현이 부

왕과 승상이 맛초와 졍태亽 조승샹으로 더브러 묘당의 긴급흔 亽괴 이셔 슈일을 부즁의 도라오지 못흐고 조태亽 광현 문현 등이 잇찍의 쟉위 쳥고흐여 직렬의 버럿는지라 각각 직임이 즁흐여 부즁의 도라오지 못흐여시니 한림이 맛초와 옥당의 츌번흐여 쇼임이 한가흐고 부슉이 나가시매 그 찍를 어던는지라 진궁의 나아가 내궁의 밋쳐 셕강의 졔창을 모흐니 슈유

98면

의 홍샹미네 각각 풍믈을 밧드러 일시의 모다 연열흐니 화원의 쏫치 셩히 픠며 버들니 프르러 쟉틱익용과 초요졔미 셰셰히 아릿다와 일등 명창이 모돗는지라 조한림이 다른 형뎨를 쳥치 아니흐고 오직 화현으로 더브러 슐을 마시며 졔녀로 병좌흐여 가무를 시기며 풍악을 졔진흐니 녹의홍샹은 셧돌고 낭낭흔 가셩은 구름을 머무르니 낭쥐 흥을 이긔지 못흐여 우음을 먹음고 졔녀로 희환이 낭즈흐고 만亽 무심흐여 깃브며 흥이 빅쟝이나 놉흐거

99면

늘 졔녀의 흠모흐는 졍셩과 갈치흐는 눈이 뚜러질 돗흔지라 웅현의 칠창과 화현의 창쳡이 다 참예흐여 호치단슌의 쳥음 늘희여 빅셜가를 부르며 옥슈셤지로 녹의금을 안아 졍히 가셩이 아아흐고 무싊 편편흐여 냥조의 흥이 놉흐니 슐을 쥬방의 증식흐믹 본딕 졍비의 분뷔 이셔 졔지 슐을 추즈믹 슌 빅를 넘느지 못흐는지라 여러 잔의 니르러는 쥬방 궁인이 비의 령이 아니라 흐여 만일 더 추즈면 알외고 드리랴 흐는지라 화현이 다시 쥬방의 슐을 증

100면

식지 못흐고 시동으로 조부의 느아가 화파를 보고 비밀이 슐을 어더오라 흐니 원내 화시 젹즈쇼 亽랑이 즈별흔지라 쥬식을 亽亽로이 쟉만흐여 믹양 졔공즈를 먹이며 희롱과 익즁흐미 그 나히 만흘亽록 더어니 이러므로 졔싱이 비밀이 쓰고져 흐면 화파를 보치니 비록 각각 부인이 이시나 침쇠 다 존당과 양부인 침뎐 겻치라 요란이 쥬식을 칙츌흐다가 亽긔 픽류흘가 흐여 화파의게 보치니 화픠 옥호의 슐을 붓고 은긔의 안쥬를 곳초와 시동을 맛지고 싱각흐딕

101면

반ᄃᆞ시 졔챵으로 희락ᄒᆞ미라 ᄒᆞ고 진궁 협문으로조ᄎᆞ 바로 원즁 졔녀 등의 곳의 와 본ᄃᆡ 냥조의 거쳬 업ᄉᆞᆫ지라 의심ᄒᆞ여 도로 나려와 직셩당의 가셩과 희락이 낭ᄌᆞᄒᆞ믈 보고 가마니 여어보니 냥싱이 옥면의 쥬긔 져져 졔챵으로 방좌ᄒᆞ여 술을 마시며 희롱이 바야히라 화픽 혀ᄎᆞ고 드러와 비로쇼 졍비를 보고 말ᄉᆞᆷᄒᆞᄃᆡ 오히려 냥싱의 호일ᄒᆞᆫ 거동은 구셜치 아니ᄒᆞ고 말ᄉᆞᆷ홀ᄉᆡ 졍비 쇼왈 셔뫼 무ᄉᆞᆫ 일노 쇼문 업시 슈고로이 오시ᄂᆞ니잇가 화픽 쇼왈 쳔ᄒᆞᆫ 노인이 단니ᄂᆞᆫ대 무

102면

ᄉᆞᆫ 쇼문이 이시릿가 비 요ᄉᆞ이ᄂᆞᆫ 문안 후 즉시 도라오시고 다시 뵈옵지 못ᄒᆞ오니 ᄉᆞ모ᄒᆞᆫ 졍이 깁흔 고로 이리 니ᄅᆞ럿ᄂᆞ이다 졍비 샤례 왈 이젼과 다ᄅᆞ나 쳡의 쇼쇽이 번다ᄒᆞ고 궁내ᄉᆡ 다ᄉᆞᄒᆞ니 훤당의 시봉을 ᄯᅩᄒᆞᆫ 졍셩과 ᄀᆞᆺ지 못ᄒᆞᆫ 고로 셔모의 지극ᄒᆞᆫ 셩의를 밧드지 못ᄒᆞ니 ᄉᆞᄉᆞ로 ᄎᆞᆷ괴ᄒᆞ여 ᄒᆞᄂᆞ이다 졍히 말ᄉᆞᆷᄒᆞ더니 궁문이 진동ᄒᆞ며 왕의 위의 니ᄅᆞ니 졍비 마ᄌᆞ 좌를 뎡ᄒᆞ고 화파를 보고 왕이 쇼왈 앗가 졍당의셔 셔모를 보지 못ᄒᆞᄆᆡ 고이히 너기더니 이곳의 와 계실쇼이다 픽 답왈 왕과

103면

승샹의 오ᄂᆞᆯ날 오실 쥴은 념외라 묘당ᄉᆡ 슈삼일이라 ᄒᆞ더니 엇지 나오신잇가 왕이 답왈 맛초와 일이 슈이 결단ᄒᆞ고 존당의 기ᄃᆞ리시미 졀민ᄒᆞ여 뎡태ᄉᆞ로 대신ᄒᆞ고 단녀가려 우리 형뎨 나오니라 이윽고 졔 ᄌᆞ질이 일시의 니ᄅᆞ러 뵈ᄃᆡ 오직 웅현과 화현 봉현이 업ᄉᆞᆫ지라 진왕이 고이히 너겨 뭇고져 홀 ᄎᆞ의 틱ᄉᆞ 졔ᄌᆞ다려 무러 왈 샹부의셔 웅봉화 삼뎨를 못 보더니 이곳의도 업ᄉᆞ니 너의 거쳐를 아ᄂᆞᆫ다 졔죄 다 몰내라 ᄒᆞᄂᆞᆫ지라 왕이 일단 의심이 니러나 삼ᄋᆡ 블일

104면

이 족ᄒᆞ니 우리 형뎨 다 나가시ᄆᆡ 오ᄂᆞᆯ 도라올 긔약이 아니라 어ᄂᆡ 곳의 드러 녀악의 잠겨도다 졔죄 유유ᄒᆞ여 감히 대치 못ᄒᆞ거ᄂᆞᆯ 왕이 틱ᄉᆞ의 ᄎᆞᄌᆞ 명션을 명ᄒᆞ여 왈 네 몬져 졔녀당의 가 보고 치션각의 가 보아 삼ᄋᆡ 엇지ᄒᆞ고 잇ᄂᆞᆫ고 ᄌᆞ시이 보고 오ᄃᆡ ᄀᆞᆺ던 쳬를 말고 넌ᄌᆞ시 보고 오라 명션이 몬져 영오ᄒᆞ미 츌인ᄒᆞᆫ지라 대부의 눈치를 알

아보고 슈명ᄒᆞ여 졔녀당의 가더니 취션당의셔 가셩이 쳥아ᄒᆞ니 바로 나아가 문틈으로 보니 삼 대인이 이의 이셔 희학ᄒᆞᄂᆞᆫ지라 원내 봉

105면

현은 쳐음으로 춤예치 못ᄒᆞ엿다가 최후의 알고 용약ᄒᆞ여 ᄒᆞᆫ가지로 니ᄅᆞ러 그 겨유 두어 곡조를 듯고 ᄉᆞ오 배 슐을 마시ᄆᆡ ᄌᆞ긔 친압ᄒᆞᆫ ᄉᆞ오 창녀로 병좌ᄒᆞ여 호흥이 바야히러니 명션이 이 경ᄉᆡᆨ을 보고 도라오며 ᄉᆡᆼ각ᄒᆞᄃᆡ 군뷔 엄ᅀᅮᆨᄒᆞ시니 ᄎᆞᄉᆞ를 바로 고키ᄂᆞᆫ 여러 ᅀᅮᆨ부를 즁죄를 엇게 ᄒᆞᄆᆡ 어렵고 날을 미드샤 바로 고ᄒᆞ라 ᄒᆞ시ᄂᆞᆫᄃᆡ 긔망홈도 ᄌᆞ손의 도리 아니라 엇지ᄒᆞ여야 냥젼ᄒᆞᆯ고 이의 샹부의 와 명텬과 명윤를 보고 ᄎᆞᄉᆞ를 의논ᄒᆞ니 명윤이 쇼왈 네 잠간

106면

조부긔 긔망ᄒᆞᆫ 허믈은 대ᄉᆡ 아니오 숙부로 ᄒᆞ여금 즁장을 당ᄒᆞ시게 ᄒᆞ믄 가쟝 큰일이라 ᄌᆞ질의 도리 부형으로 죄의 ᄂᆞ아가시게 못ᄒᆞ리니 네 맛당이 여ᄎᆞ여ᄎᆞᄒᆞ라 명쳔이 ᄀᆞᆯ오ᄃᆡ 범ᄉᆞ를 그ᄅᆞ게 ᄉᆞ미려 ᄒᆞ면 반ᄃᆞ시 거ᄎᆞᄂᆞ니 ᅀᅮᆨ부긔 가셔 조부긔셔 ᄎᆞᄌᆞ시ᄂᆞᆫ 말ᄉᆞᆷ을 젼ᄒᆞ여 그 풍뉴를 날회고 드러와 뵈옵게 ᄒᆞ면 그 대답은 형이 슈고 아냐 각각 ᅀᅮᆨ부의 고ᄒᆞ시리니 조뷔 샤ᄒᆞ시나 형의 도리 조부를 긔망ᄒᆞ오미 가쟝 그ᄅᆞᆫ지라 명윤이 다시 우어 왈 삼 ᅀᅮᆨ뷔 바야흐로 대취ᄒᆞ여 쥬안

107면

이 방타ᄒᆞ고 거동이 광잡ᄒᆞ여 존젼의 ᄂᆞ아가ᄆᆡ 조부의 엄노를 더ᄒᆞᆯ ᄲᅮᆫ이라 우리 도리ᄂᆞᆫ 부형 항렬이 무ᄉᆞᄒᆞ시게 ᄒᆞ미 냥ᄎᆡᆨ이니 조뷔 잠간 속으셔ᄂᆞᆫ 샹ᄒᆞᆯ 리 업고 ᅀᅮᆨ부ᄂᆞᆫ 대부의 엄노를 만ᄂᆞ시면 혈육이 샹ᄒᆞᄂᆞᆫ 벌이 이실지라 범ᄉᆡ 경권이 이시니 일편다이 졍도만 직희여 ᅀᅮᆨ뷔 죄의 나아가시게 ᄒᆞ미 가치 아니니 드러가 알외ᄃᆡ 삼 ᅀᅮᆨ뷔 맛초와 친우의 연셕의 ᄀᆞᆺᄃᆞ가 대뷔 도라오시지 아니실 날이라 방심ᄒᆞ여 슐을 과히 취ᄒᆞ여 외당의셔 슐 ᄭᆡ기를 기ᄃᆞ리ᄂᆞ이다 고ᄒᆞ라 내 이

108면

졔 나아가 ᅀᅮᆨ부긔 이 ᄉᆞ연을 고ᄒᆞ고 노리를 파ᄒᆞ여 셔실의 도라오시게 ᄒᆞ리라 명션

이 제형의 말이 올타 ᄒᆞ고 젼도히 닷거ᄂᆯ 잇ᄯᅴ 초공이 존당으로 셔헌을 나오다가 난두의 명쳔 등 삼인이 머리를 마초와 밀밀이 의논ᄒᆞᄂᆞᆫ 말이 무ᄉᆞᆷ 뜻인고 시험ᄒᆞ랴 잠간 거름을 멈츄고 드ᄅᆞ믹 삼ᄋᆞ의 의논이 여ᄎᆞᄒᆞ고 셔로 삼 슉부의 히괴ᄒᆞᆫ 경샹을 젼ᄒᆞ여 우음을 먹음고 명윤은 ᄎᆡ션당으로 가고 명션은 진왕을 속이라 가ᄂᆞᆫ지라 초공이 삼ᄋᆞ의 말을 그윽이 우으나 웅현 등의 일을 블

109면

승통히ᄒᆞᄃᆡ 명션이 진왕을 속이고 명윤이 삼슉을 공동ᄒᆞ라 가믈 괘심이 너겨 명쳔으로 명윤이 ᄎᆡ션각의 못 밋쳐 가셔 ᄉᆞᄆᆡ를 닛그러 오라 ᄒᆞ고 시동으로 삼 조싱의 ᄒᆞ고 잇ᄂᆞᆫ 형샹으로 각각 ᄢᅵ고 잇ᄂᆞᆫ 미녀 아오로 ᄆᆡ여 오라 분뷔 ᄌᆞ못 심밀ᄒᆞᆫ지라 명쳔이 급급히 가 명윤의 ᄉᆞᄆᆡ를 잇그러 나오며 왈 대뷔 발셔 아ᄅᆞ 계시니 엇지 능히 잘 숨이리오 형을 급히 브ᄅᆞ라 ᄒᆞ시더라 명윤이 놀나 감히 ᄎᆡ션각으로 가지 못ᄒᆞ고 명쳔과 ᄒᆞᆫ가지로 나와 초공긔 뵈니 공이 잠간 웃고

110면

무러 왈 너ᄂᆞᆫ 어른 속이ᄂᆞᆫ 슐이 가쟝 놉흔지라 다시 듯고져 ᄒᆞ노라 명윤 등이 감히 대치 못ᄒᆞ고 머리를 두ᄃᆞ려 죄를 쳥ᄒᆞᆯ ᄲᅮᆫ이라 총공이 어엿비 너겨 대부긔 회보ᄒᆞ믈 명ᄒᆞ니 공ᄌᆡ 황망이 니러 진왕 면젼의 니ᄅᆞ러 삼슉의 거동과 초공 대부의 ᄌᆞ바오라 ᄒᆞ던 바를 고ᄒᆞ니 화픠 것히셔 듯고 대경ᄒᆞ여 ᄎᆡ션각으로 가니 모든 노재 당하의 벌벗ᄃᆞᆺᄒᆞ여 승샹의 명을 젼ᄒᆞᄆᆡ 삼 조싱이 대경ᄒᆞ여 가금 비반을 믈니치고 각각 구셕의 송연이 안즌 형샹이 가쟝 우순지라 화픠 쇼왈 져

111면

텬션들이 엇지 져ᄀᆞᆺ치 두려워 안ᄌᆞᆺᄂᆞᆫ다 결박을 밧ᄂᆞᆫ다 호흥이 다 어대 ᄀᆞᆺᄂᆞᆫ다 웅현이 강잉 쇼왈 우리 부형의 명을 듯고 놀ᄂᆞ믄 예ᄉᆡ라 엇지 동혓다 긔롱ᄒᆞ시ᄂᆞ뇨 ᄯᅩᄒᆞᆫ 그 신션이 비록 호샹ᄒᆞ나 부형의 명을 드ᄅᆞᄆᆡ 송연이 공경ᄒᆞ여 가무의 ᄯᅳᆺ이 업셔 안ᄌᆞ시나 엇지 텬동의 잠츄의 비겨 욕ᄒᆞ리오 아등이 한ᄒᆞ기ᄂᆞᆫ 념왕이 엇지 홀노 져 빅두노고ᄂᆞᆫ 지금 ᄎᆞᆺ지 아냐 사ᄅᆞᆷ 보치기만 셥녑ᄒᆞ게 ᄒᆞᄂᆞᆫ고 탄ᄒᆞ노라 픠 대쇼 왈 ᄌᆞ부라 온 노ᄌᆞ를 셰오고 어내 경의 져런 희언이 나ᄂᆞᆫ고

112면
별단 텰셕지심이로다 신션도 맛는 양을 노괴 구경ᄒᆞ리라 ᄒᆞ고 안흐로 드러가더라 웅현 등이 시러곰 마지 못ᄒᆞ여 의대를 슈렴ᄒᆞ여 나아가고져 ᄒᆞᄆᆡ 시뢰 부복 왈 승샹의 명이 삼 샹공의 직금 경식으로 ᄒᆞᄂᆞ식 다리고 겨시든 기싱을 쪄 ᄌᆞ바오라 ᄒᆞ시더이다 웅현이 경식 왈 우리 나아가ᄆᆡ 스ᄉᆞ로 당ᄒᆞ리니 여등의 알 ᄇᆡ 아니라 삼죄 가연이 의관을 ᄀᆞᆺ초고 시로를 조ᄎᆞ 니ᄅᆞᄆᆡ 시뇌 감히 ᄆᆡ지 못ᄒᆞ고 창녀 즁 일인식 ᄆᆡ여 승샹긔 현알ᄒᆞ니 초공이 삼 ᄌᆞ질의 츄식이 만면ᄒᆞ여

113면
거동이 부졍ᄒᆞ고 그 광잡방약던 경샹이 목젼의 버려는 ᄃᆞᆺᄒᆞ니 블승통히ᄒᆞ여 시로로 삼인의 쇼친ᄒᆞᆫ 챵녀를 각각 므러 ᄒᆞ여금 ᄒᆞᆫ 바의 동혀 계하의 쑬이고 슈죄 왈 오문이 본대 대대로 녀식 풍악을 경계ᄒᆞ여 허다ᄒᆞᆫ ᄌᆞ질이 가셩을 문허바릴가 슉야 내 마음이 한가치 못ᄒᆞ더니 과연 념녀와 갓ᄐᆞ여 여등의 힝식 ᄉᆞ류의 셔지 못ᄒᆞ며 명교의 용납지 못ᄒᆞᆯ지라 더옥 웅현은 유싱과 달나 쳔은을 모쳠ᄒᆞ여 옥당의 츙슈ᄒᆞ고 뎐폐의 근시ᄒᆞ여 몸의 홍포와 금대로 됴항

114면
의 셔며 ᄎᆞ마 빅쥬의 져 거동을 ᄒᆞ여 난음ᄒᆞᆫ 힝ᄉᆞ를 졔뎨를 가ᄅᆞ치고 내 하면목으로 네 아비 되여 사ᄅᆞᆷ을 대ᄒᆞ리오 그 마음을 일시의 곳칠 길이 업ᄉᆞ니 힝실을 닷글 ᄌᆡ 아니라 너의 쇼원이 챵녀로 병좌ᄒᆞ여 슈유를 ᄯᅥᄂᆞ지 말고져 ᄒᆞ니 각각 제 원대로 ᄯᅥ늘 ᄉᆞ이 업시 한 대 ᄆᆡ이미 즐거온지라 말을 맛ᄎᆞᄆᆡ 다시 삼조의 대답을 기다리지 아니코 ᇰ옥의 삼인을 챵녀 일인식 한 ᄃᆡ ᄆᆡ여 가도고 문을 잠으고 비로쇼 진궁의 니ᄅᆞ니 어시의 명션이 몬져 와 명윤의 가ᄅᆞ친 대로 알외니

115면
진왕이 침음낭구의 무러 왈 취ᄒᆞ여 즉금 어ᄃᆡ 잇ᄂᆞ뇨 명션이 ᄉᆞ러 왈 셔실의셔 대부의 와 겨시믈 듯고 황공 민민ᄒᆞ여 시방 ᄭᆡ기를 기ᄃᆞ려 뵈오려 ᄒᆞ더니이다 왕이 탄왈 블초ᄒᆞᆫ ᄌᆞ식들을 가ᄅᆞ치지 못ᄒᆞ여 이의 ᄆᆡᆺ도다 태식 깁히 의심ᄒᆞ여 명윤을 보며 왈 슐이 비록 취ᄒᆞ나 임의 ᄎᆞᄌᆞ시면 아니 드러오기는 고이ᄒᆞᆫ지라 비록 벗의 집의 갓신

들 일시의 셰히 다 가며 취킨들 다ᄀᆞᆺ치 취ᄒᆞ여시랴 너의 말이 교ᄉᆞᄒᆞ여 존젼의 긔망ᄒᆞ미 만흔가 ᄒᆞ노라 명션이 착급ᄃᆡ왈 조

116면

뷔 당부ᄒᆞ샤 바로 알외라 ᄒᆞ시논ᄃᆡ 아모 일 이신들 소지 엇지 감히 허언을 ᄭᅮ미리잇가 진왕이 비록 엄ᄒᆞ나 오히려 손ᄋᆞ의 다ᄃᆞᄅᆞᄂᆞᆫ ᄉᆞ랑이 과도ᄒᆞ고 태ᄉᆞ의 훈ᄌᆡ 다시 더 므롤 거시 업ᄉᆞ므로 졔쇼은 엄졀이 칙ᄒᆞ미 업ᄉᆞᆫ지라 잠간 웃고 왈 미친 아ᄌᆞ비 취ᄒᆞ미 젹실ᄒᆞ시 희의 말이 이 ᄀᆞᆺᄐᆞ니 명션의 타시 아니라 ᄒᆞ고 ᄌᆞ질을 거ᄂᆞ려 외헌의 ᄂᆞ가 삼 ᄌᆞ질을 브ᄅᆞ니 셔동이 두로 찻지 못ᄒᆞ더니 궁뢰 본 니 이셔 대왈 앗가 삼 샹공을 승샹 명으로 ᄉᆞ오 창뒤 즙아 가더라 셔동이 대경ᄒᆞ여 이

117면

대로 고ᄒᆞ니 진왕이 고이히 넉어 그 과취ᄒᆞ믈 듯고 반ᄃᆞ시 치칙ᄒᆞ려 ᄒᆞ민가 ᄒᆞ여 다시 찻지 아니터라 하회 하여오

조씨삼대록
조씨 가문 (진왕) 가계도 1

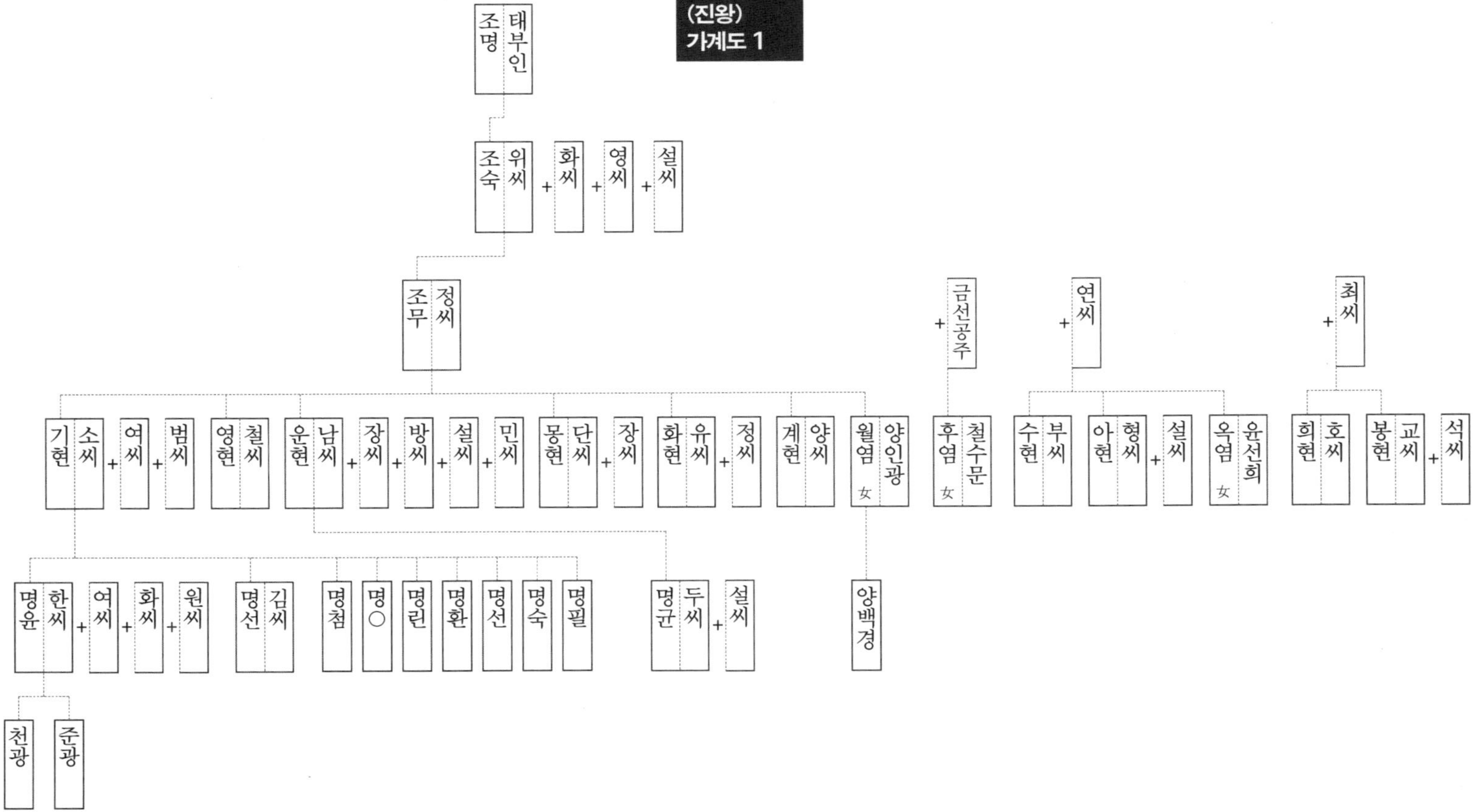

조씨삼대록
조씨 가문 (초공) 가계도 2

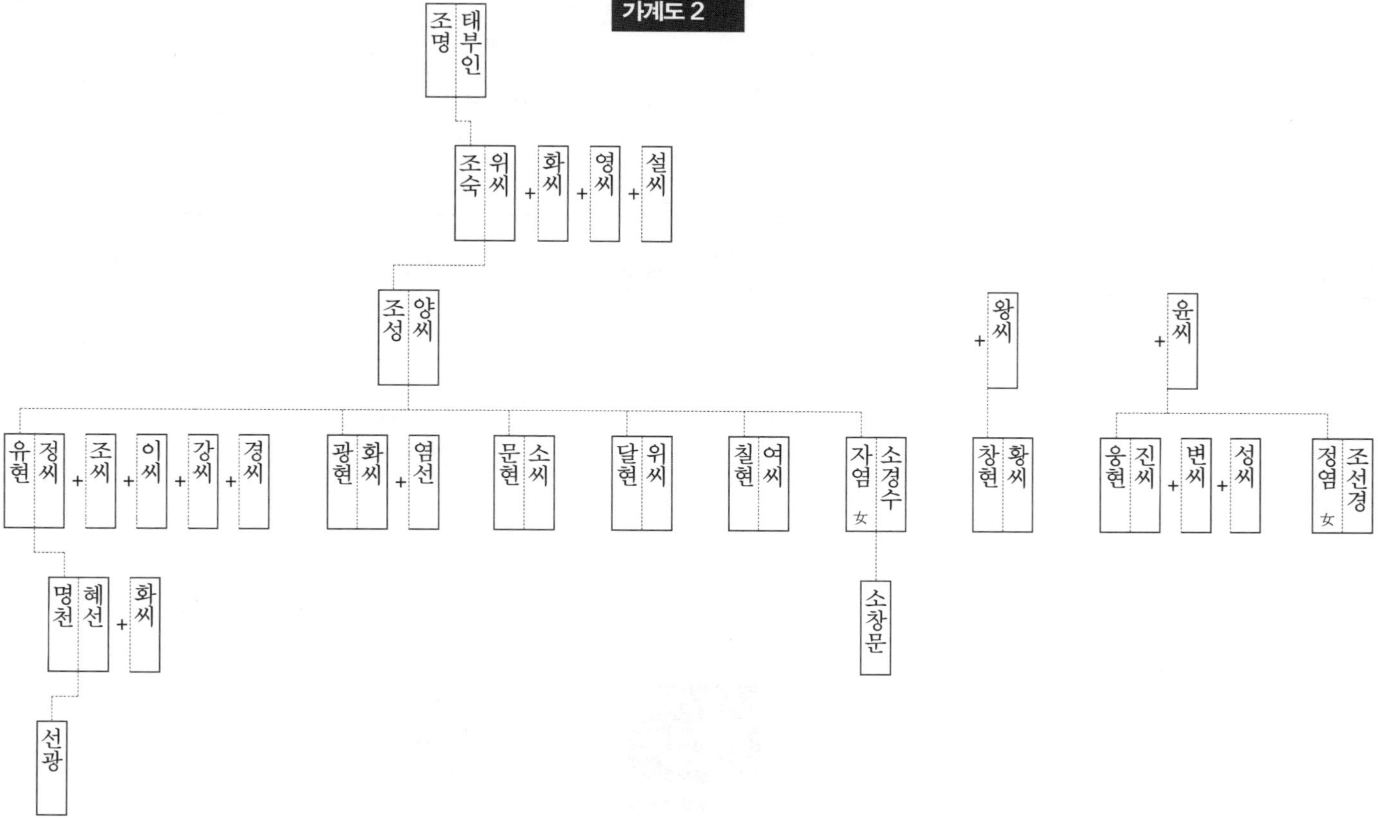